ein Ullstein Buch

ÜBER DAS BUCH:

Mit ihrem Erstlingsroman *Hautkontakte* (UB 20049), der zu einem Sensationserfolg wurde, gab Lisa Alther »das Versprechen einer großen literarischen Karriere« *(Hannoversche Allgemeine)*. Dieses Versprechen hat die Autorin mit ihrem zweiten großen Roman eingelöst. Sie erzählt die Lebensgeschichte von fünf jungen Menschen, drei Männern und zwei Frauen, die im Amerika der bewegten sechziger und siebziger Jahre aufwachsen. Als Kinder haben Emily und Sally, die Prince-Schwestern, Raymond und Jed, die Tatro-Brüder, und Donny, der Sohn der farbigen Kinderfrau, einen Blutsbund geschlossen. In einer alten Trauerbuche schmieden sie Pläne für die Zukunft. Sie sind davon überzeugt, »etwas Besonderes« zu sein, wollen die Welt erobern. Doch weder die umschwärmte Sally noch der athletische Jed, weder der nachdenkliche Raymond noch die intelligente Emily oder Donny, der in die Fallstricke des Stadtlebens gerät, können ihre Träume verwirklichen ...
»Dieses Buch muß man einfach lieben ...« *(Cosmopolitan)*

DIE AUTORIN:

Lisa Alther wurde 1944 in Tennessee geboren und ging dort zur Schule. Sie besuchte ein College bei Boston, das sie als Bachelor of Arts für englische Literatur verließ. Nach Jahren eines unsteten Wanderlebens mit Wohnsitzen in New York, Massachusetts und London wurde sie in Vermont seßhaft. Dort unterrichtet sie an einem College und ist journalistisch tätig.

Lisa Alther

Als das Paradies verlorenging

Roman

ein Ullstein Buch

ein Ullstein Buch
Nr. 20625
im Verlag Ullstein GmbH,
Frankfurt/M – Berlin
Amerikanischer Originaltitel:
Original Sins
Übersetzt von
Gisela Stege

Ungekürzte Ausgabe

Umschlagentwurf:
Hansbernd Lindemann
Foto: Jane Fehrenberg

Printed in Germany 1986
Druck und Verarbeitung:
Clausen & Bosse, Leck
ISBN 3 548 20625 5

April 1986

Von derselben Autorin
in der Reihe der
Ullstein Bücher:

Hautkontakte (20049)

CIP-Kurztitelaufnahme
der Deutschen Bibliothek

Alther, Lisa:
Als das Paradies verlorenging:
Roman / Lisa Alther. [Übers. von
Gisela Stege]. – Ungekürzte Ausg. –
Frankfurt/M; Berlin: Ullstein, 1986.
(Ullstein-Buch; Nr. 20625)
Einheitssacht.: Original sins ⟨dt.⟩
ISBN 3-548-20625-5
NE: GT

*Für meine Freunde und meine Familie,
die mir bei diesem Buch so sehr
geholfen und mir im Leben soviel
Freude geschenkt haben.*

»Definition einer Grapefruit: Eine Zitrone, die eine Chance bekam und sie nutzte.«

Oscar Wilde

Erster Teil
Der Schloßbaum

Die Fünf waren sich seit jeher darüber klar, daß sie etwas Besonderes waren. In den Jahren, da im Sommer die Angst vor der Kinderlähmung umging und ihre Mütter hartnäckig erklärten, daß ihre Beine verdorren würden, wenn sie ihren Mittagsschlaf nicht gewissenhaft einhielten, gehorchten sie nur, um diesen armen Frauen einen Gefallen zu erweisen. Sie selbst hatten guten Grund zu der Annahme, unverletzlich zu sein.

Es war geplant, daß die Prince-Schwestern Emily und Sally die Tatro-Brüder Jed und Raymond heiraten sollten, damit ihre Kinder später einmal doppelte Cousins und Cousinen ersten Grades wurden – mehr als doppelte sogar, da ihre Familien ohnehin entfernt miteinander verwandt waren. (Bei diesem Plan kam Donny natürlich zu kurz, aber der hatte Verständnis für die magische Bedeutung, die dem Verwandtschaftsgrad doppelter Cousins und Cousinen ersten Grades innewohnte.) Emily und Raymond, Sally und Jed hatten diesbezüglich mit ihrem Blut einen Vertrag auf Lebenszeit unterschrieben; er lag in einer Höhlung im Stamm des Schloßbaums. Weiterhin war in dem Plan vorgesehen, daß Emily die höchste Stufe der ›64 000 Dollar Question‹, des amerikanischen ›Alles oder Nichts‹, erreichen sollte. Mit dem gewonnenen Geld wollten sie in ihrem Baum ein richtiges Baumhaus mit Fahrstuhl bauen. Überdies wollten sie sich vielleicht auch noch ein Penthouse in New York City kaufen, um so jenes glanzvolle und erfolgreiche Leben führen zu können, das ihnen vom Schicksal bestimmt war. Für New York hatten sie sich entschieden, weil dort die Freiheitsstatue stand. (In der Höhlung des Schloßbaums lag unter anderem auch ein aufgerolltes Foto der Freiheitsstatue mit der Inschrift ›Ich erhebe mein Licht am goldenen Tor‹.) Obwohl sie noch nicht genau wußten, welche Berufe sie in New York ausüben wollten, stand eines immerhin fest: Wofür sie sich auch entschieden – Baseballstar, Ballerina oder Kellnerin –, keiner dieser Berufe würde ihnen schwerfallen, denn erstens waren sie etwas Besonderes, und zweitens lebten sie im Land der Freiheit. Im Fernsehen, bei den Abendnachrichten, sahen sie immer wieder einmal Senator McCarthy. Er wirkte zwar bösartig, doch ihre Eltern versicherten ihnen glaubhaft, nur weil er dafür sorgte, daß all die Roten da oben im Norden verschwänden, werde Miss Liberty auch weiterhin ihr Licht erheben können.

Jawohl, so wie die Tochter von Dr. Bradley etwas weiter unten an der Straße würden sie einmal werden. Die spielte in der nachmittäglichen Fernsehserie ›Love for Life‹ die Elvira und kam gelegentlich aus New York zu Besuch. Dann kauerten die Fünf hinter der Buchsbaumhecke und sahen zu, wie sie, in ihren Pelzmantel gehüllt und ungeduldig das lange Blondhaar vom Kragen schüttelnd, über den Bürgersteig zum weißen Impala ihrer Eltern rauschte. In Wirklichkeit hieß sie ja Mary Lou Bradley, in den TV-Programmen wurde sie jedoch als Marya Bradford aufgeführt.

Zuweilen saßen die Fünf in ihrem Schloßbaum und überlegten, welche Namen sie sich zulegen sollten, wenn sie erst in New York waren. Donny entschied sich für Lorenzo. Emily dachte an Amelia oder Emeline. Nur Jed behauptete jedesmal, sein Name gefalle ihm so, wie er sei.

Der Schloßbaum war eine Trauerbuche im Garten neben dem Haus von Mr. Fulton, dem Lehrer für Südstaatengeschichte an der High School. Der Baum war fast zwanzig Meter hoch und hatte Äste, die wie bei einer Trauerweide herabhingen und ein richtiges Zelt bildeten. Drinnen verschlangen sich die knorrigen Äste zu den phantastischsten Sitzgelegenheiten. Hier hockten die Fünf nach einer wechselnden Hackordnung. Der Autoreifen zum Beispiel war sehr viel begehrter als die Couch. Und besser als beide war noch der Thron. Da saßen sie, Tag um Tag, ein Baum voll Katzen, während draußen die Südstaatensonne herniederbrannte. Sie strichen mit den Händen über die glatte graue Borke und studierten die Monogramme, die rätselhaften Symbole, von Generationen kletterfreudiger Kinder überall in die Rinde geschnitzt. Vor fünfzig Jahren hatte auch Mr. Fulton seinen Namen in der Armlehne der Couch verewigt. Fast konnten sie es nicht glauben, daß jener graue gebeugte Alte, dessen einziges Interesse im Leben sich darauf zu konzentrieren schien, ob Raymond ihm auf seiner Zeitungsrunde nicht zuviel Geld abknöpfte, es jemals bis hier herauf geschafft haben sollte. Aber da stand deutlich lesbar sein Name: Arthur F., '05. Aufgequollen wie uraltes Narbengewebe.

Aus der Ferne wirkte der Baum wie eines jener auf Berggipfeln emporragenden Schlösser der bösen Riesen aus dem Märchen. Seine

Krone war kegelförmig, aber mit Türmchen verziert, die sich wie die Buckel zahlloser Verwachsener wölbten. Die graugrünen Blätter flirrten schon beim leisesten Hauch, so daß es aussah, als werde der Baum sich jeden Moment in Dunst auflösen. Dieses Flirren wurde von einem Rascheln begleitet, als flüsterten Unmengen gesichtsloser Fremder sich ihre Geheimnisse zu. Der Baum war mindestens zweihundert Jahre alt, vielleicht sogar dreihundert. Aber woher war er gekommen? Trauerbuchen schossen nicht einfach so aus dem Boden wie wilde Himbeersträucher auf der Wiese. Irgend jemand, so argwöhnten sie, mußte den Baum gepflanzt, ihn mit voller Absicht mitten in Mr. Fultons Garten gestellt haben, damit er über die Jahre hinweg eine Botschaft vermittelte und die Fünf, die jetzt in ihm herumkletterten, sich dessen bewußt wurden, daß sie etwas Besonderes waren, ein absolut einzigartiges Leben vor sich hatten und pausenlos beschützt und behütet wurden.

Einmal, als sie mit Eistüten aus Anderson's Drugstore kamen, entdeckten sie auf dem Parkplatz nebenan einen korallenroten Cadillac mit New Yorker Nummernschildern in Orange und Dunkelblau, auf denen stand: ›The Empire State‹. Eine angemessene Adresse für die Bewohner eines Schloßbaums. Die Fünf spähten neugierig durchs Fenster, um zu sehen, wie ein Wagen aus einem solchen Staat wohl von innen aussah. Und tatsächlich, sie wurden nicht enttäuscht: Die Sitze waren mit weißem Leder bezogen, und auf einem kleinen weißen Seidenkissen lag schlafend ein weißer Minipudel mit scharlachroter Schleife auf dem Kopf und einem Halsband, das mit Rheinkieseln besetzt war. Sie blieben, Eiscreme schleckend, so lange neben dem Wagen auf dem Bordstein sitzen, wie es möglich war, ohne im Fernsehen ›Superman‹ zu verpassen. Der Besitzer tauchte zwar nicht auf, aber die Fünf hatten die Botschaft begriffen.

Immer wieder dachten sie über derartige Botschaften nach, wenn sie im Schloßbaum saßen und die Zweige teilten, um tief, tief, tief ins dunstige Tal mit seinen Werksanlagen und Fabriken hinabzublicken. Unten am Cherokee River lag die Papiermühle, ein grauer schachtelartiger Bau, umgeben von Eisenbahngleisen und Güterwagen. Aus Bergen von Holzstapeln ragte ein gelber Kran empor und ging mit den riesigen Baumstämmen um, als handele es sich um Zahnstocher, die zwischen den schadhaften Zähnen eines Riesen steckten.

Ein Stück flußaufwärts lag das Einkaufszentrum, die schlichten Stadthäuser des ursprünglichen Marktfleckens, mit Hilfe von Spiegelglas und Formplastik zu Möbelgeschäften und Finanzbüros umgebaut. Und flußabwärts, häufig unter einer Smogschicht verborgen, lag Pine Woods, das

Negerviertel mit seinen flachen Häusern aus rotem Backstein, wo Donny mit seiner Mutter Kathryn und seiner Großmutter Ruby wohnte, die nun schon seit vielen Jahren bei Emilys und Sallys Familie als Hausmädchen arbeitete.

Gleich neben Pine Woods stand die Ziegelei auf ihrem viele Morgen großen Gelände, auf dem sich Backsteine in allen Schattierungen von Rot und Grau stapelten, gebrannt aus dem Ton, der in der Umgebung der Stadt gefunden wurde. Unterhalb der Ziegelei war der Fluß von Tabaklagerhäusern gesäumt, halbrunden Nissenhütten aus Aluminium-Wellblech.

Ein Stückchen vom Fluß entfernt, am Fuß des Hügels, den der Schloßbaum krönte, erhob sich das rote Backsteingebäude der Baumwollspinnerei, aus Gründen der Feuchtigkeitskontrolle ohne Fenster, dafür mit runden Türmen an jeder Ecke. Die zur Spinnerei gehörende Siedlung aus nahezu identischen einstöckigen Häuschen, in der auch Jed und Raymond wohnten, umgab die Fabrik ringförmig und wirkte wie ein Kranz von Vasallenhütten im Schatten einer mittelalterlichen Burg. Diese Siedlung zog sich den Hügel bis beinahe zu der Straße empor, wo in neo-georgianischen und spät-viktorianischen Villen die Akademiker und Fabrikdirektoren der Stadt wohnten, zu denen auch Emilys und Sallys Vater, Direktor der Baumwollspinnerei, gehörte. Auf die Spinnerei waren die Fünf besonders stolz: Es war die größte unter einem Dach vereinte im gesamten Süden. Immer wieder brachte Jeds und Raymonds Vater Bündel von kleinen quadratischen Stoffstücken mit nach Hause, Muster der in der Spinnerei hergestellten Karo-, Würfel- und Ginghamstoffe. Den Resten dieser Webstücke, von sparsamen Hausfrauen zu Hemden und Kleidern verarbeitet, begegnete man in der ganzen Stadt.

In der Flußmitte, gegenüber von Pine Woods, lag eine lange, schmale Insel namens Cherokee Shoals, ehemals Heiligtum der Cherokee-Indianer. Als die Weißen kamen, suchten die Cherokees dort Zuflucht und überfielen von da aus die Flachboote, die durch die Untiefen navigierten. In einer hitzigen Schlacht entledigten sich die Weißen dieser Piraten. Der Vertrag zwischen der Regierung der Vereinigten Staaten und den Overhill Cherokees, auf Cherokee Shoals unterzeichnet, öffnete das Territorium den weißen Siedlern. Heute bestand die Insel nur noch aus Bretterbuden und verwahrlosten Gärten, Eigentum von armen Weißen und einigen Cherokee-Mischlingen, deren Vorfahren der Vertreibung entronnen waren.

Am anderen Flußufer lag an einem Steilhang die Ruine der Bleimine, aus der die gesamte Konföderation mit Gewehrkugeln versorgt worden war: nun nur noch ein paar verrostete Werkzeuge sowie die Reste der Steinfundamente. In der Schule lernten sie, wie die Unionstruppen von Knoxville aus nach Norden marschiert waren, um die Mine zu zerstören. Als sie sich in der Nähe von Pine Woods sammelten, entdeckten sie, daß Sympathisanten der Konföderierten die Fähre versenkt hatten. Die Yankees boten den Bewohnern der Umgegend riesige Summen für den Transport ans andere Ufer. Ihre Angebote wurden ausgeschlagen. Schließlich schwammen ein paar Soldaten mit ihren Pferden hinüber, brannten die Schuppen nieder und zerstörten einen Teil der Produktionsanlagen. Dann nahmen sie jene Einheimischen, die ihnen die Hilfe versagt hatten, gefangen und marschierten mit ihnen ab. Zwei Tage später produzierte die Mine bereits wieder Gewehrkugeln.

Hinter den Werken und Fabriken ragten hohe Berge auf, die sich, Kette um Kette, im Osten bis nach North Carolina, im Nordwesten bis nach Kentucky, im Norden bis nach Virginia hinein erstreckten. Das Tal, in dem die Stadt lag, war das ausgetrocknete Bett eines Binnenmeeres. Einstmals hatten Wellen an diese Bergflanken geschlagen. Fremdartige Meereswesen hatten sich an eben der Stelle, wo die Fünf jetzt saßen, unter fadentiefem Salz fortgepflanzt, hatten gekämpft, gelebt und waren gestorben. Ein Teil des Tals war von der TVA wieder überflutet und mit Wällen eingedämmt worden, in denen jene Turbinen liefen, die die Fabriken mit elektrischem Strom versorgten. Alle ihre Familien waren mehrmals über die Berge hin und her gezogen, bevor sie sich endgültig im Tal niedergelassen hatten.

Corliss Rainey war aus einem Schuldgefängnis in England auf ein Schiff verfrachtet worden. Während er als Zwangsverpflichteter bei einem Farmer im Flutgebiet von Virginia arbeitete, lernte er Buck Tatreaux kennen, Sohn einer Cherokee-Indianerin und eines französischen Händlers. Tatreaux verrichtete gelegentlich kleine Dienste für Raineys Herrn. Eines Tages schickte der Farmer sie beide nach Williamsburg Vorräte einkaufen. Sie aber zogen statt dessen nach Richmond. Unterwegs färbte Rainey Tatreaux' Haut mit Beerensaft und Holzkohle noch dunkler, schnitt ihm die Zöpfe ab und brannte ihm das verbliebene Haar zur Krause. Sie rieben seinen muskelbepackten Körper mit Fett ein, bis er vor scheinbar strotzender Gesundheit glänzte. Rainey putzte sich mit gestohlenen Kleidern seines Dienstherrn heraus. In Richmond gingen sie auf den Sklavenmarkt, wo Rainey Tatreaux zum Verkauf anbot. Nicht lange, und Rainey hatte mehr Geld in der Hand, als er jemals gesehen hatte. Er belud den Wagen bis obenhin mit Vorräten und fuhr auf einer staubigen Straße durch gepflegtes Farmland den dunstverschleierten Bergen entgegen. Am Fuß der Berge versteckte er sich.

Inzwischen war Tatreaux seinem neuen Herrn davongelaufen. In einem Bach schrubbte er sich mit Sand, bis seine Haut ihre ursprüngliche Kupferfarbe wieder angenommen hatte. Mit einem scharfen Stein säbelte er sich das Kraushaar ab. Dann nahm auch er Kurs auf die Berge.

Rainey gab ihm seine Kleider zurück, dazu einen Hut, an dem er seine Zöpfe befestigt hatte, und die beiden begannen den Aufstieg in die Berge. Zuweilen waren die Hänge so steil, daß sie Stricke an einem Baum befestigen und kräftig an ihnen ziehen mußten, um so den Mulis zu helfen, den Wagen den schmalen, ausgefurchten Pfad zur Paßhöhe hinaufzuschleppen. Oben angekommen, entdeckten sie tief unten das Tal – dicht bewaldet, doch hier und da mit Flecken von gerodetem Boden, Hütten und kleinen Schuppen durchsetzt. Und auf der anderen Seite die zerklüfteten Wände des nächsten Plateaus.

Dicht an der von Wasserrinnen durchzogenen Felswand fanden Rainey und Tatreaux ihren Platz. Sie errichteten Hütten, rodeten Land, bauten Getreide an, züchteten Tiere, gingen auf Brautschau und heirateten Töchter schottisch-irischer und deutscher Farmer, die über die konventionellere Route von Pennsylvania aus südwärts ins Tal gekommen waren. Ihre Kinder heirateten, rodeten noch mehr Wald und breiteten sich, mit dem Rücken zur Felswand, allmählich im ganzen Tal aus. Als die Leichen von Rainey und Tatreaux zu Humus geworden waren, bestand das ehemals bewaldete Tal aus grün wogenden Weiden, auf denen, von Zäunen eingegrenzt, die Rinder grasten. Ein Tatreaux-Sohn heiratete eine Rainey-Tochter, und das Paar bekam zwei Söhne. Als die Reihe an diesen beiden war, sich Frauen zu nehmen, Hütten zu bauen, eigene Farmen anzulegen und Familien zu gründen, sträubte sich der eine dagegen. Vielleicht rebellierten die Gene seiner unsteten Großväter. Von den Weiden entlang der Plateauwand aus konnte er sehen, wie sich die staubige Straße durchs Tal wand, belebt von Menschen, die weiter nach Süden zogen, auf hoch mit Hausrat beladenen, von Mulis oder Ochsen gezogenen Planwagen. Diese Leute hatten sogar ihre Herden mitgenommen und erzählten ihm, als er hinüberschlenderte, etwas von einem neuen Garten Eden unmittelbar hinter den Hügeln am Talende.

Er verkündete seiner Familie, dieses Tal sei ihm zu voll. Er könne es nicht ertragen, jetzt schon genau zu wissen, was er bis an sein Lebensende tun und sehen werde, und knüpfte seine Habseligkeiten in ein

Bündel, das er sich auf den Rücken lud. Die Mutter weinte und drängte ihm gedörrtes Rindfleisch und Maisbrot auf. Der Vater starrte ihn mit finsterer Empörung an. Der Junge versprach, zurückzukehren und zu berichten, was er gefunden hatte. Doch alle wußten, daß das niemals geschehen würde.

Was er fand, waren Berge. Gipfel um Gipfel, hoch aufragend, durchzogen von engen Tälern, die zum größten Teil bereits bewohnte Hütten und Maisfelder beherbergten. Durch die Blue Ridge Mountains jener Region, die später einmal North Carolina werden sollte, wanderte er ins Holston Valley hinab, über den Clinch River, durch die Cumberland-Kluft, dem Netz schmaler Senken folgend, bergauf, bis er wie eine Welle, die an eine Klippe schlägt, nicht weiter konnte und somit zur Ruhe kam. Seine Nachkommen waren Jed und Raymond. Emily und Sally stammten von seinem daheimgebliebenen Bruder ab. Donnys Vorfahren waren auf etwa demselben Weg, den Rainey und Tatreaux genommen hatten, aus der Küstenregion von Virginia auf die Farm ins Tal gelangt.

Raineys und Tatreaux' Ururenkel (Emilys und Sallys Urgroßvater) verließ seine Farm eines Tages in einer grauen Uniform mit Goldtressen, einem Hut mit kecker Feder und auf dem Rücken eines stolzen Rappen. Drei Jahre später kehrte er auf einer halb verhungerten Mähre zurück, mit fehlender Feder, einigen Goldknöpfen weniger, ohne sein linkes Auge und die rechte Hand. Sein Haus fand er halb niedergebrannt, die Rinder abgeschlachtet, die Zaunpfähle aus dem Boden gerissen und die Felder brachliegend. Nachdem er Donnys Vorfahren um sich geschart hatte, erklärte er ihnen: »Ihr seid jetzt alle so frei wie ich. Was allerdings nicht viel bedeutet. Ihr könnt gehen, wenn ihr das wollt, ihr könnt aber auch bleiben und mit mir und der Missus zusammen versuchen, dem Hungertod zu entgehen.«

Donnys Urgroßmutter war gegangen und hatte sich dem Strom aus jubelnden befreiten Sklaven, besiegten Soldaten in zerlumptem Grau und mit abgeschossenen Gliedern, siegreichen Soldaten in zerlumptem Blau und mit abgeschossenen Gliedern und flinken, gierigen Aasgeiern aus dem Norden angeschlossen, einem Strom, der sich durch das vom Krieg verheerte Land wälzte. Dann zog sie mit anderen, fröhlich feiernden Negern weiter, trennte sich wieder von ihnen, machte halt, half irgendwo bei der Ernte oder stand in wimmelnden Städten vor staatlichen Wohlfahrtsküchen wartend in der Schlange. Ihr Weg führte sie durch Tennessee bis nach Alabama hinunter, wo sie kehrtmachte, um zur alten Farm im Tal zurückzukehren und dort Ruby das Leben zu schenken. Mr. Tatro baute die Farm nicht wieder auf; er schlug sich einhändig mühsam durchs Leben. Sein Sohn, Emilys und Sallys Großvater, zog weiter ins Tal hinab nach Newland, wo eine Baumwollspinnerei errichtet wurde, und nahm dort Arbeit als Verwalter an. Die kleine Ruby und ihre Mutter nahm er als Hausangestellte mit. Ruby trug noch den Familiennamen der Tatros.

Außer dem Schloßbaum, dem korallenroten Cadillac aus New York und der Tatsache, daß sie der Kinderlähmung entgangen waren, hatten die Fünf, solange sie denken konnten, auch noch verschiedene andere Zeichen bekommen. Zum Beispiel hatten sie sich im Wald hinter dem Haus von Emilys und Sallys Eltern eine Hütte gebaut, hatten lange Stöcke in den Boden gerammt, sie mit Ranken zusammengebunden und dieses Gestell mit belaubten Zweigen abgedeckt. Aus Geschirrtüchern und Ledergürteln bastelten sie sich Lendenschurze, bemalten sich gegenseitig das Gesicht mit dem Saft zerdrückter Maulbeeren und steckten sich abgefallene Krähenfedern ins Haar. Dann stocherten sie mit Stekken in einer kleinen Bodenerhebung herum, bei der es sich, worauf sie trotz des belustigten Widerspruchs ihrer Eltern bestanden, um einen indianischen Grabhügel handelte.

Aber die Fünf wußten ganz einfach, daß es sich um einen Grabhügel handelte. Die breite Autostraße, die durch den Ort führte, war einstmals Teil des großen nordsüdlichen Kriegspfads der Indianer gewesen. Im ›Honest Injun's‹, einem Schuppen an dieser Autostraße, wurden Landschinken, Krüge mit Sirup, Chenille-Tagesbettdecken und silberne Spiegelkugeln verkauft, die sich die Leute auf Stangen in den Vorgarten stellten. Ebenfalls für den Vorgarten gab es Flamingos auf einem Bein, Miniatur-Bambis und grinsende Schwarze in Livrée. Turmhoch über all diesen wunderbaren Dingen jedoch (die ihnen ihre phantasielosen Eltern partout nicht kaufen wollten) ragte die Statue eines riesigen Indianers mit Lendenschurz und schwarzen Zöpfen empor. Wenn die Fünf zu seinen Füßen standen und an ihm hochblickten, meinten sie, er müsse beinahe so groß wie der Schloßbaum sein. Zwischen seinen schweren, mit Mokassins beschuhten Füßen lag ein Teich, auf dessen Grund mehrere grüne Eisenfrösche mit ausgehöhltem Rücken hockten – beinahe wie Aschenbecher. Die Kunden pflegten Pennies ins Wasser zu werfen, und wessen Münze in einem Frosch landete, der bekam einen Preis. Die meisten trafen jedoch daneben, wie eine dicke Pennyschicht auf dem Teichboden bewies. Mindestens fünfundzwanzig Dollar in Pennies sammelten sich jeweils an, meinten die Fünf, bevor Injun Al sich daran machte, die Münzen herauszuholen. Doch Jeds und Raymonds Vater hatte, bevor die beiden geboren waren, mit seinem Penny tatsächlich einmal einen Frosch getroffen. Und der Gewinn stand immer noch auf der Fensterbank: ein kleines graues Tipi aus Plastik-Birkenrinde, verziert mit Plastikschnüren und dem Aufdruck ›Besucht Rock City‹. Unten, am Boden, verkündete ein Stempel ›Made in Japan‹.

Injun Al French erzählte ihnen, wenn er in seiner fransenbesetzten Ledermontur und dem federgeschmückten Kriegskopfputz auf dem Boden hockte, während die Fünf und seine Tochter Betty im Kreis um ihn herumkauerten, immer wieder von den alten Zeiten, da seine Vorfahren noch in den umliegenden Bergen und Tälern über die festgestampfte Erde unter dem Betonbelag der Autostraße direkt vor seinem Laden auf die Jagd oder den Kriegspfad gegangen waren, auf der Suche nach Wild oder Feinden, nach einem wärmeren oder auch kühleren Klima. Er erklärte ihnen, warum das Land der Cherokees so gebirgig war: Nach der Großen Flut flog der Große Bussard sehr niedrig über die Erde hinweg, die noch ganz weich und formbar war. Wo er die Flügel senkte, bildeten sich Täler. Wo er die Flügel hob, entstanden Berge. Er erzählte ihnen von den ersten Menschen der Erde, einem Geschwisterpaar. Der Bruder schlug die Schwester mit einem toten Fisch, und sieben Tage später bekam sie ein Baby. (Am selben Tag beim Lunch schlich Raymond sich an Emily heran und schlug sie mit seinem Thunfisch-Sandwich, aber es passierte überhaupt nichts. Sie meinten, das komme wohl daher, daß Raymond nicht Emilys Bruder sei.)

Injun Al war es auch, der ihnen einen alten Cherokee-Trick verriet: Wenn man sich am letzten Schultag den Nagel des Mittelfingers unten am Nagelbett mit dem Federmesser einkerbte, mußte man dann, wenn die Kerbe bis an den oberen Nagelrand gewachsen war, wieder zur Schule. Sie brauchten also nur ihre Fingernägel anzusehen, um genau zu wissen, wie lange die Ferien noch dauerten.

»Ich wußte gar nicht, daß Indianer auch zur Schule mußten«, warf einer von ihnen ein.

»O ja! Äh, na ja, ich glaube doch nicht«, antwortete Injun Al. »Die Kerbe haben sie wohl nur dazu benutzt, wißt ihr, um zu erfahren, wann der Mond der Dörrenden Ähren begann, und so. Wann der mächtige große Frost bevorstand.«

Immer wieder versicherte er ihnen, die ganze Gegend sei voll von Grabhügeln, und ihr Hügel sei höchstwahrscheinlich einer davon. Schließlich drängte er sie, ihr Glück noch mal am Froschteich zu versuchen.

Und dann gab es da die Höhle. Ihre Öffnung war ungefähr einen

Meter hoch. Man duckte sich und kroch einen etwa zwölf Meter langen, engen Gang entlang, bis man in eine schwarze Höhlung kam. Sie hatte den Konföderationstruppen als Pulvermagazin gedient. Hier unten bewahrten die Fünf einen Riesenstapel Comics auf, umwickelt mit einer Schaukelkette und gesichert mit einem Vorhängeschloß. Wenn sie mit Taschenlampen die Wände ableuchteten, fanden sie in den Kalkstein geritzte Buchstaben und Daten – eines davon lautete 6. Juli 1864. Der sechste Juli war Raymonds Geburtstag. Es mußte da einen Zusammenhang geben. Und Donny fand auf dem Boden einen Knopf mit den erhaben geprägten Buchstaben CSA. Als sie ihn mit Silberputz und Q-Tips reinigten, stellte es sich heraus, daß er aus Gold war – aus purem Gold, verkündete Raymond, nachdem er draufgebissen hatte.

Wenn sie im Auto die Brücke des Cherokee River überquerten, hielten sie immer den Atem an – damit die Brücke nur ja nicht unter ihnen zusammenbrach. Und in der Unterführung, während oben die Bahnwaggons über sie hinwegrollten, stemmten sie stets die Handflächen gegen das Wagendach, damit die Unterführung auch standhielt. Das einzige, was sie noch nicht beherrschten, war die Kunst des Fliegens. In einem Jahr gingen sie im Herbst jeden Tag nach der Schule zum Hügel hinter Emilys und Sallys Haus. Mit ausgebreiteten Armen rannten sie den Hang hinab, sprangen, wenn sie die Höchstgeschwindigkeit erreicht hatten, hoch in die Luft und wedelten dabei heftig mit den Armen. Sie waren fest davon überzeugt, daß es nur eine Frage der Zeit war, bis sie sich in die Lüfte schwingen konnten. Später versuchten sie es mit belaubten Ästen, die sie sich an die Arme banden. Und dann mit Flügeln aus Pappkarton.

Anscheinend jedoch war in der Tatsache, daß es ihnen nicht vergönnt war, das Fliegen zu lernen, eine Botschaft enthalten. Sie lagen, die Hände unterm Kopf, im toten Gras lang auf dem Rücken und beobachteten neidisch die riesigen Vogelschwärme auf dem Flug nach Süden. »Seht mal! Der Himmel hat Windpocken!« rief einer von ihnen dann wohl. Sie starrten hinauf und überlegten – wohin die Vögel flogen, woher sie wußten, auf welchem Weg sie dorthin kamen, wie es wohl wäre, wenn man von Vater und Mutter und den gewohnten Bäumen getrennt würde. Und dann löste der Neid sich in Erleichterung auf. Sie rollten sich den Hang hinab, sprangen auf und liefen davon, zu warmen Feuern, heißem Essen und Müttern, deren Küsse und Umarmungen man voll Ungeduld abwehren konnte.

Als die Fünf noch klein waren, hatte Donnys Mutter Kathryn an den drückendheißen Sommernachmittagen auf sie aufgepaßt. Sie machten

Spaziergänge, schossen wie ein Schwarm Elritzen durch die Wiesen, wo überall Grashüpfer zirpten und das hohe Gras an den nackten Beinen kitzelte. Gegen Kathryns Protest drehten sie sämtliche Steine um, die sie fanden, und zertrampelten die Nester der Schwarzen Witwen. Im Wald bewaffneten sie sich mit gegabelten Stöcken und pirschten auf der Suche nach lauernden Mokassinschlangen durchs tote Laub. Sie fanden jedoch höchstens mal die Haut einer Kletternatter, klumpig und dünner als eine Zwiebelschale. Die untersuchten sie dann genauso wie die knisternden braunen Panzer der Heuschrecken, die sie von den Baumstümpfen lasen, und versuchten zu begreifen, wie ein Lebewesen seine gewohnte Körperhülle ablegen und dennoch weiterleben konnte. Gewiß, sie bekamen eine neue Haut, einen neuen Panzer, schöner vielleicht sogar als die vorigen – aber was war in der Zwischenzeit? Da waren sie doch hilflose Larven, kalt, nackt und absolut schutzlos. Nein, fanden sie, es sei doch besser, in der Haut zu bleiben, die man besaß.

Dann rannten sie wieder zu einer nahen Hecke, pflückten sich Hunderte von Geißblattblüten, zwickten das Ende ab und zogen die Staubgefäße heraus, bis sich süße Nektartröpfchen bildeten, die sie mit der Zunge ableckten, sich daran labten wie unersättliche kleine Bienen. Zum Schluß landeten sie am Teich hinter dem Haus von Emilys und Sallys Eltern, trieben in Schläuchen von Traktorreifen auf dem Wasser und versuchten einander nach Herzenslust zu rammen. Dann streckten sie sich auf dem roten Tonboden des Ufers aus und formten aus dem Ton ein Miniatur-Newland – die Spinnerei, die Ziegelei und die Papiermühle, den Fluß mit Cherokee Shoals, die Bahngleise, Pine Woods, die Fabriksiedlung, den Hügel und den Schloßbaum – mit sämtlichen Bergen, die es umgaben.

Kathryn hatte wunderschöne Hände, außen dunkelbraun, innen von einem hellen rosigen Purpur. Die weißen Kinder betrachteten sie staunend. Mit ihren langen Fingern knetete sie zierliche Figürchen – Menschen, Tiere, Schalen. Aufmerksam beobachteten die Fünf ihr hübsches, dunkles Gesicht mit den hohen Wangenknochen, wenn sie sich konzentriert über die Arbeit beugte. Mit ihren ungeschickten Fingerchen versuchten sie, ihr flinkes Hantieren mit den Tonklumpen nachzuahmen, die sanft glättenden Bewegungen der Fingerspitzen, die behutsamen Vertiefungen mit den Nägeln. Sie fabrizierten Puppengeschirr für ihre Hütte und ließen es in der Sonne trocknen.

Einmal ließ Kathryn sie alle ein Modell des Hauses bauen, in dem sie später wohnen wollten. Donny baute ein Schloß mit Türmen und zinnengekrönten Mauern und stellte es auf den Hügel hinter der Stadt.

Kathryn begutachtete es kritisch und tadelte liebevoll: »Aber Donny, Liebling, auf dem Hügel da kannst du nicht bauen.«

»Warum denn nicht?«

»Na klar kann er das«, widersprach Raymond, der mit gekrauster Stirn an einem Hubschrauber-Landeplatz auf dem Dach seines Herrenhauses bastelte.

Kathryn zuckte bitter lächelnd die Achseln.

Zuweilen hörten sie einen Zug pfeifen, der um die Kurve am anderen Ende der Stadt bog. Dann rannten sie los, zertrampelten achtlos ihre Bauwerke und hasteten zu der niedrigen Steinmauer hinüber, von der aus man ins Tal hinabblicken konnte. Gewöhnlich traf die Lokomotive gleichzeitig mit ihnen ein. Dann zählten die Fünf die Waggons und bestanden darauf, daß Kathryn ihnen über den Lärm der stampfenden Räder und der brüllenden Lokomotive hinweg die exotischen Namen zuschrie, die auf die Waggons geschrieben waren – Atchison, Topeka und Santa Fe; Delaware und Hudson; Duluth, Winnipeg und Pacific; Spokane, Portland und Seattle; Canadian Pacific; Soo Line; Illinois Central; Frisco Line ... In Richtung Norden offene Waggons mit Bergen von Kohle aus den Appalachen und Eisenerz aus Alabama, Viehwaggons, Plattformwagen, beladen mit dicken Hartholzstämmen oder Baumwollballen, Kühlwaggons mit Lebensmitteln und Fleisch (Leichen, behauptete Raymond). In Richtung Süden reihenweise Waggons mit neuen Automobilen. Wenn man an diesen Schienen entlang in der einen Richtung ging, landete man am Atlantischen Ozean. Folgte man ihnen in der entgegengesetzten Richtung, kam man an den Pazifik. Von einem blanken Meer zum anderen erstreckten sie sich. Vermutlich landeten alle Züge letztlich in New York, meinten sie. Und wenn der Bremswagen vorbeikam, winkten die Fünf ein wenig zaghaft: »Wartet ihr? Nehmt ihr uns mit?«

Dann lächelten die Männer, die auf der hinteren Plattform saßen, die Füße auf dem Geländer, ihnen wohl zu und winkten zurück: »Eines Tages vielleicht. Habt nur Geduld.«

Die Fünf rannten durch die vertrauten Felder und Wälder zum Teich zurück, an dessen Ufer sie jedes Bisamrattenloch kannten. Beinahe jeden Sonnenfisch, der aus dem Wasser sprang, sich drehte und in der Sonne wie Silber glitzerte, hatten sie schon einmal gefangen – und wieder ins Wasser zurückgeworfen, nachdem sie mit ihm Bekanntschaft geschlossen hatten. Sie kletterten alle zusammen ins Boot, ruderten auf dem Teich herum und versuchten ertrinkende Insekten zu retten. Die ›Käferpatrouille‹ nannten sie das.

Gemeinsam waren die Fünf der Ansicht, daß Kathryn so dicht daran war, etwas Besonderes zu sein, wie es einem Erwachsenen nur möglich war. Wenn einer von ihnen wegen der Ankunft eines neuen Babys oder wegen eines neuen Jobs aus dem Haus geschickt wurde, war Kathryn da, um Wunden zu verbinden, Nasen zu putzen und Schuhbänder zu schnüren. Einmal, als Emilys und Sallys Mutter im Krankenhaus lag, um ihnen einen neuen Bruder zu schenken, nahm Kathryn die Fünf mit auf die Rasenfläche unter ihrem Fenster im zweiten Stock. Mrs. Prince kam in einem hauchdünnen weißen Morgenmantel und gelöstem, langem schwarzen Haar ans Fenster: Wie eine Prinzessin sah sie aus. Während die Fünf sie noch in überwältigtem Staunen anstarrten, warf sie ihnen schokoladenüberzogene, in Gold- und Silberpapier gewickelte Kirschen herunter. Noch tagelang bewahrten sie die Kirschen auf, betrachteten sie ehrfürchtig und dachten an den schönen Anblick. Aber es war Kathryn, die die Kinder an jenem Tag nach Hause brachte, ihnen zu essen gab und eine Geschichte vorlas, während sich alle paar Seiten ein anderer auf ihrem Schoß zusammenkuschelte.

Und dann war Kathryn eines Tages verschwunden. Die Eltern erklärten, sie sei nach New York gegangen, um dort Krankenschwester zu werden. Sie habe sie gebeten, den Kindern von ihr Lebwohl zu sagen und ihnen auszurichten, irgendwann einmal werde sie sie bestimmt wiedersehen. Emily berichtete den anderen, sie sei am Abend zuvor durch Stimmen in der Einfahrt vor ihrem Fenster geweckt worden.

»Ich habe Angst, Mr. Prince«, hatte Kathryn gesagt.

»Du brauchst keine Angst zu haben, Kathryn«, hatte Emilys Vater erwidert. »Alles wird gut werden.«

»Was meint ihr, wovor sie Angst gehabt hat?« wollte Emily wissen. Die Fünf zerbrachen sich den Kopf, fanden aber keine Antwort auf ihre Frage. Sie selbst hatten vor gar nichts Angst – nicht vor den Kommies, nicht vor den Yankees, nicht vor den Indianern, vor überhaupt nichts. Sie hatten einen Pakt geschlossen: Falls einer von ihnen jemals vom Feind gefangengenommen und gefoltert werden sollte, würde er auf gar keinen Fall die Namen der anderen vier verraten, nicht einmal angesichts des Todes. Immer wieder unterwarfen sie sich den verschiedensten Mutproben. An Sommerabenden, wenn die Straßenlaterne vor Jeds und Raymonds Haus brannte, schossen große flatternde Schatten durch den Lichtkreis auf dem Pflaster. Raymond behauptete, das seien die Schatten von Vampirfledermäusen. Und so stellten die Fünf sich abwechselnd unter die Laterne, bis mindestens zwölf Vampirfledermäuse vorübergeflogen waren.

Eine andere Mutprobe fand bei dem alten, mit Brettern vernagelten Hardin-Haus weiter unten an der Straße statt. Es bestand aus bröckelndem roten Backstein und war von wild wuchernden Ranken bewachsen. Der alte Mr. Hardin, hieß es, habe oft seine Frau verprügelt. Bis eines Abends, als er sie beinahe umgebracht hätte, Sohn Carl hereinkam und ihn erschoß. Mrs. Hardin erlag ihren Verletzungen, Carl saß noch immer im Kittchen. Im Haus sollten sowohl Mr. als auch Mrs. Hardin spuken und noch im Tod so weitermachen wie zuvor. Jed und Raymond behaupteten, spät in der Nacht regelmäßig Schreie zu hören, die aus den zerbrochenen Fenstern im ersten Stock drangen.

»Warum hat sie sich das von ihm gefallen lassen?« verlangte Emily zu wissen. »Der Mann, der so was bei mir versuchen würde, hätte bestimmt nichts zu lachen!« Die anderen nickten beifällig.

Die Hardin-Mutprobe verlangte, daß jeder einzelne nach Sonnenuntergang allein durch den schmiedeeisernen Zaun kroch, über den verwilderten Rasen schlich und siebenmal quer über den Kies der Einfahrt lief. Barfuß. Anschließend versammelten sie sich in Emilys und Sallys Garten, fingen Glühwürmchen ein, setzten sie sich auf die Finger und taten, als wären es Brillantringe.

Einmal führte Raymond sie an den Fluß hinunter, um nach dem Brückenträger einer stillgelegten Bahnlinie zu suchen. In der Schule hatte er gelernt, daß die Yankees ihn in Brand gesetzt hatten, um so den Nachschub für Lees Truppen in Virginia zu unterbrechen. Ein achtjähriges Mädchen aus einem nahe gelegenen Haus löschte das Feuer mit einem Eimer Wasser. Die Yankees in ihren zerrissenen blauen Uniformen, die Gesichter pulvergeschwärzt und völlig gelähmt vor tiefer Erschöpfung, entdeckten das und legten ein weiteres Feuer, das von dem Mädchen ebenfalls gelöscht wurde. Die Yankees hockten sich vor sie hin und logen ihr, während sie an ihre eigenen Töchter dachten, mit ihrem harten Akzent vor, der Pfeiler müsse unbedingt zerstört werden, damit keine Yankees mehr in den Süden kommen und ihre Familie belästigen könnten. Sie lächelte schüchtern. Nachdem die Männer fort waren, goß sie sofort Wasser auf den neuen Brand. Umgehend kamen sie zurückgeritten und schossen wütend in die Luft. Die Kleine lief fort und versteckte sich. Doch kaum hatten die Yankees sich überzeugt, daß die Flammen wieder hochschlugen, und waren davongeritten, kam sie heraus, um zu löschen.

Die Fünf wußten genau, daß sie dasselbe getan hätten. Und hätten die Yankees kämpfen wollen, dann hätten sie's mit einem *richtigen* Gegner zu tun bekommen. In Emilys und Sallys Eßzimmer stand ein Mahagonitisch von der Farm der Familie mütterlicherseits. Die Tischplatte war von tiefen Kerben durchzogen, weil die Yankees die Bullen der Farm darauf geschlachtet hatten. Die Urgroßmutter hatte stumm zugesehen, wie ihr Tisch zerhackt wurde, wie Blut auf die schönen Teppiche tropfte und sämtliche Wände bespritzte. Nun, *sie* hätten nicht einfach dabeigestanden, das wußten Emily und Sally. Und alle Kinder jubelten laut bei jenem Teil der Geschichte, in dem der Yankee-Offizier auf der Suche nach Silber das große Federbett aufgeschlitzt, eine Feder in die Luftröhre bekommen hatte und daran erstickt war.

Zu Weihnachten erhielten die Fünf eine weitere Bestätigung dafür, daß sie etwas Besonderes waren. Mit Raymonds arg mitgenommenem .22er Gewehr trotteten sie durch die Felder hinter Emilys und Sallys Haus. Die senfgelben, vom Frost erstarrten Stoppeln brachen knackend unter ihren Stiefeln. Den hohen Hügel hinauf ging es, auf dem sie, als sie noch klein und dumm gewesen waren, zu fliegen versucht hatten. In der Ferne ragten die blauen Berge auf, zu denen Reihe um Reihe die senfgelben froststarren Felder führten. Und unmittelbar unter ihnen lag der Wald, der mit den kahlen Ästen seiner Eichen, Pappeln und Walnußbäume komplizierte dunkle, an Schmiedeeisengitter erinnernde Muster an den bedeckten Himmel zeichnete.

In Wolken ihres eigenen Atems gehüllt, versuchten sie in den Wipfeln der Eichen die dunklen Früchte der Mistel zu entdecken. Jeder bekam eine Patrone. Es galt, den Zweig glatt durchzuschießen, damit ein ganzes basketballgroßes Büschel wie ein Fallschirm auf den Waldboden herabgeschwebt kam. Traf man statt dessen das Büschel selbst, rieselte nur ein Regen winziger Zweiglein herab. Oft schaffte es nicht einmal Mr. Tatro, mehr als solche kleinen Zweige herunterzuschießen. In jenem Jahr aber, und auch in den folgenden drei Jahren, holte jeweils einer der Fünf ein ganzes Büschel aus dem Baum. Sie rannten durch das verfilzte, abgestorbene Timotheusgras in den Wald hinein und suchten, bis sie die Mistel an ihrem durchschossenen Ast fanden. Derjenige, der sie herabgeholt hatte, untersuchte sie eingehend, während die anderen schweigend zusahen. Die Mistel überdauerte, staubig grün, den ganzen Winter, wenn alles andere im Wald abgestorben zu sein schien. Sie war, genau wie die Fünf, etwas Besonderes: dazu erwählt, Wache zu halten. Und doch waren die weißen Beeren giftig. Nein, mit der Mistel spielte man nicht leichtsinnig herum; und mit den Fünfen ebensowenig.

Sie trugen ihre Beute nach Hause, wo irgendeine Mutter sie an einem albernen roten Band in eine Türöffnung hängte und andere Erwachsene sich darunter küßten, während die Fünf verächtlich zusahen.

Da die Fünf der Ansicht waren, daß diese Zeichen der Bestätigung bedurften, legten sie eines windigen Märzmorgens ihr ganzes Taschengeld zusammen und erstanden einen gelben Papierdrachen sowie vier Dutzend Knäuel Bindfaden. Auf den Drachen schrieben sie: »Botschaften erhalten. Wählt Newland 761, R-Gespräch, Tag und Nacht.« Dann kletterten sie auf ihren Hügel und ließen den Drachen steigen, der in den Windböen lustig tanzte und sprang. Immer mehr Bindfaden spulten sie ab, bis der Drachen inmitten der treibenden, miteinander kollidierenden Wolkenfetzen nur noch ein winziger, ferner Punkt war. Dann durchschnitten sie den Bindfaden in der festen Überzeugung, der Drachen werde in New York gefunden werden. Ständig lungerten sie um das Telefon herum, doch niemals kam ein Gespräch für sie.

Die Zweifel setzten eigentlich erst in jenem Herbst ein, als Raymond auf die Junior High School kam. Zuerst durfte Emily nicht zum Nationalen Buchstabierwettbewerb nach Washington, D.C., ja, schaffte es nicht mal über die Schwelle der Jefferson Davis Elementary School hinaus. Da sie ›Abszeß‹ falsch buchstabiert hatte, mußte sie in der zweiten Runde, in Tränen aufgelöst, an ihrem Platz sitzen bleiben. Wenn sie es schon nicht nach Washington, D.C. schaffte, flüsterten sich die anderen zu, wie sollte sie es dann zur ›64000 Dollar Question‹ nach New York schaffen? War es möglich, daß nicht einmal sie mit ihrem Superhirn es fertigbrachte, die oberste Sprosse der Leiter zu erklimmen?

Eines Samstagnachmittags lümmelten die Fünf müßig im Schloßbaum herum. »Mann, ich wünschte, die Kommies würden versuchen, unsere Stadt zu erobern«, sagte Jed mit leuchtenden Braunaugen. »Das wäre ihre letzte Invasion, das kann ich euch flüstern.« Die Fünf machten es sich auf ihren Astsitzen bequem und stellten sich vor, wie sie Dutzende von Angreifern erledigten – Kommies, Yankees, Indianer, Banditen, Piraten, Atheisten. Mit Judo-Schwüngen, Bajonettstößen, linken Haken ans Kinn . . .

»Jaaa«, stimmte Donny ihnen zu, rollte sich gemächlich vom Autoreifen und ließ sich lässig durch die Luft fallen, wobei es selbst für Eingeweihte so aussah, als müsse er unfehlbar neun Meter tief durch das Geäst in den Tod hinabkrachen. Gerade noch rechtzeitig packte er das verknotete Seil, das vom Thron herabhing, schwang sich mit einem Stoß seiner mageren schwarzen Beine empor und landete sicher auf der Couch. Das war sein Lieblingstrick. Die anderen beobachteten ihn aus den Augenwinkeln und taten, als seien sie unbeeindruckt. Jed war zu mickrig für diesen Trick, Raymond zu ungeschickt, Sally seit einiger Zeit nur noch darauf bedacht, ihre Knie zusammenzupressen, und Emily fürchtete, sich den Hals zu brechen.

Emily, die damit beschäftigt war, in die Fußstütze der Couch ›Abszeß‹ zu ritzen, behauptete: »Ich bin fest davon überzeugt, daß wir Adoptivkinder sind.«

»Woher willst du das wissen?« erkundigte sich ihre jüngere Schwester.

»Na ja, ich meine, das sieht doch jeder, nicht wahr? Sie *können* gar nicht unsere richtigen Eltern sein, oder? Wir sehen ihnen ja nicht mal ähnlich. Sie sind dunkel.« Sie zeigte auf Sallys hellbraune Zöpfe und ihren eigenen kastanienbraunen Pagenkopf. »Unsere richtigen Eltern wohnen vermutlich in einem Penthouse in New York City.«

»Scheiße!« widersprach Raymond, der jetzt, als Schüler der siebenten Klasse, allmählich das Fluchen lernte. »Eure Eltern bumsen wie alle anderen, und da kommt ihr eben her.«

Die anderen starrten ihn sprachlos an. »Wie meinst du das?« erkundigte sich Jed.

Raymond schilderte ihnen den Trickfilm mit dem Titel ›Geheimnis eines neuen Lebens‹, den er vor kurzem im Biologieunterricht gesehen hatte.

»Blödsinn, du spinnst ja!« behauptete Jed. »Der Mann tut den Samen in die Frau, und daraus entsteht dann ein Baby. Das hat Dad mir mal erklärt.«

»Ja, aber wo kommt der Samen her? Und wie tut der Mann ihn da rein?«

»Stimmt. Das hab' ich selber gesehen«, berichtete Donny leise. »Unser Nachbar hat's mit seinem Mädchen auch so gemacht. Ich hab' mich rangeschlichen und zugeguckt, wie sie in seinem Auto gesessen haben.«

Schweigen.

»Fünfzehn Zentimeter?« keuchte Sally entsetzt und preßte energisch die Knie zusammen. »Und wie dick?«

»Ach, ich weiß nicht.« Raymond gähnte. »Fünf vielleicht. So ungefähr wie die Papprolle im Klopapier.«

»Bähhh!« Sally und Emily taten, als müßten sie sich übergeben.

»Nichts ablehnen, bevor man's nicht probiert hat«, warnte Raymond.

»Und du hast das wohl schon getan, wie?« höhnte Emily.

»Das möchtest du bestimmt gern wissen.«

»Also, eins sag' ich dir jetzt schon, Raymond Tatro: Wenn *wir* heiraten, werd' ich das auf keinen Fall mit dir machen.«

»Ich auch nicht«, echote Sally, die an ihrem Zopfende herumfingerte.

»In dem Film heißt es, daß man das muß, wenn man Kinder kriegen will.«

»*Ich* nicht! Ich werde mir welche adoptieren«, erklärte Emily. »Ist doch widerlich, so was!«

»Dann können unsere Kinder aber nicht echte doppelte Cousins ersten Grades sein«, jammerte Sally.

»Das würden sie sowieso nicht, weil wir ja keine richtigen Schwestern sind«, belehrte Emily sie weise. »Jetzt bin ich absolut sicher, daß wir Adoptivkinder sind. Mom und Dad würden so was niemals tun.«

»Reden wir nicht mehr davon.« Jed war grün im Gesicht.

Als die Blätter des Schloßbaums in diesem Jahr zu mattem Gelb verblaßten und abfielen, trafen sich die Fünf nicht mehr so häufig in seinen Ästen. Und wenn, dann mieden sie zuweilen einer des anderen Blick. Verlegene Schweigepausen entstanden. Sally versuchte sie mit sinnlosem Geschwätz zu füllen.

Eines Nachmittags im darauffolgenden Frühjahr schlenderten die Fünf gemächlich zum Zeitungskiosk, um den Boys von der High School beim Flippern zuzusehen. Während die Automaten klingelten, in Jahrmarktsfarben aufleuchteten und unter den Faustschlägen der fluchenden Spieler erzitterten, schlich Raymond sich verstohlen davon. Als ihn die anderen beim Zeitungsständer entdeckten, winkte er Donny und Jed grinsend zu sich herüber. Kurz darauf begannen alle drei Jungen zu kichern und einander auf bestimmte Dinge aufmerksam zu machen. Emily und Sally gesellten sich zu ihnen. Doch Raymond klappte ihnen die Zeitschrift vor der Nase zu. Ganz flüchtig nur konnten Emily und Sally noch Bilder von nackten Frauen sehen.

Sie verließen den Zeitungskiosk und überquerten die Grünanlage vor dem Gerichtsgebäude aus rotem Backstein. An der Hauswand waren Bronzetafeln mit den Namen aller Männer aus Cherokee County angebracht, die in zwei Weltkriegen gefallen waren. Und vor dem Portal stand mit Gewehr und aufgepflanztem Bajonett die Statue eines Soldaten der Konföderiertenarmee, die von der County kurz nach dem Wiederaufbau von einem Vertreter einer Vermonter Granitfirma gekauft worden war. Wie es die Tradition erforderte, salutierten sie alle fünf, wenn sie dort vorbeikamen. Heute jedoch behielt Donny die Hände in den Taschen seiner kurzen Hose.

»Du hast vergessen zu salutieren«, erinnerte ihn Jed.

»Hab' keine Lust.«

»Wieso nicht?«

»Nur so.«

Den ganzen Vormittag über hatten die Fünf in der Fabriksiedlung Sprudelflaschen gesammelt und sie mit einem Karren zum Laden zurückgebracht. Jeder, der eine Flasche gestiftet hatte, bekam vom Flaschenpfand einen Penny, den anderen behielten die Fünf für sich, weil sie das Eintrittsgeld zur Nachmittagsvorstellung des Films ›Das Ding von einem anderen Stern‹ im Majestic Theatre zusammenzubringen versuchten. Bei einem Haus, einem abblätternden Holzkasten auf Hohlziegeln, kam eine Frau in zerrissenem Hauskleid mit einem plärrenden Baby auf der Hüfte an die Tür. »Sind das nicht die Prince-Mädchen?« fragte sie Raymond. Der nickte. Da schrie sie ihn wütend an: »Für euch habe ich keine Flaschen! Ihr könnt eurem Daddy von mir bestellen, er soll seinen Töchtern von dem Geld was abgeben, das er Mrs. Harmons Mann gestohlen hat! Das könnt ihr ihm von mir bestellen!«

Die Fünf rannten, den roten Bollerwagen im Schlepp, den Bürgersteig entlang.

»Was wollte die eigentlich?« erkundigte sich Emily. »Unser Vater stiehlt doch nicht.«

»Ach was«, antwortete Jed beruhigend. »Die alte Harmon ist nicht ganz dicht.«

Als sie den Wagen zum Drugstore zogen, nahm Jed eine Coke-Flasche zur Hand und sagte staunend: »Seht mal! Die ist aus Ägypten!« Er deutete auf das Wort ›Cairo‹, das auf den Boden geprägt war.

Raymond riß ihm die Flasche aus der Hand, warf einen Blick darauf und legte sie auf den Wagen zurück. »Cairo in Illinois, du Hammel!«

»Ist es nicht«, widersprach Jed hartnäckig. »Woher willst du das wissen? Du glaubst wohl, du hast die Weisheit mit Löffeln gefressen, nur weil du in die siebente Klasse gehst.«

»Ich weiß jedenfalls mit Sicherheit mehr als so ein dämlicher Fünftkläßler! Ägypten! Mann, bist du ein Idiot!«

Als sie den Konföderierten-Soldaten hinter sich gelassen hatten, begann Donny auf dem Kantstein zu balancieren und gleichzeitig Jojo zu spielen. Die anderen balancierten und jojoten hinter ihm drein.

»Ich bin noch nie in der Stadt im Kino gewesen«, warf Donny über die Schulter zurück.

»Wirklich nicht?« fragte Jed verwundert. »Wieso nicht?«

»Meine Grandmaw, die sagt immer, bleib da, wo die weißen Leute dich haben wollen. Außerdem kommt fast jeder Film auch zu uns nach Pine Woods raus.«

Sie statteten Woolworth einen Besuch ab, zwängten sich alle zusammen in die Fotokabine, schlossen den Vorhang und warfen einen Vierteldollar ein. Die Fotos, die dabei herauskamen, zeigten fünf zu

Grimassen verzerrte Gesichter, einige mit ausgestreckter Zunge, andere mit den Daumen in den Ohren und wedelnden Fingern. Auf einem reckte Raymond den Mittelfinger in die Höhe. Sie schnitten den Streifen auseinander, und jeder von ihnen bekam ein Bild.

Die Plakate außen am Majestic verkündeten, das ›Ding‹ werde persönlich im Parterre umherschleichen und jedem, der den Mut hatte, den ganzen Film hindurch sitzen zu bleiben, eine Belohnung überreichen. Sie betrachteten die nervenkitzelnden Bilder in den Schaukästen, Fotos von entsetzten Männern, die sich gegen langsam aufgehende Türen warfen, während im Hintergrund wohlgerundete Blondinen kreischten.

Als sich die Fünf Eintrittskarten gekauft hatten und auf die Eingangstüren zustrebten, schrie die Kaugummi kauende, hochtoupierte Frau aus dem Kassenhäuschen hinter ihnen her: »He, du da! Farbiger Junge! Jawohl, du. Du darfst da nicht rein. Du gehst die Treppe rauf auf den Balkon, verstanden? Versuch hier bloß nicht, frech zu werden!«

»Aber er gehört zu uns«, versicherte Raymond besänftigend.

»Und wenn er Jesus persönlich wäre, Herzchen – er darf nicht unten sitzen.«

Donny hatte den Blick niedergeschlagen und stocherte mit der Spitze seines hohen schwarzen Tennisschuhs in einem Riß des imitierten Marmorfußbodens. Die anderen vier sahen sich an. Die Seitentreppe war ihnen nie aufgefallen.

Schließlich murmelte Donny resigniert: »Na, geht schon! Wir treffen uns hinterher hier unten.«

»Dann gehen wir alle auf den Balkon«, entschied Emily.

»Aber ihr würdet die Belohnung verpassen«, entgegnete Donny flüsternd.

»Er hat recht«, bestätigte Jed. »Paß auf, Donny, wir bringen dir auch eine mit, okay?«

Donny nickte und ging zur Seitentreppe. Nach der Wochenschau erschien ein Film der im Wind flatternden Stars and Stripes auf der Leinwand, und eine Kapelle spielte ›The Star-Spangled Banner‹. Alle Besucher standen auf und legten die rechte Hand aufs Herz.

Als sie, wieder im Schloßbaum, Toffees kauten und überlegten, was *sie* wohl mit diesem gräßlichen Ding vom Mars getan hätten, konnte keiner von ihnen Donny ansehen.

»Quatsch!« erklärte Jed schließlich. »Ich finde den Balkon fabelhaft. Ist doch phantastisch, so hoch oben zu sitzen.«

Donny zuckte schweigend die Achseln.

»Wenn ich die oberste Stufe erreiche«, verkündete Emily, »werd' ich das ganze Kino kaufen und dir und deiner Grandmaw auf Lebenszeit Freikarten für ganz vorne schenken.«

Unten raschelte etwas im Laub. Jemand näherte sich ihrem Baum. Als sie hinabspähten, sahen sie Mr. Fulton, grau und gebeugt, unten stehen. Durch die um den Mund gelegten Hände rief er zu ihnen hinauf: »Ihr kommt jetzt sofort von meinem Baum runter, verstanden? Ihr seid zu alt, um noch auf Bäume zu klettern. Die Äste können euch nicht mehr tragen. Ich hab's satt, ständig Angst um euch auszustehen. Geht lieber nach Hause und macht eure Schulaufgaben.«

Die Jungen gewöhnten es sich an, ihre Zeit damit zu verbringen, auf Knien und Ellbogen, in den aufgestützten Armen imaginäre Gewehre, auf leeren Feldern herumzukriechen. Wenn Emily und Sally mitmachen wollten, bewarfen sie sie mit imaginären Handgranaten, deren Bolzen sie mit den Zähnen herauszogen. Bei dem einzigen Mal, an dem sie die Mädchen mitspielen ließen, fesselten sie die beiden und ließen ihnen Wasser auf die Stirn tropfen, bis sie sich wütend der Spionage schuldig bekannten. Die Jungen sammelten Army-Abzeichen aus Haferflockenpackungen und bettelten so lange, bis ihre Mütter sie ihnen auf die Windblusen nähten.

In jenem Sommer trieben sich Raymond, Donny und Jed fast ständig vor dem Varieté-Zelt herum und betrachteten die Plakate mit den nahezu nackten Frauen. Emily und Sally versuchten, sie dazu zu bewegen, mit ihnen die Hot-Dog-Maschine zu bewundern: An einem Ende wurde ein lebendiger Hund hineingesteckt, und am anderen kamen nach vielem Gebell und Gejaule ganze Stränge von Wiener Würstchen heraus. Aber die Jungen verscheuchten sie. Emily und Sally landeten an einem Stand in der Nähe, wo sie so taten, als interessierten sie sich ungeheuer für die Kunst, Pennies in Milchflaschen zu werfen. Gelegentlich klang Gelächter herüber. »Guck mal«, sagte Jed, »da steht, daß sie Tischtennisbälle ins Publikum schießt.« Die drei Jungen wieherten vor Lachen.

»Was ist denn da bloß so komisch dran?« wollte Emily von Sally wissen. »Was ist so komisch an Pingpongbällen? Kapier' ich nicht.«

Sally schüttelte den Kopf. »Ich glaube, die sind völlig plemplem.«

Im folgenden Winter schoß niemand eine ganze Mistel vom Baum. Alle erzielten nur einen Regen von toten Blättern und Zweigen. Die Hütte im Wald brach über ihren Schätzen zusammen, und niemand baute sie wieder auf. Wuchernde Himbeerranken verdeckten den Eingang zum Pulvermagazin. Im Schloßbaum saßen jüngere Kinder und schnatterten wie kleine Äffchen. Emily und Raymond, die von der weißen Junior High School kamen und getrennt, jeder mit neuen Freunden, den Bürgersteig entlangschlenderten, taten, als hörten sie die eifrigen Stimmen im Baumwipfel nicht.

Zweiter Teil

Erstes Kapitel
Ein Team ist auf dem Kien

Bei der Pep-Rallye für das Spiel gegen die Bledsoe Station Bulldogs zogen Sally und eine andere Cheerleaderin der Newland Pioneers die ›Einschüchterungs-Maschine‹ aufs Mittelfeld, während die Band ›Hot Time in the Old Town‹ spielte. Die Maschine bestand aus einem großen, kunstvoll bemalten Pappkarton. An einem Ende schoben sie eine Bulldogge hinein, die eine Schabracke in Marineblau und Weiß, den Farben der Bledsoe High School, trug.

Dann riß die Musik der Band unvermittelt ab. Emily ließ ihre Flöte sinken und beobachtete den Pappkarton, in dem Gebell und wütendes Knurren ertönten. Er schwankte, wackelte und bebte heftig. Eine Cheerleaderin öffnete die Tür am anderen Ende, und heraus spazierte ein Chihuahua in einer winzigen blau-weißen Weste. Die Zuschauer brüllten und jubelten.

Während die ›Einschüchterungs-Maschine‹ hinausgeschoben wurde, stelzte der Kapitän des Footballteams zum Mikrofon. »Äh . . . die Mitglieder der Mannschaft und ich, wir möchten euch allen wirklich dafür danken, daß ihr heute nachmittag alle hier rausgekommen seid. Äh . . . es ist für uns alle da draußen auf dem Spielfeld furchtbar wichtig zu wissen, daß die ganze Schule hundertprozentig hinter uns steht. Äh . . . und dieses Spiel morgen abend, ihr alle wißt wohl, wie unerhört wichtig es für uns ist, daß wir gewinnen, wenn wir die Chance kriegen wollen, um die State Championship zu kämpfen . . .«

Er trat von einem Fuß auf den anderen und kaute hektisch auf seinem Kaugummi herum. Als der aufsichtführende Lehrer zur anderen Seite der Turnhalle hinüberging, glitt Raymond verstohlen von seinem Platz und schlich die Treppe zum Ausgang hinab.

». . . aber wir können nicht ganz allein gewinnen. Äh . . . wir brauchen euch alle morgen abend da draußen, damit ihr so laut schreit, wie ihr könnt. Deswegen . . . äh . . . möchten wir euch allen im Namen von unserem Team und den Trainern und allen für eure Unterstützung in dieser Spielsaison danken und euch bitten, uns auch morgen abend bei unserem Spiel gegen die Bulldogs nicht im Stich zu lassen.«

Die Cheerleaderinnen sprangen aufs Feld hinaus, schwenkten die Arme und schrien laut: »Ja, unser T-E-A-M ist auf dem K-I-E-N...«

Sally warf Jed, der mit dem Team zusammen auf der Bank saß, einen Blick zu, und beide lächelten.

Sally lag auf der Couch und sah sich ›American Bandstand‹ an. Kenny und Arlene waren wieder zusammen und tanzten den Mashed Potato. Das freute Sally für die beiden. Gestern hatten sie sich gestritten und ziemlich unglücklich gewirkt, weil sie mit anderen Leuten tanzten. Sie sah auch nicht auf, als Emily hereinkam und mißbilligend vor ihr stehenblieb.

»Wenn du dein Leben auf diese Weise verplempern willst – bitte sehr.«

Sally nickte im Takt der Musik mit dem Kopf.

»Wenn es ein Fließband geben würde, das dir das Essen bringt, würdest du den ganzen Nachmittag vor diesem Kasten sitzen. Warum tust du zur Abwechslung nicht mal was Konstruktives – kommst mit mir raus, Basketball spielen, liest mal ein Buch, oder so...«

Sally stieß einen tiefen Seufzer aus. Immer mußte Emily auf ihr rumhacken, hatte das vermutlich schon getan, seit sie geboren wurde. Eifersucht... Sie wünschte, Emily würde endlich lernen, sich ein bißchen zu entspannen. Sie hatte ja jetzt schon Runzeln, und dabei war sie erst sechzehn. Wenn sie die Stirn nicht so oft krausziehen würde, könnte sie vielleicht Cheerleaderin werden oder Ingenue oder so was; dann hätte sie auch nicht mehr soviel, *worüber* sie ihre Stirn runzeln mußte. *So* schlecht sah sie eigentlich gar nicht aus; es lag hauptsächlich an ihrer Persönlichkeit. Und daran, wie sie sich anzog: ihre Pullover paßten nie richtig zum Rock, und ihre Röcke schlugen Falten, weil sie überhaupt keine Hüften hatte. Wie eine Landpomeranze sah sie aus. Wie Ina Sue Bascombe, zum Beispiel, die ihre Haare zu langen Zöpfen geflochten trug und sich nicht mal die Beine rasierte, weil ihr Daddy ein Keuschheits-Apostel war und das nicht duldete. Und wie krumm Em sich hielt – als schäme sie sich ihres Busens und suche ihn zu verstecken. Das konnte Sally einfach nicht begreifen. Sie selbst war stolz auf ihren Körper, liebte die Bewegungen, die sie als Cheerleaderin vollführte, liebte es, wenn die Jungen sie dabei anstarrten. Offen gestanden, es war nicht leicht, so eine Außenseiterin zur Schwester zu haben. Immer wieder sagten die Leute: »Nicht zu glauben, daß ihr beide Schwestern seid! Mein Gott, ihr seht euch ja überhaupt nicht ähnlich!«

»Ich trainiere zweimal in der Woche Cheerleading«, erwiderte Sally. »Ich nehme an den Sitzungen der Devouts und der Ingenues teil. Ich gehe ins Kino, zum Tanzen und zum Football. *Du* solltest dir lieber mal Gedanken machen und dich fragen, warum dich nie einer zum Ausgehen einlädt, außer diesem ekligen Raymond Tatro. Und warum keins von den Mädchen dich bittet, ihrem Club beizutreten, und dir deswegen nichts anderes übrigbleibt, als zu Hause zu hocken, Basketball zu spielen und dämliche Bücher zu lesen.«

Emily zuckte zusammen. »Glaubst du, ich mache mir was aus euren idiotischen Clubs? Ich würde genausowenig den Ingenues beitreten, wie ich ... mir ›American Bandstand‹ ansehen würde.«

»Gut für dich, weil dich ja doch niemand dazu auffordert.«

Ruby saß, ein Tuch um den Kopf gewunden, auf einem Hocker vor dem Fernseher und bügelte im Tempo von einem Wäschestück pro Sendung. Sie trug ein Paar von Donnys abgelegten hohen schwarzen Tennisschuhen und hatte die Strümpfe bis auf die hageren Knöchel heruntergerollt. Jetzt schob sie sich ihren Priem in die Backe und machte den Mund auf. Ihre Lippen falteten sich über den zahnlosen Kiefern nach innen. »Maaann, müßt ihr beide euch eewig zanken? Wie eure Mama das bloß aushält! Aber ich laß mir das nich' gefall'n. Ruhe jetzt, habt ihr verstanden? Miss Emily, du gehs' jetz' rauf un' holst mir noch 'n paar Kleiderbügel. Un' Miss Sally, du machs' mir 'n Schinken-Sammich.« Sie begriff nicht, wie zwei junge Mädchen, die es in ihrem Leben immer nur gut gehabt hatten, immerfort so gemein zueinander sein konnten. Wenn ihr Donny so gewesen wäre, wo seine Mama davongelaufen war und er es überall schwer gehabt hatte, das hätte sie schon verstehen können. Aber ihr Donny war immer so süß! Sie verstand einfach nicht, wo das mit dieser Welt noch mal hinkommen sollte. Emilys und Sallys Eltern waren nicht so, wie ihre Eltern gewesen waren, und aus diesen Mädchen hier wurde sie überhaupt nicht schlau.

Während Emily alle Wandschränke nach leeren Kleiderbügeln absuchte, mußte sie daran denken, daß sämtliche Familienmitglieder immer das taten, was Ruby ihnen befahl. Wer war denn hier eigentlich der Dienstbote? Doch wohl Ruby! Obgleich sie ständig darum stritten, wer seine Wäsche am Bügeltag von Ruby bügeln lassen mußte, weil sämtliche Stücke danach Falten an den falschen Stellen hatten und voller Tabakflecken waren; obgleich ihre Mahlzeiten im ganzen Land für ihre Unverdaulichkeit berühmt waren, weil jeder Bissen nur so in Schweineschmalz schwamm; obgleich es so aussah, als bringe sie an den Tagen, an denen sie putzen kam, von zu Hause Spinnweben mit, um sie überall gleichmäßig zu verteilen – trotz alledem hatte die Mutter seit Jahren vergeblich versucht, sie zu entlassen.

»Unsinn, Missus«, entgegnete die Alte dann. »Sie wüßten ja gar nicht, was Sie ohne die alte Ruby tun sollten.«

Offenbar war Ruby das Kreuz, das der Familie auferlegt worden war. Von ihr befreit gewesen waren sie eigentlich nur einmal: kurz nachdem Sally geboren war. Da hatte Ruby energisch verkündet, sie hasse Babys und kleine Kinder, vor allem mehrere auf einmal, und hatte sich anderswo verdingt, bis die beiden zur Schule kamen.

Emily drückte der knochigen Alten die Kleiderbügel in die Hand, nahm ihren Basketball und dribbelte damit zum Hinterausgang. Beim Hinausgehen betrachtete sie die Markierungen am Türrahmen. In jedem Sommer hatten die Fünf sich hier an den Türrahmen gestellt und ihre neuen Maße markiert. Fünf Reihen von Strichen gab es, jede von etwa einem Meter über dem Boden bis zu annähernd ein Meter sechzig, ein Meter siebzig.

»Wir haben die Tür ganz schön verschandelt«, wandte Emily sich an Sally. »Wir sollten sie irgendwann mal scheuern.«

Sally, völlig ins Fernsehen vertieft, antwortete nicht.

Draußen übte Emily an der Garagenwand Bogen- und Zielwürfe. Sie verfehlte den Korb nur selten. Dann stellte sie sich an die Freiwurflinie und übte Wurf um Wurf. Sie begriff nicht, was sie immer wieder dazu trieb, an Sally herumzunörgeln. Warum gelang es ihr nicht ein einziges Mal, sich reserviert und würdevoll zu verhalten? Was interessierte es sie schon, ob Sally den größten Teil ihres Lebens entweder vor dem Spiegel oder vor dem Fernseher verbrachte?

Im Blumengarten entdeckte sie ihre Mutter, die in Strohhut und Arbeitshandschuhen Unkraut jätete. Dort draußen verbrachte sie den größten Teil ihrer Zeit. Wenn Emily ihre Freundin June besuchte, bot Junes Mutter ihr immer einen Imbiß an und plauderte ein Weilchen mit ihnen. Das hatte Emilys Mutter noch nie getan. Emily fragte sich, ob das der Grund war, warum die Ingenues sie noch nie zum Beitritt aufgefordert hatten. Ob die Interesselosigkeit ihrer Mutter den Mädchen mißfiel? Andererseits war Sally natürlich Ingenue-Mitglied und hatte dieselbe Mutter wie Emily . . .

Jetzt bog ein türkis-weißer Chevy, der so tief lag, daß die beiden Auspuffrohre fast über den Betonboden schurrten, in die Einfahrt ein. Emily war krampfhaft bemüht, ihn zu ignorieren. Ein junger Mann in Chinos und kariertem Sporthemd von Gant stieg aus. »He, Em!« rief er und strich sich mit der Hand kurz über den Bürstenkopf, um sich zu vergewissern, daß seine Stoppeln auch wirklich so aufrecht standen wie das Nagelbett eines Fakirs.

»Hallo, Jed.«

Er streckte beide Hände aus. Widerstrebend warf sie ihm den Ball zu. Er setzte zu einem Sprungwurf an, der jedoch zu kurz ausfiel. »Scheiße!« maulte er und wiederholte den Wurf als Pantomime, um mit seinem Bizeps anzugeben. Emily runzelte die Stirn. Widerwärtig, wie der seinen idiotischen Körper anbetete, ununterbrochen trainierte und dann selbstgefällig in der Gegend rumstand! Wenn sie daran dachte, was für ein mieser kleiner Schwächling er gewesen war... Als Kind hätte sie ihn ungespitzt in den Boden rammen können. Noch heute war sie ihm im Basketball überlegen, zu ihrem Leidwesen jedoch gab es keine Mädchenmannschaft. Statt dessen erwartete man von ihr, daß sie über dieses widerliche Muskelpaket ins Schwärmen geriet, freitags abends beim Football auf den Zuschauerbänken saß und auf Sallys Befehl in Jubel über seine Zurschaustellung ausbrach. Einfach krank machte sie das. Mit seiner unerschütterlich guten Laune weckte er in ihr den Wunsch, ihn zu erwürgen. Was Sally an diesem Kerl fand, war ihr schleierhaft. Aber was konnte man schon von einem Mädchen wie Sally erwarten.

Jed, der sie die Stirn runzeln sah, zuckte lächelnd die Achseln. Was sollte man sonst tun mit dieser Emily, die sich ständig benahm, als hätte sie ihre Tage? Sie war schon als Kind rechthaberisch gewesen, doch längst nicht so miesepetrig wie jetzt. Na ja, war wohl auch nicht ganz leicht, eine Schwester zu haben, die so fabelhaft aussah und so beliebt war wie Sally, während man selbst nichts vorzuweisen hatte als 'n bißchen Grips. In der Schule war sie weitgehend unbeliebt, weil sie den Notenstandard jeder Klasse, in der sie war, unweigerlich in die Höhe trieb.

Voll Mitgefühl musterte er ihren lang aufgeschossenen Körper. Sie stand da, die Hände in die Hüften gestützt und das Gewicht auf ein Bein verlagert. Teufel noch mal, genau wie ein Junge! Keine Taille, keine Hüften, dazu Stirnfalten... Aber immerhin hübsche Titten, das mußte man ihr lassen. Obwohl sie wohl kaum einen da ranließ. Genau wie Sally. Die Princes hielten es mit der Tugend, wie damals schon der Großvater. Jed erinnerte sich genau, daß er als kleiner Junge mal mit seinem Daddy zur Spinnerei gegangen war. Der alte Prince, Sallys Großvater, hatte sie in sein Büro gebeten, Jed vor sich auf den Schreibtisch gesetzt, ihm einen Nickel, fünf Cent also, geschenkt und ihm erklärt, wenn er diesen Nickel schön spare, könne er damit weitere Nickel machen. »So kommt man zu Geld, mein Junge«, hatte er, wie Jed sich erinnerte, gesagt. »Indem man stets weniger ausgibt, als man einnimmt.« Kaum daheim angekommen, war Jed zum Drugstore rübergelaufen, hatte sich ein ›Baby Ruth‹ gekauft und es gierig verschlungen. Er hielt mehr davon, Geld sofort auszugeben, wenn man es bekam – sonst würde es einem ja doch nur ein anderer abknöpfen oder klauen. Bestimmt hatte der Alte damals Spione im Drugstore gehabt. Er merkte doch ganz genau, wie Sallys Vater ihn immer musterte, wenn er sie zu einer Verabredung abholte. Dieser junge Mann ist ein Verschwender, schien sein Blick anzudeuten. Jedenfalls war das der einzige Grund, der ihm einfallen wollte, warum Mr. Prince ihn immer so musterte. Daß Jed mit seiner Tochter schon ganz schön weit gekommen war, konnte er unmöglich wissen. Tatsache blieb, daß Jed das ungeheuer störte. Er war es nicht gewöhnt, daß man ihn mißbilligend musterte. Er war der Liebling seiner Mutter. Und wenn man ein guter Footballspieler war, liefen einem die Mädchen in Scharen nach, vor allem, wenn man einen so tollen Schlitten fuhr wie diesen. Er begriff nicht, wieso Eltern *nicht* begeistert davon sein konnten, daß er, Jed Tatro, sich ihre Tochter aus all den Dutzenden von Töchtern ausgesucht hatte, die sich ihm anboten. Nicht, daß er Sally etwa schon ›genommen‹ hatte, doch gerade ihr Widerstand gehörte zu den Dingen, die ihn so wahnsinnig wild auf sie machten.

Abermals warf er einen Blick auf Emilys Titten und fragte sich, ob der alte Raymond jemals versucht hatte, sie anzufassen. Er grinste. Raymond war höchstwahrscheinlich schwul. Kein Sport. Keine Mädchen, bis auf Miss Sauertopf da drüben. Ewig allein in der Dunkelkammer von der Zeitungsredaktion, um sich da einen runterzuholen.

Emily erstickte fast an ihrem Abscheu. Jed hatte keinen Funken Verstand im Kopf. Warum der beim Football überhaupt einen Helm trug, war ihr ein Rätsel. Und dennoch hatte er das Recht, sie von oben bis unten zu mustern wie eine zum Verkauf bestimmte Rinderhälfte. Daß sie so große Brüste hatte, war peinlich genug, auch ohne daß er ein solches Theater daraus machte.

Sie wußte noch, wie sie als Kind ihrem Vater einmal von einer neuen Schulkameradin erzählt hatte. »Die ist ’n Strohkopf«, hatte sie ihm erklärt, jenes Wort nachplappernd, das sie von den anderen Kindern gelernt hatte. Und sich vom Vater eine kräftige Ohrfeige eingefangen. »Ich will dieses Wort nie wieder von dir hören! Diese Leute arbeiten für mich und sorgen dafür, daß bei uns Essen auf den Tisch kommt. Sie sind unsere Freunde und Verwandten. Und kein bißchen anders als du und ich.« Emily war doppelt geschockt, weil sie nicht gewußt hatte, daß der

Ausdruck so schlimm war. Zugleich mit der Ohrfeige und der Belehrung kam jedoch die Erkenntnis, daß ihre Familie anders war. In welcher Hinsicht, wußte sie nicht genau. Doch erstens waren sie keine ›Strohköpfe‹, was immer das bedeuten mochte. Wenn sie mit ihrem Vater ausging, blieben die Leute auf der Straße stehen und fragten ihn: »Ist das Ihre Kleine, Mr. Prince?« Und in jedem Herbst, wenn die Lehrer die Namen aufriefen, hielten sie bei dem ihren inne und erkundigten sich respektvoll, ob sie die Tochter von Mr. Prince von der Spinnerei sei.

Doch selbst die Tatsache, daß sie Mr. Princes Tochter war, konnte sie nicht vor den abschätzenden Blicken der Jungen schützen, die sie von oben bis unten musterten. Sie biß die Zähne zusammen und warf Jed einen trotzigen Blick zu. Er grinste.

Emily sah, wie Sally hinter der Fliegendrahttür stehenblieb, um ihre Frisur zu kontrollieren und ihr strahlendstes Lächeln aufzusetzen; erst dann kam sie herausgehüpft und quiekte wie eine Schwachsinnige: »Hallo, Jed-Herzchen! Ich hatte gar nicht erwartet, dich heute nachmittag zu sehen.« Sie hob den dahinrollenden Ball auf, warf ihn ungeschickt in Richtung Korb und kicherte dabei. Jed schlenderte lässig hinter dem Ball drein, hob ihn auf und schlenzte ihn beiläufig ins Netz. Sally seufzte vor großäugiger Bewunderung und sagte: »Also, Jed-Herzchen, du bist ein Wunder! Was du alles kannst – und ganz ohne Mühe!«

»Hast du dich endlich von deiner Couch runterbequemt?« erkundigte sich Emily.

Sally und Jed tauschten nachsichtige Blicke. Jed ging zur Haustür, steckte den Kopf hindurch und rief: »Hallo, Ruby! Wie geht's denn so?«

»Ja, Mr. Jed! Mir geht's gut. Also, Sie sin' doch wahrhaftig der schönste Mann, den ich kenn'!«

»Vielen Dank, Ruby. Du selbst siehst aber auch großartig aus.«

Ruby kicherte.

Jed und Sally stiegen in den Chevy. Sally schmiegte sich eng an Jed, und sie brausten davon.

Emily zielte mit dem Ball aufs Netz. Sie spielte nicht gern die böse Hexe für Sally. Aber die beiden reizten sie. Sie waren so unerträglich zufrieden mit sich selbst, ihren Freunden und ihrer Schule. Nicht, daß sie sie etwa beneidete! Oder vielmehr doch – sie wollte so furchtbar gern Mitglied bei den Ingenues werden. Es war ein schmerzlicher Abend gewesen damals, als die Ingenues *en masse* bei ihnen zu Hause erschienen. Emily hatte gedacht, sie wären gekommen, um sie in ihren Club aufzunehmen, deswegen kämmte sie sich rasch noch die Haare, bevor sie zu ihnen hinunterging. Doch auf der Treppe entdeckte sie, daß sie im

Flur standen, lachten und schwatzten und ihre Schwester Sally umarmten. Vom Fenster im ersten Stock aus beobachtete sie, wie sie den Plattenweg entlang zu ihren Autos liefen, und versuchte zu enträtseln, warum nicht sie zum Beitritt aufgefordert worden war – was ihr fehlte und Sally nicht. Pep, hatte sie schließlich festgestellt. Sally war stets gleichbleibend begeistert und fröhlich. Oft beobachtete Emily die Schwester, wie sie in der Schule den Korridor entlangging. Lässig schlenderte sie dahin, das Gesicht in breitem Lächeln erstarrt, ließ ihre Augen in ein Dutzend verschiedene Richtungen auf einmal wandern, um mit jedem Schüler Blickkontakt herzustellen und ihn mit einem »Hallo, wie geht's?« auszuzeichnen.

Ganz und gar anders als sie selbst, die gewöhnlich mit krummem Buckel an der Wand entlangschlich und ihre Bücher an sich preßte, um ihren lästigen Busen zu verbergen. Sie fragte sich, wie sie es anstellen sollte, so zu werden wie Sally. Aber Sally war zierlich und graziös, nicht schlaksig und linkisch wie sie selbst. Voll Pep, nicht mürrisch. Zwei Jahre hintereinander hatte Emily versucht, sich zur Cheerleaderin zu qualifizieren. Jedesmal war sie bei der Abstimmung schon nach der ersten Runde von der Schülerjury abgelehnt worden. Sie kannte die Anfeuerungssprüche auswendig, hatte sie jahrelang unter der Dusche, hinten im Garten und im Arbeitszimmer geübt – genau wie alle anderen Mädchen der Stadt. »Wer holt den Siiieg? Wer holt den Sieg?« Aber es fehlte ihr eben an . . . Pep. Den Sally in überreichlichem Maße besaß. Wofür Emily die Schwester haßte, bewunderte und beneidete.

Ruby saß, einen Topf Schweineschmalz auf dem Schoß, im Auto und blickte stur geradeaus. Die knochigen braunen Arme und Beine hatte sie verschränkt wie ein Grillhähnchen die Flügel. Als sie in Richtung Pine Woods durch die Unterführung kamen, wo über ihnen die Güterzüge dahinratterten, erkundigte sich Emily: »Wie geht's eigentlich Donny?«

»Ach, dem geht's fein. Der spielt im Herbst drüben, an der Farbigenschule Basketball.« Dann nahmen ihre Kinnbacken das Tabakkauen wieder auf.

»Ich weiß. Ich hab' seinen Namen manchmal in der Zeitung gelesen. Er ist ein Star, nicht wahr?«

»Hat er jedenfalls gesagt.«

»Ich habe ihn lange nicht gesehen. Warum kommt er eigentlich nie mehr zu uns?«

»Ach, Herzchen, unser Donny, der is' jetzt 'n großer Junge. Hat seine eigenen Pläne un' seine eigenen Freunde.«

»Na ja, dann grüß ihn wenigstens schön von mir. Ich wünschte, unsere Schulen könnten mal gegeneinander spielen. Dann könnte ich dabei zusehen.«

Rubys zahnloses Kinn sank mißbilligend herab. »Weiße un' Farbige spiel'n nich' zusamm', Miss Emily.«

»In der NBA tun sie das aber.«

»Na ja, Herzchen, in Newland, Tennessee, tun sie's eben nich'.«

»Sollten sie aber.«

»Das ham wir nich' zu bestimmen, nich'? Un' laufen Sie bloß nich' rum un' reden Sie so was! Sonst wird eure Mama böse auf Sie.«

»Ich wette, meine Mutter hätte nichts dagegen.«

»Mrs. Prince? Gott, Herzchen, ich hab' eure Mama schon gekannt, bevor sie gebor'n is'. Ich weiß fast immer, was sie von den Sachen hält.«

Ruby stellte sich stets auf den Standpunkt, sie wisse mehr über die Mitglieder der Familie Prince als alle anderen und zumeist auch als die Betreffenden selbst. Sie hatte schon bei Emilys Großeltern gearbeitet und Emilys Mutter großgezogen. Vielleicht wußte sie wirklich, was alle dachten!

Emily hielt vor dem roten Backstein-Mietshaus, in dem Ruby lebte. Die Wohnungstür öffnete sich auf eine schmale Veranda zur Straße hin. Weitere Wohnungen gingen nach hinten hinaus auf eine Reihe miteinander verbundener Höfe mit nacktem Erdboden und ein paar kümmerlichen Sträuchern. Hinter dem Wohnblock erstreckten sich Felder bis zu den Weiden unten am Fluß. Ruby staunte stets über die Veränderungen, die sie schon miterlebt hatte – von armseligen Hütten und schlammigen Lehmwegen bis zu Backsteinhäusern, gepflasterten Straßen und Bürgersteigen.

Sie warf Emily einen Seitenblick zu. »Wär' schon ganz schön, wenn ich wüßt', was ich in dem Fett hier braten soll.«

Emily räusperte sich und wandte den Blick ab.

»'n paar kleine Hühnerhälse, oder so.«

Emily starrte stur geradeaus.

»Immer nur Reis un' Bohnen, das wird man wahrhaftig langsam leid. Gott, manchmal bin ich sogar zu schwach, um am Morgen aufzustehn.« Sie seufzte.

Immer noch ohne sie anzusehen, leerte Emily das Kleingeld aus ihrer Börse in Rubys ausgestreckte Hand. Sie war jedesmal aufs neue schokkiert, wenn Ruby diese Schau abzog.

»Na, so was! Recht vielen Dank auch, Miss Emily! Das is' nu aber mächtig lieb von Ihnen!«

Ruby nickte, streckte ihre hageren Glieder und stemmte sich mühsam aus dem Wagen hinaus. Sie fand, daß sie es verdient hatte. Mit dem, was die Princes ihr bezahlten, konnte sie immer nur knapp auskommen, ja, würde überhaupt nicht damit auskommen, wenn Kathryn ihr nicht aus New York Geld für ihren Donny schickte. Aber Mrs. Prince war eine Tatro, und Ruby selbst war ebenfalls zu einem Viertel eine Tatro, was allerdings wohl kaum jemand wußte außer ihr selbst. Nach Berichten ihrer Mama hatte sich während der Zeit der Sklaverei drüben, auf der Virginia-Farm, einer der Tatro-Boys in Rubys Großmutter verliebt, die damals noch ein junges Mädchen war. Dieser weiße Junge pflegte auf die Felder hinauszureiten, wo die Nigger Mais hackten, und dem Mädchen zuzunicken. Nur zuzunicken, weiter nichts. Dann ritt er wieder davon, um im Wald auf sie zu warten. Als Rubys Mutter mit gelblich-grauer Hautfarbe geboren wurde, schien das niemand zu bemerken. Ruby selbst war beinahe ebenso hell wie ihre Mutter, Kathryn und Donny dagegen wieder um einiges dunkler. Als Ruby klein war, hatten alle immer zu ihr gesagt: »Gott, hat sie nicht eine wunderhübsche Farbe?« Und die Leute von Pine Woods hatten sie ihr Leben lang wie etwas ganz Besonderes behandelt.

Respekt jedoch brachte kein Schweinefleisch auf den Tisch. Das mußte man sich schon verschaffen, wo immer sich die Gelegenheit ergab.

Als Emily weiterfuhr, sah sie einen jungen Mann in kastanienbrauner Hose und passendem Banlon-Sporthemd den Bürgersteig entlanggeschlendert kommen. Obwohl dieser hochgewachsene, schlaksige Körper kaum dem ehemals kleinen, mageren Donny ähnelte, erkannte sie ihn an den kecken Bewegungen, dem zurückgeworfenen Kopf und den in den Taschen vergrabenen Händen. Sie bremste und rief durchs offene Wagenfenster: »Hallo, Donny!«

Er schien zu erschrecken, warf ihr einen scheuen Blick zu und antwortete nervös: »Hallo.«

»Ich bin's, Donny – Emily.«

»Ja, das seh' ich.« Er grinste flüchtig, wurde dann wieder ernst und starrte zu Boden.

»Ich hab' dich lange nicht gesehen.«

»Nein, Ma'am, lange nicht.«

»Wie geht's dir?«

»Großartig, Ma'am. Danke.«

»Du bist groß geworden.«

»Ja, Ma'am.«

»Deine Grandmaw sagt, daß du Basketball spielst.«

»Ja, Ma'am.« Mit der Spitze seines Tennisschuhs stocherte er an einem Riß im Straßenpflaster herum und blickte dann zu dem staubigen Schulhof hinüber, auf dem ein paar Jungen Football spielten.

Emily kannte Ruby, Kathryn und Donny lange genug, um zu wissen, daß es, wenn sie nicht aufblickten, keineswegs hieß, daß sie nicht zuhörten oder nicht interessiert waren. Aber er wirkte doch ziemlich verlegen. Emily wußte nicht, was sie sonst noch sagen sollte, und behielt deshalb ihr viel zu strahlendes Lächeln bei.

Zum Teufel mit ihm! Jungen! Wer sollte die bloß verstehen? Eben noch kicherten sie über einen dreckigen Witz, und im nächsten Augenblick hielten sie einem die Tür auf oder rückten einem den Stuhl zurecht. Und ehe man wußte, wie einem geschah, hatten sie einem die Zunge tief in den Rachen geschoben und befummelten einen mit ihren Händen. Die Leute konnten von Raymond Tatro sagen, was sie wollten, aber der ließ sie wenigstens in dieser Hinsicht in Ruhe. Von ihrer Mutter und Sally, die sie aufmerksam beobachtet hatte, wußte sie, daß man einen Mann am besten becircte, wenn man ihm Fragen über die eigene Person stellte und seinen ausführlichen Antworten sodann mit geheuchelter Hingerissenheit lauschte. So erwarb man sich den Ruf einer brillanten Gesprächspartnerin. Hier, bei Donny, versagte diese Taktik jedoch völlig. Emily hatte keine Ahnung, wie sie sich ihm gegenüber verhalten sollte. Diese Anrede, Ma'am, war einfach schrecklich, sie kam sich vor wie seine Mutter. Doch wenn es in diesem Tempo weiterging, würden sie sich zum Glück nur einmal in zehn Jahren sehen, also spielte es im Grunde keine Rolle.

»Na ja, war schön, dich wiederzusehen. Laß dich doch mal wieder blicken, hörst du?«

»Ja, Ma'am.«

Als sie davonfuhr, hob Donny den Kopf, hätte sie am liebsten zurückgeholt. Aber er wußte immer noch nicht, was er mit ihr reden sollte. Mit weißen Mädchen redete man nicht wie mit farbigen. Aber *wie* man mit ihnen redete, das war ihm ein Buch mit sieben Siegeln. Ja, Ma'am. Nein, Ma'am. Mehr hatte er in den letzten Jahren nicht zu einer weißen Frau gesagt. Sein einziger Kontakt mit ihnen bestand darin, daß er ihnen den Rasen mähte oder in den Geschäften bei ihnen einkaufte. Man lächelte, auch wenn sie einem noch so verrückte Dinge auftrugen. Man lächelte und lächelte und lächelte ...

Emily aber – die war okay.

Seine Gedanken wanderten zurück zum Teich und wie sie mit Reifenschläuchen darauf herumgegondelt waren. Er blickte zum Hügel hinter der Fabriksiedlung hinauf, zum alten Schloßbaum auf seinem Gipfel. Bei der Erinnerung an seinen Tricksprung, den ihm keiner der anderen nachmachen konnte, obwohl sie es nie zugeben wollten, mußte er lächeln.

Sein Blick richtete sich auf die riesige, halb abgestorbene Eiche auf dem Schulhof – Lynchbaum nannten sie sie. Vor Jahren, als Pine Woods noch eine Ansammlung von elenden Bruchbuden war, waren weiße Männer auf Pferden von der Stadt herübergekommen und hatten einen Mann namens Nigger Joe mit sich geschleppt. Sie befahlen ihm kopfzustehen, dann zogen sie ihn, bis auf den Bowler, den er immer trug, nackt aus und hängten ihn an einen Ast dieser Eiche, schnitten ihm den Schwanz ab und ließen ihn einfach da hängen – weil er sich geweigert hatte, in der Stadt vom Bürgersteig herunterzutreten, als eine weiße Frau an ihm vorbeikam. So hieß es jedenfalls in der Geschichte, die ihnen die alte Granny Tatro mit ihrem Kopfputz und dem langen Rock erzählt hatte: »O Gott, ganz fuurch'bar ham sie den Mann gekluxt!« Auf dem Schulhof sahen Donny und seine Freunde manchmal voll Unbehagen zu dem alten Baum hinüber, in dessen Schatten sie mit ihren Schnappmessern Messerwerfen spielten.

Als Emilys Wagen davonfuhr, winkte Donny ihr kurz nach. Dann zuckte er gleichmütig die Achseln, zog den Brief seiner Mutter aus der Tasche und begann ihn noch einmal zu lesen. Sie wollte mit dem Auto aus New York City herunterkommen und ihn besuchen. Und wollte, daß er endgültig mitkam, wenn sie wieder nach Norden fuhr.

Er zerknüllte den Brief, schleuderte ihn zu Boden und trampelte mit wutverzerrtem Gesicht darauf herum. Verdammt noch mal, sie hatte ihn verlassen! Er war noch ein kleiner Junge gewesen, als sie mitten in der Nacht einfach auf und davon ging, ihn verließ, ohne sich von ihm zu verabschieden. Seitdem hatte sie ihm immer wieder geschrieben, ihn angerufen und Geld geschickt. Letztes Jahr Weihnachten war sie nach Hause gekommen und hatte die ganze Zeit durch die zugezogenen Fenstervorhänge auf die Straße gespäht. Aber die Wahrheit war, daß sie ihn verlassen hatte. Er erinnerte sich noch genau, wie er wochenlang des Nachts sein Schluchzen im Kopfkissen erstickt hatte. Manchmal, wenn er durch die Straßen ging, schloß er die Augen und bildete sich ein, wenn er sie wieder aufmache, werde sie ihm entgegenkommen.

Sie war so schön! Er hatte sein ganz privates Bild von ihr im Kopf, anders als die vielen Fotos, die Grandmaw überall in der Wohnung verteilt hatte. Immer sah er sie am roten Lehmufer des Prince-Teichs sitzen und Figuren kneten – den Kopf geneigt, mit Glanzlichtern von Sonnenstrahlen auf den hohen Wangenknochen. Er bückte sich, hob den Brief auf und strich ihn glatt. Sie wollte ihn holen, ihn mit nach New York City nehmen. Wie oft hatte er zum lieben Gott gebetet und sich genau das sehnlichst gewünscht!

Aber jetzt hatte er ein eigenes Leben. Wenn er sich die nächsten beiden Jahre anstrengte, bekam er möglicherweise ein Basketball-Stipendium und konnte zum College gehen, wie es der Studienberater in der Schule immer sagte. Und mit Rochelle fing es gerade erst richtig an. Gestern abend hatte er sie zum erstenmal geküßt. Unter einer Weide hinten am Fluß. Es hatte ihr sehr gefallen. Er grinste. Sie hatte gefürchtet, daß es ihr gefallen würde. Sie hatte sechs kleine Geschwister, auf die sie meist aufpassen mußte, während ihre Mama als Hausmädchen arbeitete. Sie denke gar nicht daran, irgend etwas zu tun, was ihr womöglich eigene Kinder aufhalste, hatte sie ihm erklärt. Doch seine Küsse hatten ihr gefallen, und er war zuversichtlich, daß ihr bald auch noch einiges von dem übrigen gefallen würde. Außerdem, wie konnte er seine Grandmaw verlassen? Sie war jetzt praktisch seine Mutter und hatte niemanden außer ihm.

Wieso sollte er hier alles stehen- und liegenlassen? Nur weil *sie* es so wollte, nur weil es *ihr* jetzt gerade paßte, ihn bei sich zu haben, wie eine Katze oder einen Hund oder so? Dazu war es zu spät. Sie wollte, daß er nach New York City mitkam. Und was war mit dem, was *er* wollte? Hatte sie jemals in ihrem ganzen Leben daran gedacht? Wieder zerknüllte er den Brief, warf ihn auf den Bürgersteig und stieß ihn mit dem Fuß in die Gosse. Dann machte er hastig kehrt und stiefelte nach Hause.

Er schaltete die Abendnachrichten ein und warf sich im dunklen Wohnzimmer in den alten braunen Lehnsessel. In der Küche, wo seine Grandmaw das Abendessen zubereitete, zischte und spritzte das Schweineschmalz. Auf dem Fernsehschirm waren ein paar Farbige in Sonntagskleidung an einer Lunchtheke zu sehen. Sie ließen sich von einer Bande Weißer, die über irgend etwas sauer waren, mit Ketchup bekleckern. Seine Grandmaw kam herein und stellte den Fernseher ab. »Was soll das, Grandmaw? Ich will mir das ansehn.«

»Donny, Herzchen, ich will nich', daß du so was siehst. Ich will nich', daß du dir was in 'n Kopf setzt.«

»Ich muß mir das ansehen, für Bürgerkunde. Das gehört zu unseren Hausaufgaben.«

»Pahh!«

»Was für schreckliche Sachen könnte ich mir denn da in den Kopf setzen?«

»Donny, du wächst zu 'nem prächtigen, stolzen Farbigen heran. Du tust, was die Weißen sagen, dann geht's dir gut. Dann behandeln sie dich auch gut. Aber all das Geschrei un' Gezeter – das is' einfach nich' richtig. Das mag Gott nich'. Lern du lieber, 'n richtig cleverer Nigger zu sein. Wenn du clever genug bist, kriegst du, was du willst, auch ohne daß du ein' abstechen mußt.« Sie spie ihren Priem quer durchs Wohnzimmer in einen Kohleneimer. Donny hatte gelernt, dieses Kunststück als selbstverständlich hinzunehmen.

»Aber Grandmaw, ich werd' doch kein' abstechen! Mach den Fernseher wieder an.«

»Herzchen, du kannst nie wissen, was du tun wirst, wenn du mal groß bist.« Und entdeckst, was dir blüht, fügte sie in Gedanken hinzu, als sie sich wieder der Kochplatte zuwandte und die Hühnerbeine in der Pfanne umdrehte. Nachdenklich kaute sie ihren Tabak. Sie hatte nie recht gewußt, wie man Kinder am besten erzog – ob man ihnen von Anfang an beibringen sollte, wie gemein manche Menschen waren, oder ob man sie so lange wie möglich behüten sollte. Man mußte ihnen beibringen, sich anständig zu verhalten, sonst wurden sie eines Tages unverschämt und kriegten Ärger. Aber es war einfach traurig, wenn man mit ansah, wie sie die Stirn krausten und Dinge zu begreifen versuchten, die zu begreifen selbst ihren Eltern schwerfiel. Kathryns Buddy war in der Überzeugung aufgewachsen, er könne sich so ziemlich alles leisten, was er wollte. Von diesem Krieg drüben in Frankreich war er mit 'nem dicken, auffallenden gelben Auto und 'nem Haufen auffallender Kleider zurückgekommen. Und ein Foto hatte er, auf dem saß er an einer Bar und hatte die Arme um zwei Französinnen gelegt, weiße Mädchen. Das holte er bei jeder Gelegenheit raus. »Dieser Nigger treibt's noch so weit, daß sie ihn umbringen«, pflegte sie leise zu Kathryn zu sagen. Und zu ihm sagte sie: »Buddy, Herzchen, du bist hier in Newland, Tennessee, nich' in Paris, Frankreich.« Kathryn hielt ihn so ziemlich für das Schönste, was ihr jemals unter die Augen gekommen war; deswegen heiratete sie ihn, so schnell sie konnte.

Und dann mußten sie alle da auf der Veranda sitzen und zusehen, wie er ein ums andere Mal versuchte, 'n Job zu finden und zu behalten. Sein Auto und seine Kleider wurden immer schäbiger. Eines Tages machte er sich besonders fein, zog seinen besten dunklen Anzug an und ging in die Stadt, um sich beim Parkway Department Store um eine Stelle als Hausmeister zu bewerben. Als er über die Straße stolzierte, richtete sich einer von den drei Weißen, die die Linien des Fußgängerübergangs nachzogen, plötzlich auf und malte Buddy einen gelben Strich über den

Rücken. Buddy stand wutzitternd da und ballte die Fäuste. Er habe gewußt, sagte er später, daß er, wenn er die Fäuste gebraucht hätte, so gut wie tot gewesen wäre. Also brach er in Tränen aus. Die weißen Männer lachten laut. Zwei Wochen später raubte er einen Laden aus, wurde geschnappt und ins Gefängnis gesteckt. Eines Tages fand man ihn mit durchschnittener Kehle in seiner Zelle. Mit einer Hand hielt er eine Waffe umklammert – eine Socke, an deren Fußspitze ein Vorhängeschloß geknotet war. Er hinterließ eine Witwe – Kathryn, die mit Donny schwanger war.

Ruby seufzte. Doch wenn der Herrgott gewollt hätte, daß das Leben einfach war, hätte er nicht von vornherein die Menschen verschieden gemacht.

Durch die fast ganz geschlossenen Lider konnte Sally im Licht der flackernden Kerzen auf dem Couchtisch die anderen Devouts auf der Couch und dem chartreuse-grünen Teppich in Dianes Wohnzimmer sitzen sehen. Judy, die Vorbeterin, bat Gott den Herrn mit fest geschlossenen Augen und einer Hand an dem Goldkreuz, das ihr an einer Kette um den Hals hing, das Footballteam in dem bevorstehenden Spiel gegen die Bledsoe Station Bulldogs zu beschützen. Diane fügte der Fürbittenliste noch die Angehörigen des Schülerrats und den Schulleiter hinzu.

Um sich nicht übertrumpfen zu lassen, ergänzte Judy: »Wir bitten dich, Herr, beschütze Mr. Prevost, unseren Bürgermeister, und beschütze die Abgeordneten und Senatoren des Staates Tennessee. Und vor allem bitten wir dich, beschütze Präsident Kennedy, auch wenn er katholisch ist.« Dann schloß Judy mit dem speziellen Devout-Gebet: »Hilf uns, Herr, mit Deiner Macht / Deinen Willen zu tun Tag und Nacht. / An Seele, Geist und Körper rein / Ziehn wir dann in Dein Himmelreich ein.«

»Amen«, antworteten die elf Devouts. Normalerweise waren sie ja zu zwölft, der Zahl der Jünger Jesu entsprechend. Doch eine von ihnen, inzwischen Ex-Devout, war kurz zuvor nach Richmond verfrachtet worden, wo sie bei einer Tante der Geburt ihres unehelichen Kindes entgegensah. Sie reichten sich die Hände zum stummen Gebet und gaben dabei den langen Händedruck der Devouts von einem Mitglied zum anderen weiter.

Sally versuchte, an den Herrn zu denken, doch ihre Gedanken schweiften immer wieder ab, zu Jed und ihrem Streit am Nachmittag im Steinbruch. Sie hatte ihm befohlen, mit den Händen *oberhalb* ihrer Taille und *außerhalb* ihres Kleides aus Madrasseide zu bleiben.

»Also, Jed-Herzchen, das halte ich durchaus für fair. Das heißt doch, daß wir oberhalb der Taille und außerhalb der Kleider wirklich alles tun können, was wir wollen.«

»Fair? Das nennst du fair?« Er verschränkte die muskelbepackten Arme und lehnte sich finster an seine Autotür. »Na schön, ich wäre ja einverstanden, wenn wir sagen würden, oberhalb der Taille und *innerhalb* der Kleider.«

»Nein. Auf gar keinen Fall!« Sally betrachtete das vergoldete Megaphon an ihrem Bettelarmband.

»Na schön, Sally. Dann machen wir's so, wie du es willst. Keine Hände unterhalb der Taille, keine Hände innerhalb der Kleider. Keine Hände überhaupt. Kein gar nichts.« Er strich sich über den Bürstenschnitt.

»Sehr gut. Das ist genau, was ich mir vorgestellt habe.« Sie lehnte sich an ihre Tür und starrte auf die Kalksteinwände rings um sie herum.

Jed ließ den Motor an. »Wohin fahren wir?« fragte sie ihn beunruhigt.

»Ich bringe dich nach Hause.«

»Nach Hause? Warum denn?«

»Hat ja doch keinen Zweck, daß wir hier draußen in diesem Bruch sitzen, wenn du überhaupt nichts mitmachen willst.«

»Aber ich will doch, Jed! Ich möchte dich im Arm halten und dich küssen. Ich möchte, daß wir beide über alles sprechen, was wir heute erlebt haben. Nur dieses andere, das möchte ich nicht.«

»Tja, mag ja sein, daß dir das Umarmen und Küssen gefällt, aber mir genügt das nicht.« Er jagte den Chevy auf den unbefestigten Fahrweg, daß die Reifen Wolken von Staub und Kies aufwirbelten. »Erst bringst du mich hoch, und dann spielst du beleidigt, wenn ich versuche, was dagegen zu unternehmen.«

»Soll das heißen, daß wir jetzt Schluß machen – oder was?« erkundigte sie sich.

»Ich werde mit dir noch, wie verabredet, zum Sadie Hawkins-Scheunenfest gehen. Aber anfassen tu ich dich nicht mehr, Sally. Darüber müßtest du doch froh sein. Ich werde mir jedenfalls ein Mädchen suchen, das sich von Jed Tatro gern anfassen läßt. Davon gibt's nämlich eine ganze Menge, weißt du.«

Sally brach in Tränen aus. Jed warf ihr einen von Haß und Genugtuung erfüllten Blick zu.

Bei der Erinnerung daran spürte Sally, wie ihr abermals die Tränen kamen. Es war so schwer zu entscheiden, was richtig war. Sie küßte und schmuste gern, aber Jed schien das nie genug zu sein. Nicht mal am

Küssen war er interessiert, wie es ihr schien. Das tat er nur, damit sie sich entspannte und er ihr die Hand unter die Bluse oder den Rock schieben konnte. Inzwischen hatte sie gelernt, ihn mit einem weit offenen Auge zu küssen, genau auf seine Hände achtzugeben und sie zu den abgesteckten Territorien zu dirigieren. Außerdem hatte sie gelernt, jegliches heimlich aufkeimende Gefühl des wohligen Genießens zu unterdrücken, das dieser Pflicht des Überwachens eventuell in die Quere kam.

Sie liebte Jed. Jedenfalls hörte sie sich das eines Abends sagen, als sie in seinem Wagen im Wilderness Trail Drive-In saßen, während der Nebel in Wirbeln dahinzog und die Kinoleinwand verbarg. Was das Wort bedeutete, wußte sie nicht so genau. Jedenfalls hatte es viel mit dem Wunsch zu tun, am Samstagabend nicht allein zu sein. Dagegen konnte sie nicht einsehen, wieso die Tatsache, daß sie ihm das gesagt hatte, bedeuten sollte, daß er mit ihrem Körper auf einmal tun konnte, was er wollte. Sie hatte gedacht, anständige Mädchen täten das nicht, was er da von ihr verlangte. Er aber behauptete immer wieder, der Unterschied zwischen anständigen und nicht anständigen Mädchen sei der, daß nicht anständige Mädchen über das redeten, was sie trieben, während anständige Mädchen es nur einfach taten.

Daß man von den Frauen erwartete, daß sie alles taten, was in ihren Kräften stand, um den Männern zu gefallen, war ihr bekannt. Wenn Daddy aus der Fabrik nach Hause kam, sprang sie sofort auf, damit er sich in seinen Lieblingsstuhl, den braunen Ledersessel, setzen konnte. Sie holte ihm die Zeitung und schaltete im Fernsehen die Nachrichten ein. Emily dagegen blieb sitzen, wo sie saß, nickte nur und fuhr fort, sich mit dem zu beschäftigen, was sie gerade tat. Sally jedoch verrichtete diese kleinen Liebesdienste gern. Schließlich arbeitete Daddy den ganzen Tag lang für die Familie. Deswegen verdiente er es, daß man ihn umsorgte, wenn er müde und hungrig nach Hause kam. Die Mutter brachte ihm das Essen oft auf einem Tablett, damit er nicht extra aufstehen mußte. Südstaatenfrauen, sagte er immer, behandeln ihre Männer wie Könige, und falls sich das herumsprechen sollte, würden die Männer in Schwärmen aus allen Landesteilen herbeiströmen.

Doch hier war nun Jed und bat sie um etwas, das ihm große Freude bereiten würde. Wie konnte sie ihm das verweigern? Aber wie auch konnte sie es ihm gewähren, da sie doch wußte, was ihr Daddy davon halten würde? Und ihren Daddy belügen – nein, darauf wollte sie sich gar nicht erst einlassen. Wenn Jed erschien, um sie abzuholen, gab er sich jedesmal große Mühe, freundlich und höflich zu ihren Eltern zu sein. Ihr Daddy dagegen, der sonst so vorzügliche Manieren besaß, ignorierte Jed entweder ganz, knurrte eine knappe Antwort oder stand auf und ging hinaus. Sally wurde nicht klug aus ihm. Mehrmals schon, wenn sie sich mit Jed gezankt hatte, war sie mit anderen Jungen ausgegangen. Dann hatte Daddy sich immer erkundigt: »Was ist sein Vater?« Aber was Jeds Daddy war, das *wußte* er, kannte die ganze Familie seit vielen Jahren. Was also konnte er gegen Jed haben?

Wie dem auch sei, es gab keine Möglichkeit, Jed *und* Daddy in dieser Frage zufriedenzustellen. Aber sie konnte den Gedanken nicht ertragen, Jed an irgendein Mädchen von Cherokee Shoals zu verlieren, die ihm möglicherweise alles gab. Allein die Vorstellung, ihn mit einem anderen Mädchen zusammen zu sehen, war *zu* abstoßend. Lieber würde sie sich umbringen. Warum konnte er sich nicht damit begnügen, sie in den Armen zu halten, zu küssen und mit ihr zu reden? Sie hatte keine Lust, mehr zu tun, und konnte dieses dringliche Bedürfnis, auf das er sie immer wieder hinwies, nicht begreifen. Stimmte es wirklich, daß Jungen wilde Gelüste hatten, die sie nicht unterdrücken konnten?

Diane machte das Licht an, blies die Kerzen aus und reichte Schokoladenplätzchen herum. Während Sally sich die Augen trocknete, berieten die anderen, wen sie zum zwölften Mitglied wählen sollten.

»Ich glaube, Louise ist ehrlich fromm.«

»Aber sie raucht.«

»Stimmt, das tut sie. Und wir wollen keine Raucherinnen bei den Devouts.«

»Was ist mit Laura?«

»*Laura?* Laura Owens?«

»Ja, sicher. Warum nicht? Laura liebt den Herrn.«

»Dann ist er aber nicht der einzige, den Laura Owens liebt. Nach allem, was man so hört.«

»Was willst du damit sagen?«

»Nur, daß sie einen schlechten Ruf hat. Sie ist nicht so, wie wir Devouts sind.«

»Aber du bist so, wie?«

»Na ja, ich bin doch hier – oder?«

»Mit knapper Not. Mit knapper Not hast du's geschafft, Clara, und ich an deiner Stelle würde mich vorsehen.«

»Mich vorsehen? Was bildest du dir eigentlich ein? Du kannst mich nicht aus dem Club rauswerfen!«

»Na schön, du bist Mitglied. Aber Vorstandsmitglied bist du nicht. Und wenn du so weitermachst, wirst du's auch nie werden ...«

Jed kam lässig ins Haus geschlendert. Raymond, der die Schautafel an der Wohnzimmerwand studiert hatte, blickte auf. Direkt neben der Tafel hing ein Wandbild mit dem eingestickten Sinnspruch: »Tue nichts, was du nicht gern gerade tun würdest, wenn Jesus kommt.« Jeds Chinos hatten eine dicke Ausbuchtung zwischen den Beinen. »Na, wie geht's unserer lieben Sally?« erkundigte sich Raymond spöttisch.

Jed verzog das Gesicht, dann wurde er rot, grinste und setzte sich aufs Sofa, um seinen Schoß unter einem Kissen zu verbergen und sich mit der Hand über die Bürste zu streichen. »Ach, der geht's gut.«

»Das freut mich aber«, erwiderte Raymond gedehnt. »Du weißt ja nicht, wie gut es meinem liebenden Herzchen tut, daß es Newlands einzigartiger, einmaliger Miss Sally Prince gutgeht.«

»Was hast du gegen Sally?«

»Gar nichts. Nicht das geringste. Sie ist einfach nicht mein Typ.«

»Du ihrer auch nicht.«

»Eine äußerst befriedigende Konstellation. Der Herr sorgt eben für die Seinen, nicht wahr?«

»Aber sie mag dich trotzdem. Warum, das übersteigt allerdings mein Begriffsvermögen.«

»Ich mag Sally ebenfalls«, erklärte Raymond brummig und widmete sich wieder dem Studium des Familienstammbaums. »He, Ma!« rief er laut. »Wie ich sehe, hast du's doch noch geschafft!«

»Was denn, Junior-Herzchen?«

Raymond krauste finster die Stirn. Es war ihm schließlich gelungen, allen Leuten beizubringen, daß er Raymond genannt werden wollte – nur seinen Eltern und den Verwandten in Tatro Cove nicht. »Wie ich sehe, hast du unsere Abstammung bis auf Jesus zurückverfolgt.« Er lachte lautlos in sich hinein.

»So etwas solltest du nicht sagen, Junior«, kam es vorwurfsvoll aus der Küche, wo die Mutter gerade Plätzchenteig knetete. Dieser Junior ängstigte sie noch zu Tode mit seinem ewigen Mangel an Respekt. Ständig mußte er sich mit dem Vater streiten und den Namen des Herrn mißbrauchen. Was aus ihm werden sollte, wenn er Ende des Jahres die Schule verließ, wußte sie nicht. Mit seiner vorlauten Art würde er nie einen Job behalten können. Ihre eigenen Eltern waren, als sie zehn Jahre alt war, von einer Farm in den Bergen nach Newland heruntergezogen. Ihr Vater war ein Trunkenbold, und ihre Mutter verdiente den Lebensunterhalt für die Familie, indem sie in ihrem Haus eine Pension für neu zugezogene Fabrikarbeiter einrichtete. Sie selbst hatte ihr Leben lang gearbeitet – zuerst auf der Farm, dann in der Pension ihrer Mutter, dann als Schichtarbeiterin in der Spinnerei und jetzt als Mr. Suttons Sekretärin bei der Firma Sutton Insurance. Mr. Sutton war der beste Agent der Firma, und alle anderen Mädchen blickten zu ihr auf. Bei der Arbeit trug sie jetzt statt eines Overalls Hut und weiße Handschuhe und saß an einem Schreibtisch, auf dem in einer schmalen Vase stets eine frische Blume stand. Soviel Anstrengungen, um die Familie dahin zu bringen, wo sie jetzt war, mit einem Haus, einem Wagen und Essen, soviel sie wollten – und Junior hielt das alles für selbstverständlich. Offenbar glaubte er, so etwas fiele vom Himmel. Beinahe verrückt vor Sorge wurde sie, wenn sie sich vorstellte, er könnte so werden wie ihr Vater und sich von den anderen Familienmitgliedern versorgen lassen.

»Halt lieber die Klappe, Raymond«, warnte Jed ihn von der Couch aus. »Reiß keine Witze über Mamas Tick mit dem Stammbaum. Du weißt doch, wieviel ihr der bedeutet.«

»Mir aber nicht«, gab Raymond zurück und machte sich auf den Weg in sein Zimmer. »Wieso sie unbedingt die Spur einer Bande von armseligen Lumpen-Weißen, Pferdedieben und Mischlingen zurückverfolgen will, die jahrhundertelang in einem Gebirgstal von Kentucky dahinvegetiert haben, werde ich niemals begreifen.« Damit knallte er die Tür ins Schloß.

»Das waren keine Pferdediebe!« schrie Jed hinter ihm her. »Das waren Pioniere. Bessere Männer, als du jemals sein wirst, und wenn du noch so sehr mit deiner Kamera angibst wie irgend so 'n gottverdammter Yankee-Reporter!«

»Jed-Herzchen, paß auf, was du sagst«, rief seine Mutter aus der Küche.

Jed trat an das große Schaubild. Es stellte zwei Hälften eines Kreises dar, in der Mitte verbunden durch seinen und Raymonds Namen. Von diesen Namen gingen strahlenförmig die Namen Hunderter von Vorfahren aus. Immer, wenn er sich einmal mies fühlte – wie zum Beispiel jetzt, nachdem er sich mit Sally gestritten hatte, oder wenn er nur schlechte Noten im Zeugnis nach Hause brachte oder wenn er ein Footballspiel verloren hatte –, kam er hierher, betrachtete den Stammbaum und fühlte sich sofort besser. Er war die Nabe des gesamten Familienrades. Der einzige Daseinszweck all dieser Menschen schien es gewesen zu sein, ihn, Jed Tatro, ins Leben zu bringen. Dutzende von Generationen hatte es gedauert, um aus dem englischen Gefängnis nach Newland, Tennessee, zu gelangen. All diese Toten erwarteten Großes von ihm, und er nahm sich vor, sie nicht zu enttäuschen. Immerhin war er schon als Schüler Stürmer in einem Team von Staats-Stipendiaten.

Und am Ende eines jeden Schuljahrs hatte ihn seine Klasse zur ›Besten Persönlichkeit‹ gewählt. Manchmal glaubte er, Raymond zu hassen wegen dessen Verachtung für diesen Stammbaum und seine Familie – und für die Art, wie er diese Verachtung benutzte, um ihre Mama zu verletzen. Ständig kritzelte Raymond Namen hinein, die außer ihm selbst kein Mensch witzig fand: Alger Hiss und Martin Luther King, Stalin und Mae West. Raymond hielt sich für unheimlich witzig. Daß das jedoch außer ihm niemand tat, dafür war der beste Beweis doch die Tatsache, daß seine Klasse ihn niemals zum ›Humorvollsten‹ wählte. Der alte Raymond wurde überhaupt nie zu irgendwas gewählt. Denn erstens sah er aus wie dreißig mit seiner großen, dicken Brille und dem schütteren Haar. Sie sollten ihn zu dem, der am wahrscheinlichsten sang- und klanglos verschwand, wählen. (Also, das war wirklich komisch!) Und außerdem hatte er keine Freunde. Immer sah man ihn nur mit dieser Bande vom Audio-Video-Club in der Schule, diesen Schwulen, die sich aus Bausätzen Funkgeräte zusammenbastelten. Hunderte von Dollars gaben diese Verrückten aus, nur um sich mit völlig Fremden über das Wetter unterhalten zu können. Und angezogen waren sie wie Mannequins für die Vereinigung der Lumpensammler – kunstseidene Hemden, weiße Socken, Wollwesten mit Rentiermuster, Hosen mit Bügelfalten. Nichts im Kopf als lauter Grips. Sogar freitags abends spielten die Schach, wenn alle anderen aus der Stadt draußen beim Footballspiel waren! Und natürlich fast alles Yankees. Die wußten's nicht besser. Ihre Väter waren Chemiker oder so, drüben in der Papierfabrik. Der Vater von dem einen war dieser neue Mann in der Spinnerei – Mackay oder so ähnlich. Jeds Daddy war neulich abends nach Hause gekommen und hatte sich bitter darüber beschwert, daß Mackay so einen Scheißkerl von irgendeiner Yankee-Universität hergeholt habe, und der säße jetzt überall mit einer Stoppuhr rum und kontrolliere, wie lange jeder Arbeiter auf dem Klo bliebe.

An seine Kinderzeit dachte Jed nicht so gern. Damals war er ein schmächtiges Bürschchen gewesen. Raymond, Emily und Donny waren alle älter als er und hatten ihn ewig rumkommandiert. Die Lehrer hatten ihm ständig vorgehalten, wie intelligent Raymond sei, wie gut er bei den Tests abgeschnitten habe, bei denen Jed gerade durchgefallen war. Aber jetzt zeigte er's ihnen! Raymond hatte vielleicht viel Grips, aber *er,* fand Jed, hatte eben alles andere. Jeden Tag übte er sich im Gewichtheben und besaß wahrscheinlich den schönsten Körper der ganzen Stadt. Das sagte jedenfalls Sally immer. Er ging mit Sally, dem hübschesten Mädchen der ganzen Schule, wie viele Leute behaupteten. Ihre Klasse wählte sie regelmäßig zur ›Beliebtesten Schülerin‹. Na schön, sie kam nicht mit besonders viel für ihn über. Aber das war nur eine Frage der Zeit. Zuweilen allerdings ärgerte sie ihn schon sehr – sie konnte eine recht zimperliche kleine Heuchlerin sein. Da hüpfte sie bei einer Pep-Rallye wie heute nachmittag in der Turnhalle herum und schwenkte ihren Arsch vor der versammelten Schülerschaft. Sprang in die Luft und versuchte dabei, mit den Schuhsohlen ihre toupierte Frisur zu berühren. Der ganzen Stadt zeigte sie ihre Höschen. Doch kaum hatte er sie im Auto allein, verwandelte sie sich in ein Kräutchen Rührmichnichtan. Ihren Busen ließ sie über das ganze Spielfeld hin und her hüpfen, aber wehe, wenn er versuchte, ihn anzufassen! Entweder sie kam endlich über, oder sie machte ihm eindeutig klar, daß sie es niemals tun würde. So, wie es jetzt war, meinte sie fast jedes zweite Mal ja, wenn sie nein sagte. Aber man wußte nie genau, *wann* dieses zweite Mal war. Manchmal argwöhnte er, es wäre ihr lieber, wenn er einfach ranginge und es ihr besorgte, damit sie nicht die Verantwortung dafür tragen mußte. So waren die Mädchen nun einmal. Sie wollten es, aber sie wußten, daß sie's nicht wollen durften, also versuchten sie, einen so weit zu bringen, daß man sie mit Gewalt dazu zwang. Ziemlich verwirrend. Manchmal wünschte er sich, ein Mädchen zu sein, damit nicht immer er derjenige sein mußte, der aktiv wurde. Wenn man ein Mann war, durfte man niemals unsicher sein. Es wurde erwartet, daß man die ganze Zeit wußte, was man wollte und wie man es auch bekam. Das war zum Teil der Grund, warum er das Footballspiel so liebte. Da stand niemals in Frage, wo sich das Tor befand. Wie Trainer Clancy immer sagte: »Ein Spiel zu gewinnen is' nich' das wichtigste – es ist das *einzige.* Also, ich würde nich' mal den Dampf von meiner Scheiße für einen Mann geben, der nich' da rausgeht, um zu gewinnen.« Doch ob man gewann oder verlor – man wußte immer, daß man sich auf jeden aus dem Team verlassen konnte, falls man mal in Schwulitäten kam. Man liebte jeden einzelnen dieser Männer, als wäre er der eigene ... *Bruder* hatte er sagen wollen, aber er haßte Raymond.

Raymond verschloß seine Zimmertür. Manchmal glaubte er, verrückt zu werden in diesem Irrenhaus, wenn er sich nicht hier einschließen konnte. Dieser Stammbaum – entweder verschwand der eines Tages, und zwar bald, oder er selbst verschwand von hier. Der ließ seine wahnsinnige Familie mit ihren ziellosen Paarungen, Geburten und Wanderzügen aussehen, als sei sie der Mittelpunkt des Universums. Und da stand sein Name, im Zentrum dieser irrwitzigen Bande, mit der stillschweigenden

Folgerung, daß er ihnen nicht nur verantwortlich, sondern unauflöslich verbunden war. So kamen sie etwa, als er noch klein war, auf der Straße an irgendeinem besoffenen Hillbilly vorbei, und seine Mutter ermahnte ihn: »Sag schön guten Tag zu Bill Flanders, er ist dein Großonkel fünften Grades väterlicherseits.« Alle in diesem Ort waren miteinander verwandt, und deswegen waren sie ja auch alle verrückt. Und seine Familie war mit der von Emily entfernt verwandt, wie seine Mutter unbedingt jedem zeigen mußte, der nur den Fuß ins Haus setzte. Eine einzige große, glückliche Familie. Eine einzige große, glückliche, komplett verrückte Familie.

An der einen Wand stand ein Tisch mit seinen Briefmarkenalben. Über dem Tisch hing eine Weltkarte. Mehr als alles andere bereitete es ihm Freude, die Briefmarkenstapel zu sortieren, die er sich aus New York kommen ließ, und dazwischen vielleicht eine aus Mauretanien, Sumatra oder Afghanistan zu finden. Anfangs hatte er praktisch dauernd auf der Karte nachsehen müssen. Inzwischen wußte er genau, wo jedes einzelne Land lag, und besaß von den meisten mehr als nur eine einzelne Marke. Dort draußen gab es Menschen, mit denen er *nicht* verwandt war. Dieses Bewußtsein war ihm eine ungeheure Erleichterung.

Die Leute pflegten ihn seltsam zu mustern und ihn zu fragen, warum er Briefmarken von Ausländern sammele. Darauf hatte er nie eine logische Antwort. Er wußte noch, wie er einmal auf einer Weihnachtskarte, die der Vater von einem Army-Kumpel erhalten hatte, eine englische Briefmarke entdeckt hatte. Die hatte er aus dem Mülleimer gerettet und sie wochenlang angestarrt. Eines Tages hatte ihn ein aknepickeliger älterer Junge namens Wayne, der an seiner Zeitungsroute wohnte, ins Haus eingeladen, weil er ihm seine Briefmarkenalben zeigen wollte. Raymond war so verzaubert gewesen von den dicken Büchern, die vollgestopft waren mit bunten Marken aus Dutzenden von Ländern, daß er kaum bemerkte, wie Waynes Hand sich sanft, aber zielstrebig in seine Hose schob. Er ging dort immer wieder hin. Anfangs wegen der Briefmarken, die Wayne ihm schenkte, bald schon aber aus Freude an Waynes Berührungen und den Gesprächen mit dem Freund – über andere Landesteile, in denen er mit seiner Familie gewohnt hatte. Sein Vater, ein Autovertreter, war ständig auf Achse auf der Suche nach einem besseren Job. Als Wayne wieder wegzog, küßten sie sich, während ihnen die Tränen über die Wangen liefen. Wayne schenkte Raymond zum Abschied sein schönstes Album. Erst zwei Jahre später, als die Jungen in der Schule anfingen, sich kichernd und flüsternd über

Homos, Schwule und Warme Brüder lustig zu machen, ging ihm auf, daß das, was er mit Wayne getrieben hatte, wohl etwas war, dessen man sich zu schämen hatte.

An einer anderen Wand gab es Regale, angefüllt mit seiner Kamera-Ausrüstung: Objektive, tragbare Scheinwerfer, Büchsen mit Filmmaterial. Er arbeitete für die Zeitung. Darüber hinaus hatte er einige Fotos an New Yorker Zeitschriften und Zeitungen verkaufen können. Immer schon hatte er die Familienaufnahmen gemacht – unermüdlich Personen und Hintergrund arrangiert und umarrangiert, bis alle miteinander die Geduld verloren und auseinanderliefen. Mit dem Geld vom Zeitungsaustragen kaufte er sich hochentwickelte Kameras und Objektive.

Wie er vermutete, hatten seine Briefmarkensammlung und die Fotografiererei eine Menge damit zu tun, daß er es im ersten Collegejahr nicht in die Junior-Footballmannschaft geschafft hatte. Zu klein, hatte Trainer Clancy gesagt. Drei Jahre später war er noch immer klein und mager, und dieser Ochse von jüngerem Bruder mußte ihm das ununterbrochen unter die Nase reiben. Trainer Clancy hatte einen enormen Brustkasten und schmale Hüften. Prädestiniert für Kreuzschmerzen Ende des mittleren Alters. In seinem roten Gesicht quollen dick die Adern hervor. »Ihr Senior-Studenten seid gute Schüler, aber das is' auch alles. Die meisten von euch könn' ja kaum allein auf zwei Beinen stehn. Tatro da drüben, der schleicht hier rum, so krumm wie 'n Hund, der versucht, 'n Football zu bumsen.« Alle bogen sich vor Lachen. Seitdem nannten sie ihn den Ball-Bumser. Das war ihre Vorstellung von Humor. Ha, ha. Aber Trainer Clancy hatte sich geirrt: Raymond war kein guter Schüler. Einen, ›der es nicht bringt‹, einen Studenten, dessen Leistungen hinter seinen Fähigkeiten zurückbleiben, hatte der Studienberater ihn genannt. Gut bei Tests, aber lausige Noten.

Na klar, paßte doch alles genau zusammen. Jed wurde dafür bejubelt, daß er anderen den Schädel einschlug. Und ihn, ihn machte man fertig, weil er bemüht war, nicht aufzufallen und sich um seine eigenen Angelegenheiten zu kümmern. Manchmal kam es ihm vor, als hätten er und Jed sich aufgrund einer stillschweigenden Übereinkunft Sachgebiete gesichert, die nicht miteinander konkurrierten. Bei jeder körperlichen Konfrontation schlug Jed ihn mit links in Grund und Boden, also hatte er gelernt, mit der Zunge zu kämpfen, sich über Leute lustig zu machen, gewöhnlich ohne daß sie sich dessen bewußt wurden. Manchmal kam er sich vor wie eine Mücke, die um einen Löwen herumschwirrt, immer gerade außerhalb seiner Reichweite, bis der Löwe außer sich gerät vor Wut. Doch Jed hatte sich zweifellos für das prestigeträchtigere Fach entschieden, jedenfalls, was das Leben in Newland betraf. Raymond konnte nicht umhin, den Stolz in den Augen der Eltern aufblitzen zu sehen, wenn die Nachbarn herüberkamen und sagten: »Ein großartiger Kerl, euer Jed. Habt ihr den Sturm auf die Zwei-Yard-Linie gegen Chattanooga gesehen?« Seine Eltern hatten bei den Heimspielen Plätze an der Fünfzig-Yard-Linie im Stadion und fuhren bei Auswärtsspielen quer durch den Staat. Als Raymond begann, freitags abends Schach zu spielen, waren sie außer sich. »Dein eigener Bruder – und du gehst nicht mal hin und siehst dir an, wie er spielt!« kreischte die Mutter.

»Ich sehe ihn doch ständig«, protestierte Raymond. »Viel häufiger sogar, als mir lieb ist. In letzter Zeit hatten sie's endlich aufgegeben und starrten ihn nur noch finster an, wenn sie das Haus mit Sitzkissen, Wolldecken und Thermosflasche verließen.

Manchmal stellte sich Raymond vor, die ganze Stadt sei im Footballstadion versammelt, während er an der Fünfzig-Yard-Linie stand und das ›National History‹-Magazin durchblätterte, in dem seine Farbaufnahmen von Wildblumen aus den Appalachen abgebildet waren. Sally Prince stürmte dann aufs Feld und feuerte die Zuschauermenge beim lautstarken Buchstabieren von ›Trillium‹ an. Und alle jubelten ihm bewundernd zu.

Neben seinem Bett hingen einige seiner Lieblingsfotos – die wettergegerbten Gesichter und Hände einiger Menschen aus der Gegend von Kentucky, aus der sein Vater stammte. Ein Foto aus dem Archiv der Zeitung zeigte einen Elefanten, der an einem Kran aufgehängt und gelyncht worden war. Im Jahr 1922 war mit dem Zirkus ein Elefant in den Ort gekommen. Diese Elefantenkuh trampelte bei der Parade einen Jungen zu Tode, der sie mit Wassermelonenschalen bombardiert hatte. Die Einwohner stellten den Elefanten vor Gericht, sprachen ihn schuldig und lynchten ihn. Raymond lag auf dem Bett und betrachtete das Bild. Im Vordergrund grölte eine Gruppe Einwohner. Ihre Gesichter waren verzerrt vor – wovor? Grausamkeit? Selbstgerechtigkeit? Was immer es war, es bereitete ihm Unbehagen. Ein Bekannter bei einer New Yorker Zeitschrift hatte ihm einen Job in einer Druckerei angeboten, sobald er mit der High School fertig war. Jedesmal, wenn er daran dachte, nach New York umzuziehen, bekam er bereits jetzt Heimweh. Würde er wirklich alles zurücklassen können, was ihm vertraut war, Dinge und Menschen? Er konnte es nicht. Das war überhaupt keine Frage. Zuweilen aber ertappte er sich dabei, wie er den hängenden Elefanten anstarrte.

Zweites Kapitel
Der Sadie Hawkins-Scheunentanz

Die Turnhalle war mit Postern von Li'l Abner und Daisy Mae dekoriert, von Jagdhunden, Destillen und Klohäuschen mit halbmondförmigem Loch in der Tür. Die Jungen trugen Latzhosen ohne Hemden darunter und dazu Strohhüte; ihre Füße waren nackt. Einige hatten Schnapskrüge dabei und kauten auf Strohhalmen herum. Die Mädchen trugen enge, kurze Shorts, aus deren Taschen Strohhalme lugten, rückenfreie Oberteile, keine Schuhe. Sie hatten sich die Wangen rot geschminkt und mit einem Augenbrauenstift Sommersprossen aufgemalt. Man konnte sie kaum voneinander unterscheiden. Das heißt, Emily fiel es durchaus nicht schwer, Sally zu erkennen. Die saß nämlich lächelnd auf Jeds Rücken, während er unermüdlich Liegestütze pumpte. Und zahlreiche Bewunderer mitzählten: »... vierunddreißig, fünfunddreißig ...«

»Hast du gesehen, was dein prachtvoller Bruder da drüben treibt?« fragte sie Raymond, der sich zu ihr auf die Zuschauertribüne gesetzt hatte und in die Turnhalle hinunterstarrte.

»Ja. Ist er nicht großartig? Ich weiß nicht, wie er zu einem derartigen Exhibitionisten werden konnte. Er war doch ein so schüchterner kleiner Dreikäsehoch. Weißt du noch? Er kriegte kaum einen Ton heraus, ohne rot zu werden und den Kopf zwischen die Schultern zu ziehen.« Raymond imitierte Jed. Emily lachte.

Dann schwiegen sie. Die Sportler und die Mädchen aus den Gesellschaftsclubs nahmen den gesamten Platz vor dem Musikpodium für sich in Anspruch. Sie tanzten zur Country Music mehrerer Herren in weißem Western-Anzug, Schnürkrawatte, Hemden mit Rheinkieselknöpfen, Cowboyhüten und -stiefeln.

Als Sally zu den Zuschauerbänken hinübersah, entdeckte sie dort Emily und Raymond. Sie seufzte. Arme Emily! Keine Ahnung hatte die, wie man sich richtig amüsierte. Und Raymond ... Na ja, Raymond war ein hoffnungsloser Fall, basta. Er versuchte es nicht einmal. Da saß er nun in seinem langärmeligen Kunstseidenhemd. Kein Mensch wäre auf die Idee gekommen, daß sein Bruder der bestgekleidete Junge der ganzen Schule war.

Sie blickte sich in der Turnhalle um. Sally liebte gut organisierte Parties und sah es gern, wenn ihre Freunde sich amüsierten. Vielleicht war das der Grund dafür, daß Emily und Raymond sie störten. Die beiden erinnerten sie an das kleine Mädchen mit den Schwefelhölzchen aus dem Märchen von Andersen, das Mädchen, das in Lumpen gekleidet im kalten Schnee stand und zusah, wie die Menschen im Restaurant lachten und aßen. Aber die beiden brauchten nicht draußen in der Kälte zu stehen. Sie taten es freiwillig. Aus Trotz.

»Sieh nicht hin, aber wir werden beobachtet«, flüsterte Sally Jed ins Ohr, als er sie an seine breite Brust drückte und fröhlich herumschwenkte.

Jed blickte auf. »Herrgott, die sehen ja aus wie Anstandsdamen!« stöhnte er. Wieder schwenkte er sie herum und jaulte dabei wie ein geprügelter Hund. Er fühlte sich großartig! Er liebte dieses Gefühl, wie sich sein Körper bewegte – beim Tanzen, beim Liegestütz, beim Footballspiel. Daß Raymond nur Verachtung für diese Beschäftigungen übrig hatte, wußte er, aber Raymond konnte von ihm aus zum Teufel gehen.

»He, Boys, das is 'n Leben, was?« brüllte er mit übertriebenem Hillbilly-Akzent zu Bobby hinüber.

»Das kannste wohl sagen!« gab Bobby zurück. »Verdammt, ich hab' mich nich' mehr so amüsiert, seit mein Jagdhund 'n Stinktier auf 'n Baum raufgehetzt hat!«

»Mein Gott, ist mir kalt!« murmelte Emily.

»Kein Wunder, in diesem Schnupftuch da«, erwiderte Raymond und deutete auf ihr Oberteil aus einem riesigen Taschentuch. Dann legte er den Arm um sie – vorgeblich, um sie zu wärmen, in Wirklichkeit aber, weil er sie rührend fand. Sie gab sich so große Mühe, bei diesem Blödsinn mitzumachen. Daß es ihr wirklich Spaß machte, konnte er sich eigentlich nicht vorstellen. Zwar war sie angezogen wie die anderen Mädchen, aber sie schaffte es nicht, die Rolle auch durchzuhalten. Sie war blaß, eiskalt und voller Hemmungen.

Er selbst hatte sich bereits damit abgefunden, daß er nie zu ›den Boys‹ gehören würde, mit einem Kasten Budweiser Bier im Kofferraum und einer Packung ›Trojan Enz‹ im Handschuhfach. Allmählich war er sogar stolz darauf. Im letzten Herbst war er mit Jed und zwei von seinen dämlichen Footballfreunden, Hank und Bobby, auf die Jagd gegangen. Raymond wollte eine Fotoserie über die Jagd schießen. Hanks Familie besaß am Buck Mountain eine Jagdhütte. Mit dem Jeep holperten sie meilenweit über eine tief gefurchte, ungeteerte Piste. Die Hütte bestand aus einem drei mal drei Meter großen Hauptraum, einer angebauten Küche und einer Latrine. Es gab Schlafkojen an den Wänden, einen Tisch, Stühle und einen Holzofen.

Am ersten Abend saßen sie am Tisch, tranken Bud, spielten Stud-Poker und erzählten, wer was mit welcher Mitschülerin getrieben hatte.

»Na klar würde Betty dir einen blasen«, versicherte Jed seinem Freund Hank. »Die macht das gern. Brauchst sie bloß anzurufen.«

»Kann ja sein, daß sie dir gern einen bläst. Aber das muß noch lange nicht heißen, daß sie es auch bei mir tut.«

»Betty bläst nicht *mir* gern einen. Betty bläst überhaupt gern einen. Punkt. Ruf sie an. Dann wirst du ja sehn, ob's stimmt.«

Als sie betrunken waren, schwankten sie mit ihren Pistolen zum Haus hinaus, veranstalteten bei Vollmond Schießübungen und johlten vor Lachen, wenn die Kugeln durch den stillen Wald pfiffen.

Als sie wieder hereingestolpert kamen, tat Raymond, als sei er auf seiner Liege eingeschlafen. Nach weiteren Bieren und Pokerrunden schnallte Hank seinen Gürtel ab und maß damit ihre Erektionen.

»Mann!« staunte Bobby. »Du könntest das verdammte Ding ja tatsächlich als Krücke benutzen, Tatro.« Vor Lachen fielen sie fast vom Stuhl.

»Jesus, Bobby – du bist 'n gottverdammter Homo!« brüllte Hank.

Jetzt schlief Raymond tatsächlich ein. Als er einige Zeit später wieder aufwachte, sah er, daß die drei immer noch am Tisch saßen. Hank und Bobby rauchten Pall Mall, die sie zwischen Daumen und Zeigefinger hielten. Sie sahen einander starr lächelnd an und nickten dabei, während sie die Zigaretten mit dem brennenden Ende voran langsam auf ihre Unterarme herabsenkten. Immer wieder ließen sie den Blick von den brennenden Zigaretten zu den Augen des Gegenübers wandern. Fasziniert beobachtete Raymond, wie sich die Glut immer weiter der Haut näherte und jeder darauf wartete, daß der andere zuerst aufgab.

Die Härchen an beiden Unterarmen flammten auf und schrumpften. Weder Hank noch Bobby gaben einen Laut von sich oder legten das starre Lächeln ab, als sie die Zigaretten auf ihren Armen ausdrückten. Der Gestank von verbranntem Fleisch füllte die Hütte. Hank und Bobby schüttelten sich lachend die Hand.

Raymond war früher schon einmal hier gewesen, draußen am See, mit ein paar Schulkameraden. Sie sprangen von einer Felsnase in einen unvorstellbar kleinen Teich, der unter Wasser von Steinbrocken gesäumt war. Je mehr Bier sie konsumierten, desto höher kletterten sie den Felsen hinauf. Raymond setzte sich ans Ufer und sah zu, wie ein Junge nach dem anderen in die Tiefe sprang, um heil und ganz wieder aufzutauchen. Was sie schließlich zum Aufhören bewegte, hatte er inzwischen vergessen.

Während der Jahre in der Junior High und High School war er immer wieder Zeuge Dutzender von Schlägereien wegen echter oder vorgetäuschter Beleidigungen geworden. Vorausgegangen war stets eine komplizierte Folge von Herausforderung und Replik seitens der Freunde der Kombattanten, kulminierend in der Festsetzung von Ort und Zeitpunkt des bevorstehenden Zweikampfs. Er selbst war auch einmal in so ein Ritual einbezogen worden. Er hatte vor der Schultür gestanden und sich mit Freunden unterhalten, als Louanne Little vorbeischlenderte. Sie trug einen weiten Rock mit vielen Petticoats, einen engen breiten Gürtel und einen knapp sitzenden, kurzärmeligen Angorapullover, der ihre schweren Brüste voll zur Geltung brachte, und das zu einer Zeit, da die meisten Mädchen noch Leibchen trugen. Raymond war zutiefst beeindruckt und ein klein wenig eingeschüchtert, außerdem irgendwie verstört. Ein Freund murmelte etwas Ähnliches wie: sie sehe aus wie der letzte Kehricht, halbseiden. In diesem Moment kam ihr Freund Clyde herübergestelzt, ziemlich einschüchternd in seinem Sturzhelm, der Motorradmontur aus schwarzem Leder und den schweren Stiefeln, und fragte: »He, hat jemand von euch Louanne gesehen?«

Sie deuteten in die Richtung, in der sie verschwunden war. Als Clyde daraufhin weiterstapfte, öffnete Raymond den Deckel des Mülleimers, spähte hinein und rief: »He, Louanne-Herzchen, bist du da drin?« Seine Freunde wollten sich ausschütten vor Lachen. Aber Clyde hatte es mitbekommen. Wutschnaubend fuhr er herum. Raymond ließ den Deckel fallen und schenkte ihm ein schwaches Lächeln. Den ganzen Tag lang trugen ihm Clydes Lakaien immer wieder von neuem die Botschaft zu, er solle ihn nach der Schule an der Bushaltestelle erwarten. Den ganzen Tag lang ließ er ihm immer wieder ausrichten, er habe einen Termin beim Zahnarzt, er bedauere das Mißverständnis, etc. Als er sich nach der Schule zur Hintertür hinausdrückte, erwartete Clyde ihn dort bereits. Schnell schloß sich der Kreis schadenfroher Zuschauer um sie beide.

»Hör zu, Clyde, es tut mir leid. Ich wollte nur einen Witz machen. Aber ich sehe ein, daß das überhaupt nicht witzig war. Es war gemein. Und auch nicht wahr.« Clyde umkreiste ihn mit erhobenen Fäusten. »Gib mir die Hand«, schlug Raymond mit mattem Lächeln vor und streckte die Hand aus.

»Nimm endlich die Fäuste hoch, du mieser Schwuler!«

Raymond hatte das Gefühl, in einem Irrenhaus zu sein. Ein Schalter war umgelegt worden, und die elektrische Ladung mußte ihren Stromkreis schließen. Es gab keinen Ausweg. Die Menge johlte Anfeuerndes, Spöttisches und Hämisches. Er hob die Fäuste.

»Komm, hör schon auf, Clyde! Vergessen wir das Ganze«, bat er, doch schon bohrte sich Clydes Faust in seine Magengrube. Er krümmte sich.

Als er sich wieder aufrichtete, um nach Luft zu schnappen, keuchte er: »Okay, ich gebe auf. Du hast gewonnen, Clyde.« Ein Schlag an den Kopf legte ihn flach. Machte ihn aber auch ernstlich wütend. Er sprang auf und stürzte sich mit fliegenden Fäusten auf Clyde. David kontra Goliath.

Zwei Minuten später schrie jemand, der Direktor sei im Anmarsch. Die Menge floh in alle Himmelsrichtungen. Clyde und Raymond knurrten und fauchten, dann schüttelten sie sich hastig die Hand. Raymond schleppte sich mit blutendem Mund, geschwollenen Augen und schmerzenden Handknöcheln nach Hause.

Jed, Bobby, Hank und Raymond schlichen durch das herbstliche Laub. Raymond schleppte Kamera und Zubehör mit. Er schoß Fotos, während die anderen Vögel schossen und Hochwild aufstöberten. Sie kamen auf ein Feld hinaus, trampelten querbeet drüber und stießen auf ein kleines Haus. In der Nähe befand sich ein Koben. Auf dem Zaun hockte ein Mann im Overall und starrte in den Koben hinab, in dem zwei riesige Schweine eingesperrt waren. Sie grunzten beide aufgeregt und umkreisten einander mißtrauisch.

»Howdy«, grüßte Jed.

»Howdy«, gab der Farmer zurück. Sie lehnten sich neben ihn auf den Zaun und sahen zu, wie der Eber die Sau zu besteigen versuchte.

Nach einer Weile sagte Jed grinsend: »Verdammt, ich wär' schon längst mindestens dreimal drauf gewesen.« Alle kicherten – bis auf den Farmer.

Der maß Jed von oben bis unten und erklärte dann gedehnt: »Dann hätt' ich dich wohl zum Decken anheuern sollen statt ihn.«

Sie kamen an einen Sandweg, dem sie folgten, bis sie den Wald hinter sich ließen. An einer Kreuzung befand sich eine Gemischtwarenhandlung. Vor dem Haus hing an einer Leiter ein toter Hirsch. Sein Blut tropfte in den Staub, Fliegen summten träge herum. In der Nähe war ein halbes Dutzend kleinerer Lastwagen geparkt, zwei davon mit Rehen auf dem Dachgepäckträger. Ein Dutzend unrasierter Männer in Overall, Unterhemd und Arbeitsstiefeln stand vor der Leiter und trank aus Marmeladengläsern eine klare Flüssigkeit. Ein Poster an der Seitenwand der Hütte trug die Überschrift ›Doe Pool‹ und darunter Namen und Zahlen. In einem Käfig neben der Leiter hockte ein mottenzerfressener Schwarzbär. Der eine Mann stieß immer wieder seinen Gewehrlauf durch den Maschendraht. Der Bär schlug danach und drückte sich angstvoll an die hintere Wand. Der Mann folgte dem Bären zu seinem neuen Platz, um ihn immer weiter zu quälen. Dabei grinste er und sah sich beifallheischend nach den anderen Männern um.

Jed, Hank und Bobby ließen schon bald ebenfalls Marmeladengläser herumgehen, begannen laut zu reden und zu lachen. Raymond stand abseits und versuchte, unauffällig Fotos zu machen. Es war ihm klar, daß er die Kamera nur als Vorwand benutzte, um nicht beim Trinken mitmachen zu müssen. Weil er es nämlich gar nicht konnte. Er wurde von einem einzigen Bier betrunken. Er verlor ständig beim Pokern. Er erstickte fast, wenn er zu rauchen versuchte. Er hatte keinen Schuß mehr abgegeben seit damals, als er zu Weihnachten Mistelzweige zu schießen pflegte. Einmal hatte der Vater ihn und Jed auf die Jagd mitgenommen. Die beiden hatten behutsam einen großen Rehbock in seine Richtung getrieben. Raymond hatte das Gewehr gehoben, angelegt und gezielt. Er war ein recht guter Schütze, weil er auf der Wiese hinter dem Haus der Princes jahrelang Schießübungen auf Bierdosen veranstaltet hatte. Er konnte überhaupt nicht fehlen. Doch als der Augenblick kam, da er den Abzug betätigen mußte, tat er es nicht.

»Ach, was soll's!« sagte er, als der Vater und Jed schreiend auf ihn zugelaufen kamen. »Wenn wir hungern müßten, könnte ich's ja noch verstehen. Aber wir hungern schließlich nicht.« Die beiden hatten ihn angestarrt.

»Ich will euch die Wahrheit sagen«, erklärte Jed. »Wenn ich einen Bock im Visier habe und mich bereitmache zum Abdrücken, dann liebe ich plötzlich dieses Tier. Ehrlich. Es ist, als sei ich ein Teil von ihm und als sei es ein Teil von mir.« Was ist bloß mit mir los? fragte sich Raymond, als er die in der Sonne glänzenden Gewehrläufe und die im Staub trocknenden Blutlachen betrachtete.

Als Raymond und Emily aufstanden, um zu tanzen, hörte die Musik auf. Die Präsidentin der Girls' Union, die Schirmherrin dieses Festes, trat ans Mikrofon. »Also, ich glaube, dies ist der Augenblick, auf den wir alle gewartet haben!« rief sie. »Jetzt stellen sich die Jungen mal alle rechts von mir auf und die Mädchen links.« Chaos, während der Saal sich umformierte. Durch den Lärm kreischte sie: »Also, die Jungen kriegen dreißig Sekunden Vorsprung... Und der Junge, der zuletzt eingefangen und hierher zurückgebracht wird, kriegt einen Preis! Also, ab in die Startlöcher, Boys! Alles fertig? Und – los!« Die Jungen jagten durch die Gänge, die Zuschauertribüne hinauf, in die Umkleideräume, suchten hektisch, wie Ameisen unter einem umgedrehten Stein, überall nach einem Versteck.

»Bis gleich!« rief Emily Raymond zu, als er davontrottete, hin- und hergerissen zwischen dem Wunsch, Emily zuliebe mitzumachen, und der Überzeugung, dies sei alles einfach zu albern.

»Na dann los, Mädchen!« schrie die Präsidentin. »Holt sie euch!«

Die Turnhalle explodierte in einem Orkan von Gequietsche und Gekichere, als die Mädchen in alle Richtungen auseinanderstoben. Sally flog, zwei Stufen auf einmal nehmend, die Treppe zur Zuschauertribüne empor, packte mit einer Hand den Treppenpfosten, schwang sich daran herum, jagte durch den Gang, machte einen Satz und sprang Jed von hinten an. Er stolperte, fiel, und beide lagen kichernd und keuchend auf dem Fußboden.

Emily entdeckte Raymond im Korridor, wo er, eine Hand auf die Hüfte gestützt, stehengeblieben war, um eine Vitrine mit Siegestrophäen zu betrachten: klein, mager und voll Aknepickel, der einzige, der keinen Overall trug. Sie trottete auf ihn zu, tippte ihm auf die Schulter und sagte: »Gefangen!« Dann betrachteten sie gemeinsam die Vitrine mit ihren Dutzenden von vergoldeten Männern, die unterschiedlich große Bälle, Schläger oder Speere emporhielten. Auch richtige Bälle gab es zu sehen, über und über mit Daten und Autogrammen bedeckt. Und Fotos von Siegermannschaften.

Nach dem Tanz saßen sie in der Einfahrt von Emilys Elternhaus im Wagen ihres Vaters, der so geparkt war, daß die Magnolie sie vor dem Haus verbarg, obwohl diese Vorsichtsmaßnahme wirklich kaum notwendig war, da sie sich in entgegengesetzte Ecken der Sitze gedrückt hatten. Raymond wußte, was jetzt von ihm erwartet wurde: daß er hinüberrutschte, Emily in die Arme nahm, ihr Gesicht mit nassen Küssen bedeckte und mit den Händen an ihr herumfummelte, bis sie protestierte. Nicht wenigstens den Versuch zu machen war eine Beleidigung. Aber er war nicht interessiert. Emily war wie eine Schwester für ihn. Vielleicht war es das Inzest-Tabu? Dieses Ritual des Werbens – er konnte es einfach nicht einsehen. All dieses Taktieren, obwohl man genau wußte, daß man schließlich doch onanieren mußte, wenn man nach Hause kam! Und das Mädchen hatte Angst, ihren Ruf zu ruinieren oder schwanger zu werden. Möglich, daß Wayne ihn für diesen ganzen Quatsch verdorben hatte. Mit ihm, da war alles so offen und ehrlich gewesen. Jeder von ihnen hatte Bedürfnisse gehabt, die der andere befriedigen konnte – Bedürfnisse nach Gesprächen, nach Zärtlichkeit und Ejakulation, in etwa dieser Reihenfolge. Die Vorstellung, sich mit einem irritierten Mädchen auf dem Rücksitz rumzubalgen, ließ ihn kalt.

Emily musterte ihn aus den Augenwinkeln und hoffte, er werde nicht gleich auf sie losgehen, wie er es zuweilen tat. In der Vergangenheit hatten sie einige Zeit damit zugebracht, sich ohne große Begeisterung zu küssen. Was hatte das für einen Sinn? Sie waren Freunde. Konnte man es nicht dabei belassen? Aber die Jungen schienen das Gefühl zu haben, unbedingt etwas beweisen zu müssen. Also tat Emily, als reagiere sie darauf – aber nur, um deren Gefühle nicht zu verletzen.

Raymond holte tief Luft und schlidderte pflichtschuldigst zu ihr hinüber. Vorsichtig nahm er Emily in den Arm. Dann drückte er seine Lippen auf ihren Mund.

Emily zitterte am ganzen Körper vor Anstrengung, ihren Ekel zu unterdrücken. Allem Anschein nach war sie frigide. Armer Raymond! Sie erinnerte sich an ihren ersten Kuß – als sie in der siebenten Klasse Flaschendrehen spielten, irgendwo in einem Keller hinter dem Heizungskessel. Sie war völlig verzweifelt gewesen, hatte sich auf dem Weg dorthin den Kopf darüber zerbrochen, ob sie sich mit der Zunge die Lippen befeuchten sollte oder lieber nicht. Und wohin überhaupt mit der Nase? Was tat man mit den Händen? Sollte sie die Augen schließen? Inzwischen wußte sie, daß das alles kaum eine Rolle spielte – das Ganze war immer wieder peinlich und sinnlos.

Raymond spürte, wie Emily zitterte. Er fühlte sich grauenhaft. Sie war so erregt, und er mußte sich fast übergeben vor Abscheu. Er tauchte auf, um Luft zu schnappen, strich ihr über die Haare und versuchte zu überlegen, wie er der Situation ein Ende machen konnte, ohne Emily zu kränken.

»Ich muß rein«, verkündete sie. Die Mutter knipste die Verandalampe an und aus – um sie aus der Umklammerung zu erlösen, wie sie vermutete. Emily erschrak darüber, denn das bedeutete, daß die Mutter sich über Emilys Aktivitäten im klaren und deswegen um sie besorgt war. Es fiel Emily schwer, diese Erkenntnis zu akzeptieren, denn ihre Mutter war eine so unauffällige Person. Sie führte den Haushalt und arbeitete im Garten, ohne ihnen jemals Ratschläge aufzudrängen, wie es die Mütter der anderen Mädchen immer wieder taten. An ihren guten

Tagen fühlte sich Emily geschmeichelt. Die Mutter traute ihr genügend Verstand zu, allein über ihr Leben zu bestimmen. An schlechten Tagen jedoch wünschte sie sich ein bißchen mehr Führung von den Erwachsenen, und sei es nur, damit sie sich dagegen auflehnen konnte. Die Atmosphäre in ihrem Elternhaus schien von verhaltener Unsicherheit beherrscht zu sein. Und die Mitteilung, die ihre Eltern ihr auf diese Weise zukommen ließen, lautete, daß diese Welt viel zu anstrengend für sie beide und Emily daher auf sich selbst gestellt sei.

»Schon?« fragte Raymond, der hastig zu seiner Tür hinüberrutschte.

Vor der Haustür küßte er sie auf die Stirn. Sie lächelten sich zu und tauschten Dankesworte. Als sie die Tür ins Schloß drückte, fragte sich Emily, ob sie sich um Verabredungen mit anderen Jungen bemühen sollte. Doch sie und Raymond galten in aller Augen als festes Paar, und deshalb würde kein anderer sie auffordern. Und bei den seltenen Gelegenheiten, als es doch einer getan hatte, war es einfach fürchterlich gewesen. Während sie badete, überlegte sie sich verschiedene Gesprächsthemen und prägte sich jeweils ein Wort ein, das aus den Anfangsbuchstaben der gewählten Themen bestand. In letzter Zeit hatte ihr Wort des Abends *scab* gelautet. S für Schnee: Was sagte er dazu, daß sie zehn Zentimeter gehabt hatten? Sah es nicht so aus, als würden die Winter immer kälter? C für Cheerleaderinnen: Welche der Sophomores würde es seiner Ansicht nach nächstes Jahr schaffen? Wie hatte ihm der neue Schlachtruf der letzten Pep-Rallye gefallen, bei dem die Cheerleaderinnen sich wie zur Polonäse aufstellten und wie eine Dampflok durch die Turnhalle schnauften? A für die Auszeichnung als Sportler des Jahres: Doug Bennett oder Hank Osborne? B für Basketball: Bei dem bevorstehenden Spiel – hatten sie seiner Ansicht nach da eine Chance gegen die Snake Hollow Rattlers? Wie war das Team von diesem Jahr im Vergleich zum letzten? Ob sie die Finalrunden in Nashville erreichten? Würde er auch mit hinfahren?

Raymond allerdings brauchte derartige Ermunterungen nicht; und wenn er zu reden anfing, dann nur von Dingen, an die kein anderer jemals gedacht hätte, wie zum Beispiel heute abend: Da hatte er ihr, von einer Briefmarkenserie angeregt, die er soeben aus New York erhalten hatte, von den berühmten Männern in der Geschichte der Tschechoslowakei erzählt. Tatsache blieb jedoch, daß es ihr keinen Spaß machte, ihn zu küssen. Während es ihr bei den anderen keinen Spaß machte, mit ihnen zu reden, es ihr jedoch zuweilen gelang, sie ohne Ekelgefühl zu küssen.

Als Raymond über den feuchten Rasen auf sein Elternhaus zuging, beschloß er, sich auch mal mit anderen Mädchen zu verabreden. Er mochte Emily zwar lieber als alle anderen, aber er liebte sie nicht, das heißt, falls lieben bedeutete, daß er sich danach sehnte, sie zu küssen und so. Vielleicht war er ja auch schwul. Er blickte auf und musterte sein Heim: eine gedrungene weiße Schachtel, die einen neuen Anstrich benötigte. Entlang der Vorderfront verlief eine offene Veranda mit schrägem Dach und Liegestühlen. In Gedanken verglich er es mit jenem Haus, von dem er gerade gekommen war, der dreistöckigen gelben Holzvilla von Emilys Familie, mit den Spitzgiebeln und den geschnitzten Holzverzierungen. Dabei fiel ihm ein, daß ihre Familie reich war und seine arm – nicht etwa Hungerleider oder so, aber es gab eben keinen Luxus. Er und Jed hatten sich das Geld für ihre Kleidung und auch ihr Taschengeld stets selbst verdienen müssen. Emily und Sally hatten das nie nötig gehabt. Aber die waren natürlich Mädchen. Und dennoch lebten sie in derselben Stadt, hatten gemeinsame Vorfahren, ihre Väter arbeiteten in derselben Fabrik . . .

Er ließ sich in seinen Schreibtischsessel fallen und blätterte in einem Stapel Briefmarken. Er nahm eine Marke von Madagaskar heraus und betrachtete sie unter der Lampe. Der Hintergrund war scharlachrot, die Schrift vergoldet. Eine lächelnde Negerin mit Kopftuch trug einen Bastkorb auf dem Kopf. Mit den Fingerspitzen strich er behutsam über das Papier und empfand dabei jenen Nervenkitzel, den ihm eine neue Briefmarke aus einem unbekannten Land stets vermittelte. Er sah auf seiner Landkarte nach und fand die Insel. Morgen wollte er sie in der Schul-Enzyklopädie nachschlagen. Wer lebte dort? Was taten die Einwohner? Wie war das Klima?

Was geht's mich an? fragte er sich sodann. Er nahm die Brille ab und rieb sich die Augen.

Als Jed nach dem Tanz vom Parkplatz fuhr und die Richtung zu Sallys Elternhaus einschlug, fragte sie ihn: »Willst du mich jetzt schon nach Hause bringen?«

Er warf ihr einen schrägen Blick zu. »Willst du das denn nicht?«

»Nein«, antwortete sie mit ganz kleiner Stimme.

»Was willst du denn?«

»Dich.«

»Das hab' ich schon mal gehört.«

»Könnten wir nicht zum Steinbruch fahren und da drüber reden?«

Er musterte die Einflugschneise, offen dargeboten von der Bluse, deren Zipfel sie unter der Brust verknotet hatte. Er *mußte* seine Hand da reinstecken!

»Bitte, Jed!«

Der Mond, ein dicker orangefarbener Ball, war gerade über der Steinbruchwand heraufgestiegen. Ringsumher parkten abgedunkelte Wagen. »Okay. Schieß los. Ich höre«, sagte Jed, einen trotzigen Ausdruck auf dem verdüsterten Gesicht.

»Ich hab's mir überlegt. Ich finde, wir sollten einen Kompromiß schließen.«

»Was glaubst du, was ich bisher getan habe?«

»Na ja, ich schließlich auch.«

»Ist mir aber nicht so vorgekommen.«

Jetzt schmollte sie. Schob die Unterlippe vor.

»Okay. Also was?« erkundigte sich Jed.

»Ach, laß nur.«

»Okay.« Er startete den Motor. Sie packte seine Hand und zwang ihn, den Motor wieder abzustellen. Dann strich sie ihm mit den Fingerspitzen über den Handteller.

»Ich finde, wir sollten die Hände oberhalb der Taille lassen«, verkündete sie.

Verärgert stieß er ihre Hand beiseite und lehnte sich mit einem leiderfüllten Seufzer in seinen Sitz zurück. »Schöner Kompromiß! Das hast du doch schon immer gesagt.«

»Nicht direkt«, entgegnete sie flüsternd.

Der Mond beschien ihren weißen Brustansatz. Er spürte, wie er steif wurde.

»Aber unter den Kleidern?« fragte er mit unsicherer Stimme.

Sie schwieg.

»Na?«

»Also gut.«

Er rutschte zu ihr hinüber und schloß sie in die Arme. Sie küßten sich. Dann schob er ihr seine Hand in den Ausschnitt, bis er eine Brust ganz umfassen konnte. Er hob sie aus der Bluse und nahm die Brustwarze in den Mund. Sally blickte auf seinen Bürstenkopf hinab und kicherte verlegen. Babies saugten an der Brust ihrer Mutter, aber daß auch erwachsene Jungen das taten, hatte sie nicht gewußt.

»Was ist?« erkundigte er sich, den Kopf hebend.

»Ach nichts«, murmelte sie leise. Sie kam sich vor wie seine Mutter. Immer wieder ermahnte sie sich, seine andere Hand nicht aus den Augen zu lassen.

Emilys Girl Scout-Gruppe trainierte für eine einwöchige Wanderung über den Appalachian Trail in diesem Sommer, indem sie Tagesmärsche mit fünfzehn Kilo Gepäck machte. Sie trugen Jeans, Wanderstiefel und Flanellblusen. Die Bäume hatten eine chartreuse-grüne Färbung angenommen. Die Judasbäume, die rosa und weißen Hartriegelsträucher stellten alle anderen in den Schatten. Die Regenwürmer hatten mit ihrem Frühjahrsputz noch nicht begonnen, daher bedeckte eine dicke Schicht toten Laubs den Wanderpfad. Hin und wieder stimmten sie, im Gänsemarsch hintereinander trottend, ein Liedchen an: »Falleri, fallera, falleri, fallera ha ha ha ha ha ha...«

Zumeist jedoch marschierten sie schweigend und blickten, vom Frühlingslicht geblendet, in die Runde wie Kinobesucher, die plötzlich in die Mittagssonne herauskommen. Emily schob die Hände unter ihre Rucksackriemen, die ihr schmerzhaft in die Schultern schnitten. Blätter raschelten, als Backenhörnchen, Schlangen, Kröten und Eichhörnchen vor ihnen flohen. Emily genoß das Gewicht auf ihrem Rücken und die Kraft in ihren Beinen, während sie mit gleichmäßigen Schritten Meile um Meile zurücklegte. Sie trug eine olivgrüne Armymütze, und die Sonnenstrahlen, die durch die knospenden Zweige fielen, tanzten auf und unter dem Mützenschirm. Das Gefühl des Versagens, mit dem sie am Abend zuvor zu Bett gegangen war, fiel von ihr ab. Sie kannte jedes Vogellied, den Namen eines jeden Baumes, einer jeden Waldblume. Manche Menschen waren eben auf Parties gut, andere auf anderen Gebieten. Sie bekam in der Schule gute Noten, ohne sich besonders anstrengen zu müssen; der Sport fiel ihr leicht. Sie war ein Curved Bar Girl Scout. Sie hatte in der All State Band die Flöte gespielt. Zugegeben, in Newland waren diese Dinge nicht wichtig, aber das war nicht ihre Schuld.

Sie waren einen nahezu baumlosen, ansteigenden Hügelrücken entlanggewandert. Rings umher standen struppige Blaubeersträucher. Am Ende des Felsgrats kamen sie an einen ungeschützten, ganz mit stoppeligem Gras bedeckten Berggipfel, der oberhalb der Baumgrenze lag. Sie warfen ihre Rucksäcke ab, legten sich im hohen Gras in die Sonne, aßen Sandwiches und plauderten träge über den Scheunentanz.

Nach der Rast stiegen sie durch einen Hartholzwald die Bergflanke hinab. Nach einiger Zeit kamen sie in ein kleines, von einem dahineilenden, steinigen Bach gegrabenes Tal. Schließlich wurde der Wald dünner und öffnete sich auf eine Lichtung. Hundegebell erklang. Auf der Lichtung stand eine Hütte, mit Teerpappe verkleidet und mit einem Dach aus Blechreklamen für Limonade und schwarz-weißen Nummernschildern aus Tennessee. Das Haus stand wegen des Berghangs vorn auf Pfeilern, und an der Frontseite zog sich eine offene Veranda entlang. Fünf Jagdhunde stemmten sich gegen die Ketten, mit denen sie an die Pfeiler gefesselt waren. Fast sah es aus, als würden sie jeden Moment das Haus umreißen. Der Bach weiter vorn war übersät mit Blechdosen und Flaschen, einem alten Kühlschrank und drei ausgeschlachteten Autowracks. An einem Netz von Leinen, zwischen den Bäumen und den Pfeilern gespannt, hing Wäsche zum Trocknen. Sechs bis acht kleine Kinder spielten, krabbelten und kletterten auf einem Kohlehaufen herum. Als sie die Girl Scouts das Tal entlangkommen sahen, sprangen sie auf, erstarrten und glotzten sie aus ihren blaßblauen Augen an. Verfilztes Blondhaar verbarg unsaubere Gesichter, schmutzstarrende Höschen hingen tief unter verdreckten Trommelbäuchen.

Während die anderen weiterwanderten, nahm Emily ihren Rucksack ab, holte Äpfel und Schokoladenkekse heraus und hielt sie den Kindern lockend hin. Die faßten einander bei den Händen und rückten noch dichter zusammen.

Emily hörte eine Tür klappen. Als sie aufblickte, sah sie oben auf der Veranda eine verhärmte Frau in langem Kleid, Schürze und hohen Arbeitsstiefeln stehen.

»Ich wollte nur...«

»Nein danke, Ma'am, wir nehmen von niemandem was an«, leierte die Frau herunter, als handele es sich um eine Tonbandantwort.

»Ach ja, gewiß. Tut mir leid.« Emily nahm ihren Rucksack am Gestell und zerrte ihn den Pfad entlang, hinter den anderen Mädchen drein.

Als sie am Abend beim Essen ihrer Familie von diesem Zwischenfall erzählte, murmelte der Vater: »Ja, ja, das Leben ist hart, Emily!«

Emily krauste die Stirn. »Wieso?«

Der Vater lächelte ingrimmig. »Dies ist keine sehr liebenswerte Welt.«

»Also Robert...« begann Mrs. Prince.

»Ich finde, es ist eine fabelhafte Welt!« behauptete Sally.

Mr. Prince zuckte schweigend die Achseln.

Als Raymond die gewundene Bergstraße hinauffuhr, mußte er an die Ausflüge denken, die er mit seiner Familie in dieses Hochtal gemacht hatte, dem sein Vater entflohen war, um sich in Newland niederzulassen. Er und Jed hatten immer schon aus dem Wagen aussteigen wollen, wenn sie von der Hauptstraße abbogen. Dann rannten sie den ausgewaschenen Lehmweg empor, um möglichst schnell ihre Cousins zu suchen, mit denen sie in den Wald liefen, um sich erst wieder blicken zu lassen, wenn es Zeit zur Heimfahrt wurde. Er und Jed sonnten sich in ihrem Prestige, weil sie ihre Cousins über das Leben in der Stadt aufklären konnten – über alles, was sich in den Fabriken tat, wie man im Supermarkt einkaufte, wie es war, wenn man mit dem Fahrrad auf dem Bürgersteig fuhr. Über Straßenlaternen, Kinos, Drugstores, Rolltreppen, Apparate, in denen beim Schuhkauf die Füße geröntgt wurden, Flipper-Maschinen, Jahrmärkte, Schönheitswettbewerbe, Bowlingbahnen.

Aber die Cousins wußten natürlich, wo man sich verstecken mußte, um welche Tiere beobachten zu können. Sie brauchten bloß zum Himmel emporzublicken und einmal kurz die Luft zu schnuppern, und konnten schon sagen, wie das Wetter wurde. Sie wußten, welche Beeren und Blätter eßbar waren. Aus einem Stück Holz konnten sie praktisch alles schnitzen. Wenn sie krank wurden, bekamen sie Whiskey zu trinken. Aus hundert Meter Entfernung schossen sie die Zapfen von einer Fichte. Niemals brauchten sie Schuhe zu tragen und durften die Schule schwänzen, wann immer sie wollten. Und sie lebten ständig hier – Dutzende von Cousins und Cousinen, Tanten, Onkel, Großeltern. Allesamt Tatros, und alle in einer County.

Raymond erinnerte sich, daß er das damals für großartig gehalten hatte. Er konnte einfach nicht begreifen, warum der Vater fortgegangen war. Und heute wunderte er sich abermals darüber. Das Leben hier wirkte so unkompliziert. Wäre der Vater nicht fortgegangen, so stünde Raymond jetzt nicht vor der Entscheidung, was er zu tun beabsichtigte, wenn er mit der Schule fertig war. Er hätte vor zwei Jahren schon geheiratet und wäre zweifellos Bergmann geworden. So, wie die Dinge jetzt lagen, hatte er keine Ahnung, was er werden sollte. Der Studienberater hatte ihn aufgegeben. Seine Noten waren zu schlecht für ein College-Stipendium, und der Vater konnte es sich nicht leisten, eine College-Ausbildung zu bezahlen. Außerdem konnte er sich nicht vorstellen, noch weitere vier Jahre damit zu verbringen, an einem Unterricht teilzunehmen, der ihn nicht interessierte. Sein Vater forderte ihn immer wieder zu einem Rundgang durch die Spinnerei auf. Seine Mutter prophezeite, daß Jed bestimmt einmal Vizepräsident der Spinnerei werden würde. Was er, Raymond, einmal werden würde, darüber machte sie sich niemals Gedanken, und das störte ihn. Als sei es seine Zukunft nicht wert, daß man sich darüber Gedanken machte, und als sei er ein Findelkind, das niemals richtig zur Familie gehört hatte. Gewiß, da war dieser Job in New York. Aber das würde bedeuten, daß er hier alles zurücklassen mußte. Jedesmal, wenn er daran dachte, wurde er wütend auf Emily. Die würde von der High School schnurstracks aufs College gehen. Weil sie gute Noten und einen Vater mit Geld hatte. Die würde vier Jahre lang das tun dürfen, was sie sich wünschte, und nach dem Abschluß einen Kerl heiraten, der sie bis an ihr Lebensende versorgte. Mädchen hatten es gut. Gewiß, seine eigene Mutter hatte stets arbeiten müssen, doch Emily hatte das nicht nötig, wenn sie irgend so einen Collegeboy heiratete.

In Tatro Cove machte er halt. Die Großeltern lebten in einem schlichten, gepflegten weißen Fachwerkhaus am Talausgang. Es hatte zwei Stockwerke, war aber nur ein Zimmer breit, mit Feldsteinkaminen zu beiden Seiten und oben wie unten je einer Veranda mit Geländer. Die Großeltern saßen auf der unteren Veranda im Schaukelstuhl und blickten über den Bach zu dem steilen Felsgrat auf der anderen Seite hinüber. Wie Raymond sich erinnerte, war der Vater immer nervös gewesen, wenn sie hier ankamen, stand auf der Veranda herum, trat von einem Fuß auf den anderen und verhielt sich reichlich unwirsch. Wollten sie jedoch wieder zurückfahren, lag er, die Füße auf dem Geländer, barfuß auf der Veranda, plauderte gemächlich oder schwieg verträumt. Und auf der Heimfahrt konnten sie zusehen, wie die Nervenanspannung wieder von ihm Besitz ergriff, als würde ihm Wäschestärke in die Adern gepumpt.

»Nanu, Sir, wer kommt denn da?« sagte der Großvater und erhob sich schwerfällig mit Hilfe eines Spazierstocks. Der andere Arm existierte nur bis zum Ellbogen. Der Ärmel des grünen Arbeitshemds war hochgeschlagen und an der Schulter mit Nadeln festgesteckt. »Ich glaube, Mutter, das ist der Junior.«

»Was du nicht sagst!« entgegnete sie und nahm seinen Kuß auf ihre verwitterte Wange entgegen.

Raymond setzte sich auf die Treppe und wünschte, er hätte die Fahrt hier nicht unterbrochen, denn auf einmal wußte er nicht, was er eigentlich sagen sollte. »Ich will rüber nach Clayton, ein paar Fotos machen, und da dachte ich, ich schau mal rein und sage hallo.«

»Was willst du denn in Clayton fotografieren?« erkundigte sich der Großvater.

»Na ja, manchmal rufen mich Zeitungen und Zeitschriften an und verlangen Bilder von Kohlenminen und so.«

»Tatsache? Ha, wenn ich das gewußt hätte, hätt' ich mir selbst 'n Fotoapparat gekauft und mir damit 'n Vermögen verdient!«

»Was gibt's Neues?« erkundigte sich Raymond belustigt, denn hier gab es nie etwas Neues, und das war ja gerade das Schöne.

»Ach, nicht viel. Lyle und seine Frau haben letzte Woche 'n neues Baby gekriegt. Ein Mädchen, nicht, Mutter?« Die Großmutter nickte lächelnd und schaukelte.

»Ist das sein zweites?« Lyle, Raymonds Cousin, war nur zwei Jahre älter als er. Alle Cousins, mit denen er die umliegenden Berge unsicher gemacht hatte, waren inzwischen verheiratet und Väter von kleinen Kindern. Raymond kam sich vor wie ein Halbwüchsiger.

»Der Bach hat vor zwei Tagen angefangen zu steigen, aber ich glaube, das gibt nicht viel. Was meinst du, Mutter?« Die Großmutter schüttelte den Kopf und schaukelte.

»Ich hab' gestern im Garten 'ne ziemlich große, alte Mokassinschlange erwischt. Muß mindestens 'n halben Meter lang gewesen sein. Was meinst du, Mutter?« Die Großmutter nickte lächelnd und schaukelte.

»Lems Blue-tick war letzten Monat eine Woche lang verschwunden. Als er wiederkam, war er völlig zerbissen. Sah fast so aus, als hätt' er's mit 'nem Bären zu tun gehabt. Nicht wahr, Mutter?« Die Großmutter nickte lächelnd und schaukelte.

Die heiße Sonne, die monotone Stimme des Großvaters und das Rumpeln der Schaukelstühle auf den Holzbohlen wiegten Raymond in den Schlaf. Vögel zwitscherten hin und her, der Bach gluckste, das junge Laub trug leuchtendes, helles Grün. Er atmete tief durch.

»Und was macht ihr zu Hause so?« wollte der Großvater wissen.

»Ach, nichts Besonderes. Wie immer. Dad hat in der Fabrik zu tun.«

»Er arbeitet zuviel, stimmt's?«

»Na ja, ich glaube, er macht das gern.«

»So ist das mit diesen Burschen, die in die Stadt abwandern. Die lassen sich alle da reinziehen. Es gibt ja welche, die mögen das Tempo, aber für mich war das noch nie das Richtige.«

»Ich weiß, was du meinst, Großvater.«

»Aber dein Daddy, der hatte immer Hummeln in der Hose. ›Jetzt setz dich hin und gib endlich Ruhe, Junge!‹ hab' ich ihm immer gesagt. Aber hast du mal versucht, 'nem Tornado zu sagen, er soll endlich Ruhe geben?« Sie lachten. »Konnte nirgendwo Arbeit finden. Manchmal hat er 'n paar Bäume gefällt, für so 'ne Möbelfabrik. Die Grube hat immer mehr zugemacht und Leute entlassen. Leben konnte man nur noch vom Jagen und vom eigenen Garten. Und wenn der Bach über die Ufer trat oder der Frost noch sehr spät kam, war's nicht mal mehr was mit dem Garten. Schlimme Zeiten!« Als eine Brise die Zweige der Bäume bewegte, tanzte die Sonne über Raymonds Gesicht.

»Und was ist mit deinem Bruder, dem schönen Burschen?«

Raymond zuckte zusammen. Er wußte ja, daß Jed gut aussah, während er selbst eher durchschnittlich wirkte, aber warum mußten sie alle immer wieder darauf herumreiten? »Dem geht's gut. Genauso fabelhaft wie immer. Er trainiert sich jeden Tag im Gewichtheben und platzt beinahe vor lauter Muskeln. In letzter Zeit ist er viel mit Sally Prince zusammen. Der Tochter vom Direktor von Daddys Spinnerei.«

»Tatsache? Na und du, mein Junge? Wetzt du dir nicht die Tennisschuhe ab auf der Flucht vor all den hübschen Mädchen?«

Raymond errötete. »Ich habe ein Mädchen. Aber das ist nichts allzu Ernstes.«

»Also, ich will dir mal was sagen, mein Junge. Du solltest sie dir lieber mit Vorsicht aussuchen. Das hab' ich all meinen Söhnen gesagt. Die Liebe einer guten Frau ist der kostbarste Besitz des Mannes. Ist das nicht so, Mutter?« Er tätschelte ihren Schenkel. Sie lächelte und schaukelte.

»Wir haben ein gutes Leben zusammen gehabt, Grandpa und ich«, bestätigte sie.

»Das wissen wir alle.« Raymond fühlte sich so entspannt, daß es ihn beinahe lähmte. Er sah in den Garten hinaus und dachte an das, was der Vater ihm erzählt hatte: daß der Großvater jedes Baby, das geboren wurde, sofort hinausgetragen hatte. »Er hielt es empor, Junior, damit es all die Berge ringsum sehen konnte, und dann sagte er: ›Viel haben wir nicht hier oben, aber jedes Stückchen Land, das du von hier aus sehen kannst, gehört den Tatros, und wir sind wahrhaftig stolz und glücklich, daß wir es mit dir teilen dürfen.‹ Dann legte er das Baby im Garten in die Sonne und sagte: ›Der Herr schenkt uns diesen Boden, und du mußt lernen, wie man ihn pflegt, damit er auch für dich sorgen kann.‹«

Raymond selbst hatte an diesem Ritual nicht teilgehabt und fühlte sich daher ausgeschlossen. »Na ja, dann will ich mal«, sagte er und wollte aufstehen.

»Willst du nicht noch ein bißchen bleiben und mit uns essen, Junior?« fragte die Großmutter.

»Würd' ich ja gern, Granny. Aber ich muß meine Fotos machen.« In Wirklichkeit hatte er das Gefühl, daß seine Füße auf der Verandatreppe Wurzeln schlagen würden, wenn er noch eine Minute länger blieb. Wie sein Vater dem hier hatte entfliehen können – und warum –, würde er niemals begreifen. Dieser Friede, diese ruhige Gelassenheit! So anders als die lärmende Fabrik, die geräuschvolle Stadt. Auf dem Berg schrie eine Eule.

»Du solltest noch bei Lyle und den anderen vorbeischaun und hallo sagen.«

»Kann ich diesmal leider nicht, Grandpa. Ich hab's eilig. Aber grüß sie alle schön von mir.«

»Dann komm wieder, wenn du 'n bißchen bleiben kannst«, rief der Großvater ihm nach, als Raymond zu seinem Wagen ging.

In Gedanken hörte Raymond (wie schon so oft) des Vaters Stimme, wie er ihm von seinem Abschied aus Tatro Cove erzählte: »Irgend jemand wollte mich zum Bus fahren. Als ich mit meinen Sachen in einer Papiertüte zum Wagen ging, sah ich Pa mit 'ner Kuh durchs Tal kommen. Auf seiner Hüfte saß meine Schwester Inez, damals ein einjähriges Baby. In einem von diesen weißen Strickkleidchen. Sie lächelte zu ihm auf und babbelte, und er erzählte ihr irgendwas. Ich hatte so dicke Tränen in den Augen, daß ich kaum in den Wagen steigen konnte.«

Vielleicht fand Raymond ja eine Möglichkeit, diesen Prozeß umzukehren! Eine Hütte bauen, im Bergwerk arbeiten?

Er parkte neben einer Entladeanlage, auf die ›Consolidated Coal‹ gepinselt war. Er fotografierte sie und die Frachtwaggons, die einer nach dem anderen mit den glänzend schwarzen Brocken beladen wurden, und die riesigen Lkws mit den Namen auf dem Fahrerhaus, die von den kleinen Minen Ladungen herbeibrachten, die hier gereinigt und sortiert werden sollten. Die Männer, in Schutzhelmen und Arbeitskleidung, schlugen einander auf den Rücken und brüllten sich durch den Lärm Scherze zu. Es war harte Arbeit, ehrliche Arbeit. Raymond fand sie attraktiv. Seine Onkel und Cousins waren alle Grubenarbeiter. Sein Vater und sein Großvater waren Grubenarbeiter gewesen. Er würde also zum traditionellen Familienberuf zurückkehren. Hier, hier würde er arbeiten! Er würde sich in den Bauch des Walfisches begeben und als neuer Mensch wieder hervorkommen. Als Mann!

Nachdem er über Tage keine Fotomotive mehr fand, begann er sich auf die Tatsache einzustellen, daß er den Nachmittag tief unter Tage, drinnen im Berg verbringen mußte. Im vergangenen Jahr hatte er nach einer Explosion und einem Stolleneinbruch in Südwest-Virginia ein paar weinende Witwen fotografiert. Nun hoffte er, daß an diesem Nachmittag niemand um *ihn* weinen mußte.

Man gewöhnt sich daran, redete er sich ein, als der Elektrokarren in den Tunnel einfuhr. Doch bis dahin war es wirklich ein beklemmendes Gefühl. So ein Gefühl mußte ein Baby haben, wenn es durch den Geburtskanal der Mutter getrieben wurde: Bis zu diesem Augenblick war ihm überhaupt nicht klar gewesen, wie gut er es dort gehabt hatte, wo er bisher gewesen war. Er wurde sich jedes einzelnen Gliedes an seinem Körper bewußt, erkannte auf einmal, wie sehr er jede Hand, jeden Fuß, jeden Arm und jedes Bein liebte und brauchte. Wenn sich nun eine Deckenverschalung löste und mehrere Tonnen Gestein auf ihn herniederprasselten? So hatte der Großvater den Arm verloren.

Er riß sich zusammen und bat den Mann, der den Karren fuhr, kurz anzuhalten, während er Blitzlichter zündete und Fotos vom Tunnel und den Fahrgleisen schoß. Und dann ging es wieder weiter, tiefer und tiefer in den Berg hinein, wo der lange, enge Tunnel die einzige Verbindung mit dem Tageslicht darstellte.

Er knipste: Männer, die riesige, nie ruhende Fördermaschinen bedienten, Förderbänder beluden oder auf ihnen mitfuhren, bis zu den Knien im Wasser Pumpen reparierten, ihren Lunch verzehrten, während von der Decke Wasser auf ihre Sandwiches tropfte, oder neue Stempel einzogen. Wie gierige Termiten fraßen sie sich ins Innere des Berges hinein. Und wie ein durchlöcherter, von Termiten zerfressener Holzbalken... Bestand die Möglichkeit, daß der Rest wie Pulver in sich zusammenfiel?

Er fuhr ans Tageslicht zurück, kam sich vor wie von einem gräßlichen Ungeheuer ausgespien. Er fotografierte die Männer, die ins Tageslicht blinzelten, mit Gesichtern, die bis auf Augen und Zähne so schwarz waren wie die Kohlenflöze, an denen sie gearbeitet hatten.

In der Waschkaue, unter der Dusche, rann tintenschwarzes Wasser in den Abfluß. Die Körper unter den Brauseköpfen waren knorrig, gebeugt, narbig, zerschunden, die Fingernägel brüchig und schwarz verfärbt. Die Männer husteten, spien und rotzten dicke Brocken schwarzen Schleims.

Raymond kam zu der Erkenntnis, daß er ein zartes, ängstliches Kind sein mußte. Niemals würde er fähig sein, diese schwere Arbeit zu tun, auch wenn er es noch so gern wollte.

Sein Vater mit dem glatt pomadisierten Haar und den langen Koteletten lag in seinem grünen Arbeitszeug auf der Wohnzimmercouch und sah sich im Fernsehen ›The Beverly Hillbillies‹ an. Die Mutter saß im Sessel. »Du hast das Abendessen versäumt, Junior. Wo warst du?« fragte sie.

»Tut mir leid. Ich war oben in Clayton und habe Fotos vom Bergbau gemacht.«

»Das klingt aber nicht nach einem schönen Nachmittag«, warf der Vater ein.

»Ach, es war ganz interessant. Nur etwas beklemmend.«

»Oh, die Mine oben in Clayton ist hochmodern. Du hättest die

Schindergruben sehen sollen, in denen wir gearbeitet haben, bevor dieser ganze Quatsch mit den Bundesvorschriften kam. Also, das waren kaum mehr als Löcher im Berg. Man mußte Knieschützer anziehen, ähnlich wie die, welche die Basketballspieler tragen, und dann mußte man reinkriechen und im Liegen hacken und schaufeln. Ein Wunder, daß wir nicht alle da drin krepiert sind.«

»Ich hab' auch bei Granny und Grandpa reingeschaut.«

»Ach, das ist nett! Wir geht's ihnen denn?«

»Offenbar gut. So wie immer.«

»Wir sollten auch mal wieder rauffahren, Mrs. Tatro.«

»Dad, sag mal – bist du hauptsächlich wegen der Arbeit hier runtergekommen?«

»Worauf du dich verlassen kannst! Das ist ja alles, um was es im Leben geht, wenn man von der Schule runter ist, Junge. Da solltest du dich allmählich drauf gefaßt machen.«

»Wünschst du dir nie, wieder zu Hause zu sein?«

Der Vater lag mit geschlossenen Augen da. »Verdammt noch mal, ja! Ich hab' ganz schön Heimweh gehabt. Ich hab' doch in dem Tal da oben jeden Winkel wie meine Westentasche gekannt.«

»Halbwegs fröhlich war er immer nur«, fügte Raymonds Mutter hinzu, »wenn das Wochenende kam und er uns alle ins Auto packen und mit uns da rauffahren konnte. Aber wir brauchten den halben Tag, um hinzukommen – so schlecht waren damals die Straßen.«

Im Fernsehen beschloß Jethro, sich mit seinem Anteil an den Einkünften aus dem Öllager, das man unter der Hütte seiner Familie in den Appalachen gefunden hatte, als Filmagent zu betätigen.

»Eines mußt du verstehen, Junior, über das Tal«, sagte der Vater. »Der Herrgott hat viel Zeit und Mühe darauf verschwendet, es aus den Bergen herauszugraben. Unsere Vorfahren waren die ersten Menschen, die sich dort ansiedelten, und sie haben viel Zeit und viel Mühe gebraucht, um dorthin zu gelangen.«

»Ja, Sir.«

Jethro bestellte sich einen Cadillac und mehrere Seidenanzüge.

»Die Jahreszeit, die mein Daddy am liebsten hatte, war der Winter«, fuhr Mr. Tatro fort. »Er war glücklich, wenn es einen Schneesturm gab und wir alle zusammen für eine Woche oder länger da oben im Haus eingeschneit waren. Dann schnitzten wir, spielten Karten, hörten uns im Batterieradio die Grand Ole Opry an und klimperten auf dem Banjo herum. Und wenn der Schnee schmolz, wir Kinder wieder zur Schule gingen und er in die Mine zurückkehren mußte, brach er jedesmal beinahe in Tränen aus. So etwa im Februar ging uns natürlich das Zeug aus dem Garten aus, das Ma eingemacht und eingelagert hatte. Dann gab es zweimal am Tag Zwieback mit Mehlsauce, und wir warteten nur darauf, daß uns das Mehl auch ausgehen würde. Ein Spaß war das wirklich nicht.«

»Glaubst du, Grandpa ist traurig, daß du fortgegangen bist?« Diese Frage erschien Raymond wesentlich.

»Ich weiß noch, daß mir der Entschluß zum Fortgehen furchtbar schwer fiel. Ich war nur noch ein Wrack. Im Grunde wollte ich ja gar nicht weg, aber es war fast so, als wär' ich besessen oder so – ich konnte einfach nicht still sitzen. Ich hatte gehört, daß die Spinnerei hier unten Leute einstellte, und so ging ich schließlich doch zu ihm hin und sagte, ich wollte weg. Er sah mich sehr lange so richtig finster an. Dann lächelte er und sagte: ›Also, Junge, ich wünsche dir alles Gute. Ich hab' auch immer weggewollt, aber ich bin nie dazu gekommen.‹«

Der Vater schien in Gedanken weit fort zu sein. Dann schüttelte er sich. »Aber ich meine, Junior, daß es besser ist, sich regelmäßig satt essen zu können. Und im Winter nicht frieren zu müssen. Und der Familie Schuhe und Kleider kaufen zu können. Und Medizin und ärztliche Hilfe, wenn sie krank sind. Hölle und Teufel, ich *weiß,* daß es besser ist. *Jetzt* weiß ich, daß es besser ist. Aber da stand ich nun, damals am Abend, mit meiner braunen Papiertüte und ohne Geld an der Bushaltestelle von Newland. Und wollte nur noch mit dem nächsten Bus wieder nach Hause fahren. Verdammt, ich war nie weiter weg gekommen als bis in die nächste County. Und alle Menschen, die ich je gesehen hatte, waren irgendwie verwandt mit mir.«

»So einen Hinterwäldler wie ihn, als er an dem Abend zu Mama in die Pension gestiefelt kam, hast du bestimmt noch nie gesehen«, behauptete Mrs. Tatro.

»Deine Mutter trug immer Hüte«, erzählte der Vater. »Diese Dinger mit Federn und Schleiern. So was hatte ich im Leben noch nicht gesehen. Und weiße Handschuhe. Jawohl, dieser alte Stadtfratz hier hat den armen, ungebildeten Jungen vom Land so richtig überfahren. Was sagst du dazu, Junior?« Sie lachten.

Der Vater ergänzte: »Is' nich' so einfach, alles zu vergessen, was lieb und vertraut ist, aber manche Menschen müssen das einfach tun. Ich glaub', das steckt ihnen im Blut, diese Wanderlust oder was immer. Und wenn man mal geht, kann man nie wieder zurück. Man geht einfach nicht wieder zurück.«

Raymond beobachtete den Vater, während die Eltern über Jethros

Versuch lachten, einem richtigen Filmagenten gegenüber Kenntnis eines Vertrages vorzutäuschen, den er nicht einmal hatte lesen können. Es war sonderbar, sich vorzustellen, daß der Vater ein solches Drama durchlebt hatte. Heute war sein Leben so eintönig. Er stand auf, ging zur Fabrik, kam nach Hause, aß zu Abend, saß vor dem Fernseher und ging zu Bett. Seit fünfundzwanzig Jahren. Bei diesem Gedanken überlief es Raymond eiskalt.

Ungefähr zweimal im Jahr trank er zuviel und warf mit irgendwelchen Möbelstücken nach jedem, der dumm genug war, ihm über den Weg zu laufen. Und manchmal, samstags, wenn er versuchte, Raymond und Jed dazu zu bringen, die Sturmfenster zu putzen oder so, schrie er sie an, was sie doch für faule, dämliche Bengel wären, die es bestimmt nie zu etwas bringen würden; all seine schwere Arbeit sei für die Katz, und warum er nicht einfach in Tatro Cove geblieben und dort glücklich geworden sei. Einmal, als immer wieder das Telefon für Raymond klingelte, riß er die Leitung aus der Wand. Und ein anderes Mal, als Jed sich zu lange im Badezimmer feinmachte, trat der Vater einfach die Tür ein.

Sally verbrachte den Vormittag damit, der Girls' Union beim Aufräumen nach dem Scheunenfest zu helfen. Am Nachmittag war sie zusammen mit Marlene Webb in der Stadt mit dem Verkauf von Selbstgebakkenem der Ingenues beschäftigt. Sie sammelten Geld für den alljährlichen Plantation Ball. Sie selbst hatte Jeds Lieblingsplätzchen, Schokoladenkckse, gebacken, wie sie es immer tat, wenn sie als Mitglied des Clubs Junger Gastgeberinnen an der Reihe war, bei den ›Chalk Talks‹ – Vorträgen, bei denen der Redner Illustrationen an die Wandtafel zeichnete – des Footballteams und der Trainer Erfrischungen zu reichen.

Sie saß an einem Klapptisch vor Anderson's Drugstore, während die Samstagspassanten an ihr vorbeiflanierten. Als Betty French in weißer knielanger Hose und engem schwarzen Pullover vorüberkam, flüsterte Sally Marlene zu: »Da ist Betty French. Wußtest du, daß die Jungen sie Busen-Betty nennen?«

Marlene lachte. »Wie gräßlich! Die sollten sich wirklich schämen.«

»Aber dir ist doch klar, warum – oder? Ich meine, muß sie denn unbedingt so enge Pullover tragen?«

»Bestimmt nicht. Und wenn sie's tut, kann sie ja nichts anderes erwarten als den miesen Ruf, den sie schon hat. Ronny sagt, sie gibt Zungenküsse.«

»*Nein!* Wenn sie wüßte, was ein Zungenkuß bedeutet – ich wette, dann würde sie's lieber nicht tun.«

»Und was bedeutet ein Zungenkuß?«

»Kannst du dir doch wohl vorstellen, oder ? Wenn ein Junge dir seine Zunge in den Mund steckt.«

»Bumsen, meinst du?«

»Na klar.«

»Ronny sagt, das tut sie auch.«

Sally schwieg entgeistert. »Mit wem?«

»Mit jedem, der will.«

Sally stockte der Atem. »Einfach so?«

»Sagt jedenfalls Ronny.«

»Das ist nicht zu fassen! Wenn ich denke, daß jemand sie voriges Jahr sogar zum Ingenue-Mitglied vorschlagen wollte!«

»Ich weiß. War das nicht einfach unglaublich? Nächstens versucht jemand noch, Ina Sue Bascombe anzuwerben.«

Sie bogen sich vor Lachen. »Die rasiert sich noch nicht mal die Beine!« keuchte Sally zwischen zwei Lachsalven.

Bis auf ein paar Dattelstangen und etwas Nougat hatten sie jetzt alles verkauft. Nun kam Jed, die Hände in den Taschen seiner Chinos, auf sie zugeschlendert. »Ich kaufe alles, was ihr noch übrig habt, meine Damen«, erklärte er mit seinem trägen Grinsen. »Wenn du mit mir zum See rausfährst.«

»Abgemacht, Mister«, antwortete Sally lächelnd, packte das Gebäck ein und kassierte das Geld. Jed klappte den Tisch und die Stühle zusammen und trug alles zu seinem Wagen.

»Und was hast du heute so getrieben, schöner Fremdling?« fragte Sally, als sie zur Stadt hinausfuhren.

»Ach, nichts Besonderes. Ich hab' trainiert. 'n bißchen Basketball gespielt. Den Wagen gewaschen. Und so weiter. Slocombe war in der Turnhalle, als ich trainiert hab'. Dieser Kerl, sage ich dir! Einfach gräßlich!«

»Wie meinst du das?«

»Ach, ich weiß nicht. Wie Trainer Clancy immer sagt: ›Der hat auf der falschen Seite der Tür gestanden, als der Grips verteilt wurde, und jetzt hat er nicht mal Verstand genug, nicht gegen den Wind zu pinkeln.‹ Verstehst du?«

»Was hat er denn gemacht?«

»Scheiße, ich weiß nicht... Einfach so rumgestanden, mit offenem Mund, ewig gegrinst und zugesehn, wie ich mich in Schweiß gebracht habe. Nach 'ner Weile mußte ich fast kotzen. Genau wie bei 'nem Spiel; wenn der Trainer einen da vom Spielfeld holt, kommt Slocombe sofort mit 'nem Handtuch an und ist so verdammt versessen drauf, daß man ihn mag, daß man ihm am liebsten den Hals umdrehn würde.«

»Aber Jed, das ist abscheulich!«

»Ja, da hast du wohl recht.« Zu schade, daß Jed kein Homo war, wirklich. Er hatte das Gefühl, wenn er einer wäre, würde der alte Slocombe sich umdrehen und mit den Fingerspitzen die Zehen berühren, damit man ihn schön bequem in ihn reinschieben konnte.

Er nahm eine Zigarette aus dem Päckchen in seiner Hemdtasche und steckte sie an.

»Ich weiß nicht, warum du so was tust, Jed. Es ist wirklich nicht gut für dich.«

Er grinste. »Du hörst dich jeden Tag mehr an wie meine Mama.«

»Aber *so was* tut deine Mama nie«, murmelte sie, rutschte zu ihm hinüber und schob ihm ihre Zungenspitze ins Ohr.

Jed erschauerte vor Wonne. »Da hast du recht, Liebling.« Achselzukkend warf er die Zigarette aus dem Fenster. Sally ergriff seine Hand und streichelte seine Fingerknöchel. Er mußte lächeln, als er an die Überraschung dachte, die er heute nachmittag für sie vorbereitet hatte.

Rechts zog blitzend der See an ihnen vorüber. Sie bogen in einen Sandweg ein, fuhren an einem Sporthafen und mehreren Hütten vorbei, hielten oberhalb einer Wiese, die sich sanft zum Wasser hin neigte, und schlenderten Hand in Hand durchs hohe Gras bis beinahe ganz ans Ufer hinab. Jed breitete eine Decke aus und stellte in seinem Transistorradio den örtlichen Rock 'n' Roll-Sender ein. Ganz still saßen sie da und beobachteten ein paar weit entfernte Wasserskifahrer. Der See war durch die Überflutung von mehreren tausend Morgen Farmland entstanden, und noch immer ragten in der Nähe des roten Lehmufers wassergetränkte Baumäste aus der Oberfläche. Jed legte sich lang hin und zog Sally auf sich herunter. Gegenseitig beknabberten sie sich Lippen und Hals. Dann rollte Sally sich auf den Rücken, während Jed sich aufrichtete und an einem Grashalm kaute.

»Ist die Sonne nicht schön?« seufzte Sally zufrieden.

»Richtig schön«, stimmte Jed zu und zog sich das Hemd über den Kopf. Sally zeichnete mit dem Finger seine Muskelstränge nach.

»Gott, bist du ein hinreißender Mann!« sagte sie leise.

Er senkte seine Brust auf die ihre hinab, küßte sie und ließ seine Zunge begehrlich in ihrer Mundhöhle spielen.

Sie wandte den Kopf ab. »Hör bitte auf, Jed! Das ist abscheulich!«

Er schob die Hände unter ihre Bluse und löste ihren BH. Er massierte ihre Brüste, spielte mit ihren Brustwarzen, dann zog er ihr die Bluse aus und rieb seine Brust an der ihren. Sie nahmen einander fest in den Arm. »Ach, Jed, ich habe dich so lieb!«

»Ich habe *dich* lieb«, murmelte er und strich mit der Hand langsam an ihrem Schenkel empor.

Sie stieß ihn fort und richtete sich auf.

»Was ist?«

»Du hast es mir fest versprochen, Jed.«

»Was habe ich dir versprochen?«

»Das, was wir gestern abend verabredet haben: Hände nur oberhalb der Taille.«

»Ach was, Scheiße, Sally! Was soll dann dieser ganze Mist, von wegen ›Ich habe dich so lieb‹?«

»Das ist kein Mist. Und was hat das überhaupt damit zu tun?«

»Wenn du mich wirklich lieb hättest, würdest du mich genauso wollen wie ich dich.«

»Und wenn *du* mich wirklich lieb hättest, würdest du nicht von mir verlangen, daß ich was tue, was ich nicht will.«

»Wollen tätest du schon, du weißt es bloß nicht.«

»Und dich brauche ich, um mir das zu beweisen?«

»Genau.«

Hastig schlüpfte sie in BH und Bluse, sprang auf und stapfte zornig zum Wagen. »Bring mich bitte sofort nach Hause!«

»Na schön, wenn du unbedingt willst... Aber es ist das letzte Mal.«

»Wunderbar!«

»Für wen willst du dich eigentlich aufsparen, Sally? Für die Würmer?«

»Du bist *abscheulich!*«

Auf der Heimfahrt biß sie sich auf die Unterlippe, um nicht zu weinen. Sie wußte genau, was Jed wollte. Und ebenso wußte sie, was ihr Daddy wollte. Sie wußte, was Gott wollte. Sie selber wollte ja wirklich nur tun, was sie alle wollten. Aber sie wollten jeder etwas anderes.

»Ich wünsche dir ein angenehmes Leben«, knurrte er, als sie ausstieg. Weiber! Himmel Herrgott noch mal! Trainer Clancy hatte recht: Man brauchte sie nur für zwei Dinge im Leben, und eines davon war, Mahlzeiten auf den Tisch zu bringen.

Er kaufte einen Kasten Bier und holte Bobby und Hank vom Basketballspielen ab. Auf der Fahrt zum See langte Hank ins Handschuhfach, um sich einen ›Kirchenschlüssel‹ herauszuholen, und zog dabei eine unangebrochene Schachtel Kondome heraus. »Geht wohl nicht ganz so wie geplant, wie, Jed?«

»Schnauze!«

Mit dem Motorboot von Bobbys Eltern fuhren sie zu einer Wasserskischanze hinaus und kletterten auf die schräge Segeltuch-Ebene. Hank schaltete Jeds Radio ein. Sie lagen da auf der Schanze, tranken, rauchten und warfen die leeren Dosen und Zigarettenkippen ins Wasser. Der Discjockey sagte: »Und nun erfüllen wir einen besonderen Wunsch: die Dixie Cups mit ›Chapel of Love‹. Der Gruß von heute nachmittag geht an Sally. Sally, Jed sagt, er liebt dich sehr, Mädchen, und danke . . . weil du so bist, wie du bist . . .«

Jed packte das Radio und schleuderte es weit in den See hinaus.

»Wer braucht schon Weiber, eh?« murmelte Bobby.

»Das kannst du zweimal sagen.«

Nachdem er die beiden nach Hause gebracht hatte, betrat Jed eine Telefonzelle. »He, Betty. Ich bin's, Jed. Hast du Lust auf 'n paar Drinks heute abend?«

»Nanu, nanu! Kommt Blondie nicht so recht über für unseren Jeddy?«

»Schon gut. Lassen wir's.«

»War doch nur 'n kleiner Scherz«, behauptete sie. »Na sicher. Ich geh' gern mit dir einen trinken. Holst du mich in einer halben Stunde ab?«

Er fuhr zu einem Drive-in, aß etwas und trank einen Milchshake. Dadurch wurde er so weit nüchtern, daß er zu der Einsicht kam, es wäre am besten, jetzt zu Bett zu gehen. Statt dessen fuhr er von der Papierfabrik aus über die Brücke nach Cherokee Shoals und weiter durch ein Netz unbefestigter Straßen, an denen windschiefe Hütten mit unratübersäten Grundstücken standen. Er hielt, sprang aus dem Wagen und wich mehreren Blumenbehältern aus, die Betty aus alten Autoreifen fabriziert hatte, indem sie die Reifen so zurechtschnitt und bemalte, daß sie wie geöffnete Blüten wirkten. Ihr Vater hatte vergeblich versucht, sie in seiner Hütte am Highway zu verkaufen. Als Jed das verwahrloste Haus betrat, sah er, daß Injun Al auf dem Sofa lag. Sein Kriegerkopfputz lag auf dem Tisch, und auf dem Fußboden stand neben seiner schlaff herabhängenden Hand ein Marmeladenglas mit einer wasserhellen Flüssigkeit. Er schnarchte laut. Betty erschien in weißer Kniehose, schwarzen Ballerinaschuhen und einem engen schwarzen Pullover. Die Haare hatte sie sich hochtoupiert, die Lippen waren grellrot bemalt, die Wimpern getuscht.

»Hallo, Betty! Gut siehst du aus«, lobte Jed.

»Danke, Jeddy. Du selbst siehst ziemlich abgeschlafft aus.«

»Ich hab' auch den ganzen Nachmittag draußen am See Bier getrunken.«

»Und jetzt willst du wirklich damit weitermachen?«

»Na klar.«

Sie donnerten über die Brücke zurück, den Hügel hinauf, durch Sallys Straße und dann einen Weg entlang, der hinter ihrem Haus durch die Wiesen führte. Der Chevy bockte so sehr, daß Betty sich am Armaturenbrett festhielt. Der Vollmond, der über den Bergen von North Carolina heraufstieg, übergoß die Wiesen mit seinem orangefarbenen Licht. Im Wald kam der Chevy schleudernd zum Stehen. Jed sprang heraus und griff sich ein paar Dosen Bier, eine Taschenlampe und eine Wolldecke. Betty folgte ihm geduckt in den niedrigen Gang, der ins alte Pulvermagazin führte.

Drinnen in der kleinen Höhle breitete Jed die Decke aus und befestigte die Taschenlampe wie eine Fackel an der Wand. Dann warf er sich der Länge nach hin, öffnete zwei Dosen Bier und reichte eine davon Betty.

Sie tranken. Jed beklagte sich über Sally, während Betty ihn mitleidig tätschelte. »Warum läßt du dir das gefallen?«

»Ach, ich weiß nicht. Sie ist so hübsch und so ... Ihr Daddy ist Fabrikdirektor. Das gibt mir vermutlich so ein Gefühl, wirklich wichtig zu sein oder so ... Wenn du weißt, was ich meine.«

»Jeddy, was du gesagt hast, ist die reine Wahrheit«, stellte sie fest.

Schließlich rollte er sich zu ihr hinüber und barg den Kopf in ihrem Schoß.

»He, ich dachte, wir wollten heut' abend nur Bier trinken!«

»Haben wir jemals nur Bier getrunken?«

»Einmal ist immer das erste Mal.«

»Soll das heißen, daß du nicht mit mir schlafen willst?«

»Na ja, von mir aus. Warum eigentlich nicht?«

»Braves Mädchen«, lobte er und öffnete den Reißverschluß ihrer Caprihose.

Innerhalb weniger Sekunden war er soweit und vergrub wimmernd das Gesicht an ihrem Hals, während er kam. Dann richtete er sich auf, schluckte ein halbes Bier und steckte sich eine Zigarette an. Unvermittelt war er schwärzester Laune: Sie hatte ihn schwach gesehen, als er sie brauchte.

»Eines Tages«, murmelte sie, »wirst du, wenn wir so weitermachen, doch noch mal lernen, wie man richtig bumst.«

»Magst du's nicht so, wie ich's mache?«

»Was gibt's da zu mögen? Oder nicht zu mögen?«

»Was soll das heißen?« Beim gemeinsamen Onanieren in der Junior High School war er immer der erste gewesen, der kam. Er hatte den größten Schwanz von der ganzen Schule. Was wollte sie denn eigentlich noch – 'n Laternenpfahl?

»Du kommst viel zu schnell. Wir Mädchen mögen es lieber langsam, mit möglichst viel Schmusen und Küssen dabei.«

»Scheiße! Schmusen und Küssen – mehr hab' ich die ganze Woche nicht gekriegt.«

»Aber nicht bei mir, Herzchen. Und jetzt komm, ich bin noch lange nicht fertig mit dir.« Sie begann ihn zärtlich zu streicheln.

»Ich bin zu müde.« In Wirklichkeit erschreckte es ihn, wie sehr Betty das Bumsen genoß. Anscheinend konnte sie nicht genug davon kriegen. In dieser Hinsicht benahm sie sich wie ein Mann, und das war ihm irgendwie unbehaglich. Sie bestieg ihn und bewegte sich über ihm auf und ab. Er schielte an seinem Brustkasten hinab, dorthin, wo ihre Titten über ihm hin- und herschwangen, und erstickte beinahe an seinem Abscheu. Wie geil sie doch war! Es ekelte ihn an. Sally war – auch wenn sie Schwierigkeiten machte – immer Dame. Die würde sich nie so benehmen. Offen gesagt: Busen-Betty war eine Nutte.

Hinterher murmelte sie: »Ach, Jed, was bist du bloß für ein Schweinehund!«

»Ich bin kein Hund«, widersprach er mit seinem trägen Grinsen. »Ich kann richtig lieb sein.«

»*Kannst* du, ja. Aber du bist es nie.«

Mit den Zähnen schnappte er nach ihrer linken Brustwarze und biß nur Millimeter vor der Spitze zu. »Siehst du? Ich hätte dir glatt die Titte abbeißen können, aber ich hab's nicht getan. Ist das etwa nicht lieb von mir?«

»Wenn das lieb ist, Herzchen, dann stecken wir alle zusammen tief in der Tinte.« Sie bettete seinen hübschen Kopf in ihre Arme, als wäre er ein großes Baby, und streichelte seine hellbraunen Haarstoppeln, bis er endlich einschlief.

Drittes Kapitel
Die Minstrel Show

Die Turnhalle war gerammelt voll bei der alljährlichen Minstrel Show des Bürgervereins. Prominente Geschäftsleute und Akademiker der Stadt saßen in mehreren Stuhlreihen auf der Bühne. Sie trugen orangefarbene Seidenfracks mit übertrieben großen Aufschlägen, ramponierte Zylinder und weiße Handschuhe. Die Gesichter hatten sie sich geschwärzt, in den Händen hielten sie Tamburins.

Dr. Pridemore, der Kieferorthopäde der Stadt, legte nach der Melodie ›When Nighttime Comes to Ole Nigger Town‹ einen flotten Steptanz auf die Bretter. Hinter ihm versuchten sich ein Bankier und ein Versicherungskaufmann an einer grotesken Parodie seiner Darbietung. Jedesmal, wenn er sich umdrehte, standen die beiden da, auf ihre Spazierstöckchen gestützt, blickten unschuldig in die Ferne und pfiffen durch die dick und rot geschminkten Lippen vor sich hin. Das Publikum kreischte vor Lachen.

Emily saß mit ihrer Freundin June auf der Zuschauertribüne. Raymond kauerte unten vor der Bühne und schoß Fotos. Jed und Sally saßen ein paar Reihen vor und unter Emily. Jed versuchte, seine Hand an Sallys Oberschenkel emporzuschieben. Sally gab ihm einen Klaps auf die Hand und murmelte etwas Schmollendes. Keiner wandte den Blick von der Bühne. Mr. und Mrs. Prince, Mr. Prince sen. mit seinen buschigen weißen Haaren und Brauen und Mrs. Tatro sen. saßen auf Klappstühlen in der Mitte der Halle. Am anderen Ende des weiten Raumes zupfte Raymonds und Jeds Mutter verlegen an ihrem Rock, damit das Unterkleid nicht vorlugte. Ihr Mann, die langen Beine übereinandergeschlagen, das Kinn auf die Faust gestützt, kicherte stillvergnügt.

Ein Minstrel namens Rastus, in Wirklichkeit der Sägewerksbesitzer, fragte den sogenannten Sprecher, der sein Gesicht nicht geschwärzt hatte, ob er schon von seinem Cousin LeRoy gehört habe.

»Nein, Rastus, ich glaube nicht«, antwortete der Sprecher. »Erzähl mir doch von deinem Cousin LeRoy.«

»O Mann, Cap'n, deh Mann is' deh dummste, wasses gibt!«

»Dein Cousin LeRoy ist dumm, sagst du, Rastus? Das ist eine sehr schwerwiegende Beschuldigung. Warum sagst du, daß dein Cousin LeRoy dumm ist?«

»Boss, deh Mann is so dumm, deh is hin un hat 'n Kleiderladen ausgeraubt.«

Der Sprecher sah ihn verständnislos an. »Ja, also – ob das so gut ist, ein Bekleidungsgeschäft auszurauben, weiß ich nicht, Rastus, aber ich verstehe immer noch nicht, wieso dein Cousin LeRoy deswegen der dümmste Mensch sein soll, den es gibt.«

»Mein Cousin LeRoy, Cap'n, deh is so dumm, deh hat 'n Kleiderladen ausgeraubt, die neuen Kleider angezogen un' die alten im Laden liegenlassen.«

Das Publikum johlte, die Minstrels tanzten im Stechschritt um die Bühne, schüttelten ihre Tamburins und wischten sich die Lachtränen von den geschwärzten Gesichtern.

Mr. Prince jun. fühlte sich schuldbewußt, weil er nicht auf der Bühne stand. Alle paar Jahre wieder lud ihn der Bürgerverein zum Mitmachen ein. Manchmal versuchte er es auch und nahm an einem der Essen im Clubraum des Howard Johnson Motels teil, bei denen sie dann die Pläne für die Junior Miss Pageant oder auch diese Minstrel Show besprachen. Aus irgendeinem Grunde jedoch fühlte er sich dabei ebensowenig wohl wie die anderen. Die übrigen Männer waren in seiner Gegenwart verlegen, und die Sitzungen kamen nie richtig voran. Es schien, als könne er ihnen am besten helfen, indem er fernblieb. Obwohl er sein ganzes Leben in Newland verbracht hatte, kriegte er den Tonfall nicht richtig hin, der für die Show erforderlich war. Und abgesehen davon, daß es dem Bürgerverein Geld einbrachte, begriff er im Grunde nicht, was so attraktiv daran sein sollte, sich über die Neger lustig zu machen. Er selbst war von Negerinnen aufgezogen worden, da seine Mutter, eine gebürtige Newlanderin, ständig auf Clubsitzungen zu tun hatte. Seine Eltern hatten diese Frauen immer sehr freundlich behandelt, und es ärgerte ihn, wenn man über sie Witze riß. Aber er hatte bereits als Junge gelernt, diese Verärgerung möglichst für sich zu behalten, da die Menschen seiner Umgebung sie nicht unbedingt teilten. Und wenn man mit denen auskommen wollte, durfte man auf gar keinen Fall selbstgerecht sein und ihnen Vorwürfe machen. Man war verantwortlich nur für die eigene Einstellung und das eigene Verhalten, niemals für das seiner Nachbarn. Also entwickelte man eine Art seelischer Selbstverstümmelung. Das war die Erklärung dafür, daß er es fertigbrachte, in jedem

Jahr diese Minstrel Show über sich ergehen zu lassen und an den richtigen Stellen zu lächeln. Einige Wochen zuvor hatte ein junger Mann, der sich um Mr. Shells Job bewarb, eine Probepredigt gehalten, in der er die Arbeitgeber in der Gemeinde aufforderte, doch mehr Neger einzustellen und ihren Einfluß zugunsten integrierter Schulen geltend zu machen. Mehrere Herren waren empört hinausgestapft, Robert Prince jedoch war, insgeheim hoch erfreut, sitzen geblieben. Die Zeiten änderten sich. Eine neue Ordnung zeichnete sich ab. Er bedauerte nur, daß er wahrscheinlich selbst zu dem Gerümpel gehören würde, mit dem aufgeräumt werden mußte, um Platz für die neue Ordnung zu schaffen.

Schon in der High School hatte Robert gespürt, daß ein Abgrund zwischen ihm und seinen Altersgenossen klaffte. Er war der Sohn eines Yankees, des Chefs ihrer Väter. Sie waren zumeist Söhne von Kleinfarmern und Minenarbeitern aus den Bergen. Sie sprachen anders und verhielten sich anders als Robert, ein in der Stadt geborener Nord-Süd-Hybride. Sie waren wortkarg, stolz, ausgesucht höflich und behandelten ihn mit respektvoller Frotzelei. Untereinander jedoch tranken sie, prügelten sich und hofierten die Mädchen. Er hätte liebend gern dabei mitgemacht, wußte aber nicht, wie er das anstellen sollte – und die Initiative lag immer bei ihm. Er war ein Einzelgänger gewesen, hatte nur mit den wenigen Sprößlingen von Akademiker- und Managerfamilien verkehrt, die nicht auf Internate im Norden geschickt wurden. Und gegen Ende der High School-Zeit begann er mit Melanie Tatro, der jetzigen Mrs. Prince, auszugehen. Ihr Vater war, unter Roberts eigenem Vater, Vizepräsident der Spinnerei, so daß sie sich schon seit Ewigkeiten kannten. Es war eine so auf der Hand liegende Verbindung, daß jedermann, als sie zustande kam, sich fragte, warum das nicht schon längst geschehen sei.

Dann war er nach Princeton gegangen, wo er zum erstenmal mit Romanen über die Engländer in Indien und Afrika in Berührung kam und allmählich zu begreifen begann, warum er sich in Newland so fehl am Platz fühlte und warum die Freunde seiner Eltern sich im Hinblick auf Kultur und Bildung nach dem Standard des Nordens richteten. Außerdem entdeckte er, daß er für die *jeunesse dorée* der Yankees in Princeton nichts weiter war als ein tumber Hinterwäldler, ein Mensch also, der zu sein er sich zu Hause gesehnt hatte. Als er in Biologie Hybridisation studierte, begriff er dann, daß er vom Schicksal verdammt war, nie ganz zu der Spezies des einen oder des anderen Elternteils zu gehören. Am besten stellte er von vornherein sämtliche Bemühungen ein, sie würden ja doch nie zu etwas führen.

Im folgenden Jahr ging Melanie aufs Randolph-Macon-College. Sie besuchten sich in ihren Schulen gegenseitig zu Tanzabenden und Wochenend-Parties und wurden unmittelbar nach Melanies Schulabschluß mit einer Riesen-Zeremonie in der Episkopalkirche getraut. Er hatte im Jahr zuvor in der Fabrik angefangen und wurde eisern darauf gedrillt, die Firma zu übernehmen, sobald sein Vater den Beschluß faßte, sich endlich zur Ruhe zu setzen – was er jedoch, davon war jedermann fest überzeugt, niemals tun würde. Es war, als wäre er der Prince of Wales, während der Vater die Rolle der Queen Victoria spielte.

Er betrachtete seinen Vater, der, Altersflecken auf Gesicht und Händen, neben ihm saß. Was Roberts Princeton-Theorie erschütterte, war das Bewußtsein, daß der Vater, obwohl er aus Philadelphia stammte, es dennoch fertigbrachte, alle Herzen für sich zu gewinnen. Auch er hatte niemals als Minstrel auf dieser Bühne gestanden, aber er pflegte die Hemdsärmel aufzukrempeln, zu allen Tageszeiten durch die Fabrik zu schlendern und sich mit den Arbeitern zu unterhalten. Er nannte die meisten von ihnen beim Vornamen, kannte von vielen Jahren Betriebs-Grillfesten sämtliche Ehefrauen und Kinder. Er erkundigte sich nach den neuesten Operationen, den kürzlich gebauten Eigenheimen, dem letzten Stand der Softball-Liga. Häufig hatten schon ihre Eltern in der Fabrik gearbeitet, arbeiteten gegenwärtig ihre Cousins und Cousinen, Tanten und Onkel dort und würden schließlich auch ihre Kinder dort arbeiten. Zuweilen baten sie ihn wohl auch, ihnen zuliebe einen Bruder oder eine Tochter einzustellen, und er bemühte sich dann nach besten Kräften, ihnen diesen Gefallen zu tun. Seit Robert laufen konnte, hatte der Vater ihn zur Eingewöhnung auf diese Rundgänge durch die Fabrik mitgenommen.

Das Publikum der Minstrel Show begann jetzt ringsum die Hälse zu recken, um einen Blick auf den alten Mr. Prince zu werfen. Die Älteren in der wohlgenährten, gutgekleideten Zuschauermenge an diesem Abend waren der Überzeugung, ihren gegenwärtigen Wohlstand einzig seiner klugen Verwaltung der Spinnerei zu verdanken. Und Mr. Prince teilte diese Meinung. Wie Robert wußte, hegte der alte Herr nicht den geringsten Zweifel daran: Er hatte einen armen, schlammverschmutzten, winzigen Marktflecken genommen und ihn auf die große Landkarte der Industrie gesetzt – aufgrund seines persönlichen Weitblicks, seiner harten Arbeit und seiner optimistischen Einstellung. Früher einmal hatte Robert versucht, seine Probleme im Zusammenhang mit der Fabrikleitung auch mit dem Vater zu besprechen. Das Wirtschaftsklima der Welt veränderte sich. Genau wie die Aufträge von Lawrence,

Massachusetts, nach Newland, Tennessee, verlegt worden waren, weil dort unten die Arbeit billiger war, so wurden sie jetzt nach Taiwan und den Philippinen vergeben, wo die Arbeiter nur fünfunddreißig Cent pro Stunde erhielten. So, wie die Sattler durch die Erfindung des Automobils zum Aussterben verurteilt worden waren, war die Baumwollfabrikation jetzt durch die Erfindung der Kunstfasern zum Untergang bestimmt.

»Dummes Zeug!« hatte der Vater geschimpft, daß seine buschigen weißen Brauen zuckten. »Komm mir bitte nicht mit deinem dämlichen Princeton-Quatsch, Junge! Tatkraft verlange ich von dir, keine Ausreden!« Der Vater, der nicht das College besucht hatte, mokierte sich mit Vorliebe über Princeton, und das, obwohl er selbst Robert gedrängt hatte, gerade auf dieses College zu gehen, weil er mit den anderen Akademikerfamilien der Stadt Schritt halten wollte. So war aus Robert auch noch ein Klassen-Hybride geworden, nicht nur ein regionaler. Und das Ergebnis dieser ganzen Hybridisation war Unsicherheit. Es bereitete ihm Schwierigkeiten, einem einmal eingeschlagenen Weg hundertprozentig zu folgen. Er rang verzweifelt, schob Entscheidungen auf, hoffte, ein anderer würde sie ihm abnehmen, hoffte, die Notwendigkeit, Entscheidungen zu treffen, werde sich in Luft auflösen, wenn er sie einfach ignorierte. Für keine Gruppe empfand er Loyalität. Und immer, wenn er bemüht war, blinde Treue zu üben, zermarterte er sich das Herz vor Schuldgefühlen all jenen Alternativen gegenüber, die er außer acht gelassen hatte.

Diese unglückselige Persönlichkeitsstruktur hätte ihn im Zweiten Weltkrieg beinahe das Leben gekostet. Es war auf dem Flug von England nach Belgien, als plötzlich die Instrumente verrückt spielten. Sie irrten im dicken Nebel umher, bis ihnen schließlich der Treibstoff ausging und sie hinter den deutschen Linien notlanden mußten. Als Captain, das wußte er, erwartete man von ihm, daß er die Besatzung ins Niemandsland zurückführte. Also studierte er im Dunkeln, nur beim Aufblitzen von Granatfeuer am Horizont, unendlich lange die Karten, den Kompaß und das Terrain, um sodann auf einen Wald loszumarschieren. Dort angekommen, machte er jedoch kehrt und führte die Männer zum Flugzeugwrack zurück. So ging es noch einige Male hin und her, bis sein Sergeant endlich begriff, daß Robert keine Ahnung hatte, was er eigentlich tun sollte, und selbst das Kommando übernahm. Das Ganze wurde als Schock infolge der Notlandung und als Kriegsneurose erklärt. Bis zum Kriegsende riß die Besatzung sogar noch Witze darüber. Er selbst ließ es sich niemals anmerken, daß es nicht Schock und Neurose gewesen waren, sondern Unentschlossenheit und Angst. Er war im vollen Besitz seiner geistigen Kräfte, doch nicht in der Lage gewesen, einen Entschluß zu fassen, und die Angst hatte ihn überwältigt. Als ihm der Vater einmal erzählte, wie er in den Argonnen seinen Infanteriezug über den Bergkamm geführt hatte, während ringsum das Trommelfeuer wie Feuerwerkskörper expolodierte, hatte er nur ironisch gelächelt.

Sein Leben lang war er in leitende Positionen gedrängt worden – nur aufgrund der Tatsache, daß er der Sohn seines Vaters oder ein Princeton-Absolvent war. Aber er leitete nun mal nicht gern und besaß auch keinerlei Talent dazu. Er haßte es – im Krieg bei seinen Soldaten und jetzt bei seinen Arbeitern –, wenn sie mit unterwürfigem Grinsen zu ihm kamen und ihn fragten, was sie mit ihrem Privatleben machen sollten oder mit einem Arbeitsproblem und so weiter. Woher, zum Teufel, sollte er das wissen? Am Morgen konnte er sich manchmal nicht mal entscheiden, ob er grüne oder braune Socken anziehen sollte. Der Vater sprach davon, ›Kapitän seines Schiffes‹, ›Kommandant seiner Truppe‹ zu sein, und alle waren begeistert von dieser Idee, am allermeisten der Vater selbst. Robert dagegen wußte genau, daß wirtschaftliche Faktoren am Werk waren, die niemand, nicht einmal sein Vater, kontrollieren konnte. Er fragte sich, ob es ihm nicht gerade wegen der Tatsache, daß individuelle Entscheidungen so wenig bewirkten – ob es ihm nicht gerade deswegen so schwer fiel, Entscheidungen zu treffen.

Ein Minstrel namens Abraham Lincoln Jones, führender Apotheker der Stadt Newland, sprang auf. »He, Boss!« rief er dem Sprecher zu.

»Ja, Abraham? Was kann ich für dich tun?«

Raymond zückte die Kamera und beobachtete die Männer. Sie sahen aus wie die Bergleute, die er in Clayton fotografiert hatte, als sie aus der Grube kamen und das einzig Weiße in ihren Gesichtern Augen und Zähne waren. Die Männer, die Kohle förderten, und diese Minstrels, die im normalen Leben Jackett und Krawatte trugen und in sauberen Büros arbeiteten – inwiefern unterschieden sie sich eigentlich? War es ganz einfach reiner Zufall, ob man in der Tsali Street oder einem Gebirgstal von Kentucky geboren war? Er untersuchte diesen ganz neuen Gedanken näher.

»... du sagst, deine Frau hätte endlich rausgefunden, was man machen muß, um keine Babies zu kriegen, Abraham?«

»Yassuh. Sie drückt jetzt ganz fest die Beine zusammen, statt nur den Daumen.«

Kreischendes Gelächter. Tamburins wurden geschüttelt. Geschäftsleute tanzten Cakewalk auf der Bühne. Raymond begann hektisch zu knipsen.

Aus den Augenwinkeln konnte Jed Sallys Brustansatz sehen. Er hätte gern sein Gesicht dort hineingedrückt, mit jeder Hand eine Brust geknetet, während Sally ihm über das Haar strich und ihm leise zuflüsterte, wie sehr sie ihn liebe. Das würden sie bestimmt machen, wenn diese infernalische Show endlich vorbei war. Er sah auf die Uhr. Großer Gott, noch eine ganze halbe Stunde! Er bekam eine Erektion. Schnell schlug er die Beine übereinander und versuchte, das verdammte Ding runterzudrücken. Trainer Clancy witzelte manchmal über die alten Männer, die ihn nicht mehr richtig hochkriegen konnten. Also, *er* konnte ihn nur mit Mühe *runter*kriegen. Wahnsinnig peinlich, wenn dieses verdammte Ding schon beim geringsten, ja sogar ohne jeden Anlaß hochschnellte wie ein hungriger Welpe. In der Junior High School hatten die Jungen bei den Tanzveranstaltungen Suspensorien getragen, um ihn schön unten zu halten – Sprungfederprügel nannten sie das. Und genau das machte es einem so schwer, den Mädchen gegenüber den Lässigen zu spielen. Die wußten doch immer auf den ersten Blick, was mit einem los war. Aber die mit ihren kleinen versteckten Löchern – bei denen wußte man wirklich nie, woran man war. Deswegen stürzte man ja auch immer so auf sie los und jagte ihnen damit einen Schrecken ein.

»...da hat deh Dokter zu ihr gesagt: ›Maybelle‹, sagt er, ›hast du denn das Klimakterium schon geschafft?‹ Un' Maybelle sagt: ›Nöh Mann, Doc, ich hab' noch nich' mah die Smokies geschafft.‹« Gelächter. Tamburins.

Mrs. Prince versuchte krampfhaft zu lächeln, aber sie mochte diese Show überhaupt nicht. Mußten Witze wirklich so derb sein, um komisch zu wirken? Wohin man auch blickte, heutzutage – Derbheit. Sie hängte sich geschliffene Prismen in die Fenster des Wohnzimmers, damit sich der Raum, sobald das Sonnenlicht im richtigen Winkel hereinfiel, mit sämtlichen Farben des Regenbogens füllte und das feine Holz der antiken Möbel zu schimmern begann. Sie spielte Bach-Fugen auf dem Klavier. Zuweilen begleitete Emily sie auf der Flöte, das heißt, wenn es Mrs. Prince gelang, sie von ihren Sousa-Märschen loszueisen. Im Sommer hatte sie den ganzen Garten voll Blumen, und im Winter schmückte sie das Haus mit Arrangements aus getrockneten Gräsern. Die Mädchen nahmen kaum Notiz davon. Trotzdem hoffte sie, wenn sie die beiden mit hübschen Dingen umgab, in ihnen ein instinktives Gefühl für

Harmonie, Ausgewogenheit und Proportionen zu wecken, auch wenn sie sich klar darüber war, daß sie sie damit auf eine Welt vorbereitete, die allmählich aufhörte zu existieren. Die Radios und Plattenspieler der Mädchen plärrten in ihren Zimmern ständig das weinerliche Gedudel der Country Music hinaus oder die wummernde Sexualität des Rock 'n' Roll. Wie konnten da Bach und getrocknete Gräser mithalten? Es war, als wolle man einen Hurrikan mit einem Staubwedel verscheuchen. Manchmal, wenn sie über ihre Orientteppiche schritt, kam sie sich vor wie ein Flüchtling aus einem Theaterstück von Tschechow. Diese Vorstellung war ihr viel angenehmer als Roberts Behauptung, sie beide seien fliegende Reptile, die ihrer Ausrottung entgegensähen. Er sagte immer, das eigentliche Problem liege darin, daß die geschichtliche Zeit so drastisch von der Lebenserwartung des Menschen abweiche. Die Menschen, so meinte er, wünschten sich, daß die beiden sich deckten, damit sie das Gefühl hätten, das, was sie täten, sei von Bedeutung. Die geschichtlichen Zeiträume seien jedoch so ungeheuer groß, daß man sich als Angehöriger einer Übergangsgeneration fühle, die nicht erkennen könne, was ihr vorausgegangen sei und was nach ihr komme.

Darüber hatte sie oft nachgedacht, wenn sie am Wohnzimmerfenster stand, wo ihre Prismen Regenbögen auf ihre Arme zauberten, und ins Tal hinabschaute, wo die Spinnereigebäude lagen. Am Randolph-Macon-College hatte sie damals als Hauptfach Geschichte gewählt und wußte, daß dieses Tal von einem prähistorischen Volk nach dem anderen bewohnt worden war: den Adenan, den Hopewell, den Copena, den Mississippiern. Sie kamen aus dem Westen von ›dem Platz, wo die Sonne ins Wasser fällt‹, sie kamen aus Mexico und Mittelamerika, sie kamen von der Ostseite des Ontario-Sees. Dann wurden die Cherokees von den Irokesen und den Delaware aus dem Ohio River Valley verjagt und hatten in diesem Tal Zuflucht gesucht. Und mußten unentwegt Krieg führen, um endlich ganz hierbleiben zu können – mit den Creeks im Süden, den Tuscarora und Yamasee im Osten, den Chickasaw und Shawnees im Westen. Ständig lösten sich einzelne Stammesgruppen auf oder trennten sich unter dem Kommando ehrgeiziger Anführer von ihrem alten Stamm, um einen neuen zu gründen. Dann kamen De Sotos Männer durchs Tal marschiert und gruben Goldminenstollen in die Berge. Und schließlich erschienen die Europäer – Schotten und Iren, Deutsche und Holländer aus Pennsylvania. Schotten von den Clearances kamen von der Küste North Carolinas über die Berge. Engländer kamen aus den Niederlassungen von Virginia und schlossen Verträge, die den Cherokees ihr eigenes Land garantierten, ›solange das grüne Gras wächst und das Wasser fließt‹. Um sie gleich darauf allesamt niederzumetzeln und ihre Haut zu Stiefeln und Zaumzeug zu verarbeiten.

Irgendein Stadtvater mit einem morbiden Sinn für Humor hatte die Straße, an der ihr Haus lag, Tsali Street getauft. Tsali war ein Häuptling gewesen, der sich geweigert hatte, sich mit seinem Stamm nach Oklahoma umsiedeln zu lassen. Tsalis Frau wurde von einem Soldaten mit dem Bajonett erstochen, Tsali brachte den Mann um und floh in die Berge von North Carolina. Das Militär versprach, die anderen Höhlenbewohner in Ruhe zu lassen, wenn Tsali sich stellte. Er tat es und wurde erschossen.

Wie die Lagen eines Komposthaufens hatte sich jede Kultur, die das Tal bewohnte, auf den verwesenden Resten der vorhergehenden aufgebaut. Die Asche ihrer Feuerstellen, die Gräber ihrer Ahnen bedeckten das Tal. Die Menschheit existierte seit zwanzigtausend Generationen, von denen die letzten unter anderem aus den Freunden und Verwandten der Princes bestanden. Und welche Kultur würde den Newlandern folgen? Darüber konnte sie nur Vermutungen anstellen, und es ärgerte sie, daß sie es niemals erfahren würde. Sie erinnerte sich noch, wie empört sie reagiert hatte, als sie am Randolph-Macon-College zum erstenmal in einem Lehrbuch eine Graphik sah, die darstellte, daß es den meisten Arten nicht gelang, sich neuen Umweltbedingungen anzupassen, und die daher ausstarben.

Das Zusammenleben mit Robert löste immer wieder solch deprimierende Überlegungen aus. Er war ein richtiger Hamlet. Ihn kennenzulernen war für sie ein Schock gewesen. Die Männer ihrer gewohnten Umgebung – der Vater, die Brüder und deren Freunde – waren immer so strahlend gewesen, so stark und ritterlich, daß sie unwillkürlich angenommen hatte, Männer seien alle so. Ihr Vater besaß eine große Tabakpflanzung und züchtete darüber hinaus Pferde, außerdem war er noch Vizepräsident der Spinnerei. Er trug Seidenhemden und einen Brillantring am kleinen Finger. Und wenn er ritt, schienen die Pferdehufe kaum den Boden zu berühren, so schnell flogen sie unter ihm dahin. Eine winzige Drehung des Handgelenks, und schon änderte das Pferd die Richtung oder wechselte die Gangart.

Robert dagegen war stets so unauffällig gewesen, daß sie in der High School kaum von ihm Notiz genommen hatte – bis er sie um ein Rendezvous bat. Aber selbst damals hielt er sich schon so schrecklich krumm. Da ihr Vater Präsident der Fabrik war, waren ihre Eltern mit den seinen eng befreundet. Ihr Vater bewunderte den polternden Optimismus des seinen. Er pflegte zu sagen: »Wir brauchen ein paar Yankees hier in der Stadt, die überzeugt sind, daß es noch immer so etwas wie Fortschritt gibt. Nimm einen Südstaatler: Der ist mit dem Status quo praktisch verheiratet, weil der nämlich, so armselig er auch sein mag, dem Krieg und dem Wiederaufbau gegenüber immer ein Fortschritt ist.« Roberts und ihre Mutter waren Vorsitzende von konkurrierenden Gartenclubs, die im Frühsommer, wenn die Mitglieder ihre Gärten dem Publikum öffneten, in einen freundschaftlichen, doch hitzigen Wettbewerb traten. Alle vier Elternteile waren begeistert von dieser Verbindung, und da es schade gewesen wäre, sie zu enttäuschen, ging sie eben weiter mit ihm aus. Und lernte allmählich seine bekümmerte Ernsthaftigkeit schätzen. Es gab praktisch nichts, was er für selbstverständlich hielt und ganz einfach genoß. Zwar machte diese Einstellung ihn zum interessanten Gesprächspartner, doch das Zusammenleben mit ihm gestaltete sich zuweilen recht deprimierend. Zum Beispiel am Morgen, wenn sie ins Schlafzimmer ging, um nachzusehen, warum er zu spät zum Frühstück kam, und sie ihn dabei ertappte, wie er bedrückt in seine Sockenschublade starrte. »Zieh doch die grünen an, Liebling«, schlug sie ihm dann wohl vor. »Die passen so hübsch zu deiner Krawatte.«

Sie waren sich beide seit langem schon einig darin, daß er den falschen Beruf ergriffen hatte. Doch daran ließ sich jetzt nichts mehr ändern. Sie hatte auch eine Zeitlang den falschen Beruf gehabt, aber den hatte sie wieder aufgeben können, weil keinerlei Einkünfte und nur sehr wenig staatsbürgerliche Verantwortung damit verbunden gewesen waren. Als sie ganz jung verheiratet war, hatten sich all die verschiedenen Clubs um ihre Mitgliedschaft gerissen, und einem halben Dutzend war sie schließlich auch beigetreten: dem Gartenclub ihrer Mutter, einem Bridgeclub, einem Buchclub und der Junior League. Nachdem sie mehrere Jahre damit verbracht hatte, Hausmädchen in Hausarbeit und Kinderversorgung einzuweisen, damit sie selbst unbesorgt an Festessen, Ausschußsitzungen und Spendensammlungen teilnehmen konnte, stellte sie fest, daß sie im Grunde viel lieber zu Hause bleiben würde. Mutter und Schwiegermutter waren entsetzt. Man plante zwar seinen Garten, man beaufsichtigte den Gärtner, man schnitt und arrangierte Blumen, doch niemals – niemals! – griff man persönlich zum Spaten oder jätete gar Unkraut. Melanie dagegen machte gerade so etwas Freude. Sie war mit ihren Brüdern zusammen aufgewachsen, war mit ihnen reiten und ihnen auf der Farm beim Bau der Erddämme zur Hand gegangen; daher konnte sie dem Clubleben und den Fragen, wer sich geweigert hatte, wem welches Rezept zu geben, kaum etwas abgewinnen. Pflanzen dagegen blieben dort, wo man sie einsetzte, und taten genau das, was man ihnen vorschrieb. Und mehr noch lehrte sie ihr Garten: Wenn sie selbst, ihre Freunde und Verwandten einmal nicht mehr waren, und ob ihr Platz nun von anderen eingenommen werden würde oder nicht – die Sonne würde weiter scheinen, die Vögel würden weiter singen, und das Unkraut würde weiter wachsen. Auch wenn es keine Menschen mehr gab. Nahezu niemals war etwas tatsächlich so wichtig, wie es die Menschen hinzustellen versuchten.

Auch ihre Hausarbeit hätte sie gern allein verrichtet, wenn sie nur gewußt hätte, wie sie Ruby loswerden sollte. Jedesmal, wenn sie es versuchte, erklärte ihr Ruby, ohne sie werde Melanie niemals fertig werden. Und da Ruby sie großgezogen, sie die Schuhbänder schnüren gelehrt und ihr das Daumenlutschen abgewöhnt hatte, brachte Melanie es einfach nicht übers Herz, ihr zu widersprechen. Das war auch der Grund, warum ihre eigene Mutter immer wieder ins Haus marschiert kam und Melanie schalt, sie habe keine Ahnung, wie man ›mit Dienstboten umspringe‹. Als sei Ruby ein störrisches Maultier. Nach Ansicht der Mutter behandelte man Ruby nur richtig, wenn man sich ein Kopftuch umband, mit ihr gemeinsam zu putzen begann und ausgiebig über die anderen Familien klatschte, bei denen Ruby arbeitete. Dann würde Ruby schließlich darauf bestehen, endlich allein weiterarbeiten zu können. Doch als Melanie das einmal versuchte, machte Ruby es sich mit einem Coke im Sessel bequem und erklärte Melanie ausführlich, wie man ein Haus richtig saubermachte. Die Welt jedoch, in der man ›mit seinen Dienstboten umsprang‹, war im Untergang begriffen, also war dies ohnehin keine Fertigkeit, die an ihre Töchter weiterzugeben sie sich verpflichtet fühlte. Unglücklicherweise war es ihr aber auch nicht gelungen, andere Fertigkeiten zu erwerben, die sie den beiden weitergeben konnte, da sie tatsächlich keine Ahnung hatte, auf was für eine Art Welt sie sie vorbereiten sollte.

Sie musterte ihre Mutter, die, aufs eleganteste frisiert und gekleidet, neben ihr saß. Roberts und ihre Eltern hatten ihr Leben lang Bridge miteinander gespielt. Vor nicht allzu langer Zeit waren Roberts Mutter und ihr Vater gestorben, und nun spielten die hinterbliebenen Ehepartner ›Zankpatience‹ miteinander. Seit zwanzig Jahren sprach ihre Mutter davon, ihren Besitz, ihr Haus zu ›bestellen‹, doch Melanie war fest davon überzeugt, daß sie sie alle überleben werde. Sagte sie doch sogar von sich selbst: »Herzchen, wenn die mich unter die Erde bringen, dann werde ich wie eine alte, verfaulte Kartoffel immer noch weiter Schößlinge nach oben schicken!«

Rastus stand auf und kam humpelnd nach vorn. Alle lachten. »Mr. Speaker, Suh«, begann er.

»Ja, Rastus?« entgegnete der Sprecher mit strahlendem Lächeln.

»Mr. Speaker, Suh, ich muß Ihn' was von mei'm Cousin LeRoy erzähl'n.«

»Ich glaube, Rastus, du hast mir bereits von deinem Cousin LeRoy erzählt.«

»Yassuh, aber ich hab' Ihn' noch nich' alles von mei'm Cousin LeRoy erzählt.«

Ergeben seufzend hob der Sprecher den Blick zur Decke. »Nein, Rastus, das hast du wohl nicht.«

»Ich sag' Ihn', Boss, deh LeRoy, deh is' fuuuchbah dumm. Wissen Sie, wie dumm deh LeRoy is', Boss?«

»Nein, Rastus. Erzähl mir doch, was dein Cousin LeRoy jetzt wieder angestellt hat«, sagte er mit mühsam beherrschter Ungeduld.

»Deh LeRoy, deh is' zum Dokter gegangen, un' deh Dokter, deh hat ihm gesagt, er soll sich ausziehn. Un' LeRoy, deh sagt: ›Ahah, Doc. Ssuehs müssen Sie mich 'n pahmal zu'n Essen einladen.‹«

Sally sah sich in der Turnhalle um. Hier sollte in einigen Wochen der Plantation Ball stattfinden. Sie würden ganze Ballen von Baumwollgaze in der Fabrik kaufen, den Stoff einfärben und den Saal in ein buntes Zelt verwandeln. Dafür hatten die Ingenues das ganze Jahr über Geld gesammelt. Die gesamte Schule war eingeladen. Tage würde es dauern, bis alles hergerichtet war. Wenn sie die Augen zusammenkniff, konnte sie sich jetzt schon vorstellen, wie es an dem Abend aussehen würde ... Jed streichelte ihr den Rücken. Sie schmiegte sich an ihn.

»... also kauft die Lehrerin dem klein' farbigen Kind 'n Deo un' sagt zu ihm: ›Das hier mußt du jeden Morgen unter deine Arme tun, bevor du zur Schule gehst, Herzchen, dann riechst du gut.‹ Am nächsten Morgen kommt deh kleine Junge zur Schule un' zeigt ihr stolz, daß er die Deodose unterm Ahm trägt.«

Emily lächelte etwas mühsam. Sie starrte auf das Meer von roten, vor Lachen verzerrten Gesichtern hinab. Die Tribüne bebte, so grölten die dort Sitzenden. Solange sie denken konnte, war diese Show in jedem Jahr der Höhepunkt gewesen. Das ganze Jahr über probte der Bürgerverein dafür. Das ganze Jahr über freute sich die Stadt darauf, und die Leute redeten so lange von der jeweils letzten Show, bis sie über die neue reden konnten. In diesem Jahr aber konnte Emily nicht lachen.

»He«, flüsterte sie June zu. »Ich weiß nicht, ob ich das so komisch finde.«

»Pssst!« machten die Leute ringsum.

Kathryn fuhr mit ihrem schwarzen Ford Galaxy auf dem Highway an den Service Club-Schildern vorbei, auf denen motorisierte Besucher in Newland, der ›Progress City, U.S.A.‹, willkommen geheißen wurden.

Am Vordach der Turnhalle der weißen High School verkündete ein Plakat die Aufführung der alljährlichen Minstrel Show des Bürgervereins. Der Parkplatz war überfüllt. Ihre Miene verriet Widerwillen. Dies war es, wovor sie Donny retten mußte. Eine Minstrel Show – im Jahr 1961! Mein Gott!

Sie erinnerte sich an jene Nacht vor vier Jahren. Mr. Blanton war schon lange hinter ihr her gewesen. Er arbeitete in der Ziegelei, und sie kannte ihn vom Sehen. Jedesmal, wenn sie auf den Markt ging, hing er über dem Zaun vor den riesigen Stapeln roter, orangefarbener und grauer Backsteine und Ziegel. Stets trug er grüne Arbeitshosen und ein schmuddeliges T-Shirt; sein dicker Bauch quoll ihm über den Gürtel. Er musterte sie grinsend. Um nicht unhöflich zu sein, erwiderte sie das Lächeln und machte irgendeine nichtssagende Bemerkung, etwa: »Schönes Wetter heute, nicht wahr?«

»Sehr schön«, antwortete er dann. Nicht anders als bei einem Dutzend ähnlicher Bemerkungen an jedem Tag.

Als nächstes bot er Donny Arbeit an: Er sollte sein Büro ausfegen. Donny war begeistert von dem Gedanken, etwas Geld zu verdienen. Eines Nachmittags, als sie wieder vorbeikam, rief Mr. Blanton ihr zu: »Netten Jungen hast du da.«

»Ja, unser Donny ist wirklich großartig«, rief sie lachend zurück.

Ein paar Wochen später rief er: »He, komm doch mal kurz her! Ich muß dir was sagen.«

Da sie annahm, es habe etwas mit Donny zu tun, ging sie hinüber. Mr. Blanton musterte sie grinsend aus seinen blaßblauen Augen. »Weißt du was? Du bist so ziemlich das hübscheste Mädchen, das ich jemals gesehen habe«, erklärte er leise. »Wie wär's, wenn wir beide uns heut' abend träfen?«

Es war eine Situation, wie Freundinnen sie ihr schon öfter geschildert hatten, aber sie selbst hatte so etwas noch nie erlebt. Daher beschloß sie, scherzhaft darauf zu reagieren.

»Aber Mr. Blanton! Das kann ich nicht. Wissen Sie, ich halte nämlich nicht viel von Gleichberechtigung hier.«

Er wurde rot. »Aha, wie ich sehe, bist du keine gewöhnliche Negerin. Du bist eine Ausnahme.«

»Ich bin keine Ausnahme, Mr. Blanton. Ich bin nichts weiter als 'n ganz gewöhnlicher Nigger. Und stolz darauf.«

Beim nächsten Mal fuhr er, als sie eines Abends frühzeitig heimging, mit seinem grünen Pontiac neben ihr her.

»Zwanzig Dollar, wenn du auf 'ne halbe Stunde zu mir ins Büro kommst«, sagte er brutal.

»Nein danke, Sir.«

»Na schön – fünfundzwanzig.«

Sie fuhr zu ihm herum. »Tut mir leid, aber ich bin nicht interessiert, Mr. Blanton. Ich gehe nicht mit weißen Männern.«

»Ich kann nichts dafür, daß ich weiß bin.«

»Also, ich kann ebensowenig dafür«, gab sie mit fröhlichem Lachen zurück.

Damit lief sie den Weg zur Haustür hinauf – zufrieden, daß sie einen freundlichen Ton bewahrt hatte, damit Donny seinen Job behalten konnte.

Zwei Wochen später hielt sie am Fenster Ausschau nach Donny, der sich zum Abendessen verspätete, als das Telefon klingelte. Es war Mr. Blanton. »Dein Junge hat sich verletzt. Du kommst am besten gleich rüber und siehst ihn dir selber an.«

Sofort hetzte sie zur Ziegelei. Mr. Blanton erwartete sie am Tor und führte sie durch die sauberen Reihen der Steinstapel. »Er ist unter einen Ziegelhaufen geraten«, erklärte Mr. Blanton. »Jetzt ist er bewußtlos.«

Im hintersten Winkel eines dämmrigen Schuppens blieben sie stehen. »Wo ist er denn?« wollte Kathryn wissen.

Mr. Blanton begann zu lachen. »Das war doch nur Spaß, Kathryn. Donny geht's gut. Der hat am anderen Ende der Stadt was für mich zu erledigen.« Er packte sie bei den Handgelenken. »Wie wär's denn, wenn du jetzt 'n bißchen nett zu mir wärst?« Er legte ihr beide Hände aufs Gesäß und zog sie an sich. Am Schenkel spürte sie seine Erektion.

»Nun komm schon, Kathryn. Sei lieb zu mir!« flüsterte er, den Mund an ihrem Hals vergraben.

Sie versuchte, ihn von sich zu stoßen. »Ich hab' Ihnen doch gesagt, daß ich nichts mit Ihnen zu tun haben will, Mr. Blanton.«

»Ich mag Weiber, die hitzig sind.« Er rieb sein Becken an dem ihren. Sie kämpften stumm; die einzigen Geräusche waren das Scharren ihrer Füße, Grunzlaute und heftiges Keuchen.

»Eingebildetes Niggerweib!« knurrte er und versetzte ihr eine Ohrfeige. »Schwarze Stinkfotze!«

Dann hatte er sie, eine Hand an ihrer Kehle, rücklings zu Boden geworfen, öffnete mit der anderen seine Hose, zwang mit den Knien ihre Beine auseinander und senkte sich auf sie herab. Sie tastete hektisch herum, bekam einen Backstein zu fassen und schmetterte ihn Mr. Blanton auf den Schädel. Er sackte auf ihr zusammen. Sie wälzte ihn von sich und lief hinaus.

Zu Hause, in ihrer Wohnung, erzählte sie ihrer Mutter, was passiert war. Ruby barg das Gesicht in den Händen und begann zu beten. Kathryn ließ sich von einem Autofahrer zu den Princes mitnehmen. Mr. Prince war der Ansicht, sie müsse sofort die Stadt verlassen und zu ihrem Bruder nach New York fahren.

»Ich habe Angst, Mr. Prince.«

»Du brauchst keine Angst zu haben, Kathryn. Alles wird gut werden.«

Im Bus beobachtete sie, wie die Sonne scharlachrot über den Berggipfeln aufging, während sie an hügeligen Weiden mit grasenden Rindern vorbeijagten. Die dunstigen Berge huschten dahin, jene Berge, die ihre Vorfahren erklommen hatten, bevor sie in dieses Tal hinabstiegen. Dieses Tal, diese Berge ließ sie nun hinter sich. Ihr Gemütszustand schwankte zwischen freudiger Erregung und schrecklicher Angst, so wie ihr Körper mit den Bewegungen des dahinholpernden Busses schwankte.

Als sie kurz nach der Essenpause auf einem überfüllten Rastplatz neben dem breiten Highway aus ihrem Fenster blickte, hielt sie verblüfft den Atem an. Ringsum, wo sie auch hinsah, Highway-Fahrbahnen, auf denen sich mehr Personenwagen, Busse und Diesellaster drängten, als sie jemals zuvor gesehen hatte. Hinter einem schmutziggrauen Schleier reckte sich die Skyline von New York City gen Himmel, Gebäude, die aufragten wie die Zähne eines beschädigten, weggeworfenen Kamms. Um endlose Kurven, unter Überführungen hindurch, über Unterführungen hinweg, durch einen endlos langen Tunnel ging es. Ihr Bruder hatte ihr einmal erzählt, daß er Wachmann in einem großen Tunnel unter dem Fluß sei. Ob das vielleicht dieser hier war?

In den Straßen von New York kamen sie wieder ans Tageslicht. Noch nie hatte sie einen Ort gesehen, wo es überhaupt nichts Grünes gab. Zu Hause gab es sogar im Stadtzentrum und rings um die Fabriken herum Grünflächen mit Büschen und Bäumen. Von jedem Punkt der Stadt aus konnte man Felder und bewaldete Hügel sehen. Sie blickte aus dem gegenüberliegenden Fenster, aus dem des Fahrers, aus ihrem eigenen Fenster zum Himmel empor. Doch alles, was sie entdeckte, war grauer Beton, angefüllt mit hupenden Autos und hastenden Menschen. Sie duckte sich tief in ihren Sitz, schloß die Augen und versuchte, langsam und ruhig zu atmen. Sie dachte an die Wohnung der Mutter in Pine

Woods, mit der festgestampften Erde hinter dem Haus. An den Schulhof. Die Wiesen, die sich bis zu den Weiden am Fluß erstreckten.

Als sie die Augen wieder aufschlug, war der Bus dunkel und völlig leer. Bis auf den Fahrer, der vor ihr stand und eindringlich auf sie einsprach: »Entschuldigen Sie, Miss, aber wir sind da.«

›Miss‹ hatte er zu ihr gesagt. Obwohl er weiß war. Beim Aussteigen reichte er ihr die Hand. Sie musterte ihn mit scharfem Blick, dann akzeptierte sie seine Hilfe. Hier standen diagonal geparkt Dutzende von großen Bussen. Es stank nach Auspuffgasen. Durch eine Fensterfront sah sie in eine riesige, gut beleuchtete Halle voll Menschen aller Altersgruppen und Hautfarben, die sich umarmten, weinten, lachten, hasteten, Gepäck schleppten oder unglücklich dasaßen.

Dann stand auf einmal ihr Bruder vor ihr, begrüßte sie freudig, umarmte sie und nahm ihr Gepäck. Sie ließ sich von ihm hierhin und dorthin schieben, durch Türen, Rolltreppen hinab, durch geflieste, mit Plakaten bepflasterte Tunnel, durch Menschenmengen, durch Drehkreuze, in einen silbernen Zug hinein, der über und über mit aus der Spraydose gesprühten Wörtern übersät war. Er donnerte und kreischte, schwankte und ratterte, hielt an, fuhr weiter. Zischend öffneten sich die Türen. Menschen – schwarze, weiße und gelbe, gut gekleidete und schäbig angezogene, lächelnde und finster blickende – stiegen ein und aus. Ihr Bruder schwatzte und lachte unaufhörlich. Sie nickte nur und machte: »Hm-hm.«

Sie stiegen aus, gingen durch ein Tor, ein paar Treppen hinauf und kamen ans Tageslicht, in eine Straße voll Gesichter in sämtlichen Schattierungen von Schwarz und Braun. Wieder Beton, Autos und Gebäude, Hupkonzerte, Musikgedröhn aus Schallplattenläden, aufleuchtende Reklameschilder. An einer Garküche vorbei, einem Waschsalon, einer Poolbillard-Halle, einer Kneipe, einem Spirituosengeschäft, einer Gemüsehandlung, einem Second Hand Shop, einer Kreditfirma, einem Leihhaus, einer Ladenkirche. Ihr Bruder rief anderen Leuten etwas zu, während sie lächelte, nickte und Heimweh nach ihrer Mutter hatte. Dann ging es in ein Haus aus dunkelrotem Backstein hinein, eine müllübersäte Treppe mit Stufen hinauf, denen die senkrechten Bretter fehlten, in ein mit ramponierten Sofas und Lehnsesseln überladenes Wohnzimmer. Die Frau des Bruders schloß sie in die Arme. Zu zweit führten sie Kathryn in ein abgedunkeltes Schlafzimmer, wo sie sich auszog, aufs Bett warf und die Decke über den Kopf zog. Was hatte sie nur getan? Wie konnte sie so dumm gewesen sein, Newland zu verlassen? Wie sollte Donny ohne sie auskommen? Wie sollte *sie* ohne *ihn* auskommen? Schluchzend barg sie das Gesicht in den Kissen.

Beinahe zwei Wochen lang lag sie weinend im Schlafzimmer ihres Bruders, hatte Angst aufzustehen, schreckte entsetzt vor dem Gedanken zurück, sich in dieses wildwogende Meer schwarzer Körper und ungewohnter Geräusche hinauszuwagen. Eines Tages jedoch zog sie sich nicht mehr die Decke über den Kopf. Am folgenden Tag stand sie auf, zog sich an und nahm an der gemeinsamen Mahlzeit der Familie teil. Anschließend machte sie mit ihrer Schwägerin einen Spaziergang, um Schritt für Schritt die neue Umgebung kennenzulernen.

Schließlich machte sie sich klar, daß sie – bei fünf Kindern und vier Zimmern – möglichst bald eine eigene Wohnung brauchte. Das bedeutete, Arbeit zu suchen. Also fuhr sie ins Stadtzentrum und putzte von elf Uhr abends bis sieben Uhr früh in einem hohen Gebäude aus Glas und Stahl zahllose Büros. Dann trank sie Kaffee und besuchte die Kurse einer Schwesternschule, für die Mr. Prince ihr das Geld gegeben hatte. Wenn sie in ihr Zimmer im Wohnheim zurückkehrte, lernte sie ihre Lektion und schlief, bis es Zeit wurde, wieder in die Stadt zu fahren.

Während der ersten paar Monate stieg, wenn sie in ihrem stickigen Zimmer auf dem schmalen Bett lag und im Licht des frühen Abends zu schlafen versuchte, Pine Woods vor ihrem inneren Auge auf. Die alten Leute, die auf ihre Veranda hinausschlurften, um zu beobachten, wie es Abend wurde und in den Häusern der Weißen auf dem Hügel die Lichter angingen. Die Kinder, Donny mitten unter ihnen, die unter den Straßenlaternen rauften und einander durch die Höfe jagten oder auf ausrangierten Sprungfedermatratzen herumsprangen. Die jungen Leute, die sich vor dem Waschsalon trafen, um Witze zu reißen und miteinander zu flirten. Die Pärchen, die bei den Weiden am Fluß flanierten und schmusten.

Sie hatte eine Stadt, in der sie alle Menschen kannte und wo alle Menschen sie kannten, mit einer anderen vertauscht, in der sie nur ihren Bruder kannte, und den noch nicht einmal besonders gut, falls sie das Wort ›kennen‹ im Newlandschen Sinne des Kennens von Eltern, Großeltern, Kindern, Geschwistern, Vettern und Cousinen auslegte, das heißt, daß sie alles wußte, was diese Menschen jemals getan hatten oder je tun würden. Wenn sie hier oben jemandem auf der Straße begegnete, war sie jedesmal versucht, zu lächeln, hallo zu sagen und eine Bemerkung über das Wetter zu machen. Bestürzt mußte sie jedoch feststellen, daß die Menschen hier stur geradeaus blickten oder nach unten aufs Pflaster starrten. Und beinahe jeder hatte eigene Erfahrungen mit Raub oder Überfällen gemacht. Sie lernte schnell, immer wieder über die Schulter nach hinten zu sehen, wenn sie spät in der Nacht mutterseelenallein zur Subway ging.

Ihre Beschwerdeliste wuchs: Alles war stets abgeschlossen, und sie verlor ständig die Schlüssel. Niemals im Leben hatte sie so viele Treppen steigen müssen. Überall ging es hinauf, statt einfach hinein. Sie hatte Muskelkater in den Waden. An manchen Tagen sehnte sie sich danach, die Schuhe von den Füßen zu schleudern, hinauszulaufen und ihre Zehen in der Erde zu vergraben. Ständig war sie in Pullover und Mäntel verpackt und hätte doch so gern die Sonne auf ihren nackten Armen gespürt. Und dieses ewige Gehetze! Der kostbarste Besitz der Menschen schienen die Armbanduhren zu sein, und sich zu verspäten war beinahe ein Grund für eine Anzeige. Eisige Blicke erntete sie von ihren Lehrerinnen, wenn sie sich nach Beginn einer Vorlesung an ihren Platz schlich.

Eines Nachmittags, als sie zum Krankenhaus ging, wo sie in der Unfallstation ausgebildet wurde, kam sie an einem betonierten Spielplatz mit hohem Maschendrahtzaun vorbei. Auf einem der Basketballplätze spielten einige Jungen, die ungefähr in Donnys Alter waren. Sie sprangen hoch, täuschten und finteten mit atemberaubender Grazie. Fast redete sie sich ein, einer der Jungen sei ihr Donny. Sie begann mit der Idee zu spielen, ihn zu sich zu holen. Sie konnte ihm das Fahrgeld für den Bus schicken, sich eine Wohnung suchen. Der Gedanke an seine fröhliche Gegenwart war unwiderstehlich. Es wäre bestimmt gar kein so schlechtes Leben für ihn. Er konnte die Schule des Stadtviertels besuchen und sein Basketballtraining hier weiterführen. Und neue Freunde würde er auch bald finden, ein so liebenswürdiger Junge wie er.

In Gedanken versunken ging sie weiter – an einer Gruppe von Männern vorbei, die sich wie stets vor der Garküche an der Ecke herumtrieben. Sie nahmen jede Arbeit am Bau oder beim Verladen an, die sie kriegen konnten. Sie wirkten ausgebrannt, wie sie so miteinander herumalberten, schwatzten und viel zu laut lachten. Einer trug eine Brille ohne Gläser, ein anderer ein T-Shirt mit dem Aufdruck ›Superstud‹ – Superhengst. Jedesmal, wenn sie an ihnen vorbeikam, rief mindestens einer von ihnen ihr eine anzügliche Bemerkung zu.

»He, Mama, kann ich in der Schaukel auf deiner Hinterveranda schaukeln?« rief heute einer. Die anderen grinsten und schnalzten mit den Lippen. Den Blick starr zu Boden gerichtet, eilte sie weiter. Vielleicht war es doch besser, Donny blieb dort, wo er war.

In der Notaufnahme assistierte sie bei der Behandlung der gewohnten Folge von Rattenbissen, Stichwunden, Rauschgift-Überdosen, schiefgegangenen Abtreibungen. Und legte ihre Pläne, Donny nach New York zu holen, ad acta. Außerdem war er noch zu jung, um die ganze lange

Busreise allein zu machen. Sie konnte sich nicht einmal vorstellen, ihn zu Besuch zu sich zu holen. Wer würde ihn beaufsichtigen, während sie arbeitete, was sie ja doch meistens tat? Er war so lieb und vertrauensselig. Eine zu leichte Beute hier. Im Jahr darauf fuhr sie über die Weihnachtsfeiertage nach Hause, wo sie ihre gesamte Zeit damit verbrachte, durch die geschlossenen Vorhänge auf die Straße hinauszuspähen. Ruby sagte, sie habe gesehen, daß Blanton seit Kathryns Flucht mehrmals mit seinem Buick ums Haus gekurvt sei. Wenn er erfuhr, daß sie wieder zu Hause war, würde er sie vermutlich fertigmachen.

Ihre Ersparnisse mehrten sich. Sie arbeitete hier halb so lange wie in Pine Woods und bekam den doppelten Lohn dafür. Zwar war das Leben hier oben teurer, und sie schickte stets Geld nach Hause, aber sie konnte es sich zum erstenmal leisten, etwas zum Anziehen zu kaufen, begann für einen Gebrauchtwagen zu sparen und ging sogar gelegentlich essen.

Sie lernte Arthur kennen, einen Pfleger im Krankenhaus, einen stolzen, ehrgeizigen Mann, ganz ähnlich wie damals ihr Buddy. Anders als Buddy jedoch würde er nie im Gefängnis landen, und vielleicht erreichte er sogar eines Tages das Ziel, das er sich gesetzt hatte: die medizinische Fakultät. Er führte sie aus, in Restaurants und zu Filmvorstellungen im Apollo. Einmal besuchten sie ein Musical am Broadway, und da kam ihr wieder der Gedanke, Donny nach New York zu holen. Er war ein intelligentes Kerlchen, hatte in der Schule stets gute Zensuren gehabt. Außerhalb von Pine Woods gab es andere Möglichkeiten für ihn als die Arbeit auf einem Fabrikhof oder als Hausmeister bei einer Firma. Die Vorstellung, sein federnder Schritt könne sich in resigniertes Schlurfen verwandeln, war ihr unerträglich. Sie hatte erlebt, daß es den Jungen so erging, mit denen sie zum Tanzen in die Masonic Hall gegangen war und die sie unter den Weiden am Fluß geliebt hatten. Sie bat Arthur, mit ihr nach Pine Woods zu fahren und Donny zu überreden, mit nach New York zu kommen. Arthur antwortete lachend: »O ja, Baby – geradezu lieben würden die mich da unten!«

Als sie Pine Woods erreichte, als sie an der Schule und dem Einkaufszentrum vorbeikam, als sie die alten Leute auf den Veranden sitzen und die Kinder in den Höfen spielen sah, begann sie vor Heimweh zu weinen. Sie hielt an und nahm ein Foto von Arthur vom Sitz. Im Schein der Straßenlaterne betrachtete sie es: buschiges, ergrauendes Haar, ironisches Lächeln, brennende Augen.

Sie fuhr weiter und hielt vor dem Haus ihrer Mutter am Bordstein. Im Dämmerlicht sah sie einen hochgewachsenen, mageren jungen Mann in grauem Trainingsanzug auf der Veranda, der aufstand und sie anblickte.

Sie sprang aus dem Wagen, lief auf ihn zu und schloß ihn glücklich in die Arme. Er neigte den Kopf, damit sie ihn auf die Wange küssen konnte, dann machte er sich schnell von ihr los.

»Na schön«, gab Sally nach. »Hände unterhalb der Taille und über den Kleidern. Aber damit ist Schluß.«

Jed, der in der Höhle auf ihr lag und sie mit je einer Hand unter ihren Gesäßbacken an sich zog, nickte.

»Versprichst du mir das?« wollte sie wissen. Sie stieß ihn von sich und richtete sich auf. Ihre nackten Brüste schimmerten im Licht der Taschenlampe.

»Ja, ich versprech's«, hechelte er.

»Das letzte Mal hast du's mir auch versprochen.«

»Aber diesmal werde ich's halten. Das schwöre ich dir.« Er ließ seine Hand an ihrem Schenkel emporwandern und streichelte ihre lange Hose dort, wo der Schritt war.

Sie ignorierte es. »Ich hab' mich schon so gefreut, heute abend, als ich an den Plantation Ball dachte. Du gehst doch mit mir hin, nicht wahr, Liebling?«

»Ist das die Veranstaltung, wo man sich 'n Smoking leihen muß und so?«

»Ja, aber du siehst phantastisch aus im Dinnerjacket, Jed! Wenn ich nur daran denke, läuft mir das Wasser im Mund zusammen.«

»Ach was, Scheiße! Ich will keinen Smoking tragen.« Mit den Händen hinter dem Kopf legte er sich zurück und betrachtete zufrieden seine Brustmuskeln.

»Bitte, Jed!«

»Nöh, kommt nicht in Frage. Ich hab' keine Lust, 'n Smoking anzuziehn. Und wenn ich mit dir da hingehe, müßten wir vorher auch noch Walzertanzstunden nehmen und so.«

»Also gut. Dann bitte ich eben einen anderen.« Sie langte nach ihrem BH.

»Mach das«, erwiderte er mit trägem Grinsen. »Dann werd' ich mir eine andere hierherholen, die wenigstens das tut, was ich mir wünsche.«

»Mach das.« Damit stand sie auf und zog ihre Bluse an.

»Hab' ich schon.«

»Was hast du schon?« erkundigte sie sich gleichgültig, während sie sich die Haare kämmte.

»Mir jemanden hergeholt, der tut, was ich will.«

»Und was willst du?«

»Das weißt du doch, Baby.«

»Gewichtheben?«

»Ja, klar. Gewichtheben. Genau das hab' ich am letzten Samstag mit Busen-Betty hier unten gemacht, nachdem wir beide uns verkracht hatten.«

Sie starrte ihn an. »Du lügst!«

»Ich lüge nicht.« Er grinste.

Sie lachte. Dann kreischte sie los: »Du hast diese ... diese Hure hierhergeholt und ...?«

Er lächelte. »'n Mann muß hin und wieder 'n bißchen aktiv werden, Herzchen. Wenn du nicht willst – von mir aus, bitte. Aber erwarte nicht, daß ich auf dich warte und solange onaniere.«

»Von dir erwarte ich überhaupt nichts, Jed Tatro! O Gott, ich *hasse* dich!« Sie stampfte mit dem Fuß auf und schüttelte die Fäuste. Dann brach sie in Schluchzen aus. Jed grinste, sprang auf und hielt sie fest, während sie mit den Fäusten gegen seine Brust hämmerte. »Ich hasse dich! Ich hasse dich! Ich hasse dich!«

»... Ach, Jed, ich liebe dich«, jammerte sie dann und hielt ihm ihren Mund entgegen. Sie küßten sich, und sie klammerte sich an ihn. Abermals zog er ihr Becken gegen das seine, und sie spürte, wie seine Erektion pulsierte.

»Jed, ist dir denn nicht klar, daß ich Angst habe?«

»Du brauchst keine Angst zu haben.«

»*Du* vielleicht nicht. Aber *ich* bin diejenige, die schwanger wird.«

»Ich werde dir kein Kind machen, Sally. Deswegen habe ich ja diese Dinger.« Er zeigte ihr eine Packung ›Trojan Enz‹.

Außer sich vor Empörung starrte sie ihn an. »Wieso hast du diese scheußlichen Dinger hier unten? Wir hatten eine Abmachung getroffen, Jed. Kein Fummeln unterhalb der Taille. Und du gehst hin und kaufst diese widerlichen Dinger. Nein, nein, ich werde dir nie wieder trauen können – niemals!«

»Ich hab' sie gekauft, damit du nicht eines Abends doch noch schwanger wirst, du verdammter Schwanzfopper, du!«

»Schwanzfopper? *Schwanzfopper?* Ich will gar nichts zu tun haben mit deinem dämlichen Schwanz! Ich wünschte, du hättest überhaupt keinen! Der hat mir doch nur Ärger gemacht, seit dem Tag, an dem ich gemerkt habe, daß du einen hast!«

»Na schön. Gut. Du interessierst dich nicht für meinen Schwanz. Aber Busen-Betty interessiert sich dafür. Ganz verrückt ist die danach. Kann gar nicht genug kriegen. Also geh, such dir einen anderen für diesen dämlichen Plantation Ball, irgend so einen Schwulen, der sich gern im Smoking zeigt und nicht all diese miesen, dreckigen, schmutzigen Wünsche hat wie ich. Und währenddessen werde ich Betty bumsen, bis meine Eier grün und blau sind. Dann sind wir endlich alle glücklich.«

»Ich finde dich ekelhaft.« Sie studierte ihre Fingernägel.

»Und du bist für mich eine Eisjungfrau.«

»Ist mir doch egal, was du von mir denkst.«

»Früher war dir das nicht egal.« Er ließ die breiten Schultern hängen.

Sally stürzte sofort auf ihn zu und tupfte ihm mit der Zunge die Tränen von den Wangen.

»Findest du wirklich, daß ich kalt bin?« erkundigte sie sich ängstlich, während sie ihren Schenkel an seiner Erektion rieb.

»Ich halte dich für den heißesten Ofen, den ich jemals erlebt habe«, murmelte er, während er an ihrem Hals knabberte. »Du hast Angst. Aber ich bin überzeugt, daß sich das legt. Weil du nämlich wirklich keine Angst zu haben brauchst.«

Kathryn ging den Plattenweg zwischen den beiden Buchsbaumhecken entlang zur Vorderveranda der Familie Prince. Sie zögerte. Sie konnte jetzt entweder hinten die Küchentür benutzen, wie sie es früher immer getan hatte, als sie noch hier arbeitete, oder sie konnte an die vordere Haustür klopfen. Sie bog vom Weg ab. Kaum hatte sie Newland wieder betreten, da kehrten all ihre alten Gewohnheiten zurück. Aber sie war nicht mehr die Frau, die sie gewesen war, als sie noch hintenherum zu gehen pflegte. Also betrat sie wieder den Plattenweg, ging ihn energischen Schritts entlang und klopfte mit dem großen Messingring an die Tür.

Eine hochgewachsene junge Frau, attraktiv und besorgt aussehend, machte ihr auf. Konnte es sein, daß das Emily war? Sie stand da und starrte. Kathryn sah ein, daß sie die falsche Entscheidung getroffen hatte. Wenn dieser schlaksige Teenager Emily war, dann war sie vermutlich längst schon von Newland indoktriniert worden und fand es empörend, daß ihr ehemaliges Hausmädchen an der Vordertür Einlaß begehrte.

Aber jetzt war es zu spät, also streckte sie freundlich ihre Hand aus. »Hallo, Emily!«

»Kathryn?« Emily ergriff die dargebotene Hand. Sie hatte im Arbeitszimmer gesessen, auf ihrer Flöte Sousa-Märsche geübt und überlegt, warum sie die Minstrel Show gestern abend nicht komisch gefunden hatte. Dann hatte es an der Haustür geklopft. Und nun stand eine hübsche Negerin in einem teuer wirkenden Kostüm und Schuhen mit Pfennigabsätzen vor ihr. Die hohen Wangenknochen mußte sie schon sehr genau ansehen, um zu begreifen, daß das hier Kathryn war, die sie bis dahin nie anders als in grauer Uniform mit weißem Kragen erlebt hatte.

Als sie sich die Hände schüttelten und verlegen lächelten, ertappte sich Emily plötzlich dabei, daß sie die andere Hand zur Umarmung hob. Sofort wurde sie von Unsicherheit geplagt. Kathryn hatte sie nicht ›Miss Emily‹ genannt. War eine Umarmung vielleicht nicht mehr angebracht? Doch ihr Körper folgte seinen eigenen Gesetzen und erkannte den anderen Körper wieder, der ihn als Baby geherzt und als Kind getröstet hatte.

Kathryn reagierte mit einigem Zögern. Sie wollte nicht mehr als Mammy betrachtet werden. Und doch waren sie alle so fröhliche kleine Menschlein gewesen. Hatten nicht die geringste Ahnung gehabt, wie es in der Welt der Erwachsenen zuging. Ob sie es jetzt wohl wußten? Sie umarmten einander.

»Komm doch herein.« Emily trat zurück. Im Flur zögerte sie. Gäste wurden normalerweise ins Wohnzimmer gebeten. Kathryn dagegen war höchstens zum Saubermachen ins Wohnzimmer gekommen. Ausgeruht hatte sie sich stets in Küche und Arbeitszimmer.

Kurz entschlossen führte Emily sie dann doch ins Wohnzimmer und wartete darauf, daß sie auf einem der Empire-Sofas Platz nahm, während Kathryn ihrerseits darauf wartete, daß Emily sich als erste setzte. Schließlich hockte sich Emily auf eine Sofakante und forderte Kathryn auf: »Bitte, setz dich.«

Lächelnd musterten sie einander. Kathryn dachte an ein ernsthaftes kleines Mädchen, das sich alles stets sehr zu Herzen nahm. Groß für ihr Alter und nachdenklich für ihr Alter – genau wie jetzt. Vor Zärtlichkeiten war sie immer zurückgeschreckt. Ganz im Gegensatz zu Sally, dem kleinen Sonnenschein, der ihr ständig auf den Schoß kletterte, um Küsse, Umarmungen und alberne Liedchen von ihr zu erbetteln. Kaum zu glauben, daß die beiden Schwestern waren.

»Was macht denn unsere alte Sal?«

»Ach, die ist Cheerleaderin in der Schule und Mitglied in zahllosen Clubs und so. Sie ist jetzt viel mit Jed zusammen. Ich nehme an, die beiden gehen miteinander.«

»Jed? Der kleine Jed Tatro?«

»Ja, aber so klein ist er gar nicht mehr.« Emily lachte. »Der ist ein richtiggehender Charles Atlas geworden. Stemmt jeden Tag Gewichte und ist Stürmer in der Footballmannschaft.«

»Was sagt man dazu!« kicherte Kathryn. »Und als Kind war er so schwächlich, daß ich immer dachte, der wird nicht alt. Da sieht man's mal wieder. Was ist denn mit Raymond? Immer noch so gescheit?«

»Doch, ich glaube schon.«

»Der war schon als kleiner Junge so clever. Weißt du noch, wie er behauptete, die Kühlwagen von den Güterzügen wären alle mit Leichen beladen?«

Emily machte ein verständnisloses Gesicht, dann versuchte sie sich zu erinnern. Dies war ein Ausdruck, den Kathryn schon oft bei den Weißen von Newland gesehen hatte. Es war ihnen unmöglich, die Wärme, die sie als Kind in der Gegenwart von Negern empfunden hatten, mit der Einstellung in Einklang zu bringen, die ihnen später von ihrer Umwelt oktroyiert wurde. Daher verdrängten sie ihre Kindheitserinnerungen.

Emily sagte sich, sie müsse Kathryn etwas zu essen oder zu trinken anbieten. Tee? Oder war das zu hochgestochen für sie, weil ihre Mutter das höchstens der Altar Guild anbieten würde? »Möchtest du vielleicht was zu trinken, ein Coke oder so?«

»Ja, gern. Das würde mir jetzt wirklich guttun. Aber warte, ich geh's schnell holen.« Beide waren sie aufgestanden, bereit, der anderen ein Coke zu holen.

»Setz dich doch bitte! Ich gehe schon. Schließlich bin ich hier zu Hause«, sagte Emily mit nervösem Auflachen.

Kathryn lachte ebenfalls. »Stimmt ja. Das hätte ich fast vergessen.« Beider Miene verriet Unsicherheit.

Als Emily die Cokedosen öffnete, versuchte sie sich klar darüber zu werden, was diese Männer mit den geschwärzten Gesichtern gestern abend mit der Frau zu tun hatten, die hier in ihrem Wohnzimmer saß.

Sally kam zur Hintertür hereingestürmt.

»Kathryn ist hier«, berichtete Emily.

»Kathryn? Im Ernst? Wo denn?«

»Im Wohnzimmer.«

»Im *Wohn*zimmer?«

»Ach, halt die Klappe!«

»Was habe ich denn gesagt?«

Sie zuckte die Achseln, dann eilte sie munter hüpfend durch den Flur ins Wohnzimmer, wo sie sich weinend in Kathryns Arme warf, während Kathryn liebevoll dazu lachte.

Als Emily hereinkam, sagte Sally gerade: ». . . und er ist einfach hinrei-ßend, Kathryn! Soviel Muskeln und so. Ich wünschte, du könntest ihn sehen!«

»Wie geht's Donny denn jetzt so?« erkundigte sich Emily, weil sie hoffte, ihre Schwester damit zum Schweigen zu bringen.

»Ach, dem geht's gut. Aber ich glaube, er ist im Moment nicht sehr mit mir einverstanden.«

»Warum denn nicht?«

»Tja, ich glaube, er möchte wohl, daß ich noch immer dieselbe Mama wäre wie damals, als ich fort bin. Aber ich habe mich verändert. Auf eine Art, die ihm nicht gefällt. Immer wieder versuche ich ihm klarzumachen, daß auch er sich verändert hat.«

»Das ist dumm«, verkündete Sally.

»Na ja, er hat mir, glaube ich, immer noch nicht verziehen, daß ich überhaupt weggegangen bin.«

»Das hat dir keiner von uns verziehen«, versicherte Sally. »Das war wirklich schlimm damals, Kathryn. Einfach auf und davon, nach New York City, ohne dich von uns zu verabschieden.«

Kathryn runzelte die Stirn. »Ich hatte meine Gründe.« Emily errötete über die Abfuhr, die Sally gar nicht registrierte.

»Ich muß los«, erklärte Kathryn. »Donny sitzt draußen im Wagen und wartet auf mich.«

»Du hättest ihn mit reinbringen sollen«, sagte Sally.

»Ach, wißt ihr, er fand, ihr solltet Gelegenheit haben, ein bißchen mit mir allein zu sein. Und außerdem hat er gesagt, er müsse nachdenken.«

Als sie den Plattenweg hinunterging, dachte sie bei sich, wie unterschiedlich doch die Zukunft für die Prince-Mädchen und ihren Donny aussah. Deren Daddy hatte Geld. Die beiden konnten gehen, wohin sie wollten, tun, wozu sie Lust hatten. Sie selbst hatte nicht soviel Geld wie Mr. Prince. Und selbst wenn sie es gehabt hätte, wäre Donny kaum eine große Wahl geblieben. Denn seit ihrer Rückkehr hierher war es ihr klargeworden, daß es in New York gar nicht um soviel besser war als in Pine Woods. Sie und Arthur nahmen noch immer Befehle von Weißen entgegen – von Ärzten und Oberschwestern. Der einzige Unterschied war der, daß die Weißen von Newland ruhiger und freundlicher waren, wenn sie ihre Befehle gaben. Heute morgen hatte sie in der Stadt Mrs. Tatro sen. getroffen.

»Also Kathryn-Herzchen, ich weiß wirklich nicht, was ich ohne dich anfangen soll! Ich hätte diesen gräßlichen Mann umbringen können dafür, daß er dich mir weggenommen hat!« Sie waren alle so charmant, diese Menschen. Innerhalb von zehn Minuten hatten sie einen so weit, daß man ihnen freiwillig die Kloschüssel putzte und ihnen für dieses Vorrecht noch dankbar war.

»Das ist wirklich sehr nett von Ihnen, Mrs. Tatro. Aber es geht mir sehr gut in New York. Es läuft alles hervorragend.«

Mrs. Tatro hatte sie verblüfft angestarrt. Kathryn verletzte die Spielregeln, weil sie jetzt nicht dümmlich grinste und dankbar ausrief: »Ach, Miz Tatro, ich hab' ja so Heimweh nach meinen lieben Weißen hier unten, wirklich un' wahrhaftig!«

»Du solltest lieber wieder nach Hause kommen, hörst du? Wo es den Leuten nicht egal ist, ob du lebst oder stirbst. Warum willst du unbedingt in New York bleiben, wenn du das gar nicht nötig hast?« Das klang eher nach einem sanften Befehl als nach einer Frage. Ignorierst du ihn, dann aber auf eigene Gefahr. Versagte der Charme, folgte sofort der Druck. Außerdem traf es ja zu: Als Neger konnte man in New York zwar fast überall hingehen, aber kein Mensch kümmerte sich darum, ob man vielleicht sterbend auf der Straße lag. Und noch etwas: Seit ihrer Ankunft hatte sie Donny beobachtet. Er strahlte eine ernste Selbstsicherheit aus, die davon herrührte, daß er sich in seiner Umgebung auskannte, daß er als Rubys Enkel bekannt war, daß er gute Zensuren und eine Menge Freunde hatte und Star der Basketballmannschaft war. Sie war auf einmal gar nicht mehr so sicher, ob sie New York noch für eine so großartige Sache hielt.

Sie schüttelte sich. Pine Woods verstärkte seine Umklammerung. Am besten fuhr sie so schnell wie möglich nach New York zurück.

Sie seufzte und sagte zu Donny, der den Wagen startete: »Die beiden sind wirklich erwachsen geworden.«

»Ja, ich hab' Emily neulich getroffen. Fast hätte ich sie nicht wiedererkannt.«

»Ich muß schon sagen! Alle meine Kinderchen sind mir über den Kopf gewachsen!« Lachend rieb sie mit ihren Fingerknöcheln über Donnys Kopf. Ärgerlich wich er ihr aus.

»Ich habe nachgedacht, Mama. Ich bin jetzt fast der Meinung, daß ich wirklich mit dir nach New York rauffahren sollte.« Ganz sicher war er zwar nicht, daß er das tatsächlich wollte, wo doch sein ganzes Leben hier unten verankert war. Aber er wollte sie auf die Probe stellen.

Sie krauste die Stirn. »Also, Donny, ich weiß nicht recht...«

»Ich würde dich bestimmt nicht sehr stören.«

»Das ist es nicht. Es geht nur darum, ob es das Beste für dich wäre.«

»Ha! Wann hast du dich je darum gekümmert, was wohl das Beste für mich wäre?«

Sie warf ihm einen schmerzerfüllten Blick zu.

»Du hast es dir in den Kopf gesetzt, einfach abzuhauen, nach New York City, also bist du einfach auf und davon.«

Sie seufzte. »Donny-Herzchen, du weißt doch, daß mir nichts anderes übrigblieb.«

»Gar nichts weiß ich.« Wütend funkelte er sie an. »Du hättest ohne weiteres bleiben können, bis du eine Möglichkeit sahst, mich mitzunehmen!«

Überrascht sah sie ihn an. »Aber Donny! Ich mußte von einer Minute auf die andere hier weg. Das weißt du doch.«

»Was redest du da – von einer Minute auf die andere?«

Sie starrte ihn an. »Sag mal, weißt du wirklich nicht, warum ich fort bin? Dann hat Grandmaw dir also nichts erzählt, obwohl ich sie so darum gebeten hatte!«

»Was soll sie mir erzählt haben?«

»Mein Gott, diese alte Hexe! Donny-Herzchen, ich hab' einem weißen Mann einen Backstein auf den Schädel gehauen.«

Er warf ihr einen kurzen Blick zu. »Wem?«

»Mr. Blanton, drüben in der Ziegelei.«

»Und wieso?«

»Weil er wollte, daß ich ... seine Freundin werde.« Sie mußte selbst lächeln über ihre so uncharakteristisch diskrete Wortwahl.

»Und warum hast du nicht einfach nein gesagt?« Beide vermieden es, dem anderen in die Augen zu sehen.

»Das habe ich.«

»Und dann hat er ...«

»Er hat's versucht.«

Donny packte das Lenkrad fester. Nach einer Minute verkündete er: »Den Kerl bring' ich um!«

Kathryn lachte. »Tut mir leid, Donny, aber die Chance hast du verpaßt. Anfang des Jahres hatte er einen Herzinfarkt. Deswegen bin ich ja jetzt hier.«

Donny zitterte.

»Ich hatte gedacht, du wüßtest das. Grandmaw sollte dir alles erklären. Mein Gott, wie du mich gehaßt haben mußt!« Allmählich erst ging ihr die ganze Tragweite dieser Informationslücke bei ihrem Sohn auf. Sie rutschte zu ihm hinüber und legte ihm den Arm um die Schultern. »Ach Donny, mein Baby! Es tut mir ja so unendlich leid! Ich bin wirklich nicht einfach auf und davon und habe dich im Stich gelassen. Nicht eine einzige Nacht ist vergangen, ohne daß ich an dich gedacht und mich gefragt habe, wie's dir wohl geht, daß ich mir gewünscht habe, ich könnte dich zu mir holen. Aber ich sah keine andere Möglichkeit, mit dieser Sache fertig zu werden.«

»Grandmaw hat mir gesagt, du wärst nach New York, um Krankenschwester zu werden. Sie hat mich gezwungen, den Job in der Ziegelei aufzugeben. Das hab' ich nie richtig kapiert. Sie hat gesagt, du wolltest Geld für uns verdienen, dabei mußte ich aber die Arbeit aufgeben, mit der ich mir selbst was verdient habe.« Mit der Faust hämmerte er aufs Lenkrad. »Dieses weiße Schwein! Dieses rotgesichtige weiße Schwein!«

Nach dem Abendessen fuhr Donny mit dem Galaxy los. Kathryn und Ruby blieben allein zu Hause, saßen einander in den Sesseln im Wohnzimmer gegenüber. Kathryn räusperte sich. »Mama, wieso hast du Donny nie das mit Blanton erzählt? Ich hatte dich doch darum gebeten.«

Ruby spie Tabaksaft durchs Zimmer in den Kohlenkasten. Sie zog ihr Kopftuch fester, schlug die Beine übereinander und ließ den einen tennisbeschuhten Fuß pendeln. »Ich habe dem Jungen das erzählt, was ich für sein Alter richtig fand.«

»Aber Mama, ich hatte dich doch gebeten, ihm alles zu erzählen und zu erklären.«

»Herzchen, du warst nicht richtig bei Sinnen, an dem Abend damals. Du hast 'ne Menge Sachen gesagt, die kein Mensch ernst genommen hätte.«

»Mama.« Kathryn bemühte sich, ruhig zu bleiben. »Donny hat bis heute nachmittag geglaubt, ich sei rein aus Vergnügen nach New York gegangen, oder um etwas mehr Geld zu verdienen oder so.«

»Ich hab' dem Jungen erklärt, daß es dich fast umgebracht hat, ihn hier allein zu lassen, daß du aber schreiben und bestimmt bald wieder zurück sein würdest. Ich hab' ihm erzählt, daß wir nicht viel Geld hätten und daß alles leichter sein würde, wenn du erst Krankenschwester wärst.«

»Schon möglich, daß du ihm das erzählt hast, aber gehört hat er daraus nur, daß ich ihn im Stich gelassen habe.«

Ruby reckte den Hals und kaute auf ihrem Priem herum. »Du hast dem Kind heute nachmittag die gaaanze Geschichte erzählt?«

»Er ist kein Kind mehr, und er hätte das alles schon vor vier Jahren erfahren müssen.«

»Na schön, Herzchen, aber wer hier was zu sagen hatte, das war ich, und ich fand, er sollte es lieber nicht erfahren.«

»Verdammt noch mal, Mama! Du hast versucht, mir mein Kind zu stehlen! Du hast gewollt, daß er mich haßt!« Sie sprang auf und wies mit anklagendem Finger auf Ruby.

»Ich«, entgegnete Ruby mit einem Glitzern in den Augen, »habe lediglich versucht, deinen kostbaren Sohn *am Leben* zu erhalten, mein

Kind. Und jetzt setz dich hin und halt den Mund.« Kathryn sank in den Sessel zurück. »Daß er seine Mama verlieren mußte, war schlimm genug. Aber was, meinst du, hätte dieses Kind getan, wenn ich ihm gesagt hätte, der weiße Mann, der immer so nett zu ihm war, hat versucht, seine Mama zu vergewaltigen?«

Kathryn barg das Gesicht in den Händen; als sie wieder aufblickte, war es naß von Tränen. »Mama, man *muß* ihnen alles sagen. Von ihrem ersten Lebenstag an!«

»Das ist nicht *wahr,* Kathryn. Du mußt die Kinder so erziehen, daß sie stark sind und furchtlos und voller Liebe. *Dann* erst kannst du es ihnen sagen. Dann werden sie's von selbst erfahren.«

Kathryn, erschöpft in sich zusammengesunken, schüttelte stumm den Kopf.

Donny überquerte den Hof vor Rochelles Haus, der letzten jener Holzhütten, aus denen Pine Woods bestanden hatte, bevor es modernisiert worden war. In den beiden Zimmern des Hauses wohnten Rochelle, ihre Mutter und sechs weitere Kinder.

Donny und Rochelle saßen in dem Galaxy im Wilderness Trail Drive-In und spielten Bingo. Am Einfahrtstor hatten sie ihre Spielkarten erhalten, und nun rief ein Angestellter über den Lautsprecher die Zahlen auf. »... N-6, N-6 ... G-4, G-4 ...« Die Gewinner gingen mit ihren Karten zum Wettstand nach vorn.

Als der Film anfing, rutschte Donny zu Rochelle hinüber und legte den Arm um sie. Bequem zurückgelehnt, sahen sie sich ›Ein Hauch von Nerz‹ an. Nach einigen Minuten beugte sich Donny über sie. Beide küßten sich lange. Dann begann er ihr mit der Hand den Hals hinauf und hinab zu streichen.

»Okay. Das genügt«, verkündete sie streng. »Ich will kein dummes Zeug von dir.«

»Na schön«, lenkte Donny ein. Er fühlte sich nicht besonders wohl nach der Geschichte, die er von seiner Mutter gehört hatte.

Cary Grant bog in einem neuen Buick Riviera in die Einfahrt seines Ranchhauses ein. Lächelnd stand er da und winkte Doris Day zu, die ihm auf dem Plattenweg entgegengelaufen kam. Donny zitterte. Am liebsten hätte er diesen Kerl bei seiner gepunkteten Krawatte gepackt und den Knoten so lange zugezogen, bis dieses häßliche weiße Gesicht erst dunkelrot und dann blau wurde und ihm die Augen vor Entsetzen aus dem Kopf quollen.

Aber der Anfall ging ebenso schnell vorbei, wie er gekommen war; er ließ Donny zutiefst beunruhigt und erschöpft zurück.

Rochelle warf ihm einen schrägen Blick zu. Dann nahm sie seine Hand in ihre beiden. »Es ist doch so, Donny. Ich hab' mein Leben lang Mamas Babies wiegen müssen. Deswegen möchte ich jetzt wirklich nichts tun, wovon ich unter Umständen ein eigenes kriegen könnte. Weil ich nämlich vorher noch einiges plane.«

»Was denn?«

»Zunächst möchte ich die High School beenden. Dann möchte ich mich um ein Stipendium fürs College bewerben. Weil ich nämlich Lehrerin oder Bibliothekarin werden will.« Sie wünschte sich ein Haus wie jenes, das Cary Grant und Doris Day soeben betreten hatten. Teppichboden, Haushaltsgeräte. Sie wünschte sich einen Ehemann, der Anzug und Krawatte trug. Sie hatte es satt, ihr Bett mit den kleinen Geschwistern zu teilen und davon aufzuwachen, daß sie von deren Pipi ganz naß war. Sie hatte die Küchenschaben in den Cornflakepackungen satt und die mit Lumpen verstopften Löcher in den Fensterscheiben.

»Also, na ja. Das kann ich verstehen, Rochelle. Das hast du mir schon einmal erklärt. Mach dir nur keine Gedanken deswegen.« Er richtete den Blick wieder auf die Leinwand. Sie musterte ihn nachdenklich.

»Aber ich mache mir Gedanken, Donny.«

»Worüber?«

»Darüber, was das zu bedeuten hat, wenn ich mich von dir höchstens mal küssen lasse.«

»Im Augenblick ist mir das wirklich egal. Wenn es mir mal nicht mehr egal sein sollte, sage ich dir Bescheid.«

»Das meine ich ja! Ich bin noch nie mit 'nem Jungen gegangen, dem all das wirklich egal war.«

»Dann gehst du eben jetzt mit so einem. Weißt du, im Moment fühle ich mich nicht besonders gut.«

»Hast du was?«

»Nichts, wogegen du ein Heilmittel hättest.«

»Hast du Krach mit deiner Mama?«

»So ähnlich.«

»Ich hab' heute mit meiner Krach gehabt. Sie kriegt nämlich schon wieder ein Baby. ›Aber diesmal will ich nichts damit zu tun haben, Mama‹, hab' ich ihr gesagt. ›Wenn du sie kriegst, mußt du dich auch um sie kümmern.‹ Da hat sie angefangen zu weinen und hat gesagt, wenn sie was im Bauch hätte, hätte sie wenigstens das Gefühl, etwas zu produzieren. Dann, und wenn sie die Babies stillt. Aber dann würden sie immer größer und würden gemein, so wie ich es jetzt sei. Und das täte ihr dann so weh, daß sie sofort hingehen und sich wieder eins machen lassen müßte, weil sie dann hoffen könnte, das nächste würde vielleicht besser.«

»Das ist wohl das Verrückteste, was ich jemals gehört habe.«

»Genau das hab' ich ihr auch gesagt. Da hab' ich erkannt, was Mama tatsächlich ist – verrückt!«

»Ich glaube, wir sind alle verrückt«, gab Donny zurück. »Die Frage ist eben nicht, ob, sondern in welcher Form.«

Viertes Kapitel
Entheiliget werde Sein Name

Die Sonne stand, fast im Zenit, weißglühend am tiefblauen Himmel. Die Kakophonie miteinander wetteifernder Kirchenglocken erfüllte das Tal, als praktisch alle Einwohner von Newland in ihrem schönsten Sonntagsstaat aus ihren Häusern traten und ihren frisch geputzten Autos zustrebten. Im Nu staute sich der Verkehr auf den Straßen.

Auf der Wiese am grauen Fluß hatten sich mehrere Dutzend Mitglieder der Mount Zion Baptist Church versammelt. Die Männer und Jungen trugen Anzug und Krawatte, gestärktes schneeweißes Hemd und Hosenträger. Die Frauen und Mädchen hatten sich fein herausgeputzt mit Kleidern oder Kostümen, Stöckelschuhen, Blumenhüten mit Schleier und weißen Handschuhen. Einige trugen aufgespannte Regenschirme, um sich vor der Sonne zu schützen. Mr. Stump, der Prediger, stand in schwarzem Talar und Baskenmütze vor ihnen auf einer Bodenerhebung. Neben ihm, in mitternachtsblauem Talar, Mr. Husk, der Diakon. Unmittelbar vor den beiden hatte sich ein halbes Dutzend verängstigter Jugendlicher in weißen Gewändern und mit verknoteten weißen Taschentüchern auf dem Kopf aufgebaut.

»... und da gibt's Brüder und Schwestern, die kommen auf der Straße zu mir und fragen: ›Mr. Stump, Suh, wann werden die Letzten die Ersten sein?‹ Meine Freunde, ich weiß, was diese Menschen meinen. Ihr kennt und ich kenne so ungefähr jegliche Art von Leid auf dem Angesicht dieser Erde. Wir wissen, Freunde, was es heißt, auf jede nur mögliche Art dieser Welt verspottet, geschmäht und verachtet zu werden!«

»Jaaa, sag's uns, Prediger!« klagte ein Mann.

»Unser Volk, meine Freunde, ist in dem Glauben erzogen worden, daß niemals etwas aus ihm werden wird. Wir waren hungrig, und die Großen und Mächtigen an ihren Tischen, die sich unter der Last der Speisen bogen, weigerten sich, uns auch nur einen Knochen hinzuwerfen! Man hat uns ausgelacht, uns Bettler, Gauner und Diebe genannt.

Aber hier stehe ich, meine Freunde, und sage euch, daß es *noch* einen gegeben hat, den sie gehaßt und verachtet haben, amen! *Noch* einen, der in einem Stall geboren wurde, weil der Wirt seiner Mama die Tür gewiesen hat!«

»Gut predigst du heute, Reverend!« rief eine Frau.

»Wißt *ihr,* Brüder und Schwestern, was mit diesem Mann geschehen ist? Wißt ihr, was die Reichen und Mächtigen mit ihm gemacht haben? Sie haben ihn vor Gericht gestellt, meine Freunde, und ihn schuldig gesprochen. Einen Verräter genannt! Einen Gotteslästerer genannt! Unseren Herrn Jesus geschlagen! Ihm eine Krone aus spitzen Dornen in die Stirn gedrückt! Ihn ans Kreuz geschlagen! *Gekreuzigt* haben sie unseren Herrn! Den Sohn Gottes ermordet!«

»O jaa! Mein Bräutigam soll er sein!« heulte eine Frau.

»Manche Leute aus unserer Kirche kommen und sagen zu mir: ›Mr. Stump, ich und meine Frau, wir überlegen, ob wir nicht nach Washington, D.C. raufziehen sollen. Oder nach New York City.‹ Sie reden, als seien die Straßen da oben mit Gold gepflastert. Als würde man sie mit Palmwedeln begrüßen.«

Leise zogen die Klänge von ›I'm Born to Die and Lay This Body Down‹ durch die Reihen der Gemeinde.

»Und dann kommen sie hierher zurück, diese Leute. O ja, ich sehe sie durch unsere Straßen stolzieren, in nagelneuen Seidenanzügen, mit riesigen, teuren Cadillacs. Sie kommen zu mir und sagen: ›Stump, warum gehst du nicht vor Gericht und verschaffst deinen Leuten, was ihnen zusteht? Das Stimmrecht. Die staatliche Wohlfahrt. Arbeit in der Fabrik. Verschaff ihnen dies, verschaff ihnen das.‹ Und die ganze Zeit halten sie mir den Reverend Mr. Hyatt drüben in Donley vor, der im letzten Monat vor die Schulkommission getreten ist und verlangt hat, daß im kommenden Herbst farbige Kinder in die weiße Schule gehen dürfen. Ha!« Er schnaufte verächtlich.

Ruby schnaufte ebenfalls verächtlich. Was für eine Vorstellung, daß Weiße und Farbige dieselbe Schule besuchten! Womit sie wohl nächstens ankommen würden! Wenn man richtig schlau war, ging man den Weißen aus dem Weg. Und wenn einem das nicht möglich war, verhielt man sich klug und bekam trotzdem, was man wollte. Und wenn einem auch das nicht gelang, wurstelte man sich so durch und dankte dem lieben Gott, daß er einem die Kraft dazu verlieh.

Kathryn musterte Mr. Stump mit verkniffenen Augen: Er meinte sie. Denn neulich erst hatte sie ihn gefragt, was für Pläne in Pine Woods vorlägen, um die Schulen von Newland zu integrieren. Sie war fast zu der Ansicht gelangt, daß Donny, sollte er die Chance haben, weiße Schulen zu besuchen, hier besser dran war als in New York. Die Schule dort in ihrer Nähe, in Harlem, war rein schwarz. Die Weißen hatten das Geld und die Macht auf dieser Erde. Wenn man sich mit ihnen zusammentat, konnte man lernen, wie man sich ein Stück von diesem Kuchen abschnitt. Stump aber war ein hoffnungsloser Fall. Dieses ewige Gesuhle im Leiden, jeder Nigger ein verfolgter Jesus, der in Glorie wiederauferstehen würde ... Richtig krank machte sie das! Gar keine Frage: Sie mußte so schnell wie möglich wieder hier weg, und Donny mußte sie mitnehmen – sonst machten sie ihn noch zu einem von diesen schwarzen Masochisten, zufrieden mit der Verheißung eines Lebens nach dem Tode, das es nicht gab.

Donny brauchte, um seine gesamte Welt zu erfassen, nur seinen Blick in die Runde schweifen zu lassen. Hier waren alle Menschen versammelt, die für sein Leben wichtig waren: seine Ma, seine Grandmaw, die Nachbarn, die Schulfreunde. Tad, sein bester Freund, den er schon kannte, seit er denken konnte. Der war immer so ein Winzling gewesen, daß sie ihn ›Tad‹ nannten – die ›Krabbe‹. Nachdem er in diesem Jahr aber plötzlich zu einer Länge von einsachtzig emporgeschossen war, nannten ihn alle nur noch Tadpole. Von hier aus gesehen, lag die Schule auf der einen, die Wohnung der Grandmaw auf der anderen Seite, und gleich daneben erstreckte sich die Wiese, auf der in riesigen Zelten Erweckungsversammlungen abgehalten wurden. An warmen Sommerabenden war der Lärm von Predigten, Bekenntnissen und Gebeten zum offenen Fenster hereingeweht und hatte sich mit seinen Träumen vermischt. Geradeaus vor ihnen lag der Fluß, auf dem er mit selbstgebastelten Flößen herumgepaddelt war. Und ringsumher die hohen Berge. Er mußte den Verstand verloren haben, an jenem Tag, als er Ma gebeten hatte, ihn nach New York mitzunehmen. Hier gefiel ihm alles genau so, wie es war. Und jetzt, da er länger mit seiner Mama zusammengewesen war, erkannte er auch, daß New York City ihr gar nicht besonders gut getan hatte. Dieselbe Frau, die in seiner Erinnerung so warmherzig gewesen war, die immer nur gelächelt hatte, verhielt sich jetzt sehr oft kühl und trug eine finstere Miene zur Schau. Wie zum Beispiel gerade jetzt.

Er entdeckte Rochelle. Sie sang sonst immer mit im Chor, in einem langen weißen Gewand. Voller Vergnügen sah er heute jedoch ihre langen, nylonbestrumpften Beine und den hübschen Spann ihrer zierlichen Füße in den Schuhen mit den hohen Pfennigabsätzen. Anscheinend hatte sie Mühe, nicht rücklings in den Dreck einzusinken. Er lächelte ihr zu, und sie lächelte zurück. Links und rechts von ihr standen aufgereiht ihre Brüder und Schwestern, sauber gewaschen, in schlecht sitzenden Anzügen und gestärkten weißen Kleidchen. Wie sie es schaffte, sie immer so ordentlich anzuziehen, war ihm ein Rätsel. Einer der Jungen grinste und streckte Donny die Zunge raus. Donny versuchte, ernst zu bleiben, doch seine Mundwinkel begannen zu zucken. Als er die Orgelpfeifenreihe der Kinder betrachtete, fiel ihm plötzlich auf, daß einige viel hellhäutiger waren als die anderen. Ihre Väter waren offenbar Weiße gewesen. Eine Woge von Wut stieg in ihm auf. Er ballte die Fäuste.

Doch seine Wut wich so schnell wieder wie die Luft aus einem schadhaften Fahrradreifen. Er blickte auf seine geballten Fäuste hinab.

»... da wählte der König sich Esther als seine Königin. Aber der Kämmerer des Königs hatte bestimmt, daß ihr Volk, die Juden, ermordet werden sollte. Ja, und Esther, die war wirklich schön, und der alte König konnte ihr keinen Wunsch abschlagen. Aber ist sie geradewegs zu ihm hingegangen und hat ihn gebeten, ihr Volk zu verschonen?«

»Nein!« murmelte die Gemeinde.

»Ja, und was hat sie dann getan, diese kluge und schöne Frau? Ein schönes, großes Festmahl bereitet hat sie. Der König sagte: ›Esther, was ist deine Bitte? Sie soll dir gewährt werden.‹ Aber bat sie den König, ihr Volk zu verschonen? Nein, das tat sie nicht. Sie bat ihn noch einmal zum Mahle. Und wiederum fragte der König: ›Esther, mein Liebling, was ist deine Bitte?‹ Ja, und Esther, die war in wallende Gewänder mit goldenem Saum gekleidet. Ihr Tisch bog sich unter den köstlichsten Speisen, Schalen mit Obst, Schüsseln mit Innereien, Krügen mit Wein. Und dieses Mal sagt sie ganz lieb und ganz ruhig: ›Habe ich Gnade gefunden vor dir, o König, so werde mir mein Leben geschenkt um meiner Bitte willen und mein Volk um meines Begehrens willen.‹ Und der König, der sagt: ›Also, Moment mal! Was hat das zu bedeuten, Esther?‹ Und sie erzählte ihm von dem bösen Kammerherrn, und der König ließ die Juden frei und befahl, den Kammerherrn aufzuhängen.«

»Du sagst es, Reverend!«

Kathryn merkte, daß sie höhnisch lächelte. Sie war eine verhinderte Esther. Als sie vor dreiundzwanzig Jahren von Reverend Stump in diesem Fluß getauft wurde, war sie fest davon überzeugt gewesen, daß die Welt nach dem Wunsch des Herrn eingerichtet war: daß es ihre Aufgabe sei, den Weißen das Leben angenehmer zu machen, daß sie sich dadurch einen Platz in der Glorie des Lebens nach dem Tode sicherte. In New York ging sie nicht in die Kirche. Wenn diese Welt das war, was der Herr gewollt hatte, dann wollte sie nichts mit ihm zu tun haben. Sie blickte um sich. Ihre Freunde und Nachbarn verbrachten ihre Tage damit, den Befehlen der Weißen zu gehorchen und dabei zu lächeln. Ihre Abende und Wochenenden verbrachten sie damit, ihre aufgestauten, stürmischen Emotionen auf den Herrn und aufeinander loszulassen. Doch wenn es keinen Herrn gab, an den man sich wenden konnte, und wenn man seinen Haß Tag um Tag akkumulieren ließ...

Sie musterte Donny in seinem dunklen Anzug. Ernst, höflich, gehorsam und gutwillig, genau wie sie in seinem Alter gewesen war. Welches Ereignis würde ihn wohl bitter werden lassen? Vielleicht gar keines. Sieh einer doch seine Grandmaw an. Die würde sich bis an ihr Lebensende ducken.

Stump hatte innegehalten, und die Gemeinde schwieg. Urplötzlich stieß er den Zeigefinger in die Luft und rief: »Du da mit dem großen glitzernden Brillantring am Finger! Du da in deinem städtischen Aufputz! Du da mit deiner blonden Perücke auf dem Kopf! Ihr seid allesamt verloren! Verloren! Cadillacs rosten! Feine Anzüge werden zu Lumpen! Brillanten fallen aus der Fassung in die Gosse – und wo bleibst du? *Nirgends* bleibst du, mein Freund – wenn du nicht Jesus Christus als Erlöser annimmst.«

»Eine reine Freude, heute morgen, gesegnet sei der Herr!« rief Ruby.

»Wir sind alle Sklaven. Mit Ketten an den Kerker unseres irdischen Körpers gefesselt. Und ich, meine Brüder und Schwestern, bin heute morgen gekommen, um euch zu verkünden, daß ihr nur frei werden könnt, wenn ihr euer Leben in die Hände von Jesus Christus unserem Herrn legt. Er wird euch ebenso gewiß von der Sünde befreien, wie die Herren ihre Sklaven von ihren Ketten befreit haben. Halleluja! Das neue Jerusalem, die Heilige Stadt, wo die Straßen mit Gold gepflastert sind, wo die Tore mit Perlen besetzt sind, das ist nicht New York. Das ist nicht Washington, D.C. oder Cincinnati, Ohio. Das beginnt erst mit dem Tod – für jene Gläubigen, die Jesus Christus in diesem Leben als Herrn und Retter angenommen haben!«

»Wahrhaftig!«

»Ja, sag's ihnen, Bruder! Sag's ihnen!«

»Deswegen sind wir, meine Freunde, heute morgen hier versammelt, um diese jungen Leute in unsere Gemeinde aufzunehmen, die einsehen, daß sie vom Weg abgeirrt sind, die beschlossen haben, ihr Leben Jesus Christus anzuempfehlen. Die sich auf den triumphalen Einzug in die Heilige Stadt Gottes vorbereiten möchten. Doch sogar Jesus mußte sich von der Hand Johannes des Täufers im Jordan reinwaschen lassen...«

Er watete in den schlammigen, schaumgefleckten Fluß hinein und zitierte: »›Und er zeigte mir einen Strom des Wassers des Lebens, klar wie Kristall, der vom Throne Gottes und des Lammes ausging.‹« Der Talar trieb ihm um die Taille. Mr. Husk und die jungen Leute in Weiß bildeten einen Kreis im Wasser. Die Gemeinde sang in komplizierten Harmonien: »I was a backslider once, but praise God I'm on the Glory Road now.«

Donny sah zu, wie die jungen Leute ins Wasser getaucht wurden wie Doughnuts ins Fett. Er mußte an seine eigene Taufe denken. Viele Jahre lang hatte er in der Kirche auf der Armesünderbank sitzen müssen, während die Frauen auf der einen, die Männer auf der anderen Seite ihn ermunterten, den Herrn anzuflehen, daß er ihn die Schwelle überschreiten lasse. Es war schlichtweg peinlich gewesen, sowohl für ihn als auch für Grandmaw, die in der Kirche die wichtigste Rolle spielte. Sonntag um Sonntag, Erweckungsversammlung um Erweckungsversammlung hatte er erwartet, von tausend Blitzschlägen himmlischer Macht mitten zwischen die Augen getroffen zu werden, wie es bei seinen Freunden der Fall zu sein schien. Schließlich hatte Reverend Stump ihn beiseite genommen und ihm versichert, es reiche durchaus, wenn er tief im Herzen an den einen, den wahren Gott glaube. Als dann die Zeit kam, da er Zeugnis ablegen mußte, sagte er auch haargenau das: keine Stimmen in der Nacht, keine Visionen, keine Trance – nichts. Doch alle schienen zufrieden zu sein, alle sangen und beteten. Seine Grandmaw breitete die Arme aus, kreischte vor Freude und sank in die hilfreichen Arme von drei Damen, die ihr mit ihren Sonntagsschulblättchen Luft zufächelten. Das Schleierhütchen auf ihrem Kopf war schief gerutscht. Seitdem war er Junior-Assistent des Reverends. Brachte nach jedem Gottesdienst die Kirche in Ordnung und fegte sie einmal die Woche aus.

Ruby warf Kathryn einen vorwurfsvollen Blick zu, weil sie nicht in den Gesang einstimmte. Andere hatten schließlich auch für sie gesungen. Das war das wenigste, was sie tun konnte. Statt dessen stand sie schweigend da und starrte über den Fluß hinaus. Seit ihrer Rückkehr nach Hause hatte sie sich so seltsam verhalten. Hart und schrill, genau wie ein Yankee. Für Newland hatte sie nur noch böse Worte und wollte allen ständig erklären, wie sie sich richtig zu verhalten hätten. Das war eigentlich immer so, wenn einer aus Pine Woods in den Norden zog. Wenn sie zurückkamen, wußten sie alles besser, Neunmalgescheite in teuren Autos, mit feinen Kleidern und kostbarem Schmuck und so, die ständig nur noch von Nightclubs redeten. Und ihre eigene Tochter war allem Anschein nach ebenfalls zu einem von diesen gottlosen Menschen geworden, die nur noch an den Flitter und die Bequemlichkeiten dieser schlechten, sündhaften Welt dachten. Ruby war fest entschlossen zu verhindern, daß es ihrem Donny ebenso erging. Wenn sie den harten Zug um Kathryns Kinn betrachtete, fürchtete sie um ihre Tochter. Als Buddy aus Paris heimkehrte, hatte er denselben Zug ums Kinn gehabt, und wenige Monate später hatte man ihm die Kehle durchgeschnitten. Ruby stimmte jedem einzelnen Wort zu, das Reverend Stump eben über Takt und Vorsicht gesagt hatte. Der Herr wollte, daß die Menschen einander gut behandelten. Und wenn einige Leute sich nicht immer danach richteten, war das kein Grund für die Gottesfürchtigen, von dieser Richtlinie abzuweichen.

In der Fabriksiedlung hatte die Familie Tatro in der Methodistenkirche aus rotem Backstein eine ganze Bank belegt. Mr. Tatro, die ständig ölverschmierten Hände zwischen den Knien gefaltet, saß neben Mrs. Tatro in ihren weißen Handschuhen und dem aquamarinblauen Seidenkostüm. Daneben saß Jed, die Arme auf der Banklehne ausgestreckt, und dann Raymond, der sich tief in die Bankecke drückte und sich bemühte, so zu tun, als sei er gar nicht vorhanden. Es war jeden Sonntag dasselbe: Er verkündete, er werde nicht mitgehen; der Vater diskutierte mit ihm über den Zustand seiner Seele; Raymond erwiderte, er glaube eben nicht an Gott; die Mutter brach in Tränen aus; Jed drohte, ihn wie eine Fliege zu zerquetschen; der Vater befahl ihm, den guten Anzug anzuziehen; Raymond warf sich lang aufs Sofa und starrte sie alle wütend an; und schließlich stapfte er in sein Zimmer hinauf und zog sich doch um.

Mr. Boggs, der Diakon, las in frömmelndem, nasalem Ton eine Stelle aus dem Lukas-Evangelium: »›Wer aber von euch, der einen Knecht beim Pflügen oder auf der Weide hat, wird zu ihm, wenn er vom Felde heimkommt, sagen: Komm sogleich her und setz dich zu Tische? Wird er nicht vielmehr zu ihm sagen: Bereite mir etwas zu essen, umgürte dich und bediene mich, bis ich gegessen und getrunken habe, und nachher magst du essen und trinken? So sollt auch ihr, wenn ihr alles getan habt, was euch befohlen war, sagen: ... wir haben getan, was wir zu tun schuldig waren.‹«

Mr. Marsh stieg auf die Kanzel und musterte seine Herde mit bedeutungsschwerem Blick. Dann fragte er ruhig: »Wie viele von uns, die wir heute in dieser Kirche versammelt sind, können ihrem Nachbarn in die Augen sehen und aufrichtig sagen: ›Ich habe getan, was ich zu tun schuldig war‹? Wie viele von uns? Ein jeder in dieser Kirche, der glaubt, diese Worte zu Recht aussprechen zu können, soll sich jetzt gleich seinem Nachbarn zuwenden und sie tatsächlich aussprechen.«

Ein Raunen des Unbehagens lief durch die Kirche, als jeder sich vorzustellen versuchte, welches Verhalten Mr. Marsh von ihnen verlangte. Doch schließlich zogen sie alle den richtigen Schluß und verhielten sich still.

Mr. Marsh triumphierte: »Nicht ein einziger in dieser Kirche, meine Freunde! Nicht ein einziger! ›Ich habe getan, was ich zu tun schuldig war.‹ Dieser eine, winzige Satz, und keiner von uns kann behaupten, ihn befolgt zu haben. Aber was ist denn nun unsere Schuldigkeit, unsere Pflicht, meine Freunde? Bevor wir sie tun können, müssen wir wissen, was unsere Pflicht ist. Im allgemeinen ist unsere Schuldigkeit das, was wir anderen Menschen schulden – was wir unseren Vorfahren schulden, was wir unseren Eltern schulden, was wir unseren Kindern schulden, unseren Ehepartnern, unseren Chefs, unserer Heimatstadt, unserem Staat, unserem Land. Vor allem aber ist sie das, was wir unserem Herrgott schulden...«

Raymond studierte Mr. Marsh aufmerksam, sah im Geist jede Geste als Schnappschuß für seine Fotoserie über die Religion im tiefen Süden. Als Mr. Marsh seinen rundlichen Körper so drehte, daß sein Kopf einen Kandelaber auf dem Altar verdeckte, lächelte er erfreut. Das Kerzenlicht bildete eine Aura um seine buschigen grauen Haare. Die Messingarme schienen ihm wie ein Geweih aus dem Kopf zu wachsen. Den Arm reckte er wie zum Nazigruß.

Müde beobachtete Raymond, wie eine verirrte Biene das leuchtende Rot von Jesu Blut in dem Buntglasfenster neben ihm erkundete. Sie summte herum, startete zum Flug und ließ sich auf dem benachbarten Tropfen nieder. Mr. Marsh tönte fort über Pflicht und Schuldigkeit. Tu immer, was bla-bla-bla. Tu-wattu-tu-mu, bumti-bum. Raymond dachte über das Thema nach. Was war denn seine Pflicht, und würde er sie jemals tun? In wenigen Wochen war die Schule aus, und er hatte immer noch keine Ahnung, was er für den Rest seines Lebens tun wollte. Letzte Woche hatte er die Runde durch die Fabrik gemacht. Halle um scheunengroße Halle voll ohrenbetäubend lärmender Maschinen, die irgendwas mit Baumwollfasern anstellten. Warmfeuchte Luft, dunstig von Flusen, die die Maschinen wie dicker Rauhreif bedeckten. Sein Vater war Werkmeister im Vorspinnraum, wo ganze Reihen von Vorspinnmaschinen standen, jede mit zweihundert Spindeln. Er zeigte ihm, wie man die Spannung ausglich, damit das Vorgespinst, wenn es sich um die Spulen drehte, weder riß noch sich verknotete. Raymond war verblüfft über die Begeisterung, die der Vater auch noch nach fünfundzwanzig Jahren an den Tag legte, während er ihm erklärte, daß es einer ständig wechselnden Umdrehungszahl bedurfte, um die Spulgeschwindigkeit dem Zufluß des Vorgespinsts anzugleichen. Fasziniert sah er, wie sein Vater Berechnungen in sein kleines Notizbuch kritzelte.

An jeder Maschine zeigte ihm der Vater kleine Uhren. »Man teilt die Hanks durch die Größe der Vorgespinste, dann hat man das Gewicht in Pfund pro Spindel. Anschließend multipliziert man das Ergebnis mit den Spindeln pro Maschine und erhält die Gesamtproduktion pro Maschine. Multipliziert mit der Anzahl der Maschinen pro Werk...«

Raymond nickte. Spulen wirbelten und surrten, bauschig-weiße Faserbündel wurden gedreht, gestreckt und aufgespult. Vom Zusehen allein wurde ihm schwindlig. Männer und Frauen in Arbeitskleidung oder Coveralls beaufsichtigten die Maschinen. Manche Spindeln hatte man angehalten, Arbeiter nahmen die vollen Spulen ab, packten sie in Behälter auf Rädern und ersetzten sie durch leere Spulen. Das Ganze glich einer gigantischen Nähmaschine.

Raymond hatte sich schon immer dafür interessiert, wie Maschinen, gleich welcher Art, funktionierten. Doch jetzt, da er es gesehen hatte – konnte er wirklich sein ganzes Leben damit verbringen? Er beobachtete das Gesicht seines Vaters und las Begeisterung darin. Immer wieder warf ihm der Vater erwartungsvolle Blicke zu – seine Zustimmung heischend? Dieser Gedanke beunruhigte Raymond. Sein Leben lang hatte er versucht, die Anerkennung des Vaters zu erringen, aber es war ihm nie gelungen. Verlangte der Vater nun etwa Zustimmung von ihm? Verlangte die Pflicht, daß er in die Fußstapfen seines Vaters trat?

Andererseits hatte der Vater Tatro Cove verlassen und war nicht, wie sein eigener Vater, Minenarbeiter geworden. Von zu Hause fortzugehen war also praktisch Familientradition. Vielleicht lag seine Pflicht darin, diese Tradition fortzusetzen?

Nach dem Rundgang durch die Spinnerei hatte er die Redaktion der Lokalzeitung aufgesucht und sich nach einem Job erkundigt. Der Fotoredakteur hatte seine Arbeit gelobt, aber erklärt, daß er niemanden mehr einstellen könne. »Du wirst wohl leider warten müssen, bis ich gestorben bin, Raymond«, hatte Mr. Monroe gewitzelt.

Während er noch da stand, wurde ein Mord auf Cherokee Shoals gemeldet. Eine Mutter hatte ihren Sohn erschossen, weil er ihrem Brathuhn einen brennenden Tampon in den Bauch geschoben hatte. Während Raymond Fotos von der Leiche schoß, fragte er sich, wie sich ein Leben, ausschließlich auf derartige Dinge konzentriert, wohl auf ihn auswirken würde. Gab es eine Möglichkeit, sich den Lebensunterhalt mit Schachspielen oder Briefmarkensortieren zu verdienen? Eventuell bei der Post? Er hatte gelernt, exotische Briefmarken mit Hilfe von Wasserdampf vom Kuvert zu lösen. Doch wer bekam hier in Newland schon Post aus exotischen Ländern?

Wenn er nach New York ging, diesen Job in der Druckerei annahm, alles hinter sich ließ, was ihm vertraut war – vielleicht versagte er dann völlig und saß mutterseelenallein in einer wildfremden Großstadt fest. Es schien wirklich keine Wahl für ihn zu geben. Newland oder New York City. Ersticken oder Entsetzen.

Auch Mr. Tatro dachte über Pflicht und Schuldigkeit nach. Seinen Eltern wäre er es vielleicht schuldig gewesen, in Tatro Cove zu bleiben. Sie waren inzwischen alt und gebrechlich, und seine Geschwister mußten sie ohne seine Mithilfe versorgen. Seinen ungeborenen Kindern dagegen war er es schuldig gewesen davonzugehen. Er betrachtete seine nette, gesunde Familie und verglich sie mit seinen ausgebrannten Brüdern und Schwestern, Neffen und Nichten, die in Tatro Cove geblieben waren. Sein Blick verweilte lange bei Junior. Er wußte einfach nicht, was er von dem Jungen halten sollte. Hatte es eigentlich nie gewußt. Früher hatte er ihn fast jede Woche mit dem Ledergürtel grün und blau geschlagen, damit er ein bißchen höflicher wurde, ›Ja, Sir‹ sagte, statt nur ›Hm-hm‹ zu brummeln. Jetzt redete er davon, nach New York City raufzugehen. »Was willst du denn da oben, bei den Yankees? Aus dir wird ja doch nie was Ordentliches werden, wenn du dir nicht 'n festen Job suchst und dich von der Pike auf hocharbeitest.« Anfangs schien sich Junior ja auch für die Spinnerei zu interessieren, aber es wurde ihm rasch zu langweilig.

Die alten Erinnerungen kehrten wieder zurück: Was hatte er nicht alles durchmachen müssen, bis er sich an die Fabrikarbeit gewöhnte! Oben im Cove hatte er immer nur das getan, was ihm gerade paßte. Zumeist hatte er rings ums Haus herum im Garten gewerkelt. Doch selbst wenn er in der Mine arbeitete, hatte er sich frei genommen, um auf die Jagd zu gehen, wann immer er Lust dazu verspürte. Und dann mußte er plötzlich mit dem Lunch warten, bis eine Sirene heulte, mußte Hunderte von rotierenden Spulen beaufsichtigen. Wie er sich erinnerte, hatte er während der ersten Wochen geglaubt, verrückt und vor lauter Heimweh allmählich schieläugig zu werden. Aber dann trafen die Lohntüten ein – eine pro Woche, pünktlich wie die Fabriksirene um zwölf Uhr mittags. Mit dem Geld hatte er sich dieses Haus gemietet, fünfzig Cent pro Zimmer; es war ihm wie ein Palast vorgekommen. Und die jetzige Mrs. Tatro fing an, ihm schöne Augen zu machen. Als der Krieg ausbrach, mußte er nach Guam. Als er zurückkam, wollte er nur noch Sicherheit und Bequemlichkeit.

Dankbarkeit. Das war's, was er den Princes gegenüber empfand. Ein Gefühl, das Raymond Tatro junior in seinem ganzen Leben nicht kennengelernt hatte, denn er hatte noch nie erlebt, was es heißt, nicht zu wissen, woher die nächste Mahlzeit kommt. Er erinnerte sich, wie er oben im Cove Tag für Tag in die presbyterianische Missionsschule gegangen war, nur weil man dort ein warmes Mittagessen bekam. Einmal im Jahr ließen sich auch die Sponsors blicken, kamen per Bahn aus Philadelphia. Dann standen die Schüler am Ankunftsabend mit brennenden Kerzen auf dem Bahnsteig Spalier. Anschließend ging es ab in die Mission, wo sie für die Sponsors Volkstänze aufführten und die Damen und Herren schüchtern bewunderten – voll Dankbarkeit für die warme Mahlzeit.

Verflixt, es müßte für den Jungen doch ein Kinderspiel sein, einfach in die Spinnerei zu gehen und dort zu arbeiten! Er war schließlich in der Stadt aufgewachsen, an feste Termine und ein Leben drinnen, im Haus, gewöhnt. Aber es gab auch keine Kohlengrube, die ihm drohte. Eine Woge von Zuneigung durchflutete Mr. Tatro. Der Junge war ernsthaft, ruhelos und ehrgeizig – schon wie er da saß, gespannt wie eine Feder. Mit achtzehn war Mr. Tatro auch so gewesen. Sein Vater hatte ihm geholfen, in die Fremde zu ziehen, ohne mehr als ein normales Maß an Schuldbewußtsein zu empfinden, und nun würde er das gleiche tun. Das war er seinem Ältesten schuldig.

Mr. Marsh hatte die Hände auf seinem rundlichen Bauch gefaltet. Mr. Tatro versuchte zuzuhören. Gewöhnlich hatte Marsh ein paar recht wichtige Dinge zu sagen.

»Als unsere feldgrauen Jungs heimkehrten, mußten sie feststellen, daß ihre Häuser niedergebrannt, ihre Ernten vernichtet und ihre Herden davongelaufen waren. Es war eine schreckliche, furchtbare Zeit, meine Freunde. Kleine Städte wie die unsrige waren überfüllt mit hungernden Farmern, die von ihren ausgewaschenen Feldern an den Berghängen herabgekommen waren. Überfüllt mit befreiten Sklaven, die nicht wußten, was sie anfangen sollten. Wir armen, besiegten Südstaatler irrten umher wie moderne Hiobs, in Sack und Asche, beklagten unsere Leiden und flehten den Himmel um Beistand an.«

Jed versuchte zu entscheiden, ob er mit Sally am Nachmittag Wasserski laufen oder Minigolf spielen sollte. Minigolf war schneller vorbei. Ein, zwei kurze Spiele, und schon waren sie wieder draußen im Steinbruch. Wenn sie allerdings zum Wasserski gingen, war sie schon im Badeanzug. Und wenn es heiß genug war, trank sie vielleicht sogar ein paar Schluck Bier... Oder sollte er lieber den Abweisenden spielen, sie nicht einmal küssen, bis sie ihn darum bat? Aber würde Sally ihn tatsächlich bitten? Wahrscheinlich nicht. Und würde er sie noch begehren, wenn sie es tat? Wahrscheinlich auch nicht. Busen-Betty bat ihn manchmal, und das stieß ihn ab. Der ganze Spaß lag einfach darin, sie zum Mitmachen zu bewegen, ohne daß sie es eigentlich wollte.

Gestern, nach dem Training in der Turnhalle, hatte er ein Sprudelbad genommen. Das war ein wunderbares Gefühl gewesen, einfach so dazuliegen und zu genießen, wie ihn das wirbelnde Wasser ganz steif machte. Er lag auf dem Rücken, die Beine gespreizt und die Augen geschlossen, bis er kam. So mußte es sein, wenn man ein Mädchen war. Die hatten es wirklich bequem. Manchmal fand er, am besten nähme er das Geld, das er sonst für Sally ausgab, nur weil er hoffte, sie würde es ihm mit einem lausigen kleinen Kuß auf den Mund lohnen, und kaufte sich sein eigenes Sprudelbad.

Er sah sich um. Er kannte hier beinahe jeden, war sein Leben lang an jedem Sonntag hierhergekommen. In dem Becken auf dem Podium hinter Mr. Marsh war er getauft worden, und hier, in dieser Stadt, würde er sich vermutlich endgültig niederlassen und mit seinen eigenen Kindern ebenfalls in diese Kirche gehen. Aber vorher wollte er noch mit einem Football-Stipendium irgendein College besuchen, Alabama oder Tennessee. Und anschließend würde er wirklich gern erst noch Profi-Football spielen. Er sah auch nicht ein, warum eigentlich nicht. Er hatte immer alles erreicht, was er sich vorgenommen hatte. Sich von einem schmächtigen Zwerg zum linken Stürmer der Schulmannschaft hochtrainiert. Er stemmte mühelos zweihundert Pfund. Das lag in der Familie. Sein Vater war aus Tatro Cove weggegangen und Werkmeister in der Spinnerei geworden. Alle Tatros erreichten, was sie sich vornahmen. Vielleicht bis auf seinen älteren Bruder, diesen Schwuli, der seit Monaten im Haus rumgeisterte und dauernd jammerte, was er denn tun sollte. Für so einen konnte Jed kein Mitleid aufbringen, so ein Schwächling, wie ein verdammtes Mädchen. Eier hatte der – wie ein Boy Scout. Man nahm sich was vor, und dann tat man das, ohne groß davon zu reden. Wie Trainer Clancy immer sagte: »Entweder du scheißt, oder runter vom Klo.«

»... Nun, meine lieben Freunde, der Herr sorgt für die Seinen. Jawohl, das tut er. In Jesaja einundvierzig, Vers siebzehn steht geschrieben: ›Wenn die Elenden und Armen Wasser suchen und keines finden und ihre Zunge verdorrt vor Durst: Ich, der Herr, erhöre sie; ich, der Gott Israels, verlasse sie nicht.‹ Und in unserer Zeit der Mühe und Plage, Freunde, sandte er den Menschen dieser Stadt das Mittel zur

Rettung: Er schickte ihnen eine Gruppe fürsorglicher Bürger – Namen, die wir heutzutage alle kennen, wie Barnes, Johnston, Benson, Prince, Tatro. Diese guten, sozial engagierten Herren beschlossen, eine Baumwollspinnerei einzurichten. In Scharen kamen die Menschen aus den Bergen herab, auf der Suche nach Arbeit – die Eltern und Großeltern von euch allen, die ihr heute hier sitzt. Der Herr sandte ihnen den Rettungsanker. Sie brauchten den guten Menschen gegenüber, die ihnen Arbeit gaben, nur ihre Pflicht zu tun, dann brauchten sie niemals wieder zu hungern. Und unser Herrgott hat Wort gehalten! Wie es in Psalm hundertundsieben heißt: ›Er machte die Wüste zum Wasserteich und dürres Erdreich zu Wasserquellen.‹ Jene, die ihre Pflicht tun, brauchen sich um nichts zu sorgen, meine lieben Freunde, denn Gott, der Herr, der ...«

Mrs. Tatro dachte darüber nach, was andere Leute ihr schuldig waren. Hätte es nicht nach Überheblichkeit geklungen, sie hätte sich an ihren Mann gewandt und gesagt: ›Ich habe meine Schuldigkeit getan!‹ Das meiste, was sie in ihrem Leben getan hatte, war ihr weiß Gott kein Vergnügen gewesen, also mußte es wohl das Pflichtgefühl gewesen sein, das sie bei der Stange gehalten hatte, mit Waschen, Bügeln, Kochen und Putzen, und dazu immer die Ganztagsarbeit, zuerst in der Spinnerei und jetzt bei der Firma Sutton Insurance. Sie erinnerte sich noch genau an den Abend, als Raymond Tatro in verschossenem Overall und abgetragenem Jackett das Haus ihrer Mutter betreten hatte, in der Hand eine Papiertüte mit seinen sämtlichen Habseligkeiten. Sie hatte ein Kichern unterdrücken müssen. Im Laufe der Zeit jedoch, nachdem sie auf dem Weg zur Arbeit und beim Abendessen stets mit ihm plauderte, erkannte sie, daß er kein gewöhnlicher, beschränkter und fauler Hinterwäldler war wie die meisten jungen Männer aus den Bergen, die bei ihrer Mutter auftauchten. Nein, er hatte Pläne und Energie. Ließ sich anscheinend von nichts aufhalten. Sie erwarteten alle beide, daß er bald Werkmeister werden würde und dann Verwalter. Wer weiß, vielleicht sogar Vizepräsident. Doch als er aus dem Krieg heimkehrte, sah es so aus, als hätte ihn ein Großteil seiner Energie verlassen. Er begnügte sich damit, einfach im Haus herumzusitzen.

Mr. Marsh hatte sie hier, in dieser Kirche getraut. Zur Hochzeit war auch seine Familie aus Tatro Cove heruntergekommen und hatte sie beide in tödliche Verlegenheit gebracht, weil sie alle aus grauer Vorzeit zu kommen schienen.

Tatro hatte damals Nachtschicht gehabt, während sie selbst tagsüber arbeitete, und so kam es, daß sie einander kaum einmal sahen, das heißt, nur eben lange genug, um ihre zwei Söhne zu zeugen. Sie stand jeden Morgen sehr früh auf, um die Jungen zum Babysitter oder zur Schule zu bringen, und wenn sie zur Haustür hinausging, kam er herein. Sobald sie wieder zu Hause war, wusch sie, bügelte und kochte. Sie weckte Tatro zum Abendessen, dann hastete er schleunigst davon zu seiner Nachtschicht. Eine ganze Zeitlang machte ihr das nichts aus. Vor ihrer Ehe hatte sie zwei Jahre in der Spinnerei gearbeitet. Dort hatte sie ihre Freundinnen. Mit denen konnte sie sich bei der Arbeit unterhalten. Aber es schien, daß die Maschinen, die neuen Modelle, die installiert wurden, immer geräuschvoller wurden, und ehe man sich's versah, mußte man von den Lippen ablesen, statt etwas zu hören. Und das Arbeitssoll wurde auch immer weiter heraufgesetzt, so sehr, daß man kaum Zeit zum Luftholen hatte.

Damals träumten sie, wenn sie im Bett lagen, vom Umzug in ein neues Ranchhaus in einer Wohnanlage – mit gepflasterter Terrasse und elektrischem Grill. Er würde so viel Geld verdienen, daß sie nicht mehr zu arbeiten brauchte und ihre Söhne großziehen konnte, wie sich's gehörte. Aber er war Werkmeister geblieben, und so wohnten sie immer noch in der Fabriksiedlung. Ständig wies er sie darauf hin, wie weit er es von Tatro Cove gebracht hatte. Und sie versuchte ihm klarzumachen, um wieviel weiter er noch kommen müsse. Neulich erst hatte sie auf der Straße Melanie Prince getroffen. Sah aus wie 'ne ganze Million Dollar – Seidenkleid, hohe Absätze und Frisur direkt vom Coiffeur. Man hätte sie glatt für dreißig halten können. Obwohl sie in der High School unansehnlich gewesen war, ein richtiger Blaustrumpf. Keiner hatte mit ihr ausgehen wollen. Rose Tatro dagegen war Mitglied der Marschkapelle gewesen, und alle Jungen der Schule wollten sich mit ihr verabreden, unter anderem Melanie Princes gegenwärtiger Ehemann. Sie aber hatte sich ausgerechnet Tatro hier aussuchen müssen ... Sie tauschte ein schiefes Lächeln mit ihm.

In jedem Frühjahr grub er die Erde im Garten um und pflanzte Unmengen von Gemüse an, die sie nach der Ernte einkochen mußte. In jedem Frühjahr hatte sie ihn gebeten, nur gerade genug für den täglichen Verbrauch anzupflanzen, da Dosen- und Tiefkühlgemüse im Supermarkt viel billiger war. Er aber hatte ihr erklärt, er wolle sichergehen, daß seine Familie niemals zu hungern brauche wie er damals, in Tatro Cove. Sie hatte ihn darauf hingewiesen, daß er jetzt ein regelmäßiges Einkommen hatte und im Benson Mill Village lebte und nicht mehr in Tatro Cove, ohne Arbeit. Und in jedem Frühjahr hatte er ihr erwidert, wenn man mit Hunger großgeworden sei, könne man das niemals vergessen.

Junior drehte sich auf der Bank herum. Der Junge war immer schwierig gewesen, seit dem ersten Monat nach ihrer Heimkehr aus dem Krankenhaus, als er seinen Daddy mit seinem Geschrei zum Haus hinausgetrieben hatte.

»Du mußt dein Essen kauen, Junior!«

»Warum?«

»Du mußt erst nach links und rechts sehen, bevor du die Straße überquerst, Junior.«

»Hab' ich nicht nötig.«

Ruhelos. Immer, wenn er zu Hause war, schien es, als dröhne eine Turbine in seinem Zimmer. Jetzt redete er davon, nach New York City zu gehen. Jedesmal, wenn er davon anfing, ging sie ohne ein Wort hinaus.

Sie sah zu Jed hinüber. Ihr Kleiner. Groß und stark, aber *so* sanft und liebevoll. Er liebte seine Mama, liebte sein Zuhause. Mit Jed gab es keinerlei Probleme. Auf ihn war sie richtig stolz. Er würde da weitermachen, wo sein Daddy aufgegeben hatte, würde ins College gehen, zur Spinnerei zurückkommen, Direktor werden ... Sie sah ihn vor sich, wie er in Anzug und Krawatte, genauso wie jetzt, in einem teppichbelegten Büro hinter einem riesigen Schreibtisch saß und seine Sekretärin anwies, der Mutter Blumen zu schicken, wie sie es zuweilen für Mr. Sutton tun mußte.

»... und dann kommen immer wieder einmal diese Roten aus dem Norden hier herunter und wollen uns sagen, wie wir unsere Arbeit zu tun hätten. Behaupten, wir müßten hier eine von diesen Gewerkschaften gründen, die sie oben im Norden haben.

Aber ich sage euch, meine Freunde, wenn da oben im Norden alles so wunderbar ist, warum kommen dann diese Kommunisten-Agitatoren immer wieder *hier*her? Das will ich euch sagen, Freunde. Weil wir es hier unten gut haben. Und die da oben, die wissen das. Wir, meine Freunde, tun unsere Pflicht. Wir arbeiten besser für weniger Geld, und deshalb nehmen wir ihnen die Aufträge weg. Die wohnen in den teuersten Zimmern, die das Howard Johnson Motel zu bieten hat. Die verzehren im Corral Restaurant dicke, saftige Steaks. Wir aber sitzen zu Hause und essen Hot Dogs. Und die wollen, daß *wir ihnen* Beiträge zahlen? Dann müßten wir ja höhere Löhne fordern, nur um dasselbe Geld nach Hause zu tragen wie zuvor! Mr. Prince müßte die Preise erhöhen, und wir würden den Spinnereien nicht mehr so viele Aufträge wegschnappen können. Was dann genau das wäre, was unsere Freunde, die Yankee-Gewerkschaftler, wollen!«

Eine Handvoll Leute ganz weit hinten stand auf und marschierte protestierend hinaus.

»Laßt euch nicht irreführen, meine Freunde, von diesen glattzüngigen kommunistischen Radikalen mit ihren Sonnenbrillen und Zigarillos! Ich bin überzeugt, daß ihr alle ganz genau wißt, wen ich meine.«

Die Kirchengemeinde flüsterte.

»Ich meine jene, die immer von den ›getretenen, unterdrückten Arbeitern‹ reden. Ihr armen, armen Menschen, flöten sie, ihr verdient vierzehn Prozent weniger als eure Arbeiterbrüder in Lowell, Massachusetts. Ich dagegen glaube, vierzehn Prozent würden gerade eben für deren Telefonrechnungen nach Hause, nach Boston, ausreichen. Meint ihr nicht?«

Mr. Tatro nickte zustimmend, dachte daran, daß doch die Princes sämtliche Risiken auf sich nahmen, die ganze Verantwortung trugen. Welch eine Erleichterung war es jeden Tag, sich nach der Arbeit, wenn er nach Hause kam, auf der Couch auszustrecken und bis zum nächsten Morgen nicht mehr an die Fabrik denken zu müssen! Während die Princes tagein, tagaus damit leben mußten. Das Werk gehörte ihnen, es lag in ihrem Belieben, wieviel Lohn sie den Arbeitern zahlten, und den konnte man dann akzeptieren oder auch nicht. Der Gedanke an eine Gewerkschaft war einfach demütigend. Verdammt noch mal, er konnte allein für sich sorgen, hatte es immer gekonnt und würde es immer tun. An dem Tag, an dem er die letzte Rate für sein eigenes Haus einzahlte, hatte er Mr. Prince sen. zu einer kleinen Feier herübergebeten. Und er war gekommen! Der Präsident der Spinnerei – er hatte sich die Zeit genommen, mit einem seiner Werkmeister draußen auf der Veranda zu sitzen, Eistee zu trinken und sich mit ihm über den Garten, Termitenbekämpfung und Teerschindeln zu unterhalten. Als Mr. Prince in Hemdsärmeln den Gartenweg heraufkam und versuchte, sein wirres weißes Haar zu glätten, hatte Mr. Tatro stammelnd seiner Dankbarkeit Ausdruck verliehen. Und Mr. Prince sen. hatte geantwortet: »Nicht nötig, mein Sohn. Die Dankbarkeit ist gegenseitig.« Verflixt, er brauchte keine Mittelsmänner, wenn er mit den Princes sprechen wollte!

Während schlechter Perioden ließ Mr. Prince sen. die Produktion so normal wie nur möglich weiterlaufen und stapelte die Waren in seinen über die ganze Stadt verteilten Lagerhäusern, bis die Nachfrage wieder stieg. Man mußte schon ein Totalversager sein, bevor er einen gehen ließ. Aber die Gewerkschaften waren etwas, das er nicht duldete. Sobald dieses Thema angeschlagen wurde, färbte sich sein Gesicht dunkelrot, und seine buschigen weißen Brauen begannen zu zucken.

Wenn in früheren Zeiten die Gewerkschaftswerber eintrafen, führten die Spinnereiarbeiter sie unter Absingen des Liedes ›Praise God from Whom All Blessings Flow‹ bis an die Stadtgrenze und rieten ihnen, sich ja nie wieder blicken zu lassen, sie seien hier nicht erwünscht. Heutzutage jedoch waren sie hinterlistiger. Sie nahmen sich Südstaatler als Strohmänner. Die konnte man manchmal allerdings noch leichter erkennen, denn die übertrieben ihren Akzent zu sehr und redeten von den kleinen Farmen, auf denen sie aufgewachsen waren. *Eine* Frage jedoch beantworteten sie nie zu seiner Zufriedenheit: Wenn sie so überzeugte Südstaatler waren – wie konnten sie sich dann dafür hergeben, einer Bande von Yankee-Kommunisten als Sprachrohr zu dienen?

Die Loyalität, die die alte Garde Mr. Prince sen. entgegenbrachte, erstreckte sich auch auf seinen Sohn, obwohl man nur schwer aus ihm klug wurde. Wie es schien, besaß er überhaupt keine Persönlichkeit. Vor allem im Vergleich zu seinem Vater. Man konnte zwar nicht sagen, daß er hochnäsig war oder so, auch wenn er ein College im Norden besucht hatte. Er war schließlich freiwillig hierher zurückgekommen und hatte eine Einheimische geheiratet. Seine Töchter gingen mit Jed und Junior. Aber er schien einfach kein Rückgrat zu haben. Sogar beim Gehen hielt er sich krumm, dabei war er nicht älter als Mr. Tatro.

»...und Johannes sagt im vierten Kapitel, Vers sechsunddreißig: ›Der, welcher erntet, empfängt Lohn und sammelt Frucht fürs ewige Leben, damit sich zugleich der freue, welcher sät, und der, welcher erntet.‹ Also, ich weiß, daß es für unsere guten Freunde von der Gewerkschaft schwer ist zu verstehen, wie wir hier unten die Dinge sehen, denn oben, bei denen, gehen sich Arbeiter und Betriebsleitung tagtäglich an die Kehle. Aber nur, weil wir hier in unserer Stadt eine Fabrik haben, heißt das noch nicht, daß wir es besonders eilig hätten, unsere Südstaaten-Lebensart aufzugeben.

Im 126. Psalm steht geschrieben: ›Die mit Tränen säen, werden mit Jubel ernten.‹ Und ich sage euch, meine Freunde, wir haben Tränen kennengelernt. Aber wir haben gesät, und nunmehr ernten wir. Und zwar mit Frohlocken. Jawohl, das tun wir, meine Freunde. Und ich sage diesen kommunistischen Agitatoren, die immer wieder hier herunterkommen und versuchen, Zwietracht zu säen – vielen Dank, ihr Leute, mit euren Lohnabzügen für die Gewerkschaftsbeiträge, mit euren Krankenversicherungen und Tarifverhandlungen, aber unser Vermittler ist der Herrgott. Und wenn die letzte Spindel aufgespult ist, meine Brüder und Schwestern, ist der Himmel das einzige Gewerkschaftsunternehmen, nach dem wir trachten. Die einzigen Tarifverhandlungen, die wir führen, finden genau hier statt, in dieser Kirche, auf den Knien, mit unserem Herrgott!«

Mit ausgebreiteten Armen begann er zu beten.

Raymond war nicht so sicher, ob er mit dieser Botschaft, die er sein Leben lang zu hören bekommen hatte, hundertprozentig einverstanden war. Eine einzige große, glückliche Familie, so stellte der Vater die Spinnerei immer dar. Einmal pro Woche waren sie zum Sportplatz der Firma gewandert, um zuzusehen, wie der Vater in der Spinnerei-Liga mitspielte. Als sie noch klein waren, hatten Jed und er auf dem Abenteuerspielplatz herumgetobt, geklettert, geschaukelt, waren die Rutschbahn runtergerutscht. Als sie dann älter wurden, sahen sie lieber dem Spiel zu und jubelten sogar im richtigen Moment. In jedem Sommer gab es Betriebs-Grillfeste im Park am See. Die Princes nahmen in Bermuda-Shorts teil und lachten und plauderten genauso wie alle anderen. In letzter Zeit jedoch war er zu der Einsicht gekommen, daß die Princes eben doch nicht ›wie alle anderen‹ waren. Irgend etwas war faul an dieser großen, glücklichen Familie. Was genau, das konnte er nicht eindeutig sagen. Vielleicht gab es eine Grenze dafür, wie viele Generationen lang eine Familie erwarten durfte, daß man ihr Dankbarkeit bewies. Auf ihn wartete ein Job in der Spinnerei, für den Dutzende von anderen Männern sonstwas gegeben hätten, und dennoch empfand er keine Dankbarkeit. Er konnte jetzt schon absehen, wie sein Leben verlaufen würde. In fünfundzwanzig Jahren würde er genauso sein wie sein Vater: zufrieden mit einem miesen Haus und einem stinklangweiligen Job.

Einen Vorteil hatte das Ganze jedoch: Es war absolut sicher und bequem. Nie würde er jemandem etwas beweisen müssen – *konnte* niemandem etwas beweisen, da er seit seiner Geburt festgenagelt war wie ein auf Stecknadeln gespießter, narkotisierter Schmetterling.

In der aus grauen Steinen erbauten Episkopalkirche auf dem Hügel bekannte die Gemeinde: »... bereuen wir aufrichtig und von Herzen alle unsere Missetaten. Das Gedenken daran erfüllt uns mit Schmerz ...«

Sally versuchte herauszufinden, ob sie gesündigt hatte oder nicht. Am Abend zuvor hatte Jed ihr im Steinbruch die Eintrittskarten von all den Filmen überreicht, zu denen er sie seit ihrer ersten Verabredung eingeladen hatte. Sie hatte sie gezählt: über zweihundert. Zum Preis von je eineinviertel Dollar gerechnet, hatte er allein fürs Kino über zweihundertfünfzig Dollar ausgegeben – für sie. Beschämt drehte sie sich um und gestattete Jed, seine Hand in ihr Höschen zu schieben. Und ehe sie sich's versah, hatte er den Finger in sie reingesteckt. Aufkreischend sprang sie aus dem Wagen. Als sie wieder einstieg, zog sie unwiderruflich die Grenze: Jed dürfe das nie, niemals wieder tun! Aber bedeutete dies, daß sie keine Jungfrau mehr war? War diese Membran, oder was immer das sein mochte, tatsächlich durchstoßen worden? Und war es ganz gewiß eine Sünde, unverheiratet und doch keine Jungfrau mehr zu sein? Bestand die Möglichkeit, daß sie davon schwanger geworden war? Behutsam öffnete sie ein Auge und spähte zu ihrem Vater hinüber, der mit gesenktem Kopf und geschlossenen Augen neben ihr kniete. Beim Frühstück hatte sie sich gefragt, ob er es ihr an den Augen ablesen konnte, daß Jed ihr dies angetan hatte.

»... verschone jene, o Herr, die ihre Sünden bekennen ...«

Jawohl, lieber Gott, es war eine Sünde, betete Sally. Und ich bereue. (Es war nicht einmal schön gewesen. Wenn sie schon ein so schlechtes Gewissen haben mußte, dann hätte es wenigstens schön sein können. Wenn ein *Finger* sich bereits so unangenehm anfühlte, wie würde sich dann erst ein ...)

Sie beschloß, an etwas anderes zu denken. Punschgläser! In zwei Wochen war der Plantation Ball. Jede Ingenue war für etwas anderes verantwortlich, und sie hatte dieses Jahr für die Punschgläser zu sorgen, sie überall in der Stadt auszuleihen, mit Etiketten zu versehen, während des Balls immer wieder zu spülen und zu füllen, zerbrochene zu ersetzen und hinterher alle wieder zurückzugeben. Eine große Aufgabe. Wenn sie nun nicht genug Gläser besorgte? Wenn die Leute doch noch aus Pappbechern trinken mußten, wie bei der Abschlußfeier vor zwei Jahren? Wahnsinnig peinlich wäre das! Irgend jemand hatte Plastikbecher vorgeschlagen, worüber alle glattweg entsetzt gewesen waren. Sie mußte unbedingt ausreichend Ersatzgläser beschaffen.

Robert Prince, die Ellbogen auf die Lehne der Vorderbank gestützt, dachte über das Gebet aus dem ersten Psalm nach: ›Wohl dem Manne, der nicht wandelt im Rate der Gottlosen, noch tritt auf den Weg der Sünder, noch sitzt im Kreise der Spötter ... Der ist wie ein Baum, gepflanzt an Wasserbächen, der seine Frucht bringt zu seiner Zeit und dessen Blätter nicht verwelken, und alles, was er tut, gerät ihm wohl.‹ Der Profit war in diesem Jahr um neun Prozent gestiegen. War das ein Zeichen dafür, daß er recht tat? ›Wer aber Gerechtigkeit sät, dem soll sicherer Lohn zuteil werden.‹ Er hatte soeben den Bau einer neuen Erholungsanlage für die Arbeiter befürwortet, mit vier Tennisplätzen, einem Spielplatz und einem Baseballfeld. Er gab sich Mühe, die Fabrik so zu leiten wie sein Vater. Er war für das Wohl seiner Arbeiter verantwortlich. Und das lastete schwer auf ihm. Offenbar aber tat er nicht genug, oder eben nicht das Richtige.

Einige von den jüngeren Männern in der Spinnerei kannte er nicht einmal persönlich. Sie wurden ihm bei seinen Rundgängen, die er in Hemdsärmeln durch die Fabrikhallen machte, von den älteren Arbeitern vorgestellt. Manche von ihnen waren mürrisch und blickten ungeduldig drein, wenn er mit den älteren Männern über Leistenbrüche, Charolais-Angus-Rinder-Kreuzungen und die Dodgers zu plaudern versuchte. Aus den Reihen dieser jüngeren Männer kamen wohl auch jene, die den Gewerkschaftswerbern Gehör schenkten. Es war eine kleine Ortsgruppe gegründet worden. Natürlich streng geheim, aber gewöhnlich erfuhr er ja doch von allem, was sich so tat. Er wünschte, er könnte die Leute beruhigen: Wenn sie glaubten, er habe einen Plan ersonnen, wie er sie besser ausbeuten könnte, überschätzten sie nicht nur seine Fähigkeiten, sondern auch seine Kompetenzen.

Der Stil seines Vaters funktionierte nicht mehr. Früher, da hatte kein Mensch eine Gewerkschaft gewollt. Die Leute waren glücklich, ein festes Einkommen zu haben, ein Haus in der Siedlung und alles Notwendige in erreichbarer Nähe. Außerdem hatte der Vater sie mit Softball-Ligen, Picknicks und bezahltem Urlaub verwöhnt, denn er wußte, daß Großzügigkeit gute Geschäftstaktik war, daß jeder für das Wohl der Arbeiter ausgegebene Dollar ihm zwei Dollar an Forderungen seitens einer Gewerkschaft unzufriedener Arbeiter ersparte. Darüber hinaus hatte der Vater seine Arbeiter wirklich geliebt und war aufrichtig bemüht gewesen, sie zufriedenzustellen. Heutzutage jedoch genügten guter Wille und Grillfeste nicht mehr. Die jungen Männer redeten von Krankenversorgung, Pensionsberechtigung, Streikrecht und Lohnangleichung. Alles veränderte sich. Als sein Vater nach dem Streik in Lawrence, Massachusetts, hierher versetzt worden war, um diese Spinnerei unter Einsatz von ›eingeborenen angelsächsischen Arbeitskräften‹ zu leiten, war er empfangen worden wie Jesus in Jerusalem. Die Spinnerei war ein städtisches Unternehmen, viele Arbeiter jedoch kamen von außerhalb. Ihnen wurden Löhne und Wohnungen geboten, die sie akzeptieren konnten oder auch nicht, denn es gab Hunderte von anderen, die das mit Freuden tun würden. Jetzt dagegen schien die Einstellung der jüngeren Arbeiter auszudrücken, daß sie das Werk als *ihre* Fabrik betrachteten.

Er lächelte bitter. Was ihn betraf, so konnten sie's gerne haben. Doch leider hatte er nicht mehr das Recht, es zu verschenken. Er hatte während der Rezession nach dem Koreakrieg enorm auf Vorrat arbeiten lassen. Das gesamte Erdgeschoß war bis unter die Decke mit Stoffballen vollgepackt. Er stand kurz vor dem Bankrott und wußte nicht, wie er bis zum nächsten Krieg durchhalten sollte. Schließlich stand er vor der Wahl, das Werk zu schließen oder zu verkaufen, also hatte er an die Arnold Corporation verkauft, die fünfundvierzig Spinnereien mit 35 000 Arbeitern besaß und im vergangenen Jahr vierzehn Millionen Dollar Profit erwirtschaftet hatte. Ihn hatten sie als Galionsfigur behalten, doch echte Entscheidungsgewalt besaß er kaum noch. Er war überzeugt, daß das Hauptbüro die Erholungsanlage streichen würde.

Mr. Shell, der Geistliche, predigte über dasselbe Thema: »... ist es zweifelhaft, ob angelsächsische Menschen jemals seit der Eroberung durch die Normannen in so tiefer Armut gelebt haben. Ich war damals ein junger Mann, kam direkt aus dem Seminar. Ich fand eine Region vor, die vom Krieg verheert, vom Wiederaufbau gedemütigt, von hungernden, hoffnungslosen Menschen bewohnt war. Ich weiß noch, wie ich auf dieser Kanzel hier gestanden und versucht habe, meiner Gemeinde mit der Aussicht auf eine Textilfabrik als Mittel zur Befreiung aus dieser fürchterlichen Untätigkeit und Verzweiflung Mut zu machen.

Die Leute erklärten mir, ich sei ein Außenseiter, mische mich ein in eine Lebensweise, von der ich keine Ahnung hätte. Kraft und Trost fand ich in dem Bewußtsein, daß Joseph, ein Fremder in Ägypten, den Ägyptern dennoch helfen und ihnen neuen Mut geben konnte. Der Süden sei eine reine Landwirtschaftsregion, argumentierten manche. Ich schlug vor, ein Reis von einer anderen Spezies dem Wurzelstock der Südstaaten aufzupfropfen. Der Norden habe den Süden zwar auf dem Schlachtfeld besiegt, doch als Kulturland habe er ihn nicht besiegt. Würde der Süden sich nun jedoch der Industrie erschließen, würde die kulturelle Niederlage unmittelbar folgen.

Der Norden sei materialistisch, behaupteten sie. Der Mensch werde dort einzig danach bemessen, wie viele Reichtümer er angehäuft habe. Entscheidungen würden nach dem Maßstab des größtmöglichen Profits getroffen. Das waren Charakterzüge, die meine Gemeindemitglieder weder bewunderten noch nachahmen wollten. Ich behauptete damals, und ich behaupte noch heute, daß diese Dichotomie zwischen dem Geistigen und dem Materiellen nicht sein müßte. Mit den Worten unseres Mottos heute: ›Wohl dem Manne, der nicht wandelt im Rate der Gottlosen, noch tritt auf den Weg der Sünder ... Alles, was er tut, gerät ihm wohl.‹ Die Gerechtigkeit des Gerechten durchdringt all seine Handlungen und bewirkt, daß sie gedeihen und daß es den daran

Teilnehmenden wohlergeht. Nur den oberflächlich Idealistischen erscheinen die industriellen Erfolge Newlands materialistisch. Für jene, die Augen haben zu sehen, sind sie der Beweis dafür, daß der Herr unsere Unternehmungen mit Wohlgefallen betrachtet...«

Mr. Prince neigte den Kopf und verbarg das Gesicht hinter einer Hand – scheinbar, um zu beten, in Wirklichkeit aber, um das bittere Lächeln zu kaschieren, das auf seinem Gesicht festgefroren zu sein schien. Von der Arnold-Zentrale in New York City war ein Team von Rationalisierungsfachleuten oder Wirtschaftsberatern oder so ähnlich eingetroffen. Tagelang hatten sie sich mit ihren Notizbüchern an seine Fersen geheftet, dann hatten sie sich mit ihm zusammengesetzt und ihm ihre Ergebnisse präsentiert. Es sei nicht kosteneffizient, wenn er soviel Zeit damit verschwende, im Werk herumzulaufen und mit den Arbeitern zu plaudern. Er bezahle schließlich Untergebene dafür, daß sie ihn den Arbeitern gegenüber verträten. Er müsse die Zahl der von jeweils einem Arbeiter beaufsichtigten Maschinen erhöhen. Die Arbeiter verbrächten zuviel Zeit in den Waschräumen. Da hatte er zum erstenmal spontan eine Entscheidung getroffen: Mit unsicherer Stimme hatte er sie aufgefordert, sofort zu verschwinden. Als sie mit ihren Nadelstreifenanzügen und den dicken Hornbrillen hinausmarschierten, erklärten sie ihm, er werde noch von der Zentrale hören. Und das geschah – in Gestalt eines Memos, das ihn anwies, den Arbeitstakt zu erhöhen und die Waschraumzeit streng zu kontrollieren. Seit damals wollten in der Siedlung die Gerüchte über eine gewerkschaftliche Organisierung nicht mehr verstummen. Es gab Tage, da wünschte er ihnen sogar alles Gute. Doch was ihm Angst machte, war der Verdacht, daß die Gewerkschaftsführer die Arbeiter ausnutzten. Denn wenn die Unkosten der Spinnerei stiegen, wuchs die Chance, daß Aufträge an die gewerkschaftlich organisierten Spinnereien im Norden gingen, wo die Masse der Gewerkschaftsmitglieder arbeitete. Seine eigenen Arbeiter waren so naiv, daß sie so etwas weder erkennen noch glauben würden, wenn man es ihnen erklärte.

Er fühlte sich, wie sich die Flugechsen gefühlt haben mußten, als die Nager allmählich an die Macht kamen. Er war ein Mann, wie nach einer veralteten Form gegossen. Wollte man seine Unentschlossenheit mit schmeichelhaften Worten ausdrücken, konnte man sagen, er sei überlegt und besonnen: ein jeder Mensch hatte stichhaltige Gründe für seine Meinung, und es galt, diese miteinander in Einklang zu bringen, und nicht, sie mit der eigenen Meinung zu übertrumpfen. Er war stets bemüht, rücksichtsvoll, freundlich und objektiv zu handeln. Er fand, wie die Menschen einander behandelten, sei wichtiger als jede Übereinstimmung, die durch Druck erzielt wurde. Mit Menschen, die sich nicht an diesen Kodex hielten – die Wirtschaftsberater, die jüngeren Arbeiter und die Arnold-Manager –, konnte er nichts anfangen. Und wollte auch nichts mit ihnen zu tun haben. Im Grunde konnte er es nicht ertragen, wenn man ihn nicht mochte. Er wünschte, er wäre überhaupt aus all dem raus: zu jung für den Ruhestand; zu alt, um eine neue Laufbahn einzuschlagen; Kinder, die er aufs College schicken, ein Familienname, den er in Ehren halten mußte; und Arbeiter mit ihren Familien, die für ihren Lebensunterhalt auf die Spinnerei angewiesen waren.

Aber er *wußte* wenigstens, daß er eine Flugechse war – etwas, das sein Vater einfach nicht begreifen konnte. Der sagte immer: »Du mußt dich um deine Arbeiter kümmern, mein Sohn. Die Leute brauchen uns.« Zuweilen kam es ihm vor, als sei der alte Knabe schizophren. Der redete von ›seinen Arbeitern‹ und der ›Benson-Mill-Familie‹, und dabei konnte man fast vergessen, daß er jahrzehntelang Hunderttausende von Dollars Profit abgeschöpft hatte. Trotzdem war er keineswegs zynisch. Sie lagen ihm aufrichtig am Herzen, ›seine Arbeiter‹; und den Profit betrachtete er aufrichtig als sein rechtmäßiges Eigentum. Im Gegensatz zu den Arnold-Managern, die über Newland hergefallen waren. Hassen konnte man diese Männer nicht. Es gab da eigentlich nichts Hassenswertes. Sie waren zu glatt. Nicht einmal Yankees waren sie. Ohne Lokalpatriotismus, ohne religiöse Gewissensbisse. Ihre Loyalität galt einzig den Bilanzen der Arnold Fiber Corporation, von denen ihre persönliche Zukunft und ihr Emporkommen auf der Konzernleiter abhingen. Daß ihnen Newland oder die Arbeiter hier am Herzen lagen, konnte man nicht verlangen, denn sie blieben niemals lange genug, um sich wirklich zu engagieren.

Allerdings brauchte Robert selbst auch nicht den Mund aufzureißen. Er wußte genau, daß das System ungerecht war, aber er wußte nicht, was er dagegen tun sollte; also legte er den größten Teil seiner Einnahmen in Treuhandfonds für seine Kinder an. Als Nutznießer eines Systems, von dem man wußte, daß es nicht richtig war, stand man im Gegensatz zu seiner eigenen Überzeugung. Manchmal fragte er sich, ob er nicht damals, als er nach dem Koreakrieg die Spinnerei verkaufte – von unkontrollierbaren wirtschaftlichen Faktoren abgesehen –, in Wirklichkeit seinen eigenen Bankrott inszeniert hatte: als halbherzigen Versuch, sich einem ungerechten System zu entziehen.

Er blickte die Bankreihe entlang und betrachtete seine Familie. Melanie war immer noch eine hinreißende Frau. Von Zeit zu Zeit dachte er sehnsuchtsvoll an die erregende Zeit zurück, als er ihr den Hof machte: Wenn ihr Haar seine Wange berührte, während sie zu Tommy Dorseys Musik tanzten, hatten Feuerblitze der Leidenschaft seinen Körper durchzuckt. Und dann die hochdramatische Situation, als er in den Krieg ziehen mußte, ohne zu wissen, ob sie einander wiedersehen würden. Die Erregung war im Laufe der Jahre abgeflaut, aber noch immer empfand er eine friedvolle Ruhe, wenn er mit ihr zusammen war. Manchmal, wenn er sie ansah, wie sie im Schein der Lampe dasaß und las, durchfuhr es ihn schmerzlich. Als das Haus noch voll kleiner Kinder war, hatte es ausgesehen, als würden die Pflichten niemals enden, doch mit den Jahren kam auch die Erkenntnis, daß alles nur zu bald enden würde. Ihre Liebe würde nicht ewig dauern. Jeder neue Tag war ein Geschenk, und eines nicht mehr allzu fernen Tages würde einer von ihnen nicht mehr da sein, diesen Tag nicht mehr genießen können. Es war ein Gefühl, ganz ähnlich wie beim Abschied, als er ausgezogen war, um gegen Hitler zu kämpfen, nur wesentlich schmerzlicher, denn es zog sich mehr in die Länge, war weniger heroisch und unausweichlicher.

Die fröhliche kleine Sally schlug nach Roberts Vater, das heißt, sie besaß einen ›Anflug von Vulgarität‹. Mehr als einen Anflug, fürchtete er zuweilen, wenn er sah, wie Jed Tatro, dieser Einfaltspinsel, sie zum Ausgehen abholte, und den stieren Blick bemerkte, mit dem der Kerl sie betrachtete. Heute konnte er verstehen, was Männer dazu trieb, ihre Töchter in Türme zu sperren oder in Keuschheitsgürtel zu stecken. Hier aber, das war ihm klar, waren, wie überall, Kräfte am Werk, die sich seiner Kontrolle entzogen – Hormone und Gott weiß was sonst noch. Schlimm! Während Emily, das arme Kind, mit seiner eigenen grimmigen Entschlossenheit zur Anpassung und zugleich der Unfähigkeit dazu geschlagen war. Überdies besaß sie seine Veranlagung zu wütender Empörung, allerdings nicht seine eigene Unentschlossenheit, die derartige Ausbrüche in Grenzen hielt. Gegenwärtig schlich sie mal wieder im Haus umher wie eine Handgranate kurz vor der Explosion.

Um etwas über den kleinen Robby zu sagen, war es noch zu früh. In Robbys Alter war Robert von seinem Vater auf dessen Rundgänge durch die Fabrik mitgenommen worden. Welchen Beruf Robert ergreifen sollte, hatte von vornherein festgestanden. Manchmal fragte er sich, was er sonst wohl gemacht hätte. Vielleicht wäre er Geschichtsprofessor geworden. Oder Hundefänger. Was ihn betraf, so konnte Robby frei entscheiden. Die Atmosphäre in der Fabrikverwaltung war jetzt nur noch von Intrigen und Gerangel um Positionen geprägt – dank der Arnold-Manager, die ununterbrochen kamen und gingen. So etwas wünschte er nicht mal seinem ärgsten Feind, geschweige denn dem eigenen Sohn. Manchmal wünschte er, der Junge würde ein fanatischer Revolutionär und sprenge das ganze Werk in die Luft. Aber vielleicht tat Emily das ja an seiner Statt.

Mr. Shell, ein guter Freund seines Vaters, war sich ebensowenig im klaren darüber, daß er auf dem Aussterbe-Etat stand. Ein netter, alter Herr in langem schwarzen Talar, der einstmals vorausschauend und flexibel gewesen war, jetzt aber wie eine gesprungene Schallplatte klang: »... von Anbeginn an und zweifellos bis auf den heutigen Tag gab es jene, die an den alten Bräuchen und den alten Göttern festhielten, jene, die jeden Versuch ablehnten, unser Volk aus der Wüste der Verzweiflung und des Elends herauszuführen. Zweifellos jedoch gab es auch bei Josua einige, die sich weigerten, das Gelobte Land zu betreten, und statt dessen zum Grab des Mose zurückkehrten, um dort ihren Tod zu erwarten. Was aber uns andere betrifft, so haben uns unsere Leiden in der Wüste eine unendlich große Freude an und Dankbarkeit für unser schönes, neues Land von Milch und Honig beschert. Das Evangelium weist uns an, für die Schwachen zu sorgen, als seien sie unsere Kinder, den weniger Glücklichen gegenüber Großzügigkeit zu üben und alle Menschen so zu behandeln, als wäre jeder einzelne Benachteiligte Jesus Christus persönlich. Wir haben unsere Arbeiter aus dem Sumpf der Unwissenheit, der Krankheit und des Schmutzes herausgeholt. Wir sind das Werkzeug in der Hand eines barmherzigen Gottes. Mit Recht können wir von den Werken und Fabriken behaupten, die sich voll Stolz an den Ufern des Cherokee River entlangziehen, daß sie sind ›wie Bäume, gepflanzt an Wasserbächen, die ihre Frucht bringen zu ihrer Zeit‹.«

Als Emily von der Kommunionsbank zurückkam, musterte sie die versammelte Gemeinde. Die Jugendlichen in ihrem eigenen Alter waren die Söhne und Töchter von Fabrikdirektoren, Ärzten, Anwälten. Die ›klugen Köpfe‹ in der Schule. Emily fühlte sich benachteiligt, weil sie diese Kirche besuchen mußte, während die meisten Ingenues in die Methodisten- oder Baptistenkirche gingen. Beide hatten sehr aktive Sonntagabend-Jugendgruppen, die Heuwagenfahrten und Picknicks organisierten. Wie konnte sie eine Einladung der Ingenues erwarten, wenn man sie zwang, diese komische Kirche zu besuchen, in der man sogar einen Hut tragen mußte? Ärgerlich musterte sie ihre Eltern, die auf den Knien lagen und so taten, als beteten sie; dann lehnte sie sich mit verschränkten Armen in ihre Bankecke. Richtig komisch waren ihre Eltern im Vergleich zu anderen, die mit ihren Kindern herumalberten und sie anschrien, sich einfach wirklich um sie *kümmerten*. Ihre eigene zugige Scheune von einem Haus glich einer Gruft. Alle anderen hatten Spielzimmer mit Holzverkleidung und Zielscheiben fürs Pfeilwerfen, Linoleumboden zum Tanzen, Pingpongtischen und Spielautomaten. Anstatt wacklige, alte Antiquitäten, die nie ein Mensch anfassen durfte. Kein Wunder, daß die Ingenues sie nicht wollten!

Und sie *wollte* eine Ingenue sein, nicht eine Junior Servicette. Sie wollte ihre Freizeit viel lieber mit dem Beschaffen von Punschgläsern verbringen als mit Liedersingen im Armenhaus. Um Mitglied des Junior Service Club zu werden, mußte man gute Zensuren haben, gute Noten in Bürgerkunde und ein guter Christ sein. Mit anderen Worten, ein richtiger Streber. Ein Haufen von Strebern tat sich zusammen und unternahm streberhafte Dinge. Wie zum Beispiel diesen Besuch auf der Armenfarm gestern. (Sie war immer wieder ermahnt worden, nicht Armenfarm, sondern Landheim zu sagen.) Sie bestand aus einem weißgekalkten Wohnhaus, mehreren Nebengebäuden und den sie umgebenden Feldern, auf denen die agileren unter den Insassen bei schönem Wetter arbeiten konnten. Die meisten aber waren viel zu senil und gebrechlich für die Feldarbeit. Sie waren dort, weil ihre Familie sich nicht um sie kümmern wollte oder konnte oder weil sie keine Familie hatten.

Die Party fand in einem trostlosen Saal zu ebener Erde statt. Nackter Holzfußboden, Holzbänke rings an den Wänden, abblätternder Farbanstrich. Auf den Bänken ein Dutzend Heimbewohner, sauber gewaschen, gekämmt und in adretten Overalls oder Hauskleidern. Sie grinsten zahnlos und artikulierten schüchterne Willkommensworte.

Die Jungen hängten Girlanden aus Kreppapier auf, während die Mädchen Blumen in Vasen arrangierten, Berge von Geschenken auspackten und auf einem Tisch, den sie mit einem Papiertuch deckten, Kuchen und Punsch anrichteten. Die Alten sahen ihnen aufmerksam zu, obwohl die meisten schon mehrere dieser Frühlingsparties des Junior Service durchlitten hatten.

Roger, ein schmächtiger junger Mann, der in der First Baptist Church Orgel spielte, saß an einem verstimmten Klavier und klimperte ›I'm Looking over a Four-Leaved Clover‹. Marge, eine Madrigalsängerin, schlug mit breitem Lächeln, als hätte sie es mit Zweijährigen zu tun, vor: »Und jetzt wollen wir alle zusammen singen!« Zumeist jedoch sang Marge allein, sporadisch unterstützt von den Junior Servicettes. Die Alten brummten gelangweilt im Baß mit. Ein Mann in frisch gebügeltem Overall und Uhrkette quer über dem Latz klopfte mit seinem Stock, zahnlos grinsend, den Takt. Mehrere andere klatschten lustlos und gegen den Takt in die Hände. Ein böiger Aprilwind ließ die Fenster in den Rahmen scheppern wie ein klapperndes Gebiß.

Die Junior Servicettes verteilten Geschenke: Spitzentaschentücher für die Frauen, Geldscheintaschen für die Männer. Die Alten grinsten und bedankten sich, und Emily begann sich zu ärgern, weil sie sich über derartige Kleinigkeiten so hysterisch freuten.

Während die Alten Kuchen aßen und Punsch tranken, versuchten die Junior Servicettes, mit ihnen zu plaudern oder vielmehr, ihnen zuzuhören, wenn sie, einer wie der andere, ihre Lebensgeschichte erzählten, hocherfreut darüber, mal einen neuen Zuhörer zu finden. Emily setzte sich zu dem Mann, der mit seinem Stock den Takt geklopft hatte. Er erzählte ihr von seiner Kindheit, als er von seinem Stiefvater an einen Farmer vermietet worden war, von Sonnenaufgang bis Sonnenuntergang für fünfundzwanzig Cent pro Tag hatte arbeiten müssen. Von seiner Jugend in Holzfällerlagern und Sägemühlen. Von seinen vierzig Jahren im Krempelraum der Benson Mill. Von seinen Altersjahren hier im Landheim, die er einer komplizierten Story von nicht eingehaltenen Versprechungen, Verlassensein, Krankheit und Tod zu verdanken hatte. Er brabbelte mit zahnlosem Lächeln. Hin und wieder hielt er inne, um sich zu schneuzen und zu husten. »Ich hab's auf der Lunge«, erklärte er. »Die is' hin. Der Dokter meint, ich hab' 'n Emphisiem. Zuviel geraucht. Komisch is' nur – ich hab' überhaupt nie nich' geraucht.« Er schüttelte sich vor lautlosem Lachen.

Über dem grinsenden Mund las Emily in seinen Augen Elend, Einsamkeit, Lieblosigkeit, Bitterkeit, Resignation, Angst, Demütigung – und Verachtung für die jungen Menschen, die überhaupt keine Ahnung hatten. Mit einer gemurmelten Entschuldigung stand sie auf und ging davon.

Zum Schluß begleitete Emily auf ihrer Flöte Marge bei dem Lied: ›Shine glorious sun. / Banish all our cares and sorrow. / Set thy radiance in heaven / To greet the morrow.‹ Der alte Mann klopfte laut und gegen den Takt mit dem Stock auf den Boden und grinste, bis ein Helfer ihn hinausbrachte.

»Na also!« hieß es, als sie nach Hause fuhren. »Das hat ja gut geklappt. Ihr habt eure Sache allesamt sehr gut gemacht.«

»Ich glaube, wir sollten lieber nicht mehr dahin gehen«, meinte Emily.

»Aber wieso?« fragten die anderen erstaunt.

»Ich weiß nicht.«

Mrs. Prince bemerkte den ärgerlichen Blick, den Emily in ihre Richtung warf, und fühlte sich sofort schuldbewußt. Was hatte sie denn jetzt wieder falsch gemacht? Emily war in einem Alter, in dem sie offenbar all ihre Energie darauf zu verschwenden schien, ihren Eltern das Gefühl zu vermitteln, sie hätten Schuld auf sich geladen, nur indem sie sie in diese unvollkommene Welt setzten.

Gleich darauf überkam sie Mitgefühl. (Beides wechselte sich ab wie rhythmisch aufleuchtende Neonreklame.) Sally war genau so, wie Emily gern sein wollte, und es war unmöglich, Emily zu erklären, daß die Cheerleaderinnen-Clique frühreif war, früh verwelken und für den Rest ihres Lebens von einem unbestimmten Gefühl der Ungerechtigkeit gequält werden würde, weil sie nicht mehr der Mittelpunkt der ganzen Stadt war. Das hatte Mrs. Prince schon während ihrer eigenen Schulzeit beobachtet. Die Sportler, die ›schnelle Truppe‹, hatten ihre Glanzjahre gehabt. Doch jetzt waren die Klassenkameradinnen, die sie damals so sehr beneidet hatte, ebenso müde Hausfrauen mittleren Alters wie sie selbst. Rose Tatro, zum Beispiel. Die war fanatisches Mitglied der Band gewesen, war bei allen Footballspielen vorneweg marschiert, mit Riesensträußen von orange und purpur eingefärbten Nelken im Arm, den Farben der Newland High. Mehrere Jungen hatten sich ihretwegen damals fast auf den Tod befehdet. Neulich erst hatte Melanie sie in der Stadt wiedergetroffen. Ihre Haare waren zu kraus, sie war zu fett und trug, um ihre Falten zu kaschieren, ein viel zu kräftiges Make-up.

Emily dagegen schlug nach Robert und ließ sich nicht trösten. Sie war auf eine Vielzahl von Grimassen spezialisiert, und zwar schon seit ihrer Geburt. Das war ja überhaupt das erstaunlichste: daß Emily vom Mutterleib an bereits Emily gewesen war. Und Sally Sally. Als Baby hatte Sally gegluckst und gelacht und war jedem auf den Schoß geklettert, der in erreichbarer Nähe war, hatte fasziniert die Wimpern der Leute berührt, wenn sie die Augenlider bewegten. Emily dagegen hatte in den ersten Jahren fast immer ganz still in ihrem Ställchen gesessen und dreingeblickt, als führe sie ein Gespräch mit unsichtbaren Wesen. Mehrmals hatte Melanie zum Küchenfenster hinaus in den Garten geblickt und gesehen, wie Eichhörnchen von den Bäumen herunterkamen und sich furchtlos zu ihr ins Ställchen setzten. Zuweilen schien es, als seien die beiden Mädchen Verkörperungen der beiden Aspekte von Melanies Persönlichkeit. Sally war die Clubdame und sehr erfolgreich in dieser Rolle. Und Emily brütete nach über Zeit und Raum und den Sinn des Lebens, während sie zutiefst deprimiert darüber war, daß es ihr nicht gelang, das zu tun, was doch alle Menschen in ihrer Umgebung zufriedenzustellen schien.

Mit kundigem Blick begutachtete Melanie den Altar. Die Dekorationen für diese Kommunionsfeier stammten von ihr. Sie liebte es, das bestickte Tuch über den Kelch zu breiten und seine Säume geradezuzupfen. Die Behänge für die verschiedenen Jahreszeiten und Festtage zu wechseln. Die Zahlen an den Tafeln für die Kirchenlieder auszutauschen. Die Gewänder für den Chor, die Altardiener und den Küster in Ordnung zu halten.

Mr. Shell würde bald in den Ruhestand treten, deswegen mußten sie einen neuen Pastor suchen. Aus diesem Grund kamen verschiedene junge Männer zu Gastpredigten hierher. Vor kurzem erst hatte ein sehr ernsthafter junger Mann aus Baltimore die Gemeinde gescholten, weil sie sich nicht am Kampf der Neger beteiligte. Der hatte die Stelle nicht gekriegt. Aber die Argumente, die er vorbrachte, die hatte sie nicht vergessen. War die Kirche wirklich der richtige Ort, um derartige Themen zur Sprache zu bringen? Sie selbst hatte sie immer als einen Zufluchtsort vor den Problemen dieser bösen Welt betrachtet, so etwas, wie es für sie auch ihr Garten war.

»... Der Herr segne euch und behüte euch. Der Herr lasse sein Angesicht leuchten über euch und gebe euch Frieden, heute und immerdar. Amen.«

Fünftes Kapitel
Der Plantation Ball

Die Scheinwerfer folgten Jed und Sally, die Arm in Arm die Rampe herunterkamen. »Miss Sally Prince in Begleitung von Mr. Jed Tatro.«

Sally steckte in einem trägerlosen weißen Kleid mit weitem, ballerinalangem Rock. Auf ihrem dunkelblonden Haar thronte ein Straßdiadem. Das Nelkengesteck, zu dem sie Jed überredet hatte, war an ihrem Handgelenk befestigt. Sie war so sehr von Stolz erfüllt, daß ihr die Tränen in die Augen traten. Dies war der Moment, für den alle Ingenues das ganze Jahr hindurch gearbeitet hatten. Dies war der wundervolle Anlaß für all die Verkaufskampagnen von Selbstgebackenem, das Autowaschen, die Tombolas. Mit besitzergreifendem Lächeln musterte sie Jed in seinem geliehenen weißen Dinnerjacket. Er trug ein Rüschenhemd dazu, einen karierten Kummerbund und eine Fliege. Schräg über seine Brust verlief die purpurrote Schärpe, die ihn als Begleiter einer Ingenue auswies. Als sie gemeinsam zur Melodie von ›Moon River‹, angestimmt von der Tanzkapelle auf dem Podium, die Stufen hinabschritten, grinste er ihren Freunden zu, die ihnen begeistert applaudierten. Jed und sie nahmen ihren Platz in der Formation auf der Tanzfläche unmittelbar rechts neben der Freiwurflinie ein und sahen beifallklatschend zu, wie die anderen Clubmitglieder vorgestellt wurden.

Sally blickte sich in der Turnhalle um, die sie mit Hilfe von korallenroten Gazebahnen in einen üppigen Harem verwandelt hatten. Die Masse der übrigen Schüler stand hinten im Schatten oder saß an Tischen rings um die Tanzfläche. Sie war glücklich, ihnen allen einen so schönen Tanzabend bescheren zu können. Ohne solch festliche Gelegenheiten, für die man arbeiten und auf die man sich freuen konnte, wäre das Leben fürchterlich eintönig.

Hinter der Band hing ein großes Wandbild, das der Club in jedem Jahr dort anbrachte: das mit weißen Säulen geschmückte Herrenhaus einer Plantage. Jed betrachtete es nachdenklich. In genau so einem

Haus, stellte er sich immer vor, würde er wohnen, wenn er nach seiner Karriere als Profi-Footballer nach Newland zurückkehrte, von seinen Zinsen lebte und eine Familie gründete. Daß es ein solches Haus in Newland nicht gab, war unwichtig. Er würde sich eben eins bauen. Vor dem Portal der Villa war eine Kutsche vorgefahren, gelenkt von einem Nigger in Seidenlivrée. Auf der Veranda standen Damen in langen Kleidern und Herren in weißen Anzügen. In der offenen Tür stand grinsend eine dicke schwarze Mammy und wachte beschützend über Kinder mit rosigen Wangen, die sich in den Falten ihres langen, weiten Rocks verbargen. Eine verschnörkelte Schrift verkündete: ›Our Southern Way of Life‹ – Unser Südstaaten-Lebensstil.

Jed sah sich in der Halle um. Hübsch war sie geworden. Die Mädchen hatten sich große Mühe gegeben. Die korallenroten Zeltwände wallten und wogten. Sie erinnerten ihn an Busen-Bettys Möse, wenn sie kam. Bei der Vorstellung, ein Zwerg zu sein, gefangen in einer gigantischen Möse, hatte er das Gefühl, ersticken zu müssen. Er reckte den Hals, um seinen Kragen ein wenig zu lockern.

Inzwischen waren alle achtundzwanzig Ingenues mit ihren Begleitern versammelt. Die Kapelle stimmte den ›Champagnerwalzer‹ an, und die Paare begannen zum Applaus der Zuschauer in Formationen zu walzen. Bill Rogers, der Präsident des Gesellschaftsclubs der Jungen, die ›Rebels‹ genannt, kletterte mit der Präsidentin der Ingenues auf die Bühne. Er hob sein mit Punsch gefülltes Kristallglas und sprach den traditionellen Toast: »Auf unsere jungen Damen des Südens, die unerreicht sind an Tugend und Schönheit. Wir weihen uns ihrem Dienst und Schutz.«

Sally kämpfte mit den Tränen, als all die jungen Männer im Saal ihre Gläser zum Toast erhoben, um sie sodann in einem Zug zu leeren. Sie warf einen hastigen Blick nach unten, um sich zu vergewissern, daß ihre Corsage nicht verrutschte.

Emily stand in einer Ecke und musterte Raymond, der sich in seinem geliehenen Dinnerjacket unbehaglich fühlte. Grinsend kippte er seinen Punsch. Dann legte er den Arm um sie und deklamierte mit tiefer Stimme: »Keine Angst, meine Kleine. Ich bin ja da, um dich zu beschützen.« Sie befreite sich aus seinem Griff und warf ihm einen mißbilligenden Blick zu. »Tugend – daß ich nicht lache!« flüsterte Raymond. »Glaubst du wirklich, daß auch nur eine einzige Jungfrau in diesem Saal zu finden ist?«

»Außer mir?« Wenn sie so die versammelten Ingenues betrachtete, kam sie sich dürr und unattraktiv vor und empfand Neid. Was konnte sie tun, um eine von ihnen zu werden?

Raymond studierte das Wandbild über den Worten ›Our Southern Way of Life‹. Er mußte an seine Verwandten in Tatro Cove denken. Wen wollten die hier für dumm verkaufen? Er kannte keinen, der so lebte. Gewiß, sein Urgroßvater war bei der Verteidigung von ›Our Southern Way of Life‹ gefallen. Und Raymond selbst hatte auf dem Schulhof der Junior High School an ausführlich geplanten Kampagnen gegen die erschrockenen Söhne von Newlands Yankee-Industriellen teilgenommen. Gelegentlich hatte er allerdings auch auf der Seite der Yankees gekämpft, weil er mit ihnen immer Schach spielte. Gewöhnlich aber widmete er sich der Wiederherstellung der verlorenen Ehre des amerikanischen Südens.

»Komm, wir tanzen«, schlug er vor, als die Band ›Sweet Little Sixteen‹ anstimmte, und steuerte Emily auf die Tanzfläche.

Während sie und Raymond sich die größte Mühe gaben, Hühner zu imitieren, die eifrig nach Körnern scharrten, sah Emily am Erfrischungsbüffet einen Negerjungen in weißer Kellnerjacke, der die gebrauchten Gläser einsammelte. Er hob den Kopf, als habe er ihren Blick gespürt, und schaute sich um.

»Sieh mal, Raymond – da drüben ist Donny!«

Beide hörten sie auf zu tanzen und starrten neugierig hinüber. Donny, mager und hochaufgeschossen, füllte einem Jungen grinsend das Glas mit Punsch. »Großer Gott!« murmelte Raymond.

»Sollten wir ihn nicht begrüßen?«

»Machen wir lieber, daß wir hier rauskommen«, entgegnete Raymond und versuchte, sie zur Tür zu zerren.

»Aber warum denn? Wir sind doch gerade erst gekommen.« Raymond war furchtbar, immer wollte er auf Parties schon bald wieder verschwinden und weigerte sich mitzumachen, solange er da war. Kein Wunder, daß die Ingenues sie nicht aufforderten. Vielleicht sollte sie mit ihm Schluß machen und sich einen anderen festen Freund suchen, der nicht so drauf versessen war, unbedingt ein Langweiler zu sein.

»Warum grinst er bloß so?«

»Vielleicht amüsiert er sich. Manchen Leuten gefallen nämlich solche Tanzabende.«

»Schlimm genug, daß er überhaupt so was macht. Aber wenn er auch noch Spaß dran hat, dann ist es schrecklich.«

»Wieso?«

»Die Leute versuchen, ihn in eine bestimmte Schublade zu zwängen, genau wie sie es bei mir auch versuchen. Ich erkenne doch eine Schublade, wenn ich sie sehe.« In dieser Woche hatten seine Klassenkameraden in der Schule begonnen, mit Zusagen von Colleges herumzuwedeln und laut jubelnd durch die Korridore zu laufen. Allmählich wurde Raymond nervös bei der Frage, was er mit seinem Leben anfangen sollte.

Donny kippte mit verbissenem Grinsen Punsch in die Gläser. Seine Grandmaw ermahnte ihn in letzter Zeit immer wieder: »Gute Manieren sind die beste Lebensversicherung für einen Farbigen.« Außerdem machte Grinsen frei. Solange man grinste, konnte man denken, was immer man wollte. Und in diesem speziellen Augenblick fragte er sich, ob diese weißen Boys wohl ihre Freundinnen bumsten. Die meisten von ihnen wirkten so unbeholfen, wie sie da auf der Tanzfläche herumhopsten – als seien sie halbwegs gelähmt oder so. Selbst wenn sie ihn in die Mädchen reinkriegten, würden sie ihn nie drinbehalten können, wenn sie so hampelten. Kein Wunder, daß Blanton hinter seiner Mama her gewesen war. Wieder spürte er, wie ihm der heiße Haß in die Kehle stieg. Er unterdrückte ihn, lauschte einigen Takten von ›Long Tall Sally‹, machte ein paar geschmeidige Tanzschritte und ließ seine weißen Zähne blitzen, als wieder ein weißer Junge kam, um sich das Glas nachfüllen zu lassen.

»Worüber freust du dich denn so?« erkundigte sich der Junge, ebenfalls lächelnd. »Amüsierst du dich gut?«

»Jawohl, Sir. Jawohl, das tue ich.«

Was seine Mama betraf, die wußte gar nicht, daß er heute hier war. Als Grandmaw mit Sallys Angebot für diesen Job hier nach Hause kam, hatte seine Mama gekreischt: »Also, dieses kleine Miststück! Was glaubt die wohl, mit wem sie's zu tun hat?«

»Zehn Dollar, Mama – für einen einzigen Abend.«

»Und wenn es zehntausend Dollar wären! Du wirst ihr jetzt sofort schreiben, sie soll sich mit ihrem Punsch die Möse duschen!«

»Aber Kathryn! Paß auf, was du sagst, in Gegenwart von deinem Kleinen!« fauchte Ruby.

Donny lachte. »Ich bin gar nicht mehr so klein, Grandmaw.«

»Das ist doppelt soviel, wie ich an einem Tag kriege«, erklärte Ruby. »Du ziehst 'ne weiße Jacke an, gießt Punsch in Gläser, un' dafür geben sie dir dann zehn Dollar. Ich kann weiß Gott nichts Schlimmes daran sehn.«

»Ich auch nicht«, bestätigte Donny.

»Wenn ihr es nicht seht, dann kann ich's euch auch nicht erklären. Aber ich bin immer noch deine Mama, Donny, und ich verbiete dir, diesen Job anzunehmen.«

Ihre Blicke trafen sich, Donny musterte sie erstaunt. »Mama, ich bin jetzt sechzehn! Du warst seit vier Jahren nicht mehr hier. Ich bestimme selbst, was ich tu und lasse.«

»Wenn du diesen Job annimmst, will ich nichts davon wissen.«

Wenn New York City das aus den Menschen machte, wenn es bewirkte, daß sie zu wählerisch wurden, wenn es ums Geldverdienen ging, dann, fand er, sollte er doch lieber hier bleiben. Soweit er sah, war seine Mama da oben glattweg hysterisch geworden.

Es war früh am Morgen – so früh, daß die anderen Boote noch nicht draußen waren, die Sonne aber bereits heiß herunterbrannte. Die kleine Bucht war rings von baumbestandenen Klippen geschützt. Hoch oben kreisten Bussarde um ihre Nester. Jed stellte den Motor ab und ließ das Boot bis an die Sprungschanze treiben. Er machte es an einer Stütze der Schanze fest, sprang heraus und half Sally auf die schräge Segeltuchfläche.

Ruhig, im Halbschlaf, lagen sie nebeneinander; die Sonne brannte auf ihre müden Körper. Wie es die Tradition verlangte, waren sie nach dem Ball die ganze Nacht hindurch auf Anschlußparties gewesen, aus denen schließlich ein Frühstück wurde. Sie hatten sich satt gegessen an Rühreiern und süßen Brötchen.

Jed ergriff Sallys Hand. Sie erwiderte den Druck. »War es nicht wunderschön?« seufzte sie. »Alles hat so großartig geklappt. Ich kann's kaum glauben, daß es schon vorbei ist.«

Jed wälzte sich herum, knabberte an ihrem Hals und ihren Ohren und strich ihr das feuchte, blonde Haar aus der Stirn. »Wie schön du bist!«

»Aber es ist natürlich noch nicht ganz vorbei, nicht wahr? Wir müssen heute nachmittag noch aufräumen gehen. Wie sollen wir bloß bis dahin wach bleiben?«

Jed senkte seinen Mund auf den ihren. Sie küßten sich lange, spielten mit ihren Zungen Versteck. »Ich sehne mich so nach dir, Sally.«

»Die Band war okay, aber die Dukes letztes Jahr haben mir doch besser gefallen.«

Jed schob ihr behutsam ein Knie zwischen die Beine. Er ließ seine Hand ins Oberteil ihres Badeanzugs wandern und liebkoste eine Brustwarze.

»Wirst du auch nicht vergessen, fürs Aufräumen heute nachmittag den Lastwagen auszuleihen, Jeddie?«

»Nein«, murmelte er und rieb seinen erigierten Penis an ihrem Oberschenkel.

Die Sonne knallte herab. Durch die halb geschlossenen Lider konnte Sally die Klippen ringsum erkennen, die in der Hitze der Sonnenglut schimmerten. Die Sprungschanze wiegte sich sanft in den Wellen. Das tiefgrüne Wasser war von Sonnenstrahlen durchschossen.

Sie schlummerte ein, und als sie erwachte, mußte sie feststellen, daß sie alle beide keinen Badeanzug mehr anhatten. Jed kniete zwischen ihren Beinen, im Begriff, sich auf sie herabzusenken.

»Nicht, Jed!« murmelte sie schwach.

»Bitte, Sally!« flüsterte er.

»Bitte nicht, Jed!«

»Bitte!«

»Bitte ... Nicht!« wisperte sie, als er ganz langsam in sie eindrang.

»Bitte!« keuchte er, während er sich immer weniger behutsam vor und zurück bewegte.

Sally lag vollkommen still. Wenn sie sich nicht beteiligte, wenn sie in keiner Weise Gefallen daran fand, würde es schon okay sein. Dann war es, als wäre es nie passiert. Jed begann plötzlich krampfhaft zu zucken, erschauerte, japste, seufzte und lag still.

Und es war tatsächlich, als wäre nichts passiert. Sie empfand nichts. Nur schreckliche Angst. Denn dies war so ganz anders gewesen, als sie es sich immer vorgestellt hatte. Der Song letzte Nacht: ›When you hold me so tight, / I just know this is right ...‹ Dieses Bewußtsein, daß es ganz einfach richtig war, fehlte ihr völlig. Was hatten sie falsch gemacht?

»Wirst du mich auch immer lieben, Jed?« flüsterte sie in verängstigtem Ton.

Er lag auf ihr, streichelte ihr zerstreut das Haar und suchte die Ungeheuerlichkeit dessen zu ergründen, was er soeben getan hatte. Mr. Princes Tochter. So schön wie mit Busen-Betty war es allerdings nicht gewesen. Nicht einmal so schön wie beim Wichsen. Sie hatte einfach dagelegen wie 'ne Leiche. Dieser Chuck-Berry-Song letzte Nacht, bei dem alle Jungen gejohlt hatten und alle Mädchen rot geworden waren: ›I looked at the clock / it read ten to four. / She said, »Come on, daddy, do it some more.« / I looked at the clock / it read ten to nine. / She said, »O yeah, daddy, that sure feels fine!« /... ten to ten. / She turned to me, made me do it again.‹

»Ja sicher, Sally, das werd' ich bestimmt. Das weißt du doch.« Himmel, ihm blieb doch gar nichts anderes übrig. Er hatte ihr die Jungfräulichkeit geraubt. Nun war sie sein fürs ganze Leben. Beklommen sahen sie einander an.

Raymond und Emily fuhren im goldenen Licht des frühen Abends durch ein Tal mit gepflegten Farmen nach Donley zu einer Versammlung, über die Raymond für die Tageszeitung einen Bericht schreiben sollte. Ein träger Fluß wand sich durchs Tal. Zu beiden Seiten ragten bewaldete Berge empor. In der Ferne stemmten winzige Gestalten Heuballen auf Leiterwagen.

Sie kamen in das verschlafene Städtchen, Einkaufszentrum für Bergarbeiter und Farmer. Es bestand aus einer Geschäftszeile, einem alten Gerichtsgebäude aus Backstein, einer Straße mit vornehmen Fachwerkhäusern und Unmengen von welken Ulmen. Unvermittelt gerieten sie in einen Verkehrsstau – für Donley etwas Unerhörtes.

Sie vernahmen das Gebrüll einer Menschenmenge auf dem Rasen vor dem Gerichtsgebäude und sahen, daß die Grünfläche von mehreren hundert Weißen wimmelte: Männern in Khakihosen und kurzärmeligen Freizeithemden, die Ärmel noch weiter hochgerollt, weißen Socken, spitzen schwarzen Schuhen, langen Koteletten und glattpomadisiertem Haar. Frauen in Hauskleidern, weißen Socken und flachen Schuhen. Babies in Windeln. Schilder wurden geschwenkt: ›Wir wollen nicht mit Niggern zur Schule gehen!‹ ›Weg mit dem Supreme Court!‹ Männer brüllten: »Jawohl, er hat recht!«

Raymond schoß eilig, solange noch Tageslicht herrschte, ein Foto nach dem anderen. Emily drängte sich durch die Menge über den Rasen zur Vortreppe des Gerichtsgebäudes hinüber, wo ein Mann stand, der genauso angezogen war wie die anderen, und etwas schrie. Eine Frau drückte ihr ein Flugblatt in die Hand: ›Vorsicht vor der Unheiligen Dreifaltigkeit.‹ Es war eine Tirade gegen fluorisiertes Wasser, Impfungen gegen Kinderlähmung und geistige Hygiene – alles Intrigen der Yankee-Kommunisten, die nur die Gesundheit und den Willen eines freien Volkes untergraben wollten.

»Auf dieser Erde kommen drei von uns Angelsachsen auf sieben Nigger! Aber wir reinblütigen Angelsachsen sind die einzigen, die freie Regierungen für freie Menschen haben!«

»Du sagst es, Kumpel!«

»Diese Niggerfreunde von Roten in der Schulkommission von Donley, die wollen uns erzählen, daß im nächsten Jahr *Paviane* in unsere Schulen gehen werden. Seite an Seite mit den hübschen schneeweißen Körperchen unserer hilflosen kleinen Töchter. Aber ich sage euch: Das werden wir verhindern!«

Die Menge brüllte.

»Als Ham Noah in seiner Blöße sah, meine Freunde, und ihn verspottete, belegte Noah die Söhne Hams mit einem Fluch. In der Genesis sagte er: ›Verflucht sei Kanaan! Knecht der Knechte sei er seinen Brüdern!‹ Und nun frage ich euch, klingt das vielleicht so, als habe der Herrgott gewollt, daß wir unsere süßen kleinen Kinder mit diesen schwarzen Teufeln zusammen zur *Schule* schicken?«

»Nein!« brüllte die Menge.

»Natürlich nicht!« brüllte der Mann zurück. »Das ist eine Verschwörung der Juden oben in Washington, D.C., um die Rassen der Angelsachsen dadurch zu schwächen, daß sich unser Blut mit einer Horde fauler Wilder mischt! Der Herrgott hat gewollt, daß sie für sich bleiben. Jawohl, in Josua sagt er: ›Sie sollen Holzhauer und Wasserschöpfer werden.‹ Davon, daß wir sie mit unseren Kindern zur Schule gehen und die weiße Rasse bastardisieren lassen sollen – davon hat er *nichts* gesagt!«

»Nein, hat er nicht!«

»Wir müssen diesen Roten, die unsere Schulen leiten und unsere Bundesregierung führen, ins Gesicht sagen, wie wir hier unten denken! Wir haben uns lange genug rumschubsen lassen! Solange irgend jemand hier bei uns denken kann, haben die Yankees uns rumkommandiert, unsere Sklaven freigelassen und sie sogar in öffentliche Ämter eingesetzt! Zieht mit euren Familien von eurer Farm, denn wir werden das Land hier überfluten, um diese TVA-Stauseen zu bauen, damit die Reichen darauf Wasserski fahren können! Wir werden aus euren Farmen diesen Smoky Mountain National Park machen, damit wir von Washington runterkommen und Fotos von Bären machen können! Wir werden euch von eurem Land vertreiben und riesige Zäune ziehen und uns 'ne Atombombe bauen, damit ihr, wenn sie losgeht, diejenigen seid, die umkommen! Wir werden eure Schnapsbrennereien zerschlagen und euch ins Gefängnis stecken! Wir werden 'ne große Straße durch eure Maisfelder bauen! Wir werden Nigger auf eure Schulen schicken! Wir werden überhaupt den ganzen Süden vernichten! Man kann sie nicht aufhalten, meine Freunde – diese Yankee-Radikalen und Kommunisten. Ich weiß nicht, wie es bei euch ist, aber meine Familie ist in den letzten hundert Jahren viermal umgesiedelt worden, um Platz zu machen für all diese modernen Projekte. Wir wollen keinen Ärger. Haben wir noch nie gewollt. Wir wollen nur, daß man uns in Ruhe läßt. Wir wollen unser Leben leben. Wir wollen nur unsere Farmen bearbeiten und unsere Kinder zu gottesfürchtigen Amerikanern erziehen . . .«

Eine Kavalkade von Wagen kroch mit plärrenden Hupen an der Grünanlage vorbei. An den Radioantennen flatterten Spruchbänder mit der Aufschrift: ›Weiße für weiße Schulen.‹ Der Lärm war zuviel für die versammelte Menge. Sie wogte in alle Himmelsrichtungen hin und her wie eine Zelle vor der Teilung. Ein lautes, zorniges Gesumm erfüllte den Platz.

»...Sie wollen unsere Südstaaten-Lebensart *zerstören!* Sie werden keine Ruhe geben, bis sie uns vom Angesicht der Erde vertilgt haben!« kreischte der Redner.

Ein Junge, auf den Schultern eines älteren Mannes sitzend, warf einen Strick über den Ast einer Ulme. Dann knotete er einer Strohpuppe, die ein Schild mit der Aufschrift ›»Justice« Earl Warren‹ trug, die Schlinge um den Hals. Die Menge verstummte fasziniert. Die Puppe pendelte und drehte sich in der Abenddämmerung. Der Junge übergoß sie mit Kerosin und hielt ein Streichholz daran. Als sie in züngelnden Flammen aufging, johlte die Menge.

Emily stand auf den Treppenstufen des Gerichtsgebäudes und blickte sich angstvoll nach Raymond um. Da sah sie einen Wagen mit drei Negern – einem Mann, einer Frau und einem Kind – am Rand des Platzes entlangfahren. Die Leute wirkten verängstigt und machten Miene, umzukehren und in die Richtung zurückzufahren, aus der sie gekommen waren. Die Menge entdeckte sie, bevor ihnen das gelang. Sie wogte hinüber, umringte den Wagen und begann ihn zu schaukeln. Der Fahrer ließ den Motor aufheulen, donnerte geradeaus weiter, verfehlte dabei nur um ein Haar mehrere Demonstranten und brachte die Menge dadurch noch mehr in Wut. Johlend verfolgte sie den Wagen. Ein Stein, im Zwielicht geschleudert, zerschmetterte das Heckfenster. Mit quietschenden Reifen schoß der Wagen, von mehreren Männern gejagt, in eine Seitenstraße hinein.

Emily stand kurz vor einem Zusammenbruch. Sie hatte nicht geahnt, daß so etwas möglich war. In Newland waren Neger und Weiße immer nur höflich und freundlich zueinander, mochten und respektierten sich gegenseitig. Und standen einander vielfach sogar bei. Wer also waren all diese Menschen mit den von Haß verzerrten Gesichtern? Aus welchem Sumpf waren sie hervorgekrochen? Sie erblickte Raymond mitten im Mob, wo er unentwegt Fotos schoß. Wie konnte er nur! Warum *tat* er nicht was? Warum tat nicht *überhaupt jemand* was?

Raymond stellte fest, daß er wie eine Maschine funktionierte. Wie ein Basketballspieler wartete er auf seine Schüsse, sein Finger drückte wie von selbst auf den Auslöser. Seine persönlichen Empfindungen – Abscheu vor der Menge, Freude über die gute Story, die er bekam – waren verdrängt.

Als sich die Menge allmählich auflöste, fand er auch Emily: Sie saß an die Mauer des Gerichtsgebäudes gelehnt und hatte die Augen fest geschlossen.

»Komm, wir fahren«, schlug er vor.

»Wer sind nur all diese furchtbaren Menschen?«

»Unsere Nachbarn. Unsere Verwandten.«

»Nein. Meine bestimmt nicht.«

»Bist du so sicher?«

»Selbstverständlich bin ich sicher. Von denen, die ich kenne, würde sich keiner je so benehmen.«

Am folgenden Tag, beim Lunch nach der Kirche, erzählte Emily ihren Eltern von den Ereignissen in Donley. Grimmig antwortete der Vater: »Reizend.«

»Aber ich begreife nicht, warum sie so was tun«, klagte Emily.

»Weil sie die Neger hassen.«

»Aber warum denn?«

Er zuckte die Achseln. »Das ist eben die menschliche Natur.«

»Aber ich bin auch ein Mensch, und ich hasse niemanden.«

»Du versuchst ja auch noch nicht, deinen Lebensunterhalt zu verdienen.«

»Was?«

»Sally-Liebling, was hast du?« erkundigte sich Mrs. Prince.

Sally hatte den ganzen Vormittag kein Wort gesagt und stocherte jetzt mit der Gabel in ihren Erbsen herum. Sie blickte auf, lächelte ihr berühmtes Lächeln und antwortete: »Gar nichts, Ma'am. Vielen Dank, mir geht's gut.«

Die Eltern und Emily musterten sie forschend, sagten aber nichts.

»Verdammt noch mal, ich denke gar nicht daran, mit diesen Dreckskerlen zusammen zur Schule zu gehen«, verkündete Jed im Zusammenhang mit den Gerüchten, die den ganzen Tag in der Schule kursierten. Sie schlenderten über den Plattenweg zu Sallys Haustür.

»Wer sagt denn, daß die in Newland das überhaupt wollen?« hielt Sally ihm vor. Sie umklammerte seine Hand, suchte in seinen Fingerspitzen die Gewißheit, daß er sie noch respektierte, ihren Ruf schützen, sie schließlich heiraten und ewig lieben würde. Das schien ihr nicht zuviel verlangt. Sie hatte dunkle Ringe unter den Augen. Die ganze Nacht hatte sie wach gelegen. War das, was sie beide getan hatten, Sünde? Sie war ziemlich sicher, daß es so war. Und wenn er es nun noch einmal tun wollte? Sollte sie dann nein sagen? Wenn sie es nicht tat, was würde ihr dann zur Strafe geschehen? Er trug eins von diesen Gummidingern. Ob das tatsächlich genügte, um sie vor einer Schwangerschaft zu schützen? Wie konnte sie das mit Gewißheit in Erfahrung bringen? War es für ihn wirklich schön gewesen? Sie persönlich fand Küssen und Schmusen weit schöner.

»Unsere Nigger sind vernünftiger als diese Bande drüben in Donley. Die sollten sich hüten, auf dumme Gedanken zu kommen! Wenn die erst mit uns zur Schule gehen, gehen sie im nächsten Moment mit unseren Mädchen aus und übernehmen sämtliche Positionen in unseren Ballmannschaften. Und ehe wir uns recht versehen, verlangen sie Arbeit in der Spinnerei und wollen unsere Nachbarn werden.« Er stieß ein ungläubiges Lachen aus. Früher, als er noch Raymonds Zeitungsrunde machte, hatte er immer an ihrem Sportplatz haltgemacht und ihnen beim Kampf um den Ball zugesehen. Die hatten ein paar erstklassige Spieler. Gar keine Frage. Er wußte nicht, wie er dastehen würde, wenn er mit ihnen um einen Platz an der Linie kämpfen müßte. Er hoffte nur, daß es niemals so weit kommen würde. Und was die Mädchen betraf – über die Nigger wußte doch jeder Bescheid: Die bumsten alle wie die Karnickel. Aber ein Nigger, der es wagte, Sally auch nur einen Blick zuzuwerfen, war Kandidat für ein frühes Grab. Er legte ihr den Arm um die Schultern. Sie schmiegte sich an ihn.

Sie kamen am Schloßbaum vorbei. »Weißt du noch, wie wir ganze Tage da oben im Baum gehockt haben, Jeddy – du und ich und Raymond und Em und Donny?«

»Ja, wir haben 'ne Menge Dummheiten gemacht.« Er konnte es einfach nicht begreifen, daß er seine ersten zehn Lebensjahre damit verbracht hatte, mit einem Pavian, zwei Mädchen und einem Schwulen rumzuziehen. Ein Wunder, daß er noch seine Eier hatte.

Donny und Kathryn saßen in den beiden Lehnsesseln, während Ruby für sie alle kochte. Die Lokalnachrichten brachten Bilder von der Strohpuppenverbrennung in Donley. Schweigend sahen sie sich die Szenen an. Dann sagte Kathryn: »Ich habe heute mit Mr. Dupree drüben im Drugstore gesprochen. Er sagt, er will einen Ausschuß zusammentrommeln, der mit der Schulkommission über die Aufnahme von einigen unserer Schüler in die weiße High School im nächsten Herbst verhandeln soll.«

Donny zog die Brauen hoch, um anzudeuten, das Thema langweile ihn.

»Er hat gefragt, ob du vielleicht daran interessiert wärst. Falls du wirklich nicht mit mir nach New York City kommen willst.«

»Warum soll eigentlich immer ich es sein, der mit dir nach New York City geht, Mama? Was hindert dich, hier unten bei uns zu bleiben?«

»Hier unten sind schwarze Krankenschwestern nicht gefragt.«

»Hast du's denn schon mal versucht?«

»Bist du verrückt? Ich setze mich doch nicht freiwillig einer solchen Demütigung aus. Aber du wechselst das Thema. Was ist nun mit der weißen High School?«

»Ich? Weshalb soll ich da hingehen wollen, Mama? Mir gefällt's hier ganz gut.«

»Irgend jemand muß da hin.«

»Wieso muß irgend jemand da hin?«

»Es wird kommen, Donny. Eines Tages ist es soweit. Ob es den Leuten paßt oder nicht. Deswegen könntest du den Entschluß fassen, ein bißchen dabei zu helfen.« Die Pine Woods-Seele in Kathryn haßte jedes Wort, das sie aussprach, und sehnte sich danach, wieder die Kathryn von vor fünf Jahren zu sein, die keinerlei Verantwortung empfunden hatte, es sei denn dafür, daß Essen auf den Tisch kam. Damals hatte es ihr genügt, die Sonne auf ihrem Rücken zu spüren, während sie mit den kleinen Kindern am Ufer des Teichs Figuren aus Ton knetete.

»Ha!« machte Donny. »Ich hab' keine Lust, 'n Messer in den Bauch zu kriegen. Hast du die Bilder im Fernsehen gesehen?«

»Aber Donny-Schatz – das sind auch Menschen, genau wie wir.«

»Wie kommt es denn dann, daß du hingehen und die Leute dazu überreden mußt, mit ihnen zusammen zur Schule zu gehen?«

»Weil ihre Schulen besser sind als unsere. Weil sie mehr Geld dafür ausgeben. Du bist mein Sohn. Ich möchte, daß du die bestmögliche Ausbildung bekommst.«

»Seit wann kümmert es dich, was für mich am besten ist, Mama?«

»Fang nicht schon wieder davon an, Donny! Ich habe dir alles so gut erklärt, wie es mir möglich war. Du kannst es jetzt akzeptieren oder nicht, aber hör auf, mir das immer wieder unter die Nase zu reiben.«

»Na schön. Hm. Tut mir leid. Aber die Antwort ist trotzdem nein. Ich will keine weiße High School besuchen.«

»Aber sie können uns nichts mehr antun, was sie uns nicht bisher schon angetan haben. Kann doch sein, daß du angenehm enttäuscht bist.«

»Ich hab' keine Angst, Mama. Es gefällt mir nur einfach bei denen nicht. Ich habe meine Freunde hier. Das Basketballteam und so weiter.«

»Du kannst nicht dein Leben lang Basketball spielen, Donny. Was willst du denn später mal aus dir machen?«

»Was soll das heißen – ›aus mir machen‹? *Leben* will ich, was sonst?«

»Um zu leben, braucht man Geld. Woher willst du das nehmen?«

»Also verdammt, Mama – ich suche mir natürlich 'n Job. Was hast du denn gedacht?«

»Und was für einen Job wirst du in dieser Stadt kriegen?«

»Verdammt, keine Ahnung. Einen Job eben. Als US-Senator vielleicht. Was hattest du dir denn vorgestellt?«

»Du bist ein intelligenter Junge. Hast du schon mal ans College gedacht?«

»Scheiße noch mal, nein! Ich denke überhaupt nicht, punktum! Und jetzt laß mich endlich in Ruhe, Mama!«

»Wenn du nicht denkst, muß es ein anderer tun.« Sie zuckte die Achseln. »Du bist ein hoffnungsloser Fall, Donny.«

»Warum gehst du dann nicht einfach wieder nach New York zurück, wo die Nigger noch richtige Männer sind?«

Donny und Rochelle schlenderten an jenem Abend Hand in Hand durch die Straßen von Pine Woods – an den Ranchhäusern des Leichenbestatters, einiger Lehrer, von Reverend Stump und Mr. Dupree vorbei.

»So ein Haus möchte ich eines Tages haben«, sinnierte Rochelle. »Wenn ich das College geschafft habe und meine Bücherei leite.«

»Na, wenn ich dann mit den Harlem Globetrotters hier durchreise, komme ich dich mal besuchen.« Donny lachte.

»Tu das, Donny. Vielleicht fordere ich dich dann sogar auf, die Nacht bei mir zu verbringen.«

Er blieb stehen und wandte sich zu ihr um. »Das wäre wirklich schön«, sagte er, zog sie an sich und küßte sie, während er ihr den Rücken streichelte. Im Bus, wenn das Basketballteam zu auswärtigen Spielen fuhr, wollte immer eine der Cheerleaderinnen, daß er sich neben sie setzte und mit ihr schmuste, aber er setzte sich lieber neben Tadpole und schlief in Gedanken an Rochelle ein, die zu Hause die vielen Kinder großzog.

Er brachte sie nach Hause und trottete zur Wohnung seiner Grandmaw zurück. Auf den Veranden saßen die Leute in der Hitze des dunklen Abends, während im Garten kleine Kinder spielten. Pärchen flanierten auf den Bürgersteigen. Eine Gruppe Männer alberte lachend vor Dupree's Drugstore herum. Vor der Tür des Waschsalons standen mehrere Frauen und tauschten spöttische Bemerkungen mit den Männern. Donny gefiel es hier. Er wollte nicht auf eine weiße Schule. Er wollte nicht nach New York City. Er wollte überhaupt nirgendwohin. Wenn er sich's richtig überlegte, hatte er nicht mal große Lust, mit den Harlem Globetrotters auf Tournee zu gehen. Das hatte er vorhin nur gesagt, weil er verhindern wollte, daß Rochelle nicht auf ihn wartete. Er versuchte ihr weiszumachen, daß er so eine Art Draufgänger sei oder so. Wahrscheinlich war das nicht fair. Vielleicht würde er wirklich ein Draufgänger werden, wenn es das war, was sie wollte. Aber auf was sollte er drauflosgehen?

Ein Auto kam die Straße vom Highway heruntergejagt. Weiße Arme reckten sich zu den Fenstern hinaus und schleuderten Bierflaschen an die Bordsteine vor den Menschengruppen. Glassplitter flogen. Fast alle suchten in Hauseingängen und Seitenstraßen Deckung.

Donny stand wie erstarrt. An einem Heckfenster erschien ein lachendes rotes Gesicht, eine Hand, die eine Flasche am Hals gepackt hielt, wurde zum Wagen hinausgestreckt. Der Arm holte, am Ellbogen abgewinkelt, aus, um Donny die Flasche vor die Füße zu schmettern. Donnys Blick begegnete den Augen in dem lachenden Gesicht. Es war Jed. Die kurzen Sekunden schienen sich zu Minuten zu dehnen.

Der Arm, der noch immer die Flasche hielt, sank herab und schlug klappernd gegen die Außenwand des Wagens.

Sechstes Kapitel
Schulweisheit

Jed und Sally, die anderen Devouts und ihre Begleiter, die Mitglieder des Schülerrats und Vertreter des Bürgerschaftscorps saßen beim allmonatlichen Devout Prayer Breakfast in Sallys Eßzimmer um den Mahagonitisch.

Jed hatte einen doppelten Grund für seine Teilnahme. Er war sowohl Sallys Begleiter als auch Präsident des Bürgerschaftscorps. In der Tasche trug er ein Zentimetermaß, denn es war seine Aufgabe zu messen, wie weit der Rocksaum der Mädchen vom Boden entfernt war, und Ersttäterinnen einen Passierschein auszustellen, damit sie nach Hause gehen und sich umziehen konnten, wenn der Maximalabstand von sechsundvierzig Zentimetern überschritten wurde. Wiederholungstäterinnen bekamen Strafzettel. Emily hatte zwar behauptet, die Handhabung bedeute, daß die kleineren Mädchen kürzere Röcke tragen dürften als die größeren. Er aber hatte ihr erklärt, das Bürgerschaftscorps dulde keine Bevorzugung. Klein oder groß, man müsse sich an die Regeln halten, sonst wäre nicht abzusehen, in was für einem Aufzug manche der Mädchen aus Cherokee Shoals aufkreuzen würden.

Während Judy als Vorbeterin um göttlichen Beistand bei der Leitung der Newland High School flehte, öffnete Jed die Augen gerade so weit, daß er Sally sehen konnte, die mit fest geschlossenen Augen und gesenktem Kopf neben ihm saß. Sie war so unwahrscheinlich hübsch mit ihrem lockigen Blondhaar, und jetzt gehörte sie ihm ganz allein! Sie hatte ihm ihre Jungfräulichkeit geschenkt, würde ihm ihre Beine öffnen, wann immer er es von ihr verlangte. Die Jahre des Wichsens vor dem aufgeschlagenen ›Playboy‹, der heimlichen Zusammenkünfte mit Busen-Betty, des Sehnens und Brennens, ohne Erleichterung zu finden, waren vorbei. Unter dem Tisch griff er nach ihrer Hand. Sie krauste die Stirn. Hier war nicht der richtige Ort dafür. Mit der ganzen ungeheuren Dankbarkeit, die er empfand, lächelte er ihr zu. Sie lächelte vorwurfsvoll zurück.

Er würde sie beschützen. Kein anderer Junge würde es jemals wagen, sich ihr mit unreinen Gedanken zu nähern. Solange ihm daran lag, seine Zähne im Gesicht zu behalten. Und auch ihren guten Ruf würde er verteidigen. Kein Mensch würde erfahren, daß sie es miteinander trieben. Nicht einmal Bobby und Hank. Gestern beim Basketball hatte Hank ihn gefragt: »Was grinst du so wie ein hechelnder Köter, Tatro?«

»Ach, gar nichts.«

»So grinst nur einer, der gestern abend 'n Mädchen vernascht hat«, stellte Bobby fest, der gerade zu einem Netzwurf hochsprang. »Nicht wahr, Tatro?« fragte er, als er wieder auf dem Boden angelangt war.

»Das geht keinen was an.«

»Aha, also ja«, wandte sich Bobby erklärend an Hank.

Sie hatten inzwischen mit dem Rundgebet begonnen. Jeder mußte dem Gebet einen Satz hinzufügen.

»... möchten wir Dir, o Herr, von Herzen danken«, betete Sally gerade, »daß Du den Ingenue Plantation Ball am vergangenen Wochenende zu einem so schönen Erfolg gemacht hast ...«

Der Junge neben ihr fuhr fort: »... äh, blicke gnädig herab, o Herr, auf unsere Abschlußschüler und hilf ihnen, einen guten Job zu kriegen, oder gute Zensuren auf dem College, oder bei allem, was sie sonst im Leben anfangen wollen ...«

Sally fühlte sich ganz leer, ohne die Arbeit für den Plantation Ball. Gestern hatte sie die letzten Punschgläser zurückgegeben. Sie hatten genügend Gläser gehabt, hatten nicht auf Plastik- oder Pappbecher zurückgreifen müssen. Das war eine große Erleichterung gewesen. Nun, wenigstens konnten sie sich jetzt gleich ans Spendensammeln für den Ball im nächsten Jahr machen.

Sie wünschte, Jed würde aufhören, sie so anzusehen. Das mußte doch auffallen. Und ausgerechnet beim Gebet! Ehrlich, er benahm sich wie ein kleiner Junge mit einem neuen Spielzeug. Konnte die Finger nicht von ihr lassen. Irgendwie gefiel ihr der Gedanke, daß sie mit Jed machen konnte, was sie wollte – einfach, indem sie ihm ihren Körper schenkte oder verweigerte. Andererseits durfte sie sich ihm nicht zu hartnäckig verweigern, denn ihr guter Ruf stand auf dem Spiel. Wenn sie ihn verärgerte, erzählte er es womöglich in der Schule herum, und dann war sie für immer erledigt. Die Devouts würden ihren Austritt verlangen. Sie hoffte nur, daß Jed wußte, wie man sich diskret verhielt. Das kleinste verräterische Zeichen, und aus war's. Gestern abend hatte Eddie Tabor Buzz Baker und Ellen Borgard im Busy Bee Drive-In gesehen. Sie hatte sich im Rückspiegel die Haare gekämmt, während er aus dem Auto stieg und einen gebrauchten Gummi in den Mülleimer warf. Am nächsten Tag war es in der ganzen Schule herum.

Mr. Fulton, grau und gebeugt, zeichnete den Schlachtplan von Antietam an die Wandtafel. Als er mit dem Zeigestock auf eine entrollte Landkarte tippte, fiel ihm die Karte auf den Kopf. Kichernd beobachtete die Klasse, wie er sich zu befreien versuchte. Raymond war der einzige, der sich aufmerksam angehört hatte, wie ein paar hundert Georgia-Scharfschützen General Burnside mit vier Divisionen Yankees mehrere Stunden lang aufgehalten hatten. Zwei Schüler saßen seitwärts an ihren Pulten und spielten auf einem Blatt Papier das Galgenspiel. Ein Junge mit Entenschwanzfrisur ritzte sich mit einem Springmesser das Monogramm seiner Freundin in den Arm, ein kleiner Junge mit dicker Brille rollte einem Freund in der hintersten Reihe durch den Gang Kirschdrops zu.

In den vorangegangenen Wochen hatten sie Vorträge über die feldgrauen Jungen gehört, die bei Shiloh durch die herabgefallenen Pfirsichblüten gewatet waren; über Jeb Stuart und seine Kavallerie, die im Tal von Virginia im Bogen um die Yankee-Truppen herumgeritten waren; über Cold Harbor, wo die Konföderierten-Truppen in zwanzig Reihen vorwärts gestürmt waren, allesamt mit Zetteln auf dem Rücken, auf denen ihre Adressen vermerkt waren, damit die Überlebenden wußten, wohin der Leichnam geschickt werden sollte; über General Armistead, mit seinem Hut auf dem Säbel, wie er an jenem furchtbaren Tag bei Gettysburg fiel, als er nach dem Rohr einer Kanone der Unionstruppen griff.

Sie hatten gelernt, daß die Sklaverei ihren Nutznießern einen besseren Lebensstandard sicherte als jenen, den freie weiße Fabrikarbeiter im Norden zu erdulden hatten. Daß die meisten Sklaven von rivalisierenden Stämmen an die Sklavenhändler verkauft worden waren. Daß viele der großen Villen an den Küsten des Nordens von Kapitänen erbaut worden waren, die mit dem Handel von Sklaven und Rum und Zucker ein Vermögen verdient hatten. Daß zwei prominente Verfechter der Sklavenbefreiung Nachkommen solcher Kapitäne waren. Daß viele Plantagenbesitzer ihre Sklaven schon vor dem Krieg freigegeben hatten und daß noch viele andere es gern getan hätten, wenn sie nur gewußt hätten, wie sie sie ausreichend versorgen konnten. Daß fünfundachtzig Prozent der Südstaaten-Weißen überhaupt keine Sklaven besessen hatten.

Raymond richtete sich auf und hob die Hand. Mr. Fulton sah ihn mit seinen wasserblauen Augen an und nickte.

»Mr. Fulton, wenn wir all diese Schlachten gewinnen konnten, wie kommt es dann, daß wir den Krieg verloren haben?«

Mr. Fulton musterte ihn mißbilligend. »Werd ja nicht frech zu mir, mein Sohn!«

»Nein, Sir, das wollte ich wirklich nicht, Sir. Ich wollte nur...«

»Du solltest nach dem Unterricht hierbleiben und die Tafel putzen, junger Mann. Das bringt dir vielleicht Manieren bei.«

Mrs. Dingus hielt einen Englisch-Test ab. Ihr Ehemann war bei der Highway Patrol. Sie selbst war bekannt dafür, daß sie all jene Schüler haßte, deren Väter mehr Geld verdienten als ihr Mann. Mr. Dingus kontrollierte die Straßen, Mrs. Dingus die Schulkorridore.

Es brachte Sally aus der Fassung, wenn irgend jemand sie nicht mochte. Das war eine ganz neue Erfahrung für sie. Gestern war sie extra von draußen reingekommen, um Mrs. Dingus ein Schokoladenplätzchen aus dem Verkauf von Selbstgebackenem zu bringen, den die Ingenues während der Mittagspause abhielten. Mrs. Dingus nahm es entgegen, als wäre es ein Kothaufen, und kniff die Augen zu einer Grimasse zusammen, was wohl ein Lächeln darstellen sollte. Dann fragte sie: »Sally, hast du einen Passierschein für den Korridor während der Mittagspause?«

Sally hatte keinen, also schrieb Mrs. Dingus ihr einen Strafzettel aus.

»Frage sieben: Wie schreibt man Schag-rin«, sagte Mrs. Dingus.

Hände flogen in die Höhe. »Würden Sie das bitte wiederholen, Mrs. Dingus?«

»Schagrin.«

Verständnislose Mienen. »Könnten Sie uns das Wort definieren, Ma'am?«

»Schagrin. Kummer. Verdruß.«

»Würden Sie das bitte noch mal wiederholen?«

»Schagrin!« schrie sie. »Schagrin! Sitzt ihr denn alle auf euren Ohren?«

»Würden Sie das bitte buchstabieren?«

»C-H-A-G-R-I-N.«

Alle schrieben das Wort nieder.

»Frage acht: Definiert den Begriff ›Karikatur‹.«

Eine Hand wurde gehoben. »Welches sind die Alternativen, Mrs. Dingus?«

»Was meinst du damit, Cyril?«

»Ham wir denn jetzt nich' Alternativfragen?«

»Ham ist kein Wort, Cyril.«

»Waas? Ham is' kein Wort?«

»Nein. Das richtige Wort für ham lautet haben.«

»Wenn ham kein Wort is', wieso sagen's dann alle, die ich kenn' un' verstehn, wasses heißt?«

»Wasses ist ebenfalls kein Wort. Es heißt ›was es‹.«

»Dieser... na, wie heißt er doch gleich? Der alte Shakespeare, der benutzt aber auch ›wasses‹.«

»Nun werde nicht frech, Cyril!«

»Nein, Ma'am. Ich wollt' nich' frech wern. Ich mein', ich wollte nicht frech werden, Ma'am.«

Ein Mädchen auf einer der hinteren Bänke löste ihren Stretchgürtel. Zusammen mit einem Jungen in der Nachbarbank benutzte sie ihn als riesigen Katapult, um die Klasse mit Papierbällen zu bombardieren.

»Frage neun – richtig oder falsch: Silas Marner war ein alter Matrose in einem Gedicht von Samuel Coleridge.«

Ein Papierball landete auf Mrs. Dingus' Schoß. Wütend funkelte sie alle an, die in den hinteren Reihen saßen, stellte sechs Schülern aus der Umgebung des Katapults Passierscheine für den Korridor aus und schickte sie allesamt ins Büro. »Und kommt mir ja nicht ohne Strafzettel zurück!« rief sie ihnen nach, als sie hinausschlurften. »Frage zehn – Alternativfrage: Ist ein Albatros (a) ein Schiff, (b) ein Matrose, (c) ein Vogel oder (d) keins von allem?«

Ein Junge hob die Hand. »Wie viele von den Alternativen sind richtig, Mrs. Dingus?«

»Diesmal nur eine.«

Jed stand an einem Fenster im Hintergrund von Mr. Boyds Zimmer im ersten Stock, hielt einen scharf gespitzten Bleistift mit der Spitze nach unten in der Hand und wartete darauf, daß er ihn dem Schulinspektor auf den Kopf fallen lassen konnte, der unten den Bürgersteig entlangkam. An und für sich hätte Jed ja einen Frosch sezieren sollen, doch Mr. Boyd war damit beschäftigt, Hobart Sharpe ins Büro zu schicken. Jed wußte zwar, daß er so etwas nicht tun dürfte, denn schließlich war er Präsident des Bürgerschaftscorps und so. Aber zuweilen staute sich alles in ihm so richtig auf, und dann mußte er einfach über die Stränge schlagen.

»... und ich wünsche, daß du dieses Klassenzimmer erst wieder betrittst, wenn du eine Bestätigung vom Büro hast, die dein Fehlen in dieser Woche erklärt.« Er überreichte Hobart einen Korridorpassierschein.

Hobart grinste, zuckte die Achseln, winkte den anderen zum Abschied zu und schlenderte hinaus. Irgend jemand begoß die Grünpflanzen mit Formaldehyd. Jed hatte gerade seinen Bleistift in den Ventilator gesteckt, so daß die Splitter in alle Richtungen flogen. Emily hatte Mitleid mit Mr. Boyd, während sie fasziniert die markierten Stellen in ›Peyton Place‹ las, das sie unter ihrem Schulheft versteckt hatte. Er war neu in diesem Jahr und anfangs voller Begeisterung gewesen, hatte sie mit ›Klasse‹ angesprochen und sich erboten, ihnen Bücher zu leihen. In letzter Zeit aber hatte er angefangen, einfach auf dem Katheder sitzen zu bleiben und draufloszureden, während die Intelligenzler vom Audio-Visual Club auf den hinteren Bänken Chlorgas fabrizierten. Emily war bemüht auszusehen, als lausche sie seinen Monologen.

»Früher einmal, Klasse, vor viereinhalb Milliarden Jahren, begann eine wirbelnde Wolke von Gasen allmählich abzukühlen und kondensierte zu einer flüssigen Kugel. In den heißen Meeren, die schließlich unsere abkühlende Erde bedeckten, verbanden sich Kohlenstoff, Stickstoff, Sauerstoff, Wasserstoff und Schwefel unter dem Einfluß von Blitzen, ultravioletten Strahlen und ionisierender Strahlung zu Aminosäuren, die sich wiederum zu Nukleinsäuren verbanden. Aus unbekannten Gründen begannen sich Bündel von einer Viertelmillion dieser Proteinprodukte innerhalb von schützenden Membranen zusammenzutun. Sie konnten sich fortpflanzen, mutieren und die notwendigen Lebensstoffe aus ihrer Umgebung ziehen. Das nennt man Leben. Die Meere quollen fast davon über – in Gestalt von Bakterien.

Während die meisten Bakterien miteinander um die sich ständig verringernden Energievorräte kämpften, entdeckten einige, daß sie die Energie auch aus dem Sonnenlicht beziehen konnten. Algen – von denen die gesamte Pflanzenwelt abstammt. Die Bakterien, die nicht so geschickt waren, starben aus. Bis auf jene, die die Fähigkeit entwickelten, ihre Artgenossen zu berauben. Diese Raubwesen waren der Anfang des Tierreichs, von den Würmern über die Schnecken, Schwämme, Korallen und exotischen Kreaturen ohne gegenwärtiges Äquivalent – Trilobiten, Crinoidea, Nautiloideen, Cephalopoda, Ostrakoden, Graptolithen, Brachiopoden . . .«

Als er das Wort ›Ostrakoden‹ an die Wandtafel schrieb, brach die Kreide, und seine Fingernägel rutschten ab. Alle kreischten, stöhnten und hielten sich die Ohren zu. Das war die einzige Möglichkeit für ihn, sich ihrer Aufmerksamkeit zu versichern.

»Außerhalb der Meere färbte sich die abkühlende Erdkruste schwarz, grau und braun. Staub- und Sandstürme heulten über die steinige

Oberfläche. Die Sonne war ein verschwommener, rotglühender Klumpen. Vor sechshundert Millionen Jahren begannen dann Meere, Seen und Sümpfe grüne Finger gegen das Land auszustrecken . . .«

Hobart kam durch das Oberlicht über der Tür hereingeklettert. »Was soll das, Hobart? Komm sofort da herunter!«

Hobart kletterte herunter und grinste. »Na ja, Sir, es war niemand im Büro, deshalb hab' ich keine Bestätigung bekommen können. Also hab' ich nur versucht, in die Klasse zurückzukommen, ohne sie zu betreten – genau wie Sie mir gesagt haben.« Die Klasse johlte.

Mr. Boyd sah ihn nur an und nahm seinen Monolog wieder auf.

Emily holte die Schülerzeitung hervor. Sie hatte für den Englischunterricht einen Aufsatz über ein Buch von William Faulkner geschrieben und nun versucht, für einen Artikel zum Tod Nathan Hales seinen Stil zu kopieren. Als dieser Artikel gedruckt erschien, war er umgeschrieben worden. Sie beschwerte sich bei der verantwortlichen Lehrerin, Mrs. Dingus.

Mrs. Dingus erwiderte: »Ich wette, du hast dir eingebildet, das sei eine gute Arbeit, nicht wahr?«

Emily überlegte; es war eine Fangfrage. »Ich habe sie nicht für so schlecht gehalten, daß sie hätte umgeschrieben werden müssen.«

Mit triumphierendem Blick krähte Mrs. Dingus: »Aber der Artikel enthielt ja nicht einmal vollständige Sätze!«

Emily starrte sie fassungslos an. Schließlich deutete sie auf die Zeitung und erklärte: »Das da ist nicht mehr der Artikel, den ich geschrieben habe. Er dürfte nicht mit meinem Namen versehen sein. Er müßte Ihren Namen tragen, Mrs. Dingus.«

»Werd ja nicht frech, mein Fräulein!«

Emily wußte, daß sie einen schwerwiegenden Fehler beging, aber sie reckte energisch das Kinn und entgegnete: »Ich werde nicht frech. Ich konstatiere lediglich Tatsachen.«

Am Nachmittag war es in der ganzen Schule herum, daß Emily Prince Mrs. Dingus gegenüber frech geworden war. Am Abend beim Essen fragte Sally ihre Schwester: »Warum mußtest du unhöflich zu Mrs. Dingus sein, Emily? Das ist doch dumm!«

Emily blickte auf. »Weil sie mir meinen Artikel kaputtgemacht hat.«

»Wem liegt schon an so 'nem dämlichen Artikel?«

»Mir!« knurrte Emily.

Mrs. Prince nickte kauend Zustimmung, und Mr. Prince lobte sie: »Gut gemacht.« Emily war von Dankbarkeit erfüllt.

Sally sah einen nach dem anderen an. »Aber wieso ist es gut, wenn man zu einem Erwachsenen unhöflich ist?«

»Manchmal muß man für das einstehen, was man als sein gutes Recht betrachtet«, erklärte der Vater. »Selbst wenn man damit ganz allein steht.«

Heute war Emily von Mrs. Musk, der Studienberaterin, ins Büro gerufen worden. (Mrs. Musks Zeitungsjunge behauptete, eines Tages, als er bei ihr kassierte, am Knauf der Schlafzimmertür einen gepolsterten BH hängen gesehen zu haben.) Emily musterte interessiert ihren Busen.

»Mrs. Dingus meint, du wärst vielleicht seelisch gestört, Emily.«

Emily blickte auf. »Also, tja... Ich meine, ja, Ma'am. Wenn sie damit meint, daß ich mich darüber geärgert habe, daß sie meinen Artikel umgeschrieben hat, ohne mich vorher zu fragen.«

»Sie erklärt, du seist sehr unhöflich zu ihr gewesen. Stimmt das?«

Emily schwieg. Sie sagte sich immer wieder, daß ihre Eltern der Ansicht waren, sie habe sich richtig verhalten. Das war das einzige, was sie davon abhielt, um Verzeihung zu bitten.

»Nun, ich habe mit Mr. Horde darüber gesprochen, Emily. Er möchte dich gern in seinem Büro sehen.«

Mr. Horde war der Direktor. Emily vergaß niemals, wie man das Wort ›principal‹ richtig buchstabierte, weil sie in der vierten Klasse den Reim gelernt hatte: ›The principal / is our pal.‹ Ein ›pal‹, ein Kumpel also, war Mr. Horde nun gerade nicht. Er hatte zwei Prinzipien. Erstens, daß Schüler zu sehen, nicht aber zu hören sein durften. Und zweitens, daß Direktoren zwar zu hören, nicht aber zu sehen sein sollten. So hockte er meistens in seinem Büro und ließ sich ausschließlich über das Lautsprechersystem vernehmen. Für seine Abneigung, sich mehr als unbedingt notwendig der allgemeinen Begutachtung auszusetzen, hatte er triftige Gründe. Denn wenn man ihn persönlich sah – klein, dick, kahlköpfig und hinter dem Schreibtisch hockend wie eine Kröte –, litt seine Glaubwürdigkeit ungeheuer.

Mrs. Musk brachte Emily zu Mr. Horde ins Büro.

»Setz dich, mein Fräulein. Also was hat mir Mrs. Dingus da erzählt? Du hast dich ihr gegenüber unverschämt benommen?«

»Nein, Sir. Ich hatte mich nur darüber geärgert, daß sie meinen Artikel ohne meine Zustimmung umgeschrieben hat.«

Er zog die Brauen hoch. »Ohne deine Zustimmung? Wofür hältst du dich eigentlich, daß du glaubst, Mrs. Dingus benötige deine Zustimmung? Sie ist Lehrerin und für die Schülerzeitung verantwortlich. Du dagegen bist nur eine Schülerin.«

»Aber es war mein Artikel!«

Er starrte sie an, seine Backen bliesen sich auf wie bei einem Ochsenfrosch, der gleich zu quaken anfangen will. »Ja, allerdings. Jetzt sehe ich, daß Mrs. Dingus recht gehabt hat. Du hast die Wahl, Emily: Entweder du wirst für den Rest des Schuljahrs suspendiert, oder du entschuldigst dich – zuerst bei mir und dann bei Mrs. Dingus!«

Emily saß mit zu Boden geschlagenen Augen da und zitterte. »Es tut mir leid, daß ich unhöflich war, Mr. Horde«, murmelte sie leise.

»Nun gut, Emily. Und jetzt gehst du zu Mrs. Dingus, um dich bei ihr ebenfalls zu entschuldigen, und wir werden alle versuchen, mit unserer Arbeit fortzufahren.«

Das Gesicht in Tränen gebadet, erbat Emily sich von Mrs. Musk einen Passierschein für die Toilette. Im Waschraum drängten sich Mädchen, die Zigaretten rauchten, Spiegel mit Lippenstift bemalten und diskutierten, wen man benachrichtigen könne, in einem der Umkleideschränke befinde sich eine Bombe.

Mr. Boyds monotone Stimme störte sie in ihren Träumen: »...vor ungefähr dreihundert Millionen Jahren tauchte in Tidebecken und austrocknenden Sümpfen ein Lebewesen auf, das Quastenflosser genannt wird. Es verfügte über drei Merkmale, die neu waren in der Naturgeschichte: beinartige Flossen, die muskulösen Paddeln ähnelten, zusätzlich zu den Kiemen einen inneren Luftsack und winzige Gehirnhälften. Einige von ihnen überlebten an Land, als die Sümpfe austrockneten, während die Fische, von denen sie als merkwürdige Wesen betrachtet wurden, verhungerten oder erstickten.« Emily schrieb sich das auf.

»Fünfundzwanzig Millionen Jahre später entdeckten die Ichthyostega, ihre Nachkommen, daß sie ganz ohne Wasser auskommen konnten – natürlich abgesehen davon, daß sie dort geboren wurden und hin und wieder trinken mußten –, da sie das Meer in ihrem Körper trugen. Dann kamen die Reptilien, die hartschalige Eier auf trockenes Land legten. Einige von ihnen entwickelten Federn und erhoben sich als Vögel in die Luft. Die Welt der Reptilien war eine Gigantenwelt: Dinosaurier mit winzigem, rein vom Instinkt gesteuertem Gehirn, Flugechsen mit einer Spannweite von achteinhalb Metern, himmelhohe Sequoia-Bäume. Und zwischen all diesen Riesenwesen versteckten sich winzige Säugetiere, Warmblüter, die gravierende Klimaveränderungen überleben konnten. Vor einhundert Millionen Jahren tauchten in einer, relativ gesehen, wahren Explosion die Blumen auf, ein Grabopfer für die Dinosaurier, die aus unbekannten Gründen ausstarben und damit einen heftigen Kampf um die Vorherrschaft unter den verbliebenen Arten auslösten.

Fast hätten ein paar gigantische Erdvögel die Macht übernommen. Eine Spezies nach der anderen entstand, entwickelte sich und ging wieder unter. Dies alles fand Tausende von Malen statt, Klasse. Man nennt es Evolution...«

Hobart warf den quietschenden Mädchen Froschteile auf die Pulte. Mr. Boyd hastete zu den hinteren Bänken. Hobart schlüpfte flink in den Wandschrank. Mr. Boyd folgte ihm. Hobart sprang wieder heraus, warf die Tür zu und schloß ab. Die Klasse johlte, sprang auf und drängte hastig hinaus.

Emily sah ihnen nach. Dann stand sie auf und befreite Mr. Boyd aus seinem Gefängnis.

»Danke, Emily«, sagte er.

»Bitte sehr. Ich dachte, Sie könnten mir vielleicht ein paar Bücher über das Thema empfehlen, von dem Sie eben erzählt haben...«

Erfreut schrieb er ihr einige Titel auf und stellte ihr einen Passierschein für die Schulbibliothek aus. »Aber verrate bitte niemandem, wer dir etwas von Evolution erzählt hat«, flüsterte er. »Es könnte mich die Stellung kosten.«

Der mit Unrat übersäte Parkplatz des Hamburger-Stands war mit Autos besetzt, bei denen zumeist die Türen offenstanden. Radios plärrten: ›...I want to be Bobby's girl. / That's the most important thing to me...‹

Emily und June aßen ihre Fritten und sahen zu, wie Hobart heimlich ein Budweiser aus dem Kasten in seinem Kofferraum holte.

»Mr. Boyd hat heute ein paar interessante Dinge gesagt.«

»Ach ja?«

»Über das Tier, das im Sumpf lebte und die Fähigkeit hatte, auf trockenes Land zu kriechen.«

»So wie das Ungeheuer der Schwarzen Lagune?«

»Ja, ich glaube. Nur war das vor dreihundert Millionen Jahren.«

»Wieso interessierst du dich für etwas, das so lange zurückliegt?«

»Keine Ahnung. Aber man wird doch nachdenklich.«

»Du vielleicht. Ich bestimmt nicht. Großer Gott, sieh dir das an!« kicherte June. »Diese Footballheinis lassen den armen, alten Slocombe wieder seine Elvis-Imitation abziehen.«

Slocombe war aufgedunsen und käsig, mit braunem Bürstenschnitt und idiotischem Grinsen. Er strich sich mit einer Hand eine imaginäre Tolle zurück und klimperte mit der anderen auf einer ebenso imaginären Gitarre. Dabei rollte er auf Gummibeinen heftig die Hüften und begann mit einem Grinsen, das wohl sexy wirken sollte, wie eine Heulboje zu singen. Er war umringt von den wuchtigen Footballspielern, für die er den Wasserträger spielte.

Emily sah zu. »Mein Gott, ich kann das nicht mehr ertragen! Ich wünschte, sie würden ihn endlich in Ruhe lassen.«

»Wieso denn? Ist doch zum Brüllen.«

»Der merkt ja nicht mal, daß die sich über ihn lustig machen. Der hält sich für cool.«

»Aber Em, ehrlich! Du bist ein Softy.«

»Na los, Slocombe! Mehr Hüftenwackeln!« schrie Jed.

»Ja, bohr ihn rein in sie, Slocombe!« schrie Hank.

Slocombe grinste und wackelte ungeschickt mit den Hüften.

»Jawoll, Slocombe! Ran an den Feind!« rief Bobby mit einem Blick auf Jed und Hank. Alle wollten sich ausschütten vor Lachen.

»Jed, Herzchen, deine Fritten werden kalt«, rief Sally ihm aus dem Chevy zu. Jed trottete hinüber.

»Mann!« murmelte er. »Dieser alte Kerl! Wenn du dem sagst, er soll Scheiße fressen, der würde dich bestimmt noch fragen: ›Mit oder ohne Salz, Sir?‹«

»Er will doch nur, daß ihr ihn mögt.«

»Wie kann man einen Haufen Scheiße mögen?«

»Ach komm, sei nett, Liebling!«

Slocombe ging zum Ausgabefenster hinüber und tätschelte Louanne Little den Hintern; dabei sah er sich mit seinem unterwürfigen Grinsen nach Jed, Bobby und Hank um. Mit wütender Miene fuhr Louanne herum und sagte irgend etwas zu ihm. Er grinste, zuckte die Achseln und machte sich davon.

Jed saß im Gesundheits- und Hygieneunterricht, die Füße weit in den Gang gestreckt, die Arme verschränkt. Er sah nicht ein, wieso Footballspieler an diesem Fach teilnehmen mußten. Schließlich waren sie die gesündesten und saubersten Jungen der ganzen Schule. Sie hätten den Unterricht praktisch selbst abhalten können. Aber wenigstens wurde er von Trainer Clancy gehalten, der auch nicht mehr Gefallen daran fand als sie.

Trainer Clancy las aus einem Buch mit dem Titel ›The Kinsey Report‹ über ›oralen Sex‹ vor. »Eine hochgestochene Bezeichnung für Schwanzlutschen und Mösenlecken«, erklärte er. »Also, wie viele von euch haben das schon mal mit ihren Freundinnen gemacht?«

Alle sahen einander nervös grinsend an. Jed überlegte, ob er das nicht mal mit Sally ausprobieren sollte. Es klang ganz lustig.

»Ich möchte daran erinnern, daß ich euch zum Teil nach der Beteiligung am Unterricht benote.«

Noch immer meldete sich keiner.

»Also, Mrs. Clancy, die mag diese ausgefallenen Sachen überhaupt nicht. Die mag lieber das, was man als Missionarsstellung bezeichnet. Also, wer von euch weiß, warum man das wohl so nennt?«

Alan Vernon hob die Hand. »Als die da drüben nach Afrika kamen, haben sie gesehen, daß die Eingeborenen alle möglichen komischen Sachen trieben, deshalb haben sie ihnen erklärt, wie Gott will, daß es gemacht werden soll. Auge in Auge und so weiter.«

Jed war zutiefst entsetzt darüber, daß er an ›oralen Sex‹ mit Sally gedacht hatte. Er hatte ja nicht gewußt, daß das pervers war. Und was war, wenn Busen-Betty sich so auf ihn draufsetzte? Er hatte es immer abstoßend gefunden, aber jetzt wußte er, daß es darüber hinaus noch pervers war. Da fing man wirklich an, sich Gedanken zu machen über die alte Betty. Er war heilfroh, daß er mit ihr Schluß gemacht hatte.

»Jawohl, so ist es. Und jetzt mal: Wer von euch kennt schon den mit dem Niggerweib bei der Erweckungsversammlung?«

Sally sah Mrs. Courtwright zu, die demonstrierte, wie man einen Tisch schön deckt. »Also, ich weiß, daß ihr alle schon längst den Tisch decken könnt. Aber, Mädchen, ich sage euch, es ist etwas ganz anderes, wenn ihr das für euren eigenen Mann in eurem eigenen, glücklichen Heim tun könnt. Dann wollt ihr natürlich all die vielen kleinen Extras hinzufügen, mit denen ihr ihm sagen könnt, daß er für euch etwas Besonderes ist. Also, wer hat eine Vorstellung von all den kleinen Extras, die ihm eure Liebe beweisen?«

Sally überlegte sich, welches Besteckmuster sie wählen sollte. Wenn man sich für ein reich verziertes Silber wie etwa La Scala entschied, nahm man wohl besser ein relativ schlichtes Porzellan. Zu einem schlichten Silberbesteck wie Fairfax dagegen paßte am besten ein sehr elegantes Service, Doulton English Renaissance oder so. Was allerdings das Kristall betraf, da war es schwer, das Richtige zu finden...

»Ja, Anna Lou, frische Blumen sind ein sehr hübscher Schmuck für den Tisch. Also, einige werden mir da möglicherweise nicht beistimmen, aber ich persönlich finde, daß man im Winter, wenn man keine frischen Blumen bekommt, ruhig zu Plastikblumen greifen sollte. Es gibt da welche, die kann man wirklich nicht von frischen unterscheiden...«

Sally beschloß, am Samstag mit Jed zum Parkway Department Store zu fahren und ihn um seine Meinung zu bitten. Schließlich würde er ja ebenfalls sein Leben lang mit dem Besteck essen müssen.

»Kerzen, jawohl. Auf jeden Fall. Kerzen, die zu eurem Dekor oder zum Blumenschmuck passen. Ob ihr die Kerzen anzündet oder nicht, bleibt euch überlassen. Wer von euch hat denn gern Kerzenlicht?«

Sally hob die Hand. Ihre Mutter hatte außerdem einen Kronleuchter mit Dimmerschalter, der war bei Dinnerparties so richtig vornehm. Schon wollte sie diesen Vorschlag machen. Doch dann fiel ihr ein, daß es nur in sehr wenigen Häusern der Tsali Street Kronleuchter gab. Warum eigentlich? fragte sie sich. Das war doch etwas so richtig Schönes. Sie hoffte nur, daß Jed sie auch mochte.

Emily konnte sich nicht vorstellen, warum Miss Melrose immer nur sie hinter den Bällen herschickte, wenn sie im Freien Softball spielten, und immer ihr die Aufgabe übertrug, nach dem Basketballspiel die verschwitzten BHs der Mannschaft einzusammeln. Und wenn Miss Melrose sie im Hygiene-Unterricht dabei erwischte, daß sie einander Zettel zuschickten, war es stets Emily, die nach dem Unterricht dableiben und die Pultdeckel putzen mußte – selbst wenn ein halbes Dutzend anderer Schülerinnen daran beteiligt gewesen war. Heute war Emily in einem Ausbruch überschüssiger Energie in Shorts und Tennisschuhen zur Umkleideraumtür hinausgeschossen, mit Höchstgeschwindigkeit durch die Turnhalle gesprintet und die Fliesenwand am anderen Ende fast zwei Meter weit raufgerannt. Als sie wieder auf den Füßen landete, sah sie Miss Melrose auf sich zukommen. Miss Melrose, ungefähr Ende Vierzig, war unverheiratet und wirkte unglücklich. Es gab da eine Story von einem Verlobten, der bei einem Autounfall/im Krieg/an einer schweren Krankheit in ihren Armen gestorben sein sollte.

»Jetzt sieh dir an, wie du mit deinen Turnschuhen die Wand verschmutzt hast, Emily Prince!«

Emily begutachtete die Wand, konnte aber keinen Schmutz finden.

»Du wirst nach der Schule hierher zurückkommen und die Wand gründlich abwaschen.«

»Ja, Ma'am.« Miss Melrose schien sie mit dem Blick aus ihren dunklen, traurigen Augen aufzuspießen.

Sie machten Gymnastik. Bei einer Übung mußten sie, auf dem Rücken liegend, das Kreuz fest auf den Boden pressen und die Hüften nach oben drücken. Emily spürte Miss Melroses Blick, während sie die Übung geschickt bewältigte.

Hinterher, im Umkleideraum, kam Miss Melrose, wie immer, hereinmarschiert und riß sämtliche Kabinentüren auf, um sich zu vergewissern, daß alle geduscht hatten. Emily stand vornübergebeugt, um ihren Busen in die BH-Körbchen zu senken, als ihre Tür aufgerissen wurde. Miss Melrose funkelte sie aufgebracht an.

»Emily, du weißt, daß du dich duschen mußt, wenn du kein Attest von eurem Hausarzt vorzeigen kannst.«

»Ja, Ma'am. Aber ich habe geduscht.«

»Lüg mich nicht an, mein Fräulein! Du bist ja nicht einmal naß!«

»Ich habe mich schon abgetrocknet, Miss Melrose.«

Sie streckte den Arm aus und berührte Emilys Schulter mit den Fingerspitzen. Ein Schauer lief Emily über den Rücken.

»Nun gut, diesmal will ich dir noch glauben«, sagte Miss Melrose mit bebender Stimme.

Als die Tür ins Schloß knallte, flüsterte June: »Neulich hat jemand gesagt, Miss Melrose ist vielleicht eine Lesbierin.«

»Was ist denn das?«

June lachte. »Mein Gott, bist du naiv, Emily! Eine Lesbierin ist eine Frau, die es mit anderen Frauen treibt.«

Emily sah sie verständnislos an. »Aber das geht doch gar nicht! Ich meine, wie machen die das? Und wozu überhaupt?«

June zuckte die Achseln.

Für die letzte Stunde wurde der Unterricht abgesagt. Die Jungen wurden in den Studiensaal geschickt, die Mädchen in die Aula; dann wurden dort alle Türen verschlossen. Miss Melrose stieg aufs Podium und verkündete, während der fünften Stunde, dem Turnunterricht, sei Louanne Littles Spitzenhöschen gestohlen worden. »Und eine von euch hier in diesem Raum muß das Höschen genommen haben. Irgendwie werden wir diejenige erwischen, so oder so. Sie könnte aber auch jetzt sofort gestehen und uns damit eine Menge Ärger ersparen.«

In der Aula erhob sich Stimmengewirr.

»Nun gut«, sagte Miss Melrose. »Wenn ihr es so wollt – von mir aus gern. Louanne und ich werden uns also am Fuß dieser Treppe aufstellen. Und ihr kommt eine nach der anderen die Treppe herauf, bleibt oben stehen, damit Louanne euer Höschen ansehen kann, geht nacheinander quer über die Bühne, die andere Treppe wieder hinunter und an euren Platz zurück.«

Emily beobachtete die Prozession fasziniert. Sally errötete und hob kichernd den Rock hoch, so daß Louanne ihre Inspektion durchführen konnte. Louanne wirkte verlegen. Miss Melrose überwachte den Vorgang wie ein Schießhund. Emily ging nach vorn. Während Louanne ihrem Höschen das Okay gab, sah Emily, daß Miss Melrose ihre Beine musterte.

Louanne entdeckte ihr Höschen bei Marsha Turner, einem Mädchen von Cherokee Shoals, das viel zuviel Make-up und in der Handtasche ein Schnappmesser trug.

»Ich könnte mir doch genau das gleiche Höschen gekauft haben wie sie, oder?« protestierte sie, als Miss Melrose sie hinausführte.

Ein paar Jungen vom Audio-Visual Club ließen die Filmleinwand herab. Das Licht ging aus. Miss Melroses Stimme ertönte: »Vielen Dank, Jungens. Würdet ihr jetzt bitte in den Studiensaal zurückgehen? Dies ist ausschließlich für Mädchen bestimmt.«

Der Film war von der U.S. Army produziert worden. Er zeigte blind geborene Säuglinge, sabbernde Männer in Zwangsjacken, Menschen mit gräßlich angeschwollenen Arthritisgelenken, Lähmungen, deformierten Nasen. Überall in der Aula war erschrockenes Aufkeuchen zu hören.

Sally begann mit der Zunge nach versteckten Wundstellen in ihrer Mundhöhle umherzutasten. Sie hatte es ja gewußt! So wurde man bestraft, wenn man sich auf Sex einließ. Jed hatte es mit dieser grauenhaften Betty French mindestens einmal getrieben. Und es wußten doch alle, wie diese Mädchen von Cherokee Shoals waren. Schauderhaft! Ihre Babies würden blind und mit eingedrückten Nasen geboren werden. Noch heute nachmittag würde sie ihm erklären, daß sie so etwas Furchtbares nie wieder tun dürften. Ganz hinten schien sich jemand zu erbrechen.

»Miss Melrose!« rief eines der Mädchen. »Wisteria ist gerade ohnmächtig geworden!«

Im Studiensaal standen fast alle Jungen wie auf Befehl gemeinsam auf und trotteten in die Bibliothek hinüber, bis diese gerammelt voll war. Kurz zuvor waren Zettel herumgegangen, auf denen alle aufgefordert wurden, genau das um Punkt 14.57 Uhr zu tun. Trainer Clancy stemmte sich vom Katheder hoch und rollte durch den Studiensaal wie ein Nazi-Panzer durch die Innenstadt von Paris. An der Tür zur Bibliothek pflanzte er sich breitbeinig auf und bellte: »Was, zum Teufel, bildet ihr Scheißkerle euch eigentlich ein? In sechzig Sekunden sitzt jeder wieder auf seinem verdammten Platz, verstanden?«

Inzwischen war Hobart damit beschäftigt, das Podium unter Trainer Clancys Stuhl mit Kokosfett einzuschmieren.

Als im Studiensaal Ruhe eingekehrt war, nahm Trainer Clancy wieder Platz und lehnte sich auf den zwei hinteren Stuhlbeinen schräg an die

Wand. Unversehens rutschte der Stuhl unter ihm weg. Der Saal bebte vor unterdrücktem Lachen. Trainer Clancy stand auf, blickte trotzig in die Runde und versuchte so zu tun, als hätte er den Rückwärtssalto vom Podium absichtlich vollführt, um ihnen zu zeigen, wer hier das Sagen hatte.

Raymond beobachtete den Zirkus gleichgültig. Diese Streiche hatte er während seiner gesamten Schulzeit immer wieder einmal erlebt. Er selbst hatte sie sich ausgedacht und anschließend auch ausgeführt, um seine Langeweile zu bekämpfen. Jetzt nahm er nicht mehr daran teil. Zuweilen nannten ihn die anderen einen ›Verräter‹, aber was interessierte es ihn, wofür ihn diese Bande von Kretins hielt?

Murmeln wurden von einem Ende des weiten Saals zum anderen gerollt. Trainer Clancy tat, als merke er nichts.

Raymond ließ den Blick durch den Saal wandern. In wenigen Wochen würden die meisten älteren Schüler in der Spinnerei, in der Papiermühle oder in den Geschäften des Stadtzentrums arbeiten. Und wo würde er sein? In der Spinnerei, wo er Garnstränge drehen und Mr. Prince in den Arsch kriechen würde, wenn er vorbeikam, denn darauf war er sein Leben lang vorbereitet worden. Und um die Monotonie erträglich zu machen, würde er den Mann neben ihm gelegentlich mit einem Wasserbecher bewerfen. Er kam sich vor wie ein in einen Stiefelknecht eingezwängter Schuhabsatz.

Der Junge hinter ihm reichte einen Zettel herum: »Um Punkt 15.16 Uhr werfen alle ihre Bücher auf den Boden.«

Donny war in der Bibliothek und half Rochelle, eine Schautafel für die Woche der Geschichte der Neger aufzuhängen. Eine andere mit dem Titel ›Unsere Pilgerväter‹ hatten sie gerade abgenommen. Jetzt pinnten sie Fotos von Booker T. Washington, Al Jolson und Joe Louis ans Schwarze Brett. Auf dem Regal gleich darunter lagen die Biographien all dieser Männer aus.

Donny spielte mit der Idee, daß es eines Tages vielleicht auch von ihm eine Biographie geben würde. Bei den Spielen lief er in seinem Trainingsanzug aus gelbem Satin – lange Hose und Windbluse – aufs Spielfeld hinaus. Irgend jemand warf ihm den Ball zu, während er auf den Korb zulief. Dann sprang er hoch und flippte ihn, die Fingerspitzen beider Hände über den Rand gekrümmt, in den Korb. Die Zuschauer brüllten. Das Team spulte die einstudierten Spielzüge ab – stürmende Mannschaft, springende Bälle, Durchbrüche zum Korb, Pässe, Finten und Rempeleien –, während die Band Musik machte und die Cheerleaderinnen die Zuschauer zu rhythmischem Klatschen anspornten. Er stellte sich vor, daß er in New York bei den Knicks spielte. New York. Seine Mutter war wieder hingefahren. Ohne ihn. Irgendwie vermißte er sie – aber, Mann, war er froh, nicht in New York City zu sein!

»Ich arbeite so furchtbar gern hier«, sagte Rochelle leise. »Fast hasse ich es, wenn der Nachmittag zu Ende ist und ich wieder nach Hause muß. Hier ist es so schön still. Und so sauber. Und wenn man die Bücher weggeräumt hat, bleiben sie wenigstens eine Zeitlang an ihrem Platz.«

»Ja, bei dir zu Hause ist wirklich immer 'ne Menge los.«

»Wenn die mich ließen – ich würde sofort hier einziehen.«

»Das würdest du bestimmt nicht tun, Rochelle. Ich kenne dich doch. Dazu würden dir all deine vielen Kinderchen viel zu sehr fehlen.«

»Mach doch mal 'n Versuch mit mir.« Sie lachte.

»Würd' ich ja gern, aber du läßt mich ja nicht, Mama.« Er warf ihr ein verschmitztes Grinsen zu. Sie zog die Augenbrauen hoch.

Siebentes Kapitel
Unabhängigkeitstag

Der Vierte Juli war der hundertste Geburtstag der Stadt Newland, daher war ein großer Festzug auf dem Highway durch die Stadtmitte geplant. Alle Bürgergruppen und High School Clubs hatten eigene Festwagen. Raymond stand mit gezückter Kamera vor einer Menschenmauer am Straßenrand. Der Wagen der Liga für Industrieentwicklung war ein Tieflader mit dem Pappmachémodell des Industrieviertels der Stadt: Schornsteine, Verladebahnhöfe, Lagerschuppen. An einem Ende stand Mr. Prince in Hemdsärmeln und Krawatte, lächelte breit und schüttelte Raymonds Vater in dunkelgrünem Arbeitsanzug unentwegt die Hand.

Auf dem Wagen des County-Geschichtsvereins kämpften Männer in fransenbesetzten Lederhosen mit langen Gewehren, hinter einem Palisadenzaun verbarrikadiert, gegen angreifende Indianer in Kriegsbemalung und Lendenschurz. Hinter ihnen marschierte in voller Montur, mit abgetragenen weißen Hosen und vor Hitze knallroten Gesichtern, die High School Band. Ihre Federbüsche hingen schlaff wie schmelzende Zuckerwatte herab, und die Verschnürungen an ihren Jacken wirkten wie die Rippen der Skelettkostüme an Halloween. Von Zeit zu Zeit mühte sich die Kapelle durch ›Dixie‹ oder ein Marsch-Medley aus ›Swanee River‹ / ›Old Black Joe‹ / ›My Old Kentucky Home‹. Emily bildete mit ihrer Flöte das Schlußlicht. Immer wieder mußte sie einen Hüpfschritt einlegen, um in den richtigen Tritt zu kommen. Als der Tambourmajor mit Trillerpfeife und Tambourstab das Zeichen zu einer kunstvollen Marschformation gab, hatte Emily nicht aufgepaßt, marschierte, statt kehrt zu machen, weiter geradeaus und brachte alles durcheinander. Raymond schoß ein Foto von ihrer entgeisterten Miene und bog sich vor Lachen.

Auf dem Festwagen des Bürgervereins posierte ein halbes Dutzend Zahnärzte und Versicherungsagenten mit geschwärzten Gesichtern und orangefarbenen Satin-Smokings. Sie grinsten, tanzten Cakewalk und schepperten zum Lärm der Marschkapelle mit den Tamburins.

Sally fuhr mit den sieben anderen Cheerleaderinnen. Sie trugen Sweater mit Aufdruck, weite Kordröcke und Halbschuhe und animierten die Zuschauer, in die vertrauten Sprechchöre einzustimmen: »Dixie Cup, Seven-Up, Pecan Pie! / Wir sind die Gang von Newland High! / Wir kauen nicht und woll'n nicht rauchen / und verzichten auf Jungs, die so was brauchen ...« Vier junge Männer, je einer im Football-, Basketball-, Baseball- und Leichtathletikdress und mit dem jeweiligen Sportgerät ausgerüstet, standen grinsend Schulter an Schulter vor der Rückwand der Fahrerkabine.

Dann kamen die Brownies und Cub Scouts in Festtagsuniform, anschließend tänzelnde Pferde mit dekorativem Western-Zaumzeug, geritten von Männern in schmuckem Cowboykostüm oder indianischer Lederhose mit Federkopfputz.

Der Wagen der Ingenues – ein Heuwagen mit einem Traktor davor – erinnerte an den alljährlichen Plantation Ball. Mehrere Mädchen in langen weißen Kleidern wirbelten zu einer kratzigen Version von ›Moon River‹, die von einem versteckten Plattenspieler kam, mit jungen Männern in weißem Sportjackett im Kreis herum. Hinter einer großen Kristallbowle stand Donny in weißer Kellnerjacke und grinste.

Dann folgte der Wagen der Miss Newland mit der Siegerin vom letzten Jahr sowie der Zweit- und Drittbesten, allesamt im Badeanzug. Dazu Miss Sympathie, zwar etwas weniger kurvenreich, jedoch mit breiterem Lächeln und energischerem Winken.

Der Jagd- und Fischclub wurde von zwei Herren repräsentiert, von denen der eine einen Jagdanzug, der andere Anglerzeug trug. Der eine hielt eine Schnur Vögel in der Hand, der andere eine Schnur Fische. Sie überreichten ihre Beute zwei Frauen in Küchenschürzen, die vor freudiger Überraschung in die Hände klatschten.

Gleich dahinter kam die National Guard in Marschkolonne mitsamt ihren Waffen, gefolgt von dem riesigsten Panzer, den Raymond jemals gesehen hatte. Er drehte sein Geschütz in alle Himmelsrichtungen und tat, als ziele er in die Menge, während die Zuschauer vor Vergnügen kreischten.

Raymond ließ die Kamera sinken. Sie baumelte an seinem Hals, das hochentwickelte Teleobjektiv ragte hervor wie eine Geschützmündung. Er hatte den ganzen Vormittag auf dem Bett gelegen und das Foto von dem Elefanten angestarrt, der am Ladekran hing, während die Zuschauer laut jubelten. Ihm war soeben klargeworden, daß er dieses verrückte Nest verlassen würde.

Am Abend saß er mit Emily im Wagen seines Vaters im Autokino und sah Rock Hudson auf der Jagd nach Seminolen durch die Everglades stapfen, wilde Orchideen zertrampeln, Klapperschlangen, Alligatoren und Panthern ausweichen und dann dem Gelben Fieber erliegen. Emily wartete voll Angst darauf, daß Raymond sich auf sie stürzen und das obligatorische Knutschen beginnen würde. Statt dessen ließ er den Motor an.

»Was hast du vor?« protestierte Emily.

»Ich will hier raus.«

»Aber wir wissen doch noch gar nicht, wie's weitergeht.«

»Ich schon. Rock Hudson wird Anthony Quinn, also Osceola, gefangennehmen, Perry Masons Sekretärin heiraten und Florida dem ungefährdeten Tourismus erschließen.«

Emily lachte.

»In Wirklichkeit wurde Osceola gefangengenommen, als er die weiße Fahne der Kavallerie respektierte. Daraufhin haben sie ihn ins Gefängnis gesteckt. Und als er starb, schnitt ihm der anwesende Arzt den Kopf ab und hängte ihn jedesmal, wenn seine Kinder unartig waren, zu ihnen ins Schlafzimmer.«

Emily lachte.

»Aber das stimmt! Ich hab's in einem Buch gelesen.«

»Ich wußte gar nicht, daß du Bücher liest.«

»Es gibt eine Menge, was du nicht von mir weißt.«

»Zum Beispiel?«

»Zum Beispiel, daß ich mich entschlossen habe, diesen Job in New York anzunehmen.«

»Soll das ein Witz sein?«

»Ich glaube, ich gehöre einfach nicht hierher. Und du, glaube ich, auch nicht.«

»Laß mich bitte aus dem Spiel. Wenn du gehen willst, dann geh, aber ich fühle mich durchaus wohl hier.« Sie konnte sich nicht vorstellen, daß man irgendwo hingehen wollte, wo man keine Menschenseele kannte. Aber wie würde es hier wohl sein, ohne Raymonds ständiges Klagen und Jammern? Sie fühlte einen Stich des Bedauerns. Doch wenn er erst einmal fort war, kam vielleicht ein anderer, der mit ihr ausging, einer, der den Ingenues besser gefiel als er.

Nach dem Festzug fuhren die Ingenues für ihren alljährlichen, eine Woche dauernden Badeurlaub zu einem gemieteten Strandhaus in Myrtle-Beach, South Carolina. Jed hatte sich mit mehreren anderen Ingenue-Begleitern ein Haus ganz in der Nähe gemietet. Die Ingenues verbrachten ihre Tage damit, eingeölt in der Sonne zu schmoren, Locken aufzudrehen und sie dann wieder auszukämmen. Die Jungen spielten hier und da Football, galoppierten in der Brandung oder veranstalteten auf dem festen Sand Autorennen. Zuweilen legten sie sich neben ihre totenähnlich ausgestreckten Freundinnen auf die Badetücher und betrachteten verstohlen das fettglänzende, gerötete Fleisch. Am Abend versuchten sie sich in Nightclubs hineinzuschwindeln, fuhren im Vergnügungspark Karussell oder versammelten sich in einem Strandpavillon, um zu den Klängen der Jukebox zu tanzen und aus einer Flasche in einer braunen Papiertüte Coke mit Rum zu trinken. Hier und da zogen sich Pärchen in die Dünen zurück.

Jedesmal, wenn sie miteinander schliefen, fragte Sally: »Bist du auch ganz sicher, daß ich auf keinen Fall schwanger werden kann, Jed?«

»Aber Sally-Schatz, bitte vertrau mir doch! Diese Gummis sind hundertprozentig sicher. Sie werden vor dem Versand alle auf so 'ne Maschine aufgeblasen und eingehend nach Löchern untersucht.« Das hatte er auf dem Beipackzettel gelesen. Es war die teuerste Marke, die Anderson führte – Schafsdärme, oder irgend so 'n Zeug. Jedesmal, wenn er wieder welche brauchte, drückte er sich so lange draußen herum, bis Mr. Anderson, ein Golfpartner von Mr. Prince, im Hinterzimmer verschwand, um eine Medizin zu mixen. Dann schoß er wie der Blitz hinein, griff sich eine von den Packungen und warf dem Verkäufer das Geld dafür hin.

An dem Tag, als Sally ihre Periode bekommen sollte, tat sich nichts.

»Großer Gott, Jed – was machen wir bloß?« Sie saßen im Wohnzimmer des Strandhauses. Die anderen waren draußen am Wasser. Sie hatten den Ingenues erklärt, sie fühle sich nicht recht wohl. Die Mädchen hatten verständnisinnig gelächelt und gesagt, vielleicht könne ja Jed dafür sorgen, daß es ihr wieder bessergehe. In Wirklichkeit wollte sie in der Nähe des Badezimmers bleiben, wohin sie alle halbe Stunde rannte, um ihr Höschen auf Blutflecken zu untersuchen.

»Die Mädchen kriegen ihre Tage auch manchmal aus anderen Gründen später«, versuchte Jed sie zu beruhigen. Das hatten ihm verschiedene Freunde erzählt. Doch als er ins Haus der Jungen zurückgekehrt war, studierte er immer wieder den Beipackzettel mit dem Abschnitt über die Testmaschine.

Am nächsten Tag fragte Sally ihn: »Was wird bloß mein Vater sagen?«

»Überhaupt nichts wird er sagen. Weil er nichts davon erfahren wird. Du bist spät dran, das ist alles. So was kommt alle Tage vor. Werd jetzt bitte nicht hysterisch.« Er überlegte, ob er es wagen sollte, Bobby oder Hank einzuweihen. Aber das würde Sallys guten Ruf ruinieren. Und er selbst stand dann da wie 'n dämlicher Wichser.

Am dritten Tag erklärte Sally: »Jed, wir beide haben gesündigt. Ich weiß es. Und dies ist nun unsere Strafe.« Es war nicht fair. Hätte sie Spaß daran gehabt, dann hätte sie eingesehen, daß sie bestraft werden mußte. Aber sie hatte es nur getan, um Jed glücklich zu machen.

»Das ist doch alles Unsinn, Sally! Es *ist* keine Sünde, wenn man jemanden liebt.« In Wirklichkeit aber machte er sich sehr wohl Gedanken. Er fand es unfair. Ja, wenn Busen-Betty schwanger geworden wäre – das könnte er als Strafe ansehen. Betty war nur zum Spaß da. Aber Sally liebte er. Wenn Busen-Betty schwanger wurde, wäre er sowieso nicht verantwortlich zu machen, denn die ganze Schule wußte, daß jeder einzelne von einem Dutzend Jungen der Vater ihres Kindes sein konnte.

Sally lief ins Badezimmer, hockte sich aufs Klo und drückte Toilettenpapier zwischen ihre Beine. Es wies überhaupt keine Blutspuren auf. Sie barg das Gesicht in ihren Händen und versprach dem lieben Gott, daß sie nie wieder bumsen würde, wenn er nur machte, daß sie ihre Periode bekäme.

Sie bekam ihre Periode am selben Nachmittag. Neben dem Klo fiel sie mit gefalteten Händen auf die Knie und dankte Gott.

An diesem Abend ließen Sally und Jed im Pavillon, in Shorts und barfuß auf dem sandigen Boden, keinen einzigen Tanz aus.

»Was ist in dich gefahren, Tatro?« fragte Bobby. »Oder sollte ich lieber fragen, in was du gefahren bist?«

»Freut mich, daß es dir bessergeht, Sally«, grinste Mo, die Ingenue-Präsidentin fürs nächste Jahr und außerdem Chef-Cheerleaderin.

Als sie unter dem Vollmond auf einer Decke in den Dünen lagen, setzte Sally Jed auseinander, daß sie von nun an alles tun dürften, nur nicht mehr bumsen. Jed sah das ein und gab sich mit reiner Handarbeit zufrieden.

Dieses Arrangement dauerte mehrere Tage. Eines Abends jedoch tanzte Jed im Pavillon zweimal mit Sandy Ellis. Jed steckte ihr drei Zigaretten an, und beim letztenmal berührte sie mit ihrer Zigarettenhand seine Streichholzhand, um sich angeblich abzustützen. Dann hob sie über die Flamme hinweg den Blick zu ihm auf. Und er erwiderte diesen Blick so intensiv, daß das Streichholz bis auf seine Finger herunterbrannte. Er tauchte die versengten Finger in ihr Rum-Coke, und sie leckte sie schmatzend ab. »Wär' doch schade um den schönen Rum, nicht wahr?« sagte sie.

Später, in den Dünen, lag Jed mit unter dem Kopf verschränkten Händen da und wartete darauf, daß Sally etwas gegen seine Erektion unternahm. Irgendwie gefiel es ihm, einfach so dazuliegen und sich verwöhnen zu lassen. Zu seinem Schrecken jedoch hockte sich Sally plötzlich über ihn und ließ sich auf seinem steifen Schwanz nieder.

Alle Ingenues wußten über Sandy Bescheid. Ihre Spezialität war es, anderen Mädchen den Freund wegzuschnappen. Doch Sally würde sich das, verdammt noch mal, nicht gefallen lassen!

»Ich hab' aber kein Gummi!« keuchte Jed, packte sie mit beiden Händen um die Taille und versuchte, sie von sich runterzuschieben.

»Keine Angst«, erwiderte sie, während sie sich bewegte, als hätte sie das irgendwo gelernt, »ich habe gerade meine Tage gehabt.«

Jed zuckte die Achseln. Einer Dame konnte man nichts abschlagen. Aber konnte man ein Mädchen, das sich so benahm, wirklich noch als Dame bezeichnen?

Achtes Kapitel
Miss Newland

Beth Crawley trug ein richtiges Bergsteigerkostüm: Lederhosen, mit Edelweiß bestickt, und einen Filzhut mit langer Feder. Um die Schulter hatte sie sich eine Seilrolle geschlungen, in der Hand hielt sie einen Eispickel. Sie sang ›Climb Every Mountain‹. Emily mußte zugeben, daß sie eine recht gute Stimme besaß. In der fünften Klasse jedoch war ihr Spitzname Creepy Crawley gewesen. Weil sie wie eine Gottesanbeterin ausgesehen hatte: groß, linkisch und krumm, raubgierig und frömmelnd zugleich. In der Junior High School war dann eine Metamorphose erfolgt. Jetzt war sie hinreißend und sah aus wie die Favoritin für die diesjährige Miss-Newland-Wahl. Emily empfand abwechselnd Mitleid mit Sally und Genugtuung darüber, daß ihr an der ergreifendsten Stelle ihrer Darbietung von ›Since I Don't Have You‹ das Mikrofon aus der Hand gefallen war. Wie sie sich erinnerte, hatte Sally sich schon als kleines Mädchen den Holzgriff ihres Springseils als Mikrofon vorgestellt und war mit dem Seil umgegangen, als sei es das Mikrofonkabel.

Sie dachte an Raymonds Brief, den sie am Nachmittag bekommen hatte: »Liebe Emily – nun, ich bin angekommen. Weißt du noch, wie oft wir im Schloßbaum gesessen und uns unser Penthouse in New York ausgemalt haben? Meine neue Wohnung ist zwar kein Penthouse, aber sie liegt tatsächlich auf dem Dach: eines alten Gebäudes der Upper West Side. Dafür, daß ich keine Miete zahle, fege ich die Korridore und so weiter. Sie besteht aus einem Zimmer mit Spülstein und einem winzigen Kühlschrank an der einen Wand, die ich hinter einem Paravent verstekke, wenn ich den Bürgermeister einlade. Ein kleines Bad gibt es auch. Die Aussicht ist schön: auf den Hudson und die Palisades am anderen Ufer in New Jersey.

Den ganzen Tag arbeite ich an Layouts für Broschüren unserer Kunden. Mein erstes Gehalt habe ich auch schon bekommen: dreiundsechzig Dollar pro Woche, nach Abzug aller Steuern und so. Klingt nach 'ner Menge, aber hier oben kommt man damit gerade so hin.

An dem Abend, als ich ankam, holte mich Gus (der junge Mann, der mir den Job besorgt hat) Gott sei Dank ab, denn ich hatte keine Ahnung, was ich anfangen sollte. Vermutlich hätte ich noch nach zwei Wochen auf haargenau demselben Fleck gestanden. Gus ist ein netter Kerl, jung, unverheiratet. Es war schön, ihn nach so vielen Briefen und Telefonaten persönlich kennenzulernen. Er sagte, er wolle mich zum Essen einladen, was ich denn am liebsten hätte. Ich antwortete, ich äße alles gern. Er sagte: ›Ich lasse dir die Wahl zwischen den Lokalen, die am nächsten liegen – indisch, japanisch oder finnisch.‹ Also, ich kam mir vor wie das Musterbeispiel eines Hinterwäldlers. Dann habe ich möglichst cool getan und erklärt, ich sei viel zu müde, er solle für mich mitbestellen. Und landete schließlich bei Tintenfisch oder so ähnlich. Es ist erstaunlich, wie wenig ich bisher von der Welt gesehen habe, Emily. Aber ich gebe mir Mühe, alles nachzuholen. Bitte schreib mir doch mal, wenn Du Zeit dazu hast. In Liebe, Raymond. Du fehlst mir, aber sonst fehlt mir von ganz Newland gar nichts.«

Er schien glücklich zu sein, vielleicht zum erstenmal in seinem Leben. Doch allein diese Vorstellung: daß einem die eigene Familie nicht fehlte! Nun ja, er war schon immer ein komischer Kauz gewesen. Aber ein komischer Kauz, der ihr zuweilen fehlte. Wie zum Beispiel gerade jetzt. Er würde ihr über jede Teilnehmerin an der Konkurrenz sarkastische Bemerkungen zuflüstern. Säße er neben ihr, würde es sie weniger schmerzen, daß sie nicht auch auf der Bühne stand.

Die Mädchen kamen in Badeanzug und Stöckelschuhen heraus, während der Kommentator ihre Maße vorlas: »... sechsundachtzig, sechsundfünfzig, sechsundachtzig ...«

Warum hatten die JCs Sally zu dieser Wahl aufgefordert, sie aber nicht? Wo sie doch die Ältere war. Nicht einmal ihrem Vater konnte sie, obwohl manche Mädchen das taten, die Schuld daran zuschieben, daß sie keine JC war, denn da war ja Sally.

»... Miss Emily Prince ... siebenundneunzig, vierundsiebzig, zweiundneunzig ...« Sie war einfach nicht in die richtige Form gegossen worden. Die Arme fest vor der Brust verschränkt, kroch sie noch mehr in sich zusammen.

»... Miss Sally Prince, sechsundachtzig, einundsechzig, sechsundachtzig ...« Sally hörte es voll Stolz. Sie hatte hart daran gearbeitet, daß ihre Taille um genau fünfundzwanzig Zentimeter schmaler war als ihre Hüften und ihr Brustumfang. Seit Jahren schon maß sie sich allwöchentlich. Sobald die Taille dicker wurde, konzentrierte sie sich auf eine bestimmte Gymnastikübung. Und sobald ihr Busen weniger wurde, auf eine andere. Ihr schien, als seien ihre Brüste schwerer geworden, seit sie mit Jed schlief. Ob wohl alle sehen konnten, daß sie keine Jungfrau mehr war? Würde sie jetzt so ordinär werden wie Betty French und Sandy Ellis?

Sie liebte es, im Scheinwerferlicht zu stehen und von der ganzen Stadt bewundert zu werden. Sie lächelte nach besten Kräften und versuchte Elan auszustrahlen. Wenn ihr nur nicht das Mikrofon aus der Hand gefallen wäre! Aber vielleicht hatte ja niemand was gemerkt. Oder es für einen Teil ihres Vortrags gehalten.

Jed sah zu, wie Sally stehenblieb und sich von einer Seite zur anderen drehte. Gott, war sie hinreißend! Die ganze Stadt konnte sie bestaunen, begehren und von ihr träumen, aber der einzige, der das berühren durfte, was unter diesem Badeanzug steckte, war er! Dem Himmel sei Dank, daß sie diese Vorstellung von Sex als Sünde überwunden hatte! Jetzt blies er jedes Gummi einzeln wie einen Luftballon auf, um sich zu vergewissern, daß keine Löcher drin waren. Hank und Bobby, links und rechts neben ihm, stießen ihn mit den Ellbogen an und grinsten. Jeder wußte, daß sie sein Mädchen war, und das machte ihn stolz. Sie wohnte in der Tsali Street, ihr Daddy war tonangebend in der Stadt, sie hätte jeden Jungen von ganz Newland haben können, aber sie hatte ihn gewählt. Natürlich hatte er sie ebenfalls gewählt. Und er konnte jedes Mädchen haben – bis auf Schwester Sauertopf vielleicht, die mehrere Reihen weiter unten krumm wie ein Flitzebogen dahockte. Aber wer wollte die schon, nachdem Mister Potthäßlich nach New York raufgegangen war? Es tat verdammt gut, daß er nicht mehr im Haus rumschlich. Niemals mehr Streit bei Tisch.

Donny und Leon lagen unter den Schierlingstannen an der Stadionmauer und betrachteten durch einen Feldstecher, den Leon gefunden hatte, die von Scheinwerfern beleuchtete Szene unten. Nach jedem Footballspiel, sobald die Flutlichter ausgeschaltet wurden und die Rebels die Popcornröster reinigten, kletterte Leon über die Stadionmauer und kroch durch alle Sitzreihen, um nach vergessenen Wolldecken und Thermosflaschen oder verlorenem Kleingeld zu suchen. Ratten flitzten die Betonstufen hinauf und hinab, trugen Popcorn, Erdnüsse und Wurstzipfel von Hot Dogs davon. Leon war von seinen Eltern aus New York City hierhergeschickt worden, weil er sich mit der Polizei angelegt hatte; er wohnte bei seiner Tante. Leon hatte alle möglichen waghalsigen Ideen, und Donny fand ihn fabelhaft.

Donny sah zu, wie die Mädchen über die Bühne staksten, und dachte an den letzten Winter, als er mit Tadpole in der Stadt beim Zeitungskiosk gewesen war und sie sich am Spielautomaten die Zeit vertrieben hatten. Beim Weggehen zogen sie einen ›Playboy‹ aus dem Ständer. Miss März hatte lange blonde Haare und riesige Möpse. Donny stellte sich gerade vor, wie es wohl wäre, wenn diese seidige blonde Mähne sein Gesicht streichelte, während die weißen Titten sich langsam auf seine Brust herabsenkten, als Tadpole einen Pfiff ausstieß und sagte: »Mann, sieh dir bloß diese Haare an! Also Charlene, die is' ja ganz schön heiß, aber die Haare, Mann, mit denen könnte man den Küchenboden fegen.«

Der Kioskbesitzer rief ihnen hämisch grinsend von seinem Tresen aus zu: »Na, Boys, so 'n weißer Busen törnt euch wohl so richtig an, wie?«

»Nein, Sir«, antworteten sie unisono, legten die Zeitschrift wieder zurück und rannten weg.

Jetzt kam Sally Prince auf die Bühne gestöckelt, und Leon wollte ihm den Feldstecher nicht geben. Donny knuffte ihn und griff nach dem Fernglas. »Verdammt, Leon, jetzt bin ich dran, du Arschloch!« Sie begannen sich im Schmutz zu balgen. Der Strahl einer Taschenlampe wanderte über die Büsche. »He, wer ist da oben?« rief eine tiefe Stimme laut. Hastig krochen sie zur Mauer zurück, während die Taschenlampe eilig den Hang heraufkam. Sie stemmten sich hoch und über die Mauerkrone, dann rannten sie wie von Hunden gehetzt den Highway nach Pine Woods entlang. Donny hatte entsetzliche Angst. Er hatte noch nie Ärger gehabt. Seine Grandmaw würde ihn umbringen. Die hatte sich ohnehin schon darüber beschwert, daß er sich mit Leon herumtrieb. Vielleicht hatte sie ja recht, und Leon war wirklich zum Verbrecher geboren.

Hunderte von Cheerleaderinnen aus dem ganzen Süden strömten zum Cheerleading-Lehrgang auf dem College-Campus von Birmingham zusammen, wo sie im Studentenwohnheim untergebracht waren und sich gegenseitig ihre Sprechchöre beibringen sollten. An den Vormittagen wimmelte der riesige Footballplatz von trainierenden Mädchen in Uniform. Dazwischen liefen mehrere Ausbilderinnen in tennisdressähnlicher Bekleidung herum, begutachteten alles und übten Kritik.

»Die kleine Blonde da in der Mitte ... Jawohl, du. Mehr Pep in den Sprung legen, Herzchen! Und beim Aufsprung schön federn!«

Am Nachmittag gab es Kurse in Plakatmalerei, Festwagendekoration, Ponponherstellung. Sally trennte sich keinen Moment von ihrem Notizbuch, in das sie neue Sprechchöre und Projektideen eintrug.

Und an den Abenden dozierte die Leiterin des Lehrgangs, eine kleine pummelige Sportlehrerin aus Mobile, über den Schulgeist: »Um zu erreichen, daß unsere Mannschaften beim Spiel ihr Allerbestes geben, Mädchen – sei es beim Football, Basketball, Baseball oder Leichtathletik –, müssen unsere Jungens wissen, daß die gesamte Schule hinter ihnen steht, hundertprozentig, durch dick und dünn! Sie spielen nicht nur für sich selbst, für den Trainer oder für das Team – sie spielen für die gesamte Schülerschaft. Ja, sie spielen für eure ganze Stadt. Ihr Sieg bringt dem ganzen Gemeinwesen, zu dem sie und ihr selbst gehört, Ruhm und Glanz. Und an uns als den erwählten Vertreterinnen dieses Gemeinwesens ist es, Mädchen, unseren Jungens da draußen auf dem Platz zu beweisen, daß wir, was auch geschieht, hundertprozentig hinter ihnen stehen, durch dick und dünn!«

Alle jubelten. Sally schrieb in ihr Notizbuch: »Mannschaft vertritt das ganze Gemeinwesen.« Sie kaute auf ihrem Bleistift herum. Als jüngstes Mitglied der Newland-Truppe, fand sie, müsse sie sich die größte Mühe geben. Mo erzählte immer allen, sie sei ›eine richtig gute, fleißige kleine Biene‹, und das machte sie stolz. Sally hoffte, daß Mo sie im nächsten Jahr zu ihrer Nachfolgerin als Präsidentin der Ingenues vorschlug. Daß sie bei der Miss-Newland-Wahl nur dritte geworden war, damit hatte sie sich schließlich abgefunden. Beim Festzug am Vierten Juli im nächsten Sommer mußte sie aber unbedingt auf dem JC-Wagen mitfahren! Und außerdem gab ihr das ein Ziel, auf das sie hinarbeiten konnte.

»Nun sind ein paar von euch Mädchen ja schon alte Hasen auf diesem Gebiet. Und die wissen ebenso gut wie ich, daß man, um eine gute Cheerleaderin zu sein, haargenau dieselben Eigenschaften besitzen muß wie eine gute Ehefrau. Man muß seinen Ehemann in- und auswendig kennen – nur daß ihr in diesem Fall zwei Dutzend Männer in- und auswendig kennen müßt!«

Alles lachte.

»Ich meine es ernst, Mädchen. Wenn euer Team nach einer Niederlage aus dem Umkleideraum kommt, so habt ihr da zu sein, um ihnen zu zeigen, daß sie in euren Augen trotzdem die Sieger sind. Da gibt es Jungens, die müßt ihr in den Arm nehmen. Andere solltet ihr besser in Ruhe lassen und abwarten, bis sie sich von selbst wieder fangen. Manche wollen euch erklären, was falsch gelaufen ist. Wieder andere stellen das Ganze gern als einen Riesenwitz hin. Es liegt an euch, die richtige Behandlungsart zu finden. Und diese Eigenschaft ist es, Mädchen, die den Unterschied ausmacht zwischen einer guten und einer wirklich großartigen Cheerleaderin!«

Alle jubelten, und Sally schrieb: »Großartige Cheerleaderin = wissen, wie jeder Spieler nach Niederlage zu behandeln ist.« Sie nickte nachdrücklich. Das stimmte wahrhaftig! Ihren Jed, den mußte man trösten wie ein Baby, wenn er mal brummig war. Hank riß einem beinahe den Kopf ab, wenn man auch nur in seine Nähe kam. Sie schwor sich, noch viel mehr Mühe darauf zu verwenden und noch aufmerksamer auf die individuellen Bedürfnisse der einzelnen Spieler einzugehen. Das war außerdem eine gute Übung für später, wenn sie eine eigene Familie hatte. Das war es übrigens auch, was ihre Mutter immer tat: Stimmung und Bedürfnisse ihres Mannes vorausahnen. Mit ihren Kindern machte sie es ebenso, wußte genau, wann sie sie in den Arm nehmen und trösten und wann sie ihnen aus dem Weg gehen mußte. Sally fand, daß ihre Mutter eine vollkommene Frau war, der es Freude bereitete, ihre Familie zu verwöhnen und sie alle glücklich zu machen.

Jed stand jeden Tag spät auf, stemmte ein paar Gewichte, bastelte an seinem Chevy, trainierte mit dem Footballteam. Zuweilen ging er nachmittags mit Sally zum Wasserskifahren mit Bobby und Hank. Mit Bierdosen auf dem Armaturenbrett schleppten sie sie ein ums andere Mal rund um den See, während sie es ein ums andere Mal nicht schaffte, sich auf den Skiern aufzurichten. Sie warf den Kopf zurück, krauste die Stirn, zog eine Schnute und hielt, Wasser tretend, den Griff der Leine fest. Mit aufheulendem Motor schoß das Boot davon, und sie wurde an den Armen so schnell durchs Wasser gezogen, daß ihre Skier sich verhedderten und davonflogen, während das Oberteil ihres Badeanzugs sich aufblähte, ihre Brüste und manchmal sogar auch die Brustwarzen entblößte. So schwer begreiflich es für Jed auch war, daß es ihr einfach nicht gelang, aus dem Wasser herauszukommen – wenn er ihren Schmollmund in dem süßen Gesichtchen sah, brüllte er vor Lachen, fuhr einen Kreis, kippte sein Bier und versuchte es noch einmal. Hank und Bobby schrien ihm über den Motorenlärm zu: »He, Mann, Tatro! Hast du ein Glück! Mit der möcht' ich's wahrhaftig auch mal probieren!«

Voller Stolz versuchte Jed eine finstere Miene aufzusetzen. »Ach ja? Und wie würd's dir wohl gefallen, wenn ich dir diese Bierdose in den Arsch schiebe, Osborne?«

Nach achtzehn bis zwanzig vergeblichen Versuchen steuerte Hank das Boot, während Jed auf einem einzigen Ski in einer Wolke aus feiner Gischt dahinglitt. Er sprang über das Kielwasser, schwenkte zur Seite aus, bis er fast auf gleicher Höhe mit dem Boot war, und hielt sich den Griff hoch über den Kopf, damit er nicht absackte, bis das Boot wieder aufgeholt hatte.

Während Hank das schwankende Boot zwischen den unter Wasser liegenden Baumstämmen und Felsen hindurchmanövrierte, betrachtete Sally Jed mit gegen die Sonne zusammengekniffenen Augen. Er spürte geradezu, wie ihr Blick über seinen gebräunten, muskelbepackten Körper wanderte, der im feinen Sprühwasser glänzte. Er stemmte ein Knie hinter das andere und lehnte sich so weit zur Seite, bis er sich in einem Winkel von fünfundvierzig Grad zur Wasserfläche befand. Manchmal, wenn auf dem See nicht soviel Betrieb war, ließen Bobby und Hank sie an der Sprungschanze zurück und unternahmen eine lange Bootsfahrt, während Jeds schneeweiße Gesäßbacken unermüdlich über ihr auf und nieder pumpten.

Des Abends holte er sie in seiner Benson-Mill-Mütze und passendem T-Shirt zu Hause ab. Ihr Vater wollte dann von ihm entweder genau wissen, wann sie wieder zu Hause sein würden, oder er musterte ihn einfach mißbilligend und verließ das Zimmer. Jed pflegte darüber nur zu lächeln. Sally gehörte jetzt ihm, er konnte es sich leisten, ihrem mürrischen alten Herrn gegenüber großzügig zu sein.

Wenn er am dritten Laufmal spielte, saß sie stets auf den Zuschauerbänken. Dann redete er noch eindringlicher auf den Pitcher ein: »HierherwerfenjasoBabydasistfeinlosBabylos.«

Dann sprang er höher, als er es jemals zu schaffen geglaubt hatte. Dann warf er schneller und gezielter als je zuvor. Dann schlug er Homeruns. Ihre Gegenwart verlieh ihm ungeahnte Kräfte. Er fühlte sich überlebensgroß: Das mußte es sein, was man gemeinhin als Liebe bezeichnete. Er würde sie niemals verlassen.

Hinterher fuhren sie in den Steinbruch und liebten sich auf dem Autorücksitz – sein Körper streifig von Staub, Schweiß und Grasflecken.

Man fuhr mehrere Stunden über schmale, kurvenreiche, unbefestigte Straßen bergauf, bis man die Senke erreichte, wo es einen kleinen See gab, eine Blockhaus-Kantine und eine ganze Reihe von Viermannzelten mit Feldbetten und Holzboden. Camp Tuscarora, in dem Emily als Helferin arbeitete.

Die Lagerleiterin, eine tüchtige Frau in grünem Trainingsanzug und gelbem Girl-Scout-Halstuch, gab dem Personal am Einweisungstag, als sich alle an den Tischen in der Kantine versammelt hatten, Instruktionen: »Die Eltern unserer Schützlinge vertrauen uns ihren kostbarsten Besitz an – ihre Töchter. Und unsere Aufgabe ist es nun, dafür zu sorgen, daß die Kinder hier, im Camp Tuscarora, keinen Schaden erleiden. Aber ich brauche euch ja nicht zu erklären, daß unsere Aufgabe noch viel weiter reicht. Die Eltern schicken ihre Töchter hierher, damit sie etwas erleben, was sie zu Hause nicht haben können: eine gute, christliche Kameradschaft mit charakterlich sauberen, gottesfürchtigen jungen Frauen. Deswegen müßt ihr alle, Mädchen, den Kindern mit gutem Beispiel vorangehen. Es wird im Camp nicht geraucht, es sei denn in der Hütte der Lagerleiterin. Und selbstverständlich wird auch nicht getrunken – weder im Lager selbst noch anderswo.

Wenn unsere Schützlinge mit ihren kleinen Problemen zu euch kommen, Mädchen, wird es eure Aufgabe sein, ihnen Liebe und Trost zu spenden. Das ist eine gute Übung für die Zeit, wenn ihr selbst Mann und Kinder habt. Das ist die wahre Aufgabe der Frau in diesem Leben, und es ist nie zu früh zu lernen, wie man sie richtig wahrnimmt. Aber ihr wärt natürlich heute abend nicht hier, wenn wir nicht wüßten, daß ihr diese Fähigkeit bereits unter Beweis gestellt habt. Eine gute Helferin wird sich in die unausgesprochenen Bedürfnisse ihrer Schützlinge einfühlen können.«

Emily war nervös. Würde es ihr gelingen, eine gute Lagerhelferin zu sein? Manchmal glaubte sie sogar, daß sie Kinder gar nicht besonders gern mochte. Doch wenn sie sich bei diesem Gedanken ertappte, war sie entsetzt. Was für eine Frau war das, die keine Kinder mochte? Ein Ungeheuer. Sie selbst wünschte sich mindestens fünf bis sechs. Aber zuweilen, wenn sie ihre eigene Mutter bei der Arbeit in Haus und Garten beobachtete, schien es ihr, daß diese arme Frau von ihren Pflichten keine besonders gern mochte, aber daran gebunden war und nun versuchte, das Beste daraus zu machen.

Sie wurde den Jüngsten unter den Teenagern zugeteilt, die primitives Camping lernen sollten: Latrinen im Wald ausheben, Äste zwischen Baumstämmen so anbringen, daß sie Klositze bildeten, auf offenem Feuer mit schwarzen Töpfen und Reflektoren abkochen. Die Zelte der ›Pups‹ waren im Kreis auf einem weichen Tannennadelteppich aufgeschlagen. Oft wanderten sie zum Schwimmen und Kanufahren zum See hinunter, manchmal nahmen sie auch mit den anderen Campern zusammen das Essen in der Kantine ein. An jedem Morgen fanden sie sich zum Flaggenappell auf der Wiese oberhalb der Kantine ein, und des Abends saßen sie ums Feuer, sangen Lieder, erzählten Geschichten und führten Sketche auf.

Im Schein der Kerosinlaterne schrieb Emily an Raymond. Auch seine letzten Briefe verrieten noch die gleiche Begeisterung wie der erste: »Wenn ich nicht arbeite, gehe ich in der Stadt spazieren und fotografiere. Die Piers, wo die Ozeandampfer anlegen. Die Querstraßen der Seventh Avenue, wimmelnd von Jungens, die Gestelle mit Anzügen und Kleidern vor sich herschieben. Bankboten in der Wall Street, mit Aktenkoffern, die an ihre Handgelenke gekettet sind. Die eleganten Geschäfte der Fifth Avenue. Die Mulberry Street mit den italienischen Feinkostläden, deren Schaufenster gefüllt sind mit Würsten und Salamis, Schnüren von Pepperoni, Bündeln von Kräutern. Chinatown. Die Ausgeflippten am Brunnen auf dem Washington Square. (Das ist in Greenwich Village.) Den Blumengroßmarkt. Yorkville, die Stadthäuser der East Sixties. Eines Abends kam ich zufällig auf den Times Square. Eine riesige Zigarettenreklame blies Rauchringe in die Luft. Neonreklamen glitzerten wie Gewölbe voll kostbarer Preziosen.

Letzte Woche war ich mit Gus zum sonntäglichen Lunch bei seinen Eltern in New Jersey. Als wir über die George Washington Bridge zurückfuhren, erstreckte sich unter uns die ganze Skyline. Auf dem Henry Hudson Parkway kamen wir an riesigen Apartmenthäusern vorbei, mit ihrem Fassadenschmuck und den Tausenden von Fenstern, in denen sich der Sonnenuntergang spiegelte. Ich empfand einen ungeheuren Stolz, nun auch zu alldem zu gehören. Manchmal stehe ich eine halbe Stunde oder länger auf der Park Avenue in der Höhe der vierziger Straßen und starre die gigantischen Wolkenkratzer aus Stahl und Glas an. Sie sind wirklich atemberaubend, Emily! Diese Stadt ist wie eine Turbine. Sie pulsiert vor Energie...«

Emily blies die Laterne aus, schlüpfte in ihren Schlafsack, lauschte den Fröschen, den Grillen und einer vereinzelten, traurigen Eule. Babs, ihre Zeltgenossin, Sophomore und Sportstudentin an der University of Georgia, unterrichtete im Kanufahren. Als sie Babs am Einweisungstag zum erstenmal sah, hatte sie auf der Veranda der Lagerleitung gestanden und auf den See hinabgeblickt. Ein braungebranntes junges Mädchen in rotem Badeanzug packte den Rand des Sprungbretts, stemmte sich langsam zum Handstand hoch und sprang ins Wasser. Danach stieg sie in eins der Kanus und glitt, komplizierte Manöver vollführend, über den See. Nach einer perfekten Landung am Steg hievte sie das Aluminiumkanu aus dem Wasser und schleppte es zu den Böcken hinüber. Am Abend saß Emily beim Essen neben ihr und musterte ihre sonnenverbrannte Nase, die sie mit einer dicken weißen Cremeschicht beschmiert hatte.

Zwei Tage später trafen die Kinder ein – zumeist aus Newland und den anderen Ortschaften im Tal. Ein Mädchen namens Rowena kam von einer Farm an der Straße, die zum Camp heraufführte. Sie schielte, hatte strähniges, fettiges Haar, war viel zu dick, aknepickelig und ein bißchen zurückgeblieben. Bekleidet war sie mit den abgelegten Umstandshosen einer erwachsenen Frau und einem korallenroten Orlonsweater. Wenn sie lachte, hing ihr die Zunge aus einem Mundwinkel. Die anderen Kinder mieden sie. Die trugen Blusen mit Peter-Pan-Kragen, Clubnadeln, Bermudashorts, neuartige Tennisschuhe, die ›Grashopper‹ genannt wurden und auf jeder Seite nur zwei Schnürlöcher hatten, und College-Sweatshirts von älteren Brüdern und Schwestern. Sie machten Emily nervös. Sie war überzeugt, daß die alle von den Ingenues aufgenommen werden würden, wenn sie zur High School kamen. Sie wußten stets das Richtige zu tragen und das Richtige zu sagen.

Da sie eine ungerade Zahl waren, mußte Rowena allein im Zelt schlafen. Bei Aufgaben, die einen Partner erforderten, tat Emily sich mit Rowena zusammen und sprach auch mit Georgia und Sissy, den beliebtesten der jüngeren Mädchen, versuchte sie dazu zu bewegen, sich um Rowena zu kümmern. Sie waren gerade in dem Alter, in dem sie anfingen, die Girl-Scout-Ideale wie zum Beispiel Hilfsbereitschaft für dämlich zu halten.

Rowena lief Emily schon bald überall nach wie ein junger Hund, setzte sich bei den Mahlzeiten neben sie und stand beim Flaggenappell an ihrer Seite. Emily wiederum war bemüht, möglichst neben Babs zu stehen und zu sitzen. Wenn Rowena versuchte, ihre Hand zu halten, bekam Emily eine Gänsehaut; wenn Babs ihre Hand gehalten hätte, hätte sie nichts einzuwenden gehabt. Babs trug die Nadel eines Sigma Nu namens Rob, eine winzige goldene, mit Perlen besetzte Krone, auf der Brust. Nach dem Abendessen spielten sie manchmal noch Neckball. Dann gaben Emily und Babs den Ball unter den Beinen hindurch oder hinter dem Rücken herum im Laufen weiter, während die Kinder vor Wonne und Frustration kreischten. Rowena trottete auf dem Spielfeld hin und her, ohne so recht zu ahnen, was eigentlich los war, blökte vor Lachen und ließ die Zunge aus dem Mund heraushängen. Immer wieder versuchte Emily, ihr den Ball zuzuspielen, aber sie warf ihn jedesmal nur hoch in die Luft und johlte dabei vor Vergnügen.

Eines Abends versteckten die Mädchen Robs Foto. Er war ein gutaussehender, stämmiger junger Mann mit dunklen Locken, verschmitztem Grinsen und einer Krawattennadel in Form eines Bierkrugs. Emily und Babs suchten im Wald. Schließlich führte Rowena sie zu dem Versteck hinter einem Felsblock und stand dann da, schieläugig, nach Lob lechzend.

Wieder im Zelt, murmelte Babs: »Verdammt hart, ihn den ganzen Sommer nicht zu sehen!«

»Ich kann's dir nachfühlen.«

»Hast du auch einen Freund?«

»Na ja, sozusagen. Aber der ist jetzt in New York City. Hat dort oben einen Job.«

»Auf Dauer?«

»Sieht so aus.«

»Mann, das ist hart.«

»Na ja, ich weiß nicht. Wir sind eigentlich mehr gute Freunde, sind zusammen aufgewachsen.«

»Ach, wie schön!«

»Schön, ja. Aber nicht sehr romantisch.«

»Ach so, ich verstehe. Warum nimmst du dir nicht einen anderen?«

»Weil keiner mit mir ausgehen will. Wahrscheinlich denken alle, daß Raymond und ich fest miteinander gehen oder so. Mehr oder weniger tun wir das ja auch. Oder vielmehr, taten es.«

»Na, dann ist das jetzt doch eine günstige Gelegenheit.«

»Ja, aber es gibt keinen, für den ich mich interessiere.«

»Das glaubt man immer, nachdem man Schluß gemacht hat. Aber dann taucht jedesmal wieder ein neuer auf.«

»Aber wir haben nicht richtig Schluß gemacht.«

»Ihr seid doch auch gar nicht richtig fest miteinander gegangen, oder?«

Ein paar Tage später fuhren sie mit zwei Lastwagen an einen TVA-Stausee, wo sie als Vorbereitung für eine dreitägige Tour einen Kanuausflug machen wollten. Babs und Emily saßen im Führerhaus des einen Lastwagens, den Earl steuerte, der Hausmeister des Camps. Earl war Junior an der State University, ein hochgewachsener Junge mit einem wirren Schopf hellbrauner Haare, durchdringenden grünen Augen und einem gutmütigen Lächeln. Er trug Reitstiefel, Röhrenjeans und ein breites Lederband ums Handgelenk.

»Zigarette?« fragte er, ein Päckchen Marlboro in der Hand. Babs grinste. In Gegenwart der Kinder sollte eigentlich nicht geraucht werden. Babs nahm ihren riesigen Strohhut ab und hängte ihn vors Rückfenster. Dann nahm sie eine Zigarette und setzte sie, mit der Hand die Streichholzflamme schützend, in Brand.

Emily hatte noch nie geraucht. Das war auch eine ihrer Schwächen: Sie bekam gute Zensuren, sie rauchte nicht, sie trank nicht, sie knutschte nicht. Die guten Zensuren waren ihr auferlegt worden wie die Menstruation. In jedem Jahr wählte ihre Klasse sie zur Fleißigsten oder Erfolgversprechendsten. Tatsache war aber, daß sie gar nicht erfolgreich sein wollte – *beliebt* wollte sie sein! Sally wurde natürlich jedesmal wieder zur Beliebtesten oder zum Mädchen mit dem hübschesten Lächeln ihrer Klasse gewählt. Manchmal legte Emily es geradezu darauf an, schlechte Zensuren zu bekommen, doch bei den Richtig-Falsch-Fragen war das praktisch unmöglich. Was nun das Trinken, Rauchen und Knutschen betraf – nun, sie selbst war durchaus dazu bereit, all das auch einmal zu versuchen, doch da bot sich wiederum nie eine Gelegenheit. In der Junior High School hatte sie sich überlegt, wenn ihre Mutter ihr nur erlauben würde, einen BH zu tragen, Beine und Achselhöhlen zu rasieren und sich die Lippen zu bemalen, würde sie endlich gesellschaftlichen Erfolg haben. Letztlich hatte sie das auch erreicht, aber es hatte sich nichts geändert. Die Ingenues hatten sie immer noch nicht zum Beitritt aufgefordert, und sie wurde immer noch zur Erfolgversprechendsten gewählt.

Sie nahm eine Marlboro, zündete sie mit einem Streichholz an und inhalierte genau wie Babs. Die Fahrerkabine füllte sich mit Qualmwolken, und Emily wäre beinahe erstickt.

Earl und Babs musterten sie besorgt. Mit puterrotem Gesicht keuchte sie: »Ach was, das ist nichts! Ist mir nur in die falsche Kehle geraten.« Sie schlug die Beine übereinander und hielt die Zigarette, wie sie es bei Babs gesehen hatte, zwischen den gestreckten Fingerspitzen. Lässig sah sie zum Wagenfenster hinaus, wo die Bäume vorüberflogen, warf dann wieder einen Blick auf die Zigarette und korrigierte ein wenig ihre Haltung.

Babs schnippte die Asche mit dem Daumennagel in den Aschenbecher. Emily machte es ihr nach und flippte die Zigarette auf Earls Schoß. Der Wagen schleuderte, als Emily quer über Babs hinweg zwischen Earls Beine hechtete. Sie lächelte, schlug die Beine wieder übereinander und arrangierte ihre Zigarette neu.

»Kann eine von euch beiden reiten?« erkundigte sich Earl.

»Früher, aber ich hab's schon lange nicht mehr versucht«, antwortete Babs.

»Ich auch nicht«, echote Emily.

»Ihr solltet mal nach dem Abendessen zu meiner Hütte runterkommen. Ich versuche gerade, eine Stute im Springen zu trainieren. Wenn ihr wollt, könnt ihr sie auch mal reiten.«

»Vielen Dank. Werden wir vielleicht sogar machen.« Babs drückte ihre Zigarette aus.

An ihrem ersten freien Abend gingen Babs und Emily zur Lichtung hinter Earls Hütte hinab. Earl hatte zwei senkrechte Pfosten aufgestellt mit einem Querbalken, den man in der Höhe verstellen konnte. Sie setzten sich auf die Laubschicht des Hügels, rauchten im Zwielicht Marlboro und lauschten den Rufen der Ziegenmelker. Ein ums andere Mal galoppierte Earl mit der Stute auf das Hindernis zu. Manchmal schnaubte sie, warf den Kopf zurück und verweigerte mit wild rollenden Augen den Sprung. Dann ließ er sie die Gerte spüren, rammte ihr die Fersen in die Flanken und kehrte zum Anreitepunkt zurück. Dann wieder sprang sie zwar, warf aber die Stange ab. Und gelegentlich kam sie ganz fehlerfrei hinüber. Dann klopfte er ihr den schweißnassen Hals und spendete ihr liebevolles Lob.

Hinterher saßen sie alle drei am Hang und rauchten. Als der Himmel ganz dunkel wurde, holte Earl Bier. Emily trank in ganz kleinen Schlucken, bis sie spürte, daß eine Art Schwäche ihre Beine heraufkroch. Earl und Babs tranken sich in eine Kicherphase hinein. Sie begannen einander zu necken und auf dem Laubteppich zu rangeln. Emily kam sich vor wie eine Anstandsdame, doch Babs bestand darauf, daß sie auch das nächste Mal mitkam.

Anläßlich ihres Tagesausflugs – sechs Kanus mit je drei Personen – marschierten sie wieder an den See hinab. Emily übernahm in ihrem Boot das Heckpaddel, während Rowena in der Mitte saß. Babs übernahm in einem anderen Boot das Heck. Den ganzen langen, heißen Nachmittag hindurch paddelten sie. Emily bewunderte Babs' lange, gleichmäßige Schläge und beobachtete, wie die Sonne auf ihren gebräunten Rücken brannte, auf dem nassen Paddel glänzte. Einmal bewarf Sissy Rowena, als diese gerade nicht hinsah, mit Marshmallows. Und redete ihr anschließend ein, es regne tatsächlich Marshmallows. Als Rowena vertrauensvoll zum Himmel emporblickte, begannen die anderen Kinder laut zu lachen.

Als ihre Kanus nebeneinander lagen, schlug Emily Babs ein Wettpaddeln vor. Jede ließ sich auf ein Knie nieder und legte los. Die Kanus schossen vorwärts. Gemeinsam mit ihren Bugleuten waren sie um einen gleichmäßigen Rhythmus bemüht. Emily sah, wie sich Babs' Arm- und Rückenmuskeln spannten, wenn sie das Paddel ins Wasser tauchte und durchzog. Es machte ein saugendes Geräusch und erzeugte winzige Wirbel. Wenn sie das Paddel, parallel zum Wasser, in halbem Bogen wieder nach vorn führte, rannen Wassertropfen vom Blatt. Emily glich ihre eigenen Schläge Babs' Tempo an, und beide Kanus schossen, Kielwasser hinter sich herziehend, nebeneinander auf den Staudamm zu.

Sie landeten am Fuß des Dammes und kletterten das Kiesufer bis zu der Snackbar hinauf, die oben auf der Betonbefestigung stand. Tief unten schoß nach seinem Lauf durch die Turbinen das Wasser heraus. Sie kauften sich Cokes und Schokoladenriegel. Emily starrte die Familien in ihren Wohnwagen an: Nach so vielen Wochen in einem Zeltlager in den Bergen hatte sie den Kontakt mit der Außenwelt verloren.

»Rob möchte, daß wir uns auch so ein Ding kaufen und quer durch die Landschaft ziehen, wenn wir verheiratet sind«, erzählte Babs.

»Verheiratet? Du willst heiraten?«

Babs lachte. »Aber sicher, gleich nach dem Schulabschluß. Weihnachten in einem Jahr verloben wir uns, und im Juni darauf findet die Hochzeit statt. Rob meint, es wäre besser, die Reise zu machen, bevor wir uns Kinder zulegen.«

»Wie viele Kinder wollt ihr denn?«

»Vier.«

An jenem Abend breiteten sie ihre Schlafsäcke auf dem verlassenen Kiesstrand am Ende des Stausees aus. Hinter ihnen ragten bewaldete, von Höhlen durchzogene Klippen auf. Sie sangen ein Tischgebet und kochten sich aus Dörrfleisch und Gemüse einen Eintopf. Die Sonne versank wie ein gewaltiger Kupfergong Zentimeter um Zentimeter hinter den Bergen am anderen Seeufer. So weit sie sehen konnten, gab es in allen vier Himmelsrichtungen außer ihnen nicht eine einzige Menschenseele. Nach dem Abendessen fingen die Kinder an, Rowena zu necken, sie mit Spottnamen zu hänseln, bis sie weinte. Rowiener. Roweiner. Ro, die Weinerin. Heulsuse.

Später tranken sie heiße Schokolade, lagen ums Feuer und lauschten den Wildschweinen, die im Unterholz wühlten. Hoch oben auf den Klippen ließen sich Bussarde auf ihren Nestern nieder. Babs hockte hinter Sissy, deren lange Haare sie liebevoll bürstete und flocht, während die Gruppe von anthropomorphischen Fröschen und Tauben sang und die Ziegenmelker vom Wald her den Refrain schrien. Emily beobachtete Babs' kräftige braune Hände, die Sissys Haar glätteten und zurechtstrichen, und wünschte sich, ihr eigenes wäre nicht zu einer kurzen Lockenfrisur geschnitten. Aber sie war ja jetzt Lagerhelferin und sollte andere verwöhnen, statt sich selbst verwöhnen zu lassen. Das fiel ihr nicht leicht. Rowena klammerte sich fest an ihre Hand, und das fand sie widerwärtig. Warum habe ich immer die Freaks am Hals? dachte sie.

Nachdem die Mädchen in ihre Schlafsäcke gekrochen waren und allmählich einschliefen, holte Babs eine Schachtel Marlboro aus ihrem Rucksack und deutete mit einem Kopfnicken den Strand entlang. Sie schlenderten über den Kies und kletterten über Treibholz. Wellen leckten an ihren Füßen, sie steckten sich Zigaretten an und rauchten schweigend. Der Himmel war so klar, daß sogar die dicht beieinanderstehenden Plejaden fast einzeln zu erkennen waren. Emily erinnerte sich, daß Injun Al den Fünfen einmal erzählt hatte, wie die Cherokees die Sehschärfe ihrer Krieger zu testen pflegten: Sie forderten sie auf, die Sterne der Plejaden zu zählen. Anschließend sann sie darüber nach, wie schwer es doch ein kurzsichtiger Krieger gehabt haben mußte – vielleicht ebenso schwer wie ein intellektuelles, sportliches junges Mädchen an der Newland High.

Der Mond war noch nicht aufgegangen, doch die Millionen ferner Sterne schienen das Himmelsschwarz aufzuhellen. Bis auf die Wellen, die an den Strand schlugen, ein leises Rascheln im Wald, ihren eigenen Atem, wenn sie den Zigarettenrauch ausstießen, und das ferne Knistern des Lagerfeuers war alles still.

»Mein Gott, wie sehr mir Rob doch heute abend fehlt!« murmelte Babs.

»Das kann ich dir nachfühlen.«

Babs sah sie an. »Wirklich?«

»Ich weiß nicht. Vielleicht doch nicht.«

»Ein ganzer Sommer ohne Sex. Fürchterlicher Gedanke!«

Emily saß erstarrt und schweigend da, wagte dieses Thema nicht weiterzuverfolgen. Wollte Babs damit tatsächlich sagen, daß sie Sex betrieb? Wenn ja, war sie die einzige in Emilys Umgebung, die offen eingestand, keine Jungfrau mehr zu sein.

Babs tätschelte ihr lächelnd das Bein. »Du bist ein netter Kerl, Emily.«

Emily hatte das Gefühl, der Magen stülpe sich ihr um. Ihr Bein prickelte, wo Babs es eben berührt hatte. Sie nahm sich noch eine Zigarette und setzte sie mit bebenden Händen in Brand. Was in aller Welt war das nur?

Als sie ins Hauptlager zurückkehrten, wartete ein Brief von Raymond auf sie. Sie las ihn, während sie lang ausgestreckt unter einer Pappel lag, deren raschelnde Blätter Tropfen von Sonnenlicht über ihren Körper sprenkelten. »Ich verbringe viel Zeit in der Subway. Da sitze ich dann und sehe zu, wie die Leute einsteigen und aussteigen – jede nur mögliche Hautfarbe und jeder Bekleidungsstil, den es auf der Welt gibt. Oder ich gehe zu einem Zeitungskiosk und blättere in den Zeitungen aus fast allen Ländern der Erde: dem irischen ›Advocate‹, der ›Staats-Zeitung‹, dem ›Novy Swiat‹, der ›La Prensa‹. Oder ich stehe während des Berufsverkehrs auf der Madison Avenue und sehe zu, wie die

Werbe- und Presseleute vorbeieilen. Hier leben die begabtesten Menschen der ganzen Welt. Hier passiert einfach alles. Manchmal fahre ich zum Flughafen hinaus und sehe zu, wie die Passagiere von Bord ihrer Maschinen aus Osaka, Dubai, Bangkok oder Melbourne gehen. Niemals zuvor war mir so richtig klar, wie langweilig es in Newland ist, wo alle genau gleich aussehen und denken. Man braucht nur eines Tages Socken in der falschen Farbe zu tragen, und schon ist man bis an sein Lebensende erledigt. Zum erstenmal fühle ich mich als richtiger Mensch, als Individuum. Hier scheint wahrhaftig alles möglich zu sein. Kannst Du das verstehen, Emily?«

Alles in allem eigentlich nein, dachte sie. Sie wurde von hohen Bäumen überragt. Der nächste Mensch war eine Meile weit entfernt. Raymond wurde von Wolkenkratzern aus Stahl und Glas überragt und war von zahllosen Menschen umgeben. Wie sollte sie ihn da verstehen?

Emily wanderte allein zu Earls Hütte hinüber. Wie gewöhnlich arbeitete er hinter dem Haus mit seiner Stute. Insekten, Vögel und Frösche lieferten die Begleitmusik zum Schnauben des Pferdes, zu Earls Flüchen und bittendem Zureden, dem Klatschen der Gerte, dem Hämmern der Hufe, dem dumpfen Geräusch, wenn die Stange herunterfiel. Die Stange lag jetzt auf neunzig Zentimeter. Hinterher machte er es sich in seinen gewohnten braunen Lederreitstiefeln, den knallengen Jeans und dem T-Shirt mit Bier und Zigaretten am Hang bequem.

»Allmählich wird's.«

»Die Fortschritte sind deutlich zu sehen.«

»Ja, sie ist ein braves Roß. Lernt schnell. Wie war eure Kanuwanderung – schön?«

»Ja, sehr schön. Kein Regen. Kein Unfall. Perfekt.«

»Wo ist Babs denn heute abend?«

»Die hat Dienst. Hast du was dagegen, daß ich allein gekommen bin?«

»Ob ich was dagegen habe? Soll das ein Witz sein?«

»Na ja, ich weiß nicht. Das heißt, ich dachte ...«

»Was – ich und Babs?« Er warf den Kopf in den Nacken und lachte laut auf. »Die ist doch in festen Händen – mit Nadel!«

»Ja, das weiß ich. Und?«

»Das ist beinahe so gut wie verlobt, du Dummchen. Du bist wirklich noch ein kleines, dummes High-School-Mädchen, nicht wahr?« neckte er sie in dem Ton, den er anschlug, wenn er mit Babs herumalberte. »Stimmt's?«

Sie lächelte. »Doch, ich glaube schon.« Sie hatte keine Ahnung, wie man dieses Spiel spielte.

»Em ist ein kleines Schulmädchen!«

Sie beschloß, den Versuch zu wagen. »So klein nun auch wieder nicht!« behauptete sie und boxte ihn, wie sie es von Babs gesehen hatte, in den muskulösen Bauch.

»Aha! Raufen will sie!« Grinsend verdrehte er ihr den Arm. Sie schlang ihm den anderen Arm um den Hals und nahm ihn in den Schwitzkasten. »Nimm das zurück!« verlangte sie und verstärkte den Druck.

»Em ist ein kleines Schulmädchen!« Er verstärkte seinen Griff ebenfalls. Mit einem Fuß trat sie ihn vor die Brust, so daß er ihren Arm loslassen mußte. Er warf sich auf sie, setzte sich auf ihren Bauch und drückte ihr die Arme über dem Kopf an den Boden.

»So!« sagte er triumphierend. »Und jetzt sag mir laut, daß ich fabelhaft bin.«

»Ein Wurm bist du!« Sie hob ein Bein und stieß es ihm so fest vor die Brust, daß er nach hinten fiel und den Hang hinabrollte. Er rappelte sich auf und kam übertrieben langsam wieder herauf. Sie erwartete ihn lachend, geduckt. Er sprang sie an. Sie fiel auf ihre Ellbogen zurück. Da griff er mit beiden Händen in ihr Haar und zwang ihren Kopf nach hinten, bis sie den Mund öffnete.

Und plötzlich war das für sie kein Spaß mehr. Oft genug hatte sie gesehen, wie seine Stute das Maul öffnete, wenn er zu fest an den Zügeln zerrte. Sie warf den Kopf hin und her, um sich aus seinem Griff zu befreien. Sein Mund senkte sich auf den ihren herab, und seine Zunge stieß gegen ihre fest zusammengepreßten Lippen. Sie schubste ihn von sich.

Lang ausgestreckt lag er da und sah in den Himmel. »Tut mir leid, Emily. Ich hatte gedacht, du wolltest es so.«

Emily begriff, daß sie sich übernommen hatte. Aus ihrer Zeit mit den Fünfen war sie daran gewöhnt, mit Jungen zu toben. Jetzt aber war sie kein Kind mehr. »Dafür bin ich zu jung, Earl.«

Er lachte. »Zu jung? Sieh dich doch an! Ich sage es dir ja nicht gerne, Mädchen, aber du bist erwachsen.«

»Nein, nicht erwachsen. Ich bin nur ein kleines Schulmädchen. Weißt du nicht mehr?«

»Okay. Du bist ein Schulmädchen. Entschuldige, mir ist das Temperament durchgegangen. Aber ich werde warten.« Seine Wangenmuskeln arbeiteten wie bei Gary Cooper in ›High Noon‹.

»Was soll das heißen?«

»Daß ich dich gern habe, Emily. Sehr sogar.«

»Was? Wen? Mich?«

Er lachte. »Ach, laß nur.«

Im Schein der Taschenlampe putzte sich Emily am Wasserhahn die Zähne. Als sie zu Boden blickte, sah sie einen Frosch. Bei näherem Hinsehen wirkte er mißgestaltet. Sie hockte sich nieder. Es waren siamesische Froschzwillinge, der eine auf dem Rücken des anderen. Sie rannte zu ihrem Zelt zurück und holte Babs. Babs sah sich die Geschichte an und fing an zu lachen.

»Aber Emily! Die Frösche da bumsen.«

»Ich . . . Ich wußte nicht, daß Frösche . . . das auch tun.«

»Soweit ich weiß, tun das alle Lebewesen.«

Gedemütigt verschwand Emily im Zelt.

Am letzten Abend im Lager versammelten sich alle Kinder und Helfer am See und ließen Rindenschiffchen mit brennenden Kerzen auf dem Wasser schwimmen. Dazu sangen sie das Lagerlied.

Nach der kleinen Abschiedsfeier wandte sich Emily an Earl: »Was hast du dir gewünscht?«

Babs sagte lachend: »*Was* du dir gewünscht hast, wissen wir. Aber mit wem?«

Earl grinste. »Wird nicht verraten.«

Auf dem Rückmarsch ins Lager gestand Babs, sie habe sich gewünscht, daß Rob morgen ganz früh kommen und sie abholen werde. Emily hatte sich gewünscht, von den Ingenues als Mitglied aufgenommen zu werden, doch das verriet sie keinem. Zufällig stießen sie auf Rowena, die ganz allein ging.

»Was hast du dir denn gewünscht, Rowena?« erkundigte sich Emily.

Rowena grinste. »Daß meine Augen gerade werden, damit Sissy mich mag.«

Donny machte vor dem Drugstore halt, um sich Kaugummi zu kaufen, und drängte sich, Entschuldigungen murmelnd, durch die Menge der vor der Tür herumlungernden Männer.

»Na, wie geht's, Donny?« erkundigte sich Mr. Dupree.

»Danke gut, Sir.« Er deutete auf ein neues Bild an der Wand über der Registrierkasse. »Wer ist denn das, Mr. Dupree? Ihr Daddy?«

Mr. Dupree musterte ihn ungläubig. »Das? Das ist Reverend Martin Luther King junior, mein Sohn. Hast du denn in den letzten fünf Jahren nicht ferngesehen?«

»Ach ja! Er kam mir gleich so bekannt vor.«

»Was ist denn, mein Sohn? Wirst du im Herbst mit uns anderen zur weißen High School rübergehen?«

»Wer – ich? Nein, Mr. Dupree, ich glaube nicht. Meine Grandmaw will nicht, daß ich Ärger kriege.«

»Ärger? Donny, mein Sohn, du steckst schon bis an deine braunen Ohren im Ärger.«

»Wie meinen Sie das, Mr. Dupree? Ich hab' noch nie, wirklich noch nie Ärger gehabt.«

»Wenn man in diesem Land als Neger geboren ist, steckt man vom ersten Atemzug an im Ärger.«

»Na ja, aber ich will auf den Ärger nicht noch mehr Ärger draufsetzen, Sir.«

»Mein Sohn, du glaubst, das Leben sei eine einzige große Fischgrillparty. Aber du solltest schleunigst aufwachen, sonst steckst du auf einmal selber am Spieß und wirst gegrillt.« Mit einer Handbewegung, als wolle er eine Fliege verscheuchen, wandte er sich ab.

Donny mähte in der Tsali Street Rasen und schnitt Hecken, um für einen eigenen Wagen zu sparen. Leon hatte einen alten, ramponierten kastanienbraunen Dodge, und die Mädchen brachten sich fast um, damit er sie mal darin mitnahm. Nicht etwa, daß Donny sich für andere Mädchen als Rochelle interessierte. Aber er hätte auch nichts dagegen gehabt, wenn sie sich ihm gelegentlich mal an den Hals geworfen hätte. Leon behauptete, ein eigenes Auto sei ein Muß. Und bis jetzt hatte er noch nicht erlebt, daß Leon sich irrte.

Zuweilen ging er auch in den Country Club und schleppte Golftaschen. Die weißen Caddies aus Cherokee Shoals hatten ein eigenes Clubhaus. Einmal, als Donny bei einem Gewitter dort Schutz suchen wollte, sagten sie: »Scher dich zum Teufel, du Scheiß-Pavian!« Jetzt saß er am Putting Green unter einem Baum und beobachtete über die Hecken hinweg die weißen Kinder, die vom Sprungbrett in den Pool sprangen. Gelegentlich sah er Sally Prince im Badeanzug vom Pool zu ihrem Wagen gehen. Oder er beobachtete die Frauen, die auf dem Putting Green in Bermudas und Strohhüten über ihre Putter gebeugt standen und von einem Stollenschuh auf den anderen traten. Bei einigen von diesen Frauen machte Rochelle sauber, während die hier kleine weiße Bälle über den Rasen schlugen. Ein absolut idiotischer Zeitvertreib. Doch am Verhalten von Weißen krittelte man nicht herum.

Die weißen Caddies wurden immer zuerst engagiert, doch irgendwann war gewöhnlich auch Donny an der Reihe. Mr. Prince zum Beispiel wählte immer ihn, auch wenn noch weiße Jungen warteten. Die sahen ihm dann finster nach, wenn er sich Mr. Princes große Tasche mit dem Reißverschluß auf den Rücken hievte. Zuweilen warnte ihn wohl auch einer, er solle sich nie wieder blicken lassen, doch solche Warnungen ignorierte er einfach und hielt sich während der Wartezeit in Sichtweite der Golftrainerhütte auf. Einmal, als er am Highway-Rand entlang nach Hause ging, wäre er beinahe von einem der Caddies mit dem Motorrad überfahren worden. Er konnte gerade noch über den Graben springen, als das Motorrad einen Schauer von Erde und kleinen Steinchen hochschleuderte.

Obwohl Donny selbst niemals Golf gespielt hatte, lernte er beim Zuschauen immerhin so viel, daß er genau wußte, wann er welchen Schläger von seinem Lederfutteral befreien mußte. Es machte ihm Spaß, mit zwei Golftaschen auf dem Rücken über den leuchtend grünen Platz zu wandern, den Vögeln zu lauschen, den kleinen weißen Bällen nachzublicken und in den Ballwaschanlagen die Grasflecken von ihnen abzuscheuern. Die weißen Herren mochten ihn und plauderten manchmal mit ihm.

»Heiß genug für dich heute, mein Sohn?«

»Ja, Sir. Sicher.«

»Ein richtiger Glutofen.«

»Ja, Sir. Sicher.«

»Am letzten Tee hab' ich 'n verdammt guten Schlag hingekriegt.«

»Ja, Sir. Sicher.«

»Boy, jetzt würde ein kühles Bier schmecken, nicht wahr?«

»Ja, Sir. Sicher.«

Er bekam stets gute Trinkgelder. Außerdem sammelte er auf dem Rückweg am Highway-Rand Limonadenflaschen auf. Mit dem Pfand kaufte er für Rochelles Geschwister Süßigkeiten. Jedesmal, wenn er wieder die vertrauten Straßen von Pine Woods betrat, fühlte er sich wie ein Geheimagent, der aus Feindesland in seine Heimat zurückkommt. All die vielen blassen Gesichter. Allmählich sahen sie in seinen Augen krank aus.

Rochelles Geschwister kreischten vor Freude, wenn sie ihn über den Hof kommen sahen. Sie kletterten an seinen langen Beinen empor und durchsuchten seine Taschen nach Mitbringseln. »Heda! Schön festhalten!« rief er lachend. Rochelle paßte auf die Kinder auf, wenn ihre Mutter putzen ging. Und wenn die Mutter zu Hause war, ging Rochelle selbst in der Tsali Street oder in der Wohnanlage am anderen Flußufer putzen. Donny tobte mit den Kindern herum, warf sie sich über die Schulter oder schwenkte sie an den Armen im Kreis. Wenn er sich niederhockte, krabbelten sie auf seinen Rücken und kitzelten ihn. Rochelle, ihre Mutter und alle anderen Frauen von Pine Woods lobten ihn voller Begeisterung und sagten, er sei ein richtiges Wunder mit diesen Kindern.

Die Stadtväter beschlossen, im Herbst in allen Schulen zur ersten Klasse auch Schwarze zuzulassen, damit die Kinder gemeinsam in gemischtrassigen Klassen aufwuchsen. Die meisten Einwohner von Pine Woods hielten das für sehr vernünftig. Doch Mr. Dupree schimpfte eines Nachmittags, als Donny bei ihm Süßigkeiten kaufte: »Und was zum Teufel sollen die elf anderen Jahrgänge unserer Kinder in einer minderwertigen Schule tun?«

»Ach was, Booker T. ist so schlecht auch nicht, Mr. Dupree«, behauptete Donny.

»Wenn einer was lernen will, doch!«

Donny ging zu Rochelle und saß unter einem Baum, als sie ihm Sprudel und Sandwiches brachte. Beim Essen beobachtete er mit ihr zusammen die Kinder, die auf dem staubigen Hof herumtobten. Ihre Hautfarbe wies alle möglichen Schattierungen auf, von Dunkelbraun bis *Café au lait,* Rochelle aber war von allen am hellsten. Er wußte noch, daß er sie schon in der dritten Klasse für das hübscheste Mädchen der Welt gehalten hatte. Während der gesamten Schulzeit war sie der Liebling aller Lehrer gewesen.

In letzter Zeit schien er geradezu fixiert zu sein auf die Hautfarbe der Leute. Immer wieder ertappte er sich dabei, daß er aus den Augenwinkeln an seiner dunklen Nase herabschielte. Er erinnerte sich genau, daß er sich als Kind seiner Hautfarbe gar nicht bewußt gewesen war. Bis er eines Nachmittags im Kino nicht mit den anderen vieren zusammensitzen durfte. Das hatte wochenlangen Kummer zur Folge gehabt, während er allmählich begreifen lernte, daß er ein Farbiger, sie dagegen Weiße waren und daß dieser Unterschied wichtig war. Dann hatte er diese Tatsache jahrelang verdrängt, doch jetzt war sie wieder voll da.

Einer von Rochelles Brüdern würde im Herbst an einer weißen Schule anfangen. Andere würden folgen. Donny konnte sich gar nicht vorstellen, wie das sein würde. Er hatte das Gefühl, daß die weißen Schüler sämtliche Ämter übernehmen und die Schule regieren würden. An der Booker T. machten seine Mitschüler wenigstens ihre eigene Zeitung und bildeten einen Schülerrat. Richtig froh war er, daß er das nicht mehr miterleben mußte. Aber Rochelles Geschwister würden das miterleben. Vielleicht sogar eins von seinen eigenen Kindern.

Donny tat gern so, als seien er und Rochelle verheiratet und das hier ihre Kinder. Den eigenen Vater kannte er nur von dem Foto, das seine Grandmaw zu Hause in einer Schublade versteckt hielt. Ein dunkler, grinsender Mann mit einem Militärkäppi, das wie ein umgekehrtes V aussah, und einer weißen Frau auf den Knien. Seine Grandmaw hatte ihm immer erklärt, sein Vater sei ein guter, starker Mann gewesen, der im Krieg gefallen sei. Die Mutter hatte etwas von Diebstahl und Gefängnis gesagt. So richtig konnte er das nie miteinander vereinen. Aber er empfand es als Verlust, daß er ihn nicht gekannt hatte. Deswegen beschloß er, für diese Kinder so dazusein, wie er es sich von seinem eigenen Vater gewünscht hätte.

Obwohl er das seinen Freunden am Swimmingpool niemals eingestanden hätte. Etwas später am selben Tag saßen sie in der Badehose auf den bunten Eisenstühlen, sahen sich die Mädchen an und begutachteten sie.

Als Lorraine vorbeischlenderte, rief Leon mit Falsettstimme: »Lorraine-Baby, wo willst du hin?«

»Spazieren«, knurrte sie ärgerlich.

»Mann, wenn ich von der Pussy was abhaben könnt'«, stöhnte Leon, »ich würd' bei lebendigem Leib tot umfallen!«

»Hör auf mit dem Scheiß, Mann! Dasselbe hast du letzten Monat von Charlene gesagt. Un' nu, wo du sie hast, willste se wieder loswerden. Dich kann wohl keine Frau lange glücklich machen, wie, Leon?«

»Ach Mann, ich kann mir Charlenes Mist einfach nich' mehr mit anhör'n. Ewig redet sie: ›Was willst du mit deinem Leben anfangen, Leon? Aus dir wird ja doch nie was werden!‹ Dann sag' ich zu ihr: ›Schnauze! Un' jetz' hör mir mal zu. Ich bin noch nich' mit dir verheirat', also halt endlich die Klappe in dei'm dämlichen Gesicht, verstanden?‹«

»Also, wenn du mit ihr durch bist, Mann, sag mir bloß Bescheid«, warf Sidney ein.

Sie standen auf und trotteten zur Snackbar hinüber. An der Rückwand hing ein Limonadenposter mit einer vollbusigen Weißen in engem Pullover und Caprihosen, die vor einem Ranchhaus an einem knallroten Sting Ray lehnte. Während sie ihre Hot Dogs bestellten, ließen sie kein Auge von ihr. Leon verkündete: »Mann, nach der Missionsversammlung gestern abend hab' ich mir 'ne richtig heiße Möse gekrallt!« Wenn Leon von seinen Mädchen erzählte, hörten alle aufmerksam zu. Er behauptete, im Alter von elf Jahren mit dem Bumsen angefangen zu haben. Donny gab die Hoffnung nicht auf, einige Tips von ihm zu bekommen, die ihm bei Rochelle weiterhalfen.

»Haste bestimmt nich'!«

»Doch. Ich schwör's. Ehrlich!«

»Du hast diese Kleine aus North Carolina dazu gekriegt, daß sie dich ranläßt?«

»Na, immer!«

»Ach was, du lügst!«

»Ich lüge nich', Mann! Wer sagt hier, ich lüge?« Sie boxten und knufften einander, bis Donny Leon abschleppte und zum Abkühlen in den Pool schubste.

Sally und Jed hatten ihre Zusammenkünfte ins Munitionsdepot verlegt. Sie hatten Kissen und Decken hinuntergebracht und eine batteriegespeiste Laterne. Manchmal nahm Sally auch eine Vase voll Blumen mit. Eines Abends stützte Jed, lang ausgestreckt, den Kopf auf eine Hand und betrachtete Sallys Schamgegend. Nun, da er leichten Zugang zu allen Regionen ihres Körpers hatte, war er gar nicht mehr so interessiert daran. Oder vielmehr, er wollte sie zur Verfügung haben, wann immer er sie begehrte. All dieses andere Zeug jedoch, das wollte er nicht – sie trösten, zum Beispiel, wenn sie ihre Tage hatte, über jede Minute des Tages Rechenschaft ablegen, sich ihre Kritik an Bobby und Hank anhören, als wäre er wieder ein kleiner Junge und müsse Mommy um Erlaubnis bitten. Er hatte nicht geahnt, daß es so sein würde. Bei Busen-Betty, da war er rein und wieder raus, und damit basta. Da brauchte er nicht sein Leben damit zu verbringen, sie glücklich zu machen. Allerdings, wenn man in Betty drin war, verlangte sie verdammt viel von einem. Ihre Möse war wie ein großes dunkles, warmes, schleimiges Loch, in dem er gefangen war und das er nie wieder verlassen konnte. Sie war wie das Maul von einer dieser haarigen Taranteln. Der Himmel wußte, was für Keime da drin schwärten. Es schien, als könne er nie das kriegen, was er wollte. Warum gelang es ihm nicht, ein nettes, normales Mädchen zu finden, das dankbar nahm, was er ihr gab?

Sally beobachtete, wie Jed sie beobachtete. Er sah so ungeheuer gut aus! Darum lohnte es sich vermutlich, ihn festzuhalten. Wenn man sündigte und genau wußte, daß es Sünde war – machte das die Sünde geringer? Aber sie wurde ganz verrückt, wenn sie daran dachte, daß er mit Betty French hier unten gewesen war! Er hatte ihr fest versprochen, so etwas nie wieder zu tun. Nur, was er am Bumsen fand, das war ihr tatsächlich ein Rätsel. Er wälzte sich auf sie und schob diesen großen Dingerich in sie rein. Und das Ganze war schon vorbei, bevor es so richtig angefangen hatte. Alles in allem eine einzige, große Enttäuschung. Und nun, da sie ihm alles geschenkt hatte, schien er sie gar nicht mehr so sehr zu lieben.

»Liebst du mich?« wollte sie wissen.

»Aber ja doch. Sicher.«

»Nein, ich meine, ob du mich richtig liebst.«

»Ja.«

»Das hört sich aber nicht so an.«

»Wie würde es sich denn anhören, wenn's so wäre?«

»So jedenfalls nicht.«

Er zuckte die Achseln.

»Du liebst mich nicht, stimmt's?«

»Ich liebe dich«, versicherte er mit gehetztem Blick.

»Wenn du das wirklich tätest, dann würdest du's mir sagen, ohne daß ich dich danach fragen muß.«

Er zog ein finsteres Gesicht. Sie rückte näher. Er rückte weg.

Sie brach in Tränen aus. »Du verachtest mich!« klagte sie. »Ich habe dir alles geschenkt, und jetzt bin ich nur noch ein Dreck für dich!«

»Verdammt noch mal, ich liebe dich!«

»Tust du nicht!« kreischte sie und bearbeitete seine Brust mit beiden Fäusten. »Du nutzt mich nur aus! Du hast meinen guten Ruf ruiniert, und jetzt haßt du mich!«

»Ich hasse dich nicht«, knurrte er mit haßverzerrtem Gesicht.

»Warum siehst du mich dann so an?« jammerte sie und barg das tränennasse Gesicht in den Händen.

Er griff mit beiden Händen in ihr Haar, als wolle er es ihr ausreißen. Vor Wut fauchend, hämmerte er mit der Faust auf den Erdboden. Sally wagte einen entsetzten Blick durch die Finger.

»Okay. Was muß ich tun, um dir zu beweisen, daß ich dich liebe?«

»Halt mich fest«, bettelte sie. »Hab mich ein bißchen lieb!«

Behutsam zog er sie an sich und wünschte sich dabei, ganz weit von hier entfernt zu sein. Sie schmolz in seinen Armen dahin, flüsterte Liebesbeteuerungen und streichelte mit der Hand seinen steifen Schwanz.

Neuntes Kapitel
Heimkehrkönigin

In der Halbzeit marschierte die Band zu den Klängen einer Militärmusikversion von ›A Pretty Girl Is Like a Melody‹ auf den Footballplatz. Sie formierten sich zu einer fünfzackigen Krone. Dann folgte die Heimkehrkönigin mit ihren Hofdamen, jeweils oben auf dem Rücksitz eines weißen Cadillac-Kabrioletts. Sally, die jüngste Hofdame, trug ein schulterfreies gelbes Chiffonkleid in Ballerinenlänge, dazu ein Straßdiadem und einen Riesenstrauß gelber Rosen. Unter dem Applaus der Zuschauer umkreisten die Autos im Schrittempo den Platz. Sally lächelte, bis ihr die Kinnladen weh taten, und winkte mit der weißbehandschuhten Hand, bis sie das Gefühl hatte, der Arm werde ihr abfallen.

Die Flutlichter wurden ausgeschaltet und dann im Mittelfeld ein Freudenfeuer entzündet. Die Cadillacs formierten sich um den Holzstoß wie eine Wagenburg aus Pionierzeiten. Die Mitglieder der Band schalteten an ihren Mützen angebrachte Lampen ein, damit die Umrisse der Krone sichtbar blieben. Majoretten in weißen Stiefeln postierten sich mit brennenden Feuerstäben an jeder Zacke und führten zur Musik des ›Säbeltanzes‹ eine komplizierte Darbietung vor.

Sally, die in das knisternde Feuer starrte, dachte daran, daß es ihr heute abend recht schwer gefallen war, den Reißverschluß ihres Kleides zuzuziehen. Gewiß, sie hatte es seit dem Weihnachtsball der Rebels im vergangenen Jahr nicht mehr getragen. Trotzdem fragte sie sich, ob sie vielleicht doch schwanger sei.

Denn eines Abends, als Jed sich in der Höhle aus ihr zurückzog, hatte er flüsternd gestöhnt: »O Gott!«

»Was ist denn, Schatz?« murmelte Sally mit geschlossenen Augen.

»Dieses verdammte Gummi ist abgegangen!« Er schnappte sich eine Flasche Ginger-Ale, öffnete den Verschluß, legte den Daumen auf die Öffnung, schüttelte kräftig und schob sie in Sallys Vagina. Sally schrie auf, als das Ginger-Ale in sie hineinspritzte, und wollte sich aufrichten. Jed aber stieß sie heftig zurück, schüttelte die Flasche noch einmal und wiederholte die Prozedur.

Dann sprang er auf und tigerte beunruhigt auf und ab. »Wann sind deine Tage fällig?«

Sally schluchzte.

»Verdammt noch mal, wann sind deine Tage fällig?«

»Ich weiß es nicht«, weinte sie.

»Was soll das heißen, du weißt es nicht?«

»Ich hab's auf dem Kalender angestrichen, aber auswendig weiß ich's eben nicht.«

Er zerrte sie auf die Füße. »Los, komm!«

Sie jagten zur Bibliothek, wo sie schwitzend über anatomischen und physiologischen Lehrbüchern brüteten. Die Bibliothekarin, eine alte Dame mit grauem Haarknoten, die ihnen Märchen vorgelesen hatte, als sie fünf Jahre alt waren, lächelte gütig: ein High-School-Pärchen beim Pauken für eine Klassenarbeit.

»Es sieht so aus, als sei es der vierzehnte Tag nach dem Einsetzen deiner letzten Periode«, zog Jed das Fazit.

Er wartete in der Einfahrt, während sie sich ins Haus stahl und auf ihrem Kalender nachsah. »Heute ist der achtzehnte Tag«, verkündete sie, als sie wieder einstieg.

»Gott sei Dank! Ich glaube, wir sind gerettet.« Sie fielen einander um den Hals und küßten sich leidenschaftlich. »Von heute an werde ich jedesmal zwei Gummis tragen.«

Zwei Wochen später mußte sich Sally auf der Toilette übergeben. Sie redete sich ein, ihr Frühstücksspeck sei verdorben gewesen. Als sie dann begann, schon vor dem Abendessen einzuschlafen, beschloß sie einfach, früher zu Bett zu gehen. Und den Schmerz und das Kribbeln in ihren Brustwarzen erklärte sie sich mit der Begeisterung, mit der Jed an ihnen zu nuckeln pflegte.

Als ihre Periode sich um mehrere Tage verspätete, sagte sie sich, sie habe nicht richtig gezählt, und konsultierte ein halbes dutzendmal ihren Kalender. Da ihre Tage jedoch schon früher manchmal zu spät eingetroffen waren, weigerte sie sich ganz einfach, sich Sorgen zu machen. Der Zeitpunkt war falsch, und außerdem hatte Jed seither immer zwei Gummis getragen.

Als ihre zweite Periode ausblieb, wurde sie nervös. Und meldete sich bei einem Gynäkologen im Nachbarort an. Nach der Untersuchung erklärte er seufzend: »Nun, junges Fräulein, ganz sicher kann ich es noch nicht sagen, ob Sie nun schwanger sind oder nicht. Deswegen werde ich Ihnen jetzt etwas verschreiben. Wenn Sie Ihre Periode fünf Tage nach der Einnahme der Pillen noch immer nicht bekommen, so heißt das eindeutig, daß Sie schwanger sind.«

Also schluckte sie jeden Morgen eine der kleinen pfirsichfarbenen Pillen. Und rannte ein dutzendmal am Tag auf die Toilette, wo sie inbrünstig um Blutflecken betete. Sogar mit einem Blutsturz wäre sie einverstanden gewesen. Ihre Gebete wurden jedoch nicht erhört. Sie blieb auf der Toilette sitzen, bis sie sich wieder beruhigt hatte, um dann mit ihrem Cheerleaderinnenlächeln ins Klassenzimmer oder an den Eßtisch zurückzukehren.

Eines Abends brachte Jed sie nach einer Zusammenkunft der Devouts nach Hause, auf der sie um ein erfolgreiches Spiel gegen die Chattanooga Centrals gebetet hatten. Darlene, die neue Vorbeterin, schloß im flackernden Kerzenschein die Augen und sprach: »Lieber Gott, wir danken Dir für unseren Sieg in der vergangenen Woche über die Roaring South Forks. Noch dankbarer aber wären wir Dir gewesen, hättest Du nicht ihre JVs die unseren so hoch besiegen lassen. Aber, lieber Gott, diesen nächsten Sieg gegen die Purple Pounders brauchen wir wirklich dringend, wenn wir an den Staatsmeisterschaften teilnehmen wollen ...«

Als sie in der Einfahrt hielten, schob Jed seine Hand an Sallys Schenkel empor. Sie stieß ihn zurück, riß die Tür auf und floh zum Haus. Er lief ihr nach. »Was ist? Was habe ich dir getan?«

»Gar nichts«, keuchte sie. »Aber ich muß heute früh zu Hause sein.« Sie riß sich los und rannte ins Haus.

»Die Pillen haben nicht gewirkt«, erklärte sie dem Arzt am Telefon.

Langes Schweigen. »Nun ja – tut mir leid, junges Fräulein.«

»Können Sie mir nicht was anderes geben?«

Keine Antwort.

»Ich meine, es ist doch nur, weil sich meine Tage verspäten, Herr Doktor. Das ist schon öfter mal passiert. Ich bin eben aus dem Rhythmus gekommen. Vielleicht ist mit meinen Eierstöcken was nicht in Ordnung.« In der Bibliothek hatte sie gelesen, daß gewisse Krankheiten und Mangelerscheinungen die Monatsblutung verhindern konnten. Immer wieder stand sie vor dem Spiegel und kontrollierte ihren Körper auf Anzeichen von Anämie.

»Tut mir leid, junges Fräulein. Ich habe alles getan, was in meiner Macht lag.«

»Aber was soll ich denn bloß machen?«

»Ich weiß es nicht, junges Fräulein. Tut mir leid. Alles Gute.« Damit legte er auf.

Sie starrte den Telefonhörer an. Nach einer Weile ging sie ins Bad und übergab sich. Dann zog sie ihren Kalender zu Rate und zählte ihre

Periode ab. Es war ganz einfach menschenunmöglich, daß sie wirklich schwanger war.

»Jetzt komm schon!« wisperte Leon, schob die Zweige der Schierlingstanne auseinander und spurtete über das freie Gelände zwischen der Mauer und den Bänken der Musikkapelle. Die Jungen aus Cherokee Shoals, die während des Spiels dort herumgelungert hatten, und die Highway-Polizisten, die deren Schlägereien immer schlichten mußten, standen alle oben am Zaun und sahen den tanzenden Feuerstäben zu.

Donny brachte die halbe Strecke bis zu den Sitzreihen der Zuschauertribüne hinter sich, dann machte er halt. Was sie hier taten, war etwas Unrechtes. ›Du sollst nicht stehlen‹, stand in der Bibel. Leon nannte ihn immer Mr. Junior-Kirchendiener und erklärte ihm, die Weißen hätten die Schwarzen seit drei Jahrhunderten bestohlen. Daher wäre dies also ganz einfach so, als hole man sich einen Teil des Diebesgutes zurück.

Rochelles Mutter war im letzten Monat mit einer Bauchhöhlenschwangerschaft ins Krankenhaus eingeliefert worden. Inzwischen lag sie zu Hause im Bett, und es sah nicht so aus, als würde sie jemals wieder zu Kräften kommen. Die County-Behörden bezahlten das Krankenhaus. Nachbarn brachten Lebensmittel. Die Herrschaft von Rochelles Mutter brachte Pakete mit abgelegten Kleidern und Konserven. Donny hatte Rochelle sein Autowaschgeld von diesem Sommer gegeben. Und trotzdem hatte sie ihren Job in der Bibliothek aufgeben und jeden Nachmittag sowie an den Samstagen putzen gehen müssen. Die Nachbarn kümmerten sich abwechselnd um die Kinder. Mr. Dupree gab ihnen Kredit. Aber so konnte es nicht ewig weitergehen. Rochelle stand jeden Morgen um sechs Uhr auf, um die Kinder anzuziehen, zu füttern und entweder zur Schule oder zu ihren Babysittern zu bringen; anschließend hastete sie selbst zur Schule, ging nachmittags putzen, kam wieder nach Hause, um das Abendessen zu kochen, das Haus in Ordnung zu bringen, ihre Mutter zu versorgen, die Kinder zu waschen, ins Bett zu bringen und anschließend ihre Wäsche zu waschen und zu bügeln. Danach erst setzte sie sich an ihre Hausaufgaben. Ging sie tatsächlich einmal mit Donny aus, schlief sie dabei unweigerlich ein. Nicht selten trug sie ungebügelte Kleider. Und hatte seit Wochen nicht mehr gelächelt.

»Was ist denn mit ihren Daddies?« fragte Donny eines Abends, als er mit Rochelle am Bett ihrer Mutter saß.

»Gott, Herzchen – du weißt doch, wie die Männer sind. Die sind längst über alle Berge«, erwiderte Rochelles Mutter mit bitterem Lachen. Sie war in eine alte Steppdecke gewickelt und wirkte abgezehrt.

»Und wenn man die Kinder aus dem Haus gibt? Ihre Schwester könnte doch ein paar nehmen. Und Grandmaw nimmt vielleicht auch ein oder zwei.«

»Wenn ich etwas vermeiden will, dann daß die Familie auseinandergerissen wird. Weil, wir sind doch alles, was wir haben!«

»Ja, aber dann könnten Sie und Rochelle sich mal richtig erholen. Und wenn Sie wieder arbeiten können, könnten sie ja auch wieder nach Hause kommen.«

Verdammt, er *mußte* ihnen einfach helfen! Er rannte unter die Tribüne. Leon langte bereits hinauf und schob die Hand in die Instrumentenkästen, um sich einiger Brieftaschen zu bemächtigen.

Durch die Holzplanken entdeckte Donny, wie ein Streifenpolizist das Feuer betrachtete. Breitrandiger Hut, Kanone im Gürtel, breitbeinig dastehend, Hände auf dem Rücken. Die Feuerstäbe wirbelten sechs Meter hoch in den Nachthimmel hinauf. Die Zuschauer pfiffen, jubelten und schrien.

Gleich würde das Flutlicht wieder eingeschaltet werden. Der Cop würde herumfahren, ihn sehen, packen und zum Feuer schleppen. Die Zuschauer würden brüllen und die Band spielen, während sie ihn zum Spießbraten machten...

In den Nachrichten hatten sie heute abend das Foto eines brennenden Kreuzes im Vorgarten des Schulrats von Donley, Tennessee, gebracht. Ein Stein war ihm durchs Fenster ins Haus geworfen worden, eingewickelt in einen Zettel mit der Botschaft: ›Diesmal ein Stein – das nächste Mal Dynamit.‹ Die Weißen machten kurzen Prozeß. Ein weißer Junge erklärte in einem Interview: »Ich kann einfach nich' neben ihn' sitzen. Die sin' verdreckt, un' die stinken. Richtig krank werd' ich davon. Tiere sin' das, mehr nich'. Wenn ihr sie in unseren Schulen ham wollt, setzt euch doch selber neben sie!«

»Grandmaw, weißt du was? Mir ist nie richtig klargeworden, wie sehr die uns hassen«, hatte er dazu gesagt.

»Still, Jungchen. Die meisten sind ganz schlichte Arbeiter wie deine Mama und ich. Aber in jeder Stadt gibt es ein paar Fanatiker. Und das sind manchmal sogar Farbige.«

Donny öffnete den Deckel eines Instrumentenkastens und tastete darin herum. Leon rannte bereits, über und über mit Brieftaschen behängt, zu den Schierlingstannen zurück.

Sekundenlang erstickte Donny fast an seinem rasenden Zorn auf all die Männer, die bei Rochelles Mutter im Bett gelegen, sich mit ihr amüsiert und dann ohne einen weiteren Gedanken an sie das Weite gesucht hatten. Hieß das vielleicht, ein Mann sein? Wirklich? Nein, in Pine Woods gab es viele Männer, die jeden Morgen zur Arbeit gingen, zu Jobs, die sie halt eben gefunden hatten. Die des Abends heimkamen, mit ihren Kindern spielten und mit ihren Frauen schliefen. Sie bezahlten ihre Rechnungen und gingen am Sonntag in die Kirche. Mr. Junior-Kirchendiener. Na schön, dann war er das eben! Mit leeren Händen hetzte er zu den Schierlingstannen zurück.

Während Emily mit ihrer Flöte den ›Säbeltanz‹ trillerte und im Takt der Trommeln auf der Stelle marschierte, blickte sie immer wieder zu der Heimkehrkönigin und ihrem Hofstaat hinüber, die sich um das Freudenfeuer gruppiert hatten. Es war eine ungeheure Erleichterung für sie, keinen Groll mehr zu empfinden, weil sie nur in Sallys Begleitband spielte.

Earl war mehrmals von der State University herübergekommen, um mit ihr ins Kino zu gehen. Dort wurden sie von ihren Klassenkameradinnen gesehen, und bald wurde überall geflüstert, daß Emily Prince mit einem College-Studenten ausging, einem Fraternity-Mitglied sogar, und das auch noch bei den KTs! Im Kino hielt er ihre Hand. Und eines Abends, als er sie zu Hause ablieferte, gab er ihr einen behutsamen Kuß, bei dem sie nichts von jenem Abscheu empfand, der sie so sehr gestört hatte, wenn Raymond sie küßte. Im Gegenteil: Sie war von gelindem Enthusiasmus erfüllt.

Am Wochenende vor der großen Herbstgala der KT ›lavalierten‹ sie sich. Das heißt, während sie sich im Wilderness Trail Drive-In ›Vom Winde verweht‹ ansahen, befestigte Earl eine Kette an ihrem Hals, an der eine Lavalière in Gestalt eines winzigen vergoldeten Säbels hing. Beim Untergang Atlantas im Feuersturm küßten sie sich.

Zur Herbstgala trug Emily ihr langes weißes Abendkleid vom Plantation Ball. Earl erschien in Konföderierten-Uniform mit Schleppsäbel. Zwischen den beiden Buchsbaumreihen gingen sie den Plattenweg zum Säuleneingang des KT-Hauses hinauf. Zu einer Seite der Verandatreppe lag ein dicker, grün gestrichener Stein. Die große doppelstöckige Halle wimmelte von Fraternity-Mitgliedern in grauer goldverschnürter Uniform mit ihren Damen. Einige Mädchen im Abendkleid hatten sich dekorativ auf der Wendeltreppe postiert. In den Kaminen an den beiden Querseiten der Halle brannte Feuer.

Etwa in der Mitte des Abends sah Emily sich auf einmal von Fraternity-Mitgliedern umringt. Sie sangen das KT-Lied von Ehre, Tugend und Treue. Der Präsident überreichte ihr zu Ehren ihres Lavalière-Status langstielige weiße Rosen.

Emily übernachtete in einem der Dormitorien. Am nächsten Vormittag schritt sie mit Earl an einem purpurrot gestrichenen Stein vorbei zum Eingang des KT-Hauses.

»War der nicht gestern abend grün?«

»Also, ich weiß nicht. Ich hab' nicht drauf geachtet.«

Emily starrte den Steinbrocken an.

Eines Tages, in der Schule, kam Mo auf sie zu. In der Grundschule waren sie Freundinnen gewesen. Später war Mo Chef-Cheerleaderin und Präsidentin der Ingenues geworden. Emily dagegen Einzelgängerin und Blaustrumpf.

»Hallo, Em! Wie geht's dir denn so?«

»Danke, gut«, antwortete Emily mißtrauisch.

Mo streckte die Hand aus und berührte den winzigen Säbel an ihrem Hals. »KT, eh?«

»Ja.«

»Nicht schlecht. Und gut aussehen tut er auch. Ich hab' dich letztes Wochenende mit ihm im Majestic gesehen. Du bist *das* Thema der ganzen Schule.«

»Im Ernst?«

»Im Ernst.«

In der Woche darauf standen die Ingenues in ihren cremefarbenen Blazern mit dem purpurroten Wappen auf der Brusttasche vor Emilys Haustür.

»Oh, hallo!« grüßte Emily. »Sally ist, glaube ich, in ihrem Zimmer. Wartet, ich gehe sie holen.«

»Aber wir wollen zu dir!« entgegnete Mo.

»Zu mir?«

»Wir wollen dir deine Einladung bringen.«

Nunmehr, das wußte Emily, mußte sie sich benehmen wie der Ehrengast in ›Dies ist Ihr Leben‹, also vor Freude quietschen und Tränchen vergießen. Das hatte sie bei Sally gesehen. Das Äußerste jedoch, was sie zustande brachte, war ein müdes Lächeln.

Ihre feierliche Aufnahme fand bei Mo zu Hause statt, in einem kleinen Ranchhaus der Fabriksiedlung. Ihre Eltern waren für diesen Abend extra ausgegangen. Die Ingenues, in Baby-Doll-Pyjamas, die Schmachtlöckchen mit silbrigen Haarclips festgesteckt, hatten sich in einem großen Kreis auf dem Wohnzimmerteppich niedergelassen und veranstalteten einen ›Lemon Squeeze‹. Dabei wurde ein jedes Mitglied quasi durch die Mangel gedreht, das heißt, die übrigen Mitglieder sagten der Reihe nach jeweils etwas Gutes und etwas Nachteiliges über die

Betreffende. Die Neulinge saßen dabei auf dem Sofa oder in Sesseln und notierten sich Einzelheiten über korrektes Ingenue-Verhalten. Emily versuchte, ihre Marlboro ›französisch‹ zu inhalieren, wie sie es mehrmals bei alten Mitgliedern gesehen hatte. Dabei ließ man den Rauch zum Mund hinausströmen und inhalierte ihn durch die Nase. Emilys Kopf steckte inmitten wabernder Rauchschwaden.

»Das stimmt aber wirklich, Dawn. Du lächelst so viel, daß man nie weiß, ob du es auch aufrichtig meinst.«

»Das ist doch beinahe Heuchelei, Dawn.«

»Aber ich heuchle nicht!« widersprach Dawn und polkte an ihrem rotlackierten großen Zehennagel. »Ich lächle immer, wenn ich glücklich bin. Was kann ich denn dafür, daß ich fast immer glücklich bin? Ich meine, jetzt lächle ich doch auch nicht, oder?« Sie brach in Tränen aus und barg das Gesicht in ihren Händen.

Die Gruppe schwieg mißbilligend. Schließlich sagte die Vizepräsidentin: »Dawn, Schätzchen, wir wollen dir doch nur helfen, eine möglichst gute Ingenue zu werden. Und außerdem weißt du, daß diejenige, von der die Rede ist, selber nichts dazu sagen darf.« Dawn fuhr fort zu weinen und versteckte ihr Gesicht noch tiefer.

Danach war Sandy an der Reihe, der man vorwarf, mit den Freunden der anderen Mitglieder zu flirten. »Aber du hast sehr schöne Zähne, Sandy«, ergänzte ihre Anklägerin.

Emily sah durch ihre Rauchwolken zu.

»Du lächelst nicht oft genug, Connie. Alle denken, du bist ein Trauerkloß. Und wir wollen doch wirklich nicht, daß man die Ingenues für einen Haufen von Trauerklößen hält, oder?«

Zum Schluß heulten die meisten Ingenues und wischten sich mit dem Saum ihrer Baby-Doll-Hemdchen Augen und Wangen. Sandy ließ einen Zettel herumgehen. Sie hatte die Gewohnheit, sich in der Schule an Jungen heranzumachen, ihnen mit der Hüfte einen Stoß zu versetzen und sie mit trägem Lächeln zu fragen, ob sie an diesem Tag schon ihr Kilometersoll erfüllt hätten. Die Mitglieder, die den Zettel lasen, japsten, erröteten oder kicherten. Emily las: ›Mathematikaufgabe: Ein Schwanz ist fünfzehn Zentimeter lang. Wie viele Tage braucht man, bei sechzig Stößen pro Minute und fünf Minuten pro Tag, um einen Kilometer zurückzulegen?‹ Die Antwort stand auf dem Kopf: ›Hängt davon ab, ob man unterwegs eine Panne hat. Wer sein Soll heute geschafft hat, bitte lächeln.‹

Rasch hüllte Emily sich in eine neue Rauchwolke und gab den Zettel an ihre Nachbarin weiter. Die alten Mitglieder fingen an, sich über ihre

Freunde zu unterhalten wie ein Harem über seinen Scheich. Die neuen Mitglieder wurden in ein Schlafzimmer geführt. Anfang der Woche hatte jede von ihnen eine Garnitur Unterwäsche abgeliefert. Jetzt erhielten sie die Stücke purpurn eingefärbt, in der Farbe des Clubs, wieder zurück. In die BHs waren für die Brustspitzen, in die Höschen für den Schritt Löcher geschnitten worden. Alles kreischte vor verlegenem Vergnügen. Emily steckte sich eine weitere Zigarette an und begutachtete ihre verstümmelte Wäsche. Sie konnte sie anziehen und Ingenue werden. Aber sie konnte auch aufstehen, hinausgehen und wieder die alte Einzelgängerin sein. Sie inhalierte tief. Die anderen hatten inzwischen Stöckelschuhe angezogen, begutachteten sich gegenseitig und kreischten dabei vor Lachen.

Entschlossen drückte Emily die Zigarette aus, erhob sich von ihrem Platz und zog sich aus. Sie wollte unbedingt Ingenue werden. Warum, das konnte sie eigentlich nicht sagen. Jedenfalls hatte es viel damit zu tun, daß sie all diese Jahre lang keine gewesen war.

Die Mädchen marschierten ins Wohnzimmer hinüber, wo die Altmitglieder versammelt waren, kritisch äugten, Kommentare abgaben, ›französisch‹ inhalierten und Sprudel tranken. Die Neuen drehten und wendeten sich, während die Altmitglieder jubelten, applaudierten und grinsten wie die Lions bei einem Herrenabend. Mehrere pfiffen auf den Fingern.

Die Jungmitglieder stelzten auf und ab und nahmen die verschiedensten Posen ein. Emily kam errötend, mit hängendem Kopf und krummem Buckel hereingeschlichen. Einen Moment war alles still. Dann explodierte der Raum vor Jubelgeschrei.

»Führ uns was vor, Em!« schrie jemand. Und während Emily sich gehorsam drehte und wendete, sah sie zu Mo hinüber, die mit übergeschlagenen Beinen auf der Couch saß und mit ernster Miene Emilys Brustspitzen musterte. Emily empfand ein Aufwallen von . . . Ja, wovon eigentlich? Ihre Brustwarzen richteten sich auf. Sie floh ins Schlafzimmer. Die Altmitglieder begannen mit den Füßen zu stampfen. »Wir wollen Emily! Wir wollen Emily!« Sie wurde ins Wohnzimmer zurückgezerrt. Stolpernd betrat sie den rauchgeschwängerten Raum und blieb vor den feixenden Ingenues stehen: endlich, endlich eine der Ihren.

Im Umkleideraum hielt Trainer Clancy Manöverkritik über die erste Halbzeit. »Ihr lauft rum, als hättet ihr Blei in den Füßen. Ihr seid noch langsamer als die Wiederkunft Christi. So nutzlos wie Titten an ’nem Eichelhäher. Mann Gottes, so ’n trauriges Elendshäufchen von Footballspielern hab’ ich mein Lebtag noch nich’ gesehn!«

Jed saß, die Ellbogen auf die Knie gestützt, und ließ deprimiert Hände und Kopf hängen. Wie er wußte, saßen heute abend Scouts von einigen Mannschaften des Südwest-Sportverbandes unter den Zuschauern, und bis jetzt hatte er einfach miserabel gespielt.

»Dieses Gefummel an der Fünfundzwanziger-Linie, Tatro, das war das Traurigste, was ich jemals gesehen habe. Verdammt noch mal, du hast ausgesehn wie 'n einarmiger Tapezierer mit Filzläusen. Ich glaube, sogar 'n Mädchen hätte was Besseres zustande gebracht als du! Und du, Osborne, hast dagestanden wie 'n Ersatzschwanz auf der Hochzeitsreise. Wenn ihr so weitermacht in der zweiten Halbzeit, Freunde, ham wir weniger Chancen als 'n Furz im Wirbelsturm. Und Miller, die Verteidigung hat Löcher. Warum kannst du da nich' durchstoßen? Soll ich für dich vielleicht Haare drumkleben?«

Jed kippte ein halbes Coke in einem Zug.

Durch das Spalier der Cheerleaderinnen trottete er wenig später auf den Platz zurück, erfüllt von der Zuversicht, dieses Spiel doch noch gewinnen zu können. Sie hatten schon schlimmer in der Tinte gesessen. Wie Trainer Clancy immer sagte: Wenn die Arbeit hart wird, machen sich die Harten an die Arbeit. Auf diese Männer konnte er sich blindlings verlassen. Jeder Mann hatte seine Spezialaufgabe. Hier stieß man in eine Lücke vor, dort täuschte man mit dem Ball. Vom alten Slocombe über die JVs und die Mannschaftsanwärter bis zu Trainer Clancy persönlich. Sie alle wußten genau, wo sie zu stehen und was sie zu tun hatten. Und wenn sie es allesamt richtig gemacht hatten, stürmte das Team über den Platz wie ein Continental Mark IV . . . Sie waren ein Team und kämpften am besten unter schwerem Beschuß. Warum sollte es ihnen nicht gelingen, heute abend ein Comeback zu haben? Das Heimkehrspiel *mußte* gewonnen werden.

Während nach Spielende eine niedergeschlagene Zuschauermenge von den Tribünen zum Parkplatz strömte, hielt der Fahrer von Sallys Cadillac, ein Einbalsamierer von Creech's Funeral Home, den Wagen vor dem Stadion an, damit sie sich für die Fahrt zum Heimkehrtanz in der Turnhalle nach vorn setzen konnte.

Dort saß Sally entschlossen lächelnd und winkte den Neugierigen auf dem Bürgersteig zu. Die Menge winkte fröhlich zurück und rief ihr Glückwünsche zu.

Auf einmal bemerkte Sally, daß sich die freie Hand des Fahrers ganz langsam unter ihrem Rock nach oben stahl. Ohne mit Lächeln und Winken aufzuhören, stieß sie mit ihrer freien Hand die seine fort. Beide

Hände fochten einen grimmigen, doch stummen Kampf aus, während er aufmerksam auf die Straße sah und sie tapfer ihren Fans zuwinkte.

»Hören Sie auf!«

»Komm, sei 'n bißchen nett zu mir, Baby«, verlangte er, ohne die Lippen zu bewegen.

»Nein!« knurrte sie, den Passanten zulächelnd.

»Du hast es doch gern. Das weißt du genau«, murmelte er weiter und streichelte dabei ihren Schenkel.

Allmählich empfand sie die vertraute Übelkeit. »Halten Sie an! Mir ist schlecht«, befahl sie, einen seiner Finger abwehrend.

»Ich denke nicht daran!«

»Ich meine es ernst!«

Der Wagen bog auf den Highway ein und wurde schneller. Seine Hand war inzwischen an ihrem Schritt angelangt. Als die Menge ihrer Bewunderer zurückblieb, packte sie mit beiden Händen zu.

»Anhalten, hab' ich gesagt!« Und schon erbrach sie sich über seinen Schoß, besudelte ihn von oben bis unten.

»Himmelherrgott!«

Sie würgte so heftig, daß sie ihm nicht einmal vorhalten konnte, sie habe ihn ja gewarnt.

»O Gott!« murmelte er, als er sein verdrecktes weißes Dinnerjacket betrachtete.

Als sie vor der Turnhalle aus dem Cadillac stieg, hing ihr das Diadem schief über einem Auge, und ihr Reifrock war zu einer Acht verbogen. Unsicher stolperte sie den Plattenweg entlang.

Auf dem Podium saß sie zur Rechten der Königin auf einem Thron und beobachtete ihre tanzenden Schulfreundinnen. Jed war noch nicht eingetroffen, kam vielleicht auch gar nicht, weil er so furchtbar ungern verlor. In den Tanzpausen summte es in der Turnhalle von Stimmengewirr. Von Zeit zu Zeit blickten die Leute zum Podium hinüber. Sie sah deutlich, daß Marsha Roller lachte. Marsha war im letzten Jahr zu Wetterballonumfang aufgequollen. Eine Woche lang hatte sie gefehlt. Dann war sie mit ihrer alten Figur wieder erschienen. Ihre beste Freundin hatte erklärt, sie habe an Unterernährung gelitten und sei deswegen so aufgedunsen gewesen. Sie sei ins Krankenhaus gekommen, wo man sie auskuriert habe. Dede Black jedoch behauptete flüsternd, sie gehe jede Wette ein, daß Marsha schwanger gewesen sei. Bald wußte es die ganze Schule, daß Marsha Roller Zwillinge bekommen und sie in ein Waisenhaus gegeben hatte. Marsha Roller war eine Hure. Von da an waren ihr alle Jungen nachgelaufen.

Sally bildete sich ein, daß es totenstill in der Turnhalle würde. Daß alle Köpfe sich in ihre Richtung wandten. Und alle wüßten, daß Sally Prince schwanger war. Sally Prince war keine Jungfrau mehr. Genau wie Betty French, Marsha Roller und Sandy Willis war Sally Prince auch eine Hure.

Sie sprang auf und lief hinaus.

Draußen atmete sie die kühle Luft in tiefen Zügen ein. Mit zitternden Händen wischte sie sich die Tränen ab. Ziellos wanderte sie umher. Dann begann sie plötzlich zu laufen. In der dunklen Nacht hastete sie stolpernd durch unbekannte Straßen, bis ihr Atem in keuchendem Stakkato ging. Sie fiel auf die Knie. Mit gefalteten Händen neigte sie den Kopf und betete zu Gott, er möge bewirken, daß sich das Baby, das in ihr heranwuchs, lösen möge. Sie hatte gesündigt, sie wußte, daß sie sündigte, und dies war ihre Strafe dafür. Dennoch flehte sie ihren Schöpfer an, Gnade vor Recht ergehen zu lassen.

Während der folgenden Woche nahm sie immer wieder kochendheiße Bäder. Ihre Haut nahm die Farbe von gekochtem Hummer an. Wenn sie allein zu Hause war, jagte sie ein ums andere Mal die drei Treppen vom Keller zum Boden hinauf und hinab wie ein Eichhörnchen in einer Tretmühle. Sie sprang von möglichst hohen Tischen. Dann setzte sie sich auf die Toilette und wartete darauf, daß der Embryo herauskam. Sie brauchte nur die Arme zu heben, und Tausende von Menschen sprangen jubelnd von ihren Sitzen. Durch großzügig verschenktes oder finster verweigertes Lächeln konnte sie ihre Lehrer dazu bewegen, ihr bessere Zensuren zu geben. Durch Darbieten oder Verweigern von Teilen ihres Körpers konnte sie Jed um den kleinen Finger wickeln. Dieses Gewächs in ihrem Bauch jedoch ließ sich durch gar nichts beeindrucken.

Sie zerbrach sich den Kopf darüber, wem sie sich anvertrauen konnte. Ihre Eltern würden furchtbar enttäuscht von ihr sein. Deswegen brachte sie es nicht übers Herz, ihnen die Wahrheit zu sagen. Es würde keine Szene geben, weder Geschrei noch Tränen, nur einfach entsetztes Schweigen, wenn sie ihre gute Meinung von ihrer Tochter in Trümmern sahen. Von den Mädchen in der Schule gingen vermutlich sehr viele bis zum Letzten, aber nicht *eine* sprach davon. Es war wirklich wie bei einer Lotterie, und wenn die eigene Nummer aufgerufen wurde, trug man die Folgen ganz allein.

Wenn sie bloß nie von Jed Tatro gehört hätte! Sie schwor zu Gott, wenn Er sie aus dieser Lage befreite, würde sie nie wieder bis zum Letzten gehen – niemals!

Als aber auch das nichts nützte, wünschte sie sich, sie wäre tot. Sie würde sich umbringen. Sie bog einen Kleiderbügel aus Draht zurecht und stocherte damit in sich herum, bis es blutete. Sie hockte sich mit gespreizten Beinen hin und hielt den Staubsaugerschlauch an ihre Vagina. Es rührte sich nichts.

»Na schön«, sagte Jed eines Abends, als sie nicht dulden wollte, daß er sie anfaßte, weil sie darüber nachdachte, wie sie ihm beibringen sollte, daß er Vater wurde, »wenn du nicht mehr daran interessiert bist – es gibt 'ne ganze Menge Mädchen, die's so richtig gern haben.«

»Großartig! Wunderbar! Laß dich nicht zurückhalten«, fauchte sie. »Aber was *du* brauchst, das ist kein Mädchen. Was du brauchst, das ist ein ganzer Sumpf, in den du dein Ding reinstecken kannst.«

Zehntes Kapitel
Meine Frau, deine Frau

»He, Boys, kalt hier, was?« säuselte Honey Sweet ins Mikrofon, schlang sich die Arme um den Oberkörper und schüttelte sich, bis ihr gewaltiger, halbnackter Busen bebte.

Ihr Lead-Gitarrist, in limonengrünem Western-Anzug, trat vor, legte den Arm um sie und sagte leise, mit lüsternem Grinsen: »Aber Herzchen, wenn du nicht so halbnackt rumlaufen würdest, würdest du auch nicht so frieren.«

Die Zuhörer in der Turnhalle johlten.

Mit gespielter Empörung stieß Honey ihn von sich und schmollte: »Bleib du nur bei deiner Gitarre, Slim, darin bist du großartig. Aber von Mode hast du keine Ahnung. Das heißt, ich glaube, du hast überhaupt von nichts eine große Ahnung.«

Slim beugte sich vor und sprach in sein Mikrofon: »Und all ihr hübschen Mädchen da unten: Wenn euch mal kalt ist, kommt nach der Show zum Howard Johnson Motel. Der alte Slim wird euch schon wärmen!«

Die Frauen im Zuschauerraum kicherten, während Honey Sweet sich die Kaskaden von Blondhaar aus dem Gesicht strich, keß eine Hüfte vorschob und eine Faust darauf stützte. »Und wenn du wieder in der Lage bist, den Leuten da unten 'n bißchen Musik vorzuspielen, Slim – sag mir Bescheid.«

»Zimmer 153«, hauchte er noch schnell ins Mikrofon.

Honey stieß einen tiefen Seufzer aus. »Ein Jammer, daß er so 'ne geile Gitarre spielt«, gestand sie dem Publikum. »Sonst könnten wir auch ohne ihn auskommen.« Lachend gab sie der Band das Zeichen, mit der nächsten Nummer zu beginnen.

Das einzige, was Sally aufrichtig bedauerte, war, daß sie nun nie Miss Newland werden konnte. Nie würde sie als Sängerin Karriere machen wie Honey Sweet. Aber das war nicht weiter schlimm. Sie hatte den Mann, den sie liebte, und bald würden sie ein wunderhübsches Baby bekommen.

Zum Wimmern der Stahlgitarre warf Honey Sweet den Kopf in den Nacken, schloß die Augen und sang: »A woman needs a man to hold, / Who'll protect her from the cold, / Who'll keep her safe from harm her whole life long...«

Jed sah Sally an, die zu ihm emporlächelte. Liebevoll legte er den Arm um sie. Er mußte zugeben, daß er jetzt doch recht froh darüber war, wie sich die Dinge entwickelt hatten. Zwei Wochen lang war er in der Gegend rumgefahren, hatte ein Päckchen Zigaretten nach dem anderen geraucht, hatte mehrmals das Training geschwänzt und mußte beim Cold-Gap-Spiel die Bank drücken. Sally hatte er während dieser Zeit, von den Begegnungen im Schulkorridor abgesehen, nur einmal getroffen. Da waren sie eines Samstagabends zum Wilderness Trail hinausgefahren.

»Gibt es denn gar nichts, was du tun könntest?« erkundigte sich Jed.

»Ich habe alles versucht, was mir eingefallen ist«, erwiderte sie bedrückt. »Bis auf Giftschlucken. Aber das kann ich ja vielleicht auch noch probieren.«

Ihm schien das eine gute Idee zu sein. »So was darfst du aber nicht sagen, Liebling! Es wird uns schon noch etwas einfallen.«

»Ach, Jed, was sollen wir bloß machen?«

Wieso ›wir‹? hätte er fast gefragt. Er ballte die Fäuste und erkannte, daß er dicht davor war, sie ihr ein ums andere Mal in den Bauch zu rammen. Wenn er den kleinen Bastard da drin nur damit umbringen könnte. Er stieß den Wagenschlag auf und ging zum Erfrischungsstand hinüber.

Nachdem er sie vor ihrer Haustür abgesetzt hatte, versuchte er sich vorzustellen, was sie wohl tun würde, wenn er nichts unternahm. Vermutlich zu ihrem Alten gehen, und der würde sie in die Wüste schicken. Außerdem würde die ganze Stadt davon erfahren. Junge Mädchen gingen nicht mitten im Schuljahr auf und davon, wenn sie nicht diesen ganz speziellen Grund dafür hatten. Es war beinahe so peinlich für ihn, wie wenn ihn ein Scheinwerfer mit runtergelassener Hose erwischt hätte.

Er konnte sich heimlich davonmachen. In seinen Chevy springen und dann – ja, wohin? Und was dann? Nie mehr nach Newland zurückkehren? Niemals die Eltern wiedersehen?

Außerdem liebte er Sally. Er konnte sie nicht einfach so sitzenlassen. Er wünschte, er hätte jemanden, dem er sich anvertrauen konnte. Seine Eltern würden entsetzt sein. Die Studienberaterin der Schule war eine siebzigjährige alte Jungfer mit einer Hummernschere anstelle der Möse.

Bobby und Hank ... Die beiden behaupteten immer, sie bumsten die Zuckerbienen der ganzen Stadt. Aber er bezweifelte das. Und selbst wenn es stimmte, würden sie es vermutlich schaffen, das Gummi dabei nicht zu verlieren.

Schließlich ging Jed schweren Herzens zum Haus des Geistlichen in der Fabriksiedlung. Mr. Marsh führte ihn ins Wohnzimmer, dann schickte er Frau und Kinder hinaus. Während Jed ihm alles erklärte, preßte Mr. Marsh die Fingerspitzen seiner Hände zusammen, daß sie aussahen wie zwei Seesterne beim Vögeln.

»Mein Sohn, du hast die Sünde der Unzucht begangen.«

»Jawohl, Sir. Das weiß ich. Es tut mir leid. Aber jetzt, wo's passiert ist, weiß ich nicht, was ich machen soll.«

»Ihr werdet bestraft für eure Sünden, du und dein Mädchen.«

»Jawohl, Sir.«

»Nun, mein Sohn, nach meiner Ansicht bleibt dir gar keine Wahl. Du kannst nicht weiterhin Sünde auf Sünde laden. Du mußt dieses Mädchen heiraten und das Kind zu einem guten Christenmenschen erziehen.«

»Ja, Sir. Aber wissen Sie, ich hab' noch nicht mal die Schule fertig. Und sie auch nicht.«

»Nun, zur Schule wird sie wohl nicht mehr gehen können, wenn die Leute erst mal wissen, daß sie schwanger ist.«

»Nein, Sir.«

»Und du genausowenig, weil du höchstwahrscheinlich die Stadt verlassen willst, wenn du sie nicht heiratest.«

»Ja, Sir.«

»Dann wäre es also am besten, wenn du sie heiratest.«

»Jawohl, Sir. Aber ich hatte doch andere Pläne! College ... Profi-Football ... und so.«

»Die junge Dame hatte ganz zweifellos auch Pläne. Aber ich denke, die werdet ihr jetzt wohl ändern müssen. Denn Gott der Herr hat ebenfalls seine Pläne, und die sind stärker als diese kleinen, unbedeutenden Ideen, die wir uns in den Kopf setzen. Ihr hättet eben an eure Pläne denken sollen, bevor ihr euch der Fleischeslust hingegeben habt.«

»Ja, Sir.«

»Ich wünsche dir alles Gute, mein Sohn«, rief er noch, als Jed schon mit tränennassen Wangen den Plattenweg entlangstolperte. »Gott schütze euch und vergebe euch eure Sünden.«

Von einem Friedensrichter in Virginia wurden sie getraut. Die Nachricht, daß sie schon seit dem Sommer heimlich verheiratet waren und beide die Schule verließen, weil sie ein Baby erwarteten, erschütterte die ganze Stadt. Mr. Prince offerierte Jed höflich, doch ingrimmig einen Job auf der Laderampe der Fabrik. Jed, der vor seinem Schreibtisch stramm stand, stammelte heraus, er werde Sally ewig lieben und gut für sie und ihre Kinder sorgen.

Mr. Prince antwortete nicht darauf, sondern sah ihn nur an. Endlich sagte er mit leiser Stimme: »Das will ich dir auch geraten haben.«

Als Jed hinausging, war er in kalten Schweiß gebadet. Noch nie hatten Worte so unheilverkündend in seinen Ohren geklungen.

Wenige Tage darauf rief Mr. Prince ihn wieder in sein Büro und erklärte sich bereit, ihnen die Anzahlung für ein Haus zu geben, damit sie nicht bei Jeds Eltern wohnen mußten.

Als Jed ihn seiner Dankbarkeit versicherte, entgegnete Mr. Prince nur: »Eines möchte ich klarstellen, Jed: Für dich tue ich das ganz bestimmt nicht.«

Sally war eine gute kleine Ehefrau, genau wie er es sich vorgestellt hatte. Sie hielt das Haus blitzsauber und gab sich Mühe, alles zu kochen, was er gern aß. Und eine gute kleine Mutter würde sie ebenfalls werden. Nun, da die Dinge ins Lot gekommen waren, begann Jed sich auf seine Vaterrolle zu freuen.

»Du bist wirklich ein Held, Jeddie«, flüsterte sie ihm abends im Bett ins Ohr. »Was hätte ich ohne dich wohl getan, Liebling? Du hast mich gerettet. Bis an mein Lebensende werd' ich versuchen, dich glücklich zu machen.«

»Das bin ich schon, Liebling«, murmelte er ...

Honey sang klagend: »When I'm blue or down or weak, / When tears of pain roll down my cheek, / A woman needs a man to hold, / Who'll protect her from the cold, / Who'll keep her safe from harm her whole life long ...«

Earl ergriff Emilys Hand und streichelte mit den Fingerspitzen ihre Handfläche. Ein Schauer lief über ihren Arm. Ganz anders als der Schauer des Abscheus, den sie empfand, wenn Raymond ihre Hand hielt. Wie seltsam, sich aufrichtig zu wünschen, daß ein Junge ihr einen Kuß gab!

Es gab noch andere Unterschiede. Earls Vater war Präsident eines Chemiewerks unten im Tal, und die Familie lebte auf einer Rinderfarm mit sechshundert Morgen Land. Eines Tages war sie mit Earl hinausgeritten, um die neuen Kälber anzusehen – milchkaffeebraun, bei ihrer pechschwarzen Mutter trinkend, während ein beigefarbener Bulle gelassen zusah.

»Willst du mal Farmer werden, wenn du erwachsen bist?« fragte Emily.

Er lächelte. »Emily, Liebes, ich *bin* erwachsen. Nach dem College werde ich bei meinem Vater arbeiten. Aber leben möchte ich auf einer Farm so wie hier. Pächter einstellen. Rinder züchten. Pferde halten.«

Sie sah ihn an. Er wußte genau, was er wollte. Eine erfrischende Abwechslung nach Raymonds ständigem Bangen und Schwanken. Außerdem gefiel es ihr ungeheuer, wie Earl im KT-Haus die Drinks mixte, sich um neue Leute kümmerte, herbeieilte, um ihr Feuer zu geben, ihren Ellbogen ergriff, wenn sie die Straße überquerten, und im Restaurant für sie bestellte. Er war Vizepräsident der KT. Alle mochten ihn. Das war eine Erleichterung nach Raymonds finsterer Entschlossenheit, möglichst unausstehlich zu sein. Selbst ihre Eltern schienen Earl zu mögen. Ihre Mutter wurde in seiner Gegenwart beinahe kokett – etwas, das Emily noch nie an ihr erlebt hatte und das sie eigentlich erschrekkend fand. Earl war stets darauf bedacht, der Mutter über irgend etwas an ihrer äußeren Erscheinung ein Kompliment zu machen oder über die Einrichtung des Hauses oder das Essen – im Gegensatz zu Raymond, der auf ihre Versuche, freundlich zu plaudern, höchstens mit einem Knurren reagiert hatte. Wenn Raymond schlechter Laune war, blieb er zuweilen in ihrer Einfahrt im Wagen sitzen und hupte so lange, bis sie herauskam. Earl dagegen holte sie unfehlbar an der Haustür ab und unterhielt sich mit ihren Eltern darüber, wo sie hin wollten und wann sie wieder zu Hause sein würden – selbst wenn sie tatsächlich nur auf den Hügel bei der Stadt fahren und auf dem Rücksitz schmusen wollten.

Für Emily war es stets selbstverständlich gewesen, daß sie aufs College gehen würde. Die einzige Frage war nur, auf welches. Raymond machte ihr in seinen Briefen immer wieder neue Vorschläge, je nachdem, was für College-Absolventen er gerade kennengelernt hatte. Bisher hatte er sie am Sarah Lawrence, am Swarthmore und an der New Yorker Universität untergebracht. Emily bedankte sich in ihrem Antwortbrief jedesmal sehr herzlich und erklärte ihm nachdrücklich, sie gehe aufs State. Dann schrieb er ihr wiederum: »Aufs State? Bist du denn noch zu retten? Du mußt endlich mal raus aus diesem Nest! Hast du noch nie was vom Meredith und Ole Miss gelesen?«

»Was haben das Meredith und das Ole Miss mit mir zu tun?« fragte sie ihn. Wenn der Norden die Menschen so sehr veränderte, hatte sie bestimmt keine Lust, vier ganze Jahre dort zu verbringen.

Sie ging mit Earl zu Footballspielen im großen Stadion und nippte Bourbon aus seinem silbernen Taschenflacon. Sie beobachtete die Studentinnen in ihren Blazern, Faltenröcken und Mokassins und unterhielt sich mit ihnen im KT-Haus. Das State College gefiel ihr sehr. Es war nicht weit von zu Hause entfernt. Ihre Freundinnen und Freunde von der High School würden ebenfalls dort sein. Und Earls wegen würde sie vermutlich zum Beitritt in die Kappa als auch in die Tri Delt aufgefordert werden. Sie würde bei Autowaschkampagnen und dem Verkauf von Selbstgebackenem helfen. Bei Freshman-Tees und Weihnachtsgalas. Football im Herbst. Basketball im Winter. Baseball und Leichtathletik im Frühjahr. Kino am Freitagabend. Bier in der KT-Bar. Und Earl. Immer wieder Earl. Er streichelte ihre Hand, daß ein Schauer nach dem anderen an ihrem Arm emporkroch.

Sie merkte, daß ihr Blick an Honeys Ausschnitt klebte. Hastig wandte sie den Kopf ab.

Am Abend, bevor die Aufsätze für die Berufswahlwoche abgeliefert werden mußten, saßen Donny und Rochelle unter der nackten Glühbirne am Küchentisch. Die Kinder schliefen. Ihre Mutter lag wieder mal im Krankenhaus, wo ihr die Gebärmutter entfernt werden sollte. Sie schrieben beide ihre endgültige Fassung – Rochelle über Bibliothekswissenschaft, Donny über Profi-Basketball.

Als Donny am nächsten Nachmittag kam, um zu hören, weshalb sie nicht in der Schule gewesen war, fand er den Hof übersät von Papierfliegern, die sie aus den ersten Blättern ihres Aufsatzes gefaltet hatte.

Auf dem Küchentisch standen, schwarz von Fliegen, noch immer die Schüsseln und Packungen mit den Frühstücksflocken vom Morgen herum. Die letzten zehn Seiten schwammen in verschüttetem Orangensaft. Rochelle selbst lag auf einer der abgestoßenen weißen Eisenbettstellen im Kinderzimmer. Die Kinder krabbelten auf ihr und neben ihr herum und hüpften auf den anderen Matratzen.

»He, Mama – bist du krank?« rief er.

Sie machte weder die Augen auf, noch antwortete sie ihm.

»Was ist los, Baby? Geht's dir nicht gut?«

Sie machte die Augen auf und starrte ihn an.

»He, du siehst wirklich aus, als ob's dir mies geht!« Wie der Rattenfänger von Hameln führte er die Kinder in den Hof, wo er sie mit sauren Drops ablenkte.

»Ich kann nicht mehr, Donny«, flüsterte Rochelle.

»Was kannst du nicht mehr, Schätzchen?«

»Ich werd' nie Bibliothekarin werden.«

»Aber natürlich wirst du das, Baby.«

»Hm-hm.« Sie drehte sich auf die Seite, von ihm fort.

»Morgen geht's dir bestimmt wieder besser, Süße. Du hast dir 'n Anfall von Grippe geholt oder so ähnlich – das ist alles.«

Rochelle fühlte sich auch am folgenden Tag nicht besser, und in der nächsten Woche ebensowenig. Sie ging ganztags als Hausmädchen in Stellung und ließ sich nie wieder in der Schule blicken.

Elftes Kapitel
Chinabohnen

Am Neujahrstag brach der Eßtisch der Tatros beinahe unter der Last von Schweinshaxen, Chinabohnen, Grünkohl und Maisbrot zusammen. Zwar fehlten das Familiensilber, das feine Porzellan und das Damasttischtuch, mit denen der Festtagstisch der Princes immer gedeckt wurde. Das Essen jedoch wirkte in Emilys Augen um kein bißchen weniger appetitlich als zu Hause.

Am Tag zuvor hatte Raymond, der per Anhalter aus New York angereist war, mit Vollbart und Schlapphut vor ihrer Haustür gestanden. Emily hatte kichern müssen. »Wie hast *du* dich denn rausgeputzt – als Beatnik oder so was Ähnliches?«

»Gefällt dir der Bart etwa nicht?«

»Ich finde ihn wunderbar! Aber noch schöner finde ich deinen Hut.«

»Vielen Dank«, sagte er.

»Und ich möchte wetten, dein Vater wird beides ganz hinreißend finden.«

Raymond grinste.

Ihrem Earl erklärte Emily, Raymond sei nur für anderthalb Tage nach Hause gekommen, deswegen würde sie den Silvesterabend gern mit ihm verbringen. Ihr richtiger Freund sei er eigentlich nie gewesen. Eher so etwas wie ein Bruder. Earl war einverstanden. Doch um ganz sicher zu gehen, bat er sie, zusätzlich zu seiner Lavalière noch seine KT-Nadel zu tragen, eine Miniaturausgabe der Konföderiertenflagge mit Perlen anstelle der Sterne. Er heftete sie ihr persönlich an den Rollkragenpullover so oberhalb der linken Brust, daß die Verbindungsnadel (die griechischen Buchstaben Kappa und Tau in Gold, mit einer kleinen Goldkette an der Konföderiertenflagge befestigt) über ihrer Brustwarze prangte. Sie kam sich vor wie ein mit Tapferkeitsmedaillen dekorierter General. Doch hier war keine Tapferkeit vonnöten: Sie liebte es, seine Hände an ihrem Körper, seine Zunge in ihrem Mund zu spüren. Übrigens hatte er ihr endlich erklärt, warum der Stein vor dem KT-Haus unentwegt die

Farbe wechselte: Als Fraternity-Mitglied bemalte man ihn in der Farbe der Sorority des Mädchens, bei dem man hatte landen können. Na schön, dachte sie, wenn es das ist, worauf diese Nadel hinausläuft – ich bin bereit. Earl, ein Gentleman durch und durch, hörte mit allem, was er gerade tat, sofort auf, wenn sie auch nur den geringsten Einwand erhob. Beim nächstenmal jedoch ging er sofort bis zu dem entsprechenden Haltepunkt vor und um ein winziges Bißchen weiter. Auf diese Art hatten sie eine beachtliche Strecke zurückgelegt.

»Was soll denn dieser Klempnerladen?« hatte Raymond sie gefragt, als er ihr am Silvesterabend in den Mantel half.

»Erinnerst du dich? Ich habe dir doch geschrieben, daß Earl und ich uns im September lavaliert haben. Und jetzt trage ich auch seine Nadel.«

Raymond grinste. »Und was kommt dann? Kette und Eisenkugel?«

»Also, Raymond – wirklich! Dann kommt der Ring.«

»Durch die Nase oder was?«

»Sag mal, bist du etwa eifersüchtig?«

Er lachte. »Eifersüchtig? Auf Sklaverei? Bist du verrückt?«

»Das ist keine Sklaverei. Das ist Liebe. Und wenn du das nie empfunden hast, tust du mir leid.«

»Vermutlich ist das, was sich da zwischen meinem Bruder und deiner Schwester unten in der Fabriksiedlung tut, wohl ebenfalls ›Liebe‹, wie?«

»Das könnte man, glaube ich, als Irrtum bezeichnen.«

»Ja. Es hat mich ganz krank gemacht, als ich sie heute nachmittag beobachtet habe. Er saß da, starrte in die Röhre und trank zu einem Footballspiel viel zuviel Bier. Und sie nähte sich diese zeltförmigen Dinger und notierte auf Karteikarten Kochrezepte. Großer Gott, einfach deprimierend!«

»Also, ich weiß nicht. Ich meine, ich finde es zwar schade, daß sie da so überstürzt hineingeraten sind, aber ich finde auch, daß sie recht gut damit fertig werden.«

»Also, wenn dich das nicht deprimiert, kann ich's dir sicher nicht erklären.«

»Wer ist diese Maria, von der du mir die ganze Zeit schreibst?«

»Ein Mädchen.«

»Das hatte ich angenommen.«

»Es ist nichts zwischen uns, wenn du das meinst.«

»Aber du möchtest wohl gerne, wie?«

»Ich bin nicht scharf drauf, mit irgend jemandem zu gehen. Aber ich hätte nichts dagegen, mit ihr zu schlafen.«

Emily blieb der Mund offenstehen. »Also, Raymond Tatro junior! Wie kannst du so etwas Schreckliches sagen?«

»Wieso soll das so schrecklich sein?«

Er schien sie wirklich nicht zu begreifen. Benahm man sich etwa so in New York City? Mit zusammengekniffenen Augen musterte sie ihn prüfend.

Die Party fand bei einem hageren, bärtigen Mann namens Albert statt, der wie ein zu kurz geratener Abe Lincoln wirkte. Er war Vorstandsmitglied einer lokalen Bürgerrechtsgruppe. Raymond, der ihn in New York kennengelernt hatte, berichtete in bewunderndem Ton, ihm seien bei einem Freiheitsmarsch in Anniston, Alabama, mehrere Rippen gebrochen worden. In Emilys Ohren klang das eher töricht als bewundernswert. Warum sollte man Leute bewußt so reizen, daß sie einem die Rippen brachen? Auf der Party waren verschiedene Weiße anwesend, die Emily nicht kannte – und dazu Mr. und Mrs. Dupree aus Pine Woods in ihrem schönsten Sonntagsstaat. Alle Gäste standen herum, spießten mit zittrigen Fingern Shrimps auf Zahnstocher und tauchten sie bedächtig in Meerrettichsauce.

»Tja ... Sieht aus, als kriegten wir heut' abend Schnee«, meinte Mr. Dupree.

»Was hat er gesagt?«

»Schnee.«

»Ach so, Schnee.«

»Da haben Sie sicher recht, Mr. Dupree.«

»Ja, sicher.«

»Ganz bestimmt.«

»Vielleicht gibt's wenigstens einen weißen Neujahrstag, wo wir schon keine weiße Weihnacht hatten«, sagte Mrs. Dupree. Sie war eine große, kräftige Frau, die ihren schmächtigen Ehemann überragte.

Alle lachten, es klang wie die Lachkonserven im Fernsehen.

Raymond ging zu ihnen hinüber. »Hallo, Mr. Dupree! Wie geht's denn so?« Er wollte ihn mit dem Handgelenkgriff begrüßen. Mr. Dupree machte mit, sah Raymond aber mit seltsamem Ausdruck an.

Albert legte Platten auf, und man begann zu tanzen. Alberts Frau zog ihren Mann beiseite, die beiden flüsterten miteinander und forderten dann Mrs. und Mr. Dupree zum Tanzen auf. Tiefes Schweigen senkte sich über den Raum, ähnlich wie das Schweigen, das unter Kunden im Laden entsteht, wenn ein herrenloses Päckchen gefunden wird. Die anderen Tanzenden beobachteten aus den Augenwinkeln, wie die beiden Paare sich mit nervösem Lachen auf der Tanzfläche bewegten.

Emily war einfach sprachlos. Noch nie war sie auf einer Party gewesen, auf der Neger Gäste waren, statt ihr in weißer Uniform Drinks zu servieren.

Raymond funkelte die Weißen, beschämt über ihr entsetztes Schweigen, wütend an. Er nahm in New York ständig an gemischtrassigen Zusammenkünften und Veranstaltungen teil. Warum waren alle in Newland so stur darauf versessen zu demonstrieren, wie hoffnungslos bigott und hinterwäldlerisch sie waren? Allmählich begann der Geräuschpegel im Raum wieder zu steigen. Um Mitternacht versammelte man sich um den Fernseher und sah zu, wie der Ball am Times Square langsam tiefer sank. Als die vielen Menschen in New York City anfingen, sich gegenseitig um den Hals zu fallen, umarmten und küßten sich auch die Gäste in Newland gemischtrassig und voll Zurückhaltung, wobei sie einander mit weit offenen Augen beobachteten.

»Junior«, murmelte Mr. Tatro, »nimm wenigstens im Haus den Hut ab. Das hast du doch wohl gelernt. Aber anscheinend hast du da oben bei den Yankees deine ganzen Manieren vergessen.«

Ihre Blicke begegneten sich. Schließlich zuckte Raymond die Achseln und schleuderte den Hut ins Wohnzimmer hinüber. Die Tischrunde hielt sich bei den Händen, während Mr. Tatro mit dem lieben Gott über die Abendmahlzeit plauderte: »Wir sind dir ja so dankbar, Herr, daß unser Junge, unser Junior, aus New York City heute bei uns sein kann.«

Wie es den anderen ging, wußte Jed nicht, aber er selbst war kein bißchen dankbar dafür. Je größer die Entfernung zwischen Raymond und ihm war, desto besser. Als Raymond gestern plötzlich aufgetaucht war, hatte er wie ein Müllkutscher ausgesehen, und trotzdem hatte er dagesessen und ihn voll ... jawohl, das konnte nur Mitleid sein ... voll Mitleid angestarrt. Mann Gottes, Mitleid! Wo Raymond selbst zu bedauern war! Ihm, Jed, ging es doch großartig. Es gefiel ihm, erwachsen zu sein. In der Spinnerei war es beinahe wie in der Schule. Man ging hin, arbeitete so wenig wie möglich, erzählte sich Witze und spielte den anderen dumme Streiche. Seine Arbeit auf der Verladerampe bestand darin, einen Gabelstapler zu fahren und damit fünfhundert Pfund schwere Baumwollballen zu manövrieren. Das war richtige Männerarbeit, und wenn er nach Hause kam, gab es Rückenmassage, warme Mahlzeiten, Fernsehen und Sex, wann immer ihm danach zumute war. Sally richtete ihr neues Heim so richtig hübsch ein, nähte eigenhändig Vorhänge und alles.

Gewiß, eine besonders gute Köchin war sie nicht. Ihr Blätterteiggebäck schmeckte wie Gips. Aber je öfter sie alles machte, desto besser würde es ihr gelingen. Er war stolz darauf, daß er ihr Zeit lassen konnte, sich zu vervollkommnen. Seine Mutter hatte stets arbeiten müssen. Aber Jed verdiente schon jetzt soviel, daß Sally nicht arbeiten zu gehen brauchte. Mr. Prince hatte ihn zu sich ins Büro kommen lassen und ihm erklärt, er werde ihn von Abteilung zu Abteilung schicken, damit er sich ein Bild von dem gesamten Produktionsvorgang machen könne. Das bedeutete, daß Mr. Prince ihn schon jetzt als potentiellen Werkmeister ins Auge faßte. So würde er für Sally dann schließlich sogar ein Dienstmädchen engagieren können, wie sie das von zu Hause gewohnt war.

Er sah zu ihr hinüber, wie sie dasaß, die Hände auf dem gewölbten Bauch gefaltet. Sie trug schon jetzt ständig diese weiten Kittel, obwohl ihr außer ihm selbst noch kein Mensch was ansah. Da drinnen wuchs ihr Sohn heran. Jed lächelte. Der künftige Quarterback in der Orange Bowl.

Mrs. Tatro füllte die Schüsseln nach und sah Sally verärgert an. Sally merkte, daß sie ihr helfen sollte. Sie rappelte sich von ihrem Stuhl hoch und ging in die Küche.

»Kann ich was helfen?«

»Nein, danke, es geht schon. Ich werde allein fertig.«

»Bitte, laß mich dir doch helfen ... Mutter Tatro. Ich tue es wirklich gern.«

Sally nahm ihren Platz wieder ein. Mrs. Tatro baute sich hinter Mr. Tatros Stuhl auf. Und würde dort stehen bleiben, bis alle Männer gegessen hatten, um jedem, der wollte, sofort nachservieren zu können. So war es der alte Brauch in den Bergen. Bei der ersten Mahlzeit, die Sally Jed im neuen Haus servierte, hatte sie sich zu ihm an den Tisch gesetzt. Jed hatte sie verdutzt angestarrt.

»Jed, Herzchen – was ist?«

»Du sitzt am Tisch!«

Sie lachte. »Du erwartest doch wohl nicht, daß ich im Stehen esse, oder?« Dann fielen ihr die Mahlzeiten in diesem Haus ein und daß seine Mutter wie ein Schießhund stets alles überwachte. »Jed, verlangst du wirklich von mir, daß ich hinter deinem Stuhl stehe, während du ißt?«

Er zog die Brauen hoch. »Na ja, in meiner Familie tun das die Frauen.«

»In meiner Familie tun sie es nicht. Dafür haben wir Dienstpersonal«, murmelte sie, machte aber pflichtschuldigst Miene, sich zu erheben.

Er erwog ihre Antwort. »Na, macht nichts, Sally. Laß nur.«

Sally biß in Mrs. Tatros Maisbrot. Ganz egal, was Jed behauptete: Das Maisbrot von ihrer Mutter war besser. Anfangs hatte er ihres nicht essen wollen, wenn sie es nach dem Rezept ihrer Mutter gebacken hatte.

»Großer Gott, wer hat jemals von Zucker im Maisbrot gehört?«

»So macht sie es immer für unseren Daddy. Seine Mutter hat es auch immer so gemacht. Yankees mögen ein bißchen Zucker im Maisbrot.« Er dachte darüber nach und kam zu dem Schluß, was gut genug für Mr. Prince sei, sei wohl auch gut genug für ihn.

Aber wenn das Princesche Maisbrot für Jed gut genug war, so schien das Tatrosche Maisbrot für Sallys Eltern nicht gut genug zu sein. Sie waren für heute eingeladen worden und hatten abgelehnt. Warum, wußte Sally nicht genau, aber es machte sie traurig. Als sie ihnen von ihrer heimlichen Trauung und der Schwangerschaft erzählte, hatten sie schweigend dagesessen.

Schließlich seufzte der Vater tief auf. »Nun gut, Sally, was sollen wir dazu sagen? Was geschehen ist, ist geschehen. Jetzt müssen wir alle eine Möglichkeit finden, damit zu leben.«

Die Mutter schüttelte den Kopf. »Ein Kind? Aber Sally, du bist doch selber noch ein Kind.«

»Und ich dachte, ihr würdet euch freuen«, flunkerte Sally. »Schließlich erwarte ich euer Enkelkind.«

»Wir würden uns freuen, hast du gedacht? Meine Tochter – geschwängert von einem Tölpel aus der Fabriksiedlung, und ich soll mich freuen?« fuhr der Vater auf.

Sally war völlig entgeistert. So hatte sie ihren sanftmütigen Vater noch nie reden hören.

Raymond blickte um den Tisch herum. Seine Familie. Seltsame Vorstellung. Durch eine Laune des Schicksals anläßlich seiner Geburt war er lebenslänglich an diese fremden Menschen gefesselt. Aber das war zum größten Teil eine Farce. Sein wirkliches Leben spielte sich in New York ab. Dort war seine wirkliche Familie, eine Familie, die er sich frei gewählt hatte. Justin, Maria, Morris. Das waren die Menschen, denen er sich aufrichtig verwandt fühlte, und nicht diese bigotten Hinterwäldler. Vor dem Essen, als sie alle im Wohnzimmer saßen, hatte er die Integration der Donley High School erwähnt – die Berichte in den Abendnachrichten und den Nachrichtenmagazinen über Negerschüler, die von einem weißen Mob gehetzt wurden, denen im Speisesaal kochendheiße Suppe über den Kopf geschüttet wurde, die mit Hutnadeln angegriffen wurden, denen Eier auf die Schulbücher geworfen wurden.

Alle hatten ihn angestarrt.

»Aber Donley ist nur dreißig Meilen von hier entfernt! Wieso wißt ihr nichts von alldem?«

Er erzählte ihnen von der Bombenexplosion in der Schule und daß die Schulkinder im ganzen Land aufgefordert worden waren, jeweils den Preis eines Backsteins in den Wiederaufbaufonds einzuzahlen.

»Gottverdammte Yankee-Humanitätsduselei«, murmelte Jed. »Warum kümmern sie sich nicht um ihre eigenen Angelegenheiten?«

»Zum Teufel noch mal, das *sind* ihre eigenen Angelegenheiten!« fuhr Raymond auf. »Wenn wir nicht selbst dafür sorgen, daß alle Bürger der Südstaaten gerecht behandelt werden, müssen es eben andere tun.«

»Also, jetzt hör mir mal gut zu, mein Sohn: Wir hier behandeln unsere Nigger fair«, behauptete Mr. Tatro. »Wenn die nicht arbeiten wollen, ist das ihre Sache. Aber dann sollten sie nicht von uns erwarten, daß wir sie mitversorgen. Fahr nur mal irgendwann mittags durch Pine Woods. Dann wirst du sehen, daß sich vor Dupree's Drugstore eine ganze Bande von kerngesunden Männern rumtreibt und dem Herrgott die Zeit stiehlt.«

»Wo sollen sie denn Arbeit finden?«

»Sie brauchen doch bloß die Stellenanzeigen zu lesen! Es gibt Hunderte von Arbeitsplätzen!«

»Ja. Knochenarbeit zu einem Dollar fünfundzwanzig die Stunde.«

»Mein Sohn, als ich da drüben in der Spinnerei anfing, weißt du, was ich damals verdient habe?«

Raymond unterdrückte ein Gähnen. Jetzt spulte der Vater schon wieder seine selbsterfundene Saga ab!

»Zwölf Cent die Stunde?«

»Allerdings. Zwölf Cent die Stunde, junger Mann! Und ich war dankbar dafür. Hast du gehört? Dankbar! Und wenn jetzt manche Leute zu stolz sind oder zu faul ...«

Emily warf Raymond einen mitfühlenden Blick zu. Doch kurz darauf sagte auch sie: »Aber Raymond! Diese Sache in Donley, die hat doch überhaupt nichts mit uns zu tun. Das sind doch nur 'n paar Verrückte.«

Er überlegte, wie er Emily aus Newland befreien konnte. Das war ungefähr so, als wollte man Aunt Jemina durch die Underground Railroad schleusen.

»Sag mal, bei welchem College hast du dich beworben?« hatte er sie am Abend zuvor auf dem Weg zur Party gefragt.

»State. Ich meine, wo es doch feststeht, daß ich dahin will, weshalb sollte ich mich dann noch woanders bewerben?«

»Und dieser – wie heißt er noch? Dieser Kerl, der Nadeln in dich reinsticht – der studiert wohl ebenfalls dort, wie?«

»Earl. Jawohl, Earl ist auch am State College.«

»Treibt er's mit dir, oder was?«

»Aber Raymond! Das geht dich nun wirklich nichts an!«

»Ich versuche mir nur vorzustellen, warum es so ungeheuer wichtig ist, auf eine zweitklassige Diplomfabrik fünfzehn Meilen von zu Hause entfernt zu gehen, wenn du überall in der Welt hingehen könntest.«

»Na ja, vielleicht bin ich nicht so sehr für Abenteuer. Ich meine, was geht's dich an?«

»Ich sehe nicht gern zu, wie vielversprechende Anlagen verplempert werden.«

»Mein Gott, Raymond – bist du arrogant! Wie kommst du zu der Ansicht, daß Sarah Lawrence besser ist als State?«

»Besser oder schlechter spielt keine Rolle. Der springende Punkt ist, daß du mal wegkommst von da, wo du aufgewachsen bist, damit du dir klar darüber wirst, was an dir wirklich du selbst ist und was lediglich Produkt deiner Erziehung.«

»Dann sollten die Mädchen von da oben wohl hier unten zum State gehen, wie?«

»Selbstverständlich! Hör mal, willst du mir einen Gefallen tun? Bewirb dich bitte noch bei ein paar anderen Colleges. Ob du akzeptiert wirst, erfährst du doch erst im Frühjahr, und bis dahin hast du deine Meinung ja vielleicht geändert.«

»Ich werde meine Meinung nicht ändern, Raymond.«

»Bitte!«

»Na schön. Von mir aus.«

Himmelherrgott noch mal, sie war, seit er weg war, tatsächlich zu so einer verdammten Südstaaten-Studentin geworden. Ständig sagte sie Sachen wie: »Also, Raymond Tatro junior! Wahrhaftig!« Ihre Aufmerksamkeit richtete sich fast ausschließlich auf den Glanz ihrer Bass Weejuns und den Sitz ihrer Villager-Hemdblusenkleider. Gestern, nach seiner Ankunft, hatte sie diesen cremefarbenen Blazer mit dem purpurnen Wappen ihres dämlichen Clubs auf der Brusttasche angezogen und war mit den Worten: »Du meine Güte, Raymond-Herzchen, ich muß *fliegen*! Ich bin schon viel zu spät dran« und einem Haufen Sahnebaisers zu einem Verkauf von Selbstgebackenem gerannt.

Doch so ungeduldig er sich ihr gegenüber auch verhielt, er erinnerte sich noch sehr deutlich daran, wieviel Angst er selbst im letzten Sommer davor gehabt hatte, Newland endgültig zu verlassen. Jetzt kam ihm seine damalige Angst zwar lächerlich vor, im Herbst jedoch schien sie verschiedentlich nur allzu gerechtfertigt gewesen zu sein.

Eines Morgens, nachdem sich seine anfängliche Begeisterung schon etwas gelegt hatte, hielt der Fahrstuhl in seinem Stockwerk, und zwei Krankenträger schoben eilig eine Trage mitsamt einer großen grünen Sauerstoffflasche heraus. Sie baten Raymond, ihnen die Fahrstuhltür offenzuhalten. Kurz darauf kehrten sie mit einer Frau auf der Trage wieder zurück, seiner Nachbarin, deren Namen er nicht kannte und die durch die Sauerstoffmaske keuchend um Atem rang. Sie kam nie wieder zurück. Er hatte keine Ahnung, was aus ihr geworden war. Einerseits war es, nach achtzehn Jahren Kenntnis von den Angelegenheiten aller anderen – ihren Liebschaften, Ängsten, Hämorrhoiden und Lieblingsspeisen –, wahrhaftig eine große Erleichterung, weder Interesse noch Verantwortlichkeit für diese Frau empfinden zu müssen. Andererseits wurde ihm durch dieses Ereignis klar, daß sein Leichnam in seinem Zimmer verwesen konnte, ohne daß jemand etwas davon bemerkte. Oder sich darum kümmerte.

Die Vorstellung, einsam unter Fremden zu sterben, wurde zur fixen Idee bei ihm. Ein Mann mit Pancho-Villa-Schnauzbart, der ewig denselben schmutzigen Trenchcoat mit hochgeschlagenem Kragen trug, kam häufig mit Plakaten oder Handzetteln in die Druckerei. Er unterhielt sich mit Raymond, obwohl er die seltsame Angewohnheit hatte, den Kopf beim Sprechen seitwärts zu drehen, so daß man sein Profil ansehen mußte statt in seine Augen. Eines Tages warf er ein Flugblatt auf den Tisch und fragte: »Na, was halten Sie von diesem Layout?«

Raymond machte ein paar Alternativvorschläge, die der Mann akzeptierte. »Großartig«, murmelte er dabei.

»Wer ist das?« erkundigte sich Raymond bei Gus, nachdem der Fremde gegangen war.

»Er heißt Justin Lawson. Ein Scheißkerl, aber er bringt uns 'ne Menge Aufträge.«

»Wieso Scheißkerl? Was ist denn mit ihm?«

»Ach, der arbeitet für diese Bürgerrechtsgruppe namens FORWARD. Hält sich für Jesus höchstpersönlich oder so.«

»Und was ist so schlimm an der Arbeit in einer Bürgerrechtsgruppe?«

»Gar nichts. Es ist nur, wie er sich benimmt und so. Verdammt, ich weiß es nicht. Der Kerl geht mir auf die Nerven. Die Neger interessieren den doch einen Dreck, die benutzt er nur, um seine eigenen psychologischen Probleme zu lösen.«

»Das ist ein ziemlich schwerer Vorwurf.«

»Na ja, die ganze Zeit versucht er, mich als Sponsor für den Druck seiner Projekte zu gewinnen. Dabei hat er einen eigenen Treuhandfonds. Seine Familie lebt in einem von diesen Herrenhäusern in Newport. Und hat außerdem noch ein Penthouse am Central Park West. Schiffskapitäne waren die. Haben mit dem Sklavenhandel ein Vermögen verdient. Und nun kommt dieses Arschloch mit seinem schlechten Gewissen daher und versucht, *mir* Schuldgefühle einzureden.«

»Du scheinst ja gut über ihn informiert zu sein, daß du ihn so sehr verabscheust.«

»Na ja, er hat's schließlich geschafft. Ich *fühle* mich schuldig. Darum habe ich lieber Erkundigungen über ihn eingezogen, bevor ich ihm meinen Laden überlasse. Aalglatter Bastard, wie?«

Justin bat Raymond immer wieder um Hilfe bei den Layouts. Und eines Tages lud er ihn zu einer Zusammenkunft von FORWARD ein, der Gruppe, deren Buchstaben, wie er erklärte, für die Bezeichnung ›Friends of Rural Workers Against Racial Discrimination‹ standen. Zur Unterstützung von Sit-ins in North Carolina hatten sie mit Spruchbändern vor Woolworth demonstriert. Sie sammelten Geld für Wählerregistrierungskampagnen im Süden und benötigten Fotos von ihrer Arbeit sowohl zur Dokumentation als auch zur Beweisführung, falls es mal Ärger geben sollte. Sie brauchten Fotorecherchen und Layout-Kenntnisse für ihre Broschüren. Justin erklärte, im Laufe der Wochen sei er zu der Überzeugung gelangt, daß Raymond dafür geeignet sei.

Raymond fragte, ob Justin Präsident von FORWARD sei. Justin lächelte nachsichtig und erklärte, FORWARD habe keinen Präsidenten, keine Vorstandsmitglieder, überhaupt keine Hierarchie. Zwar treffe es zu, daß FORWARD seine Idee gewesen sei, doch er betrachte sich selbst eher als Katalysator und nicht als Führer. Er wolle keine Gefolgschaft, er wolle lediglich eine Atmosphäre schaffen, in der die Mitglieder ihre unterschiedlichen Fähigkeiten und Hilfsmittel einbrächten, mit dem Ziel, sich gegenseitig über ihr Spezialgebiet zu unterrichten, damit sie letztlich austauschbar würden. Denn wo die Individualität keine Rolle spiele, werde auch die Rangfolge unwichtig.

In Raymonds Ohren klang das herrlich. In praktisch jedem normalen Rangsystem wäre er ganz unten gelandet, das war ihm klar. Also akzeptierte er die Einladung, weil er sich geschmeichelt fühlte, daß Justin meinte, er sei geeignet. Und weil er einsam war.

Die erste Zusammenkunft fand im obersten Stockwerk eines ehemaligen Lagerhauses, einem ›Loft‹, auf der Lower East Side statt. Acht bis zehn Personen saßen oder lagen auf Kissen im Kreis. Als ein Neger im Overall hereinkam, sprang ein anderer Neger mit einer Strickstrumpf-Mütze auf, ergriff seine Hand so, als wolle er Armdrücken mit ihm machen, und fragte: »Na, Baby, wie macht sich's denn?«

Ein Weißer in Overall und purpurn eingefärbten Brillengläsern stand auf und begrüßte den zuletzt Angekommenen mit dem Handgelenkgriff. Eine weiße Frau in beigefarbenen Jeans, schwarzem Pullover und Sandalen gab ihm einen Kuß.

»Ich denke, wir sollten anfangen«, sagte Justin.

Der Mann mit der Strumpfmütze ergriff das Wort. »Ja, also. Zunächst möchte ich mal 'n paar Worte von diesem Neuen da hinten hören.«

Er meinte Raymond.

»Den habe ich mitgebracht«, erklärte Justin.

»Na, fabelhaft, Justin! Als hätten wir nicht schon genug Probleme. Mußt du unbedingt noch Fremde von der Straße auflesen?«

»Er hat Verbindungen zu einer Druckerei. Außerdem besitzt er eine Kamera samt Objektiven und allem, was dazugehört.«

»Na schön, aber der springende Punkt ist doch: Du hast keinen von uns gefragt, bevor du ihn hierher eingeladen hast.«

»Wir haben letzte Woche diskutiert. Und waren uns einig, daß wir einen Fotografen brauchen.«

»Wir waren uns einig, daß wir *irgendeinen* Fotografen brauchen. Auf eine bestimmte Person haben wir uns nicht geeinigt.«

»Ich bin mir nicht bewußt, Ralph, daß du jemanden gefragt hättest, bevor du dich für die Huntley-Brinkley-Show hast filmen lassen und dauernd ›wir‹ dies und ›wir‹ das gesagt hast.«

»Soll ich lieber verschwinden, Justin?« fragte Raymond im schönsten Südstaaten-Tonfall. Es wurde ganz still im Raum.

»Phantastisch!« sagte der Mann mit der dunklen Brille. »Jetzt sind wir komplett. Jetzt haben wir unseren höchsteigenen *cracker*.«

Mit gekränkter Miene stand Raymond auf. »Der Mann ist okay«, behauptete Justin. »Ich hab' ihn gecheckt.«

Maria, die Frau, fuhr auf: »Das ist doch die Höhe! Ihr benutzt diesen armen Kerl als Waffe für eure Machtkämpfe! Setz dich«, wandte sie sich an Raymond. »Ich entschuldige mich für meine unhöflichen Mitarbeiter.«

Raymond setzte sich und starrte sie an.

»Verdammt, ich hab' nicht den ganzen Abend Zeit«, brummelte Ralph. »Ich fahre in zwei Stunden nach Nashville. Können wir endlich weitermachen?«

In dieser Nacht fand Raymond keinen Schlaf, so aufgeregt war er über die Vorstellung, Mitglied in dieser Gruppe zu sein. Von nun an war er bemüht, den ganzen reaktionären, rassistischen Mist über Bord zu werfen, den Newland ihm oktroyiert hatte: Er wollte ihrer würdig sein.

Er las Marx, Engels und Fanon, hörte Schallplatten von Thelonius Monk, Bessie Smith und Bob Dylan. Besuchte von Justin empfohlene Vorträge und Filmvorstellungen.

»Herzchen, du hast ja gar keine Chinabohnen gegessen«, klagte seine Mutter.

»Ich möchte keine«, verkündete Raymond, als seine Mutter versuchte, ihm den Teller vollzuhäufen.

»Aber Junior-Herzchen, du *mußt* ein paar Chinabohnen essen! Das bringt Glück. Mein Gott, am Neujahrstag *muß* man ganz einfach Chinabohnen essen!«

»Hör auf! Ich *muß* überhaupt nichts.«

Alle saßen wie erstarrt.

»Na ja, stimmt schon«, gab die Mutter nach.

»Chinabohnen am Neujahrstag, weil sie Glück bringen!« Er warf den Kopf in den Nacken und lachte laut. »Südstaaten-Aberglauben. Hokuspokus. Damit will ich nichts zu tun haben.«

»Ist doch nur ein alter Brauch«, gab Emily leise zu bedenken. »Kein Aberglauben.«

»Bisher hast du sie immer gegessen und nie was dagegen gehabt«, wandte der Vater ein. »Jetzt kommst du auf einmal von da oben runter und benimmst dich wie 'n verdammter New Yorker Beatnik. Behandelst uns andere mit Verachtung. So etwas dulde ich nicht in meinem Haus!« Und mit erhobener Stimme: »Und nun ißt du, verdammt noch mal, diese Scheiß-Bohnen, oder du verläßt mein Haus!«

Raymond stand auf, blickte in die Runde und ging.

Donny hatte das Gefühl, daß etwas mehr als so ein Matsch von Chinabohnen vonnöten sei, um diesen Kindern wirksam zu helfen. Die brauchten jemanden mit einer Tasche voll Geld. Rochelle, er selbst und die Kleinen saßen in der Wohnung seiner Grandmaw auf dem Boden und aßen Chinabohnen mit Innereien. Seine Grandmaw und Rochelles Mutter hockten, in Steppdecken gewickelt, in denen sie winzig wirkten, in den beiden Sesseln. Donny kam sich vor wie ein Versager. Denn trotz all seiner großartigen Ideen war es ihm nicht gelungen, Rochelle die Möglichkeit zu bieten, weiter zur Schule zu gehen und später Bibliothekarin zu werden. Und jetzt mußten sogar die Kinder verteilt werden, ohne daß er etwas dagegen tun konnte. Großartig.

Er sah zu Rochelle hinüber, die in den Tag hineinträumte. Wenn er abends bei ihr vorbeischaute, schlief sie unweigerlich am Küchentisch ein, während er sich mit ihr zu unterhalten versuchte. Sie wollte nichts hören, was auch nur annähernd mit der Schule zu tun hatte. Und da das der Ort war, an dem er den größten Teil seiner Zeit verbrachte, hatten sie einander nicht viel zu sagen. Er wollte ihr von seinen Basketballspielen erzählen, von seinem Trainer und dem Studienberater, der ihm mitgeteilt hatte, er werde im nächsten Jahr mit fast hundertprozentiger Gewißheit mehrere Stipendienangebote von verschiedenen Colleges bekommen, wenn er so weitermache. Wohingegen sie nur noch von jenen gemeinsamen Freunden sprechen wollte, die auch von der Schule abgegangen waren. Tadpole machte im Augenblick seine militärische Grundausbildung in Fort Campbell. Am Wochenende kam er in seiner Uniform und mit gespickter Brieftasche nach Hause. Leon war wieder in New York und beehrte Pine Woods gelegentlich mit seinem Besuch: in orangebraunem Anzug und Schlapphut, mit einem knallgelben Buick. Sidney und Charlene arbeiteten in der Papierfabrik. Sie hatten eine eigene Wohnung und erwarteten ein Kind. Alle anderen kamen weiter, während er in seinen Satinshorts in der Turnhalle herumsprintete. Kein Wunder, daß sie ihn zuweilen mit spöttischem Grinsen musterte und ihn ›unseren kleinen Donny‹ nannte.

Leon war am Abend zuvor beim Tanz in der Masonic Hall erschienen, protzig in seinem orangefarbenen Anzug und der Sonnenbrille. Mitgebracht hatte er einen neuen Tanzschritt, bei dem man auf einer Seite einknicken und einen Hüpfer zur Seite machen mußte. Rochelle hatte das sofort kapiert, aber Donny schien es einfach nicht fertigzubringen, also hatte Rochelle mit Leon getanzt. Sie sah ihm lächelnd, mit leicht geöffneten Lippen in die Augen. Die Band spielte jetzt etwas Langsames, und dabei konnte er beobachten, wie Rochelles Hüften Leons Becken streiften. Seit sie die Schule verlassen hatte, war eine Veränderung mit ihr vorgegangen. Jetzt war er es, der sie ständig bremsen mußte. Er hatte ihr ausdrücklich erklärt, daß er seine Chancen für ein Stipendium nicht aufs Spiel setzen wollte. Sie hatte genickt, doch wenn sie unten am Fluß spazierengingen, drängte sie ihre Hüfte genauso gegen die seine, wie sie es eben mit Leon gemacht hatte, und wenn er steif wurde, lachte sie nur. Manchmal legte sie sich sogar hin, zog ihn auf sich herab und bewegte ihr Becken, bis er kam.

Jetzt flüsterte Leon ihr etwas ins Ohr, und sie kreischte vor Lachen.

Als sie an den Tisch zurückkehrten, sagte sie, ohne Donny anzusehen: »He, Herzchen! Dein Leon, das ist ein ganz Schlimmer!«

An der Art, wie sie das sagte, erkannte er, daß ›schlimm‹ in diesem Fall ›gut‹ bedeutete.

Leon kam zu ihm herüber. »Na, Donny? Wie geht's unserem Mr. Junior-Kirchendiener denn heute?«

Als Rochelle mit ihrer Mutter und den Kindern gegangen war, sah Donny sich im Fernsehen ›Ramar of the Jungle‹ an. Ein weißer Mann und eine weiße Frau hatten die Hände auf dem Rücken gefesselt und zeigten ängstliche Mienen. Eine Bande Eingeborener in diesen Grasröckchen, mit Knochen und anderem Zeug in Lippen und Nasen, palaverten und stießen ihre Speere auf den Boden. Die weiße Frau hatte vor Entsetzen die Augen weit aufgerissen. Ein fetter Schwarzer in Shorts und Tropenhelm versteckte sich hinter einer Grashütte und flüsterte dem Mann mit den gefesselten Händen Beruhigendes zu. Alle, die Shorts trugen, waren die Guten. Alle, die Grasröckchen trugen, waren die Bösen. Doch was sprang für den dicken Nigger in den Shorts dabei heraus? Doch höchstens, daß Bwana und seine Fotze ihn für einen netten Kerl hielten. Achselzuckend biß Donny in einen Apfel.

Zwölftes Kapitel
Schulabschluß

Nachdem sie ihre Medaille als ›Fleißigste‹ erhalten hatte, stieg Emily wieder auf die Bühne und stellte sich in ihrem geliehenen schwarzen Talar ans Rednerpult. Ihre Klassenkameraden saßen auf Klappstühlen im Turnsaal, nachdem sie zu den Klängen von ›Pomp and Circumstance‹, von der Band dreiundzwanzig endlose Male wiederholt, feierlich Einzug gehalten hatten. Auf der Zuschauertribüne saßen mit gelangweilten Mienen die Familien.

»Percy Bysshe Shelley sagte in einem Gedicht: ›Bestand hat nur die Veränderlichkeit‹«, begann Emily. »Wir können nie mit Sicherheit sagen, wie sich die Dinge verändern werden. Mit Sicherheit wissen wir lediglich, daß Veränderungen stattfinden werden. Vor fünf Milliarden Jahren wurde unsere Sonne aus einer Wasserstoffwolke geboren. Seitdem sind zwei miteinander im Wettstreit liegende Kräfte am Werk gewesen: die Neigung zur Veränderung und die Neigung zur Stagnation. Charles Darwin hat im neunzehnten Jahrhundert von einem mechanischen Prozeß der Anpassung gesprochen: Es überleben nur diejenigen Lebewesen, die sich am besten an die veränderten Umweltbedingungen anpassen. Heutzutage sprechen einige Naturwissenschaftler lieber davon, daß das Leben als ein Ganzes bemüht ist, nicht nur einfach fortzubestehen, sondern neue Möglichkeiten zu entwickeln. Denn wie, fragen sie, lassen sich sonst Schneekristalle erklären oder die überwältigende Vielfalt der Blumen oder der Instinkt, Musik zu machen?«

Sally saß mit weit gespreizten Beinen da und stützte mit beiden Händen ihren gewaltigen Bauch, der aussah, als werde er jeden Moment aufplatzen wie eine Samenkapsel. Emilys Mutter trug ein etwas schwächliches Lächeln zur Schau. Ihr Vater schien mit übereinandergeschlagenen Beinen zuzuhören. Earl musterte sie mit nachdenklichem Stirnrunzeln. Als sie ihm im vergangenen Monat mitgeteilt hatte, sie habe sich für ein College in New York entschieden, hatte er sie genauso angestarrt wie jetzt.

»Aber du wolltest doch aufs State gehen.«

»Ich habe meine Meinung eben geändert.«

»Aber Emily ... Ich meine, was können sie dir in New York bieten, was wir hier unten nicht zu bieten haben?«

»Keine Ahnung. Vielleicht gar nichts.«

»Mein Gott, ich möchte wetten, in New York gibt es nicht mal Chi O.«

»Das weiß ich.«

»Na schön. Wenn du deine Meinung einmal geändert hast, kannst du sie auch wieder zurückändern.«

»Ich werde sie nicht zurückändern, Earl.«

»Aber Emily ... Himmel noch mal, ich *liebe* dich doch!«

»Ich liebe dich auch.«

»Aber warum denn dann? Ich meine, ich hatte alles so schön geplant. Im nächsten Jahr studieren wir beide gemeinsam am State. Dann fange ich an, in Dads Fabrik zu arbeiten. Wenn du ein Junior wirst, schenke ich dir deinen Brillanten. Und wenn du graduierst, werden wir heiraten.«

»Ich kann nicht, Earl.«

»Aber warum denn nicht?«

»Ich weiß nicht.«

»Das sagst du ständig. Meinst du nicht, daß du es besser genau wissen solltest, bevor du unser beider Leben kaputtmachst?«

»Mein Gott, Earl, tu bitte nicht so melodramatisch! Ich werde doch zu den Feiertagen und während des ganzen Sommers nach Hause kommen. Und du kannst mich in New York besuchen. Wir werden uns schreiben und miteinander telefonieren. Es bedeutet doch nicht, daß alles vorbei ist.«

Er lachte. »Mein Gott, du bist doch immer noch ein dummes, kleines Mädchen! Du weißt noch nicht einmal jetzt, daß das Leben so nicht läuft.«

»Wenn wir es wollen, wird es gehen.«

»Blödsinn!«

»Ach, hör doch auf, Earl! Du könntest es uns wirklich ein bißchen leichter machen.«

»Verdammt noch mal, ich *will* es uns aber nicht leichter machen! Weil es nämlich nicht leicht *ist.* Ich liebe dich. Ich möchte, daß du zum State College gehst. Ich möchte, daß du meine Frau wirst. Ich möchte, daß du mir Kinder schenkst und das Leben mit mir teilst.«

»Das kann ich nicht, Earl.«

»Warum denn nicht? Was willst du sonst tun?«

»Ich weiß nicht.«

Etwas eher in jenem Frühling war sie mit Earl eines Nachmittags auf seiner Farm ausgeritten. Earl ritt die Stute, die er im Ferienlager trainiert hatte, Emily ein ehemaliges Showpferd, einen Wallach, der seine Hufe, auch ohne Gewichte, so zierlich setzte, als sei er eine alternde Ballerina. Earl ritt im Leichttrab neben ihr her.

Sie durchquerten das Tal und ritten in die Berge hinauf. Die Farmgebäude und Tabakfelder blieben weit unter ihnen zurück. Durch einen Waldstreifen kamen sie auf eine Lichtung. Sie hielten unter einem Baum, und Earl lud den Rucksack ab, in dem er ein Picknick mitgebracht hatte. Dann nahm er seinem Pferd den Sattel ab und legte ihn unter den Baum. Die Stute schnaubte und zuckte vor Wohlbehagen mit dem Rückenfell wie eine Frau, die endlich ihren Hüftgürtel los wird. Emily nahm ihrem Wallach ebenfalls den Sattel ab und legte ihn beiseite. Earl sprang auf, stützte sich mit der Hand auf den Rücken seines Pferdes, schwang sich hinauf und setzte sich zurecht. Abwartend sah er Emily an. Sie lächelte und machte es ihm nach. »Hast wohl gedacht, das könnte ich nicht, wie?«

»Du kannst alles, was du wirklich willst.«

»Du sagst es.«

Ohne ein weiteres Wort versammelten beide Reiter ihre Pferde und galoppierten an. Mit donnernden Hufen jagten sie über die Lichtung, daß das Gras rauschte und der Wind Mähnen, Schweife und Menschenhaar in fliegende Steppenhexen verwandelte.

Anfangs war Emily ein wenig ängstlich: Wenn ihr Pferd in ein Murmeltierloch trat, würde es sich das Bein brechen und sie als Reiterin, wie von einem Katapult geschleudert, auf dem Kopf landen. Nach einer Weile jedoch hatte sie das Gefühl, als berührten die Hufe des Wallachs kaum noch den Boden. Keine Gefahr, in ein Loch einzubrechen. Dies war eine der seltenen Gelegenheiten, da sie nicht das Gefühl hatte, einem leidgeprüften Pferd eine Zentnerlast zu sein. Auch die beiden Pferde, vom Sattel befreit, genossen dieses Rennen in der heißen Sonne unter dem strahlend blauen Himmel.

Mit den Knien umklammerte sie die Flanken des Pferdes. Unterschenkel und Füße hingen lose herab, schwangen mit den Bewegungen des Wallachs, der durch das Meer aus hohem Gras galoppierte. Seite an Seite ritten sie, beide erfolglos bemüht, den anderen zu überholen.

Sekundenlang war es Emily, als seien sie alle vier zu einer Einheit geworden, zu einer schaukelnden, dahintreibenden, keuchenden Kreatur, die unter weißglühendem Himmel auf der Stelle dahinstürmte, während die Erde sich unter ihnen drehte.

Unvermittelt scheuten die Pferde, stiegen und kamen zum Stehen. Quer über den Weg war ein Stacheldraht gezogen. Die Pferde atmeten schwer, Schaum tropfte ihnen vom Maul, ihre Leiber waren schwarz von Schweiß. Earl und Emily glitten von ihren Rücken, legten sich keuchend ins hohe Gras.

»Du reitest ziemlich gut für ein Mädchen«, murmelte Earl schließlich.

»Ziemlich gut für jeden Menschen.«

»Hm – ja.«

»Aber du wünschtest, das wäre nicht so, wie?«

»Wer – ich? Warum sollte ich mir das wünschen?«

»Ich weiß nicht.«

Er rollte sich herum und küßte sie. Gierig sog Emily seine Zunge in ihren Mund und preßte sich mit dem Becken an ihn. War es dies, was die Leute meinten, wenn sie behaupteten, sie seien ›verliebt‹? Dieses Sehnen nach Earls Körper – war das Liebe? Seine Hände strichen über ihren Körper, entfernten ihre Kleidungsstücke. Er flüsterte ihr Dinge zu, die sie nicht verstand. Die beiden Pferde hatten sich grasend entfernt.

Earl preßte seinen Oberkörper gegen ihre Brüste. Seine Lippen, seine Zunge wanderten über ihr Gesicht und an ihrem Hals hinab.

Was passiert, wenn ich jetzt weitermache? fragte sie sich. Ich könnte schwanger werden. Was sonst?

Und genauso unvermittelt, wie die Murmeltierlöcher unwesentlich geworden waren, verlor auch diese Frage ihre Bedeutung. Das einzige, was jetzt zählte, war das Rennen – die Anstrengung, das Auf und Nieder, das Dahinstürmen.

Das erschöpfte Abgleiten vom schweißnassen Rücken des Pferdes.

Das Lächeln, das auf Earls Gesicht stand, als er neben ihr lag, hatte sie schon einmal gesehen: im letzten Sommer, als er die Stute dazu gebracht hatte, höher zu springen als jemals zuvor.

Sie erhob sich und begann sich anzukleiden. Earl grinste aus ihrem Nest im hohen Gras träge zu ihr empor. »Wohin so eilig?«

Grimmig zog sie den Reißverschluß ihrer Jeans hoch und schloß den Gürtel. »Wie wirst du den Stein denn jetzt anmalen – schwarz?«

Er richtete sich auf. »Was ist los? Ist alles in Ordnung mit dir? Hat es dir nicht gefallen?«

So zerknirscht wirkte er, daß sie gestand: »Leider nur allzu gut. Das ist es ja.«

»Wieso ist das denn so schlimm?«

»Wenn ich nun anfangen würde, es zu wollen, zu brauchen? Nicht mehr ohne das leben könnte?«

»Um so besser für mich«, antwortete er lächelnd.

»Aber was für dich gut ist, muß nicht unbedingt auch für mich gut sein.«

»Was redest du da?« Unvermittelt sprang er auf und nahm sie in die Arme.

»Ich weiß nicht«, erwiderte sie. Und als er ihren widerstrebenden Mund behutsam mit der Zunge zu öffnen versuchte, kam ihr der Gedanke, daß sich das nicht von der Art unterschied, mit der er der Stute die Gebißstange ins Maul schob – unmittelbar bevor er ihr die Lederriemen über die Ohren streifte. Das Zaumzeug. Das Brautzeug.

Als Earl sie wieder ins Grasbett hinabziehen wollte, bekam sie plötzlich Atemnot und rang nach Luft.

Später besuchte sie Sally. Als sie ins Haus kam, schlug ihr Küchenduft entgegen. Im Wohnzimmer fand sie ihre Schwester, im Umstandskleid auf den Knien, wie sie mit Q-Tips die Zierleisten säuberte.

»Was kochst du da? Riecht ja fabelhaft!«

»Oh, hallo! Eigentlich gar nichts. Ich lasse nur immer eine Zwiebel auf dem Herd kochen, damit Jed es riecht und das Gefühl hat, ich sorge genauso gut für ihn wie seine Mama.« Schwerfällig erhob sich Sally, mit den Händen ihren gewölbten Leib stützend. Sie strich sich das blonde Haar aus dem Gesicht und zeigte ihr Cheerleaderinnen-Lächeln.

»Wie geht's dir, Sally?«

»O danke. Gut. Hab' mich nie besser gefühlt. Weißt du, ich finde es wunderbar, schwanger zu sein.«

»Gut. Es muß Spaß machen, ein eigenes Haus zu haben und tun zu können, was man will und wann man will.«

»Ja, macht es. Jed und ich finden es wunderbar. Wir sind noch immer wie in den Flitterwochen. Können die Hände nicht voneinander lassen.«

»Ach, wirklich? Na, das ist ja fein.« So etwa das letzte, was sie von Sally hören wollte, waren Einzelheiten aus ihrem Sexualleben. Dennoch warf sie einen Blick ins Schlafzimmer, auf Jeds und Sallys Ehebett. In letzter Zeit hatte sie ein starkes Verlangen nach Sex entwickelt und stellte sich vor, wie es wohl wäre, ihn nach Lust und Laune betreiben zu können, und noch dazu im eigenen Bett. Denn Earl und sie verwendeten inzwischen den größten Teil ihrer Energie und Intelligenz auf die Suche nach Plätzen, wo sie allein sein konnten. Einmal, als sie im Haus seiner Eltern zu Gast war, kam er ins Badezimmer geschlichen, als sie sich gerade die Zähne putzte. Sie erschrak über seine Tollkühnheit. Er schloß den Toilettendeckel, setzte sich drauf und zog sie auf seinen erigierten Penis herab. Mitten drin klopfte sein Vater an die Tür. »Bin gleich fertig, Dad«, rief Earl zurück.

Eines Nachmittags, als Earls Eltern nicht zu Hause waren, fuhren sie an der Fabrik seines Vaters vorbei zur Farm hinaus. Das Werk war von einem hohen Maschendrahtzaun, gekrönt mit Stacheldraht, umgeben. Überall standen Warnschilder. Türme mit Hunderten von Stromleitungen, die Reihen von bunten Glasisolatoren trugen, verwandelten die Szene in einen gigantischen Abakus. Türme wie Silos. Flache, langgestreckte Bunker aus grauem Beton, fensterlos. In den Torhäuschen uniformierte Wachmänner.

»Mann, ist das hier unheimlich!« murmelte Emily.

Earl lachte. »Nur, wenn man nicht begreift, was hier vor sich geht.« Und dann erklärte er ihr, wie ein Uraniumkern beschaffen war.

»Na schön, das klingt ja okay. Aber was dann kommt, das ist so unheimlich.«

»Wieso? Die Dinger in einen Kernreaktor installieren, damit die Menschen Licht und Heizung und so weiter haben?«

»Nein. Die Dinger in Bomben installieren.«

»Das wird hier nicht gemacht. Sie werden nach New Mexico und Washington State verfrachtet.«

»Wo liegt der Unterschied?«

Am folgenden Morgen saßen Earl und Emily im Frühstückszimmer. Durch die blankgeputzten Scheiben fiel warmes Frühlingssonnenlicht auf Platzdeckchen und Servietten. Überall standen frische Blumen, hingen Körbe mit Grünpflanzen. Das blankpolierte, antike Silberbesteck trug Monogramme. Ein ganzes Regal enthielt passende Porzellangedecke. Erstklassig gepflegt die antike Kommode sowie der Eckschrank.

Lottie, das dicke Neger-Hausmädchen in ihrer gestärkten weißen Uniform, trug Berge von frischem Obst und Platten mit Bauernschinken und Brötchen herein. Beim Essen sah Earl Emily lächelnd an. Er sagte in Mrs. Princes Gegenwart oft, wenn man wissen wolle, wie ein junges Mädchen als Frau sein werde, müsse man sich ihre Mutter ansehen. Und dann erklärte er, an Mrs. Prince gewandt, daß er sich aus genau diesem Grund Emily gewählt habe. Emily spann den Vergleich noch etwas weiter: Wenn man wissen wollte, was ein junger Mann in einem Mädchen suchte, mußte man sich seine Mutter ansehen.

Durch die offene Tür sah Emily, wie sie sich, in breitrandigem Strohhut und Seidenkleid, weiße Handschuhe anzog und zum Fenster hinaus, auf die mit einer Blumenkante eingefaßte Terrasse blickte. Auf einem fernen Hügel arbeiteten der Pächter und sein Gehilfe in verblichenen blauen Overalls und schlappen Filzhüten im Tabaksaatbeet.

»Missus, soll ich vielleicht Hühnersalat inne Blätterteigpasteten machen?«

»*In die* Blätterteigpasteten. Ja bitte, Lottie. Und würdest du bitte auch zum Abendessen einen Braten aus dem Gefrierschrank nehmen?«

»Yessum.«

»Es ist schön hier«, stellte Emily fest.

»O danke«, antwortete Earl. »Nun hat sich Dad endlich auch seine Plantage zugelegt.«

»Was meinst du damit?«

»Er ist ein Stadtmensch. Aus New York. Während des Krieges erst hier runtergekommen. Streng geheime Produktion in der Fabrik, fürs Pentagon. Anschließend ist er dann geblieben. Hat immer mehr Land zusammengekauft. Er will nichts weiter als alles Land, das an das seine grenzt, sagt er.«

»Das klingt nach Alexander dem Großen.«

Sie gingen ins Wohnzimmer mit den schönen Antiquitäten, den Orientteppichen, den Blumen und Obstschalen, den Wandgemälden hinüber. Auf der Terrasse erteilte Earls Mutter dem Gärtner Anweisungen. In der hellen Sonne sah Emily deutlich ihr geschickt aufgelegtes Make-up. Ihr toupiertes Haar saß schlechthin perfekt, der Rocksaum war schnurgerade, die Strümpfe hatten keine Laufmasche, die Schuhe waren gewienert, die Nägel poliert. Emily wurde es eng ums Herz. Sie fing an zu keuchen.

Dieses Mal kämpfte sie dagegen an. Es war schließlich nichts auszusetzen an dieser Szene. Hier herrschte Ordnung, Schönheit und Frieden. Perfektion. Die Atemnot ließ nach. Wenn es dies war, was sie tun mußte, um Earl zu bekommen, wann immer sie wollte – sie würde es tun.

In den Vormittagsnachrichten des Fernsehens prügelten uniformierte Männer mit Schlagstöcken auf ein paar Menschen ein, Weiße und Neger, die in Gebetshaltung am Boden knieten. Zähnefletschende Hunde stürzten sich auf sie. Feuerwehrschläuche spien Wasserstrahlen. Earl stellte den Apparat ab.

Am Abend, im Wilderness Trail, sahen sie einen Kurzfilm über einen Northwoods-Trapper, der ein zahmes Vielfraßweibchen in der Nähe einer Falle anpflockte. Es stieß Paarungsrufe aus, die auch bald ein Männchen anlockten. Als er es mit lüsterner Absicht umkreiste, schnappten die Eisenzähne der Falle zu. Schließlich biß er sich das eigene Bein ab, um sich aus der Falle zu befreien.

Am folgenden Nachmittag sprach Emily mit Earl darüber, ob sie nächstes Jahr am State der Tri Delt oder der Chi O beitreten sollte. Am selben Abend schickte sie ihre Zusage ans College nach New York.

»... Vor dreihundertfünfundsiebzig Millionen Jahren entwickelten sich Lebewesen, die wir als Quastenflosser bezeichnen. Sie ähnelten den Fischen, hatten aber beinartige Flossen und Luftsäcke. Die normalen Fische hielten sie vermutlich für Freaks. Doch schließlich verließen einige Quastenflosser ihren Teich. Vielleicht wurden sie von den anderen Fischen verjagt. Vielleicht ging auch der Nahrungsvorrat zu Ende. Vielleicht trocknete der Sumpf aus. Vielleicht waren sie auch nur neugierig. Genaues wird nie jemand erfahren. Aus irgendeinem besonderen Grund aber schleppten sich einige mit ihren Flossen ans trockene Land und sogen Luft in ihre Säcke. Bis dahin hatten sie nicht einmal gewußt, was trockenes Land war, geschweige denn, ob es sich für sie eignete. Manche stürzten sich vermutlich so schnell wie möglich in einen anderen Sumpf. Vielleicht hatten sie Angst. Vielleicht waren sie aufgeregt. Vielleicht folgten sie ganz einfach einem Instinkt. Die Fische in den Sümpfen jedoch starben aus, während die Nachkommen der Quastenflosser für mehrere Millionen Jahre die Erde beherrschten ...«

Ein Schüler furzte laut. Einige kicherten.

»... Wenn wir also nun diese freundlichen Gesichter und vertrauten Hallen verlassen, um in die Welt hinauszuziehen, können wir jegliche Veränderung auf Schritt und Tritt bekämpfen. Wir können uns aber auch vornehmen, das Unvermeidliche zu akzeptieren und zu unterstützen. Wir haben die Wahl. Ich danke Ihnen.«

Die Band stimmte zum vierundzwanzigsten Mal ›Pomp and Circumstance‹ an, während das Publikum höflich applaudierte.

Mr. Horde schüttelte ihr die Hand und überreichte ihr das Diplom. Als sie die Quaste auf die andere Seite ihres schwarzen Baretts warf, musterte sie das unruhige Gedränge ihrer Mitschüler, die sich in der Turnhalle vorwärts schoben. In ihren Talaren ähnelten sie schwarzen Karpfenfischen in einer Fischzuchtanstalt. Die meisten Jungen würden bald in den Fabriken, Geschäften und Lagerhäusern arbeiten. Die meisten Mädchen würden einen von diesen Jungen heiraten, ihren Haushalt führen und ihre Kinder großziehen. Einige würden zum State College gehen. Ein paar würden die Gegend verlassen. »Wir haben die Wahl.« Sie lächelte. Wer von ihnen würde wählen? Sie persönlich ganz bestimmt nicht. Wenn sie hätte wählen können, wäre sie hier geblieben, in der Umgebung ihrer Kindheit, bei den Gräbern ihrer Ahnen. Es kam ihr wirklich nicht so vor, als ob sie die Wahl hätte.

Dritter Teil

Erstes Kapitel
Emily

Durch ein schmiedeeisernes Tor betrat Emily einen weiten, von neoklassizistischen grauen Gebäuden umgebenen Innenhof. Die Freitreppe des Hauses, das mit einem kunstvollen Fries tanzender Götter und Göttinnen verziert war, endete in einem Vorplatz mit der Statue einer griechischen Göttin, die ein paar Steintafeln hielt. Zu ihren Füßen waren Klapptische und -stühle aufgestellt, um die sich zahlreiche, zumeist in verschossene Jeans gekleidete Studenten drängten. Auf den Tischen standen und lagen Petitionen, Broschüren, Sammelbüchsen, Stapel von Eintrittskarten. Pappschilder warben: ›UNTERSTÜTZT DIE WAHLREGISTRIERUNG IM SÜDEN‹ und ›HIER EINTRITTSKARTEN FÜR SHARECROPPER-BENEFIZ‹. Stimmen überredeten, baten, diskutierten. Ausdrükke wie *›redneck‹* und *›cracker‹* sprangen Emily entgegen wie Ausklappbilder in Kinderbüchern.

Emilys Wohnheim war einer von mehreren wuchtigen Backsteinbauten. Ein hoher Eisenzaun trennte den Vorgarten von den mit Menschen bevölkerten Bürgersteigen des Broadway. Eine Stunde zuvor hatte sie ihre Zimmergenossin kennengelernt. Joans Lächeln schien mit ihren wahren Gefühlen nicht unbedingt im Einklang zu stehen: Sie zog die Mundwinkel zwar scharf nach oben, doch ihre Augen behielten ihren eiskalt abschätzenden Blick. Während Emily ihre Koffer auspackte, lag Joan auf ihrem Bett, las Zeitung und murmelte seufzend: »O Gott, was sich da so alles tut auf der Welt! Verrecken sollen sie, diese Menschen!«

»Wer?«

»Die *crackers* in Alabama. Diese hirnverbrannten Idioten, die Kirchen in die Luft sprengen. Vier kleine Mädchen haben diese Kretins umgebracht!«

»Davon habe ich nichts gehört.«

»Wie bitte? Ja, informieren die euch denn nicht mal von dem, was eure eigenen Nachbarn da unten treiben?«

»Ich komme aus Tennessee.«

»Tennessee. Alabama. Mississippi. Georgia. Alles dasselbe.«

Emily hielt mit dem Auspacken inne und starrte Joan verdutzt an. »Aber meine Nachbarn sprengen keine Kirchen in die Luft.«

»Bist du ganz sicher?«

»Natürlich. Wir haben anderes zu tun.«

»Zum Beispiel?«

»Keine Ahnung. Alles mögliche.«

»Was habt ihr, du und deine Nachbarn, zum Beispiel im vergangenen Frühjahr gemacht, als ich mich in Birmingham von einem Deutschen Schäferhund habe zerfleischen lassen?« Sie zeigte wieder ihr aufgesetztes Lächeln.

»Äh ... mit irgend jemandem gepennt, vermutlich.«

Joan überhörte das. »Was habt ihr im letzten Sommer gemacht, als Medgar erschossen wurde?«

»Wer ist Medgar?«

Joan blickte schockiert zu Emily auf. Ihre Zeitung hatte sie zu einem Klumpen zusammengeballt.

Den Titel ›Beliebteste‹ hatte Emily an der Newland High zwar niemals errungen, aber sonst war sie eigentlich immer mit allen ganz gut ausgekommen. Sogar die Ingenues hatten sie schließlich aufgenommen. Sie ging ins Verwaltungsbüro hinunter und erkundigte sich nach dem Einzelzimmer, um das sie in ihrem Bewerbungsschreiben gebeten hatte.

Ein junges Mädchen in Sandalen, deren Bänder sie über Kreuz bis zu den Knien hochgeschnürt hatte, fragte ein anderes: »Hast du schon gehört, was Edward vorhat?«

»Nein – was denn?«

»Er will das nächste Semester aussetzen und nach Tennessee runtergehen.«

»Nein, wirklich?«

Die mit den Sandalen lächelte leicht, nickte und mischte ihre Eintrittskarten wie ein Pokerspiel.

»Er sollte uns allen ein Vorbild sein.«

»Ich weiß.«

»Ob er Angst hat?«

»O ja, ich glaube schon. Hättest du etwa keine? Es ist unglaublich, was sich da unten abspielt. Allesamt Psychopathen, die Leute dort.«

Emily runzelte die Stirn, riß dann die Augen auf. Sie war mit einem jener Züge nach New York gekommen, die sie ihr Leben lang hatte durchs Tal rattern sehen. Die Felder, vom Licht der frühen Abendsonne übergossen, huschten an ihrem Schlafwagenabteil vorbei. Sie legte die Füße auf den gepolsterten Toilettensitz. Weiden, die sich gelb färbten, betupft mit grasenden Angus-Rindern; abgeerntete Maisfelder, stachelig wie ein Männergesicht mit nachmittäglichem Stoppelbart. Der Zug schlängelte sich durch niedrige Vorberge, um dann zu einem Gebirgspaß emporzuklettern. Tief unten entdeckte Emily auf einem Feld einen verwitterten Getreideschuppen, umrahmt von Eichbäumen, deren Laub den ersten rosafarbenen Hauch des Herbstes aufwies. Die untergehende Sonne warf einen weichen, goldglühenden Schein. Was sie hinter sich ließ, das wußte Emily: die Heimat. Was aber lag vor ihr?

Als sie jetzt zum Broadway zurückkehrte, sah sie Joan auf dem vorspringenden Eckstein eines Hauses sitzen und mit einem jungen Neger Händchen halten. Der Neger küßte sie hingebungsvoll auf den Mund. Emilys Persönlichkeitsgefühl geriet ins Schwanken, als sie an den beiden vorbeiging.

An diesem Abend erschien Raymond mitsamt Schlapphut und Bart, um sie zum Essen in ein kleines Chinarestaurant am Broadway auszuführen. Sachverständig bestellte er die Speisen. Mit einem Eßstäbchen stocherte Emily mißtrauisch in Bambussprossen und Wasserkastanien herum. Waren die Chinesen nicht Kommunisten oder so?

Raymond quasselte nonstop von einem Dokumentarfilm über die Neger im Süden, den er für seine Gruppe drehte. Er wollte sich von seiner Druckerei unbezahlten Urlaub geben lassen, um als freiwilliger Fotograf für eine Wählerregistrierungskampagne nach Tennessee runterzugehen.

Schweigend kaute Emily ihr Huhn mit Erdnüssen, während er von den geplanten Kundgebungen und Benefizen redete. Zwar verdeckte der Bart den größten Teil seines Gesichts, doch seine Augen leuchteten begeistert.

»Sag mal, Raymond – was haben die Leute hier oben eigentlich alle gegen den Süden?«

Raymond zog die Brauen hoch. »Ach ja, das hatte ich ganz vergessen: Du bist ja neu hier. Das muß dich alles ziemlich umhauen.«

»Na ja, ich war zufällig gerade nicht anwesend, als die Kreuzfahrer nach Konstantinopel aufbrachen.«

»Soll das vielleicht komisch sein?«

»Früher hättest du das, glaube ich, komisch gefunden.«

»Früher war ich voreingenommen.«

»Ach so! Du findest mich jetzt also abstoßend, wie? Genauso wie offenbar meine Zimmergenossin.«

»Ich finde dich keineswegs abstoßend, Emily. Nur mußt du noch sehr viel lernen.«

Mit ihrem Stäbchen spießte Emily ein widerspenstiges Stück Wasserkastanie auf.

»Aber ich sehe keinen Grund, warum du das tun solltest. Deine Familie kann schließlich nur einen Weg gehen, wenn der Süden explodiert: abwärts.«

»Was redest du da?«

»Diese verdammte hierarchische Stadt, aus der wir kommen: ein Platz für jeden, und jeder schön an seinem Platz. Mit Daddy Prince ganz oben auf dem Thron.«

»Und ich hatte immer gedacht, du magst meinen Vater.«

»Das hat doch damit nichts zu tun!«

»Ach – nicht?« Sie beneidete ihn um seine neu gewonnene Selbstsicherheit.

»Nein. Wir sprechen hier von Ideologie, nicht von Einzelmenschen.«

»Das verstehe ich nicht.«

»Paß auf: Wenn ich nicht fortgegangen wäre, dann würde ich jetzt Arbeiter in der Fabrik deines Vaters sein. Und bis an mein seliges Ende in der Spinnerei schuften.«

»Aber du hättest dich hocharbeiten können, genau wie dein Vater. Oder zur Papiermühle überwechseln. Du hättest tun können, was du tun wolltest, bei uns da unten, Raymond.«

»Darum geht es doch gar nicht! Warum hätte ich denn das gewollt, was ich dann gewollt hätte? Weil ich in dem Glauben erzogen worden bin, daß ich zu mehr einfach nicht tauge. Ich wäre dankbar für das gewesen, was mir Big Daddy gezahlt hätte. Während er in der Tsali Street ein schönes Leben führte.«

»Ein schönes Leben? Mein Gott, Daddys Vorstellungen vom schönen Leben erschöpfen sich in einem Abendessen im Barbecue Pit. Was du da behauptest, Raymond, hat nichts mit wirklichen Menschen zu tun!«

»Das erkennst du nur alles nicht, weil du die Kronprinzessin bist. Für dich springt bei dieser Erkenntnis nichts raus.«

»Raymond – du sprichst mit mir: Emily! Deiner Freundin aus Kindertagen!«

»Du bist nicht sehr logisch, Emily.«

»Ich versuche nur zu ergründen, warum du dich überhaupt mit mir abgibst.«

»Leicht ist es nicht«, antwortete er.

»Übrigens, wo ist dein Akzent geblieben? Du sprichst auf einmal wie ein Yankee.«

Er zuckte die Achseln. »Du wirst auch noch eines Tages feststellen, daß es hier oben im Augenblick nicht sehr günstig ist, Südstaatler zu sein.«

»Das hab' ich gemerkt. Ich hab' mich noch nie als Südstaatler gefühlt, aber jetzt werd' ich auf einmal nur deswegen gehaßt, weil ich einer bin. Südstaatler. Was bedeutet das eigentlich?«

»Das wirst du sicher sehr schnell erfahren, und das meiste davon wird dir bestimmt nicht gefallen.«

»Vielen Dank, Raymond! Wenn ich bedenke, daß ich zum State College hätte gehen können...«

»Dann geh doch! Bleib schön gemütlich immer am alten, vertrauten, beschissenen Ort.«

»Ich bin aber schon weg von da«, korrigierte sie ihn.

Bremsen kreischten, Hupen blökten, Fahrer fluchten und machten unanständige Gesten. Riesige Gebäude aus Glas und Stahl kreisten die Menge ein, die zum größten Teil gekleidet war, als müßte sie Schweine in den Stall treiben. Der junge Mann im Overall, der zu ihnen sprach, hatte nach einem Freedom Ride vierzig Tage im Parchman-State-Gefängnis gesessen. Aus irgendeinem Grund sprach er, obwohl weiß und ein Yankee, wie ein *sharecropper,* ein Pachtbauer aus Alabama: »Un' heute sin' hier, heut' nachmittag, 'n paa' hunnert zusamm'gekomm'. Darauf könn' wir richtig stolz sein, weil wir 'nem Footballspiel Konkurrenz machen.«

Höhnisches Gelächter.

»Aber sons' ham wir nich' viel, worauf wir stolz sein könn', Freunde. Tausende von Brüdern un' Schwestern könn' heute nich' bei uns sein, weil sie keine grünen Lappen ham, um herzukomm'. Aber das is' noch nich' so schlimm. Sie ham nich' mal Geld, um sich *satt zu essen*! Sie schuften als Dienstmädchen un' Bahnarbeiter für zehn Dollar die Woche. Von Sonnenaufgang bis Sonnenuntergang rackern sie sich auf den Feldern ab – für fünfzehn Dollar die Woche. Un' nich' nur, daß sie kein' Zaster ham, sie ham, Freunde, nich' mal das *Recht,* dagegen zu demonstrieren, daß sie nichts ham. Alte Frauen wer'n von Polizeihunden gebissen. Kleine Mädchen wer'n ins Gefängnis gesteckt, weil sie in Drecklöchern, die sie sonst im Leben nich' betreten hätten, miese, fetttriefende, alte Hamburger bestell'n. Un' Tausende von schwarzen Bürgern könn' nichts tun, damit das alles anners wird, weil sie nich' wählen dürfen. Also isses an uns, Brüder un' Schwestern, an uns allen, die wir hier heute nachmittag versammelt sind, und den Tausenden, die nich' komm' konnten, das alles zu ännern.«

Emily wußte nicht, was sie davon halten sollte. Jed wäre bestimmt da raufgesprungen und hätte den Kerl zusammengeschlagen, doch Emilys Reaktionen waren verwirrender. Neben ihr standen auf einer Seite Joan, auf der anderen Corinne. Die beiden hatten sich ihrer politischen Erziehung angenommen. Und Emily, fest entschlossen, als Gast in der Heimat anderer Menschen höflich zu sein, nahm an sämtlichen Benefizen, Kundgebungen, Konzerten und Kaffeehausdiskussionen teil, die ihr von den beiden vorgeschlagen wurden. Sie schienen sich ihr mit derselben Begeisterung zu widmen, wie viktorianische Missionare sie den nackten Wilden hatten zuteil werden lassen, die sie überredet hatten, wenigstens einen Lendenschurz zu tragen. Sie versicherten ihr, daß ihre moralischen Unzulänglichkeiten nicht ihre eigene Schuld, sondern Ergebnis ihrer Erziehung im Rahmen eines ungerechten Gesellschaftssystems seien. (Eine der Unzulänglichkeiten des Südens, fand Emily, war es wohl, den Kindern beizubringen, wie man jenen höflich zuhörte, die über ihre Heimat herzogen.)

Joans Eltern besaßen ein Möbelgeschäft in der 125th Street, eine Tatsache, die sie zur Expertin für die Beziehungen zwischen den Rassen machte. Mehrmals in der Woche hockte sie sich auf Emilys Bett, um den Süden mit einem riesigen Nazi-KZ zu vergleichen.

Beim erstenmal erwiderte Emily: »Ja, aber so ist es wirklich nicht!«

Joan musterte sie von oben herab. »Weißt du, Emily, du hast nicht den leisesten Schimmer.«

»Aber Joan, ich habe achtzehn Jahre da unten gelebt!«

Statistische Zahlen, nach Rassen aufgeteilt, kamen wie Luftballons bei einem Parteikongreß auf sie herabgeregnet: Säuglingssterblichkeit, Prokopfeinkommen, Bildungsausgaben, Wohlfahrtszahlungen, Mordquoten. Emily wußte dem nichts entgegenzuhalten. Solange Joan argumentieren oder dozieren konnte, würde sie niemals diskutieren. Man mußte sich geschickt verstellen, zu solchen Versammlungen wie dieser gehen, obwohl man in Wirklichkeit lieber ein Footballspiel besuchte, mußte so tun, als habe man sich überzeugen lassen. Nur dann konnte man im stillen für sich denken, was man wollte. Emily mochte Joan und Corinne. Sie konnte nur einfach nicht verstehen, worüber die beiden sich ständig so aufregten. Und hatte ein ziemlich schlechtes Gewissen, weil sie nur deswegen vorgab, sie zu verstehen, damit sie ihre Freundinnen blieben und nach dem Essen mit ihr Kaffee tranken.

»Die Leute hier oben im Norden, die sagen immer: ›He, Mann, wieso hockst du dich in irgend so 'n miesen Südstaaten-Busbahnhof?‹ Un' die Südstaatler, die sagen zu mir: ›Junge, bleib immer schön ruhig, dann kannst du sitzen, wo du willst und mit wem du willst. Aber mach hier nur jaaa kein' Ärger, hörst du?‹ Na, un' dann sag' ich zu denen: ›Baby, aber ich *will* ja gerade Ärger machen!‹ Verdammt noch mal, ich scheiß' auf denen ihre Busbahnhöfe, Mann! Ich red' von richtiger Reh-voh-luh-schon!

Wir könn' nich' mehr auf die Gerichte warten. Die Brüder un' Schwestern im Süden warten seit hunndert Jahr'n auf die Gerichte. Wir woll'n der Sache an die Wurzeln, Baby! Wir woll'n Freiheit! Wir woll'n Gerechtigkeit! Wir woll'n Brüderlichkeit! Wir woll'n alles, für alle Menschen! Un' wir woll'n das alles *jetzt*!

Wir wer'n auf die Straße gehn – im Mississippi-Delta, in Südwest-Georgia, im ganzen Staat Alabama! Wallace, Eastland, Thurmond – keiner wird uns aufhalten! Wir wer'n durch Dixie marschier'n wie weiland Sherman durch Georgia, un' wir wer'n den alten Jim Crow ausräuchern!«

Die Menge tobte. Bärtige junge Männer arbeiteten sich mit ausgespannten Bettlaken durchs Gedränge und schrien: »Unterstützt die Brüder und Schwestern im Süden!« Die Leute warfen Münzen und Geldscheine hinein. Die jungen Männer schüttelten die Laken, daß die Münzen klingelten wie eine ganze Kamelkarawane. Emily hielt Joan und Corinne bei den Händen, wiegte sich mit ihnen im Takt und sang: »We Shall Overcome.« Und während sie sangen, strömten ihnen allen die Tränen übers Gesicht. Bei uns zu Hause, dachte Emily, würden diejenigen, die ein neues Leben in Christo zu führen beabsichtigten, jetzt nach vorn zum Prediger gerufen werden.

Corinne, die im Zimmer neben Emily wohnte, war die Tochter eines Investmentbankers. Sie hatte strähnige blonde Haare, traurige blaue Augen und eine kriecherische Art, die Emily reizte, sie zu verprügeln. Ständig versetzte sie ihren Familienschmuck, um das Geld konsternierten blinden farbigen Amputierten zu geben, die an der Ecke Forty-second Street Bleistifte verhökerten. Ein Ausflug in die Stadt mit ihr glich dem Rundgang durch eine Leprakolonie in Begleitung einer Sister of Mercy.

Corinne ging ständig mit Neger-Musikern aus, die sie in den Kaffeehäusern von Greenwich Village aufgabelte. Fast immer trug sie ein paar chirurgische Nähte oder einen abgebrochenen Zahn spazieren, denn diese Männer zögerten – im Gegensatz zu Emily – keineswegs, sie zu verprügeln, wenn sie wieder mal ihre kriecherische Art an den Tag legte. Einmal war Emily mitgegangen, um Corinnes neuesten Boyfriend am Schlagzeug zu hören. Eng um die Marmortischchen gedrängt saßen weiße, als Farmarbeiter verkleidete Studenten, die mit geschlossenen Augen zum Takt der Musik mit dem Kopf nickten.

»Hast du schon mal einen Neger als Freund gehabt?« erkundigte sich Corinne. Emily schüttelte den Kopf.

»Also, die sind einfach fabelhaft! So ... Ach, ich weiß nicht. So ungestüm. So ungeheuer selbstsicher im Vergleich zu den weißen Boys. Das sind Männer und nicht kleine Jungens. Sie haben ihr Leben lang mit Elend und Not fertig werden müssen. Vielleicht kann ich Fishbait überreden, dir auch einen zu besorgen.« Fishbait, der über einem Auge eine schwarze Klappe trug, kam zu ihnen herüber und enthob Emily dadurch der Mühe, Donny irgendwie in dieses Charakterschema des männlichen Negers hineinzwängen zu wollen.

»Sieh an, sieh an! Was die Mama da angeschleppt hat!« Corinne katzbuckelte. »Wieso siehst du eigentlich immer wie 'n Stück Scheiße aus, Mama? Verdammt, weiße Mädchen können sich einfach nicht anziehen. Und sonst können sie auch nicht sehr viel.« Er lachte. »Stimmt's, Mama?« Corinne nickte gehorsam. »Scheiße, Weib, du bist so häßlich heut' abend, daß ich dich kaum ansehn kann.«

»Ich geb' mir die größte Mühe, Fishbait.«

»Sieht mir aber gar nicht danach aus, als ob du dir Mühe gäbst.« Er packte eine Handvoll ihrer Haarsträhnen und zog daran, bis ihr die Tränen in die Augen stiegen. »Das nennst du Haare, Mama? Für mich sieht das aus wie dreckige Spaghetti. Kannst du dir nicht mal 'n paar Locken drehn?«

»Entschuldige, Fishbait. Ich dachte, es gefällt dir, wenn ich die Haare glatt trage.«

»Na ja, dann werd' ich wohl mal lieber gehen.« Emily erhob sich. Sie kam sich vor wie eine Zuschauerin beim Liebesspiel zweier fremder Menschen.

»Na, wie hat dir Fishbait gefallen?« erkundigte sich Corinne am folgenden Tag bei Emily, während sie sich vor dem Badezimmerspiegel ein blaues Auge überschminkte.

»Das ist wirklich 'n Typ!«

Corinne lachte. »Ja. Ist er nicht fabelhaft?«

Nach dem Abendessen in der Cafeteria saßen Emily, Joan, Corinne und Lou noch in Joans Zimmer zusammen, wo sie Pulverkaffee tranken, rauchten, Schallplatten hörten – Joan Baez, Peter, Paul and Mary, Ma Rainey, Billie Holiday, Bessie Smith – und ihre Kommilitoninnen samt deren Biographien diskutierten. Corinne und Joan diskutierten außerdem noch über die Nachrichten, die gewöhnlich von der Rassensituation im Süden berichteten.

»Diese Schweine! Diese rotnackigen Schweine! Verrecken sollen sie alle miteinander!« tobte Joan.

»Diese *armen* Menschen! Und alles nur, weil sie eine andere Hautfarbe haben«, klagte Corinne.

»Man muß sich ja schämen, derselben Nation anzugehören«, verkündete Joan eines Abends.

»Wir haben ja raus wollen aus der Nation«, gab Emily ihr zu bedenken. »Aber ihr habt uns nicht gelassen.«

»Wir? Hör mal, ich persönlich hab' nichts damit zu tun! Meine Familie ist erst 1903 aus Rußland gekommen.«

»Und schließlich«, warf Corinne ein, »ist das alles schon einhundert Jahre her.«

»Ganz recht. Erst einhundert Jahre.«

Lou saß schweigend über ihrem Kaffee. Jetzt schloß sie die Augen, warf den Kopf in den Nacken, lächelte ganz leicht und stieß einen Laut aus, der wie ›Ha!‹ klang. Lou, deren Zimmer gegenüber lag, kam aus Charlotte und studierte hier aufgrund eines Studentenaustauschprogramms, das vielversprechende junge Neger vor den wenig versprechenden Südstaatencolleges retten sollte. Allerdings handelte es sich nicht um einen ›Austausch‹ im eigentlichen Sinne, denn Studenten aus dem Norden, die Lous College im Süden besuchten, gab es nicht. Emily und Lou nickten einander von Zeit zu Zeit vielsagend zu. Nachdem Emily erfahren hatte, daß sie zu den Unterdrückern gehörte, wußte sie nicht mehr so recht, wie sie sich in Gegenwart ihrer Opfer verhalten sollte. Aber sie war sich Lous wiederholtem ›Ha!‹, das irgendwo zwischen einem bitteren Auflachen und einem verächtlichen Schnauben lag, durchaus bewußt. Als Emily es zum erstenmal hörte, hatte sie gerade eine Antwort gegeben, die Joan und Corinne politisch akzeptabel fanden. Woraufhin Corinne erklärte: »Ach, Emily, wie schön ist das doch, wenn du in deinem Südstaatenakzent so was Gescheites von dir gibst!«

Lou machte die Augen zu, warf den Kopf in den Nacken, lächelte müde und machte: »Ha!« Emily wußte nicht recht, was sie damit hatte sagen wollen.

Nach der Kundgebung wollten Joan und Corinne ins Village. Emily lehnte Corinnes Angebot, sie mit einem Freund von Fishbait bekannt zu machen, dankend ab. »Ich muß noch an einem Aufsatz arbeiten«, murmelte sie verlegen. Joan und Corinne warfen ihr Blicke zu, die sie eindeutig des Rassismus bezichtigten. »Ehrlich!« versicherte Emily nahezu flehend.

Sie ging westwärts, in Richtung Hudson. Als sie die West End Avenue überquerte, sah sie eine Weiße in der Uniform einer Kinderschwester, die zwei fein gekleidete Negerkinder an der Hand führte. Emily starrte die drei an, bis sie um eine Ecke verschwanden.

Die Bürgersteige waren mit gelben und rostbraunen Blättern gesprenkelt. Wenn sie sie unter ihren Sohlen zertrat, stieg ihr ein würziger Duft in die Nase. Sie dachte an damals, als die Fünf das Herbstlaub zu riesigen Haufen zusammengeharkt hatten, um anschließend, unter dem lauten Schrei ›Geronimo!‹, von einem niedrigen Ast aus mitten hineinzuspringen, sich wie die Regenwürmer durch Humus durch die Haufen ans Licht zu arbeiten und sich aus der Deckung der Laubberge auf erschrockene Erstkläßler zu stürzen, die zufällig vorbeikamen. Wie sie um riesige Laubfeuer getanzt und sich dabei vorgestellt hatten, Kavallerieoffiziere zu verbrennen.

Wenn sie jetzt nicht hier, in der ›Freedom City‹, eingesperrt wäre, würde sie mit Earl zu einem Footballspiel gehen und dabei statt Jeans einen Chi-O-Blazer mit kariertem Faltenrock tragen. Er würde den Arm um sie legen, und sie würden gemeinsam aus seinem silbernen Taschenflacon Bourbon trinken. Sie sah die Cheerleaderinnen vor sich, die Marschkapelle, die Mannschaften in ihren farbenfrohen Trikots, die auf dem grünen Rasen mit seinem Muster aus weißen Linien ihren komplizierten Square Dance aufführten. Nach dem Spiel würde sie mit Earl in der KT-Bar noch mehr Bourbon trinken, Kampflieder singen und danach oben, auf seinem Zimmer... Warum war ihr das alles vor ein paar Monaten noch so unattraktiv vorgekommen?

Sie erklomm den Turm der Riverside Church und blickte hinaus, drehte sich ein ums andere Mal um sich selbst wie ein Hund, der den richtigen Platz zum Schlafen sucht. Am anderen Hudson-Ufer lauerten hinter einem Nebelvorhang die Wolkenkratzer von New Jersey. Südwärts erstreckten sich die Kolonnen der ehemals feinen Mietshäuser am Riverside Drive in ihrer heruntergekommenen, vielfenstrigen Eleganz. Weiter landeinwärts lagen Reihenhäuser aus Backstein sowie neue Sanierungsprojekte. Doch selbst wenn sie in alle Himmelsrichtungen zugleich hätte sehen können, wäre diese Großstadt immer noch zu gigantisch, um sie vollkommen zu erfassen. Einmal hatte sie die übliche Bootsfahrt den East River hinauf, durch den Harlem River und den Hudson hinunter unternommen. Alle drei Flüsse gingen ineinander über. Und in allen dreien war das Boot durch genau das gleiche Chaos von durchweichten Kisten, Schokoladenpapier und Rattenleichen gefahren. Die City lag auf einer schmalen Insel. Und doch bestand sie aus

Hunderten von abgeschlossenen kleinen Welten. Sich ein gültiges Bild von ihr machen zu wollen glich dem Versuch, ein Puzzle aus zahllosen Teilen vieler verschiedener Puzzles zusammenzusetzen. Vom Schloßbaum aus konnte man ganz Newland mühelos mit einem einzigen Blick erfassen. Fast alle Menschen, die man von dort aus sah, waren einem bekannt. Man wußte, in welche Kirche sie gingen und welcher Zahnarzt ihre Zähne reinigte. Man wußte, wo sie die Kleidungsstücke kauften, die sie trugen, und wieviel sie dafür bezahlt hatten. Man wußte, mit wem sie am vergangenen Wochenende in welchem Film gewesen waren. Man wußte, wessen Cousin dritten Grades sie waren und welche drei Häuser in der Stadt ihre Familie zuvor bewohnt hatte. Und dasselbe wußten sie alle auch über einen selbst. Man konnte an einem Tennessee-Valley-See sitzen, im Rücken die uralten Klippen und ewigen Wälder und über sich die Milliarden verblassender Sterne, und haargenau wissen, wie man dort hineingehörte. Hier in New York dagegen hatte man überhaupt keinen Anhaltspunkt.

Zu Hause hätte die Sonne um diese Tageszeit in einem Winkel von fünfundvierzig Grad zum Horizont gestanden. Hier war sie kurz vor dem Untergehen. Um diese Jahreszeit hatten die Fünf immer die Persimonen von den Bäumen hinter dem Haus gepflückt. Waren die Früchte schon ausreichend angefroren, hatten sie sich aus harten, sauren, milchigen Kugeln in süße, saftige, durchsichtige und orangenfarbene Köstlichkeiten verwandelt. Und hatten die Fünf sich satt gegessen, sammelten sie ganze Hände voll davon auf und beschossen sich gegenseitig damit in hitzigen Gefechten durch Wald und Feld...

Emily barg das Gesicht in beiden Händen und weinte.

Als sie an diesem Abend mit Lou schweigend das Abendessen einnahm, war die Cafeteria nahezu menschenleer. Es war das erste Mal, daß sie allein waren. Emily wußte nicht recht, was sie sagen sollte.

»Äh ... wie war das Footballspiel?«

»Großartig!« antwortete Lou. »Ich hatte gar nicht gewußt, wie sehr mir so was hier fehlt.«

»Hast du in Charlotte viele Footballspiele gesehen?«

»O ja! An jedem Wochenende. Gab ja sonst nichts weiter zu tun. Und du?«

»Dasselbe.«

»Wieso bist du dann heute nicht beim Spiel gewesen?«

»Ich war bei der Kundgebung am Columbus Circle.«

»Ha!« machte Lou. »Und wie ist's gelaufen?«

»Großartig.« Sie sahen einander flüchtig an. Emily hätte Lou gern gefragt, warum *sie* nicht bei der Kundgebung gewesen war, und was sie überhaupt davon hielt. Und dann tat sie es doch nicht.

Emily lud Lou zum Kaffee auf ihr Zimmer ein. Sie überprüfte ihre Schallplattensammlung und wünschte, sie hätte ein paar Bob Dylan oder so, damit sie Lou ihren guten Willen hinsichtlich der Rassenfrage beweisen konnte. Aber sie hatte nur Rock 'n' Roll und Honey Sweet. Sie entschied sich für Chuck Berry. Sie reichte Lou einen Becher Kaffee und setzte sich, sprang aber sofort wieder auf, um das Fenster zu öffnen. Mitten auf dem Broadway vor ihrem Zimmer im ersten Stock gähnte ein tiefes Schlagloch. Jedes Auto, das hindurchfuhr, klapperte wie ein Skelett, das vom Blechdach fällt.

Emily nahm wieder Platz und trank ihren Kaffee. Dann sah sie Lou an. Lou lächelte und trank ihren Kaffee. Emily empfand das dringende Bedürfnis, Lou klarzumachen, daß sie sie gern hatte, und das dringende Bedürfnis, Lou das gleiche Geständnis zu entlocken. Dann jedoch wurde sie ärgerlich und wünschte, Lou würde verschwinden.

»Was würdest du jetzt, in diesem Moment, in Tennessee tun?« erkundigte sich Lou.

»Tanzen. Trinken. Feiern.«

»Ha!«

»Und du?«

»Dasselbe.«

»Bist du neulich zu der gemischten Party gegangen?«

»Nein. Wie war's denn?«

»Ich hatte da so 'nen Menschen von der Handelsschule am Hals, der mir stundenlang erklärte, was Schweinebauch-Termingeschäfte sind.«

Lou lachte laut auf. Emily hätte sie gern gefragt, ob sie mit Jungen ausging. Wenn Corinne und Joan Emily mit Fishbaits Freunden zusammenbringen wollten – versuchten sie vielleicht auch, Lou mit weißen Jungen zusammenzubringen? Aber sie wußte nicht, wie sie das formulieren sollte, also erkundigte sie sich statt dessen nach Charlotte. Lou erzählte, ihr Vater sei Bestattungsunternehmer, und sie wohnten in einem großen Haus an einer Straße, die die Grenze des Negerviertels bildete. Von klein auf habe sie zur einen Seite hin mit Negerkindern, zur anderen mit armen weißen gespielt.

»Meine Mutter schickte mich zum Ballettunterricht und zur Klavierstunde. Das ganze Haus hat sie mit Porzellan, Silber, feiner Hauswäsche und so 'nem Mist vollgestopft. Ha!«

Emily war wie vom Donner gerührt. In Pine Woods besaß kein Mensch kostbares Porzellan, nahm kein Mensch Ballettunterricht. Sie verspürte einen leichten Stich Unwillen. Und bekam deswegen sofort ein schlechtes Gewissen.

»Ich hab' mich eigentlich immer für das tollste Mädchen gehalten, das es gab. Wir waren reich, während alle meine Spielkameraden arm waren. Die waren dreckig. Ich war blitzsauber. Ich konnte eine Arabeske hinlegen, sie nicht. Ha! Den Schock meines Lebens bekam ich, als ich eines Tages mit diesen armseligen weißen Kindern Familie spielte und die mich zum Dienstmädchen bestimmten. *Dienstmädchen* – ich? Verdammt noch mal, meine Mama hatte selber ein Dienstmädchen, deren Mütter dagegen nicht. Ich dachte gar nicht daran, das Dienstmädchen zu mimen, also ging ich von da an einfach nicht mehr rüber.« Ihr Akzent verstärkte sich.

Diesen immer ausgeprägteren Akzent zu hören wirkte beruhigend auf Emily, der Inhalt dagegen beunruhigte sie. Aber zum Teufel, was hatte eine Bande ungezogener Gören in North Carolina mit ihr, Emily, zu tun? Unvermittelt erklärte sie, daß sie noch etwas zu arbeiten habe.

»Ich auch.« Lou erhob sich. »Gehst du in die Bibliothek?«

»Ja, wahrscheinlich.« Als Lou sie verließ, empfand sie eine ungeheure Erleichterung.

Raymond zeigte seinen neuen Dokumentarfilm auf dem Dachboden eines ehemaligen Lagerhauses auf der Lower East Side. Emily brachte Joan und Corinne zu der Vorführung mit, die sich entsprechend beeindruckt zeigten. »Du kennst tatsächlich einen von FORWARD?« wollte Joan wissen.

»Natürlich.«

»Wen denn?«

»Einen Freund von zu Hause.«

»Von *Tennessee*?«

»Ja. Er hat vermutlich die Rehabilitation geschafft.«

Der große Raum war voller Leute, als Farmarbeiter kostümiert. Die Hintergrundmusik des Streifens bildeten Songs von Pete Seeger und Joan Baez. Der Film selbst bestand aus Zeitungsausschnitten: Busboykott in Montgomery; Aussperrung der Schüler aus der High School von Little Rock durch die National Guard; Neger, die bei einem Sit-in in einem Drugstore in North Carolina verprügelt wurden; Freedom Rider, die sich in Montgomery bespucken lassen mußten; Herbert Lees Leiche; Meredith beim Betreten der Ole Miss, während draußen Weiße Krawall machten; Martin Luther Kings Verhaftung in Birmingham; Wallace im Portal der University of Alabama; der tote Medgar Evers; die von der

Bombe zerstörte Kirche in Birmingham; die Ruine der Donley High. Dreschende Gummiknüppel, geifernde Polizeihunde, Landarbeiterhütten; Negergesichter hinter Gefängnisgittern; aneinandergekettete Sträflingstrupps. Greensboro, Clinton, Selma, Montgomery, Birmingham, Little Rock – Namen, die im Hintergrund verlesen wurden wie eine Litanei. Schwarze ausgehungerte Gesichter, die Augen angstvoll aufgerissen, der Mund zum Schmerzensschrei geöffnet. Vollgefressene bleiche Gesichter, getarnt mit weißen Helmen und spiegelnden Sonnenbrillen.

Als das Licht anging, erhob sich Stimmengewirr. Raymond wurde begeistert umringt, seine Handgelenke und Fäuste wurden geschüttelt, seine Schultern getätschelt. Joan und Corinne baten Emily, sie mit ihm bekannt zu machen. Raymond wiederum machte sie bekannt mit Maria, einer Frau in engem schwarzen Rollkragenpullover und afrikanischem Holzperlenschmuck, mit Justin, einem hochgewachsenen, hageren Mann mit Pancho-Villa-Schnauzbart, mit Ralph, einem Neger in Overall und einer aus einem Damenstrumpf gefertigten Mütze.

Emily verließ die Subway und ging den Broadway entlang, vorbei an den Junkies auf dem mittleren Grünstreifen und den von Obdachlosenasylen gesäumten Häuserblocks. In einem Brief berichtete Earl von der Tabakernte, der letzten Heumahd, den Wäldern, die sich golden und rostrot färbten. Vom Herbstball der KT, dem UT-Spiel, dem Hot-Nuts-Konzert, von einem Ständchen für die Tri Delts.

Emily spähte durch erleuchtete Fenster, beobachtete Menschen, die sich umarmten oder stritten, lachten oder weinten, aßen oder vor dem Fernseher schnarchten. Sie saßen, umfangen von Lampenschein, in ihren Wohnungen, während sie allein die dunklen, schmutzigen, gefährlichen Straßen durchstreifte, ohne einen Menschen, mit dem sie sprechen konnte, ohne zu wissen, wohin sie ging. Was tat sie hier nur, in dieser unheimlichen Stadt, mitten unter Fremden, die sie verabscheuen würden, wenn sie sie richtig kennenlernten? Diese Leute aus der Gruppe um Raymond schienen ihn in ihren Kreis aufzunehmen und sich um ihn zu kümmern, als wären sie so etwas wie seine Familie. Wie die Ingenues. Sich hier anzupassen bedeutete jedoch, zugeben zu müssen, daß ihre Heimat von Psychopathen bewohnt wurde. Und das war wohl doch ein bißchen zuviel verlangt. Schließlich hatten einige von diesen Psychopathen ihr die aufgeschundenen Knie verbunden, ihr Geschichten erzählt, sie umarmt und getröstet, wenn sie traurig war, ihr jene Liebe und jenen Beistand geschenkt, die es ihr jetzt ermöglichten, genügend Selbstvertrauen aufzubringen, um wenigstens flüchtig zu überlegen, ob sie sie nicht doch verleugnen sollte. Wenn diese Menschen tatsächlich Psychopathen waren, dann waren alle Menschen Psychopathen...

Beim Weitergehen dachte sie an das heimatliche Tal, dachte daran, wie die Fünf an schwülen Sommernachmittagen am Ufer des Flusses gesessen hatten, dessen Strömung sich kaum fortzubewegen schien. Dann zogen unheimlich schnell dunkle Wolken auf. Das hohe Gras neigte sich unter dem plötzlich pechschwarzen Himmel, während Windstöße das Nahen des Unwetters ankündigten. Wie der Stab eines wahnsinnigen Dirigenten lösten die Blitze rollende Kesselpaukenwirbel von Donnerschlägen aus, woraufhin das gesamte Orchester mit höchster Lautstärke in das Konzert einfiel. Regentropfen, so groß wie Vogelmist, platschten herab. Und dann kamen Kaskaden, kam ein ganzer Wasserfall vom Himmel. Die Fünf rissen sich die Kleider vom Leib, brüllten begeistert gegen den Donner an und duckten sich unter den Blitzen. Hinterher übergoß die untergehende Sonne die aufgeblähten Sturmwolken mit königlichem Purpur und verwandelte den Himmel in einen einzigen gigantischen Bluterguß.

Nun gut, vielleicht imitierten ein paar Leute da unten wirklich die Natur. Genau wie die Blitzschläge nahmen sie die Gewalttätigkeit auf, die in der Luft lag, und leiteten sie zur Erde ab. Raymond hatte stets eine Mappe mit Presseausschnitten über Greueltaten aus der Tageszeitung von Newland gehabt. Eine Frau hatte ihren Mann erstochen, weil er den Mülleimer nicht hinaustragen wollte. Ein Mann hatte seiner Frau ein Loch quer durch die toupierte Frisur geschossen, als sie mit ihrem Liebhaber in einem Lieferwagen an ihm vorbeifuhr. Aber das alles war irgendwie zu verstehen. Man wußte, wer wen fertigmachte und warum. Hier in der ›Freedom City‹ jedoch konnte sie jeden Moment von einem, den sie niemals zuvor gesehen hatte, dessen Cousins sie nicht einmal kannte, vergewaltigt, ausgeraubt oder ermordet werden. Ein Land, dessen Bewohner sich noch so intensiv umeinander kümmerten, daß sie die Menschen, die sie liebten, umbringen wollten, war im Vergleich dazu beinahe rührend.

Sie hatte jetzt einen Block ausgeschlachteter Mietshäuser erreicht. Mehrere Straßenlaternen waren zerschlagen worden. Sie hatte sich verirrt. In einem Hauseingang lag ein Betrunkener. Mit schnellen Schritten eilte sie auf eine hellerleuchtete Avenue zu und winkte einem Taxi, das von einem großen Neger mit weichem Schlapphut gefahren wurde. Da ihr die Füße weh taten, legte sie sie kurzerhand auf den Sitz. Vor ihrem Wohnheim mußte sie feststellen, daß ihr Geld gerade noch für den Fahrpreis plus zehn Prozent reichte. Sie leerte ihr Portemonnaie in die aufgehaltene Hand des Fahrers. Er zählte es, dann drehte er sich zu ihr um und schimpfte: »Verdammte Scheiße, Lady, davon kann ich nicht leben!«

»Es tut mir aufrichtig leid, aber mehr habe ich nicht.«

»Verdammt, was haben Sie dann in 'nem Taxi zu suchen? Hätten Sie doch die Subway genommen.«

Sie starrte ihn an. Noch nie hatte ein Neger es gewagt, ihr gegenüber diesen Ton anzuschlagen. »Ich wußte nicht, wo die Subway war. Ich hatte mich verlaufen.«

»Hören Sie, Lady, das ist nicht mein Problem, eh? *Shit,* ich muß mir meinen Lebensunterhalt verdienen. Und bei meinem Pech muß ich natürlich so 'ne verdammte Hinterwäldlerin von einem Ende der Stadt zum anderen karren – für ganze neunundzwanzig Cent!«

»Das ist ein Trinkgeld von zehn Prozent.«

»Zehn Prozent von nichts sind nichts, Lady. Und jetzt hau'n Sie ab!«

Er röhrte davon, bevor sie die Tür richtig schließen konnte. Die Tür schwang auf. Mit quietschenden Bremsen stoppte er und knallte sie zu. »Verdammter *cracker*!« brüllte er erbost, schoß davon, traf das Schlagloch unter Emilys Fenster und wäre fast in ein entgegenkommendes Taxi hineingeschleudert.

Müde stakste sie ins Haus. Ein Neger, der nicht bereit war, die eigenen Probleme zugunsten der ihren hintanzustellen? Eine erschreckende Vorstellung!

In ihrem Zimmer zog sie die Schuhe aus und entdeckte, daß ihre Söckchen blutdurchtränkt waren. Ihre Schuhe hatten gescheuert, es hatten sich Blasen gebildet, die geplatzt und zu offenen Wunden geworden waren. Ohne daß sie das geringste davon gemerkt hatte.

»Für die Puritaner gab es das Gute und das Böse, die Erwählten und die Nicht-Erwählten. Als die Erwählten hielten sie es für ihren Auftrag, den Wilden das Wort Gottes zu bringen. Die Massachusetts Bay Colony sah in den Algonquins Heiden, die man bekehren mußte ...«

Emily trug dies in ihr Notizbuch ein. Sie war spät aufgestanden und hatte unter ihrem Regenmantel nur noch ein Nachthemd an. Hände flogen in die Luft. Junge Mädchen sagten ihre Meinung, widersprachen einander und dem Professor, einem kleinen Mann mit dunklem Bürstenschnitt und bissigem Humor. Emily beobachtete das Ganze, wie immer, mit benommenem Staunen. An der Newland High hatte sie sich die größte Mühe gegeben, niemals eine eigene Meinung zu haben und vor allem nie einem Mann zu widersprechen. Die Ingenues nahmen keine Mädchen auf, die sich beim Unterricht zu Wort meldeten.

»Jamestown dagegen«, fuhr der Professor fort, »wurde von bankrotten Kavalieren und Insassen des Schuldgefängnisses als ein Wirtschaftsunternehmen gegründet. Die Pilgerväter fanden ein kaltes Klima und felsigen Boden vor. Die Siedler in Virginia ein warmes Klima, fetten Boden und Wildreichtum. Die beiden Ansiedlungen brachten völlig verschiedene Menschentypen hervor.«

Emily kritzelte ein paarmal ›Earl‹ an ihren Heftrand. Eine Woge des Verlangens durchlief ihren Körper. Sie dachte daran, wie sie sich zum letztenmal geliebt hatten – kurz vor der Abfahrt, in ihrem Schlafwagenabteil des Zuges, der sie nach New York bringen sollte. »Und fall mir ja nicht auf so einen Yankee rein, hörst du?« hatte er noch gerufen, als er auf den Bahnsteig hinuntersprang.

»Keine Sorge, ganz bestimmt nicht!« hatte sie unter Tränen geantwortet. Und dieses Versprechen hielt sie auch. Obwohl sie das wahrlich keine Mühe kostete. Sie hatte die Freshmen-Tees der Fraternity besucht, aber die Mitglieder waren allesamt Tölpel im Vergleich zu Earl. In Gedanken sah sie ihn vor sich, in seiner Konföderierten-Uniform mit Stiefeln und Säbel, erinnerte sich daran, wie seine Erektion die engen Jeans spannte. Raymond hatte sie ein paarmal mit einem seiner Freunde zusammengebracht, aber die Landarbeiterkluft wirkte auf sie weit weniger erregend als auf Corinne und Joan. Echte Farmer in Overalls und mit verrosteten, offenen Lastwagen waren in Newland nichts Ungewöhnliches, und Overalls erinnerten sie weit eher an ländliche Armut als an heroische Plackerei.

Emilys Professor der ›Einführung in die Soziologie‹ war eine große, dünne Negerin, die ständig über ihre Benjamin-Franklin-Brille hinwegschielte. An diesem Vormittag dozierte sie über die Charakteristika des Kults – seine Heiligen und Märtyrer, Totems und Schreine, Missionare und Teufel. »Eine Gruppe muß natürlich nicht unbedingt eine religiöse Basis haben, um in diese Kategorie zu fallen. Es kann sich auch um eine politische oder soziale Basis handeln. Das Wesentliche an einem Kult ist vielmehr, daß es eine Out-Gruppe gibt, durch die sich die In-Gruppe identifizieren kann.« Als Emily dies niederschrieb, fiel ihr ein, daß sie noch nie eine Negerin in einem anderen Beruf als Dienstmädchen, Köchin oder Babysitter erlebt hatte. Joan klärte sie darüber auf, daß sie durch ihren Background auf viele Situationen, mit denen sie es zu tun bekommen würde, nicht vorbereitet war, und Emily mußte zugeben, daß sie recht hatte. Vielleicht war das die Erklärung dafür, daß sie sich immer so erschöpft fühlte, ständig verschlief und dann im Nachthemd zur Vorlesung hetzen mußte. Nie konnte sie einfach spontan reagieren, denn all ihre natürlichen Reaktionen waren auf eine andere Realität abgestimmt, und so mußte sie jede einzelne Reaktion jedesmal wieder neu überprüfen. Seit der Vorführung von Raymonds Dokumentarfilm jedoch schien Joan sie mit weit mehr Respekt zu behandeln. »Es ist wirklich bewundernswert, Emily«, erklärte sie zum Beispiel, »daß du es geschafft hast, dich eigenhändig aus diesem Sumpf herauszuziehen.« Emily empfand Dankbarkeit.

Am selben Nachmittag kam Emily auf dem Weg zur ›Hall of Men‹ des Naturgeschichtlichen Museums im Rahmen ihrer Anthropologievorlesung an ein paar Schaubildern in Glasvitrinen vorbei. Eine dieser Vitrinen beherbergte zwei affenähnliche Figuren. Die eine, mit schwarzer Haut, trabte nackt über eine Savanne. Die andere, mit weißer Haut, war mit Tierfellen bekleidet und hockte in einer Höhle am Feuer. Der Text dazu lautete:

> Vor einer Million Jahren hatte sich der homo erectus über ganz Asien, Afrika und Europa verbreitet. Er baute sich Hütten aus Ästen und Steinen, fertigte sich Kleidungsstücke aus Tierfellen. Vor siebenhundertfünfzigtausend Jahren entdeckte er, wie man Feuer macht. Sein Vordringen in kältere Regionen bewirkte körperliche Veränderungen. Die Haut, ursprünglich durch das zum Schutz gegen die ultravioletten Strahlen in den Tropen notwendige Pigment dunkel, bleichte, während er über viele Generationen hinweg nach Norden zog, weitgehend aus; helle Haut, die die Synthese von Vitamin D gestattete, war in Regionen mit wenig Sonnenlicht lebenswichtig für ihn.

Immer wieder und mit wachsendem Zorn las Emily den Text des Schildchens.

Beim Abendessen kam Joan mit einem Mädchen namens Leslie an Emilys Tisch vorbei. Emily hatte Leslie schon mehrmals bei den Kundgebungen bemerkt. Sie trug ständig, wie ein Pirat, ein rotes Tuch um den Kopf und dazu riesige runde Ohrringe. Dankbar sah Emily, daß die beiden sämtliche Tische musterten, um dann herüberzukommen und sich zu ihr zu setzen.

»Das ist Emily«, stellte Joan sie vor. »Aus Tennessee.«

Leslie betrachtete sie eingehend: eine reformierte Südstaatlerin. Dann nickte sie nachdrücklich, als erteile sie ihre Genehmigung. Erleichtert lehnte sich Emily zurück. »Die Lage da unten soll ja ziemlich finster sein«, meinte Leslie mit zusammengezogenen Augen, als sei sie Cotton Mather, der Salem begutachtete.

Aus heiterem Himmel wurde Emily wütend. Sekundenlang war sie regelrecht sprachlos. Dann antwortete sie in einem Ton, der blasiert klingen sollte: »Ach, das ist gar nicht mehr so schlimm. Heutzutage lassen wir unsere Nigger schon bis acht Uhr abends hinaus.«

Als Emily aus der Cafeteria floh, ohne sich noch einmal umzusehen, entdeckte sie, daß Lou am Nebentisch saß. Emily errötete, ihr Magen zog sich schmerzhaft zusammen. Lou warf mit hoch erhobener Gabel den Kopf in den Nacken, lächelte ganz leicht und machte: »Ha!«

Bei der Rückkehr von der Bibliothek schlich Emily an diesem Abend auf Zehenspitzen zu ihrem Zimmer: Sie wollte möglichst keiner der übrigen Hausbewohnerinnen begegnen. Aus dem Oberlicht von Joans Tür drangen die Klänge einer Cello-Suite von Bach. Joan sprach Bachs Namen mit einem tiefen Rachenlaut am Ende aus, fast so, als wolle sie gleich ausspucken. »Bach-ch-ch«, imitierte Emily sie unterdrückt. Allmählich ging ihr die ganze entsetzliche Tragweite dessen auf, was sie heute angerichtet hatte: Jetzt hatte sie niemanden mehr, mit dem sie zu Abend essen, mit dem sie Kaffee trinken, von dem sie Zigaretten schnorren und Vorlesungsnotizen ausleihen konnte. Bisher war sie zwar einsam gewesen, jetzt aber war sie ein Paria. Sie geriet in Panik. Von zu Hause war sie eine große Familie, eine gute Nachbarschaft, eine fest geschlossene Gemeinde, Kirche, Schulklasse gewohnt. Einer Zukunft als Elektron ohne Nukleus, das ohne Netz von Mitelektronen einsam durch die Leere schoß, konnte sie nicht ins Auge sehen: das war zu grauenhaft.

Plötzlich hörte sie in faustdickem Südstaatenakzent: »He, Mädchen, wie geht's denn so?« An ihrem Türrahmen lehnte Lou und sah zu, wie Emily den Flur entlangschlich.

Emily erstarrte: Lou hatte beim Abendessen gehört, was sie gesagt hatte. Wie sollte sie ihr erklären, was in sie gefahren war: dieses Bedürfnis, jede Parteilinie zu durchbrechen, ein Bedürfnis, das sie in Newland lange genug unterdrückt hatte, um Mitglied der Ingenues werden zu können. Der Zwischenfall heute abend war dumm gewesen, sinnlos und undiszipliniert.

»Komm doch einen Moment zu mir rein. Ich hab' da was, das möchte ich dir gern zeigen.« Lou verschwand in ihrem begehbaren Wandschrank. Sie nahm ihren Wäschebeutel, suchte darin herum und brachte eine Flasche Southern Comfort zum Vorschein.

Emily starrte die Flasche an. Und dann hockten sie beide einträchtig im Wandschrank auf Lous schmutziger Wäsche und ihren Schuhen, unter den Kleidern, die ihnen ins Gesicht hingen, und ließen die Flasche hin und her gehen.

»Tut mir leid, was ich da beim Abendessen gesagt habe«, entschuldigte sich Emily. »Ich hatte ganz einfach die Nase voll.«

»Ha! Ich fand's großartig!«

»Ehrlich?«

»Ich hab' die Nase auch manchmal voll, Kindchen. Dieses New York ist eine unheimliche Stadt.«

Sie tauschten Erinnerungen an Charlotte und Newland aus, und je mehr Southern Comfort sie konsumierten, desto dicker wurde ihr Akzent. Die Art, wie Lou sich ausdrückte, war Emily vertraut: kleine Geschichten, aneinandergereiht, um Menschen zu beschreiben – zu beschreiben durch die Umgebung, aus der sie kamen, und durch die Leute, mit denen sie verwandt waren. Im Gegensatz zu den Statistiken und Theorien, auf die sich Joan und Corinne spezialisiert hatten. Der Inhalt von Lous Geschichten unterschied sich jedoch so stark von Emilys Stories, daß es fast schien, als sprächen sie von zwei verschiedenen Ländern: »Da stand ich also, an der Tür von Daddys Beerdigungsinstitut. Die Leute trugen Blumengebinde raus und packten sie in den Leichenwagen auf den Sarg, in dem ein alter Mann aus der Nachbarschaft lag, der immer was Süßes für uns Kinder in der Tasche gehabt hatte. Sein ganzes Leben lang hatte er für diesen Tag Sterbeversicherung gezahlt. Zwei kleine weiße Kinder sahen zu, wie die vielen Kränze und Blumengestecke hinausgetragen wurden, und eins flüsterte: ›So viele Blumen – bloß für diesen dreckigen alten Nigger!‹ Ich hab' die beiden windelweich geprügelt. Und dann hat Daddy mich windelweich geprügelt.«

»Wieso erzählst du mir das alles?« wollte Emily wissen. »Man sollte doch meinen, du wolltest mit Weißen nichts mehr zu tun haben.«

Lou stieß langsam den Atem aus. »Ich glaube, ich bin so verdammt kirchenindoktriniert, daß ich, glaube ich, zwar die Sünde hasse, nicht aber den Sünder.«

»Kann man das denn?«

»Vielleicht nicht. Aber wenn du ein Neger bist und jeden hassen willst, der dich mies behandelt, hast du für nichts anderes mehr Zeit. Verstehst du?«

Als Emily zur Tür hinausschwankte, rief Lou hinter ihr her: »Und werd jetzt nich' wieder 'n Fremder, hörst du?« Die vertraute Formulierung, der vertraute Akzent und das Übermaß an Southern Comfort – das alles zusammen löste in Emily einen akuten Anfall von Heimweh aus.

Auf dem Weg zur Vorlesung reihten sich Emily und Lou in eine lange Schlange in einem Laden am Broadway ein, wo man Kaffee zum Mitnehmen bekam. Nach ihrem Akzent zu urteilen, kamen die Negerinnen hinter der Theke unmittelbar vom Schiff aus Louisiana. Wenn sie Bestellungen entgegennahmen, Kaffee einschenkten und Deckel auf die Becher drückten, bewegten sie sich wie in einem riesigen Faß Sirup. Die Kunden in der Schlange, die sich bis zur Tür hinzog – Geschäftsleute und Studenten – traten von einem Bein aufs andere, sahen immer wieder auf die Uhr und stießen verärgerte Seufzer aus. Die Kellnerinnen ließen sich in ihrem Zeitlupentempo jedoch nicht stören.

Die Frau vor Emily und Lou zitterte regelrecht vor Ungeduld. Immer wieder zischte sie: »Nun mach schon, nun mach schon, nun mach schon!« Die Plastiktüte in ihren nervös bebenden Händen hörte nicht auf zu rascheln.

Schließlich trat sie aus der Schlange heraus, deutete auf die Kellnerinnen und verkündete mit lauter Stimme: »Für diese Menschen bin ich nun nach Washington marschiert, aber *den* Fehler begehe ich nicht noch einmal!« Damit stapfte sie wütend hinaus. Im ganzen Laden herrschte tödliches Schweigen. Die Kunden wirkten verärgert oder verlegen. Emily versuchte krampfhaft, ein Grinsen zu unterdrücken. Schließlich stieß Lou ein kehliges Lachen aus. Sie warf Emily einen Blick zu. »Ist schon okay. Du darfst grinsen.«

Als sie endlich die Theke erreichten, waren Emily und Lou soweit, daß sie immer wieder in Kichern ausbrachen – jedesmal, wenn Lou salbungsvoll flüsterte: »Für diese Menschen bin ich nun nach Washington marschiert!« Die Kellnerin sah sie beide an, lächelte und sagte gedehnt: »O Boy, manche Leute haben's wirklich verdammt eilig.«

Joan und Corinne sprachen nicht mehr mit Emily. Sie nahmen Lou heimlich beiseite und klärten sie darüber auf, daß Emily eine Rassistin sei. Und Lou antwortete im schönsten Negerslang: »Oh, viiiel'n Dank auch, ich find's wirklich liemswühdich, daß ihr mir das sagt.«

»Bitte sehr«, entgegnete Joan und stellte ihre Mundwinkel steil nach oben.

Am selben Tag beim Abendessen zog Emily sich einen weißen Bademantel mit Kapuze über. Lou wickelte sich ein Tuch um den Kopf. Und dann jagte Emily, ein Hackmesser aus der Küche schwingend, Lou durch die ganze Cafeteria, während Lou laut und schrill kreischte: »Neiiiin! Nich' haun, Missus! Tun Sie mir nichts! Ich will auch ganz bestimmt 'n guter Nigger sein!«

Die Studenten sahen es voller Entsetzen.

Am ersten Abend der Weihnachtsferien zu Hause sank Emily so glücklich in Earls Arme, als wäre sie ein einsamer Marathonläufer, der das Zielband durchbricht und in den Armen der Menge zusammenklappt. »Gott, wie hast du mir gefehlt, Earl!«

Er hielt sich ein wenig steif. »Wirklich?«

»Das weißt du doch.« Ihre Lippen suchten die seinen. Aus dem Autoradio kam das Klagen einer Stahlgitarre und die fiebrige Stimme von Honey Sweet: »A woman needs a man to hold, / Who'll protect her from the cold ...«

Emily sah die Kaskaden von Blondhaar und die überwältigende Masse Busen vor sich. O Gott, wie verlockend das doch war: umsorgt zu werden, die Last der eigenen Persönlichkeit abgeben zu können! Das alles hatte sie freiwillig geopfert – und wofür? Um sich mit einer Bande heuchlerischer, selbstgerechter Weltverbesserer rumzutreiben. Nein, mit New York war sie endgültig fertig. Nach der Schau, die sie mit Lou abgezogen hatte, führte für sie kein Weg mehr dorthin zurück. Sie wollte nur noch einmal hinauffahren, um ihre Sachen abzuholen. Dann würde sie im Frühjahr an der State University der Chi O beitreten ...

»Emily, ich muß dir was sagen.« Sie blickte zu Earl auf. »Es fällt mir nicht leicht, dir dieses Geständnis zu machen, aber ich hab' eine andere. Wir sind lavaliert.«

»Aha.« Emily war zerknirscht; davon abgesehen jedoch empfand sie nichts.

»Sie will mich, Emily. Und du tust das, glaube ich, nicht, sonst wärst du aufs State College gegangen.«

»Nein, Earl, das ist es nicht. Es war einfach ...« Ja, *was* war es einfach gewesen? Sie konnte sich nicht mehr erinnern, weshalb sie unbedingt hatte fortgehen wollen.

»Ja?«

»Verflixt, ich weiß nicht.« Mit Sicherheit wußte sie nur, daß sie jetzt – sofort – mit ihm schlafen wollte. Aber Earl war von ihr abgerückt, umklammerte krampfhaft das Lenkrad und hatte den Kopf auf die Speichen gelegt. Emily massierte seinen Oberschenkel. »Na schön, vergessen wir's einfach.«

»Was?« Beunruhigt betrachtete er ihre Hand.

»Daß jemand anders mit dir lavaliert ist.« Sie begann ihre Bluse aufzuknöpfen.

Er starrte sie an. »Es ist nicht nur wegen der Lavalière, Emily. Ich liebe Dawn. Ich will sie heiraten.«

»Wunderbar.« Emily zog ihre Bluse aus.

»Aber Emily, ich kann doch nicht ... Ich kann Dawn einfach nicht betrügen.«

»Das kannst du nicht?« Sie hatte sich aus seiner Welt entfernt, ohne es zu bemerken.

In dieser Nacht lag sie stundenlang schlaflos im Bett und weinte. Was für ein Idiot war sie doch gewesen! Hatte sich die Liebe des besten Mannes verscherzt, den sie jemals gekannt hatte. Eines Mannes, wie man ihm nur einmal im Leben begegnete. Und was nun? Zurück konnte sie nicht, aber sie wollte auch nicht vorwärts. Anscheinend mußte sie bleiben, wo sie war.

Als sie am folgenden Tag Sallys Haus betrat, schlugen ihr die gewohnten Küchengerüche entgegen. Joey hockte auf dem Boden und riß mit seinen feuchten Pummelfingerchen eine Zeitung in winzige Stücke. Sally saß vor dem Fernseher, sah sich ›Mr. Rogers‹ an und schrieb sich aus ›Family Circle‹ Kochrezepte ab. Sie war hochschwanger. Ihre Brüste hingen herab, ihr Bauch wölbte sich vor. In ein Knopfloch hatte sie sich einen Beißring geknotet, und aus der Rocktasche lugte eine saubere Pampers-Windel. Um die Taille hatte sie sich einen Gürtel aus dicken, leuchtend bunten Holzperlen gewunden.

»Kochst du etwa immer noch Zwiebeln?« erkundigte sich Emily. »Ist Jed dir noch nicht auf die Schliche gekommen?«

Sally lachte. »Jede Menge gekochter Zwiebeln, und er beschwert sich immer noch, daß ich ihn nicht so gut versorge wie seine Mama.«

Unvermittelt fiel Emily ein Teil der Gründe für ihre Flucht nach New York City ein. Sie schaltete das Gefühl, im Häuslichen zu ersticken, mit ihrem Kummer über den Verlust von Earl zusammen, und es erfolgte ein Kurzschluß. Als Emily, nur noch Neutralität empfindend, Platz nahm, fragte Sally mit kokettem Lächeln: »Und wie geht's unserm bezaubernden Earl?«

»Der ist so bezaubernd wie eh und je. Aber er ist mit einer Dame namens Dawn lavaliert.«

Sally starrte sie mit offenem Mund an. »Aber das ist doch nicht möglich!«

Emily nickte.

»Das muß ja furchtbar für dich sein!«

»Ich hab' mich ziemlich mies gefühlt, aber jetzt ist alles wieder in Ordnung.«

»Hast du jemanden in New York?«

»Nein.«

»Ja, aber fühlst du dich dann nicht sehr einsam?«

Emily dachte gar nicht daran, ihrer kleinen Schwester gegenüber einzugestehen, daß sie möglicherweise einen Fehler gemacht hatte. »Ach, ich bin ununterbrochen beschäftigt.«

Jetzt kam Jed in seiner grünen Arbeitskluft hereingeschlendert. Er lächelte. »Na, so was, die Em! Ham die Yankees dich inzwischen für sich erobert, wie unseren armen, alten Raymond?«

»Verdammt noch mal – nein! Auf keinen Fall.«

Sie lachten. »Keine Angst, das wird schon noch kommen«, behauptete Jed.

Wie an jedem Weihnachtsfest, solange sie denken konnte, fuhr Emily mit einer kleinen Zeder und verschiedenen Geschenken zu Ruby hinüber. Normalerweise kam Sally auch mit, in diesem Jahr jedoch erklärte sie, daß sie dem nicht gewachsen sei. Ruby war krank, doch was sie hatte, wußte kein Mensch. Sie hockte in einem abgewetzten Lehnsessel, den Kopf in ein riesiges Tuch gehüllt und den Körper in einen zerrissenen Steppmorgenrock gewickelt, den Emily in ihrer High-School-Zeit getragen hatte. Sie war knochiger denn je, und ihr Gesicht wirkte schorfig-grau.

»Na, so was!« Rubys Lächeln entblößte ihre zahnlosen Kiefer. »Miss Emily is' zu Weihnachten nach Haus gekomm'.«

Emily tätschelte die knotige Schulter und stellte sodann den Fernseher leiser, wo ein junges Ehepaar in der Sendung ›Dating Game‹ eine Reise nach Rio gewann. »Wie geht's dir, Ruby?«

»Nu, gans gut, Miss Emily.« Ruby spie ihren Tabaksaft quer durchs Zimmer in den Kohlenkasten. »Un' wie geht's Ihn' oben im Norden, Miss Emily?«

»Danke, gut.« Waren ein gebrochenes Herz und eine vermasselte Zukunft es wert, daß man sie erwähnte? Wahrscheinlich nicht.

Emily betrachtete Rubys Wohnung, als sähe sie sie zum erstenmal. Die Möbelbezüge und der Teppich waren abgenutzt und ramponiert. Der Kerosinofen gab kaum genug Hitze, um den Atem unsichtbar zu machen. Emily starrte die abgezehrte, zahnlose Alte an. Ihre Eltern waren noch Sklaven gewesen. Und Emilys Urgroßeltern waren die *Eigentümer* von Rubys Eltern gewesen. War so etwas möglich? Ruby hatte beinahe ihr Leben lang für Emilys Familie gekocht, geputzt und gebügelt. Ihr Lohn gestattete es ihr so eben, etwa den gleichen Lebensstandard zu halten wie, vergleichsweise, ihre Mutter. Der einzige Unterschied bestand in der Tatsache, daß Ruby, hätte sie Zeit und Geld genug gehabt, nach Belieben hätte kommen und gehen können. Auf einer Plantage wäre sie inzwischen, wie ein treues Pferd auf die Weide, aufs Altenteil geschickt worden. ›Freiheit‹, das bedeutete für sie, daß man sie mit ihren Wohlfahrtsmarken und den Weihnachtsgeschenken der Princes allein ließ.

»Tut mir leid, daß du krank bist«, murmelte Emily.

»Ach was, nur 'n bißchen ab. Bin bald wieder obenauf.«

»Kommt Kathryn zu den Feiertagen?«

»Nein, die kriegt dies Jahr kein' Urlaub. Donny holt mich rüber zu seiner Familie.«

»Wie geht's denn Donny?«

»Ooch, gans gut. Er hat 'ne kleine Tochter gekriegt. Un' dazu zwei Kinder von Rochelles Mutter. Die sin' gans süß.«

»Wo arbeitet er denn?«

»In der Fabrik. Ihr Daddy hat ihm 'n Job besorgt, ausfegen un' so. Er find's richtig gut, da drüm.«

»Na ja, ich glaube, ich muß jetzt gehn. Muß noch meine Weihnachtseinkäufe machen.«

»Nu, dann feiert man richtig schön Weihnachten, ja?«

»Danke, Ruby. Du aber auch.«

Doch als Emily hinausgehen wollte, rief ihr Ruby schmollend nach: »Eure Mama hat wohl vergessen, mir dies Jahr 'n bißchen Bares zu schicken, was?«

»Sie meinte, du hättest gesagt, daß du so einiges brauchst, deswegen hat sie die Sachen für dich gekauft, statt dir Bargeld zu schicken.«

Ruby hielt abrupt mit dem Tabakkauen inne, klemmte die zahnlosen Kiefer aufeinander und wandte den Kopf ab.

»Also bis bald!« sagte Emily. »Und schönen Gruß an Donny.«

»Ja. Bis bald.«

Emily war geschafft. Sie konnte kaum noch das Lenkrad halten. Sie sah die Dinge im wahrsten Sinne des Wortes völlig anders. Jahrelang, wenn sie durch Pine Woods fuhr, um Ruby nach Hause zu bringen, hatte sie unter den Gruppen von Kindern nach Donny Ausschau gehalten, und das war so ungefähr alles. Zuweilen empfand sie eine unbestimmte Furcht oder Verlegenheit, dann blickte sie stur geradeaus und fuhr schnell davon.

Heute jedoch fiel ihr plötzlich auf, daß der Dezemberregen die Höfe in Schlammseen verwandelt hatte, in denen verrostete Autoruinen, Bauschutt und zerfetzte Matratzen schwammen, deren herausquellende, durchnäßte Füllung wie Wolfsmilchkapseln im Herbstregen wirkten. Ein Kind mit Eimer trottete die Bahngleise entlang und sammelte Kohlen.

Sally bog in ihre Einfahrt ein. Die gelbe viktorianische Villa, in der gut zwanzig Personen Platz hatten. Rasenkanten getrimmt und gejätet, Hecken geschnitten, vermutlich von Donny. Warum war sie hier aufgewachsen, Donny dagegen in diesem finsteren, vollgestopften Zimmer am Fluß?

Als sie ins Haus kam, berichtete ihr die Mutter, daß Ruby angerufen und behauptet habe, Emily habe ihr kein Weihnachtsgeld gegeben. Emily lachte, dann verstummte sie jedoch so jäh, daß ihre Mutter sie forschend musterte.

Später, auf dem Dachboden über der Garage, wühlte Emily in Fässern, Schachteln, ausrangierten Möbelstücken und Stapeln von Zeitschriften. Ihr war der Gedanke gekommen, daß sie Earl viel zu schnell aufgab. Wenn sie sich am State College immatrikulieren ließ, der Chi O beitrat, ein paar Kaschmirpullover kaufte und sich von ihren Rollkragenpullis trennte, war es durchaus möglich, daß er dieser Dawn den Laufpaß gab und seine Lavalière an ihren rechtmäßigen Platz an Emilys Hals zurückkehrte. Doch wenn sie New York verlassen wollte, brauchte sie einen zusätzlichen Schrank- oder einen besonders großen Reisekoffer für all die Sachen, die sie sich dort oben zugelegt hatte. Sie beschloß, ihre Entscheidung, New York zu verlassen oder nicht, davon abhängig zu machen, ob sie einen Koffer in der entsprechenden Größe fand. Wenn ja, wäre das ein Omen, nach dem sie sich richten würde.

Sie stieß ein Faß um, und ein paar Fotoalben und Papierbündel rutschten auf den Fußboden. Als sie sie wieder hineinstopfte, fiel ihr ein kleines Buch mit verblichenem grünen Einband in die Hand. Die Seiten waren von Silberfischchen zu zierlichen Spitzendecken zernagt worden. Im Innendeckel stand der Name eines verstorbenen Großonkels. Der Titel lautete ›Handbuch der Vereinigten Klans von Amerika‹.

> ... Wir trachten danach, keine Durchschnittsmenschen zu sein. Es ist unser Recht, überdurchschnittlich zu sein, wenn wir das können. Wir suchen das Risiko – nicht Sicherheit. Wir wollen keine versorgten Bürger sein, durch die Fürsorge des Staates gedemütigt, abgestumpft. Wir wollen bewußt das Risiko; wir wollen träumen und aufbauen, versagen oder erfolgreich sein ...

Lange starrte Emily auf die Seiten des Buches, als wäre es eine tote Ratte.

Das matte Licht der Nachmittagssonne schien durch die Prismen an den Wohnzimmerfenstern der Princes. Sämtliche Farben des Spektrums lagen auf dem hellen Teppichboden.

»Diese Prismen sind wirklich eine nette Idee«, erklärte Mrs. Tatro, deren riesiger Busen die Nähte ihres roten Wollkleides zu sprengen drohte.

»Ja, sie sind hübsch, nicht wahr?« gab Mrs. Prince stolz zurück. Auch über die Zimmerdecke huschten ganze Regenbogen – von den Brillanten, die in ihren Ohren baumelten.

Joey krabbelte auf dem Teppich umher und grabschte nach den tanzenden Farbstreifen. »Na, was sagst du zu unserem Enkel, Raymond?« fragte Mr. Prince Mr. Tatro, der in seinem dunklen Anzug mit übereinandergeschlagenen Beinen auf einem zierlichen viktorianischen Sessel hockte.

»Ein ganz hübsches Kerlchen«, stellte Mr. Tatro fest und trank aus einem zierlichen Kristallglas einen Schluck Sherry.

»Das liegt vermutlich in beiden Familien«, ergänzte Sally mit fröhlichem Lachen, die Unterarme auf den gewaltigen Bauch gestützt.

»Aber leider nicht sehr helle«, meinte Jed. »Seht euch doch an, wie er den Regenbogen durchs ganze Zimmer nachjagt.« Alle lachten.

Bis auf Emily, die im Eßzimmer Wasser in Kristallkelche füllte. Ihr war soeben klargeworden, was es bedeutete, daß Ruby diese Aufgabe an jedem Weihnachtstag übernommen hatte, an den sie sich erinnern konnte: Bei jedem Weihnachtsessen hatte Ruby die Familie Prince bedient. Was aber war mit ihrem eigenen Weihnachtsessen gewesen?

Aus dem Wohnzimmer drangen die Klänge von ›Joy to the World‹, gesungen vom Mormon Tabernacle-Chor, herüber. Ihre Mutter hatte gemeint, die Tatros würden sicher lieber Weihnachtslieder hören als den Halleluja-Chor, den die Princes traditionsgemäß vor jedem Weihnachtsessen spielten. Emily sah zum Fenster hinaus und den Hang hinab zu den Backsteinhäusern von Pine Woods. Gestern nachmittag hatte sie Earl angerufen und ihn gebeten, mit ihr wie in den beiden vorangegangenen Jahren zur Mitternachtsmette zu gehen. Danach wollte sie ihm dann ihren Entschluß mitteilen, doch noch zum State College zu gehen.

»Äh, das würde ich ja sehr gern tun, Emily«, hatte er ihr geantwortet, »aber ich gehe schon mit Dawn. Tut mir sehr leid, aber ich kann mich wirklich nicht mehr mit dir treffen. Ich habe Dawn gerade ihren Verlobungsbrillanten zu Weihnachten geschenkt.«

»Was wohl Junior in diesem Augenblick macht?« sinnierte Mrs. Tatro im Wohnzimmer. »Möchte wissen, in welche Kirche er geht.« Emily lächelte ironisch. Raymond hatte ihr erzählt, er kümmere sich einen Dreck um Christus, warum also sollte er Seinen Geburtstag feiern? Vermutlich lag Raymond noch im Bett, oder er arbeitete im FORWARD-Büro.

Sie betrachtete den gedeckten Tisch: Damasttuch und -servietten, Gedecke aus zahlreichen Porzellan- und Silberteilen. Aus der Küche kamen köstliche Düfte. Die Mahagoni-Anrichte war mit Silberschüsseln und -platten beladen. Aus dem Wohnzimmer klang höflich-gedämpftes Lachen herüber.

Das war doch alles ein großer Schwindel – eine Schaumschicht von Kultur über einem Sumpf von Ungerechtigkeit, Ausbeutung, Elend und Heuchelei. Und dieses Haus thronte über jenem Sumpf wie ein Pfahlbau, dessen Stelzen in einem Termitenhügel stehen.

Sie rief ihre Mutter aus dem Wohnzimmer herüber und erklärte ihr, sie werde anscheinend krank und wolle lieber zu Bett gehen, sie möge sie bitte bei den anderen entschuldigen. Die Mutter musterte sie aufmerksam, doch Emily wandte sich abrupt ab und ging zur Treppe. Sie konnte nicht länger an dieser Farce teilnehmen.

Am nächsten Vormittag fuhr sie zu Ruby. »Na, so was! Schon wieder Miss Emily. Was woll'n Sie denn hier, Kindchen?«

Emily überreichte ihr ein Kuvert mit einem Teil ihres eigenen Weihnachtsgeldes. »Mama hat mich gebeten, dir das hier zu bringen. Es war im Weihnachtstrubel untergegangen.« Geld konnte zwar nicht alles gutmachen, aber Emily wollte so schnell nichts anderes einfallen.

»Na, so was! Das is' aber wirklich süß! Sagen Sie ihr schönen Dank von mir, ja?«

»Wie war denn dein Weihnachtsfest?«

»Ooch, gans gut.«

»Und wie geht's Donny?«

»Dem geht's gans gut.«

Emily betrachtete Rubys Gesicht und sah eine Maske, die sie täuschen sollte. Verdammt noch mal, du hast hier all die Jahre gesessen, deinen Tabak gekaut, gegrinst und behauptet: ›Uns geht's gans gut.‹ Während du in Wirklichkeit gefroren hast, krank warst und hungrig und verängstigt und empört und voller Verachtung. Mein Gott, warum hast du das denn nur nie gesagt? Aufgebracht funkelte sie Ruby an.

»Und Rochelle und den Kindern?« erkundigte sich Emily lahm.

»Denen geht's gans gut.« Ruby lächelte und spie einen Strahl Tabaksaft durchs Zimmer. Dann sah sie Emily mit merkwürdigem Ausdruck an. »Is' denn auch alles in Ordnung, Miss Emily?«

»Ja, danke. Mir geht's gut.«

Im Zug, auf der Rückfahrt nach New York, empfand Emily Erleichterung: Endlich war sie vernünftig genug, diese gräßliche Gegend zu verlassen! War die Umgebung, in die sie hineingeboren war, ihre Schuld? Nein, natürlich nicht. Aber sie wurde ihre Schuld, wenn sie sah, was sie jetzt sah, und nichts unternahm.

Die Eltern hatten sich über ihren Entschluß, mehrere Tage früher nach New York zurückzukehren, gewundert. Sie selbst hatte keinen Sinn darin gesehen, ihnen zu erklären, wie sehr sie sich von ihnen allen angeekelt fühlte. Sie mußten doch das, was sie jetzt sah, immer schon gesehen haben! Schließlich waren sie ja nicht dumm. Und doch hatten sie sie nicht dazu erzogen, diese Ungerechtigkeit zu erkennen, hatten sie sie nicht ermutigt, die Ungerechtigkeit zu bekämpfen, sondern hatten damit gelebt und ihr Leben lang davon profitiert. In Zukunft wollte Emily möglichst wenig mit ihnen zu tun haben.

Der Schlafwagen-Dienstmann klopfte, verbeugte sich, grinste und bat sie, sich auf die andere Gangseite zu setzen, damit er ihr das Bett richten könne.

»Danke, aber das kann ich selbst.«

Er starrte sie verdutzt an, dann grinste er erneut und antwortete: »Ja, Ma'am, gewiß können Sie das. Aber es ist mein Job.«

»Sollte es aber nicht sein.«

Er machte ein verständnisloses Gesicht. »Ich bin verdammt froh, daß ich diesen Job habe.«

»Das sollten Sie aber nicht sein.«

Grinsend zog er sich durch den Gang zurück. »Jawohl, Ma'am. Machen Sie's nur, wie Sie wollen, Ma'am.«

Als er ihr am anderen Morgen im Grand Central aus dem Wagen half, drückte sie ihm ein dickes Trinkgeld in die Hand. Er starrte das Geld an, dann sie selber und grinste *das* Grinsen. »Also, dann dank' ich Ihnen auch vielmals, Miss.«

»Nicht!« entgegnete Emily rauh. »Bitte nicht!«

Als sie ins Wohnheim kam, steckte Lou den Kopf aus ihrem Zimmer und rief: »He, Emily – wie geht's denn so?«

Emily brachte es weder fertig, ihr darauf zu antworten, noch ihr in die Augen zu sehen, als Lou mit beiden Händen ihr Gesicht umfaßte und sie auf beide Wangen küßte. »He, Baby – was ist denn?«

»Es tut mir ja so leid, Lou«, flüsterte sie heftig blinzelnd und begriff endlich den Ursprung von Corinnes Kriecherei.

»Was tut dir leid, Kindchen?«

»Daß ich überhaupt nichts kapiert hatte.«

»Was denn kapiert?«

»Was meine Leute deinen Leuten angetan haben.«

»*Shit!* Du tust allmählich, als wärst du 'n Yankee. Ich bin nicht ›Leute‹. Ich bin ich – Lou!«

Emily fing an, ihr aus dem Weg zu gehen. Denn Lou wollte Emilys Entschuldigungen nicht akzeptieren. »Jetzt hör mal zu«, sagte sie. »Was du da sagst, trifft zwar zu, aber es hat nichts mit dir und mir zu tun. Ich kann auf dieses großmütige Getue von dir verzichten. Wenn einer dich duckt, dann weiß ich genau, daß du's ihm später heimzahlst. Verstehst du, was ich sagen will?«

Nach und nach sah Emily in Lou eine Art Hausnigger. Mehr Mittelklasse als die weiße Mittelklasse. Und als Joan ihr vertraulich mitteilte, Lou sei ein Oreo, außen schwarz, doch innen weiß, stimmte Emily ihr zu.

Im Seminar über amerikanische Geschichte lasen sie jetzt die Sklavenerzählungen – von Negern, die geschlagen und gequält wurden, wie Maultiere schufteten, wie Vieh gezüchtet wurden. Emily begann ihr Taschengeld zu sparen, um Schecks an NAACP, SNCC, CORE, SCLC und die Urban League zu schicken. An ›Save the Children‹ und an den ›Sharecropper Relief Fund‹. Prompt wurde sie auf sämtliche Adressenlisten der Nation gesetzt und mit Spendenbitten überschüttet. Alle paar Tage legte sie sich aufs Bett und sah die Bettelbriefe durch – Dürre in Afrika, Hungersnot in Pakistan, Slums in Manila. Epidemien hier, Überschwemmungen dort, kleine Kinder mit tief in den Höhlen liegenden Augen und geschwollenen Bäuchen. Sie las die Briefe, litt und verteilte ihr Taschengeld: $7.50 für die Analphabeten in Alabama, $4 für die Aussätzigen in Mississippi, $8 für die Neger in der Todeszelle von Georgia. Per Post bestellte sie Schachteln voll Briefpapier, verziert mit einer Zeichnung von Blumen und Bienen. Eine Negerin in Florida, aufgrund einer Verletzung bei der Geburt in einer abgelegenen Hütte ohne Arme zur Welt gekommen, hatte das Bildchen mit dem Mund gezeichnet. Zur Buße nahm Emily einen Bleistift zwischen die Zähne und versuchte stundenlang, Bienen zu zeichnen. Sie schaffte es nicht. All diese einfallsreichen Menschen, die so tapfer gegen unüberwindliche, ihnen von *ihren* Ahnen aufgezwungene Handicaps ankämpften!

Eines Abends starrte sie stundenlang auf ihren Arm. Diese rosige, gelbliche Haut, mit Haarfollikeln besetzt, geschaffen nur, um die Synthese von Vitamin D zu ermöglichen – sie war das Zeichen ihrer Bevorrechtigung. Scheußlich war sie! Am liebsten hätte sie sich das häßliche Zeug abgezogen wie die Pelle einer Kartoffel. Sie holte ein Messer aus der Küche. Es tat gar nicht weh. Sie spürte überhaupt nichts. Aber die Haut wollte und wollte sich nicht abziehen lassen. Sie verwandelte ihren Unterarm in eine feuerrote, feuchtglänzende Fleischmasse.

Zweites Kapitel
Raymond

Die FORWARD-Mitglieder lagerten auf Matratzen in einer Ecke des riesigen Dachbodens, der ansonsten vollgestopft war mit Stapeln von Drucksachen, einem Vervielfältigungsapparat, ein paar Projektoren, Filmbüchsen und Kartons von über die Straße verkauften Speisen. Als Raymond hereinkam, sah er, daß Emily den linken Arm bis zum Ellbogen verbunden hatte.

»Himmel, Em!« sagte er, als er sich zu ihr hockte. »Was hast du denn gemacht?«

»Beim Beinerasieren geschnitten.«

»Wie kann man sich in den Arm schneiden, während man sich die Beine rasiert?«

»Mit ein bißchen Mühe.«

Sie hatte ihn angerufen, kaum daß sie aus Newland zurück war, um ihn zu fragen, ob sie sich FORWARD anschließen könne. Er war bestürzt, denn er wußte ja, daß sie ihnen den ganzen Herbst hindurch etwas vorgespielt hatte: die richtigen Kleidungsstücke getragen, an Kundgebungen teilgenommen, aber nie wirklich begriffen hatte, worum es ihnen eigentlich ging. Diese Demos und Konzerte mußten die Belichtung gewesen sein, das Fixierbad jedoch war anscheinend in Newland erfolgt. Sie weigerte sich, darüber zu sprechen. Und eines Abends in einem Kaffeehaus im Village brach sie dann in Tränen aus, als der Gitarrespieler sang: ›Yes, and how many times can a man turn his head / And pretend that he just doesn't see?‹

Sie verfügte über keinerlei Fertigkeiten, die FORWARD gebrauchen konnte. Trotzdem erklärten sie sich mit ihrer Anwesenheit bei den Sitzungen einverstanden, denn davon konnte sie eindeutig nur profitieren. Mit einer Demut, die Raymond überhaupt nicht an ihr kannte, suchte und verschlang sie sämtliche Bücher, Filme und Schallplatten, die man ihr empfahl. Wie er sich eingestand, war es ihm eine gewisse Genugtuung, daß sie wieder Wert auf seine Meinung legte, vor allem nach dem, was sie ihm im letzten Jahr mit diesem Fraternity-Fatzke angetan hatte. Er hatte nicht die geringste Ahnung gehabt, daß es zwischen ihnen aus war, bis er zu Neujahr nach Newland kam und mit ansehen mußte, wie sie sich mit so 'nem dämlichen Blazer rausgeputzt und sich den ganzen Busen mit Nadeln von diesem Kerl behängt hatte. Als er nach New York zurückkehrte, hatte er sich eindeutig betrogen gefühlt. Doch wenn er sie sich dann in diesem langen Plantation-Ball-Kleid vorstellte, war er jedesmal froh gewesen, sie los zu sein. Diese Erleichterung hielt allerdings nie lange an, weil er sie viel zu gut kannte und genau wußte, daß sehr viel mehr in ihr steckte. Im Laufe der Monate war die Wunde verheilt. Aber er fand es trotzdem schön, wenn sie ihn jetzt anrief, um ihn zu fragen, was ›Macht-Elite‹ oder ›psychologische Guerilla-Kriegsführung‹ sei. Auch wenn er ihr darauf Antworten gab, über die Justin und Maria gelacht hätten, schien sie beeindruckt und dankbar dafür zu sein.

In der vergangenen Woche, als sie zusammen zum Abendessen gingen, waren sie auf einen Penner gestoßen, der in seinem mit Zeitungspapier gefütterten Mantel quer über dem Bürgersteig lag und schlief. Die Passanten, die von der Arbeit nach Hause hasteten, traten alle über ihn hinweg. Nur Emily bestand darauf, ihn wenigstens an ein paar Mülltonnen zu lehnen. Außerdem verlangte sie, daß er dem Mann einen Zehn-Dollar-Schein in die Tasche stopfte. Der Alte hob den räudigen Kopf, musterte Raymond mit blutunterlaufenen Augen und fauchte: »Verfick dich, Kumpel!«

Mit tränenüberströmten Wangen wandte Emily sich ab. Er wünschte, er wüßte, was in ihr vorging.

Im Augenblick unterhielt sich Justin mit ihr, deswegen wandte sich Raymond an Maria, die in Glockenrock, schwarzer Strumpfhose und schwarzem Rollkragenpullover mit afrikanischen Holzperlen seitlich auf einer Matratze lag. Das lange, dunkle Haar verbarg fast die Hälfte ihres Gesichts. »Verdammt noch mal, nun setz dich doch endlich, Raymond!« befahl sie. »Du siehst ja aus wie beim Start zum Rekord über die Traummeile!«

Er blickte an sich herab: ein Knie aufgestellt, die Unterarme auf den Oberschenkel gestützt. So hockten sein Vater, seine Onkel und seine Cousins auf den Veranden und in den Gärten von Tatro Cove. So hockten die Männer von der Fabriksiedlung bei Ballspielen und Picknicks. Errötend setzte er sich hin. Er hatte sich Südstaatenakzent, Kunstseidenhemden, Rentierwesten und seine bigotte Einstellung abgewöhnt, immer wieder jedoch wurde er von plötzlichen Rückfällen in die

Attitüden seiner Ursprünge überrascht. Zum Glück hätte hier außer ihm nur noch Emily den ›Country Store Squat‹ erkannt.

Und Emily war zu vertieft in das, was Justin zu ihr sagte. »Gerechtigkeit ... *crackers* ... Bruderschaft aller Menschen ... Kampf ... Gleichheit ... *rednecks* ...«

Raymond überlegte, ob er sich den Bart abrasieren und nur einen Pancho-Villa-Schnauzbart wie Justin stehenlassen sollte. Damit würde er endlich hart aussehen, und Raymond fand, ein bißchen mehr Härte würde ihm nicht schlecht anstehen. Er kämmte sich den Bart mit den Fingern, während er zusah, wie Justin Emily sein Profil zuwandte und mit stahlhartem Blick in die fernsten Tiefen des Dachbodens starrte, als sehe er dort jene Zukunft, die herbeizuführen er gelobt hatte. An seiner Lippe klebte eine Zigarette. Emily verrenkte den Hals, um Justins Blick zu begegnen. Maria hatte Justin einmal erklärt, er besitze ein heroisches Profil. Das besaß er wirklich, mit seinen verengten Augen, den hohlen Wangen und der geraden Nase. Und nutzte von da an jede Gelegenheit, es gebührend zur Schau zu stellen.

Emily murmelte: »Ach-wirklich-was-du-nicht-sagst-wie-interessant-du-bist-einfach-großartig.« Raymond begegnete ihrem Blick und erhielt ein mattes, schiefes Lächeln, bei dem es ihn kalt überlief. Genau das hatte sie jahrelang auch mit ihm gemacht: hatte hingebungsvoll sein Ego gepflegt, eine Kunst, auf die sich auch ihre Mutter verstand und seine Schwägerin, die reizende Lady Sally mit dem Zuckerwattehaar. Genau wie Fahrradpumpen bliesen sie ihre Männer zur Größe von Wetterballons auf, um sie sodann zur Haustür hinauszurollen, damit sie der Welt ins Auge sehen konnten. Wenn Emily jedoch bei FORWARD ankommen wollte, mußte sie erst mal die sklavenhafte Südstaaten-Belle in sich ersticken. Die Eigenschaften, die bei FORWARD geschätzt und gepflegt wurden, waren absolute Gleichheit und Offenheit. In der Hoffnung, ihr dies verständlich machen zu können, runzelte er als Antwort auf Emilys Blick die Stirn.

Maria rief: »Alles Quatsch, Justin! Du steckst bis obenhin voll Scheiße!« Also, das war mal eine Frau – eine Frau, die aussprach, was sie meinte, und meinte, was sie sagte. Eine intelligente Frau, eine politisch denkende Frau, eine starke, mutige, selbständige Frau. Nachdem er sein Leben lang zugesehen hatte, wie seine Mutter bei den Mahlzeiten hinter dem Stuhl des Vaters stand, hatte er keine Ahnung gehabt, daß es derartige Frauen überhaupt gab. Maria wirkte zwar einschüchternd auf ihn, erregte ihn aber zugleich viel mehr, als das jemals eine andere Frau getan hatte. Er hoffte nur, Emily würde sie näher kennenlernen, öfter mit ihr zusammensein, ein paar Verhaltensmuster ablegen, die Newland ihr aufgeprägt hatte – genau wie sein Zusammensein mit Justin ihm dabei geholfen hatte, die eigenen behindernden Attitüden abzulegen.

Justin und Maria diskutierten über demokratischen Zentralismus. Raymond wußte nicht ganz genau, was das bedeutete. Er las die Bücher, die sie ihm empfahlen. Gestern abend hatte er endlos auf folgenden Satz gestarrt: ›Jede Sache ist eine Kombination von Gegensätzen, weil sie aus Elementen besteht, die zwar miteinander verbunden sind, einander zugleich aber auch eliminieren.‹ Und wäre beinahe verrückt geworden bei dem Versuch, diese Aussage zu verstehen. Die anderen dagegen konnten die darin enthaltenen Folgerungen stundenlang diskutieren. Entweder stimmte mit seinem Verstand etwas nicht, oder die anderen bewegten sich aufgrund ihrer Collegebildung auf einem höheren geistigen Niveau.

Einige Dinge allerdings verstand er. Zum Beispiel wußte er, daß Maria und Justin ein Liebespaar gewesen waren, sich jetzt aber voneinander trennten. Ersteres hatte er an den Blicken erkannt, die sie ständig getauscht hatten, letzteres an ihren augenblicklich besonders heftigen ideologischen Diskussionen. Wenn man unter Heuchlern aufwächst, dachte Raymond bei sich, lernt man, die Sachinhalte von Diskussionen zu ignorieren und statt dessen auf den Ausdruck der Gesichter, die Gesten und den Tonfall zu achten.

Morris kam in Overall und wollenem Unterhemd hereingeschlendert und fragte die Gruppe ganz allgemein: »He, Baby – wie geht's?« Er hatte buschiges schwarzes Haar und trug eine Brille mit farbigen Gläsern. Raymond stellte verwundert fest, wie wenig er eigentlich von Morris wußte – nur, daß er promovierter Assistent der Politischen Wissenschaften an der New Yorker Universität war. Vermutlich führte jedes FORWARD-Mitglied außerhalb der vier Wände dieses Dachbodens ein eigenes, kompliziertes Leben, Raymond wußte jedoch lediglich, wie sie aussahen, wenn sie hier waren, und was sie bei Sitzungen und Projektarbeiten sagten. Diese Situation behagte ihm. Nach seiner Erfahrung war es stets so, daß er, je mehr er über eine Person erfuhr, desto weniger von ihr wissen wollte. Je näher er den Leuten kam, desto mehr glichen sie den Menschen, mit denen er in Newland aufgewachsen war.

Morris begrüßte Ralph mit einem Schlag in die offene Hand. »Ralph! *My man!*« Dann hockte er sich hinter Maria, pustete ihr ins Ohr und küßte sie auf die Wange. Mit einem trotzigen Blick auf Justin legte er ihr den Arm um die Taille und die Hand auf ihre Brust. Justin warf ihm einen zornigen Gegenblick zu, um sich sodann energisch auf Emily zu konzentrieren.

Maria stieß Morris den Ellbogen in den Magen und fauchte: »Schieb ab, Idiot!«

Lachend setzte sich Morris neben Bud, einen kleinen vierschrötigen Mann in Army-Drillich und olivgrünem Eisenhower-Blouson. Er besaß keinen Hals, aber ein hochrotes Gesicht und wirkte wie eine mit einem Piment gefüllte Olive. Ständig verteilte er eine Tagesordnung, die kein Mensch las. An manchen Abenden kam überhaupt keine richtige Sitzung zustande, weil jedem, der zur Ordnung zu rufen versuchte, vorgeworfen wurde, er wolle einen ›Personenkult‹ einführen. Raymond empfand tiefste Bewunderung für die Entschlossenheit, mit der FORWARD die Hierarchie abschaffte.

Morris rief Maria und Justin zu: »Okay, ihr beiden, haltet die Klappe. Was ist nun mit dieser Spendensammelerklärung?«

Justin blickte auf. »Würdest du bitte gestatten, Morris? Ich war gerade mitten im Satz.«

»Ob ich gestatte? Warum denn nicht, Justin? Ich hab' nichts dagegen, daß wir die ganze Nacht lang hier warten, bis du deinen Satz beendet hast.« Trotzig verschränkte er die Arme.

Fünf Minuten später beendete Justin seinen Satz und erkundigte sich: »Also, Freunde – was brauchen wir nun?«

Alle verstummten. Morris wurde dunkelrot im Gesicht. Raymond wußte nicht so recht, warum.

»Wir brauchen eine Absichtserklärung«, antwortete Bud, »für einen Bewilligungsantrag, der morgen fällig ist.«

Raymond betrachtete die Brust, die Morris in der Hand gehalten hatte. Als Maria aufblickte, ertappte sie ihn dabei. Statt jedoch die Augen abzuwenden, zwang er sich, den Blick noch länger dort ruhen und ihn erst dann langsam zu ihrem Gesicht emporwandern zu lassen. Um ihre Mundwinkel spielte ein leichtes Lächeln.

Raymond merkte, daß seine persönlichen Gefühle ihn von der Politik ablenkten. Er versuchte, sich auf Morris zu konzentrieren: »... sollte unsere Rolle primär darin bestehen, als Verbindungskanal zu dienen, zur Unterstützung und Kommunikation zwischen den einzelnen Gruppen, die aus der direkten Aktion des Volkes selbst entstanden sind, und auf die Veränderung des Status quo in den Südstaaten hinzuarbeiten, was dazu beitragen könnte, die sich entwickelnden Sozialstrukturen zu konsolidieren, und gleichzeitig ...«

»Ich kann dir nicht folgen, Morris«, warf Raymond ein.

»Das kommt davon, daß du nicht zuhörst«, behauptete Maria, »und statt dessen auf meine Titten starrst.«

Alle lachten. Raymond wurde rot. Justin sah ihn an, um gleich darauf Maria sein Profil zuzuwenden. Bis zu diesem Moment hatte Raymond keine Ahnung gehabt, daß Justin sich von ihm bedroht fühlen könnte. Abwegiger Gedanke! Justin war alles, was Raymond jemals zu werden hoffte, sobald er sich selbst wirklich vollkommen reformiert hatte.

»*Shit,* diese Südstaatler begreifen nichts, was nicht im Kinderbuchstil abgefaßt ist. Die haben Maisbrei statt Gehirn im Kopf«, fauchte Morris.

Vermutlich traf das zu. Stellte man Justin oder Morris eine Frage, bekam man Statistiken oder Zitate zur Antwort. Stellte man ihm oder Emily eine Frage, bekam man eine endlose Geschichte zu hören, die wie die Kapitel des Alten Testaments mehrere Generationen umfaßte. Er hoffte nur, daß diese Krankheit heilbar war. Und schwor sich, einige der Statistiken, die er gelesen hatte, auswendig zu lernen.

Bud kritisierte Morris' Ausdruck ›Verbindungskanal‹: »Die Zeit ist gekommen, die gegenwärtige Phase unorganisierter Proteste durch einen zielbewußten Kader revolutionärer Visionäre abzulösen. Lenin sagt: ›Eine Avantgarde, die befürchtet, daß die Bewußtheit die Spontaneität überflügelt, zögert . . .‹«

»Ja, ja! Wir haben die ›Wege zur Machtergreifung‹ alle gelesen, Bud«, knurrte Morris.

»Das ist nicht Lenin«, korrigierte ihn Justin, »das ist Guevara. ›Guerillakrieg‹.«

»*Shit,* Mann! Ich weiß doch, wo ich das gelesen habe! Das ist von Lenin.«

»Wetten? Fünf Dollar?«

»Okay, Kumpel.« Mit finsterem Blick schüttelten sie sich die Hand.

»Dieses Gerede von Avantgarde klingt für mich ganz einfach elitär«, meinte Maria.

Dies löste eine Diskussion über Demokratie, Faschismus, Staatssozialismus und Kommunismus aus. Raymond legte sich auf seine Matratze zurück und kam sich furchtbar ungebildet vor. Was hätte er darum gegeben, an der Debatte teilnehmen zu können! Er musterte Emily, die Justins Profil bewunderte. Fragte sie sich, warum Raymond nicht teilnahm? War ihr klar, daß er dazu nicht in der Lage war? Er richtete sich auf und machte ein angestrengt ernstes Gesicht. Dann warf er einen verstohlenen Blick zu Maria hinüber. Sich mit Mädchen zu verabreden war ihm noch nie leichtgefallen. In Newland hatte er sich stets abseits gehalten. Und nun, da das nicht mehr zur Selbsterhaltung notwendig war, wußte er nicht, wie er sich verhalten sollte. Jedesmal, wenn er hier oben romantisch werden wollte, sagten die Mädchen: »Ach Raymond, laß uns ganz einfach gute Freunde sein.«

Aber verdammt noch mal, er wollte nicht einfach ein guter Freund sein, er wollte ins Bett! Für alle war er immer nur so etwas wie ein Lieblingsbruder. Wie war bloß dieses Image an ihm klebengeblieben? Vielleicht brauchte er wirklich den Pancho-Villa-Schnauzer. Er hatte so hart daran gearbeitet, die Attitüden, die Newland ihm oktroyiert hatte, abzulegen, doch zugunsten einer schnellen Nummer auf seine gewohnte Ritterlichkeit zu verzichten, das schien ihm einfach nicht zu gelingen. Newland beharrte darauf, daß der Geschlechtsakt *ausschlaggebend* war. (Vergnügen war nicht ausschlaggebend.) In Newland war der Geschlechtsakt ausschlaggebend, weil letztlich alle davon erfuhren. Außer Sex gab es in der Stadt keinerlei Abwechslung; und außer den Zehn Geboten keine Geburtenkontrolle. Die Menschen dort benutzten den Sex wie die Karotte beim Esel, um die Leute zu Ehe, Kindern, Arbeit in den Fabriken zu verlocken. Siehe Jed.

Hier jedoch war eben nicht Newland. Er hatte die anderen Männer von FORWARD genau beobachtet, um ein paar Anhaltspunkte zu bekommen. Jene Blicke, Gesten, Bemerkungen, die andeuteten, daß sie zwar Sex wollten, doch weder Babies noch Hypothekenzinsen und Dinner Parties. Er mußte unbedingt bald mit jemandem schlafen. Es wurde allmählich lächerlich. Es behinderte ihn bei der politischen Arbeit. Die FORWARD-Mitglieder waren verantwortlich dafür, daß sie ihre persönlichen Bedürfnisse so gut wie nur möglich befriedigten, um ihre Energie und Konzentration ganz auf das richten zu können, was *wirklich* von Bedeutung war: den Aufbau einer gerechten Gesellschaft.

Möglicherweise war Maria bereit, ihm auszuhelfen – nun, da die beiden ja auseinander waren. Er hatte sie von Anfang an bewundert, vor allem ihren geschliffenen Intellekt. Emily war intelligent, aber in Newland hatte sie alles getan, um das möglichst zu verbergen. Im Laufe der Monate hatte er Maria genau beobachtet – die Art, wie sie an ihrer Zigarette zog, die Art, wie sie den Kopf bewegte, um sich das Haar aus dem Gesicht zu schütteln ... Seit der Vorführung seines Dokumentarfilms schien sie auch an ihm interessiert zu sein, nannte ihn scherzhaft ›unseren ganz speziellen *redneck*‹. Sie war ungefähr zwei Jahre älter als er, Juniorstudentin im College, schien ihn aber zu respektieren, denn nicht selten machte sie Bemerkungen über seinen ›Grips‹ und sein ›Rückgrat‹, das er dadurch bewiesen habe, daß er es schaffte, sich völlig von Newland zu lösen. Möglicherweise, sinnierte er, konnte er sie überreden, sich auch für andere Teile seiner Anatomie zu interessieren. Die Vorstellung, daß eine erfahrene, ältere Frau ihn, wie bei den Südseeinsulanern, ins Sexualleben einführte, gefiel ihm. Wobei ihm selbst und Maria als Individuen keine besondere Bedeutung zukam. Hauptsache war, daß man die eigenen unwichtigen Bedürfnisse auf die Art und Weise befriedigte, die für die Gruppe als Ganzes am förderlichsten war und es ermöglichte, daß man seine Energien wieder ins Kollektiv zurückführte.

»Ohne visionäre Kraft keine Strategie«, behauptete Justin. »Und ohne Strategie sind alle Aktionen nur sinnloses Umhertasten.«

»Wir kommen mit unserer Erklärung nicht weiter«, fiel Maria ihm ins Wort.

»Mann, wir werden noch die ganze Nacht hier sitzen«, beschwerte sich Morris.

»Ich brauche das Ding für morgen früh«, mahnte Bud.

»Na, dann erzählt mir mal, wie wir eine Absichtserklärung abfassen sollen, wenn wir uns nicht mal darauf einigen können, was wir beabsichtigen«, verlangte Justin.

»Einige von unseren Theoretikern müssen eindeutig nachgeben«, stellte Maria fest.

»Wir könnten abstimmen«, schlug Raymond vor.

»Abstimmen?« höhnte Morris. »Was glaubst du eigentlich, was das hier ist, Mann? Die Wahl für einen Schülerrat? Es gibt eine einzige ideologische korrekte Position. Man muß nur abwarten, bis sich die Übereinstimmung einstellt.«

Raymond fühlte sich gedemütigt. Er hatte geglaubt, den Demokratischen Zentralismus zu verstehen. Offenbar hatte er jedoch überhaupt nichts kapiert. Er hatte sich zum Narren gemacht. Wann würde er endlich lernen, seinen ungebildeten Hinterwäldlermund zu halten? Emily lächelte ihm mitfühlend zu. Ihr Mitgefühl war ihm scheißegal! Die hatte doch noch weniger Ahnung als er. Wie kam sie dazu, ihn mit diesem Südstaaten-Belle-Lächeln anzusehen?

»Wie wär's, wenn Morris und Bud den Sieger per Armdrücken ermitteln?« meinte Maria.

»Laß uns in Ruhe, Maria!« knurrte Morris.

Maria, Emily, Ralph und Raymond saßen da und verfolgten die Diskussion, als sähen sie bei einem Tennismatch zu, während Justin als Schiedsrichter Zitate und Statistiken korrigierte.

»...demokratische Beteiligung am entscheidungsbildenden Prozeß und...«

»Keine Revolution ist ›spontan‹«, entgegnete Bud. »Die sind samt und sonders inszeniert, fabriziert von einigen wenigen Leuten mit Weitblick und Courage.«

»Debray sagt: ›Es ist immer die Bewegung, die der Organisation vorangeht, und die politische Strategie, die nachfolgt oder gleichzeitig mit der Teilnahme an der Aktion Gestalt annimmt.‹«

»... unter den Unterprivilegiertesten Energie katalysieren ...«

»... das lokale Führungspotential ermutigen, partizipatorische Methoden einzusetzen ...«

Raymond war zutiefst beeindruckt. Er und die anderen – alles, was sie beitragen konnten, war höchstens, Postsendungen fertigzumachen und den Dachboden zu putzen. Die eigentliche Aktion spielte sich hier ab, zwischen Morris, Justin und Bud. Gott, wenn er nur genug gelesen und begriffen hätte, um so lässig Marx und Lenin zitieren zu können! Er schwor sich, eifriger zu studieren.

»Debray sagt«, schloß Morris mit selbstgefälligem Nicken: »›Es gibt keine Trennung zwischen Massen und Intellektuellen, Bewegung und Partei, jenen, die theoretisieren, und jenen, die handeln, zwischen Führern und Gefolgsleuten.‹«

Justin sah auf seine Uhr. »Tut mir leid, Leute, aber ich bin in fünfzehn Minuten verabredet.«

»Wer ist sie?« erkundigte sich Morris.

Justin lächelte. »Das geht dich nichts an, oder?« Maria zuckte zusammen. Justin begegnete ihrem Blick und wandte ihr sein Profil zu.

»Was ist denn nun mit dieser Erklärung? Ich brauche sie bis morgen früh«, mahnte Bud.

»Also, ich hasse es ja eigentlich, mich auf meine Autorität zu berufen«, begann Justin, »aber ...«

»Den Teufel tust du«, murmelte Maria.

»... ich bin eben am längsten dabei. FORWARD war meine persönliche Idee.«

»Ja, und zufällig zahlst du auch die Miete«, murmelte Maria.

»Ich hab' mir angehört, was ihr alle zu sagen hattet. Und muß auf einem Punkt bestehen: Bei FORWARD gibt es keine Hierarchie und keine unbewegliche Ideologie. Kapiert?«

Voll Ehrfurcht hörte Raymond zu, wie Justin die zwei Stunden lange Diskussion mit einigen beredten Sätzen zusammenfaßte: »... uns von den Postulaten einer rassistischen Gesellschaft befreien, neue, auf einer fortschrittlichen Analyse basierende Identitäten formulieren, das Organisations- und Kontrollnetz der Gesellschaft verändern, um so auch die Entrechteten mit einzubeziehen ...«

Er hielt inne. »Schreibst du das auf, Maria?«

Eine lange Pause entstand, während Maria ihre Fingernägel musterte. Schließlich hob sie den Kopf und sah Justin an. »Weißt du was, Justin? Nimm deine verdammte Bruderschaft aller Menschen und schieb sie dir sonstwohin.«

Lachend wandte sich Justin an Morris. »Sie ist reizend, wenn sie wütend wird, nicht? Also – wer will das nun alles aufschreiben?«

»Ich«, erbot sich Emily.

»Halt du dich da raus, Emily!« fauchte Maria. »Schreib's dir doch selber auf, du Scheißer! Was sollte denn all das Geschwafel von ›einer den anderen in seinem Spezialfach ausbilden, damit wir austauschbar werden und eine Gleichheit praktizieren können, die der Gesellschaft insgesamt fehlt‹? Ich hab' nichts davon gemerkt, daß du Interesse gezeigt hättest, mit einem Vervielfältiger umzugehen, Justin, oder zum Chinesen zu laufen und für uns alle Essen zu holen.«

»Seien wir doch mal ehrlich: Aufgrund meiner Privilegien der herrschenden Klasse verfüge ich über Fähigkeiten und eine Ausbildung, die auf andere zu übertragen ich Jahre brauchte. Wir sollten die Gruppe eher als einen Organismus ansehen, in dem jeder Einzelne ein unentbehrliches Glied darstellt.«

»Na schön, dann bist du der Schwanz, Justin. Und was bin ich? Etwa das Arschloch?«

Raymond stand vor seinem Badezimmerspiegel und übte: »Äh ... he, Baby, wie wär's mit uns beiden ...«

»Maria, ich habe bemerkt, daß ... äh ...«

»Maria, ich habe mir überlegt, ob du nicht vielleicht ...«

Die männlich-kraftvolle, schweigsame Tour: Wenn sie im Loft allein waren, würde er sich zu ihr umwenden und ihr die Hand auf den Schenkel legen ...

Jedenfalls würde er sich den Bart abrasieren und nur den Schnauzer stehenlassen. Das machte ihn mit Sicherheit weniger niedlich.

Er müßte sich um sie bemühen. Blumen, Pralinen, Telegramme. Sie zum Abendessen einladen. Er wußte, daß er sich kindisch benahm. Justin hatte bestimmt niemals so unter Schüchternheit gelitten. Er marschierte zum Telefon, nahm den Hörer und hielt ihn ans Ohr, während das Freizeichen in ein bösartiges Pfeifen überging und dann abbrach. Sie würde ihn ja doch nur auslachen, ihn mit einem Wangetätscheln abweisen. Und vielleicht sogar den anderen davon erzählen.

Er knallte den Hörer auf die Gabel, warf sich aufs Bett und onanierte.

Als er mit der Hand voll Sperma dalag, bereitete ihm das Bewußtsein, daß er kein Kleenex hatte, um sich zu säubern, Genugtuung. Er hatte sich große Mühe gegeben, sein Leben auf das Wesentliche zu beschränken. Nach all den Jahren, in denen er vom Nippes seiner Mutter umgeben war – gestickten Wandsprüchen, Tipis aus Plastik, Familienstammbäumen, Bechern aus Ruby Falls, Rock City und Gatlinburg –, war es eine Erleichterung für ihn, in einem einzigen kleinen Zimmer zu leben, in dem es nichts gab als die nackte Glühbirne, die von der Decke baumelte, und eine Matratze, die er aus dem Müllverbrennungskeller gerettet hatte. Er *wollte freiwillig* so leben, wie die Neger im Süden zu leben *gezwungen* waren, damit er durch die Annehmlichkeiten des Lebens niemals so sehr verweichlicht wurde, daß er sich mit dem Status quo zufriedengab. Sein einziger Luxus war ein Trenchcoat, wie ihn Justin besaß, den er stets sorgfältig auf einem Bügel an die Innenseite der Zimmertür hängte.

Der Wind vom Hudson stürmte gegen seine Fenster an und erzwang sich den Weg ins Zimmer. Die Gänsehaut, die an seinen Armen emporkroch, bereitete ihm grimmige Genugtuung.

Er sprang auf und stelzte zum Telefon. Mit der freien Hand wählte er Marias Nummer und räusperte sich. Als sie sich meldete, erstarrte er. Nachdem sie in zunehmend verärgertem Ton mehrmals hallo gerufen hatte, pfiff sie kurzerhand so schrill auf den Fingern, daß ihm beinahe das Trommelfell platzte.

Abermals warf er sich aufs Bett und sah sich in seinem kahlen Zimmer um. Eiskalter Terror stieg in ihm auf. Ein Gefühl, das er von seinen ersten Tagen in New York kannte. Ganz allein würde er hier, in dem Zimmer sterben, seine Leiche niemals gefunden, er niemals betrauert werden. Er würde einfach aufhören zu existieren, von keinem Menschen vermißt, ohne ein Zeichen in der Welt hinterlassen zu haben. Er zwang sich, tief durchzuatmen, aber das Angstgefühl wollte nicht weichen. Er bewegte die Arme, blinzelte, berührte mit der Zungenspitze die Nase – alles nur, um sich zu beweisen, daß er noch existierte.

»*Wer* existiert noch?« fragte er sich dann.

Dagegen gab es nur eine einzige Medizin: Er kramte in den Büchern auf dem Fußboden neben dem Bett, bis er das Foto aus seinem Zimmer zu Hause fand, das Bild mit dem gehenkten Elefanten. Als er es anstarrte, wich die Angst. Schon möglich, daß er nicht wußte, wer er war, doch was er *nicht* war, das wußte er genau: Er war nicht Teil jenes grölenden Mobs wahnsinnig gewordener Hinterwäldler.

Als sich der Terror langsam legte, begann sich Raymond zu erinnern, wer er war: FORWARDs ganz spezieller *redneck,* ein abtrünniger Südstaatler, der genügend Grips gehabt hatte, sich rechtzeitig abzusetzen, ein begeisterter Revolutionär, der sein Leben der Erleichterung des Schicksals jener vom Gesellschaftssystem Unterdrückten widmete, mit denen er aufgewachsen war. Maria, Justin, Morris, Ralph – sie alle würden seinen Tod beklagen, sich um seinen Leichnam kümmern . . .

Er lachte laut auf. Idiotisch, diese Gedanken! Verdammt noch mal, er war neunzehn Jahre alt und bei bester Gesundheit! Er stieß einen erleichterten Seufzer aus, legte das Foto beiseite und griff zum ›Kapital‹.

Bei der nächsten Sitzung blieb Raymond länger, um ein Rundschreiben über die Anforderungsmöglichkeiten seines neuen Dokumentarfilms zu kuvertieren und zu adressieren. Mit maschinenähnlicher Präzision faltete, leckte und frankierte er. Nicht lange, und er wurde so nervös, daß seine Bewegungen hektisch ausfielen und er Briefmarken mitten durchriß. Er stand auf und steckte sich eine Zigarette an. Mühsam darauf bedacht, sie an der Unterlippe hängen zu lassen, ging er im Loft auf und ab. Ehrlich gesagt, er langweilte sich. Dieses ewige Falten und Adressieren – er konnte einfach nicht einsehen, was das alles mit der Umstrukturierung des Gesellschaftssystems in den Südstaaten zu tun hatte. Er nahm einen tiefen Zug aus seiner Zigarette, wie er es bei Maria gesehen hatte, und stieß den Rauch langsam aus. Und wieso kam er dazu, das alles hier völlig allein zu erledigen? »Das ist dein persönlicher Egotrip«, hatte Morris gefaucht, als Raymond ihn um Freiwillige bat. Na schön, wenn das so war, dann konnte er das Ganze ja auf den Müll schmeißen. Egotrips hatten nichts mit FORWARD zu tun. Wären Emily oder Maria jetzt dagewesen, hätte er die Kopien seines Dokumentarfilms genommen und sie aus dem Fenster geworfen. So jedoch begnügte er sich damit, einen Mülleimer aus Metall durch den Loft zu kicken.

Die Tür ging auf: Maria kam. »Ich war schon beinahe zu Hause, da hab' ich ein schlechtes Gewissen gekriegt, weil du hier die ganze Nacht allein schuften mußt«, erklärte sie.

»Ach wo, überhaupt kein Problem.« Raymond schwenkte lässig die Zigarrette. »Aber ich freue mich, jetzt Gesellschaft zu haben.«

Eine Zeitlang arbeitete er mit neuer Energie. Maria adressierte, während er faltete und frankierte. Immer wieder sah er sie an. Sie war wirklich umwerfend! Eine Frau, mit der man Seite an Seite arbeiten konnte. Persönlich bedeuteten sie beide natürlich gar nichts, doch ihre Arbeit würde den Stein des menschlichen Elends Tropfen um Tropfen aushöhlen.

Als sie endlich fertig waren, holte er tief Luft, räusperte sich und krächzte heiser: »Maria?«

»Ja?« Sie hob den Kopf.

»Äh ... Ich muß was mit dir besprechen.«

»Ja?«

»Äh ...« Himmel, wie sollte er da wieder rauskommen? »Wie ist das eigentlich mit dir, Justin und Morris?«

Verwundert sah sie ihn an. »Wieso?«

»Äh, ja ... Also ... Maria, ich finde, daß meine politische Arbeit leidet.«

»Ach, wirklich? Wieso?«

»Na ja, weil ... Du weißt schon, Spannungen und so.«

»Sexuelle Spannung?«

»Äh ... Na ja ...«

»Zwischen dir und mir?«

»Äh ...«

»Also, mir geht's ganz genauso. Aber dem wäre doch sehr leicht abzuhelfen, nicht wahr?«

»Ja? Ja, doch.« Er war beinahe enttäuscht darüber, daß sie so bereitwillig von ihrem Piedestal herabstieg. Irgendwie hatte er gehofft, sie werde ihm böse sein, weil er das Persönliche ins Kollektiv einbrachte, die Ideologie durch primitive körperliche Bedürfnisse herabsetzte. Er hatte gehofft, er werde sich ideologisch mit Justin um ihre Gunst duellieren müssen und sie werde einen Beweis dafür verlangen, daß er ihrer wert sei und zu ihr passe.

»Also?« Sie legte den Kugelschreiber hin.

»Was? Du meinst hier? *Jetzt?*« Wenn sie ihn so leicht akzeptierte, ohne das geringste Zögern, ihn, der politisch so ungebildet und unerfahren war – vielleicht war sie dann doch nicht so großartig?

»Warum nicht? Ich meine, wir wollen doch nicht, daß unsere politische Arbeit leidet – oder?«

»Nein, sicher nicht.« Mit zittriger Hand ergriff er ihren Arm und tat, als geleite er sie zu der Matratze. Er war so eingeschüchtert, daß er nicht mal Witze über seine Unerfahrenheit reißen konnte. Mit dem Vorspiel, da wurde er ja noch fertig; schließlich hatte er das mindestens sechs Jahre lang trainiert. Und letztlich begann ihm auch der Rest wenigstens andeutungsweise ausführbar zu erscheinen.

»Ich fürchte, ich bin nicht besonders gut«, murmelte er.

»Das sagt ihr alle«, beschwerte sie sich und hob ihm ihre Lippen entgegen.

»Ach ja?« Wer waren diese ›alle‹? War er nur der letzte in einer langen Reihe? Verglich sie ihn mit all den anderen? Allmählich kam er sich vor wie ein Idiot. Dann fiel ihm ein, daß zu diesen anderen auch Justin und Morris zählen mußten.

Sie begannen, ihre Freizeit in seiner Krähennestwohnung zu verbringen und auf seiner muffigen Matratze zu turnen, während der Winterwind vom Hudson herüberpfiff und um seine Fenster jaulte. Sie lag still in seinen Armen, während er ihr davon erzählte, wie er in Newland als Außenseiter aufgewachsen war und alles darangesetzt hatte, von dort wegzukommen. Sie erzählte ihm, wie ihr Vater, ein Professor der School for Industrial and Labor Relations an der Columbia University, sie in ihrem Kindersportwagen am Ersten Mai die Fifth Avenue entlanggeschoben hatte. Sie versöhnte Raymond mit dem Gedanken, daß er Angehöriger der Arbeiterklasse war: »Siehst du nicht, wie außergewöhnlich du bist, Raymond? Du hast dich ganz allein, ganz instinktiv von allen traditionellen Vorurteilen deiner Klasse befreit.«

Er lächelte. »Du tust, als sei ich ein Held, Maria. Aber ich bin nichts weiter als ein ganz einfacher Arbeiter.«

Sie kaufte ihm neue Bettwäsche und Gift gegen die Küchenschaben. Er sah ihr zu, wie sie die Wände abseifte, und behauptete, es habe ihm vorher besser gefallen.

»Mein Gott, deine Bude ist unmöglich!« erklärte sie. Er warf ihr vor, bürgerliche Ansichten zu haben. »Ich möchte wetten, daß deine Mutter bestimmt kein Penicillin an den Wänden hat wachsen lassen«, entgegnete Maria.

Raymond mußte lachen. »Nein, das bestimmt nicht. Ihre Küche war immer so keimfrei wie ein Operationssaal.«

»Wie war sie eigentlich dir gegenüber? Herrschsüchtig, vermute ich.«

»Na ja, ziemlich dominierend. Aber wie kommst du darauf?«

»Du hast irgendwie so was Abwehrendes an dir, Raymond. Als wolltest du dein innerstes Geheimkämmerchen vor jedem Ansturm schützen. Und keine Frau auch nur in deine Nähe lassen.«

»Abwehrend – ich?« Er schob seine Hände unter ihr Sweatshirt und knetete ihre Brüste.

Sie lachte. »Nur zu! Du kannst ruhig das Thema wechseln.«

Raymond fand, Maria übe einen besänftigenden Einfluß auf ihn aus. Wenn er mit ihr zusammen war, wurde er viel weicher und zärtlicher. Wenn sie bei ihm gewesen und er wieder allein war, pfiff er fröhlich vor sich hin. Er hatte das Gefühl, daß sie den Stahl, der seinen Kern bildete, temperierte. Doch eines Nachmittags, als sie ihm einen Tulpenstrauß mitbrachte, zog er endgültig die Grenze. »Ich will nicht dabeisitzen und zusehen müssen, wie sie sterben.«

»Aber Raymond ...«

»Das ist mein letztes Wort, Maria.« Sie nickte. Gemeinsam stiegen sie aufs Dach hinaus und warfen eine nach der anderen hinab. Die Passanten auf dem Bürgersteig sahen verblüfft zu ihnen empor, als die Tulpen zu ihren Füßen landeten.

Raymond saß mit Emily in einem kleinen indischen Restaurant in der Nähe des Times Square bei einem Currygericht.

»Also, jetzt hab' ich's endlich doch noch geschafft.«

»Was denn?«

»Es. Mit einem Mädchen.«

»Ach ja? Wie schön für dich.«

»Ich sollte wohl lieber nicht verraten, mit wem.«

»Bestimmt nicht. Das wäre wirklich nicht sehr gentlemanlike. Es ist nicht zufällig Maria – oder?«

Er starrte sie an. »Woher weißt du das?«

»Es war kaum zu übersehen.«

»War es denn so offensichtlich?«

»Hm.«

»Ich kann's dir wärmstens empfehlen.«

»Danke. Ich werd's mir merken.«

»Oder hast du's letztes Jahr mit deinem Fraternity-Typen etwa auch getrieben?«

»Mein Gott, Raymond – das geht dich doch nun wirklich nichts an, oder?«

»Wirklich nicht? Ich hab' dir doch auch von Maria erzählt.«

»Was haben wir hier eigentlich – 'ne Tauschzentrale?«

»Du und Justin, ihr versteht euch prima. Er hält dich für fabelhaft. Das hat er mir ausdrücklich erklärt.«

»Damit hat er natürlich recht.«

»Das findet er aber nur, weil du ihm endlos zuhörst und so tust, als wärst du von ihm fasziniert.«

»Aber ich *bin* von ihm fasziniert! Ich begreife zwar nichts von dem, was er sagt, aber ich bin fasziniert. Ich finde ihn wunderbar. Großartig, wie er sein Leben dem Kampf für die Unterprivilegierten weiht!«

»Ja. Finde ich auch. Schläfst du mit ihm?« Er empfand Eifersucht und konnte sich nicht erklären, warum. Er war berauscht von Maria, war überzeugt, daß sie die phantastischste Frau der ganzen Welt war. Nur mochte er es nicht, daß Emily etwas tat, ohne ihn vorher um seinen Segen zu bitten. Irgendwie jedoch war es gut so. Ein- oder zweimal hatte er bemerkt, daß Justin ihn bei den Sitzungen mit kaum verhohlener Feindseligkeit musterte. Doch Justins Interesse für Emily war möglicherweise der Ausgleich für Raymonds Verhältnis mit Maria. Obwohl, soweit Raymond feststellen konnte, keinerlei Rivalität zwischen ihnen bestand. Doch sollte Justin denken, was er wollte.

»Mein Gott, Raymond, ich weiß wirklich nicht, warum ich mir dieses Gerede von dir anhöre. Es geht dich wahrhaftig nichts an.«

»Ja, aber ich muß es wissen.«

»Das ist eine fixe Idee von dir. Du benimmst dich wie ein Kind mit einem neuen Spielzeug. He, hast du schon von unserer neuen Nichte gehört? Laura?«

»Ja.«

»Sally hat mich gestern abend angerufen. Dreieinviertel Kilo. Vierundfünfzig Zentimeter lang. Sally sagt, die Geburt war viel schwieriger als bei Joey. Die Fruchtblase platzte um ungefähr vier Uhr früh und ...«

»Na schön, das Kind wurde geboren und hat sämtliche Finger und Zehen. Mehr will ich nicht wissen!«

»Ha?«

»Mein Gott, Emily! Was hat all dieser Unsinn mit mir zu tun?«

»Aber sie ist meine Schwester, Raymond. Und deine Schwägerin. Die Frau deines Bruders. Du kennst sie dein ganzes Leben lang!«

»Mein langweiliger, bigotter kleiner Bruder und seine langweilige, hirnlose Frau mit der toupierten Frisur führen ein langweiliges, uninteressantes, dämliches Leben in Newland, Tennessee. Mehr braucht man gar nicht zu wissen! Den Rest kann man sich vorstellen.« Er stand auf und zog seinen schmutzigen Trenchcoat über. »Verdammt noch mal, starr mich nicht so an! Du interessierst dich doch genausowenig für die Situation da unten wie ich.«

»Das ist nicht wahr!«

Als er auf die Straße hinaustrat, warf er Blicke nach allen Seiten, um den FBI-Schatten auszumachen, von dem er sicher war, daß er ihm eines Tages auf die Fersen gesetzt wurde. Maria erwartete ihn unter einer Laterne beim Eingang zur Subway. Wie in Berlin. Während des Krieges. Er würde auf sie zuschlendern. Sie würde ihm eine Zigarette anbieten. Er würde sie nehmen und einstecken. Das Papier, entrollt und über einer Flamme erwärmt, würde ihm Informationen liefern, durch die Hunderte von Menschenleben gerettet wurden ...

Maria knöpfte ihm lächelnd den Trenchcoat zu und zurrte an seinem

Gürtel. »Du wirst mir noch erfrieren, du kleiner dummer Südstaatenbengel.«

Er sah sie an, reagierte aber nicht, als sie ihn küßte. »Was ist denn?« erkundigte sie sich lächelnd.

»Komm mit!« befahl er, packte sie bei der Hand und zog sie die Treppe zur Subway hinab.

Zu Hause angekommen, rief er Emily an. »Hör zu, es tut mir leid, was ich über Sally gesagt habe.«

Emily klang enttäuscht. »Nein, Raymond – als du fort warst, hab' ich erkannt, daß du recht hattest. Es ist lächerlich, von Sallys Wehen zu reden, wenn die halbe Welt heute abend hungrig zu Bett gehen muß. Sally kann von Glück sagen, daß sie ihr Baby nicht in einer Ackerfurche zur Welt bringen, sofort wieder aufstehen und weiter Baumwolle pflükken mußte.«

Raymond war irritiert. Emily hätte ihm böse sein, ihm drohen müssen, niemals wieder mit ihm zu sprechen. Dann hätte er ihr haargenau das sagen können, was sie jetzt gerade zu ihm gesagt hatte.

Justin und Morris, Maria und Raymond besuchten als Vorbereitung auf ihre Fahrt nach Tennessee Trainingsabende, die im Keller einer Kirche stattfanden. Ein Neger im Overall unterwies zwei Dutzend Freiwillige in der Kunst, sich zu einem Ball zusammenzurollen, um Kopf und lebenswichtige Organe vor Schlägen zu schützen. Ein Gummiknüppel, ein Stachelstock zum Viehtreiben, ein Stück Schlauch und Schlagringe wurden vorgeführt, ihre Anwendung beschrieben und demonstriert. Wie man sich am besten verhielt, wenn man von Polizeihunden angegriffen wurde. Raymond war froh, daß sie sich endlich auf richtige Taten vorbereiteten. Rundbriefe herauszuschicken, ideologischen Diskussionen zuzuhören war nicht unbedingt das, was er sich vorgestellt hatte. Er wollte dabeisein, wenn Veränderungen erzwungen wurden. Offen gestanden, so unterhaltsam es auch war – er bekam es sogar allmählich satt, jedes Wochenende mit Maria im Bett zu liegen. Er war jetzt scharf auf ein bißchen Aktion.

Der Mann beschrieb, wie er im Gefängnis auf Anweisung des Sheriffs von Mithäftlingen verprügelt worden war. Er zeigte ihnen mehrere Narben in seinem Gesicht. Er warnte vor Autos ohne Nummernschild, Polizisten ohne Dienstabzeichen. Sie spielten Szenen mit verteilten Rollen: Wie man es anstellte, auf Hohn und Spott nicht zu reagieren, wie man an potentielle Wähler herantrat.

Als eine Soziologieprofessorin einen Vortrag über die traditionelle

Lebensweise der Neger- und der Weißenkommunen in seiner eigenen Heimat hielt, erkannte Raymond das Land nicht wieder. Er sei dort unten brutal vergewaltigt, sei indoktriniert worden, den Status quo niemals in Zweifel zu ziehen, sondern als die einzig mögliche Realität zu akzeptieren. Nun gut, es gab schließlich Alternativen, und er nahm sich vor, sein Leben dem Versuch zu widmen, diese zum Tragen zu bringen.

Der Wagen jagte das Tal von Virginia, die Vagina des Südens, hinab. Raymond, der die grünenden Wiesen betrachtete, fragte sich, wie viele Gruppen auf dieser Route wohl in den Süden vorgestoßen sein mochten – Welle um Welle kriegführender Indianerstämme, deutsche und schottisch-irische Siedler aus Pennsylvania, Yankee-Truppen. Die Atmosphäre im Auto glich jener in einem Kamikaze-Flugzeug. Sie alle waren sich klar darüber, daß sie hier unten beim Kampf um Gerechtigkeit für alle sterben konnten. Wenn bisher von Gleichheit und Brüderlichkeit gesprochen wurde, hatten alle zugestimmt. Hier unten jedoch gab es Menschen, die sie lieber umbringen als ihnen auch nur einen Blick gönnen würden. Von diesem Bewußtsein waren sie alle durchdrungen; es bewirkte, daß sie eine tiefe Verbundenheit miteinander empfanden. Raymond sagte sich, sobald man erkenne, daß der Tod nicht etwas war, das ausschließlich anderen widerfuhr, sei man erwachsen.

»Wo sind denn nun die Sklavenhütten?« erkundigte sich Morris.

»Die haben sie entlang der Überlandstraßen natürlich abgerissen«, behauptete Justin. »Public Relations.«

Von Stunde zu Stunde wurden die Felder grüner. Die Knospen an den Bäumen wurden zu winzigen, chartreusefarbenen Blättern. Es war wie in einem Zeitlupenfilm von Walt Disney. Maria und Raymond saßen auf dem Rücksitz und preßten die Schenkel aneinander. Er hatte die Hände über seiner Erektion gefaltet, während Maria immer wieder grinsend darauf hinabstarrte. Als sie nach Tennessee kamen, sahen sie am Straßenrand kleine weiße Kreuze, die an Verkehrstote erinnerten. Da wußte Raymond, daß er zu Hause war.

Sie fuhren durch Newland, ohne daß Raymond erwähnte, er sei hier zu Hause. An einer Verkehrsampel, an der sie hielten, entdeckte er aus den Augenwinkeln seine alte Lehrerin Mrs. Moody, die krumm und gebeugt am Stock humpelte. Sie hatte in ihrer Klasse stets eine tragbare Orgel stehen gehabt, und die Schüler hatten mit ihr gemeinsam ›Heaven Is Closer Cause Mother Is There‹ gesungen. Er hatte sie sehr geliebt, wenn sie an ihrer Orgel saß, die Pedale trat und das Lied laut herausschmetterte. Aber nein, er würde sich die Erkenntnis, daß die

Welt, in der sie lebte und in der zu leben sie ihn erzogen hatte, verschwinden mußte, nicht von banalen persönlichen Gefühlen vergiften lassen!

Wilbur lag im selben Tal wie Newland, und trotzdem war Raymond nie dort gewesen. Die Newlander orientierten sich wie Eisenfeilspäne in einem Magnetfeld ausschließlich nach Norden, denn vom Norden hing ihre wirtschaftliche Lebensfähigkeit ab. Raymond kannte Kentucky, North Carolina, Virginia, Maryland. Alabama, Mississippi, Georgia und sogar den südlichen Teil seines Heimatstaates kannte er nicht. Und doch war dies der Süden der Legende, der ländliche Süden. Sein eigener Süden, der Neue Süden der Industrie, war viel zu bergig für große Farmen. Hier hatte es nur wenige Sklaven gegeben, gab es auch heute nur wenige Neger. Im Bürgerkrieg hatte Ost-Tennessee versucht, sich von Tennessee zu lösen, während Tennessee sich von der Union löste. Cherokee County wiederum wollte sich von Ost-Tennessee lösen. Das Leben war nicht so einfach, wie manche Leute sich das vorstellten. Auf dem Dachboden der Lower East Side von New York war es ihm weitaus unkomplizierter erschienen als jetzt, da er mit der Realität, der Erde, den Bäumen, der Haut und den Knochen konfrontiert wurde. Verblüfft merkte er, daß er die anderen mit trotzig vorgerecktem Kinn anfunkelte.

Er machte sich Vorwürfe. Gewisse Dinge waren für jene, die objektiv genug waren, sie zu erkennen, ganz einfach. Die Negerbevölkerung dieser Region war seit viel zu langer Zeit systematisch ausgehungert, ausgebeutet und ausgenutzt worden. Nun war es Zeit, dem ein Ende zu machen, und genau dazu waren sie hier. Was ist so kompliziert daran, Raymond Redneck, fragte er sich.

Hauptarbeitgeber von Wilbur war eine Konservenfabrik. Die Stadt bestand praktisch nur aus den Häusern und Dienstleistungsbetrieben für ihre Arbeiter. Die Farmen des Umlands produzierten das Gemüse für die Fabrik. Am Rand jeder Farm lagen an roten Lehmwegen Reihen von Hütten mit je zwei Räumen, in denen die Neger wohnten, die die Feldfrüchte ernteten. Noch weiter draußen, weit verteilt über die roten Lehmhügel, saßen die Pachtbauern, Weiße und Neger.

Raymond und seine Mitfahrer trafen sich mit den anderen Wahlwerbern im Keller einer Negerkirche am Rand dieser Hüttenreihen. Sie schliefen allesamt, Jungen und Mädchen, Neger und Weiße, in Schlafsäcken auf dem Fußboden. Projektleiterin war eine Negerin aus Atlanta namens Glenda. Auf ihrer ersten Stabsbesprechung begann Justin Marx zu zitieren.

Glenda tat das achselzuckend ab. »Dein Marx, Herzchen, kümmert mich einen Dreck. Ich muß bis zum Abend sechs Kisten gebackene Bohnen nach Taloosa, Tennessee, verfrachten.« Es wurden Teams zusammengestellt, die bestimmte Bezirke bearbeiten sollten. Glenda machte Vorschläge, wie man am besten an die Leute herantrat, und erläuterte die technischen Einzelheiten der Wahlregistrierung.

Morris, Justin und ein paar andere diskutierten über die ›Manipulation von Mitgliedern einer Gemeinde‹.

Glenda unterbrach die Debatte. »Na schön, ihr weißen Jungchen, wer fährt morgen mit dem Ford nach Newland einkaufen?« Raymond war zutiefst entsetzt. Es kam vor, daß Leute Justin anschrien, ihn mit Zitaten zu übertrumpfen versuchten. Doch noch nie hatte ihn jemand abgetan wie einen lästigen Welpen. Und vor allem keine Frau, keine Negerin, keine Südstaaten-Negerin!

Als Justin aschgrau im Gesicht wurde, unterdrückte Maria ein leichtes Grinsen. Glenda sah ihn an. Er schenkte ihr ein verkniffenes Lächeln. Ohne zurückzulächeln, fuhr sie fort, Arbeiten zu verteilen. Besiegt drehte ihr Justin sein Heldenprofil zu. Sie wandte sich ab.

Zu Raymonds Erstaunen begann Justin Glenda nachzusteigen. Einmal hörte Raymond sie zu ihm sagen: »Weißt du, Herzchen, weiße Jungens wollen von Niggerfrauen immer nur zweierlei: Hausarbeit und Bumsen. Und daß du keinen Haushalt hast, Justin-Schatz, ist mir bekannt.« Dies schien Justin nur noch mehr anzuspornen. Raymond wurde nicht klug aus ihm. Er selbst hielt sich so weit wie möglich von ihr fern. In ihrer Nähe wußte er vor konfuser Nervosität nicht aus noch ein. Ruby und Kathryn hatten ihn gehätschelt, als er noch klein war, nun aber war er kein Kind mehr, und die Rolle des weißen Mannes im Leben der Südstaaten-Negerinnen war die des Vergewaltigers. Dennoch wurde ihm klar, daß er sich am liebsten auf ihren Schoß gekuschelt und seinen Kopf an ihre Brust geschmiegt hätte, während sie ihm die Schuhe zuband. Und haßte sich selbst dafür, daß er sie so sah.

Eines Abends hockte Raymond auf seinem zusammengerollten Schlafsack an der Wand und versuchte, im ›Kapital‹ zu lesen. Morris und Justin schlugen mit dem Pingpongball einen hohlklingenden Rhythmus. Am Nachmittag waren Berichte eingegangen: von einem Wahlregistrierungsteam in Chattanooga – einem Rabbi, einem Priester und zwei Studenten –, das von wütenden Weißen zusammengeschlagen und mit Füßen getreten worden war. Den Priester hatte Raymond einmal auf einer Versammlung in Chattanooga kennengelernt. Er stammte aus Massachusetts und begann Raymond davon vorzuschwärmen, wie niedlich die kleinen Negerkinder, die *pickaninnies,* mit ihren großen Kulleraugen und dem strahlenden Grinsen doch seien. Ehrlich gesagt, Raymond hätte ihn am liebsten auch getreten.

Raymond dachte an seinen Dokumentarfilm – die Bombe in der Kirche von Birmingham, den Mord an Medgar Evers – und merkte, daß er entsetzliche Angst hatte. Er beobachtete die anderen, die Briefe schrieben, lasen oder sich gedämpft unterhielten. Manchmal, wenn auf dem Kiesweg draußen ein Auto vorbeifuhr, hielten alle in ihrer Beschäftigung inne. Die Mädchen, die die Küche putzten, verstummten abrupt. Die Gitarrenmusik brach ab. Kugelschreiber erstarrten in der Luft. Der Tischtennisball blieb in der Hand dicht vor dem gezückten Schläger. Während das Scheinwerferlicht durch die Fenster und den ganzen Raum strich, lauschten alle wie gebannt – auf die Frösche, Heuschrekken und Grillen, auf das Knirschen der Autoreifen auf dem Kies – und beteten, daß keines dieser Geräusche sich verändern oder verstummen möge.

Sie hörten Schritte, ein Klopfen an der Tür. Sofort wurde es totenstill im Raum. Raymond sagte sich beruhigend, daß der Klan bestimmt nicht anklopfen würde. Glenda ging aufmachen. Ein alter Neger im Overall brachte einen Schokoladenkuchen. Ein paar Leute lachten nervös auf, und Morris schlug endlich den Tischtennisball.

Der Alte nickte der Gruppe schüchtern zu und überreichte Glenda den Kuchen. »Die Missus hat gemeint, ob ihr so 'n Schokoladenkuchen brauchen könnt?«

Glenda unterhielt sich leise mit dem Alten, anscheinend über den Zwischenfall in Chattanooga. Er kicherte. »Ja, das war 'n Ding, nich' wahr?«

Dieser *Mut,* dachte Raymond. Sein ganzes Leben lang geduckt worden sein und trotzdem noch kichern, noch genug Mitgefühl aufbringen können, um anderen Schokoladenkuchen zu schenken! Das warf Raymond fast um.

Nachdem der Alte gegangen war, sagte Morris zu Justin: »Hast du den Mann gehört? Junge, hast du den richtig gehört?«

Justin nickte. »Klar.«

Raymond in seinem Schlafsack stellte sich vor, wie ein Fenster geöffnet und eine Brandbombe hereingeworfen wurde. Wie sich lautlos die Tür öffnete und Scharen von weiß vermummten Fanatikern hereingeschlichen kamen. Ihre eigenen Waffen: die Messer aus der Küche. Während der Klan Schußwaffen haben würde. Im Süden besaß jeder Mann mehrere davon. Ob die Neger aus den benachbarten Hütten ihnen zu Hilfe kommen würden? Wahrscheinlich nicht. Die waren noch viel verängstigter als er, hatten auch allen Grund dazu. Die Mädchen. Ob die vergewaltigt wurden? Es war schlimm genug, ein unbewaffneter Mann zu sein. Aber ein Mädchen? Nein, Südstaaten-Männer waren viel zu sehr auf Ritterlichkeit bedacht. Die würden keine hilflosen Mädchen vergewaltigen. Es sei denn, sie wären Negerinnen ... Außer Glenda gab es davon noch eine – Annabelle. Sie müßten nach oben gebracht, unter dem Altar versteckt werden. Oben würde der Klan sie bestimmt nicht suchen. Denn wenn sie das täten, würden sie eine Kirche entweihen. Die meisten von ihnen waren Fundamentalisten – Baptisten, Church of God, Holiness People – und nahmen es sehr ernst mit ihrer Religion. Aber eine Negerkirche? Was war denn mit dieser Kirche in Birmingham? Gewiß, er war klein und schmächtig, hatte in seinem Leben noch nie eine Prügelei gewonnen. Aber für jeden Mann kam einmal der Zeitpunkt, da er gegen die Ungerechtigkeit antreten mußte. Er steckte sich eine Zigarette an und ließ sie von seiner Lippe herabhängen.

Raymond war innerlich so erregt, daß er nicht einschlafen konnte. Er kroch aus dem Schlafsack, stieg über die anderen hinweg und ging hinaus. Es war, als trete er in ein warmes Bad – laue Luft umfing ihn, Insektengesumm füllte seine Ohren. Er ging zur Rückseite der Kirche und stieg die Leiter zum Flachdach hinauf, wohin er sich häufig zurückzog, wenn er vom Gruppenleben genug hatte.

Eigentlich konnten sie alle hier heraufklettern und die Leiter hochziehen. Ringsherum gab es eine niedrige Mauer, hinter der sie Schutz suchen konnten. Was aber konnten sie hinunterwerfen? Er versuchte sich an die Taktik der belagerten Christen in den Kreuzfahrerfilmen zu erinnern. Kochendes Öl? Steine? Und wenn der Klan die Kirche in Brand steckte? Dann würden sie hier oben lebendig gebraten wie Tauben in Lehm. Was hatte Gregory Peck in ›Pork Chop Hill‹ gemacht?

Dann fielen ihm die Trainingskurse in New York wieder ein. Passiver Widerstand. Man erwartete von ihnen, daß sie sich nicht wehrten. Sondern sich zu einem Ball zusammenrollten wie diese orange-schwarzen Raupen, die die Fünf immer gesammelt hatten. Indem sie Gewalt ohne Gegengewalt hinnahmen, demonstrierten die Freiwilligen, daß es durchaus möglich war, jene, die sie schmähten und verfolgten, nicht zu hassen. Und jene, die die Gewalt ausübten, konnten erkennen, wie abscheulich ihr Verhalten war, und es revidieren. Hier oben auf dem Dach lief diese Strategie allerdings all seinen Instinkten zuwider, die nach Gegenwehr schrien. Er wollte laut fluchend und um sich tretend in den Tod gehen!

Vielleicht sollte er die anderen überreden, während der Nacht hier oben Wachen aufzustellen. An seinen Fingernägeln kauend wanderte er auf und ab. Als sich die Nacht im Osten dunkelgrau färbte, kletterte er wieder hinab. Unten im Keller küßte er Maria wach und nahm sie gähnend mit sich aufs Dach, wo er seinen Schlafsack ausbreitete. Er barg das Gesicht zwischen ihren großen Brüsten. Als er in sie hineinstieß, spürte er, wie ihre Vagina sich um ihn zusammenzog. Sie hatten nicht mehr viel Gelegenheit, allein zu sein. Raymond war sich klar, daß es jedesmal, wenn sie miteinander schliefen, das letzte Mal sein konnte. Diese beiden Körper, die ihnen soviel Lust verschafften, waren zerbrechlich, unendlich verletzlich. Und da draußen gab es Menschen, die diese empfindlichen Körper verstümmeln und vernichten wollten.

Eine ungeheure Woge von Lebensgier überfiel Raymond. Härter und schneller stieß er zu, bis Maria sich unter ihm wand und so laut stöhnte, daß er ihr den Mund zuhalten mußte.

Hinterher lagen sie eng umschlungen da und sahen zu, wie die langen, bleichen Finger der Morgendämmerung sanft den Nachthimmel streichelten, bis das Grau allmählich von Karmesinrot überflutet wurde. Der feurige Ball stieg über dem Horizont herauf und spie Ströme von geschmolzenem Sonnenlicht. Tau glitzerte rot in der aufgehenden Sonne wie Diamanten im Herdfeuer. Die Vögel begannen ihr tägliches Lied. Kühe käuten zarte junge Gräser. Raymond dachte daran, daß er fast sein ganzes Leben lang die Milch dieser Kühe getrunken und ihr Fleisch gegessen hatte. Das Obst und Gemüse, das er gegessen hatte, war in diesem zähen roten Lehm gewachsen. Sein Körper – der Körper, der ihm mit Maria so große Lust verschaffte – bestand im Grunde ganz aus dem Boden dort draußen an den Berghängen. Während die Elemente, aus denen Marias aufregender Körper bestand, aus dem ganzen Land, aus der gesamten Welt stammten. Mangos aus Mexico waren darunter. Borschtsch aus Kiew.

»Mein Gott, wie schön es hier ist!« sagte Raymond mit erstickter Stimme.

»Nur schade, daß hier so wenig schöne Menschen leben«, murmelte Maria.

Raymond sah sie an. »Es sind meine Leute.«

»Nicht mehr. Du bist fortgegangen, hast du das denn schon vergessen?«

»Wie würde dir zumute sein, Maria, wenn ich behaupten würde, die Juden seien keine schönen, keine netten Menschen?«

»Bei vielen trifft das zu.«

»Aber wie wäre dir zumute, wenn ich das sagen würde?«

»Ich wäre sauer.«

»Und ich darf nicht sauer sein, wenn du so etwas über die Südstaatler sagst, wie?«

»Ach hör doch auf, Raymond! Du willst hoffentlich nicht die *cracker* verteidigen, oder?« Sie lachte.

»Ich versuche dich nur darauf hinzuweisen, daß du genauso rassistisch bist wie sie. Wie wir alle.«

»Aber das ist doch lächerlich! Die Juden sind verfolgt worden. Die Südstaatler waren immer Verfolger. Das kannst du einfach nicht miteinander vergleichen.«

»Aber du behandelst meine Leute als Kategorie statt als Individuen.«

»Tun das die Südstaatler nicht auch, wenn sie jemandem den Job verweigern, nur weil seine Haut dunkel ist?«

»Das ist doch genau das, was ich sage: Du machst es nicht anders.«

»Quatsch!« entgegnete Maria.

Als sie mit ihrer Stimmenwerbung begannen, waren sie alle trotz ihrer Ausbildung überaus unsicher gewesen. Inzwischen jedoch hatten sie eine gewisse Routine entwickelt. Justin, Maria und Raymond gingen auf das Haus eines Pachtfarmers zu: drei Zimmer, aus verwittertem Holz. Der Name auf dem Briefkasten lautete T. R. Randall. Sie marschierten durch den ungepflasterten Vorhof und betraten die baufällige Veranda. Justin klopfte. Nach einer Weile wurde ihnen von einer Negerin in zerlumpter Dienstmädchenuniform geöffnet.

»Howdy, Mrs. Randall! Ich bin Justin Lawson«, begrüßte er sie mit übertriebenem Südstaaten-Akzent. Angstvoll riß sie die Augen auf, zutiefst erschrocken, weil er ihren Namen kannte. »Das hier sind Maria Stoneberg und Raymond Tatro. Wir wohnen im Moment drüben in der Kirche und sind eine ganze Gruppe, die diesen Bezirk betreut. Vielleicht haben Sie schon von uns gehört?«

»Ja, Sir. Das hab' ich. Woll'n Sie reinkommen?«

Raymond merkte, daß sie innerlich betete, sie möchten die Einladung ausschlagen.

»Aber gern, vielen Dank!« Sie traten ins Haus und hockten sich auf das Sofa, aus dem das Polstermaterial hervorquoll wie Baumwolltuffs.

Mrs. Randall umklammerte ihren Schürzensaum und sah die Besucher ängstlich an. Zwei kleine Kinder, die sich hinter ihren Röcken versteckten, spähten neugierig hervor. »Entschuldigen Sie mich eine Minute, ich muß Mr. Randall holen.« Sie ging zur Hintertür und schickte eines der Kinder im Laufschritt über den Hof zu einem windschiefen Schuppen hinüber.

»Heiß genug für Sie heute?« erkundigte sich Justin.

»Ja, Sir. Bestimmt.«

Sie saßen schweigend.

»Haben Sie Ihre Ernte schon eingebracht?« fragte Justin.

»Der Tabak is' draußen. Aber das Getreide is' noch nich' drin. Zu naß zum Pflügen.«

»Naß?« fragten Justin und Maria gleichzeitig. »Haben Sie denn soviel Regen gehabt, dieses Jahr?«

»Ja, Himmel – wir sin' fast weggespült worden.«

»Tatsache?« Genau dasselbe hatten sie bereits in einem Dutzend anderer Häuser gehört.

Im Türrahmen erschien Mr. Randall. Er trug Overall, Unterhemd und Arbeitsstiefel. Mit schüchternem Lächeln grüßte er: »Hidy. Wie geht's?«

Justin reichte ihm die Hand. Mr. Randall starrte die Hand an, um sie dann so vorsichtig zu ergreifen, als fürchte er, sie werde die Lepra auf ihn übertragen.

»Sehen Sie, Mr. und Mrs. Randall, wir gehen hier von Haus zu Haus und versuchen die Leute zu überreden, daß sie aufs Gericht gehen und sich zur Wahl eintragen lassen.«

Lange Pause.

»Sind Sie bereits zur Wahl eingetragen?«

Wieder eine lange Pause.

»Nein, Sir, sind wir nicht«, antwortete Mr. Randall schließlich.

»Und werden Sie denn bald hingehen?«

Mr. und Mrs. Randall sahen sich an. »Wir ham's noch nie für nötig gefunden, zur Wahl zu gehn.«

»Aber das ist doch ungeheuer wichtig!« warf Maria ein. »So, wie die Dinge jetzt stehen, braucht der Mann, der gewählt wird, überhaupt keine Rücksicht auf Ihre Leute zu nehmen. Aber wenn Sie alle dazu beitragen, ihn ins Amt zu bringen, würde er das letztlich tun müssen, nicht wahr?«

»Ja, Ma'am. Das is' wohl so.«

An der Haltung von Mr. Randalls Kinn erkannte Raymond, daß der Mann jetzt noch weit fester entschlossen war, nicht zur Wahl zu gehen. Maria dagegen deutete seine höfliche Zustimmung als Einverständnis. »Ich meine, wenn der Verkehrsbeauftragte von Ihnen abgewählt werden könnte, müßte er Ihre Straße pflastern lassen, oder?«

»Das is' wohl wahr«, antwortete er mit schüchternem Lächeln.

Raymond war verwirrt. Was Maria da sagte, war zutreffend. Aber indem sie sämtliche Zeichen ignorierten, die ihnen verkündeten, daß Mr. Randall sie aus dem Haus haben wollte, verletzten sie den Kodex des Südens. Von Maria und Justin konnte man allerdings kaum erwarten, daß sie die Zeichen erkannten, denn sie wußten ja nicht, daß alle Südstaatler beider Rassen nach der Maxime erzogen wurden: ›Der beste Beweis für gute Manieren ist es, zu Menschen mit schlechten Manieren freundlich zu sein.‹ Hier fühlte sich Raymond verpflichtet, die Initiative zu ergreifen.

»Also, ich glaube, dann woll'n wir mal gehn«, verkündete er und stand auf. Mr. und Mrs. Randall warfen ihm dankbare Blicke zu. Maria und Justin sahen ihn verwundert an, denn sie hatten ja kaum mit dem Werbegespräch begonnen.

»Ja, die gewählten Beamten müßten für Sie arbeiten«, fuhr Justin fort. Ein stumpfer Ausdruck trat in Mr. Randalls dunkle Augen. Ähnlich wie der in den Augen eines erschossenen Rehbocks.

»Kann ich Ihnen vielleicht einen Kaffee anbieten?« erkundigte sich Mrs. Randall, deren Ton eindeutig erkennen ließ, daß es sich um eine reine Höflichkeitsgeste handelte, die unbedingt abgelehnt werden mußte.

»Nein, vielen Dank, Ma'am«, antwortete Raymond. Es würde den Kaffeevorrat einer ganzen Woche verbrauchen. Erschrocken erkannte er, daß er mit den Randalls weit mehr gemeinsam hatte als mit Maria oder Justin. Die Randalls hatten Mühe, immer genug Essen auf den Tisch zu bringen. Es interessierte sie nicht, ob ihre Straße gepflastert wurde, denn weder sie noch ihre Freunde besaßen ein Auto.

»Das wäre reizend«, erwiderte Maria, vermutlich aufgrund des Yankee-Brauchs, aus Höflichkeit überall eine Tasse eines heißen Getränks anzunehmen.

»Ja, bitte.« Justin nickte bestätigend.

»Un' Sie woll'n bestimmt keinen?« fragte sie Raymond.

»Nein, danke, Ma'am.« Seine Haut kribbelte vor Unbehagen. Sicher, es war sehr wichtig, diese Leute zu überreden, daß sie sich eintragen ließen, und sei es nur, um ihnen jene Selbstachtung zu verschaffen, die ihnen der Status eines Wählers eintrug. Die Randalls jedoch strahlten auch so schon eine ruhige, zurückhaltende Würde aus.

Während sie Kaffee tranken, überreichte Justin Mr. Randall ein Registrierungsformular. An der Art, wie dieser damit umging, erkannte Raymond, daß er kaum lesen konnte. »Wie wir festgestellt haben, scheuen sich manche Leute, aufs Gericht zu gehen, weil sie nicht wissen, was sie dort erwartet. Sie wissen nicht, auf was sie sich einlassen. Aber es gibt wirklich keinen Grund zur Beunruhigung.«

»Wo sind Sie denn eigentlich her?« erkundigte sich Mr. Randall, ohne von dem Formular aufzublicken.

Justin zögerte. »Nun ja, Maria und ich, wir sind aus New York. Aber Raymond hier ist aus Tennessee.«

Mr. Randall starrte Raymond an, als sei der ein Spatz inmitten eines Schwarms von Bussarden. »Und von wo?«

»Aus Newland.«

»Da bin ich auch mal gewesen. Hab' da 'ne Tante, Pearly Randall. Kennen Sie die zufällig?«

»Nein, leider nicht. Wo wohnt sie denn?«

»Unten am Fluß. Die Straße weiß ich nich' mehr.«

»Am Fluß kenne ich mich gut aus. Ein paar andere Kinder und ich, wir hatten da so 'ne Art Club, und da haben wir immer...«

Raymond und Mr. Randall tauschten Geschichtchen aus Newland aus, während Maria und Justin auf ihre Armbanduhren, auf ihre Formulare und einander in die Augen sahen.

Draußen auf der Veranda fragte Justin dann noch: »Meinen Sie, daß Sie und Mrs. Randall in den nächsten Tagen hingehen und sich eintragen lassen könnten?«

»Na ja, ich werd's mir überlegen. Ja, Sir, bestimmt. Un' es war mir 'ne Ehre, daß Sie uns besucht ham.«

Als sie die Straße hinuntergingen, bemerkte Raymond: »Die beiden könnt ihr ruhig streichen.« Es tat Raymond gut, Justin einen tieferen Einblick in die Situation hier vermitteln zu können. Justin konnte ihm helfen, New York zu begreifen, dafür würde er Justin helfen, Tennessee zu begreifen.

»Er hat gesagt, daß er sich's überlegen wird.«

»Aus Höflichkeit.«

»Es ging alles gut, bis du mit deinen beschissenen Hinterwäldler-Heimatgeschichten anfingst.«

Raymond erschrak über Justins kriegerischen Ton. Er hatte geglaubt, nun endlich mit ein paar Gegenleistungen aufwarten zu können. »Nein, wir hatten in dem Augenblick verspielt, als wir sie mit Mrs. Randall ansprachen, ohne ihr Gelegenheit zu geben, sich selbst vorzustellen.« Er fand es großzügig, daß er ›wir‹ sagte, obwohl Justin allein der Schuldige war.

»Herrgott noch mal, ihr *cracker* haut mich wirklich um! Jetzt kommt der uns mit seiner ›Wir kennen unsere Nigger‹-Masche!«

Es durchzuckte Raymond schmerzlich. Endlich war die Wahrheit heraus: Der Mann, den er auf der Welt am meisten bewunderte, sah in ihm nichts weiter als einen *cracker*! Solange er mit großen Augen widerspruchslos alles schluckte, was Justin sagte – nur so lange geruhte Justin, ihn zu tolerieren! Gab es vielleicht eine Möglichkeit, ihn wieder zu besänftigen, seine Schirmherrschaft zurückzugewinnen? Er würde einen Witz reißen! Er setzte an, wollte sagen: »Ja, Justin, ich glaube, du hast recht.« Aber die Worte blieben ihm in der Kehle stecken. »Über die Neger weiß ich nichts. Aber über die Südstaatler, da weiß ich einiges. Denn ich bin schließlich einer von ihnen.«

Maria sah ihn schweigend an.

Raymond lag mit Maria auf seinem Schlafsack auf dem Dach, das noch von der Nachmittagssonne erwärmt war. Er hatte zwanzig Minuten lang ununterbrochen auf sie eingeredet: »... also gewöhne ich mir meinen Akzent ab, lasse mir einen Bart stehen, gehe zu Konzerten, Demos und Benefizen und investiere Geld, Zeit und Mühe. Nur um dann feststellen zu müssen, daß er in mir nie etwas anderes als einen *cracker* gesehen hat! Wenn irgendein Weißer jemanden als Nigger bezeichnet, geht er in die Luft, aber er scheut sich nicht, einen Südstaatler als *cracker* zu bezeichnen, und ...«

»Raymond, du hast jetzt wirklich endlos geredet und dabei nicht mal bemerkt, daß ich dir gar nicht zuhöre. Genausogut könnte ich ein Priester im Beichtstuhl sein. Dafür würde ich wenigstens bezahlt.« Verdutzt starrte er sie an. Sie lächelte traurig. »Ich nehme an, unsere sexuellen Probleme beruhen auf derselben Einstellung.«

»Unsere sexuellen Probleme? Ich ...«

»Du wußtest gar nicht, daß du welche hast? Das ist genau der Beweis für das, was ich sagte. Hast du denn nie bemerkt, daß ich kaum jemals komme?«

»Ich ... Na ja ...« Er hatte überhaupt nicht gewußt, daß Mädchen auch kamen.

»Du hast nicht gemerkt, daß ich fast immer ins Badezimmer gehe und masturbiere, nachdem wir miteinander geschlafen haben?«

»Ich dachte immer, du würdest ... Na ja, du weißt schon – dich waschen.«

Sie schwiegen.

»Mein Gott, das ist ja fürchterlich, Maria! Ich hab's mit dir immer so schön gehabt, und da dachte ich, du hättest es eben auch ...«

»Nun ja, es hatte gewisse Reize für mich, Raymond. Doch einsame Orgasmen zählen gewiß nicht dazu.«

»Warum hast du mir denn nie was davon gesagt?«

»Ich habe das wohl für mein persönliches Problem gehalten.«

»Und warum hast du jetzt deine Meinung geändert?«

»Na ja. Deswegen hab' ich dir bei deinen Klagen über die Erziehung der Südstaatler nicht zugehört: Ich hab' überlegt, wie ich's dir beibringen soll.«

»Was denn?«

»Daß ich den ganzen Nachmittag mit Carson, dem Mann von Newland drüben, im Bett verbracht habe.«

Raymond war wie vor den Kopf geschlagen. Carson war ein stets fröhlicher Neger aus Birmingham, der von Howard abgegangen war, um während des Bus-Boykotts von Montgomery Leute zur Arbeit zu fahren. Raymond und Maria hatten ihn eines Abends bei einer Versammlung kennengelernt. Er trug ein Howard-Sweatshirt. Und erzählte ihnen, er sei auf dem Weg ins Krankenhaus auf dem Rücksitz eines Autos geboren worden, deswegen habe sein Vater ihn Carson genannt. Wogen von Wut, Demütigung, Schmerz und allen möglichen anderen Emotionen überschwemmten Raymond – Gefühle, so neu für ihn, daß er nicht mal eine Bezeichnung für sie hatte.

Nach ein paar Minuten sagte Maria: »Aber das ist nicht weiter tragisch, Raymond. Wenn wir beide, du und ich, miteinander schlafen wollen, werden wir das auch weiterhin tun. Und eine Möglichkeit finden, unsere Probleme zu bewältigen.«

Raymond starrte sie sprachlos an. »Ja, bist du denn nicht verliebt in diesen Mann?«

Maria lachte. »Wer redet von Liebe? Ich rede von Lust!«

Sie gab ihm einen flüchtigen Kuß und ging. Die ganze Nacht lag er hilflos da, von unbekannten Gefühlen gepeinigt. Maria bumste mit einem Neger, aber mit ihm wollte sie ebenfalls bumsen. Krankheit: Carson würde sie mit einer Geschlechtskrankheit anstecken und Maria sie ihm übertragen. Sie wollte nicht bis ans Lebensende glücklich mit ihm zusammenleben? Er selbst war nie auf die Idee gekommen, daß es *nicht* ewig so weitergehen könnte, denn in Newland war das immer der Fall gewesen. Dies war die Frau, mit der gemeinsam er geschworen hatte, für den Aufbau einer besseren Welt zu kämpfen. Carson war ein besserer Liebhaber. Es stimmte also, was man von den Negern behauptete. Wenn Raymond sich in irgendeinem verschlafenen Südstaatenkaff mit lockeren Negermädchen herumgetrieben hätte, statt sich mühsam loszureißen und für die Sache der Neger zu kämpfen, dann wäre er jetzt im Bett natürlich auch besser. Ob Carsons Schwanz größer war als der seine? Wie lange der wohl durchhalten konnte? Wie lange *mußte* man durchhalten, damit eine Frau kam?

Benommen musterte er die Kolonnen der Stereotypen, die durch sein benebeltes Gehirn marschierten.

Er würde Carson zum Duell fordern. Dem Sieger würde Marias ewige Zuneigung gewiß sein. Er würde das Schwein aufknüpfen und ihm die Scheiß-Eier abschneiden. Wie konnte er es nur wagen, eine weiße Frau zu berühren? *Seine* Frau. Mehr als einen Mann gleichzeitig? So was hatte er noch nie gehört. Bei einem Mann – nun ja, vielleicht. Aber niemals bei einer Frau. Nicht bei einer *anständigen* Frau. Er würde *sie* aufknüpfen. Sex vor der Ehe war schlimm genug, selbst wenn man den Mann liebte und ihn heiraten wollte. Aber Sex nur so zum Spaß? Sex nur, um die Wollust zu befriedigen? Empörend! *Maria* war empörend. Ein *jig* im College-Sweater war wie ein Affe im Frack. Was bildete Maria sich überhaupt ein? *Er* war der Mann, *er* hatte den Schwanz, *er* entschied, wann was zu geschehen hatte! Sie war nichts weiter als eine stinkende Fotze. Wütend hämmerte er mit den Fäusten aufs Dach. Orgasmen für Frauen! Diese aggressiven, anspruchsvollen Yankee-Weiber! Sie sollte die Beine breitmachen und dankbar für das sein, was sie von ihm kriegte! Er war eben so, wie er war, und sie hatte ihn zu akzeptieren, oder sie mußte es lassen. (Bestürzt wurde ihm klar, daß sie es wahrscheinlich lassen würde.)

Am nächsten Morgen, als er mit stierem Blick und blutunterlaufenen Augen vom Dach herabkam, hatte er begriffen, daß man nicht einfach aufhörte, Südstaatler zu sein, wenn man sich den Akzent abgewöhnt hatte. Er aß nichts mehr, lag ganze Nächte schlaflos auf dem Dach und beteiligte sich nicht mehr an der Wählerwerbung. Der Projektarzt kam regelmäßig bei ihnen vorbei, um Valium zu verabreichen, das Raymond in riesigen Mengen schluckte. Obwohl er fast zu weit hinüber war, um es zu bemerken, kehrten die Gruppenmitglieder die Gewalttätigkeit, die sie so sorgfältig vor der Außenwelt verbargen, allmählich immer mehr gegeneinander. Beinahe jeden Tag brachen jetzt Streitereien aus – zwischen jenen, die im Gefängnis gesessen, und jenen, die nicht im Gefängnis gesessen hatten, zwischen Yankees und Südstaatlern, zwischen Weißen und Schwarzen, zwischen Männern und Frauen, zwischen Mittelklasse und Arbeiterklasse, zwischen College-Absolventen und Nicht-College-Absolventen, zwischen Gläubigen und Atheisten.

Raymond begann mit seiner Kamera in der Gegend umherzustreifen und Fotos von Farmern, ihren Familien und ihren Feldern zu schießen. Eines Nachmittags kam er auf dem Weg zu einem Wald, wo er wilde

Azaleen fotografieren wollte, bei den Randalls vorbei. Die nassen grünen Wiesen lagen dampfend unter der heißen Frühlingssonne. Mrs. Randall saß auf der Vorderveranda in einem Armsessel und zog Bohnen ab, während die beiden Kinder auf dem Hof im Schmutz spielten. Raymond hob grüßend die Hand, und sie antwortete mit einem scheuen: »Hidy, wie geht's?«

»Danke, gut, Ma'am. Schöner Tag heute.«

»Ja, Sir. Schöner Tag.«

In Erinnerungen an seine Zeit mit den Fünfen versunken, sah Raymond den Kindern zu. »Dürfte ich wohl ein paar Fotos von Ihren Kindern machen?«

»Aber sicher! Bloß, wozu woll'n Sie von diesen Rackern Bilder machen?«

»Nur so zum Spaß. Also, wie wär's?«

Die Kinder hielten sich die Hände vor den Mund und kicherten.

Raymond knipste mit langen Pausen zwischen den Fotos, in denen er die Gesichter der Kinder studierte und ihre Spiele zu verstehen suchte. Er verglich dies mit der Methode, die er bei seinem Dokumentarfilm angewandt hatte: so viele brutale Szenen aneinanderzureihen, wie er nur ergattern konnte. Damit hatte er den Betrachter gezwungen, FORWARDs Auslegung zu übernehmen. Aber war das die Wirklichkeit? Wenn er indessen eine Kamera aufstellte, die vierzig Jahre lang auf die Vorderveranda der Randalls gerichtet war und alle Leute aufnahm, die hier ein und aus gingen, herumstanden und plauderten – war *das* die Wirklichkeit? Ein Jahr ums andere Baumwollkapseln, die sich bildeten, schwollen, platzten, gepflückt wurden? Diese Langeweile, die mich so ungeduldig macht, sinnierte Raymond, ist das tatsächlich die Wirklichkeit? Gehe ich dann also hin und führe dramatische Ereignisse dort herbei, wo es sie normalerweise nicht geben würde, nur um der Wirklichkeit zu entfliehen, die ja so furchtbar langweilig ist?

Das nächste Mal brachte er Schokolade mit, die sich die Kinder so gierig in den Mund stopften, als fürchteten sie, die Süßigkeiten würden sonst wieder verschwinden. An einem anderen Tag brachte er Mrs. Randall Makkaroni mit, die er aus den Vorräten der Gruppe organisiert hatte. Zögernd lud sie ihn zum Abendessen ein, und bei der Mahlzeit fragte er die Eltern, ob sie etwas dagegen hätten, wenn er einen Bildband über die Kinder zusammenstellte.

Sprachlos starrten sie ihn an, bis ihn Mr. Randall fragte: »Wer würde denn schon so'n Buch woll'n, außer Mama un' ich?«

»Die Menschen oben im Norden möchten vielleicht gern wissen, wie Sie alle hier unten leben.«

Mr. Randall überlegte. »Warum?«

»Alle Menschen sind neugierig.«

»Ja, das is' wohl wahr, nich'? Na schön, wird wohl schon recht sein, Sir.«

Raymond fotografierte das Haus, die Schuppen, die Felder, Mr. und Mrs. Randall im Sonntagsstaat auf ihrer Veranda: er im schwarzen Anzug mit brettsteif gestärktem schneeweißen Hemd, sie im klebenden weißen Kunstseidenkleid, mit Schleierhut. Mr. Randall besaß zehn Morgen Baumwolle, ein Feld Tabak und zehn Morgen grüne Bohnen. Raymond fotografierte ihn inmitten seiner Felder und spielte lange, komplizierte Spiele mit den Kindern.

Eines Abends bat Maria ihn aufs Dach. Sie setzten sich, und sie ergriff seine Hand. Ein Schauer von Ekel überlief seinen Arm. Abrupt zog er die Hand zurück. »Ich wußte nicht, daß du's so schwer nehmen würdest, Raymond.«

»Wer nimmt hier was schwer?«

»Na, sieh dich doch an! Die Kleider hängen dir am Leib wie bei 'ner Vogelscheuche. Du hast dunkle Ringe unter den Augen. Und wenn du nicht hier oben liegst und vor dich hin brütest, läufst du in der Gegend herum wie 'n Zombie.«

»Mir ist bloß nie die Idee gekommen, es könnte nicht ewig dauern, Maria.«

Sie lachte. »Und mir ist nie die Idee gekommen, daß es mehr als ein paar Wochen dauern könnte. Als es dann mehrere Monate hielt, war ich sehr froh. In meinem Leben sind die Menschen sozusagen ständig gekommen und gegangen. Man läßt sich möglichst niemals zu tief in etwas ein, weil man sonst leiden muß. Ich hatte keine Ahnung, daß du nach anderen Regeln spielst. Es tut mir aufrichtig leid. Aber ich wollte damit nicht sagen, daß alles vorbei ist. Ich mag dich sehr, Raymond. Und möchte immer noch viel Zeit mit dir gemeinsam verbringen. Und mit dir schlafen, wenn uns danach ist.«

»Ich weiß nicht, Maria, ob ich das schaffe. Ich will dich ganz für mich allein.«

»Du kannst mich ganz für dich allein haben, Raymond. Aber nicht ständig. So bin ich nun mal.«

»Und ich bin so.«

»Und wer von uns beiden wird sich ändern?«

»Wahrscheinlich keiner.«

»Ja, wahrscheinlich.«

Raymond, Justin, Maria und Annabelle lagen auf einem Damm, der einen Teich staute. Die Nachmittagssonne brannte hernieder. Sie hatten ein paar Sonnenfische gefangen und brieten sie über einem Feuer. Justin, ohne Hemd, spielte auf seiner Gitarre, während sie gemeinsam Lieder von Bob Dylan und Joan Baez sangen. Annabelle kniete hinter Justin und massierte ihm die Schultern. Raymond fühlte sich dank Valium wohl wie seit Tagen nicht mehr. Maria und er hatten wieder begonnen, auf dem Dach freundschaftliche Gespräche zu führen, obwohl er vor ihrem Körper noch immer zurückschreckte wie vor einer zum Zustoßen bereiten Mokassinschlange. Wenn sie ihm, um etwas zu unterstreichen, das sie gerade sagen wollte, die Hand auf den Arm legte, zuckte er unwillkürlich zurück. Und bei der Vorstellung, daß Carsons schwarze Hüften über ihrem sich windenden Körper auf und nieder pumpten, wurde ihm übel. Carson hatte dem Wilbur-Projekt einmal einen Besuch abgestattet, und da hatte Raymond schnell in den Wald laufen müssen, um sich nicht auf das Schwein zu stürzen und ihm mit den Daumen die Luft abzudrücken.

Justin verhielt sich überaus freundlich, hatte ihn zu diesem Picknick eingeladen und seine Geschicklichkeit beim Angeln und Feuermachen gelobt. Anscheinend, dachte Raymond erbost, bin ich jetzt tief genug gesunken, um keine Gefahr mehr für ihn darzustellen.

Zwei Nächte zuvor war auf einem Hügel über der Nachbarstadt ein Kreuz verbrannt worden. Doch Raymond hatte inzwischen gelernt, mit der Angst zu leben. Er bezweifelte, daß irgend jemand ihm noch größeren Schmerz zufügen konnte, als Maria es getan hatte. Diese Yankees verabscheuten körperliche Gewalt so sehr, schüttelten den Kopf über die bösen *rednecks,* nur um dann mit so furchtbarer seelischer Grausamkeit übereinander herzufallen, daß eine Tracht Prügel barmherziger gewesen wäre.

Er stellte fest, daß er seine Genossen jetzt plötzlich als ›Yankees‹ bezeichnete.

Mitten in ›We Shall Overcome‹ tauchten über der Dammkrone plötzlich drei Köpfe mit Bürstenschnitt auf. Sie unterbrachen den Gesang und beobachteten, wie kurz darauf drei sonnenverbrannte Gesichter erschienen, gefolgt von drei Oberkörpern in T-Shirts und sechs Beinen in Jeans. Ein Mann hielt ein Montiereisen in der Hand, der andere ein Stück Eisenkette. Die vier sprangen auf.

»Das hier ist Privatbesitz!«

»Wir haben hier ganz ruhig gesessen«, entgegnete Justin mit seinem aggressiven New Yorker Akzent. »Wir haben überhaupt nichts getan.«

»Wenn ihr nichts getan habt, was war denn dann dieses Gejaule, das ihr ausgestoßen habt?« Grinsend sah der Mann seine beiden Kumpane an.

»Nun ja, wir haben gesungen. Das stimmt. Aber singen ist doch nicht verboten – oder?«

O Gott, Raymond sah, daß Justin drauf und dran war, ihnen allen den Tod zu bringen. Märtyrer der guten Sache. Zum erstenmal fiel ihm auf, daß Justins Haare sich über den Kragen ringelten. Keiner von ihnen hatte sich heute rasiert. Sie sahen beide aus wie die Landstreicher.

»Nein, singen ist nicht verboten. Höchstens, wenn ihr euch auf Privatbesitz befindet. Aber ihr Roten haltet ja wohl nichts von Privatbesitz, wie?«

»Wir sind keine Kommunisten«, versicherte Raymond.

»Gehört ihr zu dieser Bande von Niggerfreunden aus dem Norden?«

»Äh, zum Wahlregistrierungsprojekt, ja.«

»Na, dann woll'n wir mal sehn, ob ihr auf diesem Ding da ›Dixie‹ spielen könnt.«

»Ich kenne ›Dixie‹ nicht«, behauptete Justin trotzig.

»Ich werd's dir vorpfeifen, und du nimmst die Melodie auf.« Der Mann begann zu pfeifen.

»Nein, kann ich nicht.« Justin reckte aufbegehrend das Kinn.

»Versuch's!« kommandierte der Mann und hob drohend die Kette.

Justin betrachtete die Kette und das Montiereisen und zupfte ein paar zittrige Akkorde.

»Und jetzt singt!« verlangte der Mann.

Die anderen drei sangen mit unsicherer Stimme ›Dixie‹.

»Das war nichts. Ihr müßt lauter singen.«

Justin warf die Gitarre hin, machte einen Hechtsprung in den Teich und schwamm hastig davon. Der Mann hob die Kette, zerschmetterte die Gitarre, hob sie auf, zerbrach den Hals über seinem Knie und warf die Trümmer in den Teich.

»Lauft!« schrie Raymond den Mädchen zu, warf sich mit einem ähnlichen Hechtsprung auf die drei Männer und riß einen von ihnen zu Boden. Mein Gott, was mach' ich denn da? fragte er sich dabei.

Er rollte sich zum Ball zusammen und barg schützend den Kopf in den Armen. Daß er keine Gegenwehr leistete, schien die drei nur noch wütender zu machen, statt sie zu beruhigen. Immer heftiger fielen die Schläge, begleitet von giftigem ›schwule Tunte‹ und ›Kommie-Arsch‹. Die Kette sauste. Das Montiereisen flog. Fäuste und Schuhe trafen Fleisch und Knochen. Flüchtig erblickte er Khakihosen und T-Shirts,

Bürstenköpfe und rote Gesichter. Und wurde von einer Woge der – jawohl, der Dankbarkeit überschwemmt.

»Geh dahin zurück, wo du hergekommen bist, du beschissener, niggerarschkriechender Yankee-Weltverbesserer! Kümmere dich um deine eigenen Scheißangelegenheiten!«

Raymond saß auf dem besonnten Dach und las in den Zeitungen von Chattanooga und Newland Berichte über sich selbst. Er war von Kopf bis Fuß mit dunklen Blutergüssen bedeckt. Seine Nase und mehrere Rippen waren gebrochen, die Kopfhaut an verschiedenen Stellen genäht. Er war ein Held. Justin erbot sich, ihm das Handgelenk zu schütteln. Maria bat ihn aufs Dach hinauf, um ihm einen zu blasen, was er jedoch ablehnte. Seine eigenen Gedanken kreisten immer nur um eines: die Dankbarkeit, die er diesen Männern gegenüber empfunden hatte. Sie verwirrte und erschreckte ihn. Er betrachtete das Foto von seinem High-School-Abschluß auf der Titelseite der Zeitung und das Datum darunter: 2. Mai 1964.

Er blickte über die von leuchtend gelbem Löwenzahn bedeckten Wiesen hinaus. 1964. Vor hundert Jahren hatten diese Wiesen von marschierenden Soldaten und donnernder Artillerie gewimmelt.

Um diese Jahreszeit waren Jed und er mit ihren Cousins in Tatro Cove in die Berge gestiegen, um Papiertüten mit Löwenzahnblüten zu füllen, aus denen ihr Grandpa Wein herstellte. In seinem Keller begann der Löwenzahnwein vom vergangenen Jahr wieder zu gären, als könne er irgendwie spüren, daß oben die Wiesen blühten. Hier und da knallte auch wohl ein Korken heraus, daß der Wein nur so durch den Keller spritzte.

Diese Männer hatten ihn windelweich geprügelt, weil sie ihn für einen Yankee hielten. Dabei war er in Wirklichkeit einer von ihnen – ein *redneck,* ein *cracker,* ein *peckerwood,* ein Lehmfresser, ein armer Weißer, weißer Abschaum, ein Hinterwäldler, ein *ridge-runner,* ein Rebell, ein Stoppelhopser. Alles Schimpfnamen der Yankees für die arbeitende Bevölkerung der Südstaaten. Er war inmitten von Jungen aufgewachsen, die genauso waren wie jene, die ihn zusammengeschlagen hatten. Jeder der drei hätte Jed sein können. Er kannte ihren sturen Stolz, ihren aufbrausenden Zorn, ihren Haß auf Kritik und Zwang von außen, ihren Abscheu vor Menschen, die nicht dieselben Eigenschaften aufwiesen wie sie. Er begriff, was sie dazu herausgefordert hatte, über ihn herzufallen. Sie waren die Nachkommen jener hitzköpfigen Männer von ›Hinter dem Berg‹, die die Briten bei King's Mountain besiegt hatten. Aber das war er, weiß Gott, ebenfalls.

Er stieg vom Dach, wanderte zu den Randalls hinüber und versuchte zu überlegen, was er jetzt tun sollte. Denn daß seine Beteiligung an diesem Projekt ein schlechter Scherz war, das hatte er klar erkannt. Er beobachtete die Kinder beim Spielen und schoß ein paar Fotos. Als er aufblickte, sah er Mr. Randall über den Hof auf ihn zukommen. Der Mann fragte ihn mit leiser, zitternder Stimme: »Warum treiben Sie sich bloß immer hier bei uns herum, mein Junge?«

Raymond sah ihn verwundert an. »Ich...«

»Gehn Sie! Verschwinden Sie! Wir wollen Sie hier nicht mehr sehn, verstanden?«

»Aber ich...«

»Können Sie denn nicht hören? Gehn Sie, hab' ich gesagt!«

Raymond wich in Richtung Straße zurück. Als er sich umdrehte, um davonzugehen, kam Mr. Randall ihm nachgelaufen und drückte ihm ein zerknittertes Blatt Papier in die Hand. Darauf stand in kindlichem Gekritzel: ›SO WIRD ES ALLEN NIGGERN ERGEHEN, DIE FREUNDE VON ROTEN SIND.‹

»Wie ergehen?«

»Sie haben unsere Katze getötet. Im Wald an einen Baum gehängt und verbrannt.« Sein Gesicht verfiel, nahm aber sofort wieder den alten Ausdruck an.

»Wer – sie?«

»Diejenigen, die diesen Zettel geschrieben haben. Vermutlich die Gentlemen, die Sie grün und blau geschlagen haben. Also kommen Sie nicht mehr hierher. Bitte!«

»Gut.« Er wandte sich ab, ließ den Blick über die umliegenden Wälder und Felder schweifen. »Ich ... Verdammt noch mal, es tut mir leid!«

»Ja. Mir auch, mein Junge. Seien Sie vorsichtig, ja?«

Dies also ist auch ein Ergebnis unseres Projekts, sagte sich Raymond. Inwiefern, dessen war er nicht ganz sicher, nahm sich aber vor, es herauszufinden.

Die Projektteilnehmer waren damit einverstanden, daß er früher als geplant nach New York zurückkehrte. Dort betrachtete er stundenlang die Fotos, die er von den Pachtbauern gemacht hatte. Ob weiß oder schwarz – ihre Häuser, ihre Felder, ihre Kleider, die Spiele und das Spielzeug ihrer Kinder waren identisch. Er stellte aus den Fotos ein Buch zusammen, in dem er jeweils Bilder von den Randalls und von weißen Pachtbauernfamilien in identischen Posen vor einander gleichenden Häusern gegenüberstellte, und ein Verleger kaufte es.

Bald darauf kamen auch die anderen aus Tennessee zurück, und die FORWARD-Sitzungen wurden wiederaufgenommen. Die Tatsache, daß er aufgrund eines Unternehmens, das er jetzt ablehnte, als Held gefeiert wurde, verwirrte Raymond. Daran, daß Justin sich ihm gegenüber sarkastisch gab, erkannte er, daß er nun selber genügend Gewicht besaß, um die Richtung, die FORWARD einschlug, zu beeinflussen – wenn er nur gewußt hätte, in welche Richtung er diesen Einfluß geltend machen sollte. Unglücklicherweise verfügte er weder über Justins Verstand noch über seine Schulbildung.

Vorerst einmal setzte Justin sie alle ausschließlich auf Spendenwerbung an. Carson kam, um Maria zu besuchen, und FORWARD gab im Penthouse von Justins Eltern am Central Park West eine Cocktailparty. Das riesige Wohnzimmer, das von Industriellen und College-Professoren, Schriftstellern und Tänzern wimmelte, war vollgestopft mit Antiquitäten und Aubusson-Teppichen. Raymond, der sich mit einer Dame im blaßgrünen Seidenkostüm unterhielt, starrte fasziniert auf ihre Brosche, eine silberne, mit Brillanten besetzte Schildkröte.

Während Kaviar und Toast herumgereicht wurde und der Chivas Regal in Strömen floß, berichtete Carson in seinem Howard-Sweatshirt von seiner Beteiligung am Bus-Boykott von Montgomery und seinen Erfahrungen bei der Wählerwerbung. Raymond erzählte seine alte Geschichte, er sei in einer rassistischen Gesellschaft aufgewachsen, habe jedoch endlich die Wahrheit erkannt. Justin schilderte den Zwischenfall am Teich und drehte es dabei irgendwie so, daß er als der große Held dastand. Maria sah zu Raymond hinüber und unterdrückte ein Grinsen. Raymond erwiderte das Grinsen nicht: Sie hatte Carson untergehakt.

Justins Vater rief das Dienstmädchen aus der Küche herein und stellte es als Mrs. Walters vor. Statt einer Uniform trug Mrs. Walters ein Wollkleid. Es sollte so aussehen, als sei sie eine gute Freundin, die zufällig vorbeigekommen war, um die Hors d'œuvres anzurichten. Mr. Lawson nötigte sie auf die Couch und brachte ihr einen Scotch. Ein dicker Mann im Nadelstreifenanzug setzte sich neben sie und verlangte: »Mrs. Walters, Sie müssen mich Luther nennen.« Justin spielte auf seiner neuen Gitarre ›Swing Low, Sweet Chariot‹.

Als die Gäste ringsum ihre Scheckbücher zückten, fügten sich in Raymonds Kopf Puzzleteile zu einem Bild zusammen. Er wurde sich bewußt, daß Carson und er selbst für diese Yankees mit ihrem kostbaren Schmuck und den Gucci-Schuhen so etwas wie Tanzbären waren. Innerhalb eines Sekundenbruchteils erkannte er – wie eine chemische Lösung, die urplötzlich kristallisiert – die Menschen nicht mehr als schwarz oder weiß, sondern als arm oder reich. Die Konservenfabrik von Wilbur, die Spinnerei von Newland, die Bergwerke von Clayton – mein Gott, die Yankees hier mit ihren gezückten Scheckbüchern waren vermutlich die Eigentümer! Und diese Schecks stellten nur einen winzigen Teil ihrer Profite dar. Solange die Neger und Weißen des Südens damit beschäftigt waren, einander wegen ihrer Hautfarbe zu hassen, würden sie niemals erkennen, daß sie allesamt ausgebeutet wurden. Die Gewalttätigkeit, mit der diese Männer am Teich ihn überfallen hatten – das war überhaupt nichts im Vergleich zu der Tatsache, daß Tag für Tag ganz unauffällig ein ganzer Landstrich seiner menschlichen und materiellen Ressourcen beraubt wurde.

Einen großen Teil der folgenden Woche verbrachte Raymond mit seinem Ausweis, den Marias Vater ihm ausstellte, in der Bibliothek der Business School der Columbia University. Die Spinnerei von Newland, in der sein Vater fünfunddreißig Jahre lang geschwitzt und geschuftet hatte, gehörte jetzt einem in New York ansässigen Konzern. Die Gesellschaft, die nun die Konservenfabrik besaß, war an der New Yorker Börse etabliert. Die Bergwerke von Clayton, in denen sein Großvater einen Arm verloren hatte, waren Eigentum einer multinationalen Ölgesellschaft, deren Zentrale am Columbus Circle im vergangenen Herbst Kulisse für mehrere Demos gewesen war.

Raymond fertigte Graphiken an. Die eine zeigte den Aufsichtsrat der Gesellschaft, der die Konservenfabrik gehörte, und die anderen Gesellschaften, in deren Aufsichtsrat die einzelnen Aufsichtsratsmitglieder saßen. Das Ganze wirkte wie das Netz einer von Amphetaminen berauschten Spinne. Eine weitere Graphik verdeutlichte die Verflechtung der Aufsichtsräte angeblich konkurrierender Ölgesellschaften. Und eine dritte listete die Gesellschaftsclubs auf, zu denen Aufsichtsratsmitglieder konkurrierender Textilfirmen gehörten: der Country Club von Weston, Connecticut; der Yachtclub von Cohasset, Massachusetts; der New York Yacht Club; der Princeton Club; der Westchester Golf Club; der New York Athletic Club; der New York Racquet and Tennis Club; der Harvard Club. Eine vierte Graphik schließlich wies die zehn größten Aktionäre dieser drei Gesellschaften auf: Nahezu alle waren New Yorker Banken, Investmentfirmen oder Versicherungsgesellschaften.

Als er seine Graphiken die Treppe zum Loft hinauftrug, war Raymond stolz darauf, endlich einmal eine politische Analyse erstellt zu haben. Alle würden beeindruckt sein. Maria würde sich auf der Stelle wieder in ihn verlieben und Carson den Laufpaß geben.

Raymond beendete seinen Vortrag mit der Feststellung, wie viele

Millionen Dollar Profit von der Spinnerei in Newland, den Bergwerken in Clayton und der Konservenfabrik in Wilbur an Aktionäre oben im Norden flossen: »Die Feindschaft zwischen den Rassen im Süden beruht zum großen Teil darauf, daß sie sich in einen Kuchen teilen müssen, der zu klein ist. Und der Grund dafür, daß er so klein ist, liegt in der Tatsache, daß alle Gewinne aus der Region abgezogen werden. FORWARD hat mit seinen Aktivitäten die Neger und die armen Weißen gegeneinander ausgespielt. Ich würde empfehlen, daß wir unsere gegenwärtigen Operationen stoppen und neue, auf neuen Analysen basierende Pläne ausarbeiten.« Er wartete auf die Hosiannas.

Sie starrten ihn an, als sei er ein aus dem Hochsicherheitstrakt des Bronx Zoo entsprungenes wildes Tier.

»Ich glaube, da is' was dran«, murmelte Maria.

»Bist du wahnsinnig geworden, Tatro?« erkundigte sich Morris.

»Die Tracht Prügel scheint dir das Gehirn weichgeklopft zu haben«, meinte Justin.

Emily sah ihn mit verständnislosem Mitgefühl an.

Raymond erwiderte die Blicke. Seine Schlußfolgerungen sprachen für sich. Wieso waren sie nicht davon überwältigt? »Aber stellt euch doch bloß mal vor, wie diese Kerle da oben in den Jachtclubs auf ihrem Arsch sitzen und sich die Dividenden mit der Post schicken lassen! Während mein Vater, der fünfunddreißig Jahre lang in der Spinnerei geschuftet hat, in einem Holzbau auf Schlackensteinen haust.«

»Na und?« fragte Morris.

»Und was ist mit dir, Justin?« wollte Raymond wissen. »Mit deiner Villa in Newport, die mit dem Geld aus dem Sklavenhandel erbaut wurde?«

Justin sah ihn entrüstet an. »Das ist über einhundertfünfzig Jahre her!«

»Was?« erkundigte sich Maria.

Justin ignorierte sie. »Außerdem benutze ich den Kies, den ich aus dem System beziehe, um das System zu ändern.«

»Aber ich sehe nicht ein, wieso Emily und ich für das verantwortlich sein sollen, was sich im Süden abspielt, wenn *ihr* nicht alle für das verantwortlich seid, was sich hier oben abspielt.«

»Vielen Dank für die Analyse, Raymond«, sagte Justin. »Okay. Was wird nun mit diesem Benefiz im nächsten Monat, Leute?«

Als Raymonds Buch herauskam, erhielt es zurückhaltende Kritiken. Bei einer Sitzung sagte Justin: »Ich hab' heute dein Buch gesehn, Raymond. Ein wirklich prächtiger Egotrip.«

Raymond sah ihn bekümmert an. »Ich hab' versucht, eine politische Aussage zu machen.«

Justin kicherte. »Worüber?«

»Über die Vergleichbarkeit von Negern und armen Weißen im Süden.«

»Nicht schlecht, als moralisches Mäntelchen für die Unterminierung des Projekts.«

»Unterminierung des Projekts?«

»Die ganze Zeit, als du im Wald rumgelaufen bist und Hamlet gespielt hast, während wir anderen deinen Bereich für die Wählerwerbung mit übernehmen mußten.«

»Ich war nicht funktionsfähig, Justin. Das war doch wohl eindeutig.«

»Ja, du hast zugelassen, daß deine persönlichen emotionalen Dramen unser revolutionäres Potential zunichte machten.«

»Das mag sein.«

»Das mag nicht nur sein, das war so.«

»Mann«, warf Morris ein, »das ist wirklich 'n dicker Hund mit deinem Buch, Raymond.«

»Was soll das heißen?« erkundigte sich Raymond mißtrauisch.

»Na ja, ich meine, wie du die Armut romantisch verklärt hast, Mann.« Er lachte verächtlich.

Während der Sitzung dachte Raymond an sein Buch. Er hatte das Thema keineswegs romantisch verklären wollen. Aber er hatte versucht, die Würde, die Anständigkeit und Großzügigkeit seiner Zielpersonen aufzuzeigen, die sie alle besaßen, ob nun trotz oder wegen ihrer materiellen Not. War das nicht ein stichhaltiges Argument? Anscheinend nicht – nicht für die Leute von FORWARD. Gab es denn nichts, was er tun konnte, um Justins und Morris' Respekt zu erwerben?

Hinterher kam Maria zu ihm. »Du hast gute Arbeit geleistet mit deinem Buch, Raymond.«

»Danke.« Er hatte gerade an die Farmersfrauen gedacht – an ihre Loyalität, Treue und Geduld. Maria, das war ihm endlich klargeworden, war weiter nichts als eine Art Groupie, wechselte von einem Mann zum nächsten, je nachdem, wie dessen Aktien an der Machtbörse gerade stiegen oder fielen. Es war kein Zufall, daß sie sich mit Carson ausgerechnet unmittelbar nach dem Tag eingelassen hatte, als Justin ihn wegen des Registrierungsversuchs bei den Randalls beschimpft hatte. Und wenn sein Penis mangels Verwendung abfallen sollte – Maria würde er ihn nie wieder anvertrauen. Seien wir ehrlich, dachte er: Sie ist lediglich auf ihr Vergnügen aus.

»Du bist ein seltsamer Mensch, Raymond. So reserviert, so einsam und so fest entschlossen, ein Außenseiter zu sein! Newland hat dir unheilbare Wunden geschlagen.«

Er musterte sie geringschätzig. »Alles, was wirklich gut an mir ist, stammt aus Newland.«

Sie zuckte die Achseln. »Okay, wenn du meinst...«

Am nächsten Tag schwänzte er die Arbeit, um mit seiner Kamera ins Wall-Street-Viertel zur Baumwollbörse zu gehen, wo er sich auf der Galerie postierte und in die Halle hinabblickte. Männer umringten den zentralen Hauptschalter in mehreren, tief gestaffelten Reihen, schrien und gestikulierten hektisch. Rannten zu Telefonen und wieder zurück. Der Fußboden war mit zerknülltem Papier bedeckt. Ein Gesumm wie von einem Schwarm wütender Bienen erfüllte die Luft. Männer, die denen auf der Party vor einigen Tagen glichen, gewannen oder verloren Tausende von Dollar beim Glücksspiel um die Baumwollernte, die von den Farmern in seinem Buch noch nicht einmal gepflanzt worden war, um Ernten, an denen die Farmer selbst nach monatelangem Pflügen, Hacken, Sprühen und Pflücken in glutheißer Sonne vielleicht ein paar hundert Dollar verdienen würden.

Er stieg in einen Bus, der nach *uptown,* nach Norden fuhr. Als der Fahrer ihm sein Umsteigebillett reichte, sagte er lächelnd: »Vielen Dank, Sir.« Der Fahrer musterte ihn mit verkniffenem Blick: Was ist los, Freundchen – bist du nicht ganz bei Trost? Der Bus fuhr die Bowery entlang, wo die Betrunkenen in Hauseingängen lagen, an den Wänden der Missionsstation lehnten oder mitten durch den Verkehr torkelten, um die Autofahrer bei Rot um einen Quarter anzubetteln. In den East Fifties stieg er aus und ging nach Westen hinüber, vorbei an den eleganten Stadtresidenzen von Konzernmanagern. Auf der Park Avenue blieb er stehen und beobachtete die Geschäftsleute, die in den Büropalästen aus Glas und Stahl ein und aus gingen. Auf der Fifth Avenue machte er vor den Schaufenstern von Tiffany halt. In einem Fenster lag eine Schildkröte wie die von der Dame auf Justins Party. Er trat ein. Die Wachmänner musterten ihn aufmerksam und legten die Hand an den Revolver. Bei einem verwunderten Verkäufer erkundigte er sich nach dem Preis der Schildkrötenbrosche. Sie kostete zwölftausend Dollar. Er ging weiter, zum Times Square hinüber. Eine Frau in eng anliegendem Kleid und dickem Make-up überreichte ihm eine Karte. Auf einer Seite stand eine Preisliste, auf der anderen prangte ein Foto von ihr – nackt und lächelnd auf einem Leopardenfell. Ein Neger in auffallendem Anzug und Schlapphut trat auf ihn zu und fragte ihn aus dem Mundwinkel: »He, weißer Boy, hast du Lust auf 'n bißchen schwarzes Fleisch?«

»Nein, danke.«

»Ich kann dir 'n wirklich günstigen Preis machen.«

»Nein, danke.«

Den Broadway hinauf. Die Bänke auf dem mittleren Grünstreifen waren mit alten Leuten besetzt. Er hatte inzwischen ganz vergessen, daß er ja Fotos machen wollte. Auf dem Bürgersteig an der Eighty-fifth Street stand eine alte Ex-Hure und fütterte einen Pudel in Jacke und dazu passender Mütze mit einer Tüte Eis. Raymond steckte ein Teleobjektiv auf und hob die Kamera ans Auge. Bevor er auf den Auslöser drückte, ließ er sie jedoch wieder sinken und starrte den Apparat hilflos an. Er nahm den Lederriemen vom Hals. Wären Maria oder Emily bei ihm gewesen, er hätte das Ding in einen Papierkorb geworfen oder dem nächstbesten Junkie in die Hand gedrückt. Da sie jedoch nicht bei ihm waren, versetzte er es in der nächsten Pfandleihe und schwor sich, das Geld an die Randalls zu überweisen.

Er glaubte beinahe, Mr. Fulton in der Newland High School zu hören, wie er mit seinem Zeigestock auf die Wandtafel deutete und über den amerikanischen Bürgerkrieg dozierte: »Im Grunde, Jungen und Mädchen, ging es bei dem Konflikt um die Auseinandersetzung zwischen einer Gruppe von Farmern und einer Gruppe von Gebrauchtwagenhändlern, die einander und alles, was ihnen in die Finger kam, als Rohmaterial für Geldgeschäfte behandelten. Bestimmte Aspekte dessen, wofür wir kämpften, waren es wert, daß wir dafür kämpften, und der Krieg ist immer noch nicht vorbei.«

An diesem Neujahrstag, als Raymond wieder in Newland war, aß er einen ganzen Teller Chinabohnen, dann stand er auf und hob das Glas: »Auf das Neue Jahr. Und auf die Befreiung unserer Heimat.« Seine Familie lächelte betreten. Niemand wußte so recht, wovon dieser verrückte Raymond eigentlich sprach.

Drittes Kapitel
Donny

Die Wohnung in Pine Woods, in der Donny und Rochelle lebten, glich in allen Einzelheiten derjenigen, in der Donny aufgewachsen war – nur war sie bis obenhin mit Möbeln vollgestopft. Alle, die in der Fabrik etwas loswerden wollten, wandten sich an Donny. Der holte es dann ab und nahm es mit nach Hause, ob er es gebrauchen konnte oder nicht. Er wollte die Leute nicht gern abweisen; es sah so aus, als tue es ihnen gut, ihm etwas schenken zu können, was sie nicht mehr brauchten. Aber die Wohnung wirkte allmählich wie ein Trödelladen, so sehr sich Rochelle auch bemühte, sie hübsch zu gestalten, mit Topfpflanzen vor den Fenstern und Fotos, die sie aus Zeitschriften ausschnitt, an den Wänden.

Nicole, ein Jahr alt, weigerte sich immer wieder, mit Sue und Billy, Rochelles jüngsten Geschwistern, im Klappbett zu schlafen, so daß Donny, Rochelle, Nicole und das Baby schließlich alle zusammen in einem Bett landeten.

»Nicht, daß ich was dagegen hätte, mit meinen Babies zusammen zu schlafen«, erklärte Donny grinsend. Sie sahen im Fernsehen die Nachrichten. Nicole kletterte auf ihm herum, während Rochelle Isaac stillte. Ein gutaussehender Mann mit Brille sprach in gelassenem Ton von ›weißen Teufeln‹. Donny versuchte zu verstehen, was er sonst noch zu sagen hatte, aber Nicole krähte ihm ins Ohr und hopste auf seinem Schoß herum. Und er mußte seine Aufmerksamkeit ganz darauf konzentrieren, daß er nicht mit einer Erektion darauf reagierte. Sue und Billy saßen auf dem Fußboden und waren mit dem Angelspiel beschäftigt.

»Aber wann werden wir zwei wieder mal Zeit haben, ganz allein zu sein, Mama?«

»Ich hab' das Gefühl, wenn wir mehr Zeit hätten, allein zu sein, würd's hier bald von Babies wimmeln.«

»Ja, du wirst deiner Mama mit jedem Tag ähnlicher.« Sie lachten. »Wenn das noch schlimmer wird, bin ich bald nicht mehr hier«, ergänzte Donny mit leichtem Lächeln.

»O ja, natürlich – das hab' ich ja auch alles ganz allein fertiggebracht, was?« Sie lächelte ihm ebenfalls zu. »Also, ich glaub', wir brauchen wirklich bald 'n bißchen mehr Platz.«

Donny warf ihr einen Blick zu und zuckte die Achseln. »Woher soll'n wir den nehmen? Wir könn' ja kaum das bezahlen, was wir jetzt haben.« Es sah so aus, als hätte der Farbige im Fernsehen einen Schuß abgekriegt. Na ja, wenn man überall rumrannte und die Weißen als Teufel bezeichnete, konnte man kaum erwarten, am Leben zu bleiben. Man kriegte schon leicht genug Ärger mit denen, wenn man sie überhaupt nicht erwähnte. Wie seine Grandmaw immer sagte: Gute Manieren waren die beste Lebensversicherung für einen Farbigen.

»Sobald ich den Burschen hier von meinen Titten wegkriege, werd' ich wohl wieder als Dienstmädchen gehn.«

»Den kriegst du nie von deinen Titten weg. Dem gefällt das offenbar genauso gut wie mir.« Er verspürte einen Stich Eifersucht auf diesen winzigen braunen Usurpator mit seinen gierigen kleinen Kiefern und seinen kräftig knetenden Fingern.

»Deine Grandmaw würde auf die Kinder aufpassen.«

»Ja, aber ich wollte dein Dienstmädchengeld für 'n Auto sparen.«

»Für 'n Auto?«

»Ja. Leon will seinen Dodge verkaufen.«

»*Shit,* Herzchen. Wir brauchen kein Auto.«

»Würd' mir aber viel Zeit sparen, wenn ich nich' ewig stundenlang auf 'n Bus warten müßte.«

»Herzchen, das einzige, wovon du wirklich genug hast, ist Zeit! Solange wir's schwerhaben, Essen auf 'n Tisch zu kriegen, brauchen wir bestimmt kein Auto.«

»Ich hab' gar nich' gemerkt, daß du verhungerst«, murmelte Donny mit einem Blick auf ihre füllige Figur.

»Ich hab' bloß noch keine Zeit gehabt, meine Figur zurückzukriegen.«

»Zurückzukriegen? Mama, die ist dir so weit davongelaufen, daß du die nie wieder zurückkriegen wirst!«

Rochelle brach in Tränen aus.

»Ach was, komm her! War doch nur Spaß! Ich find' dich hübsch, Baby. Un' ich find's gar nich' schön, daß ich nur noch so selten Gelegenheit hab', dir zu beweisen, *wie* hübsch ich dich find'.«

»Die Kinder gehn jetzt bald zu Bett. Dann kannst du's mir beweisen, soviel du willst.«

Doch als die vier Kinder endlich im Schlafzimmer verstaut waren, hatte er die Lust verloren. »Ich bin zu müde, Baby«, stöhnte er, als sie auf der Couch lag und den Hosenstoff zwischen seinen Beinen streichelte. Er dachte an die Zeit, als sie noch ganz jung verheiratet waren; da hatten sie oft am Küchentisch gesessen und sich ein Bier geteilt, und dann hatten sie's unversehens direkt auf dem Fußboden getrieben, während die Schweinekoteletts in der Pfanne verbrutzelten. *Shit,* jetzt, wo die Kinder ständig um sie herum waren, mußten sie's so gründlich vorausplanen, daß ihnen die ganze Lust verging.

Als am folgenden Morgen der Wecker schrillte, reckte sich Donny und weckte Rochelle mit einem Kuß. Möglichst leise standen sie auf, um die im Nebenzimmer schlafenden Kinder nicht zu stören. Rochelle war mit der Maisgrütze beschäftigt, während er den dunkelgrünen Arbeitsanzug überstreifte, den ihm ein Mann aus dem Vorspinnraum geschenkt hatte. Die Hose war ihm viel zu weit und mußte mit Hosenträgern befestigt werden. Als er in die Küche kam, fiel ihm auf, daß Rochelle es vermied, ihn direkt anzusehen. Er wußte genau, daß er wie eine Vogelscheuche wirkte. Damit, daß aus dem Basketballstar, der in gelben Satinshorts in der Halle herumhechtete und in der Schule in feinen Hosen mit passenden Banlon-Hemden herumstolzierte, mal eine solche Witzfigur werden würde, damit hatte sie wohl nicht gerechnet. Aber er hatte ja auch nicht ahnen können, daß sie eines Tages mal fast aus einer Dienstmädchenuniform rausplatzen würde. Bibliothekarin, hatte sie damals gesagt! Lehrerin! Mit einem lautlosen, verächtlichen Schnaufen warf er den Kopf in den Nacken.

»Rochelle – sieh mich an!«

Erschrocken über seinen Ton warf sie ihm einen Blick zu. »Was ist denn los, Herzchen?«

»Ach, nichts.«

Gemächlich schlendernd verließ er Pine Woods und begab sich, die Lunchbox in der Hand, zur Bushaltestelle unten am Highway. Demselben Ziel strebten noch einige andere Männer in dunkelgrüner, khakifarbener oder dunkelblauer Arbeitskluft oder auch in Denim-Overalls zu – Männer, die er kannte, solange er denken konnte. Mehrere waren mit ihm zusammen Kirchendiener in der Mount-Zion-Gemeinde. Sie hatten Jobs als Gärtner in der Tsali Street, als Lagerarbeiter oder Pförtner in der Stadt, als Lastträger auf dem Lagerplatz der Papiermühle. Ihre Frauen arbeiteten als Dienstmädchen, die von den Familien, bei denen sie angestellt waren, abgeholt und nach Hause gebracht wurden. Manchmal schickten die Princes Ruby sogar mit einem Taxi nach Hause. Dann kletterte sie, ein Glas Schweineschmalz in der Hand, aus dem Fond und tat, als sähe sie nicht, daß alle Nachbarinnen, die noch nie Taxi gefahren waren, sie mit tiefem Respekt beobachteten.

Donny straffte seine magere Gestalt und reckte den Kopf höher. Der erste Farbige in der Spinnerei! Seine Grandmaw hatte Mr. Prince gebeten, ihn einzustellen. Es war ein fester Arbeitsplatz, wie ihn fast keiner von den anderen hatte. Donny summte vor sich hin und tauschte mit den Männern immer wieder Grüße und Bemerkungen über den sonnigen, warmen Vorfrühlingsmorgen. Randall Jarvis, der in der Papiermühle arbeitete, überholte ihn in seiner Windbluse aus königsblauem Satin mit dem goldgestickten ›Gebäudeinstandhaltung‹ auf dem Rücken und dem ›Randall‹ auf der Brusttasche. Donny musterte ihn neidisch und überlegte, ob er Rochelle wohl überreden konnte, ihm von ihrem Dienstmädchenlohn auch so eine Jacke zu kaufen.

Er begann seinen Arbeitstag mit dem Aufbrechen von Baumwollballen, die er sodann in den Mischer gab. Die Flusen wirbelten umher wie ein Schneesturm, und die Maschinenteile waren ständig mit einer Reifschicht aus Fusseln bedeckt. Donny selbst mußte stets eine Rodelmütze tragen, damit sich das Zeug nicht in seine Haare setzte. Hatte er das einmal vergessen, wirkte sein Kopf schließlich wie eine riesige weiße Baumwollkapsel. Der ganze Vorgang hier war ihm ein Rätsel. Man schickte die Baumwollballen durch die vielen Maschinen in den anderen Werkshallen und erhielt zuletzt riesige Ballen aus hellgrauem Stoff, die auf Laster und Güterwaggons geladen und irgendwohin verfrachtet wurden, wo sie eingefärbt und zu Buchhüllen und so verarbeitet werden würden. Man konnte die Weißen als ›Teufel‹ bezeichnen, wenn es einem nichts ausmachte, irgendwann einmal umgebracht zu werden, okay; aber man mußte zugeben, daß sie gescheite Teufel waren. Alles, was farbige Männer konnten, war arbeiten, bis sie tot umfielen. Noch niemals hatte er von einem Neger gehört, dem es gelang, Maschinen zu erfinden, die etwas an der Tatsache ändern konnten, daß sie arbeiten *mußten*.

Während er auf dem Parkplatz Abfall zusammenfegte und Mülltonnen leerte, betrachtete er immer wieder den roten Backsteinbau mit den runden Türmen an jeder Ecke. Er erinnerte sich noch, wie die Fünf im Schloßbaum gesessen, hier heruntergeschaut hatten und ehrlich stolz darauf gewesen waren, daß ihre Heimatstadt die größte unter einem Dach vereinte Spinnerei des ganzen Südens beherbergte. Und selbst jetzt noch, da er wußte, wie es drinnen aussah, erschien ihm das Ganze um kein bißchen weniger staunenswert.

Er spürte die Frühlingssonne auf seinem Rücken und war froh, daß er im Freien arbeiten konnte. Des Morgens wußte er nie genau, was er im Laufe des Tages zu tun haben würde, aber das fand er schön. Manchmal sah er zu, wie die weißen Arbeiter die Maschinen bedienten – ein ums andere Mal dieselben Bewegungen, den ganzen Tag lang, die ganze Woche hindurch –, und fragte sich, wieso sie nicht durchdrehten. Nein, er war eigentlich recht gut dran. Zufrieden vor sich hin pfeifend, musterte er die Reihen der neuesten Automodelle. Andererseits verdienten sie mit dieser Arbeit soviel, daß sie sich solche großen Wagen kaufen konnten. Er hörte mit dem Pfeifen auf.

Er putzte die Korridore zu den Umkleideräumen mit Desinfektionsmitteln, wischte den Gang hinauf und hinunter so, daß eine Reihe von Wirbeln auf dem Boden entstand. Dann stützte er sich auf seinen Mop und begutachtete das Muster der dunklen Wirbel auf dem helleren mattbraunen Boden. Als er hörte, daß sich Stimmen näherten, machte er sich hastig daran, das Muster mit dem Mop wieder zu löschen.

Am Spätnachmittag stieg er aus dem Bus und schloß sich der langen Reihe der nach Pine Woods heimwärtsschlurfenden Männer an. Die sauberen, frisch gebügelten Arbeitsanzüge vom Morgen waren verschmutzt, zerknautscht und verschwitzt, die Lunchboxen leer. Sie vermieden es, einander anzusehen – ganz anders als sonntags in der Kirche, wo sie in dunklem Anzug und gestärktem blauweißen Hemd am Ende der Kirchenbänke zu stehen und den Klingelbeutel herumzureichen pflegten.

Auf dem Platz neben der High School trainierte die Baseballmannschaft der Schule. Donny blieb stehen und sah zu, wie der Trainer den Spielern im Außenfeld Flugbälle zuspielte. Jeder einzelne in diesem Team sah sich schon jetzt als einen zukünftigen Jackie Robinson. Donny lächelte. Er dachte daran, daß er beim Training zwischen dem zweiten und dritten Mal gestanden und beobachtet hatte, wie die Reihe der verschwitzten Männer auf dem Heimweg von der Arbeit vorüberzog. Sie hatten ihm leid getan. Niemals würde er diese dunkelgrüne Arbeitskluft anziehen! Nein, *er* würde einen Sportanzug aus glänzendem Satin tragen und bei den Knickerbockers spielen ...

Die Cheerleaderinnen übten am anderen Ende des Platzes eine komplizierte Abfolge von Klatschrhythmen und Sprechchören. Beinahe jedes Mädchen des Teams war damals hinter ihm hergewesen, er aber hatte nur Rochelle gewollt. Er fragte sich, ob diese Generation von Cheerleaderinnen ihn wohl ebenso begehrenswert finden würde. Oder war das zu jener Zeit nur deswegen gewesen, weil er als Star der Mannschaft galt? War das der Grund, warum Rochelle ihn gewollt hatte? Die Cheerleaderinnen, Rochelle, die anderen Mädchen – sie alle hatten alles, was er tat, uneingeschränkt bewundert. Heutzutage dagegen konnte er ihr kaum noch etwas recht machen. Kriegte ihn nicht mehr hoch, wann immer Rochelle wollte, verdiente nicht genug Geld, um eine größere Wohnung zu mieten.

Vor Dupree's Drugstore lungerten Männer im Sportzeug herum. Sie hielten sich da schon den ganzen Tag auf und hatten zur Feier des Frühlingstags eine Flasche Four Roses getrunken. Während des Winters hatten sie sich um den Kerosinofen des Billardsalons gedrängt, und jeweils zwei von ihnen waren zu einem Spiel an den Tisch gegangen. Als nun die Reihe der müden Männer an ihnen vorbeischlurfte, riefen ihnen die Tagediebe vor Dupree's Grüße zu und bekamen als Antwort ein mattes Winken.

Donny stieg in seine cremefarbene Hose und wählte dazu einen passenden Pullover, der noch aus seiner High-School-Zeit stammte. Die Hose war ihm ein bißchen zu eng, und in den Pullover hatte Nicole Zipfel gekaut. Auf dem Weg zu Dupree's warf er einen Blick in den Waschsalon. Da saß Rochelle und unterhielt sich mit Charlene, während sie gleichzeitig das Baby stillte und Nicoles Sportwagen mit dem Fuß schaukelte. Gerade wollte er sich wieder verdrücken, da blickte sie auf und entdeckte ihn durch die Fensterscheibe. Sie winkte ihn zu sich herein. »Wie geht's, Herzchen?«

Er gab ihr einen flüchtigen Kuß auf die Stirn.

»Ganz gut. Und dir?« Mit einem kurzen Nicken für Charlene nahm er Platz.

»Richtig hübsch siehst du aus, Donny«, lobte Charlene. »Wie der junge Frühling.«

»Danke. Ich wollte gerade zu Dupree's rüber, mich 'n bißchen mit den Boys unterhalten.«

»Aber Herzchen, du weißt doch, ich hab's nicht gern, wenn du mit diesen Kerlen rumhängst.«

»Mama, ich kenn' diese *cats,* solange ich denken kann!« Vor kurzem war Leon aus New York runtergekommen und hatte angefangen, alle und jeden als ›cat‹ zu bezeichnen, und nun benutzte ganz Pine Woods den neuen Ausdruck.

»Die haben 'n schlechten Einfluß auf dich.«

»Schlechten Einfluß? Wo soll'n die denn hier schon Ärger kriegen?«

»Hör mir zu, Donny-Herzchen. Diese Männer arbeiten nur, wenn's überhaupt nicht mehr anders geht. Die meisten haben ihre Familie im Stich gelassen. Die Hälfte von ihnen wird sich bis zum Jahresende nach New York City oder Cincinnati, Ohio, abgesetzt haben. Wir haben das doch immer wieder erlebt, Herzchen. Und Donny – ich möchte dich nicht verlieren!«

Er nahm sie in den Arm. »Baby, du wirst mich niemals verlieren!« Es stimmte wirklich: Die Männer, die eine Familie hatten, saßen nach Feierabend zu Hause auf der Veranda und spielten mit ihren Kindern. Sie flanierten mit Frau und Kindern die Straße zum Softeisstand entlang. Sobald sie sich dagegen zu den Männern vor Dupree's gesellten, war es nur noch eine Frage der Zeit, bis sie ihre Familie im Stich ließen und schließlich ganz aus Pine Woods verschwanden. Oder im Durchgang neben Dupree's landeten, wo sie flüssiges Schuhputzmittel, After-Shave-Lotion und Farbverdünner soffen.

Als sie jetzt jedoch bei Dupree's vorbeikamen, er mit dem Kleinen auf dem Arm und sie mit dem Kinderwagen, konnte er nicht umhin, Rochelles verstohlene Seitenblicke auf die Männer vor der Tür, das betonte Herausdrücken ihrer milchprallen Brüste, den verstärkten, aufreizenden Schwung ihrer Hüften zu bemerken. Und die Männer bemerkten das alles ebenfalls: Sie folgten ihr mit den Blicken, wagten es in seiner Gegenwart allerdings nicht, ihr eine Bemerkung zuzurufen. Wie war das aber vorhin gewesen, als sie allein zum Waschsalon ging, während er für sie und die Kinder den Mop schwingen mußte? Er sah sie an. Diese *cats* arbeiteten nicht, deswegen waren sie ausgeruht und ausgesprochen hungrig auf Weiber. Und wenn sie doch mal arbeiteten, gaben sie das Geld für flotte Kleidung aus und überließen es getrost der County, für ihre verlassenen Kinder zu sorgen. Was wollte Rochelle eigentlich – einen Beschäler oder einen Ehemann und Vater? Offenbar wollte sie beides.

Vor dem Palace Theatre stand eine Gruppe Jungen und Mädchen aus der High School, die miteinander flirteten und sich neckten. Die Jungen blickten immer wieder zu den Männern vor Dupree's hinüber und versuchten, deren lässige Haltung zu kopieren, die Art, wie sie die Zigarette hielten und jede Frau, die vorbeikam, begutachteten, als seien sie Schiedsrichter bei einer Hundeausstellung. Als Donny und Rochelle vorbeikamen, hatten die Schüler keinen einzigen Blick für sie. Obwohl sie höchstens drei bis vier Jahre jünger waren als er, kam Donny sich vor wie ihr uralter Vater. Er lächelte.

»Was grinst du so, Nigger?« fragte Rochelle.

»Die Burschen da drüben, die glauben alle, daß sie mal große Helden werden.« Er erinnerte sich, daß er damals im Schloßbaum gesessen und sehr selbstbewußt geplant hatte, Soldat einer Kommandotruppe mit einer schönen Tarnuniform oder Penthousebewohner in New York City zu werden. »Und dann, ehe sie sich's versehn, müssen sie feststellen, daß sie nichts weiter sind als ganz gewöhnliche Nigger. Genau wie wir anderen alle auch.«

»Und was ist so komisch daran?«

»Was willst du, Frau – soll ich vielleicht weinen?«

Sie kamen durch eine Straße mit Ranchhäusern, die Mr. Dupree gehörten, dem Beerdigungsunternehmer, dem Direktor der High School, einigen Lehrern und Reverend Stump. Die Häuser waren frisch gestrichen, mit hübschen Fensterläden und blank geputzten Messing-Türklopfern. In den blitzsauberen Scheiben spiegelte sich die Frühlingssonne.

»Würdst du nich' auch wahnsinnig gern so 'n Häuschen haben, Donny? Meinst du, wir könnten uns eines Tages eins leisten?«

»Niemals!«

Sie sah ihn an. »Mr. Kannich' bringt nie was zustande.«

Eine größere Wohnung reichte nicht. Jetzt mußte es ein ganzes Haus sein! Er kam kaum noch mit. Und was war mit dem Auto, das er sich so wünschte? Sie wollte sich häuslich niedergelassen. Na schön, aber vielleicht wollte *er* lieber jederzeit abhauen können! Die Straße endete unvermittelt an einer hellgrün überhauchten Kuhweide. Sie standen am Zaun und sahen zu, wie ein Holsteinbulle eine Kuh besprang.

»Wieso kannst du nich' so sein wie der alte Bulle da, Herzchen?« wollte Rochelle von ihm wissen.

»Wenn du genau hinsiehst, wirst du feststellen, daß er nicht immer dieselbe Kuh bespringt.«

Rochelle warf ihm einen forschenden Blick zu. »War doch nur Spaß, Herzchen.«

»Wieso redest du überhaupt immer nur von Sex, he? Bevor wir geheiratet haben, hab' ich dir kaum einen Kuß abluchsen können.«

»Na ja, da wollt' ich eben auf keinen Fall schwanger werden.«

»Und jetzt willst du?«

»Zweimal reicht mir.«

»Okay, dann hör auch auf, ewig vom Sex zu reden.«

Sie blickte ihn seltsam an.

Er sah die Dinge anders als sie. Er dachte kaum über diesen Abend hinaus. Morgen würde er praktisch dasselbe tun wie heute, letzten Monat, vergangenes Jahr. Und nächstes Jahr würde er das immer noch tun. Während sie ihn offenbar schon in Positionen aufsteigen sah, die wesentlich besser bezahlt wurden. Sie selbst hatte es nicht geschafft, Bibliothekarin zu werden. Wieso erwartete sie von ihm, daß er ein Mann wurde, der ihr ein Ranchhaus kaufen konnte? Damals, als Mr. Prince anrief und ihm mitteilte, er könne bei ihm in der Fabrik anfangen, war sie so überglücklich gewesen! Der erste Farbige in der Spinnerei – wo sogar Weiße in Scharen aus den Bergen kamen, sobald es hieß, die Spinnerei stelle ein. Aber nein, das genügte ihr nicht. Er riß sich Isaacs Finger aus dem Mund. Isaac wimmerte. Er drückte den Jungen Rochelle in die Arme und begann den Kinderwagen so energisch zu schieben, daß Nicole ebenfalls anfing zu weinen.

Mitten in der Arbeit kam Raymond Tatro in seinem Overall auf Donny zu, sah sich verstohlen um, reichte ihm eine blaue Karte und sagte: »Hier, Donny. Würdest du das unterschreiben?«

Donny nahm die Karte entgegen. »Was ist denn das, Mr. Raymond?«

Raymond verzog das Gesicht. »Bitte sag Raymond zu mir, wie die anderen alle auch. Okay?«

Donny zuckte gleichmütig die Achseln. »Sicher. Wie Sie wollen, Mr. Raymond. Raymond.«

»Das ist eine Gewerkschaftskarte. Möchtest du nicht Mitglied werden?«

»Ich hab' keine Ahnung von Gewerkschaften, Sir.«

»Das ist so eine Art Club. Mit Versammlungen und so.«

Donny sah ihn an. Seit wann forderten Weiße Farbige auf, an ihren Clubsitzungen teilzunehmen? Seit dem Schloßbaum nicht mehr.

»Wir kämpfen für höhere Löhne, Krankenversicherung und Rentenpläne und so.«

»Wie machen Sie das?«

»Nun ja, wir tun uns zusammen und stellen Forderungen. Und wenn wir die nicht bewilligt kriegen, hören wir eben auf zu arbeiten.«

»Aber Mr. Prince, dem wird das bestimmt nicht gefallen, oder?« Er war Mr. Prince dankbar und hatte nicht vor, irgend etwas zu tun, was den Mann verärgern konnte.

»Mr. Prince hat nichts dagegen. Der hat sein schönes großes Haus auf dem Hügel. Außerdem gehört ihm die Fabrik gar nicht mehr. Die gehört jetzt 'ner Bande von reichen Männern oben im Norden.«

»Wissen Sie das ganz genau? Mr. Prince hat doch immer davon gesprochen, daß wir alle eine große, glückliche Familie sind.«

Raymond lachte. »Ja, ja, natürlich sind wir alle eine große, glückliche Familie! Bloß Big Daddy, der sitzt oben in New York und kümmert sich einen Dreck um uns. Aber wir werden uns unseren Teil schon holen!«

»Also, na ja. Dann mach' ich mit, Raymond.« Er unterschrieb die Karte und gab sie Raymond zurück – stolz darauf, daß man ihn zum Mitmachen aufgefordert hatte.

»Aber sprich bitte mit niemandem darüber. Wir versuchen gerade erst, etwas auf die Beine zu stellen. Ich werd' dir schon sagen, wie's weitergeht.«

»Es ist doch hoffentlich nicht gefährlich, oder? Ich will auf gar keinen Fall Ärger.«

»Nein, nein! Es soll vorerst nur noch 'n bißchen geheim bleiben.«

Als Raymond davonging, sah Donny ihm nach. Wußte nicht, was er von ihm halten sollte. Raymond war im letzten Herbst plötzlich in der Spinnerei aufgetaucht, irgendwie furchtbar gehetzt und übernervös. Genau wie Donnys Mama. Der Norden schien sich geradezu unheimlich auf die Menschen auszuwirken. Seine Grandmaw hatte ihm erzählt, wie Emily am letzten Weihnachtstag nach nur ein paar Monaten oben in New York zu ihr in die Wohnung gekommen war und da rumgestanden hatte – blinzelnd und stirnrunzelnd und von einem Fuß auf den anderen tretend wie eine, die in 'ne Klapsmühle gehört. Wär' mal richtig interessant zu sehen, was sich da oben eigentlich tat, daß die Leute alle so komisch wurden.

Beim Abendessen verkündete Donny: »Ich glaub', wir könn' uns mal nach 'ner größeren Wohnung umsehn, Mama. Ich werd' bestimmt bald höheren Lohn kriegen.«

Rochelle warf ihm einen glücklichen Blick zu und schickte die Kinder gleich, nachdem das Geschirr gespült war, ins Bett. Dann schliefen sie auf dem Sofa miteinander, wie sie's getan hatten, als sie noch jung verheiratet waren.

Am nächsten Tag arbeitete Donny mit seinem Mop im Krempelraum, als er ein paar Maschinen weiter Raymond mit Al Grimes diskutieren hörte.

»... denke gar nicht daran, bei den Versammlungen neben so 'nem stinkenden, faulen Nigger-Bumskopp zu sitzen, Tatro! Und es gibt andere, die denken genauso wie ich.«

». . . beschissene Heuchler . . .«

». . . neu hier, Tatro . . . nicht viel zu sagen, hier . . .«

Mr. Al fand Donny im Vorspinnraum und überreichte ihm die blaue, mitten durchgerissene Karte. »Tut mir aufrichtig leid, Donny. Mr. Tatro wußte nicht, daß Farbige nicht Mitglied einer Gewerkschaft werden dürfen.«

Etwas später kam Raymond mit niedergeschlagenen Augen zu ihm und murmelte: ». . . wirklich widerwärtig . . . wird nicht immer so bleiben . . .«

Donny grinste. »Machen Sie sich nur keine Sorgen, Mr. Raymond. Mir geht's gut.«

Raymond ging davon. Was war nur los mit diesem Mann? Schließlich war er, Donny, derjenige, der nicht in die Gewerkschaft eintreten durfte. Was ging das Raymond an? Donny brauchte sein Mitgefühl nicht. Mitgefühl half ihm nicht, die Miete für 'ne größere Wohnung zu bezahlen.

Mit einem Abfalleimer hielt Donny die Tür zum Damenwaschraum offen und begann die Toiletten zu reinigen. Während er schrubbte, fragte er sich, wieso die Weißen die Nigger für faul und schmutzig hielten. Er jedenfalls hatte das Gefühl, daß er selbst, Rochelle, seine Grandmaw und seine Mama sowie die meisten von ihren Nachbarn ihr ganzes Leben damit verbrachten, alles möglichst sauber und ordentlich zu halten. Der Schmutz übertrug sich in den Häusern und Fabriken der Weißen auf alle, die dort arbeiten mußten, und die schleppten ihn dann mit nach Hause. Aber woher kam der Dreck ursprünglich? Wütend scheuerte er an einer Toilettenschüssel herum.

Zu Hause betrachtete Donny im Badezimmerspiegel sein Gesicht. Die beinahe weißen Züge der Mutter, die dunklere Hautfarbe seines Vaters. Früher waren zuweilen Monate vergangen, bis er sich wieder mal klar darüber wurde, daß er ja ein Farbiger war. In letzter Zeit jedoch schielte er immer wieder aus dem Innenwinkel seiner Augen an seiner dunklen Nase entlang. Wie das wohl sein würde, wenn er da entlangschielte und eine rosige Nase sähe?

Er wandte sich ab. Seine Haut spannte sich so straff über den Wangenknochen, als wäre sein Gesicht eine Maske aus angelaufenem Kupfer, eine Maske, die ihn fürs Leben stigmatisierte. Ach, *shit!* Alles, was er vom Leben wollte, war doch nur, genügend Geld zu verdienen, um mit seiner Familie in so 'ne verdammte große Wohnung umziehen zu können! Und sich selbst eine alte Rostlaube von Gebrauchtwagen zu kaufen. Er starrte die Töpfe mit Rochelles Tagescreme an, dem ›Vanishing Cream‹, von dem er eines Tages einen Topf zu den Princes mitgenommen hatte. Die Fünf hatten sich allesamt dick damit eingeschmiert und darauf gewartet, daß sie verschwanden. Die dämliche Sally hatte eine Todesangst ausgestanden, daß sie nicht wieder auftauchen würden. Und letztlich hatten sie einsehen müssen, daß es die Creme war, die verschwand, und nicht die Leute, die sie sich auftrugen. Donny sah sein dunkles Gesicht im Spiegel lächeln und merkte, daß er ein wenig gelöster wurde.

Rochelle saß im Schein der Stehlampe auf dem Sofa und sah sich ›Wagon Train‹ an. Donny warf sich in einen Lehnsessel und betrachtete sie. Die Frau war wirklich wunderschön! Genau wie seine Mutter und Großmutter hatte sie eine ziemlich helle Haut. Fast wie die Frauen in den Zeitschriften, im Fernsehen und im Kino. Anders als er. Ihr Vater hätte ein Weißer sein können. Vielleicht einer von diesen *cats,* der nicht wollte, daß sein unbekannter farbiger Schwiegersohn einer beschissenen Gewerkschaft beitrat. Er spürte, wie sich auf einmal alles wieder in ihm verkrampfte.

»Was starrst du so an, Nigger?«

Er grinste verlegen. »Dich.«

»Und gefällt dir, was du siehst?«

Er antwortete nicht.

»Dann sitz doch da nicht einfach so rum! Komm her und tu endlich was dagegen!« Sie breitete die Arme aus, und er lief hinein, war aber leider nicht in der Lage, ihrer Aufforderung darüber hinaus Folge zu leisten. Sie strich ihm mit der Hand über den Kopf und tröstete ihn: »Macht nichts, mein Liebling. Reg dich nicht weiter auf.« Aber er war bereits aufgeregt.

Am Samstagmorgen beim Frühstück erkundigte sich Rochelle: »Was meinst du, Donny, wann deine Lohnerhöhung durchkommt?«

»Weiß nich' mal mehr, ob überhaupt.«

Langes Schweigen. »Also, das hör' ich nu' gar nich' so gern.«

»Kann ich mir vorstellen.«

»Bitte, Liebling – sei doch nich' so!«

»Wie?«

»So bissig.« Sie brach in Tränen aus.

»He, Mama – hör auf! Verdammt noch mal, es tut mir leid!«

Sie schniefte. »Entschuldige, Herzchen. Das kommt nur davon, daß meine Tage schon wieder zwei Wochen lang überfällig sind. Was soll'n wir nur machen?«

»Wird schon alles gutgehn«, tröstete er sie und streichelte ihre Hand.

Vor dem Haus ertönte eine Hupe. Mr. Prince holte ihn zur Gartenarbeit ab.

»Ich muß gehn.« Er küßte sie. »Sei brav, ja?«

Im Wagen nickte er Mr. Prince zu. »Schöner Tag heute, Sir, nicht wahr?«

»Jawohl. Schöner Tag. Werde vielleicht ein bißchen Golf spielen gehn.«

Als sie unter der Eisenbahnbrücke hindurchfuhren, räusperte sich Mr. Prince. »Donny, da ist etwas, worüber ich mit dir sprechen möchte.«

»Ja, Sir?«

»Diese Sache mit der Gewerkschaft.«

»Ja, Sir?«

»Mr. Mackay will ein paar von den Leuten entlassen.«

»Ja, Sir.«

»Sie haben während der Arbeitszeit für die Gewerkschaft geworben.«

»Ja, Sir.«

»Es ist ja nicht so, daß er was dagegen hat, wenn Angestellte erwägen, sich von einer Gewerkschaft vertreten zu lassen.«

»Nein, Sir.«

»Aber er hat sehr viel dagegen, daß das während der Arbeitszeit geschieht.«

»Ja, Sir.«

»Nun also, Donny – ich habe gehört, daß du auch unterschrieben hast und Gewerkschaftsmitglied werden willst. Ist das wahr?«

»Die haben mir gesagt, daß Sie nichts dagegen hätten.«

Mr. Prince seufzte. »Nur, wenn's nicht während der Arbeitszeit geschieht.«

»Ja, Sir.«

»Jed Tatro, mein Schwiegersohn, hat mir gesagt, er ist der Ansicht, daß du gar nicht verstanden hast, was das bedeutet. Stimmt das?«

»Die haben gesagt, wenn ich Gewerkschaftsmitglied werde, kriege ich Lohnerhöhung.« Dieser verdammte Raymond Tatro! Hatte ihm fest versprochen, er würde keinen Ärger kriegen.

»Na ja, so einfach ist das nicht. Aber hast du wirklich das Gefühl, daß du nicht gut genug bezahlt wirst für die Arbeit, die du leistest?«

»Ja also, Sir, Mr. Prince ... Manchmal ist es eben schwer, mit dem Geld auszukommen, mit zwei kleinen Kindern und dem dritten unterwegs.«

»Noch ein Kind? Ich gratuliere! Das ist ja wunderbar!«

»Danke, Sir.«

»Nun, wenn du ein höheres Einkommen brauchst, dann könnte ich ja mal mit meinen Nachbarn sprechen, ob die vielleicht ein bißchen Gartenarbeit für dich haben. Ich kann dich guten Gewissens empfehlen.«

»Ja, Sir. Vielen Dank, Mr. Prince. Ich wäre Ihnen wirklich sehr dankbar.«

»Aber bitte keinen Gewerkschaftskram mehr während der Arbeitszeit, ja?«

»Ja, Sir. Aber die würden mich sowieso nicht nehmen, Sir.«

»Nicht?«

»Nein, Sir.«

»Ach.«

Als Mr. Prince in seine Einfahrt einbog, stieg in Donny eine Woge von Dankbarkeit auf. Es war dieselbe Dankbarkeit, die er empfand, wenn Mr. Prince in Hemdsärmeln die Runde durch die Fabrik machte und bei Donny stehenblieb, um mit ihm über das Wetter zu plaudern. Und wenn die Weißen an ihren Maschinen das sahen, ließen sie sich gelegentlich dazu herab, etwas später am selben Tag ebenfalls mit Donny zu sprechen. Mit dem Ärmel seines Arbeitshemdes putzte er im Vorbeigehen einen Schmutzfleck vom vorderen Kotflügel von Mr. Princes Mercury. Mr. Prince nickte ihm dankbar zu.

Nachdem er den ganzen Tag Rasen gemäht hatte, ging Donny zur Hintertür der großen gelben Villa hinauf. Mrs. Prince trug ein geblümtes Kleid, das sich eng an ihre Hüften schmiegte. Ihr langes, dunkles Haar, an den Spitzen gerollt, schwang locker um ihren Kopf, als sie ihm ein Glas Limonade, ein Glas Schweineschmalz für Ruby und seine acht Dollar Arbeitslohn reichte. Er blieb ein Stück entfernt von ihr stehen, um das Glas auszutrinken, weil er spürte, daß sein grünes Arbeitshemd mit den Schweißflecken unter den Armen, so groß wie Kuhfladen, abstoßend auf sie wirkte. Am Ende eines Arbeitstages war auch Rochelles Dienstmädchenuniform stets so verschwitzt, aber schwitzten weiße Frauen vielleicht auch? Er selbst hatte das noch nie gesehen. Wenn er an Mrs. Prince dachte, sah er sie immer nach Robbys Geburt im weißen Gewand im zweiten Stock des Krankenhauses am Fenster stehen und den Fünfen auf dem Rasen unten in Silberpapier gewickelte Schokoladenkirschen zuwerfen. Schüchtern lächelte er ihr zu und nickte bescheiden.

»Du siehst müde aus, Donny.«

»Nein, Ma'am, mir geht's gut. Bißchen heiß heute, das is' alles.«

Auf dem Weg von der Bushaltestelle nach Hause kam er durch die Straße mit den Ranchhäusern, die Rochelle so gut gefielen. Er wünschte, ihr eins davon kaufen zu können. Die große gelbe Villa der Princes – in solchen Häusern wohnten Farbige einfach nicht. Doch diese Ranchhäuser hier, die gehörten allesamt Farbigen. Wie hatten die das bloß geschafft? Sie waren Geschäftsleute, Lehrer, Zahnärzte, Prediger. Die meisten hatten das College besucht. Das hätte er ebenfalls tun können. Er hatte gute Noten gehabt, hätte bestimmt ein Basketball-Stipendium gewonnen. Statt dessen war er von der Schule abgegangen, um Rochelle zu heiraten. Wie er sich erinnerte, hatte er damals nichts weiter im Kopf gehabt, als zu verhindern, daß Leon ihm Rochelle wegschnappte. Leon, mit seiner Brieftasche voll Geldscheinen, die er als Zuhälter in New York ›verdient‹ hatte. Donny hatte sich einen Job suchen müssen, um Geld zu verdienen. Aber wieso hatte ihm niemand vorher gesagt, wie schwer das Leben wirklich war?

Dann fiel ihm ein, daß er ja doch gewarnt worden war! Da der gute Rat aber von seiner Mama kam, die ihn und Pine Woods verlassen hatte, war er nicht bereit gewesen, ihn zu akzeptieren. Darum saß er nun hier, mit einer schwangeren Frau und zwei Kindern zusammengepfercht in einer Zwei-Zimmer-Wohnung. Seine Mutter war entsetzt gewesen, als sie erfuhr, daß er von der Schule abgegangen war, um zu heiraten, und hatte sich seitdem kaum noch bei ihm gemeldet. Aber er würde es schaffen, verdammt noch mal! Mit seinem Job in der Spinnerei und der Gartenarbeit dazu brachte er Geld genug für die Familie nach Hause. Viele Männer aus Pine Woods gaben nach einiger Zeit einfach auf und trieben sich vor Dupree's herum oder gingen irgendwann auf und davon. Er aber würde niemals aufgeben!

Auf dem Heimweg machte er halt, um Ruby ihr Schweineschmalz zu bringen. Sie hockte in Kopftuch, gestepptem Morgenrock und knöchelhohen Turnschuhen in ihrem Lehnsessel und sah sich im Fernsehen ›Wild Kingdom‹ an. Die Ärzte hatten festgestellt, daß sie zwar an Leukämie litt, daß es ihr im Moment jedoch relativ gut ginge. »In Transmission«, hatte sie ihm berichtet.

»He, Grandmaw! Was weißt du Gutes?« Das war auch so eine Redensart, die Leon aus New York mitgebracht hatte. Er gab ihr einen Kuß.

»Hm. Weiß von nichts Gutem«, knurrte sie. »Wie geht's dir, Babyboy?«

»Na, 'n Baby bin ich bestimmt nich' mehr.« Er lachte.

»Armer Kerl. Hat sich zu früh an die Kandare nehm' lassen, wenn du meine Meinung hören willst.«

»Kann ich mir nich' leisten, das anzuhör'n, Grandmaw. Ich steck' jetzt bis zu den Ohren drin. Muß feste Wasser treten, um oben zu bleiben.«

»Das Kreuz un' die Kraft, es zu tragen, Donny. Nimm dir 'n Beispiel an unserm Herrn.«

An diesem Samstag fand in der Masonic Hall ein Tanzabend mit einer Band aus Charlotte statt. Tadpole hatte Urlaub von Fort Campbell und erschien in Uniform mit Abzeichen und Tressen und dem ganzen Mist. Rochelle tanzte mit ihm zu ›Reach Out, I'll Be There‹, während Donny, viel zu ausgelaugt von der Fabrikarbeit, um abzuklatschen, ihnen vom Platz aus zusah. Rochelle wiegte sich, daß ihre Fettpolster schwabbelten, und klapperte mit den falschen Wimpern. Tadpole stapfte im Takt der Musik mit seinen Fallschirmjägerstiefeln. Rochelle warf ihre rote Perücke in den Nacken, stieß ihr kehliges Lachen aus, suchte mit den Augen Tadpoles Blick und senkte vielsagend die Lider. So wie jetzt erlebte Donny sie fast nie mehr. Immer spülte sie nur Windeln weg, schrie die Kinder an, hackte auf ihm wegen einer größeren Wohnung herum und platzte aus den Nähten ihrer Dienstmädchenuniform. Als er sie jedoch hier in ihren Stöckelschuhen und Nylonstrümpfen beim Tanzen sah, spürte er, wie er zum erstenmal seit Wochen wieder einen Steifen bekam. Er überlegte, ob er aufspringen, sie rausschleifen und ihn, während sie in der Seitengasse an der Hauswand lehnte, in sie reinstoßen sollte, wie es Leon seines Wissens oft genug mit Mädchen gemacht hatte.

Shit, er hatte nicht mal mehr die Energie, sich von seinem Stuhl zu erheben. Den ganzen Tag hatte er damit zugebracht, Geld zum Bezahlen der Rechnungen zu verdienen und zu überlegen, wie er ihr zu ihrem Ranchhaus verhelfen konnte – und nun rieb sie da vorn ihr Becken an Tadpole. Er schlug so hart mit der Faust auf den Tisch, daß sämtliche Gläser zu hüpfen begannen, aber kein Mensch nahm Notiz davon. Verdammt noch mal, was wollte dieses Weib eigentlich? Beinahe hätte er angefangen zu weinen, doch jetzt kamen Rochelle und Tadpole an den Tisch zurück. Also lächelte er statt dessen und behauptete: »Ihr beide habt wirklich klasse zusammen getanzt.«

Auch am nächsten Morgen, als er mit gefalteten Händen am Ende der Kirchenbank stand und auf den Klingelbeutel wartete, mußte er noch daran denken, wie Rochelle ihr Becken an Tadpole gerieben hatte. Rochelle stand jetzt mit dem weiß gewandeten Chor ganz vorn und sang: ›Don't Call the Roll Yet, Jesus, Cause I'm Coming Home.‹ Leon konnte besser Geld verdienen als er, und Tadpole war besser im Bett.

Wenn Rochelle also mit Donny verheiratet sein wollte, mußte sie einen anderen Grund dafür haben. Reverend Stump hatte gerade über einige Verse aus dem Prediger gesprochen, in denen es hieß, man müsse des Schöpfers eingedenk sein in der Blüte seines Lebens, bevor der körperliche Zerfall drohe und der Tod bevorstehe und die Nichtigkeit allen Fleisches erkennen lasse. »Fürchte Gott und halte seine Gebote, denn das ist jedes Menschen Sache.« Mr. Stump hatte darauf hingewiesen, daß man eine Kirche nicht mit Singen und Beten unterstützen könne, denn der Geist komme und gehe, die Stromrechnungen jedoch blieben. Man müsse eine Kirche mit Pflichtbewußtsein unterstützen, gestärkt zuweilen durch das Beten. Donny dachte bei sich, so sei es zweifellos auch mit der Ehe. Erektionen kamen und gingen, die Miete aber blieb immer. Kinder mußten ernährt und gewaschen werden. Doch hieß das etwa, daß der Sex zum Fenster hinausflog, sobald man fest an der Angel hing? Er hatte gedacht, wenn man verheiratet sei, kriege man's regelmäßig. Daß man's dann vielleicht gar nicht mehr regelmäßig *wollte,* wäre ihm nie in den Sinn gekommen. Hieß das etwa, daß man's anderswo kriegte, von jemand, der nicht von all den schweren Pflichten abgeschlafft war? Er betrachtete Rochelles vertrautes Gesicht und empfand einen gewissen Verlust. Aber soweit er wußte, war sie für ihn noch nicht ganz verloren. Er brauchte nur zuzusehen, daß er eine Lohnzulage und ihn wieder hochkriegte. Beides nahm er sich ganz fest vor.

Auf dem Heimweg trug er Nicole auf der Hüfte. Sie war mit kleinen schwarzen Lackschuhen, weißen Söckchen und einem gestärkten weißen Kleidchen herausgeputzt, das eine Frau aus der Fabrik ihm geschenkt hatte. Rochelle trug ein pinkfarbenes Leinenkostüm, Strohhut und weiße Handschuhe. »Richtig hübsch siehst du aus, Rochelle.«

»Du aber auch, Herzchen.« Sie schleppte Isaac, der in seinem kleinen Jackett und dem Querbinder auf ihrem Arm eingeschlafen war. Donny argwöhnte, daß sie das nicht ehrlich gemeint hatte. Ja, hätte er eine Uniform der Special Forces getragen, wie Tadpole, oder einen modischen Anzug mit Schlapphut, wie Leon, oder einen Trainingsanzug aus Satin, wie früher er selbst, dann hätte sie vielleicht wirklich gefunden, daß er gut aussah. So jedoch, in seinem dunklen Anzug, dem weißen Hemd und der Krawatte, als der jüngste der Kirchendiener, wußte er genau, daß er eher seinem Onkel glich. Er wußte einfach nicht mehr, was er tun sollte.

In der darauffolgenden Woche bekam er bei der Arbeit einen Schwindelanfall. Die Krankenschwester in der Spinnerei untersuchte ihn. Er habe einen zu hohen Blutdruck, erklärte sie ihm, und müsse unbedingt kürzer treten. Er beschloß, die Gartenarbeit vorderhand einzustellen, und konsolidierte seine Schulden zu einem Kredit bei der Harmony Home Finance Company.

Am folgenden Samstagvormittag saß er mit den Kindern vor dem Fernseher. Nicole hockte auf seinem Schoß, hüpfte aufgeregt herum und winkte Bugs Bunny zu. Dann kam ein Werbespot für eine Puppe, die aus der Flasche trinken und ihre Windeln naß machen konnte.

»Da-da!« kreischte Nicole. »Ham, Daddy! Da – ham!«

Im Laufe des Vormittags gaben Billy, Sue und Nicole ihrem Wunsch nach jedem einzelnen Spielzeug Ausdruck, das auf dem Bildschirm gezeigt wurde – Sachen zum Draufreiten, ein Walkie-talkie, ein Puppenhaus. Alles, alles verlangten sie!

Unvermittelt schob Donny Nicole von seinem Schoß. Sie landete ein wenig unsanft auf dem Boden und begann laut zu schreien. Sue und Billy starrten ihn an. Es war alles ganz anders, als er es sich vorgestellt hatte. Als dic Kinder noch die Sprößlinge von Rochelles Mutter waren, hatte ihn alles, was er für sie tat, positiv dastehen lassen. Sämtliche Frauen von Pine Woods hatten lauthals verkündet, er sei ein Wunder. Bei seinen eigenen Kindern jedoch kam er sich wie ein Versager vor. Nie konnte er ihnen die Dinge geben, die sie sich wünschten, konnte ihnen ja fast kaum die Dinge geben, die sie unbedingt brauchten.

»Was machst du mit dem Kind?« rief Rochelle aus dem Badezimmer herüber, wo sie gerade Isaac badete.

»Gar nichts.« Er stapfte zur Tür. »Ich gehe aus.«

»Was?«

»Aus. Ich gehe aus.« Mitten in ihren Protest hinein knallte er die Tür ins Schloß. Er wollte einen Spaziergang machen, um sich ein wenig zu beruhigen, aber auf einmal stellte er fest, daß er Kurs auf Dupree's genommen hatte.

»He!« begrüßte er die Gruppe vor dem Drugstore, klopfte hier auf eine Schulter, knuffte da einen Oberarm, schüttelte dort eine Hand. Er war verlegen, obwohl er die meisten der Männer von klein auf kannte. Sonst hatte er diese Kreise immer gemieden. Aber es war bestimmt nichts dabei, wenn er ein bißchen mit ihnen plauderte; ja, vielleicht munterte ihn das sogar wieder auf.

»Nanu, wen haben wir denn da? Ich glaube gar, das ist Mr. Donny Good Boy Tatro persönlich!«

Den ganzen Rest des Vormittags verbrachte er dort auf dem Bordstein hockend, während immer mal wieder einer der Männer in den Laden hineinging, um mit Limonade oder Schokoladenriegeln wieder herauszukommen. Gelegentlich kreiste auch eine Flasche Four Roses in einer braunen Papiertüte. Brüderlich wurden Zigaretten geteilt.

Aus einem der oberen Fenster des Wohnblocks beugte sich eine kräftige Frau mit Lockenwicklern auf dem Kopf und schrie: »Paul Morton, beweg sofort deinen Arsch hier herauf!«

»Häng dich doch auf, alte Schachtel«, rief er zurück.

Donny hörte, wie die Männer die Frau boshaft nachahmten. Er selbst war immer sorgfältig darauf bedacht gewesen, alle Frauen in seiner Umgebung glücklich zu machen. Niemals wäre es ihm eingefallen, sich über sie zu mokieren.

Kurz darauf ging Donny selbst zu Dupree's hinein, um sich einen Moon Pie zu holen. An der Wand hing neben Martin Luther King ein Foto von J. Kennedy mit einem Kranz aus Plastikblumen. Mr. Dupree saß hinter der Theke und fächelte sich träge mit der ›Newland News‹ Kühlung zu.

»Na, Mr. Dupree, was wissen Sie Gutes?«

»Hä?« Er hörte auf zu fächeln.

»Geht's Ihnen gut, heute morgen?«

»Ja, doch. Ich glaub' schon.«

Der Kerl sah aus, als wüßte er nicht, wie ihm geschehen war, seit die Wahlwerber im vergangenen Herbst wieder abgeschoben waren. Damals war er für eine Zeitlang 'ne große Nummer gewesen, hatte ihnen das Zimmer über seinem Drugstore als Büro zur Verfügung gestellt. Er und Mrs. Dupree sowie verschiedene andere Mitglieder der African Methodist Episcopal Church hatten die Leute bei sich zu Hause aufgenommen und verköstigt.

Donnys Grandmaw hatte erzählt, wie ein paar von ihnen, unter anderem Charlene, sie in ihrer Wohnung aufgesucht hatten, um sie zu überreden, aufs Gericht zu gehen und sich registrieren zu lassen. Sie hatte die Leute aufgefordert, sofort zu verschwinden: »Sechsensiebzig Jahre hab' ich nich' gewählt, un' jets denk' ich bestimmt nich' dran, auf meine alten Tage noch damit anzufang'.« Später sagte sie zu Donny: »Was soll das, komm' da 'n paa' Kinner un' woll'n mir sagen, was ich zu tun hab'! Also, ich weiß noch genau, wie die Charlene sich die Hosen vollgemacht hat, wie sie draußen vor meiner Tür auf'm Bürgersteig seilchengesprungen is'.«

Aber Donny wußte ja, daß seine Grandmaw gegen alles sein mußte, was die African Methodist Episcopal Church befürwortete. Was ihn persönlich betraf, so war er stets bemüht, sich mit allen gut zu stellen. Verdammt noch mal, er war eben nett zu jedem, der nett zu ihm war!

»...Also, 'ne Frau mit heller Haut, die is' wahnsinnig schnell angetörnt...« Die Gespräche vor Dupree's hingen wie Zigarettenrauch in der warmen Frühlingsluft.

»Un' *dich* törnt sie noch schneller an!«

»Ja, die Lorraine, die war schon was! Die hab' ich geliebt, die Frau, aber ich konnt' einfach nich' aufhörn, hinter den Weibern herzujagen. Nich' mal für sie. Un' da hat sie mich eben rausgeschmissen.«

»Ha, heiraten – Quatsch! Ich hab' immer gedacht, das wär' wirklich 'ne ganz tolle Sache – Verantwortung un' all so was. Würd' einen zum Mann machen.«

»*Shit,* macht einen bloß zu 'ner verdammten Maus.«

Das alles kam Donny vor wie zu hoch hängende Trauben. Sie konnten keinen Erfolg draus machen, also trampelten sie drauf rum. Ein paar von den Männern sahen ihn an.

»Wo is 'n Willie?«

»Eingezogen. Die ham ihn in 'n Krieg drüben in Asien geschickt.«

»Was für 'n Krieg denn, Mann?«

»Der, den sie immer im Fernsehn zeigen.«

»Der olle Willie – drüben in Asien?«

»Das hat seine Mama gesagt.«

»Kann mir schon vorstell'n, daß Asien 'ne Masse besser is' als Pine Woods, Tennessee.«

»Warum gehste denn dann nich' hin?«

»Wo soll ich 'n hin, Nigger – ohne 'n müden Penny inner Tasche?«

»Anhalter machen. In Cincinnati, Ohio, soll's ja ganz schön sein.«

Donny glaubte nicht an die Selbstverständlichkeit, mit der sie vom Weggehen sprachen. Aber je mehr sie redeten, desto weniger erschreckte ihn der Gedanke daran. Ein paar Tage lang versuchte er sich von Dupree's fernzuhalten. Doch es fiel schwer, der Verlockung zu widerstehen, die darin lag, mit anzuhören, wie sie ihre gescheiterten Ehen und ihre Unfähigkeit, die Kinder zu ernähren, in Triumphe der Männlichkeit und des Mannesmutes verwandelten. Das genaue Gegenteil all dessen, was ihm sein Leben lang von der Gemeinde Mount Zion eingetrichtert worden war. Es war eine echte Erleichterung, und zwar eine, die es ihm ermöglichte weiterzuschuften. Rochelle hatte wieder als Dienstmädchen angefangen, mußte sich jedoch ständig erbrechen, blutete stark aufgrund ihrer Schwangerschaft und war die ganze Zeit todmüde. Besser wär's schon, sie könnte zu Hause bleiben, aber er brauchte das Geld für die Ratenzahlungen an die Harmony Home Finance.

Eines Nachmittags nach der Arbeit war sie gerade im Bad, um sich wieder mal zu übergeben. Donny, noch in der Arbeitskluft, lag im Wohnzimmer im Sessel und stierte zu Nicole und Isaac hinüber, die sich auf dem Fußboden herumbalgten. Es gab auf der ganzen Welt keine Möglichkeit zu verhindern, daß sie genauso wurden wie er und Rochelle. Der größte Gefallen, den er ihnen tun konnte, wäre vermutlich, daß er ihnen die Schädel einschlug, damit sie's schnell hinter sich hatten.

Zwischen zwei Würgeanfällen rief Rochelle: »Herzchen, was meinst du: Wann können wir in 'ne größere Wohnung umziehn?«

Donny sprang auf und schrie sie an: *»Shit,* Frau, was willste denn noch von mir? Ich geb' dir doch jeden Penny ab, den ich verdien'!«

Sie kam heraus, ihre Uniform war vorn ganz verschmutzt. »Ich will, daß du dich wieder wie ein Mann benimmst, Donny. Ich will, daß du deine Zeit mit mir und den Kindern verbringst. Ich will, daß du das Oberhaupt dieser Familie bist, statt dich dauernd zu dieser Bande bei Dupree's wegzuschleichen. Ich will, daß du mit *mir* lachst und Spaß machst, statt mit denen da drüben. Ich brauche dich, Donny.«

Fast wäre er hingegangen und hätte sie in den Arm genommen. Stattdessen knurrte er: *»Shit,* Frau, ich kann von gar nichts Oberhaupt sein. Ich kann nich' mal 'n Furz im Puff organisieren.«

Wütend stapfte er hinaus, während sie ihm noch nachrief: »Herzchen, Donny – bleib doch heute nachmittag bitte bei uns!«

»Ich kann diesen Scheiß, mit dem sie mir ständig kommt, einfach nich' mehr ertragen, Mann!« beschwerte er sich bei den anderen.

»Ja, Mann. Ich weiß Bescheid.«

Er blickte auf das Pflaster zu seinen Füßen, das übersät war mit Zigarettenkippen, Schokoladenpapier und Scherben einer zerbrochenen Four Roses-Flasche. Er kannte jeden Quadratzentimeter des Bürgersteigs. Hier hatte er Himmel und Hölle und Murmeln gespielt, gewürfelt, war Seil gesprungen, Rollschuh gelaufen und auf Drei- und Zweirädern die Straße auf und ab karriolt. Nachdem seine Mama weggegangen war, war er gewissenhaft auf jede Ritze getreten, weil er hoffte, sie damit zurückzuholen. Im Sommer war er auf bloßen Füßen hier entlanggelatscht, im Frühling in nagelneuen Tennisschuhen hier entlanggesprintet. Während der winterlichen Regenzeit in Gummistiefeln durch die spiegelnden Pfützen gewatet. Und vor ihm hatte seine Mutter all das getan, so wie Sue und Billy es jetzt nach ihm tun würden. Und doch hatte seine eigene Mutter, hatten die Männer, die hier mit ihm herumstanden, und Dutzende vor ihnen es fertiggebracht, einfach zusammenzupacken und das alles hinter sich zu lassen? Ob er das ebenfalls fertigbrachte? Von Rochelle, seiner Grandmaw, Nicole und Isaac mal ganz abgesehen: Was war mit diesem alten grauen Bürgersteig?

Je mehr Zeit Donny vor Dupree's verbrachte, desto mehr Zeit verbrachte Rochelle bei Mrs. Baxter und überließ Ruby die vier Kinder. Und wenn sie einmal beide zu Hause waren, redete sie ununterbrochen davon, welche weiße Frau welches Silber- oder Kristalldessin besaß und welches ihr davon am besten gefiel. Sie finde es herrlich, erzählte sie, wenn Mrs. Baxter zu den Sitzungen ihres Garten-Vereins gehe und sie die Schuhe ausziehen und sich lang auf den weichen Wohnzimmerteppich legen könne, den sie zuvor gestaubsaugt hatte, um der Stille zu lauschen, den Duft des Zitronenöls und des Bienenwachses zu genießen, mit dem sie die antiken Möbel poliert hatte, und genau zu wissen, daß das Haus beinahe genauso sauber und ordentlich bleiben würde, bis sie das nächste Mal wiederkam.

»Ach ja?« entgegnete Donny dann. »Freut mich, daß es dir da so gut gefällt, Rochelle. Hier drin sieht's nämlich so langsam aus wie auf 'ner verdammten Müllkippe!«

»Woher willst du denn das wissen? Du bist ja nie hier!«

»Ich bin genauso oft hier wie du, Mama.«

Sie gerieten bei der Harmony Home Finance in Verzug. Zwei Männer kamen, den Fernseher abzuholen. Donny saß bedrückt da und sah ihnen zu, wie sie ihn zur Tür hinaustrugen; dann ging er zu Ruby hinüber, um die Kinder abzuholen. Müde ließ er sich in einen Sessel fallen und berichtete ihr von dem Fernseher, woraufhin sie in ungläubigem Entsetzen den Kopf schüttelte.

Mrs. Saunders von nebenan kam zutiefst erschüttert zu ihnen herüber und erzählte, sie habe gerade die Nachricht bekommen, daß ihr Sohn in Vietnam ein Bein verloren habe.

»O Gott«, seufzte Ruby, »wie fuuchbar! Scheint ja, als gäb's überhaupt nur noch Schlimmes auf der Welt. Donny hat 'n zu hohen Blutdruck. Un' jets sin' sie gekomm' un' ham sein' Fernseher abgeholt. O Gott, o Gott!«

Eines Abends kam Leon zu Besuch und holte Donny und Tadpole zu einer Spazierfahrt in seinem neuen gelben Pontiac ab. Tadpole sollte in der folgenden Woche nach Vietnam verschifft werden. Während sie auf dem Highway durch die Stadt rollten, berichtete ein Reporter von Aufruhr und Plünderungen in Watts. Irgend jemand im Hintergrund rief: »Das ist die Rache für Selma, Mann!«

»Wer is'n das?« erkundigte sich Donny.

Leon und Tadpole lachten. Donny hatte keine Ahnung, warum. Am anderen Ende der Stadt hielten sie vor dem Barbecue Pit.

»He, Mann!« sagte Donny. »Hier darfst du nicht halten. Ihr *cats* seid zu lange weggewesen. Hier werden keine Nigger bedient.«

»Hast du's mal versucht?« wollte Leon wissen.

»Also, nein – aber ihr wißt doch, wie's hier is'. Ihr solltet lieber da bleiben, wo sie euch haben woll'n.«

»Wieso?« fragte Tadpole herausfordernd.

Leon stellte den Motor ab, und sie blieben alle drei eine Zeitlang still sitzen. Schließlich kam eine junge Weiße in Hot Pants, Cowboystiefeln und Zehngallonenhut herübergestelzt. Sie bückte sich, den Bestellblock gezückt, warf einen Blick ins Wageninnere, richtete sich wieder auf und verschwand.

»Seht ihr? Ich hab's euch ja gesagt«, murmelte Donny.

»Na schön, dann bleiben wir noch 'n bißchen länger hier sitzen und sehn mal, ob sie sich's anders überlegt.«

»Ach, komm doch, Leon! Laß uns lieber zum Hog Heaven rüberfahren.«

Leon und Tadpole lehnten sich gemütlich zurück und steckten sich grinsend eine Zigarette an.

Plötzlich wurde der Wagen von einem halben Dutzend weißer Männer in T-Shirts und Khakihosen umringt. Einer zerrte an der Radioantenne. Ein anderer versuchte, die Kühlerfigur abzuschrauben.

Donny saß wie versteinert da. Tadpole und Leon drückten ihre Zigaretten aus; sie wirkten nervös. Donny war fest davon überzeugt, daß seine eigene Miene blankes Entsetzen verriet.

»Können wir was für euch tun, Freunde?« erkundigte sich einer durchs Fenster bei Leon. Er ließ dabei mehrmals ein Springmesser auf- und wieder zuschnappen.

»Wir warten darauf, daß wir bestellen können«, erklärte Leon ruhig.

»Hier werden keine Nigger bedient.«

»Ach so«, entgegnete Leon.

»Seid ihr vielleicht welche von diesen Bürgerrechtlern?«

»Nein«, antwortete Leon. »Wir wohnen drüben in Pine Woods.«

»O ja, natürlich! Deswegen hast du ja auch 'n New Yorker Nummernschild, was?« Sie lachten. Jeder Türgriff wurde von einer weißen Hand gepackt.

»Ich wohne da oben, bin aber hier aufgewachsen. Ich besuche meine Familie.« Ganz vorsichtig schob Leon die Hand zum Zündschlüssel vor.

»Woher hast du diesen Wagen, Nigger?«

»Bestimmt geklaut«, meinte einer.

»Gekauft«, widersprach Leon.

Donny, der zum Fenster hinaussah, entdeckte, daß der Mann, der gerade seine Tür öffnen wollte, Jed Tatro war. Ihre Blicke trafen sich. Schließlich sagte Jed: »Laßt sie in Ruhe, Leute. Die sind wirklich hier aus Pine Woods. Den einen da hinten, den kenne ich.«

»Wenn ihr aus Pine Woods seid, wieso kommt ihr dann hierher? Ihr solltet's eigentlich besser wissen.«

Leon sah ihn an.

»Ich hab' dich was gefragt, Boy.«

»Hab' ich vergessen«, murmelte Leon.

»Also, dann gib dir Mühe, daß du's nie wieder vergißt, sonst könntest du dir mal ziemlich weh tun. In New York City scheinen sie den Niggern wahrhaftig verrückte Ideen in den Kopf zu setzen.«

Schweigend fuhren die drei davon.

»Schweine!« murmelte Leon schließlich. »Beschissene weiße Teufel!«

Donny spürte, wie heiße Wut in ihm aufstieg. Seine Hände begannen zu zucken, so sehr sehnte er sich danach, sie um einen von diesen muskulösen, sonnenverbrannten Hälsen zu legen. Er wollte sehen, wie irgendein weißes Gesicht erst hellrot, dann dunkelrot und schließlich blau anlief. Wollte sehen, wie diese kalten blauen Augen aus den Höhlen traten.

»Ihr solltet lieber machen, daß ihr hier rauskommt aus diesem Nest«, meinte Leon. »Solange ihr ihn überhaupt noch hochkriegt.«

Tadpole zischte: »Ja, Mann, jetzt weiß ich Bescheid! In ihrem beschissenen Krieg soll ich kämpfen, aber ihre verdammten Barbecues darf ich nicht essen.«

Am nächsten Morgen predigte Mr. Stump über den Text: ›Lasse deinen Geist nicht zu schnell in Ärger geraten; denn der Ärger ruht im Busen der Toren.‹ Donny dachte darüber nach, als er die Kollekte einsammelte, und erschrak über seinen Zorn vom Abend zuvor. Jesus hatten sie geschlagen und ihm eine Dornenkrone aufs Haupt gedrückt. Und der hatte sich nicht gewehrt. Doch jetzt, zweitausend Jahre später, war Jesus allen Menschen bekannt, und wer wußte noch was von den römischen Soldaten?

Daß er so begierig darauf war, die Hände um den Hals eines Weißen zu schließen, erschütterte ihn zutiefst. Das kam davon, daß er wieder mit Tadpole und Leon zusammensteckte. Die hatten schon immer einen schlechten Einfluß auf ihn ausgeübt. Seine Grandmaw hatte recht. Er wollte keinen Ärger. Er wollte auch niemandem Schaden zufügen.

Außerdem mußte er kurz treten, wie ihm die Krankenschwester in der Spinnerei gesagt hatte, sonst würde sein Blutdruck wieder himmelhoch steigen.

Auf dem Heimweg nahm er sich vor, alles zu tun, was in seinen Kräften stand, um wieder eine friedliche Atmosphäre zu schaffen. Er legte Rochelle den Arm um die Schultern. »Tut mir leid, daß ich in letzter Zeit soviel Mist gebaut habe, Mama. Ich versprech' dir, von jetzt an werd' ich mich ändern. Ehrlich.«

In den folgenden Wochen hielt er sich von Dupree's fern. Wenn er von der Arbeit nach Hause ging, riefen ihm die Männer zu: »He, Donny! Wo hast du gesteckt, Mann? Kommst du rüber, wenn du dich umgezogen hast?«

»Muß mich 'n bißchen um die Familie kümmern, Mann. Weißt du Bescheid?«

Hände winkten verächtlich ab, verurteilten ihn wieder einmal als Mr. Junior-Kirchendiener, Donny Good Boy Tatro. Na und? So und nur so wollte er jetzt sein Leben verbringen: seine Pflicht den Menschen gegenüber erfüllen, die er liebte, und sich von denen fernhalten, die er nicht liebte, die ihn nicht liebten. In Ruhe gelassen werden. Rochelle hatte aufgehört, ständig an ihm herumzumäkeln, und er blieb jetzt auch öfter zu Hause. Manchmal trafen sie sich, bevor sie die Kinder abholten, in der Küche, teilten sich ein Bier und sprachen über den Tag. Ein- oder zweimal landeten sie dabei auf dem Fußboden, der Couch oder im Bett. Allmählich wurde es fast so wie früher, und darüber war Donny froh.

Mit der Zeit nahm er an den Samstagen und gelegentlich auch am Nachmittag nach der Fabrik wieder ein bißchen leichte Gartenarbeit an. Damit, mit seinem Lohn und mit Rochelles Einkünften schafften sie es, Miete, Essen und Abzahlungsraten an die Harmony Home aufzubringen. Sogar einen neuen Fernseher schafften sie sich an. Doch Isaacs Zehen krümmten sich zu weit nach innen, der Arzt empfahl Gipsverbände und dann während der Nacht eine Schiene. Aufgrund der Schwangerschaft bekam Rochelle schlechte Zähne. Die Hebamme für Isaac hatten sie noch immer nicht bezahlt, und schon kam wieder ein Baby. Donny war jedoch fest entschlossen, sich durch- und auf der anderen Seite wieder herauszukämpfen. Seine Mutter schickte Geld aus New York, und Ruby ließ sich ihre Sterbeversicherung ausbezahlen.

Eines Tages, als er die Laderampe fegte, kam Al Grimes zu ihm hinüber und schenkte ihm zwei alte Pfeifen.

»Ja, dann dank' ich Ihnen auch schön, Mr. Al.« Donny grinste und nahm die Pfeifen, obwohl er nicht rauchte.

»Du wirst bestimmt viel Freude dran haben, Donny. Sie ziehen fabelhaft.«

»Ja, Sir, bestimmt.«

Nach der Arbeit fuhr Donny mit dem Bus zur Tsali Street. Daß er völlig erschöpft war, begriff er erst, als ihn ein Weißer ihm gegenüber anknurrte: »Wen starrst du so an, Boy?«

Er hatte glatt durch den Mann hindurchgesehen.

»Niemand, Sir«, murmelte er mit gesenktem Blick.

»Willst du etwa sagen, ich bin niemand?«

»Nein, Sir.« Donny machte die Augen zu und flehte den Mann im stillen an, es ihm bitte nicht allzu schwer zu machen.

»Paß ja auf, wen du anstarrst, Boy! Sonst wird's dir eines Tages noch mal leid tun!«

»Ja, Sir«, seufzte Donny und barg das Gesicht in den Händen.

»Hast du gehört, was ich gesagt habe, Boy?«

»Ja, Sir.«

»Ist nämlich nur zu deinem eigenen Besten.« Der Mann hatte sich dafür entschieden, ihn zu belehren, statt ihn zu quälen. Schwer zu sagen, was schlimmer war. »Also, manche Leute, die würden dich zweifellos glatt umlegen, wenn sie merkten, daß du sie so unverschämt anstarrst, wie du's eben mit mir gemacht hast.«

»Tut mir leid, Sir. Ich wußte nicht, daß ich Sie angestarrt habe. Ich bin nur so furchtbar müde.«

»Müde? Wer von uns ist wohl nicht müde, junger Mann?«

»Ja, Sir. Das glaube ich auch.«

»Das glaubst du auch? Nun ja, ich *weiß* es.« Wieder dieser drohende Tonfall. »Wenn der Herrgott uns zum Ausruhen geschaffen hätte, dann hätte Er uns nicht zwei Hände gegeben, um Seine Werke zu tun, sage ich immer.«

»Ja, Sir.«

»Die einzigen, die nicht müde sind, die ruhen in ihrem Grab. Oder hocken auf ihrem Hintern in der Tsali Street.«

Donny lächelte ein wenig und nickte. »Ja, Sir. Das ist wohl wahr.«

»Woher willst du das wissen, Boy? Ich glaube kaum, daß du dich viel in der Tsali Street aufhältst.«

»Ich arbeite dort bei einigen Leuten im Garten. Da will ich jetzt auch gerade hin.«

Der Bus hatte die Haltestelle erreicht, und er stand auf.

»Hör auf mich, Boy, und achte darauf, wo du hinsiehst!«

»Das werd' ich, Sir. Bestimmt.« Donny grinste, dabei hätte er die häßlichen rosigen Wangen am liebsten mit den Nägeln zerfleischt und zugesehen, wie das Blut strömte. Er ermahnte sich, Ruhe zu bewahren, weil sonst der Blutdruck wieder steigen würde.

Er stutzte die Schierlingstannenhecken, und jedes Öffnen und Zuschnappen der Schere kam ihm vor, als sei es seine letzte Bewegung auf dieser Erde. Während er den Rasen mähte, dachte er daran, daß er vom Fußballspielen mit Konservendosen mit den Fünfen zusammen an warmen Sommerabenden jeden Quadratzentimeter dieses Gartens kannte, jede Lücke in den Hecken, jeden Stein und jeden Komposthaufen.

Die Princes waren nicht da, doch auf der Küchentreppe fand er ein Glas mit Schweineschmalz und seinen Scheck. Er ging die Tsali Street zur Bushaltestelle am Highway hinunter. Den einen Bus hatte er gerade verpaßt, der nächste kam erst in zwanzig Minuten. Er betrat Anderson's Drugstore, wo die Fünf sich früher Tüten mit Traubeneis gekauft hatten, stützte sich auf die Theke und wischte sich mit dem Hemdsärmel die schweißnasse Oberlippe und Stirn trocken. Die Theke war fast ganz besetzt; eine Frau im weißen Kittel nahm die Bestellungen entgegen. Der weiße Stoff ihrer Uniform spannte sich über den breiten Hüften.

»Und was kann ich Ihnen bringen, Herzchen?« erkundigte sie sich im Vorbeihasten.

»Nur ein Glas Wasser bitte, Ma'am.«

Sie füllte ein Glas und schob es ihm über die Theke zu. »Danke sehr, Ma'am«, sagte er. Und leerte es mit einem einzigen, tiefen Zug. Als er zur Tür ging, sah er im Glas des Schaufensters ihr Spiegelbild. Sie beobachtete ihn nachdenklich. Dann sah sie den Apotheker am Rezeptschalter an, sah wieder hinter Donny her, musterte das leere Glas in ihrer Hand, warf ein paar Kunden an der Theke einen verlegenen Blick zu, zuckte die Achseln und ließ das Glas in den Mülleimer fallen, wo es zersplitterte.

Er hörte Rochelle in der Küche eine Bierflasche öffnen. Beinahe wimmernd schloß er sie in die Arme und barg das Gesicht an ihrem Hals, unfähig, ein Wort zu sprechen.

»He, Nigger, du stinkst!« rief sie lachend und schob ihn von sich. Er spürte, wie sein Arm ausholte. Krachend landete seine Faust auf ihrem Mund. Sie schrie. Immer wieder versenkte er die Fäuste tief in ihrem Fleisch. Flüchtig nahm er ihr angstverzerrtes Gesicht wahr – ihr helles Gesicht. Das Gesicht der Mutter, die ihn verlassen hatte; das Gesicht der Frau im Majestic Theatre; das Gesicht der Frau an der Drugstoretheke; das Gesicht von Mrs. Prince, die ihm das Schweineschmalz reichte. Stinkende Fotzen, allesamt! Er war ein Nigger, aber wenigstens war er keine stinkende Fotze. Blut rann über Rochelles Kinn. Seine Faust landete krachend auf ihrem hellen Wangenknochen.

Sie packte den Flaschenöffner und zog ihn von oben bis unten über sein Gesicht. Er schlug die Hand vor sein rechtes Auge, das sich sofort mit Blut füllte, und lief stolpernd zur Wohnung hinaus.

Viertes Kapitel
Jed

Jed ergriff seine schwarze Lunchbox. »Sei schön brav«, ermahnte er Sally mit einem flüchtigen Kuß auf die Wange.

Sie rückte Joey auf ihrer Hüfte zurecht. »Zu was anderm hab' ich ja keine Gelegenheit.«

»Ist aber auch gut so. Ich würd' jeden grün und blau prügeln, der dich anrührt.« Das war keineswegs übertrieben. Allein die Vorstellung, daß Sally in den Armen eines anderen lag und dem verriet, daß Jed Hämorrhoiden hatte und manchmal an der Kloschüssel vorbeipinkelte, machte ihn rasend.

Sally lachte. »Du tust ja gerade, als wär' ich Rapunzel oder so.«

»Genau das bist du auch für mich, Liebling. Meine Prinzessin hoch oben im Turm. Stimmt's?«

»Ja, Herzchen. Natürlich.«

Sie küßten sich, während Joey ärgerliche Töne ausstieß und Jed wegzudrängen versuchte.

Als er in seinen alten Chevy aus High-School-Zeiten stieg, musterte Jed sein Häuschen mit nachdenklichem Blick. Fünfundzwanzig Prozent hatte er bereits abgezahlt; noch sechzehn Jahre, und es würde ihnen ganz gehören. Er sah auf seine Kalenderuhr. Genau im Jahr 1981. Jeden Quadratzentimeter, drinnen und draußen, hatte er mit eigenen Händen bearbeitet, hatte gekratzt und gestrichen, gekittet und die Tapeten, die Sally ausgesucht hatte, an die Wände geklebt. Hinten baute er gerade ein neues Zimmer für Joey an. Er leistete Ratenzahlungen für eine Fernsehtruhe und einen neuen Dodge-Kombi für Sally und die Kinder. Er hatte überall in dem kleinen Garten gemäht, gepfropft, gejätet, gestutzt und gepflanzt, hatte eine Sandkiste gebaut und eine Schaukel aufgestellt. Er hatte das hübscheste Mädchen der ganzen Stadt geheiratet und zwei süße Kinder bekommen: zuerst den Sohn, dann die Tochter. Nicht lange mehr, und er wurde Vorarbeiter in der Fabrik. Und ein paar Jahre später vielleicht sogar Werkmeister. Und wer weiß, was dann? Möglicherweise Produktionsleiter oder sogar Betriebsleiter. Möglich war alles. Schließlich hatte sein Vater als ungebildeter Hillbilly völlig ohne einen Penny angefangen und war vor kurzem zum Werkmeister befördert worden. Jawohl, na schön, in der High School hatte er Mist gebaut, mit Sally und ihrer Schwangerschaft und so. Aber seitdem war alles wirklich gut gelaufen. Außerdem glaubten beinahe alle daran, daß sie in aller Heimlichkeit geheiratet hatten. Oder taten wenigstens so.

Zu seinen Zukunftsplänen gehörte die Mitgliedschaft bei den Elks und der Erwerb eines Motorboots. Oder vielleicht eines neuen Wagens – eines T-Birds.

Vor kurzem hatte Hank zu ihm gesagt: »Also, wenn Sallys Alter stirbt, dann wirst du bestimmt ganz schön kassieren, Kumpel.«

Daran hatte Jed überhaupt noch nicht gedacht. Daß Sallys Daddy die Fabrik leitete und ihre Familie eine vornehme Villa besaß, war ihm natürlich immer bewußt gewesen. Niemals jedoch war er auf den Gedanken gekommen, daß das mit ihm etwas zu tun haben könnte – höchstens insofern, als er sich ein bißchen wichtig vorkam, weil er Sallys fester Freund war. Aber möglicherweise hatte Hank recht. Möglicherweise wurde Sally wirklich eines Tages reich – und er, als ihr Ehemann, ebenfalls. Dann konnten sie sich in einer Wohnsiedlung ein neues Haus kaufen, mit den Kindern Ausflüge nach Disneyland machen, zum Essen fein ausgehen und alles. Er grinste.

Langsam fuhr er durch die Straßen, in denen er sein ganzes Leben verbracht hatte, und an dem Haus vorbei, in dem er aufgewachsen war. Die Lebensgeschichte der meisten Anwohner hier kannte er in- und auswendig. Er fand es angenehm, an jedem Tag genau zu wissen, wem er begegnen und was er tun würde. So gut wie nie erlebte er etwas, womit er nicht gerechnet hatte.

Lächelnd dachte er daran, wie er am Morgen, gleich nach dem Schrillen des Weckers, mit Sally geschlafen hatte. Er war mit einem riesigen Ständer erwacht, hatte sich hinübergerollt und ihn in sie reingesteckt. Am Morgen, wenn er ausgeruht war, machte es ihm immer am meisten Spaß. Und weil er ja zur Arbeit mußte, durfte es auch nicht lange dauern. Des Abends oder am Wochenende mußte er immer diese beschissene ›Liebst du mich auch wirklich, ehrlich?‹-Tour über sich ergehen lassen, die ihn so nervte, daß er es fast besser fand, sich schnell selbst einen runterzuholen. Er konnte es einfach nicht begreifen, warum es für Sally nicht selbstverständlich war, daß er sie liebte. Warum mußten sie das immer von neuem abspulen? Es war genau wie mit dem

Vaterunser in der Kirche: Nach einer Weile verloren die Worte jegliche Bedeutung. Der Geheimagent in dem Taschenbuch, das er gerade las, pflegte den Damen zu erklären: ›Ich sage keiner Frau, daß ich sie liebe. Ich weiß ja nicht mal, ob ich morgen noch lebe, da wär' es doch unfair von mir, dir vorzumachen, du könntest immer auf mich zählen. Aber wenn ich ein Leben führen würde wie ein ganz normaler Mann, dann, glaub mir, Rachel, würd' ich es mit dir verbringen wollen.‹ Und Trainer Clancy pflegte zu sagen: »Die Frauen werden nach der Liebe süchtig wie 'n Junkie nach Dope. Laßt euch von ihnen bloß nicht anstecken, Männer!«

Er hielt auf dem Parkplatz neben Raymonds ramponiertem Army-Surplus-Jeep. Sonderbares Gefühl, daß Raymond wieder zu Hause war! Vergangene Woche war er zu der baufälligen Hütte rausgefahren, die Raymond sich gemietet hatte – auf einer verlassenen Farm in den Bergen an der Straße nach Kentucky. Sein Bruder war gerade dabei, Haus und Schuppen zu renovieren, hatte einen Garten angepflanzt und sich eine Kuh zugelegt. Hauste da mutterseelenallein. Wie er da draußen in der kalten Gegend an Weiber kommen wollte, war Jed ein Rätsel. Doch dafür hatte sich Raymond ja nie speziell interessiert. Ging ja auch gar nicht, bei 'nem Mädchen wie Emily. Die hatte vielleicht soviel Sex wie 'n Telegrafenmast. Raymond hatte sich die Haare geschnitten, den Schnauzbart abrasiert und lief jetzt im Overall rum wie alle anderen. Als er noch oben in New York City gewesen war, hatte er sich wie so 'ne Art Beatnik oder so benommen. Jetzt aber gab er sich große Mühe, mit den Leuten in der Spinnerei zu reden und rumzuflachsen. Seinen Yankee-Akzent hatte er abgelegt. Klang manchmal sogar noch mehr nach *country* als die Farmer selbst. Richtig peinlich, so was! Schauspieler hätte der Kerl werden sollen. Die ganze Stadt war schokkiert gewesen, als damals, nachdem er zusammengeschlagen worden war, sein Foto von der Abschlußfeier der Newland High in allen Zeitungen und sogar im Fernsehen erschien. Daß die Leute schockiert waren, merkte man daran, daß niemand ein Wort davon erwähnte. Sie taten, als wär' überhaupt nichts passiert, als hätte niemals ein Junge aus Newland für eine Bande von Yankee-Kommunisten gearbeitet. Jed fand, Raymond habe vermutlich gekriegt, was er verdiente. Sah ja tatsächlich so aus, als fände Raymond das inzwischen selbst und schlüge eine neue Seite auf.

Neulich Abends hatte er 'ne Menge Mist erzählt: Die Stärke der arbeitenden Bevölkerung der Südstaaten beruhe auf ihrer Verbundenheit mit der Scholle, hatte er gemeint. Wenn es ihnen nicht passe, wie man sie auf der Arbeitsstelle behandele, würden sie einfach aufhören – weil sie in ihrem eigenen Garten Gemüse ziehen und in den Wäldern auf Jagd gehen könnten.

»Wann hast du denn das letzte Mal 'n Stück Wild geschossen, Raymond?« Ewig hatte Raymond großartige Theorien, die jedoch alle nicht das geringste mit dem zu tun hatten, was er wirklich tat.

»Da hast du recht, kleiner Bruder. Aber jetzt bin ich nach Hause zurückgekommen und werde bleiben.« Jed versuchte, erfreut zu tun. »Wie dem auch sei, ich wollte nur sagen, daß wir nicht die Lakaien der Yankee-Kapitalisten zu spielen brauchen.«

»Lakaien – was ist denn das?«

»Diener.«

»Ha!« Jed spie in den Feldsteinkamin. »Was mit dir ist, Kumpel, weiß ich nicht. Aber ich bin von keinem Menschen der Diener.«

Raymond sah von dem Stock hoch, an dem er schnitzte. »Das glaubst du.«

»Na schön, von wem denn?«

»Von den Aktionären der Arnold Fiber Corporation.«

»*Shit,* Mann! Ich diene keinem Aktionär. Ich *kenne* ja nicht mal einen.«

»Du kennst doch Prince – oder? Und diesen Kerl aus New York, wie heißt er doch gleich: Mackay. Die stecken Geld in die Fabrik und kriegen dann einen Teil vom Profit, ohne daß sie einen Finger rühren.«

»Prince und Mackay arbeiten verdammt hart.«

»Nun, darüber kann man streiten. Aber 'ne Menge Aktionäre tun das nicht. Die sitzen in den Jachtclubs von New York City auf ihrem Hintern und nehmen die Schecks per Post in Empfang.«

»Jetzt lügst du aber!« Als sie noch klein waren, hatte er immer zu Raymond aufgeblickt, doch jetzt schien es, als wäre Jed erwachsen geworden, eine Ehe eingegangen, mit Pflichten einer Familie gegenüber, während Raymond noch immer ein verklemmter kleiner Rotzlümmel war, bei dem die Hälfte von allem, was er sagte, gelogen war. Leider wußte Jed nie so genau, welche Hälfte.

»Es ist wahr, Jed. Ich schwör's dir.«

»Scheint mir nicht gerade fair zu sein.«

»Das ist es ja, was ich dir die ganze Zeit zu erklären versuche!«

Auf der Heimfahrt dachte Jed über das alles nach und fand die Vorstellung, Mr. Prince könne seinen Arbeitern so etwas antun, so unwahrscheinlich, daß es einfach nicht wahr sein konnte. Und fragte sich, ob Raymond vielleicht was mit diesen Gewerkschaftsleuten zu tun hatte und nur hier runtergekommen war, um Unfrieden zu stiften, wie er es ja sein Leben lang immer getan hatte. Er begann Raymond in der Fabrik zu beobachten, doch der benahm sich so vollkommen normal und anpassungsbereit, daß Jed ein schlechtes Gewissen bekam, weil er seinem eigenen Bruder mißtraut hatte. Immerhin kursierte das Gerücht, die Gewerkschaft wolle einen neuen Versuch machen. Diese Versuche kamen in Wellen, wie Heuschreckenschwärme. Zum erstenmal damals, in den dreißigern. Eine der Geschichten, die sein Vater immer erzählte, handelte davon, daß die Spinnereiarbeiter die Organisatoren aus ihrer Pension geholt und sie unter Absingen des Liedes ›Praise God from Whom All Blessings Flow‹ zur Stadtgrenze geschleppt hatten.

In den fünfziger Jahren hatte ein als Versicherungsvertreter getarnter Organisator Handzettel in der Fabrik verteilt und ein Organisationskomitee zu gründen versucht. Sein Vater und ein paar andere waren Nacht für Nacht zum Howard Johnson Motel gefahren, hatten ihre aufgeblendeten Scheinwerfer auf das Fenster des Organisators gerichtet und Steinchen an die Scheiben geworfen, damit er nervös wurde und die ganze Nacht nicht schlafen konnte. Er hatte den Wink mit dem Zaunpfahl nicht kapiert, deswegen waren sie eines Nachmittags auf dem Fabrikparkplatz mit Montiereisen und Brechstangen über ihn hergefallen. Als er in seinen Wagen sprang, alle Türen verschloß und den Motor startete, ließen sie ihm die Luft aus den Reifen.

»Der hat ein so verängstigtes Gesicht gemacht«, erzählte der Vater grinsend, »daß ich noch heute lachen muß. Wißt ihr, die Yankees haben von Haus aus eine Todesangst vor dem Süden. Weil sie so viele Geschichten über uns Wilde hier unten gehört haben. Und da möchte man sie schließlich nicht enttäuschen.«

Nachdem Jed aus dem Chevy gestiegen war, rückte er seine Krawatte zurecht. Mackay verlangte von allen Vorgesetzten, daß sie unter dem Coverall ein weißes Hemd und Krawatte trugen. Zuerst hatte sein Vater ihm erklärt, er sei fünfunddreißig Jahre lang auch ohne so ’nen verdammten Schlips gut gefahren, mit dem er ja doch nur in eine Maschine geraten und erwürgt werden würde. Doch Mr. Prince hatte ihn freundlich beiseite genommen, und seitdem hatte er die Anweisung befolgt. Jed dagegen trug gern Hemd und Krawatte. So schienen ihm die Arbeiter mehr Respekt entgegenzubringen.

Auf dem Weg vom Umkleideraum durch den Aufbrech- und den Krempelraum bis in die Vorspinnerei, wo er Assistent des Vormanns Mr. Meaker war, nickte und winkte Jed zahlreichen Arbeitern freundlich zu. Inzwischen hatte er in fast allen Produktionsabteilungen jeweils ein paar Monate gearbeitet. Einmal pro Woche besuchte er abends einen Vorarbeiterkurs, wo man lernte, wie man Untergebene behandelt. Daß einige, die schon lange in der Fabrik arbeiteten, ihn haßten, wußte er. Zuweilen rissen sie Witze über ihn: Sie wünschten, *sie* hätten die Tochter des Chefs geheiratet, sagten sie. Der Grund dafür war wohl nur zum Teil die Tatsache, daß er bevorzugt behandelt wurde. Zum anderen aber sicher das Bewußtsein, daß sein Vater schon fünfunddreißig Jahre hier war und in unerschütterlicher Treue zur Firma hielt. Außerdem gab es 'ne Menge Frauen unter den Arbeitern, und eine Frau konnte man ja wohl kaum zur Vorgesetzten machen. Obwohl einige von ihnen wahrhaftig so taten, als gehöre das Werk ihnen – Mabel Pritchard zum Beispiel. Also, das war wirklich 'ne Art Flintenweib. Auch wenn er sie mit sechs Jahren als Sonntagsschullehrerin gehabt hatte. Gestern hatte sie mit ihm um einen Plan gestritten, den er für gleitende Pausenzeiten ausgearbeitet hatte. Er hatte sie zu sich gerufen.

»Sieht ja fast aus, als hätten *Sie* jetzt in der Fabrik zu bestimmen, Mrs. Pritchard.«

»Ich habe keinen Ehrgeiz, über was anderes zu bestimmen als über mein eigenes Leben, Mr. Tatro. Aber das zu tun bin ich fest entschlossen.« Sie hatte ganz dünnes, schütteres rotes Haar – fast so wie Sallys Schamhaare.

»Ist Ihnen eigentlich klar, wer hier in dieser Abteilung das Sagen hat, Mrs. Pritchard?«

»Es ist mir durchaus klar, daß Sie und Mr. Meaker in dieser Abteilung das Sagen haben. Und wenn Sie mir jetzt bitte erklären würden, was Sie mir im Hinblick auf die Garnspinnerei zu sagen haben, Mr. Tatro, werde ich Ihren Anweisungen sofort Folge leisten.«

Wäre sie ein Mann gewesen, er hätte ihr die Zähne in ihrem frechen Mund eingeschlagen. (Genau so etwas nicht zu tun lernten sie im Vorarbeiterkurs. Der Lehrer hatte ihm erklärt, er müsse lernen, seine ›Revolverheld-Mentalität‹ unter Kontrolle zu bringen. Jed hatte sich geschmeichelt gefühlt. Er sah darin nicht unbedingt etwas, dessen man sich entledigen mußte.) Wie die den Kopf zurückwarf und ihn anfunkelte, während sie mit ihm sprach! Ganze Kolonnen von herrschsüchtigen Weibern marschierten vor seinem inneren Auge auf: die Mutter, Ruby, Kathryn, Emily, Busen-Betty, die Lehrerinnen von zwölf Schul- und Sonntagsschuljahren. Fast kam er sich wieder so hilflos vor wie als kleiner Junge. Doch jetzt war er ein erwachsener Mann, noch dazu fast Vorarbeiter, und keine Frau würde ihm, verdammt noch mal, vorschreiben, was er zu tun hatte! Weiber! Genau wie Trainer Clancy immer gesagt hatte: Die waren nur für zweierlei gut, und das eine davon war, Essen auf den Tisch zu bringen.

Er war nur froh, daß er in der High School zur Ballsportmannschaft gehört und gelernt hatte, die Zähne zusammenzubeißen, so manche bittere Pille zu schlucken und stets seine Pflicht zu tun. Wie Trainer Clancy immer gesagt hatte: Man mußte seine Wut in konstruktive Kanäle lenken. »Geht raus aufs Spielfeld und schlagt ein paar Schädel ein. Oder verzieht euch mit eurem Mädchen in den Wald und bumst sie in Grund und Boden. Aber ich wünsche nicht, daß meine Sportler mit den Fäusten aufeinander losgehen!«

Außerdem *konnte* man eine Frau nicht schlagen. »Gehen Sie an Ihren Platz zurück, Mrs. Pritchard, und tun Sie Ihre Arbeit«, sagte er mit erstickter Stimme und flammend rotem Gesicht.

»Genau das, Mr. Tatro, hatte ich tun wollen, als Sie mich davon abgehalten haben – das wollte ich Ihnen nur noch sagen.«

Sie maßen einander mit den Blicken. *Die* wollte eine Frau sein? *Shit,* das würde er ihr erst abnehmen, wenn er ihre Fotze sah. Immer deutlicher erkannte er, wie froh er sein konnte, Sally zu haben. Die widersprach ihm wenigstens nie und war stets bemüht, ihn zufriedenzustellen. Zuweilen kam er abends so brummig nach Hause wie ein Grizzly. Dann massierte sie ihm Hals und Schultern, stellte den Fernseher an und servierte ihm das Abendessen. Sie badete die Kinder und brachte sie ihm sauber gewaschen und gepudert zum Gutenachtsagen. Und wenn sie müde waren, führte sie ihn zum gemeinsamen Ehebett, und er rollte sich in ihren weichen Armen zusammen, während sie ihm beruhigend zuflüsterte, wie sehr sie ihn liebe. In der Fabrik mußte er sich manchmal ganz hart und streng stellen, damit solche Weiber wie Mrs. Pritchard nicht glaubten, sie könnten ihm auf der Nase herumtanzen. Bei Sally dagegen konnte er so sein, wie er im Grunde wirklich war: energisch, doch fair, und ein kleines bißchen schüchtern. Sie verlieh ihm die Kraft, am nächsten Morgen wieder aufzustehen und in die Fabrik zu gehen.

Die Leute sagten ständig zu ihm, wie gut er es doch habe, daß er nur zuzusehen brauche, wie andere arbeiteten. In Wirklichkeit war es jedoch viel einfacher, selber zu arbeiten. Andere Leute zum Arbeiten anzuhalten, das war das wirklich Schwierige. Sein ganzes Mitgefühl galt den Vorarbeitern, Werkmeistern und Direktoren. Abschaum wie Mrs. Pritchard, die ließen alles hinter sich, wenn sie die Stechuhr bedient hatten und zum Fabriktor hinausgingen. Die leitenden Angestellten dagegen nahmen ihre Probleme mit nach Hause. Allmählich gewöhnte er sich an diese Art der Verantwortung, *mußte* sich an sie gewöhnen, wenn er wirklich Vorarbeiter werden wollte.

Er winkte Busen-Betty zu, die gerade die Halle betrat. Sie hatte zugenommen, seit sie unmittelbar nach der High School Hank geheiratet hatte. Sogar der grüne Coverall konnte ihre riesigen Titten nicht verdecken. Früher einmal hatte er viel Spaß mit ihr gehabt, doch seit er mit Sally verheiratet war, hatte er sich gebessert und trieb sich nicht mehr mit Mädchen herum, obwohl Sally immer so tat, als glaube sie ihm das nicht, und eine Schnute zog, wenn er nach der Arbeit noch auf ein Bier wegging. Selbst als er neulich abends noch mit zu Raymond wollte, hatte er Raymond erst mit ins Haus bringen müssen, damit der seine Worte bestätigte. Raymond hatte ihn angestarrt, als halte er ihn für nicht ganz dicht. Aber der arme, alte Raymond war auch vermutlich nie richtig verliebt gewesen. Es war ein schönes Gefühl für Jed, dieses Bewußtsein, daß Sally sich um ihn sorgte, und zuweilen trödelte er absichtlich im Umkleideraum und auf dem Parkplatz herum, damit sie ein wenig unruhig wurde. An solchen Abenden war sie dann so richtig schön sexy und ließ sich eventuell sogar dazu herbei, ihm einen zu blasen. Eigentlich komisch: Wenn sie das tat, fand er es herrlich. Es war verdammt angenehm, einfach so dazuliegen und alles mit sich geschehen zu lassen. Sobald es aber vorüber war, fühlte er sich entsetzlich, sprang auf, rauchte Zigaretten, war richtig gemein zu ihr und weigerte sich, sie in den Arm zu nehmen. Weil er das Bewußtsein nicht ertragen konnte, daß sie ihn erlebt hatte, wie er hilflos und wimmernd auf dem Rücken lag. Und er konnte den Gedanken nicht ertragen, daß sie sich wie eine hochbezahlte Nutte an ihm zu schaffen gemacht hatte.

Hin und wieder tauschte er mit Busen-Betty einen Blick, der andeutete, daß keiner von ihnen die schönen Zeiten vergessen hatte. Merkwürdiges Gefühl, daß sie mit seinem besten Freund verheiratet war! Hatte sie Hank erzählt, wie er, Jed, sich beim Bumsen benahm? Und *was* hatte sie ihm erzählt? Daß er recht gut war? Oder nicht? War er nun gut oder nicht – das hatte er sich oft genug selbst gefragt. Als er jetzt Betty ansah, die fast aus ihrem Coverall herausplatzte, wünschte er, Sally würde endlich auch mal soviel Begeisterung an den Tag legen wie Betty damals. Mit Sally zu bumsen war fast so, wie es mit 'ner Leiche zu treiben. Er betrachtete das V im Schritt von Bettys Coverall. Ihre Möse hatte so eine Art, sich um einen herum zusammenzuziehen, daß man sich fragte, wie man da jemals wieder rauskommen sollte. Sowohl Hank als auch er selbst hatten ihren Schwanz immer wieder in dieses enge, dunkle, schleimige Loch gerammt. Sein Atem ging schneller.

Er schämte sich. Er war jetzt verheiratet. Und Betty war die Frau seines besten Freundes. Solche Gedanken waren sündig. Und dieser Wunsch, daß Sally sich verhalten sollte wie Betty ... In der High School war Betty nichts weiter als eine Hure gewesen. Und so was von der eigenen Frau zu denken war furchtbar – vor allem von einem so lieben Mädchen, das sich so vorbildlich um die Kinder kümmerte. Sally war eine Heilige. Und er ein Ungeheuer, daß er so lüsterne Gedanken hatte.

In der Kantine saß er mit Betty und Hank zusammen. Im allgemeinen vermied er es ja, mit seinen Arbeitern auf allzu freundschaftlichem Fuß zu stehen. Anfänglich hatte der Vater ihm deswegen Vorwürfe gemacht: »Du kennst diese Leute von klein auf. Du arbeitest mit ihnen zusammen, du lebst mit ihnen zusammen, du ziehst jeden Morgen deine Hose genauso an wie sie. Weshalb tust du ihnen gegenüber dann jetzt auf einmal so hochnäsig?« Aber im Vorarbeiterkurs wurden sie immer wieder ermahnt, in dieser Hinsicht vorsichtig zu sein, die Arbeiter niemals vergessen zu lassen, wer hier der Boß war. Als sein Vater in diese Position aufrückte, hatte es noch keinen Vorarbeiterlehrgang gegeben, deswegen kannte er sich in den modernen Anschauungen nicht so gut aus.

Jed musterte Hank und Betty voll Mitgefühl. Er konnte es sich leisten, Sally nicht zur Arbeit zu schicken. Sein Vater war erst vor ein paar Jahren soweit gewesen, daß seine Mutter kündigen konnte. Hank und Betty konnten sich bis jetzt noch nicht mal ein Kind leisten, während er selbst inzwischen zwei hatte.

Den Mund voll Bologna-Sandwich sagte er: »Ich hab' gehört, daß diese Organisatoren wieder da sind.« Hank antwortete nicht. »Die sollen sich bloß besser tarnen als letztes Mal.« Er lachte. Hank lächelte. »Manche Leute muß man dreimal totschlagen, bis sie kapieren, daß sie nicht erwünscht sind. Nimm bloß mal die Yankees: Denen muß man alles vorbuchstabieren, als wären sie kleine Kinder oder so.«

»Vielleicht *wollen* einige Leute sie ja hier haben«, wandte Betty ein. Hank zog eine besorgte Miene.

Jed war erstaunt – sowohl über Bettys Einstellung als auch darüber, daß sie sie aussprach. Sally war im allgemeinen vernünftig genug, die Männer allein über Themen reden zu lassen, von denen sie nichts verstand.

»Die würden hier bestimmt nicht rumhängen, wenn sie nicht glaubten, 'ne Chance zu haben. Also, ich kann verstehn, warum einige Leute sich dafür interessieren«, ergänzte sie.

»Die quatschen da von mehr Geld und mehr Rente. Na ja, versprechen können die viel. Aber was kriegt ihr wirklich? Ihr bezahlt teuer dafür, daß eine Bande von New Yorker Gangstern sich Brillantringe leisten kann.« Jed wartete auf Zustimmung. »Habe ich recht?«

Hank sah ihn an. »Vielleicht. Vielleicht auch nicht.«

»Willst du behaupten, daß ich lüge?«

»Nein, sicher nicht. Aber es könnte sein, daß doch mehr dahintersteckt.«

»Hör zu, ich bin der Ansicht, wenn ich meine Arbeit mache, kriege ich Lohnerhöhung. Wenn ich die Lohnerhöhung nicht verdient habe, kriege ich sie auch nicht. Und wenn ich sie nicht verdient habe, will ich sie nicht. Prince ist fair. Ich stelle seine Entscheidungen nicht in Frage.« Er hatte den Vorarbeiterkurs besucht und verstand was von solchen Dingen. Es war an ihm, sie Hank zu erklären, und er hoffte nur, daß er sein Temperament zügeln konnte, wie man es ihm beigebracht hatte.

Hank schnaufte verächtlich. »Dein Prince ist nicht mehr der Obermacker, Kumpel! Der hat seine Chips längst kassiert.«

»Aber er ist doch jeden Tag da – oder?«

»Ja, aber er hat nichts mehr zu sagen.«

»Hast du vielleicht zufällig vor, der Gewerkschaft beizutreten?«

»Ach nein, ich weiß nicht... Ich denke nur nach.«

»Dann paß nur auf, daß du dich nicht um deinen Job denkst.«

»Willst du mir drohen, Tatro, oder was? Denn wenn du das tust, kannst du den Job von deinem Schwiegervater nehmen und ihn dir sonstwohin stecken.«

»Reg dich ab, Mann! Ich hab' von dem Streik in der Radiofabrik von Dunmore gesprochen, damals in den fünfziger Jahren. Als da die Gewerkschaft reinkam, haben die das gesamte Werk dichtgemacht.«

»Ach ja?«

»*Shit,* ja! Ihr redet von Rentenfonds und Krankenversicherung. Wovon ihr aber in Wirklichkeit redet, ist Arbeitslosigkeit.« Jed merkte, daß Hank beeindruckt war, und war zufrieden mit sich selbst, weil er ruhig geblieben war und dem Freund verständlich gemacht hatte, wie die Gewerkschaften arbeiteten. Er blickte sich im Lunchraum um und entdeckte, daß Raymond an einem Ecktisch saß und eindringlich auf Mrs. Pritchard einredete.

Nach dem Lunch erschien so ein Kerl von der Zentrale, was immer das sein mochte, mit einem Experten, der eine Stoppuhr in der Hand hielt und feststellen wollte, wie lange man brauchte, um die gefüllten Spulen von den Spindeln zu nehmen. Raymonds Spulen waren beinahe voll, deswegen ging Jed mit den Herren zu dessen Maschine hinüber.

Raymond hatte bereits die Karre kommen lassen. Als er die Maschine abschaltete, drückte der Mann auf die Stoppuhr. Raymond warf ihm einen kurzen Blick zu, dann ging er beiseite und lehnte sich, einen Fuß hochgestützt, bequem an die Wand. Er griff in die Tasche seines Coveralls und zog einen Tabaksbeutel sowie Zigarettenpapier heraus, um sich in aller Ruhe eine schöne, feste Zigarette zu drehen. Als sie fertig war, bot er sie Jed an, der ihm nur in die Augen sah. Anschließend bot er sie den anderen Männern an, die wie vom Donner gerührt dastanden und zusahen, wie der Sekundenzeiger ums Zifferblatt raste. Schließlich steckte sich Raymond selbst die Zigarette an und inhalierte genüßlich.

Jed war wie gelähmt. »Du hast noch nicht Pause, Raymond«, brachte er endlich heraus.

Raymond musterte ihn lächelnd. »Mir ist aber nach Rauchen.«

Zentrale und Experte tauschten Blicke.

Jed merkte, wie sich seine Hände zu Fäusten ballten. »Dieser Herr braucht dich! Du mußt deine Arbeit tun, damit er die Zeit nehmen kann.«

Raymond stieß Rauch aus. »Ich weiß, ihr hättet es am liebsten, wenn wir alle Maschinen wären, aber ich bin nun mal leider keine. Manchmal ist mir nach Rauchen zumute. Manchmal werde ich müde. Manchmal bin ich traurig oder hab' 'n Kater. Wie wollt ihr davon die Zeit nehmen?«

»Hör mal, Raymond, das hier ist ein Mann, der auch seine Arbeit zu tun hat. Genau wie du. Und jetzt nimm endlich die verdammten Spulen runter!«

Raymond stieß einen gemächlichen Strom Rauch aus und starrte Jed durch den Qualm hindurch ins Gesicht. »Warum gehst du nicht hin und läßt dich ausstopfen, kleiner Bruder? Und setzt dich dann in irgendein Industriemuseum, als Musterbeispiel für den Anachronismus, den du vertrittst?«

Jed merkte, daß er puterrot wurde. Er hatte keine Ahnung, was Raymond da redete. So hatte Raymond es schon in der High School gemacht – immer großartige Wörter gebraucht, die kein Mensch verstand. Doch in der High School war Jed immer der Stärkere gewesen. Und im Vorarbeiterkurs hatten sie ihm beigebracht, wie man mit derartigen Situationen fertig wurde. Der Experte beobachtete ihn, aber er hatte nicht den geringsten Schimmer, was jetzt zu tun war.

Der Experte entdeckte eine andere Maschine, die kurz vorm Abschalten war, und ging dort hinüber. Jed folgte dem Mann, drehte sich aber noch einmal zu Raymond um. Er sah, daß Zentrale etwas in sein Notizbuch eintrug, und überlegte, ob es wohl eine Bemerkung über seine nicht vorhandene Eignung zum Vorarbeiter war. Zum Teufel mit Raymond! Immer war er nur darauf aus, ihn möglichst schlecht dastehen zu lassen!

Im Umkleideraum stieg er von Coverall, Hemd und Krawatte ins Baseballtrikot um. Grau mit rotem Aufdruck: Benson Mills I. Sie hatten eine eigene Werksliga, aus einem halben Dutzend Teams. Und die besten Spieler aus jedem Team, zu denen auch Jed gehörte, bildeten die Benson-Mill-Mannschaft, die in der Stadtliga spielte. Die Princes hatten seit jeher die Trikots gestiftet und am Ende der Saison bei einem Bankett die Pokale verteilt. Er hätte diese Gewerkschaftler gern gefragt, wie viele Firmen wohl Präsidenten hatten, die so etwas für ihre Betriebsangehörigen taten. Behutsam knetete er die Speckrolle, die ihm allmählich über den Gürtel hing. Sally verbrachte ihre Zeit ausschließlich damit, seine Lieblingsgerichte zu kochen. Und er aß, obwohl er keinen Hunger hatte, um sie nicht zu kränken. Offen gestanden konnte sie bei weitem nicht so gut kochen wie seine Mutter. Aber sie gab sich große Mühe und lernte recht schnell. Am besten, er begann mit regelmäßiger Gymnastik.

Der einzige Nachteil an der Position eines Vorarbeiters ist, sinnierte Jed, als er im Mittelfeld stand und auf den nächsten Wurf wartete, daß ich dann in der Mannschaft der Vorgesetzten spielen muß. Denn die verloren gewöhnlich 23:1, oder ähnlich kläglich. Weil sie nämlich meistens zu alt und zu fett waren. Und was die Arbeiter in den Fabrikhallen nicht tun durften, das taten sie auf dem Spielfeld mit Wonne: Sie waren mit Feuereifer darauf aus, die Vorgesetzten so richtig in die Pfanne zu hauen. Wenn es auf der Welt etwas gab, das Jed haßte, dann war das, bei einem Spiel zu verlieren. Trainer Clancy sagte immer: »Ich halte nichts von diesem Quatsch mit ›Dabeisein ist alles‹. Ich will keinen in meinem Team, der nicht da raus geht, um zu *gewinnen!* Wenn ihr verliert, habt ihr versagt – so sehe ich das. Dann seid ihr eine Schande für eure Schule, eine Schande für eure Stadt, eine Schande für euren Trainer und eine Schande für euch selbst.«

Der Vorarbeiter vom Krempelraum schoß einen Flugball ins linke Feld. Jed schnappte ihn sich im Lauf und warf ihn zum zweiten Mal für ein Doppelspiel. Als er nach vorn trottete, um selbst zu schlagen, sah er Sally neben der Tribüne auf einer Wolldecke im Gras sitzen. Die Kinder krabbelten und spielten um sie herum, während sie ihnen liebevoll zulächelte. Er grinste und winkte, und sie winkte zurück. Sie war wirklich ein gutes Mädchen. Eine wunderbare Mutter. Eine treusorgende Ehefrau. Während seine Teamkameraden die Male erreichten oder auch nicht, warf er immer wieder verstohlene Blicke zu seiner Familie hinüber. Joey trieb sich unter der Tribüne herum, setzte sich in die Hocke und spielte mit Schokoladenpapier, kroch unter die Sitze, um deren Inhaber zu erschrecken und zu bezaubern. Wie er sich erinnerte, hatte er es früher genauso gemacht. Und nun war er ein großer, erwachsener Mann, der nicht mehr unter die Tribüne paßte... Es war eine seltsame Vorstellung, daß sein kleines Baby eines Tages ein genauso großer, erwachsener Mann sein würde wie er. Und er selbst war dann...

Mit einem Treibschlag beförderte er den Ball am Zwischenspieler vorbei und erreichte das erste Mal.

Hinten im linken Feld nahm er die Mütze ab und setzte sie sich so wieder auf den Kopf, wie er es gern hatte: den Schirm unmittelbar über den Augenbrauen. Um darunter hervorsehen zu können, mußte er das Kinn recken, aber so wurde er wenigstens nicht von der Sonne geblendet, wenn er einem Flugball nachzublicken versuchte. Die Sonne sank hinter die Hügel im Rücken der Zuschauerbänke, wo mehrere Spieler mit dem Rücken zum Spielfeld im Gebüsch standen und pinkelten.

Mr. Meaker schlug einen tiefen Treibball zum linken Feld. Mr. Meaker war in diesem Monat sein Chef. Alles, was Mr. Meaker wollte, ging in Ordnung. Wenn er um diese Male herumlaufen wollte – wunderbar! Während Jed dieser Gedanke durch den Kopf schoß und er ihn sofort wieder verwarf, lief er automatisch dem Ball entgegen. Er hielt die Hand tief, um ihn fangen zu können – und der Ball flog am Handschuh vorbei. Verblüfft starrte Jed hinterher. So einen Ball hatte er noch nie verpaßt. Als Meaker das zweite Mal umrundete, begannen die Zuschauer zu johlen. Jed holte sich den Ball und nagelte Meaker am dritten Mal fest.

»Das war ganz schön mies von dir, Tatro«, sagte Hank grinsend, als sie zum Schlagmal hinübertrotteten.

»Mann, ich weiß wirklich nicht, was da los war! Muß irgendwie 'n Abpraller gewesen sein.«

Hank lachte. »Das war kein Abpraller, Tatro. Du hast nur einfach das Interesse daran verloren, die Mistkerle fertigzumachen. Mehr nicht.«

»Was redest du da?«

»Na ja, du bist doch drauf und dran, in ihren Club einzutreten, nicht wahr?«

»Ja, aber ich begreif' nicht, was das mit Baseballspielen zu tun haben soll.«

»Wirklich nicht?«

»Nein.«

Am Ende des sechsten Spiels stand es 27:3. Die Vorgesetzten hatten keine drei Aus erreichen können. Allen wurde das Abendessen kalt. Schließlich gaben sie gutmütig auf, wie das fast jedesmal der Fall war. Jed wußte nicht recht, ob er das durchhalten würde. Wog das zusätzliche Gehalt und Prestige wirklich den Zwang auf, Spiele mit einem Lächeln aufgeben zu müssen? Vermutlich doch. Wie Trainer Clancy zu sagen pflegte, man mußte sich seine Kämpfe sorgfältig aussuchen. »Jeder Mann hat nur so und soviel Kampfkraft in sich, stimmt's? Kämpfst du mit deinem Mädchen, hast du keine Kampfkraft fürs Spielfeld mehr übrig. Aber was von den beiden ist nun wichtiger?« Nun, hier war die Situation genau umgekehrt. Na schön, sicher – man verlor die Baseballspiele, doch was man dafür gewann, das war das eigentliche, das wesentliche und wichtigste Spiel.

Er ließ sich auf die Wolldecke fallen und gab Sally einen Kuß. Sie packte gerade die Brathähnchen aus. Er stopfte sich ein halbes Ei mit Teufelssauce in den Mund und sagte kauend: »Gott, Mädchen, ich hab' 'n Hunger wie 'n Wolf! Was hast du uns denn Schönes mitgebracht?« Er wälzte sich herum und warf dabei eine Colaflasche mit einer Narzisse um.

»He, Herzchen, du zerdrückst mir meine Blume!« Er richtete sich auf, während Sally die Narzisse in die Flasche zurücksteckte und beiseite stellte.

Jed knabberte an einem Hühnerbein. »He, Sal! Erinnerst du dich an diese Decke?«

Sie musterte die olivgrüne Militärdecke mit dem dunklen, feuchten Fleck in der Mitte. »Natürlich. Die haben wir doch immer benutzt. Du hattest sie auf dem Rücksitz von deinem Chevy liegen.«

»Erinnerst du dich denn nicht mehr? Unten im Munitionsdepot haben wir sie benutzt. Und draufgelegen, an dem Abend, als ... äh ...«

»Ach ja!«

»Das waren wilde Zeiten.«

»Ja, das ist wohl wahr.«

Sie hatten niemals davon gesprochen, nicht einmal, während die Sache lief. Wußte sie von seinem inneren Kampf um die Entscheidung, ob er sie heiraten oder lieber die Stadt verlassen sollte? Von seinem Gespräch mit Mr. Marsh hatte er ihr auch nichts erzählt. Wie es wohl damals für sie gewesen war? »Tut es dir leid, daß alles so gekommen ist?«

Sie zögerte. »Wieso sollte es mir leid tun, Dummchen?« Sie beugte sich zu ihm hinüber und gab ihm einen Kuß. »Sieh dir doch an, wieviel Schönes ich habe – und nur deswegen!« Sie deutete auf Jed und die Kinder, die sich im Gras um die Narzisse balgten. »Tut es dir vielleicht leid, Liebling?«

»Verdammt noch mal, nein! Ich meine nur, es ist schade, daß alles so überstürzt kommen mußte. Aber gewollt hätte ich's so auf jeden Fall.« Er dachte daran, was für ein schönes Gefühl es gewesen war, an jenem Abend, Flugbälle aus der Luft zu schnappen und sie den Malspielern zuzuschießen wie Kanonenkugeln, den Ball mit dem Schläger zu treffen und ihn weit über das Außenfeld hinauszuschicken. Er erinnerte sich an das erhebende Gefühl, eine Blockierung genau richtig zu plazieren, damit der *›back‹* durch die entstandene Lücke rennen und den ersten Touchdown erzielen konnte. Er spürte und hörte noch heute, wie die Zuschauer fast auf Kommando aufsprangen, um seine Angriffe zu bejubeln. So etwas gab es für ihn jetzt nicht mehr. Auf dem College hätte er noch vier weitere Jahre davon haben können. Und dann – Profi? Wäre er dafür gut genug gewesen? Er würde es nie erfahren. Manchmal stellte er sich vor, daß Joey bei den Rams oder so Halfback spielte. Dazu mußte man hart sein, sehr hart, und die Mädchen entweder ganz sein lassen oder sich nicht verantwortlich fühlen, wenn man sie anbuffte. Wie dieser Cowboy in ›Beyond the Rio Grande‹, das er letzte Woche gelesen hatte. Auf alles scheißen und dann in die untergehende Sonne hineinreiten – ohne einen Blick zurück, während die Weiber auf die Knie fielen und weinten, ihn anflehten, doch bei ihnen zu bleiben. Sich nichts draus machen, wenn man den größten Teil des Jahres von Eltern und Familie getrennt leben mußte, in Hotels wohnte, fremde Mädchen aufriß, in Restaurants aß, im ganzen Land rumjettete ... Er seufzte.

»Was hast du, Herzchen – bist du traurig?« erkundigte sich Sally, die mit seinen schweißnassen Haaren spielte.

»Weiß nicht.« Er richtete sich auf, griff nach Joeys großem aufgepumpten Ball und warf ihn dem Jungen zu. Joey war, die Narzisse in beiden Händen und die Nase tief in die Blüte versenkt, wie eine riesige, trunkene Biene in der Gegend herumgewatschelt. Der Ball traf ihn unversehens an der Stirn. Erschrocken zusammenzuckend hob er den Kopf.

»He, Joey! Nicht weinen, Junge! Du bist doch Daddys großer, starker Mann!«

Keineswegs überzeugt, holte Joey tief und zitternd Luft – die Vorbereitung zum großen Jammer.

»Komm her, Junge!«

Vorsichtig, ängstlich kam Joey näher. Jed nahm ihm die Narzisse fort. »Blumen sind nur was für Mädchen. Du und ich, wir beide werden jetzt Ball spielen.« Er gab Sally die zerdrückte Narzisse, und sie gab sie dem Baby, das sie sofort in den Mund steckte.

Joey und Jed spielten Ball. Wenn Joey den Ball kommen sah, klemmte er beide Arme an den Körper. Landete der Ball dabei zufällig in seinen Händen, war das reine Glückssache. Schließlich nahm Jed seinen Sohn bei der Hand und wanderte mit ihm zu den Büschen auf dem Hang hinter den Zuschauerbänken hinüber. Dort blieben sie mit dem Rücken zum Spielfeld und den Händen vorm Bauch stehen. Joey verschwand fast zwischen den hohen Sträuchern.

»Daddy und Joey, wir sind die Männer!« verkündete er stolz, als sie zu Sally und Laura zurückkehrten.

»Das stimmt, mein Liebling«, bestätigte sie zärtlich, schloß ihn in die Arme und pflanzte ihm einen Kuß auf die rosige Wange. Er stieß sie von sich und machte sich los.

Am nächsten Morgen herrschte strahlender Sonnenschein. Jed und Hank verkleideten das neue Zimmer mit Holz. Joey trippelte mit einem Hammer umher und hämmerte auf alles ein, was sich in seiner Reichweite befand.

»Ich find' das wirklich nett von dir, daß du mir hilfst, Hank, alter Kumpel«, erklärte Jed, während er einen Nagel einschlug.

»He, würdest du bitte aufhören, mir das ständig aufs Butterbrot zu schmieren? Mir langt's allmählich.«

»Aber es stimmt doch.«

»*Shit,* das weiß ich. Und ich weiß auch, daß du für mich dasselbe tun würdest.«

»Brauchst du vielleicht auch bald 'n Zimmer mehr?« Grinsend hob Jed den Kopf. Er trank einen großen Schluck Bier.

»Wir überlegen noch.«

»Also, ihr werdet's bestimmt nicht bereuen. Kinder sind 'n richtiger Segen für eine Ehe.«

»Ja, aber wir meinen, daß wir dann nicht mehr so einfach ins Kino gehn können und so.«

»Na ja, das stimmt schon. Aber daran gewöhnt man sich. Mit der Zeit bleibt man sowieso lieber zu Hause bei den Kindern.«

»Das befürchten wir ja eben.«

Jed musterte ihn indigniert. »So schlimm ist das aber nun auch wieder nicht.«

»Für manche nicht. Aber wir wissen nicht recht, ob wir der Typ dafür sind.« Er legte den Hammer hin, trank einen Schluck Bier und wischte sich mit dem Unterarm den Schweiß vom Gesicht.

»Weißt du, Kumpel, ihr braucht bloß das zu tun, was ihr sowieso immer tut, und eines Tages seid ihr zu dritt.«

»So war's bei *euch*. Damals habe ich mir geschworen, daß *mir* so was nicht passieren wird.«

»Verdammt noch mal, wie kann man das alles so kalt und berechnend sehen! Sally und ich, wir beide haben einfach nicht anders gekonnt!«

Etwas verärgert fragte Hank: »Willst du etwa behaupten, Tatro, daß du männlicher bist als ich? Wie ich gehört habe, sollst du ja 'n ziemlich schwieriger Fall gewesen sein.«

»Ach ja? Von wem?« Jed grinste.

»Was glaubst du wohl?«

»Hat deine Alte dir das erzählt?«

»Nur, daß du sie immer wie 'n Stück Scheiße behandelt hast. Sie besprungen hast, gekommen bist und sie wieder nach Hause gebracht hast.«

Jed war wie vom Donner gerührt. »Das ist nicht wahr!«

»Sie sagt, immer wenn mit Sally alles in Ordnung war, hast du keine Verwendung für sie gehabt. Höchstens zum Bumsen. Nicht mal gegrüßt hast du sie in der Schule, sagt sie.«

»Ach, hör doch auf! Das ist nicht fair. Sie hat's schließlich mit jedem Jungen in der Stadt getrieben.«

»Genau das hast du in der Schule verbreitet. Aber es war nicht wahr. Sie hat dich geliebt, Tatro. Du warst der einzige, mit dem sie's gemacht hat. Und du hast sie behandelt wie 'n Stück Dreck.«

»Niemals! Das ist 'ne faustdicke Lüge.«

»Willst du etwa behaupten, meine Frau lügt?«

»Wenn du's unbedingt wissen willst – ja.« Sie hatten beide die Fäuste gehoben und begannen einander langsam, vorsichtig über den Bauschutt steigend zu umkreisen.

»Sie sagt, in der Fabrik grinst du ihr die ganze Zeit hämisch zu, als hättet ihr beide irgendein finsteres Geheimnis oder so. Aber ich will dir was sagen, Kumpel: Von jetzt an läßt du deine Augen von ihr, und deine schmutzigen Gedanken auch! Schließlich ist sie jetzt *meine* Frau.«

Jed lachte. »Keine Sorge, Osborne. Mein Gott, *das* Weib würd' ich nicht mal mit 'ner Dreimeterlatte vögeln wollen!« Nie wieder würde er mit Busen-Betty ein Wort wechseln.

Hank lachte laut auf. »Träum du nur weiter, Tatro. Dreimeterlatte!

Sally kann von Glück sagen, wenn sie überhaupt spürt, daß du in sie reinkommst.«

Jeds Faust landete in Hanks Magen. Sie begannen Schläge zu tauschen. Joey ließ den Hammer fallen, um den Kampf mit weit aufgerissenen Augen und offenem Mund zu verfolgen. Zwei Hunde aus der Nachbarschaft blieben stehen und bellten.

In enger Umklammerung versuchte jeder den anderen wegzuschieben und eine Hand freizubekommen, um einen Hieb landen zu können. Sally kam in ihrer Schürze und mit Laura auf der Hüfte aus der Küche gelaufen. Joey hüpfte aufgeregt auf und ab und schrie dazu: »Peng! Peng!« Sally stieß einen tiefen Seufzer aus.

Jed hörte sie rufen: »Genug, sofort aufhören, ihr zwei! Augenblicklich!«

Sie trennte die beiden Männer, die finster dreinblickten, ihr aber gehorchten. »Schämt ihr euch denn gar nicht? Zwei ausgewachsene Männer, und benehmen sich wie kleine Kinder.«

Jed kam sich mit seiner drohenden Miene allmählich albern vor. Betreten ließ er den Kopf hängen. »Hank hat angefangen.«

»Ach, hör doch auf!« fuhr Sally hoch. »Und jetzt kommt um Gottes willen endlich rein und eßt euren Lunch!«

Schweigend saßen sie am Tisch, während Sally ihnen Schmorbraten mit Kartoffelbrei und Sauce servierte. Im Fernsehen tanzte David Niven Walzer. »Was ist denn das für 'n blöder Mist?« murmelte Jed und schaltete auf das Spiel Knicks gegen Celtics um.

»Ich hatte mir den Film angesehen, Herzchen«, sagte Sally leise mahnend.

»Un' jetzt siehste 'n eben nich' mehr.« Nach einem kurzen Blick zu ihm hinüber stand sie auf, um das Baby ins Bett zu bringen. Joey kam, bis auf ein schmutziges T-Shirt splitternackt, aus dem Badezimmer. Sein winziger Penis war erigiert – eine Tatsache, die er entweder nicht bemerkte oder die ihn nicht interessierte. Die beiden Männer brachen ihr gespanntes Schweigen und lachten.

»Wie der Vater, so der Sohn«, stellte Hank fest.

»Daran wirst du in einigen Jahren bestimmt viel Freude haben, mein Sohn!« Hastig verdrängte Jed die plötzliche Erkenntnis, daß Hank und er bei der Rauferei draußen im Garten beide eine Erektion gehabt hatten. Joey warf ihm einen verständnislosen Blick zu, lächelte und tapste wieder hinaus.

Nach dem Lunch sahen sie sich das Basketballspiel an, tranken Bier dazu und rauchten. Sechs von den zehn Spielern waren Neger.

»Was meinst du, was diese *jigs* im Jahr verdienen?« fragte Jed.

»Fünfzig-, sechzigtausend – leicht.«

Jed verdaute das. Beinahe zehnmal soviel wie er, und er hatte geglaubt, ziemlich gut dazustehen.

»Wenigstens brauchen die keine Stütze und kommen nicht in 'n Knast«, ergänzte Hank.

»Beschissene Affen!«

»Ja, aber gute Ballspieler. *Shit,* hast du den Wurf eben gesehn?«

Jed schwieg, voll Haß auf die Neger. Auf ihre dunklen, schweißglänzenden Körper, die sich mit schwellenden Muskeln streckten und dem Netz oben entgegenreckten. Vier von ihnen stiegen, einen Abpraller verfolgend, gemeinsam in die Luft: die langen Gliedmaßen flogen empor, verschlangen sich ineinander, die Körper drehten und wendeten sich, stießen gegeneinander. Sein Atem ging schneller. »Kennst du schon den mit dem Nigger und der Deo-Flasche?« Er sprang auf.

Hank schüttelte den Kopf, und Jed erzählte ihm den Witz, während sie zur Hintertür hinausgingen und wieder mit dem Hämmern anfingen. Joey kam ihnen nach, griff sich auch seinen Hammer und klopfte auf den leuchtend gelben Narzissen im Beet neben der Hauswand herum.

»He, Joey! Was machst du denn da!« rief Jed. »Laß das!«

Mit erhobenem Hammer blickte Joey auf. »Böse Blumen! Joey mag nicht!«

Hank und Jed lachten. Jed nahm ihm den Hammer fort. »Blumen schlägt man nicht, Jo-Jo, die pflückt man.« Er drückte ihm einen Strauß in die Hand. »Und nun gehst du rein und gibst sie Mammy und Laura, und die stellen sie in eine Vase und machen unser Haus damit schön.«

Am folgenden Tag nach der Kirche saßen sie mit seinen Eltern und Raymond, der sich geweigert hatte, den Gottesdienst zu besuchen, beim Mittagessen.

»Immer noch der alte Raymond«, spottete Jed grinsend.

»Das werde ich nie verstehen, Junior!« klagte die Mutter, die mit schwerbeladenem Tablett zwischen Küche und Tisch hin und her ging. »Was hast du nur gegen unseren Herrn?«

Raymond hielt, eine Gabel voll Reis und Sauce dicht vor dem Mund, mitten in der Bewegung inne. »Ihr geht alle ganz in der jenseitigen Welt auf und vergeßt darüber, daß die Dinge in *dieser* Welt verändert werden müssen.«

Jed lehnte sich zurück, faltete die Hände über seiner weißen gestärkten Hemdbrust und stieß einen tiefen Seufzer aus. »Is' doch alles gar nich' so schlecht, wie's jetzt is'.«

»Könnte aber besser sein«, entgegnete Raymond mit vollem Mund.

»Man spricht nicht mit vollem Mund, Junior«, rügte die Mutter.

»Ja, und die Äpfel könnten röter sein«, bemerkte Jed.

»Äpfel sind rot. Aber Äpfel sind auch grün oder gelb. Und außerdem gibt es Birnen und Pfirsiche und Pflaumen. Der Zustand der Dinge, wie sie jetzt sind, ist nicht die einzige Möglichkeit, wie sie sein könnten.«

»Mir reicht's so, wie sie sind«, behauptete Jed, mit beiden Backen kauend. Verdammt, jetzt ritt Raymond schon wieder sein Steckenpferd – wie immer, wenn man mit ihm zusammenkam!

»Jed-Herzchen, man spricht nicht mit vollem Mund«, rügte die Mutter.

»Du hast leicht reden. Du mußt ja nicht Tag für Tag an diesen verdammten Maschinen stehn. Und zusehn, wie sich die Spindeln drehn, bis du fast schieläugig davon wirst. Die Minuten zählen, bis die Schicht endlich vorüber ist.«

»Wenn's dir nicht paßt – du weißt ja, wo der Zimmermann das Loch gelassen hat.« Wieso Raymond weiterhin in der Fabrik blieb, wo er sie doch so haßte, war für Jed ein Rätsel. Warum war er überhaupt nach Newland zurückgekommen? Kein Mensch hatte ihn vermißt, während er fort war.

»Das ist nicht der springende Punkt.«

Jed kniff die Lippen zusammen, fest entschlossen, ihn nicht zu fragen, was der springende Punkt denn sei. Weil Raymond dann nämlich überhaupt nicht mehr aufhören würde zu reden.

»Der springende Punkt ist«, dozierte Raymond, der kein Stichwort brauchte, »daß nach dem Wiederaufbau die Yankee-Kapitalisten gekommen sind und das Plantagensystem übernommen haben. Uns haben sie zu Aufsehern gemacht, und alle anderen zu Lohnsklaven.«

»Was redet dein Onkel da bloß für dummes Zeug, Joey!« sagte Mr. Tatro zu dem Kleinen, der neben ihm saß und mit den Fingern Reis, Butter und Bohnen vermanschte. Joey sah lächelnd zu ihm auf. »Wahrhaftig, so was Kokettes hab' ich mein Lebtag noch nicht gesehen!« verkündete Mr. Tatro. »Ich glaube, der schlägt nach seiner Mama.« Sally und Mr. Tatro tauschten lächelnde Blicke. Mrs. Tatro stand, die Hände auf die Stuhllehne gestützt, hinter ihrem Mann. »Mein Gott, Mutter, nun setz dich doch endlich! Du machst mich nervös, wenn du da stehst!«

»Ich kann nicht anders, Raymond. Ich hab' einfach 'n ungutes Gefühl, wenn ich sitze, während mein Mann ißt.«

Mr. Tatro zeigte mit der Gabel hinter sich. »Also, da habt ihr mal 'ne richtige altmodische Frau vom Land, Jungens. Das ist das Problem mit euch jungen Leuten. Kein Respekt. Früher, da haben die jüngeren Männer drüben in der Fabrik ihre Vorgesetzten beim Baseball immer gewinnen lassen. Wenn da ’n älterer Mann, der im Webraum die Aufsicht hatte, an den Schlag kam, warf man den Ball eben langsamer. Man ließ ihn zum Mal laufen, obwohl man ihn leicht hätte abwerfen können. Aber den Leuten Respekt erweisen war wichtiger, als das Spiel zu gewinnen. Heute dagegen gibt es anscheinend nur noch Ehrgeiz und Kampf. Mein Gott, Jungens, ich sage euch, ich finde das furchtbar!«

»Trainer Clancy hat immer gesagt, ’ne gute Mannschaft ist wie ’n Continental Mark IV«, erklärte Jed. »Man hat alle möglichen verschiedenen Teile, aber wenn ein Teil nicht seine Arbeit tut, läuft der ganze Wagen nicht.«

Raymond starrte die anderen an. »Ihr spielt alle noch nach den alten Spielregeln. Aber die haben sich längst geändert, ihr habt nur nichts davon gemerkt.«

»Komm, Sally«, sagte Mrs. Tatro leise. »Wir beide gehn jetzt ins Wohnzimmer rüber und lassen die Männer allein diskutieren.« Gehorsam stand Sally auf und befreite Laura aus ihrem Hochstühlchen. Joey sah zweifelnd zwischen den beiden Gruppen hin und her, dann kletterte er vom Stuhl und folgte der Mutter.

»Ich glaube, Raymond«, sagte Jed, »wenn du erstmal ’ne Hypothek hast und ’ne Familie, die du versorgen mußt, würdest du deine Meinung ändern.«

Mr. Tatro lachte. »Das kann man wohl sagen.«

»Ach, *shit!*« entgegnete Raymond verärgert. »Warum kriegt man an diesem Tisch nie jemanden dazu, ernsthaft mit mir zu diskutieren?«

»Sind wir etwa nicht ernst zu nehmen, nur weil wir anderer Meinung sind als du?« Jed reckte kriegerisch das Kinn. Unter dem Tisch ballte er die Fäuste. Raymond war wie eine lästige Mücke. Am liebsten würde er ihn zerquetschen.

»Es ist die Art, *wie* ihr redet. Ziellos, sprunghaft hin und her, wie ’ne Maus im Irrgarten.«

»Nun ja, Junior, wir haben eben nicht alle den Vorzug genossen, die New Yorker Tempel der Gelehrsamkeit besucht zu haben wie du«, gab Mr. Tatro ruhig zurück. »Es tut mir aufrichtig leid, daß wir das Niveau deiner Diskussionen nicht erreichen, aber ich fürchte, du wirst ganz einfach mit uns Hinterwäldlern mitplappern müssen. Oder dahin zurückkehren, wo deine intellektuellen Yankee-Freunde sind.«

»Entschuldige«, murmelte Raymond. »So habe ich’s nicht gemeint.«

Mrs. Tatro sagte gerade: »Also, Sally, ich weiß wirklich nicht, wieso wir beide nicht besser miteinander auskommen.«

»Ich auch nicht, Mutter Tatro. Ich hab's, weiß Gott, aufrichtig versucht. Mit allen anderen komm' ich ja ziemlich gut aus...« Mr. Tatro und Jed sahen sich an.

»Also, das weiß ich ja nun genau, daß das nicht stimmt, Sally Tatro! Neulich erst hab' ich mit Ellen Louise Smithey gesprochen, und die hat gesagt, daß ihr euch letzten Juni ganz furchtbar gestritten habt...«

Laura kletterte zu Jed auf den Schoß. »Sally, das Kind ist naß!« Voll Abscheu hielt er die Kleine weit von sich, bis Sally herbeigeeilt kam, um sie ihm abzunehmen.

»...also genau das hab' ich gemeint – Respekt«, sagte Mr. Tatro gerade. »Wo bleibt der Respekt heutzutage, bei euch jungen Leuten?«

»Sally gibt sich große Mühe, Dad – wirklich! Letzten Monat erst hat sie Mutter um ihr Rezept für den Maisauflauf gebeten.«

»Ja, aber das hätte sie keine besondere Mühe kosten dürfen. Das hätte ganz natürlich kommen müssen. Ich weiß nicht, wie das noch weitergehn soll mit unserer Welt. Ich bin nur froh, daß ich's nicht mehr erlebe.«

Mrs. Tatro sagte gerade: »...und nie trägst du meine Weihnachtsgeschenke, Sally.«

»Aber das stimmt nicht! Das ist einfach nicht wahr!«

»Erinnerst du dich noch an diese Stoffmuster, die du uns mitgebracht hast, Dad?« erkundigte sich Raymond.

Bei der Erinnerung an die Proben von jedem Stoffdruck in der Fabrik mußten Jed und Mr. Tatro lächeln: lauter Quadrate, mit einem Ring zusammengehalten, der durch ein Loch in einer Ecke lief.

»Ja. Wir haben sie aussortiert und wußten immer genau, wer in der Stadt seine Kleider aus Fabrikationsresten gemacht hatte.« Jed lachte.

»Und jetzt haben sie den Färberaum zugemacht. Als nächstes kommt wohl der Webraum an die Reihe. Sie machen uns zu Bestandteilen der Maschinen, die den Faden spinnen. Und sobald es geht, ersetzen sie uns dann ganz durch Maschinen.«

»Das wird Mr. Prince niemals zulassen«, behauptete Mr. Tatro.

»Ist ja bereits passiert. Im Vorspinnraum haben sie die Hälfte der alten Maschinen gegen neue ausgetauscht und die entsprechenden Arbeiter auf die Straße gesetzt. Unser Arbeitssoll haben sie raufgesetzt und unsere Pausen verkürzt. Auf die Weise kriegen sie mehr Arbeit von weniger Leuten und verdienen daran selbst mehr Geld. Aber sind etwa die Löhne gestiegen? Viele von den Familien hier haben der Fabrik drei

Generationen von Arbeitern geliefert, und jetzt bluten sie uns einfach aus.«

»Hier, mein Junge, nimm noch 'n Stück von dem schönen roten Fleisch.« Auf der Vorlegegabel reichte ihm Mr. Tatro eine Scheibe Roastbeef und ergänzte kichernd: »Wir wollen doch nicht, daß du uns ausblutest.«

»Willst du damit sagen« – Jed reckte kampflustig das Kinn –, »daß Mr. Prince dich zu übervorteilen versucht? Junge, an dir haben die Yankees ganze Arbeit geleistet! Bist du vielleicht 'n Kommunist oder so?« Anscheinend konnte Raymond einfach nicht unverbindlich plaudern. Immer mußte er diskutieren oder dozieren. Das machte Jed ganz verrückt!

»Nein, ich bin Südstaatler.«

»Hm, so einen Südstaatler wie dich hab' ich aber noch nie gesehen.«

»Die einzigen, die du gesehen hast, sind Lohnsklaven.«

Jed krauste die Stirn. »Verdammt noch mal, *ich* bin kein Sklave! Wir sind hier nicht in Rußland, sondern in Amerika, USA! Im Land der Freiheit.«

»Erzähl das doch bitte mal der Wall Street.«

»Wer is 'n das?« wollte Mr. Tatro wissen.

»Das sind die Yankee-Kapitalisten, die den Süden kolonisiert haben.«

Mr. Tatro und Jed starrten Raymond an. Seine Augen hinter den Brillengläsern wirkten fanatisch. Jed fand, sein Bruder sei tatsächlich ein bißchen verrückt. Vielleicht hatten die Schläge auf den Kopf sein Gehirn geschädigt.

»Mr. Prince und sein Vater sind zu uns Tatros wahrhaftig großzügig gewesen«, stellte Mr. Tatro fest. »Also, ich erinnere mich noch genau an den Tag, als ich die Hypothek auf unser Haus abgezahlt hatte. Da hab' ich den alten Mr. Prince angerufen, und der ...«

»Diese Geschichte haben wir nun schon hundertmal gehört, Dad«, fuhr Raymond auf.

Jed warf ihm einen empörten Blick zu. Raymond – ja, der hatte wirklich keinen Respekt, das stand mal fest.

»Nennst du das großzügig, daß er in diesem riesigen gelben Kasten an der Tsali Street wohnt, und ihr müßt alle hier unten hausen?« fragte Raymond.

»Was hast du gegen die Gegend hier unten?« fauchte Jed. Hätte er bloß eine Dose Flit gehabt, er hätte Raymond mit Vergnügen vergiftet.

»Hör mir mal zu, mein Junge. Ohne Mr. Prince und seinen Dad säßen wir allesamt noch in Tatro Cove und äßen Opossum statt Roastbeef.«

»Aber wie lange sollen wir denn noch dankbar sein?«

»So lange, wie unser Herrgott uns noch einen einzigen Atemzug läßt.«

Raymond hieb mit der Faust auf den Tisch. Das Silber klirrte. »Ich rede jetzt nicht von Prince, verdammt noch mal! Ich rede von einem ganzen Wirtschaftssystem, das wie eine Dampfwalze dahinrollt und auf seinem Weg alles in den Boden walzt!«

»Ich weiß nicht«, entgegnete Jed grinsend, »für mich siehst du eigentlich ganz normal aus. Findest du, Dad, daß Raymond plattgewalzt aussieht?«

Mr. Tatro wippte auf den hinteren Stuhlbeinen. »Wahrhaftig, Junior, ich glaube, du bist zu lange bei denen da oben im Norden geblieben. Plattgewalzt! Wie ging doch noch dieses Yankee-Lied? ›Trampling out the vintage where the grapes of wrath are stored.‹«

Raymond stand auf. »Herrgott im Himmel, ihr seid wirklich hoffnungslos!«

Mrs. Tatro rief aus dem Wohnzimmer herüber: »Junior, ich dulde nicht, daß der Name des Herrn in meinem Haus mißbraucht wird.«

Er stürmte zur Tür hinaus und knallte sie hinter sich zu.

»Junge, der is' aber wirklich durcheinander, was?« wandte Mr. Tatro sich an Jed.

»Wie immer.«

»Ich hatte gehofft, wenn er jetzt wiederkäme, wär' er 'n bißchen ruhiger geworden.«

»Warte nur, bis er 'ne Hypothek am Hals hat und Frau und Kinder.«

»Ja, das is' wohl wahr. Ich glaube, er braucht 'ne Frau, die ihn so richtig liebt.«

Als Jed aufwachte, war er sauer. Er wälzte sich herum und bumste Sally, bevor sie richtig wach werden konnte. Wenn er in einem ungünstigen Winkel in sie hineinstieß, wimmerte sie.

Als er sich aus ihr zurückzog, fragte sie ihn in verschlafenem Ton: »Was ist denn, Herzchen?«

»Ach, nichts.«

»Komm, sag's mir, Baby.«

»Gar nichts!«

»Ich seh' dir doch an, daß du was hast, Liebling.« Sie massierte seine Schultern.

Er kam sich bespitzelt vor. Immer wußte sie genau, was er fühlte und dachte. Kein bißchen Privatleben blieb ihm. Selbst seine jeweilige Laune war nicht mehr seine persönliche Angelegenheit.

»Was ist denn nun, Schatz?«

»Ach *shit,* Sally! Kannst du mich nicht in Ruhe lassen? Wenn ich schlechte Laune hab', werd' ich sie schon von selber los. Du brauchst bloß einfach nicht drauf einzugehn.«

»Aber ich muß doch wissen, ob ich vielleicht was falsch gemacht habe. Damit ich's dann nicht wieder tu.«

Er wußte schon gar nicht mehr, ob es tatsächlich um etwas ging, was sie getan hatte, oder nicht. Doch da sie die Schuld so bereitwillig auf sich zu nehmen schien, begann er nach Ärgernissen zu suchen, die er ihr zuschreiben konnte. »*Shit,* ich weiß nich', Sally. Aber wenn ich mit dir schlafe, dann ist das immer, als würd' ich 'ne Leiche bumsen.«

»Aber Jed, Herzchen – ich habe noch ganz fest geschlafen.«

»Im Wachen. Im Schlafen. Alles dasselbe.«

Er lief ins Bad, damit sie keine Gelegenheit hatte, das Gespräch wieder auf die Frage zu bringen, ob er sie wirklich, ehrlich liebte. Zuweilen fragte er sich tatsächlich, ob *sie ihn* wirklich, ehrlich liebte. Wenn er nicht immer die Rechnungen bezahlte – würde sie dann noch was mit ihm zu tun haben wollen?

Während des ganzen Frühstücks musterte sie ihn fragend.

Er öffnete seine Lunchbox, um nachzusehen, was sie ihm eingepackt hatte. »Verdammt noch mal, Sally – müssen es immer Bologna-Sandwiches sein?«

»Aber Jed-Herzchen, du magst Bolognawurst doch so gern.«

»Aber nicht jeden Tag.«

Sie sah ihn völlig entgeistert an, nahm die Lunchbox und füllte sie mit Eiersalat-Sandwiches.

Als er ihr einen flüchtigen Abschiedskuß aufdrückte, kam Joey angetrottet und versuchte sich zwischen sie zu drängen. Jed versetzte ihm einen Stoß mit dem Fuß. Immer war dieser verflixte Bengel im Weg! Von der Minute seiner Empfängnis an. Wenn Sally nicht schwanger geworden wäre ...

»Jed-Herzchen.« Sally sah ihn mit gekränkt-verständnislosem Ausdruck an. Bei den Anforderungen, die die Kinder an sie stellten, hatte sie kaum noch Zeit für ihn. Er und sie konnten nie mehr einfach mal schnell ins Kino gehen. Sie waren Sklaven dieser winzigen Tyrannen.

»Entschuldige«, murmelte er.

Als er aus dem Wagen stieg, sah er, daß der Parkplatz mit Flugblättern übersät war. Er hob eins auf. Es besagte, daß die Benson Mill eine von fünfundvierzig Spinnereien der Arnold Fiber Corporation sei, daß Arnold fünfunddreißigtausend Arbeiter beschäftige, daß der Umsatz im vergangenen Jahr über achthundertfünfundsiebzig Millionen Dollar betragen habe, daß vierzehn Millionen Profit an die Aktionäre gingen, darunter vierzehn Banken, Versicherungsgesellschaften und Investmentfirmen in New York City.

»...ihr verdient fünfundzwanzig bis vierzig Prozent weniger als die Arnold-Arbeiter oben im Norden. Und dieselben Kollegen da oben haben außerdem Altersversorgungsplan, Beschwerdeverfahren, Vergünstigungen für langjährige Mitarbeiter, Mutterschaftsurlaub, ärztliche Versorgung, Arbeitsschutz, Arbeitsplatzausschreibung, betriebliche Schiedsgerichtsbarkeit und automatische Beitragseinbehaltung. Die Leute in der Wall Street bereichern sich an eurem Schweiß. Ihr werdet von jenen ausgenutzt, die behaupten, eure Freunde zu sein. Steht auf und reiht euch ein! Unterschreibt eure Gewerkschaftskarte, sobald der Vertreter eurer Ortsgruppe der Allied Textile Workers Verbindung mit euch aufnimmt.«

Jed knüllte das Flugblatt zusammen und warf es weg. Als er auf den Eingang zuschritt, kam er an einem Neger vorbei, der die Zettel mit dem Besen zusammenkehrte. Donny war im vergangenen Herbst plötzlich verschwunden. Laut Sally, deren Mutter es von Ruby hatte, war er nach New York gegangen. Na ja, von so 'nem *jig* war ja nichts anderes zu erwarten. Konnte keinen Job halten, und wenn man ihn ihm auf 'm Tablett präsentierte.

»Gut, Mann!«

»Jawohl, Sir. Machen wirklich ziemlich viel Dreck, diese Gewerkschaftler.«

»Wer war das?«

»Scheint, als hätt' jemand das Zeug in der Lunchbox reingeschmuggelt. Beim Schichtwechsel, als niemand hinsah, hat er die Box dann aufgemacht, und der Wind hat die Zettel überall verteilt.«

»Hast du sie gelesen?«

»Nur 'n Blick drauf geworfen.«

»Dann hüte dich, irgendwas davon zu glauben! Mr. Prince behandelt uns alle gerecht.«

»Ja, Sir, das is' wohl wahr. 'n feiner Herr, Mr. Prince.«

»Und was hältst du von all diesem Gewerkschafts-Quatsch?« Was so ein *jig* von irgendwas dachte, wußte man nie, wenn man sie nicht direkt danach fragte. Ein Weißer, der würde rot werden, oder seine Mundwinkel würden zucken. Aber so 'n *jig*, der hatte 'ne Visage wie 'ne Katze vorm Mauseloch.

»Mit Gewerkschaften will ich nichts zu tun haben.«

»Nun, das ist gut, denn Farbige nehmen die sowieso nicht.«

Nigger. Jetzt gab es zwei von ihnen im Aufbrechraum. Als er damals angefangen hatte in der Fabrik, gab es nur einen einzigen: Donny, den Hausdiener. Wie die Getreidekäfer waren die: heckten und heckten. Und ehe man sich's versah, würde der ganze Spinnraum von ihnen verseucht sein, dann der Lunchraum und dann der Umkleideraum. Mit all diesem Bürgerrechtsunsinn – das mußte ihnen ja zu Kopf steigen!

Nie würde er den Abend im letzten Sommer vergessen, als dieser große alte Pontiac voller *jigs* vor dem Barbecue Pit vorfuhr, weil sie dachten, sie würden da was kriegen. Der Pontiac hatte New Yorker Nummernschilder, und es war ungefähr zu der Zeit, als die ganze Gegend von kommunistischen Yankee-Agitatoren wimmelte. Zuweilen sah man sie in der Stadt – diese überheblichen weißen Burschen in Blue jeans und verschwitzten T-Shirts, die sich das ganze Jahr nicht rasierten und die Haare nicht geschnitten hatten; und diese anmaßenden Nigger-Schweine in ihren College-Sweatshirts, die nicht mal soviel Anstand besaßen, einem nicht in die Augen zu sehn, wenn man mit ihnen sprach!

Wie dem auch sei, da war diese Wagenladung von schwenkärschigen *jigs* aus New York, und die wollten Milkshakes. Und da im Fond, kurz davor, den Arsch grün und blau getreten zu kriegen, zu Tode verängstigt, mit Augen, die ihm fast aus dem Schädel quollen vor Schiß, hockte der alte Donny. Jed hatte nie einen jüngeren Bruder gehabt, aber manchmal hatte er sich Donny gegenüber wie der ältere Bruder gefühlt, weil er ihn immer wieder aus irgend 'ner Klemme rausholen mußte, in die er sich mit seiner Dämlichkeit reinmanövriert hatte. Warum Jed das tat, hätte er selber nicht sagen können.

Zuerst die Arschlöcher von Bürgerrechtlern, und jetzt diese Scheißhaufen von Gewerkschaftlern – richtig anstrengend wurde das, wenn man versuchte, angesichts all dieser Infiltration von Norden her Freiheit und demokratische Rechte aufrechtzuerhalten. Er beobachtete, wie die Arbeiter zu ihren Plätzen gingen. Jeder wußte, daß Nigger nicht genug Grips hatten, um diese Maschinen zu bedienen. Sogar die meisten Weißen hatten keine Ahnung, wie man das richtig machte. Die vielen Berechnungen und Adjustierungen. Einen Kopf mußte man auf den Schultern haben, und in dem Kopf Grips. Alles, was die Neger hatten, waren Schwänze – gigantische, wie man so hörte.

Gegen Mittag fiel ihm auf, daß Mrs. Pritchard fünfmal den Waschraum aufgesucht hatte. Na ja, vielleicht hatte sie Durchfall oder so. Beim nächsten Toilettengang beobachtete er sie genauer. Als sie sich Joe Macon an seiner Maschine näherte, tauschte sie einen Gruß mit ihm, schob ihm ein zusammengefaltetes Papierhandtuch in die Faust und ging weiter. Joe sah sich verstohlen um, entfaltete das Tuch, nahm einen blauen Zettel heraus, schrieb etwas drauf und packte ihn wieder in das Tuch. Als Mrs. Pritchard aus dem Waschraum zurückkam und an ihm vorbeiging, ohne ihn anzusehen, steckte er ihr das Papierhandtuch wieder zu.

Beim Lunch fand Jed, als er die Box öffnete, einen Zettel von Sally: »Wenn Du dies liest, mein Liebling, sitze ich zu Hause, versorge unsere süßen Babies, denke an Dich und warte darauf, daß Du zu mir nach Hause kommst.« Er empfand einen Anflug von Ärger.

»Was hast du denn da?« Hank wollte nach dem Zettel greifen.

»Geht dich nichts an«, gab Jed zurück und zwang sich zu einem geilen Grinsen.

»Bestimmt was Unanständiges«, riet Betty mit erfahrenem Lächeln.

Jed sagte sich, wenn er mit Betty nie wieder ein Wort spräche, weil sie ihn an Hank verraten hatte, gäbe es keinen mehr, mit dem zusammen er zu Mittag essen könnte. Also beschloß er, zwar mit ihr zu sprechen, ihr aber niemals zu verzeihen.

»Hast du die Flugblätter heute morgen gesehen?« erkundigte sich Jed bei Hank.

»Ja.« Eine Zeitlang schwiegen sie. »Aber weißt du«, fuhr Hank dann fort, »es paßt mir nicht, wenn jemand mir vorschreiben will, was ich tun darf und was nicht. Ich genieße Redefreiheit, genau wie jeder andere Amerikaner auch.«

»Und wer will dir vorschreiben, was du tun darfst?«

»Sieht doch wohl ganz so aus, als wollte die Direktion uns mitteilen, es sei verboten, eine Gewerkschaft zu gründen.«

»Shit, wir sind bis jetzt ganz gut ohne Gewerkschaft ausgekommen. Ich werd' allein mit meinem Leben fertig. Ich brauch' keine Gewerkschaft dafür zu bezahlen, daß sie meine Probleme löst.«

»Ja, aber ich habe das Recht, meine Meinung auszusprechen, ohne daß ich gleich rausgeschmissen werde.«

»Um deine Meinung aussprechen zu können, brauchst du niemandem Beiträge zu bezahlen.«

Es endete damit, daß sie darüber stritten, ob Willie Mays oder Mickey Mantle der größte Allround-Außenspieler aller Zeiten sei.

Am Nachmittag rief Mr. Prince Jed zu sich ins Büro. In strammer Haltung stand Jed vor dem Schreibtisch. Der Vater seiner Frau, der Großvater seiner Kinder. Jed hatte Respekt vor Mr. Prince, schon immer gehabt. Er war dankbar für die Jahre in der Ballmannschaft. Im

Gegensatz zu dem armen, alten, unglücklichen Raymond begriff er, daß man sie alle brauchte: die Verteidiger, den Sturm, die Reservisten, die Wasserträger. Jeder hatte seine Aufgabe. Und über ihnen allen stand Trainer Clancy, dessen Wort ihnen Gesetz sein mußte, wenn sie das Spiel gewinnen wollten. Desgleichen in jeder Familie: die Kinder verschiedenen Alters, dann die Mutter, und als Oberhaupt zuletzt der Vater. Wenn es keine Rangordnung gab, wenn jeder jeden Job verrichten und bei jeder Entscheidung das letzte Wort haben wollte, würde man nie einen fertig gesponnenen Faden kriegen. Wie Trainer Clancy zu sagen pflegte: »Es können nicht alle Häuptling und keiner Indianer sein wollen.« Raymond hatte es in seinem ganzen Leben bisher zu nichts gebracht und hatte keine Ahnung von Zusammenarbeit. Er betrachtete alles immer nur als Kampf. Deswegen war er vermutlich so dürr. Er richtete sich zugrunde mit seiner ewigen Kampfeinstellung.

»Setz dich doch, Jed«, forderte Mr. Prince ihn auf.

»Danke, Sir. Ich stehe lieber.«

Mr. Prince lächelte ein wenig. »Wie du willst. Was ich dich fragen wollte, Jed – du arbeitest doch draußen, in den Werkshallen. Hast du irgend etwas davon gehört, daß für die Gewerkschaft geworben wird?«

Jed zögerte. Er war ziemlich fest davon überzeugt, daß Raymond etwas damit zu tun hatte. Loyalität zur Familie stand gegen Loyalität zur Firma. Und Mrs. Pritchard. Die führte mit Sicherheit was im Schilde. Aber sie war, als er sechs Jahre alt war, seine Sonntagsschullehrerin gewesen. »Nur Gerede bis jetzt, Sir. Und diese Handzettel auf dem Parkplatz heute früh.«

»Nun ja, es ist kein Geheimnis, Jed, daß du für den Posten eines Vorarbeiters ausgebildet wirst, und Mr. Mackay meint ... Mr. Mackay und ich meinen, daß eine Gewerkschaft nicht den Interessen der Firma entspricht. Würdest du uns informieren, falls du etwas Definitives hörst?«

»Ja, Sir. Selbstverständlich, Sir.«

Sie sahen einander an.

»Wie geht's Sally?«

»Der geht's gut, vielen Dank, Sir.«

»Und den Kindern?«

»Ja, Sir. Denen geht's auch gut.«

»Wir müssen euch bald mal zum Essen einladen.«

»Ja, Sir. Das wäre sehr nett.« Sobald Mr. Prince sich freundlich zeigte, wurde es Jed unbehaglich zumute. Er fand es nicht richtig, Arbeit und Familie miteinander zu verquicken. Boß, Schwiegervater.

Die beiden mußte man sorgfältig auseinanderhalten, sonst wurde es einfach zu verwirrend.

Im Spinnraum ließ er Mrs. Pritchard kommen. »Mir scheint, der Waschraum übt heute eine geradezu magische Anziehungskraft auf Sie aus, Mrs. Pritchard.«

»Das ist wohl meine Privatangelegenheit, Mr. Tatro.«

»Es ist aber *meine* Angelegenheit, Mrs. Pritchard, wenn Sie sich während der Arbeitszeit Ihren persönlichen Problemen widmen. Würden Sie mir bitte sagen, warum Sie diese Papierhandtücher verteilen? Sind das vielleicht Einladungen zu Ihrer Ruhestandsparty?« Er musterte die kahlen Stellen auf ihrem Kopf, an denen der Skalp durch ihr dünnes rotes Haar schimmerte, und suchte zu vergessen, daß sie ihm die Zehn Gebote abgehört hatte, als er sechs Jahre alt war.

Mrs. Pritchard wurde rot. »Nein, Mr. Tatro, das möchte ich nicht.«

»Nun gut, Mrs. Pritchard. Aber ich wünsche Sie nicht mehr den ganzen Nachmittag über ständig zum Waschraum laufen zu sehen, wo Sie noch nicht mal Ihr Soll erfüllt haben.«

»Das ist nicht wahr, Mr. Tatro! Ich bin die beste Arbeiterin im ganzen Raum, und das wissen alle. Sie haben keinen Grund, mir vorzuwerfen, ich täte meine Arbeit nicht.«

»Ich meine nur, Mrs. Pritchard, wenn Sie soviel Zeit übrig haben, dann sollten wir vielleicht Ihr Soll erhöhen.«

Eine Maschine streikte. Jed, der sie nicht wieder in Gang bringen konnte, mußte wohl oder übel nach einem Mechaniker schicken.

Während der darauffolgenden ruhigen Wartezeit stand er da und beobachtete die Halle voll surrender und klappernder Maschinen. Auf Hunderten von Spulen wurden Runde um Runde Fäden aufgewickelt, die immer festere, dickere Kokons bildeten. Sein Vater, seine Mutter, sein Bruder, er selbst und später auch sein Sohn und vermutlich der Ehemann seiner Tochter – wie viele Hunderttausende von Meilen Faden würden die Spulen im Verlauf ihrer Lebensspannen aufnehmen? ›Wenn Du dies liest, mein Liebling ...‹ Würde sie ihn um seiner selbst willen lieben und nicht wegen der Dinge, die er für sie tun konnte? Wenn er während der Schulzeit nicht Stürmer der Staatsligamannschaft gewesen wäre, wenn er seinen Job verlieren, wenn morgen nacht sein Schwanz abfallen würde – würde sie ihn trotzdem noch lieben? War dies denn alles, was das Leben ausmachte? Das Haus, Autos, Bankdarlehen, eine Frau, Kinder und Eltern, am Sonntag die Kirche? Diese bittersüße Mischung aus Pflicht und Verantwortung, Besitzanspruch, gemeinschaftlichem Komfort und gelegentlicher Leidenschaft? Tag um Tag, bis sich die Tage zu Jahren reihten und die Jahre zur Lebensspanne wurden? War das alles? Im Schloßbaum damals hatten sie alle so große Pläne gehabt...

Seine Hände ballten sich zu Fäusten, so groß war sein Bedürfnis, irgend etwas zu zerschlagen.

In der Garderobe überredete er Hank, mit ihm zum Mill House rüberzukommen. Dann rief er Sally an und erklärte ihr, daß er die nächste halbe Schicht durcharbeiten müsse.

»Aber was ist denn mit dem Essen, Herzchen? Ich hab' dein Lieblingsgericht auf dem Herd – Rumpsteak.«

»Kannst du's nicht aufwärmen, wenn ich komme?« Insgeheim dachte er: Steck dir dein beschissenes Steak sonstwohin.

»Aber dann wird es zu trocken, Herzchen.«

Dieses Problem machte ihn sprachlos. »Na, dann iß es eben selbst.«

»Ich kann aber kein ganzes Pfund Steak essen, Herzchen!«

»Ach *shit,* dann schmeiß es einfach weg! Mir doch egal, was du damit anfängst.«

Schweigen. Dann ein Schniefen.

»Also jetzt komm, Liebling! Nicht weinen. Sei Daddys großes Mädchen.«

»Es ist ja nur, weil ich den ganzen Nachmittag lang dein Lieblingsessen vorbereitet habe«, jammerte sie. »Und auf dich gewartet und mich nach dir gesehnt habe. Und jetzt sagst du, daß du überhaupt nicht nach Hause kommst.«

»Aber ich komme doch, Liebling! Nur eben 'n bißchen später.« Er umkrampfte den Telefonhörer wie eine Handgranate, die er in einen Klassenraum werfen wollte. »Sei nicht traurig, Schätzchen, versprichst du mir das?«

Sie schniefte und antwortete dann kläglich: »Ja, Jed, ich versprech's dir. Aber du kommst sofort nach Hause, wenn du kannst, hörst du?«

»Ja, aber ich muß dir noch was sagen, Herzchen.«

»Wer ist sie?« fragte sie mit ganz kleiner, angstvoller Stimme.

Jed mußte lachen. »Nein, Liebling. Es gibt keine andere. Aber Rumpsteak ist nicht mehr mein Lieblingsessen.«

Schweigen. »Aber Herzchen, Rumpsteak war immer dein Lieblingsessen!«

»Ich weiß. Aber jetzt eben nicht mehr.«

»Aber wieso denn nicht, Herzchen?«

»Wahrscheinlich hab' ich's mir übergegessen oder so. Drei Jahre lang zweimal die Woche immer dasselbe – das ist wirklich 'n bißchen viel.«

»Also Jed, ich weiß nicht, was ich dazu sagen soll! Zuerst sagst du zu mir, du magst keine Bologna-Sandwiches mehr. Und jetzt sagst du zu mir, du magst kein Rumpsteak.«

»Ich weiß. Entschuldige, Herzchen. Es tut mir leid, daß ich dir das sagen mußte, aber ich hielt es für besser.«

»Nein. Nein, ich bin froh, daß du's mir gesagt hast, Schätzchen.«

Auf dem Parkplatz ging er auf Betty zu. »Ich und dein Alter, wir woll'n noch auf 'n Sprung zum Mill House rüber. Kommst du mit?«

»Hm-hm.« Sie schüttelte den Kopf. »Ich muß nach Hause. Aber trinkt einen für mich mit, okay?«

»Du hast's vielleicht gut!« sagte er zu Hank, als sie davondonnerten. »›Trinkt einen für mich mit.‹ Mann, Sally hat sich fast von mir scheiden lassen, als ich gesagt hab', ich komme später.«

»Ach was, ihr findet's doch großartig so. Alle beide.«

»Ich nicht. Jedenfalls nicht heute abend. Manchmal denk' ich, ich halt's nicht mehr aus. Manchmal möcht' ich am liebsten irgendwas in der Luft zerreißen.«

»Du hast schlechte Laune heute. So bist du auch in der Schule manchmal gewesen. Dann bist du aufs Spielfeld raus, hast 'n paar Schädel eingeschlagen und dich dann gleich wieder wohl gefühlt.«

»Ich hab' das Gefühl, als ... Ich weiß nicht ... Als säße ich irgendwie in der Falle oder so.«

»Ein paar nette, kühle Bierchen, und du fühlst dich wieder normal, Kumpel.«

Später fabrizierten sie aus ein paar Kornsäcken eine Strohpuppe und legten sie, kurz bevor der Nachtzug aus Chattanooga kam, auf die Bahngleise. Dann versteckten sie sich im Gebüsch und beobachteten, wie die Scheinwerfer der Lok das Tal heraufkamen. Und johlten laut, als das Licht die Puppe erfaßte und der Lokführer mit lautem Zischen die Dampfdruckbremsen zog. Die Räder zermalmten die Puppe zu Staub, während der Zug kreischend zum Stehen kam.

Als sie durch den Wald zu ihrem Wagen zurückstolperten, mußten sie sich aneinander festhalten, um nicht zu fallen.

»*Shit,* Tatro, wenn einer uns sieht, hält der uns bestimmt für 'n paar Schwule.«

Sie brüllten vor Lachen. Jed rammte seinen Freund mit der Schulter, daß er das Gleichgewicht verlor, um ihn sodann mit einem Hechtsprung zu Fall zu bringen. Kichernd lagen sie beide im Laub. Die Klapse auf die Kehrseite, die Balgereien unter der Dusche, die hektischen Umarmungen nach einem Touchdown, die Angriffe und Paraden – sie fehlten ihm.

Er sprang auf und pinkelte in den Bach. Hank stellte sich neben ihn. »Junge, dieses Miller-Bier bringt einem wirklich Blei in den Bleistift, was?« sagte Jed.

Hank lachte. »Ich finde, es wird langsam Zeit für 'ne Angeltour, meinst du nicht?«

»Du sagst es, Bruder.«

Als sie in die Stadt zurückfuhren, begann Jed zu pfeifen. »Siehst du, jetzt ist dir gleich wohler, wie?«

Jed brachte den Wagen in die Garage, stieg aus und betrachtete sein kleines Haus. Es barg die Menschen, die ihm auf der Welt am liebsten waren: Sally und die beiden Kinder.

Er ging hinein. Und wurde von Sally, die das Baby in den Armen wiegte, mit geröteten, zornig funkelnden Augen empfangen. Er beugte sich nieder, um ihr einen Kuß zu geben, aber sie wandte energisch den Kopf ab.

»He, Baby! Komm her, tu doch nicht so!«

»Psst! Du weckst das Kind!«

»›Psst! Du weckst das Kind!‹« äffte er sie nach, eifersüchtig auf das winzige Wesen, das sowohl ihre Gunst als auch die Wärme ihrer weichen Arme genoß. »Dann leg's doch ins Bett.«

»Das werd' ich auch tun – wenn ich Lust dazu habe.«

»Du sollst es ins Bett legen, hab' ich gesagt! Wenn man als Mann den ganzen Tag schwer arbeitet, hat man verdient, daß einem die Frau 'n bißchen Aufmerksamkeit schenkt, wenn man nach Hause kommt!«

»Ja, ja, du riechst auch so, als hättest du schwer gearbeitet.«

Er griff nach dem Kind. Sally preßte es fest an sich und wich seinen zupackenden Händen aus. Das Baby fing an zu weinen. »Siehst du? Jetzt hast du's geschafft, jetzt ist sie wach! Du bist ja selber noch 'n großes Baby. Wann wirst du endlich mal erwachsen?«

Sie verschwand im Kinderzimmer.

Müde sank er in einen Sessel. Als sie, ohne Baby, wieder herauskam, setzte sie sich ihm gegenüber. »Na? Hast du dich gut amüsiert?«

»Was soll das heißen?«

»Ich weiß genau, daß du nicht gearbeitet hast. Ich hab' in der Fabrik angerufen.«

Er starrte sie böse an. »Jawohl, ich habe mich gut amüsiert.«

»Mich zu betrügen ist schlimm genug. Aber dann auch noch zu lügen, das ist die Höhe!«

»Ich lüge nicht.« Er fiel vor ihr auf die Knie und legte den Kopf in ihren Schoß. »Ich schwöre dir, daß ich dich nicht betrüge.«

Sie streichelte ihm übers Haar. »Ich wünschte, ich könnte dir das glauben.«

»Das kannst du, Liebling! Ich schwöre dir, daß du das kannst.« Seine Hände tasteten sich in ihren Morgenrock und fanden ihre Brüste. Als er ihre Brustspitzen preßte, begann sie zu stöhnen. Eifersucht wirkte stets sehr erregend auf sie.

Jed und Mr. Meaker standen vor Mr. Mackays Schreibtisch. Mr. Mackay trug einen dunklen Straßenanzug. Mr. Prince saß rechts neben ihm.

»Mr. Meaker, ich möchte, daß Sie ein paar gute Gründe für die Entlassung der folgenden Arbeiter aus Ihrer Abteilung finden: die Nummern 18045, 63794 und 43572.«

Jed und Mr. Meaker sahen ratlos zuerst einander und dann Mr. Prince an.

»Mrs. Pritchard, Mrs. Osborne und Mr. Grimes«, übersetzte Mr. Prince.

Langes Schweigen.

»Sie tun alle drei ihre Arbeit, Sir«, wandte Mr. Meaker leise ein.

»Ich fürchte, sie tun alle drei außerdem noch etwas anderes, Mr. Meaker. Für die Gewerkschaft. Auf unsere Kosten.«

Jed wollte sagen, er wisse genau, daß Betty Osborne so etwas niemals tun würde, brachte aber keinen Ton heraus. Mr. Mackay wirkte einschüchternd auf ihn. Er war so etwas Ähnliches wie Gottvater: ein Wink mit der Hand, und Jeds Haus, seine Autos und die Fernsehtruhe würden sich in Luft auflösen.

»Sie haben alle drei Familie, Sir«, murmelte Jed.

»Das weiß ich, Mr. Tatro. Die haben Sie auch. Wie Sie bemerkt haben werden, verlange ich nicht, daß Ihr Bruder entlassen wird, obwohl ich das wahrhaftig tun sollte.«

»Mr. Mackay«, wurde er von Mr. Prince unterbrochen, »wir hier im Süden haben eine andere Art, geschäftliche Angelegenheiten zu regeln.«

»Wenn Sie die richtige Art hätten, Ihre Geschäftsangelegenheiten zu regeln, dann hätten Sie nicht an Arnold verkaufen müssen – stimmt's, Robert?« Er zog die Augenbrauen hoch.

Mr. Prince wurde rot. »Mrs. Pritchard ist seit siebenundzwanzig Jahren bei uns. Ihr Vater war einer unserer ersten Angestellten.«

»Robert, ich habe Ihnen schon einmal gesagt, daß diese Gefühlsduselei, mit Familienverpflichtungen und so, mich nicht im geringsten beeindruckt. Unsere Firma dient dem Zweck, Baumwolle zu verspinnen, und nicht, einen Sozialdienst zu organisieren. Dafür gibt es staatliche Institutionen. Also, ich wünsche, daß diese Leute so freundlich und unauffällig wie möglich entlassen werden.«

Mr. Meaker warf Mr. Prince einen fragenden Blick zu. Mr. Prince ließ den Kopf hängen.

»Aber Sir, sie haben nichts getan, wofür man sie feuern könnte«, gab Mr. Meaker zu bedenken.

Mr. Mackay starrte ihn wortlos an, und Mr. Meaker schlug die Augen nieder.

Abends, im Bett, hatte Jed das Bedürfnis, Sally mit Gewalt zu nehmen. Finster drehte er sich zu ihr um, wälzte sich auf sie, zwängte mit den Knien ihre Beine auseinander und rammte sich ein ums andere Mal in sie hinein. Zu seinem Entsetzen begann sie zu stöhnen und ihm ihr Becken entgegenzuheben. Das hatte Busen-Betty auch immer getan. Mitten im Stoß erstarrte er, und seine Erektion erschlaffte.

»Was ist, Herzchen?« keuchte sie.

»Gar nichts.« Knurrend wälzte er sich von ihr und drehte ihr den Rücken zu.

»Hab' ich was falsch gemacht?«

»Wo hast du das gelernt?«

»Was denn?«

»Wie du dich eben bewegt hast.«

»Weiß ich nicht. Ich hab's mir so ausgedacht.«

»Mach das ja niemals wieder!«

Sie schwieg.

»Das ist nicht damenhaft.«

»Ich . . . Okay, Jed-Herzchen.«

An diesem Wochenende fuhren Jed und Hank zu Hanks Jagdhütte auf dem Buck Mountain hinauf. Den ganzen Tag angelten sie in plätschernden Bächen nach Forellen und saßen abends mit einer Kühltasche voll Miller's am Lagerfeuer.

»Hast du gehört, daß sie Betty entlassen haben?«

»Ja.« Jed hatte Gewissensbisse, weil er es nicht hatte verhindern können.

»Dieser Mackay, das ist 'n richtiges Arschloch.«

»Er hat gedacht, sie arbeitet für die Gewerkschaft. Stimmt das?«

Hank antwortete nicht.

»Wenn das stimmt, dann hab' ich kein Mitleid mit ihr. Wenn's nicht stimmt, jede Menge.«

»Von Mitleid können wir die Hypothek nicht bezahlen, Tatro. Aber sie wird sich das nicht gefallen lassen.«

»Sucht sie sich 'n anderen Job?«

»Hm-hm. Sie erhebt Einspruch.«

»Was ist das?«

»Bei der Regierung. Um ihren Job zurückzukriegen.«

Das mußte Jed erst mal verdauen. »Aber es ist Mackays Fabrik. Wenn der sie nicht will, ist sie arbeitslos. Es ist nicht ›ihr‹ Job. Es ist sein Job, und den kann er geben, wem er will.«

»Betty sieht das aber anders. Ich auch. Und die Regierung.«

Jed starrte ihn fassungslos an. »Wenn du so denkst, Hank, das ist Kommunismus!«

»Von mir aus nenn das, wie du willst. Wir haben Bankkredite und eine Hypothek abzubezahlen.«

Jed seufzte. Wenn er jetzt seinen Job verlöre, säße er ganz schön in der Patsche. Hank brachte wenigstens immer noch selbst eine Lohntüte nach Hause. Aber Hank hatte auch keine Kinder. Von Jeds Arbeit war die gesamte Familie abhängig. Wenn er krank wurde oder gefeuert oder so, würden sie alle hungern müssen, aus dem Haus geworfen werden, den Dodge und den Fernseher verlieren. Er wurde von Entsetzen geschüttelt. »*Shit,* das Leben ist wirklich kein Spaß mehr, was?«

»In der High School hat's manchmal so ausgesehn.«

»Hart muß man sein.«

»Ja, das ist wohl wahr. Bist du weich, schaffst du's nie.«

»Ich danke Gott, daß ich hart geboren bin.«

Hank lachte. »*Shit,* Tatro – du bist 'n Waschlappen, wie er im Buche steht.«

Keineswegs belustigt, knöpfte Jed sein Wollhemd auf und legte es ab, dann zog er sein wärmendes Unterhemd aus und bot der kalten Nachtluft seine nackte, behaarte Brust dar. Das Feuer knackte und knisterte. »Ich werd' dir schon zeigen, wer hier hart ist«, prahlte er.

Hank sah ihn an, dann zog er ebenfalls Hemd und Unterhemd aus, und gleich darauf auch seine Jeans. In der langen Unterhose hockte er sich auf einen Baumstamm am Feuer und starrte Jed herausfordernd an.

Jed erhob sich, zog Hose und lange Unterhose aus und nahm im Suspensorium wieder Platz. Ganz langsam verbreitete sich ein leichtes Frösteln über seinen Körper.

Hank nahm den Deckel von der Kühlbox, holte zwei Eiswürfel heraus und steckte sich je einen unter die Achseln.

Jed machte es ihm nach und steckte sich zusätzlich noch einen ins Suspensorium.

Hank steckte sich einen Eiswürfel ins Suspensorium und gleich darauf die Füße ins Eiswasser der Kühlbox. Triumphierend, die Arme fest an den Brustkorb gepreßt, um die Eiswürfel nicht zu verlieren, sah er Jed an.

Sally berichtete ihm, daß eines Vormittags Mrs. Pritchard vor der Tür gestanden, eine Stunde lang mit ihr Kaffee getrunken und ihr dabei das Versicherungsprogramm erläutert habe, das eine Gewerkschaft bieten könne. »Also, Mrs. Tatro, ich möchte Sie bitten, auf Ihren Mann einzuwirken. Ich weiß, er steht loyal auf seiten der Firma, aber die Menschen ändern sich. Und vor allem die Ehefrau ist in der Lage, ihrem Mann einige dieser Vorteile klarzumachen.«

»Jed-Herzchen, meinst du nicht auch, daß das logisch klingt?«

»Du hältst dich da raus, hast du gehört? Du kennst dich da überhaupt nicht aus, und Mrs. Pritchard ebensowenig. Tu du nur immer schön das, was du wirklich gut kannst, und überlaß derartige Dinge mir.«

»Was kann ich denn gut?« fragte sie ihn mit kokettem Lächeln.

»Kochen, putzen und die Kinder versorgen.«

»Und?«

»Ja, natürlich. Das auch, Liebling.«

Eines Tages, beim Lunch, sah Jed am Anschlagbrett ein Plakat, das verkündete, die Mehrheit der Firma habe Gewerkschaftskarten unterschrieben, und es würde eine Wahl stattfinden im Hinblick auf die Frage, ob die ATW die Arbeiter beim Aushandeln eines Vertrages mit der Betriebsleitung vertreten solle. Jed blieb der Mund offenstehen. Die Mehrheit der Leute, mit denen er zusammenarbeitete, sollten auf Mrs. Pritchards kommunistischen Quatsch reingefallen sein? Als er den Lunchraum betrat, sah er an zwei gegenüberliegenden Wänden je ein Transparent hängen. Alle reckten neugierig die Hälse, um den Text lesen zu können. Auf der einen Seite prangte das Foto einer Arnold-Spinnerei in Massachusetts, die aufgrund von Gewerkschaftsforderungen zugemacht hatte. Dick darübergemalt war ein riesiges schwarzes X. Auf der gegenüberliegenden Seite war ein Foto der Benson Mill mit der Überschrift zu sehen: ›Hier könnte es genauso kommen.‹ Jed nickte. Mr. Prince würde sich das nicht gefallen lassen. Selbst wenn diese Wahl stattfinden sollte, hätte die Gewerkschaft nicht die geringste Chance. Die Leute, die diese Karten unterschrieben hatten, waren zweifellos dazu gezwungen worden.

Als er seine Lunchbox öffnete, flatterte ein Zettel heraus: »Vergiß nicht, daß ich Dich ewig liebe.« Ungeduldig knüllte er ihn zusammen. Sie war so gottverdammt egoistisch, verlangte ständig seine Aufmerksamkeit! Als hätte er nichts Wichtigeres zu bedenken! Zum Beispiel, welche Arbeiter in seinem Raum diese blauen Karten unterschrieben hatten. Wenn er das nur wüßte – er würde sie höchstpersönlich zum Fabriktor hinausprügeln! Oder wenigstens versuchen, ein bißchen Vernunft in ihre vernagelten Hinterwäldlerköpfe zu predigen, wie man es ihm im Vorarbeiterkurs beigebracht hatte.

Auf der Heimfahrt, im Chevy, hörte er einen Kommentar des Chefredakteurs des Senders, in dem es hieß, daß eine Stimme für die Gewerkschaft eine Stimme gegen den Vater, den Sohn und den Heiligen Geist sei. Jed hätte nicht begeisterter zustimmen können. Er hoffte nur, daß die Leute, die die Karten unterschrieben hatten, ebenfalls gerade zuhörten.

Daheim, in seinem Fernsehsessel, wartete er auf das Abendessen und studierte dabei die ›Newland News‹. »Herzchen«, rief er in die Küche hinüber, »weißt du, daß die Gewerkschaft, die sich drüben in der Fabrik breitmachen will, Beiträge für subversive Gruppen wie NAACP und den Jewish Labor Defense Fund geleistet hat?«

»Was ist denn das, Liebling – subversiv?«

Er zögerte. »Jedenfalls nichts Gutes.«

Sie kam herein und legte eine Schallplatte auf. Dann stellte sie sich hinter ihn und massierte ihm die Schultern, während Honey Sweet wimmerte: ›My man, understand? / He holds me in the palm of his hand / And I like it . . .‹

»Das einzige, was ich nicht weiß«, erklärte er ihr, »das ist, wer hier bei uns auf diese Kommie-Tour reinfallen sollte.«

Sie massierte schweigend weiter.

»Hab' ich nich' recht?«

»Na ja, es gibt da aber anscheinend ein paar, die das Ganze doch richtig finden. Nicht alle Menschen denken gleich.«

›. . . he's a king, the real thing . . .‹

»Ja, aber die denken das Ganze nicht gründlich durch, finde ich.«

Sie antwortete nicht.

»Hab' ich nich' recht?«

»Na ja, kann doch sein, daß sie's durchdacht haben und trotzdem zu 'ner anderen Schlußfolgerung gekommen sind.«

Seine Schultern begannen unter ihren Händen zu zucken.

›. . . his arms are warm / And they keep me away from harm . . .‹

»Können sie gar nich' – nich', wenn sie alle Fakten haben, stimmt's?«

›. . . and I want to keep it like this all the time . . .‹

»Ja, Herzchen, bestimmt hast du recht.«

Entspannt sank er in den Sessel zurück. »Verdammt noch mal, natürlich habe ich recht!«

»Das Abendessen ist gleich fertig.«

»Gut! Ich hab' einen Mordshunger.«

»Schweinekoteletts mit Sauce. Ist dir das recht?«

»Ja. Prächtig.«

»Das klingt aber nicht sehr begeistert.«

»Bin ich aber! Ich liebe Schweinekoteletts, Herzchen.«

»Auch mit Sauce?«

»Besonders mit Sauce.«

»Ehrlich?«

»Ja, ehrlich.« Warum brauchte sie bloß immer wieder Bestätigung? Es war verdammt lästig, ihr bei jeder Mahlzeit zu versichern, daß nicht mal Betty Crocker ihr das Wasser reichen konnte. Warum stellte sie das Essen nicht einfach auf den Tisch und hielt den Mund?

Am nächsten Morgen wirbelten Handzettel über den Parkplatz. Sie zeigten den Aasgeier des Kommunismus, wie er vom amerikanischen Adler besiegt wird. Jed faltete einen der Zettel zusammen und steckte ihn ein, um ihn Sally zu zeigen. Im Umkleideraum unterzeichnete er eine Erklärung, die sich für die Direktion aussprach. Sie erschien am folgenden Tag als ganzseitige Anzeige in der Tageszeitung, unterzeichnet von 93% ›unserer zufriedenen Benson-Arbeiter‹.

»Wenn 93 Prozent zufrieden sind«, rechnete Jed seiner Frau vor, »und 51 Prozent haben Gewerkschaftskarten unterschrieben, dann müssen 44 Prozent lügen. Oder die Gewerkschaft hat ihre Unterschriften gefälscht. Verstehst du, was ich sagen will? Man kann heutzutage keinem Menschen mehr trauen.«

Keine Antwort. »Hab' ich nich' recht, Sally?«

»Ja, Jed.«

Am Tag vor der Wahl tauchte Mr. Mackay mit Mr. Prince und zwei in dunkle Anzüge gekleideten Männern, die kein Mensch jemals zuvor gesehen hatte, im Lunchraum auf. Sofort verstummten alle Gespräche. Mr. Mackay begann: »Wie Sie ja wissen, werden Sie morgen über die Zukunft Ihrer Fabrik abstimmen. Bisher hat uns die ATW insofern einen großen Dienst erwiesen, als sie uns veranlaßte, all jene in unseren Reihen auszumerzen, die nicht bereit waren, für ihren Lebensunterhalt zu arbeiten. Statt dessen sind diese Leute während der Arbeitszeit herumgelaufen und haben falsche Gerüchte über uns oben in der Betriebsleitung verbreitet. Sie haben uns alle persönlich angegriffen, und sie haben die Art angegriffen, wie wir Ihre Fabrik leiten. Eine ganze

Anzahl von Ihnen haben sie mit ihrer irrwitzigen kommunistischen Rhetorik so eingeschüchtert, daß Sie diese kleinen blauen Karten unterschrieben haben. Doch nachdem dieser Abschaum jetzt in der Gosse liegt, wo er hingehört...«

Bis hierher hatte Jed mit höflicher Langeweile zugehört. Mackay verfügte nun mal nicht über die Gabe, die Menschen durch Worte mitzureißen. Noch nicht mal aus der Bibel hatte er bisher zitiert. Doch als jetzt Ausdrücke wie ›Abschaum‹ und ›Gosse‹ fielen, als Mackays Gesicht sich allmählich dunkelrot färbte und er mit dem Zeigefinger in der Luft herumzufuchteln begann, wurden die Zuhörer aufmerksam.

»...und es liegt an euch allen, Freunde, zu entscheiden, ob die Interessen der Benson-Familie am besten vertreten werden von Männern wie Mr. Prince hier, die euch und eure Familien ihr Leben lang kennen, die euch über die schweren Zeiten hinweggeholfen haben, die sich um eure Probleme gekümmert haben, als wärt ihr seine eigenen Cousins (wie es manche von euch ja tatsächlich sind). Oder ob eure Interessen am besten vertreten werden von einer Bande kommunistischer Unruhestifter aus dem Norden, die die Zerstörung eurer Fabrik als einen weiteren Schritt zur Zerstörung der gesamten Freien Welt verstehen.«

Einer der unbekannten Männer im dunklen Anzug wirkte ein bißchen aufgeregt, trat einen Schritt vor und flüsterte Mackay etwas zu. Mackay stieß ihn mit hochrotem Gesicht und erhobener Hand zurück. Daraufhin ergriffen die Männer im Anzug je einen von Mackays Armen und führten ihn hinaus. Mr. Prince folgte ihnen. Enttäuscht kehrten die Zuhörer zu ihrer Mahlzeit zurück. Jed fand, es sei alles genauso wie in der High School: viel Rumgeknutsche, aber das war's dann auch schon. »Wer waren denn diese Männer im dunklen Anzug?« erkundigte er sich bei Hank.

»Keine Ahnung. Irgend jemand hat gesagt, sie wären von der Zentrale oben. Public Relations.«

»Was ist denn das?«

»Keine Ahnung.«

Als Jed an diesem Abend auf den Parkplatz kam, war da etwas im Gange, das fast so aussah wie eine Demonstration. Arbeiter sowohl von der letzten als auch von der nächsten Schicht drängten sich um einen Tieflader, auf dem Mrs. Pritchard, Betty, ein paar Männer, die er nicht kannte – und Raymond standen, der in ein Mikrofon sprach: »Dieses Werk hier wurde von den Einwohnern von Newland mit ihrem eigenen Geld gegründet. Die Löhne damals waren ein Vermögen für die Menschen, die auf ihren Farmen in den Bergen verhungerten. Der alte Mr. Prince kannte unsere Eltern und Großeltern persönlich und kümmerte sich um sie. Jetzt aber gehört das Werk der Arnold Fiber Corporation. Die fünfundvierzig weitere Fabriken besitzt. In den Profit dieser Fabriken teilen sich Banken in der Wall Street. Diese Gin saufenden, Jet fliegenden Kapitalisten kommen aus New York hierher und treffen Entscheidungen aufgrund von Kriterien, die ihnen das meiste Geld einbringen. Dann jetten sie wieder nach Hause zu ihren Penthäusern an der Park Avenue.

Aber wir sind es, die an diesen Maschinen stehn, Leute! Tagein, tagaus stehen wir an diesen Maschinen und schwitzen und versuchen, das Soll zu erfüllen, das viel zu hoch angesetzt ist, und zwar unter Bedingungen, unter denen normale Menschen nicht mal ihre Hunde halten würden. Wir haben den alten Prince nicht mehr, der für uns sorgt! Wir stehen jeder für sich allein gegen einen Konzern mit 35 000 Arbeitern und 875 Millionen Dollar Umsatz, und das ist ziemlich nachteilig für uns. Aber wenn wir alle zusammenhalten, dann *müssen* sie auf uns hören. Die Zeiten sind hart, Leute. Die alten Methoden sind tot und begraben, und die neuen müssen erst nachwachsen. Was wir hier haben, ist eine Leiche, die einen halb entwickelten Fötus gebiert.«

Polizeisirenen heulten. Einige Männer liefen auf Laster und Privatwagen zu. Ein junges Paar auf dem Tieflader griff zu Gitarren. Raymond trat vom Mikrofon zurück, und die beiden stimmten an: »We Shall Not Be Moved.«

Die Menge nahm das Lied auf.

Jed stand in einer Art Schockzustand auf der Verladerampe und suchte die Erkenntnis zu verdauen, daß sein eigener Bruder, seine ehemalige Sonntagsschullehrerin und ein Mädchen, mit dem er in der High School geschlafen hatte, die Ehefrau seines besten Freundes, daß sie allesamt Kommie-Abschaum von der ATW waren. Jetzt sah er keine Möglichkeit mehr, diese Leute zu entschuldigen oder die offensichtlichen Beweise zu ignorieren. Jetzt wußte er, was er zu tun hatte. Er straffte die Schultern. Seine blauen Augen funkelten. Er würde sein Leben der Aufgabe weihen, diesen Abschaum zu beseitigen, der versuchte, die Fabrik zu zerstören und den ›American Way of Life‹ zu unterlaufen – ganz gleich, wer sie auch sein mochten.

Streifenwagen der Highway Patrol kamen die Zubringerstraße heraufgejagt. Doch ein Gewirr von Lastwagen und Pkws verbarrikadierte die Zufahrt zum Parkplatz. Der Tieflader setzte sich in Bewegung, während die Agitatoren von ihm herabsprangen und in der Zuhörermenge untertauchten.

Am Morgen der Wahl kam der alte Mr. Prince in Hemdsärmeln in die Fabrik; sein Sohn und Mr. Mackay folgten in seinem Kielwasser wie Dingis hinter einem Ozeanriesen. Als sie durch den Streckraum kamen, schlossen sich Jed und Mr. Meaker an. Die älteren Arbeiter lächelten und plauderten mit dem alten Mr. Prince, wenn er an ihre Maschinen trat. Die jüngeren musterten diese lebende Legende neugierig. Einmal krempelte er sich die Hemdsärmel auf, ging in die Knie und hantierte mit einem Schraubenschlüssel an ein paar Maschinenteilen herum.

»Früher hat er jede Maschine in der Fabrik eigenhändig reparieren können«, flüsterte Mr. Meaker Jed zu.

Schließlich erhob sich Mr. Prince, klopfte sich den Staub vom Anzug, gab dem Arbeiter den Schraubenschlüssel zurück und murmelte: »Verdammte neumodische Maschinen!«

Als sie Raymonds Maschine erreichten, sagte der alte Mr. Prince: »Also, mein Sohn – was hab' ich da für Dummheiten gehört? Du sollst dich mit diesen Roten aus dem Norden eingelassen haben?«

»Meinen Sie die ATW? Jawohl, Sir. Mit denen hab' ich mich eingelassen.«

»Also, Raymond, das verstehe ich nicht. Dein Daddy sollte dich mal wieder übers Knie legen.« Die Zuhörer lachten höflich. Raymond starrte Mr. Prince ins Gesicht. »Ich weiß noch, wie du in den Windeln gelegen hast, Junge. Und an dem Tag, als dein Daddy die Hypothek auf eurem Haus abbezahlt hatte, da bin ich rübergekommen, hab' mit ihm auf der Veranda gesessen und ein Glas Eistee mit ihm getrunken. Und du bist auf dem Rasen rumgekrabbelt und hast beinahe die Windeln verloren.« Er lachte herzlich.

»Jawohl, Sir«, entgegnete Raymond. Der alte Mr. Prince sah ihn an, seine buschigen schneeweißen Brauen zuckten. Nach einer langen Pause sagte Raymond: »Sie waren immer gut zu unserer Familie, Mr. Prince.«

»Freut mich, daß du das sagst, mein Sohn. Ich war stets bemüht, meine Leute gut zu behandeln. Für mich sind sie beinahe so etwas wie eine Familie.«

»Ganz Newland steht in Ihrer Schuld, Sir.«

Mr. Prince runzelte verständnislos die Stirn. Abermals langes Schweigen.

»Aber die Dinge haben sich verändert, Sir.«

»Das haben sie in der Tat, mein Sohn. Angefangen haben wir in einem uralten Schuppen auf einer Kuhweide, mit fünfundzwanzig Arbeitern!«

»Ja, Sir. Aber so ist es jetzt nicht mehr.«

Jed stand da und lauschte dem nun folgenden Gespräch, das er jedoch nicht verstehen konnte. »... Kapitalbewegung ... Konzentration von Konzernmacht ...« Für ihn gab es da Mr. Mackay, der gottähnlich war; Mr. Prince jun., der es gut meinte, aber kein Rückgrat hatte; Raymond und Hank und Betty, die von den Kommunisten fehlgeleitet worden waren; Mrs. Pritchard, die ein Dragoner war und alles Schlechte verdiente, das ihr überhaupt jemals zustoßen konnte. ›Macht-Elite.‹ Was bedeutete das?

Alles, was Jed wirklich und mit Sicherheit wußte, war, daß er sich maßlos ärgerte, als er den alten Mr. Prince sagen hörte: »Du bist ein kluger Bursche, Raymond. Warst du schon immer. Du wirst es noch weit bringen.« Er, Jed, war doch derjenige, der loyal zur Firma hielt! Raymond dagegen wollte sie vernichten. Vielleicht war es ja so wie mit dem verlorenen Sohn. Aber diese Geschichte hatte ihn schon immer gestört. War eben einfach nicht fair.

»Wo ist mein Jackett?« fragte der alte Mr. Prince, während er die Hemdsärmel herunterrollte, und blickte sich suchend um. »Ich möchte hier raus.«

Den Arbeitern rief er noch zu: »Hört zu, meine Freunde! Verschafft euch eure Gewerkschaft, hört ihr? Ihr werdet sie dringend brauchen. Ihr werdet *irgend etwas* brauchen! Gott helfe euch allen.« Damit stapfte er hinaus.

Jed beobachtete das alles ungläubig. Der Alte war verrückt geworden! So was passierte ja mit alten Leuten.

Fünftes Kapitel
Sally

Von ihren Kopfkissen gestützt, saß Sally im Bett und sah im Fernsehen zu, wie Ingrid Bergman sich in einer eleganten Londoner Wohnung neben Cary Grant niederließ. Das Zimmer war voller Blumen, die er ihr gerade mitgebracht hatte. »Mein Liebling«, flüsterte Ingrid und zog, beide Hände an seinen Wangen, Carys Mund zu dem ihren herab.

Sally seufzte. Wenn Jed ihr doch auch mal gelegentlich Blumen mitbringen würde... Sie wußte, daß sie nicht weinen durfte, weil sonst die Wimperntusche verlief. Beim Lächeln hatte sie bereits die ersten Spuren von Krähenfüßen entdeckt und daraufhin beschlossen, nicht mehr zu lächeln. Außerdem hatte sie ihre Augen heute abend anders geschminkt – so, daß sie damit, wie ihr die Zeitschrift ›Glamour‹ verhieß, die Aufmerksamkeit von den Fältchen ablenkte. Ob die neue Methode erfolgreich war, wußte sie nicht, denn Jed war immer noch nicht nach Hause gekommen, dabei war es inzwischen elf Uhr abends. Ihr ging Honey Sweets Song durch den Kopf, den sie bei den Vorbereitungen zum Abendessen, das inzwischen kalt geworden war, im Radio gehört hatte: ›She's out there, too, / And she's a whole lot better looking than you, / And she can do things to a man you never dreamed a woman can do. / If you think you keep your man with a gold wedding band, / You better listen...‹

Sonst rief er immer an, wenn er länger arbeiten mußte. Doch seit das mit dem Streik angefangen hatte, war er ständig wie ein Verrückter in der Gegend rumgesaust. Nie hatte sie ihn in so blendender Laune erlebt. Vermutlich hatte er einfach vergessen, sie anzurufen.

Aber wenn es nun eine andere gab? In der High School hatte er sich mit dieser gräßlichen Betty French abgegeben. Die arbeitete ebenfalls in der Spinnerei – vielmehr, sie hatte da gearbeitet. Ein paarmal hatte Jed ihr vorgeschlagen, sie und Hank zum Dinner einzuladen, aber sie hatte die Frau nicht in ihrem Haus haben wollen. Jed kam sehr häufig erst spät nach Hause...

Sie blickte an ihrer Kombination aus weißem Nachthemd und Negligé herab, erstanden für ihre Hochzeitsreise nach Blowing Rock. Damals hatte sie nicht gewußt, daß es so werden würde: er fast die ganze Zeit fort, und sie hier allein, ohne einen Menschen, mit dem sie sprechen konnte, außer den beiden Kindern. Als Joey noch ein Säugling war, hatte sie angefangen, einmal pro Woche zu einem Bowlingclub zu gehen. Joey hatte sie in der Bar der Bowlingbahn bei einem Babysitter zurückgelassen. Viel Ehre konnte sie mit ihren Bowlingkünsten ja nicht einlegen, aber es machte ihr Spaß, in dem orangefarbenen T-Shirt von Ben's Body Shop and Salvage herumzusitzen, Jelly-Doughnuts zu essen und mit den Mädchen zu plaudern, die sie noch von der High School kannte. Wie sich jedoch herausstellte, war ein Mädchen aus ihrer Mannschaft mit einem Mann verheiratet, der Jeds Untergebener war. Und der hatte eines Tages zu Jed gesagt: »Ich hab' gehört, Sie mögen auch keine Leber.« Daraufhin hatte Jed sie dringend gebeten, nicht mehr dahin zu gehen, denn wenn sie mit der Frau eines Arbeiters über ihn klatsche, unterminiere sie damit seine Autorität in der Fabrik. »Eine Frau sollte sich ihrem Mann gegenüber hundertprozentig loyal verhalten«, belehrte er sie. Wie dem auch sei, er fand, sie solle lieber mit besseren Mädchen verkehren, wo er doch nun bald Vorarbeiter wurde und so.

All ihre besten Freundinnen waren fort. Melissa studierte am State-College. Kim hatte in Atlanta Handelskurse belegt. Es war ein recht tiefer Sturz, von der ›Beliebtesten Schülerin‹ zum totalen Nichts. Alles, was sie in der Schule und bei den Ingenues gelernt hatte – wie man den Tisch hübsch deckt, erfolgreiche Parties gibt und eine gute Gastgeberin ist –, all das anzuwenden hatte sie jetzt nie mehr Gelegenheit. Zuweilen fragte sie ihren Mann, ob er nicht am Wochenende ein paar Freunde aus der Fabrik einladen wolle. Dann antwortete er jedesmal, er habe außer Hank und Betty keine Freunde dort, nur Untergebene, und mit denen könne er keinen gesellschaftlichen Umgang pflegen, weil das seine Autorität untergraben würde. Außerdem sehe er sie die ganze Woche. Deshalb wolle er am Wochenende mit ihr und den Kindern allein sein. »Ein Ehepaar braucht keine Außenstehenden als Freunde. Es sollte einander Freund genug sein.« Und er war wirklich ihr bester Freund. Trotzdem fühlte sie sich zuweilen einsam. Und wenn das so war, hatte sie ein schlechtes Gewissen, weil sie sich unloyal vorkam. Sie hob den Blick zu dem Norman-Rockwell-Bild über ihrer Kommode: eine Mutter, die sich lächelnd über ihre beiden schlafenden Kinder beugt. Schließlich hatte sie immerhin ihre Kinder, die ihr Gesellschaft leisten konnten.

Was würde sie tun, wenn Jed eine andere hätte? Was *konnte* sie tun, mit den beiden Kindern? Doch höchstens ihren Stolz runterschlucken und sich damit abfinden. Nach Hause zurückkehren konnte sie nicht. Ihr Daddy war von Anfang an gegen diese Ehe gewesen. Sie wußte zwar nicht, was für Pläne er mit ihr gehabt hatte, aber sie hatte das alles verpatzt.

»Daddy, was hast du eigentlich gegen Jed?« hatte sie ihn einmal gefragt.

Errötend hatte er ihr geantwortet: »Gar nichts. Jed ist ein guter Junge. Aber er kaut Gummi mit offenem Mund.«

Daraufhin hatte sie Jed gebeten, mit geschlossenem Mund zu kauen, was er seitdem auch immer tat. Geändert hatte das jedoch kaum etwas.

Einmal hatte Jed gesagt: »Weißt du, Sally, ich glaube, dein Vater mag mich nicht.«

Und sie hatte geantwortet: »Jed-Herzchen, das ist doch Unsinn! Er läßt dich schließlich zum Vorarbeiter ausbilden, oder?« Insgeheim aber fand sie, daß er vermutlich recht hatte. Kurz nachdem sie in dieses Haus eingezogen waren, hatten ihre Eltern sie einmal zum Sonntagsessen besucht. Aufmerksam sahen sie sich im Hause um.

»Na?« erkundigte sich Sally lächelnd.

»Sehr hübsch, mein Liebes«, antwortete die Mutter in einem so bemüht freundlichen Ton, daß Sally sofort wußte, sie fand es überhaupt nicht hübsch.

Wie Sally bemerkte, vermieden es die Eltern geflissentlich, Jed anzusehen, der, beide Arme auf den Tisch gestützt, mit offenem Mund kaute. Jed war nervös und lachte viel zu laut über alles, was ihr Vater sagte, ob es nun komisch war oder nicht.

»Es war lieb von euch, daß ihr gekommen seid, Mutter, Dad! Ihr wart unsere ersten Gäste«, sagte Jed, als sie sich verabschiedeten. Sie sahen ihn an, dann lächelten sie höflich.

»Wir freuen uns, daß du nun zur Familie gehörst, Jed«, behauptete die Mutter mit angestrengtem Lächeln.

Kurz darauf rief der Vater sie an, um ihr mitzuteilen, er habe ihr ein paar Spinnereiaktien überschrieben. Bis zu seinem Tod könne sie die jedoch ohne seine Erlaubnis nicht verkaufen und auch nicht die Dividende dafür kassieren. Er fügte hinzu, diese Erlaubnis könne sie allerdings jederzeit gern haben, falls sie beabsichtige, das Geld für persönliche Pläne auszugeben, etwa, um wieder zur Schule zu gehen.

»Aber ich kann nicht wieder zur Schule gehn, Daddy! Ich bekomme bald ein Baby.«

»Nimm dir einen Babysitter. Und ich bin fest davon überzeugt, daß auch deine Mutter und Mrs. Tatro gern einspringen würden.«

»Ich glaube, das wäre Jed nicht recht, Daddy. Er findet, daß eine Mutter zu ihrem Kind gehört.«

»Na schön. Wiedersehn.« Damit legte er auf. Einfach so. Wie konnte sie die Schule beenden, wenn Jed das auch nicht getan hatte? Er hatte ihr zuliebe aufs College verzichtet, also würde sie für ihn das gleiche tun.

Sie trat an ihre Frisierkommode und betupfte sich mit ein paar frischen Tropfen Soir de Paris. Seit Jed einmal gesagt hatte, mit ihr zu schlafen, das sei wie mit 'ner Leiche bumsen, versuchte sie alles mögliche, um in seinen Augen aufregender zu wirken. Aus ›Modern Wife‹ hatte sie sich einen Artikel ausgeschnitten, dessen Titel lautete: ›Wie man seinen Ehemann dazu bringt, immer wieder noch mehr zu wollen.‹ Er enthielt Vorschläge für Frisuren und Make-up-Variationen sowie ein Programm zur Gewichtskontrolle.

›*... und wenn Sie dieses schlimme Grau aus Ihrem Haar gespült haben, vergessen Sie auch nicht das Grau in Ihrem Kopf. Besorgen Sie sich in der Stadtbücherei Literatur über Themen, die IHN interessieren. Lesen Sie jeden Tag die Zeitung – die ganze, nicht nur die Kochrezepte! Belegen Sie einen Abendkurs (falls ER nichts dagegen hat, an Mom's freiem Abend die Kinder zu hüten). P. S. Lassen Sie Ihr neu erworbenes Wissen nur ganz beiläufig, unauffällig in die Konversation einfließen. Kein Mann mag Frauen, die alles zu wissen scheinen ...*‹

Anfang der Woche hatte sie sich ein ›Handbuch der Baumwollverarbeitung in den Vereinigten Staaten‹ ausgeliehen. Und gestern abend beim Dinner hatte sie zu ihm gesagt: »Ich hab' heute was über Hankmesser gelesen, Liebling.«

»Hm«, machte er, tief über den Teller gebeugt, Bohnensuppe in sich hineinschaufelnd. »Na und?«

»Also, für mich klingt das recht interessant.«

Er hob den Kopf. »Ist es aber nicht.«

»Verwendet ihr einen Buckley oder einen Vertikalbrecher?«

»Was?«

»Im Aufbrechraum, meine ich.«

»Sally, ich muß den ganzen Tag über diesen Mist nachdenken. Wenn ich abends zu Hause bin, will ich meine Ruhe!«

»Entschuldige, Herzchen.«

Sie brachte das Buch zurück und las nunmehr eins von seinen Krimi-Taschenbüchern. Es handelte von einem Mädchen mit hohen Silberstiefeln und winzigen Pistolen im BH, deren Läufe die Bluse ausbeulten wie Brustwarzen.

Sie stieg wieder ins Bett zurück und lauschte auf seinen Wagen. Doch sie vernahm nur das Zirpen der Grillen und das ferne Röhren der Diesellaster auf dem Highway. Weiter unten in der Siedlung rief laut eine Frauenstimme. Fernseher von Nachbarn dröhnten von Lachkonserven. Laura wimmerte im Schlaf und schlug mit den Ärmchen um sich, daß die Gitterstäbe des Bettchens klapperten.

Sally ging ins Badezimmer, tupfte sich die Augen trocken und putzte sich die Nase. Jed haßte es, wenn sie weinte und dann völlig verquollen aussah. »Das paßt nicht zu dir, Sally«, behauptete er immer. Als wüßte er, wie sie eigentlich war. Der würde sich wundern, wenn er von einigen Dingen wüßte, über die sie nachdachte! Vor ein paar Monaten hatte sie ein Buch mit dem Titel ›Castle Keep‹ gelesen, von einem jungen Mädchen im windgepeitschten Moor drüben in England, das von einem hochgewachsenen, dunklen Fremden in eine Burg verschleppt wurde. Anfangs hatte sie mit ihren kleinen Fäusten an seine breite Brust gehämmert. Doch er verhielt sich nett und geduldig und brachte ihr immer Geschenke mit. Nach und nach verlor sie ihre Angst vor ihm und begann ihn sogar zu mögen... Es gab da einen hochgewachsenen, dunklen Mann in der Holzhandlung, wo sie zuweilen Baumaterial für Jed kaufen mußte. Jedesmal, wenn sie hereinkam, blickte er von seiner Verladearbeit auf und schenkte ihr ein Lächeln. Manchmal stellte sie sich vor, daß er sie bei den Armen packte, in seinen Lastwagen zwang und mit ihr in seine Hütte hoch oben in den Bergen raste. Unwillkürlich fuhr sie so oft wie möglich an der Holzhandlung vorbei.

Ein bißchen erinnerte er sie an Earl. Emily mußte verrückt gewesen sein, den laufenzulassen! Und wofür? Damit sie bei diesem Kerl Justin landete, den sie vergangenen Winter zu Hause angeschleppt hatte. Earl war so elegant, so glatt und gewandt gewesen! Justin war etwa so glatt wie ein mit Ajax bestreuter Spülstein. Die ganze Zeit trug er einen verdreckten, alten Trenchcoat mit hochgeschlagenem Kragen und drehte ständig den Kopf zur Seite, wenn man sich mit ihm unterhalten wollte. Sie, Jed und Emily hatten mit ihm eine Rundfahrt durch die Umgebung gemacht, und es hatte so ausgesehen, als gäbe es nichts, an dem er nicht etwas auszusetzen hätte: das Wetter, die Anlage der Stadt, die Häuser der Leute, die gegrillte Koteletts zum Lunch aßen. Mehrmals hatte Jed den Eindruck gemacht, als würde er ihm am liebsten alle Zähne einschlagen. Justin bestand darauf, bei Al Frenchs Haus in Sherokee Shoals haltzumachen, während er hineinging und für zwanzig

Dollar einen von diesen Pflanzenbehältern aus Autoreifen kaufte, die Betty in ihrer High-School-Zeit fabriziert hatte und die seitdem als Ladenhüter im Garten herumstanden. Injun Al, in seinem Kopfputz und den Rehlederhosen, gerade eben nüchtern genug, um sich darüber zu wundern, daß er endlich einen davon verkauft hatte, trug ihn zum Auto und verstaute ihn im Kofferraum. Auf der Heimfahrt fragte Justin Emily, ob sie jemals im American Indian Room irgendeines Museums in New York die Perlenarbeiten, den Silberschmuck und die Webteppiche gesehen habe. Emily verneinte.

»So kaputtgemacht, die Leute, daß sie alte Autoreifen zerschneiden und bemalen. Traurig, traurig!«

»Wenn dir die Dinger nicht gefallen, warum kaufst du dir dann eins?« erkundigte sich Jed.

»Als eine Art Mahnmal, damit nichts vergessen wird.«

»Was denn vergessen?«

»Der Völkermord, auf dem diese Nation prädiziert ist.«

Jed nickte höflich, Sally jedoch wußte genau, daß er ebensowenig Ahnung hatte wie sie, was ›prädiziert‹ hieß. Emily dagegen schien es zu wissen, denn sie nickte zustimmend.

Aber Emily stimmte ja allem zu, was Justin sagte. Es sah so aus, als wäre es ihr ernst. Aber mit Earl hatte es auch ausgesehen, als wär's ihr ernst. Sogar genadelt waren die beiden gewesen. Emily und Justin lachten darüber, daß er vom Besuchszimmer zu ihr ins Bett rübergeschlichen war, nachdem Emilys und Sallys Eltern eingeschlafen waren. Jed und Sally waren beide schockiert darüber, sagten aber nichts dazu.

»So was ist einfach respektlos euren Eltern gegenüber«, erklärte Jed später, als er mit Sally allein war.

Justin hatte es überhaupt nicht mit dem Respekt. Beim Abendessen versuchte er eines Tages, mit Sallys Vater über die Organisation der Spinnerei zu diskutieren, und dabei sagte er nicht einmal ›Sir‹. Ihr Daddy lächelte daraufhin nur höflich und antwortete: »Sie haben zweifellos recht, Justin.«

»Und warum ändern Sie's dann nicht?«

»Die Dinge ändern sich auch ohne mein Zutun schnell genug.«

Justin zuckte die Achseln. Emily lächelte. Sie schien ihn für einmalig zu halten und zu glauben, daß jeder ihre Meinung über ihn teilte. Offenbar merkte sie überhaupt nicht, daß er sie alle völlig verrückt machte. Wenn Emily diesen Justin in die Familie brachte, dann hätten die Eltern wenigstens einen, mit dem sie noch weniger einverstanden sein konnten als mit ihrem armen Jed. Sie hatten Justin seither nie wieder erwähnt.

Sally starrte in den Spiegel und versuchte, ihr neu entdecktes Fältchen mit den Fingerspitzen zu glätten.

Als sie wieder ins Bett zurückschlüpfte, fiel die Hintertür ins Schloß. »Hallo, Herzchen!« rief sie erleichtert und lockerte ihre Bouffant-Frisur mit allen zehn Fingern.

Jed kam ins Schlafzimmer. »Hallo, Liebling!« Er knöpfte sein Hemd auf und warf es auf den Fußboden. »Was ist denn das für 'n Mist!« brummelte er und schaltete Ingrid und Cary ab.

Dann setzte er sich aufs Bett, zog die Bierdosenringe von seinen Fingern und legte sie auf den Nachttisch.

»Was ist denn das?«

»So 'ne Art Schlagring.«

»Wozu?«

»Falls es mal Ärger gibt.«

Als er zu ihr ins Bett stieg, nahm sie sein Gesicht in beide Hände und murmelte: »Mein Liebling!«

Er drückte ihre Hände weg.

Sally sammelte sich von neuem, schob ihre Hände in seine Pyjamajakke und streichelte seine behaarte Brust. Ungeduldig drehte er sich um und machte das Licht aus.

Unverzagt tastete sie nach seinem Schritt.

»Mir ist heute abend nicht danach, Herzchen.«

Sie zog die Hand zurück. »Ich hab' dir heute abend ein Hähnchen gebraten, Liebling.«

»Ach ja? Schade, daß ich's verpaßt hab'.«

»Schon gut«, entgegnete sie tapfer. »Ich hab' die Pfanne zugedeckt und es so lange warm gehalten, wie's ging. Die ganze Zeit hab' ich gedacht, daß du bestimmt bald nach Hause kommst. Aber dann ist es ganz und gar verbrutzelt, und ich hab's der Katze geben müssen.«

»Tut mir leid. Ich wollte anrufen, aber es war immer besetzt. Wahrscheinlich hat Joey den Hörer von der Gabel gestoßen.«

»Nein. Nein, das glaube ich nicht.«

»Also, versucht hab' ich's jedenfalls.«

»Ja.«

»Wirklich, verdammt noch mal!«

»Ich glaube dir ja.«

»Das klingt aber nicht so.«

»Wie würd's denn klingen, wenn ich dir glaubte?«

»Keine Ahnung. Anders eben.«

»Hast du 'n schlechtes Gewissen, oder was?«

»Herrgott, nein! Ich hab' die halbe Nacht hindurch vor dem Haus von deinem Alten Wache geschoben. Wieso soll ich da 'n schlechtes Gewissen haben?«

»Du hast Daddys Haus bewacht? Warum denn?«

»Letzte Nacht haben sie Sprengstoff auf Mackays Autoabstellplatz geworfen. Deswegen hatten wir Angst, sie würden's heut' abend bei euch versuchen.«

»Sprengstoff? Aber wieso?«

»Keine Ahnung. 'ne Bande Gesindel, angeführt von meinem lieben Bruder, dem Kommunisten.«

»Was – Raymond? Ist Raymond denn ein Kommunist?«

»Worauf du dich verlassen kannst.«

»Das glaube ich nicht. Wenn ich daran denke, daß ich mit diesem Jungen auf die Bäume geklettert bin...« Als Justin in Newland war, hatte sich Raymond geweigert, zum Dinner zu den Princes zu gehen. Kein Mensch war daraus schlau geworden. Waren sie in New York denn nicht gute Freunde gewesen? Schließlich hatten sie sich darauf geeinigt, daß Raymond immer noch an Emily hing und einfach eifersüchtig auf Justin war. Aber Raymond war zu jener Zeit so seltsam gewesen, eigentlich noch viel seltsamer als sonst. Vor dem Streik war er oft auf ein Bier und eine Diskussion mit Jed über die Gewerkschaft rübergekommen. Sally versuchte, zwischen den beiden zu vermitteln, doch Raymond entgegnete: »Es ist wirklich nicht so, als ob das alles nichts mit dir zu tun hätte, Sally. Karl Marx sagt: ›Das Wesen des Individuums beruht auf den materiellen Bedingungen, die die Produktion bestimmen.‹ Sieh dich doch an: Du hast dich selbst zum Produkt gemacht und dieses Produkt dann vermarktet.«

Sally lächelte unsicher. War das ein Kompliment? Sie sah Jed an. Offenbar wußte der das auch nicht so genau.

Jed kniff die Augen zusammen und ballte die Fäuste. »Willst du etwa behaupten, daß meine Frau sich verkauft? Willst du das wirklich behaupten?«

Raymond begann zu lachen und stand auf. »Himmel noch mal – nein! Beruhige dich, kleiner Bruder. Vergiß das Ganze.«

»Du Armer!« Sally drückte Jed an sich und streichelte ihm übers Haar. »Mein armes Baby muß ja furchtbar müde sein – den ganzen Tag arbeiten und die ganze Nacht Wache halten!«

»Ja, das is' wohl wahr«, seufzte er und bettete den Kopf an ihren Busen.

Während sie ihn streichelte, dachte sie, wie unfair das doch alles war. Er war müde. Na schön, sie war auch müde – den ganzen Tag lang Kinder versorgen, kochen, putzen und dann die halbe Nacht lang auf ihn warten. Aber wer knuddelte sie, wer streichelte ihr übers Haar und sagte: »Du Ärmste«? Kein Mensch!

Und wenn sie mal Lust auf Liebe hatte, was ja nun wirklich selten vorkam, dann hatte er keine, und es gab natürlich nichts. Aber wenn er Lust hatte, und das war meistens, wenn das Essen kalt wurde oder das Baby schrie oder der Wecker schrillte, dann ging's sofort los! Gegen einen schlaffen Penis war schlecht was zu machen, aber sie fand es trotzdem nicht fair. Je intensiver sie sich bemühte, desto weniger interessiert war er. Es sei denn, er hatte heute nacht gar nicht Wache gehalten...

Sein Interesse wecken konnte sie allerdings unfehlbar, wenn sie sich erbot, es ihm mit dem Mund zu besorgen, das wußte sie. Wenn sie das tat, war er ihr jedesmal sehr dankbar. Wenn sie miteinander schliefen, nahm er zuweilen ihren Kopf in beide Hände und versuchte, ihren Mund dort hinabzudrücken. Manchmal tat sie es dann, manchmal auch nicht – je nachdem, wie nett er zu ihr gewesen war. Aber in Wirklichkeit konnte sie das nicht ausstehen! Sie haßte es, ihn mit diesem flehenden Ausdruck im Gesicht auf dem Rücken liegen zu sehen. Der Mann hatte auf ihr zu liegen und die Initiative zu ergreifen. Genausosehr haßte sie es, wenn er sich wie ein kleiner Junge zusammenringelte und sich an sie schmiegte, wie eben jetzt. Aber solange *sie* diese Dinge für ihn tat, sah er sich vielleicht nicht nach einer anderen Frau um, die sich dazu erbot.

Trotzdem verlief es eigentlich nie so, wie sie es gern gehabt hätte. Nachdem sie ihm einen geblasen hatte, wurde er immer ganz gemein und bösartig. Und wenn sie ihn die ganze Nacht über im Arm gehalten hatte, war er am nächsten Morgen eiskalt zu ihr. Am liebsten hätte er sie vermutlich in die Gefriertruhe gesteckt, bis er sie mal wieder brauchte, damit er nicht befürchten mußte, sie werde jemandem erzählen, er sei manchmal sehr müde und schwach und möge keine Leber.

Sie nahm sich vor, am nächsten Morgen, gleich nachdem er fort war, den Artikel aus ›Modern Wife‹ noch einmal zu lesen.

An der Tür gab Jed ihr einen Kuß. »Halt mir die Daumen, ja?«

»Wieso – ist denn heute was Besonderes?«

Er seufzte. »Ja, sicher – der Streik. Wie oft muß ich dir das noch sagen?«

»Ach ja! Dann also viel Glück. Warum eigentlich? Das ist doch nicht gefährlich, oder?«

»Doch, natürlich. Kann durchaus sein. Wenn man die Streikpostenkette durchbricht, wird einem der Wagen mit allem möglichen beworfen, und man wird beschimpft und so.«

»Ach Herzchen, ich wünschte, du würdest nicht hingehn!«

»Muß ich aber, Liebling.« Seine blauen Augen leuchteten im Sonnenlicht. »Wir haben ohnehin nicht genug Leute. Gestern hab' ich ganz allein ein halbes Dutzend Maschinen bedient. Die haben da zwar 'n paar Farbige angebracht und 'n paar Frauen aus Cherokee Shoals, aber die haben überhaupt keine Ahnung. Und kaum Grips genug, etwas zu lernen. Aber sie geben sich große Mühe, dafür muß man sie wirklich bewundern. Und in meinem ganzen Leben hab' ich noch nie so glückliche Menschen gesehn. Die halten es für 'n Privileg, in der Spinnerei arbeiten zu dürfen. Ich finde, wir sollten sie behalten und die Kommies, die draußen rumschrein, einfach vergessen. Hab' ich nich' recht?«

»Bestimmt, Liebling.«

»Natürlich hab' ich recht.«

»Also, ich bin richtig stolz auf dich.«

»Na ja, wie Trainer Clancy immer sagte: ›Wenn die Arbeit hart wird, machen sich die Harten an die Arbeit.‹«

Sally lächelte. Sie wußte nicht recht, was sie von dieser Gewerkschaftsangelegenheit halten sollte. Was Mrs. Pritchard neulich gesagt hatte, das hatte sie eigentlich recht gut gefunden. Aber Jed und sein Vater und ihr Vater behaupteten, es sei schlecht, deswegen nahm sie an, daß es auch wirklich schlecht war. Vermutlich war Mrs. Pritchard von den Kommunisten oder so irregeführt worden.

»Hab' ich nich' recht?«

»Ja, Herzchen. Du hast recht.«

Er küßte sie noch einmal.

»Ist dir was Neues an mir aufgefallen?«

»Hm-hm. Äh, ich weiß nicht – hast du 'n helleren Lippenstift?«

»Hm-hm. Ein ganz neues Augen-Make-up. Gefällt's dir?«

»Für mich siehst du immer fabelhaft aus, Herzchen.«

»Wirst du mir das heut' abend beweisen, wenn die Kinder im Bett sind?«

»Vielleicht. Wenn ich nich' wieder Wache halten muß oder so.«

Als er davonfuhr, ging Sally ins Badezimmer und entfernte ihr Make-up mit Coldcream. Dann legte sie eine Gesichtsmaske auf – mit einer doppelt dicken Schicht um die Augen herum – und drehte ihre Haare auf Wickler. Sie wanderte im Schlafzimmer umher, um Jeds schmutzige Wäsche und die Badetücher aufzuheben, die er einfach hingeworfen hatte, wischte die Überschwemmung auf, die er auf dem Badezimmerfußboden hinterlassen hatte, und machte das Bett. Sie gab Joey seine Cornflakes. Während er sich Captain Kangaroo ansah, schnallte sie Laura in ihr hohes Kinderstühlchen, stellte ihr einen Teller mit zerdrückten Bananen hin und setzte sich mit einer Tasse Kaffee an den Tisch, um ›Wie man seinen Ehemann dazu bringt, immer wieder noch mehr zu wollen‹ noch einmal zu lesen.

›*... Das Schlafzimmer ist eine Arena, die von den meisten Frauen zum Schlachtfeld umfunktioniert wird. Wie die Biene aus einer leuchtend bunten Blüte den Nektar saugt, so muß der Mann während der Nacht bei seiner Frau aus der Quelle ihrer Kraft genug Selbstwertgefühl schöpfen können, um am nächsten Morgen für den Existenzkampf gerüstet zu sein. Eine gute Ehefrau ist der sichere Hafen im Sturm, niemals die stürmische See...*‹

Sally entdeckte, daß Joey eine von Lauras Puppen im Arm hielt und sie an einer imaginären Brust stillte.

»Komm her, Joey-Liebling.« Sie legte die Puppe auf ein Regal, wo er sie nicht erreichen konnte, und drückte ihm eine Cowboypistole in die Hand. »Puppen sind nur was für Mädchen, mein Schatz.«

Verdutzt starrte er die Pistole an. Schließlich richtete er sie auf die Puppe und schrie: »Peng! Peng!« Dann galoppierte er wild durchs Zimmer.

Sie betrachtete die rotgemusterten Fenstervorhänge in der Eßecke und überlegte, wie es wohl aussähe, wenn sie die passenden Platzdeckchen dazu hätte. Und vielleicht sogar auch Servietten. Sie würde Jed heute abend fragen.

Sie schnallte Laura in ihren Babyhopser, der in der Türöffnung hing. Dann holte sie ihren Rabattmarkenkatalog hervor und studierte das Angebot an Platzdeckchen und Servietten. Ein Set, das wirklich hübsch aussah, kostete nur vier volle Hefte. Sie legte einen Schwamm in eine Schüssel mit Wasser, holte die Schachtel mit den Marken heraus und begann zu kleben.

Nach dem Lunch entfernte sie die Gesichtsmaske, band sich ein Kopftuch über die Lockenwickler und verfrachtete die Kinder in den Dodge. Langsam fuhr sie an der Holzhandlung vorbei und erblickte flüchtig den hochgewachsenen, dunklen Mann, der gerade Holzbretter stapelte. Ihr Herz setzte aus wie bei einem Menschen, dessen Schrittmacher-Batterie leer ist. Sein Lächeln. Es wirkte immer so unendlich traurig. Bestimmt hatte ihm eine Frau Schmerz zugefügt. Und nun war er allen Frauen gegenüber mißtrauisch. Man mußte um ihn werben, ihn für sich einnehmen, ihn wieder Vertrauen lehren...

Bei Kroger's setzte sie Laura in den Einkaufswagen und ließ Joey neben sich hertrotten. Laura zappelte, maulte und zeigte auf den Boden: Sie wollte auch laufen.

»Nein, Liebling. Sei still. Sei Mommys liebes Mädchen und laß dich schön fahren.«

Aber Laura hörte nicht auf, zu quengeln und zu zappeln.

Sally wurde wütend. »*Nein!* Sofort bist du still!« Laura sah sie mit jammervollem Blick an und gehorchte.

Joey kam mit einer Dose Sprühstärke angelaufen. »Joey bügeln.«

»Nein, Joey. Stell's wieder hin. Mommy braucht keine Stärke.«

»Joey bügeln!« Er warf die Dose in den Wagen.

Sally stellte sie ins Regal zurück und ging weiter. Die Dose fest in der kleinen Hand, kam Joey hinter ihr hergetrabt.

»Joey *bügeln!*«

Sally nahm ihm die Dose weg. »Joey *kann* nicht bügeln. Joey ist ein Junge. Bügeln tun nur Mädchen.«

Sein Gesicht lief dunkelrot an. »Ich will bügeln!« kreischte er. Kundinnen drehten sich um und starrten Sally, die Kindsquälerin, an.

»*Bitte,* Mommy! Joey kann bügeln!«

Zähneknirschend schob sie den Wagen in den nächsten Gang und ließ Joey um sich tretend auf dem Linoleum liegen. Aus den Lautsprechern kam eine Stimme, unterbrach die Musik: »Meine Damen, in der Abteilung vier haben wir heute ein Sonderangebot für Sie: Nabisco Chips Ahoy, die große Doppelpackung für nur neunundfünfzig Cent. Pro Kundin nur eine, wenn ich bitten darf!« Hausfrauen hasteten an ihr vorbei, auf der Suche nach der Abteilung vier. Sally blieb vor der Margarine stehen. Parkay um zwei Cent reduziert. Aber sie hatte aus der Zeitung eine Reklame ausgeschnitten, in der Fleischmann's sie um vier Cent billiger anbot. Sie holte den Ausschnitt heraus und studierte ihn. Zwei Pfund vier Cent herabgesetzt. Das war genausoviel wie ein Pfund zwei Cent herabgesetzt, nicht wahr? Außerdem brauchte sie nur ein Pfund. Also entschied sie sich für Parkay, überaus zufrieden mit sich, weil sie eine so sparsame Hausfrau war. Jed mochte lieber richtige Butter. In einem Artikel aus ›Modern Wife‹ jedoch wurde dringend geraten, auf *seinen* Cholesterinspiegel zu achten. Was sollte sie tun, wenn er an einem Herzinfarkt starb und sie mit zwei kleinen Kindern allein zurückblieb? Er bekam schon jetzt eine Speckrolle um die Taille.

Sie hatte vor, ihn auf Diät zu setzen, sammelte seit mehreren Wochen aus allen Zeitschriften Diätrezepte. Vielleicht konnte sie es so einrichten, daß er gar nicht merkte, daß er auf Diät gesetzt war.

Joey tauchte auf, rot im Gesicht und völlig verdreckt. Laura zappelte auf dem Wagensitz herum.

»Darf Joey fahren?« flüsterte er.

»Schämst du dich nicht? Ein so großer Junge, und will noch gefahren werden?« Sie nahm eine Rolle Frischhaltefolie vom Regal. In ›Modern Wife‹ hatte sie gelesen, daß man sich bei der Gymnastik darin einwikkeln solle, das sei für die Poren gut.

Der Laufjunge packte ihre Waren in den Dodge. »Ich hätte da mal eine Frage«, meinte er grinsend, als sie sich bei ihm bedankte.

»Ja?«

»Wann nehmt ihr Mädchen eigentlich mal die Lockenwickler raus? Oder laßt ihr die immer drin? Ich krieg' hier den ganzen Tag immer nur dicke, häßliche Wickler zu sehen.«

Sally lachte. »Das tun wir, damit wir hübsch sind, wenn unsere Männer abends nach Hause kommen.«

Dem Jungen, groß, mager und dunkel, schien ein Licht aufzugehen. »Warum gebt ihr uns anderen Männern nicht auch mal 'ne Chance?« fragte er mit liebenswürdigem Lächeln.

Sally war gerührt. Und dankbar. Hatte er zu flirten versucht? Seit Jahren hatte niemand mehr mit ihr geflirtet – seit Jed sie, als sie fünfzehn war, für sich in Anspruch genommen hatte.

»Tu ich vielleicht sogar eines Tages.«

»Dann kommen Sie mal recht bald wieder«, sagte er grinsend.

»Ganz bestimmt.«

Auf der Heimfahrt sang sie lächelnd den Honey-Sweet-Song: ›All I want is just to be your girl. / Please come and get me, / And take me to your world.‹ Im Vorbeifahren blickte sie zum Schloßbaum hinüber. Früher, als sie dort hinaufgeklettert war, hatte sie geplant, wenn sie groß war, Sängerin in New York zu werden. Sie erinnerte sich an die Begeisterung, mit der sie den Griff ihres Springseils als Mikrofon benutzt hatte. Das war ihr Talentbeweis für die Miss-Newland-Wahl gewesen. Wenn sie damals nur nicht das Mikrofon fallen gelassen hätte, vielleicht hätte sie dann gewonnen. Ihre Antworten bei der Fragerunde waren recht gut ausgefallen:

»Wenn Sie Miss America wären, Sally, und als unsere Botschafterin der Schönheit auf Tournee in fremde Länder geschickt würden, was würden Sie den Menschen dort über unsere große Nation erzählen?«

»Nun, Stan, zunächst würde ich ihnen alles über die Ideale erzählen, die unser Land zu dem gemacht haben, was es heute ist – von unserer Überzeugung, daß alle Menschen gleich geschaffen und vom Herrgott mit Rechten ausgestattet worden sind, die ihnen niemand nehmen kann. Warten Sie ... Ich würde ihnen die Schönheit unserer Landschaft schildern – die hoch aufragenden Berge, die rauschenden Bäche, die weiten Ebenen. Ich würde ihnen erzählen, wie Menschen aus allen Teilen der Welt hergekommen sind und hier zum erstenmal in ihrem Leben Gerechtigkeit und Brüderlichkeit gefunden haben ...«

Wäre sie Miss Newland geworden, hätte sie anschließend an der Wahl zur Miss Tennessee teilgenommen. Und dann an der Wahl zur Miss America in Atlantic City. Wahrscheinlich hätte sie dann, wie Anita Bryant, ihre Karriere als Schlagersängerin angetreten. Während der folgenden Jahre wäre sie vermutlich im Rahmen einer Tournee aufgetreten. Jed hätte sie natürlich zurücklassen müssen. Er hätte eine andere Freundin gefunden. Und sie wäre nicht schwanger geworden.

Sie bog in die Einfahrt ein und betrachtete ihr kleines Häuschen. Dann drehte sie sich um und betrachtete Joey und Laura in ihren Kindersitzen. Ohne diesen einen, ungeplanten Ausrutscher hätte keines der Kinder existiert.

Sekundenlang wünschte sie sich, daß sich das alles in Luft auflöste.

Dann schüttelte sie sich, stieg aus und begann ihre Einkäufe auszuladen.

Sie fütterte die Kinder, brachte sie in ihr Zimmer und steckte Laura in ihr Bettchen. Sie zog das Engel-Mobile mit der Spieldose auf. Sie legte Joey in sein Bett und wies ihn an, sein Segelboot-Mobile zu betrachten. Sobald sie draußen war, würde er rausklettern, mit seinem Tank spielen und Laura durch die Gitterstäbe hindurch kitzeln, aber das ignorierte sie immer so lange, bis Laura laut zu schreien begann. Sie konnte es kaum erwarten, daß Jed mit dem neuen Zimmer fertig wurde, damit sie die beiden endgültig trennen konnte.

Sie packte die Waschmaschine voll und schaltete im Fernsehen ›Love for Life‹ ein. Ihren Tagesablauf richtete sie stets so ein, daß sie die Serie nicht verpaßte. Manchmal erschienen ihr Brad und Elvira wirklicher als Jed. Heute fuhr Brad mit seiner Sekretärin in ein Motel. Sally entfernte ihren ›Ever So Ice‹-Nagellack und strich sich ›Eat Me Orange‹ auf die Nägel. Elvira tat ihr richtig leid, wie sie so zu Hause herumsaß, heimlich Gin aus einer Flasche trank und Wasser nachfüllte.

Sally pustete auf ihre Nägel. Wenn sie nicht trocken wurden, bevor Laura zu schreien anfing und ihre Windeln gewechselt haben wollte, wäre die Mühe umsonst gewesen. Ob Jed wohl auch so was tun würde – mit einem Mädchen ins Motel gehen? Und würde sie jemals davon erfahren, wenn er es tat? Ob sie ihn danach fragen konnte? Und wenn er nicht jetzt schon eine andere hatte, würde er mit Sicherheit später mal eine haben. So waren die Männer nun mal. Aber hatte ihr Daddy auch andere Frauen? Bestimmt nicht. Wen denn? Dafür war die Stadt viel zu klein. Wenn die Männer so waren, wie waren dann die Frauen? Erwartete man von ihnen, daß sie am Nachmittag mutterseelenallein dasaßen und heimlich Gin tranken?

Von ihren Nägeln zur Untätigkeit verdammt, überlegte sie sich, was sie zum Abendessen anziehen sollte: lila Seidenbluse mit passendem Wollrock, Paisley-Tuch um den Hals. Ja, diese Kombination gefiel Jed am besten. O Gott, nein – nicht lila! Nicht zu dem orangefarbenen Nagellack. Verflixt! Wo hatte sie nur ihre Gedanken?

Und zum Abendessen Steak, gebackene Kartoffeln, Maisbrot und Salat aus buntem Wackelpudding. Und welche Platzdeckchen? Wenn er nun wirklich eine andere hatte? Hatte er deswegen in letzter Zeit keine Lust mehr, mit ihr zu schlafen? Die goldgeflochtenen. Mit passenden Kerzen.

Sie wedelte mit den Fingern in der Luft. Die Fenster neben dem Fernseher waren streifig. Sie mußte Rochelle morgen daran erinnern, daß sie sie putzte. Einen Pie! Heute nachmittag würde sie einen Kirsch-Pie backen. Jeds Lieblings-Pie. Wenn nur die Nägel trocknen würden!

Sie griff nach dem Telefon und wählte vorsichtig mit der Fingerkuppe.

»Hallo, Mama... Ach, nichts Besonderes. Wollte nur mal guten Tag sagen. Was machst du gerade?... Ja, ich sitze hier und warte, daß meine Nägel trocknen. Und daß die Kinder aufwachen... Ja, ein bißchen einsam. Von meinen Freundinnen ist keine einzige mehr hier. Außerdem hätte ich ja überhaupt keine Zeit, mit ihnen zusammenzusein... Ja, morgen gehe ich mit Jeds Mutter zu den Happy Homemakers. Die machen einen Hawaii-Luau. Mercedes Marshall zeigt ihre Dias. Du solltest mitkommen... Der arme, kleine Joey, er wollte heute vormittag unbedingt, daß ich ihm bei Kroger's Sprühstärke kaufe. Er wollte bügeln, behauptete er. Kannst du dir das vorstellen?... Ihn lassen? Soll das ein Witz sein? Jed würde 'n Schlag kriegen!... Ja, ich weiß, daß er noch klein ist. Aber wie Jed immer sagt, hat Trainer Clancy immer gesagt: ›Was ein Häkchen werden will, krümmt sich beizeiten.‹ ... Ja, also – bis bald dann, Mama.«

Als sie auflegte, merkte sie verwundert, daß ihr Tränen über die Wangen liefen. Sie hatte geglaubt, das zu tun, was ihre Mutter wollte.

Schließlich war es nur das, was ihre Mutter auch getan hatte. Gewiß, Sally hatte allzu früh damit angefangen, aber das war lange her. Sie hatte einen Erfolg draus gemacht. Was mußte sie tun, damit ihre Mutter stolz auf sie war? Cheerleaderin, Ingenue, Devout, Hofdame der Heimkehrkönigin, Teilnehmerin an der Wahl zur Miss Newland – nichts davon hatte anscheinend Eindruck auf sie gemacht. Eines Tages würde sie mit den Kindern zum Haus ihrer Mutter marschieren, sie vor ihr aufbauen und fragen: ›Hier, ist dies nicht genau das, was du von mir verlangst?‹ Emily hatte Newland verlassen, war in Jeans nach Hause zurückgekommen und hatte ihren Südstaaten-Akzent abgelegt. Aber Emily war es, von der beim sonntäglichen Mittagessen gesprochen wurde – welche Kurse sie belegte, welche Konzerte sie besuchte, welche geistreichen Bemerkungen sie in ihren Briefen gemacht hatte. Ha, ha! Sally fragte sich, ob es nicht eine Möglichkeit gab, ihnen beizubringen, daß Emily unter ihrem eigenen Dach mit diesem widerlichen Justin geschlafen und sich später noch darüber lustig gemacht hatte. Wie konnte sie es anstellen, diese Information taktvoll anzubringen?

Sie griff wieder zu ›Wie man seinen Ehemann dazu bringt, immer wieder noch mehr zu wollen‹: ›*... Jeder Mann findet es faszinierend, wenn eine Frau etwas Geheimnisvolles an sich hat. Verraten Sie ihm niemals sämtliche Tricks. Schließen Sie sich im Badezimmer ein, wenn Sie sich zurechtmachen...*‹ Sie machte ein Kreuzchen am Rand. ›*... laufen Sie nicht mit Lockenwicklern im Haus herum, wenn er da ist...*‹ Wieder ein Kreuzchen. ›*... lassen Sie Ihre Haare nachfärben, bevor die Wurzeln dunkel nachwachsen...*‹ Kreuzchen. ›*... lassen Sie ihn in dem Glauben, daß er nicht alles von Ihnen weiß, was es zu wissen gibt. Gehen Sie von Zeit zu Zeit aus, ohne ihm genau zu erklären, wohin...*‹ Das wäre zu überlegen. Sie konnte ein Foto von irgendeinem Mann verstecken – von einem Onkel, den er noch nicht kannte –, in einer Schublade, in der Jed es mit Sicherheit finden würde...

»Wer ist denn das?« würde er fragen.

»Ach... niemand.«

Laura rüttelte an den Gitterstäben ihres Bettchens. Joey kam aus dem Kinderzimmer getrippelt. Er rieb sich die Augen. »Laurie Joey aufgeweckt.«

»Böse Laura«, tröstete sie ihn. Laura hielt sich an den Gitterstäben fest und hopste auf ihrer Matratze herum. Sally fühlte, wie eine Woge von Zorn in ihr aufstieg, die sie beunruhigte. Mütter hatten ihre Kinder zu mögen, aber bei Laura gelang ihr das häufig nicht. Joey bezauberte sie stets von neuem mit seiner Energie und zielbewußten Kraft – es sei denn, sie hatte es gerade eilig, wie heute bei Kroger's. Lauras Lebhaftigkeit verdroß sie. Kleine Mädchen hatten ruhig und höflich, zärtlich und hilfsbereit zu sein.

Sie nahm Laura hoch, überschüttete sie mit schuldbewußten Küssen, schnallte sie auf die Wickelkommode und kitzelte und knuddelte sie, bis die Kleine kicherte, krähte und mit den molligen Beinchen strampelte. Sally setzte Laura ins Ställchen, dann nahm sie ihre Lockenwickler heraus und bürstete sich gründlich die Haare. Anschließend legte sie ihr Make-up auf und zog sich an.

Während sie eine Dose Kirschfüllung auf einen tiefgefrorenen Pie-Boden kippte, dachte sie, daß sie sich doch glücklich schätzen konnte. Einen Pie machen und die Familie dabei beobachten können, wie er ihnen schmeckte. Ihnen zusehen können, wie sie gesund heranwuchsen und an Gewicht zunahmen durch das, was sie ihnen zu essen vorsetzte. Das war wirklich eine Ehre. Emily hatte eine Menge Bücher gelesen und kannte ein paar hochgestochene Wörter, aber hatte sie jemals etwas Richtiges getan? Emily hielt sich für ziemlich klug, aber war sie klug genug gewesen, um Earl halten zu können?

Sally stellte das Radio so laut, daß es den Tom-und-Jerry-Film übertönte, den Joey im Wohnzimmer eingeschaltet hatte. Honey Sweet sang klagend: ›You get close to what I cherish most: / You make me want to be a mother / And walk around with pride / With your child inside . . .‹

Ob sie sich ein weiteres Kind zulegen sollte? Während ihrer beiden Schwangerschaften hatte Jed nicht viel Interesse an Sex bekundet, und das war angenehm für sie gewesen. Er hatte sich wie ein echter Gentleman verhalten und ihr Überraschungen mitgebracht. Zuweilen hatte er ihr sogar die Füße massiert.

Beim Abendessen erkundigte sich Sally: »Was macht der Streik, Herzchen?«

»Immer dasselbe.«

»Wieder Ärger?«

»Eier auf den Chevy, als ich heute morgen mit Dad die Streikpostenkette durchbrochen habe. Faule Bande! Stehen nur rum und schwenken Transparente. Stell dir vor, als ich heute abend wegfuhr, haben die da unten doch tatsächlich Schweinekoteletts gegrillt! Als ob das eine einzige große Party wär'. Und mein verrückt gewordener Bruder rannte überall rum und markierte den Helden. Nannte Dad und mich ›Verräter an der Arbeiterklasse‹.«

»Was soll denn das heißen?«

»Keine Ahnung. Aber Dad hat ihn ganz schön runtergeputzt. Hat ihn aus dem Autofenster raus angeschrien: ›Und wo warst du, als ich in Guam war, du verdammter Kommunist?‹« Er lachte, deswegen lachte Sally auch, obwohl ihr die Pointe entging. »Ich weiß nur, daß wir Aufträge zu erfüllen haben. Und ich finde, wenn man einen Auftrag annimmt, hat man auch die Pflicht, das zu tun, wofür man bezahlt wird. Sonst sollte man lieber gleich die Kurve kratzen. Hab' ich nich' recht?«

»Bestimmt, Herzchen. Was würdest du von Platzdeckchen halten, die zu den Fenstervorhängen hier passen?«

»Hä? Ach so! Ja, sehr schön.«

»Ja, aber würdest du's mir auch sagen, wenn du's *nicht* schön fändest?«

»Natürlich. Das würde wirklich hübsch aussehen, Herzchen.«

»Und dazu vielleicht noch Stoffservietten.«

»Hm-hm.«

»In Wirklichkeit ist es dir egal, nicht wahr?«

»Eigentlich ja, Liebling.«

Sie saßen schweigend. Sallys Kinn zitterte. »Was dich betrifft, so könnten wir ruhig in 'nem Wohnwagen hausen, mit gemieteten Möbeln und Mehlsäcken vor den Fenstern statt Gardinen.«

»Also hör mal, Herzchen, das ist nicht wahr, und das weißt du auch. Ich liebe unser Haus. Und was du denkst, das hilft mir, den Arbeitstag durchzustehen. Aber jetzt sei schön brav. So etwas paßt nicht zu dir, Liebling! Sei Daddys großes Mädchen, ja?«

Sie erinnerte sich daran, daß sie der Hafen zu sein hatte und nicht die stürmische See. »Entschuldige, Liebling. Ich kriege bald meine Tage.«

Er nickte. »Ich muß rennen. Wieder mal Wache schieben.«

»Aber ich dachte, wir könnten uns heute mal einen gemütlichen Abend machen. Zeitig zu Bett gehen. Ein bißchen fernsehen. Und vielleicht 'n bißchen Dummheiten machen.« Sie lächelte kokett.

»Würd' ich ja gern, Liebling. Aber die Streikenden haben letzte Nacht, nachdem ich weg war, deinem Daddy die Fenster eingeworfen. Hast du denn nichts davon gehört?« Aufmerksam musterte sie sein Gesicht. Sagte er jetzt die Wahrheit, oder wollte er weg, um sich im Lazy Dazy Motel mit einer anderen zu treffen? Sie konnte sich einen Babysitter nehmen und bei allen Motels der Umgebung nach seinem Chevy Ausschau halten...

»Nein. Ich habe mit Mama telefoniert, aber sie hat nichts davon gesagt. Warum tun die bloß so was?«

»Verfluchte Bande von Roten! Die woll'n das ganze Land kaputtmachen und dann selbst die Macht übernehmen.«

»Aber Daddy – glaubst du, er regt sich darüber sehr auf?«

»Du vielleicht nicht? Nach allem, was er für unsere Stadt getan hat? Ich rege mich jedenfalls sehr darüber auf, und dabei sind's nicht mal meine Fenster. Aufhängen sollte man diese Verbrecher!«

»Kirsch-Pie zum Nachtisch!«

»Keine Zeit, Liebling. Ich esse was, wenn ich wiederkomme.«

»Aber dann ist alles kalt.«

»Kalt schmeckt er mir sowieso viel besser.«

»Ich dachte immer, du magst ihn warm.«

»Nein, Herzchen. Kirsch-Pie hat mir schon immer kalt besser geschmeckt.«

Sie sah ihn an, ihr geschminktes Gesicht wirkte auf einmal ganz eingefallen. »Jed-Herzchen – bitte! Verlaß mich niemals! Deine Liebe ist alles, was ich habe.«

Er hüstelte verlegen. »Also, das is' nich' wahr, Sally! Du hast eine Waschmaschinen-Trockner-Kombination, einen Dodge-Kombi, eine Fernsehtruhe, zwei gesunde Kinder ... Hab' ich nich' recht?« Er lächelte gewinnend.

Er holte seine Bierdosenringe aus der Tasche und steckte sie sich auf die Finger. Dann nahm er sein Gewehr vom Haken an der Wohnzimmerwand und füllte sich mit verkniffenem Mund eine Tasche mit Patronen.

Nachdem sie die Kinder gebadet, ihnen eine Geschichte vorgelesen und sie zu Bett gebracht, nachdem sie den Abendbrottisch abgedeckt und die Wäsche aus dem Trockner zusammengelegt hatte, ging Sally ins Schlafzimmer. Während sie Jeds schmutzige Sachen aufhob, überlegte sie, ob sie ihn wohl bitten könnte, seine Wäsche selbst in den Badezimmerkorb zu tun. Oder hatte die Ehefrau sich auch um die schmutzige Wäsche ihres Mannes zu kümmern?

Sie lag im Bad in der dampfend heißen Wanne und inspizierte ihren Körper. Hübsche Beine, aber nicht lang genug. Jed fand ihre Fesseln zu dick. Ihren Busen dagegen liebte er sehr. Ihr selber gefiel er auch, aber er hatte ihr noch besser gefallen, bevor die Brustwarzen vom Stillen so riesig geworden waren und sich die silbrigen Schwangerschaftsnarben gebildet hatten. Ihre Taille erschien ihr in letzter Zeit ein bißchen zu dick geworden zu sein. Am besten begann sie mit einer entsprechenden Gymnastik, wie sie in dem Artikel von ›Modern Wife‹ beschrieben wurde.

Sie richtete sich auf, um ihre Beine, die Achselhöhlen und die Kanten ihrer Schambehaarung zu rasieren, und zupfte sich dann rings um die

Brustwarzen und unterhalb des Nabels ein paar dunkle Härchen aus.

Nachdem sie sich abgetrocknet und eingecremt hatte, zupfte sie sich die Augenbrauen und kontrollierte ihre Haarwurzeln. Sie schmierte sich Reinigungscreme ins Gesicht, legte ein neues Make-up auf und rollte sich die Haare auf Wickler. Sie besprühte sich mit Eau de Cologne und Deodorant. Sie duschte ihre Vagina.

Dann nahm sie einen Augenbrauenstift und legte ihn direkt unterhalb ihrer rechten Brust an die Rippen. Als sie ihn losließ, blieb der Stift dort hängen, statt auf den Boden zu fallen, wie er es sonst immer getan hatte. Voller Entsetzen spürte sie, wo der Stift festsaß. Sie hatte den ›Glamour‹-Test für zweiteilige Badeanzüge nicht bestanden! Ihre Brüste begannen zu hängen . . . Diese verdammten Kinder! Ob ihr Busen durch Gymnastik wieder fest wurde? Sie mußte unbedingt noch mal in dem Artikel nachlesen.

Sie schlüpfte in einen korallenroten Seidenkimono und setzte sich mit einer Tageszeitung, dem Artikel und ein paar Zeitschriften ins Bett. Sie las den Artikel aufmerksam und preßte eine halbe Stunde lang gehorsam die Handballen zusammen.

Die Titelseite der Zeitung handelte ausschließlich davon, daß man ihren Eltern die Fenster eingeworfen hatte. Offenbar hatte Jed also nicht gelogen. Wenigstens diesmal nicht . . .

Seufzend schlug sie im ›Modern Wife‹ einen Test auf, mit dessen Hilfe man feststellen konnte, wie lange die eigene Ehe halten würde:

›Wenn er die Zahnpastatube nicht zugeschraubt hat – werden Sie dann (a) sie selber zuschrauben; (b) ihn freundlich bitten, sie zuzuschrauben; (c) böse werden und ihm eine Szene machen; (d) die Tube offenlassen, damit die Zahnpasta austrocknet und er die Folgen seiner Nachlässigkeit am eigenen Leib zu spüren bekommt?‹

Verstohlen sah Sally hinten nach, bevor sie ihr Kreuzchen machte, entdeckte, daß (a) die gewünschte Antwort war, und kreuzte sie an. Vermutlich sollte sie Jed doch lieber nicht bitten, seine schmutzige Wäsche selbst in den Korb zu tun. Das war die Aufgabe der Ehefrau.

Die übrigen Antworten kreuzte Sally an, ohne zu schummeln, zählte ihre Punkte zusammen und stellte dann fest, daß Jed seinen Teil auch beantworten mußte, bevor sie mit Sicherheit errechnen konnte, wie lange ihre Ehe noch halten würde. Wie konnte sie ihn dazu bringen? Wie sie sah, hatte der Autor dieses Problem bereits vorausgesehen:

›Sollte Ihr Ehemann sich weigern, an diesem Test teilzunehmen – werden Sie dann (a) böse werden; (b) weinen; (c) seine Antworten zu erraten versuchen; (d) den Test aufgeben?‹

Sie kaute auf dem Radiergummi herum. Plötzlich sah sie auf die Uhr – und schoß wie Aschenbrödel um Mitternacht ins Badezimmer, putzte sich die Zähne und spülte mit Mundwasser nach. Sie nahm die Wickler aus dem Haar und frisierte sich sorgfältig. Dann kletterte sie ins Bett zurück, drapierte ihren Kimono um sich, glättete die Bettdecke und stellte das Radio an. Honey Sweet sang: ›. . .a woman is just made to be hurt. / Cheated on, lied to, treated like dirt . . .‹

Halb zwölf, und Jed war immer noch nicht zu Hause. Er hatte sein Gewehr mitgenommen. Wenn er nun irgendwo im Sterben lag und nach ihr rief? Wenn er nun in den Armen einer anderen Frau lag? Sie konnte sich nicht entscheiden, was schlimmer war.

Sie betrachtete das Norman-Rockwell-Bild über ihrer Kommode, die lächelnde Mutter mit ihren beiden schlafenden Kindern, und ging hinüber, um nach Joey und Laura zu sehen. Sie schliefen immer so furchtbar unruhig, warfen sich herum, seufzten, lutschten sabbernd an ihren Fingern. Komische kleine Menschenwesen, die aus ihrem Bauch gekommen waren! Sie empfand Zärtlichkeit für sie, von jener Art, wie sie sie nur zu empfinden vermochte, wenn sie fest schliefen.

Sie ging in die vom Licht des Backofens erhellte Küche. Mitten im Raum blieb sie auf dem Linoleumboden stehen und lauschte, hoffte, das Röhren des Chevys am Ende der Straße zu vernehmen. Aber sie hörte nur das Summen der Elektrogeräte. Die Glastüren am Herd, an der Waschmaschine und am Trockner wirkten sekundenlang auf sie wie Augäpfel, die sie beobachteten, sich über sie lustig machten. Ihre Aufgabe war es, Dinge in sie hineinzutun, auf Knöpfe zu drücken, an Skalen zu drehen. Was hatte dieser verrückte Raymond neulich abends zu ihr gesagt? »Begreifst du denn nicht, Sally? Du hast dich zu einem Bestandteil deiner Maschinen degradieren lassen, zu einem Bestandteil aus Fleisch und Blut.« Sie war nicht ganz sicher, was er damit meinte. Doch ausnahmsweise hatte Raymond diesmal recht: Es war ganz zweifellos etwas Unheimliches an diesen Maschinen . . .

Sie lief ins Schlafzimmer, stieg ins Bett und zog die Bettdecke hoch.

Als Jed eine halbe Stunde später hereingestapft kam, strahlte er.

»Alles okay?« fragte sie ihn. Wieso sah er so glücklich aus?

»Ja. Wir haben auf dem Garagendach neben eurem Haus gesessen. 'n ganzes Rudel Autos is' vorbeigefahren, aber keiner hat angehalten.« Er ließ sein Hemd auf den Fußboden fallen.

»Herzchen, würde es dir was ausmachen, deine schmutzige Wäsche selbst in den Badezimmerkorb zu tun?«

Er sah sie an.

»Das wäre mir eine große Hilfe.«

Ohne sie aus den Augen zu lassen, hob er mit spitzen Fingern sein Hemd vom Boden auf. Dann marschierte er, ohne ein einziges Mal den Blick von ihr zu wenden, ins Badezimmer hinüber und warf es in den Wäschekorb.

»Vielen Dank, Liebling. Es ist mir furchtbar unangenehm, dich darum gebeten zu haben.«

»Zu Hause hat Mama das immer getan. Das wäre das wenigste, was sie für ihre Männer tun könnte, die den ganzen Tag so schwer arbeiten müßten, hat sie immer gesagt.«

»Dann laß nur, Herzchen. Du brauchst es nicht mehr zu tun«, flehte sie.

»Nein, nein! Ich mach's schon.«

»Bitte nicht, Jed! Ich tu's wirklich gern!«

»Wenn du willst, daß ich meine Wäsche in den Badezimmerkorb stecke, Sally, dann werde ich meine Wäsche in den Badezimmerkorb stecken.«

»Aber das will ich ja gar nicht, Jed! Ich will, daß du sie auf den Fußboden wirfst. Ich weiß gar nicht, was eben in mich gefahren war, Schätzchen.«

Er stieg ins Bett und kehrte ihr den Rücken zu. Sie schob die Hände unter seine Pyjamajacke und kratzte ihm mit ihren ›Eat Me Orange‹-Nägeln den Rücken. Er lag stockstill.

»Jed-Herzchen – was ist los?«

»Was meinst du damit? Nichts ist los.«

»Du hast mich seit Wochen nicht mehr in den Arm genommen. Und ich bring' mich fast um, so sehr bemühe ich mich, nicht wie 'ne Leiche zu sein.«

Er schwieg.

»Was mach' ich bloß falsch, Herzchen? Wenn ich nur wüßte, was du willst – ich würd's ja liebend gern tun!«

»Ich bin müde, Sally. Ich möchte schlafen, mehr nicht.«

Tränen begannen ihr Pancake-Make-up von Revlon zu ruinieren. Sie schniefte laut.

»*Shit,* Sally! Na schön, paß auf: Als ich gesagt habe, es wär', als wenn man mit 'ner Leiche schläft, da hab' ich bestimmt nicht gemeint, du sollst dich wie 'ne ausgewachsene Nutte benehmen.«

»Eine Nutte? Mein Gott, ich hab' nur versucht, aufregend für dich zu sein, und jetzt bezeichnest du mich als Nutte!«

»Es ist nicht gerade besonders aufregend, wenn man ständig von 'ner Frau befummelt wird. Im Gegenteil, ich finde das einfach abstoßend.«

Sie weinte laut auf.

»Verdammt noch mal, halt endlich die Schnauze! Du hast gesagt, du wolltest wissen, was ich will. Warum kannst du nicht wenigstens manchmal . . . du weißt schon . . . die Abweisende spielen? Mich zurückstoßen, wenn ich dich will, ungefähr so, daß ich dich nicht immer gleich haben kann, nur weil ich dich will. Oder zu mir kommen, wenn ich es gar nicht erwarte. Mich hin und wieder mal überraschen. *Das* nenne ich aufregend bei 'ner Frau.«

Sally verdaute dies. Es schien im Widerspruch zu der Sicherer-Hafen-Strategie zu stehen. »Ich werd's versuchen, Jed. Ehrlich. Wenn du willst, daß ich dich manchmal nicht will, dann ist das haargenau das, was ich auch will.«

»Und wenn ich dich will, dann will ich, daß du manchmal so tust, als ob du mich willst, und nicht einfach nur immer das tust, was ich will, nur um mir 'n Gefallen zu tun.«

»Alles, was du willst, Jed, das will ich auch.«

»Na, wunderbar!«

Sie legten sich zum Schlafen zurecht.

»Jed?« flüsterte Sally leise.

»Hmmmm?«

»Ich wollte dir nur noch sagen, daß ich dich jetzt auf keinen Fall will.«

»Wirklich nicht?«

»Nein.«

»Ganz sicher?«

»Ja.«

Er wälzte sich herum und schob die Hände unter ihren Kimono.

»Bitte, Jed, lieber nicht«, seufzte sie.

»Wirklich nicht?«

»Wirklich nicht!«

Er zwang ihre Knie auseinander, während sie stöhnte: »Nein, Jed – nicht! Bitte!«

Als Rochelle am nächsten Morgen in ihrer grauen Dienstmädchenuniform erschien, lief Sally in ihrem geblümten *muumuu* herum. An dem dunkelroten Fleck auf Rochelles weißem Kragen erkannte Sally, daß es sich um ein uraltes Kleid von Kathryn handelte. Der Fleck war das Ergebnis eines Zaubertricks mit Traubensaft gewesen, der Raymond einmal mißlungen war.

»Rochelle, würden Sie bitte den Küchenboden wischen und einwachsen und die hinteren Fenster putzen? Die Bügelwäsche habe ich auch schon eingesprengt.« Obwohl sie ihr Leben lang zugesehen hatte, wie ihre Mutter mit Ruby umging, bereitete es Sally Unbehagen, Rochelle Anweisungen zu erteilen. Auch wenn Rochelle dafür bezahlt wurde. Irgendwie erschien ihr das ungerecht. Sie konnte das alles selber genauso gut machen wie Rochelle, und schließlich war es ihr eigenes Haus. Aber Jed hatte es sich nun mal in den Kopf gesetzt, daß sie ein Dienstmädchen haben müsse. Er wolle nicht, daß sie sich die Nägel abbreche, behauptete er. Sie erklärte ihm, sie könne durchaus ein Kind auf dem einen Arm und unter dem anderen ein Bündel Wäsche tragen.

»Aber man kann von keiner Frau verlangen, daß sie Leitern aufstellt, raufklettert und Fenster putzt«, widersprach er.

»Das tut deine Mutter doch auch immer. Und außerdem ist Rochelle ebenfalls eine Frau, oder?«

»Keine von beiden ist *meine* Frau.«

Gewiß, Sallys eigene Mutter hatte nie Fenster geputzt. Aber Sally fühlte sich trotzdem unbehaglich. Schließlich war Rochelle Donnys Frau, und die Fünf hatten nie etwas davon gehalten, einander rumzukommandieren. Oder vielmehr, sie hatten sich damit abgewechselt. Ruby jedoch behauptete, Rochelle brauche die Arbeit dringend.

»Was haben Sie von Donny gehört?«

»Ach, dem geht's gut, danke, Ma'am. Hat jetzt 'n Job oben in der Nähe von den Vereinten Nationen. Autos parken.«

Wie Sally sich erinnerte, hatte sie Donny eines Nachmittags, kurz vor seiner Abreise nach New York, noch einmal gesehen, als sie Rochelle mit dem Auto nach Hause brachte. Er hatte in einem grünen Arbeitsanzug auf seiner Veranda gestanden und eine häßliche Narbe quer über der Wange gehabt.

»Mein Gott, Donny, was hast du denn da gemacht?« hatte sie ihn durchs Wagenfenster gefragt.

»Autounfall.«

»Ist denn jetzt alles wieder in Ordnung?«

»Aber ja, Ma'am. Mir geht's gut.« Er grinste.

Sally hielt vor dem Tatro-Haus. Mutter Tatro kam in einem leuchtend orangefarbenen *muumuu* heraus. Sally winkte ihr fröhlich zu und fragte sich, warum sie nicht miteinander auskommen konnten. Zuerst hatte Jed sich darüber beklagt, daß Sallys Truthahnfüllung nicht haargenauso schmeckte wie die von seiner Mutter, daß ihre Bisquits krümelig, ihre Schälbohnen mit zuwenig Schweinespeck gekocht waren. Dann hatte sie angefangen, seine Mutter nach ihren Rezepten zu fragen, doch wenn sie die nachkochte, war sie jedesmal von neuem enttäuscht, wenn das Ergebnis nicht so schmeckte, wie erwartet, nämlich so, wie *ihre* Mutter sie zu kochen pflegte. Manchmal bat Jed dann auch wohl seine Mutter, ihm einen Pecan-Pie zu backen, den er anschließend mit nach Hause nahm, um Sally zu zeigen, wie ein *richtiger* Pecan-Pie schmecken mußte.

Mutter Tatro brachte ihnen ihre ausrangierten Möbelstücke. Sally überredete Jed dazu, sie in die Garage zu stellen. Wenn Mutter Tatro dann die Kinder hütete, fand Sally bei ihrer Rückkehr das Wohnzimmer so umgeräumt, daß alle Möbel hineinpaßten, die Mutter Tatro mühsam aus der Garage hereingeschleppt hatte. Außerdem räumte sie Sallys Schubladen und Regale auf. Den elektrischen Trockner hochmütig mißachtend, spannte sie eine Wäscheleine quer durch den Garten, bügelte die Bettwäsche, nahm Jeds zerknitterte Unterhosen aus der Kommode und bügelte sie ebenfalls. Sie backte Bisquits, Maisbrot und Maisauflauf für mehrere Tage im voraus, als müsse sie ihren Jüngsten in eine kulinarische Wüste schicken, und verbreitete in der ganzen Stadt, Sally halte Lauras Füße nicht richtig warm. Das habe sie nicht verdient, fand Sally empört. Schließlich hatte sie sich dazu bereit erklärt, die Kirche zu wechseln.

Mutter Tatro hievte sich in den Dodge wie ein Sack Hühnerfutter. »Hallo, Mutter Tatro! Hübsch siehst du aus. Wie geht's denn?«

»Danke, gut, Sally. Und dir, meine Liebe?«

Als sie Myrtle Kendalls Haus betraten, legte die Gastgeberin ihnen je einen Blütenkranz aus Kreppapier um den Hals. »Aloha, Rose! Aloha, Sally!«

Das Zimmer war voll von dicken Frauen in zeltartigen Gewändern aus grellbuntem Stoff, mit Blüten im Haar und Sandalen an den Füßen. »Ja, hallo – aloha, alle zusammen!« begrüßten sie einander. Sally sah sich im Zimmer um. Nirgends eine Frau in ihrem Alter. Fast ausschließlich Freundinnen von Mutter Tatro. Ihr Geschwätz füllte den Raum wie das Gesumm eines Bienenschwarms: Wessen neuer Wagen von der Firma wieder abgeholt worden war, wessen Kinder den Eltern Schande machten. Sally gab sich große Mühe, sich an den Spruch zu halten, den Mr.

Marsh letzte Woche an der Kirchentafel angeschlagen hatte: ›Fühlst du dich versucht, über andere Menschen zu klatschen – atme einfach durch die Nase!‹ Denn *sie* wußte, wie das war, Zielscheibe des Stadtklatsches zu sein. Noch Monate nach ihrer Eheschließung, als ihr Bauch immer dicker wurde, hatte sie den Kopf sehr hoch tragen müssen, wenn die Leute vielsagende Blicke tauschten und hämisch tuschelten.

»Habt ihr schon von Trainer Clancy in der High School drüben gehört?«

Sally spitzte neugierig die Ohren.

»... im Wellenbad in der High School treibend ...«

»... tot.«

»Mausetot.«

»... die Hände auf dem Rücken gefesselt, mit einer Plastiktüte über'm Kopf.«

»... Selbstmord, wird behauptet.«

Sally hörte es voll Entsetzen. O Gott, der arme Jed! Wie der sich darüber aufregen würde!

Dann wurde Waikiki-Punsch serviert. Danach Sandwiches mit Schinken, Ananas und Weichkäse. Und zum Dessert ein gestürzter Ananas-Kokosnuß-Pudding, der zwei Jahre zuvor den ersten Preis in einem Kochwettbewerb gewonnen hatte.

Nach dem geschäftlichen Teil kamen zwei Mädchen von der High School in Grasröcken und BH heraus. Die eine spielte ›Little Grass Shack‹ auf ihrer Ukulele, die andere tanzte Hula dazu. Dann zeigte Mercedes Marshall ihre Dias vom South Pacific. Auf den meisten waren entweder Mercedes oder Harvey oder Mercedes *und* Harvey vor irgendeinem exotischen Hintergrund zu sehen: einer Grashütte, einer windschiefen Kokospalme, einer fernen, haushohen Welle, an der in halber Höhe mutige Surfer klebten.

»... aber wißt ihr, meine Lieben, all diese Palmen nähme ich nicht *geschenkt*«, erklärte Mercedes. »So eine Palme kann unseren alten Tennessee-Pappeln nicht das Wasser reichen! Zwölf Meter Stamm, und oben ein kümmerliches Büschel von Wedeln – einfach armselig!«

Es folgte eine Aufnahme vom amerikanischen Mahnmal in Pearl Harbor: »... und ich muß sagen, mir kamen die Tränen bei dem Gedanken an all die tapferen jungen Amerikaner, die ihr Leben an diesem Dezembermorgen hingegeben haben, damit wir uns heute nachmittag hier in Frieden und Freiheit versammeln können. Harvey und ich, wir beide haben uns angesehen und waren wirklich so gerührt, daß ...« Ihre Stimme brach. »Nun ja, meine Lieben, ich habe einfach keine Worte dafür.«

»Macht einen weiß Gott nachdenklich«, bemerkte jemand.

»Da muß man an die Roten in der Spinnerei denken«, flüsterte eine Teilnehmerin ihrer Nachbarin zu.

»Wollt ihr etwa behaupten, die Gewerkschaftsmitglieder seien nicht jeder Zoll ebenso treue Amerikaner wie unsere Jungens, die in Pearl Harbor gefallen sind?« fragte Clara Campbell mit lauter Stimme.

Das Zimmer explodierte. Mutter Tatro saß schweigend dabei: Sie hatte auf jeder Seite einen Sohn.

Sally saß im Wohnzimmer und schnitt sich das Rezept für ein Kirsch-Käse-Dessert aus ›Modern Wife‹ aus, als Jed hereinkam.

»Hallo!« begrüßte er sie und gab ihr einen Kuß.

»Was ist los, Herzchen?«

»Wie kommst du darauf, daß was los ist? Kann man denn niemals schlechte Laune haben, ohne große Erklärungen abgeben zu müssen?«

»Aber sicher, Herzchen. Komm, setz dich.« Sie ging in die Küche.

»Es ist wegen Trainer Clancy, nicht wahr?« rief sie von drüben herüber.

Keine Antwort.

»Darüber bist du bestimmt sehr traurig.«

»Hör auf, mir vorzuschreiben, wie ich mich fühlen soll.«

»Okay, Herzchen.« Sie empfand Besorgnis. Was, wenn es nun nicht wegen Trainer Clancy war? Wenn es wegen irgend etwas war, das sie falsch gemacht hatte? War es vielleicht, weil sie ihn gebeten hatte, seine schmutzige Wäsche in den Badezimmerkorb zu tun? Hatte er eine andere Frau, die ihn um so was nicht bitten würde? Sie ging ins Bad, sah in den Spiegel und zog mit den Fingerspitzen die Krähenfüßchen an ihren Augenwinkeln nach. Sie lockerte ihr Haar, umfaßte mit den Händen ihre Brüste und hob sie an. *So* sehr hingen sie ja nun wieder auch nicht. Sie lächelte ihr aufmunterndes Cheerleader-Lächeln.

Zum Frühstück machte Sally Jeds Lieblingsgericht: Spiegeleier, Hafergrütze, Bratkartoffeln, Wurst und Kaffee. Er weigerte sich, beim Essen mit ihr zu sprechen. Sally wünschte, der Herr hätte sie mit Stummheit geschlagen, bevor sie Jed bat, seine schmutzige Wäsche in den Badezimmerkorb zu tun. Das hatte er seitdem jeden Tag getan – und nur sehr selten etwas gesagt oder mit ihr geschlafen. Sie erwog, schmutzige Wäsche im Schlafzimmer zu verstreuen, um ihm zu zeigen, daß es ihr nichts ausmachte. Wenn er erst wieder begann, seine Kleidungsstücke auf den Boden zu werfen, würde er vielleicht auch wieder anfangen, mit ihr zu reden und mit ihr zu schlafen.

Am Nachmittag stand Sally in der Küche und backte Maisbrot fürs Abendessen – nach Mutter Tatros scheußlichem Rezept ohne Zucker. Die Kinder hatten sich gerade zum Mittagsschlaf hingelegt. Plötzlich hörte sie Jed aus der Garage rufen.

Er lag auf dem Rücken unter dem Chevy, und nur seine Beine in der grünen Arbeitshose sahen heraus. Sie bückte sich und fragte: »Was ist denn, Herzchen?«

Er schob sich unter dem Wagen hervor. Gesicht und Hände starrten vor schwarzem Schmierfett. »Ich hab' hier grade 'n kleines Problem. Könntest du schnell zu Ben's Body Shop rüberfahren und mir 'ne Ölwanne für 'n 58er Chevy Impala holen?«

»Würdest du solange auf die Kinder achten?«

»Na sicher. Nimm dir Geld aus meiner Brieftasche auf der Kommode.«

Sie fuhr zum Highway hinaus, freudig erregt darüber, daß sie etwas für ihn tun konnte. Vielleicht würde er ihr jetzt verzeihen! Sie kaufte die Ölwanne und kroch durch den dichten Verkehr zur Fabriksiedlung zurück.

Als sie zum Chevy hinüberging, kam ihr eine Idee. Die Kinder schliefen. Das Haus schirmte die Garage gegen die Straße hin ab. Jed hatte gewünscht, daß sie ihn gelegentlich überraschte... Leise schlich sie sich hinüber, ging in die Hocke und stellte die Ölwanne ab. Dann öffnete sie mit geschickten Fingern den Reißverschluß seiner grünen Arbeitshose und begann, obwohl sie ihren Abscheu gegen dieses bleiche, schlaffe kleine Ding bekämpfen mußte, liebevoll seinen Penis zu massieren.

Eine Stimme unter dem Wagen krächzte: »Was zum...« Er fuhr hoch. Ein dumpfer Schlag, und er lag still.

Sie lachte. »Entspann dich nur schön und genieß es so richtig, Liebling.«

Er wurde nicht steif.

»War wohl doch keine so großartige Idee, wie?« rief sie besorgt.

Keine Antwort.

»Magst du das etwa nicht, Jed?« Ein furchtbarer Fehler! Jetzt würde er überhaupt nicht mehr mit ihr sprechen.

»Na, jedenfalls – hier ist dein Öldings.« Mit Angst im Herzen schob sie es ihm unter dem Wagen zu. Dann stopfte sie seinen Penis in die Hose zurück und zog den Reißverschluß zu. Was konnte sie nur tun, um seine Liebe zurückzugewinnen? Wer war die andere Frau, mit der sie konkurrieren mußte? Vielleicht eine, die sie jeden Sonntag in der

Kirche sah, an der sie täglich auf der Straße vorbeikam, mit der sie gemeinsam bei Kroger's einkaufte? Wußte die ganze Stadt davon, nur sie allein hatte keine Ahnung? Bemitleideten die Leute sie hinter ihrem Rücken? Wie konnte Jed sie nur so demütigen! Was hatte sie ihm getan? Sie hatte ihn immer nur geliebt und versucht, ihm das Leben leichter und angenehmer zu machen. Tränenüberströmt betrat sie das Haus durch die Küchentür. Jed kam ihr aus dem Badezimmer entgegen. Sie starrte ihn an.

»Na, hast du die Ölwanne gekriegt?« erkundigte er sich liebenswürdig.

»Ich hab' sie unter den Wagen geschoben«, antwortete sie tonlos flüsternd.

Er wollte zur Hintertür hinaus.

»Jed?«

»Hä?«

»Wer liegt unter dem Wagen?«

»Ach – Hank ist vorhin rübergekommen, um mir zu helfen.«

»Und ich hab' gedacht, das wärst du.«

»Hm-hm.«

Er stieß die Fliegendrahttür auf.

»Jed?«

Er wandte sich zu ihr um. Sie sprudelte heraus, was sie getan hatte. Er lachte. Erleichtert lachte sie unter Tränen mit. Sie konnten wieder zusammen lachen! Er hatte ihr endlich verziehen, was immer sie auch verbrochen hatte. Gemeinsam gingen sie zur Garage hinaus.

»Hank?« rief er. »Na, Kumpel, was sagst du zu dieser Gastfreundschaft?«

Keine Antwort.

»Hank?«

Er packte Hank bei den Knöcheln und zog ihn heraus. Hank rührte sich nicht und hatte eine dicke Platzwunde an der Stirn. »Großer Gott, du hast ihn umgebracht!«

Beide Hände vor dem Mund, stand sie mit weit aufgerissenen Augen da.

»Na los, ruf den Notarzt an oder so! Ach nein, *shit,* wie sollen wir denen das hier erklären?«

»Sag ihnen doch einfach die Wahrheit.«

»Wie bitte? Daß meine Frau mit dem Dingerich von meinem besten Freund rumgespielt hat?«

»Aber ich dachte doch, daß du das wärst, Jed!«

»Daß meine Frau meinen Dingerich nicht von dem meines besten Freundes unterscheiden kann? *Shit,* Sally, was hast du dir verdammt noch mal dabei gedacht?«

»Ich wollte nur so sein, wie du mich haben willst – dich überraschen und so.«

»Aber Handarbeit unterm Chevy habe ich nicht von dir verlangt.«

Ihr Kinn begann zu zittern.

»*Shit,* Sally, fang nicht schon wieder an zu weinen! Ruf endlich den Notarzt an, und dann bleibst du im Haus und überläßt alles andere mir.«

Sie saß im Wohnzimmer und las einen Artikel in ›Modern Wife‹ mit der Überschrift ›Ist diese Ehe noch zu retten?‹. Das kam ihr nicht sehr wahrscheinlich vor. Der Krankenwagen traf ein und fuhr wieder fort, und Jed mit ihm. Laura begann zu weinen. Sally nahm beide Kinder auf und fütterte sie mit Obstsaft und Keksen.

Jed kam zurück. Sie wagte kaum, ihn anzusehen. »Wie geht's ihm denn?«

»Wird sich bald wieder erholen. Bloß 'n paar Nähte am Kopf und 'n gebrochener Arm.«

»Ein gebrochener Arm? Aber ich hab' seinen Arm überhaupt nicht angerührt!«

»Na ja, zuerst wollt' ich diesen Notarztleuten überhaupt nichts erzählen. Aber als wir ins Krankenhaus kamen, da hab' ich mir gedacht, wenn Hank wieder zu Bewußtsein kommt, denkt er vielleicht, ich wär' das gewesen, der ihn da befummelt hat.«

»Du? Wieso solltest du so was tun?«

»Na ja, das würd' ich ja eben nicht.«

»Und wieso sollte Hank denken, daß du's tätest?«

»Na ja, das würd' er ja eben nicht.«

»Warum hast du dir dann überhaupt Sorgen gemacht?«

»Ach, *shit,* keine Ahnung! Irgendwas mußte ich denen doch erzählen, oder?«

»Ja, wahrscheinlich.«

»Deswegen hab' ich ihnen die Wahrheit gesagt. Und dann haben sie so gelacht, daß sie ihn fallen gelassen haben, und dabei hat er sich an zwei Stellen den Arm gebrochen.«

»O Gott, der arme Hank! Er tut mir so leid!«

»Ein paar von den Helfern arbeiten bei uns in der Spinnerei. Deswegen ist das Ganze inzwischen bestimmt in der ganzen Stadt herum.«

Sally biß die Zähne zusammen. »Ich weiß einfach nicht, was du wirklich willst, Jed. Wenn ich das wüßte, ich würd's ja gern tun. Aber ich weiß es einfach nicht!«

Sie schnallte Laura in ihrem Kinderwagen an und nahm Joey bei der Hand. »Wir gehen jetzt ein bißchen spazieren. Bis nachher.«

Wenn sie dieses Gefühl in ihrem Innersten nur in Tränen verwandeln könnte! Sie versuchte es, versuchte sich zu erinnern, wie oft sie sich bemüht hatte, Jed auf die eine oder andere Art zufriedenzustellen, und wie gründlich ihr das jedesmal mißlungen war. Buuuhuuuu. Aber die Tränen wollten nicht kommen. Sie versuchte, ihr Kinn zittern zu lassen. Immer noch keine Tränen. Und dieses scheußliche Gefühl wollte und wollte einfach nicht weichen. Es erinnerte sie beunruhigend deutlich an Wut. Nur ›paßte‹ es eben nicht zu ihr, wütend zu werden.

Joey galoppierte einen halben Block voraus, drehte sich um und wartete mit nachsichtiger Überlegenheit, bis sie ihn einholte. Sie kamen an eine niedrige Mauer. Joey wollte unbedingt hinaufklettern, fiel aber auf den Bürgersteig zurück. Sally versuchte, ihn hinaufzuheben, er aber wehrte sich und machte sich von neuem an den Kampf mit der Mauer – allein: »Joey kann!«

»Aber sicher kann er das«, murmelte Sally automatisch.

Laura zappelte im Sportwagen. Aufgeregt zeigte sie auf die Mauer, auf der Joey jetzt unsicher herumbalancierte. »Ah-ah-ah!«

»Sei still, Laura! Sei ein liebes Mädchen!«

Sie kamen an den Platz vor dem Sportstadion. Alle Eingangstüren standen offen, deswegen schob Sally den Sportwagen in den Gang unter den Tribünen. Ein alter Neger in zerlumptem Khaki-Arbeitsanzug schob einen Besen an den mit Jalousien verschlossenen Verkaufsbuden vorbei, in denen die ›Rebels‹ während der Spiele Schokolade und Limo feilboten. Joeys galoppierende Füße erzeugten ein hallendes Echo in dem weiten Gang.

Der Gang führte zu den Sitzreihen hinaus. Sally ließ die Kinder zurück und schritt durch die Bänke. Sie starrte auf die gepflegte grüne Rasenfläche hinab. Zum erstenmal sah sie das Stadion menschenleer. Sonst waren die Tribünen stets voll besetzt gewesen. Sie brauchte nur die Arme zu heben, um zu erreichen, daß die Band spielte, die Zuschauermenge jubelte. Auf diesen Platz war sie im Fond eines weißen Cadillac eingefahren, während das weite Oval von donnerndem Applaus erzitterte. In der Mitte dieses Spielfelds hatte sie auf einem Podium gestanden, gesungen und getanzt. War auf einem Laufsteg im Badeanzug paradiert, während jeder Mann unten im Publikum sie mit den Blicken verschlang.

Aber gab man dem nach – nahm man einen Jungen in die Arme, schenkte man ihm den Körper, über den Dutzende von Männern in ihren feuchten Träumen hergefallen waren ...

Cheerleaderin, Miss Newland, Heimkehrkönigin, Jungfrau, Ehefrau, Mutter, Tochter, Nutte. Und was war mit der schlichten, alten Sally? Jeder predigte ihr unausgesetzt, wie sie seiner Ansicht nach zu sein hatte. Dieses Gefühl, das beunruhigend nahe an Wut herankam, wühlte immer heftiger in ihren Gedärmen.

Sie drehte sich um und blickte zum Gang zurück. Joey schob den Sportwagen mit Laura vor sich her. Zwei bleiche, nackte Würmer. Sie konnte die beiden in die Arme schließen. Sie konnte sie aber auch von der Mauer hinter sich hinabstoßen. Sie würden unten auf dem Pflaster des Bürgersteigs zerschmettert liegenbleiben. Sie konnte mit dem Laufjungen von Kroger's durchbrennen oder mit dem Mann von der Holzhandlung. Oder sie konnte sich einen kleinen Hund suchen und ihm rücksichtslos, erbarmungslos in die Rippen treten. Sie konnte Schmetterlingen die Flügel ausreißen...

Sie kehrte in den Gang zurück, ergriff Joeys Hand und stieß den Kinderwagen vor sich her. Als sie an dem Neger vorbeikam, sagte er: »Hallo, Missus. Wie geht's denn heute?«

»Danke, gut«, antwortete sie mit strahlendem Lächeln. »Und Ihnen?«

»Oh, mir geht's gut, vielen Dank, Ma'am«, erwiderte er mit breitem Grinsen. Ihre Blicke trafen sich.

Draußen auf dem Bürgersteig befreite sie Laura aus dem Sportwagen, hob sie heraus und ließ sie neben Joey einherlaufen.

Vierter Teil

Erstes Kapitel
Emily

Die Reihe der Freunde und Nachbarn, die Jed noch einmal in seinem Sarg sehen wollten, wand sich langsam durch das Sanktuarium der Methodistenkirche in der Fabriksiedlung. Unmittelbar vor Emily schritten ihre Eltern und der Großvater. Sie warfen nur einen flüchtigen Blick auf den Toten. In der Episkopalkirche auf dem Hügel wurde der Sarg stets vorher geschlossen, als sei der Leichnam, den er enthielt, ein schmachvolles Geheimnis, von dem jeder aus Höflichkeit so tat, als existiere es gar nicht. Doch ihre Eltern wahrten die Form: War man in der Fabriksiedlung, hatte man sich an die dort herrschenden Sitten zu halten. Immerhin brachten sie es nicht fertig, laut zu jammern und zu klagen, wie es die beiden Webb-Schwestern direkt vor ihnen auf dem Rückweg zur Kirchenbank taten.

Ganz vorn stand ein Gospel-Quartett aus der Fabriksiedlung und sang zum Andenken an Jed speziell auf ihn abgestimmte Kirchenlieder. Gerade intonierten sie: »...drop kick me, Jesus, through the goal posts of life. / Not to the left and not to the right...«

Hinter Emily drängten sich Dutzende von Jeds Verwandten aus Tatro Cove, die als Auftakt zum geräuschvollen Weinen bereits heftig zu schniefen begannen. Rücksichtsvoll von Jed, seinen Unfall in die Weihnachtszeit zu legen, so brauchte sie seinetwegen nicht noch einmal extra zu kommen. Je seltener sie dieses Irrenhaus zu sehen bekam, das sie als ihre Heimat bezeichnete, desto besser. Sie hatte lange überlegt, was sie anziehen, ob sie sich an das halten sollte, was in Newland als angemessene Trauerkleidung für eine Beerdigung galt, oder nicht. Eigentlich hätte sie sich ein schwarzes Kleid mit passendem Hut kaufen müssen, das sie dann niemals wieder tragen würde. Bis zur nächsten Beerdigung. Also entschied sie sich für ihren dunkelbraunen Hosenanzug mit Weste, Seidenbluse und locker geschlungener Krawatte. Als sie herunterkam, musterten die in schlichtes Schwarz gekleideten Eltern sie verwundert. Schließlich murmelte die Mutter: »Na ja, es ist ja wohl *dein* Leben.«

Vor der Kirche, als alle wartend dastanden, um sich zum Trauerzug zu formieren, entdeckte sie Raymond in Latzhose, Arbeitsschuhen und Jackett. Er grinste ihr zu, kam zu ihr herübergeschlendert und flüsterte: »Aha, so ist das also, Emily – wie? Typisch für dich, bei 'ner Beerdigung Farbe zu bekennen.«

Sie unterdrückte ein Lächeln. Ringsumher durchbohrten die Leute sie mit Blicken und tuschelten. Scheiß drauf! Sie hatte ihr ganzes Leben gebraucht, um so weit zu kommen, und jetzt war es ihr völlig egal, was Newland dachte. Im Gegenteil: Sie genoß die Empörung, die sie auslöste.

Matt klammerte sich fest an ihre Hand. Er hatte noch nie einen Toten gesehen. »Ist Onkel Jed überall blutig, Mommy?« hatte er auf dem Weg zur Kirche mit wonnevollem Erschauern gefragt.

»Nein, Herzchen. Die Toten werden gewaschen, in ihren besten Anzug gesteckt und dann geschminkt.«

»Geschminkt – Männer?«

»Ja, tote Männer schon.«

An Jed hatte sie in den vergangenen Jahren kaum einen Gedanken verschwendet. Jedenfalls nicht seit damals, als sie und Justin in Cincinnati Sozialarbeit übernommen und Matt solange in Newland untergebracht hatten. Da hatte Jed Justin ein halbes dutzendmal beinahe verprügelt, wegen der Art, wie er den Charakter der Südstaaten-Gebirgler analysierte. »Die sind doch einfach irrational«, hatte Justin energisch erklärt. »Hier lebt die Fehdementalität weiter. Wenn irgend etwas nicht ganz so läuft, wie sie sich das vorgestellt haben, werden sie sofort gewalttätig.«

»Ach ja?« hatte Jed mit kampflustig vorgerecktem Kinn und geballten Fäusten erwidert.

Doch als sie jetzt dastand und auf Jed hinabblickte (oder vielmehr auf das, was von ihm übriggeblieben war nach diesem Totalschaden durch einen Sattelschlepper), in seinem Sonntagsanzug, den Kopf auf violetten Satin gebettet, spürte sie, wie der Kummer, gegen den sie sich tagelang gewehrt hatte, doch noch in ihr aufstieg. Nun, da er nicht mehr großspurig herumprahlen konnte, wurde ihr klar, daß immer etwas Mitleiderregendes an ihrem armen Schwager gewesen war. Ein *›héros manqué‹*, ein Pionier ohne Wildnis, ein Cowboy ohne Pferd. Er war jener Typ Mann, der immer, wenn er sah, daß jemand einparken wollte, stehenbleiben und ihn einweisen würde. An der Tankstelle pflegte er jedesmal auszusteigen und zielbewußt gegen seine Reifen zu treten. Mut, Loyalität, all diese ausgedienten, alten Tugenden, mit ganz großen Buchstaben geschrieben – er hatte sie in einem seiner Muskelkraft ebenbürtigem Übermaß besessen. Aber wer brauchte so was schon, um Tag für Tag Spindeln von Spulen zu nehmen?

Merkwürdig, wieder mal Mitgefühl für einen Mann zu empfinden! Sie hatte geglaubt, den alten Zwang dazu endgültig überwunden zu haben. Ihr ganzes Leben lang hatte sie sich damit herumgeschlagen. Bei Raymond mit seinen High-School-Tiraden über die in Newland herrschende Ungerechtigkeit. Bei Earl mit ihrer eigenen Unfähigkeit, ihr Leben dem Dienst an seiner Person zu widmen. Zu Hause hatten sie sich alle – ihre Mutter, Sally, Kathryn, Ruby und sie selbst – fast umgebracht vor Mitleid mit ihrem Vater wegen der schweren Arbeit in der Fabrik. Und dann natürlich Justins unstillbares Verlangen nach Mitgefühl.

Sie erinnerte sich noch an jenen Tag, als sie zum erstenmal begriff, daß ihr Reservoir an Mitgefühl erschöpft war. Sie war schon vor dem Wecker aufgewacht und hatte sich – ganz behutsam, um den schlafenden Justin nicht zu stören – aus dem Bett gewälzt. Dann warf sie einen Blick zum Fenster hinaus und die Straße entlang zum Hudson. Die Hochhäuser von New Jersey am anderen Ufer waren in Smog gehüllt. Sie fütterte Matt, dann zog sie erst ihn und anschließend sich selber an.

Als sie Matt zum Tagesheim brachte, fing er an zu jammern, er dürfe nicht oft genug mit ihr zusammen sein, andere Kinder müßten nicht ständig ins Heim, andere Kinder hätten richtige, liebevolle Mütter. Wie üblich. Das wirkte immer. Eine *richtige* Mutter mußte: immer zu Hause, ständig verfügbar, unerschöpflich interessiert sein. Eine *richtige* Mutter würde: Plätzchen backen, literweise heiße Schokolade kochen, Weihnachtsbaumschmuck basteln, auf Verlangen Monopoly spielen. Das war das Vorbild, das Ideal, das in Emilys Unterbewußtsein hängengeblieben war – sowohl aus ihrer eigenen Kinderzeit als auch aus der Lektüre zu vieler Hefte von ›Ladies Home Journal‹ im Wartezimmer von Zahnärzten. Und sie litt ungeheuer darunter, daß es ihr unmöglich war, diesem Ideal nahe zu kommen. Einmal im Monat verkroch sie sich ins Bett, zog sich die Decke über den Kopf und weinte los. Laut. Buuu huuu huuu, jawohl, du hast recht, ich bin eine Enttäuschung für dich. Bei Matt schaffte sie es gewöhnlich, wenigstens ein bißchen Mitgefühl aufzubringen, weil sie wußte, daß er eine Menge davon brauchte, um zu einem Mann mit unstillbarem Verlangen nach Mitgefühl heranwachsen zu können.

Als sie an der Eighty-sixth Street zur Subway hinabstieg, wurde sie von einem Mann in zerlumpter Kleidung angesprochen, der ihr eine komplizierte Geschichte von seiner im Sterben liegenden Mutter auftischte. Sie griff in die Handtasche, um ihr Portemonnaie herauszuholen. Doch als sie ihm das Geld in die Hand drücken wollte, wies er es zurück: »Hören Sie, Lady, ich will kein Geld!«

»Ja, aber was wollen Sie dann?«

»Ich will, daß Sie mir zuhören!«

»Aber ich komme zu spät zur Arbeit.«

Daraufhin begann er sie zu beschimpfen, sie Scheißweib, Fotze, Hure und Lesbe zu nennen. Und Emily dämmerte eine Erkenntnis: Entweder man war das ›Große Ohr‹, oder man nahm die Bezeichnung ›Schwärendes Loch‹ hin. So oder so – die Männer waren fest entschlossen, sämtliche Körperöffnungen der Frau zu füllen.

Als sie bereits hoch über der wimmelnden East Forty-third Street an der Schreibmaschine saß und die Morgenpost ihres Chefs beantwortete, kam der empört hereingestürmt und überschüttete sie mit einer Schimpfkanonade auf die Erie-Lackawanna, die schuld daran sei, daß er eine Stunde zu spät komme, und ihn gezwungen habe, die ganze Strecke von Teaneck bis in die Stadt in einem dampfenden Waggon im Gang zu stehen, wo er doch an einem rauhen Hals leide, was sich dadurch wahrscheinlich zu einer Lungenentzündung entwickeln werde. Dann sah er sie forschend an und erwartete – Mitgefühl. Sie machte sogar den Mund auf. Aber es kam kein einziger Ton heraus.

Mit einem unsicheren Blick in ihre Richtung ließ er sich des weiteren über die negativen Charaktereigenschaften seiner verzogenen Kinder aus, über die Verschwendungssucht seiner Frau, die in der neu eröffneten Sak's-Filiale völlig überflüssige Dinge einkaufte, über die Mängel am Getriebe seines neuen Volvo. Und abermals erwartete er von ihr – Mitgefühl, das inzwischen die Proportionen des Heiligen Grals angenommen zu haben schien. Er bezahlte Emily dafür, daß sie spurte. Tat sie das nicht, verlor sie den Job. Ihr Kind würde auf der Straße verhungern. Sie machte den Mund auf. Und abermals kam kein Ton heraus.

Er stürmte zu seinem Schreibtisch hinüber, auf dem Briefe und Verträge auf seine Unterschrift warteten.

»Das tut mir aber leid«, krächzte Emily angstgeschüttelt. Bitte, setzen Sie mich nicht vor die Tür! Sehen Sie doch: Im Mitgefühl nehme ich's mit den Besten auf!

Nachdem sie einen Agenten angerufen, den Lunch ihres Chefs mit ihm auf einen anderen Termin verschoben hatte und anschließend zum Kaffeewagen gegangen war, um ihm den gewohnten Muntermacher zu holen, dachte sie: Dieses Arschloch! Hier hat er mich, um seinen Mist zu erledigen, und zu Hause hat er Frau und Dienstmädchen. Während er siebenundzwanzigtausendfünfhundert im Jahr verdiente, bekam Emily fünftausendfünfhundert. Und trotzdem besaß er die Unverschämtheit, von *ihr* Mitgefühl zu verlangen?

Voll Nervosität sah sie sich um, ob irgend jemand womöglich ihre subversiven Gedanken mitbekommen hatte.

Als sie zu Hause, die Arme voller Lebensmitteltüten, Wäschepakete und Manuskripte, keuchend durch die Wohnungstür wankte, lag Justin lang ausgestreckt im Flur auf dem Boden. Anstatt ihre Pakete augenblicklich fallen zu lassen, sich über ihn zu knien und ihm den Rücken zu massieren, trat sie einfach über ihn hinweg und ging in die Küche. Aus den Augenwinkeln sah sie, daß er den Kopf hob und das Große Ohr völlig entgeistert anstarrte. Sie fing an, die Lebensmittel zu verstauen. Er stürzte sich in einen düsteren Monolog über die Tatsache, daß es ihm nicht gelungen war, seine längst überholten Artikel über Wehrdienstverweigerung veröffentlichen zu lassen, über die Schwierigkeiten, die es ihm bereitete, in einer unreinen Welt rein zu bleiben.

Seit es die Revolution versäumt hatte, ihm zuliebe Wirklichkeit zu werden, hatte er sein Organisationstalent nach innen gekehrt. Fünf Jahre im Dienst der Bürgerrechtsbewegung, und erreicht hatte er damit lediglich, daß er bei seiner letzten Tour durch Georgia von einem schwarzen State Trooper wegen Geschwindigkeitsübertretung festgenommen wurde. Drei Jahre Organisationsarbeit bei den Wanderarbeitern aus den Appalachen in Cincinnati, und immer noch gab es Slums und unterernährte Säuglinge. Drei Jahre Arbeit für die Wehrdienstverweigerer, und soeben war ein Bericht herausgekommen, daß die Vereinigten Staaten aus Vietnam abzogen – wegen unzureichender Ölversorgung. Daraus hatte Justin den Schluß gezogen, daß der einzelne zwar die sozio-ökonomische Situation nicht beeinflussen, jedoch die eigene, persönliche Situation sehr wohl in den Griff bekommen konnte. Und da er es schon immer mit der Kontrolle gehabt hatte, fing er an, eine Chirurgenmaske zu tragen, um damit die Luft zu filtern, die seine Lunge aufnahm. Überdies zwang er Emily und Matt, eine Mixtur aus Brauhefe und Karottensaft zu trinken. Als Matt sich weigerte, band Justin ihn auf einem Stuhl fest, den er auf ein Quadrat Plastikfolie gestellt hatte, und träufelte sie ihm in den Mund. Matt ließ die scheußliche Brühe ganz einfach aus den Mundwinkeln rinnen, bis er, Justin, der Stuhl und die Plastikunterlage klatschnaß waren. Einer von beiden würde schließlich nachgeben müssen. Emily versuchte, Justin gut zuzureden: »Machen die Briten das nicht mit der IRA?«

»Es ist zu seinem eigenen Besten.«

»Aber es schmeckt wie Kacke, Mom«, kreischte Matt.

Sie versuchte Justin zu knuffen – ein Riesenfehler: Er schleuderte sie mit einem Schlag quer durchs Zimmer, und sie stieß sich den Kopf an dem Ionisator, den er gekauft hatte, um die durch die Luftverschmutzung zerstörten Ionen zu ersetzen.

Jetzt wurde Matt noch störrischer und befahl ihr mit einem tapferen kleinen Kiekser: »Laß man, Mom! Das ist eine Sache zwischen Dad und mir.«

Mit der Zeit nahm Emily derartige Vorfälle zum Anlaß, um einkaufen zu gehen und Lecithin, Mungobohnen, Quellwasser in Flaschen sowie diverse andere Vorräte zu besorgen.

Justin dagegen erwählte sich diesen Zeitpunkt der Geschichte, um ›zu seinen Gefühlen zu finden‹, denn er hatte den logischen Schluß gezogen, die Revolution sei nur deswegen fehlgeschlagen, weil jeder einzelne seinen persönlichen Ego-Trip auslebte. Des Morgens, wenn er aufwachte, lieferte er jedesmal eine genaue Beschreibung seines Befindens und der mutmaßlichen Gründe dafür. Es war wie ein seelischer Wetterbericht. Das Problem dabei war nur, daß seine Gefühle sich zumeist entweder als feindselig oder als hilflos herausstellten. An jedem Morgen konnte Emily bereits voraussagen, ob sie nach Büroschluß eine Bulldogge oder ein Baby vorfinden würde. Und heute war es mal wieder das Baby.

Also trat sie über ihn hinweg und ging ins Bad. Während sie auf der Toilette saß, kam er herein und setzte, die Stimme durch die Chirurgenmaske gedämpft, sein Lamento fort. Mit anklagendem Blick sah er sie an und erwartete – Mitgefühl.

»Dann laß dich doch endlich einmotten«, schlug sie ihm liebenswürdig vor. Allmählich fühlte sie sich wie eine Spucktüte im Flugzeug.

»Was?«

Emily wurde von panischer Angst ergriffen: Wenn sie Justin nicht das gab, was er brauchte, würde er es sich anderswo holen. Und sie wäre zu einem Leben einsamer Masturbation verdammt. Also zwang sie sich zu einem gequälten Lächeln.

Justin beschloß, sich verhört zu haben, und fuhr mit seiner Schilderung jener unvernünftigen Verlagsbonzen fort, die wieder einmal nicht in der Lage gewesen waren, seine Vorzüge und Talente zu erkennen.

Wenn es ihr nur gelang, die Zähne zusammenzubeißen und mitfühlende Laute auszustoßen, wenn sie ihm anschließend den Rücken massierte oder auch mit ihm schlief und ihm ein schönes makrobiotisches Abendessen zubereitete – dann brachte sie ihn vielleicht dazu, das Geschirr zu spülen und Matt ins Bett zu bringen. Vielleicht sogar auch noch, ihr beim Putzen der Wohnung zu helfen. An und für sich war es eine wirklich schöne Wohnung: hohe Räume, Parkettboden, reiche Stuckverzierungen, mietkontrolliert, in einer ehemals eleganten Stadtvilla. Einmal hatte sie ihm bereits erklärt, wenn man die Wohnung ordentlich aufräume, könne man seinen visuellen Input unter Kontrolle halten. Doch er zeigte sich wenig beeindruckt davon und machte Emily klar, sie versuche damit nur, ihm ihre Sauberkeitsmaßstäbe zu oktroyieren, und das sei eine Art häuslicher Imperialismus. Außerdem müsse er jetzt zu seinem Körpersprache-Seminar ins Village fahren. Das Thema heute: ›Vom Hals an aufwärts‹.

Beim Abendessen sagte Emily: »Mir ist soeben klargeworden, daß es ganz einfach unfair ist. Harold geht ständig mit Autoren und Agenten zu Martini-Lunches, während ich selber Akten ablegen, Anrufer abwimmeln und seine Post beantworten muß. Dabei wird er fünfmal so hoch bezahlt wie ich.«

Justin zuckte gleichgültig die Achseln. »Such dir doch 'n anderen Job.«

»Was denn für einen? Meinst du nicht auch, daß es überall das gleiche ist?«

»Herrgott, woher soll ich das wissen?«

Das Große Ohr hatte nicht plötzlich Mitgefühl für sich selber zu verlangen! »Weißt du, Justin, ich begreife nicht, wieso es politisch akzeptabel ist, daß deine Frau im Rahmen des Systems arbeitet und dich praktisch aushält, daß du die umgekehrte Situation aber nicht für okay hältst.« Sie war überzeugt, daß es irgendwo eine absolut logische Folgerung gab, die sie, das Dummchen, einfach nicht begriff. Justin hatte stets eine politisch korrekte Erklärung zur Hand. Und wenn Emily seinen Schlußfolgerungen nicht folgen konnte, belehrte er sie, daß sie keine ›politische Analyse‹ habe. Das war zum Teil auch der Grund dafür, daß sie ihn überhaupt geheiratet hatte. Als Südstaatlerin, die während der Bürgerrechtskampagne im Norden lebte, hatte sie jede Belehrung über politisch korrektes Denken gebraucht, die sie nur kriegen konnte.

Außerdem hatte sie ihn damals für den wunderbarsten Mann gehalten, den sie je kennengelernt hatte. Sie erinnerte sich noch, wie sie ihm nach einer Planungssitzung für ein Konzert, das der Spendenwerbung dienen sollte, im West End Grill am oberen Broadway gegenübergesessen hatte. Die Kaffeetassen blieben unberührt. Sie studierte die Linien in seinem Gesicht, eingeätzt von der Säure menschlichen Elends, das auszumerzen er so tapfer arbeitete. Auf der zerkratzten Tischplatte hielt er ihre Hände umfaßt. Sie blickte ihm in die Augen und sang zur Melodie der Musicbox: »Baby, I'm yours, / And I'll be yours till the stars fall from the sky / Yours till the rivers all run dry...« An jenem Abend hatte sie sich geschworen, ihr Leben der Aufgabe zu weihen, Justin beim Kampf für alle geknechteten Menschen der Welt zu helfen und ihm ihren Trost zuteil werden zu lassen.

Während Justin über das System dozierte – welche Berufe innerhalb des Systems lägen und welche draußen –, füllten Emilys Augen sich mit Tränen. Es war genau wie in einem Cowboyfilm, denn wie sich herausstellte, gab es Gutes Geld und Bö-ö-ö-ses Geld. Justins Treuhandfonds war zunächst Böses Geld gewesen, da er aus Aktien der Verteidigungsindustrie und Zinsen von Banken bestand, die Slumlords waren, während das Kapital selbst aus dem Sklavenhandel stammte. Aber es wurde zu Gutem Geld, weil er es im Kampf für jene ausgab, durch deren Ausbeutung es verdient worden war. Inzwischen gab es dieses Problem jedoch höchstens noch auf rein theoretischem Niveau. In Cincinnati hatte er eines Abends gehört, wie ein Organisator zum anderen sagte: »Etwas muß man Justin wirklich lassen: Sein Kapital rührt er nicht an!« Daraufhin hatte er in den folgenden Jahren aus purem Trotz alles bis auf den letzten Pfennig ausgegeben. Und war dadurch haargenau das geworden, was er mit seiner engagierten Arbeit hatte abschaffen wollen: pleite und arbeitslos.

Jetzt begann Matt gleichzeitig mit Justin zu reden. »Weißt du, was heute beim Mittagsschlaf passiert ist, Mom? Andrew hat die weiße Maus aus dem Käfig geholt und sie zu der Boa constrictor getan, und Janie hat gesagt...«

»...Staatssozialismus...«

»...getreten und sie in den Arm gebissen...«

»...das Volk soll selbst entscheiden...«

»Verdammt noch mal, ich kann nicht euch beiden gleichzeitig zuhören!« Emily atmete tief durch und versuchte sich zu beruhigen, während die beiden sie entsetzt anstarrten. Sie war ja selber entsetzt über sich! Das Große Ohr *hatte* nichts von sich zu geben, vor allem nicht in einem Ton, der alles andere als liebevoll war! »Entschließt euch, wer zuerst das Wort hat«, verlangte sie.

»Matthew, unterbrich mich nicht!«

»Aber er...« Der arme Junge hatte seit Stunden kein Wort gesprochen. Außerdem hatte Emily den Staatssozialismus gründlich satt. Sie wollte viel lieber noch mehr über die Boa constrictor erfahren. Solange Matt dabei war, konnte sie seinen Vater jedoch nicht verärgern. Sie kam sich vor wie eine Lumpenpuppe, die von zwei streitenden Kindern hin und her gezerrt wird.

Als Matt im Bett lag, ging Emily zu Maria, in deren Wohnung am Broadway/Ninety-fifth Street die Frauengruppe zusammenkam. Mehrere Mitglieder der Gruppe hatten gemeinsam am Elternprojekt Tagesheimstätte gearbeitet, was in den meisten Fällen allerdings eher ›Mütterprojekt‹ hätte heißen müssen. Das Heim, im selben Kirchen-Souterrain, in dem während der sechziger Jahre Kurse über gewaltlosen Widerstand stattgefunden hatten, beherbergte Kinder jeglicher Farbschattierungen, allesamt Relikte der Revolution: mokkafarbene Kinder aus schwarzweißen Verbindungen; Marias Tochter Cleo, gezeugt, um ihren Vater vor Vietnam zu bewahren; adoptierte Indianer- und Vietnamesenkinder. Statt Cowboy und Indianer spielten die Kinder Kapitalist und Arbeiter.

Nach ihrem Freshman-Jahr, in dessen Verlauf sie zu der Feststellung gekommen war, Lou sei ein Oreo, hatte Emily ihre Spur verloren. Eines Morgens im Tagesheim jedoch stand sie ihr plötzlich gegenüber. Lous Haar, sehr kurz geschnitten, war fast ganz grau geworden und wirkte wie Stahlwolle. Sie trug ein Army-Khakihemd und Sonnenbrille. Ihre Hände lagen auf den Köpfen von zwei zierlichen, dunklen Kindern. Später erklärte sie, die beiden hätten Soldaten für die Black Nation werden sollen. Ihr Ehemann hatte anscheinend den größten Teil seiner Zeit mit dem Horten von Waffen verbracht. Sie selbst studierte mit einem Stipendium Jura und liebte eine weiße Jurastudentin. Sie starrten einander lange an. Schließlich begann Lou zu lächeln. »He, Mädchen! Wie geht's denn so?« sagte sie.

Als Emily damals der Frauengruppe beitrat, erkundigte sich Justin hämisch: »Was treibt ihr Weiber da eigentlich immer – Kochrezepte austauschen?« Und kicherte.

Emily lächelte verkniffen. »Nein, wir untersuchen die Methoden, mit denen es diese Gesellschaft fertiggebracht hat, uns dazu zu bringen, daß wir uns derartige Bemerkungen gefallen lassen. Ich meine – wirklich, Justin! Würdest du zu einem Black Panther sagen: ›Was treibt ihr da eigentlich immer – Wassermelonen essen?‹ «

»Sieh an, die Dame gibt Widerworte! Meine Liebe, du machst dich allmählich!«

»Ich verbitte mir deine herablassende Art, Justin!«

»Du hast vollkommen recht«, antwortete er grinsend. »Und ich bin stolz auf dich, daß du mir das nicht durchgehen läßt.«

Die ersten Abende verbrachten sie ausschließlich mit Diskussionen über den Grund ihrer Zusammenkünfte. Da es ihnen jedoch nicht gelang, Übereinstimmung zu erzielen, beschlossen sie, ganz einfach zusammenzukommen und sich über den Grund nicht weiter den Kopf zu zerbrechen. Während der darauffolgenden Monate diskutierten sie über die zu wählende Struktur, denn sie haßten alle die ihnen vom Patriarchat oktroyierte hierarchische Form. Sollten sie sich als Vorsitzende turnusmäßig abwechseln oder überhaupt auf eine Vorsitzende verzichten? Sollten sie für jede Woche ein bestimmtes Thema wählen, etwa alle dasselbe Buch lesen, oder sollten sie einfach abwarten, welche Themen zur Sprache kamen? Zu einem allgemein akzeptierten Ergebnis gelangten sie nie. Also einigten sie sich schließlich darauf, daß diejenige, in deren Wohnung das Treffen stattfand, auch für die Gestaltung des Abends verantwortlich war.

Justin war alles andere als begeistert. »Jetzt fehlt nicht mehr viel, und ihr Mädchen betrachtet euch als Dritte Welt. Kolonisiert von männlichen Imperialisten!« Er lag mit seinen Fallschirmjägerstiefeln auf der Couch und lachte überheblich.

»Dieser Vergleich wurde gelegentlich gezogen«, antwortete Emily.

Er starrte sie verblüfft an. »Konterrevolutionäre«, behauptete er dann. »Eine Bande von verwöhnten weißen Mittelklasseweibern beim Kaffeeklatsch. Während Millionen von Nichtweißen und Arbeitern in der ganzen Welt ausgebeutet werden.«

»Zwei von uns sind schwarz. Und wir arbeiten alle – die Hausfrauen für Unterkunft und Verpflegung, die übrigen für die Hälfte von dem, was die Männer bezahlt kriegen.«

Er warf ihr einen von so tiefer politischer Verachtung erfüllten Blick zu, daß sie in sich zusammenschrumpfte wie ein Schwanz vor der Beschneidung, hinüberhuschte und ihn auf die Stirn küßte: ein Ketzer, der sich reuig über den Ring des Großinquisitors beugt.

»Ich möchte wissen«, verkündete Emily, als sie, Rotwein trinkend, in Marias unordentlichem Wohnzimmer saßen, »wann mal jemand mit *mir* Mitgefühl hat.«

»Warum nimmst du dir nicht 'ne nette Frau?« erkundigte sich Maria grinsend. Sie zog gelassen an ihrer Zigarette, während alle anderen, bis auf Kate und Lou, empört durcheinanderplapperten. Kate, Marias Geliebte, war eine zierliche Frau mit Latzhose und einem Wust krauslockiger Haare, die als Elektrikerlehrling arbeitete. Sie sprach nur wenig, warf aber jedem, der gedankenlos etwas Heterosexuelles dahinsagte, geringschätzige Blicke zu und bezeichnete den Rest der Gruppe als ›Het Set‹.

»Komm mir bloß nicht mit eurem lesbischen Chauvinismus«, protestierte Emily.

»Ich habe nur deine Frage beantwortet: Wenn du Mitgefühl willst – von einem Mann wirst du das niemals kriegen. Alles, was ich von denen bisher gekriegt habe, waren lange, ich-bezogene Monologe, gefolgt von kurzen, vorzeitigen Ergüssen.«

Emily krauste die Stirn: Zwei von den Männern, die Maria meinte, waren Justin und Raymond gewesen.

»Aber ist das nicht Sexismus, Maria?« fragte Gail leicht verwirrt. Gail und Emily waren die einzigen Frauen, die noch mit einem Ehemann zusammenlebten, und Gail war die einzige Nur-Hausfrau. Sie versuchte, jeder Bemerkung der anderen ein Etikett anzukleben, wie die Namensschildchen der Kinder in den Sachen fürs Ferienlager.

»Ich mache lediglich eine persönliche, auf umfassender Erfahrung beruhende Feststellung. Bis vor drei Jahren habe ich mein Leben damit verbracht, kleinen, als Männer verkleideten Jungens zuzuhören und ihnen beruhigend zuzumurmeln: ›Ach-was-du-nicht-sagst-wie-interessant.‹ Und davon hab' ich die Nase gestrichen voll!«

»Das ärgert dich, wie?« Gail zog eine besorgte Miene.

»Ja«, gab Maria nach einer Pause zu.

»Aber kriegst du von den Frauen wirklich was anderes?« wollte Sammie wissen. Sammie, eine hochgewachsene, magere schwarze Sängerin, trug klirrenden Schmuck und hohe Stiefel mit spitzen Absätzen. Die anderen Frauen sprachen von ihr manchmal als ›Angelas Mom‹. Angela war ein milchkaffeebraunes Produkt der Bürgerrechtsbewegung. Emily war ›Matts Mom‹, und Matt war bekannt als einer der wenigen unbedachten Fehler in dieser Welt der sexuellen Politik und des politisierten Sex. Justin und sie hatten sich eines Vormittags standesamtlich trauen lassen und den Nachmittag damit verbracht, Busse für einen Anti-Wehrdienst-Marsch in Washington zu chartern, der in der darauffolgenden Woche stattfinden sollte. Niemand konnte ihnen je vorwerfen, daß sie ihre persönlichen Belange für wichtiger hielten als ihre politische Arbeit.

»Natürlich. Wenn man zwei Menschen zusammensteckt, die darauf gedrillt sind, Mitgefühl zu bekunden, werden sie sofort anfangen, darüber zu streiten, wer von ihnen der beste Zuhörer ist«, erklärte Maria.

»Du wünschst dir doch auch manchmal jemanden, der dir zuhört, nicht wahr?« erkundigte sich Gail.

Maria knirschte mit den Zähnen. Dann zwang sie sich zu einem schwesterlichen Lächeln. »Jawohl, das tu ich. Und zum Glück habe ich jemanden gefunden.« Sie warf Kate einen vielsagenden Blick zu.

»Es gibt da was, was ich dich schon immer fragen wollte, Maria, aber ich hab's einfach nie gewagt«, sagte Emily. »Was war der Grund dafür, daß du dich zum erstenmal mit einer Frau eingelassen hast? War das politisch?«

Maria grinste. »Verdammt noch mal, nein! Es war ganz einfach Lust.«

Als Emily nach Hause kam, saß Justin mit seiner Männergruppe im Wohnzimmer. Von der Frauengruppe wurden sie als ›Männerhilfskorps‹ bezeichnet. »Das ist doch, als hätten die *rednecks* sich während der Bürgerrechtsjahre getroffen, um über die Befreiung der Weißen zu diskutieren«, behauptete Maria. »Oder das amerikanische Militär in Vietnam über die Befreiung der Soldaten.«

Es roch, als würde Haschisch geraucht. Emily lief eifrig herum, hängte Mäntel auf, räumte den Tisch ab. Als ersten Schritt zur Befreiung des Mannes hatte Justin sein Versprechen gebrochen, das Geschirr zu spülen. Wie Emily hörte, rekapitulierten sie gerade irgendeine Demonstration vor einer Einberufungskommission.

»... o Mann, war das 'ne Schau! Wißt ihr noch? Als ich den Footballhelm mit dem Gesichtsschutz auf hatte und mir das Bleirohr griff...«

»He, Moment mal! Das mit dem Footballhelm, das war *ich*...«

»Ach, hör doch auf mit dem Scheiß, Mann! Ich hab' den verdammten Helm ja noch. Willst du ihn sehn? Brauchst bloß mal zu mir rüberzukommen.«

Emily seufzte. Die Gruppe erinnerte sie an die Männer im Alter ihres Vaters, die im Newland Moose Club rumsaßen und sich darüber stritten, welche Einheit als erste im Abschnitt ›Omaha Beach‹ an Land gegangen war.

Als Justin und sie an diesem Abend miteinander schliefen, wurde sie sich eines weiteren Anzeichens dafür bewußt, daß etwas mit ihr vorging. Nachdem er gekommen war, lag sie ganz still, ließ seinen Samen aus sich herausrinnen und kochte vor Zorn darüber, daß es schon wieder einmal ein Mann geschafft hatte, seinen Mist an einem Ort zu deponieren, wo sie ihn wegputzen mußte.

An einem Wochenende besuchte sie mit Maria und Kate eine Frauenbar im Village. Der Rausschmeißer war eine Frau von Ringerformat. Hinter der Bar mixten Frauen mit Armbinden die Drinks. Ein weiblicher Discjockey in weißer Satin-Windbluse legte die Schallplatten auf. Eine stämmige Frau mit grünem Augenschirm, in cremefarbenem Dreiteiler mit roter Nelke im Knopfloch nahm jede Herausforderung am Billardtisch an. Frauen musterten einander mit unverhohlen sexuellem Interesse, spendierten einander quer über die dicht bevölkerte Tanzfläche hinweg Drinks und forderten sich gegenseitig zum Tanzen auf.

›Dykes‹ – Lesben! Von ihrer Frauengruppe abgesehen, beschränkten sich Emilys Erfahrungen mit diesem Typ auf Miss Melrose in der Junior High. Und hier saß sie, gefangen, mitten in einem ganzen Heer. Sie war verwirrt. In Gegenwart von Männern kam sie sich häufig wie eine sexuelle Beute vor. Bei Frauen hatte sie sich stets sicher gefühlt. Die hatten keine Hintergedanken. Hier in diesem Club jedoch, bei diesen Dutzenden von Frauen, deren Bettgenossen ebenfalls Frauen waren, fühlte sie sich wieder auf den Beute-Status zurückgedrängt. So, als wäre sie wieder Jungfrau, nur insofern anders, als sie das hier benutzte Signalsystem nicht kannte.

Eine hochgewachsene Frau mit langem, dunklem Haar, die wie eine Halbindianerin aussah, kam zu ihr herüber und begann ein Gespräch über die Attraktionen von New York City, verglichen mit denen von Des Moines. »Ich war die Stadt-Lesbe. Motorradjacke, Stiefel, alles. Aber hier kann ich mich endlich auf meine Malerei konzentrieren, statt meine Energie darauf zu verschwenden, die Super-Lesbe zu spielen.«

»Ja, ja. Ich weiß, was du meinst«, schwindelte Emily.

Emily sah, daß Maria sie lächelnd beobachtete. Sie tanzten zu einem Song von LaBelle: ›Voulez-vous coucher avec moi ce soir?‹

Flirte ich? fragte sich Emily immer wieder. Verheiße ich Dinge, die ich nicht zu geben gewillt bin? Was bin ich denn zu geben gewillt? Zwei Frauen neben ihr tanzten Wange an Wange. Immer wieder küßten sie einander auf den Mund.

Als die Musik zu Ende war, stieß Emily hervor: »Also, es hat wirklich Spaß gemacht, mich mit dir zu unterhalten, Althea. Aber ich bin mit einer Freundin hier und muß jetzt wieder zu ihr zurück.«

Kate drängte sich zur Bartheke durch. Als Emily Platz nahm, fragte sie Maria: »Woran erkennt man eigentlich, was los ist – ob jemand was von einem will oder ganz einfach freundlich ist?«

»Das weiß man eben.«

»*Shit,* Mann – *ich* weiß es nicht!«

»Du wirst's schon lernen.«

»Ich habe keine Zeit, erst was zu lernen. Ich muß es *jetzt* wissen. Ich meine, es ist doch eigentlich unfair, daß ich hier bin. Ich will keinen an der Nase rumführen, wo ich doch völlig normal bin und so. Was soll denn das jetzt wieder bedeuten?«

»Was?«

»Dieses Lächeln, das nicht so richtig zum Vorschein kam.«

»Hast du dich noch nie von einer Frau angezogen gefühlt?«

Emily errötete, und wieder unterdrückte Maria ein Lächeln. »Na ja, schön – natürlich. Ich meine, ein paar von meinen besten Freunden sind Frauen.«

»*Alle* deine besten Freunde! Wenn du das nur mal einsehen würdest.«

»Himmel, Maria! Gail hat tatsächlich recht: Du bist eine gottverdammte Sexistin!« Manchmal fiel es Emily schwer, in Kategorien zu denken: Schwarze, Mittelklasse, Männer, Südstaatler. Sie selbst war, wie sie im Lauf ihres Aufenthalts mitten unter Yankee-Politicos gelernt hatte, eine weiße Südstaatlerin der herrschenden Klasse. Diese Kategorien erklärten alles an ihr. Maria war für sie jedoch gewöhnlich Maria und nicht eine lesbische New Yorker Jüdin der weißen Intellektuellen-Elite. Man konnte die Art nicht kategorisieren, wie sie ein ironisches Lächeln unterdrückte; die Art, wie sie voll Gier an einer Zigarette zog; die kampflustige Art, wie sie in Hosen dasaß, die Knie gespreizt, zugleich herausfordernd und jeglichem Eindringen trotzend.

»Ich meine, dieser Club zum Beispiel. Daß keine Männer reindürfen. Wo *ich* herkomme, da dürfen die Schwarzen nicht rein, und das nennen wir Rassentrennung.«

»Ja, aber dies ist etwas anderes, weil hier die Ausgebeuteten die Ausbeuter nicht reinlassen. Irgendwo brauchen wir doch ganz einfach einen Ort, wo wir die Kraft und die Unterstützung finden, um wieder hinausgehn und Tag für Tag diese Scheißer ertragen zu können. Allein der Klang einer einzigen Männerstimme, die verlangt, daß man ihr zustimmt, würde die Atmosphäre vergiften. Außerdem, wenn wir Männer zuließen, würden sie in Scharen reinströmen, nur um sich den Kopf darüber zu zerbrechen, was wir im Bett miteinander treiben.«

»Das hatte ich dich auch schon immer fragen wollen, Maria: Was *treibt* ihr eigentlich im Bett miteinander?«

Maria grinste. »Komm mit mir ins Bett, dann wirst du's erleben.«

»Gegen eine derart überlegene Konkurrenz könnte ich nie ankommen.« Maria war eine notorische Doña Juana. In ihrer augenblicklichen Stimmung bewunderte Emily sie dafür, daß sie – offenbar ganz ohne dieses gräßliche Bedürfnis des Großen Ohrs, die Bedürfnisse anderer Menschen zu befriedigen – tun konnte, was sie wollte und wann sie es wollte.

»Dann hast du's auch nicht verdient rauszufinden, wieso ich so großen Zulauf habe – oder?«

Emily gab sich die größte Mühe, eine möglichst unfähige Sekretärin zu sein. In Wirklichkeit bedurfte das jedoch kaum einer besonderen Anstrengung. Sie machte so viele Tippfehler, daß der Brief, nachdem sie ihn mit Tipp-Ex korrigiert hatte, den Eindruck machte, als hätte sie damit einen Vogelkäfig ausgelegt. Bei der Ablage benutzte sie ihr ganz persönliches, unlogisches System der freien Assoziation. Wenn Harold auf der Herrentoilette war und sie das Telefon bediente, während sie irgendwie abgelenkt war, konnte es vorkommen, daß sie zerstreut antwortete: »Tut mir leid, er pinkelt gerade.« Ihr Ziel war es, die Treppe hinauf, statt auf die Straße befördert zu werden. Es gab tatsächlich im Verlagsgeschäft einige Frauen in gehobenen Positionen, und von irgendwoher mußten die ja kommen. Warum also nicht aus den Reihen der unfähigen Sekretärinnen?

Inzwischen war sie jedoch darauf bedacht, auf Gebieten, die mit der Geschicklichkeit im Umgang mit Tipp-Ex nichts zu tun hatten, durchaus Qualitäten an den Tag zu legen. Deswegen bat sie Harold zum Beispiel um zusätzliche Arbeit. Verdutzt trug er ihr auf, ein Manuskript zu lesen, das von der Art und Weise handelte, wie die weiblichen Rollen in den von Männern verfaßten Filmen, Büchern und Theaterstücken dem widersprachen, was sich wirklich in der Gesellschaft abspielte. Ging es den Frauen wirtschaftlich und gesellschaftlich gut, wurden sie in den von Männern verfaßten Romanen zunehmend erniedrigt und attackiert. Emily war tief beeindruckt und verwandte geraume Zeit auf einen Entwurf, wie man die einzelnen Abschnitte umstellen und so der Argumentation mehr Nachdruck verleihen konnte. Die Autorin war eine lebhafte, attraktive Frau namens Maggie Soundso. Emily durfte liebenswürdigerweise dabeisitzen, als Harold ihren Entwurf erläuterte. Er fand Maggies Beifall.

Erfreut sagte Emily: »Ich finde das Buch großartig! Aber ich dachte eben, wenn man ...«

»Würden Sie uns bitte Kaffee holen, Emily?« Fassungslos starrte sie Harold an. »Für mich mit Sahne, ohne Zucker. Und für Sie, Maggie?«

Während Emily zum Kaffeewagen hinausstapfte, dachte sie daran, daß in der Bewegung (sie konnte dieses Wort niemals gebrauchen, ohne es sofort mit Matts Säuglingsalter und Toilettenschüsseln voll schmutziger Windeln zu assoziieren: Darmbewegung!) diese Situation zum Klischee geworden war. Die meisten politisch aktiven Frauen hatten Jahre damit verbracht, zu tippen, zu vervielfältigen und Kaffee zu machen, während die männlichen Wortführer die Demos leiteten, Entscheidungen trafen und Reden schwangen. Warum also war sie überrascht? Harolds Gegenwartsbewußtsein war nicht im Keller, es war in der Krypta – aber er hatte ja niemals behauptet, daß es anderswo sei. Er mochte ein männliches Chauvinistenschwein sein, aber er war – im

Gegensatz zu anderen Chauvinistenschweinen, deren Namen sie nicht nennen wollte – wenigstens kein Heuchler.

Einmal, in Cincinnati, war sie mit Duane, einem Schwarzen aus Chicago, zum Gemeindezentrum gegangen. Sie waren an einer Frau vorbeigekommen, die weinend, mit einem Säugling auf dem Arm, in einem Sessel auf dem Bürgersteig saß. Rings um sie herum waren Möbelstücke und Kisten voll Kleider und Geschirr aufgetürmt. Sie war auf die Straße gesetzt worden, weil sie ihre Miete nicht bezahlen konnte: Jemand hatte ihr den Wohlfahrtsscheck gestohlen. Duane und Emily begaben sich unverzüglich zum Sozialamt. Duane erreichte dort überhaupt nichts – vermutlich, weil er nicht nur schwarz, sondern auch sehr streitsüchtig war. Daraufhin ergriff Emily die Initiative und verschaffte der Frau aufgrund einiger komplizierter Manipulationen einen Not-Mietsscheck. Duane zeigte sich tief beeindruckt, denn er hatte noch nie erlebt, daß Emily etwas anderes tat als Pulverkaffee aufgießen und den Mop schwingen. Als sie wieder im Büro waren, fragte er sie: »He, Baby – wie wär's denn, wenn wir beide uns 'n bißchen zusammentäten?«

Abgesehen von der Tatsache, daß Emily seine Freundin Mary mochte und genau wußte, wie gekränkt viele schwarze Frauen reagierten, wenn schwarze Männer weißen Frauen nachliefen, interessierte sie sich gar nicht für Duane. Also antwortete sie lachend: »Ach, hör doch auf, Duane! Du willst mich ebensowenig wie ich dich.«

Daraufhin richtete er sich steif auf und entgegnete: »O ja, ich kenne euch Scheiß-Südstaatler.« Und ging hinaus. Während Emily, von Gewissensbissen gequält, tief geknickt zurückblieb.

Sie hatte hart daran gearbeitet, all ihre aus einer sowohl südstaatlichen als auch amerikanischen Erziehung stammenden Rassenvorurteile bloßzulegen. Es war, als wollte sie im Bach mit den bloßen Händen Elritzen fangen. Man glaubte, etwas in der Hand zu haben, und dann schlüpfte es einem durch die Finger. Und wenn man nicht hinsah, verwandelte es sich möglicherweise in das Ungeheuer von Loch Ness. Sie hatte keine Lust, mit Duane zu schlafen. Sollte sie trotzdem mit ihm schlafen, um zu beweisen, daß sie keine Vorurteile hatte? Andererseits hatte sie auch mit keinem Weißen geschlafen, an dem sie nicht interessiert war. Wenn sie nun Duane aus der Masse der Männer, an denen sie nicht interessiert war, nur wegen seiner Hautfarbe heraushob, dann schien ihr das erst recht vorurteilsbelastet zu sein. Die einzige Lösung war vermutlich, mit mehreren Männern zu schlafen, für die sie sich nicht interessierte, weiß oder schwarz, und Duane in die Zahl einzuschließen.

Dann wurde ihr klar, daß sie sich für Duane nicht nur nicht interessierte, sondern daß sie ihn ganz einfach nicht mochte. Aber war das vielleicht aufgrund seiner Hautfarbe so? Allerdings gab es weiße Männer, die sie genausowenig mochte. Und es gab schwarze, die sie nicht ganz so sehr verabscheute. Erleichtert kam sie zu dem Schluß, daß sie in diesem Fall nicht unbedingt von Vorurteilen geleitet wurde.

Sie riß die Tür auf und schrie einigen verdutzten Wermutbrüdern quer über die Straße hinweg zu: »Ich würde niemals mit euch schlafen, auch nicht, wenn ihr so weiß wie Schnee wärt!«

Als sie jetzt vor dem Kaffeewagen Schlange stand, begriff sie, daß das, was Harold sich gerade geleistet hatte, in dieselbe Kategorie fiel. In beiden Fällen hatte sie bewiesen, wie tüchtig sie war. Sie hatte sich durchgesetzt. Deswegen mußte sie in ihre Schranken gewiesen werden: Sie war ›nur‹ eine Fotze, sie war ›nur‹ eine Sekretärin. Das Ganze geschah von seiten der Männer durchaus unbewußt, aber das machte es nur noch schlimmer.

Emily zitterte vor unbezähmbarer Wut so stark, daß sie den halben Kaffee verschüttete.

Als sie sich hinsetzte, um die Adressen für die Vorausexemplare des letzten Romans zu tippen, den Harold redigiert hatte, und dem Gemurmel von seiner und Maggies Stimme lauschte, sagte sich Emily, daß sie mit den falschen Leuten verkehrte. Maria und Kate waren ja nette Menschen, was aber, wenn Homosexualität übertragbar war? War dieser Zorn auf die Männer womöglich ein Symptom? Mein Gott, was für ein entsetzlicher Gedanke ...

Während der folgenden Woche fand sie Justins kleine Idiosynkrasien eher ärgerlich als rührend. Wie zum Beispiel seine Kinnbacken knackten, wenn er auf etwas herumkaute. Sie fing an, ihm Kleenex zu reichen, wenn er beim Aufwachen so furchtbar schniefte – die er dann, immer noch schniefend, gereizt betrachtete und unbenutzt in den Papierkorb warf. Sie bemerkte, daß seine Socken rutschten, und kaufte ihm neue, mit intaktem Gummizug – die er ganz hinten in die Schublade stopfte.

Sie ertappte sich dabei, daß sie gewissenhaft alles aufzählte, was sie an ihm liebte. *Seinen Mut:* Justin, der sich im Wohnraum ihres Studentenheims auf dem Fußboden zusammenrollte, um die gewaltlose Reaktion auf einen Angriff zu demonstrieren. Justin, der auf der Treppe zum Musterungsbüro Einberufungsbefehle einsammelte, während die megaphonverstärkten Stimmen von Polizisten dröhnten. Justin, der, einen Sturzhelm auf dem Kopf, gegen das Pentagon anstürmte. *Seine überwältigende Großzügigkeit:* Er war regelrecht wild geworden bei dem Gedanken daran, daß die Regierung einhundert Millionen Dollar pro Tag für

Vietnam ausgab, während diese arme Frau hier ihr Kind nicht in die Schule schicken konnte, weil sie die achtzehn Dollar für einen Wintermantel nicht besaß. Jeder, der ihn um Geld für Kautionen, Miete, Essen anbettelte, bekam es sofort. Er hatte genau gewußt, daß dieses Geld zuweilen für Alkohol oder einen Fernseher draufging und daß er in dem Ruf stand, ein von seinem schlechten Gewissen geplagter Gimpel zu sein, aber das war ihm egal gewesen. *Seine Intelligenz:* Wie mühelos er bei den FORWARD-Zusammenkünften mit Worten und Begriffen jongliert hatte. Justin hatte Emily das Gefühl gegeben, an etwas teilzuhaben, das sie noch immer für wichtig hielt – am Aufbau einer gerechten und menschlichen Welt.

Sie dachte an die Nachmittage, die sie gemeinsam in Kunstgalerien, Konzerten und Filmvorführungen verbracht hatten. Er hatte sie nach ihrer Meinung gefragt und sie anschließend korrigiert. Er hatte sie aus dem Dreck geholt und zu dem Trampel geformt, der sie jetzt war.

Dann fiel ihr auf, daß sie, wie stets bei Erinnerungen, in der Vergangenheitsform dachte.

Bei der nächsten Frauenversammlung versuchte sich eine nach der anderen abzusetzen. Gail hatte geplant, jede solle von etwas Wichtigem berichten, das sie in der vergangenen Woche erlebt hatte. Der Massen-Exodus begann, als Susannah an die Reihe kam, eine Krankenschwester im Roosevelt und Levis Mom. Sie verkündete freudestrahlend: »Ich hab' einen Mann kennengelernt!«

»O nein! Ich will's nicht hören!« Kate barg stöhnend den Kopf in den Armen.

»Nein, wirklich – er ist einfach phantastisch!«

Maria seufzte.

»Jetzt hört aber auf, ihr!« murmelte Lou und nahm die Sonnenbrille ab, um sie alle wütend anzufunkeln. »Sie hat sich euren Mist auch angehört.«

»Erzähl uns von ihm, Susannah«, forderte Gail.

»Also, er ist Sozialarbeiter.« Emily überlegte, daß die Antwort auf diese Frage in Newland wohl etwa gelautet hätte: »Also, er ist der Cousin/Onkel/Sohn von dem und dem. Und er wohnt da und da.«

»... und, na ja, wenn ich mit ihm rede, dann ist das fast so, als rede ich mit 'ner Frau. Ich meine, er hört wirklich zu! Und er zitiert weder Marx noch sonstwen. Und er versucht nicht immer, das Gespräch auf die eigene Person zu bringen. Manchmal hat er auch emotionale Reaktionen und so ...«

»Das klingt ja, als sei er wirklich eine Ausnahme«, meinte Gail.

»Hört sich gut an«, murmelte Emily. Daß eine Sitzung nicht gut lief, konnte sie jedesmal daran erkennen, daß sie selbst und Lou Zuflucht bei ihren besten Südstaaten-Manieren suchten.

»*Shit,* Leute, es tut mir leid.« Maria richtete sich von ihrer Matratze auf. »Aber irgendwie kann ich diese Gruppe nicht mehr ertragen. Ich glaub', ich brauch' 'ne rein lesbische Gruppe. Ihr normalen Weiber braucht anscheinend immer noch Männer – sexuell, gefühlsmäßig, und in einigen Fällen mehr als dringend. Ich aber nicht. Ich brauche Unterstützung zur Bildung alternativer Strukturen. Ich habe keine Lust, hier rumzusitzen und mir eure heterosexuellen Arien anzuhören!«

»Ganz meine Meinung«, knurrte Kate.

Susannah brach in Tränen aus.

»Ist das jetzt aber nicht Elitismus, Maria?« wollte Gail wissen.

Sammie sprang auf und nahm eine graziöse Pose ein, die wirkte, als sei sie genau für diesen Moment choreographiert worden. »Also, ich hab' nichts dagegen. Denn, Herzchen, ich hab's dicke, hier rumzuliegen und mir die Klagelieder von weißen Weibern anzuhören. Wo jede schwarze Frau, die ich kenne, ihren Lebensunterhalt selbst verdient, ihre Kinder großzieht und einem Mann Stütze zu sein versucht, der von Whitey so kaputtgemacht worden ist, daß er am Morgen kaum aus dem Bett rauskommt. Ihr weißen Weiber seid nichts weiter als verwöhnte Kinder, die über ihre Unterdrückung jammern. Und wenn ihr die Nase voll habt, könnt ihr nach Hause gehn, zu Daddy oder dem lieben Ehemann, und der kümmert sich dann um euch. Für schwarze Frauen ist das aber eine *reale* Situation, Herzchen, und wir müssen unser ganzes Leben damit verbringen . . .«

»Also jetzt warte bitte mal . . .« fauchte Maria.

»Ist das nicht Elitismus?« fragte Gail.

»Ich habe auch etwas zu sagen!« schrie Emily. Zu ihrem Erstaunen wurde es sofort still. Und nun wußte sie auf einmal nicht mehr, was sie hatte sagen wollen.

Susannah schluchzte unter Tränen: »Diese Gruppe wird meinen Bedürfnissen nicht gerecht. Diese Gruppe ist meinen Bedürfnissen noch nie gerecht geworden. Bestimmt hat keiner von euch eine Ahnung, wovon ich rede. Ihr habt alle das College besucht . . .«

»Ich nicht«, warf Sammie ein.

». . . und während ihr alle eure hochgestochenen Theorien studiert habt, hab' ich gearbeitet. Das war allerdings nichts Neues für mich. Ich habe arbeiten müssen, seit ich vierzehn war. *Ich* war das, die bei Woolworth hinter dem Ladentisch stand, als ihr Papier und Bleistift für eure Examensarbeit gekauft habt. Gail da drüben, die weint und jammert, weil sie unbedingt arbeiten will. *Shit,* dann geh doch arbeiten! Aber ich kann nichts Schlimmes darin sehen, daß ich, wenn ich einen Mann finde, der das ebenfalls will, zu Hause bleibe und Levi erziehe und den Haushalt führe. Ihr Leute habt ja alle keine Ahnung, wie das Leben für die arbeitende Bevölkerung wirklich ist, ihr seid solche Ignoranten, daß es für mich sinnlos ist, noch länger herzukommen!«

»He, aber das ist nicht fair!« beschwerte sich Gail. »Wir reden doch hier darüber, wie die Frauen zur Passivität erzogen worden sind.«

Jetzt fiel Emily wieder ein, was sie hatte sagen wollen: »Eigentlich denke ich schon die ganze Zeit, daß ich mir eine Gruppe von Südstaatlerinnen suchen sollte. Was mich am meisten an euch stört, ist doch, daß ihr überhaupt nicht merkt, wie sehr ich mich von euch unterscheide. Ihr geht alle zur Arbeit und laßt eure Kinder allein und nehmt euch Liebhaber und so – aber damit verhaltet ihr euch doch nur eurer Erziehung entsprechend und imitiert die Frauen, von denen ihr das ganze Leben lang umgeben wart. Ich dagegen, ich muß mit jedem Schritt, den ich tue, meine Erziehung bekämpfen ...«

»Ist das nicht Elitismus?« erkundigte sich Gail.

»Würdest du bitte den Mund halten?« fuhr Maria sie an.

»*Shit*«, fauchte Kate, »das ist doch alles typisches Muttergeschwafel! Ihr wißt genau, daß es nicht cool ist, euch durch eure Liebhaber zu definieren, deswegen definiert ihr euch durch eure Kinder, so wie es von jeher in der Gesellschaft üblich war. Statt einfach aufzustehen und zu sagen: ›He, ich bin ich!‹ Also, *ich* habe keine Kinder. Heißt das aber etwa, daß ich keine Frau bin?«

Gail begann von der großen Bedeutung der Mutterschaft zu sprechen, von ihrer Verärgerung darüber, daß die hier in den Dreck gezogen wurde. Sie nannte die Gruppe eine Bande von Männerfeindinnen und warf ihnen vor, sie versuchten, alle Männer zur Anpassung an ein und dasselbe Image zu zwingen, ganz genauso, wie das die Männer mit den Frauen machten.

»Jetzt hört aber mal zu!« schrie Lou dazwischen. »Ihr behauptet, benachteiligt zu sein. Dann versucht doch bitte mal, schwarz zu sein *und* eine Frau *und* eine Lesbe *und* eine Südstaatlerin *und* eine Wohlfahrtsmutter – alles auf einmal! Ich hab' kein Mitgefühl mit euch, mit keiner einzigen von euch! Aber ich meine folgendes: Wenn man 'ne Karotte neben eine Kartoffel stellt, wird die vermutlich protestieren: ›Verdammt noch mal, ich bin keine Kartoffel. Sieh mich doch an, Herzchen, ich bin orangerot und lang und dünn. Und sieh doch mal hier, ich hab' was

Hübsches, Grünes auf dem Kopf.‹ Und dann erkennen sie beide nicht mehr, daß sie zusammen in einem Garten wachsen und im Herbst zusammen ausgebuddelt werden.«

Alle schwiegen.

»Wenn wir zusammenhalten, sind wir eine Macht, mit der man rechnen muß. Wenn wir uns wegen unserer kostbaren Unterschiede zerstreiten, sind wir gar nichts. Seht euch doch an, was während der Bürgerrechtskampagnen passiert ist: Da hattet ihr CORE, NAACP, SCLC, SNCC, Urban League, Panthers, Muslims, Toms and Jemimas, Methodisten gegen Baptisten, Männer gegen Frauen, Südstaatler gegen Yankees, College gegen Nicht-College, Militante gegen Kulturnationalisten, schwarze Kapitalisten gegen Marxisten, und alle haben sich gegenseitig bekämpft. Sogar die armen Weißen haben gesagt: ›Mag ja sein, daß es mir nicht besonders gut geht, aber es geht mir wenigstens besser als diesen Niggern.‹«

Alle nickten ein wenig zögernd Zustimmung. Und als der Abend zu Ende ging, fielen sie einander, überwältigt vom Gefühl der Solidarität mit allen Frauen der ganzen Welt, gerührt in die Arme. Als Maria Emily an sich drückte, spürte Emily auf einmal, wie eine andere Emotion sie durchzuckte, die weit ausgeprägter war. Sie löste sich so rasch von ihr, daß Maria ihr einen erstaunten Blick zuwarf.

An diesem Wochenende ging Emily mit Kate und Maria zu einem Frauen-Musikfestival. Das College-Amphitheater mit seiner reich geschnitzten, blank polierten Eichentäfelung war voll besetzt mit Frauen jeglicher Größe, Gestalt und Farbe, bekleidet zumeist mit Jeans oder Overalls, Flanellhemden oder Sweat Shirts, Stiefeln oder Tennisschuhen. Eine Frau mit kurzgeschorenem Haar, in Jeans, Hosenträgern und Flanellhemd spielte Gitarre und sang Liebeslieder für eine Frau in der sie begleitenden Band. Aus den Augenwinkeln sah Emily, daß Maria und Kate die Fingerspitzen aneinandergelegt hatten und sehr bemüht waren, nicht aufzufallen, damit Emily sich nicht ausgeschlossen fühlte. Überall um sie herum hatten Frauen einander die Arme um die Schultern gelegt, hielten Händchen oder preßten die Hüften gegeneinander. Emily empfand einen gewissen Kitzel. Frauen, die in Frauen verliebt waren. Das war etwas Unerhörtes für Newland, und Emily hatte sich schon immer zu allem hingezogen gefühlt, was in Newland verboten war. Wenn es in Newland verboten war, konnte es nicht ganz und gar schlecht sein. Sie stellte fest, daß sie diese harten, trotzigen Frauen bewunderte, die sich hier überall in den Armen lagen. Ihre Schulter berührte die von Maria, und behutsam verstärkte sie den Druck. Maria gab den Druck lächelnd zurück, und Emily spürte, wie ihr ein elektrischer Schlag den Arm hinablief – so stark, daß ihre Begeisterung zu Besorgnis wurde. Unruhig rutschte sie auf ihrem Stuhl herum.

Inzwischen zupften auf der Bühne Frauen Gitarrenlieder über den Tagebau in den Appalachen, schüttelten Tamburins im Gedenken an die Folterungen in chilenischen Gefängnissen, spielten Frauen in Frye-Stiefeln und karierten Holzfällerhemden Maultrommel für die Salatpflücker im Imperial Valley. Kastagnetten klapperten für die kubanischen Zuckerrohrschneider. Vier Frauen in roten Flanellhemden und Latzhosen posierten mit erhobenen Fäusten und riefen: »Puerto Rico libre!«, während hinter der Bühne eine Flamenco-Gitarre verblutete.

Emily merkte, daß sie eine finstere Miene zog. Ihr war gerade eingefallen, von wem sie in ihrem Exil umgeben war: von den Nachkommen jener Puritaner, die mit dem festen Entschluß in die Neue Welt gekommen waren, die Wilden der Zivilisation zuzuführen. Und ihre Erben hatten nie aufgehört mit dem Missionieren. Sie hatten afrikanische Stämme dazu gebracht, ihre Lenden zu bedecken. Sie hatten den Indianern die Idee des Grundbesitzes gebracht. Sie stürmten Virginia. Sie fuhren im Greyhound-Bus durch Alabama. Sie brachten Coca-Cola nach Kairo und Frieden nach Pleiku. Wie bösartige Tumorzellen würden sie die ganze Welt kolonisieren. Sie konnten nicht anders. Es war in ihren Genen festgelegt. Draußen, vor der Hintertür dieses Gebäudes, lag Harlem, das acht Jahre zuvor in Flammen aufgegangen war. Und doch besaßen diese Frauen da oben die Frechheit, von Ungerechtigkeit in Lateinamerika zu trällern?

Emily biß die Zähne zusammen. Maria warf ihr einen fragenden Blck zu. Emily versuchte, höflich zu lächeln, aber es kam nur eine Grimasse heraus. Die Frau, die das Konzert eröffnet hatte, sang nun von ihrem Erstaunen, als sie gemerkt hatte, daß sie tatsächlich eine Frau liebte. Auf einer Seite der Bühne interpretierte eine Frau das Lied für Schwerhörige in Zeichensprache. Auf der anderen Seite demonstrierte eine Frau Karateübungen. Frauen ließen Pappeimer im Publikum herumwandern, um Spenden für einen Anwaltsfonds für lesbische Mütter zu sammeln. Emily seufzte. Bürgerrechte, Appalachen, Vietnam, Indianer, Wanderarbeiter, Chile, Puerto Rico. Alles hatte Emily unter Justins Anleitung mitgemacht. Jetzt also Frauen. Und nächste Woche würden die Schwestern wie ausgediente Hulahoop-Reifen auf irgendeinen Dachboden wandern. Politische Verbrauchermentalität. Scheiße, zu oft schon hatte sie sich von dieser ›Gute Sache des Monats‹-Ideologie vereinnahmen lassen!

Als sie alle schließlich dem Ausgang zustrebten, legte Maria im Gedränge den Arm um Emily. »Eine der schönsten Seiten der Frau ist die Tatsache, daß die Hälfte der Kinder, die sie zur Welt bringt, nicht männlich ist«, murmelte sie.

Gereizt befreite sich Emily aus ihrem Arm und warf einen verärgerten Blick auf Marias ›Button des Tages‹: ›Als Gott den Mann erschuf, war's nur ein Witz.‹

»Was ist?«

»Selbstgerechte Konsumentenbande!« murmelte Emily.

»Na und? Warum entspannst du dich nicht und genießt es einfach?«

»Weil ihr Berufs-Lesben schon nächste Woche der nächsten Marotte nachlaufen werdet.«

»Das möchte ich bezweifeln«, entgegnete Maria trocken. »Weil viele von uns nämlich gewisse Brücken hinter sich abgebrochen haben. Es würde ihnen ziemlich schwer fallen, sich wieder den Männern zuzuwenden.«

»Ich hab's doch immer wieder erlebt! Die Leute begeistern sich für eine gute Sache, weihen der ihr ganzes Leben, langweilen sich und legen sie ad acta wie die Hitparade vom letzten Sommer. Außerdem *kann* eine Sache, in der sich so viele Yankees einig sind, gar nicht gut sein.«

»Du siehst das nur als eine Reihe von Marotten. Aber ich sehe es als Weiterentwicklung.«

»Ja, aber ihr Yankees setzt Wechsel immer mit Weiterentwicklung gleich. Ihr habt offenbar noch nie einen Krieg verloren.«

Maria lachte. »Aber in diesem Fall halte ich es wirklich für eine Weiterentwicklung.«

»Wieso?«

»Nun ja, während der Bürgerrechtskämpfe stellten die Frauen fest, daß sie das Freedom House putzen durften, während die Brüder auszogen, um sich für die Abendnachrichten interviewen zu lassen. Und dann kam Stokely Carmichael mit dem Hammer, daß die einzige Position der Frauen in diesem Kampf lang ausgestreckt auf dem Rücken sein könne. Und Eldridge Cleaver beschrieb eingehend, wie er weiße Frauen vergewaltigt hatte, um sich an den weißen Männern zu rächen, aber nicht, ohne das Ganze zuvor an schwarzen Frauen zu trainieren. Und dann, während Vietnam, suchten die Frauen nach Möglichkeiten, wie sie die Telefonrechnung bezahlen konnten, während die Männer draußen Blut auf die Einberufungsakten kippten. Doch einigen von uns wurde allmählich klar, daß es *Männer* waren, die Napalm warfen. *Männer,* die mit der Herstellung von Kriegsmaterial Vermögen verdienten. *Männer,* die

die Schwarzen lynchten. *Männer,* die keinen anständigen Lohn zahlen wollten. Regierung, Industrie, Kirchen, Militär – alles in der Hand von Männern. *Sie* hatten diese beschissene Welt aufgebaut und zogen ihren Nutzen daraus... Entschuldige, ich wollte nicht dozieren.«

»Ist schon okay. Ich bin dran gewöhnt.«

Maria streckte ihr die Zunge raus. »Wie dem auch sei, Emily – selbst wenn ich dir zustimmen würde, daß das alles nichts weiter ist als Marotten. Was wäre dabei?«

»Ich mag Menschen, die die Dinge ernst nehmen.« Neben dem Ausgang standen zwei Frauen, die sich leidenschaftlich küßten. Emily musterte sie zornerfüllt. Verdammte Bande von verantwortungslosen Yankees!

»Aber wir *nehmen* es ernst, wenn wir uns eine Sache zu eigen machen! Und wir nehmen es genauso ernst, wenn wir zur nächsten übergehen. Willst du etwa behaupten, man könne sich einer einzigen Sache ewig widmen? Der einzig wahren Liebe, die das ganze Leben währt? Ehrlich, Emily, diese Kontinuität und Stabilität, von der Raymond immer faselte – das ist doch alles ein großer Witz! Menschen sterben, Häuser brennen ab, Flüsse trocknen aus, Berge zerfallen. Warum nicht den ewigen Wechsel akzeptieren?«

»Akzeptieren ist eines, es darauf anlegen, ist etwas anderes. Ihr Leute wechselt ständig den Job, die Wohnung, den Liebhaber, die Ideologie, das Auto. Als ob ihr damit, daß ihr die äußere Erscheinung eures Lebens verändert, irgend etwas erreicht. Da, wo ich herkomme, ändert sich von einem Jahrzehnt zum anderen überhaupt nichts.«

»Und wohin hat dich das geführt?«

»Wohin soll mich das geführt haben?«

»Warum lebst du dann hier?«

Als Emily, die Marias Frage ignorierte, nach Hause kam, war sie fest entschlossen, ihre Ehe und die elementaren Wahrheiten, auf die sie gegründet war, dauerhaft zu gestalten. Wenn sie Sallys langweilige Briefe über das Zahnen, neue Schonbezüge für die Möbel und Backrezepte las, empfand Emily oft eine gewisse Verachtung, doch Sally hatte von Anfang an die richtige Einstellung gehabt: Sie hielt es für ein Privileg, den Menschen, die sie liebte, das Leben leichter und angenehmer zu gestalten. Emily taute den Kühlschrank ab, saugte unter der Couch Staub und sortierte und rollte sogar die Socken in Justins Schublade auf.

Aber Justin merkte gar nichts davon, weil er es sich angewöhnt hatte, abendfüllend auf dem Dielenfußboden zu liegen. Der Tropfen zuviel war es für ihn gewesen, als eine große Papierfabrik seinen Vorschlag hinsichtlich einer öffentlichen Erklärung im Fernsehen über ihr Anti-Luftverschmutzungsprogramm akzeptiert hatte. »Ich meine, ich seh' doch genau, worauf das hinausläuft, Mann!« stöhnte er. »Angenommen, ich mach's, und denen gefällt's. Dann geben sie mir weitere Aufträge. Und auf ihre Empfehlung hin geben mir andere Firmen ebenfalls Aufträge. Dann fang' ich an, Büroräume zu mieten, 'ne Einrichtung zu kaufen, Angestellte anzuheuern. Und schließlich, weißt du, verkaufe ich dann Aktien, werde von 'nem Konzern übernommen. Ziehe mich auf die Bahamas zurück, verbringe meine Tage mit Angeln und Sonnenbaden. Das ist doch nicht auszuhalten!« Er barg das Gesicht in der Armbeuge. »Ich bin ja so deprimiert!«

Emily kniete an seiner Seite und überlegte, wie sie ihn trösten konnte. »Ich weiß, was dich quält, Justin. Es ist wegen der Party letzte Woche bei Morris, stimmt's?«

Er nickte bedrückt.

Die meisten FORWARD-Mitglieder waren dort gewesen. Ralph, inzwischen Arzt, hatte sich nicht davon abbringen lassen, den ganzen Abend lang in seinem grünen Operationskittel mit elektronischem Pieper am Gürtel rumzulaufen. Morris, der Anwalt, flocht immer wieder lateinische Ausdrücke ins Gespräch: sub rosa, de jure, habeas corpus. Bud, Aktien-Analytiker, zückte ständig seinen Taschenrechner, um seine Argumente zu belegen. Morris und seine Frau Susan servierten in einem Waring-Mixer zubereitete Daiquiries. Auf dem Absatz der Feuertreppe vor ihrer Wohnung in Brooklyn Heights grillten sie auf einem Hibachi Steaks.

»Maiskolben hat Morris gekocht, Emily!!«

»Ja, ja. Ist ja schon gut, Liebling.« Sanft kratzte Emily ihm den Rücken.

Zum Nachtisch hatte es Apfeltorte und neapolitanische Eiscreme gegeben. Alle hatten neugeborene Babies geherzt und über Ferienhäuser in Vermont, Segelboote und Autokredite geredet. Das waren die Leute, mit denen Justin einst ›Die Revolution‹ geplant hatte.

Justins Hauptproblem lag, so sah Emily es jedenfalls, in der Tatsache, daß er auf Utopia oder Armageddon gesetzt hatte. Sich in noch immer derselben, alten Welt zurechtfinden zu müssen, in der er aufgewachsen war, damit hatte er nicht gerechnet. Wenn man ein Held gewesen war – wie fand man sich dann damit ab, wieder ein ganz gewöhnlicher Sterblicher zu sein? Außerdem war es in seinen Genen festgelegt, daß er den Säbelzahntiger bekämpfen mußte.

»Ich komme mir ausgenutzt vor«, klagte er. »Leergefressen. Wie eine leere Cornflake-Packung. Wie Miss Januar vom Fruit-of-the-Month-Club.«

»Aber du hast doch wichtige Dinge erreicht«, erinnerte ihn Emily, die Marias Gesichtspunkt anzuwenden versuchte.

»Zum Beispiel?«

»Tja, also ... Nun ja ... Ich meine, so was kann man nicht einfach wie eine Liste runterrattern. Aber es ist viel gelernt worden.«

»Zum Beispiel?«

Zum Beispiel über die Grenzen gemeinsamer menschlicher Bestrebungen. »Verdammt, Justin, ich weiß es nicht! Das ist dein Ressort.« Emily fühlte sich schuldbewußt. Sie zum Beispiel hatte Justin tatsächlich ausgenutzt – um von FORWARD aufgenommen zu werden. Damals hatte sie das ›Liebe‹ genannt, in letzter Zeit jedoch begann sie sich tatsächlich zu fragen.

Damals hatte Justin wohl zuweilen den Mut verloren, doch es war Emily stets gelungen, ihn schnell wieder aufzumuntern, indem sie ihm versicherte, wie wichtig seine Projekte seien, wie intelligent, tüchtig und unwiderstehlich sexy er sei. Diese Worte allein bewirkten schon, daß er sich aufblies wie ein Ochsenfrosch, der gleich losbrüllen will. Aber das Große Ohr verlor seine Wirkung. Justins Strategiebesprechungen und Teach-ins und Kundgebungen und Märsche und Ausschußsitzungen und Telefonkampagnen und Flugblattaktionen – das alles erschien ihr nun wie die Versuche von Kindern, mit Wunderkerzen gegen den Nachthimmel zu Felde zu ziehen. Die Wunderkerzen brannten ab, und das einzige, was blieb, war die leere, dunkle Nacht. Erst ganz allmählich ging es Emily auf, wie gut es die Frauen gehabt hatten. Immer hatten sie nur putzen, kochen und die Kinder versorgen müssen. Die utopischen Erwartungen waren in sich zusammengefallen und hatten einige von den Männern mit sich in eine seelische Finsternis hinabgerissen. Aber die Frauen machten ganz einfach weiter, mit dem gewohnten, alten Überlebenstrip.

Emily hätte ihm gern geholfen. Schließlich hatte Justin ihr auch geholfen, als sie noch eine schüchterne Hinterwäldlerin aus Tennessee gewesen war. Außerdem war sie entschlossen, ihre Rolle als Frau in dieser Ehe auszufüllen. Sie versuchte es immer wieder, konnte ihn jedoch mit keinem ihrer alten Tricks als Großes Ohr wieder auf die Beine bringen.

Er beschloß, sich für ein paar Wochen in ein Meditationszentrum weiter nördlich zurückzuziehen, das ihm jemand aus seinem Massage-

Fortschrittskurs empfohlen hatte, um ›meinen Kopf wieder zusammenzukriegen‹. Zunächst geriet Emily in Panik und versuchte, ihn zu überzeugen, daß nur sie allein es war, die er jetzt brauchte. Nach und nach mußte das Große Ohr sich jedoch geschlagen geben.

Joe aus der grafischen Abteilung brachte Harold einen Entwurf für den Umschlag zu Maggies Buch. Harold zeigte sich begeistert und rief Emily zu sich herein, um ihn ihr vorzuführen. Der Titel lautete: ›Making the Second Sex Suck: Women in Male Fiction‹. Der Umschlag zeigte Marilyn Monroe mit einem Ausschnitt fast bis zu den Brustwarzen. Ihre Augen waren geschlossen. Ihr Mund, leicht schmollend geschürzt, zeigte eine bemerkenswerte Ähnlichkeit mit einer Vagina, die auf das Eindringen eines großen Schwanzes wartet.

»Na, was halten Sie davon, Emily? Ist das nicht fabelhaft?«

»Sehr hübsch.«

»Phantastisch!« behauptete er und kehrte an seinen Schreibtisch zurück. »Sie findet es phantastisch«, wandte er sich an Joe.

Urplötzlich sah Emily sich als ›Stepin Fetchit‹: »Yassuh, das's 'ne mächtig schöne Schlinge. Jeeesus, die paßt so richtig schön un' eng um mein' Hals. Also Boss, Sie sin' einfach fabelhaft!«

Sie schlich zu Harold ins Büro zurück. »In Wirklichkeit, Harold, finde ich's scheußlich«, flüsterte sie.

Harold und Joe starrten sie an.

»Sie machen genau das, was Maggie in ihrem Buch beschreibt – Sie degradieren eine ernstzunehmende Errungenschaft.«

Harold stieß ein kurzes Lachen aus. »Aber ich mag Frauen«, protestierte er. »Ein paar von meinen besten Bunnies sind Frauen.« Er und Joe bogen sich vor Lachen. Emilys Mundwinkel zuckten: Sie mußte über die schlechten Witze ihres Chefs lächeln. Das war ihre Pflicht. Indem sie jedoch mindestens dreihundert Kalorien allein mit ihrer Gesichtsmuskulatur verbrannte, gelang es ihr, es nicht zu tun.

»Das Problem mit euch Women's-Libbern ist«, erklärte Harold, »daß ihr keinen Sinn für Humor besitzt.«

Sie sah ihn an. Sie hatte gar nicht gewußt, daß sie wie eine von ›Women's Lib‹ wirkte. Sie hatte gedacht, als das Große Ohr etabliert zu sein, wenn auch zu Hause nicht mehr ganz so fest, so doch mindestens hier, im Büro. ». . . ganz davon abgesehen, daß Sie die weibliche Sexualität ausbeuten, um Ihr Produkt an den Mann zu bringen«, ergänzte sie, selbst überrascht von ihrer Tollkühnheit.

»Genau deshalb sind wir doch hier – um Bücher zu verkaufen! Und ich bin überzeugt, Maggie ist ebenfalls darauf aus, daß möglichst viele Leute ihr Buch lesen.«

»Aber die Leute, die es aufgrund dieses Umschlags kaufen, werden vom Inhalt enttäuscht sein. Und die Leute, die sich für den Inhalt interessieren würden, werden es wegen dieses abstoßenden Umschlags nicht kaufen.«

»Und wer hat Sie danach gefragt?«

Sie entschied sich, ihn nicht darauf hinzuweisen, daß *er* sie gefragt hatte.

»Der Umschlag bleibt so, wie er ist«, beschloß Harold kurz und bündig. »Emily – bitte Kaffee. Mit Sahne, ohne Zucker. Joe?«

Am ersten Freitag nach Justins Abreise gab Maria eine Kostümparty für Frauen. Sie begrüßte ihre Gäste an der Tür in schwarzem Dienstmädchenkleid mit weißem Rüschenschürzchen, half jedem Gast zuvorkommend aus dem Pelz oder dem Mantel und pfefferte dann alles kurzerhand in eine Flurecke, wo sich die Kleidungsstücke häuften.

Emily steckte sich eine Zigarette in die lange Schildpattspitze, paffte heftig und sah sich um. Die meisten Frauen kannte sie vom Sehen. Ihre eigene Frauengruppe war in voller Kampfstärke angetreten. Frauen trugen Backfischkleider, Kunstseidenfummel mit gepolsterten Schultern aus den vierziger Jahren, Brautkleider. Sammie trug nur einen Hüftgürtel mit Strapsen, eine Fuchsboa und hohe rote Stiefel mit Sporen. Immer wieder zerrte sie an ihrem Hüftgürtel herum und verkündete durch die zusammengebissenen Zähne: »Dieses Ding bringt mich noch um!« Komplizierte Frisuren, pfundweise Make-up. Ein Dutzend verschiedene Parfüms mischten sich in der Luft. Emily trug ein langes rosa Brautjungfernkleid von Corinnes Hochzeit mit einem Lowell. Sie stand allein und beobachtete. Es war nichts auszusetzen an dieser Szene. Sie nahm sich vor, nicht in Hohn und Spott auszubrechen, diese netten Frauen nicht lediglich als Missionarinnen und Verbraucherinnen von politischen Marotten zu sehen. Sie waren ihre Freundinnen und potentielle Freundinnen. Nur, daß sie selbst sich normal und ihrer Ehe verpflichtet fühlte, war noch kein Grund, sich bei ihnen nicht wohl zu fühlen.

Als Lou zu ihr herüberkam, umarmten sie sich. Eine LP mit Songs aus den sechziger Jahren wurde gespielt. Sie tanzten zu ›Mustang Sally‹.

»Weißt du noch, wie wir Joan fast verrückt gemacht haben mit unserem Gerede über meinem natürlichen Rhythmus?« fragte Lou.

»Ja, nicht wahr? Wir waren schrecklich.«

»War *sie* denn nicht schrecklich?« gab Lou zurück. »Weißt du, Emily, das hat mir ziemlich weh getan, daß du dich im Freshman-Jahr gegen mich gestellt hast.«

»Tut mir sehr leid, Lou. Ich wußte nicht, was ich tat.«

»*Shit,* das hat damals keine von uns gewußt.«

»Und jetzt, meinst du, wissen wir's?«

»Wir gelangen allmählich dahin.«

Wohin? überlegte Emily und schwenkte die Hüften.

›... ride, Sally, ride ...‹ sang das ganze Zimmer voll Frauen.

Maria hatte sich inzwischen bis auf die Stützstrümpfe, die weißen Krankenschwesternschuhe, den Schlüpfer und einen ›Merry Widow‹-Long-Line-BH ausgezogen. Beim Anblick des BHs geriet Emily in eine wehmütige Stimmung. Die Ingenues hatten die Dinger Eiserne Lungen genannt. Sie selbst hatte so einen zu den Plantation-Bällen und den offiziellen Parties der KTs getragen. Maria schob sich durch das Gedränge der Tanzenden, drehte und wendete sich und scherzte überall mit Frauen, von denen mehrere ihre Geliebten waren oder gewesen waren.

Lou und Emily schlenderten ins Schlafzimmer hinüber, das Maria in ein Fotoatelier verwandelt hatte, mit einem viktorianischen Sofa und einer Vase voll Flederwischen vor einem großen Samtvorhang. Gerade wurden zwei Frauen in Kleidern aus der Zeit König Edwards mit hohem Stehkragen fotografiert. In ihren züchtigen Gewändern nahmen sie eine Pose nach der anderen ein, Posen, die zumeist so ausfielen, daß sie einander die Hand unter den Rock schoben oder an den Busen griffen, während sie unbewegt, mit stocksteifem Hals und Rücken dasaßen, den Blick starr geradeaus gerichtet und die Lippen zusammengepreßt wie gestrenge Schulmeisterinnen.

Emily verglich diese Party mit der Szene, die sie zu Hause vorfinden würde. Sie würde den Babysitter bezahlen, zu Matt hineinschauen, ihm einen Kuß geben und ihn warm zudecken und dann in ihr kaltes Bett kriechen, erfüllt von Dankbarkeit dafür, daß sie allein war, solange die einzige Alternative in Justin mit seinem ›nicht-zusammengekriegten‹ Kopf bestand. Während die Frauen von hier aus Gott weiß wohin gehen und Gott weiß was miteinander treiben würden.

Sie war jetzt fast dreißig. Hatte ein paar graue Haare bekommen, und Brust und Bauch begannen allmählich zu erschlaffen. Laut Justin, der es im ›Playboy‹ gelesen hatte, stand sie kurz vor dem Höhepunkt ihrer sexuellen Kapazität. Und doch war Sex für sie zu einer rein hausfraulichen Pflicht herabgesunken, nicht anders als das Hinaustragen des Mülleimers. Als sie zum letztenmal in Newland war, hatte die Mutter zu ihr gesagt: »Das Problem mit eurer Generation ist, daß ihr niemals erwachsen werdet. Als ich so alt war wie du, hatte ich drei Kinder. Ich habe diesen Haushalt geführt, Ruby und einen Gärtnerjungen beaufsichtigt und für deinen Vater gesellschaftliche Pflichten übernommen.« Emilys Ansicht nach waren sie, im Gegenteil, zu schnell erwachsen geworden. Im dem Alter, als ihre Eltern zu Tommy Dorsey getanzt hatten, war Emily mit Justin auf Washington marschiert. Da sie keinerlei Möglichkeit gesehen hatten, in eine so unzulängliche Welt Kinder zu setzen, hatten sie sich vorgenommen, diese Welt zunächst einmal zu ändern. Vielleicht war es kindisch, so etwas für möglich zu halten. Wie dem auch sei, viele von den Leuten, die Emily kannte, erlebten jetzt erst jene Jugendzeit, die sie verpaßt hatten. Und sie hatte Verständnis dafür, wenn sie ihnen zusah, wie sie voll Ausgelassenheit zu Booker T und den M. G. s tanzten. Überall schwenkten Frauen die Hüften, stießen die Arme wie Kolben in die Luft und schrien vor übermütigem Lachen. Sie wäre auch gern da rausgegangen und hätte mitgemacht.

Sie versuchte sich einzureden, daß die meisten von diesen Frauen keine Kinder hätten, doch da waren Lou und Maria und schwenkten den Hintern nicht weniger hingebungsvoll als die anderen.

»... yeah, yeah, yeah, yeah, yes indeed! All I really need... Good loving!...«

Maria griff sie sich zu einer langsamen Melodie. Verlegen erkundigte sich Emily: »Wie können zwei Frauen auf politisch akzeptable Weise eine langsame Nummer tanzen?«

»Keine von beiden führt«, antwortete sie. Dann legte sie eine Hand um Emilys Taille und die andere auf ihre Schulter. Emily machte es ihr nach, und Maria brachte ihr einen langsam-wiegenden Schritt bei, bei dem sie sich gegenseitig mit dem oberen Teil der Oberschenkel stupsen mußten. Den Text konnte sie kaum verstehen: »... after all these years of trying, / self-denying, / and lonely waiting, / and fears and hesitating, / yes, we'll laugh / as we see this thing / finally begin...«

Alle hörten auf zu tanzen, als zwei Frauen in Brautkleidern, eine von ihnen schwanger, von einer Frau in blauem Arztkittel mit Mütze und Haube getraut wurden. Anschließend umarmten sie sich mit gespielter Verzweiflung. Die eine warf den wartenden Brautjungfern einen Vibrator zu. Als sie durch das Spalier liefen, wurden sie von allen mit Puffreis beworfen.

Als Emily ging, küßten Maria und sie sich auf den Mund. Maria musterte sie stirnrunzelnd. Auf dem ganzen Heimweg konnte Emily an nichts anderes denken als daran, daß da kein Bart gewesen war.

Am nächsten Vormittag marschierte Emily in der Wohnung auf und ab und hinterließ überall Zigaretten und Kaffeetassen. Matt trottete, Spielsachen mit sich schleifend, hinter ihr her. Das Große Ohr führte ein Gespräch über die Wahrscheinlichkeit, daß es im Hudson Kröten gab. Ihr anderes Ich befand sich in einem stummen Dialog: Es ist ein großer Fehler. Es ist das letzte, was ich brauche. Es wäre gesellschaftlich absolut unbequem. Wie soll ich meinen Freunden und meiner Familie ein Liebesverhältnis mit einer Frau erklären? Sie würden das Gefühl haben, sie mit mir zusammen einladen zu müssen, und dann würden sie sich unbehaglich fühlen.

Mit einer Frau schlafen. Schlimm genug. Aber mit einem anderen Menschen außer ihrem Ehemann zu schlafen, war shocking. Als sie heranwuchs, hatten alle Erwachsenen einen Ehepartner gehabt. Falls jemand unglücklich war, wußte niemand davon. Als Doktor Borgard sich nach zwanzigjähriger Ehe von seiner Frau scheiden ließ, um seine Arzthelferin zu heiraten, gab es in der ganzen Stadt wochenlang kein anderes Gesprächsthema.

Monogamie: Wenn ihr Sexualtrieb davon befreit war, was würde geschehen? Möglicherweise erwies er sich als unbezähmbar. Vielleicht wollüstete es sie nach allem, was ihr in die Quere kam. Besenstiele, Türknäufe, Schalthebel. Keine Kraft mehr übrig für Arbeit und Kind. Keine Zeit, richtig zu essen oder mal auszuschlafen. Ihre Gesundheit würde ruiniert...

Sie betrachtete sich im Badezimmerspiegel. Ihr Gesicht war runzlig wie ein altes Ölgemälde. Sie war auf dem allerbesten Weg zum Tod und hatte nicht mal richtig gelebt.

Na schön. Nimm dir einen Liebhaber, sagte sie sich. Aber wie wär's denn mit 'nem netten Mann? Warum mußt du aus dir nicht nur eine Ehebrecherin, sondern darüber hinaus auch noch einen Paria machen? Rudel von Hunden werden nach deinen Fersen schnappen. Banden von kleinen Kindern dich mit Steinen bewerfen. Warum tust du das?

Weil ich es will, kam die Antwort.

Aber du wirst nur dein gesichertes, sauberes, ordentliches Leben zerstören.

Ich scheiß drauf, lautete die Antwort.

Sie ging mit Matt ins Museum of Natural History. Auf dem Weg zu seinen alten Freunden, den Dinosauriern, kamen sie an ihren alten Freunden in der Glasvitrine vorbei – Figuren des Affenmenschen und des frühen Menschen, des Neandertalers, des Java- und des Pekingmenschen. Sie überlegte, daß es beim Sex schließlich nur um eines ging: um die Erhaltung der Art. Die natürliche Auslese hatte dafür gesorgt, daß eine Situation vorherrschend wurde, die am wenigsten wahrscheinlich zu Lustgewinn führte: Es überlebten jene Linien, deren Männchen die größte Spermamenge in die Weibchen hineinpumpen konnten. Und das geschah, wenn die Männchen möglichst schnell ejakulierten, ohne das Weibchen zum Orgasmus zu bringen. Das dann, stets unbefriedigt, endlose Ejakulationen verlangte.

Heutzutage brauchte die menschliche Rasse anscheinend keine Tricks mehr, um sich fortpflanzen zu können. Aber der Scarsdale-Mensch war nun mal an dieser ererbten Physiologie hängengeblieben. Justin und sie hatten es sich bis auf jeden einzelnen Stoß ausgerechnet: Art und Dauer des Vorspiels, präzise Geschwindigkeit und genauer Winkel, die notwendig waren, um bei ihnen beiden einen Orgasmus auszulösen. Es war zu einer hygienischen Routine geworden: wie man sich die Zähne putzt, um Zahnstein zu entfernen.

Als sie Matt beobachtete, der die riesigen Skelette bestaunte, fiel ihr ein, daß Justin und sie nicht immer so rational gewesen waren. Manchmal hatten sie sich im Winter eine Hütte in den Adirondacks gemietet und ganze Tage damit verbracht, nackt, unter Bärenfellen, vor dem Kamin herumzuturnen. An zahllosen Wochenenden waren sie den ganzen Tag im Bett geblieben und hatten neue Möglichkeiten zum gegenseitigen Lustgewinn ausgeknobelt. Statt in Museen Haufen von alten Knochen zu besichtigen. Rational war ihr Liebesleben erst geworden, als sie es zwischen Mittagsschlaf, Füttern und Babysittern erledigen mußten. Daran trug niemand die Schuld. Eltern sein bedeutete nun mal, mit einem geregelten Tagesablauf und gewissen Verantwortlichkeiten zu leben. Und das ließ leider herzlich wenig Spielraum für Leidenschaft. Wie ein Geist, der aus der Flasche der häuslichen Pflichten befreit wird, nahm die Anziehungskraft, die Maria auf sie ausübte, plötzlich ein Eigenleben an.

Als Matt eingeschlafen war, zog sie Nachthemd und Morgenrock an und packte einen Stapel Platten auf die Stereoanlage. Dann setzte sie sich mit einer Schachtel Zigaretten und einer Flasche Wein auf die Couch, um ein Manuskript zu lesen. Irgendwann fiel ihr dann auf, daß sie die Hälfte der Zigaretten geraucht und den größten Teil der Flasche geleert hatte, im Manuskript jedoch erst auf Seite vierzehn war.

Irgend jemand sang ›Shenandoah‹. Sie hörte zu und brach bald darauf in Tränen aus.

›... oh Shenandoah, I long to see you. / Far away, you rolling waters ...‹

Immer wieder glaubte sie, diesem gottverdammten Stück Erde entronnen zu sein, und dann flammte beim geringsten Anlaß die Sehnsucht danach wieder in ihr auf wie chronische Malaria. Kontinuität, Stabilität, Loyalität – jene Tugenden, die ihr das Heranwachsen in jenem üppig grünen Tal eingepflanzt hatte –, einzig sie waren und blieben auf die Dauer wichtig. Maria und ihre Leute waren nichts weiter als Schmetterlinge. Flatterten von Ort zu Ort, von einer guten Sache zur anderen, von Mensch zu Mensch und ließen hinter sich unerfüllte Verpflichtungen zurück. Sie waren keine ernsthaften Menschen. Maria würde mit ihr schlafen und schon am nächsten Tag auf und davon sein. Weshalb also sollte sie Justin und Matt (und sich selbst auch) in diese Probleme stürzen?

Andererseits: Warum sollte sie nicht mal etwas einfach aus Spaß oder einfach aus Neugier tun? Wem konnte das schaden? Justin wäre das vermutlich egal. Der wäre möglicherweise sogar erleichtert. Und wieso sollte es Matt schaden, wenn seine Mutter sich ein bißchen Vergnügen gönnte?

Eine andere Schallplatte fiel auf den Teller. Tammy Wynettes Stimme erklang: ›Stand by your man. / Give him two arms to cling to, / And something warm to come to / When nights are cold and lonely . . .‹

Sie steckte sich noch eine Zigarette an, nippte ein paar Schluck Wein und hörte zu – über die tapfere Frau, die auf die Heimkehr ihres sich irgendwo amüsierenden Mannes wartet. Amüsierte man sich in einem Meditationszentrum? Und wenn? Justin war von Zeit zu Zeit sich amüsieren gegangen, letzten Endes aber immer wieder zum Großen Ohr zurückgekehrt. So waren die Männer. Und wie waren die Frauen? Eine ›richtige Frau‹ wartete voll Loyalität und Geduld auf ihren Mann. Das war ihre Pflicht. Und, bei Gott, die würde sie erfüllen! Das waren die Werte, mit denen sie aufgewachsen war, und die waren bewunderungswürdig!

Sie drückte die Zigarette aus und marschierte zu Matt ins Kinderzimmer. Er schlief tief und fest, mit feuchtem, verwuscheltem Haar und geballten Fäusten. Als sie ihn auf die gerötete Wange küßte, streckte er einen Arm aus und warf sich herum. Emily schwor, niemals etwas zu tun, wodurch sein häusliches Leben bedroht werden würde.

Sie grub sich ein Nest in ihren Kissen und Decken. Während sie mit vom vielen Wein schwimmendem Kopf dalag, wanderte ihre Hand unwillkürlich zur Klitoris. Sie versuchte sich vorzustellen, es sei Justins Hand und nicht Marias, und begann zu stöhnen.

Am nächsten Vormittag ging sie, verkatert, mit Matt im Riverside Park spazieren. Im schmutzigen Hudson trieben weiße, vom Wasser aufgeblähte Kondome, Überreste nächtlichen Kopulierens in Busch und Strauch.

»Was ist das?« erkundigte sich Matt, aufs Geländer gestützt.

»Lassen wir das lieber.«

»Aber was *ist* das, Mom?«

»Tote Fische oder so. Verdammt noch mal, ich weiß es nicht! Laß mich in Ruhe.«

»Fische«, entschied Matt für sich. »Schau dir die komischen Fische an«, verlangte er von dem Mann neben ihm.

»Ach, komm jetzt her!« Emily zerrte ihn davon, obwohl sie sich der verpaßten Gelegenheit zur Vervollständigung seiner Sexualbildung bewußt war. Je weniger man davon wußte, desto besser.

Nach dem Lunch las sie Matt aus einem Buch über eine Familie anthropomorpher Frösche vor, die in einem Teich im Central Park lebten. Dann ging Matt zum Spielen in sein Zimmer, während Emily ein paar Schallplatten auflegte und in der ›Times‹ blätterte. Warum die das verdammte Ding so dick machen mußten, begriff sie nicht. In anderen Teilen der Welt verbrachten die Menschen ihre Sonntage ohne zehn Zentimeter dicke Packen von Zeitungspapier. Von ihrem Kater geplagt, las sie blinzelnd die Schlagzeilen über die letzten Greuel. Plötzlich kam ihr die Erkenntnis, daß man erwachsen ist, sobald man aufhört, den Tieren à la Walt Disney menschliche Charaktereigenschaften zuzuschreiben, und statt dessen beginnt, den Menschen tierische Charaktereigenschaften zuzuordnen. Sie ließ die Zeitung auf ihren Schoß sinken und versuchte zu ergründen, was gestern eigentlich in sie gefahren war. All dieses Sehnen, all diese Entsagung. Quatsch!

Die Schallplatte wechselte, und eine Frau sang die langsame Melodie, nach der sie mit Maria getanzt hatte. Unvermittelt kam ihr die Erinnerung daran, was diesen Anfall gestern ausgelöst hatte. ›...I've been waiting so long for another song. / I've been thinking that I was the only one...‹

Das Telefon klingelte. Maria wollte sie zum Abendessen einladen.

»Ich weiß nicht recht, ob ich kann, Maria. Justin ist nicht da.«

»Ach ja, das hatte ich ganz vergessen. Dann bring Matt doch mit.«

»Der muß morgen früh aufstehen, wegen dem Tagesheim. Ich werde sehn, ob ich einen Babysitter kriege. Ich rufe dich wieder an.«

»He, alles in Ordnung mit dir?«

»Ja, mir geht's gut. Wieso?«

»Weiß nicht. Du klingst so komisch.«

»Ich hab' 'n Kater.«

»Aha! Wenn die Katze aus dem Haus ist, und so weiter?«

»Ja, ungefähr.«

Emily setzte sich auf die Couch. Sie konnte zurückrufen und behaupten, keinen Sitter bekommen zu haben. Andererseits war Maria eine gute Freundin, und Emily konnte ihr nicht ewig aus dem Weg gehen.

Nein, die ganze Idee war lächerlich! Sie war vom Wein beschwipst gewesen an dem Abend, als sie mit Maria getanzt hatte, und gestern abend ebenfalls. Sie fühlte sich einsam, weil Justin nicht da war, das war alles. Wie ein Aasgeier hockte und lauerte die Einsamkeit überall da, wo sie auch nur das kleinste Plätzchen fand. Sie war nicht zur Liebe mit Frauen geschaffen, und sie war nicht zum Betrug an ihrem Ehemann erzogen worden – so was paßte einfach nicht zu ihr. Es kam überhaupt nicht in Frage!

Jetzt begann eine Platte von Honey Sweet, und unwillkürlich lauschte sie.

›A woman needs a man to hold, / Who'll protect her from the cold, / Who'll keep her safe from harm her whole life long...‹

Blödsinn! War dies nicht genau das, wovor sie geflohen war, als sie Newland verließ? Sally, eingesperrt in dieser kleinen Holzbude in der Fabriksiedlung, Zwiebeln kochend, mit Pampers in den Taschen und Zahnringen im Knopfloch. Aber sah Emilys Leben denn – von äußerlichen Einzelheiten mal abgesehen – anders aus? Auch sie tat immer nur, was andere von ihr verlangten, und fragte sich nie, was sie selber vielleicht wollte. Entschlossen ging sie zum Telefon, um den Babysitter anzurufen.

Es wurde ein ausgedehntes Abendessen, mit zwei ganzen Flaschen Wein. Sie besprachen die Schlagzeilen, unterhielten sich über die Party und vermieden es, einander in die Augen zu sehen. Emily wußte, falls es überhaupt zu einem ersten Schritt kam, war sie es, die ihn machen mußte. Für Maria war es eine Frage des Stolzes, niemals eine ihrer normal veranlagten Freundinnen zu verführen. Aber wenn sie nun alles falsch verstanden hatte und Maria sich gar nicht für sie interessierte? Maria würde sie abweisen, sie selbst würde sich gedemütigt fühlen, ihr Sexualleben würde einen schweren Rückschlag erleiden. Oder Maria würde akzeptieren, jedoch erstaunt sein und sich distanziert verhalten. Zum erstenmal ahnte Emily etwas von den Agonien, die manche Männer durchmachten. Warum war sie nicht mit einem guten Buch zu Hause geblieben?

»Tja, also!« sagte Emily. »... muß ich wohl gehen ... Babysitter ... Schönheitsschlaf ... morgen Arbeit ...«

»Ach ja. Natürlich. Gut. Warte, ich hole dir deinen Mantel.«

Als Maria aufstehen wollte, legte Emily ihr zitternd die Hand aufs Knie. Beide starrten sie die Hand an, als sei sie ein verendender Fisch.

»Hmmmm.« Maria nahm wieder Platz.

»Verdammt noch mal, ich hab' keine Ahnung, wie man so was anfängt!«

»Dafür machst du's aber recht gut.« Maria nahm Emilys Hand in ihre beiden. »Aber dies ist, ehrlich gesagt, das letzte, was ich mir wünsche.«

Emilys Herz kollidierte mit ihrem Magen. Unfähig, Maria anzusehen, nahm sie ihre Hand zurück. »Du fühlst dich also nicht... zu mir hingezogen?«

Maria holte sich Emilys Hand wieder. »Ich fühle mich sogar sehr zu dir hingezogen. Aber ich hab' furchtbare Angst.«

»*Du* hast Angst?«

»Nun ja, es sieht doch so aus, als wär' dein Teller ziemlich voll.«

Emily nahm ihre Hand fort. »Mir kommt er leer vor.«

Maria holte sich die Hand zurück. »Nur, weil der Koch gerade auf Urlaub ist. Aber er wird nach Hause kommen, und ich möchte nicht dafür verantwortlich sein, daß dein Leben durcheinandergerät.«

»Du bist aber ganz schön eingebildet.« Maria lachte. »Ich verspreche dir, mich nicht in dich zu verlieben, Maria, und sentimental zu werden. Weil ich weiß, daß du das haßt.«

»Emily, anfangs glaubt jede, daß sie sich in einen Menschen verliebt hat, der nur ›ganz zufällig‹ eine Frau ist. Oder daß sie sich nebenbei ein bißchen Weiberfleisch leisten kann, weil das keine große Sache ist. Aber gewöhnlich wird dann doch eine große Sache draus. Man darf sich nicht leichtfertig darauf einlassen. Denn es geht dabei um weitaus mehr als nur um das Geschlecht des Menschen, mit dem du schläfst.«

»Himmel, du tust ja geradezu, als ginge es um Saul auf der Straße nach Damaskus.« Emily zog ihre Hand zurück. »Ach *shit,* Maria, du hast recht! Soweit kenne ich mich selbst. Ich kann so was nicht beiläufig behandeln. Wenn man in einer Kleinstadt aufgewachsen ist, versucht man jede Begegnung zu einer einmaligen persönlichen Erfahrung hochzustilisieren.«

»Das ist es nicht ganz, was ich meine. Was dabei passiert, das ist, daß du dich selbst zum Außenseiter machst. Du hältst dich nicht mehr an die Spielregeln der Gesellschaft, also verändert sich deine Auffassung von diesen Regeln und den Menschen, die danach leben. Das kann sehr schwer sein.«

»Aber ich bin mein Leben lang eine Außenseiterin gewesen.«

Beide schwiegen.

»Warum ist so was bloß immer so peinlich?« fragte Maria.

»Ist es das? Ich versteh' nichts davon.«

Sie nickte.

»Ich weiß nicht, es klingt, als sollte es nicht sein, Maria. Aber du sollst wissen, wie anziehend ich dich finde.« Erleichtert stand Emily auf.

»Und ich dich, Liebling.« Maria stand auf, ebenfalls erleichtert. Sie umarmten sich. Sie küßten sich. Der Kuß dauerte immer länger. Ganz wie von selbst berührte Emilys Hand Marias Brust. Eine Brust, die ihre schamlose Hand ausfüllte, deren steif aufgerichtete Brustwarze ihre Handfläche kitzelte...

Harold kam zu ihr ins Büro und erklärte, er werde die Firma wechseln. All seine Projekte würden fallengelassen. Emily starrte ihn sprachlos an. Wenn Lektoren den Verlag verließen, baten sie ihre Sekretärinnen gewöhnlich, mit ihnen zu kommen. Wie Emily feststellte, drückte er sich um eine derartige Aufforderung, murmelte nur irgend etwas davon, er werde rumfragen, ob jemand ein ›Mädchen‹ suche, und ging. Sie versuchte sich einzureden, daß er bei seiner neuen Firma vielleicht keine Sekretärin haben durfte oder daß es dort bereits eine gab.

Sie ging ihm in sein Büro nach. »Und was ist mit Maggies Buch?«

»Was soll damit sein?«

»Wird das auch fallengelassen?«

Er zuckte die Achseln. »Keine Ahnung. Sie sind doch sicher froh darüber, wie?«

»Ich hasse den Umschlag, nicht das Buch.«

»Na, dann viel Glück. Vielleicht findet sie einen anderen Lektor, der nicht so gefühllos ist.« Er begann eine Telefonnummer zu wählen.

Sie begriff, daß sie versucht hatte, beides zu haben: daß sie erwartet hatte, Harold werde für sie die Firmenwogen teilen, damit sie trockenen Fußes zu einer Position als Lektorin gelangte, und gleichzeitig darauf bestanden hatte, eine eigene, ihm widersprechende Meinung zu haben, während er von ihr nichts weiter als Zustimmung verlangte. Wenn Emily Protektion wünschte, mußte sie ihren Teil dieses Vertrags einhalten. Wenn sie jedoch in der Oberliga mitspielen wollte, mußte sie ebenso ihr Risiko auf sich nehmen wie er. Sie war so töricht gewesen, sich seinem guten Stern anzuvertrauen, aber wie alle anderen hier oben auch, war er ein Komet – nur auf der Durchreise.

Beim Abendessen sagte sie zu Matt: »Rate mal, was Mommy heute passiert ist, Schatz! Ich bin gefeuert worden.«

Er zwinkerte verdutzt. »So richtig, mit Streichhölzern und so?«

»Nein, Herzchen. Der Mann, bei dem ich gearbeitet habe, will mich nicht mehr.«

»O gut, Mom! Dann brauchst du nicht mehr ins Büro, ja? Dann kannst du den ganzen Tag bei mir zu Hause bleiben?«

»Ich fürchte, Herzchen, ich werde mir einen anderen Job suchen müssen.«

Nachdem Matt eingeschlafen war, kam Maria, und Emily erzählte ihr von Harold und ihrem neu gewonnenen Verständnis für die Pressionen, denen die Männer ausgesetzt waren.

»Dieser beschissene Idiot!« schimpfte Maria.

»Nein, Maria, das ist er nicht. Er ist im Grunde ein netter Mensch. Und wenn ich's mir recht überlege, ist es eigentlich unheimlich, daß du ihn nicht kennst. Es gibt die Menschen, die ich im Büro kenne. Die Menschen, mit denen ich zusammenlebe. Und die Menschen, mit denen ich verkehre. Und keiner von ihnen kennt die anderen.«

»Was ist denn so unheimlich daran?«

»Na ja, in Newland kennt jeder jeden. Man spricht mit Freunden über den Chef, und alle kennen ihn und seine Familie und haben eine bestimmte Meinung über alles, was er je getan hat. Das ist, als hätte man eine eigene Backup Band.«

»Klingt fürchterlich. Da hat man doch überhaupt keine Privatsphäre.«

»Na ja, so kann man's vermutlich auch sehen.«

»Himmel, so viele Jahre bist du jetzt schon fort von da unten. Und denkst immer noch in jedem wachen Augenblick dran!«

»Nicht in jedem«, berichtigte Emily.

»Na schön. Gut. Wir wollten heute über die Freundschaft sprechen, nicht wahr? Und ob sie durch Sex gestört wird oder nicht.«

Emily beschrieb, wie die sexuellen Erwartungen ihre Freundschaft mit Raymond zerstört hatten. Maria schilderte eine Reihe von guten und schlechten Erfahrungen bei sexuellen Erlebnissen mit Freunden.

»Was versprichst du dir eigentlich von dieser Sache, Emily? Eine homosexuelle Erfahrung?« Maria stand auf. »Du bist für mich eine sehr wichtige Freundin. Ich möchte nicht, daß wir einander ausnutzen.«

Sie lachten nervös und gaben sich an der Wohnungstür einen Kuß. Maria sog Emilys Zunge in ihren Mund, und Emilys Magen sackte durch den Fußboden. Ob als Freundin oder Feindin – sie wollte Maria sofort, auf der Stelle in ihrem Bett haben! Statt dessen drückte sie hinter Maria die Tür ins Schloß und sperrte die drei Riegel zu.

Noch in derselben Woche teilte ihr Harold mit, daß es in der Buchhaltung eine offene Stelle gebe, erbot sich aber, sie zu feuern, damit sie Arbeitslosenunterstützung bekam. Sie war entsetzt. In ihrem Ehrenkodex war jegliche Unterstützung durch die Regierung für die Unterprivilegierten reserviert – Menschen ohne ausreichende Schulbildung, Behinderte, Kranke oder Überfruchtbare. Emily hingegen war gesund und gebildet. Harold hielt ihr vor, daß sie schließlich Steuerzahler sei und Arbeitslosenversicherung abgeführt habe. Als sie darüber nachdachte, stellte sie fest, daß sie ja doch behindert war: Sie besaß keinen Penis. Dennoch hatte Freud eigentlich unrecht. Es war nicht der Penis, den sie wollte, es waren die Privilegien, die auf geheimnisvolle Weise jenen zufielen, die über einen verfügten. Das Recht, in den High-School-Sportteams mitzuspielen. Das Recht, einen Einberufungsbefehl zu bekommen, um ihn dann verbrennen zu können. Abgeschnitten von Harolds noblesse oblige, abgeschnitten von Justins und ihres Vaters Fähigkeit, Geld zu verdienen – wie standen da ihre Zukunftsaussichten? Sie würde die Hälfte von dem verdienen, was ein Mann für die gleiche Arbeit nach Hause brachte. Gerade genug, um Matt und sich selbst durchzubringen. Ihre eigene Situation war nur um ein geringes besser als die der Menschen, denen sie in Cincinnati zur Wohlfahrtsunterstützung verholfen hatte. In Newland hieß es, wenn man's nicht allein schaffte, hatte man sich nicht genug Mühe gegeben. Newland war manchmal bis obenhin voll Scheiße!

Mit Maria ging sie ins Thalia, um sich einen alten Katharine-Hepburn-Film anzusehen und Händchen zu halten. Anschließend gingen sie in ein chinesisches Restaurant am Broadway.

»Maria, ich hab' über Freundschaft nachgedacht.«

»Ich auch«, antwortete Maria mit vollem Mund.

»Und zu welchem Ergebnis bist du gekommen?«

»Ich bin zu dem Ergebnis gekommen, daß du dir als passive Südstaatlerin die größte Mühe gibst, mich dahin zu bringen, daß ich für uns beide die Entscheidung treffe.«

Emily lächelte. »Bei mir ist eine ganze Menge los. Mit meinem Job, den ich verliere, und so. Und wo Justin nicht da ist.«

»Wenn du meinst.«

»Aber ich habe entschieden, was ich will.«

Maria wartete, die Stäbchen erhoben wie die Zangen eines Hummers, bis Emily genug Mut gefaßt hatte.

»Unsere Freundschaft ist mir wirklich wichtig...«

»Ich denke, das haben wir schon ein paarmal durchgekaut.«

»... aber wenn wir zwischen Sex und Freundschaft wählen müssen, dann bin ich für Sex.«

Maria fiel fast in ihren Teller. »Wahnsinn!« stellte sie fest und rief nach der Rechnung.

Durch Marias Dachfenster konnte Emily an den hängenden Körben mit Grünpflanzen vorbei den Vollmond sehen. Unbestimmt nahm ihr Verstand die Unterschiede wahr: kein Bart, als Marias Gesicht über ihren Busen und ihren Bauch strich. Keine Haare auf der Brust...

»Gott!« flüsterte Emily schließlich und rieb sich mit der Hand übers Gesicht.

Maria gab ihr, wie um sie beruhigend zu tätscheln, viele winzig kleine Küsse. »War das okay?«

»Gott!«

»Das hattest du bereits gesagt.«

»Gott!«

»Dann war es also okay?«

»Ich werde dich sehr vermissen, wenn du nicht mehr da bist, Maria.«

»Ich bin doch gerade erst gekommen.« Maria lachte. »Fang nicht an, dir Gedanken um die Ernte auf den Feldern zu machen. Gönne es dir dies eine Mal, einfach in die Sonne zu sehen.«

Justin kehrte voll Jenseitsgerichtetheit und durchaus bereit, sich in den Sumpf der aktiengesellschaftlichen Verderbnis zu stürzen, nach Hause zurück. Er hatte im Meditationszentrum einen dem Holismus ergebenen Börsenmakler kennengelernt, der ihm den Kopf zurechtgerückt und ihn gelehrt hatte, wie man in Obligationen zweiten Ranges einstieg und doch nicht darin unterging. Während er auf dem Wohnzimmerboden saß und Meditationsposen demonstrierte, sagte Emily mit gedämpfter Stimme: »Justin, ich glaube, ich bin bisexuell. Ich habe, während du fort warst, mit Maria geschlafen. Und ich hoffe, es macht dir nichts aus.«

Er starrte sie an, krampfhaft bemüht, seinem Gesicht jenen toleranten Ausdruck zu verleihen, den ihm sein Intellekt als angemessen suggerierte. In seinem Blick stand jedoch Panik. »Das ist cool. Wieso sollte mir das was ausmachen?«

»Ich hatte gefürchtet, du könntest dich zurückgestoßen fühlen oder so.«

Das Leben wurde zu einem einzigen ausgedehnten Orgasmus, weil die erotische Liebe sie in Marias Arme trieb, während das Schuldbewußtsein sie zu Justin zurückkehren ließ. Alle beide bekundeten das völlige Fehlen jeglicher Eifersucht und die Zuneigung zu dem jeweils anderen. Emily jedoch, hingebungsvoll darauf bedacht, alle miteinander glücklich zu machen, kam sich vor wie der Pingpongball bei einem Weltmeisterschaftsspiel.

Zuweilen kratzten, bissen und stöhnten Maria und sie. Dann wieder lagen sie träge wie Eidechsen auf einem Stein. Emily staunte über die Vielfalt der Emotionen, die alle unter die Überschrift ›Sex‹ fielen.

Kam sie in völlig abgeschlafftem Zustand von einer Runde mit Maria zurück, fiel Justin sofort über sie her. Gewöhnlich spielte sie ihm aus lauter Loyalität Begeisterung vor. Während er exotische, neue holistische Sexhilfen ausprobierte, knirschte Emily gereizt mit den Zähnen – weil es erst einer dritten Partei bedurft hatte, sie zum Experimentieren zu inspirieren; weil Justin sie gezwungen hatte, den Schurken zu spielen, der ihr zur Routine herabgesunkenes Liebesleben mit dem Heulen der Fabriksirene beendete; weil die Vorstellung, daß sie kurz zuvor erst mit einer Frau zusammengewesen war, ihn erregte.

Einmal keuchte er verbissen, während er immer heftiger zustieß: »Frauen-haben-nichts-was-ich-nicht-auch-habe.-Aber-ich-hab'-'ne-ganze-Menge,-was-sie-nicht-haben!« Beim zweiten ›haben‹ kam er dann.

Emily sagte es zwar nicht, aber er irrte sich. Maria war in der Lage, das Auf und Ab von Emilys Begehren zu erspüren und instinktiv darauf einzugehen. Es war ein Unterschied wie der zwischen einer Notenvorlage bei der Musik und einer reinen Improvisation.

Eines Tages jedoch schien Maria sich nicht mehr um Emily zu kümmern, sondern ließ sich einfach selber gehen. Sie schrie und weinte. Ihr Körper erschauerte, wand und bog sich, bis Emily erschöpft und angewidert zusammenbrach. Diese Unersättlichkeit! Dieser Mangel an Selbstbeherrschung! In verkniffenem Schweigen lag Emily da.

»Verdammt, jetzt hab' ich dir Angst gemacht, wie?« murmelte Maria.

Emily wußte nicht, was sie sagen sollte. Zu dieser großen schlabbernden, pulsierenden Öffnung. Igitt!

Maria griff nach Emilys Kinn und zwang ihr Gesicht zu sich herum. »Ach *shit,* ich hab's tatsächlich verpatzt!«

»Schon gut.« In Newland teilten die Leute ihre Gefühle in homöopathischen Dosen aus. Wenn man sein ganzes Leben mit denselben Menschen verbringen wollte, konnte man sich keine heftigen Gefühle leisten. In Marias Welt jedoch kamen und gingen die Menschen wie Anfälle von Verdauungsstörungen.

»Was erschreckt dich so sehr daran?«

»Ich habe Angst, daß wir uns gegenseitig ausbrennen und auf die Dauer nichts übrigbleibt.«

Maria lächelte. »Aber wir reden doch gar nicht von Dauer. Es wird so lange dauern, wie's eben dauert. Lassen wir's doch einfach werden, was es ganz von selber wird.«

»Aber ich will nicht, daß es aufhört.«

»Ich auch nicht. Aber es hört entweder auf, oder es hört nicht auf.«

»Ich kenne in Newland viele Paare, die seit Jahren zusammen sind.«

»Reden wir hier von großer Leidenschaft, oder reden wir von Ehe?«

»Kann man denn nicht beides haben?«

»Kann man das? Das mußt du besser wissen als ich.«

Emily antwortete nicht.

»Die Ehe hat ihre Vorteile – gegenseitige Hilfe, Sicherheit, Routine. Aber Leidenschaft gehört nicht dazu. Und ich dachte, du hättest vorerst die Nase voll von der Häuslichkeit!«

»Na schön, Leidenschaft mag ja ganz okay sein. Aber kann man ein Leben darauf aufbauen?«

»Aber du hast bereits ein Leben, Emily. Einen Mann, ein Kind, Arbeit, Freunde. Was wir beide haben, du und ich, das ist der Zuckerguß, nicht der Kuchen.«

Emily nickte benommen. Ihr kam es langsam doch wie der Kuchen selbst vor. Und ihr war klar, daß ein Kuchen, der alt wird, allmählich zerbröckelt.

Am Abend, in Sammies Wohnung, ließ Sammie ein paar Hefte von ›Playboy‹ und ›Harper's Bazaar‹ herumgehen. Die Frauengruppe studierte die Fotomodelle, dann zogen alle ihre Kleider aus, standen eine nach der anderen auf und nannten Größe, Gewicht und Körpermaße. Die meisten kicherten oder versuchten, gewisse Teile ihrer Anatomie mit Händen und Armen zu bedecken.

Groß, klein, dünn, dick, schwere Brüste oder winzige, schmale Taillen oder breite, ausladende Hüften oder knabenhafte – jede besaß einen attraktiven, gesunden Körper. Und trotzdem hatte jede von ihnen ein Leben geführt, das aus Diät, Gymnastik und Sorge, aus hektischen Versuchen der Anpassung bestand.

Hinterher waren sie wütend oder deprimiert. Schließlich sagte Gail ein wenig matt: »Ja, aber es ist *unser* Problem. *Wir* sind drauf reingefallen. Wir *mußten* uns ja nicht unbedingt anpassen.«

Maria knurrte: »Wieder mal ein Beispiel für das totalitaristische Denken der Männer. Monotheismus. Monogamie. Monarchie. Monopoly-Kapitalismus.«

»Genau dasselbe wie mit der Hautfarbe«, schimpfte Lou. »Weiß ist gut!«

»Wenn ich daran denke, wie ich mich *überschlagen* habe, um die Männer davon zu überzeugen, es sei unwichtig, wie groß ihr beschissener Penis ist...« sinnierte Susannah.

»O Gott, mir fällt gerade was ein«, sagte Emily verblüfft. »Wenn in der High School die Mädchen in die Cafeteria kamen, haben die Jungens Karten mit Zahlen drauf hochgehalten und unsere Figur benotet wie bei den Eislauf-Weltmeisterschaften.« Ihr Lächeln zerbrach.

»O Gott, ist das widerlich!« murmelte Lou.

Später, als Emily unter Marias Dachfenster die Kleider ablegte, strich sie mit den Händen an ihrem Körper entlang. Diese Taille, die sie immer für viel zu dick gehalten hatte (und Justin hatte sie darin bestärkt) – vielleicht war die ja doch ganz okay! Maria trat hinter sie und strich mit ihren Händen ebenfalls über Emilys Körper.

Emily drehte sich zu ihr um und ließ den Blick über Marias Körper wandern. »Wir sind alle beide umwerfend!«

Nachdem sie miteinander geschlafen hatten, lag Emily mit dem Mund an einer Ader in Marias Hals und spürte mit den Lippen, wie sich Marias rasender Puls allmählich beruhigte. Regentropfen rollten die Fensterscheiben herab. Woge um Woge schmerzhafter Zärtlichkeit wusch über Emily dahin.

»Was war das?« fragte Emily flüsternd.

»Was?«

»Ich weiß nicht. Zärtlichkeit?«

»Du steigerst dich wirklich in diese Geschichte hinein.«

»Ich empfinde Dinge, die ich nicht für möglich gehalten hätte.«

»Wie die Seelenbohrer behaupten, sind das präverbale Empfindungen. Die frühesten Erfahrungen eines jeden Menschen an Sicherheit und körperlichem Wohlbehagen sind mit dem weiblichen Körper verbunden, und der Kontakt mit einem weiblichen Körper kann im Erwachsenenalter diese Gefühle dann nochmals auslösen. Die meisten Frauen haben niemals Gelegenheit dazu, denn solange man nicht sexuell so unreif ist wie wir, hat man seine Anhänglichkeit dem männlichen Körper zuzuwenden.«

»Also, das hat dem nun wirklich ein Ende gemacht.« Emily richtete sich auf und steckte sich eine Zigarette an.

»Tut mir leid, Liebling. Ich wollte nicht klinisch werden.«

Aufgrund ihrer Arbeitslosenunterstützung und weil Justin arbeitete, brauchte Emily nicht sofort wieder einen Job, begann sich aber dennoch umzusehen, weil ihr die Arbeit einfach fehlte. Einen Job im Verlagsgeschäft zu finden war eine Frage der Mundpropaganda. Einer reichte sie zum anderen weiter. Aber sie glich einer wandelnden Wunde: Sobald ein potentieller männlicher Arbeitgeber sie nur schief ansah, stakste sie empört hinaus und ließ ihn völlig verwirrt zurück. Später war sie dann selber verwirrt und konnte Maria nicht genau erklären, womit der Mann sie gekränkt hatte. Es war, als suche man einen Job für eine Landmine: Kaum trat man aus Versehen drauf, explodierte sie, indem sie sich selber dabei zerstörte.

Eines Samstags, als sie mit Justin aus dem Kino kam, fragte er sie, genau wie immer: »Nun, was meinst du?«

Emily erklärte es ihm. Und genau wie immer, entgegnete er: »Nein, du hast den springenden Punkt nicht erfaßt, Emily. Erinnerst du dich, wie dieser Mann sagte: ›Ja, und ich werde dir zeigen . . .‹«

»Verdammt noch mal, Mann! Ich habe Augen im Kopf! Ich weiß doch, was ich gesehen habe!«

Passanten blieben stehen und glotzten. Justin starrte sie mit offenem Mund an.

»Tut mir leid«, murmelte er, als sie in die Wohnung zurückkehrten.

»Ist schon okay.« Emily bekämpfte ihr Bedürfnis, sich zu entschuldigen.

In dieser Nacht reagierte ihr Körper im Bett auf Justin in einer gewissen Art, die sie bei Maria gelernt hatte. Er war entsetzt, wurde sodann aber überheblich und schrieb sich selbst das Verdienst daran zu.

Emily lag wach, schäumend vor Wut. Um zwei Uhr morgens ging ihr dann ein Licht auf. Die Institution der Ehe war eine Strafinstitution! Eingerichtet und unterhalten von Männern, um die Leidenschaft zu zähmen, die, wie sie wußten, in jeder Frau schlummerte. Das unheimliche Gefühl, das sie überkam, als sie zum erstenmal mit Earl schlief, das Gefühl, daß er sie zu zähmen versuchte wie eine von seinen Stuten – genau das war's ja, was sich da tat! Wenn diese Leidenschaft entfesselt wurde, was würde sie der geordneten Welt der Männer antun, die aus Geben und Nehmen, Horten und Verteidigen bestand? Und daraus, bei ihrem Tod das alles den Söhnen zu hinterlassen, von denen sie sicher wußten, daß es ihre eigenen waren. Sie füllten ihre Fabriken mit Maschinen. Sie füllten ihre Wohnungen mit Maschinen. Sie zogen es vor, daß ihre Frauen Maschinen waren: Stöpselte man sie ein, produzierten sie Mitgefühl, Mahlzeiten und saubere Socken. Stöpselte man sich in sie ein, machten sie einen wahnsinnig. Sie stand auf und ging ins Bad.

Sie sah zu, wie der Himmel über dem Hudson sich von schwarz zu grau färbte. Als Justin erwachte, erklärte sie ihm, daß sie nicht mehr mit ihm schlafen könne.

Er hörte zu, nickte und wandte sich ab. Sie hatte gedacht, er würde schreien und weinen. Sein Schweigen entnervte sie.

Machte es ihm denn überhaupt nichts aus?

»Aber ich liebe dich trotzdem, Justin. Ich finde, es gibt andere Formen von Liebe, die vielleicht sogar wichtiger sind.«

Er ließ sich nicht anmerken, ob er ihr zugehört hatte.

Sie versuchte es mit einem Scherz: »Weißt du, Justin, im Motel meines Herzens wird stets ein Zimmer für dich frei sein.« Er lächelte nicht. Sie verbrachte den ganzen Vormittag mit dem Versuch, ihn zu versöhnen, indem sie ihm ein reichhaltiges Frühstück vorsetzte und die einzelnen Teile der ›Times‹ nicht durcheinanderbrachte.

Auf dem Weg zu Maria wurde ihr klar, daß sie jetzt zwar das zu tun vorhatte, was sie selbst wollte, daß sie aber zugleich wollte, sie sollten alle damit zufrieden sein. Das war Fortschritt, im Vergleich zu den Jahren, die das Große Ohr damit verbracht hatte, nur das tun zu wollen, was alle anderen von ihr verlangten!

Als sie mit Maria im Riverside Park spazierenging, erzählte sie ihr, was sie getan hatte. Maria äußerte irgend etwas Mitfühlendes: Wie schmerzlich es doch für sie beide sein müsse. In ihren Augen aber stand Freude. Sie griff nach Emilys riesiger Handtasche und suchte darin nach dem Pessar, das Emily ›für alle Fälle‹ stets mit sich herumschleppte.

»Was machst du da?«

Maria sprang auf und schleuderte das Pessar mit einem kurzen Handgelenkschwung über die Kondome hinweg, die im schmutzigen Wasser des Hudson schwammen.

»Was machst du da?«

»Das wirst du jetzt nicht mehr brauchen.«

»Verdammt noch mal, woher willst du das wissen?«

»Wenn du es doch brauchst, hast du verdient, was dann passiert.«

Als sie in Marias Wohnung zurückkehrten, stellte Emily fest, daß sie eigentlich ganz froh darüber war, daß ihr Pessar dem Meer zutrieb. Sie hatte die Pille geschluckt, bis sie Blutungen bekam, Schaum in sich hineingesprüht, bis eine allergische Reaktion einsetzte, ein IUD getragen, bis dessen Schnur eine Infektion auf ihren Uterus übertrug.

»Mein Gott, es ist ein Wunder, daß sie überhaupt eine Frau dazu bringen, mit ihnen zu schlafen«, sinnierte Emily.

»Wer?«

»Die Männer.«

»Wie meinst du das?«

»Na ja, mit all diesem Verhütungsmist.«

»Ich weiß. Ich erinnere mich. Das kann einem den Sex ein für allemal vermiesen.«

»Hast du jemals erlebt, daß du dein Pessar schön sorgfältig eingecremt und zum Einführen zusammengebogen hattest, und es dir dann aus der Hand gerutscht und durchs ganze Zimmer geflutscht ist? Maria, du bist so gut für mich: hundertprozentig wirksam, und doch ohne Nebenwirkungen.«

»Das glaubst du.«

Emily hatte gehofft, daß das Pingpongspiel nun zu Ende wäre. Statt dessen hörte sie lediglich auf, der Ball zu sein, und wurde zur Teilnehmerin an zwei gleichzeitig verlaufenden Spielen mit einem Schläger in jeder Hand. Nachdem Justin aus seinem Schmollwinkel wieder hervorgekrochen war, verhielt er sich betont freundlich und nachsichtig.

»Das Problem ist«, erklärte er, »daß ich eifersüchtig bin.«

»Eifersüchtig?«

»Ja. Ich wünschte, ich wär' 'ne Lesbierin.«

Emily lachte. »Wieso denn das?«

»Weil ich Frauen liebe und so viele von den besten schwul sind.«

»Kannst du's ihnen verübeln?«

»Jedenfalls ist die Frauenbewegung das, wo sich politisch jetzt alles abspielt.«

»Ich nehme an, es ist nicht allzu angenehm, vom großen Zampano der Unterdrückten selber zum Unterdrücker zu werden.«

»Nein, wirklich nicht. Es ist so wie damals, als beim Aufkommen der Black Power die Weißen aus der Bürgerrechtsbewegung gedrängt wurden. Nur hatten wir damals Vietnam. Mir fehlt dieser Gemeinschaftsgeist. Weißt du noch? Dieses Gefühl, daß wir alle gemeinsam für etwas wirklich Bedeutendes arbeiteten.«

Justin erklärte der Männergruppe – und einer von ihnen berichtete es Maria –, er warte nur darauf, daß Emilys und ihre Beziehung ›von selber ausbrenne‹. Emily mache eine gewisse Phase durch. Im Meditationszentrum habe er gelernt, die einzige Möglichkeit, etwas festzuhalten, bestehe darin, es mit weit geöffneter Hand zu tun.

Emily rief Maria jeden Morgen gegen neun an, kurz nachdem Matt und Justin fort waren und bevor sie sich auf die Jobsuche machte. Wie sie Maria erklärte, wollte sie gern wissen, wo Maria den Tag verbringe und was sie gerade tue, damit Emily sie sich in allen Lagen vorstellen könne. Maria schien gerührt zu sein.

Da sie allesamt alte Freunde und im Hinblick auf sexuelle Liaisons modern eingestellt waren, lud Emily Maria eines Abends zum Dinner in ihre Wohnung ein. Als sie den Avocado-Auflauf servierte, bemerkte Justin: »Du hast dir 'ne gute Köchin ausgesucht, Maria.«

Maria warf ihm, die Gabel auf halbem Weg zum Mund, einen merkwürdigen Blick zu. »Ja, es schmeckt großartig.«

»Ein Ausgleich für die Art, wie sie saubermacht.« Er lachte.

Maria sah Emily an. Offenbar sollte das ein Witz sein. Emily lächelte. Dann krauste sie finster die Stirn.

»Sie macht alles gut, was sie gern tut. Aber sie hat eben nicht viel Stehvermögen.«

»Äh, nun ja...« begann Maria. »Ich verstehe nicht recht, was du damit sagen willst.«

»Ich meine, sie verfügt über eine gewisse Brillanz. Doch unter dieser glänzenden Lackschicht findet man nicht sehr viel Substanz. Meinst du nicht auch?«

»Tja, also...«

Emily war kribblig vor Unbehagen. Ihr Blick wanderte von einem zum anderen.

»Ich meine, ich kenne Emily nun schon so viele Jahre und habe zugesehen, wie sie in mancher Hinsicht gewachsen ist und sich verändert hat. Und manchmal frage ich mich, ob da nicht ein gewisser Kern in ihr steckt...«

»Möchtest du, daß ich dir dieses Glas Wein ins Gesicht kippe, Justin?« erkundigte Maria sich freundlich.

Er lachte gutmütig.

»Wer möchte Kaffee oder Tee?« fragte Emily, um eine drohende Katastrophe abzuwenden.

Unter einem Vorwand verabschiedete sich Maria und ging.

Justin erklärte mit väterlich-besorgtem Zwinkern: »Nun, Emily, ich freue mich, daß du jemanden hast, der deine Interessen wahrnimmt.« Fürsorglich tätschelte er ihr die Schulter.

Beim nächsten Telefonat erwähnte keiner von ihnen das Dinner. Als Maria auflegen wollte, fragte Emily: »Wann werden wir uns mal wieder sehen?«

»Ach, ich weiß nicht... Du kannst mich ja anrufen. Oder ich rufe dich an.«

»Ich hab' überlegt. Wie wär's denn, wenn wir zweimal die Woche einen festen Termin ausmachen, an dem wir uns sehen – zum Beispiel dienstags nachmittags und freitags abends oder so?«

»Was?«

»Na ja, dann könnten wir alles andere um diese Termine herumplanen.«

»Also, ich weiß nicht recht... Na schön, warum eigentlich nicht?«

Justins Arbeit lief sehr gut, deswegen hatte er sich in Soho eine Dachgeschoßwohnung gemietet. »Weißt du«, meinte er, »ich habe nachgedacht. Vielleicht sollten wir alle ins Village ziehen.«

Emily starrte ihn fassungslos an. Wer waren ›wir‹? Sie hatte gedacht, das sei erledigt. Maria wohnte nur zehn Blocks entfernt. »Ich möchte eigentlich nicht gern von hier weg, Justin.«

»Ja, aber ich würde pro Tag eine ganze Stunde Fahrt sparen.«

Emily schwieg.

»Und das Fahrgeld für die Subway. Und ich könnte zum Lunch nach Hause kommen.«

»*Justin*...« begann sie gereizt.

»Ich meine, ich will mich ja nicht auf meine Autorität berufen, aber schließlich bin *ich* jetzt derjenige, der die Miete bezahlt. Und wir sollten unsere Lebensbedingungen vielleicht so arrangieren, daß alles für mich ein wenig leichter wird.«

»Vielleicht sollten wir dann auch daran denken, ob wir nicht lieber getrennt leben sollten«, fuhr sie auf.

»Nun ja, das wäre eine Möglichkeit. Aber würde dir Matt dann nicht fehlen?«

»Wie bitte?«

»Nun, also ich denke gar nicht daran, meinen Sohn bei einer Bande von Männerfeindinnen zurückzulassen.«

»Ich hasse die Männer nicht«, protestierte Emily haßerfüllt.

»Ich meine, wir sollten's mal überlegen.«

Im Bett, bei Maria, berichtete Emily: »Justin will ins Village umziehen.«

»Was? Allein?«

»Nein, eben nicht! Er hat gesagt, er überlegt, ›ob wir‹ nicht ins Village umziehen sollten.«

Maria schwieg.

»Vielleicht sollten wir beide zusammenleben, Maria.«

»Kannst du's dir mit der Arbeitslosenunterstützung nicht mehr leisten, in deiner alten Wohnung zu bleiben?«

»Natürlich kann ich. Sei nicht so unromantisch, Dummchen! Ich habe nur daran gedacht, wie schön es wäre, jeden Morgen neben dir aufzuwachen. Und abends zusammenzusitzen und die Nachrichten zu sehen. Matt und Cleo könnten wie Bruder und Schwester aufwachsen.«

Maria krauste die Stirn. »Ja, aber ich will mit niemandem zusammenleben, Emily. Das hab' ich einmal versucht. Ich brauch' meine Privatsphäre...«

Emily zuckte die Achseln.

Als Emily nach Hause zurückkam, tagte gerade die Männergruppe. Beim Geschirrspülen hörte sie sie darüber streiten, wer sich den Frauen gegenüber am schlechtesten benommen und nun das schlechteste Gewissen hatte. Nachdem sie alle gegangen waren, begann Emily im Wohnzimmer aufzuräumen und die Aschenbecher zu leeren.

Justin blickte von seiner Zeitung auf und nickte ihr zu.

»Hallo, Justin.« Sie war bemüht, ihm nicht zu nahe zu kommen, denn sie hatte sich nicht gewaschen und roch nach Sex.

»Weißt du, daß Matt erkältet ist?« fragte er sie.

»Ja. Armes Kerlchen.«

»Ich nehme an, er leidet unter zuviel Streß.«

Sie starrte ihn eine Weile an, bevor sie ihn fragte: »Wieso?«

»Ein Kind spürt doch, wenn das Leben zu Hause in einer seltsamen Atmosphäre verläuft.«

»Wirklich?«

»Nun ja, auf jeden Fall ist es anders als bei den meisten Kindern!«

»Ach, ich weiß nicht.« Sie beschrieb ihm das häusliche Leben der Frauen aus ihrer Gruppe, das bei den meisten, gelinde gesagt, ›anders‹ verlief. Dann merkte sie, daß sie sich defensiv verhielt.

»Warum auf einmal so bürgerlich, Justin?«

»Ich möchte eben, daß mein Sohn alles bekommt, was ein Kind von seinen Eltern braucht.« Er ging ins Schlafzimmer.

Emily saß da, kaute auf ihren Nägeln herum und versuchte sich vorzustellen, welch gräßliche Dinge Matt zustoßen würden, weil seine Mutter einen weiblichen Liebespartner hatte. Auf dem Spielplatz würde er geächtet sein. Er würde Brüste bekommen. Er würde Poster von Gertrude Stein brauchen, um erwachsen zu werden. Mein Gott, was tat sie ihrem Baby an!

Sie lief zu Matt ins Kinderzimmer und betrachtete ihn im Schlaf. *Aussehen* tat er ja eigentlich ganz okay, wenn man vom Schnupfen einmal absah...

Im Bett drehten Justin und sie sich zueinander um und nahmen sich in die Arme. So viele Jahre lang war ihr das völlig natürlich vorgekommen. Jetzt fühlte sein Körper sich hart und knochig an. Seine Erektion stieß gegen ihren Bauch. Warum nicht? Es wäre doch so einfach und freundlich, auch jetzt zu dulden, daß er ihn in sie hineinschob, wie sie es acht Jahre lang anstandslos getan hatte.

Der Gedanke daran stieß sie ab. »Nein!«

»Mein Gott, wer *will* das denn schon!« Er wandte sich ab. Emily wurde von Angst gepackt. Das Große Ohr brauchte das Bewußtsein, daß Justin sie begehrte, um sicher sein zu können, daß er bei ihr blieb. Um sicher sein zu können, daß sie nicht hier, weit von zu Hause, inmitten von Fremden, mutterseelenallein zurückblieb. Ihr Stolz ließ nicht zu, daß sie ihm in seine Betthälfte hinüber folgte. Am nächsten Vormittag ging sie mit ihrer Angst zu Maria, wo sie unangemeldet an die Wohnungstür klopfte. Maria, die zugleich erfreut und verärgert zu sein schien, bat sie auf einen Kaffee herein. Sie reichte Emily einen Becher und setzte sich. Unter dem Vorwand, Milch aus dem Kühlschrank zu holen, stellte sich Emily hinter sie und massierte ihr die Brüste.

»Eigentlich«, wandte Maria ein, »hab' ich einen Termin für einen Artikel. Deswegen werde ich dich wohl leider gleich wieder rauswerfen müssen.«

Emily schoß der Gedanke durch den Kopf, daß Maria log. Kate würde zu einem Vormittag im Bett kommen...

»Ach so.«

»Na komm schon, Lady!« Maria zog Emilys Mund auf ihren herab. »Bitte nicht diesen Ton. Du weißt, daß ich Geld verdienen muß. Wir haben nicht alle soviel Glück, von der Arbeitslosenunterstützung leben zu können.« Sie grinste, und Emily wurde leichter ums Herz.

»Wann bist du fertig?«

»Um zwei, hoffe ich. Sonst sitze ich in der Tinte.«

»Können wir uns anschließend treffen?«

»Tut mir leid, ich habe zu tun.«

»Mit wem?«

Maria sah sie an. »Ich muß den Artikel persönlich abliefern und ihn mit dem Redakteur durchsprechen.«

»Kann ich dich denn heute abend sehen?«

»Ist irgendwas?«

»Nein. Du fehlst mir einfach, Maria.«

»Heute abend ist Frauentreff.«

»Und hinterher?«

»Tut mir leid, aber ich bin verabredet.«

»Mit wem?«

»Ich glaube kaum, daß dich das was angeht, aber ich werd's dir trotzdem sagen: mit Kate.«

»Bleibt sie über Nacht?«

Maria seufzte. »Du ziehst 'ne Show ab, weißt du das? Paß auf, wir werden morgen zusammen zu Mittag essen. Okay? Und reg dich ab, Herzchen! Du weißt doch, daß ich verrückt nach dir bin.«

Emily verbrachte den Vormittag brütend über ihrem Terminkalender und rechnete aus, daß sie Maria beinahe doppelt so oft angerufen hatte wie umgekehrt. Außerdem rekapitulierte sie die letzten Gelegenheiten, bei denen sie miteinander geschlafen hatten, und es fiel ihr auf, daß sie Maria fast ohne Ausnahme zuerst zum Orgasmus gebracht hatte. Anschließend hatte Maria es dann für sie getan, weil sie sich dazu verpflichtet fühlte.

Mit wem traf sich Maria heute nachmittag *wirklich?*

Emily tarnte sich mit Kopftuch, Sonnenbrille und einem alten Trenchcoat von Justin und ging zu dem Haus, wo Maria wohnte. Sie klingelte bei ihr, doch niemand bediente den Türöffner. Maria war also schon zu ihrer Verabredung gegangen. Emily wartete im Türeingang auf der anderen Straßenseite, um zu sehen, wen Maria mit nach Hause bringen würde. Um 13.05 Uhr kam sie mit ihrer Tochter Cleo.

Als Maria abends nach dem Treff mit Kate hinausging, kamen Emily die Tränen. Zu Hause stellte sie dann fest, daß Justin schon schlief. Sie setzte sich aufs Sofa und versuchte sich vorzustellen, was Maria und Kate gerade miteinander trieben.

Emily stürzte ans Telefon und wählte Marias Nummer. Es klingelte ein halbes dutzendmal. Sie sah sie vor sich, wie sie gerade eben lange genug in der Liebe innehielten, um zu beschließen, daß sie nicht abnehmen wollten. Sie ließ es noch sechsmal klingeln. Inzwischen mußte Maria sich Gedanken machen. Wenn jemand es so lange klingeln ließ, mußte es etwas Wichtiges sein.

Noch fünfmal. Jetzt *mußte* ihre Konzentration unterbrochen sein. Seufzend würde Maria die Hand nach dem Hörer ausstrecken.

Beim neunzehnten Klingeln antwortete Maria mit verschlafener Stimme.

Triumphierend, weil sie sie gestört hatte, legte Emily den Hörer auf.

Am nächsten Tag, beim Lunch, begann sie: »Maria, ich muß dir was sagen.«

»Ja *was* denn nur, um Himmels willen?« erkundigte sich Maria lachend.

»Ich glaube, ich fange an, dich zu lieben.«

»O Gott, bitte nur das nicht!«

»Ich dachte, du würdest dich darüber freuen.«

»Wenn du mit ›Liebe‹ das meinst, was ich glaube, dann will ich nichts damit zu schaffen haben. Mit diesem manisch-depressiven Trip, bei dem du mir die Macht verleihst, dich himmelhochjauchzend oder zu Tode betrübt zu machen. Ehrlich, Emily, das ist eine Krankheit, von der man genesen muß, und nicht ein Zustand, der gepflegt werden sollte. Laß dich davon nicht überwältigen, Liebes – bitte! Wir haben so was Schönes laufen, Emily. Mach's nicht kaputt.«

»Ja, aber was haben wir denn, wenn das nicht Liebe ist?«

»Wenn es schön ist – warum zerbrichst du dir den Kopf darüber?«

»Weil ich, meine ich, das Recht habe, es zu wissen.«

»Liebe, verliebt, Freundschaft, Ehe, Scheidung, Trennung, Wollust... Ständig konfrontiert man uns mit diesen Begriffen. Keiner davon paßt auf unsere persönliche Beziehung, aber wir versuchen, sie ständig da hineinzuzwängen. Bitte, Liebes, etikettier sie nicht. Laß sie ganz einfach geschehen.«

»Aber woher sollen wir dann wissen, was wir tun?«

»Wissen wir nicht. Aber ich bin bereit, nahezu alles zu probieren, weil ich nämlich mit Sicherheit weiß, daß die alten Kategorien auf mich nicht zutreffen.«

Justin befreundete sich mit einer Frau namens Shelby. Laut Auskunft der Männergruppe sah sie ihn hingerissen an, wenn er sprach, und bat ihn ständig um Rat und Meinung. Sie trug gestreifte Blusen mit geknöpften Kragenecken und Pullover, deren Ärmel sie sich um den Hals knotete. Sie war Sekretärin eines Aufsichtsratsvorsitzenden der Papierfabrik, für die Justin die Werbekampagne ausgearbeitet hatte. Sie bezeichnete alles als ›phantastisch‹ – durch zusammengebissene Zähne, nur mit den Lippen. Sie hatte einen Sohn, Joshua, in Matts Alter, dessen Namen sie ebenfalls nur mit den Lippen aussprach. Die beiden fingen an, mit Joshua und Matt zum Zoo in den Central Park zu gehen, zu F A O Schwarz, zu Rumpelmayer für Eiscream-Sundaes, auf Bootsfahrten rund um Manhattan, überall dahin, wo Justin während der ersten fünf Lebensjahre mit Matt nicht mal im Traum gegangen wäre. Angeblich hielt Shelby Justin für einen ›phantastischen Dad‹. Und Matt erzählte ständig von Shelby: Sie backte Plätzchen, kochte heiße Schokolade und spielte Monopoly.

Emilys Eltern kamen aus Newland. Sie wohnten im Plaza, doch Emily putzte die ganze Wohnung, setzte ihnen sorgfältig zubereitete Mahlzeiten vor, ging mit ihnen in die Cloisters und auf eine Bootsfahrt rund um Manhattan. Justin benahm sich vorbildlich, kam abends nach Hause, statt bei Shelby zu bleiben, und führte geschäftliche Gespräche mit Mr. Prince, der sehr erleichtert war, daß sein revolutionärer Schwiegersohn ihn nun nicht mehr attackierte. Sogar Matt spielte mit, achtete auf seine Tischmanieren und seine Ausdrucksweise und sagte kein Wort von

Maria und Shelby. Mr. Prince scheuchte sie, auf einer ergebnislosen Suche nach Bars und Restaurants, an die er sich von seinen Ausflügen von Princeton hierher erinnerte, durch die ganze Stadt.

Nach einigen Tagen beschlossen sie, sich ein wenig voneinander zu erholen, damit Emily einige Stellenangebote prüfen konnte. Justin und Matt zogen los, um bei Shelby zu übernachten. Am Spätnachmittag kam Maria vorbei und landete schließlich mit Emily im Bett. Nachdem sie sich geliebt hatten, schliefen sie ein. Emily erwachte davon, daß der Türsummer ertönte. Benommen stand sie auf, warf einen Bademantel über und rief durch die Tür: »Wer ist denn da?«

»Wir sind es, Liebling. Deine Eltern.«

Es war zu spät, so zu tun, als sei sie nicht da. Wie ein vom Scheinwerferlicht geblendetes Reh öffnete sie die Wohnungstür.

»Stören wir?«

»Aber nein. Ich wollte gerade baden.«

»Wir waren drüben, bei Grants Grabmal, und da dachten wir, wir könnten vielleicht ein bißchen Tee bei dir trinken.«

»Äh . . . ja. Wunderbar! Kommt rein.«

Sie saßen im Wohnzimmer, Emily stand kurz vor einem Nervenzusammenbruch. Jede Sekunde würde jetzt die Schlafzimmertür aufgehen und Maria nackt ins Bad rüberlaufen.

»Stören wir dich auch wirklich nicht?«

»Aber nein!« Sie schickte Gehirnwellen zu Maria hinüber, sie möge nur ja weiterschlafen.

»Wir dachten, es wäre vielleicht hübsch«, erklärte der Vater, »wenn wir euch alle drei ins ›Top of the Sixes‹ mitnehmen, wenn Matt und Justin nach Hause kommen.«

Emily war sprachlos.

»Wir könnten Matt abholen, wenn du uns sagst, wo das Tagesheim ist«, schlug die Mutter vor.

»Matt übernachtet heute bei einem Freund.«

»Und wann kommt Justin nach Hause?« erkundigte sich der Vater.

»Äh, der bleibt heute abend im Village, zu seinem Kurs über Persönlichkeitsentwicklung.«

Die Eltern sahen sie bestürzt an. Sie versuchte, ihr Leben mit ihren Augen zu sehen. Im richtigen Zusammenhang mochte es auf eine gewisse Art logisch erscheinen. Im Zusammenhang mit Newland jedoch mußte es schäbig und verantwortungslos wirken. O du lieber Gott, mach bitte, daß Maria weiterschläft! Sie musterte die Fältchen und die grauen Haare der Eltern. Es waren gute Menschen. Alles, was sie sich wünschten, war ein ruhiger Lebensabend. Ein friedlicher Tod. Und da hatten sie so eine Tochter!

»Tee!« rief Emily. »Ich mache gleich welchen. Aber zuerst muß ich mir schnell was anziehen.«

Sie lief ins Schlafzimmer und rüttelte Maria wach. »Im Wohnzimmer sitzen meine verdammten *Eltern!*«

Maria schlug die Augen auf; dann lachte sie laut.

»Sei still, sie können dich doch hören! Komm jetzt, du mußt dich im Wandschrank verstecken.«

Maria zog ein finsteres Gesicht. »Tut mir leid, aber ich werde mich nie wieder vor jemandem im Schrank verstecken.«

»Bitte!« knirschte Emily und zerrte sie aus dem Bett.

»Das ist kindisch!« protestierte Maria, als Emily sie tief in den hintersten Winkel des Wandschranks stieß und hastig Wolldecken über sie häufte. »Du bist doch eine erwachsene Frau! Mit wem du schläfst, geht niemanden etwas an außer dir selbst!«

»In New York vielleicht. In Newland nicht.«

Im Wohnzimmer schenkte sie ihnen statt Tee dann Bourbon ein und kippte selbst auch schnell einen Schluck.

»Ist was?« erkundigte sich die Mutter.

»Nein, nein!«

Als sie schließlich gingen, brach Emily auf der Couch zusammen.

Maria kam herein. »Ich *hasse* es, wie eine entlaufene Sklavin behandelt zu werden, Emily! Himmel, Herrgott, ich bin, verdammt noch mal, deine *Geliebte!* Hättest du uns nicht miteinander bekannt machen können? Hätten wir uns nicht alle zusammen hinsetzen und etwas trinken können wie erwachsene, zivilisierte Menschen? Würden sie denn nicht wissen wollen, wie glücklich ich ihre Tochter mache?«

Kate hatte Maria ganz zweifellos mit nach Hause genommen, damit sie ihre Familie kennenlernte. Panische Angst überfiel Emily. Warum waren Dinge, die allen anderen so leicht fielen, für sie immer eine so furchtbare Qual? Ständig zwischen zwei lächerlichen Kulturkreisen hin und her gerissen, von denen jeder behauptete, der einzig richtige zu sein. Weinend flehte sie Maria an: »Gib mir eine Chance!«

Maria nahm sie in die Arme. »Na schön. Ist ja nicht so schlimm, Liebling.«

Maria und Emily saßen in einem Restaurant und aßen Hamburger. Jedesmal, wenn die Kellnerin vorbeihastete, folgte Maria ihr mit den Blicken. Emily war fast soweit, daß sie Maria aufforderte, zwischen ihr und ihren verschiedenen anderen Frauen zu wählen. Sie war allerdings ziemlich sicher, daß sich Maria für sie entscheiden würde; nur deswegen wollte sie sie ja auch vor die Wahl stellen. Emily hielt es einfach nicht mehr aus mit ihren eigenen Eifersuchtsanfällen. Sie wurde allmählich wahnsinnig!

Maria langte in ihre Jeanstasche. Emily betrachtete ihre grünen Augen, das ergrauende Haar, das gebräunte Gesicht. Sie liebte diese Frau! Sie wollte sie mit niemandem teilen. Maria überreichte ihr einen Ring mit drei Schlüsseln.

Emily starrte verständnislos darauf hinab.

»Für meine Wohnung«, erklärte Maria.

Emily sagte sich, daß dies ein bedeutungsschwerer Augenblick sei. Sie dachte an damals, als Justin ihr die Schlüssel zu seiner Wohnung überreicht hatte. Es war genauso, als präsentiere ihr ein KT seine Lavalière. In einer Großstadt konnte jeder, der die Schlüssel zur Wohnung eines anderen besaß, diesen ausrauben, bei Nacht vergewaltigen und, wenn der andere mal nicht da war, dessen Tagebuch lesen, ihn bei seinen Pflichten stören. Die Schlüsselübergabe stellte einen ganz außergewöhnlichen Akt des Vertrauens dar. Emily jedoch stammte aus Newland, wo niemals eine Tür abgeschlossen wurde; daher entging ihr die emotionale Bedeutung dieses Entschlusses. Trotzdem grinste sie und antwortete: »Danke, Liebling. Ich werde für dich Duplikate von meinem anfertigen lassen.«

Sie aßen in einem Schweigen weiter, das für Maria vermutlich bedeutungsschwer war. Emily versuchte sich in die Situation einzufühlen, indem sie den Fuß aus ihrem Clog zog und Marias Unterschenkel damit massierte. Wogen von Begehren und Zärtlichkeit spülten über Emily hinweg. So intensiv, daß sie mit Sicherheit erkannte: Diese Frau war die große Liebe ihres Lebens.

Maria fuhr ungerührt fort, ihren Hamburger zu essen und der üppigen Kellnerin mit den Blicken zu folgen. Wie *konnte* sie nur, wo sie doch hier saßen und diese ungeheuren Stürme von Elektrizität zwischen Emilys Fuß und Marias Bein hin und her jagten? Emily lehnte sich zurück, um unter die Tischplatte zu spähen. Sie hatte das hölzerne Tischbein mit dem Fuß gestreichelt.

Sie schwiegen weiter.

Dann lächelte Maria. »Warum machst du so ein verdutztes Gesicht?«

Emily schwieg. Was hatte das zu bedeuten, daß ein Tischbein in ihr Gefühle auslöste, die sie als ›Liebe‹ bezeichnete? Schließlich erwiderte sie: »Ich habe daran denken müssen, daß du das schönste Geschenk bist, das ich mir jemals selbst gemacht habe.«

Maria dachte darüber nach, ohne den Blick von der geschäftigen Kellnerin zu lassen. »Das klingt sehr lieb. Aber es gefällt mir leider gar nicht.«

»Wieso?«

»Es setzt voraus, daß ich ein Gegenstand bin, den du besitzen kannst.«

»So habe ich das nicht gemeint, das weißt du genau!« Irgend jemand hatte einmal gesagt, ein nicht genau analysiertes Leben sei es nicht wert, gelebt zu werden. Was aber war mit einem zu gründlich analysierten Leben?

»Da bin ich nicht ganz so sicher. Seit du nicht mehr mit Justin schläfst, benimmst du dich ziemlich sonderbar.«

»Ach, wirklich?« Sie wußte genau, daß Maria recht hatte.

»Du weißt genau, daß ich recht habe.«

Emily nickte.

»Ich glaube, du hast da eine bestimmte Nische in deinem Kopf, in die du die Menschen hineinzwängen möchtest: Raymond, dann diesen – wie hieß er noch? – Earl. Dann Justin. Und nun versuchst du das auch mit mir zu tun. Aber siehst du, ich kann deine geballte Hingabe nicht verkraften, Emily. Wir haben etwas Schönes miteinander laufen, aber das ist nicht alles.«

»Brauchst du deshalb vielleicht auch Kate? Und die anderen? Weil ich deine Bedürfnisse nicht stillen kann?«

»Was hat Kate damit zu tun?«

»Was Kate damit zu tun hat? Mein Gott, wie kannst du dein Leben nur so in Schubfächer aufteilen? Was immer du tust – es hat Auswirkungen auf das Ganze. Und ich finde, daß deine fortgesetzte Beziehung zu Kate uns beiden schadet.«

»Herzchen, Emily – Kate war vor dir da!«

»Na schön. Wunderbar! Warum bist du dann aber zu mir rübergewechselt, wenn's zwischen euch beiden noch nicht ganz richtig aus war?«

Maria schnitt eine Grimasse.

»Was glaubst du eigentlich, was das hier ist, Maria – Malibu Beach oder so ähnlich?«

Maria starrte lange auf ihren Teller. Als sie den Blick hob, sagte sie: »Paß auf, Emily. Du arbeitest nicht. Justin und du, ihr seid auf einem ausgeflippten Trip. Und du willst, daß ich das alles in Ordnung bringe. Aber das liegt nicht in meiner Macht, Emily, so sehr ich dich liebe. Du brauchst nicht so einen Mann. Du brauchst nicht so eine Frau. Die Frauen haben sich so lange durch ihr Verhältnis zu den Männern definiert, daß es für Lesbierinnen eine große Versuchung ist, sich weiterhin durch ihre Beziehungen zu anderen Menschen zu definieren. Und um damit zu brechen, müssen wir uns, wie ich glaube, durch unsere Arbeit, unsere Politik, unsere Möbel, ach, irgendwas definieren!«

Das Große Ohr wollte seinen Ohren nicht trauen. Eine Frau, die behauptete, es gebe Grenzen für das, was sie für andere tun konnte?

Schließlich gestand sie: »Ich fühle mich herablassend behandelt. Ich schneide ein Thema an, das dich und mich betrifft, und du kommst mir mit so 'nem theoretischen Quatsch. Das ist aber typisch für euch Yankees: Immer versteckt ihr euch hinter euren politischen Analysen.«

»O Gott, jetzt krieg' ich wirklich Schwierigkeiten! Jetzt bin ich plötzlich zum ›Yankee‹ geworden!«

»Allerdings!« fauchte Emily. »Also, was ist mit Kate?«

»Was soll mit ihr sein?«

»Sie oder ich?«

»Das ist kindisch.«

»*Kindisch?* Du bist diejenige, die kindisch ist. Wie ein Kind im Süßwarenladen. Du mußt immer ein bißchen von allem probieren, nicht wahr? Genau wie du eben diese arme Kellnerin mit den Blicken verschlungen hast.«

»Ich liebe Frauen. Ich liebe ihre Körper. Ich sehe gern zu, wie sie sich bewegen. Was ist dagegen einzuwenden? Sie ist hinreißend.«

»Himmel!« Emily starrte sie fassungslos an. »Läuft etwa darauf die Befreiung der Frau hinaus? Daß wir uns ebenso ausbeuterisch verhalten dürfen, wie es die Männer seit jeher tun? Daß wir andere Frauen zu unseren Sexualobjekten machen dürfen? Großartig!«

»Ich beute sie nicht aus, ich bewundere sie. Und wenn wir uns kennenlernen und einander gefallen, gehen wir vielleicht zusammen ins Bett. Und das macht dann entweder Spaß oder nicht. Und das kann eine Woche oder einen Monat oder jahrelang dauern. All diese Regeln in deinem Kopf...«

»Ihr Leute seid einfach krank!«

»Welche Leute?«

»Ihr Yankees.«

»O Gott...«

»Ihr behandelt euch gegenseitig wie Cornflake-Packungen. Wenn ihr muffig werdet, oder wenn ihr in der Packung keine Belohnung findet, werft ihr euch einfach auf den Müll.«

»Ich glaube, die Südstaaten-Baptistin in dir reagiert ein bißchen zu stark, Emily.«

»Ich scheiße auf dich.«

»Ich meine, Sex ist doch eigentlich gar nicht so wichtig. Er kann auch einfach eine weitere Dimension der Freundschaft sein, eine Gelegenheit, Barrieren einzureißen und einander näherzukommen...«

»Das sollte General Foods abpacken! Instant-Intimität. Ein Vermögen könnten die damit verdienen. Was ist mit euch los, daß ihr einander ohne Sex nicht nahekommen könnt? Es ist erbärmlich!«

»Was ist mit *euch* los, daß ihr immer gleich glaubt, mit jedem eine unauflösliche Ehe schließen zu müssen, dessen Genitalien ihr zufällig mal berührt habt? Wann werdet ihr endlich erwachsen und hört auf, euch wie romantische Halbstarke aufzuführen?«

Emily sprühte Funken vor Wut. »Wann werdet *ihr* endlich erwachsen und seht ein, daß ihr nur, weil ihr die Macht habt, jemanden zu verführen, diese Macht nicht auch gleich auszuüben braucht? Ich bin vor allem deswegen lesbisch geworden, weil ich die Frauen liebe. Wenn ich mit jemandem zusammensein wollte, der sich wie ein Mann benimmt, würde ich mit einem Mann zusammensein.«

»Blödsinn!« zischte Maria und hieb mit der Faust auf den Tisch. Bestecke fielen klappernd zu Boden. Köpfe wandten sich ihnen zu. »Nur weil die Männer den Sex als Werkzeug benutzt haben, um die Frauen zu beherrschen und zu demütigen, heißt das noch lange nicht, daß wir ihn wegschließen müssen. Die Frauen können ihn in etwas Zärtliches, Sinnliches, Freudespendendes und Lebensbejahendes verwandeln. Und da wir von männlichem Verhalten sprechen: Diese Ausschließlichkeit bei dir, andere Menschen als deinen Besitz zu betrachten und ihr Verhalten bestimmen zu wollen – damit will ich nichts zu tun haben!«

»Und ich will mit deiner zwanghaften Schürzenjägerei nichts zu tun haben!«

»Und wo stehen wir nun?«

Emily schob den Schlüsselring über den Tisch.

»Dann bist du also fest entschlossen, dich auf dein hohes Roß zu schwingen und in den Sonnenuntergang hineinzugaloppieren?« fragte Maria.

»Mir bleibt keine Wahl.«

»Du triffst sie gerade. Bekenn dich dazu.«

»Wieso denn? Du kannst dich ändern, oder ich kann mich ändern. Aber warum sollten wir?«

»Es gibt keinen Grund. Es sei denn, wir empfinden genug füreinander, um zusammenbleiben zu wollen.«

Sie sahen einander an. Emily griff über den Tisch nach Marias Händen. Die Leute im Restaurant reckten die Hälse.

»Wir wollen's uns überlegen«, schlug Maria vor.

Justin verkündete, er werde zu Shelby ins Village ziehen, die Scheidungsklage einreichen und das Sorgerecht für Matt verlangen.

»Na?« forderte er dann. »Nun sag doch was.«

»Na schön. Ich bin empört. Und was mich am meisten empört, ist die Erkenntnis, daß du, wenn ich mich nicht von dir belehren oder beschlafen oder mit deinen Problemen belästigen lasse, nichts mit mir zu tun haben willst. Wenn ich nicht etwas für dich tue, hast du ›keine Verwendung‹ für mich. Was glaubst du wohl, wie ich mir dabei vorkomme?«

»Aber ich *will* was mit dir zu tun haben, Emily! Ich habe alles versucht, eine echte Beziehung mit dir herzustellen. Ich weiß ganz einfach nicht mehr, wie ich mich dir gegenüber verhalten soll. Bin ich nett, bin ich herablassend. Bin ich über dich und Maria traurig, will ich Schuldbewußtsein in dir erzeugen. Bin ich energisch, bin ich ein Bulle. Ihr Weiber seid allesamt übergeschnappt.«

»Das Schlüsselwort, Justin, ist ›verhalten‹. Du spielst eine Rolle, mehr ist das alles nicht bei dir. Du hast versucht, Möglichkeiten zu finden, mich in die alte Form zurückzuzwingen, indem du dich mir gegenüber einschmeichelnd oder überredend oder einschüchternd *verhalten* hast. Du hast da diese Nische in deinem Kopf, in die eine Frau hineinpassen muß, eine Frau, die dich sexuell und hausfraulich bedient. Ich habe das nicht mehr getan, also mußtest du eine Frau finden, die dazu bereit ist. Wie ich aber wirklich bin oder denke, oder was ich gern tun möchte, das interessiert dich überhaupt nicht.«

»Quatsch!« sagte er und ging zur Tür.

»Würdest du mir deine neue Telefonnummer geben? Vielleicht möchte Matt dich gelegentlich anrufen.«

»Ja.« Er zog ein Adreßbuch heraus. Sie reichte ihm Papier und Kugelschreiber. Die Nummer war unter ›W‹ für ›wir‹ aufgeführt.

»Danke. Phantastisch«, preßte Emily durch die Zähne.

»Bitterkeit paßt nicht zu dir, Emily.«

»Wer ist hier bitter?« antwortete sie mit bitterem Auflachen.

In den darauffolgenden Wochen verschlechterte sich ihr Verhältnis zu Matt. Alle Eigenschaften, die er von Justin geerbt oder übernommen hatte, traten plötzlich scharf hervor und machten sie wahnsinnig. Wie seine Söckchen sich ringelten. Wie er schniefte, wenn er aufwachte. Einmal, als sie ihn aufforderte, sein Zimmer aufzuräumen, fuhr er sie an: »Räum doch selbst auf! Du bist die Mommy.« Sie verabreichte ihm eine kräftige Ohrfeige. Während er sie verblüfft anstarrte, wurde ein großer roter Handabdruck auf seiner Wange sichtbar.

Hastig riß sie ihn in ihre Arme und überschüttete ihn mit wortreichen Entschuldigungen.

Eines Sonntags kam Angela, Sammies Tochter, zum Spielen zu ihm. Die beiden Kinder waren in Matts Zimmer und wollten eine von seinen Puppen operieren. Emily hatte inzwischen aufgehört zu schlafen und zu essen und lief statt dessen kettenrauchend im Wohnzimmer auf und ab.

Dabei hörte sie, wie Matt zu Angela sagte: »Du kannst nicht der Doktor sein.«

»Kann ich doch«, widersprach Angela.

»Kannst du nicht.«

»Kann ich doch.«

»Du mußt die Krankenschwester sein, die den Patienten für die Operation fertigmacht.«

»*Ich* bin der Doktor.«

»Bist du nicht.«

»Bin ich doch.«

»Mädchen können nicht Doktor sein. Mädchen haben keinen Penis.«

Emily jagte ins Kinderzimmer und versetzte Matt ein paar kräftige Klapse aufs Hinterteil. Dabei sagte sie zähneknirschend: »Matthew Lawson! So etwas will ich nie wieder von dir hören, verstanden?«

Beide Kinder starrten sie so angstvoll an, daß sie mitten im Schlag innehielt. Matt stimmte ein lautes Gebrüll an, und Angela stimmte aus vollem Hals ein.

Emily schloß die Augen. »Es tut mir leid, Liebling«, murmelte sie schließlich. »Angela ist unser Gast. Wenn sie der Doktor sein will, mußt du sie lassen. Oder ihr wechselt euch beide ab.«

Matts Charakter kam zur Hälfte von Justin. Der Junge war auf eine Art und Weise mit Justin verbunden, wie Emily selbst es niemals sein konnte. Und was bedeutete das, wenn sie Justin verabscheute? Daß sie auch die Hälfte des armen Jungen verabscheute. Um ihr zu gefallen, würde er schließlich die Hälfte seiner eigenen Person verabscheuen lernen. Vielleicht sollte sie ihn Justin kampflos überlassen. Damit er statt dessen mit Abscheu vor jener Hälfte aufwuchs, die von ihr stammte...

Als Sammie kam, um Angela abzuholen, sagte sie: »Du fehlst uns bei unseren Abenden, Mädchen. Wann wirst du endlich mal wieder erscheinen?«

»Ach Gott, Sammie – ich hab' im Moment 'ne miese Phase.«

»Warum läßt du dir nicht von uns helfen, Kindchen?«

»Ich glaube kaum, daß mir jemand helfen kann. Es geht um eine größere Wesensverschiedenheit zwischen Maria und mir.«

»Das hab' ich gehört.«

»Was hat sie denn gesagt?« Maria versuchte vermutlich, die gesamte Frauengruppe auf ihre Seite zu bringen.

»Wir haben während der letzten beiden Abende darüber diskutiert, ob du das Recht hast, dein Gefühlsleben so zu privatisieren, wie du das tust.«

»Und wie lautet das Urteil?«

»Die meisten verneinen es. Aber ich nehme an, das tun sie nur, weil du uns allen wirklich fehlst, Mädchen, und weil wir wollen, daß du deinen Hintern endlich wieder zu unseren Treffs rüberbewegst.«

»Ich werde bestimmt wieder zu euch kommen. Sobald ich es ertragen kann, Maria wiederzusehen.«

»Du liebst sie sehr, nicht wahr?«

»Ja.«

»Ich weiß, daß sie dich ebenfalls liebt. Auf ihre Art.«

»Aber ihre Art ist nicht meine Art.«

»Und deine Art nicht ihre, Kindchen.«

Sammie nahm Matt für das restliche Wochenende mit zu sich. Emily stand rauchend im dunklen Wohnzimmer und betrachtete die Lichter, die am anderen Hudson-Ufer im Palisades Amusement Park blitzten. Tammy Wynette sang auf der Stereo-Anlage: ›Stand by Your Man‹. Zu ihrem Mann halten – mein Gott, hätte sie das nur getan! Maria hatte recht: Was als saftiges Zwischengericht von Weiberfleisch begonnen hatte, war zum Braten-Hauptgericht geworden.

Sie zog an der Zigarette und sah ihr Leben vor sich ausgebreitet wie ein Spiel Tarockkarten. Justin bei Shelby. Matt würde groß werden und sich selbständig machen. Maria lebte in polygamem Glück und ließ ihr Hirn in der Hitze von Malibu schmoren. Ihre Eltern waren tot. Und Emily hier ganz allein in der Nacht. Die ganze Nacht. Jede Nacht. Jahr um Jahr. Sie würde die Lichter im Palisades Amusement Park beobachten. Sie alle hin und wieder besuchen. Und sie würden dann freundlich zu ihr sein, als sei sie eine altjüngferliche Tante, insgeheim jedoch ungeduldig darauf warten, daß sie endlich wieder verschwand, damit sie mit ihrem eigenen Leben fortfahren konnten.

Kein Mensch, der ihr ein Süppchen brachte, wenn sie mal krank war. Kein Mensch, der das Weihnachtsdinner mit ihr teilte. Kein Mensch, mit dem sie gemeinsame Steuererklärungen abgeben konnte.

Seit ihrem Streit hatte sie nicht mal mit Maria telefoniert. Sie war nicht sicher, ob sie sich so verändern konnte, wie es notwendig war, wenn sie mit ihr in Verbindung bleiben wollte – selbst wenn sie dazu bereit wäre. Maria: Es gab nichts, wobei Maria Emilys Hilfe brauchte. Sie verdiente ihren Lebensunterhalt selbst. Sie hatte andere Bettgenossinnen. Sie konnte ebenso gut kochen und putzen wie Emily. Sie hatte ein ausgefülltes Leben – ohne Emily. Anscheinend war sie ganz einfach gern mit ihr zusammen. Gewesen, jedenfalls. Und damit konnte das Große Ohr nicht fertig werden. Das Große Ohr – ganz allein um ihrer selbst willen geliebt, statt wegen irgendwelcher Dienste, die sie leisten konnte?

Wenn Maria ihre Dienste nicht brauchte, besaß Emily keine Macht über sie. Dann konnte Maria nach Belieben kommen und gehen. Und das war für Emily unerträglich. Wenn sie Maria nur verkrüppeln und ihre Krücken in Gewahrsam nehmen könnte! Sie wünschte sich eine bewegungsunfähige Maria, unabänderlich abhängig, unbestreitbar ihr Eigentum. Damit Emily es satt haben konnte, die Verantwortung für sie zu tragen, und sie schließlich dafür verachten konnte, daß sie sich nicht selber zu helfen vermochte. Damit Emilys Liebe sich in Abscheu und dann in Haß verwandeln konnte. Damit Emily sich endlich von diesem schrecklichen Bedürfnis danach befreien konnte, daß Maria sie brauchen möge!

Emily zog ihre schwarze Lederjacke an und fuhr ins Village. Nächste Woche würde sie sich einen Job suchen. Und heute abend mit irgend jemandem ins Bett gehen. Sie liebte Maria. Sie wollte mit ihr zusammensein. Sie wollte nicht allein bleiben. Sie würde versuchen, nach Marias Regeln zu spielen.

Emily gabelte sich eine attraktive junge Frau mit rotem Lockenkopf auf, die ein blau-weißes Footballtrikot trug. Sie tanzten immer enger umschlungen, und Emily bezahlte ihr einige Drinks. Schließlich fanden sie einen Tisch. Emily blickte der jungen Frau tief in die Augen, preßte ihr Knie an das der anderen und legte ihr beim Gespräch die Fingerspitzen auf den Arm.

Als der Abend zu Ende ging, hatte das Große Ohr ihr zwanzig Dollar geliehen und erteilte ihr Ratschläge, wie sie mit ihrer schwierigen Mutter umzugehen habe.

Dann ging das Große Ohr allein nach Hause und ins Bett. Sie konnte nicht mit der Jugend Amerikas *schlafen* – sie mußte sich um sie *kümmern*. Jetzt wurde Emily langsam klar, welches Talent Maria besaß: Sie war bereit vorauszusetzen, daß andere Menschen sich um sich selbst kümmern konnten und nicht unbedingt sie dazu brauchten. Sie beneidete Maria um ihre Demut.

Die nächste Woche benutzte Emily dazu, Menschen kennenzulernen. Sie durchforschte Underground-Blätter nach Aufrufen zu Treffen mit gleichgesinnten Frauen. Es gab beinahe für jeden etwas: Bondage Support Group, Bisexual Biracials. Aber leider keine Anonymen Hahnreis. Gail rief sie an und drängte sie, an der Freizeit teilzunehmen, die die Frauengruppe im Ferienhaus ihrer Eltern in Upstate New York veranstalten wollte. Mittlerweile fühlte sie sich so einsam, daß sie selbst Hitler in seinem Bunker Gesellschaft geleistet hätte.

Als Emily bei der Freizeit-Gruppe eintraf, kam Maria ihr entgegen und gab ihr einen Kuß. Sofort spürte sie, wie das altbekannte Verlangen all ihre Gelenke zu Gallert werden ließ. »Na, wie geht's?« erkundigte sich Maria.

»Gut.«

Sie setzten sich an den Teich, der in der Hitze schimmerte. Die anderen, die schon nackt in der Sonne lagen, hielten Abstand. Emily räusperte sich. »Also, Maria, es tut mir leid, daß ich dir vorgeworfen habe, ein Sultan in Weiberkleidern zu sein. Diese ganze Woche lang hab' ich versucht, den Anonymen Hahnreis beizutreten, aber ich konnte sie leider nicht finden.«

Maria lachte. »Wenn du sie doch noch finden solltest, müßten wir wohl allesamt Mitglieder werden.« Und fügte hinzu: »Aber das ist ein männlicher Begriff. Warum streichst du diesen Ausdruck nicht aus deinem Vokabular?«

»Wieso?«

»Wenn du den Ausdruck ausmerzt, merzt du vielleicht auch die Gefühle aus, die damit verbunden sind.«

»Aber der Ausdruck wurde doch vermutlich für Gefühle geschaffen, die bereits existierten.«

»Aber nicht jede Kultur verfügt über ein entsprechendes Wort. Hör zu, vielleicht sollten du und ich und Kate heute nacht mal einen Dreier machen.«

»Hä?«

»Damit du über diesen Eifersuchtstrip hinwegkommst.«

Emily schwieg.

»Hast du denn etwa noch nie einen Dreier gemacht?«

Emily schüttelte den Kopf. Anscheinend gab es keine Grenzen für die Zugeständnisse, die sie machen mußte, wenn sie mit Maria zusammenbleiben wollte.

»Überleg's dir«, schlug Maria vor.

Emily sah zu, wie sie ins Wasser sprang, zum Steg schwamm und sich herausstemmte. Da stand sie nun, tropfnaß und in der Sonne glänzend. Warum hatte sie nur versucht, Maria zu zähmen? Emily selbst hatte es doch auch übelgenommen, als Earl dasselbe mit ihr zu machen versuchte.

Als sie mit Kate und Maria, bepackt mit Schlafsäcken, einer Laterne und zwei Flaschen Wein, zum Wald marschierte, kam Emily sich ganz ähnlich vor wie Marie-Antoinette auf dem Weg zur Guillotine. Doch wenn dies unumgänglich war, um ihre besitzergreifende Haltung Maria gegenüber loszuwerden – damit Maria dann mit ihr zusammenbleiben wollte und möglicherweise sogar erwog, Kate aufzugeben –, dann würde sie das, bei Gott, auch tun!

Sie breiteten die Schlafsäcke auf einer Laubschicht aus und zogen die Kleider aus. Dann legten sie sich auf die Schlafsäcke, ließen den Wein hin und her gehen, plauderten und berührten einander. Kate und Emily waren gehemmt und mißtrauisch. Emily hatte gerade einen Brief von Sally bekommen über einen Bastelkurs, an dem sie abends in der High School teilnahm. Was die wohl glaubte, wie ihre ältere Schwester ihre Freizeit verbrachte? Justin zu betrügen würde in Sallys Augen schon schlimm genug sein. Mit einer anderen Frau zu schlafen – unvorstellbar. Aber mit *zwei* Frauen zugleich? Und was würden die *Eltern* sagen? Gar nichts. Die würden einfach sprachlos sein. Wenigstens konnte ihr niemand vorwerfen, gedankenlos nur ihrer Erziehung entsprechend zu handeln.

Emily lag in der Mitte; Kate und Maria begannen sie zu streicheln und an ihren Brustwarzen zu saugen. Emily verlor die Übersicht darüber, wer was mit wem anstellte. Obwohl sie mit Kate und Maria schlief, war sie in einer ganz persönlichen Phantasiewelt gefangen. Und dadurch noch einsamer, als wenn sie allein gewesen wäre. Sie sah zu, wie Kate Maria zwischen den Beinen küßte, und erwartete, von Eifersucht zerfressen zu werden. Aber sie empfand nichts.

Nachdem sie alle gleichermaßen zum Orgasmus gekommen waren, lagen sie im Dunkeln da und rauchten. Emily fühlte sich genauso wie damals, nach ihrer Einführung bei den Ingenues. Sie kehrte allein zum Haus zurück. Wieder einmal hatte das Große Ohr sie dazu verführt, etwas nur deswegen zu tun, weil andere Menschen es so wollten. *Shit.*

Am nächsten Morgen, als Emily am Teich in der Sonne lag, dachte sie sinnend an ihr einsames Alter: ohne einen Menschen, der auf der Veranda des Altersheims im Schaukelstuhl neben ihr saß. Beim Frühstück hatte Maria gefragt: »Na, wie fandest du's gestern abend?«

»Na ja, eines hat jedenfalls geklappt«, antwortete Emily. »Ich bin nicht mehr eifersüchtig.« Emily hatte nicht hinzugefügt, daß sie wahrscheinlich nie mehr mit jemandem schlafen würde, weder mit Maria noch mit einem anderen Menschen.

Die anderen lagen in der Nähe und ließen sich braunbrennen. Maria und Kate diskutierten darüber, wie die Dinge in Zukunft aussehen würden. Statt einzelner Paare würde es ganze Stämme von starken Frauen geben, die von dem lebten, was der Boden hergab, und über sämtliche Fertigkeiten verfügten, die für ein Leben abseits der feindlichen patriarchalischen Welt notwendig waren. Sie würden einander Familie sein, doch eine erweiterte, bewußt ausgewählte Familie. Sie würden gegenseitig für Bankkredite bürgen, einander die Ohrläppchen durchstechen, Tampons mit Mengenrabatt kaufen.

Geschüttelt von Abscheu gegen alles Fleisch, hörte Emily ihnen zu. Menschen aufzunehmen oder abzulehnen, nur aufgrund der Tatsache, daß sie zwischen den Beinen etwas hängen hatten oder nicht, war in ihren Augen nicht weniger absurd, als sie aufzunehmen oder abzulehnen aufgrund ihrer Hautfarbe. Die Ingenues hatten Ina Sue Bascombe abgelehnt, nur weil sie sich die Beine nicht rasierte. Mein Gott!

Der nächste Frauentreff fand in Emilys Wohnung statt. Als Susannah hereinkam, hatte sie zwei blaue Augen und eine genähte Schnittwunde, die sich von einem Mundwinkel über die ganze Wange zog.

»Mein Gott, wie siehst du denn aus? Was ist passiert?« erkundigte sich Emily.

Susannah lächelte, soweit das ihre Wunde zuließ. »Ich bin diese Woche vergewaltigt worden.«

Im Zimmer wurde es totenstill. Susannah setzte sich aufs Sofa und erzählte, daß sie am frühen Nachmittag in ihrer Schwesterntracht zum Roosevelt Krankenhaus hatte gehen wollen. Auf der Straße hatte ein geschlossener Lastwagen gehalten, zwei junge Schwarze waren herausgesprungen, hatten die Hecktüren geöffnet und sie hineingezerrt. Passanten gingen ungerührt weiter. Als sie sich wehrte, zeigte einer von ihnen auf ihre Schilddrüsenoperationsnarbe, testete mit dem Daumen die Schärfe seiner Messerklinge und sagte: »Mama, wenn du nicht stillhältst, bist du gleich eine einzige große Narbe.«

Vor einem zum Abriß bestimmten Wohnhaus holten sie sie aus dem Wagen und schleppten sie die Treppe hinauf in ein Zimmer mit zerbrochenen Fensterscheiben. Auf einer muffigen Matratze machten sie sich der Reihe nach über sie her.

Ihre Stimme klang durchaus gelassen: »Ich erinnere mich nur noch an ihre Augen. Blutunterlaufen und mit geweiteten Pupillen. Müssen Rauschgift genommen haben. Immer wieder sagten sie: ›He, he, Big Mama – komm, wir beide woll'n mal 'n bißchen spielen.‹ Der mit dem Messer hielt mir die Klinge immer wieder unter die Nase und sagte: ›Ich werd' mir 'n richtig schönes, großes Stück abschneiden, von diesem Fleisch des weißen Mannes.‹ Und ihre Schwänze kamen aus allen Himmelsrichtungen auf mich zu.

Ich mußte an euch alle denken, was ihr an meiner Stelle wohl getan hättet.« Sie lachte. »Ich hab' gesagt, ich wäre 'ne Lesbierin, sie sollten mir bitte nicht noch mehr antun. Aber die kicherten nur, und einer sagte: ›He, Mama, wenn du mehr Mann bist als wir, dann laß doch mal deinen Schwanz sehen!‹ Sie tanzten rum und verglichen stolz ihre Erektionen. ›Arme, alte Mama! Hat gar kein Ding. Wie soll sie da bloß die Mösen ficken?‹

Dann hab' ich behauptet, ich wäre schwanger. Sie schrien vor Lachen. ›Gerade hast du gesagt, du wärst 'n kesser Vater. Un' jetzt sagst du, du bist schwanger. Wir mögen ja schwarz sein, Baby, aber dämlich sind wir nich'.‹ Dann hat mir einer die Bluse ausgezogen, an meinen Titten rumgespielt und gesagt: ›Das hier is' aber wirklich 'ne schöne große Mama.‹

Ich hab' gesagt: ›Hört zu, jawohl, man hat euch verschaukelt. Ihr könnt keine Arbeit kriegen, kein Geld verdienen. Aber dies Spielchen treibt der weiße *Mann!* Die weißen Frauen sind ebensosehr Opfer wie ihr. Wir sollten uns lieber verbünden. Rächt euch an diesen Scheißern, nicht an uns!‹ ›Wovon redet die eigentlich, Mann?‹ hat der eine die anderen gefragt.«

Gail weinte leise vor sich hin. Kate ballte und öffnete die Fäuste. Emily versuchte immer wieder, mit dem Zähneknirschen aufzuhören.

»Was ist mit deinem Mund passiert, Herzchen?« fragte Sammie.

Susannah atmete tief durch. »Na ja, die hatten mich jeder ein paarmal genommen, von vorn und von hinten. Ich hab' ziemlich viel geschrien, aber nach einer Weile eingesehen, daß es keinen Zweck hatte. Jedenfalls, denen schien's Spaß zu machen. Dann beschlossen sie, daß ich ihnen einen blasen sollte. Ich kniff den Mund zu, darum haben sie ihn aufgeschnitten. Dann haben sie angefangen, mich zu verprügeln, und ich wurde ohnmächtig. Auf einem unbebauten Grundstück haben sie mich später aus dem Wagen geworfen. Als ich zu mir kam, stießen mich zwei weiße Teenager mit ihren Tennisschuhen an. ›Bitte, helft mir‹, hab' ich gefleht. Die beiden sahen einander an, grinsten, machten ihre Jeans auf und stürzten sich auf mich. Als sie endlich fort waren, haben mich ein paar kleine Kinder entdeckt und die Polizei geholt.«

Die Gruppe saß mehrere Minuten lang schweigend da.

»Du scheinst das ziemlich gelassen zu nehmen«, stellte Lou schließlich fest. »Ich wäre wütend wie ein Stier.«

Susannah lachte. »Gelassen? Ich hab' Valium geschluckt. Wenn mir jetzt auf der Straße ein Mann begegnet, fang' ich so furchtbar zu zittern an, daß ich mich hinsetzen muß. Ich weiß genau, daß nur ein verschwindend geringer Prozentsatz aller Männer jemals 'ne Frau vergewaltigt hat. Aber jetzt kann ich nicht mal mit John in einem Bett schlafen.«

»Hast du denn Hilfe?« fragte Kate.

»Ja, mein Analytiker untersucht mit mir die Körpersprache, die ich benutzt haben muß, um zu erreichen, daß sie von den vielen Frauen auf der Straße ausgerechnet mich genommen haben. Als er von dieser Gruppe erfuhr, meinte er, ich hätte vermutlich vergewaltigt werden *wollen*, um meine schlechte Meinung von den Männern bestätigt zu sehen.«

»Quatsch!« »Blödsinn!« »Dieses Arschloch!« fauchten sie.

Sammie warf ihnen einen erbosten Blick zu. »Ich meine, Susannah-Kindchen, du tust mir wahnsinnig leid. Aber du mußt das doch mal so sehen: Du darfst so was nicht persönlich nehmen, denn diese *cats* sind ja dazu getrieben worden...«

»Ich hab' die Nase voll von all diesem liberalen Scheißdreck!« schrie Emily zu ihrer eigenen Überraschung.

»Ja, du würdest die Bluthunde loslassen, nicht wahr?« fuhr Sammie auf.

»Es ist die Schuld der Gesellschaft, es ist die Schuld von Susannahs Unbewußtem. Marx sagt dies, Freud sagt das. Scheiße! Es ist die Schuld dieser fünf beschissenen Rauschgiftsüchtigen mit Schweizer Käse statt Gehirn, und die müßte man aufhängen!«

»Kratzt man an 'nem weißen Südstaatler, findet man sofort 'n *crakker*«, stellte Lou träge fest.

»Wunderbar!« schimpfte Emily. »Macht ihr nur weiter und spendet für die Wohltätigkeit. Gebt eure abgelegten Kleider der Heilsarmee. Schreibt eurem Senator wegen Umschulungsprogrammen!«

»Immer noch besser als lynchen«, warf Lou ein.

»Ich rede nicht von lynchen. Ich rede von persönlicher Verantwortung. Was ist mit den Männern, die in Armut, Ungerechtigkeit und Demütigung aufgewachsen sind und *nicht* vergewaltigen? Sind sie Schwächlinge oder Feiglinge oder gefühllos oder was?«

»Die brauchen nicht zu vergewaltigen«, erklärte Maria. »Die haben diese *cats,* die die Frauen für sie ducken. Genau wie die Deutschen ihre SS hatten und die Plantagenbesitzer ihre Aufseher.«

Susannah saß schweigend da. Auf einmal schämten sich die anderen, weil sie, um ihren Zorn und Kummer zu bewältigen, ins Theoretisieren ausgewichen waren. »Ich war Opfer Nummer vierzehn dieser Männer im Lastwagen«, fuhr Susannah fort, »und einen hat die Polizei tatsächlich erwischt, als sie gerade Nummer fünfzehn überfielen. Haben ihn in den Kopf geschossen, während die beiden anderen davonfuhren. John ist mit mir ins Leichenschauhaus gefahren, zur Identifizierung. Sie haben ihn rausgerollt, und ich hab' sein Gesicht gesehen, und die Schußwunde mitten auf der Stirn, und ich...« Sie wurde von Schluchzen geschüttelt. »...und ich war froh! *Ich war so gottverdammt froh darüber!*«

All die lieben, traurigen, tapferen Frauen aus Emilys Jugendzeit – die Kirche war voll davon. Geschlagen und geschmäht und zum Schweigen gebracht und ausgenutzt, ihr Leben lang! An jenem Abend, als sie Susannah zuhörte, war es Emily wie Schuppen von den Augen gefallen. In jedem Land, in der gesamten Menschheitsgeschichte: Brüste abgeschnitten, Klitoris herausgerissen, Speere in die Vagina gestoßen. Von Männern. Von den Mietlingen dieser Scheißer, die da mit selbstzufriedener, frommer Miene auf den Kirchenbänken hockten. Raymond in Overall und Jackett, verstrickt in die Idiotie des Landlebens. Sein selbstzufriedener ›Selfmademan‹ von Vater, mit den angeklatschten Haaren, den langen Koteletten und dem steif wirkenden Anzug. Ihr eigener Vater und Großvater, in derselben Kirchenbank wie sie. Sie war versucht, für ›ihre‹ Männer eine Ausnahme zu machen. Aber Maria hatte recht: Es durften keine Ausnahmen gemacht werden. Sie profitierten alle zusammen von jeder Tat anderer Männer, durch die Frauen in Angst und Schrecken und in ihrem Dienst gehalten wurden. Und was war mit Matt, der mit verwirrter, bekümmerter Miene neben ihr saß? Konnte sie verhindern, daß er genauso wurde wie die anderen? Wahrscheinlich nicht, aber sie würde es verdammt noch mal versuchen!

Der Augenblick, auf den alle gewartet hatten, war da: Sally blickte durch ihren Schleier in den Sarg auf Jed hinab und schien sich nicht entscheiden zu können, ob sie leise wie ein Methodist weinen, laut wie ein Baptist jammern oder es in würdigem Schweigen tragen sollte wie ein Episcopalier. Aller Augen ruhten auf ihr, genossen ihre Witwentrauer. Sie tupfte sich mit einem Taschentuch die Augen, und ihre Schultern begannen zu zucken.

O Gott, was war das für eine Zeit gewesen! Sally und ihre Kinder vollkommen erledigt, die Tatros hysterisch, Newland in Aufruhr, Zeitungs-Schlagzeilen. Und während alle rings umher immer hektischer wurden, waren ihre eigenen Eltern immer ruhiger geworden und trafen grimmig die notwendigen Anordnungen. Emily hatte versucht, ihrem Beispiel zu folgen, und war mit Matt, Joey und Laura ins Kino und in Drive-in-Restaurants gegangen. Sogar einen Ausflug zu allen Parkplätzen aus Emilys Jugendzeit hatten sie gemacht, wo sie selbst sämtliche Fummeleien und Rangeleien mit Raymond und Earl auf dem Autorücksitz rekapitulierte.

Überdies hatte sie ihr Bestes getan, um der armen Sally eine Stütze zu sein, obwohl sie bezweifelte, daß sie wirklich eine große Hilfe war, bei den Gefühlen, die sie für Jed im besonderen und für die Männer im allgemeinen hegte. Schließlich hatte sie sich Sally anvertraut, die zunächst schockiert war, sich aber dann freute, daß Emily sich ihr offenbarte. Seit der Zeit des Schloßbaums hatten sie sich einander immer stärker entfremdet. Emily fand es schön, diese traurige Zeit dazu benutzen zu können, sich einander wieder zu nähern. Schließlich waren sie beide Frauen, und beide in derselben schlimmen Lage.

Sie sah die Fünf im Schloßbaum vor sich: Jed mit nacktem Oberkörper und Rippen wie ein Xylophon, wie er grinste und Sally die Zunge rausstreckte, während sie in ihre hellbraunen Zöpfe hineinkicherte, die sie sich vor dem Mund zusammengeknotet hatte. Damals war ihnen die Welt einfach und schön vorgekommen, geschaffen ausschließlich zur Freude und zum Vergnügen der Fünf...

Emily erkannte, daß das einzige, womit sie in diesen letzten Tagen nicht fertig geworden war, ihr eigener Kummer über dieses so kurze und komplizierte Leben war – ein Kummer, der nun in ihr wühlte wie ein rastloser Tiger im Eisenkäfig. Sie sehnte sich nach New York zurück, zu Maria, die sie in die Arme nehmen, sie berühren und ganz behutsam wieder Leben in ihren fühllosen Körper hineinstreicheln würde. Und zu der Frauengruppe, die sie in Ruhe anhören, ihre Trauer wie die eigene empfinden, ihr die Kraft und den Willen zurückgeben würde, den Kampf im Namen aller erniedrigten Frauen der Welt weiterzuführen, damit keine von ihren Töchtern das durchmachen mußte, was Sally jetzt zu erleiden hatte.

Das Gospel-Quartett sang: »... proceed to that gate called Calvary. / Reservations secured from the Savior / For your one-way flight to Glory Land...«

Emily hörte, wie hinter ihr Mrs. Webb ihrer Schwester zuflüsterte:

»Was glaubt dieser Raymond Tatro eigentlich, wer er ist – Snuffy Smith? Man sollte meinen, zur Beerdigung seines eigenen Bruders könnte er wenigstens einen Anzug anziehen!«

»Hast du ihn in letzter Zeit mal reden hören? Klingt wie direkt aus ›Hee-Haw‹ im Fernsehen.«

»Ist der nicht oben im Norden gewesen? Glaubst du, der will sich über uns lustig machen?«

Zweites Kapitel
Raymond

Sein Vater ergriff den Arm der Mutter, um sie zu stützen, also nahm Raymond Sallys Arm. Ginge es nach der Bibel, müßte er jetzt Jeds Platz im Ehebett einnehmen. Er grinste bei dem Gedanken, daß das Bumsen mit Sally ungefähr so sein mußte wie das Bumsen mit einem ausgekochten Suppenhuhn. Nichts als Knochen. Dann sagte er sich, daß es nicht besonders taktvoll sei zu grinsen, wenn man vom Sarg seines toten Bruders kam.

Emily saß da drüben in Anzug und Krawatte und beobachtete ihn. Während er vorn stand und darauf wartete, daß er an den Sarg treten konnte, hatte er gehört, wie Mrs. Webb ihrer Schwester zuflüsterte: »Weißt du schon, meine Liebe? Emilys Mama und ihr Daddy sind einfach *außer* sich, daß sie sie auf ein College im Norden geschickt haben!« Seine erste große Liebe – eine Lesbe! Na ja, aber so ging's ihm immer. *Eine* Lehre hatte er daraus gezogen, daß er seit anderthalb Jahren oben in Tatro Cove lebte: Am Ende wurde man von allen verraten, war man die ganze Zeit von allen hintergangen worden. Auf niemanden konnte man sich verlassen, nur auf sich selbst.

Die Verwandten aus Tatro Cove waren schon vor ihm, gramgebeugt und laut klagend, an Jeds Sarg getreten. Mr. und Mrs. Prince waren eindeutig schockiert gewesen über dieses unziemliche Theater, hatten aber mit pflichtbewußter, verkniffener Würde in den Sarg hinabgeblickt.

Sally stolperte, so daß Raymond sie praktisch tragen mußte. Man wußte immer ganz genau, wenn es in Pine Woods eine Beerdigung gab, denn dann tanzten die Leute mit Fächern vom Ready Funeral Home mit dem Bild Martin Luther Kings auf den Bürgersteigen herum – vor lauter Freude darüber, daß es dem Herrn gefallen hatte, den lieben Verstorbenen aus seinem irdischen Kerker zu erlösen. Die Leute von Tatro Cove dagegen hegten keine derart optimistischen Gefühle. Der Leichnam verweste in seinem Grab und wurde bald von den Würmern gefressen. So sahen sie das.

Sie setzten sich in die vorderste Reihe neben seine Eltern, Joey und Laura. Das Gesicht seiner Mutter war knallrot und verquollen. Seit der Nachricht von dem Unfall hatte sie nicht mehr aufgehört zu weinen. Jetzt würde sie nie mehr einen Sohn haben, der einmal Vizepräsident der Spinnerei werden konnte. Raymond fragte sich, ob sie wohl auch so weinen würde, wenn es sein Leichnam wäre, der da im Sarg lag. Eigentlich bezweifelte er das. Kurz bevor sie heute zur Kirche aufbrachen, hatte er mit seinem Vater einen schrecklichen Krach wegen seiner Aufmachung gehabt. Aber er besaß nun mal keinen Anzug, und schon gar keinen schwarzen, hatte kein Geld, sich einen zu kaufen, und hätte sich auch keinen gekauft, wenn er das Geld dazu gehabt hätte. Newland mußte ihn eben so nehmen, wie er war. Er wünschte jedoch, seinen Eltern ein Trost sein zu können, anstatt ein Kreuz. Sich allerdings jetzt Gedanken darüber zu machen, dafür war es wohl ein bißchen spät.

Mr. Marsh – ganz vorn – zählte Jeds wertvolle Charaktereigenschaften auf: Footballheld, Vorarbeiter, Ehemann, Vater, Kirchendiener. Sally wurde von Schluchzen geschüttelt. Sie schlug die Hände vors Gesicht. Raymond hatte schreckliches Mitleid mit ihr, deshalb legte er ihr ungeschickt den Arm um die Schultern. Und wenn sich Jed die allergrößte Mühe gegeben hätte – *noch* demütigender hätte er dies für sie nicht gestalten können. Vielleicht *hatte* er sich ja Mühe gegeben. Auf dem Chattanooga Highway zusammen mit der Frau seines besten Freundes, nach einem Abend im Lazy Daze Motel, von einem Sattelschlepper überrollt! Wo er zur selben Zeit doch eigentlich als Joeys Manager beim Peewee Boxing im Robert-Prince-sen.-Einkaufszentrum hätte auftreten müssen. Das war der Stoff, aus dem früher die großen Gebirgsballaden gemacht wurden. Und was für 'n Musterknabe Old Jed scheinbar immer gewesen war! Sogar die Story von der heimlichen Trauung mit Sally hatte die Stadt anstandslos geschluckt. Aber aus diesem Ding konnte er sich nicht mehr rausschwindeln. Vielleicht war das zum Teil der Grund, warum alle so hysterisch waren. Demaskierte Tugend: das Doppelleben von Big Jed Tatro, öffentlicher Musterknabe, heimlicher Fremdgänger.

Raymond überlegte, ob die Leute ihm jetzt vielleicht glauben würden, daß Jed während des Streiks das Konföderiertendenkmal in die Luft gesprengt hatte. »Also, Jed Tatro, der würde so was doch niemals tun!« hatten sie sich bis zu dem Tag entrüstet, da er sich mit Betty Osborne zusammen auf der Straße überrollen ließ. Raymond sah ein, daß seine Verbitterung noch aus der Kinderzeit stammte. Er ganz allein hatte die Bürde der Rebellion tragen, den Weg ebnen müssen, auf dem Jed ihm dann ungehindert folgen konnte. Immer wieder – ob es nun darum ging, daß er auf der Straße radfahren, nach Einbruch der Dunkelheit ausbleiben, den Highway zum Drugstore überqueren, mit Mädchen ausgehen, den Wagen des Vaters fahren durfte –, immer wieder hatte Raymond das alles mit seinen Eltern ausfechten müssen. Und als Jed dann nach ihm soweit war, hatten sie nicht mehr viel dagegen gehabt. Doch hatte Jed ihm ein einziges Mal dafür gedankt? Niemals! Und nie hatte er auch nur erkennen lassen, daß ihm die Sachlage überhaupt klar war. Im Gegenteil, er hatte jede nur mögliche Gelegenheit ergriffen, sich auf die Seite der Eltern zu schlagen – gegen Raymond. Und während des Streiks hatte er in der ganzen Stadt verbreitet, Raymond sei ein Roter, ein Homo, ein Niggerfreund, ein Hippie und Gott weiß was sonst noch alles. Es war sehr merkwürdig gewesen, von Justin erst als *cracker*, und dann, von einem Tag auf den anderen, von Jed als Kommie bezeichnet zu werden.

Als er auf seiner letzten FORWARD-Sitzung verkündete, daß er nach Newland zurückkehren wolle, hatten sie ihn bloß angesehen. Bis Maria schließlich sagte: »Das soll doch wohl ein schlechter Scherz sein!«

»Nein.«

»Ja, aber warum denn, um Himmels willen?« fragte Justin.

»Meine Leute brauchen mich.«

»*Deine* Leute?« höhnte Morris.

»Die arbeitende Bevölkerung des Südens, die von den Yankee-Kapitalisten versklavt wird.«

»Ich glaube, du hast zuviel Marx gelesen«, murmelte Maria.

Zunächst war es für ihn wie ein Eiertanz gewesen. Während des einen Jahres in New York City hatte er alle Floskeln vergessen, die man in Newland anwenden mußte. Als seine Mutter ihn fragte, wie ihm ihr neuer Wintermantel gefalle, hatte er ihr geantwortet, er finde, die Farbe stehe ihr nicht. Daraufhin war sie in Tränen ausgebrochen. Er war verwirrt. Warum hatte sie ihn denn gefragt, wenn sie gar nicht wissen wollte, was er tatsächlich davon hielt? Er hatte die beiden Phrasen vergessen, die von den Südstaatlern bei allen möglichen Gelegenheiten verwendet wurden: »Wirklich hübsch!« Und: »Vielen Dank, mir geht's gut.«

Es verunsicherte ihn, wenn auf der Straße eine Frau auf ihn zustürzte und loskreischte: »Also wahrhaftig, Raymond Tatro Junior! Ich hab' schon gehört, daß du wieder zu Hause bist. Was hattest du auch in New York zu suchen, nicht wahr? Wie geht's denn deiner lieben Mama? Sag ihr doch bitte, daß Vilma sie grüßen läßt.« Völlig Fremde pflegten ihm zuzulächeln und zu sagen: »Schöner Tag heute, nicht wahr?« Warum konnten die sich nicht um ihre eigenen Angelegenheiten kümmern? Nach wenigen Wochen schon suchte er Zuflucht auf einer entlegenen Gebirgsfarm in der Nähe des Kentucky Highway.

Er war überzeugt, daß er seinen Arbeitskollegen lediglich zu erklären brauchte, wie sie von den Kapitalisten ausgebeutet wurden. Doch jedesmal, wenn er dazu ansetzte, lächelten einige von ihnen freundlich, aber verständnislos. Andere wandten sich achselzuckend ab. Wieder andere fragten, was das denn sei, ein Kapitalist. Und manche versuchten, ihn in eine Diskussion über die Vorzüge von Ford-Automobilen gegenüber Chevys hineinzuziehen.

Als er eines Abends auf seiner Veranda darüber nachdachte, fiel ihm auf, daß die arbeitende Bevölkerung der Südstaaten dazu neigte, Situationen auf Personen zu beziehen. Er mußte seine Taktik den Eigenheiten seiner Wähler anpassen. Da seine eigene Betrachtungsweise sich während der letzten Tage in New York so drastisch verändert hatte, fiel es ihm gar nicht schwer, Mr. Prince als geldgierigen Sklaventreiber hinzustellen. »Seht ihn euch doch an, wie er da oben in seinem großen gelben Kasten auf dem Hügel hockt! Der kümmert sich einen Dreck um euch alle hier unten in der Fabriksiedlung!« Aber sie ließen es sich nicht ausreden, in Mr. Prince den Messias zu sehen. Einige huschten verstohlen davon, wenn Raymond so zu reden anfing. Andere versuchten ihn rauszuprügeln oder nannten ihn einen verdammten Kommunisten.

Er war verwundert. Es war doch alles so elementar! Wieso sahen sie das nicht ein? Eine Bande von vernagelten Hillbillies, die einem vernünftigen Argument nicht mal folgen konnten, wenn man's mit Skunkwitterung einschmierte. Wenn er nach Hause kam, melkte er die Kuh, sammelte die Eier ein, kochte sich etwas zu essen, setzte sich auf die Veranda und lauschte den nächtlichen Geräuschen. Von Zeit zu Zeit verspürte er so eine Art Nagen in der Magengrube, das er schließlich als Einsamkeit identifizieren konnte. Keinen Menschen gab es hier unten, der ihn verstand. Er begann sich nach den FORWARD-Sitzungen zu sehnen. Die Leute da oben waren zwar nicht seiner Meinung, aber sie wußten wenigstens, wovon er sprach.

Am Highway gab es einen Fernfahrerstop mit angeschlossenem Motel und einem kleinen Kramladen, in dem er einkaufte. Wenn das Nagen allzu schlimm wurde, ging er dort auch zum Essen hin. Während er aß, beobachtete er, wie Thelma, die Kellnerin, dem lüsternen Grinsen und den zotigen Bemerkungen der Trucker begegnete. Er bewunderte die gelassene Art, mit der sie dieses Gequatsche zurückwies. Eines Abends fragte sie ihn, ob er vielleicht in der Nähe wohne. Sie kamen ins

Plaudern, und schon bald fuhr er an jedem Abend zum Essen zu ihr. Thelma wohnte ein paar Meilen den Highway hinunter und war mit einem Mann verheiratet, der vom Hals abwärts gelähmt aus Vietnam zurückgekommen war. Sie fing an, Raymond zum Abendessen besondere Leckerbissen zu kochen. Manchmal saß er den ganzen Abend da, trank Kaffee und unterhielt sich mit ihr, wenn sie gerade einmal Zeit hatte. Er versuchte ihr zu erklären, was er in der Spinnerei plante. Und sie, mit ihrem schlichten Hinterwäldler-Scharfsinn, schien das sogar zu begreifen. Im Gegensatz zu Maria hatte Thelma weder Theorien noch Zitate oder hochtrabende Worte parat, dafür jedoch *lebte* sie das, was Raymond meinte. Schwere Arbeit für einen erbärmlichen Lohn. Der Ehemann beinahe ausgelöscht bei der Verteidigung der Interessen von Kapitalisten in einem Land, in dem die nichts zu suchen hatten. Salz der Erde, diese Thelma. Eine ehrliche, fleißige Frau. Besonders bewunderte er die Hingabe, mit der sie ihren behinderten Mann pflegte, und ihre Weigerung, sich mit all diesen geilen Truckern einzulassen.

»Jim bedauert überhaupt nichts«, behauptete sie, als Raymond ihr Vietnam zu erklären versuchte. »Er liebt sein Land. Findet kein Opfer zu groß dafür.«

»Und du? Bist du derselben Meinung wie er?«

»Herzchen, *ich* bedauere einiges«, antwortete sie. »Worauf du dich verlassen kannst.«

»Daß er bei der Verteidigung von Interessen verkrüppelt wurde, die nicht seine eigenen waren?«

»O Gott nein, Herzchen!« Sie wurde rot. »Daß er's mir nicht mehr besorgen kann, wie früher.«

»Ach so.« Seit Raymond sich von Maria erholt hatte, war ihm kaum noch einmal der Gedanke an Sex gekommen. Maria hatte ihn gegen das ›Verlieben‹ immunisiert. Nie wieder würde er einem Menschen die Möglichkeit geben, ihm so sehr weh zu tun. Ein paarmal im Monat onanieren – mehr als das brauchte er wirklich nicht. »Und was machst du statt dessen?« Er spielte Frauen gegenüber gern die Rolle des kleinen Bruders. War weiß Gott besser, als den Lothario zu spielen.

»Ich esse.« Sie holte sich eine Gabel und verdrückte den Rest von seinem Schokoladenkuchen. »Und schütte jedem mein Herz aus, der zuhören mag.«

»Ich werde dir zuhören, solange du willst, Thelma. Schließlich hörst du mir ja auch immer zu.«

»Ich habe nachgedacht, Raymond.«

»Ja?«

»Du könntest noch viel mehr tun als das, Herzchen.« Sie schlug die Augen nieder.

Er verschluckte sich an seinem Kaffee.

»Überleg's dir«, verlangte sie und ging mit ihren großen, wogenden Hinterbacken unter dem weißen Kittel davon. Verletzt starrte er auf ihren Rücken. Und was war mit Jim? Gab es überhaupt keine zuverlässigen, treuen Frauen mehr auf der Welt?

»Du läßt niemanden an dich ran, nicht wahr, Herzchen?« erkundigte sie sich in der folgenden Woche, als sie während ihrer Arbeitspause im Bett eines Motelzimmers in seinen Armen lag.

»Möglichst nicht«, murmelte er, von Dankbarkeit erfüllt. Seit Maria hatte er nicht mehr gebumst, hatte nicht einmal genau gewußt, ob er es noch konnte, als Thelma ihn vom Restaurant hier herüberzog. Sie aber war begeistert von ihm. Er kam sich vor wie ein richtiger Beschäler, als sie sich unter ihm wand und stöhnte. Und ihr fiel es überhaupt nicht schwer, zum Orgasmus zu kommen. Diese verdammten, männerkastrierenden intellektuellen Yankee-Weiber!

»Deswegen werden wir ja auch gut füreinander sein, Herzchen. Ich rücke dir nicht auf den Pelz, und du wirst nicht von mir verlangen, daß ich Jim verlassen soll.«

»O Gott, werde ich gut für dich sein, Thelma!« Mit beiden Händen umfaßte er eine ihrer großen Brüste und knabberte an ihrer Brustwarze, bis die sich aufrichtete.

Hintenrum brachte er in Erfahrung, daß ein ATW-Organisator nach Newland kommen würde. Gemeinsam entwarfen sie eine Strategie und überredeten ein paar von den intelligenteren Arbeitern wie Mrs. Pritchard, Hank und Betty Osborne, sich einem Organisationsausschuß anzuschließen. Nachdem sie die Wahl gewonnen und Mackays Behauptung, die Stimmen wären nicht richtig gezählt worden, widerlegt hatten, konnten sie einen recht guten Vertrag mit der Firma aushandeln. Selbst die Arbeiter, die vorher die ATW bekämpft hatten, schienen nun mit den neuen Errungenschaften zufrieden zu sein. Bis auf seinen Vater und seinen Bruder natürlich, die sich wohl bis ins Grab als Werkzeug der Bosse ausbeuten lassen würden. Beinahe überall, wo er sich sehen ließ, wurde Raymond mit Respekt und Bewunderung empfangen. Wenn bei den Gewerkschaftsversammlungen jemand etwas in Frage stellte, was er gesagt hatte, mahnte sofort ein anderer: »Der Junge ist oben im Norden gewesen. Hört lieber zu, was er sagt. Der weiß nämlich, wovon er spricht.«

Dann entgegnete Raymond ein wenig gereizt: »Hört mal zu: Wir hier unten im Süden wissen genauso viel wie die da oben. Und noch ein bißchen mehr sogar!« Gelegentlich fragte er sich, ob diese Leute wirklich begriffen, was er ihnen erzählte. Er ermahnte sich, geduldig zu sein, nicht zu vergessen, daß sie zu lange in Knechtschaft gelebt hatten, daß sie reformiert werden mußten. Irgendwann einmal würde er richtige Kurse einrichten und ihnen einiges über ihr stolzes Südstaaten-Arbeiterklasse-Erbe beibringen: über die Streiks und Gewerkschaftskämpfe, über Harlan und Evarts und Gastonia, über Barney Graham, Mother Jones und John L. Lewis.

Dann jedoch wurde im Krempelraum eine neue Maschine aufgestellt, und Mackay verkündete, er werde für diese Maschine auch eine neue Arbeiterin einstellen. Statt sie Mrs. Pritchard anzuvertrauen, die in Gnaden wiederaufgenommen worden war und daher ein höheres Dienstalter hatte. Raymond, als Vertrauensmann, ging sofort zu Mackay, doch der behauptete: »Mr. Tatro, einem alten Hund kann man keine neuen Tricks beibringen.«

Raymond straffte die Schultern. Was glaubte dieser Mackay eigentlich, wer er war, daß er die arbeitende Bevölkerung der Südstaaten derart behandelte? »Ich will Ihnen was sagen, Mackay: Wenn Sie an diese Maschine eine Neue stellen, werden wir anderen sofort in den Ausstand treten.«

Mackay wurde rot. »Mr. Tatro, wenn Sie einen wilden Streik anfangen, werden Sie nur über meine Leiche hier wieder reinkommen.«

Bei der Versammlung in der Turnhalle der High School unmittelbar nach Streikbeginn erklärte der ATW-Bezirksvertreter, er sei tief beeindruckt von der Solidarität der einheimischen Arbeiter, leider hätten sie aber den Vertrag gebrochen und sollten daher lieber sofort in die Fabrik zurückkehren und das übliche Streikverfahren einhalten. Daraufhin sprang Raymond auf und rief, wenn sie ins Werk zurückkehrten, solange die neue Maschine dort stehe, würden sie die niemals da rauskriegen. Er beschwor die Leute, im Ausstand zu bleiben, bis die Maschine entfernt worden sei. Der ganze Saal brach in Jubelgeschrei und empörte Zustimmungsrufe aus.

»Leute!« schrie Raymond. »Wir haben das Recht auf unserer Seite! Der Herr wird uns durch diese Wüste führen, Freunde, und uns mit Seinem Manna laben!« In seinem Körper kochte das Adrenalin.

Als er an jenem Abend auf der Veranda saß, war er total erschöpft. Inspiriert von seiner zündenden Rede, hatte die Ortsgruppe für den Ausstand gestimmt. Hier im Dunkeln kam er sich jedoch plötzlich albern vor. Was glaubte er denn, wer er war – so 'n verdammter

Prediger? Dieser ganze Mist mit dem Gelobten Land... Das Gefühl, töricht zu sein, legte sich jedoch bald wieder, und nackte Angst stieg in ihm auf. Im Augenblick sahen sie zu ihm empor wie zu einem neuen Moses. Und während der Versammlung hatte er sich dieser Rolle gewachsen gefühlt. Jetzt aber war er nur noch müde und beunruhigt. Was, wenn nun der Streik doch fehlschlug und sie allesamt die Arbeit verloren?

Er erhob sich aus dem Schaukelstuhl, stieg in den Jeep und donnerte zum Highway hinab. Als Thelma in seinen Armen lag und seiner Version des Versammlungsablaufs lauschte, murmelte sie: »Raymond-Herzchen – wirklich, ich glaube, du bist so ungefähr der klügste Mann, den ich kenne. Und daß du der mit dem meisten Sex bist, das *weiß* ich«, ergänzte sie. Dann liebkoste sie seinen Schwanz, bis er senkrecht stand, wälzte sich über ihn und ließ sich mit einem zitternden Aufkeuchen auf ihn herab.

Als Raymond später nach Hause fuhr, fühlte er sich tapfer, stark und auf alles vorbereitet, was die Betriebsleitung sich ausdenken mochte.

Am nächsten Morgen stand Raymond zusammen mit den anderen Streikenden am Tor und sah die Wagen aufs Spinnereigelände rollen. Die *»scabs«*, Streikbrecher, die da drin saßen, waren ganz normale arbeitende Menschen wie er selbst, nur eben irregeführt von den Kapitalisten. Aber verdammt noch mal, die Leute stahlen ihren Brüdern die Arbeit! Statt Salz der Erde sah er schwarze Gesichter mit wulstigen Lippen und fliehender Stirn, toupierte Blondköpfe mit grellrot geschminkten Lippen, Hinterwäldler voll Hakenwürmer. Am liebsten hätte er diese einfältigen Scheißer mit den bloßen Händen erwürgt. Fotzen, *jigs* und weißer Abschaum – zu dämlich, um zu erkennen, was die Streikenden erreichen wollten. Als die Wagen am Nachmittag wieder herauskamen, streuten die Streikenden Reißnägel auf die Zufahrtsstraße. Sie brüllten Schimpfworte, warfen mit Eiern und Tomaten und schwenkten Transparente mit der Aufschrift: »STREIKBRECHER, BRECHT NICHT UNSEREN WILLEN!«

Prince, Mackay und mehrere Werkmeister kamen jeden Morgen mit Mackays dickem Buick durch die Postenkette gejagt; Mackay selbst sah dabei stur geradeaus. Prince und die anderen jedoch, die schon lange in der Firma arbeiteten, wirkten verlegen. Für Raymond waren sie inzwischen nur noch die Bosse, die sich an der Arbeit anderer bereicherten. Sobald Mr. Prince zufällig seinem Blick begegnete, spuckte er aus. Jed und sein Vater kamen jeden Morgen mit Jeds Chevy. Dann ließ Jed den Motor aufheulen und raste rücksichtslos durch die Streikpostenkette.

Das versetzte Raymond in so große Wut, daß er Jed den Finger zeigte. Einmal schrie er ihnen zu, sie seien Verräter an der Arbeiterklasse. Der Vater kurbelte das Fenster runter und schrie zurück: »Und wo warst du, als ich in Guam war, du verdammter Roter?« Raymond begriff den Zusammenhang nicht, aber es schmerzte ihn dennoch. Sein eigener Vater kapierte nicht, was er hier tat und was er wollte.

Die Gewerkschaft verweigerte den Streikenden die Unterstützung, und sie mußten auf ihre Ersparnisse zurückgreifen. Für Raymond war das nicht so schlimm, denn er hatte ja keine Familie. Außerdem besaß er einen großen Garten sowie mehrere Nutztiere. Andere dagegen hatten es wirklich schwer. Ein paar von ihnen versuchten, irgendwo neue Arbeit zu kriegen, doch niemand wollte ›kommunistische Agitatoren‹ einstellen. Manche begannen besorgte Mienen zu zeigen. Raymond versicherte ihnen, die Betriebsleitung werde nicht mehr lange durchhalten können. Ständig war er bemüht, die Kampfmoral aufrechtzuerhalten, und stimmte mit den Streikposten an: ›Oh when them scabs / Go marching in . . .‹ Leute kamen aus der Stadt und brachten ihnen warmes Essen. Zuweilen spendeten sie auch Geld und erklärten den Streikposten, daß sie hundertprozentig hinter ihnen stünden, was diese wieder ein wenig aufrichtete.

Dann jedoch wurde das Konföderiertendenkmal in die Luft gesprengt und den Streikenden die Schuld daran zugeschrieben. Die Betriebsleitung erwirkte einen Einschränkungsbeschluß, nach dem nur noch je zwei Posten die Tore bewachen durften. Es kamen auch keine Besucher mehr aus der Stadt. Und wenn doch einmal jemand kam, rief er ihnen zu, er wünschte, auch mal das ganze Jahr über Urlaub machen zu können.

»Das warst doch du, der das Ding hochgejagt hat, oder?« fragte er Jed am Sonntag beim Essen.

Jed grinste. »Wieso sollte ich?«

»Um mir die Schuld in die Schuhe zu schieben. Das hast du doch dein Leben lang gemacht.«

»Raymond, du bist komplett verrückt.«

Aber eins mußte Raymond seinem kleinen Bruder lassen: Er war gewitzter, als er aussah.

Allmählich fingen die Streikenden an, in die Fabrik zurückzukehren. Raymond befahl ihnen, flehte sie an, draußen zu bleiben. Sie aber zogen saure Gesichter und erklärten, im Gegensatz zu ihm hätten sie Familie, Hypotheken, Ratenzahlungen fürs Auto. Aufgrund seiner Behauptungen hatten sie ihr Eigentum verkauft und Schulden gemacht. In der

Stadt gingen sie auf die andere Straßenseite, wenn sie ihn kommen sahen. Einige hatten aus Newland fortziehen müssen. Im darauffolgenden Jahr stimmten die Arbeiter gegen die ATW. Kurz darauf bekam Arnold einen Auftrag des Verteidigungsministeriums: Reißverschlußstoff für Leichensäcke in Vietnam. Am Jahresende deklarierte der Konzern eine fünfprozentige Dividende.

Raymond hockte im Haus herum. Innerhalb weniger Monate war er vom Niemand zum Helden geworden und wieder zum Niemand hinabgesunken. Schlimmer als zu einem Niemand: Die ganze Stadt haßte ihn. Das war begreiflich, denn die anderen hatten sich alle reinlegen lassen, nur er nicht. Er war eben seiner Zeit voraus, das war's! In hundert Jahren würde das, was er hier zu tun versuchte, anerkannt werden. Verdammt noch mal, vielleicht sogar schon in zwanzig! Aber was nützte ihm das hier und jetzt?

»Wieso willst du überhaupt 'n Held sein?« erkundigte sich Thelma. »Sieh dir den armen Jim in seinem Rollstuhl an! Der ist alles andere als ein Held. Für mich *bist* du ein Held, Herzchen. Reicht dir das nicht?«

Er versuchte sich einzureden, daß es ihm reichte. Er pumpte Dieselkraftstoff im Truckstop, aß abends das Essen, das Thelma ihm vorsetzte, fuhr anschließend nach Hause, erledigte seine Pflichten und ging schlafen. Es war ein ehrliches Leben voll harter Arbeit und Integrität. So lebte die arbeitende Bevölkerung der ganzen Welt. Warum also lief er ruhelos durch die Berge rings um sein Haus und sehnte sich nach den FORWARD-Sitzungen, sehnte sich nach den Streikversammlungen? Er hatte recht gehabt mit seiner Analyse. Wo also war was schiefgelaufen? Manchmal hörte er abends zu, wie Thelma jedem Wort, das er sagte, zustimmte und ihm erzählte, wie wunderbar er sei; dann sehnte er sich geradezu schmerzhaft nach Maria. Wenn Thelma nur einmal mit ihm streiten, ihn zurechtweisen, herausfordern würde! Solange er sie beschlief, war alles großartig für sie. Maria hatte sich Gedanken um seine politische Analyse gemacht und seine Sprache gesprochen. Thelma dagegen hatte nicht einen Schimmer, wovon er sprach.

Eines Abends drückte er ihr ›Das Kapital‹ in die Hand und sagte dazu: »Es gibt im Leben mehr als Hamburgers servieren und Orgasmen kriegen, Thelma.«

»O ja, Herzchen! Es gibt die Sonntagabendfilme im Fernsehen und das Ausleeren der Beutel von meinem Mann.«

»Es gibt Wachstum und Wechsel. Ich versuche dir zu helfen, Thelma. Wenn du nur deinen Verstand aufmachen würdest, könntest du eine Menge lernen.«

»Mein Liebling, wenn du nur mal den Mund zumachen würdest, könntest du auch 'ne Menge lernen.«

»Zum Beispiel?«

»Sieh mal, Raymond, ich bin nichts Besonderes. Nur eine ganz normale Kellnerin in einem miesen, alten Truckstop mit einem gelähmten Ehemann.«

»Aber das ist es ja gerade! Das ist nicht normal! Jim sitzt nicht zufällig in diesem Rollstuhl.«

»Wenn du erst mal in so 'nem Ding drin sitzt, ist es egal, warum, Herzchen.«

»Sollte es aber nicht sein. Warum seid ihr nicht zornig, du und Jim? Warum versucht ihr nicht, aktiv was dagegen zu tun?«

»Raymond-Herzchen, ich hab' keine Ahnung, was für 'n Mädchen das ist, das ich für dich sein soll. Aber die bin ich nun mal nicht! Wenn du mich so magst, wie ich bin, kannst du herkommen, so oft du willst. Wenn nicht, mußt du eben wegbleiben. Denn ich – ich mag mich, und ich hab's nicht nötig, mir von dir auf mir rumhacken zu lassen.«

»Ich versuche dir zu *helfen,* Thelma, nicht auf dir rumzuhacken. Manchmal glaube ich, du mißverstehst mich absichtlich. Aber mißverstanden zu werden ist mir ja nichts Neues.«

»Ich hab' das Gefühl, Herzchen, daß du das *brauchst,* daß du mißverstanden wirst.«

»Alles, was ich jemals wollte, ist doch nur, in einer Umgebung leben, wo die Menschen um mich herum mich verstehen und mit mir einer Meinung sind.«

»Komm schon, erzähl mir was davon!«

Als er nach Hause zurückfuhr, wurde Raymond klar, daß er wieder mal mutterseelenallein war. Thelma ließ ihn genau in dem Augenblick im Stich, als er sie am notwendigsten brauchte. Nun ja, was konnte man von den Weibern anderes erwarten?

Zur Beerdigung seines Großvaters fuhr Raymond nach Tatro Cove hinauf. Im Anschluß an eine Andacht im Haus begleitete die Trauergemeinde Grandpa Tatro laut weinend auf seiner ›letzten Meile‹ den Hügel hinter dem Haus zum Familienfriedhof hinauf. Acht Enkel, darunter auch Jed und Raymond, trugen den Sarg. Grandma Tatro intonierte mit brüchiger Stimme das Lieblingskirchenlied ihres Mannes: »Oh ye young, ye gay, ye proud, / You must die and wear the shroud. / Time will rob you of your bloom. / Death will drag you to your tomb.«

Jene, die noch in Tatro Cove lebten, kannten den Text. Jene, die fortgegangen waren, konnten nur in den Refrain einstimmen, der weithin über die Berge schallte: »Then you'll cry, ›I want to be / Happy in eternity!‹«

Als Kind hatte man Raymond, wie einem Katholiken den Rosenkranz, genau eingepaukt, wer unter all den Grabsteinen lag. Der erste Tatro von Tatro Cove war Corliss gewesen, ein hochgewachsener Jäger, ursprünglich aus dem Virginia-Tal, einer der Männer von hinterm Berg, die am King's Mountain so tapfer gekämpft hatten. Von ihm hieß es, wenn jemand irgend etwas von seinen Besitztümern bewunderte, habe er darauf bestanden, es ihm zu schenken: »Ich will nicht, daß mich jemand wegen 'nem Haufen nutzlosen Trödel beneidet.« Außerdem pflegte er zu sagen: »Wir Tatros arbeiten, um zu leben; wir leben nicht, um zu arbeiten.«

Während die Enkelsöhne sich mit dem Schaufeln abwechselten, blickte Raymond an der Gruppe grauer Grabsteine vorbei, zwischen den Pappeln hindurch in den Cove hinab. Und dann das kleine Bergtal entlang zum Highway, wo jetzt die Häuser von seinen Cousins und Tanten und Onkeln und Nichten und Neffen bewohnt waren. Bei jedem Haus gab es Scheunen, Schuppen, Gärten und Wiesen. Seit 1760 lebten, liebten und starben die Tatros in diesem Cove. Über zweihundert Jahre lang, fast zehn Generationen. Hier hatte sich ein Lebensstil entwickelt, der sich auf gute Manieren, Gastfreundschaft, Selbstvertrauen, Ruhe nach der Arbeit und Verantwortungsbewußtsein für Verwandte und Nachbarn gründete. Statt auf Produktion, Konsum, Konkurrenz und Konfrontation.

Er gab seine Schaufel an Jed weiter und trat zurück. In der vordersten Reihe standen seine Grandma, Onkel Corliss IV. und Tante Verbena. Dann kamen seine Eltern, Sally mit ihren Kindern und Onkel Phil, Lehrer in Cincinnati. Dann M. G. s Familie. M. G. war Besitzer einer Cadillac-Oldsmobile-Werksvertretung in der Stadt und bewohnte ein neues Backstein-Ranchhaus am Highway. Dann Lems und Lyles Familien. Lem arbeitete in der Mine Nr. 26 der Associated Coal und war Mitglied der UMW, der Bergarbeitergewerkschaft. Lyle war Eigentümer eines Mack-Truck, auf dessen Fahrerhaus ›The Flying Goose‹ gepinselt war, und fuhr die Kohle von den kleineren Minen zu den Kipphalden. In der letzten Reihe stand Royals Familie. Royal arbeitete ein bißchen als Holzfäller, ein bißchen als Farmer. Manchmal arbeitete er für eine Tagelöhnervermittlung in Cincinnati. Früher hatte er im Bergwerk gearbeitet, aber die ersten Symptome einer Staublunge entwickelt und sich daraufhin geweigert, noch einmal einzufahren. Während des ›Krieges gegen die Armut‹ war er ein ›Happy Pappy‹ gewesen, hatte Johannisbrotbäume gepflanzt und gelernt, wie man Bewerbungsformulare für nicht-existierende Jobs ausfüllte.

In seiner Familie wurde das Alter noch immer geehrt, doch davon abgesehen hatte Raymond den Eindruck, daß sie sämtliche Wertmaßstäbe der Kapitalisten übernommen hatten und den Status der Familie an ihrem angehäuften Trödel maßen. Dieser Sturz aus dem Zustand der Gnade war erfolgt – wie er in einer Sekunde glühendheißer Erleuchtung erkannte, die das ganze Bergtal vor seinen Augen erbeben ließ –, als der erste Tatro seine Arbeitskraft verkauft und den Lohn dazu verwendet hatte, lebensnotwendige Dinge zu kaufen, statt sie mit seiner Hände Arbeit selber zu produzieren. In diesem Augenblick hatte er sich von fremden Mächten abhängig gemacht. Die Lösung dieses Problems war es daher offenbar, das, was man zum täglichen Leben brauchte, eigenhändig, auf eigenem Grund und Boden zu produzieren, den Trödel, den die Kapitalisten zum Kauf anboten, rigoros abzulehnen, das Leben auf das Wesentlichste zu beschränken und auszuprobieren, wieviel Trödel man entbehren, statt wieviel man anhäufen konnte.

Wieder im Haus der Großeltern, stand Raymond, noch immer von seiner Vision auf dem Berg zutiefst erschüttert, nachdenklich vor dem Farbfoto seines Großvaters im Sarg. Gleich daneben hingen die Fotos aller Familienmitglieder an der Wand, die seit der Erfindung der Farbfotografie gestorben waren. Die Tatro-Leichen wiesen alle eine gewisse Ähnlichkeit miteinander auf. Eines Tages würde auch das Foto seiner eigenen Leiche hier hängen. Und was würde er bis dahin geleistet haben? Wie würde man sich seiner erinnern? Würden seine Nachkommen voller Respekt von ihm sprechen, wie es die gegenwärtigen Tatros vom alten Corliss taten, dem einsamen Jäger, dem Mann von hinterm Berg, dem Veteranen vom King's Mountain? Würde irgend jemand seine Söhne nach Raymond benennen? Dem besten Tankwart von Ost-Tennessee ...

Zufällig hörte er, wie Lem in einer Zimmerecke Jed fragte, was Raymond denn arbeite. Jed antwortete: »Ach, weißt du, ich glaub', der ist so 'ne Art Profi-Penner.« Beide lachten.

Raymond fühlte sich gedemütigt. Jed bildete sich ein, die Tatsache, daß er mit Mr. Princes Tochter verheiratet und Vorarbeiter in der Spinnerei war, mache etwas Besonderes aus ihm. Er war zu dumm, um zu begreifen, daß andere Menschen nicht unbedingt dieselben Wertmaßstäbe hatten wie er. Immerhin jedoch war ihm Jeds Verachtung lieber als sein Mitleid, mit dem er ihn, seit der Streik fehlgeschlagen war, in reichem Maße überschüttete.

Seine Grandma sagte gerade: »Also wartet mal, war das in dem Jahr, in dem Lyles Baby am Keuchhusten starb?«

Tante Verbena antwortete: »Nein, meine Liebe. Weißt du nicht mehr? Das war kurz nachdem Royals Junge den Chevy vom Raven Ridge rollen ließ.«

Jetzt sprach die Grandma vage davon, daß sie zu Tante Verbena ziehen wollte. Verbena, ihre Schwester, war mit Corliss IV. verheiratet, der Verbenas Vetter zweiten Grades war. Alle nannten ihn nur Cor Four. Verbena war ein in der Familie üblicher Name, um 1800 eingeführt von Corliss Three, einem richtigen Kräuterdoktor. Vetter Royals voller Name lautete Pennyroyal.

»Aber Gott, ich weiß nich' recht. Ich glaub', ich kann das Haus hier nich' allein lassen.«

»Dann werde ich eben hier wohnen, Grandma«, verkündete Raymond. Ihm wurde klar, daß seine Verwandten in Tatro Cove der ›letzte Rest‹ waren, der noch gerettet werden konnte. Daß es seine Aufgabe sein mußte, sie zu ihrem ursprünglichen Daseinszweck zurückzuführen, von dem sie sich abgewandt hatten.

Als er einzog, war der Boden vom Winterregen noch schlammig. Also verkroch er sich mit einem Stapel Samenkataloge im Haus und kam erst wieder zum Vorschein, als alles trocken war, um sogleich den Garten umzugraben, mit Mist zu düngen und Gemüse zu pflanzen. Per Post ließ er sich Obstbäume, Weinstöcke und Spargelwurzeln kommen. Er holte seine Hühner und die Kuh aus Newland herauf, kaufte zwei Bienenstökke und zwei ungeschorene Schafe. Auf den verlassenen Feldern seiner Verwandten pflanzte er Futtermais an und lernte aus Büchern, wie man Hüttenkäse, Weichkäse, Hartkäse und Butter herstellt. Er fand heraus, wie man die Schafe schor, und verstaute die Wolle in Säcken bis zum nächsten Winter, wo er dann Zeit genug haben würde, um zu überlegen, was er damit anfangen wollte. Er fällte Bäume für Brennholz im Winter.

Er fühlte sich wie ein Krüppel, der allmählich wieder aufrecht gehen lernte. Er beobachtete Cor Four bei der Arbeit und stellte ihm Fragen, kam sich dumm vor, daß er, als er nach New York ging, seiner Familie so hundertprozentig den Rücken gekehrt hatte. Denn mittlerweile war ihm klargeworden, daß sie das Auserwählte Volk waren, Menschen, die ihre uralten Fertigkeiten und Traditionen bewahrt hatten. Seine Aufgabe war es, diese Fertigkeiten und Traditionen wieder zum Leben zu erwecken, seine Verwandten darauf hinzuweisen, wie wertvoll die Lebensweise war, die sie jetzt für so selbstverständlich hielten. Der Kapitalismus lag in den letzten Zügen. Und während das Industrietal, in dem

Newland lag, zum Teufel ging, würde hier oben in den Bergen eine Menschenrasse wohnen, die den Weg weisen konnte zu einer gerechteren und menschlicheren nachimperialistischen Welt. Mittlerweile würden diejenigen aus dem Tal, die schneller als ihre Brüder begriffen, was da in Bewegung geriet, während der Zeit des Verfalls in Tatro Cove Zuflucht und Inspiration finden.

Obgleich sein Haus mit einer elektrischen Anlage ausgestattet war, weigerte sich Raymond, sie zu benutzen. Wasser holte er sich mit dem Eimer vom Bach, und seine Molkereiprodukte lagerte er im alten Quellenhaus. Er kochte auf einem Herd, den er mit Holz heizte, und erleichterte sich in einem stinkigen, alten Zweisitzer-Klohäuschen im Garten. Die Sommertage waren lang, und wenn es dunkel wurde, war er gewöhnlich auch zum Schlafen bereit. In seiner Freizeit entdeckte er, welchen Wald er aufsuchen mußte, um Liliengewächse zu finden, und welche Felsen mit wilder Akelei überwuchert waren. Allmählich kannte und benannte er die einzelnen Hühner und beobachtete ihr kompliziertes Gesellschaftsleben. Er verfolgte das Spiel des Sonnenlichts auf dem seinem Haus gegenüberliegenden Hügel im Verlauf eines jeden Tages. Des Abends saß er im Dunkeln auf der Veranda, sah den Glühwürmchen zu, lauschte den Tieren, die sich zur Ruhe begaben, und versuchte, auf Grandpas altem Banjo zu spielen.

Begeistert bejubelte er jeden Gegenstand, von dem er feststellte, daß er ihn nicht brauchte, und reihte sie einen neben dem anderen auf einem Tisch im Wohnzimmer auf. Er fand, daß zwei Wolldecken statt drei auf seinem Bett durchaus genügten. Wenn er bei Nacht ein bißchen fror, fand er diese Kälteschauer erfreulich, weil er wußte, daß er dadurch seine Abhängigkeit von den Produkten des kapitalistischen Systems reduzierte. Dann fiel ihm ein, wenn er sich einen Daunenschlafsack zulegte, könnte er ganz auf die Wolldecken verzichten, brauchte bei Nacht auch nicht mehr das Feuer im Herd zu schüren und konnte dadurch Benzin für die Bandsäge sparen. Also bestellte er per Post von L. L. Bean, der Firma, von der Justin immer seine Sämischlederhemden bezogen hatte, einen warmen Schlafsack. In letzter Minute fügte er – in dem Bewußtsein, daß das alles zu seinen letzten Einkäufen bei der Konsumgesellschaft zählte – dann noch ein Sämischlederhemd, eine daunengefütterte Weste und ein wollenes Holzfällerhemd hinzu. Warme Kleidung bedeutete, daß er weniger Feuerholz und weniger Nahrung brauchte. Außerdem sagte er sich, daß er seine Einkäufe noch weiter einschränken könne, wenn er sich ernsthaft mit Jagen und Fischen beschäftige, also erweiterte er seine Liste noch um entsprechende Gerätschaften im Wert von mehreren hundert Dollar.

Seine beiden Hauptzugeständnisse an den Industriestaat bestanden jedoch in der Bandsäge und dem Jeep. Beide würde er mit der Zeit natürlich entbehren können, zuvor aber mußte er noch lernen, mit einer Axt umzugehen. Er hatte hinten in seinem Jeep einen Generator installieren lassen, denn den würde er wahrscheinlich bei der Feldarbeit brauchen, die er vorerst ganz ohne Hilfe allein verrichten mußte. Sobald jedoch die ersten Flüchtlinge aus dem Tal eintrafen, sobald er seine Verwandtschaft überredet hatte, die Bergwerke und die Firmen in der Stadt zu verlassen, würde er so viele Hilfskräfte haben, wie er nur wollte.

Mit der Zeit begann sein Cousin Ben, M. G. s Sohn, des öfteren zu ihm heraufzukommen und ihm zu helfen. Zum erstenmal hatte Raymond ihn bei einem Besuch mit seinen Eltern zusammen gesehen. Damals war Ben ein mageres, plärrendes Baby auf dem Arm seiner Mutter gewesen. Dann war Raymond in den Norden gegangen und hatte ihn bis zu Grandpas Beerdigung nicht mehr wiedergesehen. An jenem Nachmittag hatte es Raymond beinahe den Atem verschlagen, als er Ben in seinem dunklen Anzug, das dunkelblonde Haar sauber gescheitelt und gebändigt, dastehen sah. Er war genauso, wie Raymond selber mit sechzehn gewesen war: ernsthaft, idealistisch, voller Hemmungen. Und noch einiges mehr, was Raymond nicht gewesen war: gutaussehend, geduldig und höflich, ein guter Basketballspieler, ein guter Schüler. Hinter seiner welpenhaften Zutraulichkeit und Verspieltheit verbarg sich jedoch große Vorsicht: Wenn er einen Menschen akzeptierte, dann galt das fürs ganze Leben. In Tatro Cove konnten die Menschen einander nicht ausweichen.

Er bat Raymond um Rat. M. G. wollte unbedingt, daß er irgendwo außerhalb des Gebirges aufs College ging. Er selber wußte noch nicht so recht, hatte ein Mädchen namens Cheryl, glaubte sie möglicherweise zu lieben, ob sie wohl warten würde, und so weiter. Raymond fühlte sich geschmeichelt. Sein eigener jüngerer Bruder hatte Raymond niemals um seine Meinung gebeten. Anscheinend sah Ben in ihm einen welterfahrenen Mann. Raymond nahm an, daß er das auch irgendwie war. Aber er sah andere Gründe dafür, daß Ben lieber in den Bergen bleiben sollte: Die jungen Leute, die aufs College gingen, kamen nie wieder hierher zurück. Aber sie wurden in Tatro Cove gebraucht. Sie wurden von Raymond gebraucht, damit sie ihm halfen, aus all den Resten, die sich noch in der Gegend fanden, die alte, stolze Tradition wiederherzustellen. Raymond verfügte über das Wissen, die Erfahrung, die Vorstellungkraft. Aber er brauchte ein Sprachrohr, irgend jemanden, der in

Tatro Cove aufgewachsen war und mit den Menschen in ihrer eigenen Sprache zu reden verstand, wie es Raymond niemals gelingen würde.

»Aber manchmal frage ich mich doch, wie's da draußen eigentlich aussieht«, murmelte Ben dann manchmal.

»Da gibt's nichts, was das Nachdenken lohnt.«

»Das weißt du, weil du dein ganzes Leben da draußen verbracht hast. Aber vielleicht muß ich das für mich selbst ergründen.«

»Warum kannst du mir denn nicht glauben?« wollte Raymond von ihm wissen. Wenn Ben genau in Raymonds Fußstapfen trat – was für einen Sinn hatte dann alles? Raymond konnte ihm doch alles erklären, was er über die Außenwelt wissen mußte – und darüber hinaus über die Vorzüge von Tatro Cove, die Rolle, die seine Bewohner im zukünftigen Leben der Menschheit spielen würden.

Eines Nachmittags nahm Raymond mit Ben einen Bienenstock auseinander, um nach Königinnenzellen zu suchen, die herausgeschnitten werden mußten. Wie Raymond seinem Cousin erklärte, würde die herrschende Königin, wenn man die Zellen sich entwickeln ließe, zuviel Kraft auf das Jagen und Töten ihrer Rivalinnen verschwenden, Kraft, die sie viel dringender fürs Eierlegen brauchte. Während erregte Bienen um ihre Schutzschleier schwirrten und sich wie Kamikazeflieger auf sie stürzten, erklärte Raymond, daß dieses Verhalten genau dem der Betriebsleitung in der Spinnerei oder in anderen kapitalistischen Unternehmen entspreche. Königinnen, Drohnen, Arbeiterinnen, die Nektar sammelten, Arbeiterinnen, die den Stock versorgten. Familien, Kirchen, Schulen, Sportteams, das Militär – eine Pyramide mit einer autoritären Figur an der Spitze. So würden die Dinge bewußt eingerichtet, sagte Raymond zu Ben, um junge Menschen wie ihn darauf vorzubereiten, daß sie in der Hierarchie einer Firma ganz unten anfangen müßten.

»Was ist eine Hierarchie?« fragte Ben.

»Äh, eine Art Rangordnung, ungefähr. Generäle und Leutnants. Du weißt schon.«

»Wie bei den Hühnern?«

Raymond sah ihn an. Ben *hatte* ihn nicht zu unterbrechen.

»Wie meinst du das?«

»Du weißt schon, wie sie auf der roten Henne rumhacken, bis sie fast gar keine Schwanzfedern mehr hat?«

»Ja, ungefähr.«

»Und oben in Cor Fours Melkstall. Da stellen sich die Kühe jeden Tag in derselben Reihenfolge auf.«

Diese Vergleiche zu ziehen, wäre Raymonds Sache gewesen. Als

Justin ihm damals alles erklärte, hatte er ihn nie unterbrochen. »Nun, so ist es in der Natur.« Er versuchte, das Beste aus der Unterbrechung zu machen. Man konnte es Ben nicht übelnehmen, er war ja noch ein Kind, wußte nicht mal, was eine politische Analyse war. »Aber der Unterschied zwischen uns und den Tieren ist, daß wir Verstand haben und andere Möglichkeiten erkennen können.«

»Zum Beispiel?«

Das hatte sich Raymond noch nicht so genau überlegt. »Wenn du soweit bist, werde ich's dir erklären. Du mußt das alles erst nach und nach in dich aufnehmen, sonst bleibt nichts hängen.«

In der Abenddämmerung schlenderte Raymond durchs Tal. Der Bach gluckerte, während Ochsenfrösche mit lautem Platschen ins Wasser schnellten. Als er bei Tante Verbena vorbeikam, rief ihm die Grandma von der Veranda aus zu: »Na, Junior, wie geht's?«

»Danke, gut, Granny. Wann kommst du mal zu mir rüber und siehst dir's an?«

»Ach Gott, Kindchen, ich komme ja kaum noch die Verandatreppe runter. Wie soll ich da wohl bis ans Ende vom Tal kommen?«

Als er bei Royal und Lyle vorbeikam, dröhnten dort die Fernseher. Heißer Zorn stieg in ihm auf. Scheunentanz, Holzschuhtanz, Balladengesänge, Banjo- und Gitarrenspiel. Maispulen, Steppdeckennähen, gemeinschaftlicher Hausbau. Aber *Fernsehen,* den ganzen Tag, jeden Tag und jeden Abend? Er stieg die Verandastufen hinauf und betrat Lyles Wohnzimmer. Lyle, noch in gelbem Schutzhelm und grüner Arbeitskleidung, lag auf dem Sofa. Die beiden Kinder hockten auf dem Fußboden. Alle drei starrten sie auf Big Bird, der Oskar in seiner Mülltonne ankreischte, während ein paar Kinder auf dem Bürgersteig Himmel und Hölle spielten. Auf dem Bildschirm blitzten Zahlen auf, während die Kinder im Chor riefen: »EINS! ZWEI! . . .«

Lyle blickte auf. »Hallo, Raymond! Wie geht's denn, Junge?«

»Danke, gut. Und dir, Lyle?« Im Grunde ärgerte er sich. Was hatte dieser ewige urbane Wahnsinn im Fernsehen mit den Kindern von Tatro Cove zu tun?

»Setz dich doch.«

»Nein, danke. Wollte nur schnell guten Tag sagen.« Als er zur Tür ging, entdeckte er an der Wand das aus einer Zeitschrift ausgeschnittene gerahmte Foto eines Babys. Er blieb stehen und betrachtete das Bild. Unter dem Glas steckte in einer Ecke eine Haarlocke. Mit einer Schleife war ein winziges Armbändchen aus der Klinik am Rahmen befestigt, auf das mit Perlen der Name ›Tatro‹ gestickt war.

»Wer ist denn das, Lyle?«

»Das hat meine Frau gemacht. Für unser Baby, das am Keuchhusten gestorben ist. Sie hat so was mal in 'ner Zeitschrift gesehn.«

»Hübsch.« Ein unmöglicher Kitsch! Der Geschmack seiner Verwandten war auf ein sehr niedriges Niveau abgesunken. Früher hatten die Frauen hier in ihrer Freizeit Besen aus Reisig, Bettüberwürfe und Puppen aus Maishülsen gebastelt. Es war ein Jammer!

Er überquerte den Highway und betrat M. G.s Ranchhaus, dessen Verandadach von kleinen, mageren Säulen getragen wurde. »Damit der Hund was hat, wo er dranpinkeln kann«, hatte M. G. lachend erklärt, Raymond auf den Rücken geklopft und mit seinem weißen Mokassin aus Lackleder gegen die Säule getreten.

Ben strahlte, als er Raymond sah. Gemeinsam gingen sie den Highway entlang bis zu McCrays Gemischtwarenhandlung, deren Dach und Seitenwände mit braunen Dachpappenschindeln bedeckt waren. Auf der Veranda lümmelten sich, lang auf dem Boden ausgestreckt, ein paar Männer. Raymond und Ben gesellten sich, Kopf und Nacken an die Hauswand gestützt, zu ihnen. Sie diskutierten, wer der häßlichste Mann der ganzen County sei.

»Also denkt doch bloß mal an die Nase, mit der Lester rumläuft. Eingeschlagen. Seine Mama soll ihn als Baby fallen gelassen haben.«

»Nein, Lester kann dir doch nicht das Wasser reichen, von wegen Häßlichkeit, Wash. Was meinst du, Ben? Meinst du nich' auch, daß Wash so ziemlich der unmöglichste Mensch is', den du jemals gesehen hast, mit seinen engstehenden Augen? Der kann ja kaum zur Seite sehn! Wenn Noah da drüben auf'm Berg stünde, mit seiner Arche, und wollte alle Lebewesen verfrachten – Mann, Wash würde direkt dran vorbeilaufen.«

Ben hatte so was sein Leben lang mitgemacht. Während er sich mit seinen Nachbarn und Verwandten auf eine gutmütige Spöttelei einließ, hörte Raymond aufmerksam zu, um sich in Gedanken einiges davon zu merken. Bei der Wählerregistrierung und dem Organisieren der Gewerkschaft hatte er gelernt, daß man mit den Menschen möglichst in ihrer eigenen Sprache reden mußte. Und um dazu in der Lage zu sein, mußte man beobachten, wie sie lebten und arbeiteten. Ben beherrschte diese Sprache instinktiv, aber es war an Raymond, ihm die starke Tradition bewußt zu machen, für die er der Sprecher sein sollte. Die Männer, die auf der Veranda lagen, unterhielten sich immer nur darüber, wer von ihnen die größten Probleme, den langweiligsten Job hatte. Eine Parodie der Hierarchie, sinnierte Raymond, eine negative

Rangordnung. Ein friedliches Ritual zum Abreagieren von Aggressionen ...

Die Männer lagen auf der Veranda entspannt wie Schlangen in der warmen Sonne. Wie Raymond feststellte, lag er selbst steif wie ein Brett: ständig sprungbereit, um in hektische Aktivität auszubrechen. Und sein Verstand – die Rädchen wollten einfach nicht aufhören, sich zu drehen. Er versuchte, sich ebenfalls zu entspannen, suchte sich vorzustellen, er sei ein totes, an einem Zaunpfahl aufgehängtes Murmeltier. Er schüttelte seine Schultern, um sie zu lockern, rollte den Kopf auf dem Hals hin und her.

»Fühlst du dich nicht wohl, Raymond?« erkundigte sich Ben. Erst jetzt merkte Raymond, daß die Männer verstummt waren.

»Ich? O ja, doch. Natürlich. Entschuldigt bitte.«

»Hast du's eilig, nach Hause zu kommen?«

»Nein, nein. Macht nur weiter.« Er wußte, daß seine Anwesenheit den Männern Unbehagen bereitete. Jedesmal, wenn er auftauchte, verstummten die Gespräche, oftmals sogar mitten im Satz. Er überlegte, ob er wohl eine Art Unruhe ausstrahlte. Sie stießen die Hand mit dem Labetrunk, den er ihnen reichte, lieber zurück, ohne zu trinken. Aber das war in der gesamten Menschheitsgeschichte so gewesen. Die Leute ließen sich nur ungern auffordern, ihr kleines, geordnetes Leben zugunsten einer größeren Sache aufzugeben. Propheten galten nie etwas in ihrem eigenen Land. Allmählich gewöhnte sich Raymond daran.

»Also Zeke hier ... Ihr redet von häßlich, aber der Mann ist einfach so grausig, daß ihm die eigene Mama kaum ins Gesicht sehen kann ...«

Ein großer Mercury hielt vor dem Haus. Neugierig richteten sich die Männer auf. Der Fahrer drückte auf einen Knopf, und das Fenster senkte sich herab. Mit New-Jersey-Akzent fragte der Mann: »Könnten Sie mir bitte sagen, wo ich hier ein paar typische Hillbillies finde?«

Sie tauschten Blicke. Schließlich antwortete Raymond: »Ja, sicher. Fahr'n Sie da drüben die Straße lang. Und dann wieder die erste rechts. Nach einer Meile wieder rechts, die Branch Holler Road lang. Wenn Sie dann auf 'ne Asphaltstraße kommen, rechts abbiegen und noch eine Meile weiter.«

»Vielen Dank.« Der Mann reichte Raymond ein Geldstück.

Wartend blieben sie auf der Veranda liegen. Zehn Minuten darauf landete der Mann mit dem Mercury wieder da, wo er gestartet war, und sah sie an. Das Fenster glitt wieder herab, und der Mann lachte. »Das war wirklich 'n hübscher Scherz, Jungens.«

Sie taten, als lachten sie ebenfalls.

»Seit wann leben eure Leute schon hier in der Gegend?« erkundigte er sich bei Raymond.

»So an die zweihundert Jahre.«

»Und wie sind sie hierhergekommen?«

»Zu Fuß.«

Als er davongefahren war, kicherten sie, und Raymond war höchst zufrieden mit sich. Es war vermutlich nur eine Frage der Zeit, bis sie ihn vorbehaltlos akzeptierten. Wenn er Zeke und Wash nur dazu bringen konnte, hier von dem Verandaboden aufzustehn und wieder anzufangen, die Felder zu beackern und in den Bächen zu angeln, würden sie bald zu seinen getreuesten Helfern gehören.

»Wißt ihr, ich find' das wirklich großartig, wie ihr hier so alle zusammenlebt«, gestand er ihnen.

»Hä?« machte Zeke.

»Ihr wißt ja gar nicht, wie gut ihr es hier oben habt! Unter dem Kapitalismus haben die Menschen keine Freunde, sondern nur Funktionen oder Besitztümer oder Fähigkeiten, die andere Menschen brauchen.«

Die drei starrten ihn verständnislos an.

»Aber hier in Tatro Cove seid ihr ganz einfach Wash oder Ben – komplizierte Individuen, die man nicht auf diese Art kategorisieren kann, weil es in materieller Hinsicht gar nichts gibt, weswegen ihr einander *braucht.* Ihr könnt gemütlich dasitzen und zusehn, wie sich euer Wesen entfaltet, genau wie eine Sonnenblume im Sonnenschein, ein Blütenblatt nach dem anderen.«

Erwartungsvoll auf Zustimmung hoffend, sah er sie an. Sie grinsten unsicher.

»Äh, was ist das – Kapitalismus?« fragte Wash.

»Das sind alles brave Männer«, stellte Raymond fest, als er mit Ben auf dem Highway zurückwanderte.

»Na ja, ich glaube, die mögen dich auch. Aber du benutzt manchmal ganz schön hochgestochene Wörter, Raymond.«

»Deswegen brauche ich ja auch dich, Ben.«

»Mich?«

»Jawohl. Ich brauche dich, weil du mir sagen mußt, welche Ausdrükke zu hochgestochen sind. Für mich sind die nämlich alle völlig normal. Kann ich in der Hinsicht mit dir rechnen?«

»Aber sicher, Raymond!« Ben schien sich zu freuen, daß er Raymond auch einmal etwas bieten konnte. Raymond mußte ihn unbedingt lehren, daß gerade diese Bescheidenheit ein besonders wertvoller Teil des Erbes von Tatro Cove war.

Als sie wieder bei Ben zu Hause angelangt waren, wollte M. G. Raymond unbedingt sein neues Badezimmer zeigen. »Wir haben das nämlich gerade erst renovieren lassen, Junior. Und du sollst der erste sein, der es zu sehen kriegt.«

Raymond betrat das hell erleuchtete, gekachelte Kabinett. Flauschiger grüner Teppichboden überzog Fußboden und Toilette wie eine Schimmelschicht. Eine quadratische, versenkte Badewanne, bestellt in Lexington. Doppelwaschbecken, eingelassen in eine Plastikplatte aus imitiertem Marmor. Ringsherum Spiegel. M. G. zog an der Klospülung. »Hör dir das an, Junior! Nicht das leiseste Geräusch.«

»Also wirklich, M. G., das ist erstaunlich.«

»Das kannst du zweimal sagen, Jungchen! Ich schätze, dies ist das schönste Badezimmer der ganzen Gegend. Meinst du nicht auch?«

»Das sollte mich nicht überraschen.«

»Also, ich wette, da oben im Norden hast du bestimmt nicht viele Badezimmer zu sehen gekriegt, die so phantastisch ausgestattet waren.«

»Nein, Sir, bestimmt nicht.« Raymonds Mangel an Begeisterung veranlaßte M. G., nach immer überschwenglicheren Lobeshymnen zu suchen.

»Ich glaube wirklich, das ist so ungefähr das luxuriöseste Badezimmer, das ich jemals gesehen habe!«

»Aber Pa – hör endlich auf«, murmelte Ben, der an der Tür stehengeblieben war.

Verärgert sagte M. G. zu Raymond: »Also, Junior, ich habe, ehrlich gesagt, den Eindruck, daß du keine große Meinung davon hast, wie?«

Raymond seufzte. »M. G., ich hab' nichts gegen Wasserklosetts. Ich bin eben nur nicht der Ansicht, daß der Besitz einer solchen Toilette dich zu einem besseren Menschen macht als vorher, als du ein Stückchen vom Haus entfernt noch dein altes Klohäuschen hattest.«

Sehr früh am nächsten Morgen ging Raymond zu Cor Four hinüber, um ihm beim Melken zu helfen. Cor Four sprach eigentlich nie sehr viel, und wenn, dann in einem verlegen klingenden, langgezogenen Dialekt. Während er Euter wusch und die Saughülsen daran befestigte, sagte er überhaupt nichts. Raymond, der neben ihm arbeitete, respektierte sein Schweigen. Vermutlich kommunizierte Cor Four mit seinen Kühen, damit sie zufrieden und produktiv blieben, wie eine Bienenkönigin es ja auch mit ihren Arbeiterinnen tat.

Irgendwann kicherte Cor Four vor sich hin.

»Worüber lachst du?«

»Hihi, ich hab' grad' an den alten Cor Three denken müssen.«

»Was ist mit ihm?« Dies war etwas ganz Wundervolles. In Tatro Cove waren die Ahnen stets gegenwärtig, waren ein Bestandteil des täglichen Lebens.

»Hat ewig Eichhörnchen gejagt un' gekocht. Einem die Brühe zu trinken gegeben, ganz egal, was einem weh tat. Ein' Winter hatte Verbena 'ne Ammoniakvergiftung, un' er kommt mit 'ner Schüssel von dem Zeug zu ihr ins Zimmer. Sie guckt ihn an un' sagt: ›Onkel Cor, wenn ich Eichhörnchenbrühe trinken muß, um wieder hochzukomm', dann bleib' ich lieber gleich liegen.‹« Er lachte glucksend. Raymond nicht. Er hatte viel darüber gelesen. Es war wirklich 'ne Menge dran an diesen alten Hausmitteln. Darüber zu spötteln war eine Taktik der Pharmaindustrie und des Ärzteverbands.

»Diese Hausmittel haben 'ne Menge für sich.«

»Kann sein. Aber mir is' 'ne Penicillinspritze noch jeden Tag lieber als Eichhörnchenbrühe, Junge.«

Die Probleme hier waren doch schwerwiegender, als Raymond gedacht hatte. Anscheinend war sogar die ältere Generation der modernen Welt zum Opfer gefallen. Seine Aufgabe stand ihm klar vor Augen. Doch im Namen der jüngeren Generation fragte er Cor Four, mit was für Spielsachen er früher eigentlich gespielt habe.

»Spielsachen?«

»Na ja, du weißt schon – Spielzeug aus Holz, das dir vermutlich dein Vater und deine Onkel geschnitzt haben.«

Cor Four biß ein Stück von seinem Red-Man-Tabak ab und setzte sich kauend auf eine Milchkanne vor dem Kuhstall. »Ja, an ein oder zwei kann ich mich erinnern. So 'n Ding, das wir immer ›Gee Haw Flimmy Diddle‹ genannt haben, aus Lorbeerzweigen. Und dieses Ding, das man an einer Schnur aus Rohleder um den Kopf wirbeln läßt. Ein Bull Roarer. Die hat uns der alte Cherokee-Indianer im nächsten Cove immer gemacht.« Er lachte.

»Könntest du mir mal zeigen, wie man die macht?«

Er musterte Raymond zweifelnd. »Was willst du denn mit diesem altmodischen Trödel?«

»Für Lyla und die anderen Kinder im Tal.«

»Die ha'm doch Fernsehen. Die brauchen keinen Bull Roarer.«

Trotzdem schenkte Raymond Lyla am selben Abend noch einen Bull Roarer: ein langes, dünnes Stück Hickoryholz, das an einer Schnur befestigt war. Sie wandte den Blick nur eben lange genug von Big Bird ab, um es ganz kurz zu betrachten.

»Das hat Onkel Cor für dich gemacht«, erklärte Raymond. »Man wirbelt es um den Kopf, und dann macht es so ein Geräusch wie ein ganz kräftiger Wind. Die Cherokee-Indianer haben früher geglaubt, man könnte bei Dürre damit Gewitterwolken herbeizaubern.«

Achselzuckend konzentrierte sich Lyla wieder auf Big Bird.

»He, benimm dich!« knurrte Lyle von seiner Couch. »Sag danke schön zu Cousin Raymond.«

»Danke schön, Cousin Raymond.« Sie grinste, wobei sie mehrere Milchzahnlücken präsentierte, und drehte sich wieder dem Fernseher zu.

»Na, dann bis bald.« Raymond wandte sich zur Tür. Er wußte nie so recht, wie er mit den Kindern umgehen sollte. Hatte nie viel Gelegenheit dazu bekommen. Bei FORWARD hatte keiner Kinder gehabt. In Newland sah er ja manchmal Joey und Laura, aber die beiden waren so richtig ungezogene Gören – redeten ständig dazwischen, gaben Widerworte, produzierten sich und kriegten den Koller –, immer felsenfest davon überzeugt, daß ihre Eltern hingerissen von ihnen waren, was sie gewöhnlich auch zu sein schienen. Kapitalisten produzierten ungezogene Gören: In einer Konsumgesellschaft wurde stets nur das Neue respektiert.

»Nette Kinder hast du«, sagte er zu Lyle, der ihn hinausbegleitete.

»*Du* brauchst nicht mit ihnen zu leben.« Er lachte.

»Sie scheinen aber gut zu gehorchen.«

»Wenn sie das nicht täten, würd' ich ihnen den Hintern versohlen!«

Raymond lachte. Er war überzeugt, daß Lyle nur bescheiden war und sein Licht unter den Scheffel stellte, wie es die Leute von Tatro Cove immer wieder taten.

Raymond wurde von der Sonne wach, die direkt auf sein Bett schien, als sie über den Hügel hinterm Bach heraufstieg. Er ging hinaus, pinkelte, dann nahm er den Eimer und ging zum Bach. Schnuppernd sog er die Morgenluft ein und beobachtete prüfend den Himmel, wie seine Cousins es immer getan hatten, als sie alle noch Kinder waren. Man versuchte zu erraten, was für ein Tag es werden würde, damit man wußte, welche Arbeiten man sich vornehmen konnte. Für ihn war es noch immer herrlich, seinen Tag ganz allein einteilen zu können, nachdem er sich jahrelang nach seinen Arbeitgebern hatte richten müssen.

Er zog den Overall und das Sämischlederhemd an und machte Feuer im Herd, um sich ein paar Rühreier zu braten. Der Mais mußte gehackt werden. Der Zaun um den Familienfriedhof mußte ausgebessert werden. Als Ben eintraf, enthülste er etwas Mais für die Hühner und stritt sich mit dem Hahn um die Eier, während Raymond die Kuh melkte und die Milch ins Quellenhaus trug. Während sie auf dem Maisfeld Unkraut hackten, musterte Raymond Ben von Zeit zu Zeit. Die Sonne verwandelte seinen Blondkopf in eine Art Heiligenschein. In letzter Zeit mußte Raymond ständig an Ben denken – an seine Naivität, seine angeborene Intelligenz, seine Aufrichtigkeit, seine unkomplizierte Begeisterung und Neugier. Ben rührte Raymond zutiefst. Die Verantwortung für ihn erschreckte ihn allerdings ein wenig. Die Möglichkeit, sich den Sprecher zu erschaffen, den er brauchte, sprang ihm geradezu ins Gesicht. Aber was, wenn er es nicht richtig anfing?

Er hackte am Burzelkraut herum und begann Ben einen Vortrag über den Mythos des Fortschritts zu halten: »Unter dem Kapitalismus bedeutet Fortschritt im Grunde Profit für die Aktionäre. Fortschritt auf ein unendlich begehrenswertes, doch niemals spezifiziertes und immer weiter zurückweichendes Ziel zu. Das Wort ist ein Anästhetikum, das die Arbeiter dazu bringt, jeden Morgen getreulich die Stechuhr zu bedienen. Aber der Mais wächst ganz einfach, der macht keine Fortschritte.« Dieser letzte Satz gefiel ihm sehr. Der Mais wächst ganz einfach, der macht keine Fortschritte. Er stellte sich vor, wie er diese Analyse an Ben weitergab, wie Ben sie an Zeke und Wash weitergab, und wie sie sich in der ganzen Gegend verbreitete. Er selbst wäre dann so etwas Ähnliches wie ein Rundfunksender.

»Hm-hm«, machte Ben, der Raymonds Blick auswich.

Wieder im Haus, strichen sie sich Butter und Honig auf das Brot, das Raymond am Tag zuvor gebacken hatte, und machten sich mit dem Angelgerät von L. L. Bean auf den Weg den Bach hinauf.

»Hast du dir jemals überlegt«, erkundigte sich Raymond, »wie oft Cor One mit seiner Angel diesen Bach hinaufgewandert sein muß?«

»Nein, nie.«

»Stell dir bloß mal vor: Diese ganze Gegend menschenleer, nur ein paar Cherokees auf Jagd. Fische, die dir aus dem Bach praktisch entgegenspringen. Alles, was du brauchst, könntest du dir selber machen oder erjagen. Diese Männer waren wirklich phantastisch!«

»Kann schon sein.«

Da sie keine Forellen fingen, aßen sie zum Lunch ihr Brot. Als sie so dasaßen und sich den Honig von den Lippen leckten, fragte Ben: »Sag mal, Junior, hast du's schon mal ... ach, du weißt schon« – er errötete – »mit 'nem Mädchen gemacht?«

»Geschlafen, meinst du?«

Verlegen senkte Ben den Kopf.

»Ja sicher. Gelegentlich.«

»Mit wem denn?«

»Verschiedene Frauen.«

»Hast du jetzt auch ein Mädchen?«

Er dachte an Thelma, ob sie dem wohl entsprach. »Ja, doch, ich glaube schon. Sie wohnt in der Nähe von Newland. Ich habe ... Verbindung mit ihr seit ungefähr einem Jahr. Aber im Augenblick läuft's mit uns nicht besonders gut.« Er war ein paarmal runtergefahren, um sie zu besuchen und zu überreden, mit Jim nach Tatro Cove raufzuziehen. Er beschrieb ihr den immer größer werdenden Abgrund, der zwischen reich und arm gähnte, die Verschmutzung der Luft und des Wassers im Tal durch die Fabriken, die Vergiftung der Talbewohner, den unvermeidlichen Zusammenbruch von Newland, die verlassenen Werke und Fabriken, die nur noch von Käuzchen und Schwarzen Witwen bewohnt werden würden.

»Großer Gott!« sagte Thelma.

»Die Szene da unten kann nicht mehr lange bestehen bleiben, Thelma. Ihr müßt lernen, alles, was ihr fürs Leben braucht, mit eigenen Händen zu produzieren.«

»O ja, besonders Jim würde das ganz fabelhaft können.«

»In einem Ort wie Tatro Cove würde man dir mit Jim helfen. Alle würden einspringen.«

»O ja, bestimmt!«

»Wenn ich's dir doch sage!« beharrte er.

»Herzchen, ich hab' mein ganzes Leben in dieser Gegend verbracht. Ich weiß, wie schnell die Leute davonlaufen, wenn schwere Zeiten kommen.«

Als er das letzte Mal unten war, hatte sie ihm einen Fernseher geschenkt. »Ich glaube, du bist ganz schön einsam da oben, so ganz allein im tiefen Wald«, erklärte sie dazu.

Er hatte versucht, erfreut zu tun, mußte jedoch einsehen, daß sie kein Wort begriffen hatte von dem, was er ihr immer wieder erklärte.

Ben grinste. »Also *dahin* fährst du, wenn du in deinem Jeep davonbraust wie ein Ungewitter.«

»Hast du dir darüber Gedanken gemacht?«

»Wir alle haben uns darüber Gedanken gemacht, Mann! Seit Monaten sitzen wir da und reden davon. Die meisten meinten, du fährst deine Eltern besuchen.«

»Tu ich auch manchmal.«

»Willst du sie heiraten?«

»Möglichst nicht.«

Ben machte ein so entsetztes Gesicht, daß Raymond hinzufügte: »Sie ist wirklich ein nettes Mädchen, aber sie ist schon verheiratet.« Das machte es nur noch schlimmer. »Ihr Mann sitzt im Rollstuhl.« Ben keuchte erschrocken auf.

»Bitte, Ben, sieh mich nicht so an! Ich meine, das Leben ist reichlich kompliziert.«

»Ja, aber wird ihr Mann denn nicht böse?«

»Er weiß nichts davon.« In Bens Augen wurde das alles nur noch abstoßender. »Hör zu, sie hat Sex gebraucht, ich habe Sex gebraucht, also haben wir ihn uns gegenseitig gegeben. So hat sie ihrem Mann weniger weh getan, als wenn sie ihn verlassen hätte. Und wohl auch weniger, als wenn sie ihm alles erzählt hätte.«

»Aber ich meine, das ist doch das Schönste, was ein Mann und eine Frau zusammen machen können. Wie kannst du das tun, und hinterher einfach so wegfahren?«

»Manchmal ist es schön, und manchmal nicht. Kommt immer auf den Partner, deine Stimmung, die Umstände an. Manchmal ist es fürchterlich.« Er kam sich vor, als vergewaltige er eine Jungfrau. Wie gut erinnerte er sich noch an seinen eigenen Schock, als Maria ihn auf dem Kirchendach in das Geheimnis einweihte, daß es nicht unbedingt auf immer und ewig sein mußte, wenn man ein paarmal ein gegenseitiges Bedürfnis befriedigte.

»So etwas würde ich niemals tun«, murmelte Ben.

»Gut. Das hoffe ich auch.«

»Wenn ich mit einem Mädchen schlafe, dann ist das die richtige, wahre Liebe.«

»Ja, aber...«

»Cheryl, die will ja immer, aber ich weiß nicht recht, ob ich sie wirklich heiraten möchte. Dann könnte ich nicht aufs College gehn. Aber ich weiß auch noch gar nicht so recht, ob ich wirklich von hier weggehen und aufs College will.«

Raymond sah ihn an. »Will sie, daß du sie heiratest?«

»Sie sagt nein. Aber wenn wir's erst mal gemacht haben, dann müßte ich das doch tun, oder?«

Raymond versuchte sich stirnrunzelnd an die Logik der Heranwachsenden zu erinnern.

»Und wenn sie 'n Kind kriegt?«

»Du hast doch sicher schon mal was von Gummis gehört, nicht wahr?

Die kann man in der Stadt auf der Herrentoilette von der Mobile-Tankstelle kaufen.«

»Ja, aber die funktionieren manchmal nicht. Letzten Monat ist das einem von unserer Schule passiert.«

»Das ist richtig. Aber ich nehme an, das Risiko wirst du eingehen müssen, wenn du sie stark genug begehrst.«

»Ich weiß nicht recht, ob ich das tu.«

Während Ben bemüht war, die Moral vorehelichen Verkehrs zu ergründen, dachte Raymond an seine Aufklärung mit Wayne und dem Markenalbum. Das war liebevoll und unkompliziert gewesen. Vor allem im Vergleich zu der Sache mit Maria. Es wäre gut, wenn Ben dieses Sexproblem aus dem Weg schaffen würde, damit sie sich mit den wirklich wichtigen Fragen hinsichtlich des Fortbestands von Tatro Cove beschäftigen konnten. Raymond sagte sich, daß er sich nur Ben zuzuwenden und seine Hand auf die Stelle von Bens Oberschenkel zu legen brauchte, auf der jetzt gerade das Sonnenlicht spielte...

Als er Thelma das letzte Mal besuchte, hatte er sie zu ihrem Wohnwagen gefahren, weil ihr Auto in der Werkstatt war. Jim saß im Rollstuhl und sah sich im Fernsehen ›The Newlywed Game‹ an. Er war ein freundlicher, gutaussehender Mann mit kurzgeschorenem Haar und langen Koteletten. Raymond bekam ein wenig Gewissensbisse, weil er mit seiner Frau bumste, obwohl er inzwischen erfahren hatte, daß es vor ihm einen anderen gegeben hatte. Er kam mit Jim ins Gespräch, und Raymond nahm Platz, um ein Bier mit den beiden zu trinken. Jim erzählte von seinem Unfall. Bei der Ausbildung in Louisiana, der Vorbereitung auf den Dschungelkampf, hatte der Sergeant immer gebrüllt: »Wenn sich irgendwo was bewegt – ficken oder kaltmachen!«

»Ich hab' eben leider zu ficken versucht, während ich's lieber hätte kaltmachen sollen«, erklärte Jim mit grimmigem Auflachen. Eine Vietnamesin hatte ihn in eine Hütte gelockt, und irgend jemand hatte ihn, als er über sie stieg, mit einer Schaufel bearbeitet.

Raymond sah Ben an, der pausenlos von dieser Cheryl redete, wie weit sie mit dem Knutschen gekommen waren, und fragte sich, ob der Junge eine Ahnung hatte, wie aufreizend er dabei wirkte. Vermutlich nicht. Ben war naiv.

Er dachte daran, wie Injun Al den Fünfen das Cherokee-Rezept für die Feststellung des Geschlechts bei einem weißen Baby erklärt hatte. Man setzte die Schwangere mitten in einen Schwarm Zaunkönige. Wenn sie erschrocken davonflatterten, wurde das Kind ein Junge, weil weiße Jungen Zaunkönige jagten, quälten und umbrachten. War es ein Mädchen, scharten sie sich singend um die Frau, weil die Mädchen Korn mahlten und den Zaunkönigen davon Futter hinstreuten. Er dachte an die Story, die sein Vater erzählt hatte – von Grandpa Tatro, der in der Abenddämmerung die Kuh durch Tatro Cove trieb und dabei mit dem Baby auf seiner Hüfte plauderte.

Er stand auf. »Komm, laß uns nach Hause gehn.« Justin, Maria und diese Leute genossen, wie es ihm schien, nie so richtig die körperlichen Empfindungen beim Sex. Sie benutzten den Sex als Mittel zur Macht. Wenn sie jemanden dazu bringen konnten, sich ihnen sexuell zu unterwerfen, hatten sie Macht über ihn erlangt. So wollte Raymond auf keinen Fall werden.

Ben blickte erschrocken auf. »Was ist, Junior?«

»Ach, nichts.«

»Nun sag schon!«

Auf dem Heimweg erklärte er es Ben. »›Wenn sich irgendwo was bewegt – ficken oder kaltmachen.‹ Das ist der Trip, den die imperialistischen Kulturen den Menschen aufzwingen. Man muß jedes lebende Wesen beherrschen. Alle Geschöpfe sind nur insoweit von Wert, wie sie einem nützlich sein können.«

»Dann meinst du also, ich sollte es lieber nicht mit Cheryl machen, Junior?«

»Verdammt, woher soll ich das wissen? Geh nur und bums du irgend so 'n kleines schwachköpfiges Hinterwäldler-Häschen. Bring's hinter dich! Du hast wichtigere Probleme.«

»Die Basketball-Saison, meinst du?«

Raymond sah ihn an.

»Entschuldige, Junior. Was hab' ich denn falsch gemacht?«

»Ach, laß nur.«

Als es dunkel wurde, saß Raymond auf seiner Veranda, lauschte dem Quaken der Frösche und fühlte sich einsamer, als er sich seiner Erinnerung nach jemals gefühlt hatte. Thelmas Reaktion auf seine Vision war ein Fernseher gewesen. Ben interessierte sich nur fürs Bumsen und für Basketball. Lyla spielte nicht mit ihrem Bull Roarer. M. G. bestand hartnäckig auf Besichtigung seines neuen Badezimmers. Kein Mensch begriff, was Raymond wollte. Die letzten Tage standen ihnen bevor, und alles, was sie wollten, war nur, daß das Leben so weiterging wie immer. Und wie immer, waren alle um ihn herum bereit, sich zu verkaufen, um sich materielle Annehmlichkeiten verschaffen zu können.

Er sah zu, wie der Mond über dem Hügel hinter dem Bach heraufstieg und die Grabsteine auf dem Friedhof oben sich in Silhouetten vor dem gelben Hintergrund verwandelten. Wie viele Tatros hatten auf diesem Platz gesessen und denselben Mond betrachtet? Corliss I, II, III und IV, sein Großvater und seine Großmutter, sein eigener Vater. Und nun Raymond selbst. Die meisten lagen inzwischen unter jenen Grabsteinen. Wie Raymond selbst auch in einigen Jahrzehnten. Aber er hinterließ keine Kinder, die dann seinen Platz hier auf der Veranda einnahmen. Er hinterließ keinen Menschen, der sich seiner erinnerte, nichts, das jemanden an ihn erinnerte. Das Nagen in seiner Magengrube begann wieder, als hätte er eine lebendige Ratte verschlungen, die nun unbedingt hinaus wollte.

Er sprang auf, lief ins Haus und zündete eine Laterne an. Er holte die Grafiken über die Konzernmanager hervor, die er in New York angefertigt hatte, und studierte sie. Die ganze Welt plünderten sie aus. Die dreckigen Kapitalistenschweine. Doch wenn sie ihr Schlimmstes getan hatten, würde Tatro Cove weiterbestehen. Das Nagen in seiner Magengrube ließ nach. Raymonds Leute würden dann jedenfalls all jene Fertigkeiten und Traditionen bewahrt haben, deren es bedurfte, um aus dem kapitalistischen Wrack eine neue Welt zu schaffen.

Er hatte ein bißchen den Glauben verloren, da draußen auf der Veranda. Thelma, Ben, die anderen – man mußte Geduld mit ihnen haben. Tomaten reiften nicht über Nacht. Brot brauchte drei Stunden, um aufzugehen. Bouillon mußte den ganzen Tag köcheln. Überhaupt – was war eigentlich ›Zeit‹? Die Kapitalisten versuchten sie zu sparen, als sei sie Geld auf einer Bank. Hier in Tatro Cove dagegen war es der Raum, der geheiligt war. Das Verstreichen von weniger als einem Jahrzehnt fand kaum Beachtung. Nach der Wählerregistrierung und der Gewerkschaftsagitation hatte er geglaubt, Menschen seien etwas, das man manipulieren müsse. Aber das waren sie nicht. Man mußte sie sich in ihrem eigenen, langsamen Tempo entwickeln lassen. Die zusammenhanglosen Teile seines Lebens fügten sich ineinander: Durch negative Beispiele hatte ihn all das auf seine Aufgabe hier in Tatro Cove vorbereitet. Er hatte gesehen, wie die übrige Welt gelenkt wurde, hatte das abgelehnt und konnte nun darangehen, eine positive Alternative zu schaffen.

Er räumte die Grafiken fort und stellte den Fernseher an. Ein einziges Programm wollte er sich ansehen. Um festzustellen, mit was für Mist sie die Köpfe seiner Verwandten vollstopften. Man mußte wissen, wogegen man kämpfte.

Als der Sommer zu Ende ging, begannen sämtliche Gemüse in

Raymonds Garten auf einmal zu reifen. Er informierte sich über das Konservieren von Lebensmitteln und hängte einige Dinge zum Trocknen über den Herd. Für die Kürbisse gab es unter dem Haus einen Vorratskeller. Kartoffeln, Möhren und Rüben ließ er in der Erde, um sie je nach Bedarf auszubuddeln. Mit Ben zusammen pflückte er an den Hängen, wo ehemaliges Weideland sich in Unterholz zurückverwandelte, wilde Brom- und Himbeeren. Sie gingen zu Verbena hinüber und baten die Großmutter, ihnen zu zeigen, wie man sie einkochte.

Sie sah von ihrem Schaukelstuhl auf der Veranda aus zu ihnen empor. »Himmel, Herzchen – Einkochen ist Frauensache.«

»Aber wir haben nun mal keine Frauen«, entgegnete Raymond. »Deswegen müssen wir's wohl oder übel selber machen.«

Widerstrebend erklärte sie es ihnen, und die gesamte Familie kam rüber, um ihnen zuzusehen. Während Raymond kochte und rührte, versuchte er einen zufriedenen Eindruck zu machen. Im Grunde aber langweilte ihn das alles zu Tode. Er konnte nicht so recht einsehen, was die vielen Stunden am heißen Herd mit der postindustriellen Gesellschaft zu tun hatten. Wäre Ben nicht dabeigewesen – er hätte den ganzen Mist auf den Komposthaufen gekippt. So aber rührte er verbissen weiter, während ihm vom Dampf die Brillengläser beschlugen.

Im Herbst ging er mit Ben zu einem verlassenen Obstgarten am Berg und pflückte zentnerweise wurmstichige Äpfel, die er entkernte, in Scheiben schnitt und an Schnüren über den Herd hängte. Wäre Ben nicht dabeigewesen, hätte er sich beim Schnippeln im Fernsehen ›Bonanza‹ angeschaut – als Lehrstück für die zeitgenössische Kultur.

Allmählich wurde Raymond das Geld knapp, und das bedeutete, daß er das Benzin für seine Besuche bei Thelma nicht mehr bezahlen konnte. Wie er feststellte, wurde er, sobald er etwa zwei Wochen auf ihren üppigen, ihn stets willkommen heißenden Körper verzichtet hatte, nervös und gereizt. Sie übte einen beruhigenden, besänftigenden Einfluß auf ihn aus, den er brauchte, um die Härten seines anstrengenden Lebens auszugleichen. Er mußte unbedingt Benzingeld verdienen.

Eines Nachmittags ging er mit Royal hinaus, der ihm erklärte, wie man ›Seng‹ ausgrub und Galax schnitt, die Mr. McGray ihm abnehmen und an Händler oben in New York weiterverkaufen würde, die den Ginseng in den Orient verfrachteten und den Galax bei Floristen absetzten.

»Wieso hast du eigentlich nicht geheiratet?« erkundigte sich Royal und musterte ihn unter dem Rand seines zerknautschten Filzhutes hervor.

»Weil ich wohl nie die richtige Frau gefunden habe.«

»Bete zu Gott, daß du das niemals tust«, murmelte Royal.

»Aber ich möchte gern«, schwindelte Raymond. »Manchmal bin ich ganz schön einsam.«

»Lieber einsam als zu Tode genörgelt.«

»Ach was, Annie nörgelt doch nicht viel! Du hast eine gute Frau, Royal, und sehr nette Kinder.« Die Familie, vom Kapitalismus korrumpiert, war das Rückgrat von Tatro Cove. Sie mußte gefördert und geschützt werden.

»Ja, aber es ist schlimm, wenn man kaum genug zu essen auf den Tisch bringen kann.«

»Dir geht's doch ganz gut.«

»Mir geht's ganz gut, aber ich kann ihnen nie das ganze Zeug kaufen, das die ewig im Fernsehen zeigen.« Er zog seinen Overall hoch, der so alt war, daß er fast weiß aussah.

»Das brauchen sie doch gar nicht.«

»Das versuch du ihnen mal beizubringen. Fast alle anderen hier in der Gegend kriegen so ziemlich, was sie sich wünschen. Ich kann mir einfach nicht vorstellen, wie die das machen. Vielleicht könnte man sagen, ich hab' mich niemals selbst gefunden.«

»Oder verloren.«

»Ich schätze, ich bin ganz einfach 'n *quare turn* oder so.«

»Was ist denn das?«

»Ein *quare turn?*« Der umständlichen Erklärung, die Royal ihm gab, entnahm Raymond, ein *quare turn* sei jemand, der nicht damit zufrieden war, so vor sich hinzuleben, sondern der immer wieder versuchte, das Leben auch zu verstehen. Eine Einstellung, die in der normalen Welt des Einnehmens und Ausgebens nur hinderlich war. Die Familie Tatro brachte gelegentlich so einen Menschen hervor. »Cor Three, also der war ein *quare turn*«, sinnierte Royal. »Wanderte ständig im Wald umher, bückte sich und berührte die Pflanzen. Er pflückte sie nicht, sondern berührte sie nur, als unterhielte er sich mit ihnen oder so.«

Raymond hatte das Gefühl, als sei ihm soeben die Schablone für seine eigene Persönlichkeit präsentiert worden. Die ganze Zeit hatten ihn alle für einen Sonderling gehalten. In Newland mieden die Leute ihn wegen seiner Kunstseidenhemden und Rentierwesten. In New York, wo jeder allen Bemerkungen die Worte ›Mein Analytiker sagt...‹ voranschickte, gab es einen Zustand, als Normalität bekannt, auf den jedermann hinarbeitete wie an einem Auto mit klopfendem Motor. Sie ›managten‹ ihre Beziehungen, als hätten sie es mit einer Herde Kühe zu tun. Sie bedeuteten ihm, welche Kleider er zu tragen, welche Bücher er zu lesen habe, um sich anpassen zu können. Im Grunde aber war er ein *quare turn*. Er hatte sich niemals angepaßt, weil es nicht in seiner Natur lag, sich anzupassen! In seiner Natur lag es vielmehr zu erkennen, was andere nicht zu erkennen vermochten, für sie einen Pfad durch die postindustrielle Wildnis zu schlagen, genau wie Cor One für die vorsichtigeren und ›normalen‹ Siedler aus dem Tal einen Pfad nach Tatro Cove hinauf geschlagen hatte.

Wenn Raymond in den Bergen herumstrich, um Ginseng und Galax zu suchen, hockte er sich häufig nieder und berührte irgendwelche Pflanzen. Manchmal sammelte er auch Samen oder Blätter. Diese Wanderungen waren praktisch die einzigen Gelegenheiten, bei denen er in den letzten sechs Monaten das Bergtal verlassen hatte – abgesehen natürlich von seinen Besuchen bei Thelma. Eines Spätnachmittags, als der graue Himmel drohend lastete, hob er beim Graben auf einer hohen Bergkuppe den Kopf und blickte über das Land hinaus, das Bergtal und seine Häuser, den Highway und McCrays Laden. Weiter oben am Highway lag der kleine Ort mit seiner Haupteinkaufsstraße, mehreren Kirchen und einem Gerichtsgebäude aus rotem Backstein. Ein paar Landstraßen mit kohlenbeladenen Lastwagen drauf. Eisenbahngeleise mit beladenen Güterwaggons, die glänzend schwarzen Särgen glichen. Ein paar Kipplader, in der Luft hängend wie Moskitos, saugten Kohle aus den Berghängen.

So weit Raymonds Auge reichte, erstreckten sich in alle Himmelsrichtungen bewaldete Bergkuppen, Täler, Bäche wie glitzerndes Silber unter dem dräuenden Himmel. Und über viele Bergrücken wanden sich verschlungene dunkelgelbe Narben. Die Kuppen mehrerer kleinerer Berge waren zu flachen Mesas abgeschliffen, wie in den Cowboyfilmen. An diesen Berghängen rutschten Lawinen von Erde, Steinen und Baumstämmen in die Tiefe.

Er nahm Sack und Schaufel und kehrte übers Feld und durch den Wald ins Bergtal zurück, wo er das, was er von oben gesehen hatte, so schnell wie möglich wieder vergaß.

An einem Wochenende kamen die Eltern aus dem Tal herauf. Am Samstagabend kochte Raymond für sie: Obst und Gemüse, die er eingekocht, getrocknet und eingelagert hatte, ein wenig Schinken, den er von Cor Four für seine Hilfe bei der Heumahd bekommen hatte.

Anschließend saßen sie um den Herd. »Womit vertreibst du dir eigentlich die Freizeit, so ohne Fernsehen?« wollte der Vater voll Unbehagen wissen. Raymond hatte den Apparat unter dem Bett versteckt.

»Ich lauf' durch die Gegend und besuche die Leute. Gehe zu McCray und lege mich auf die Veranda.«

»Ha, dasselbe habe ich vor Jahren auch gemacht. Kannst du auf diesem Ding da spielen?« Er deutete auf das Banjo von Raymonds Großvater. »Du hättest Pa hören sollen, wenn er das Ding zupfte. Bevor er den Arm verlor, natürlich. Stundenlang hat er beim Scheunentanz gespielt.«

»Ich versuche es zu lernen. Aber das ist ziemlich schwierig, ganz ohne Lehrer. Scheunentanz gibt's nicht mehr. Und das alles. Es ist, als müßte man es noch einmal neu entdecken.«

»Also, was siehst du mich dabei so an, Junge?«

Raymond seufzte. »Du hast dafür gesorgt, daß ich lesen und schreiben gelernt habe. Aber du hast mir nicht beigebracht, wie man für sich selber sorgt. Wie man den Garten bestellt, Holz hackt und alles mögliche.«

»Na ja, ehrlich gesagt, hatte ich nicht erwartet, daß einer meiner Söhne jemals nach Tatro Cove zurückkehren würde. Ich dachte, lesen und schreiben können sei wichtig. Finde ich auch immer noch.«

»Du hast uns für ein Linsengericht verkauft, Pa. Wie dieser Kerl, wie hieß er noch, in der Bibel.«

»Kain«, murmelte die Mutter.

»Das ist leicht gesagt von einem, der nie gehungert oder gefroren hat.«

»Na schön, jetzt habt ihr's warm und seid schön satt und seid abhängig von den Scheißern in der Fabrik. Genau wie Jed. Aber ich – ich bin von keinem abhängig.«

Seine Mutter bekam fast einen Herzschlag wegen der Ausdrücke, die er benutzte.

»Warte nur ab, bis 'ne Überschwemmung kommt, wie damals, im Frühjahr '28, und deine ganze Ernte wegspült; dann wirst du sehn, von wem du abhängig bist. Oder verlier mal 'n Arm, wie dein Grandpa. Du kannst hier oben nur so leben, weil du ein Dutzend Verwandte hast, die du um Bargeld anpumpen kannst, wenn's dir mal dreckig gehen sollte.«

»Natürlich könnte das alles weggespült werden. Aber Arnold könnte all eure Aufträge nach Taiwan verlegen, und was macht ihr dann? Dann kommt ihr auf Knien nach Tatro Cove angekrochen und bettelt um eine warme Mahlzeit.« Es war Raymond eine Genugtuung, sich vorzustellen, wie Jed und Sally und seine Eltern demütig an seine Tür klopften, Unterkunft und Nahrung suchend und auf seine Ratschläge hoffend.

Seine Mutter unterbrach ihn: »Deswegen haben wir dir ja die ganzen

Jahre lang gesagt, du sollst zum Herrn aufblicken, Junior. Überschwemmungen, Wirtschaftskrisen, worauf kannst du dich denn verlassen, wenn nicht auf die Gnade Christi, unseres Heilands?«

Raymond sah sie an.

Sie fuhr fort: »Ach Junior, ich frage mich, ob aus dir jemals was Richtiges werden wird! Hier bist du nun, ein erwachsener Mann, und hast nicht mal fließendes Wasser.«

»Aber Ma, begreifst du denn nicht, daß ich kein fließendes Wasser *will?* Dann müßte ich Geld verdienen, um mir eine Pumpe zu kaufen und die Stromrechnung zu bezahlen und alles instand zu halten. Es kostet mich weit weniger Zeit, mir jeden Morgen einen Eimer Wasser aus dem Bach zu holen.«

»Aber Junior, dafür haben dein Vater und ich doch so schwer gearbeitet – um aus all dem hier rauszukommen. Wir wollten nicht, daß unsere Söhne ihre Zeit und Kraft darauf verschwenden müssen, die allernotwendigsten Dinge zu erwerben.«

»Damit wir genügend Zeit haben, rumzusitzen und fernzusehen?«

»Wahr deine Zunge, Junior Tatro!« fuhr der Vater auf.

»Damit ihr Zeit habt, über den Herrn und all Seine Werke nachzudenken.«

»Aber das tu ich doch, Mama! Bei jeder Arbeit, die ich verrichte, denke ich daran, wie wunderbar diese Welt eingerichtet war. Und welch einen Mist die Kapitalisten daraus gemacht haben.«

»Wer sind denn die?« fragte die Mutter.

»Ich finde, daß wir geschaffen wurden, damit wir arbeiten, um zu leben, und nicht leben, um zu arbeiten«, fuhr Raymond fort.

»Wenn's dir nichts ausmacht, primitiv zu leben«, entgegnete die Mutter.

»Du lebst in einem Traum, Junge«, warnte der Vater. »Dies ist nicht die Wirklichkeit. Dies ist ein Spiel.«

»Ist das denn realer, was ihr da unten im Tal treibt? Rumlaufen und Leute bei der Arbeit beaufsichtigen, und immer mal wieder hingehn und Mackay in den Arsch kriechen?«

Mr. Tatro packte die Armlehnen seines Sessels. Mrs. Tatro keuchte erschrocken: »Aber Raymond Tatro Junior!«

»Wenn dies ein Traum ist, möchte ich nie aufwachen.«

»Es liegt nicht in der Natur der Träume, daß sie ein Leben lang dauern. Also, mein Freund, mach dich lieber darauf gefaßt, daß du eines Tages ganz schön brutal geweckt werden wirst.«

Der Winter kam, und mit ihm der Regen, der den Bach anschwellen ließ, bis er über die Ufer trat. Die Straße durchs Bergtal wurde zum Sumpf, die Wälder tropften unablässig. Raymond ging nur noch hinaus, um seine Tiere zu versorgen.

An den Wochenenden und abends nach dem Basketballtraining kam Ben. Sie nahmen das Bienenwachs, das sie im Herbst vom Honig getrennt hatten, schmolzen es in einem großen Topf auf dem Herd und tauchten ein ums andere Mal Dochte hinein, um Kerzen herzustellen, die eine sahnig-goldene Farbe annahmen und nach Honig dufteten. Sie holten die Säcke mit Wolle hervor. Sie durchstöberten Scheunen, Dachböden und Schuppen den ganzen Cove hinauf und hinab, bis sie ihre eigene, handbetriebene Spinnerei zusammenhatten. In Tatro Cove wurde niemals etwas weggeworfen, das galt nicht nur für alte Kühlschränke und Autowracks, sondern ebenso für Webstühle und Spinnräder. Sie wuschen die Wolle, krempelten sie von Hand, zogen sie zu losen Strähnen aus und verspannen sie auf einem fußgetriebenen Spinnrad. Sie probierten, wie man aus Zwiebelschalen, Blättern und Rinde Farben herstellt.

Verbena traf beinahe der Schlag, als sie sie baten, ihnen das Stricken beizubringen. Sie hatte es fast vergessen, aber dann zeigte es ihnen Grandma Tatro. Außerdem stellten sie einen alten Webstuhl aus Verbenas Scheune auf und begannen einen Bettüberwurf zu weben.

Raymond erklärte Ben, daß ihre Vorfahren sie für eine Illusion von Sicherheit verkauft hätten. In den Fabriken und Bergwerken gehörten ihnen weder die riesigen Maschinen noch der Stoff oder die Kohle. Alles, was ihnen gehörte, war die Arbeitskraft, die sie der Betriebsleitung gegen Geld verkauften, mit dem sie Nahrung und Unterkunft bezahlten. Die Betriebsleitung hatte sie gekauft, wie früher Plantagenbesitzer die Sklaven gekauft hatten. Ben und er ließen jedoch die Familienfertigkeiten wiedererstehen. Sie waren Eigentümer ihres Werkzeugs, ihrer Arbeitskraft und des Endprodukts, das sie entweder selber benutzen oder auch verkaufen konnten. Somit hatten sie das Verhältnis Arbeiter-Kapitalist von der Wurzel her zerstört.

Ben errötete bis an die Wurzeln seiner blonden Haare. »Hör mal, Junior, bist du vielleicht so ’ne Art Kommunist?«

Raymond lächelte. »Kapitalismus, Kommunismus. Beide befaßt mit der Produktion und der Distribution von Trödel. Cor One ist mit so wenig Trödel wie möglich ausgekommen – mit dem, was er mit eigenen Händen herstellen konnte.«

»Was bist du denn dann – ein Demokrat?«

»Ich bin ein Tatro, Ben. Aus Tatro Cove. Genau wie du.«

Er krauste die Stirn. »Und was bedeutet das?«

Raymond war der Ansicht, daß er diese Frage besser durch Demonstration beantwortete statt durch abstrakte, theoretische Diskussion, die hier in Tatro Cove so fremd war wie Big Bird und M.G.s weiße Lackledermokassins.

Eines späten Abends saß er strickend am Herd, sah im Fernsehen Johnny Carson zu und stellte sich vor, wie er von Johnny interviewt wurde. Man mußte die eigene Terminologie simplifizieren, kleine Scherzchen einflechten, in dieser Show auftreten statt in einem Nachrichtenprogramm des öffentlichen Rundfunks mit politischen Analysen, wenn man den Leuten wirklich die Botschaft bringen wollte...

Es klopfte. Raymond zuckte so erschrocken zusammen, daß er sich mit einer von seinen Stricknadeln stach. Zu diesem Ende des Bergtals kamen kaum jemals Leute, niemals so spät und ganz bestimmt nicht durch diesen Schlammsee, der sich hier Straße nannte. Er sprang auf, stellte den Fernseher ab und schob ihn hastig unters Bett.

Als er die Tür öffnete, stand draußen ein hochgewachsener, gutgebauter Mann mit rotem Vollbart und schütterem Haar, der, wie er vermutete, der Mann aus Philadelphia sein mußte, von dem Ben ihm erzählt hatte. Ben war stets begeistert von neuen Leuten. Aber Raymond legte wahrhaftig keinen besonderen Wert auf seine Bekanntschaft. Dred Allen sei sein Name, erklärte er. Raymond erinnerte sich sofort. Allen hatte mit Justin, Morris und den anderen politisch gearbeitet. Raymond beschloß, ihre gemeinsamen Bekannten nicht zu erwähnen. Das alles lag längst hinter ihm. Heute schämte er sich seiner Zeit als Missionar für den Yankee-Imperialismus.

»Ich dachte, ich komme mal schnell vorbei und stelle mich Ihnen vor.«

»Kommen Sie rein.«

»Störe ich?«

Raymond lachte. »O Gott, nein! Was gibt's da zu stören?«

»Ja, dieses Kaff ist entsetzlich langweilig.« Er nahm Platz und holte Zigarettenpapier heraus. »Darf ich rauchen?«

»Aber sicher! Wenn ich weiterstricken darf.«

»Ihr Cousin Ben meinte, wir sollten einander mal beschnuppern. Wir hätten, sozusagen, 'ne Menge gemeinsam.«

»Haben wir das?«

»Na ja, er sagte, Sie hätten mal in New York gelebt.«

»Ja.«

»Was machen Sie denn dann hier unten, Mann?«

»Meine Familie stammt von hier. Ich bin im Tal aufgewachsen und habe mich entschlossen, hierher zurückzukommen.«

»Warum?«

»Weil's mir hier gefällt. Es ist so still.« Der hier war mit Sicherheit der letzte, dem er von seiner Mission erzählen würde. Er hatte gelernt, daß man in Gegenwart von Ungläubigen sehr vorsichtig sein mußte.

»Mein Gott, das dürfen Sie zweimal sagen!«

»Und warum sind Sie hier?«

»Meine Alte und ich, wir hatten in Philly organisiert. Da hat sie diesen Job angeboten gekriegt, hier so 'ne Vorschulsache für die Human Resources Agency der County auf die Beine zu stellen.«

»Und Sie?«

»Ich? Ach, ich spiele den freiberuflichen Provokateur.«

Das war die merkwürdigste Umschreibung für Arbeitslosigkeit, die Raymond jemals gehört hatte. »Und wo wohnen Sie?«

»Zwei Coves weiter. Wir haben uns da ein Haus gemietet.«

»Und wie geht's so?« Raymond hatte eine Masche fallen lassen und mußte ein paar Reihen aufribbeln.

Dred zog tief an seinem Joint. »*Shit,* Mann, ich kann mit diesen *cats* hier nicht kommunizieren. Wissen Sie, was ich meine?«

Raymond sah ihn an. Er wußte, wie es war, der neue Junge im Block zu sein. Außerdem gehörte Gastfreundschaft zum Kodex der Tatros. »Na ja, die können ziemlich zurückhaltend sein, bis sie einen näher kennenlernen.«

»Zurückhaltend? Mann, wenn sie das bloß wären! Ich hab' einfach Angst, daß ich verprügelt werde, wissen Sie Bescheid?«

»Ach ja, wenn Sie an diesem Punkt angelangt sind, ist alles in Ordnung. Aufpassen müssen Sie nur, wenn sie einfach schweigen, wenn sie sich nicht mal die Mühe machen, Ihnen zu widersprechen.«

»Ich bin da eines Tages meine Straße langgejoggt, an so 'nem Schuppen vorbei, wo hinten 'ne Menge Autowracks im Hof stehn. Da saß so 'n Alter auf der Veranda. Ich bin hin und hab' mich vorgestellt. Und dann gesagt, vielleicht könnte ich jemanden mitbringen, der ihm die Wracks da wegschleppt. Er hat geantwortet: ›Warum soll'n die nich' da bleiben, wo sie sind?‹« Er lachte. »Aber ich glaube, man muß in Betracht ziehen, daß alle hier, die 'n bißchen Unternehmungsgeist haben, längst über alle Berge sind.« Er lachte. Raymond sah ihn an; er war nicht belustigt.

Dred hinterließ eine Einladung für Ben und Raymond zum Essen in der folgenden Woche. »'n ganz prächtiger Bursche, Ihr Cousin Ben. Können Sie mir nicht helfen, ihn zu überreden, daß er so schnell wie möglich macht, daß er wegkommt aus Tatro Cove?«

»Warum?«

»Na ja, ich meine, verdammt noch mal, Mann, das ist 'n ganz heller Bursche. Was soll der hier, in diesem Katastrophengebiet? Wissen Sie Bescheid?«

»Was soll er da draußen?«

Ihre Blicke trafen sich.

Am nächsten Abend hatte Raymond gerade Brotteig geknetet, als Ben hereinkam, die Haare vom Duschen nach dem Basketballtraining glatt anliegend und bis an die Knie mit Schlamm bedeckt. Er warf sich in einen Sessel neben dem Herd.

»Dred sagt, daß er hier war.«

»Ja.«

»Ist er nicht fabelhaft, Junior?«

»Ja.« Er hatte sich überlegt, die beste Möglichkeit, auf Bens Begeisterung zu reagieren, sei vermutlich, auf sie einzugehen. Dred war so fürchterlich, daß sogar Ben das eines Tages einsehen mußte. Geduld. Genau wie man Geduld brauchte, um Brotteig zu kneten und ihn anschließend gehen zu lassen. Er formte den Teig zu Laiben und ließ sie in gebutterte Pfannen gleiten.

Er setzte sich hin und reichte Ben eine Gitarre, die er in Verbenas Scheune gefunden hatte. Raymond selbst nahm Grandpa Tatros Banjo. Eine Zeitlang zupften sie herum und probierten, wie man zusammen diese verdammten Dinger spielte.

»Seien wir ehrlich«, meinte Ben. »Es klingt gräßlich.«

»Aber wenigstens starren wir nicht in die Glotze.«

»Was hast du gegen das Fernsehen? Ich wette, ›Die Waltons‹ würden dir gefallen, Junior.«

Raymond erkannte, daß er den Unterschied zwischen Volkskunst und Massenkunst noch nicht erklärt hatte. Er hatte seine Methoden sorgfältig rekapituliert und entschieden, daß jede verbale Erklärung auch eine praktische Demonstration zu begleiten und zu umrahmen habe: »Die Balladen, die die Tatros bis zur Erfindung des Radios zu singen pflegten – die kamen alle aus Schottland und England. Irgend etwas ereignete sich – ein Mord oder so. Dann schrieb jemand ein Lied darüber. Andere Leute vergaßen den Text oder die Melodie und fügten neue hinzu. Es wurde von Generation zu Generation weitergegeben und dabei geglättet wie ein Kiesel im Bach. Es war Ausdruck für die gemeinsame Erfahrung der gesamten Gemeinde.«

»Woher weißt du, was sich hier oben abgespielt hat, Junior?«

Offenen Mundes hielt Raymond inne, nicht ganz sicher, ob diese

Frage so impertinent gemeint war, wie sie klang. Ben schien zuweilen seine Rolle als Schüler einfach nicht zu begreifen. Raymond entschied, daß es eine aufrichtige Frage gewesen sei, daß sie jedoch ignoriert werden müsse, damit Ben lernte, die Dinge in dem Tempo in sich aufzunehmen, in dem Raymond sie ihm vorsetzte. »Nimm nur mal das Fernsehen. Dessen Botschaften kommen von ein paar Kapitalisten in gläsernen Büropalästen in New York. Die Werbung weckt in den Zuschauern den Wunsch, eine Menge unnützen Trödel zu kaufen. Und wie die verschiedenen Gruppen in den Programmen vertreten oder nicht vertreten sind, das stärkt die Hackordnung, die dafür sorgt, daß diese Scheißer an der Spitze bleiben.«

»Und was ist mit ›Hawaii Five-O‹? Das ist doch wirklich 'ne gute Serie.«

Raymond seufzte; dann mahnte er sich, stets an den aufgehenden Sauerteig zu denken.

»Meinst du, ich sollte nicht mehr fernsehen, Junior?«

»*Shit,* Mann – woher soll ich das wissen?«

Während sie schweigend dasaßen und der Regen gegen die Scheiben prasselte, war Raymond auf einmal entmutigt. Es war ein Schock zu erkennen, wie wenig Ben ihn doch verstand. Mußte der Junge wirklich da rausgehen und sich genauso fertigmachen lassen wie Raymond? Was hatte es für einen Sinn, sich ›The Price Is Right‹ nicht anzusehen, wenn Raymond sich nicht verständlich machen konnte?

»Da ist etwas, das wollte ich dir erzählen.« Ben wurde rot.

Raymond sah ihn an.

»Wir beide haben's nun doch gemacht, Cheryl und ich. Es war wunderbar! Wir machen's jetzt dauernd.«

»Ich hatte mich schon gefragt, warum du in letzter Zeit nicht mehr so oft gekommen bist.« Raymond empfand einen Stich Eifersucht. Das war jedoch ein Gefühl, von dem er überhaupt nichts hielt, da es voraussetzte, daß man von einem anderen Menschen Besitz ergriff. Aber vielleicht war es unvermeidlich in einer Gesellschaft, die die Menschen behandelte, als wären sie Gegenstände, die man kaufen und verkaufen konnte. Als er seine politische Analyse darauf anwandte, begann das Gefühl sogleich zu verblassen. So viele in der Jugend anerzogene Reflexe blieben haften! Man mußte sie genau untersuchen und sie sodann ad acta legen.

»Ich würde sie gern mal mitbringen, Junior, damit du sie auch kennenlernst. Wär' dir das recht?«

»Aber sicher. Bring sie nur mit.« Er wollte dieses Mädchen etwa so dringend kennenlernen wie Little Lulu.

Raymond hatte bei sich gedacht, daß Dred aussah wie der Typ, der seinen Gästen Vollweizenspaghetti vorsetzt, und genauso war es. Beim Essen redete Dred ununterbrochen davon, daß er einen Lebensmittel-Co-op auf die Beine stellen wolle. »Dann kriegen wir alles sehr viel billiger. Und außerdem Waren, die es hier in der Gegend nicht gibt – Mungobohnen, natürliche Erdnußbutter und so weiter. Wir könnten einen Lastwagen mieten und nach Lexington oder Knoxville reinfahren.«

»Ich glaube kaum, daß die Nachfrage nach Mungobohnen hier besonders groß ist«, meinte Raymond.

»Nach Napfkuchen und Nehi-Sprudel vielleicht.« Ben grinste.

»*Shit,* Mann – in diesem Loch kann man nie jemanden für irgendwas interessieren.«

Dreds Sohn Humus war auf Spontaneität spezialisiert. Jetzt stand er gerade auf seinem Stuhl und sang, die geballte Faust in die Luft stoßend, ›Solidarity Forever‹.

Ben, der bisher nur Mahlzeiten kennengelernt hatte, bei denen die Frauen hinter den Männern standen, während die Kinder auf ihre Teller blickten und sich nicht mucksten, wenn sie nicht gefragt wurden, machte ein verdutztes Gesicht. Dred und Cindy, seine ›Alte‹, und Raymond hörten zu, lächelten über Humus und applaudierten, als er das Gewerkschaftslied beendet hatte.

Dred berichtete: »Ich hab' die JayCees zu überreden versucht, daß sie Cletus Jones den Baseballplatz abkaufen. Aber alle haben gesagt: ›Ach wo, der Cletus, der läßt uns den Platz auch so benutzen, so oft wir wollen.‹«

»Tut er doch auch«, bestatigte Ben.

»Aber der Platz steht den ganzen Winter über unter Wasser.«

»Im Winter spielt auch kein Mensch Baseball«, erklärte Raymond.

»Verdammt noch mal, Mann! Ich meine, im ganzen Leben hab' ich noch nie 'ne Bande von so faulen, rückständigen, unkooperativen Menschen gesehen wie die hier! Wissen Sie Bescheid?«

Raymond sah Ben an. Doch der schien jedes Wort zu akzeptieren, das dieser Bastard von sich gab. »Vielleicht mögen wir's hier so, wie es ist«, meinte Raymond. »Wenn Sie jemanden als faul bezeichnen, definieren Sie selbst sich damit vielleicht nur als puritanisch hyperaktiv.« Cindy und Dred kamen ihm tatsächlich hektisch vor, wie sie beide ständig aufsprangen, um etwas zu essen zu holen und nach dem Feuer zu sehen, oder umherwanderten, um etwas Gesagtes zu unterstreichen. Wie er sich erinnerte, war diesen Leuten nichts lieber als eine schöne, scharfe

Diskussion, und er stellte fest, daß er dicht davor war, ihnen in die Falle zu gehen.

»Nein, Mann, das ist nicht Zufriedenheit! Das ist Resignation. Das sieht man doch an den Gesichtern.«

»Das stimmt wirklich«, behauptete Cindy. »Ich hab' nur vier Mütter finden können, die bereit sind, ihren Kindern die Vorschulerfahrung zu gönnen.«

»Vielleicht haben sie sie lieber um sich.«

»Ja, aber denken Sie doch an das arme Kind! Ohne jede Vorbereitung in die erste Klasse gesteckt.«

»Und was ist mit dem armen Kind, das ohne jede Vorbereitung in eine Vorschule gesteckt wird?«

»Jetzt will ich was sagen!« verkündete Humus.

»Sei still!« knurrte Dred.

Humus griff sich einen Brokkolistiel, schlug ihn Dred auf den fast kahlen Schädel und betitelte seinen Vater als ›Scheiß-Faschistenschwein‹. Falsche Holländische Sauce spritzte durchs Zimmer. Bens Augen wurden immer größer.

Ben erklärte sich bereit, seinen Cousinen gut zuzureden, ihre Kinder in Cindys Vorschule zu schicken.

»Was haben sie gesagt?« erkundigte sich Raymond später. Diese Verblendung bei Ben *mußte* sich doch eines Tages legen. Und dann würde Raymond geduldig warten, bis er Bens Unterweisung fortsetzen konnte.

»Muriel hat gesagt, sie müßte Clem auch so schon viel zu früh aus dem Haus geben, deswegen wollte sie ihn so lange wie möglich bei sich behalten. Und Annie sagte, kleine Kinder gehörten nach Hause zu ihren Müttern. Und Bertha sagte, Cindy und Dred seien doch nichts weiter als Kommunisten, die die amerikanische Familie auseinanderreißen wollten.«

»Und was hast du gesagt?«

»Ich habe ihnen erklärt, sie seien rückständig und altmodisch.«

»Aber Ben, sie haben gar nicht so unrecht. So kann man die Sache auch sehen.«

»Aber Dred hat gesagt ...«

»Ich scheiße auf Dred!«

Erschrocken starrte Ben ihn an.

Eines Nachmittags brachte Ben Cheryl mit. Raymond erkannte auf den ersten Blick, daß sie ein kleines albernes Dummchen war, sagte sich aber, sie sei möglicherweise ganz brauchbar für Arbeiten wie Einkochen und Stricken, bei denen Raymond sich zu Tode langweilte. Einen strahlenden Ben im Schlepptau, kam sie unbefangen zur Tür hereingerauscht. Und begann sofort draufloszuplappern, wie sehr sie sich freue, Raymond kennenzulernen, wieviel sie schon über ihn gehört habe, und spielte sich auf wie die reinste Scarlett O'Hara. Und Ben benahm sich wie 'n Haufen Scheiße und half ihr mit idiotischen Fragen, die ihre beste Seite hervorheben sollten. Wenn dies ihre beste Seite war, dann mochte Raymond nicht wissen, wie ihre schlechteste aussah.

Sie sah sich in Raymonds Küche um. »Kein Elektroherd?«

»Ich hab' meinen Holzherd.«

»Also, *ich* könnte nie ohne Elektroherd auskommen! Sie sind einfach ein Wunder, Junior! Und kein Kühlschrank?«

Wer war das – Betty Furness? »Ich habe ein Quellenhaus.«

»Ben-Herzchen, ich weiß, wie sehr du Junior bewunderst. Aber wenn wir beide heiraten, dann *muß* ich einfach 'ne Gold-Medaillon-Küche haben.«

Raymond fand, Ben sollte sie in den Mund vögeln. Dann war sie vielleicht endlich mal still.

»Aber einkochen tust du doch gern, nicht wahr, Cheryl?« drängte Ben.

»Nur wenn's gar nicht anders geht.« Sie lachte. »Seit wann leben Sie denn schon hier?« wandte sie sich an Raymond.

»Beinahe ein Jahr.«

»Und wie lange wollen Sie bleiben?«

»Mein Leben lang, hoffe ich.«

»Ach, wirklich? Himmel, ich selbst kann's gar nicht abwarten, bis ich endlich von hier weg bin!«

»Wieso?«

Sie lachte. »Jedesmal, wenn meine Schwestern aus Atlanta nach Hause kommen, sagen sie, Tatro Cove sieht aus, als wär' hier 'n Hurrikan durchgefegt.«

»Ich finde es aber sehr hübsch hier.« Raymond wollte schier das Herz brechen.

»Hier unten ist es ja noch nicht so schlimm. Aber hinten an der Hauptstraße, das ist doch ein einziges Chaos, von all dem Tagebau.«

Raymond sah ihnen nach, wie sie durch den Cove zurückgingen. Ben hatte den Arm um sie gelegt. Sie schmiegte sich an ihn. Dann nahmen sie die Abkürzung durch den Wald. Vermutlich würden sie da oben auf dem Berg auf dem dicken Laubteppich bumsen. Raymond ging hinaus und begann seinen Garten umzugraben.

Am nächsten Tag begegnete er Lyla, als er gerade an ihrem Haus vorbeikam. »Na, Lyla – wie gefällt's dir denn in der neuen Schule?«

Lyla kicherte, sah sich verstohlen um und flüsterte dann: »Die ist verrückt, diese Mrs. Cindy-Lady.«

»Wieso?«

Im Tonfall einer Erwachsenen antwortete Lyla: »Lyla, keinen Saft und keine Kekse, bis du Cindy zu mir sagst!«

Raymond beschloß, zum Gemeindehaus zu gehen und nachzusehen, was diese Botschafterin des Yankee-Kapitalismus seinen kleinen Cousins und Cousinen antat. Die Kinder saßen und malten gerade. Gelegentlich warfen sie sich heimliche Blicke zu und kicherten. Immer, wenn Cindy etwas sagte, waren sie überaus höflich und nannten sie Mrs. Cindy. Bis auf Humus, der sie Mom nannte und manchmal auch ›dämliches Scheißweib‹. Sie trug ein Maxikleid und Kampfstiefel.

»Na, wie läuft's?« erkundigte sich Raymond, fest entschlossen, freundlich zu sein.

»Gräßlich«, seufzte sie. »Die sitzen bloß da und gehorchen mir. Ich wünschte, eins würde mich mal treten oder auch 'n Koller kriegen.«

»Wirklich?«

»Na ja, sie wirken so unterdrückt. Durch ihr autoritäres Familienleben. Das merkt man an allem, was sie tun. Sehen Sie sich doch mal diese Bilder an!« Sie deutete auf die Wand, an der die von den Kindern gemalten Abbildungen ihrer Elternhäuser hingen. »So kahl! Überhaupt keine Verzierungen oder so.«

»Aber so sehen die Häuser aus! Hier oben haben die Leute nicht viel Zierat.«

»Mit materieller Armut werde ich ja noch fertig. Aber hier geht es um Gefühlsarmut, um Mangel an Phantasie, Raymond! Heute morgen zum Beispiel hab' ich versucht, sie dazu zu bringen, daß sie in der Pfanne brutzelnden Speck imitieren. Ich hab' mich sogar selbst auf den Boden gelegt und es ihnen vorgemacht. Sie haben mich angestarrt, als wär' ich nicht ganz bei Trost oder so.«

Raymond unterdrückte ein schallendes Lachen.

»Die Kinder in der Free School in Philly fanden das herrlich«, erklärte sie in gekränktem Ton. »Die haben sich dabei immer so ausgetobt, daß man wirklich glauben konnte, da brutzelt Speck.«

Raymond meinte, dies sei wohl eine zu anspruchsvolle Aufgabe für Gebirglerkinder, aber sie sollte es doch noch mal mit ihnen versuchen, nachdem er selbst ihnen alles erklärt hatte. Nach seiner Erklärung und einer weiteren Demonstration schienen einige zu kapieren. Sie warfen sich begeistert zu Boden und begannen sich – willige Speckstreifen – hektisch zu winden. Nur wurde Raymond nicht schlau aus den blubbernden Lauten, die sie ausstießen. Das Zischen und Brutzeln von Fett in der Pfanne? Schließlich sprang ein Junge auf, ging zu einem Mädchen hinüber, das zusah, legte ihr beide Hände auf den Kopf und befahl in energischem Ton: »Gesunde, Schwester! Im Namen Jesu Christi, unseres Herrn, befehle ich dir, wirf deine Krankheit ab und sei gesund!«

Cindys Miene verzog sich zu einer Grimasse puren Entsetzens. Kurzerhand machte sie der privaten Erweckung ein Ende und schickte die Kinder zum Spielen hinaus.

Als Raymond mit Cindy draußen im Hof stand und Humus beobachtete, mußte er abermals lächeln. »Du bist das Kapitalistenschwein, und ich bin der Arbeiterrevolutionär!« befahl Humus Clem. Clem sah ihn an, runzelte die Stirn und gesellte sich zu den anderen unter einer Pappel. Dort blieben sie sitzen und beobachteten das Wechselspiel der Blattschatten auf dem Gras.

»Sehen Sie jetzt, was ich meine?« fragte Cindy. »So träge! Manchmal frage ich mich, ob diese armen Kleinen nicht bis obenhin voll Würmer stecken.«

Sie marschierte hinüber und sagte etwas. Die Kinder standen gehorsam auf und folgten ihr zu einem Erdhaufen. Sie erklärte etwas und gestikulierte. Humus kletterte auf den Erdhaufen und baute sich oben mit in die Hüften gestemmten Händen auf. Ein paar Jungen folgten ihm, aber er stieß sie wieder hinunter.

Sie rappelten sich auf, standen blinzelnd da und sahen Humus verwundert an, während der schrie: »Ha, ha! *Ich* bin der König auf dem Berg!«

»Ich weiß nicht«, seufzte Cindy, als sie zurückkam. »Die sind alle so völlig verklemmt! Keine Konzentration, wenn sie was tun. Die sind in ihren Familien so streng erzogen, daß die ganze Aggression untergebuddelt ist.«

Raymond spürte, wie seine eigene Aggression ans Licht drängte. Er fuhr sie an: »Die haben eben nur sehr wenig Aggression! Warum sollten sie auch? Ihre persönliche Welt ist warm und ruhig und freundlich und entgegenkommend und ohne Konkurrenzdenken. Sie wissen genau, wer sie sind und was von ihnen erwartet wird.«

»Eben! Ohne Konfliktsituationen sind sie einfach nicht in der Lage, ihre Persönlichkeit voll Elastizität, Beweglichkeit und Komplexität zu entwickeln. Konfliktsituationen sollten niemals gefürchtet werden, man sollte vielmehr ihr Fehlen fürchten und die daraus resultierende Unfähigkeit, mit ihnen fertig zu werden. Diese armen Kinder tun mir so leid!«

»Aber wenn es keine Konfliktsituationen gibt, braucht man auch nicht mit ihnen fertig zu werden.«

»Konfliktsituationen gibt es überall. Die einzige Alternative ist der Tod.«

»Da bin ich aber anderer Meinung.«

»Na schön. Von mir aus!« Aufgebracht funkelten sie einander an. Sie war selig. Sie fühlte sich wie zu Hause. Und Raymond wollte sich nicht eingestehen, daß es ihm ebenso erging.

Ein halbes Dutzend Jungen hatten Humus mit vereinten Kräften vom Berg geschubst. Er heulte laut: »Das ist unfair! So viele gegen einen!« Die Jungen, die den Berg erobert hatten, reichten den kleinen Mädchen die Hand, um ihnen heraufzuhelfen.

»Tatro Cove ist nicht Philadelphia, Cindy. Es ist nicht besser, aber auch nicht schlechter – nur eben anders. Die Menschen sind keine Maschinenteile; wir brauchen uns nicht normieren zu lassen. Wir können uns durch unsere Unterschiedlichkeit gegenseitig nur bereichern.«

Abermals stürmte Humus den Berg hinauf und schubste die anderen Kinder hinunter. Nun begannen ihn mehrere Kinder mit zornroten Gesichtern, sonst aber weitgehend unbeteiligt, nach Strich und Faden zu verdreschen.

»Na, was sagen Sie nun zu dieser unverbuddelten Aggression?« rief Raymond Cindy nach, die schnell hinüberlief, um Humus zu retten.

Bens Mannschaft gewann die Regionalspiele und fuhr zur Staatsmeisterschaft nach Louisville.

»Mann, das war Spitze, Junior!« berichtete er bei seiner Heimkehr. »Kentucky Fried Chicken, McDonald, Burger King, Dunkin' Donuts, Howard Johnson – allesamt in einer Reihe, eins neben dem anderen! Einkaufszentren. Einfach alles!«

Sie waren auf dem Weg zum Friedhof, um den Zaun zu reparieren. Ben sagte, er habe eine Arbeit für Staatsbürgerkunde zu machen und überlege, ob er nicht über Konzessionen schreiben solle, wie man sie bekam und wie sie funktionierten. »Das könnte für mich eine Möglichkeit sein, im Cove zu bleiben und trotzdem meinen Lebensunterhalt zu verdienen. Dad könnte mir helfen, eine Filiale von Kentucky Fried Chicken aufzumachen.«

Raymond starrte ihn an.

»Was hältst du davon, Junior?«

Raymond deutete auf die verschiedenen Grabsteine und begann von den Männern zu erzählen, die darunter begraben lagen: Purvis Tatro, ein Großonkel, der in den dreißiger Jahren bei einer Gewerkschaftsagitation in seinem Bergwerk erschossen worden war. Arlen Tatro, in die Ewigkeit befördert durch einen Baum, den er für die Firma Remington fällte, bei der im Zweiten Weltkrieg Gewehrschäfte aus dem Holz gemacht werden sollten. Billy Jack Tatro, gefallen auf Okinawa. Lucian Tatro, gefallen in Korea. Horten Tatro, gefallen in Dak To. Grandpa Tatro – ohne den rechten Arm, der plattgedrückt wie eine Schlangenhaut unter Tonnen von Schiefer mitten in einem nahen Berg ruhte.

Wie Raymond Ben erklärte, waren sie allesamt Opfer des Yankee-Kapitalismus, der durch seine Gier nach Rohstoffen und nach Märkten, die die Überproduktion von Trödel aufnahmen, Kriege unvermeidlich machte. Daß die Profite der Kapitalisten während und unmittelbar nach den Kriegen Spitzenhöhen erreichten. Daß die Kriege von Hillbillies, Schwarzen und Puertoricanern ausgekämpft wurden, während die meisten Männer oben im Norden, die er kannte, genau wußten, mit welchen Tricks man die Einberufung umging.

»Scheint mir ziemlich unfair zu sein«, sinnierte Ben, während er hämmerte.

»Ist es auch. Laß dich nicht täuschen, Ben! Der Kentucky Colonel ist ein Strohmann der Yankee-Kapitalisten, und Kentucky Fried Chicken hat nicht das geringste mit Tatro Cove in Kentucky zu tun.«

Raymond schlug vor, Ben solle für seine Arbeit einen Fragebogen entwerfen, den er den Klassenkameraden nach Hause mitgeben konnte, um festzustellen, ob ihre Großeltern sich noch an irgendwelche alten Gebirgsballaden erinnerten. Ben warf Raymond einen skeptischen Blick zu. »Sie will aber einen richtigen Aufsatz. Du weißt schon, mit Fußnoten und all dem.«

»Darin könntest du die Ergebnisse verarbeiten.«

»Na ja, Dred meinte, die Idee mit den Konzessionen wäre nicht schlecht. Tatro Cove sei der Saum der Armutstasche. Es müßten neue Arbeitsplätze geschaffen werden.«

»Dred? Was weiß denn der schon von Tatro Cove? Was weiß Dred denn schon davon, was für dich am besten ist?«

»Es ist nur so, daß *er* manchmal der Meinung ist, ich hätte eine ganz gute Idee.«

Raymond wußte nicht, was er sagen sollte.

»Ich mag dich sehr, Raymond. Ich wünschte nur, du könntest mich so mögen, wie ich bin.«

»Aber das tu ich doch!«

»Das tust du nicht, Raymond. Im Grunde nicht. Du willst immer, daß ich ein anderer bin.«

Darüber dachte Raymond nach, als sie den Berg wieder hinabstiegen. Vielleicht stimmte das wirklich. Aber nur in der Hinsicht, daß Raymond in Ben unentwickelte Fähigkeiten sah, daß er vorausahnte, was ihm unten im Tal zustoßen würde, und die Rolle erkannte, die Ben nach dem allgemeinen Zusammenbruch spielen konnte. Es machte einsam, weiter zu sehen als diejenigen, die um einen waren. Man war dazu verdammt, falsch verstanden und isoliert zu werden. Ständig verrieten die Menschen einen persönlich und die ihnen innewohnenden Möglichkeiten, ohne es selbst zu bemerken. Wieder spürte er das vertraute Nagen in der Magengrube. Aber dann dachte er an die lange Reihe der Tatro-*quare turns:* Cor One ganz allein in der Wildnis von Kentucky, Cor Three, der nur die Kräuter gehabt hatte, mit denen er sich unterhalten konnte. Aus weltlicher Sicht war Raymond allein, jawohl. Doch wenn er sich in seine innere Einsamkeit zurückzog, da wußte er, daß er in guter Gesellschaft war. In *bester* Gesellschaft: der jüngste einer Rasse von Giganten! Und Ben konnte sich zu ihm gesellen, wenn er nur in sich hineinlassen würde, was Raymond ihn lehren konnte.

Die County-Verwaltung kam, um die Straße durch den Cove zu asphaltieren. Die Tatros hatten das seit fünfzehn Jahren zu erreichen versucht.

»Ich finde, die übertreiben ein bißchen. Was meinst du, Granny?« fragte Raymond eines Nachmittags, als er an Verbenas Veranda vorbeikam. »Wir haben doch gar nichts weiter gewollt als Steine und Split.«

»Ja, hast du denn noch nicht gehört, Junior? Die wollen die Rückseite von dem Hügel da drüben abbauen.«

Raymond starrte sie fassungslos an. »Das können sie nicht!«

»Wieso nicht?«

»Weil das Gelände uns gehört.«

»Was obendrauf ist, ja. Aber Cor Three hat damals, neunzehnhundertfünf, alles verkauft, was drunter ist.«

»An wen?«

Sie zuckte die Achseln.

»Wir müssen das unbedingt verhindern.«

Sie schaukelte lächelnd. »Können wir nicht.«

Riesige Trucks, hoch beladen mit Baumstämmen, fuhren mehrere Wochen lang durch den Cove zum Highway hinunter. Dann kamen in entgegengesetzter Richtung Tieflader mit gelben Bulldozern und Ladegeräten die Straße heraufgekrochen.

»Die haben das Recht, ihren Lebensunterhalt zu verdienen. Genau wie alle anderen Menschen auch«, erklärte Lem, der mit von der Arbeit noch geschwärztem Gesicht auf der Veranda saß. »Genau wie *fast* alle anderen auch«, verbesserte er sich mit einem Blick auf Raymond.

»Ich verdiene mir meinen Lebensunterhalt auch, Lem«, entgegnete Raymond gekränkt. Verdammt noch mal, das war ein weit sichererer Lebensunterhalt, als ihn die Minen bieten konnten, obwohl Lem kaum soviel Grips hatte, das zu begreifen.

»Schon möglich.«

»Ich sorge dafür, daß ich stets Essen auf dem Tisch und Kleider am Leibe habe. Und einen neuen Olds von M.G., wie du, besitze ich nicht, weil ich keinen *will.*«

»Schon gut, Junior. Sei nicht so empfindlich. Tu du nur das, was du gern willst. Aber laß andere Leute auch das tun, was sie gern wollen.«

»Selbst wenn sie alles, was ich tue, kaputtmachen?«

»Aber sie schaden dir doch nicht.«

»Den Teufel tun sie! Das ganze Haus bebt, wenn sie vorbeifahren. Und meine Sämlinge sind mit einer dicken Schicht Staub bedeckt, den die da ständig aufwirbeln.«

»Nur mit der Ruhe, Junior. Wird schon alles gutgehen.«

Raymond gelangte zu dem Schluß, daß Lem recht hatte. Er hatte Tatro Cove einiges beibringen können, gelegentlich jedoch gab es auch Dinge, die er von den Leuten hier lernen konnte. Im Augenblick war er erbost, weil sich Faktoren, über die er keine Kontrolle besaß, in sein Leben eindrängten. Der ganze Trick bestand darin, diese Tatsache zu akzeptieren und sich treiben zu lassen, wie Tatro Cove es von jeher getan hatte. Er mußte wachsam sein und all den Mist aus seinem Wesen entfernen, der in den langen, draußen verbrachten Jahren dort deponiert worden war.

Die Sprengungen begannen. In seinem Garten landete ein Steinbrokken, so groß wie ein Basketball, und hinterließ mitten im Blumenkohl einen fast metertiefen Krater.

»Das hätte Lylas Kopf sein können, wo dieses Ding gelandet ist!« schrie Raymond Lyle an, der sich aus dem Fenster des Lasters beugte.

»War's aber nicht«, wies der ihn, einen Grashalm zwischen den Zähnen, gelassen zurecht.

»Könnte es aber vielleicht das nächste Mal sein. Wir müssen das jetzt endlich stoppen!«

»Sieh dich doch um, Junior. Die Hälfte der Männer in dieser County haben ein Bein verloren, einen kaputten Rücken oder 'ne Staublunge.

Jeder Bergmann wird dir bestätigen, daß es viel sicherer ist, im Tagebau zu arbeiten, als mitten in einem Berg rumzukriechen.«

Raymond preßte die Lippen zusammen und antwortete nicht. Lyle hielt ihn für einen unpraktischen Menschen. Was aber könnte praktischer sein, als zu erlernen, wie man all seine materiellen Bedürfnisse aus dem eigenen Boden, mit den eigenen Händen befriedigte? Vielleicht war Lyle noch nicht in der Lage, das einzusehen, würde mit der Zeit jedoch ganz zweifellos dazu gezwungen sein, sobald das System, das ihm Essen und Kleidung verschaffte, endgültig zusammenbrach. Dann würde er Raymond mit Respekt behandeln statt mit toleranter Herablassung. Es war wirklich ein Glück für diese Welt, daß es hier und da ein paar *quare turns* gab, die sich nicht zu dem Glauben verleiten ließen, daß die Dinge so, wie sie waren, nicht unbedingt immer bleiben mußten. Vermutlich war Karl Marx selbst ebenfalls ein *quare turn* gewesen.

Den ganzen Tag lang konnte Raymond, der seinen Garten jätete, das Dröhnen der Bulldozer hören, die auf der Rückseite des Hügels, auf dem der Friedhof lag, ganze Erdlawinen den Hang hinabschoben. Dann kam wieder mal eine Sprengung. Jede Explosion konnte er kommen fühlen. Der Boden zitterte wie bei einem Erdbeben. Dann eine ohrenbetäubende Erschütterung. Eine orangefarbene Wolke türmte sich lautlos in den Sommerhimmel, während Steintrümmer hoch emporflogen, einen Bogen beschrieben und hinter den Hügeln herabregneten. In einer Ecke des Wohnzimmers war die Wand gerissen. Riesige Lastwagen, darunter auch Lyles, rollten an seinem Haus vorbei durch den Cove und hinterließen eine Spur aus glänzend schwarzen Kohlebrocken.

Als er von McCrays Laden auf der Asphaltstraße, wo die Lastwagen vorüberdonnerten, nach Hause ging, sah er Lyla in ihrem Garten an einem Kartentisch sitzen, auf dem ein großer Glaskrug stand. Ein Pappschild verkündete: ›Kool Aid, das Glas 5 Cent.‹ Gerade nahm sie den Nickel eines Truckers entgegen und reichte ihm dafür einen Pappbecher.

Als der Mann in einer Wolke von Auspuffgasen davonröhrte, erkundigte sich Raymond, was das denn sollte.

»Ich verdiene mir 'n bißchen Geld«, antwortete sie mit einem Blick, als halte sie ihn für zurückgeblieben.

»Weiß deine Mama denn davon?«

»Die hat mir geholfen.«

»Ich halte das nicht für richtig, Lyla. Du solltest lieber im Bach waten oder so. Geh, spiel doch mit deinem Bull Roarer. Hier ist es viel zu gefährlich für dich, mit all den großen Lastwagen.«

»Mrs. Cindy hat gesagt, na los, tu's doch.«

Raymond kletterte zum Friedhof hinauf. Als er auf der anderen Seite den Hang hinabblickte, entdeckte er, daß die gesamte Vegetation und Humusschicht abgetragen worden war und sich in unordentlichen Haufen am Fuß des Hügels türmte. Bedrückt sah er, wie sich ein Bohrer mit fast zwei Metern Durchmesser in die Reste der Ader hineinfraß. Nach hinten spie er Ströme von glänzend schwarzer Kohle auf wartende Lastwagen. Dann zog er sich schwerfällig zurück, bewegte sich am Flöz entlang, schob sich wieder langsam vor und riß und fraß ein neues Loch in den Hang.

Geduld, ermahnte er sich. Standhaftigkeit. Gelassenheit. Katastrophen kamen und gingen in Tatro Cove. Wilde Tiere, Indianerüberfälle, Guerillakrieg, Familienfehden, Finanzbeamte, Überschwemmungen, Gewerkschaftskämpfe, Stolleneinbrüche, Unfälle, Krankheit, Hunger und VISTA-Arbeiter. Aber die Tatros blieben.

Er kam sich vor wie ein Mann, der mit auf dem Rücken gefesselten Händen zusehen muß, wie seine Geliebte vergewaltigt wird. Er konnte sich schließlich nicht auf Erdbewegungsmaschinen stürzen, die so hoch waren wie zwei Stockwerke. Hier ging es nicht um überwältigen oder überlisten, hier ging es ganz einfach um überdauern. Wenn er verhinderte, daß er verrückt wurde, würden die Tagebauarbeiter bald wieder verschwunden sein.

Das waren sie wirklich – im Herbst; und hinterließen eine so tief zerfurchte Straße, daß normale Autos sie kaum befahren konnten. Ben war seit ihrem Gespräch am Friedhof nicht mehr so oft zu ihm gekommen. Möglicherweise bumste er sich in den Wäldern das Mark aus den Knochen. Abermals kam Raymond zu dem Schluß, Geduld sei wahrscheinlich die einzige Lösung. Geduld wie Hiob. Bestimmt würde Ben bald genug haben vom Bumsen und Dreds Arroganz nicht mehr ertragen können. Er würde einsehen, daß Raymond nur sein Allerbestes im Sinn hatte, und zu ihm zurückkehren. Nur mußte Raymond bewußt Distanz wahren, damit Ben sich auf keinen Fall gedrängt fühlte, ihm aber dann, wenn er seinen Irrtum eingesehen hatte, die Rückkehr leichtmachen.

Eines Tages, als Raymond mit Royal in den Hügeln umherwanderte und Galax schnitt, sagte Royal: »Ich glaub', ich brauch' das Zeug bald nicht mehr zu schneiden, wenn ich keine Lust mehr dazu hab'.«

»Hast du vielleicht 'ne Erbschaft gemacht, Royal?«

»So ungefähr. Dred hier, der hat mir geholfen, auf Stütze zu gehn.«

Raymond richtete sich auf und sah ihn an.

»Der fängt da so 'ne Gruppe an. Braucht meine Hilfe«, erklärte er stolz.

»Wobei?«

»Um die Leute für die Wohlfahrt eintragen zu lassen.«

»Aber Royal, wenn du von der Wohlfahrt zu leben anfängst, haben die Yankee-Kapitalisten dich doch genau da, wo sie dich haben wollen – in der Abhängigkeit! Damit du ihnen keinen Ärger machen kannst.«

»Ich hab' noch nie einem Ärger gemacht. War immer viel zu müde davon, genug Essen auf den Tisch zu bringen.«

»Aber *Royal* . . .«

»Hör mit dem ›Royal‹ auf, mein Sohn! Wenn du eines Tages mal sechs hungrige Mäuler zu füttern hast, dann interessier' ich mich vielleicht dafür, was du zu sagen hast darüber, wie ich sie satt kriegen soll.«

»Aber Royal, du solltest sie mit einem Gemüsegarten satt kriegen. Das Gemüse gegen Bargeld verkaufen. Ich könnte dir helfen, ihn anzulegen.«

»Nein, mein Junge, ich bin krank. Ich brauche Wohlfahrt.«

»Was hast du denn?«

Er faßte sich an die Brust und begann zu keuchen. »Meine Lunge. Die will einfach nich' mehr. Manchmal krieg' ich kaum noch Luft. Paß auf, Raymond – warum kommst du nich' auch in unsere Gruppe? Du könnt'st ja auch Wohlfahrt beantragen. Dann brauchtest du auch nich' mehr nach diesem Mist hier zu graben.«

Raymond blickte über die Hügel hinweg ins Tal hinab. Wenn er das tat, hätte er mehr Zeit für seine Mission . . . »Weiche, Satanas!« knurrte er.

»Hä?«

Diese Kapitalisten waren brillant, fand Raymond, wie sie die Menschen dazu brachten, ihre eigene Ohnmacht herbeizuführen. Aber das würde keinen Bestand haben. Genau wie man abwarten mußte, bis der Familienfriedhof abgebaut worden war, so mußte man abwarten, bis die letzten Todeszuckungen des Kapitalismus ausgestanden waren.

Eines Abends hielt ein roter Mustang vor Raymonds Garten. Auf dem Beifahrersitz saß Cheryl. Grinsend stieg Ben auf der anderen Seite aus. »Na, Junior – gefällt's dir?«

Beim Anblick des Blondschopfes und des offenen, fröhlichen Gesichtes machte Raymonds Herz einen Sprung. Ben war wieder da! Genau wie Raymond es vorausgesehen hatte. »Was denn?«

»Mein Geburtstagsgeschenk.« Er deutete auf den Wagen.

Raymond schwieg.

»Daddy hat ihn für ’n El Dorado in Zahlung genommen. Und ihn mir geschenkt.«

Raymond starrte das Auto an.

»Na?« fragte Ben.

»Sehr hübsch.«

»Komm, steig ein. Wir fahren ’n Stück.«

»Nein, danke.«

»Ach was, nun komm schon, Junior! Wir holen uns in diesem neuen Lokal hier ’n Hamburger.«

»Was denn für ein Lokal?«

»Du bist noch nicht im Hillbilly Heaven gewesen?«

Raymond schüttelte den Kopf.

»Nun komm schon, Kumpel! Beweg deinen Hintern und steig endlich ein!«

Widerstrebend setzte sich Raymond in den Wagen.

Die Spezialität des Hillbilly Heaven war der Hillbilly Burger, ›mit unserer ganz speziellen Sauce, gewürzt mit einem winzigen Schuß selbstgebranntem weißen Blitz‹. Bei der Kundschaft handelte es sich hauptsächlich um Filmteams und Reporter der großen Fernsehgesellschaften, die Dokumentationen über die Zerstörung der Berge in den Südstaaten drehten.

Kurz darauf kam Dred hereingeschlendert. »Junior, wir haben eine Überraschung für dich«, verkündete Ben.

Dred überreichte ihm eine Pappschachtel mit dem Aufdruck ›Onkel Corliss Tatros altmodischer Gee Haw Flimmy Diddle‹ und einem Foto von Cor Four, wie er in seinem ausgebeulten Overall und dem großen Filzhut dasaß und schnitzte. Der Werbetext lautete: ›Schon vor der amerikanischen Revolution ließen die Tatros sich in Tatro Cove nieder; auch heutzutage sitzen sie noch dort und leben fast genauso wie ihre Vorfahren. Die Tatro-Kinder spielen mit handgeschnitztem Spielzeug, zum Beispiel diesem, speziell für Sie . . .‹

Dred und Ben waren im Begriff, eine Firma namens Old Timey Toys, Inc. zu gründen, mit einer Fabrik in Tatro Cove, die Ben leiten sollte. Dred hatte bereits Aufträge sowohl von mehreren Geschäften an der Fifth Avenue, die Produkte aus den Appalachen führten, wie auch von Kunstgewerbeläden in Cambridge, Massachusetts, und Woodstock, Vermont.

»Großartig, was, Junior?« meinte Ben. »Das war’s, warum ich mich in der letzten Zeit nicht mehr soviel bei dir hab’ sehen lassen.«

Raymond brachte kein Wort heraus.

»Und ich hab' jetzt eingesehen . . .« Dred strich sich den roten Bart. »Also damals, als ich nach Tatro Cove kam, da hab' ich alles zu wissen geglaubt. Nun ja, inzwischen weiß ich, daß ich von diesen Menschen hier noch sehr viel lernen kann. Ich möchte ihnen helfen, ihre Kultur zu bewahren, und deren kraftvolle Urwüchsigkeit auch den anderen Amerikanern zugänglich machen.«

»Was ist mit dir, Junior?« erkundigte sich Ben beunruhigt.

»Keine Sorge.« Dred warf Raymond einen verächtlichen Blick zu. »Der ist bloß sauer, weil er nicht zuerst auf diesen Gedanken gekommen ist.«

In dieser Nacht öffnete der Himmel seine Schleusen. Der Regen stürzte herab wie das Fruchtwasser aus dem Uterus beim Einsetzen der Wehen. Raymond saß auf seiner Veranda und beobachtete im Schein der Blitze, wie der Mutterboden seines Gartens in den Bach gespült wurde. Er empfand überhaupt nichts dabei. Ben hatte ihn für eine Handvoll Silberlinge verraten. Nun gut, dann mußte er seine Pläne eben ändern. Wie, das wußte er jetzt noch nicht. Er würde ganz einfach abwarten, bis sich ihm neue Möglichkeiten boten.

Der Regen hielt mehrere Tage an. Als er endlich aufhörte, war der ganze Bach mit dem Schlamm des kahlen Erdhangs gefüllt, den die Tagebauer hinterlassen hatten. Das Wasser stieg über die Bachufer und begann seinen Garten zu überschwemmen. Mit der Schaufel grub er einen neuen Abfluß. Der nächste Regen trug noch mehr Schlamm herbei und füllte den neuen Abfluß bis zum Rand. Alle paar Tage standen Royal, Lem, Lyle, Cor Four und Raymond vor ihren Häusern im Bach und schaufelten.

Raymond stieg auf den Hügel hinauf, um sich ein Bild davon zu machen, wieviel Schlamm noch zu erwarten war. Wie er feststellte, war der ganze Friedhof eingesunken und der Boden über den Bohrlöchern eingebrochen. Ein Blick auf die Rückseite des Hügels zeigte ihm, daß ein Erdrutsch an dem kahlgeschorenen Hang das Tal, durch das der Bach floß, mit einer Art Damm verschlossen hatte, hinter dem erdigrotes Wasser anstieg.

Beim Thanksgiving-Dinner sagte M.G.: »Herr, wir hier in Tatro Cove müssen Dir für so vieles dankbar sein.« Das mußte M.G. ganz zweifellos, fand Raymond. Er hatte jetzt auch Hubschrauber in sein Angebot aufgenommen, die er zu Dutzenden an die Tagebaufirmen verkaufte. »Wir haben schwere Zeiten hinter uns, darum wissen wir unseren gegenwärtigen Wohlstand um so mehr zu schätzen.«

Als alle zusammen »Amen« gesagt hatten und die Frauen das Essen auftrugen, berichtete Raymond von dem Erdrutsch, von seiner Sorge, daß der Damm brechen und den ganzen Cove überschwemmen würde, und von der Notwendigkeit, gemeinsam etwas dagegen zu unternehmen.

»Wenn er bricht, bricht er«, entgegnete Lem, der sich Kartoffelbrei in den Mund schaufelte.

»Den Fortschritt kann man nicht aufhalten, Junge«, verkündete M.G. und faltete die Hände auf seinem Bauch, der über den weißen, zu seinen Mokassins passenden Lackledergürtel hing.

Royal meinte: »Ich finde, das bißchen Ärger macht sich bezahlt, wenn die Leute unten im Tal ihre Fabriken weiterarbeiten lassen können.«

Raymond spürte, wie wieder das Nagen in seiner Magengrube begann. Hier saß er nun und erklärte ihnen etwas, das für ihr unmittelbares physisches Überleben wesentlich war, und sie wollten ihm nicht zuhören! Wie konnte er nur erwartet haben, daß sie etwas so Subtiles begriffen, wie es die ihnen zugedachte Aufgabe war? Über ein Jahr lang lebte er nun schon mitten unter ihnen, und noch immer hatten sie seine Mission nicht erkannt, mieden, ignorierten oder verachteten ihn noch immer. Es gab eine Grenze für die Geduld, die man angesichts einer so hartnäckigen Sturheit und Ignoranz aufbringen konnte. Offenbar würden ihn die Leute von Tatro Cove, genau wie alle anderen es auch immer getan hatten, letztlich verraten. Er sah in die Runde, betrachtete die geröteten, lächelnden Tatro-Gesichter mit ihren einander ähnelnden Zügen. Das einzige, woran all diese Leute interessiert waren, das war, sich möglichst viel Essen minderer Qualität in ihre dumm daherplappernden Mäuler zu stopfen.

Nach dem Dinner geleitete M.G. seine Verwandten ins Wohnzimmer, um ihnen seine neue Sechzig-Zentimeter-Motorola-Farbfernsehtruhe vorzuführen. Gemeinsam setzten sie sich hin und sahen sich ›Hee Haw‹ an. Zwei Männer mit Strohhüten spielten Banjo, tanzten und schnitten Grimassen.

»Dieser alte Hillbilly sieht 'ne Krankenschwester in 'n Lift einsteigen. Der Doc kommt und fragt ihn: ›He, Clem, was ist mit dir, mein Sohn?‹ ›Doc‹, antwortet Clem, ›das Mädchen da, die is' in so 'nen Kasten gestiegen. Un' dann is' die Tür zugegangen, un' als sie wieder aufgegangen is', da war das Mädchen einfach verschwunden!‹«

Lachkonserven dröhnten. Das Zimmer voll Tatros ebenfalls. Raymond versuchte seinen Magen zu beruhigen, erinnerte sich an die Schicksalsschläge, die seine Verwandten erlitten hatten – ihr Land, ihre Kultur, sogar ihre Körper ausgebeutet, verstümmelt und zerstört, um

Profit zu produzieren. Es war nicht die Schuld seiner Verwandten, daß sie unfähig waren, die Botschaft zu begreifen, die Raymond ihnen brachte. Er merkte, daß Ben ihn von der anderen Zimmerseite her verdutzt anstarrte. Die anderen mochten noch eine Chance haben. Für Ben jedoch war es zu spät.

Eine Werbung unterbrach das Programm. Ein ernster Ingenieur in Schutzhelm und Arbeitsanzug kniete mit einem Fichtensetzling in den schwieligen Händen am Boden und erklärte mit offenem blauen Blick, daß die multinationale Ölgesellschaft, bei der er arbeite, die Berghänge, die sie im Tagebau zerstört hatte, neu bepflanze, bis sie für die wildlebenden Tiere attraktiver und wirtlicher sein würden, als Gottvater sie selbst gestaltet hatte.

Zwei Männer im Overall lagen im Hof eines Teerpappenschuppens, neben sich einen fest schlafenden Jagdhund.

»Was meinst du, Pa – sollten wir nich' irgendwann mal das Dach reparier'n?« gähnte der eine mit geschlossenen Augen und langte nach einem braunen Krug.

»Na ja, mein Sohn, ich will dir was sagen, ich . . .«

Wie von selbst griff Raymonds Hand nach einem schweren Glasaschenbecher. Den er mit so großer Kraft in den Fernsehschirm schleuderte, daß dieser zerbrach und die Splitter durchs ganze Zimmer flogen.

Alle starrten ihn an.

»Ja, seht ihr denn nicht, was diese Kapitalisten tun? Dumm und träge stellen sie uns dar. Nicht menschlich. Genau wie sie es mit den Schwarzen machen. Damit sie kein schlechtes Gewissen zu haben brauchen, weil sie unser Land zerstören, und unser Volk, und unsere Kultur – für ihren eigenen, gottverdammten Profit!« Er schrie es heraus.

M.G. entgegnete ganz ruhig: »Junge, du hast soeben meine nagelneue Sechzig-Zentimeter-Motorola-Farbfernsehtruhe kaputtgemacht. Bist du 'n verrückter Kommunist oder was?«

Raymond kniete an seinem Herd vor Ben, der sich am Nachmittag beim Training das Knie verletzt hatte. Raymond hatte ihn überredet, sich das Knie von ihm mit einer hausgemachten Salbe einreiben zu lassen. Ben saß in der Unterhose da, während Raymond ihm das geschwollene Knie massierte.

»Ich nehme an, M.G. ist ziemlich sauer auf mich, wie?« Er war Ben dankbar, daß er gekommen war. Alle anderen gingen ihm aus dem Weg.

»Ehrlich gesagt, Junior – sehr glücklich ist er wirklich nicht.«

»Ich nehme an, ich werd' mir irgendwas einfallen lassen müssen, wie ich das wieder in Ordnung bringe.«

»Das wär' nicht schlecht.«

»Es tut mir wirklich leid, ehrlich! Ich hatte einfach den Kopf verloren.«

Beide hörten, wie ein Wagen in den Hof einbog. Rote Lichter zuckten über die Fenster hin. Zur Tür kamen zwei State Trooper sowie M.G. hereingestürzt. Sie schnupperten im Zimmer umher wie Hunde, die nach einem Platz zum Pinkeln suchen.

»Genau wie ich's mir gedacht habe«, stellte M.G. fest. »Also gut, Junior, ich will jetzt wissen, was du da mit meinem Jungen machst. Einem Siebzehnjährigen das Stricken beibringen! Das ist ganz einfach unamerikanisch!«

Raymond setzte sich wieder in seinen Sessel und rieb sich die Salbe von den Händen an die Jeans.

»Es ist doch nicht normal für einen Mann in deinem Alter, hier so ganz allein zu leben! Wieso hast du keine Frau?«

Raymond sah ihn an.

»Du kommst jetzt mit, Ben. Ich fahre mit dir sofort zur Untersuchung zu Doc Dalton.«

»Aber wozu denn, Pa?«

»Das weißt du ganz genau, Junge.«

Ben sah Raymond an, dem allmählich schlecht wurde.

»Du irrst dich, M.G.«, erklärte Raymond.

»Was?« fragte Ben.

»Komm mit, Junge. Und du, Junior, bilde dir ja nicht ein, daß ich dich nicht einsperren lassen würde. Wir mögen ja denselben Namen tragen, aber ein schwuler Kommunist wie du gehört nicht zu meiner Familie.«

»Du machst einen großen Fehler, M.G.« Raymond war unfähig, sich aus dem Sessel zu erheben.

»Wir werden ja sehn, was Doc Dalton dazu zu sagen hat.«

»Was denn, Pa?«

Am nächsten Nachmittag erschien Lyla vor Raymonds Tür und überbrachte ihm eine Nachricht.

»Danke, Lyla. Das ist lieb von dir.«

Lyla streckte die schmutzige kleine Pfote aus.

»Was ist denn, Herzchen?«

»Botenlohn, bitte.«

»Würdest du dich mit einer Scheibe Weizenbrot mit frischer Butter und Honig zufriedengeben?«

»Nur in bar.«

Die Nachricht – von Ben – lautete: »Pa sagt, ich darf dich nicht mehr besuchen. Es ist doch nicht wahr, Junior, was die behaupten, das du von mir willst – oder?«

In dieser Nacht legte Raymond im Wald unterhalb einer neuen Tagebaufläche im nächsten Cove Feuer. Während der Nachtwächter nachsehen ging, brach er in den Schuppen ein und stahl Dynamit. Am folgenden Tag kaufte er in der Stadt ein paar Batterien und zwei Wecker zum Aufziehen. Am Nachmittag hörte er von Jeds Tod und fuhr sofort nach Newland hinunter.

Zusammen mit Lem, Lyle, Ben, Royal, M.G. und einigen anderen schritt er in der Kirche ganz nach vorn. Sie trugen Kränze und Gestecke beiseite und schulterten den Sarg, indem sie einander ansahen und sich zunickten, um das Anheben zu koordinieren. Anscheinend war der Tod das einzige, worüber sich die Tatros einigen konnten. Führte sie alle zusammen wie ein Nest Ratten. Na schön, wenn er in den Cove zurückkam, würde er seine Bomben möglicherweise unter den Schlammdamm legen, damit die Bewohner von Tatro Cove, an die Särge ihrer Vorfahren geklammert, in den Big Sandy River hinabgeschwemmt wurden. Die einzige Lösung schien ihm zu sein, all diesen menschlichen Schutt zu beseitigen und noch einmal ganz von vorn anzufangen wie der alte Noah.

Langsam schritten sie durch den Mittelgang, während der Organist einen Trauerchoral spielte. Einige aus der Trauergemeinde weinten und schnieften und musterten Raymonds Overall mit mißbilligenden Blicken.

Plötzlich wurde es Raymond klar, daß er den Leichnam seines Bruders auf der Schulter trug. Kummer durchzuckte ihn heiß wie ein Buschfeuer, und er stolperte. Der Sarg rutschte ihm von der Schulter und wurde von den anderen allein weitergetragen. Als er sich wieder gefangen hatte, rannen ihm Tränen übers Gesicht. Der magere kleine Jed, der sich mit dem letzten bißchen Kraft in seinem Körper bis in die Spitze des Schloßbaums gestemmt hatte. Raymond hatte ihn geliebt und gehaßt, in jedem Fall sich häufig mit ihm beschäftigt. Und nun war er nicht mehr. Und an dem Platz, wo ein lästiger kleiner Bruder, ein plumper Idiot von einem Tölpel, ein bigotter, großmäuliger *redneck* in seinem Leben gewesen war, klaffte nun eine schmerzliche Lücke. Raymond wurde von Schluchzen geschüttelt. Alle Leute aus der Stadt sahen zu. Er wußte nicht, was schlimmer war: daß sie vermuteten, er zeige Kummer, weil es dem Augenblick angemessen schien, oder daß sie erkannten, wie echt sein Kummer war.

Sie schoben den Sarg in den Leichenwagen wie eine Granate ins Kanonenrohr. Raymond kletterte in eine schwarze Limousine von Creech's Funeral Home, die von Billy Creech selbst gesteuert wurde. Billy nickte ihm mit ernster Miene zu; Raymond erwiderte das Nicken. Er kannte Billy noch aus der High School. Damals trug er eine große runde Brille, deswegen hatten sie ihn nur Creech Owl – Creech-Eule – genannt. Die Jahrbücher der anderen pflegte er stets auf der Seite zu signieren, die sein alter Herr für die Firmenwerbung gewählt hatte, und schrieb jedesmal den Slogan hinein: ›Let us be the last to let you down.‹ Wir möchten die letzten sein, die Ihnen eine Grube graben.

Drittes Kapitel
Donny

Es war seltsam, nach so langer Zeit wieder in Pine Woods zu sein. Vielleicht noch seltsamer für Pine Woods als für ihn selbst, erkannte Donny. Seine Grandmaw starrte ihn – in seiner schwarzen Lederjacke und dem Afrolook – an, als käme er direkt vom Mars. »Also, was willste denn nu' wieder sein, Nigger?«

»Ich *will* nichts sein, ich *bin* wer: ein Schwarzer.«

»Herzchen, von denen warst du einer, solange du lebst, auch ohne den Busch da auf dei'm Kopf.«

»Nein, war ich nicht. Auch nicht in meinen eigenen Augen. Aber jetzt bin ich's. Und ich bin stolz drauf.«

»Pah!« machte Ruby. »Un' bis' du jetz' auch zu stolz, um für mich zu den Princes raufzufahrn un' mir mein' Weihnachtsbaum zu holen?«

Mit den Princes wollte Donny eigentlich nichts mehr zu tun haben. Der Grund, warum er überhaupt so lange gebraucht hatte, um zu begreifen, was lief, war doch nur der, daß er die ganzen Jahre lang mit diesen beschissenen *honkies,* den Weißen, in diesem beschissenen Baum rumgehangen hatte. Getan hatten die damals so, als wären sie alle eine einzige große, glückliche Familie. Aber seiner Grandmaw wollte er schon gern helfen. Sie sah so furchtbar armselig aus, wie sie da vor ihrem Kerosinofen hockte, nur Haut und Knochen, eingemummt in eine alte, zerlumpte Steppdecke. Immer wieder hatte sie ihm gepredigt, er müsse lernen, ›clever‹ zu sein. Und wohin war sie mit all dieser Cleverness gekommen?

»Wieso mußt du dir den holen? Haben die ihn dir denn nicht immer gebracht?«

»Hast du nich' gehört? Der arme kleine Jed is' hin un' hat sich beim Autounfall überfahrn lassen.«

Donny starrte sie an. »Wo denn?«

»Draußen, auf'm Chattanooga Highway. Von so 'nem großen, alten Truck plattgewalzt.«

Was hatte dieser *cracker* ihm denn schon zu bedeuten, Mann? Was ging ihn das an? »Gut, ich fahr' rüber.«

Er setzte die Kinder auf den Rücksitz des Wagens, den er sich von seiner Mutter ausgeliehen hatte, um mit ihnen und Rochelle hier runterzukommen. Sie fuhren den Highway entlang, unter der Eisenbahnbrücke hindurch, am roten Backsteingebäude der Spinnerei vorbei. *Shit,* hatte er sich verändert, seit er den Mop durch den Bau da geschoben und all diese weißen Scheißer angegrinst hatte! Mann, in der Zeit hatte er wirklich nicht gewußt, was er tat. Als hätte er in so 'ner Art Trance gelebt oder so. Prince wollte, daß er ihm dankbar war für die Chance, seinen Boden aufzuwischen, also war er ihm dankbar, während er seinen Boden aufwischte. Rochelle wollte unbedingt, daß er ihr ein Ranchhaus kaufte, also hatte er ein schlechtes Gewissen, weil er ihr kein Ranchhaus kaufen konnte. Seine Mutter wollte, daß was aus ihm wurde, also schuftete er, bis er des Abends so müde war, daß er kaum noch den Kopf heben konnte, um fernzusehen. Seine Großmutter wollte, daß er den Herrn liebte, also liebte er den Herrn, ohne überhaupt richtig was von diesem *cat* zu wissen. Aber jetzt befahl ihm, Donny Tatro, keiner mehr, was er zu tun hatte.

Im Grunde war er ja nur in den Norden gegangen, um mal zu sehn, ob er nicht da oben das Ranchhaus für Rochelle verdienen konnte. Weil er das Gefühl hatte, daß er ihr das schuldete, nachdem er sie so übel zugerichtet hatte. Wo er überdies noch die ganzen Doktorrechnungen bezahlen mußte, zu allem anderen. Sie waren beide mit Gesichtern in Pine Woods rumgelaufen, die fast so zusammengenäht waren wie Softbälle. Einer ihrer Vorderzähne war abgebrochen. Ein paar Tage später hatte sie eine Fehlgeburt. Kein Mensch hatte begreifen können, daß Mr. Junior-Kirchendiener seiner eigenen Frau so was hatte antun können. Er konnte es ja selbst nicht fassen. Er war da für 'n paar Minuten ein ganz anderer Mensch gewesen. Anschließend hatte er eine Zeitlang, völlig kaputt und durchgedreht, bei seiner Grandmaw gewohnt. In der einen Woche war er am Mittwochabend und am Sonntag zweimal zur Kirche gegangen. In der nächsten hatte er sich dann jeden Nachmittag nach der Arbeit vor Dupree's rumgetrieben und war am Samstagabend bis spät in die Nacht im Billardsalon geblieben – so lange, daß er die Kirche verschlafen hatte. In der Kirche hatten sie ihm geraten, sein Joch zu tragen. Vor Dupree's hatten sie ihm geraten, möglichst schnell abzuhauen. Er wußte bei all dem immer nur, daß er Rochelle wiederhaben wollte, doch wenn er ihr auf der Straße begegnete, wandte sie stumm den Kopf von ihm ab. Schließlich hatte sie ihn wieder zu sich ins

Haus ziehen lassen, wollte aber nichts mit ihm zu tun haben. »Mir tut nur deine Grandmaw leid, daß sie dich die ganze Zeit um sich haben muß«, hatte sie geknurrt. Sie schlief mit Sue und Billy auf der Couch, während er sich mit Nicole und Isaac das Bett teilte.

Wie dem auch sei, er hatte den Eindruck, daß alle Leute, die in den Norden gingen, mit 'nem ziemlichen Haufen Geld wiederkamen, und wenn die das konnten, dann konnte er das ebenfalls. Ganz einfach hart arbeiten und richtig leben. Wenn man's dann nicht schaffte, hatte man sich nicht genug Mühe gegeben. Er bewarb sich um einen Job in der Fordfabrik von Metuchen, New Jersey, und die setzten ihn auf die Warteliste. Hier unten durfte man nicht in die Gewerkschaft rein, und da oben *mußte* man. Eigentlich gefiel ihm beides nicht. Er wollte nichts weiter als einen Job, der ihm ein bißchen Geld einbrachte, damit er Rochelle das Ranchhaus kaufen konnte und sie wieder mit ihm zusammensein wollte. Manchmal war das Zusammenleben mit ihr wie in so 'nem Märchen, die seine Mama immer den Fünfen vorgelesen hatte – wo man alle möglichen Prüfungen bestehen mußte, um die Hand der schönen Prinzessin zu gewinnen.

Als er seiner Grandmaw mitteilte, daß er fort wollte, sah sie ihn an und jammerte: »O Herr, Herr!«

»Aber ich komm' dich bestimmt besuchen, Grandmaw.«

»Du komms' vielleicht wieder, Herzchen, aber dann bis' du nich' mehr mein alter Donny.«

Er lachte. »Aber natürlich bin ich das. Wer soll ich 'n sonst sein?«

Sie schüttelte den Kopf und spuckte Tabaksaft quer durchs Zimmer.

Sie hatten ihn durch die ganze Autofabrik geführt. Er sah den Männern zu, darunter einigen Farbigen, die diese riesenhaften Maschinen bedienten. Wenn er nur mal die eine da bedienen dürfte, von der die Nieten ins Chassis getrieben wurden, das wär' 'n Leben! Die Vorstellung, daß die ihn dafür noch *bezahlen* würden, daß er das machte, überstieg beinahe sein Begriffsvermögen.

Während er darauf wartete, daß Ford ihn rief, parkte er Autos in einer achtstöckigen unterirdischen Garage in der Nähe der Vereinten Nationen. Eines Tages kam eine Weiße in einem Chinchillamantel mit 'nem schokoladenbraunen Mercedes-Benz reingerauscht. Als er sich hinters Lenkrad setzte, lächelte sie ihm freundlich zu. Er fuhr ganz langsam davon, um ihr zu zeigen, wie behutsam er mit dem Wagen umging. Zwei Etagen tiefer drehte er dann das Radio auf volle Lautstärke und stieg aufs Gas. Im vierten Untergeschoß lenkte er schwungvoll in eine Lücke zwischen einem de Ville-Coupé und einem Buick Riviera.

Mit aller Kraft bremsend, brachte er den Wagen mit der vorderen Stoßstange nur drei Zentimeter von der Betonsäule entfernt zum Stehen. Zärtlich strich er mit der Hand über den braunen Ledersitz und putzte mit dem Hemdsärmel das hölzerne Armaturenbrett. Er roch das Parfüm dieser Frau. Und sehnte sich plötzlich ganz furchtbar nach Rochelle.

Pfeifend schlenderte er zum Treppenhaus. Er hatte die Karre beim ersten Versuch perfekt geparkt. Manchmal mußte er anhalten und zurücksetzen, um den richtigen Winkel zu kriegen. Monty, der meistens im Büro hockte, das Geld kassierte und in der Nase bohrte, nannte Donny immer nur ›Cowboy‹. Immer wieder warnte er ihn, eines Tages würde er noch mal 'ne Beule in einen von diesen dicken Schlitten fahren, und wo war er dann? (Am Fließband im Fordwerk von Metuchen, hoffte er.)

Manchmal, wenn Monty einen Kaffee trinken ging, setzte sich Donny in einen Rolls oder einen Continental Mark IV, stieß zurück und parkte wieder ein. Das tat er mehrmals und überlegte sich dabei jedesmal, ob er nicht auf eine Runde auf die Straße rausfahren sollte. Aber er hatte einfach Schiß.

Was er sich als nächstes zulegen wollte, nachdem er Rochelle das Ranchhaus in New Jersey gekauft hatte, war ein Chrysler Imperial. Mann, jedesmal wenn er einen von diesen dicken Schlitten parkte, fühlte er sich wie im siebenten Himmel. Hin und wieder kamen auch Farbige in großen Wagen angefahren. Und Leon hatte einen El Dorado. Hier oben war eben nichts unmöglich. Es lag nur an Donny, es möglich zu machen, und, Baby, das würde er verdammt noch mal tun! Immer wieder nahm er sich vor, sich die Kamera von seiner Mutter auszuleihen und sich von Monty am Steuer eines Imperial knipsen zu lassen, um das Bild an Rochelle schicken zu können. Vielleicht merkte sie dann, daß er auf dem richtigen Weg war. Viel Bargeld hatte er ihr ja noch nicht geschickt, aber wenn er erst mal bei Ford angefangen hatte, würde er das Geld nur so scheffeln. Nicht lange, und er konnte sie mit den Kindern zu sich raufholen. Dann nahmen sie sich ein eigenes Haus in einer Siedlung in der Nähe der Fordwerke, mit einem Garten, den ihm die Nachbarskinder nicht zertrampeln konnten. Und er würde sich so 'nen Motormäher zulegen, wie ihn die Princes auch hatten, und jede Woche den Rasen mähen. Wenn's sich um das eigene Gras handelte, war das ein echtes Vergnügen.

Er schnappte sich einen Stuhl und trug ihn die ansteigende Fahrbahn zum Bürgersteig hinauf. Dort lehnte er ihn schräg an die Backsteinwand eines Mietshauses und saß da, mit den Füßen auf der Querleiste und über der Brust gefalteten Armen. Die Frühlingssonne fühlte sich wunderbar an. Aber sie war ziemlich schwächlich, gefiltert durch die Auspuffgase und behindert von all den vielen, riesigen Gebäuden. Wie er Monty immer erklärte, wußten die Leute hier oben gar nicht, was richtiger Sonnenschein war. Und Monty antwortete dann jedesmal, die Sonne sei wohl so etwa das einzigste, wovon die Nigger aus dem Süden 'n bißchen Ahnung hatten. Woraufhin Donny erwiderte, er hätte jedenfalls auch 'n bißchen Ahnung davon, wie man 'n großen vorlauten Mund stopfen konnte, damit der keine Beleidigungen von sich gab, wie das sonst nur die Weißen taten. Und freute sich diebisch, wenn Monty daraufhin tatsächlich die Klappe hielt. Hier oben kannte kein Mensch Donny als Good Boy Tatro oder Mr. Junior-Kirchendiener. Hier wußten sie nicht, wozu er fähig war. Wenn Donny hier ein ganz anderer Mensch sein wollte, dann gab es keinen, dessen vorgefaßte Meinung ihn daran hindern konnte. Die Begeisterung, die dieser Gedanke in ihm auslöste, verwandelte sich jedoch rasch in Unbehagen. Kein Mensch konnte ihm zwar hier was wollen, aber auch von seinen guten Seiten hatten sie keinen Schimmer – daß er in der High School ein großer Basketballstar gewesen, daß er Ruby Princes Enkel und daß er der erste farbige Arbeiter in der Benson Mill gewesen war. Und selbst wenn er es ihnen erzählte, würde sich keiner dafür interessieren.

Er fing an, die Leute zu beobachten, die in dem Hotel auf der anderen Straßenseite ein und aus gingen. Ausländer. Arbeiteten bei den Vereinten Nationen. Die Aufmachung, in der die rumliefen, war wirklich manchmal 'ne Schau – diese Turbane, und gelegentlich auch so weiße Nachthemden mit normalen Jacketts drüber. Alles mögliche. Wahnsinnig komisch. Er versuchte, Rochelle in seinen Briefen davon zu erzählen, aber er war leider kein Schriftsteller. Vielleicht sollte er von denen auch mal 'n paar Fotos machen.

Zwei Leute hatte er bereits mehrfach durch die Drehtür rauskommen sehen. Es waren Farbige, aber ganz anders als alle, die er jemals gesehen hatte. Kohlschwarz. Und der Mann trug so ein loses orange, rot und schwarzes Hemd. Die Frau hatte ein langes Gewand in denselben Farben an, und viel Goldschmuck. Ihr Haar stand richtig kraus ungefähr dreißig Zentimeter vom Kopf ab, als schämte sie sich überhaupt nicht deswegen. Wenn die Sonne durchschien, sah das manchmal aus wie der Brennende Busch. Rochelle hatte ihr Leben lang ständig versucht, ihre Haare auf dicke Wickler zu drehen, die sie mit einem abscheulich stinkenden Zeug einschmierte, damit es möglichst glatt wurde. Er mußte ihr unbedingt von dieser Ausländertante berichten.

Die beiden glitten so sanft dahin, als würden sie auf Rollschuhen gezogen – den Rücken brettsteif, den Kopf hoch erhoben. Der Mann hatte die ganzen Backen voll Narben. Monty hatte sogar behauptet, dieser Stamm da drüben in Afrika mache das mit voller Absicht. Mit den Fingerspitzen fuhr Donny sich vom rechten Augenwinkel bis zum Kiefer, wo Rochelle ihn mit dem Büchsenöffner gekratzt hatte. Ha! Sogar in Afrika drüben hatten sie nichts, was es hier in den United States of America nicht ebenfalls gab. Gab immer reichlich genug Leute, die einem das Gesicht zerschnitten, sobald sie einen sahen, und dabei dauernd behaupteten, wie sehr sie einen liebten. Na sicher, Rochelle hatte an dem Abend was tun müssen, um ihn zu stoppen, aber mußte sie denn gleich *so* weit gehen? Die ganze Gesichtshälfte hatte sie ihm aufgerissen. Siebzehn Stiche hatte er gehabt, als er aus der Unfallstation rauskam. Ein Glück nur, daß sie nicht auch sein Auge erwischt hatte. Jetzt sah die Narbe aus wie 'n ewiger Tränenstrom. Die Leute dachten immer, er wäre traurig, auch wenn er das überhaupt nicht war.

Seine Mutter lebte mit Arthur in einer Wohnung in einem Reihenhaus von Harlem. Die beiden hatten tatsächlich geheiratet, und nun war Donny Arthurs Stiefsohn – obwohl der ihn eher behandelte, als wäre er 'ne Kakerlake. Er wohnte vorläufig noch bei ihnen, wollte sich keine eigene Wohnung nehmen, bis er genau wußte, ob er den Job bei Ford kriegte oder nicht. Er hatte der Mutter nichts von dem Streit erzählen, hatte ihr weismachen wollen, die Narbe wär' von 'ner Maschine in der Spinnerei oder so. Aber er wußte, daß sie's ja doch rausfinden würde. In Pine Woods gab es keine Geheimnisse. Also beichtete er ihr die Wahrheit. Daraufhin schüttelte sie tadelnd den Kopf und antwortete: »Na ja, wird wahrhaftig Zeit, daß du da endlich mal rauskommst. Zu schade, daß es erst so weit kommen mußte.«

Jeden Abend, wenn Donny aus der Garage nach Hause kam, hob Arthur den buschigen grauen Kopf von der Zeitung, nickte kurz und musterte Donny in seinem ölverschmierten grauen Arbeitsanzug von oben bis unten. Arthur hielt sich für was ganz Besonderes, weil er immer 'n weißes Hemd und 'ne gelockerte Krawatte trug. *Shit,* dieser *cat* war immer noch 'n Nigger! Am ersten Abend, als Donny rüberging, um sich auf die Couch zu setzen, sagte Arthur: »Ich hoffe, du hast nicht vor, dich in diesem Aufzug auf meine nagelneue Designer-Couch zu setzen, wie?« Er redete immer sehr gewählt, als wollte er gleich 'ne Predigt halten. Donny hatte das tatsächlich gewollt, tat aber so, als hätte er im Traum nicht dran gedacht.

Eines Abends, nachdem er zu Bett gegangen war, hörte Donny, wie

Arthur im Wohnzimmer zu seiner Mutter sagte: »Also, wann wird er sich endlich eine eigene Wohnung nehmen, Kathryn?«

»Sobald er weiß, wo er sich eine nehmen soll.«

»Und wann ist das?«

»Sobald das Fordwerk ihm Bescheid gibt, ob er dort arbeiten kann oder nicht.«

»Es ist einfach nicht richtig, daß ein erwachsener Mann bei seiner Mutter wohnt.«

»Ich kann dir versichern, Arthur, daß ihm diese Situation genauso wenig behagt wie dir.« Sogar sie fing schon an, so hochgestochen zu reden wie er. Obwohl, wenn sie den ganzen Tag in ihrer weißen Schwesterntracht rumrannte, war sie auch nicht viel anders als die Dienstmädchen in der Uniform, in der fast sämtliche Frauen von Pine Woods rumliefen. Dieses New York stieg den Leuten wahrhaftig zu Kopf. Er schwor sich, darauf zu achten, daß das bei ihm nicht der Fall sein würde. Er war Donny Tatro aus Pine Woods, Tennessee, und das wollte er niemals vergessen.

Aber was sie da gesagt hatte, das stimmte nicht ganz. Donny fand es wunderbar, abends in diese Wohnung zurückzukommen und sich von seiner Mutter selbstgekochte Mahlzeiten vorsetzen zu lassen. So etwas hatte ihm zu Hause jahrelang gefehlt, und nun hatte er das Gefühl, er müsse alle verpaßten Mahlzeiten nachholen. Was ihm daran allerdings nicht behagte, das war, daß Arthur die ganze Zeit in der Nähe war und ihn musterte wie 'n dampfenden Kothaufen. Das einzige Mal, daß Arthur ihn einigermaßen anständig behandelte, war, als Donny einmal vorm Fernseher saß. Da kam Arthur rüber zu ihm, hockte sich vor ihn hin und betrachtete seine Narbe.

»Hat das ein weißer Arzt gemacht?«

Donny nickte.

»Typisch! Kathryn, komm doch mal her und sieh dir das an! Sieht aus, als hätte er einen Riß im Knie von einer uralten Jeans geflickt.«

Als Arthur da so vor ihm kniete, mit seiner Mutter sprach und Donnys Wange mit den Fingerspitzen berührte, empfand Donny auf einmal richtige liebevolle Zuneigung zu ihm. Aber das hatte nicht lange gehalten.

Als Leon zum erstenmal in der Wohnung erschien, in einem chartreuse-grünen Anzug und mit einer Frisur, bei der die Haare wellig hoch oben auf dem Kopf aufgetürmt waren, da musterte Arthur ihn genauso, wie er sonst immer Donny musterte. Anscheinend war Arthur der Ansicht, wenn man 'ne Designer-Couch besaß, war man 'n Superman.

Am liebsten hätte er Arthur erklärt, daß Leon einen El Dorado Cadillac fuhr. Aber statt dessen verschwanden Leon und er ganz schnell nach draußen. »Dieser *cat* ist 'ne ganz böse Nummer«, meinte Leon. Sie gingen in einen Billardsalon und spielten in Erinnerung an die alten Zeiten ein paar Runden Eigth Ball, aßen anschließend im Chicken Coop und landeten schließlich in einer Bar namens Clyde's, wo sie Four Roses in sich hineinschütteten. Leon stellte ihn den anderen Leuten als den ›Farmer‹ vor.

»Na, was läuft mit dir und Rochelle, Farmer?« Leon drehte, beide Ellbogen auf den Tisch gestützt, sein Glas zwischen den Fingern.

Donny lehnte sich zurück und schlug lässig die Beine übereinander. »Ha! Vor die Tür gesetzt hat sie mich.«

»Vor die Tür gesetzt?« Leon lachte. »Rausgeschmissen, aus deiner eigenen Wohnung? Für die du die Miete bezahlt hast? Was tut denn der Schnepfe im Kopf weh?«

»Na ja, so richtig rausgeschmissen hat sie mich eigentlich nicht. Wir haben uns eben 'n bißchen geprügelt. Und sie hat mir das Gesicht zerkratzt.« Mit den Fingerspitzen fuhr er sich über seine Narbe.

»Mit 'm Messer?«

»Nein, mit 'nem Büchsenöffner.«

Leon lachte laut auf. »Mit 'nem Büchsenöffner? Himmel Herrgott, Farmer – was bist du, 'ne Art warmer Bruder, daß du dich von 'ner Frau aufschlitzen läßt?«

»Na ja, ich hab' sie schließlich auch ganz schön zugerichtet. Aber sehr stolz bin ich nicht darauf.«

»Ach verdammt, Mann – die Sorte muß man wirklich 'n bißchen prügeln. Ihnen zeigen, wer der Boss ist.«

»Ja, na schön. Aber das wissen wir, wer bei uns der Boss ist, sie.«

»Ach *shit,* das ist doch der ganze Scheiß, Baby. Unser Leben lang haben die uns nur rumkommandiert. ›Leon, du gehst jetzt da raus und verdienst dir 'n bißchen Geld, Junge.‹ ›Leon, sei nicht so häßlich zu weißen Leuten. Tu schön alles, was die von dir wollen.‹ Hätten mir lieber beibringen sollen, wie man seinen Mann steht. Aber Mann, du hast wenigstens soviel Courage gehabt abzuhauen.«

»Ja, aber ich möchte sie und die Kinder hier raufholen, sobald ich 'ne Wohnung gefunden hab'.«

Leon starrte ihn an, als sei er verrückt.

Donny zuckte die Achseln. »Ich liebe sie, Mann.«

»Damit hat doch Liebe nichts zu tun, Farmer. Liebe verschafft dir keine Kleider. Liebe setzt dich nicht hinters Steuer von 'nem El Dorado.

Liebe hält nicht mal 'ne Frau in deinem Bett. Weil die nämlich so 'n Zeug auch wollen. Liebe ist billig, Farmer. Pelzmäntel sind teuer.«

»Deswegen bin ich ja hier raufgekommen – um Geld zu verdienen.«

»Na schön, aber du wirst dir bestimmt keinen grünen Lappen verdienen, wenn du dich an 'nem Fließband langweilst. Wann wirst du endlich schlau werden, Farmer?«

»Und du, Leon? Ich mag dich, Mann! Aber ich bin nicht so wie du, wenn du verstehst, was ich meine. War ich nie.«

»Tut mir leid für dich, Baby.«

Sie stiegen in den weißen El Dorado. Hier und da hielt Leon am Bordstein, stieg aus und redete mit einer Frau, die in einem Hauseingang stand. Einmal ohrfeigte er eine mehrmals. Als Donny das sah, beruhigte sich sein schlechtes Gewissen Rochelle gegenüber ein wenig. Einer anderen Frau tätschelte Leon das Hinterteil und lachte mit ihr.

Als sie die 125th Street überquerten, wurde Donny klar, daß er tatsächlich nicht so war wie Leon. Es ärgerte ihn, daß Leon ihn dauernd Farmer nannte, aber im Grunde hatte Leon recht. In dieser Straße wimmelte es von Lackaffen, die alle ihren Geschäften nachjagten. Als Zuhälter, Pusher, Lotterieverkäufer und Hehler. Und die meisten von ihnen waren ebenfalls Farmer oder die Söhne von Farmern. Sie hatten den Süden verlassen oder waren rausgeworfen worden. Zu bösartig, oder zu unruhig, um an einem Ort zu bleiben. Diejenigen, die blieben, wie seine Grandmaw, waren die ›cleveren‹, die auch eine Eiszeit lang gewartet hätten. Diejenigen, die weggegangen waren, fanden, daß Nigger wie seine Grandmaw ganz einfach rückständig waren. Also er, Donny, wollte hier oben bestimmt nichts Schlechtes tun. Er liebte immer noch den Herrn und beabsichtigte, Seine Werke zu tun. Er wollte lediglich einen Job, wo er genug Geld verdiente, um für eine Anzahlung auf Rochelles Ranchhaus zu sparen. Die Clique vor Dupree's hatte sich selbst beglückwünscht, als er ihnen sagte, er werde weggehn. Aber es war ganz anders, als die sich das vorstellten. Er ging nur weg, damit er Rochelle gegenüber alles wiedergutmachen konnte, und nicht etwa, um sie zu verlassen. Er liebte diese Frau!

Monty hielt die Hand über die Sprechmuschel. »He, Cowboy, hast du Lust, Mrs. Marvin ihren Mercedes zu bringen?«

»Wer is 'n das?«

»Die Alte mit dem Hundepelz.«

»Und wohin?«

»Fifty-third und Third.«

Donny überlegte.

»Dann kriegst du Weihnachten vielleicht 'n großes Trinkgeld.«

Donny verschwieg, daß er Weihnachten vielleicht gar nicht mehr da sein würde – nicht, wenn er den Job bei Ford bekam. »Von mir aus.«

Er hielt vor einem großen Mietshaus. Mrs. Marvin stand bereits draußen vor der Glastür und unterhielt sich mit einem Portier in grüner Uniform. Als Donny ihr die Schlüssel aushändigte, gab sie ihm einen Dollar.

Von da an war Mrs. Marvin zuweilen oben in ihrer Wohnung. Dann nahm der Portier die Schlüssel entgegen und telefonierte zu ihr hinauf. An solchen Tagen bekam Donny kein Trinkgeld, dafür an anderen jedoch das Doppelte.

Eines Nachmittags rief ihm der Portier bis auf die Straße nach: »He, Junge! Sie will, daß du ihr die Schlüssel raufbringst!«

Donny schritt durch die teppichbelegte Halle, in der es einen Springbrunnen gab und diese Kronleuchter wie in den Häusern der Tsali Street. Der Lift hatte polierte Holzwände. Er ging durch den teppichbelegten Flur bis zu ihrer Wohnungstür und läutete.

Sie öffnete, nahm ihm die Autoschlüssel ab und reichte ihm einen Zehndollarschein. Er starrte die Banknote an. Konnte es kaum abwarten, bis er Rochelle davon schreiben würde. Das hier war mehr, als er bei den Princes für einen ganzen Nachmittag Rasenmähen und Heckenschneiden gekriegt hatte. Und nur dafür, daß er einen Mercedes fünf Häuserblocks weit fuhr. Was er mit Freuden umsonst tun würde. Ja, sogar bezahlen würde er dafür!

»Ich schulde Ihnen noch was für die letzten Male«, erklärte Mrs. Marvin mit dunkler Stimme.

»Vielen Dank, Ma'am.«

»Aber bitte sehr, Sir«, erwiderte sie mit ironischem Lächeln. »Möchten Sie vielleicht ein Coke oder einen Kaffee oder so?«

Wie das Züngeln einer Schlange fuhr sein Blick den Gang hinauf und hinunter und an ihr vorbei in ein Wohnzimmer mit schweren Vorhängen und tiefen Sofas. »Vielen Dank, Ma'am, aber ich muß in die Garage zurück.«

Die Schlüssel fielen klirrend zu Boden. Beide blickten sie hinab. Er bückte sich, hob sie auf und legte sie ihr in die ausgestreckte Hand.

»Eigentlich schade, daß Sie so schnell wieder weg müssen.«

»Ja, Ma'am.« Er begann durch den Flur zurückzuweichen.

»Warten Sie doch eine Minute. Ich hole Ihnen schnell ein Coke zum Mitnehmen.«

An jenem Abend bei Clyde's sagte Leon: »Das klingt, als hätt'st du dir heute nachmittag 'n schönes Stück weißes Fleisch untern Nagel reißen können, Farmer.«

Ein langer Schauer überlief Donny.

»Das nächste Mal nimm, was du kriegen kannst, Baby.«

Donny zuckte die Achseln.

»Aber weißt du, mit so 'ner Weißen, das ist manchmal, als kämst du in 'n Stück Eisberg rein.«

»Hm-hm.« Donny blickte auf seine Hände – unfähig, Leon zu gestehen, daß er in seinem ganzen Leben nur in einer einzigen Frau dringewesen war.

Unvermittelt lachte der Freund auf. »Ach *shit,* Farmer – du hast doch bestimmt keine Ahnung davon, oder?«

»Vielleicht doch.« Donny funkelte ihn wütend an.

»Ehrlich, Farmer, ich weiß nicht, wieso ich mich mit dir abgebe. Du bist so dumm, daß du glaubst, Ficken ist 'ne Stadt in China! Ich glaub', ich muß mich mal wieder auf meine Ursprünge besinnen.«

»Allerdings, das solltest du.« Donnys Kopf schwirrte. Immer wieder sah er den abgestorbenen Eichbaum auf dem Schulhof zu Hause vor sich, und ihm wurde übel. Einmal hatten sich ein paar Jungens aus Cherokee Shoals auf den Schulhof geschlichen – mit einer Puppe, die sie mit brauner flüssiger Schuhcreme übergossen hatten. Sie legten ihr eine Schlinge um den Hals und hängten sie an die alte Eiche, damit die farbigen Kinder sie dort fanden, wenn sie zur großen Pause rauskamen. Er sagte sich, New York sei nicht Pine Woods, Tennessee. Hier oben taten die Menschen einander so was nicht an. Aber er war noch immer Donny Tatro, und er hatte nicht die Absicht, mit anderen Frauen, ganz gleich, welcher Hautfarbe, zu schlafen, solange er bemüht war, von seiner eigenen Frau in Gnaden wieder aufgenommen zu werden. Und in ihr heißes, feuchtes Loch.

Er war zutiefst beunruhigt. So redeten Leon und die Männer vor Dupree's von den Frauen. Donny selbst hatte das nie getan. Und ganz bestimmt nicht von Rochelle. Er mußte sich sehr zusammennehmen, hier oben, so ganz ohne seine Grandmaw und die Mount-Zion-Gemeinde, die auf ihn aufpaßten. Sonst war nicht abzusehen, was er vielleicht noch alles anstellte.

In dieser Nacht, als er im Bett lag, mußte er durch die Wand mit anhören, daß die Bettfedern von Arthur und seiner Mutter quietschten und klapperten wie das Fließband in der Fordfabrik. Er wickelte sich das Kopfkissen um die Ohren, konnte die beiden aber immer noch hören. Schließlich wichste er im Rhythmus des Quietschens und fragte sich dabei, ob Rochelle es sich wohl unter den Weiden am Fluß von einem anderen *cat* besorgen ließ. Da war schließlich Tadpole in seiner Uniform von den Green Berets, mit all den Medaillen und dem Scheiß, und mit seiner gespickten Brieftasche. Und da war die Bande von Dupree's, alle in ihren flotten Anzügen, die den ganzen Tag da rumlungerten und tranken. Donny mußte unbedingt irgendwie zu Geld kommen, damit er Rochelle raufholen und sie im Auge behalten konnte. Damit er ihr das Ranchhaus kaufen und sie wieder froh darüber sein konnte, daß sie seine Frau war. Nachdem er so viele Jahre lang versucht hatte, alles gut und richtig zu machen, glaubte er einfach nicht, daß sie ihm einen einzigen Ausrutscher auf ewig übelnehmen würde.

Als er ihr sagte, daß er fort wolle, bemerkte er voll Freude einen beunruhigten Ausdruck in ihren Augen. Sie verbarg ihren Schrecken zwar sehr schnell und zuckte die Achseln, als wäre ihr das ganz egal. Aber er hatte ihn doch gesehn.

»Ich such' mir 'n guten Job und dann ein Ranchhaus für uns zum Wohnen. Dann kommst du sofort mit Isaac und Nicole hier rauf.« Er kam sich sehr kühn vor, daß er ihr das so einfach befahl, statt sie zu bitten. Aber er hätte schwören können, daß sie darüber erleichtert war. Obwohl sie nur antwortete: »Wir werden sehen.«

Als er in den Bus stieg, preßte sie sich mit ihren Hüften an ihn, wie sie es lange nicht mehr getan hatte.

»Und brenn mir nur ja nicht mit Tadpole durch, hörst du?« versuchte er zu scherzen.

»Donny, ich brenn' mit keinem durch.«

Eines späten Abends kam der schokoladenbraune Mercedes in die Garage gefahren. Donny war allein da, mit Hitler, Montys Deutschem Schäferhund, der sich regelrecht wild aufführte. Ein rundlicher weißer Mann stieg aus, in einem Mantel mit so 'nem kleinen schwarzen Samtkragen und einem glänzenden Schal mit Fransen. Er öffnete die andere Tür, und da stieg Hundepelz aus, mit diesen Perlen um den Hals und an den Ohren. Sie lächelte ihm zu und sagte: »Na, wie geht's denn heute so, Donny?«

»Vielen Dank, Ma'am. Mir geht's gut.« Er grinste und fragte sich, woher sie seinen Namen kannte.

Die beiden gingen zu Fuß die Einfahrt rauf. Dickerchen legte ihr den Arm um die Schultern. Donny setzte sich in den Wagen. Er roch nach Hundepelz. Genauso würde er Rochelle ausstaffieren, wenn er erst mal bei Ford arbeitete. Pelzmantel, und kostbaren Schmuck in den Ohren. Teures Parfüm. Sie konnte den ganzen Tag zu Hause bleiben und sich um den Haushalt kümmern, wenn sie das wollte. Am Abend würde er dann mit seinem Chrysler Imperial in die Einfahrt einbiegen. Die Kinder würden ihren Farbfernseher im Stich lassen, an seinen Beinen hochklettern und seine Taschen nach Süßigkeiten absuchen, wie es die Kinder von Rochelles Mutter immer getan hatten, bevor er mit Rochelle verheiratet war, bevor er sich immer viel zu kaputt fühlte, um etwas anderes zu tun, als sich von einem Job zum anderen zu schleppen. Aber Rochelle würde sie davonscheuchen und ihn ins große Schlafzimmer führen, das sie nun endlich ganz für sich hatten, *und die Tür abschließen*...

An seinem nächsten freien Nachmittag ging er mit Leon zu Leons bevorzugter Frau, Flo. Flo hatte rotbraunes Haar, das sie toupiert trug. Bekleidet war sie mit einem Minirock aus Silberlamé und langen knallroten Stiefeln. Als Flo und Leon ins Schlafzimmer gingen, sagte Leon zu Flos Freundin Sylvia: »Bring diesem Farmer hier für mich mal 'n bißchen was bei, Sylvia-Herzchen.«

Sylvia hatte die langen Beine übereinandergeschlagen und wippte so heftig mit dem oberen Bein, daß ihr Pfennigabsatz auf und ab pumpte wie ein Motorkolben.

»Ich nehme an, du und ich, wir sollen uns 'n bißchen kennenlernen«, verkündete sie mit rauchiger Stimme.

Donny lachte. »Na schön, Mama. Dann tun wir's doch.« Er wußte genau, was man sagen mußte. Er wußte bloß nicht, was man tun mußte. Er starrte auf die neuen Schuhe aus Alligatorleder hinab, die er sich auf Leons Drängen mit einem Teil seiner Trinkgelder gekauft hatte, die er eigentlich an Rochelle schicken wollte. ›Knobs‹ nannte Leon diese Dinger. Donny hörte ihn im Schlafzimmer lachen.

»Wo kommst du her?« erkundigte er sich.

Sylvia schnitt eine Grimasse. Donny sah nicht ein, warum. Einem Menschen, den man nicht kannte, diese Frage zu stellen, war doch die natürlichste Sache von der Welt. »Von weiter oben an der Straße, Herzchen.« Sie musterte ihre langen roten Fingernägel.

»Ich komme aus Tennessee.«

»Na, dann würd' ich an deiner Stelle aber nicht so damit angeben.«

Donny hatte gar nicht gewußt, daß er angab. Er versuchte nur, sie näher kennenzulernen. Wie machten die Leute hier oben das denn sonst?

Unvermittelt stand sie auf und sah, die Hände in die Hüften gestemmt, zum Fenster hinaus. »Also, was ist – willst du nun bumsen oder nicht?«

Donny blieb der Mund offenstehen.

»Denn wenn du das nicht willst, Herzchen, hab' ich weiß Gott was Besseres zu tun, als hier rumzusitzen und zuzusehen, wie irgend so 'n Farmer seinen Mumm zusammenzukriegen versucht.«

»Aber ich...«

Sie ging in die Hocke, fummelte an seinem Gürtel herum und murmelte dabei: »Ich weiß doch, daß du da drin 'ne hübsche Lutschstange hast, Farmer. Und die wird schon ganz heiß und klebrig.«

Sie gab ihm keine Chance, nein zu sagen. Was er, wie er Rochelle und dem Herrn versicherte, mit Sicherheit getan hätte. Aber man durfte keine Frau kränken, indem man ihre Annäherungsversuche zurückwies. Und er wollte auch nicht, daß Leon sich noch mehr über ihn lustig machte als bisher. Und, jawohl, na schön, nach all diesen Monaten, wo er Rochelle gewollt hatte und von ihr abgewiesen wurde, da war es ein großartiges Gefühl, mal wieder in eine Frau reinzustoßen. Und zu spüren, wie sie ihre Hüften ganz langsam an ihn preßte und kreisen ließ, während sie über ihm auf und ab glitt und Sachen murmelte, wie zum Beispiel, daß ihr feuchtes Loch an seiner großen harten Zuckerstange lutsche. So etwas hatte er noch nie erlebt. Mit Rochelle hatte er hin und wieder zwar auch viel Spaß gehabt. Aber das hier war so *schmutzig!* Der Gemeinde von Mount Zion gegenüber, die in seinem Kopf wohnte, versuchte er zu leugnen, daß er es wunderbar fand. Aber *shit,* wenn Rochelle ihn nicht wollte – andere schienen ihn offenbar zu wollen.

Später bummelten Leon und Donny die Straße entlang, an einem Laden vorbei, der in ein Büro umfunktioniert worden war. Im Fenster hing ein Poster von so 'nem *cat* mit Baskenmütze, der mit 'nem Gewehr zwischen den Knien dasaß. Vor der Tür standen ein paar finster aussehende Typen rum, deren Haare aussahen wie krauser, ins Kraut geschossener Löwenzahn.

»Mann, ist dieser Nigger nicht zau-ber-haft, mit seinen schönen, glatten Haaren?« flötete einer von ihnen geziert und deutete mit dem Kopf auf Leon.

»O jaaaa, hin-rei-ßend! Ich glaub', der ist beinah' so hübsch wie George Wallace.«

»Den Angebern zeig' ich's noch«, murmelte Leon, der stur geradeaus blickte.

»Wer sind die denn?« erkundigte sich Donny.

»'ne Bande von Schlägern aus 'm Block. Halten sich für was Besseres als andere Leute. Denen werd' ich schon zeigen, wer hier der Bessere ist.«

An der Ecke standen ein paar gutaussehende Schnepfen. Leon sprach die eine von ihnen an. Behauptete, in seinem Beruf hätte man leider nie frei, sei stets auf der Suche nach frischer Ware. Während Leon dieser einen Schnepfe all seine Vorzüge aufzählte, stand Donny dumm grinsend herum, wurde einfach ignoriert und hatte Rochelle gegenüber ein schlechtes Gewissen, weil es mit Sylvia soviel Spaß gemacht, weil er sich mit ihr für ein paar Tage später verabredet hatte.

Die Schnepfe erklärte mit lauter Stimme: »Hör zu, Bruder, ich gebe keinem was, der nicht das Zehn-Punkte-Programm kennt. Wenn du was von mir willst, mußt du dich schon mit der revolutionären Ideologie befassen.«

»Auf was für 'm Trip fährst du denn ab, Mädchen?« murmelte Leon mit einem beunruhigten Blick die Straße entlang zu den Typen, die sie noch immer beobachteten.

»Ich will dir was sagen, Bruder: Mich kriegst du nicht in dein Bett, und mich schickst du auch nicht auf die Straße. Du redest von all den schönen Sachen, die du für mich tun willst. Wenn du wirklich was Gutes tun willst, leiste 'n bißchen Revolutionsarbeit, damit unsere Leute befreit werden. Wir werden jeden Tag von den Faschistenschweinen ermordet, und du stehst da und schwafelst von *smack* und Koks und *pussy* und Cadillacs.«

»Genau auf den Punkt, Schwester. Nur weiter so«, fauchte die Frau neben Donny.

Leon trat allmählich den Rückzug an. »Na schön, dann macht eben, was ihr wollt.«

»Genau das tun wir, und zwar immer!« Ihre Augen funkelten.

»Herzchen, bei mir stehn die Weiber Schlange...«

»Dann ist das ihr Pech.«

Als sie weitergingen, murmelte Leon, der sich die größte Mühe gab, eine besonders forsche Haltung zu zeigen: »Blöde Weiber! Legen sich hin, für diese *cats* mit dem unmöglichen krausen Haar!«

Mit seinem Job, den Mercedes zu Hundepelz rüberzufahren, begann Donny sein Einkommen allmählich so richtig schön aufzustocken. Die schien ohne den Wagen wirklich kaum leben zu können. Hing ständig am Telefon und bestellte ihn zu sich, Tag und Nacht. Oder sie kam mit ihrem dicken Ehemann in die Garage. Das Dickerchen konnte Donny überhaupt nicht ausstehen. Ewig grinsend und mit diesen kalten Zigarren im Mundwinkel. Jedesmal flippte er Donny einen halben Dollar hin, und Donny mußte in der Gegend rumflitzen, um die Münze zu fangen oder vom Fußboden aufzuheben. Hundepelz wurde wenigstens noch manchmal rot, wenn er das tat. Im Grunde genommen hatte Donny allerdings nichts dagegen, hinter 'nem bißchen Geld herzusausen. Er brauchte es, um Sylvia auszuführen. Er und sie, Leon und Flo gaben zusammen 'ne Menge Geld aus, wenn sie bei Clyde's oder im Chicken Coop saßen. Hin und wieder gingen sie auch in ein feines Restaurant oder einen eleganten Club, aber Leon wußte genau, daß Donny sich das nicht leisten konnte, und war so taktvoll, das nicht sehr oft vorzuschlagen und dann auch die Rechnung zu übernehmen. Donny hatte ein schlechtes Gewissen, weil er seine Trinkgelder nicht nach Hause schickte, aber er schickte ja einen großen Batzen von seinem Lohn. Trinkgelder, fand er, gingen extra. Man verdiente sie sich, indem man freundlich und flink zu den Leuten war, und das blieb er, weil er immer mit Sylvia zusammensein konnte. Deswegen fand er es auch nur gerecht, wenn er dieses Geld für sie ausgab. Auch wenn es im Grunde nicht richtig war, daß er so oft mit ihr zusammen war.

Eines Abends rief Dickerchen an und bat Donny, den Wagen rüberzubringen. Als er so die Straße entlangfuhr, ergriff plötzlich ein böser Gedanke von ihm Besitz. Er brauste ein Dutzend Häuserblocks weit in Richtung downtown davon, schoß zur Park Avenue hinüber und kroch dann ganz langsam, aber mit brüllend laut gestelltem Radio zur Fiftythird Street zurück. Dickerchen und Hundepelz standen schon draußen und wirkten ungeduldig. Donny stellte hastig das Radio ab. Als er ausstieg, flippte Dickerchen ihm einen halben Dollar zu. »Hier, Junge. Danke. Wir haben's eilig.« Donny steckte die Münze ein; er fühlte sich so richtig wohl. Durch die ganze Stadt hätte er mit dem Schlitten fahren können, und Dickerchen hätte nichts davon gemerkt. Er lachte glucksend.

Am Abend, im Bett, schämte er sich. Er hatte immer alles getan, was man ihm auftrug. Und wenn nicht – wenn er sich zum Beispiel zu Dupree's davongeschlichen, oder als er Rochelle verprügelt hatte, oder jetzt, mit Sylvia –, dann hatte er wenigstens Anstand genug gehabt, ein schlechtes Gewissen zu kriegen. Als er mit dem Mercedes des Dicken einen Abstecher nach downtown machte, hatte er jedoch überhaupt kein schlechtes Gewissen gehabt. Im Gegenteil, großartig gefühlt hatte er sich! Was ging nur mit ihm vor, hier oben in New York? Wurde er zu einem von diesen Gottlosen, über die Reverend Stump immer predigte, die aus den Großstädten in dicken Wagen und teuren Kleidern nach Pine Woods kamen und überhaupt keine Moral und keinen Anstand mehr hatten? Voller Entsetzen über sich selbst fragte er sich, ob es sich nicht vielleicht doch lohnte, zu diesen Gottlosen zu gehören.

Leon und Flo fingen an, sich nicht mehr so gut zu verstehen. Wenn sie zu viert ausgingen, stritten und meckerten sie über die idiotischsten Sachen. Und auch sonst ließ Leon sich nicht mehr so oft sehen. Er sagte nicht, wo er seine Zeit verbrachte, und Donny begriff, daß er nicht fragen durfte. Wie Donny vermutete, hatte er sich 'ne neue Frau zugelegt und würde ihm davon erzählen, wann immer er es für richtig hielt.

In ihren letzten Briefen und Anrufen schien Rochelle ein bißchen aufzutauen. Sie fing sogar an, davon zu sprechen, daß Donny ihr fehle und daß sie gern zu ihm raufkommen würde. Also entschied Donny, die Sache mit Sylvia müsse aufhören. Er brachte seine Gefühle für die beiden Frauen einfach nicht unter einen Hut. Und wenn er seine Trinkgelder sparte, konnte Rochelle eben um so früher bei ihm sein. Er wußte, daß seine Entscheidung grausam war. Sylvia war gut *zu* ihm und gut *für* ihn gewesen. Er haßte es, ihr weh tun zu müssen. Aber es ging nun mal eben nicht anders. Was er getan hatte, war eine Sünde, und wenn man das klar und deutlich erkannte, blieb einem keine andere Wahl, als zu bereuen und zu sühnen.

»Ich muß dir ein Geständnis machen«, sagte er eines Abends in Flos Wohnung zu ihr. »Ich bin verheiratet, Sylvia. Ich habe unten in Tennessee Frau und zwei Kinder.«

Sie zuckte die Achseln. »Herzchen, wir sind alle verheiratet. Oder wenigstens gewesen.«

»Wir?«

»*Shit,* ja! Ich habe drei Kinder.«

»Ach, wirklich? Wo denn?«

»Bei meiner Grandma unten in South Carolina.« Donny starrte sie fassungslos an, merkte, wie Abscheu in ihm aufstieg. Was für eine Frau war das, die ihre eigenen Kinder einer anderen zum Aufziehen gab? Eine Frau wie seine eigene Mutter, fiel ihm plötzlich ein. Immerhin, dies machte es leichter für ihn, ihr zu sagen, daß er nicht mehr wollte. Es war Rochelle, die sich so abrackerte, um ihre Kinder aufzuziehen, die seine Hilfe und Ergebenheit verdiente.

Sie zuckte die Achseln. »Na, dann bye-bye.«

Er hatte Zorn, Tränen, Vorwürfe erwartet. »Es macht dir nichts aus?«

»Verdammt, Herzchen – nein! Ich hab' nur Flo einen Gefallen getan, wegen Leon. Und jetzt, wo Leon nicht mehr da ist, macht es uns beiden nicht das geringste aus.«

Donny stand auf. Was für ein Ort war dieses New York bloß? Ungeheuer waren die Menschen hier.

»Gönnst du mir noch einen letzten Galopp auf deinem großen schwarzen Hoppepferd, Herzchen?«

Sein Penis stand stramm, hochgestreichelt von ihrem schmutzigen Gerede, das er immer so sehr genoß. »Ich muß weg.«

Sie lachte. »Wie du willst, Farmer.«

Er humpelte zur Tür; dann fuhr er herum, warf seine Hose ab und sprang sie an – voll Scham, als sie daraufhin lachte und sich unter seinem Körper zu winden begann.

Als Leon das nächste Mal in die Wohnung von Donnys Mutter kam, hatte er aufgehört, sein Haar glattzuziehen, und trug eine schwarze Lederjacke.

»Ja, Leon! Was ist denn mit dir passiert, Mann?«

»Komm mit zum Dinner, dann erzähl' ich's dir.«

Sie stiegen die Treppe hinab. Donny sah sich suchend um. »Wo ist denn dein Auto, Mann?«

»Verkauft.«

»Verkauft?«

»Die meisten Brüder und Schwestern müssen per pedes laufen, warum also nicht auch ich?«

»Was soll denn das heißen? Dein Bruder Jesse hat einen '65er Fairlane. Hast du den nicht gesehen, als du das letzte Mal zu Hause warst?«

»Ich meine doch nicht Jesse, Mann! Brüder und Schwestern – das heißt, alle unsere Leute.«

Wenn jemand in Pine Woods ›meine Leute‹ sagte, dann meinte er seine Verwandtschaft damit. Leon dagegen schien sogar Leute zu meinen, mit denen er nicht mal entfernt verwandt war.

»Siehst du, Mann – so gut, wie ich gelebt hab', hab' ich dem Mann direkt in die Hand gespielt.«

»Welchem Mann?«

»Dem weißen Mann, Farmer.«

»Welchem weißen Mann?«

»Der ganzen beschissenen Bande.« Leon wirkte gereizt.

Donny wollte seinen Ohren nicht trauen. Er fragte sich, ob Leon was von diesem gutaussehenden *cat* im Fernsehen wußte, der sie damals als ›weiße Teufel‹ bezeichnet hatte und erschossen worden war.

»Whitey hatte mich da, wo er mich haben wollte. Das heißt, wo er mich eigentlich am liebsten haben wollte, das war 'ne Grube im Boden. Aber davon mal abgesehen, hatte er mich so weit gebracht, daß ich mit meinem *horse* so allmählich Selbstmord beging. Daß ich meine eigenen

Leute mit chemischer Kriegsführung bekämpft habe, indem ich ihnen den Stoff verkaufte. Daß ich die ganze Zeit geloddelt hab', um Geld für Kleider und Autos zu scheffeln. Aber von dem, was Whitey hat, brauch' ich jetzt nichts mehr, Mann. Dieser Sklave hier hat sich endlich selber befreit.«

Donny hatte keine Ahnung, wovon Leon schwafelte. Seit hundert Jahren waren die Farbigen schon keine Sklaven mehr. Dieses New York wirkte sich wahrhaftig unheimlich auf die Leute aus. Plötzlich ging ihm jedoch ein Licht auf. »Diese Schnepfe, auf die du so scharf warst – ist die übergekommen?«

»Diese Schnepfe, Bruder, hat mir 'n paar grandiose Lichter aufgesteckt. Daß Loddel für die Schwestern im Block spielen nichts anderes ist als die Sklavenzeit, nur sind das jetzt die schwarzen Brüder, die das gebündelte Bare einsacken, statt Whitey.«

»Ist sie übergekommen?«

»*Shit,* das ist doch gar nicht der springende Punkt, Farmer!«

Donny fragte sich, wieso ihm die Leute ständig 'ne Predigt halten mußten.

Als Donny nach Hause kam, blickte Arthur von seiner medizinischen Zeitschrift auf. »Hast du schon was von deinem Job bei Ford gehört, Donald?«

»Nein, noch nicht.«

»Und was glaubst du, wann du was hören wirst?«

»Keine Ahnung.«

»Vielleicht solltest du mal anrufen oder rausfahren und nachfragen.«

»Die haben gesagt, sie melden sich.«

»Du kannst doch nicht einfach dasitzen und dich auf die Großzügigkeit anderer Leute verlassen, Donald. Du mußt deinen Weg in der Welt selbst machen.«

»Mag schon sein.«

»Es *ist* so. Glaubst du, ich wäre, wo ich jetzt bin, wenn ich so einfach dagesessen und darauf gewartet hätte, daß mich jemand Medizin studieren läßt? Die wollten, daß ich Krankenpfleger bleibe. Ich mußte selbst zusehen, daß was geschah.«

»Ja, Sir.« Donny wünschte, der *cat* würde ihn so mögen, wie er nun mal war. Er gab sich doch die größte Mühe!

Arthur seufzte und widmete sich wieder seiner Zeitschrift. Donny schaltete ›Sanford and Son‹ ein.

Leon verbrachte inzwischen den größten Teil seiner Zeit mit den Löwenzahnköpfen zusammen. Donny vermißte ihn und war froh, als Leon ihn eines Abends aufforderte mitzukommen. Als sie das Büro betraten, waren die Mädchen alle damit beschäftigt, auf der Schreibmaschine zu tippen und diese Zeitung durch die Vervielfältigungsmaschine zu jagen. Diese drei *cats* und Leon begrüßten sich mit einer komplizierten ›Backe, backe, Kuchen‹-Masche. Leon erklärte ihm später, es handele sich dabei um einen Solidaritätsgruß. Donny kapierte das irgendwie nicht.

Die Männer legten diese Patronengürtel mit Schrotpatronen an, wie Cisco Kid sie immer im Fernsehen trug.

»Ich komme mit«, verkündete die Schnepfe, hinter der Leon hergewesen war, Lucille hieß sie.

»Kommt nicht in Frage«, widersprach ein Mann namens James, der eine dicke Hornbrille trug.

Lucille schnappte sich ein Gewehr und ging zur Tür.

»Ich habe gesagt, du bleibst hier und siehst zu, daß die verdammte Zeitung fertig wird!«

Sie erstarrte mitten im Schritt.

»Verdammt noch mal, Weib, *ich* bin hier der Captain!«

»Du kannst dich als Captain bezeichnen, soviel du willst, James-Herzchen. Von mir aus kannst du dich sogar Donald Duck nennen.«

»Du bleibst hier!«

»Beruhige dich, Mann!« sagte einer mit Baskenmütze, der James zur Tür vorausging. »Du brauchst sie doch nicht gleich so anzuschreien.«

Ein Mann namens Phil mit roten Haaren und zahllosen Sommersprossen, der in Donnys Augen weiß aussah, stand vor der Tür rum und wirkte nervös. Mit den anderen zusammen ging er auf den alten Chrysler zu. James fauchte ihn an: »Was hängst du eigentlich ewig hier rum, weißer Junge?«

»Ich hab's dir doch erklärt, Mann! Mein Großvater mütterlicherseits war schwarz.«

»Verschwinde! Mach, daß du wegkommst!«

»Ich will euch aber helfen.«

»Du bist als Weißer erzogen worden. Für die ganze Welt bist du weiß. Helfen kannst du uns am besten, wenn du wieder dahin gehst, wo du herkommst. Arbeite mit deinen eigenen Leuten zusammen, Mann! Die sind unser ganzes Problem.«

»Komm schon, Mann! Gib mir 'ne Chance.«

Der Mann mit der Baskenmütze erklärte: »*Ich* fahre.«

»Nein«, widersprach James. »Ich bin der Captain.«

»*Shit,* Mann. Das ist mein Wagen.«

Sie stiegen alle zusammen ein, und die anderen stellten ihre Gewehre senkrecht zwischen ihre Beine. Während sie in der Gegend rumfuhren und Streifenwagen verfolgten, erklärte Leon Donny, sie wollten die Polizei im Auge behalten, für den Fall, daß die im Block irgendwie mal brutal würde.

James behauptete: »Diese Lucille, die ist ganz einfach konterrevolutionär.«

»Du hast versucht, sie anzumachen, Mann, und sie hat dich abfahren lassen«, entgegnete Baskenmütze. »Und deshalb bezeichnest du sie jetzt als konterrevolutionär.«

»Ewig versucht sie einen rumzukommandieren. Aber *shit,* Mann, *ich* bin der Captain.«

»Ja, aber die ist klasse, die Lucille. Richtig smart.«

»Verdammt, ich gehorche keiner Frau! Egal, wie smart.«

An einer Verkehrsampel hielten sie neben einem Streifenwagen. James murmelte bei offenem Fenster, stur geradeausblickend und fast ohne die Lippen zu bewegen: »Scheiß-Faschistenpack, primitive, räudige *redneck*-Schweine, bigotte, rassistische Söhne von Farmpächtern ...«

Der Polizist, der am Steuer saß, zog die Augen zusammen; seine Kinnmuskeln zuckten.

»He, laß das sein, Mann!« flüsterte Donny. Leon spießte ihn fast mit dem Ellbogen auf.

Während der Wagen durch die Straßen kreuzte, begannen sie .357er Magnums, M-1s, Schrotflinten mit Doppel-O-Rehposten, 30.06er und 9mm-Pistolen zu vergleichen. Donny hatte keine eigene Meinung zu diesem Thema. Das einzige, was er jemals geschossen hatte, waren Misteln in Eichbäumen, mit den Fünfen. Vorübergehend fragte er sich, was die anderen jetzt wohl machten. Von Sally hatte Rochelle gehört, daß Raymond nach Kentucky gegangen war. Emily sollte hier oben irgendwo sein. In welchem Stadtteil sie wohl wohnte? Vielleicht sogar in der Nähe der Parkgarage.

James verkündete: »Plastik ist am allerbesten, Mann.«

Baskenmütze, der drüben in Vietnam gewesen war, erklärte: »Ja, man nimmt 'n Bruder mit 'nem Flammenwerfer in 'nem Panzerwagen. Und dann 'n *cat* mit 'nem M-60-Maschinengewehr, und einen mit 'ner Panzerfaust ...«

Anscheinend waren die alle glattweg hysterisch. Donny begriff das einfach nicht. All dieser Scheiß von Brüdern und Schwestern und unseren Leuten. Die waren doch fast alle hier aufgewachsen; aber vermutlich hatten sie keine richtigen Familien, deswegen mußten sie wohl hingehn und so tun als ob. Aber Donny war gerade erst aus Pine Woods gekommen, wo er wirklich mit allen verwandt war. Oder wenigstens alles wußte, was es über die Leute zu wissen gab. Da brauchte man nicht solche Spielchen zu spielen. Und mit diesem Scheiß von wegen ›Whitey hassen‹ konnte er ebensowenig anfangen. Gewiß, er konnte nicht sagen, daß er verrückt nach den meisten Weißen war, aber er konnte seine Zeit nicht damit verschwenden, daß er sie haßte. Anscheinend benutzten diese *cats* den Haß nur dazu, um eine engere Verbindung zwischen ihnen zu schaffen. Je öfter sie ›die‹ sagten, desto leichter wurde es, ›wir‹ zu sagen.

Außerdem waren ein paar Weiße wirklich nett zu ihm gewesen. Wie zum Beispiel Hundepelz, die ihn gebeten hatte, sie Deirdre zu nennen statt Ma'am. Zum Beispiel Mr. Prince in der Spinnerei. Zum Beispiel die Fünf im Schloßbaum.

Von da an hatte er jedesmal, wenn Leon ihn aufforderte, ins Büro mitzukommen, gute Gründe, warum er nicht konnte. Wenn er *das* mitmachen mußte, um mit Leon zusammenzusein, war es ihm doch lieber, allein zu bleiben. Leon fing wieder an, ihn Mr. Junior-Kirchendiener zu nennen.

Eines Abends, als er von der Subway nach Hause ging, kam er an einem schmalen Durchgang vorbei. Dort lag ein alter, blinder Penner, den er mit seinem weißen Stock schon oft auf der Straße hatte rumtapsen sehn, lang ausgestreckt auf dem Pflaster. Als Donny den halben Block hinter sich hatte, drehte er sich noch einmal um und sah, daß ein Streifenwagen am Bordstein hielt. Zwei Polizisten sprangen heraus und verschwanden in dem Durchgang. Dann hörte Donny Keuchlaute und dumpfe Geräusche. Er überquerte die Straße und ging auf der anderen Seite bis auf die Höhe des Durchgangs zurück. Die beiden Polizisten hatten den Penner auf die Beine gestellt und bearbeiteten ihn wie einen Punchingball.

Donny fragte sich, was der Alte getan haben mochte. Ausgesehen hatte der, als wär' er tot für die Welt, aber das schien nicht zu stimmen, wenn er die Polizisten derart provoziert hatte. Der alte Mann tat ihm leid, aber das ging ihn nichts an. Die Polizisten ließen ihn gegen die Wand sinken, traten ihn noch ein paarmal in die Rippen und kehrten, die Schlagstöcke ums Handgelenk wirbelnd, auf die Straße zurück.

Wenn Donny nicht gerade arbeitete, wußte er jetzt meistens nicht, was er mit seiner Zeit anfangen sollte, wo Leon Soldat spielte und

Arthur ihn aus dem Haus haben wollte. Er spielte ein bißchen Pool, ging auf einen Drink zu Clyde's, und dann nickten ihm vielleicht ein paar *cats* zu, mit denen Leon ihn bekannt gemacht hatte, und fragten: »Wie geht's, Farmer?« Aber er merkte sofort, daß die das eigentlich gar nicht hören wollten. Er mußte sich eingestehen, daß er einsam war. Er war es nicht gewohnt, auf der Straße an Leuten vorbeizugehen, sie nicht zu kennen und nicht auf einen Plausch stehenzubleiben. In Pine Woods war er Donny Tatro, Starspieler der Klasse '63, Enkel von Ruby Tatro, erster Farbiger in der Benson Mill, jüngster Kirchendiener der Gemeinde Mount Zion, Ehemann von Rochelle und Vater von Isaac und Nicole. Hier oben war er überhaupt niemand.

Anscheinend hatten Arthur und seine Mutter zur Abwechslung mal Erbarmen mit ihm: Sie luden ihn eines Samstagabends ein, mit ihnen zu einem Ray-Charles-Konzert ins Apollo zu gehen. Vor dem Theater hielten dicke, blitzende Luxusautos, aus denen Leute ausstiegen, die so angezogen waren, wie er es bei Farbigen noch nie erlebt hatte – höchstens vielleicht bei den Supremes im Fernsehen oder so. Pelze und Schmuck und lange Abendkleider, Smokings und Rüschenhemden. Genau wie Dickerchen und Hundepelz. Seine eigene Mutter trug eine Fuchsstola mit winzigen blanken Augen und Pfoten. Wenn er erst bei Ford arbeitete, würden Rochelle und er sich auch gelegentlich so anziehen und aus New Jersey rüberkommen.

Ray, im Smoking, wurde zu seinem Flügel geführt. Seine Begleitband, in glitzernden Goldsmokings, erhob sich, je nach Instrument, die Musiker warfen den Kopf zurück und schmetterten ihren Part. Die Rayettes, in langen, mit Pailletten bestickten Kleidern und Glatthaarperücken, vollführten komplizierte, doch perfekt koordinierte Schritte, während sie gleichzeitig harmonisch sangen.

Als Ray ›Georgia on My Mind‹ anstimmte, wurde es ganz still im Saal. »... Just an old sweet song keeps Georgia on my mind. / Other arms reach out for me, other lips smile temptingly. / Here in this peaceful dream I see her face come back to me ...«

»Ja, sing!« rief ein Mann laut.

Donny dachte an Pine Woods zurück – an die Sonne in den Weiden unten am Fluß, an nackte Füße, die über zähen roten Lehm patschten. Donny war selbst auch ganz nach Klagen zumute, aber es gelang ihm doch, ruhig zu bleiben. Wegen Arthur. Arthur wollte bestimmt keinen Schwächling von Nigger zum Stiefsohn haben, der in aller Öffentlichkeit rumjammerte.

Aber dort unten war es ihm nicht gelungen, seinen Lebensunterhalt zu verdienen. Ein weißer Arzt hatte seine Backe schlecht vernäht. Jed Tatro fuhr mit seinen Freunden durch Pine Woods und warf mit Flaschen. Warum also jammerten die alle vor Heimweh oder wünschten sich wenigstens, losjammern zu können? Verdammt, er begriff einfach nicht, warum er sich heute abend vorkam wie ein Hebräer in Ägypten, der Autos um diese Pyramide downtown rumkutschieren mußte.

»*Shit,* warum sind wir eigentlich von da weg, Mama?« wollte er wissen, als sie nach Hause fuhren.

»Von Pine Woods?«

»Ja. In diese große alte, häßliche Stadt hier oben, die voll ist von verhaßten Fremden.«

»Herzchen, *ich* weiß, warum ich von da unten weg bin. Und wie ich annehme, hast du ebenfalls deine Gründe gehabt. Jetzt, im Moment, hast du ein bißchen Heimweh. Aber das wirst du bestimmt bald überwunden haben.«

Am nächsten Vormittag wanderte er durch die Straßen und wußte nicht recht, was er mit sich anfangen sollte. In Pine Woods war der Sonntag nie ein Problem gewesen: vormittags Kirche, ein ausgiebiges Mittagessen, am Nachmittag Verwandtenbesuche, am Abend Kirche. Während er zusah, wie seine Alligatorschuhe sich auf dem grauen Straßenpflaster fortbewegten, dachte er darüber nach, wie viele hundert Meilen Bürgersteig er hier abgeklappert hatte, und kaum jemals eine Strecke mehr als ein paarmal. Den Bürgersteig unten, in Pine Woods, den kannten seine Füße so genau, wie seine Hände Rochelles Körper kannten – jede Vertiefung, jeden Buckel, jede Ritze. Jede Stelle, an der die Rollschuhräder von einem summenden Rumpeln zu hellem Geklapper überwechselten. Die neuen Pflasterstellen, Jahrzehnt um Jahrzehnt, auf denen die Initialen fast eines jeden Kindes der Stadt prangten, von denen viele inzwischen, wie seine Mutter, das mittlere Alter erreicht hatten. So einen Bürgersteig mußte man zähmen wie einen Bronco, ihn sich gefügig machen und in Besitz nehmen. Hier oben war der einzige Platz, den er wirklich kannte, die Stelle vor seinem Stuhl bei der Parkgarage, und auch den kannte er nicht wirklich gründlich. Denn das war nichts, was sich so einfach erreichen ließ. Dazu mußte man jahrelang dieses Pflaster getreten und befahren haben, zu jeder Jahreszeit, mit jedem Fortbewegungsmittel, das man sich vorstellen konnte.

Er kam an einer Baptistenkirche vorbei. Arthur und seine Mutter sagten, sie wollten nichts mit der Kirche zu schaffen haben, die wäre nur dazu benutzt worden, die Farbigen – die ›Schwarzen‹, sagten sie – dreihundert Jahre lang in Unterdrückung zu halten. Aber die beiden waren nicht er, Mann, und er fand, er könnte vielleicht doch mal schnell reingehen und ein paar Kirchenlieder singen; dann würde er sich bestimmt gleich wieder besser fühlen.

Vor der Kirchentür stand ein freundlicher Mann in dunklem Anzug und überreichte ihm einen Handzettel, auf dem alle ›schwarzen Christen‹ für den Nachmittag in einen Tempel eingeladen wurden, um sich was über ein ›Programm des Schwarzen Menschen, der nicht von Dir verlangt, jene zu lieben, die Dich nicht lieben‹ anzuhören. Ja, also das machte ihn wirklich neugierig, und er wollte feststellen, wer das war. Er ging in die Kirche, sang ›I'll Fly Away‹ und fühlte sich wohler bei dem Gedanken, daß seine Grandmaw und alle zu Hause in der Mount-Zion-Gemeinde wohl jetzt gerade dasselbe sangen und sich dabei mit den Programmzetteln kühlende Luft zufächelten.

Von dort aus ging er zu diesem Tempel, der im Grunde nichts weiter war als ein leerstehender Laden. Im Vestibül durchsuchten ihn zwei bullige *cats* in Anzügen mit kleinen roten Buttons am Revers und kehrten all seine Taschen um. Er fragte sich, ob er an der richtigen Adresse war. Schien ihm viel eher ein Gefängnis zu sein als eine Kirche. Der eine führte ihn in einen knüppelvollen Raum, der von weiteren bulligen Männern im dunklen Anzug bewacht war.

Ein kleiner alter Mann mit grauen Haaren und Brille kam herein, und die Gemeinde begann zu flüstern und unruhig auf den Stühlen hin und her zu rutschen. Er sagte etwas, das ausländisch klang, und sie antworteten etwas Ausländisches. Dann fing er an zu predigen. Zuweilen rief jemand: »Jawohl, richtig!« Aber es gab weder rhythmisches Händeklatschen noch Trampeln und Singen oder Zeugnis ablegen. Immer wieder kamen bullige Männer im dunklen Anzug nach vorn marschiert, um den Platz mit jenen zu tauschen, die zuvor dagestanden hatten. Und große braune Lebensmitteltüten wurden die Reihen hinauf und hinunter gereicht und füllten sich dabei immer höher mit Geld.

Der Prediger kritzelte etwas auf eine Wandtafel und deutete auf das Gekrakel, das er fabriziert hatte, als wäre das ein Satz oder so. Aber Donny konnte nicht lesen, was der Kerl geschrieben hatte. Vielleicht war das so 'ne Art Ausländer oder so, der nicht wußte, wie man richtig Englisch schrieb. Tatsache war, daß Donny im Grunde keine Ahnung hatte, was hier eigentlich lief, in diesem Laden, den sie als Tempel bezeichneten.

»Schwarze Fürsten trugen Seidengewänder und lasen in Asien und Afrika in den Sternen, während weiße Männer, in Tierfelle gekleidet, in Europa in Höhlen hockten und mit den bloßen Händen rohes Fleisch zerteilten. Ihr wißt nichts davon, weil der weiße Mann das, was man euch lehrte, immer zensiert hat. Ihr müßt die Menschheitsgeschichte alle noch einmal ganz von vorn lernen.«

Geschichte war Geschichte, und je weniger Donny mit diesem Mist zu tun hatte, desto besser gefiel sie ihm. Das einzige C, also die einzige Drei, die er je in der High School gekriegt hatte, war eine in Geschichte gewesen.

»Der Sklavenmeister lenkt die Wirtschaft und sorgt dafür, daß der schwarze Mann nur sehr schwer Arbeit findet. Und wenn er einen Job gefunden hat, verdient er gewöhnlich weniger, als seine eigene Frau verdient. So wird die Frau dazu verführt, ihren Ehemann zu verachten und den Sklavenmeister zu bewundern, der sie dann mit blauäugigen Kindern zu ihrem gedemütigten Ehemann nach Hause schickt.«

Nein, nein, er sah das nicht ein! Wieso sollte man andere für die eigenen Probleme verantwortlich machen? Wenn man hart genug arbeitete und anständig lebte, wurde man dafür belohnt. Jedenfalls hatte *er* das vor. Er verließ den Saal, während die Frauen auf der einen und die Männer auf der anderen Seite einander umarmten und Grüße tauschten. Sklavenmeister! Diese Leute hier oben waren glattweg verrückt!

Eines Abends traf er im Chicken Coop zufällig Leon, der vor einem Teller voll abgenagter Knochen saß und Zeitung las. Donny hätte niemals gedacht, daß Leon überhaupt lesen konnte, aber hier oben in New York nahmen die Überraschungen kein Ende.

Leon stand auf und versuchte, mit Donny ›Backe, backe, Kuchen‹ zu machen. »Hallo, Farmer! Was gibt's Neues, Baby?«

Donny bestellte sich etwas zu essen. Leon deutete auf ein Foto auf der Titelseite der Zeitung. »Mann, ist das 'n böser schwarzer, herrlicher Nigger!«

Dieser *cat* hockte irgendwo hinter Gittern. Um seine Taille lief eine Kette, an der Handschellen befestigt waren. Die eine Faust so hoch gereckt, wie es seine Kette erlaubte, funkelte er wütend in die Kamera.

Leon seufzte. »Dieser *dude* ist zehn weiße Scheißer wert!«

Donny kaute an seinem Huhn. »Ich kann nicht einsehen, was so herrlich daran ist, im Kittchen zu sitzen.«

»Dieser *cat* hat den Schneid gehabt, sich für uns einzusetzen, Mann!«

»Mein Daddy ist im Kittchen gestorben.«

»All unsere Väter und Brüder im ganzen Land sterben in den Gefängnissen.«

»Nein! Kein einziger anderer Verwandter von mir. Nur mein Daddy.«

Leon sah ihn irritiert an.

»Ihr redet hier oben die ganze Zeit von Sklaverei. Wenn man die Leute so provoziert, daß sie einen ins Gefängnis stecken – ist das nicht dasselbe wie sich verkaufen?«

»Da brauchst du keinen zu provozieren, Farmer. Schaff dir ganz einfach 'ne schöne, dunkle Haut an, und die werfen dich ins Gefängnis, sobald du ihnen unter die Augen kommst.«

»Wenn man anständig lebt und die Menschen gut behandelt, wird man auch von ihnen gut behandelt.«

»O Jesus Christus, Farmer, bist du bemitleidenswert!« Leon stand auf, zog seine schwarze Lederjacke über und ging hinaus.

Donny aß seinen Hähnchenschenkel, aber ihm war nach Weinen zumute. Um mit Leon befreundet zu sein, mußte man sich offenbar ein bestimmtes Kostüm kaufen, ein ganz neues Vokabular angewöhnen und 'ne Menge Blödsinn reden. Er wünschte, es gäbe irgend jemanden, der ihn so mochte, wie er nun einmal war.

Er beschloß, zeitig zu Bett zu gehen und vielleicht 'n bißchen zu wichsen. Doch als er zur Tür hereinkam, hielt ihm die Mutter die Stellenangebote aus der Zeitung unter die Nase.

»Aber ich *hab'* doch 'n Job, Mama.«

»Das ist 'ne Sackgasse, Donny. Du mußt in Bewegung bleiben, Kind, wenn du hier oben was werden willst.«

»Mama«, entgegnete er drohend, »ich warte auf Nachricht von Ford.«

Aufgebracht setzte sie sich hin. »Herzchen, vielleicht solltest du dich doch mal nach 'ner eigenen Wohnung umsehn und überlegen, ob du Rochelle und die Kinder nicht raufholen kannst.«

Zuerst läuft sie davon und läßt mich im Stich, dachte er, und jetzt wirft sie mich sogar noch raus. Ist das vielleicht 'ne Mutter? Aber es war dieser beschissene Arthur.

Das Telefon ging. Es war Rochelle. Sie sagte, sie und die Kinder vermißten ihn, und all das. »Wann schickst du mir ein bißchen mehr Geld, Herzchen?«

»Ich schicke dir, soviel ich kann, Rochelle.«

»Wir haben vier Kinder zu ernähren, Kredite abzuzahlen. Ich schaff' das nicht, mit meinem Dienstmädchenlohn, Donny. Ich hatte gedacht, wenn du da oben bist, wird alles 'n bißchen einfacher.«

»Ich gebe mir die größte Mühe«, sagte er leise. »Ich warte immer noch auf den Job bei Ford.«

»Meinst du, daß du den wirklich kriegst?«

»Ich sag' dir Bescheid. Wen hast du in letzter Zeit gesprochen?«

»Also, heute hab' ich im Waschsalon Charlene getroffen. Die kriegt wieder ’n Baby. Äh, Tadpole ist augenblicklich auf Urlaub zu Hause.«

Donnys Magen verkrampfte sich. »Und wie geht’s ihm?«

»Ach, dem geht’s gut.« Lange Pause.

»Na ja, war schön, mal wieder deine Stimme zu hören.«

»Ja, Herzchen. Deine auch.«

Als Donny vor Deirdres Tür stand und ihr die Mercedesschlüssel übergab, musterte sie besorgt die Narbe auf seiner Wange. »Sind Sie in eine Messerstecherei geraten, Donny?«

Donny sagte sich, er brauche ihr ja schließlich nicht auf die Nase zu binden, daß er mit einer Frau verheiratet war, die ihm ’nen Büchsenöffner übers Gesicht gezogen hatte. Er konnte ihr alles mögliche erzählen, sie würde nichts merken. Außerdem schien sie zu *wünschen,* daß er in eine Messerstecherei geraten war.

»Bin mit ’n paar Rowdies aus dem Block zusammengeraten. ’ne richtig gemeine Scheißbande.«

Als sie zusammenzuckte, spähte er an ihr vorbei in das teppichbelegte Wohnzimmer. Sie drückte ihm einen Zwanzig-Dollar-Schein in die Hand, den er verdutzt anstarrte. »Kaufen Sie sich damit was Besonderes«, forderte sie ihn mit rauchiger Stimme auf.

Als er zur Garage zurückmarschierte, pfiff er fröhlich vor sich hin. Deirdre kümmerte sich einen Dreck darum, wieviel Geld er nach Hause brachte. Sah wirklich so aus, als mochte sie ihn ganz einfach so. Flüchtig versuchte er sich vorzustellen, wie es wohl wäre, wenn er sie da, auf dem dicken Teppichboden, einfach nahm, mit harten, schnellen Stößen, während sie unter ihm buckelte wie ein wildes Pferd und ihm mit ihren langen roten Fingernägeln den Rücken zerkratzte. Dann kam er sich aber sofort ziemlich mies vor. Die Frau war einfach nett zu ihm, und er dankte ihr das mit so schmutzigen Phantasien!

Am nächsten Abend brachte Dickerchen den Mercedes in die Garage und flippte ihm wieder einen halben Dollar zu. Donny sah die Münze durch die Luft schnellen und mit einem Klirren zu Boden fallen. Er ließ sie liegen. Dickerchen schenkte ihm einen erstaunten Blick. Er brauchte von Dickerchen keinen halben Dollar, wenn Dickerchens Frau ihm zwanzig zusteckte.

Als Dickerchen die Einfahrt hinaufmarschierte, überlegte Donny, ob sein Schwanz wohl weit genug unter dem dicken Bauch hervorragte, um in Deirdre hineingeschoben werden zu können. Die wirkte wahrhaftig nicht wie ’n Eisberg. Dann bekam er Gewissensbisse. Es war eine Sünde, so an sie zu denken. Und viel wichtiger noch: Er selbst betrog

Rochelle damit. Ob sie ihn nun mit Tadpole betrog oder nicht. Aber bestimmt war doch nichts Unrechtes daran, daß er Deirdres Freund war und sie besuchte, wenn er sich einsam fühlte, wie sie es ihm immer wieder nahelegte. Die Vorstellung, daß sie auf dieselbe Art seine Freundin war wie Emily damals, als Kind, gefiel ihm.

Die Fordfabrik rief an, um ihm mitzuteilen, daß im Moment niemand eingestellt werde. Seine Mutter wurde richtig hysterisch und fing an, ihm zu befehlen, tu dies, tu das, tu jenes.

»Sei still, Frau!«

Beide waren sie verblüfft, als sie ihm tatsächlich gehorchte.

»Die ganze Zeit kommandierst du mich rum. Dies ist *mein* Leben, und das werde ich leben, wie's mir paßt!«

»Aber nicht in meiner Wohnung, für die Arthur und ich die Miete zahlen – auf gar keinen Fall!«

»Weißt du, was du mit deiner Wohnung tun kannst?«

Ihre Augen wurden groß. War das ihr Baby? Ihr kleiner Junge?

»Ich ziehe aus, sobald ich kann. Ist ja wie in 'nem beschissenen Zuchthaus, hier!«

Seine Mutter reckte das Kinn. »Zuerst behauptest du, ich hätte dich im Stich gelassen und mich nicht genug um dich gekümmert. Und jetzt beschuldigst du mich, daß ich mich zuviel um dich kümmere. Also, mein Junge, was soll's denn nun sein? Entscheide dich!«

Wütend stapfte Donny hinaus und warf die Tür hinter sich ins Schloß.

Als er zurückkam, um seine Sachen zu holen, rief Rochelle gerade an und fragte, wann sie das Ranchhaus kaufen könnten.

»Es gibt kein Scheiß-Ranchhaus.«

Langes Schweigen.

»Wo wir wohnen, bestimme ich! Und wenn ich dir sage, du sollst hier raufkommen, Frau, dann kommst du hier rauf, verstanden?«

Sie legte auf.

Bei Clyde's traf Donny Leon wieder. Sie fingen an zu trinken, und er erzählte Leon, daß er sich allmählich mit Deirdre anfreunde.

Leon schnaufte nur verächtlich. »Anfreunden – Scheiße, Farmer! Die will 'n schwarzen Schwanz, mehr nicht.«

»Das ist nicht wahr!«

»Das ist 'ne Beleidigung, ist das. Für Rochelle und deine Mama und deine Grandmaw und all unsere schönen schwarzen Schwestern.«

»*Shit,* Mann. Diese Weiber nörgeln mich doch bloß zu Tode.«

Leon schüttelte den Kopf mit der Baskenmütze. »Ich weiß, wo du herkommst, Farmer. Aber du mußt 'ne politische Analyse machen.

Also, wie kommt das, daß die Schwestern uns zu Tode genörgelt haben? Weil Whitey sie dazu aufgehetzt hat ...«

»*Shit,* Mann. Gar nichts *muß* ich. Ihr Nigger hier oben seid alle plemplem. Jeder Weiße ist auf euren Kopf aus, bloß weil ihr 'ne schwarze Haut habt.«

»Warte nur ab, Mann!«

Eines Abends, als Dickerchen verreist war, ging Donny zu Deirdre hinauf und trank eine Tasse Kaffee mit ihr. Sie wirkte nervös und zupfte ein paarmal an seinem Hemdsärmel, während er ihr von seinem Wunsch, bei Ford zu arbeiten, erzählte. Als er schließlich sagte, er müsse gehen, fragte sie kokett zurück: »So früh?«

Als Donny durch die Halle ging, warf ihm der Portier einen merkwürdigen Blick zu. Einmal hatte er versucht, Donny zum Dienstboteneingang zu schicken. Vermutlich dachte er, Donny würd's mit Deirdre treiben, und konnte diesen Gedanken nicht ertragen. Wieso dachten die Leute hier oben eigentlich immer nur an Sex, Sex und noch mal Sex?

Als er den Bürgersteig entlang zur Subway ging, hielt neben ihm ein Streifenwagen. Zwei Polizisten sprangen heraus. Donny ging weiter.

»Halt, Junge! Dich suchen wir!«

Donny blieb stehen, drehte sich um und starrte sie an. »Mich?«

»Nun tu mal nicht so erstaunt, Junge.«

»Was kann ich für Sie tun, Sir?« Er dachte daran, daß seine Grandmaw immer gesagt hatte, gute Manieren seien die beste Lebensversicherung für einen Nigger.

»Zwei Blocks von hier ist eine Frau vergewaltigt worden.«

»Ja, Sir?«

»Also, was hast du in dieser Gegend zu suchen?«

»Ich arbeite hier. In der Parkgarage an der Second Avenue.«

»O ja, natürlich, Freundchen!«

Er sah sie an – lange. »Wirklich, Sir.«

»O ja, deswegen läufst du auch um ein Uhr nachts hier durch die Straße. Komische Zeit für einen Schichtwechsel in diesen Garagen, nicht wahr, Al?«

»Ich war schon um elf Uhr fertig. Danach habe ich einen Freund besucht.«

Sie lachten. »Wieso hat ein Schwarzer in dieser Gegend Freunde?«

Allmählich ging es Donny auf, daß er nicht so leicht davonkommen würde. Er ließ den Blick in die Runde wandern. »Gehen Sie doch rüber zur Parkgarage, Sir. Die werden Ihnen bestätigen, daß ich da arbeite.«

»Willst du mir etwa beibringen, wie ich meinen Job zu tun habe, Junge?«

»Nein, Sir.« Donny fragte sich, was ihm wohl mehr Ärger eintragen mochte: gar kein Alibi zu haben, oder eines zu haben, das mit einer weißen Frau zu tun hatte, deren Ehemann verreist war. Langsam kroch ihm ein Frösteln die Wirbelsäule empor.

»Laß mal deinen Ausweis sehen.«

Er tastete nach seiner Brieftasche. Sie war nicht da. »Ich muß ihn in der Garage liegengelassen haben.«

»Dann komm, Junge! Steig ein. Wir fahren aufs Revier.«

»Aber Mann, ich hab' nichts getan!« Donny hatte eine Todesangst. Er wollte nicht auf ein weißes Polizeirevier!

»Das behauptest du. Wir werden ja sehn, was die Frau zu sagen hat, die du vergewaltigt hast.«

»Ich weiß nichts von 'ner Vergewaltigung!« Hysterisch sah er die menschenleere Straße hinauf und hinab.

»Wirst du nun einsteigen, oder müssen wir dich reinprügeln?« fragte der Polizist, der ihm die Tür aufhielt. Donny warf einen Blick auf die Pistolen, die sie an der Hüfte trugen, und stieg ein.

Auf der Fahrt Richtung downtown versuchte er zu ergründen, was er hätte tun sollen. Was hätte Leon getan? Wäre er davongelaufen? Hätten sie ihn dann erschossen? Hätte er sich wehren sollen? Darauf bestehen, daß sie ihn zu Deirdre brachten, damit die ihnen bestätigen konnte, daß er bei ihr gewesen war?

Was sollte er bloß machen? Im Fernsehen riefen die Leute in so einer Lage Perry Mason an. Er würde verlangen, seine Mutter anrufen zu dürfen. Die würde ihm einen Anwalt besorgen. Mein Gott, wovon sollte er einen Anwalt bezahlen? Das war idiotisch. Er hatte doch überhaupt nichts getan, wofür er einen Anwalt bezahlen mußte!

Sie sperrten ihn in eine Zelle. »Darf ich einen Anruf machen, Sir?« Sie gingen wortlos davon. »He, ich weiß genau, daß ich einen Anruf machen darf!«

»Mann! Schreien hat überhaupt keinen Zweck.« Hinten in der Zelle saß im Schatten ein Schwarzer auf der Pritsche.

»Ich muß aber einen Anruf machen dürfen. Ich kenne meine Rechte!«

»Beruhige dich, Mann! Wird schon alles werden.«

Später kamen sie noch einmal und verlegten ihn in eine andere Zelle. »Darf ich bitte auf die Toilette?« rief er nach einer Weile laut.

Kein Mensch kam.

»He, ich werd' gleich den ganzen beschissenen Fußboden vollpissen!«

Ein großer Mann mit einer Warze am Kinn, so groß wie 'ne Pistolenkugel, kam rüber und schloß auf. »Du möchtest auf die Toilette?«

»Ja, Sir, das möchte ich. Und dann möchte ich einen Anruf machen.«

Donny wollte den Flur entlanggehen. Der Mann pflanzte ihm die Faust in den Magen. Donny krümmte sich. Der Mann knallte ihm die verschränkten Fäuste ins Genick. Er lag auf dem nackten Betonboden.

»Ich mag es nicht, wenn man mich rumkommandiert, verstanden?« sagte der riesige Schatten zwischen Donny und der Glühbirne, die von der Decke hing. Der Wärter schleppte Donny in seine Zelle zurück und verriegelte die Tür. Donny lag auf dem Fußboden und stellte fest, daß er sich in die Hose gemacht hatte.

Nach einem Zeitraum, der ein bis zwei Tage gedauert haben mußte, kamen zwei Wärter und brachten Donny in ein Zimmer mit grellem Licht, wo Männer in Hemdsärmeln ihm Fragen stellten – immer und immer wieder dieselben.

»Warum hast du das getan?«

»Ich hab' nichts getan.«

»Woher kommst du?«

»Aus Tennessee.«

»Seit wann bist du hier?«

»Seit ein paar Monaten.«

»Warum hast du diese Frau vergewaltigt? Antworte, Junge!«

»Ich war's nicht.«

»Wieso bist du nicht beim Militär?«

»Ich bin verheiratet und habe Kinder.«

»Warum hast du das getan?«

»Ich war's nicht.«

Einmal brachte ihn ein Negerwärter in die Zelle zurück und sagte: »Ich hab' die Nase voll davon, daß ihr Arschlöcher von Niggern von da unten raufkommt und Scheiße baut und uns andere hier in den Dreck zieht!«

In seiner Zelle sagte sich Donny, daß die Mutter ihn suchen würde, wenn er nicht nach Hause kam. Dann fiel ihm ein, daß er ja jetzt eine eigene Wohnung hatte. Na schön, Monty würde ihn vermissen und seine Mutter anrufen. Aber der Tag, der auf seine Festnahme folgte, war sein freier Tag gewesen. 'ne schöne Art, seinen freien Tag zu verbringen!

Gut, aber er hatte nichts verbrochen. Er brauchte sich keine Sorgen zu machen.

Grelles Licht. Kein Schlaf. Widerlicher Fraß, den er nicht runterwürgen konnte. Schüttelfrost und Übelkeit. Warum hast du das getan,

Junge? Nach einiger Zeit konnte er sich nicht mehr daran erinnern, was er getan hatte und was nicht. Schien ihm allmählich, als fragten sie ihn über Deirdre aus. Jawohl, ich hab's getan. Ich hab' diese weiße Frau gevögelt. Oder doch nicht? Perry Mason. Eichenbaum. Nein, Sir, ich weiß nicht, was Sie meinen. Ja, Sir. Nein, Sir. Ja, Sir.

Er stand in einer langen Reihe mit anderen Männern. Grelles Licht blendete ihn. Und ehe er sich's versah, stand er draußen auf der Straße, blinzelte in den hellen Sonnenschein und hatte keine Ahnung, wo er sich befand. Er wanderte den Bürgersteig entlang und suchte nach einem Straßenschild.

Eines Abends, als Donny länger arbeitete, klingelte das Telefon. Hundepelz sagte mit ihrer dunklen Stimme: »Hallo, Donny!«

»Hallo.«

Lange Pause.

»Ich wollte fragen, ob Sie mir heute abend nach Dienstschluß den Wagen bringen würden.«

Er antwortete nicht. Wahrscheinlich schuldete er ihr eine Erklärung. Aber er wollte nie mehr nahe genug an sie herankommen, um ihr eine geben zu können. Außerdem sollte in ein paar Tagen Rochelle mit den beiden Kindern eintreffen, und er war vollauf damit beschäftigt, eine Wohnung zu suchen und einzurichten.

»Warum sind Sie in letzter Zeit nicht mehr gekommen?«

»Ich hatte zu tun.«

»Na schön, warum kommen Sie dann nicht vorbei, wenn Sie heute abend fertig sind?«

Diese weißen Frauen hatten überhaupt keinen Stolz, wenn sie darauf aus waren, ihr heißes Loch gestopft zu kriegen.

Auf dem Weg zu Deirdre bemerkte er am anderen Ende der sonst menschenleeren Straße eine weiße Frau. Als er näher kam, sah er, daß sie hektische Blicke zu ihm herüberwarf. Als er noch näher kam, erkannte er, daß ihr Gesicht angstverzerrt war. Unvermittelt sprintete sie quer über die Straße und hastete den gegenüberliegenden Bürgersteig entlang. Donny verspürte das Bedürfnis, hinter ihr herzujagen, sie anzuspringen, ihr weh zu tun. Wenn sie glaubte, ihm entkommen zu können, falls er sie wirklich kriegen wollte, hatte sie sich geirrt. Aber er empfand auch Genugtuung. Er besaß Macht über diese weiße Frau. Sie hatte Angst vor ihm – nicht wegen irgendwas, das er ihr zugefügt hatte, sondern wegen irgendwas, das sie sich vorstellte, was er ihr vielleicht antun könnte, und zwar nur aufgrund der Tatsache, daß sein Gesicht dunkel war. Allein die Tatsache, daß er existierte, konnte sie dazu bringen, auf die andere Straßenseite zu laufen und nach Hause zu hasten, ja, daß sie sich überhaupt nicht aus dem Haus wagte. Dämliche Weiber, daß sie Mr. Junior-Kirchendiener nicht erkannten!

»Oh, was für eine schöne Jacke!« rief Deirdre aus und befühlte das schwarze Leder.

»Faß mich nicht an, Frau!« knurrte er. Ihm wurde übel, wenn er ihr in das eifrige, häßliche, angestrichene schweinchenrosa Gesicht sah, mit diesen winzigen, engstehenden Ferkelaugen.

Sie starrte ihn erschrocken an.

»Sie haben mir gefehlt, Donny.«

»Kann ich mir vorstellen.«

»Nein, wirklich!«

»Wie kann ich dir gefehlt haben, du weiße Hure, wo du mich überhaupt nicht kennst?«

»Aber ich habe versucht, Sie kennenzulernen, Donny«, entgegnete sie gekränkt.

»Hast du nicht, Deirdre. Du weißt zum Beispiel überhaupt nicht, daß ich ihn vor einiger Zeit monatelang nicht hochkriegen konnte. Du weißt nicht, daß mein Fernseher unten in Tennessee von der Verkaufsfirma wieder abgeholt worden ist. Du weißt nicht, daß ich ein Basketballstar und Kirchendiener war. Du weißt nichts weiter, als daß ich einen großen schwarzen Schwanz zwischen den Beinen habe! Ihr Weißen seid ja allesamt krank. Kaum seht ihr einen schwarzen Mann, könnt ihr an gar nichts anderes mehr denken als an einen schönen, kräftigen Fick. Aber ich sage dir, Deirdre, es gibt 'ne ganze Menge mehr!«

»Aber das ist nicht wahr!« keuchte Deirdre erschrocken, als er zur Tür stürmte. »Wie können Sie so etwas sagen?«

Er antwortete nicht.

»Wenn Sie glauben, daß ich das von Ihnen wollte, Donny, dann kennen Sie mich ebensowenig.«

Er knallte die Tür hinter sich ins Schloß.

Donny stand zeitig auf, um das Frühstücksprogramm für die Kinder zu beaufsichtigen, bevor er zur Arbeit ging. Er hatte als einfacher Soldat in James' Gruppe angefangen, war inzwischen jedoch zum Corporal aufgestiegen. Die kleinen Kinder, die in dem Laden, der in ein Gemeinschaftszentrum umgewandelt worden war, ihre Cornflakes aßen, sahen richtig ehrfürchtig zu Lucille und ihm auf. Als wären sie Helden oder so. Er war stolz darauf, seinen Teil dazu beitragen zu können, daß die

Kinder der schwarzen Gemeinschaft zu starken und mutigen Kriegern erzogen wurden.

Er erinnerte sich noch an den Morgen, an dem ihm klargeworden war, daß es Zeit wurde, seine Familie heraufzuholen. Nicole und Isaac saßen da unten in Pine Woods und sahen respektvoll zu diesem alten Onkel Tom auf, dem Reverend Stump. Und zu seiner ›cleveren‹ Grandmaw. Das waren zwar wirklich gute Menschen, meinten es richtig gut und so, aber sie waren ganz einfach rückständig. Bei diesen weißen Scheißern erreichte man überhaupt nichts, wenn man sie Jahr um Jahr höflich um etwas bat. Die hielten gute Manieren für Schwäche und glaubten, einen um so müheloser ausbeuten zu können. Er wollte, daß Isaac zu Leon und James aufblickte, und auch zu ihm, so wie er jetzt war. Und Nicole sollte so werden wie Lucille.

Er sah zu Lucille hinüber. Diese Frau war einfach phantastisch! Das Kraushaar stand ihr dreißig Zentimeter vom Kopf weg, genau wie bei den Afrikanern, die er die ganze Zeit vor der Parkgarage sah, wenn sie zu den Vereinten Nationen gingen, um ihre Länder zu regieren. Und 'ne Klappe hatte die wie 'n Maschinengewehr. Die ließ sich von keinem was vorschreiben. Aber sanft konnte sie auch sein, wenn sie so auf 'nem Kinderstuhl hockte und den Kleinen Geschichten von Harriet Tubman und Nat Turner, Sojourner Truth und Brother Malcolm erzählte. Wenn sie sie ermahnte, schön brav ihr Frühstück aufzuessen und in der Schule fleißig zu lernen, damit sie ihren Leuten beim Kampf um die Freiheit helfen konnten. Leon hatte recht: Lucille war eine Frau, die einem keine andere Wahl ließ, als sie zu achten. Die machte, daß man sämtliche Frauen mit ganz anderen Augen betrachtete. Es war ihm klar, daß er Rochelle jetzt ganz schnell hier heraufholen, sie dem Einfluß von Lucille und den anderen Schwestern aussetzen mußte, damit die ihr den Kopf zurechtrückten wegen dieser verrückten Idee, die sie so lange schon hatte, daß sie unbedingt in so 'nem beschissenen Ranchhaus wohnen wollte.

Er hatte Rochelle angerufen und ihr befohlen zu packen, er werde das Busgeld schicken. Sie schien begeistert und zu Tode verängstigt zu sein, beides gleichzeitig. Er war ein bißchen beunruhigt, weil er sie so rumkommandierte, aber ihr schien es gefallen zu haben, als er es damals getan hatte, als er Pine Woods verließ. Und jetzt schien es ihr auch wieder zu gefallen. Vielleicht verlieh es ihr ein Gefühl der Sicherheit, daß sie wußte, er hatte jetzt den Befehl übernommen.

»Und wo werden wir wohnen?«

»Ich werde uns sofort 'ne Wohnung suchen.«

»Ein Haus?«

»Können wir uns nicht leisten.«

»Na, aber dann bitte 'ne große Wohnung, Donny.«

»Frau, du bewegst jetzt 'n bißchen plötzlich deinen Arsch hier herauf. Ich bin der Mann. Ich habe hier das Kommando!«

»Also wahrhaftig!« lachte sie.

Er holte sie an der Port Authority ab. Sie packte ihn und wirbelte ihn herum, während Isaac und Nicole an seinen Beinen hinaufzuklettern versuchten. Er leistete sich den Luxus eines Taxis, um sie alle mitsamt ihrem Trödel nach uptown zu verfrachten.

In der kleinen Wohnung im vierten Stock sah Rochelle sich ein wenig zweifelnd um. »Das hast du aber wirklich hübsch eingerichtet, Herzchen.«

»Es geht. Wo man wohnt, ist nicht weiter wichtig.«

»Für wen?«

Er sah sie an. »Komm mir ja nicht wieder mit so was, hörst du, Frau? Nie wieder!«

Verdutzt hielt sie den Mund. In dieser Nacht, in dem neuen Bett, während die Kinder im Nebenzimmer schliefen, liebten sie sich mit der alten Leidenschaft, die Donny für immer verloren geglaubt hatte. Beide weinten sie ein bißchen, und beide lachten dann unter Tränen. Es schien, als fügten sich alle Teile seines Lebens wieder zusammen.

Aber Rochelle wollte nicht so werden wie Lucille. Sie wollte nicht aufhören, ihr Haar glattzuziehen. Und als er sie bat, ihn zu den Versammlungen zu begleiten, antwortete sie nur: »Kann nicht. Zu müde.«

»Aber ich brauche dich an meiner Seite, Rochelle! Damit du mich beim Kampf unterstützt.«

»Heut' abend, Herzchen, wirst du allein kämpfen müssen. Weil ich nämlich schlicht und einfach kaputt bin.«

Sie bezeichnete seine Gruppe als ›Bande‹, und ihre Freizeit verbrachte sie, wenn sie nicht bei Woolworth als Verkäuferin arbeitete oder sich um die Wohnung kümmerte, mit seiner Mama und mit Arthur. Mama und sie schienen ganz dicke Freundinnen geworden zu sein. Wie Donny vermutete, beschwerte Rochelle sich oft über ihn, denn seine Mama ermahnte ihn ständig, andere Menschen doch tun zu lassen, was sie wollten. Nachdem sie ihr halbes Leben damit verbracht hatte, *ihm* vorzuschreiben, was er zu tun hatte!

An jedem Morgen gab es ein Riesentheater, bis es ihm gelang, Nicole und Isaac zur Tür hinaus und zum Frühstücksprogramm zu schleppen. »Ich will aber mit Mama essen«, heulte Isaac, während Rochelle ironisch zusah.

»Jetzt komm endlich, du kleines Miststück!«

Auf dem Weg zum Zentrum, an jeder Hand ein Kind, gab er ihnen Anschauungsunterricht. »Seht ihr die Männer da?« Er zeigte auf einen Durchgang, wo ein paar zerlumpte Wermutbrüder rumlagen. »Die sind betrunken. Und wißt ihr auch, warum sie soviel trinken?«

Zwei Finger im Mund, starrte Isaac stur geradeaus. »Weißt du das, Isaac?« Donny zerrte an seiner Hand. Grandmaw und Mama waren hoffnungslose Fälle. Sogar die meisten Leute in seinem Alter waren hoffnungslose Fälle, wie er es allmählich auch von Rochelle vermutete. Sie waren in der Unterdrückung aufgewachsen und hielten diesen Zustand für selbstverständlich. Mit den Kindern der Gemeinschaft würde das jedoch anders werden. Er hatte beschlossen, sie im Bewußtsein der üblen Lage ihrer Brüder und Schwestern aufwachsen zu lassen, damit sie den anderen etwas voraus hatten. Statt in irgendeinem Märchenland, wo außer den Hexen alle Menschen guten Willens und von Gerechtigkeitssinn erfüllt waren. Seine Kinder würden den Tatsachen des Lebens der Schwarzen in diesem Land ins Auge blicken, statt mit 'ner Bande von Teiggesichtern in so 'nem dämlichen Baum rumzuklettern und sich einzubilden, sie seien was Besonderes!

Er zog Isaac die Finger aus dem Mund. »Ich will aber mit Mama frühstücken«, heulte der Junge.

»Weißt du, warum, Nicole?«

»Weil der weiße Mann ihnen keinen guten Job und kein Geld geben will. Deswegen sind sie traurig.«

»Jawohl, so ist es.«

Pitiful Phil mit dem roten Haar, den Sommersprossen und dem schwarzen Großvater lungerte immer noch vor dem Büro herum und wollte sich nützlich machen. Die Brüder hielten ihm ihre Springmesser unter die Nase und schimpften ihn *›honky‹*, bis sie blau im Gesicht wurden. Er rückte und rührte sich nicht vom Fleck. Sie nannten ihn ein aussätziges weißes Schwein, einen blauäugigen Teufel und den Sohn eines beschissenen Sklavenmeisters. Er lächelte und bettelte um Aufträge.

Donny dachte sich einen Job für ihn aus. Er lud Phil zu sich in die Wohnung ein. Phil war begeistert. Donny holte Isaac. Er deutete auf Phil und sagte: »Weißer Mann.« Dann zwickte er Phil in den Unterarm. »Weiß.«

»Weiß«, wiederholte Isaac und sah Donny beifallheischend an. Ganz vorsichtig berührte Isaac Phils Arm. »Weiß, Daddy.«

»Weißer Mann, Isaac.« Donny stieß Phil mit dem Zeigefinger vor die Brust.

»Weißer Mann.«

Donny nickte Phil zu.

»Bist du sicher, daß das 'ne gute Idee ist, Mann?« erkundigte sich Phil zweifelnd, während er das Kind aufnahm.

»Du fragst mich dauernd, wie du uns helfen kannst. Jetzt habe ich's dir gesagt. Also tu's auch.«

Phil hielt Isaac auf Armeslänge von sich und lächelte ihm zu. Isaac lächelte zurück. Phil schaukelte ihn auf und nieder. Isaac grinste. Phil warf ihn behutsam in die Luft und fing ihn auf. Isaac kicherte.

»Weißer Mann«, wiederholte Donny.

»Weißer Mann!«

Plötzlich warf Phil den Jungen fast bis zur Decke empor und ließ die Arme untätig herabsinken. Krachend landete Isaac auf dem Fußboden und fing lauthals an zu schreien.

»Weißer Mann, Isaac!«

Sie standen beide vor ihm, während er brüllte. »Paß auf, Isaac.« Er hörte nicht auf zu heulen. »Sieh mir zu, Isaac, mein Sohn!« Von Schluchzen geschüttelt, blickte er auf. Donny pflanzte Phil die Faust auf den Mund. Von diesem Teil ihrer Abmachung hatte er Phil nichts gesagt.

»Was macht ihr beide da mit dem Kind?« rief Rochelle. Sie kam aus dem Nebenzimmer hereingestürzt und riß Isaac mit einem wütenden Blick auf Donny an sich.

»Was hast du diesem armen Kind getan, Nigger?«

»Ich bin hier der Mann, Frau! Es ist meine Aufgabe, ihn zu einem guten Krieger zu erziehen.«

»Anscheinend ist es auch deine Aufgabe, ihn zu einem verkrüppelten Idioten zu erziehen, wie? Du solltest dich schämen, Donny Tatro!«

»Rede nur weiter, Frau.«

»*Mich* kannst du nicht einschüchtern, mein Freund! Alle anderen mögen ja Schiß haben vor dem großen, bösen Donny Tatro, aber ich kenne dich schon viel zu lange. Vergiß das nicht!«

»Du weißt anscheinend nicht, wann du die Klappe halten mußt, Frau.«

»Herzchen, ich weiß nicht, was in dich gefahren ist. Du wirst allmählich schlimmer als jeder *honky*, den's je gegeben hat.«

»Na und? Ist das nicht genau, was die Weißen von uns erwarten? Und, Mama, du *weißt*, daß ich ihnen den Gefallen tun werde.«

Donny hielt vor dem gelben Palast der Princes. Auf dem Bürgersteig kamen ihm zwei weiße Männer entgegen: der eine im Anzug, der andere in Overall, Jackett und Arbeitsschuhen. Sie hatten drei weiße Kinder bei sich. Donny stieg aus und ging, an jeder Hand ein Kind, auf sie zu.

Dies tat er nun wahrhaftig nicht besonders gern. Als er näher kam, erkannte er, daß der im Anzug gar kein Mann war. Sondern Emily Prince. Also, was sollte denn das nun wieder? Und der im Overall, der wie ein Farmer aussah, das war Raymond. Mußte 'n Kostümfest stattfinden. Die Kinder – höchstwahrscheinlich Emilys und Raymonds – waren piekfein angezogen.

»Daddy, sieh mal! Das große, alte Haus«, flüsterte Nicole ehrfürchtig.

»Ja.« Donny dachte daran, wie er zwischen den Schuhen in einem Wandschrank im oberen Stock herumgekrabbelt war, wenn sie an verregneten Nachmittagen Verstecken spielten, und wie er meinte, noch nie im Leben so viele Schuhe an einem Fleck gesehen zu haben, höchstens in einem Schuhgeschäft. Wie er sich in der Speisekammer versteckt und beim Warten darauf, daß er gefunden wurde, alles in seiner Reichweite runtergeschlungen hatte. Wie sie im Herrenzimmer Tische mit Decken verhangen hatten, um sie zu Häusern umzufunktionieren. Jed und Sally in einem Haus, Raymond und Emily im anderen. Und er im dritten. Sie wollten heiraten, damit ihre Kinder doppelte Cousins und Cousinen ersten Grades wurden. Und er sollte so eine Art Onkel sein und immer zu Besuch kommen.

Und jetzt sollte Jed tot sein? Es kam ihm unbegreiflich vor, daß soviel Zeit vergangen war. Er verspürte einen schmerzhaften Stich in der Brust.

Er schüttelte sich. 'ne Bande einfältiger Kinder mit ihren Spielen, mit denen sie sich nur selbst täuschten. Würde seinen Kindern bestimmt nicht passieren. Hoffentlich konnte er diesen Weihnachtsbaum möglichst schnell abholen und dann nach Pine Woods zurückfahren, ohne all diesen Quatsch mit ›Na, wie geht's?‹ und so. Wahrhaftig, er wünschte, Rochelle wäre nicht so fest entschlossen gewesen, zu Weihnachten hierherzukommen. Er wäre viel lieber in New York geblieben und dort mit James, Leon, Lucille und denen zum Essen gegangen.

Er merkte, daß er einen ungünstigen Zeitpunkt erwischt hatte. Vielleicht kamen sie gerade aus der Kirche oder vom Beerdigungsinstitut oder so. Aber würde man in so 'ner Aufmachung zu 'ner Beerdigung gehen? Verdammt, bei diesen *honkies* wußte man wirklich nie, woran man war!

Viertes Kapitel
Sally

Sally sah zu, wie Creech Owl und seine Brüder Jeds Sarg an Stoffgurten in die Erde hinabließen. Sie war umgeben von ihrer und Jeds Familie und vielen Nachbarn. Sie stellte sich vor, wie sie jetzt aussah: so jung und schön und ganz allein mit zwei Kindern, die sie selbst großziehen mußte. Und wo war der Mann, dem sie fürs Leben Treue geschworen hatte? Wo war der Vater ihrer Kinder? Tot, auf dem Highway, mit einer anderen Frau, der Frau seines besten Freundes.

Sie begann geräuschvoll zu weinen. Raymond stützte sie mit einer Hand unterm Ellbogen und dem anderen Arm um ihre Schultern. Er war etwa so trostreich wie Li'l Abner – bei der Beerdigung des eigenen Bruders im Overall aufzukreuzen! Mrs. Tatro folgte ihrem Beispiel und lag schluchzend an der Brust ihres Mannes. Sallys Eltern bissen die Zähne zusammen und machten verlegene Gesichter. Der ganze Tatro-Clan stimmte in den Refrain ein und jammerte aus Leibeskräften.

Sally wußte nicht, ob sie mit Mutter Tatro jemals wieder ein Wort wechseln sollte. Als die Tatros nach dem Empfang der schlimmen Nachricht zu ihr ins Haus gekommen waren, hatte Mutter Tatro wütend gezischt: »Wenn du meinem Sohn gegeben hättest, was er brauchte, wäre er nicht mitten in der Nacht auf dem Highway rumkutschiert!«

»Also Mutter, jetzt hör aber auf!« blaffte Mr. Tatro.

Sally war in Tränen ausgebrochen. »Ich hab' ihm mein Leben gegeben. Was hätte ich ihm mehr geben können?«

Ob da ein Körnchen Wahrheit in dieser schrecklichen Beschuldigung liegt? dachte Sally, während Jeds Verwandten wehklagten. Hatte sie sich ihrem Mann, ihrem Heim und ihren Kindern nicht ausreichend gewidmet?

Als sie sich nach und nach wieder beruhigte, wurden auch die Tatros leiser. Sally entdeckte, daß sie sie beim Weinen um Jed genauso führen konnte, wie sie die Zuschauer auf dem Footballplatz zum Jubeln geführt hatte. So jung und schön und ganz allein! Wo war ihr süßer Jed? Abermals begann sie zu weinen, und die anderen weinten mit ihr.

Emily beobachtete sie mit ironischem Blick. Also, was sollte denn das nun wieder heißen? Emily war eine Männerfeindin. Von ihr konnte man nicht erwarten, daß sie verstand, was es hieß, den Mann zu verlieren, den man liebte. Die ganze Woche hatte sich Emily in der Illusion gewiegt, ihr eine große Hilfe zu sein, aber ewig sagte sie die falschen Sachen, stimmte ihr zum Beispiel zu, als Sally klagte, Jed sei ein ganz gemeiner Hund gewesen. Emily setzte anscheinend voraus, sie seien eng miteinander verbunden, bloß weil sie eben Schwestern waren. In Wirklichkeit hatten sie sich seit Jahren nicht mehr gesehen. Und Sally *wollte* gar nicht hören, daß Emily sich von Justin getrennt hatte und jetzt mit verschiedenen Frauen schlief. Ein schöner Zeitpunkt, ihr etwas so Ekelhaftes anzuvertrauen! Und dann hatte sie auch noch so getan, als müßte Sally sich darüber freuen, daß sie ihr das alles anvertraute, und gesagt: »Ich bin ja so froh, daß wir nach so vielen Jahren endlich aufrichtig zueinander sein können, Sally.« Sally hatte nur vage genickt und sich gefragt, was sie mit ›aufrichtig‹ meinte. Es hatte irgendwas damit zu tun, daß man den Leuten unappetitliche Dinge von sich erzählte, die die anderen im Grunde gar nicht hören wollten.

Mr. Marsh warf eine Schaufel voll Erde ins Grab und sagte etwas von Staub zu Staub. Sie erinnerte sich, wie Jed sie in der High School, als sie nicht bis zum Letzten gehen wollte, gefragt hatte: »Für wen willst du dich eigentlich aufsparen, Sally? Für die Würmer?« Und jetzt lag er da, und sein kraftvoller, muskelbepackter Körper, auf dessen Training er soviel Zeit verwendet hatte, begann schon zu faulen. Sie konnte einfach nicht glauben, daß morgen abend nicht die Tür aufgehen und Jed hereinstapfen würde, laut darüber schimpfend, wer wieder mal was für schreckliche Sachen in der Spinnerei gemacht hatte, um gleich darauf im Kühlschrank nach einem Bier zu suchen. Konnte sich einfach nicht vorstellen, das Badezimmer nicht aufwischen zu müssen, nachdem er zur Arbeit gegangen war. Konnte sich einfach nicht vorstellen, im Bett die Arme auszustrecken und sich nicht an diese gewaltige, behaarte Brust schmiegen zu können. Unvermittelt hörte sie auf zu weinen und wurde ganz still, als allmählich die Realität ihrer Situation die Hysterie durchdrang, die sie nur heraufbeschworen hatte, um eben dieser Realität nicht ins Auge sehen zu müssen.

Ihr gegenüber stand Hank am Grab, schneeweiß im Gesicht und eingefallen. Betty wurde morgen beerdigt. Sally wußte nicht recht, ob sie hingehen sollte. Wahrscheinlich nicht. Hank war zwar Jeds Freund gewesen, sie aber nicht Bettys Freundin. Im Beerdigungsinstitut hatte Hank zu ihr gesagt: »Wenn dies alles vorbei ist, müssen wir zwei uns mal zusammensetzen und alles besprechen.« Sie hatte zugestimmt. Gemeinsam konnten sie vielleicht herausfinden, warum ihre Ehepartner so was getan hatten. Doch sie bezweifelte, daß dieses Wissen ihnen viel Trost spenden würde.

Sie sah Joey und Laura an, die sich an Emilys Hände klammerten. Beide blickten verständnislos drein und fragten immer wieder: »Mama, wann kommt Daddy nach Hause?«

Die Limousine setzte Jeds Eltern vor deren Haus ab. Mr. Tatro sagte: »Wir kommen dann gleich in die Tsali Street rüber.« Sally entschied, daß sie inzwischen ganz leergeweint war. Ihr Vater tätschelte ihr die Hand. Er war wunderbar gewesen, hatte sich um alles gekümmert und Jeds wirre Finanzen geordnet. Aber nun gab es nichts mehr, womit er sie trösten konnte. Jed und sie waren schon eine so lange Zeit tot füreinander gewesen, daß die Beerdigung nur noch eine Formalität gewesen war.

Jed hatte sich als ganz großer Mann gefühlt während Raymonds Streik, war ständig mit dem Gewehr in der Hand rumgerannt. Beinahe glücklich, hätte man sagen können. Vor allem im Vergleich zu später. Aber dann war Trainer Clancy im Wellenbad der High School tot aufgefunden worden, die Hände auf dem Rücken gefesselt und eine Plastiktüte überm Kopf. Lange hatte man es als Selbstmord bezeichnet. Doch dann brachten die ›Newland News‹ einen Artikel, in dem behauptet wurde, er habe sein ganzes Berufsleben lang Spiele manipuliert und sei ermordet worden, weil er die diesjährige Staats-Basketballmeisterschaft nicht absichtlich verloren hatte. Jed nahm das schwer, viel schwerer, als man es bei einem erwachsenen Mann für normal gehalten hätte. Zog die ganze Zeit ein furchtbar finsteres Gesicht und krauste die Stirn so heftig, daß sie ganz dunkelrot wurde, mit weißen querlaufenden Runzeln.

»Trainer Clancy hätte doch niemals ein Spiel manipulieren können, ohne daß ihr was davon gemerkt hättet, nicht wahr, Liebling?« hatte sie ihn eines Abends beim Essen gefragt.

»'türlich hätte er das. Man wählt die falsche Taktik, tauscht den falschen Spieler aus, läßt abbrechen und damit den Schwung abreißen. Verdammt noch mal, ich erinnere mich, daß ich mich wirklich manchmal gefragt habe, was er da macht. Aber ich dachte, er wird's schon wissen und denkt für uns alle.« Jed rieb sich das Kinn mit einer stark zitternden Hand.

»Aber du hast doch immer so gut gespielt, wie du nur konntest, Herzchen.«

»Darauf kommt's nicht an. Man rackert sich ab, spielt fair, versucht zu tun, was richtig ist. Und ist die ganze Zeit nichts als ein Gimpel. Läßt sich von anderen Leuten benutzen, damit die ihren Profit machen können.«

Sie versuchte ihn zu trösten, doch er empfand sie zu diesem Zeitpunkt nicht als einen Trost, weil noch die ganze Stadt über sie und Hank unter dem Chevy lachte. Anscheinend war Jed der einzige, dem die Komik der Situation entging. Behauptete, das würde seine Autorität im Werk untergraben. Vielleicht würde es ja auch ihrem Vater zu Ohren kommen und diesen veranlassen, Jed nicht zum Vorarbeiter zu befördern. So was gehörte sich eben nicht – sie, als seine Frau und Mutter seiner Kinder, und benimmt sich wie Betty French früher in der High School!

Aber Sally war es längst egal, wie sie sich seiner Meinung nach benehmen sollte. Der Nachmittag damals, im leeren Stadion – das war der Wendepunkt für sie gewesen. Da hatte sie klar und deutlich erkannt, daß sie auch mal aus dem Haus gehen und eigene Interessen entwickeln mußte, bevor sie anfing, heimlich Gin zu trinken wie die Elvira in ›Love for Life‹. Sie hatte versucht, Jed soviel Aufmerksamkeit abzuverlangen, wie ihr in der High School von der gesamten Stadt zuteil geworden war. Das war nicht fair gewesen ihm gegenüber. Aber es war auch nicht fair *ihr* gegenüber, von ihr zu erwarten, daß sie aufhörte zu existieren, nur weil sie viel zu jung geheiratet hatte.

Also ging sie am Einschreibungsabend für die Kurse der Erwachsenenbildung zur High School, um sich für nahezu alles einzutragen. An einem Tisch saß eine üppige, lustige Frau, die erklärte, sie heiße Bonnie. Vor ihr war eine ganze Reihe von Puppen aufgestellt – alle möglichen Puppen: Kapitäne, Mexikaner, Cowboys, alte Frauen. Wie Sally feststellte, waren die Köpfe aus Äpfeln gemacht – geschält, geschnitzt und zu einer ledrigen Konsistenz getrocknet. Spontan trug Sally sich in die Liste ein. Es schien, als habe das Schicksal selbst ihre Hand gelenkt. Bonnie wirkte so ungeheuer freundlich, und Apfelschnitzen war etwas, das Sally auch zu Hause tun konnte, ohne Jeds Geld für besonderes Werkzeug oder Material ausgeben zu müssen. Sie konnte für Laura Puppen machen, ohne ein schlechtes Gewissen zu haben, weil sie den Kindern ihre Zeit wegnahm. So hatte sie etwas Nützliches zu tun, während die Kinder spielten und sie selber sich im Fernsehen Serien anschaute.

Außerdem trat sie dem weiblichen Hilfscorps im Krankenhaus als Senior Candy Striper bei. Sie trug einen rosa-weiß gestreiften Jumper, weiße Bluse und weiße Halbschuhe. Jede Woche wurde ihr ein Job in einem anderen Bereich zugewiesen. Und wenn ihr einer davon besonders lag, konnte sie sich darin spezialisieren. Bisher hatte sie schon versucht, Patienten zum Röntgen zu fahren, vorn im Empfang zu arbeiten, den Patienten ihre Mahlzeiten zu bringen und auf der Kinderstation vorzulesen. Am liebsten lieferte sie Blumen aus. Damit bereitete sie den Patienten immer so große Freude. Bald würde sie ihre Dreißig-Stunden-Nadel bekommen. In ein paar Jahren konnte sie dann Pink Lady werden, einen rosa Kittel tragen und noch schwierigere Aufgaben bewältigen, wie etwa, Patienten in der Notaufnahme zu empfangen oder ihre Familien zu trösten.

Mit der Zeit begann sie, an ihren Krankenhausnachmittagen Joey und Laura entweder zu ihrer oder zu Jeds Mutter zu bringen. Und an den Dienstagabenden, wenn sie ihre Apfelkopfklasse traf, machte Jed für sie den Babysitter. »So was gehört sich nicht, Sally«, knurrte er dann wohl. »Eine Mutter sollte bei ihren Kindern sein.«

»Aber ich bin ja bei ihnen – den ganzen Tag, Liebling!«

»Wenn du sie nicht gerade unseren Müttern aufhalst.«

»Aber das sind die *Großmütter* von unseren Kindern, Herzchen. Die freuen sich, sie bei sich zu haben.«

»Wie kommt's denn aber, daß meine angerufen hat, als du gestern abend bei deinem Kurs warst, und mich gefragt hat, wieso du dich nicht selber um deine Kinder kümmern kannst?«

»Das hat sie getan?« Ihre eigene, ganz persönliche Meinung war, daß Jed Ärger suchte. Der Klatsch über Trainer Clancy und über sie und Hank hatte sich allmählich gelegt. Das Konföderiertendenkmal war in die Luft gesprengt worden und hatte dem Streik ein Ende bereitet. Eines Abends kam ein Reporter der ›Newland News‹ zu ihnen und teilte Jed mit, Al Grimes habe behauptet, ihn kurz vor der Explosion in der Nähe des Denkmals gesehen zu haben. Jed stritt das ab.

»Warum sollte Mr. Grimes das behaupten?« sinnierte Sally hinterher.

»Keine Ahnung«, antwortete Jed grinsend.

Aber auch dieser Klatsch war verstummt. Jed war zum Vorarbeiter befördert worden. Die Belegschaft stimmte gegen die Gewerkschaft. Raymond zog nach Kentucky um. Alles war ruhig und friedlich geworden. Und deswegen, meinte Sally, hatte Jed angefangen, wegen des Babyhütens zu streiten. Als sie sich jedoch weigerte, auf diesen Streit einzugehen, ließ er das Thema kurzerhand fallen und machte sich auf die Suche nach einem neuen Wagen. Er durchkämmte alle Ausstellungsräume. Jede Woche kam er mit einem neuen Angebot nach Hause: höhere Ablösung für den in Zahlung zu gebenden Chevy, kostenlose

Extras, keine Frachtkosten. Neben seinem Fernsehsessel im Wohnzimmer stapelten sich Rennzeitungen, Verbraucherzeitschriften und Prospekte. Zum Schluß kaufte er sich einen rosaroten T-Bird, wie er es schon damals, in der High School geplant hatte. Er besorgte sich ein Nummernschild mit dem Kennzeichen ›STUD‹ – Beschäler –, dessen Sally sich unendlich schämte, wenn sie mit ihm zusammen im Wagen saß oder an ihn denken mußte, wie er durch die ganze Stadt zur Spinnerei brauste. Aber er lachte dann nur und meinte, der Ruf, den er bewahren müsse, sei zum Teil ihr zu verdanken, wegen der Sache mit Hank unter dem Chevy. Auch eine neue Garderobe legte er sich zu, die zu dem neuen Wagen paßte – bunte, gestreifte, karierte Hemden und knallige Krawatten, die er unter dem Overall trug.

Sally begann mittlerweile die unendliche Vielzahl der Möglichkeiten zu entdecken, die es in ihrer nächsten Umgebung gab. Rückblickend erkannte sie, daß ihr an jenem Nachmittag im Stadion klargeworden war, wer sie war, und daß sie das akzeptiert hatte: keine Teenager-Schönheitskönigin mehr, sondern Ehefrau, Hausfrau und Mutter. Die wahre Herausforderung für sie bestand darin, diese Realität zu akzeptieren und etwas Sinnvolles, Interessantes daraus zu machen. Haushalt und Kinder engten sie nur insoweit ein, wie sie es zuließ. Aber sie konnte sie auch zu einem Gerüst umfunktionieren, um drum herum eine zufriedenstellende, neue, ganz eigene Identität zu schaffen.

Ihre bisher unterdrückte Kreativität strömte nun nur so aus ihr heraus. Statt Joey und Laura langweilige, alte Wiegenlieder vorzusingen, die jeder kannte, begann sie eigene zu komponieren. Beim Singen stellte sie sich dann vor, sie halte ein Mikrofon in der Hand. Eines Abends schmetterte sie: »Still, still, ihr lieben Würmchen, / Der Sandmann kommt vom Türmchen / und macht die Lider schwer...«

Laura rieb sich mit den Fäusten die Augen und jammerte: »Kann nich' einschlafen. Mommy singt zu laut.«

»Psst, Liebling! Mommy komponiert.« Sie versuchte zu entscheiden, welches Foto sie auf der Plattentasche von ›Mutter Sally Tatros Gute-Nacht-Balladen‹ haben wollte.

Während sie den Kopf einer Geisha-Puppe aus einem Roten Delicious bearbeitete, wurde sie sich plötzlich der Tatsache bewußt, daß der Kurs beinahe zu Ende war. Er würde eine große Lücke hinterlassen. Gewiß, sie würde weiterhin Äpfel schnitzen. Aber ihr würde der Kontakt mit Bonnie und den anderen Frauen fehlen. Jed würde sie bei ihren Apfelköpfen bestimmt nicht unterstützen. Als er die Köpfe für ihren Cherokee-Stamm gefunden hatte, die im Keller an Pfeifenreinigern über dem Heizungskessel zum Trocknen hingen, hatte er sie kurzerhand auf den Müll geworfen. Eine Woche lang hatte sie geweint. »*Shit,* Frau«, schimpfte er zornig, »das ist doch nichts weiter als 'n Haufen alter, vertrockneter Äpfel!« Er hatte ja keine Ahnung, wieviel Zeit sie dafür aufgewendet hatte, die Dinger zu schnitzen und in Form zu bringen! Drei der vier Wochen, die sie zum Trocknen brauchten, waren schon um. Und er machte nicht mal den kleinsten Versuch zu verstehen, warum sie sich darüber, daß er sie fortgeworfen hatte, so aufregte.

Bonnie hatte davon gesprochen, einen Fortschrittskurs in Apfelkopfschnitzerei einzurichten, aber die Leute von der Erwachsenenbildung fanden, *ein* Apfelkopfkurs sei doch wohl genug. Sally konnte den Anfängerkurs noch einmal mitmachen, aber das wäre ja ein Auf-der-Stelle-Treten, wo sie doch wirklich jetzt zu komplizierteren Techniken übergehen sollte. Sie wußte einfach nicht, was sie tun sollte. Sie schob sich das Apfelstück, das sie soeben für Schläfe und Wange zurechtgeschnitten hatte, in den Mund.

Als Jed hereinkam, hatte sie den Geisha-Kopf gerade vom Kernhaus befreit und füllte nun das Loch mit Salz. »O *shit,* Sally, dann wird's heut' abend wohl wieder sehr spät werden mit dem Essen, wie?«

Sally bepinselte den Apfelkopf mit Zitronensaft und Salz, dann sah sie auf. »Tut mir leid, Herzchen. Aber das hier ist wirklich sehr wichtig für mich. Es ist meine Kursarbeit.«

Er stürmte ins Schlafzimmer und schleuderte seine Kleidungsstücke in die Gegend. Dann schaltete er den Fernseher ein und flegelte sich in seinen Sessel.

Als Sally später am Spülstein stand, um Pfirsiche und Melonen für einen Obstsalat zu schneiden, dachte sie wieder einmal darüber nach, was sie machen sollte, wenn der Kurs beendet war. Die Mädchen der Klasse hatten sich miteinander angefreundet. Wirklich schade, sie nie wiederzusehen, nie mehr Gedanken über gemeinsame Probleme auszutauschen, wie etwa, was für ein Schälmesser man benutzen mußte, um zu verhindern, daß sich die Apfelköpfe verfärbten! Während sie so überlegte, einen halb geschälten Pfirsich und ein Schälmesser in den Händen, fiel ihr Blick auf die vielen Kerne im Abfallbehälter. Was für eine Verschwendung, die so einfach wegzuspülen! Auf einmal war es, als sause ihr ein heftiger Wind in den Ohren. Ein greller Blitzstrahl blendete sie. Und in Sekundenschnelle erkannte sie in diesen Obstkernen ein potentiell ebenso wertvolles Material wie die Roten Delicious. Man konnte die Pfirsichkerne säubern, lackieren, auffädeln und daraus

Perlenvorhänge für Fenster und Türen machen! Die Cantaloupe-Kerne konnte man zu Armbändern, Halsketten und Ohrringen verarbeiten! Hastig sah sie sich in der Küche um. Die zahllosen Möglichkeiten offenbarten sich ihr in einem so stürmischen Tempo, daß sie nur hoffte, sich an alle erinnern zu können, wenn sie wieder zu ihrem normalen, alltäglichen Ich wurde. Alufolie! Man konnte sie zerknittern und zu Silberrosen zusammenstecken.

»Jed-Herzchen«, verkündete sie beim Abendessen, »mir ist vorhin eingefallen, daß man diese Plastiktabletts, auf denen im Supermarkt Fleisch verkauft wird, so zurechtschneiden kann, daß sie wie richtige Pfauen aussehen. Den Schweif könnte man dann aus Eierkartons machen. Und alles zusammen auf eine Unterlage aus schwarzem Samt kleben.«

»Hä?«

Sie seufzte. »Das wäre doch bestimmt *wunderschön.* Meinst du nicht auch?«

Jed kaute schweigend.

Sie sah ihn an. »Das ist dir wohl ganz egal, nicht wahr, Jed-Liebling?«

»Was?«

»Solange nur deine Mahlzeiten auf den Tisch kommen.«

»Was soll mir egal sein?«

»Solange du immer saubere Socken in der Schublade hast.«

Jed zuckte die Achseln.

»Na also. Siehst du?« Sie ahmte sein Achselzucken nach. »Ich könnte zur Kindsmörderin werden, und du würdest nichts davon merken und dich auch nicht darum kümmern, solange nur immer genug Bier im Kühlschrank ist, wenn du nach Hause kommst.«

»Verdammt noch mal, Sally – was redest du da?«

»Ach, laß nur.« Sie wußte jetzt, was sie tun mußte. Jed mochte sie für nicht viel mehr als ein Möbelstück, einen Haushaltsgegenstand halten, aber sie wußte, daß andere Möglichkeiten in ihr steckten!

Beim nächsten Kursabend berichtete sie den Mädchen von ihrer Vision am Spülstein. »Tag für Tag sind wir Hausfrauen überall von Rohmaterialien umgeben. Wir müssen uns nur dazu erziehen, die altvertrauten Dinge einmal kreativ zu betrachten.« Sie schlug vor, die Klasse solle sich nach Kursende jeweils im Haus eines Mitglieds treffen, um Ideen im Zusammenhang mit der Apfelkopfschnitzerei auszutauschen, aber auch, um neuartige Materialien in ihre Kreativität mit einzubeziehen. Alle stimmten begeistert zu.

Jed war entsetzt. »Ich will aber nicht, daß meine Frau rumhockt und Obstkerne auffädelt!«

»Aber es macht mir Spaß, Herzchen! Warum solltest du was dagegen haben?«

»Weil es dämlich ist, deshalb!«

»Es ist nicht dämlich, Jed. Es ist kreativ.« Sie brach in Tränen aus. »*Bitte,* Herzchen! Es ist so wichtig für mich.«

»Verdammt noch mal, Sally – hör auf zu weinen! *Shit,* von mir aus geh hin und fädel diese idiotischen Obstkerne auf! Aber hör auf, mir haarklein davon zu erzählen!«

»Deswegen brauche ich ja die Gruppe, Herzchen.« Wenn Jed ihr nicht geben konnte, was sie brauchte, würde sie sich eben an jemand anders wenden.

»*Shit,* du *brauchst* doch nicht Obstkerne aufzufädeln, Sally!«

»Jed-Herzchen, ich brauche noch etwas außer dir und den Kindern!«

»Warum denn? Was hast du gegen uns?« Er reckte das Kinn.

»Gar nichts, Liebling. Aber ich brauche etwas ganz für mich allein.«

»*Shit,* deine Schlüpfer hast du ganz für dich allein. 'ne ganze Menge hast du ganz für dich allein.«

Jede Woche wurde aufregender als die vorhergehende, weil immer wieder eins von den Mädchen mit einem Gegenstand ankam, den man sonst gedankenlos in den Mülleimer geworfen hätte und der nun zu etwas völlig Neuem geworden war. Aus Blechdosen wurden Puppenhausmöbel. Aus Eierschalen Miniatur-Vogelnäpfe. Dinge, die Sally nie richtig wahrgenommen hatte, sprangen ihr jetzt geradezu ins Gesicht und barsten vor Möglichkeiten.

Eines Abends kam sie von einem Treffen bei Bonnie zurück, wo Loretta ihnen gezeigt hatte, wie man aus Windelnadeln Broschen fabrizieren konnte. Sie wußte genau, daß ihr Gesicht vor Aufregung strahlte. Jed saß inmitten leerer Bierdosen auf dem Boden. Er hob den Kopf. »Wieso mußt du so idiotisch grinsen?«

Sie schlug den Mantel zurück, um ihm die Brosche zu präsentieren. »Aus einer Windelnadel!« verkündete sie mit triumphierendem Lächeln.

»Sieht danach aus.«

Sie musterte ihre Brosche. »Gefällt sie dir nicht?«

»Ist mir doch scheißegal – so oder so. Aber was mir *nicht* scheißegal ist, das ist, daß ich dauernd hier festsitze und auf die Kinder aufpassen muß.«

»Einmal die Woche?« Anscheinend hatte er in der Fabrik nicht oft genug Ärger und war daher nicht ausgelastet.

»Hab' ich jemals von dir verlangt, daß du den ganzen Abend allein hier rumsitzt?«

»Manchmal schon. Beim Streik, zum Beispiel.«

»Das war was anderes. Das war wichtig.«

»Dies hier ist auch wichtig.«

»Trödel aus Windelnadeln machen soll ebenso wichtig sein, wie die freie Welt vor dem Kommunismus retten?«

»Hör zu, Herzchen, vielleicht sollten wir jeder einen freien Abend in der Woche nehmen. Du könntest in einen Bowlingclub gehen oder so.«

»Ich will aber in keinen verdammten Bowlingclub! Ich will abends nach Hause zu meiner Frau und meinen Kindern, wenn ich den ganzen Tag gearbeitet hab', damit sie was zum Essen und zum Anziehen kriegen!«

Während er so weiterschimpfte, starrte sie gedankenverloren auf die Bierdosen neben seinem Sessel. Und auf einmal nahmen die ein ganz neues Leben an! Jed fühlte sich von ihren Projekten ausgeschlossen? Nun gut, dann würde sie ihn eben einschließen, ihm zu seinem bevorstehenden Geburtstag ein Geschenk aus seiner leeren Sechserpackung machen!

Jed trat in einen Bowlingclub ein, der sich an jedem Donnerstagabend traf. Am folgenden Donnerstag verschlang er hastig sein Abendbrot und warf ihr noch kurz einen wütenden Blick zu. »Vergiß nicht, Sally: *Du* hast es so gewollt!«

Sie wartete, bis der T-Bird um die Ecke gebogen war; dann holte sie sein Geburtstagsgeschenk hervor, an dem sie arbeitete: einen Hut aus flachgeklopften Bierdosen, zusammengehäkelt mit Garn, das durch eine Reihe von Löchern in den Rändern gezogen wurde. Sie wußte genau: Wenn er das auspackte, würde er nie mehr etwas gegen ihre Bastelabende haben! Bisher hatte er einfach nicht erkannt, daß ihre Projekte auch sein Leben bereichern konnten, aber das würde er bestimmt bald einsehen.

Das Telefon klingelte schon wieder. Die Einsatzleiterin der Candy Stripers hatte Urlaub, und Sally mußte für sie einspringen. Vor kurzem hatte sie ihre silberne 100-Stunden-Nadel bekommen und arbeitete nun auf ihren ersten goldenen 500-Stunden-Stern zu. Immer wieder mußte sie die Häkelnadel hinlegen, um sich die Zeit und die Jobs zu notieren, um die sie von den Mädchen gebeten wurde. Während sie schrieb, sah sie zu Joey und Laura hinüber, die vor dem Fernseher hockten, Kartoffelchips knabberten und sich ›Drei Engel für Charlie‹ ansahen. Eigentlich hätten sie längst im Bett sein müssen, und der Auswahlliste zufolge war das überhaupt kein Kinderprogramm. In letzter Zeit hatten sie manchmal des Abends weder ein Bad gehabt noch eine Geschichte erzählt bekommen. Doch als sich ihr Gewissen regte, beschwichtigte sie es mit dem Gedanken, es sei wohl besser für die Kinder, eine aktive, glückliche und etwas nachlässige Mutter zu haben, als eine gelangweilte, deprimierte und überfürsorgliche. Wenn sie die Kinder mit ihrer geballten Energie überschüttete, würden sie daran ersticken. Sie würde jede Einzelheit im Leben der beiden so entschlossen überwachen, daß sie keine Bewegungsfreiheit mehr hatten. Sie erinnerte sich noch gut daran, wie sie Joey nachgeschaut hatte, als er in den dicken gelben Bus vom Kindergarten einstieg. Die reinste Panik hatte sie damals ergriffen. Wie sollte er ohne sie die Knabentoilette finden? Er würde sich die Hose naß machen. Die anderen Kinder würden sich über ihn lustig machen und nicht mit ihm spielen wollen.

In Wirklichkeit hatte er an jenem Tag und von da an eigentlich immer einfach alles prächtig bewältigt. Und Laura machte sich an den beiden Vormittagen pro Woche in ihrer Kinderkrippe ebenfalls gut. Wie Sally es jetzt sah, war nur ein leeres Nest ein gutes Nest. Und das war doch wirklich ein Fortschritt für sie, oder?

Als Jed an diesem Abend das Haus betrat, stolperte er über Joeys Kanone. Ärgerlich sah er sich im Wohnzimmer um. »Herrgott, Sally – das Haus wird allmählich zu 'ner richtigen Müllgrube!«

Sie schwieg. Wahrscheinlich hatte er beim Bowling schlecht abgeschnitten.

»Ich meine, verdammt, ich hab' ja nichts dagegen, daß du dir 'n Hobby zulegst. Aber ich sehe wirklich nicht ein, warum du dich so ausschließlich damit beschäftigen mußt, daß der ganze Haushalt zum Teufel geht!«

»Seit Rochelle in New York oben ist, hab' ich ziemlich viel Arbeit damit.«

»Ich begreife nicht, warum es so schwer sein soll, ein so kleines Haus anständig sauberzuhalten.«

»*Du* warst doch derjenige, der darauf bestanden hat, daß Rochelle mir helfen kommt!«

»Ja, aber nur für die Dreckarbeit, fürs Fensterputzen und so weiter.«

Sally dachte darüber nach. Es stimmte wirklich, sie war ein bißchen zu nachlässig geworden. Häufig versäumte sie es, sich die Haare aufzudrehen oder Make-up aufzulegen, bevor Jed nach Hause kam. Manchmal schickte sie die Kinder sogar in ungebügelten Kleidern zur Schule. Im ganzen Haus lagen Spielsachen herum. »Ja, Herzchen, ich glaube, du hast recht. Aber ich versuche ja, ein neues Mädchen zum Putzen zu kriegen.«

»Ich sehe nicht ein, wieso ich mein gutes Geld an einen nichtsnutzigen Nigger bezahlen muß, solange meine Frau den ganzen Tag über zu Hause sitzt und nichts weiter zu tun hat. Verflixt noch mal, die Kinder gehen doch jetzt in die Schule!« Er hielt inne. »Hab' ich nich' recht?«

Sie antwortete nicht.

»Ob ich recht habe?«

»Vermutlich.«

»'türlich habe ich recht!«

Während sie im Bett die Beine breitmachte, damit er in sie hineinstoßen konnte, wurde ihr klar, daß sie unbedingt Geld verdienen mußte. Wenn sie erst Geld hatte, konnte sie zwanzig Putzfrauen einstellen und ein halbes Dutzend Babysitter – und dann in Ruhe an ihren Projekten arbeiten, soviel sie wollte. Wenn sie ihn sehr lieb darum bat, würde der Vater ihr vermutlich das Geld geben, das er für sie beiseite gelegt hatte. Aber das wäre demütigend für Jed. Außerdem, wenn ihre Projekte Geld einbrachten, würde Jed ihnen wohl endlich mehr Respekt entgegenbringen. Es *mußte* eine Möglichkeit geben, diese Idee in die Tat umzusetzen!

Als Jed kräftiger in sie hineinstieß, begann sie zu stöhnen und zu keuchen, weil er ihr einmal erklärt hatte, er möge das – und dachte dabei an Eierkartons. Die Mädchen hatten sich inzwischen ausgedacht, wie man sie zu Lilien und Dahlien zurechtschneiden konnte, doch Sally meinte, man müßte auch Nelken herstellen können. Bisher hatten sie sich auf die weißen Kartons beschränkt, aber man konnte schließlich auch rosa Kartons nehmen und türkisfarbene und gelbe. In Gedanken erwog sie die verschiedenen Möglichkeiten beim Zuschneiden der Eierkartons. Als Jed endlich zu zucken begann und kam, hatte sie eine Variation gefunden, die eigentlich klappen mußte. Ungeduldig wartete sie darauf, daß Jed sich von ihr herunterwälzte und einschlief, damit sie sich in die Küche schleichen und es sofort ausprobieren konnte.

»War das okay für dich?« fragte er sie.

»Einfach fabelhaft, Herzchen! Du bist ein wunderbarer Liebhaber.«

Er grunzte nur und kehrte ihr den Rücken zu.

Als sie im Nachthemd am Küchentisch stand und Eierkartons zu perfekten Nelken zuschnitt, überlegte sie sich, daß all diese Kunstfertigkeiten eigentlich schriftlich niedergelegt werden müßten – genau wie die Koch- und Backrezeptesammlungen, die von den Kirchenvereinen immer wieder herausgegeben wurden. So konnten noch viel mehr Frauen daran teilnehmen, und die Fertigkeiten würden nicht in Vergessenheit geraten. Jedes Mädchen aus der Gruppe mußte ihre eigenen Ideen aufschreiben. Dann konnten sie die ganze Sammlung drucken lassen und vielleicht ein paar Exemplare an verschiedene Leute in der Stadt verkaufen, um den Erlös für Babysitter und Material zu verwenden. Das würde bestimmt Eindruck auf Jed machen – sowohl das Geld als auch ihr Name auf einem ganz richtigen Buch!

Die Gruppe wählte Sally zur Buchvorsitzenden. Jedes Mädchen schrieb ihre eigenen Ideen auf und zeichnete grobe Skizzen dazu. Sally tippte das Ganze ab und fragte ihren Vater, ob sie etwas von dem Geld haben könne, das er für sie bestimmt habe, um einen Zeichner zu bezahlen, der die endgültigen Skizzen anfertigen sollte. Anschließend sollte die Sammlung dann gedruckt und in einem Spiralband zusammengefaßt werden. Nach einigem Zögern erklärte der Vater sich einverstanden. »Nun gut, Sally«, sagte er. »Wenn du ganz sicher bist, daß du dafür dein Erbteil ausgeben willst.« Mehrere Sitzungen verbrachten sie mit Diskussionen über den Titel. Schließlich einigten sie sich auf ›Wie man aus Unrat Zierat macht‹. Und für das Umschlagbild fotografierte einer der Ehemänner die Gruppe, wie sie rund um einen Tisch saß und Apfelköpfe schnitzte. Sie stellten ihr Buch in den einheimischen Buchhandlungen und Hobbygeschäften aus. Sally hatte den guten Einfall, Rezensionsexemplare an Rundfunk- und Fernsehsender, an Zeitschriften und regionale Tageszeitungen zu versenden. Zu ihrer Freude gab es tatsächlich ein paar Besprechungen. Der lokale Rundfunksender interviewte Bonnie über ihren Apfelkopfschnitzkurs.

Und dann kam eines Tages das Schreiben einer Zeitschrift in Nashville, der auch ein Buchverlag angeschlossen war. Ob sie die Lizenz zu einer Paperback-Ausgabe erteilen würden, die in der gesamten Region zum Verkauf gelangen sollte? Sie würden einen Vorschuß von 3000 Dollar erhalten und eine Tantieme von sieben Prozent auf einen Stückpreis von 1.95 Dollar. Als Sally den Mädchen das Schreiben vorlas, waren sie alle einfach sprachlos. »Ladies«, verkündete Bonnie dann, »ich glaube, wir haben da 'n Volltreffer gelandet.«

Jed wurde inzwischen immer schwieriger. Zum Geburtstag hatte er sich Autohandschuhe aus Leder gewünscht. Als er den Bierdosenhut auspackte, starrte er ihn verdutzt an. »Sieht mir aber gar nicht nach Autohandschuhen aus.«

»Den hab' ich selbst gemacht, Herzchen.«

»Das sehe ich.«

Sally überlegte, ob sie in Tränen ausbrechen sollte. Dann dachte sie jedoch zum erstenmal: Pah, was soll's! Andere Leute *liebten* Bierdosenhüte. Sie bekam Briefe und Anrufe von Leuten aus der ganzen Stadt, die ihr Buch gelesen, sich so einen Hut gemacht hatten und hundertprozentig begeistert waren! Wenn Jed der Hut nicht gefiel, dann war das eben sein Pech – oder?

Jed verkündete, er werde sich selbst zum Geburtstag ein Boot zum Geschenk machen.

»Aber Herzchen, ich mag keine Boote!«

»Und ich mag die Puppen nicht, die du aus Äpfeln bastelst. Ich sehe wirklich keinen Grund, warum wir ständig alles gemeinsam machen müssen. Hast du doch selbst auch neulich gesagt. Also werde ich an den Wochenenden manchmal mit dem Boot rausfahren, und du kannst dann zu Hause hocken und an deinen verdammten Äpfeln rumschnippeln.«

»Aber Äpfel kosten nicht soviel Geld, Liebling.«

»Verdammt noch mal, es ist schließlich *mein* Geld – oder?«

Sally sah ihn an. Bisher war Jeds Einkommen immer nur ›unser‹ Geld gewesen. Gemeinsam hatten sie beschlossen, wie sie es ausgeben wollten. »Dann gebe ich meine Buchtantiemen vielleicht für 'ne Reise auf die Bahamas aus.«

Er lachte. »Mit dem Geld von deinem Buch kommst du nicht mal von hier bis Knoxville und zurück.«

Sie schwieg. Sie würde es ihm schon zeigen!

Die Moderatorin einer Talkshow des lokalen Fernsehsenders rief Sally an, um ein Mädchen aus ihrer Gruppe zu ihrer Sendung einzuladen. Sally überlegte, ob sie von der Gruppe jemanden auswählen lassen sollte. Aber schließlich war sie die Vorsitzende. Und Bonnie war ja schon im Rundfunk interviewt worden. Also nahm sie die Einladung für sich selbst an. Den Rest der Woche brauchte sie, um zu der Entscheidung zu gelangen, daß sie den limonengrünen Polyester-Hosenanzug mit einer Kette aus lackierten Melonenkernen anziehen wollte. In letzter Sekunde steckte sie sich noch eine Eierkarton-Nelke ins Haar.

Bei der Talkshow sagte die Moderatorin: »Wir freuen uns, als Gast heute nachmittag eine junge Künstlerin aus unserer Heimatstadt bei uns begrüßen zu können, die sich seit einiger Zeit auf dem Gebiet des Kunstgewerbes einen Namen gemacht hat: Sally Tatro aus Newland! Mit Sally Tatro über die Kunst diskutieren wird Frau Professor Dorothy Anderson, die an der Volunteer State University Vorlesungen über Kunst und Frauenstudium hält! Sally, würden Sie uns bitte ein paar Worte darüber sagen, wie Sie dazu kamen, sich mit Kunstgewerbe zu beschäftigen?«

Sally erzählte von ihrem Apfelkopfschnitzkurs und daß ihr plötzlich klargeworden sei, welch ein Reichtum an Materialien unentdeckt unmittelbar vor ihrer Nase lag. Während sie sprach, verlor sie allmählich das Lampenfieber. Die Worte strömten nur so von ihren Lippen – genau wie damals bei der Fragerunde zur Wahl der Miss Newland. Sie erzählte von ihrer Gruppe und den zahllosen Ideen, die die Mädchen entwickelten, von der gemeinsamen Arbeit an ihrem Buch.

Die Professorin sprach von der reichen Tradition, die Sally und ihre Gruppenmitglieder fortsetzten: »In der gesamten Menschheitsgeschichte haben Frauen aus den primitivsten Haushaltsgegenständen Kunstwerke geschaffen. Denken wir doch nur an die Töpfer- und Korbwaren im Laufe der Jahrhunderte, an Holzschüsseln und Werkzeuge. Nie haben sich die Frauen damit zufriedengegeben, diese Dinge einzig als Gebrauchsgegenstände herzustellen. Und sobald wir etwas haben, das nicht nur eine Funktion erfüllt, sondern auch noch ansprechend und schön ist, haben wir es mit Kunst zu tun.«

Niemals zuvor war Sally auf die Idee gekommen, daß das, was sie herstellte, ein Kunstwerk sein könne und sie selber eine Künstlerin. Doch als sie an diesem Nachmittag das Studio verließ, sagte sie sich: Na ja, warum eigentlich nicht?

Sie war ein so großer Erfolg in der Show, daß Mr. Hitchcock, der Sendeleiter, ein hochgewachsener, dunkler Mann mit den traurigen Augen eines Basset, sie bat, jeweils an einem Vormittag der Woche ein halbstündiges Programm zu bestreiten. Dazu lud sie Gruppenmitglieder als Gäste ein, die ihre persönlichen Ideen vor der Kamera erklärten und demonstrierten.

Mittlerweile war die Paperback-Ausgabe herausgekommen. Und nach und nach bekam Sally immer mehr Fan-Briefe pro Woche: ›Liebe Sally, Sie machen im Fernsehen und auf dem Buchumschlag den Eindruck, eine besonders nette Frau zu sein. Ich habe auch schon immer ein Buch schreiben wollen, aber leider niemals die Zeit dazu gefunden. Wie ich soeben erfahren habe, hat mein Mann ein Verhältnis mit unserem Zeitungsjungen. Was soll ich tun? Ich züchte weiße Ratten für Laborzwecke und würde Ihnen gern eine davon schicken, als kleinen Beweis meiner Dankbarkeit dafür, Sie kennengelernt zu haben.‹ Sally nahm ihre Pflichten den Leserinnen gegenüber sehr ernst. Sie wußte ja, wie das war, wenn man sich vom Leben wie in einen Käfig eingesperrt fühlte und glaubte, nichts daran ändern zu können. Aber sie selbst war ja das beste Beispiel dafür, daß es durchaus möglich war, über die Umstände zu triumphieren! Also antwortete sie: ›Liebe Mona, ich danke Ihnen sehr für Ihren lieben Brief. Es freut mich, daß Ihnen mein Buch und meine Fernseh-Show gefallen haben. Was Ihren Ehemann betrifft –

warum bestellen Sie die Zeitung nicht einfach ab? Bitte, schicken Sie mir keine weiße Ratte; ich habe leider keinen Platz dafür.‹

Hin und wieder gab es auch einen bösen Brief von irgendeinem kranken Menschen, der ihr die Pussy lecken oder ihr hübsches Gesicht zu einem Apfelkopf zerschnitzen wollte; die warf sie ganz einfach in den Papierkorb und vergaß sie möglichst schnell.

Bald verbrachte sie viel zuviel Zeit mit dem Beantworten der Fan-Post, deswegen ließ sie sich einen Standardbrief drucken, bei dem sie die fehlenden Wörter einsetzen oder die nicht zutreffenden Wörter streichen konnte:

Liebe___________,
vielen Dank für Ihr(e/n)_____________. Ich bin erfreut/betrübt, daß Ihnen mein(e) Buch / Show gefällt / nicht gefällt, und finde es sehr lieb, daß Sie mir Ihre Meinung mitgeteilt haben. Bitte schicken Sie mir kein(e/n)_______________.

Der Text wurde auf ihr persönliches Papier gedruckt, mit dem Briefkopf SALLY TATRO in zweieinhalb Zentimeter großen, leuchtend grünen Buchstaben. Außerdem legte sie einen Abzug des Fotos vom Umschlag mit ihrem Autogramm bei.

Inzwischen war sie zur Einsatzleiterin der Candy Stripers ernannt worden. Zeitlich war sie so sehr in Anspruch genommen, daß sie überlegte, ob sie nicht zurücktreten sollte, entschied aber, es sei wohl doch zu wichtig, sich die Zeit für die Candy Stripers zu nehmen, weil das schließlich freiwillige Arbeit für das Gemeinwohl war und nicht aufgegeben werden durfte, nur weil ihre anderen Aktivitäten Geld einbrachten. Außerdem wollte sie den Leuten zeigen, daß Sally Tatro trotz ihrer vielen großen Erfolge immer noch ein ganz normaler, einfacher Mensch geblieben war. Wenn sie mit einem Blumengebinde das Zimmer eines Patienten betrat, blieb dem Kranken zumeist der Mund offenstehen: »Hab' ich Sie nicht heute vormittag im Fernsehen gesehen? Also Sie sind doch nicht etwa Sally Tatro! O Gott, wenn ich das Opal erzähle!« Es war schön, soviel Freude ins Leben der Kranken zu bringen. Manchmal schrieb sie ihr Autogramm auf einen Gipsverband.

Ihr Verleger in Nashville hatte sie gebeten, ihn, falls nötig, per R-Gespräch anzurufen. Und jedesmal, wenn sie der Vermittlung ihren Namen nannte, fragte die Telefonistin atemlos: »Sally Tatro? Die Autorin?«

Dann antwortete Sally bescheiden lachend: »Es läßt sich nicht leugnen. Ja, die bin ich.«

Sogar ein Börsenmakler rief sie an, um ihr Aktienanteile an einer Bohrinsel im Golf von Mexico anzudrehen. »Also, wer soviel Geld verdient, wie das bei Ihnen der Fall sein muß, Sally Tatro, der braucht ein gutes Abschreibungsprojekt. Warum reden Sie nicht mal mit Ihrem Mann darüber?« Sally fühlte sich – weil es offenbar allgemein bekannt war, wieviel Geld sie verdiente – so geschmeichelt, daß sie ihm versicherte, das werde sie tun, obwohl sie ganz genau wußte, daß Jed nicht viel mehr Ahnung von Abschreibungsprojekten hatte als sie selbst.

Wenn sie bei Kroger's jetzt einen Scheck ausschrieb, stammelte die Kassiererin: »Also nein, so was! *Die* Sally Tatro?«

Dann lachte Sally abwehrend. »Nein, Herzchen – die andere.« Und wenn sie mit dem Laufjungen zur Tür hinausging, konnte sie hören, wie die Kassiererinnen miteinander flüsterten, und ihre Blicke im Rücken spüren. Sie fand es wunderbar, den Leuten zu zeigen, daß ihr der Ruhm ganz und gar nicht zu Kopf gestiegen war. Daß sie ihre Einkäufe immer noch selbst erledigte. Es sei denn, sie war so sehr mit Arbeit überhäuft, daß Jed ihr das gelegentlich abnehmen mußte.

Tatsächlich war sie schließlich so sehr mit Arbeit eingedeckt, daß sie sich einen Ganztags-Babysitter nehmen mußte – ein Mädchen, das auch das Essen kochte –, und außerdem noch eine Putzfrau. Das kleine Haus wurde so voll, daß sie Jed eines Abends vorschlug, sich in einer der Siedlungen am anderen Flußufer nach einem neuen Ranchhaus umzusehen, vielleicht mit weißen Säulen vor der Haustür.

»Aber wir haben doch das hier noch nicht ganz abgezahlt«, protestierte Jed. »Ich muß die Raten für den T-Bird und das Boot aufbringen. Eine noch größere Hypothek können wir uns nicht leisten.«

»Ich schon«, widersprach sie. Der Buchvertrag lautete auf ihren Namen, daher bekam sie sämtliche Tantiemen plus der Gage von der allwöchentlichen Fernseh-Show überwiesen. Ein- oder zweimal überlegte sie zwar, ob sie das Geld nicht vielleicht mit Bonnie und den anderen Mädchen teilen sollte, aber die ursprüngliche Idee stammte ja schließlich von ihr und das Geld für den Druck des Buches von ihrem Daddy. Deswegen fand sie, daß ihr auch der Profit davon zustand.

»Na schön, dann zieh du doch ans andere Flußufer.«

Warum starrte er sie so seltsam an? Sie hätte schwören können, daß Bosheit in seinem Blick lag.

Ein Reporter der ›Newland News‹ kam zu ihr, um sie für einen Artikel über ›Sally Tatro in ihrem Heim‹ zu interviewen. Sie hatte dem Babysitter und der Putzfrau für diesen Tag freigegeben, trug eine aus Schinkenbeuteln genähte Schürze und schälte, als er mit einem Fotografen eintraf, für Laura eine Banane.

»Augenblick, das ist perfekt!« rief der Fotograf und knipste mehrere Fotos von Sally, wie sie Laura lächelnd die Banane reichte.

»Will keine Nane!« kreischte Laura und rammte sie Sally ins Gesicht. Sally mußte Laura den Kopf tätscheln, um das Kind nicht zu verprügeln, weil es ihr Make-up ruiniert hatte. Mit verlegenem Lachen tupfte sie sich die zerquetschte Banane mit einem Schwamm vom Gesicht.

Auf die Bitte des Reporters führte Sally sie in ihre Küche und beschrieb, wie ihr dort klargeworden war, daß im Mülleimer unentdeckte Schätze verborgen waren. Sie schilderte, wie sie sich als Opfer ihrer Küchenmaschinen gefühlt hatte, als seien deren Glastüren Augen, die sich ihrer unzureichenden Leistungen wegen über sie lustig machten. Aber sie habe gelernt, sich mit ihren Maschinen anzufreunden, sobald ihr klargeworden sei, daß man sie auch zu Komplizen machen könne. Apfelköpfe zum Beispiel müßten im Keller über dem Heizungskessel vier Wochen trocknen – in ihrem selbstreinigenden Amana-Herd jedoch nur knapp dreißig Stunden.

Anschließend setzten sie sich ins Wohnzimmer. Der Reporter fragte sie, was sie von der Ausgabe von Kommunalobligationen halte.

»Na ja . . .« Sally hatte überhaupt nicht gewußt, daß es so etwas gab. Aber der Reporter sah sie mit so großer Hochachtung an. Eindeutig *mußte* sie etwas von derartigen Dingen verstehen. Und schließlich war ihre Meinung nicht weniger wichtig als die aller anderen. Darum ging es ja überhaupt bei der Demokratie. *Wichtiger* vielleicht sogar, weil sie viel rumgekommen war, jede Woche im Fernsehen auftrat, ein Buch geschrieben hatte, das in der gesamten Umgegend gelesen wurde. ». . . na ja, ich halte Obligationen für ungeheuer wichtig.«

Sie gab Laura bei ihrer Mutter ab und jagte zum Fernsehen, um die Show für diese Woche aufzunehmen. Bonnie, die als Gast fungierte, erklärte, wie man aus einer Walnußschale einen Behälter für ein Maßband macht. Hinterher sagte Bonnie zu ihr: »Wir vermissen dich bei unseren Zusammenkünften, Sally.«

»Ach weißt du, Bonnie – ich bin einfach zu gestreßt.«

»Das hab' ich gemerkt«, antwortete Bonnie gedehnt. »Hast du in letzter Zeit mal was gebastelt?«

Sally wollte es nicht aussprechen, aber sie hatte viel interessantere Dinge im Kopf. »Dazu hab' ich seit Monaten schon keine Zeit mehr gehabt.«

»Meinst du nicht, daß du das Kind mit dem Bade ausschüttest?« meinte Bonnie im Weggehen.

»Was?« Also, was sollte denn das nun wieder heißen? Sally konnte sich nur vorstellen, daß Bonnie schlichtweg neidisch war. Die anderen benahmen sich auch so komisch, wenn sie sie zufällig irgendwo traf. Wahrscheinlich sollte sie sich möglichst bald mal bei einem Treffen sehen lassen und feststellen, was denn nun wirklich los war.

Mr. Hitchcock kam zu ihr. »Ich wollte Ihnen nur sagen, Sally, ich finde, daß Sie Ihre Sache großartig machen. Ich bekomme bergeweise Post von Zuschauern, die uns schreiben, wie sehr sie sich über Ihre Show freuen.«

»Ja, vielen Dank, Sir!« Sie strahlte. Sie mochte Mr. Hitchcock sehr. Es war wichtig, daß ihm ihre Show gefiel. Denn er besaß die Macht, sie jederzeit aus dem Programm zu nehmen.

»Vielleicht schreib' ich Ihnen eines Tages selbst mal einen Fan-Brief.« Der Blick seiner Basset-Augen ruhte ein paar Sekunden zu lange in den ihren, und Sally spürte, wie ihr ein Kribbeln durch den Körper lief. Also, was wollte dieser schlimme Mann nur damit sagen?

Als sie später am Nachmittag beim Friseur unter der Haube saß, las sie im ›Cosmopolitan‹ einen Artikel mit der Überschrift ›Wie man in der Gegend rumschläft, ohne sich wie ein leichtes Mädchen vorzukommen‹. Bis zu diesem Nachmittag war ihr noch niemals ernsthaft die Idee gekommen, Jed zu betrügen. Mr. Hitchcock war ein so aufregender Mann, wie er diesen Fernsehsender leitete und alle Programme bestimmte. Die Vorstellung, er könne was von ihr wollen, war durchaus angenehm. Sie sah ihn vor sich, wie er mit einer riesigen Erektion über ihr kniete und wie sie überlegte, ob sie ihm gestatten sollte, ihn in sie reinzuschieben oder nicht. Während er bettelte und flehte und ihr auf Lebenszeit eine tägliche Show versprach. Und Jed ... Nun ja, der arme, alte Jed war in letzter Zeit so ein furchtbarer Trauerkloß! Ewig jammerte er herum, sie habe nie Zeit für ihn und die Kinder. Und je mehr er jammerte, desto weiter wollte sie von ihm entfernt sein.

In dem Artikel stand: ›... eine gesunde Portion Selbstachtung und Berücksichtigung der eigenen Bedürfnisse ist für das normale Funktionieren der gesamten Persönlichkeit wesentlich.‹ Also, sie brauchte jemanden, der das, was sie tat, rückhaltlos bewunderte. Und, ehrlich gesagt, Jed hatte keine Ahnung, hatte niemals eine gehabt. Mr. Hitchcock dagegen ...

Auf der Heimfahrt sah sie zum Schloßbaum hinüber. Es hatte den Anschein, als sei sie die einzige von den Fünfen, die es tatsächlich geschafft hatte, die Träume, die sie dort oben in den Zweigen, jeder für sich, geträumt hatten, Wirklichkeit werden zu lassen. Raymond lief barfuß in Kentucky herum. Emily lebte in New York, aber das war auch schon alles, was sie von sich behaupten konnte. Einen gewöhnlichen Job, ein gewöhnliches Kind, einen abstoßenden Ehemann. Donny parkte da oben Autos. Und Jed – nun ja, der arme, alte Jed. Mehr konnte man dazu nicht sagen.

Als sie an ihrem Haus vorfuhr, sah sie vor der Tür Jed, die Kinder und ein halbes Dutzend Frauen in Kostüm und Blumenhütchen stehen. Am Bordstein war ein Torino geparkt. Jed trug zum allererstenmal seinen Bierdosenhut. Er war mit den Kindern anscheinend gerade von einem Bootsausflug zurückgekehrt.

»... also, sind Sie nun Sally Tatros Mann oder nicht?« wollte eine der Frauen wissen. Eine andere machte Fotos. Die Katze stelzte durch den Garten. Eine Frau kreischte: »Seht doch! Da hinten ist ihre Katze!« Alle rissen die Kameras hoch und begannen hektisch zu knipsen. Die Katze erstarrte, dann verschwand sie mit einem Satz im Gebüsch.

Sally parkte den Dodge in der Einfahrt und stieg aus. Eine Frau schrie: »Da ist sie! Sally Tatro!« Sally plauderte mit den Frauen, während Jed mit den Kindern ins Haus flüchtete. Sie waren extra aus Chattanooga heraufgekommen, weil sie hofften, wenigstens einen kurzen Blick auf sie werfen zu können. Alle baten sie um ihr Autogramm, hatten ihre Buchexemplare jedoch im Motel vergessen, deswegen signierte sie ihnen die Unterarme.

Jed lag mit geschlossenen Augen im Fernsehsessel. Sally hatte ganz vergessen, daß sie dem Babysitter den Tag freigegeben hatte, daher gab es kein Abendessen. Als sie die Fertigmahlzeiten aus dem Tiefkühlfach holte, hörte sie Jed am Telefon sagen: »Ja, na schön. Paßt jedenfalls auf, für den Fall, daß ihr einen Anruf kriegt. Okay?«

»Wer war denn das, Herzchen?«

»Die Polizei.«

»Die Polizei?«

»Ja. Ich will nicht, daß 'ne Bande von Verrückten sich um mein Haus herumtreibt, verstanden?«

»Das waren keine Verrückten, Jed. Das waren Fans.«

»Heute waren es Fans. Morgen ist es vielleicht so 'n Wahnsinniger, der dich umbringen will.«

»Warum sollte mich jemand umbringen wollen?«

»Stell dich doch nicht so furchtbar dumm an, Sally! Wahnsinnige wollen immer Stars umbringen. Ich hab' die Nachbarn vorhin gebeten, die Polizei anzurufen, sobald sie sehen, daß jemand ums Haus rumschleicht.«

»Findest du nicht, daß das ein bißchen zu melodramatisch ist? Ich bin doch nicht Bobby Kennedy oder so.« Sie war ärgerlich, weil er sie als dumm bezeichnet hatte. Tausende von Leuten der ganzen Umgebung dachten da ganz anders.

»So was gehört sich nicht, Sally. Es nimmt überhand.«

»Unsinn! Es fängt jetzt erst richtig an.«

»Ich hab' schließlich 'ne Ehefrau haben wollen und nicht so 'ne gottverdammte Berühmtheit.«

»Ich dachte, du hättest *mich* haben wollen«, fuhr sie auf.

»Dich, so wie du damals warst. Aber nicht, wie du jetzt bist.«

»Wenn du einen Menschen nimmst, gehst du immer ein gewisses Risiko ein.« Sie hatte es satt, sich ewig dafür zu entschuldigen, daß sie ganz einfach sie selber war. Zu ihrem Erstaunen antwortete er nicht. Er gab in letzter Zeit so merkwürdig schnell auf. Wenn sie sich verändert hatte – nun, er war auch ganz anders geworden!

An jenem Abend im Bett fiel ihr ein, daß sie nicht unbedingt die Beine für ihn breitmachen mußte, wenn sie nicht wollte, und jetzt wollte sie eben nicht. »Ich bin zu müde«, erklärte sie ihm.

»Du bist *was?*«

»Müde. Ich bin zu müde.« Panik stieg in ihr auf. Wenn sie nicht genau das tat, was er von ihr verlangte – was würde geschehen? Sie hielt den Atem an.

Es geschah gar nichts. Er drehte sich um, schlang beide Arme um seinen Oberkörper und schlief ein.

Die Schlagzeile im Frauenteil der ›Newland News‹ verkündete: ›Sally Tatro, Autorin, Künstlerin und Fernsehstar, bevorzugt Kommunalobligationen.‹ Jed warf einen Blick hinein, dann stopfte er die Zeitung in den Mülleimer. Nachdem er fort war und sie die ›News‹ wieder herausgeholt hatte, entdeckte sie auf dem Eßtisch eine Ausgabe von ›Modern Wife‹, aufgeschlagen bei einem Artikel mit der Überschrift: ›100 Möglichkeiten, den Ehemann zu verlieren.‹ Irgend jemand, vermutlich Jed, hatte verschiedene Sätze unterstrichen und markiert. ›Lassen Sie Ihr Haus zu einer Wüste verkommen … Zeigen Sie ihm im Bett die kalte Schulter … Servieren Sie ihm Fertigmahlzeiten, wenn er von der Arbeit nach Hause kommt … Stellen Sie Ihre eigenen Interessen über die seinen … Lassen Sie ihn die Kinder hüten, wenn Sie ausgehen … Wenn Sie mehr Geld verdienen als er – zeigen Sie's ihm!‹

Sie warf die Zeitschrift in den Papierkorb. Nach ein paar Minuten holte sie sie wieder heraus. Vielleicht hatte Jed ihr auf diese Weise etwas mitteilen wollen.

In letzter Zeit hatten die Mädchen aus der Gruppe begonnen, die

Einladungen zu ihrer Show abzulehnen. Sally konnte sich einfach nicht vorstellen, warum. Also ging sie zur nächsten Versammlung, um in Erfahrung zu bringen, was passiert war. Als sie Bonnies Haus betrat, empfing sie eisiges Schweigen. Sie spürte genau, wie sie von allen, die dort mit Scheren und Pinseln in den Händen um den Tisch herumsaßen, mit kritischen Blicken gemustert wurde.

»He, lange nicht gesehen!« sagte Loretta.

»Hallo!« grüßte Sally mit strahlendem Lächeln.

Niemand antwortete. Sally nahm Platz, griff nach einem Eierkarton und hantierte ungeschickt damit herum. Sie sah sich an, woran die anderen gerade arbeiteten – an einer großen amerikanischen Flagge aus Eierkartons, jeder Becher ein Stern, die Streifen aus langen Reihen bemalter Becher. »Also, das ist eine wirklich hübsche Idee! Die werden wir in meiner Show zeigen!«

»Wir?« erkundigte sich eine.

»Okay, Sally«, begann Bonnie. »Wir wollen's dir offen sagen. Wir finden, daß du uns ausgenutzt hast.«

»Ausgenutzt?«

»Ausgenutzt. Uns und unsere Ideen. Damit du als Star eine Menge Geld verdienen kannst.«

Sally war wie betäubt. »Aber ich habe doch jede einzelne von euch als Gast in meiner Show gehabt und euch sogar dafür bezahlt!«

»Ja. Fünfundzwanzig Dollar pro Kopf. Während du das Zehnfache verdient hast.«

»Und was ist mit den Paperback-Tantiemen?«

»Und den vielen Interviews?«

Ein Trommelfeuer von Beschwerden prasselte auf sie nieder. Sie fühlte sich wie das Opfer eines Lemon Squeeze bei den Ingenues, nur daß hier niemand etwas Positives sagte. Sally überlegte, ob sie in Tränen ausbrechen sollte, blieb aber in eisigem Schweigen sitzen. Schließlich erhob sie sich und verkündete: »Das brauch' ich mir nicht gefallen zu lassen!«

»Sei ehrlich, Herzchen«, entgegnete Bonnie. »Das alles ist dir zu Kopf gestiegen. Und wenn deine Freundinnen dir das nicht klarmachen – wer dann?«

Sally stürzte hinaus. Schließlich war sie Sally Tatro, und die da waren nichts weiter als 'ne Bande unbedeutender kleiner Hausfrauen, die mit Schälmessern um einen Küchentisch herumhockten. Die hatten Nerven! Sie hatte ihre eigenen Ideen und das Geld von ihrem Daddy benutzt, um ihnen einen Ausweg aus der Monotonie ihres miesen Hausfrauenlebens zu verschaffen, und jetzt machten sie alle zusammen Front gegen sie!

In den folgenden Wochen weigerten sie sich, in ihrer Show aufzutreten. Und da Sally selbst zu beschäftigt damit gewesen war, Interviews zu geben und Fan-Post zu beantworten, um mit eigenen neuen Ideen zu kommen, mußte sie auf einige der alten zurückgreifen, wie zum Beispiel die Halskette aus getrockneten Bohnen und Kürbiskernen. Als die Zuschauer sich über den Mangel an neuem Material beschwerten, wurde ihr klar, daß ihr nichts anderes übrigblieb, als der Gruppe jedes Zugeständnis zu machen, das zu einer erneuten Zusammenarbeit notwendig war. Wie sich herausstellte, bestand es in einer gleichmäßigen Verteilung der Tantiemen und Gagen. Sally war zutiefst entsetzt. Es gab keine Gerechtigkeit mehr auf der Welt!

»Und außerdem werden wir uns als Gastgeberin der Show abwechseln«, verlangte Bonnie unnachsichtig.

»Aber sie heißt doch ›Die Sally-Tatro-Küchenkunst-Show‹!«

»Na schön, dann werden wir uns eben einen neuen Namen ausdenken, nicht wahr?«

Sally sah ihr ganzes Leben in sich zusammenfallen wie ein Kartenhaus. Nun würde sie sich weder den Babysitter noch die Putzfrau leisten können – und auch nicht das neue Ranchhaus, in dem es Platz für alle gegeben hätte. Oder die allwöchentlichen Besuche beim Friseur. Aber das alles würde sie ja nun auch nicht mehr brauchen, da sie kein Star mehr war. Die Ströme der Fan-Post würden versiegen, keine Reporter mehr ihr Haus umlagern. Kassiererinnen und Telefonistinnen würden ihren Namen nicht mehr erkennen. Es war furchtbar! Aber sie hatte keine Wahl. Ihr war das Material ausgegangen.

Als sie nach Hause kam, lag Jed schon im Bett. Sie fing an zu weinen. Zögernd nahm er sie in die Arme. »Ach Jed, es ist alles vorbei!« jammerte sie. »Ich bin erledigt.«

Ein Ausdruck argwöhnischer Hoffnung trat in seine Augen. »Was soll das heißen?«

»Ich habe die Show aufgegeben, Jed. Für dich und die Kinder. Ich weiß, ich hab' dich nicht richtig behandelt. Aber jetzt will ich alles gutmachen, Herzchen.«

»Im Ernst?« Er wälzte sich auf sie und pumpte sie voll Sperma, während sie jeden Gedankens an Mr. Hitchcock, Sendeleiter beim Fernsehen, entsagte.

Sie saß in ihrem winzigen Wohnzimmer und sah Bonnie zu, die auf dem Bildschirm demonstrierte, wie man aus Mais Schilfkolben imitierte. Mr. Hitchcock hatte ihrem neuen Plan zögernd zugestimmt, sobald ihm klar wurde, daß die einzige Alternative gar keine Küchenkunst-Show war. Sally sollte in jedem zweiten Monat einmal als Gastgeberin fungieren – und dazwischen war ganz einfach nichts. Sie kam sich vor wie die Leute im Märchen, wenn der Geist aus der Flasche kam und ihnen alle Reichtümer, mit denen er sie vorher beschenkt hatte, wieder wegnahm. Im Laufe der langen, schmerzlichen Wochen hatte sie jedoch eingesehen, daß es nicht anders ging. Es *war* ihr zu Kopf gestiegen. Sie hatte die Gruppe hintergangen. Sie hatte Jed, Joey und Laura vernachlässigt. Der Stern, dem sie gefolgt war, war zu Asche verglüht. Es gab viel mehr im Leben als Geld und Ruhm. Nur was, das wußte sie nicht so recht.

Sie wollte allen gegenüber alles wiedergutmachen. Das Haus war wieder sauber und ordentlich, die Mahlzeiten abwechslungsreich, die Kinderkleider gebügelt. Jeden Tag, bevor Jed heimkam, machte sie sich die Haare, zog sich um und legte Make-up auf. In drei Monaten war Weihnachten, aber die Einkäufe hatte sie bereits jetzt erledigt und die Geschenke hübsch verpackt. Und zur Strafe für ihre Torheit bastelte sie eine Weihnachtskrippe. Der Stall bestand aus einer großen Clorox-Flasche aus Plastik, die sie an einer Seite aufgeschnitten und innen ganz mit Stroh ausgeklebt hatte. Die Tiere waren aus Maiskolben und bemalten Steinen gefertigt. Die Krippe hatte sie aus Eierkartons gemacht, und das Jesuskind bestand aus verdrahteten Erdnußschalen. Maria, Joseph, die drei Weisen und die Hirten sollten Apfelkopfpuppen werden.

Dennoch mußte sie gestehen, daß in ihrem Leben nach all diesen Monaten des Prominentseins eine gewisse Leere entstanden war. Wenn sie nach ihrem überlebensgroßen Spiegelbild in den Augen anderer Menschen suchte, fand sie – nichts. Man hatte sie bereits vergessen. Wieder einmal war sie nichts weiter als Jeds Ehefrau, Lauras und Joeys Mutter. Sie hatte sich so große Mühe gegeben und so vieles erreicht, und jetzt war sie wieder genau da, wo sie angefangen hatte.

Seufzend schnitzte sie an dem Apfel herum, aus dem Marias Kopf entstehen sollte. Sie hatte noch nie einen Heiligenschein gemacht, und so gelang es ihr, darin eine gewisse Herausforderung zu sehen. Vielleicht konnte sie das zum Thema ihrer nächsten Show machen.

Nachdem Bonnie fertig war, kam in den ›Nachrichten für die Hausfrau‹ die Mitteilung, daß Meldungen für die Wahl zur Mrs. Tennessee entgegengenommen wurden, deren Sponsor die General Appliance Housewares Division war. Sally vermutete, daß es sich dabei um etwas Ähnliches handelte wie die Miss-Tennessee-Wahl, nur eben für Hausfrauen. In der Mitteilung hieß es, die General Appliance, Inc. wolle dadurch der großen Bedeutung von Heim und Familie Anerkennung verschaffen, durch die Amerika groß geworden war und die heutzutage von Elementen innerhalb wie außerhalb des Landes unter Beschuß genommen würden. Sally mußte zugeben, daß auch sie selbst in den letzten Monaten ein bißchen darin nachgelassen hatte, diese Werte hochzuhalten. Aber sie hatte das eingesehen und sich gebessert. Ganz gewiß zählte das auch, oder?

»... freiwillige gemeinnützige Tätigkeit, Mutterschaft, Hobbies, Gastgeberinnenqualitäten ... Wenn Sie eine Nachbarin haben, die sich auf all diesen Gebieten auszeichnet und von der Sie annehmen, daß sie bei unserer Wahl Berücksichtigung finden sollte, schreiben Sie uns bitte. Wir werden Sie dann informieren, was Sie tun müssen, um Ihre Kandidatin anzumelden ...«

Sally merkte sich die Postfachnummer, dann sprang sie auf und notierte sie sich. Nach kurzem Überlegen schrieb sie und bat um nähere Informationen.

Jed und die Kinder schienen infolge ihrer Bemühungen um Wiedergutmachung für die Vernachlässigung aufzublühen. Jed sprach davon, vielleicht dem Elks Club beizutreten, und stellte Vermutungen über die Möglichkeit an, in ein paar Jahren Werkmeister in der Spinnerei zu werden. An diesem Abend, beim Essen, beschrieb er die Machenschaften seiner Rivalen. Joey und Laura erzählten von ihren Erfolgen auf dem Spielplatz. Sally lauschte all dem nur mit halbem Ohr: Ihre Gedanken waren mit der Wahl zur Mrs. Tennessee beschäftigt. Wenn sie bereits als erstklassige Ehefrau, Mutter und Staatsbürgerin schuftete, warum nicht Anerkennung dafür ernten? Das Dumme war, sie hatte nicht die geringste Ahnung, wie sie es anstellen sollte, daß jemand sie vorschlug.

Mehrere Tage lang tröpfelten die Fan-Briefe nur spärlich. ›Liebe Sally, mein Sohn schläft unter einer elektrischen Bettdecke. Da er nun aber das Bett näßt, habe ich eine Todesangst, daß er einen tödlichen Schlag bekommt. Haben Sie Vorschläge?‹ Sie warf die Briefe in den Papierkorb, ohne sie zu beantworten. Sie mußte sich des Lebens einer Prominenten entwöhnen. Sally Tatro war nun wieder nichts als eine ganz normale, durchschnittliche Hausfrau.

Endlich traf die Broschüre ein. Die Kandidatinnen für die Mrs. Tennessee konkurrierten in sechs Bereichen: als Gastgeberin, Hausfrau, Kirchenmitglied, Mutter, bei freiwilliger gemeinnütziger Tätigkeit und als Hobbybastlerin. Sally entschied, daß ihre Schwäche in der Bindung zur Kirche lag. Sie ging zwar jede Woche hin, aber in Jeds Kirche, die methodistische, in der Fabriksiedlung. Da hatte sie sich nie so richtig zugehörig gefühlt. Jetzt jedoch würde sie sofort dem Kirchenchor beitreten. Die Siegerin würde an der Wahl zur Mrs. America in Sioux Falls, South Dakota, teilnehmen. Das Heft enthielt ein Foto der letztjährigen Mrs. America, Brenda Gill aus Des Moines, Iowa. Verkniffen lächelnd, sah sie so aus, als hätte sie überhaupt keine Oberlippe und dafür außergewöhnlich lange Zähne. Wie sie behauptete, habe die Wahl ihr Leben verändert. Wie, das sagte sie nicht.

Damit war die Frage entschieden. Sally griff zum Kugelschreiber, füllte das Meldeformular für sich selber aus und unterzeichnete als Dolores Lee Whittaker, ein Name, der ihr einfach so in den Kopf kam. Sie nannte die Adresse ihrer Eltern und bat die Mutter, alle Post, die für Dolores Lee Whittaker käme, an sie weiterzuleiten. Ihre Mutter war verdutzt. »Es hat was mit einer Überraschung für Jed zu tun. Zu Weihnachten«, behauptete Sally. Dolores erhielt ein Schreiben, in dem sie gebeten wurde, in kurzen Worten zu schildern, warum Sally Tatro zur Mrs. Tennessee gewählt werden sollte, und sich dabei jeweils auf die sechs Bereiche zu beziehen. Dolores berichtete von Sallys Kreativität bei der Haushaltsführung, von ihrer Fürsorge für Mann und Kinder, von ihrer aufopfernden Arbeit für das Gemeinwohl als Einsatzleiterin der Candy Stripers, von ihrem originellen Zeitvertreib, dem Basteln einer Weihnachtskrippe aus Materialien, die es in jedem Haushalt gab.

Wenige Tage darauf erhielt Sally einen Brief, der sie von ihrer Nominierung durch ›eine Nachbarin, die Sie bewundert‹ zur Kandidatin für die Wahl der Mrs. Tennessee benachrichtigte. Als sie ihn Jed zeigte, fragte sie: »Was meinst du wohl, Herzchen, wer das sein könnte?«

»Aus unserer Stadt bestimmt keiner, das steht mal fest.«

Sofort begann ihr Kinn zu zittern. Merkte er denn nicht, wie sehr sie bemüht war, alles richtig zu machen? Hielt er sie für eine lausige Hausfrau? Na schön, aber durchaus möglich, daß binnen kurzem viele Leute in ganz Amerika völlig anderer Ansicht waren!

Der Wahlausschuß schrieb, sie würden gern kommen und sie einen Abend lang in ihrem Heim beobachten. Aufgrund dieser Besuche würden sie aus jeder Region eine gewisse Anzahl von Hausfrauen auswählen, die dann im Grand Ole Opry Hotel von Nashville untergebracht würden, um in der Grand Ole Opry selbst um den Titel der Mrs. Tennessee zu kämpfen. Bis zu dem Tag, den sie vorschlugen, war es nur noch eine Woche, und Sally wurde ganz hektisch vor Erregung und Angst. Sie war mit allem beinahe fertig, nur Jeds Zustimmung hatte sie sich noch nicht gesichert. Sie hatte beschlossen, daß er an jenem Abend aus dem Haus müsse. Blieb er daheim, würde er zweifellos darauf bestehen, den Damen zu demonstrieren, daß er mit einer Hand eine Bierdose zerdrücken konnte. Er würde beim Dinner rülpsen und beim Essen die Arme auf den Tisch stützen. Er würde sich mit dem Ausschuß herumstreiten oder Sally vor den Damen runtermachen. Wenn er jedoch nicht zu Hause war, konnte sie sich für seine Abwesenheit entschuldigen und behaupten, er habe geschäftlich außerhalb zu tun oder müsse Überstunden machen, während er sich darauf verlasse, daß sie das heimische Herdfeuer hüte, bis er, sobald er konnte, zu ihr nach Hause eilte. Am selben Abend noch versuchte sie ihn zu bearbeiten, daß er an jenem Tag möglichst eine Doppelschicht fuhr.

»Ich bin jetzt Vorarbeiter. Ich habe das nicht mehr nötig.«

Er und Hank hatten im Schein des Flutlichts hinter dem Haus die Motorhaube des T-Bird geöffnet und hingen über der Maschine wie Chirurgen über einem geöffneten Herzen. Sally ging zu ihnen hinaus und fragte: »Hättet ihr beide nicht vielleicht Lust, mal wieder eine Angeltour zu machen oder so?«

Sie sahen zu ihr auf. Jed antwortete in verwundertem Ton: »Aber wir haben Mitte Oktober.«

Später, im Bett, fragte er dann: »He, was soll das eigentlich?«

»Willst du am nächsten Donnerstag nicht direkt von der Arbeit zur Bowlingbahn fahren, Liebling? Dann könntest du dir einen Weg sparen. Für uns hier ist das schon okay. Einmal können wir dich beim Abendessen entbehren.«

»Was hast du vor, Frau?«

»Na schön, dann werd' ich's dir eben sagen. Der Ausschuß für die Wahl zur Mrs. Tennessee wird den ganzen Donnerstagabend hier sein. Und weil ich weiß, daß du von all dem Kram nicht allzuviel hältst, wollte ich dir nur behilflich sein, dem lieber aus dem Weg zu gehen.«

»Lügst du mich auch nicht an, Sally?«

Völlig verblüfft sah sie ihn an.

»Warum willst du mich *wirklich* aus dem Haus haben?«

»Das hab' ich dir doch gerade gesagt, Herzchen.«

»Und du verlangst, daß ich dir das *glaube?*«

»Aber natürlich! Weil es die Wahrheit ist.«

»Shit, dann mach doch, was du willst. Um mich brauchst du dir keine Sorgen zu machen. Ich brauch' nicht nach Hause zu kommen, nachdem ich den ganzen Tag auf den Beinen gewesen bin. Ich kann die halbe Nacht durch die Straßen wandern.«

»Dann laß nur, Jed. Komm ruhig nach Hause. Aber *bitte,* Herzchen, benimm dich. Ja?«

»Benehmen soll ich mich? *Benehmen?* Sei ehrlich, Sally, du schämst dich meiner. Schon immer. Ich bin nicht gut genug für dich, nicht wahr? Das weiß ich schon seit damals, seit der High School, aber ich hab' immer versucht, so zu tun, als wär' das nicht so.«

»Aber das ist es doch gar nicht, Jed.«

»So, nicht? Was ist es denn?«

»Um ehrlich zu sein, ich glaube, du willst gar nicht so sehr, daß ich zur Mrs. Tennessee gewählt werde.«

»Ach *shit,* von mir aus kannst du ruhig so 'ne beschissene Mrs. Tennessee werden, Sally. Das kümmert mich einen Dreck. Also mach dir nur keine Sorgen. Ich bin am nächsten Donnerstag bestimmt nicht da.«

»Danke, Schatz. Du weißt, dasselbe würde ich auch für dich tun.«

»*Shit, ich* will ja nicht Mrs. Tennessee werden!«

Der Wahlausschuß bestand aus drei Ehefrauen von Vizepräsidenten in Kostüm, hochhackigen Schuhen und Seidenstrümpfen. Sally führte sie in Haus und Garten herum und wünschte, es wäre das Ranchhaus in der Wohnsiedlung, das mit den weißen Säulen vor der Tür. Sie demonstrierte ihnen ihre neue Methode zum Aufrollen von Socken. Sie holte ihre Candy-Striper-Uniform heraus und erklärte ihnen die Bedeutung von Nadeln, Streifen und Sternen. Sie zeigte ihnen die Weihnachtskrippe in der Chlorbleichflasche, die sich noch in der Herstellung befand, und versicherte ihnen, daß sie sie bis zum Wahltermin fertig haben werde. Sie führte ihre Fenstervorhänge aus Pfirsichkernen vor. Sie sagte ihnen, wie geschmeichelt sie sich fühle, daß Dolores sie nominiert habe, welch eine Ehre schon der Gedanke für sie sei, zu den Erwählten zu gehören, die jene Tugenden aufrechterhielten, die Amerika groß gemacht hatten.

Joey und Laura waren sehr artig. Sally hatte sie gewarnt, sie werde ihnen einen ganzen Monat das Taschengeld streichen und ihnen verbieten, ›Drei Engel für Charlie‹ zu sehen, wenn sie etwas anderes von sich gäben als ›Ja, Ma'am‹ und ›Nein, Ma'am‹. Sie steckte die beiden zeitig ins Bett, und der Ausschuß sah zu, wie sie sich an ihre Bettchen setzte und ihnen eins ihrer selbstkomponierten Wiegenlieder vorsang:

»Still, Mammis liebe Würmchen, / Sandmännchen hat ein Stürmchen / von schönen Träumen mitgebracht...«

Und als sie hörte, daß eine der Damen flüsterte: »Was für ein hübsches kleines Lied!«, war sie von ganzem Herzen froh.

Doch wenn ihr irgend etwas zum Auftritt in der Grand Ole Opry verhelfen konnte, dann war das ihr Dinner, das wußte sie. Zufällig war ihr Geschirrspüler eine Maschine der General Appliance, Inc. Sie wickelte eine Makrele in Alufolie. Während der Ausschuß verblüfft zusah, tat sie das Paket in den Geschirrspüler und stellte ihn an. Solange die Maschine das Programm abwickelte, beschrieb sie, wie sie sich zu Beginn ihrer Hausfrauenzeit von ihren Haushaltsmaschinen eingeschüchtert gefühlt habe, als sei sie selbst nur ein Zusatzgerät aus Fleisch und Blut. Wie sie im Laufe der Jahre jedoch mit ihren Maschinen Freundschaft geschlossen habe und in ihnen inzwischen sogar Komplizen bei der Erfüllung ihrer Hausfrauenpflichten sehe. Als sie endete, war auch der Geschirrspüler fertig. Sie holte das Paket heraus und servierte den Damen eine perfekt pochierte Makrele, dazu sauer eingelegte grüne Bohnen und Zucchinibrot von Jeds Mutter, von dem der Ausschuß annahm, Sally habe es selbst zubereitet – eine Vermutung, die Sally nicht korrigierte, und anschließend Zitronen-Götterspeise mit Grapefruit-Scheiben in ausgehöhlten Grapefruithälften, deren Kanten sie zu Zacken geschnitten hatte.

Hinterher tranken sie Kaffee und bewunderten ihre Kerzenhalter aus den oberen Hälften von Bleichflaschen. Eine der unteren Hälften hatte sie zu einem Korb verarbeitet und mit Dahlien, Nelken und Lilien aus pinkfarbenen, gelben, blauen und weißen Eierkartons gefüllt. Außerdem bewunderte der Ausschuß ihre Fleischtablett-Pfauenplatte, die über dem Eßtisch an der Wand prangte.

Nun begannen die Damen allmählich davon zu sprechen, daß man ins Motel zurückkehren müsse, um sich für den Besuch der nächsten Kandidatin am folgenden Tag auszuruhen. »Wir werden nun noch mit einigen Leuten aus der Stadt sprechen, mit denen Sie zusammenarbeiten, Sally. Zum Beispiel mit der Leiterin der Candy Stripers und ähnlichen Leuten. Sie haben doch wohl nichts dagegen, oder?«

Hastig versuchte Sally sich zu erinnern, welche Namen sie genannt hatte. Hoffentlich nicht Bonnies!

»... und natürlich möchten wir diese reizende Dolores Whittaker kennenlernen, die so freundlich war, uns auf Sie aufmerksam ...«

»Die ist verreist«, behauptete Sally kühn.

»Ach, wie schade!«

»Sie ist letzte Woche zu den Jungferninseln geflogen.«

»... und natürlich tut es uns wirklich sehr leid, daß wir Ihren reizenden Gatten nicht kennenlernen konnten. Sicherlich werden wir aber Gelegenheit haben, ihn in Nashville anzutreffen, nicht wahr?«

Sally strahlte. Sie würde also nach Nashville dürfen?

In diesem Moment ertönte am Ende der Straße eine Sirene. Sie verstummte unmittelbar vor dem Haus, während rotes Polizeilicht durch die Fenster hereinblitzte.

»Großer Gott!« keuchten die Damen entsetzt.

Rufe ertönten, eilige Schritte waren zu hören. Sally hastete zur Haustür. Draußen am Bordstein hielten zwei Beamte einen Mann im Polizeigriff fest, der sich einen Bierdosenhut tief ins Gesicht gezogen hatte.

»Aber ich wohne hier!« behauptete er hartnäckig. »Das ist mein Haus.«

»O ja, natürlich, Freundchen.«

Ein weiterer Polizist kam an die Hintertür. Zu Sally sagte er: »Ihre Nachbarin hat gesehen, wie dieser Mann bei Ihnen ins Fenster geschaut hat. Sie hat uns angerufen. Wir werden ihn mitnehmen. Sie brauchen nichts mehr zu befürchten, Ma'am.«

»Sally, sag ihnen, daß ich es bin«, rief Jed hilflos.

Sally warf einen Blick hinter sich, zu dem Ausschuß hinüber, der um den Tisch saß. »Vielen Dank, Officer«, sagte sie leise.

Eine der Damen empörte sich: »Also, einfach schrecklich, was man heutzutage so erlebt! Deswegen ist unsere Wahl ja auch so wichtig. Wir müssen wieder Anständigkeit in unser Land zurückholen, bevor alle Werte ihre Bedeutung verloren haben.«

Als der Ausschuß gegangen war, verriegelte Sally alle Türen. Doch als Jed vom Polizeirevier kam, trat er kurzerhand die Hintertür ein.

»Es tut mir ja so leid, Herzchen«, turtelte sie. »Wir waren wirklich mitten beim Essen.«

»Nicht halb so leid, wie es dir gleich tun wird.« Er ballte die Fäuste.

»Aber was mußt du auch rumschleichen wie 'n Spanner!«

»Ich wollte sehn, wer dieser Mann war.«

Sie studierte ihre Fingernägel. »Und hast du's gesehn, du Dummkopf?«

»Hatte keine Gelegenheit, weil diese Polizisten mich sofort ansprangen.«

»Also, es war wirklich kein Mann, Liebling! Es war der Ausschuß für die Mrs.-Tennessee-Wahl. Genau wie ich's dir gesagt hatte.« Armer Jed. Ein richtiges großes Baby. Sie ging zu ihm und nahm ihn in die Arme.

»O ja, natürlich!«

»Aber *wirklich,* Herzchen.« Allmählich wurde sie unruhig. So hatte sie ihn noch nie erlebt.

Er schleuderte sie quer durchs Zimmer. Sie krachte in den Fernsehsessel. Ihre Miene war angstverzerrt. »Bitte, beruhige dich doch, Liebling! Du machst noch die Kinder wach.«

»*Dich* will ich wachmachen, Sally! Siehst du denn nicht, was du mir antust? *Uns* antust?«

»Aber gar nichts tu ich euch an, Herzchen.«

»Ich hatte gedacht, es würd' alles anders werden, wenn du mit dieser verdammten Show aufhörst.«

»Aber es *ist* anders geworden, Jed. Merkst du das nicht?«

»Nein, merke ich nicht. Du schiebst mich und die Kinder immer noch genauso beiseite.«

»Aber bestimmt nicht, Herzchen! Ich widme mich euch von ganzem Herzen. Ich bin doch sogar für die Wahl zur Mrs. Tennessee aufgestellt worden!«

Er trat sie in die Rippen und begann sie systematisch zu verprügeln.

Sally kaschierte ihre beiden blauen Augen und die Blutergüsse mit Pancake-Make-up. Wie sollte sie dem Ausschuß ihren Zustand erklären, falls der wieder auftauchte? Sie vermutete, daß eine Rippe gebrochen war, konnte es sich aber nicht leisten, das publik zu machen, indem sie ins Krankenhaus ging, solange der Ausschuß noch in der Stadt weilte. Am Abend zuvor war Jed hinausgestürmt und hatte sie, ein wimmerndes Häufchen Elend, einfach auf dem Fußboden liegen lassen. Er war auch nicht wiedergekommen. Vermutlich war das die Strafe dafür, daß sie ihn die vielen Monate lang so sehr vernachlässigt hatte. Aber sie hatte ihre Schuld bezahlt. Einmal war genug. Nun, da sie sich gebessert hatte – wenn er so was noch ein einziges Mal tat, blieb ihr gar nichts anderes übrig, als ihn zu verlassen. Niemals würde sie mit einem Mann zusammenleben können, der so wenig von ihr hielt, daß er sie regelmäßig völlig grundlos verprügelte. Aber sie hatte kein eigenes Einkommen, hatte weder von ihrem Buch noch von der Show etwas gespart. Ein Teil dessen, was ihr Daddy für sie beiseite gelegt hatte, war für das Buch draufgegangen. Um weiteres Geld konnte sie ihn unmöglich bitten. Den armen Jed würde er wahrscheinlich feuern oder so. Nein, wenn sie je in der Lage sein wollte, Jed zu verlassen, mußte sie noch ein bißchen eigenes Geld verdienen. Wenn sie Mrs. Tennessee würde, gäbe es Produktwerbung für sie, wie Anita Bryant und die Zitrusfrüchte. Auftritte bei Shows. Wenn sie Mrs. America würde – dann würde General Appliance sie für eine einjährige Tournee durchs ganze Land bezahlen, auf der sie von den Freuden des trauten Heims zu erzählen hätte; und dann bekam sie möglicherweise von der Firma einen Job in Public Relations. Aber um Mrs. America zu werden, mußte sie sich mit Jed wenigstens so lange wieder vertragen, bis sie Mrs. Tennessee geworden war.

Einige Tage später erhielt sie ein Schreiben der Ausschußdamen, in dem diese sich für den bezaubernden Abend bedankten und sie und ihre reizende Familie zur Endrunde für die Mrs.-Tennessee-Wahl nach Nashville einluden. Das einzige Problem war nur, wie üblich, Jed. Als er schließlich nach Hause kam, gab er sich mürrisch und an einer Versöhnung kaum interessiert. Er lehnte sogar ihr Angebot ab, ihm einen zu blasen, und murmelte irgend etwas von ihrem ›treulosen Mund, der in der ganzen Stadt herum Schwänze geschleckt‹ hätte. Sie versicherte ihm, das sei nicht wahr, sie habe nie einen anderen Schwanz in den Mund genommen als den seinen und würde das, soweit sie wisse, auch niemals tun.

»Wieso soll ich dir das glauben?«

»Weil es *stimmt,* Herzchen.«

Er schüttelte sie ab. Sie war verwirrt: Er war es, der sie verprügelt hatte, aber nun stand sie als Schuldige da – an Dingen, die sie überhaupt nicht getan hatte!

Er gewöhnte es sich an, ein-, zweimal pro Woche die ganze Nacht hindurch fortzubleiben. Und sagte manchmal sogar dazu: »Heute nacht kannst du dir deinen hübschen Hintern abvögeln, Sally; denn heute nacht werde ich nicht nach Hause kommen.«

»Aber Jed, das will ich ja gar nicht«, beteuerte sie, während er bereits hinausstapfte.

Wo er sich in diesen Nächten herumtrieb, sagte er nie. Und ihr war es auch irgendwie egal – wenn es ihm nur half, über diese Geschichte hinwegzukommen. Er hatte schon lange nicht mehr mit ihr schlafen wollen, und Männer hatten nun mal ihre Bedürfnisse. Das machte ihr wenig aus, solange der Ausschuß nichts davon erfuhr. Eine Mrs. Tennessee mit einem Ehebrecher als Mann – so etwas gab es einfach nicht. Irgendwie mußte sie diese Ehe wieder kitten.

Als er das nächste Mal nicht von der Arbeit nach Hause kam, engagierte sie einen Babysitter und fuhr mit dem Dodge los, um ihn zu suchen. Bei allen Motels machte sie die Runde, aber sie konnte den T-Bird nicht finden. Dann fuhr sie zum Mill House hinüber, von dem sie ihn schon in der High School hatte erzählen hören, und da stand der Wagen tatsächlich. Sie parkte im Schatten und wartete. Endlich kam er heraus – allein.

Sie schaffte es nur, das Tempo des rasenden T-Bird zu halten, indem sie sich immer wieder sagte, die einzige Chance für sie, Mrs. Tennessee zu werden, liege darin, daß sie ihn für sich zurückgewinne, und um das zu tun, müsse sie unbedingt herausfinden, wer ihre Rivalin sei.

Etwas weiter vorn bremste er; also bremste sie ebenfalls und beobachtete, wie er an der Anhängerkupplung des T-Bird eine Kette befestigte. Dann wirbelte er die Kette wie ein Lasso um seinen Kopf und wickelte sie um den Pfahl, an dem der Briefkasten eines Hauses befestigt war. Er ließ den Motor des T-Bird aufheulen, schoß vorwärts und riß den Pfahl aus dem Boden. Das gleiche tat er anschließend noch dreimal, während Sally verständnislos zusah. Sie hatte gedacht, eine andere Frau sei der Grund, warum er die ganze Nacht nicht zu ihr nach Hause kam.

Dann hielt er mit dem T-Bird unter den aufblitzenden roten Warnlichtern vor einem Bahngleis, das den Highway kreuzte. Die Lokomotive kam auf den Bahnübergang zu, ihre Scheinwerfer badeten den T-Bird in grelles Licht. Mit aufbrüllendem Motor sprang der T-Bird über die Schienen. Die Lok verfehlte ihn nur um etwa einen Meter. Aufgebracht schrillte die Dampfpfeife, als der Zug quer über den Highway rumpelte.

Sally kehrte nach Hause zurück. Jed mußte irgendwie zornig sein oder so. Am folgenden Tag erhielt sie mit der Post ein Foto des T-Bird mit dem Nummernschild, das ›STUD‹ lautete, vor einem Wohnwagen mit einem Schild, auf dem ›MASSAGESALON ZARTE HAND‹ geschrieben stand. Der Poststempel stammte aus Newland. Ihre Adresse auf dem Kuvert war mit der Maschine geschrieben, einen Absender gab es nicht. Sie fragte sich, ob Jed das vielleicht selbst getan hatte. Um sie eifersüchtig zu machen oder so. Oder vielleicht eine von ihren Konkurrentinnen bei der Mrs.-Tennessee-Wahl? Na ja, das Ganze war einfach eine Geschmacklosigkeit, mehr nicht.

Zwei Tage darauf sollte Jed als Joeys Manager beim Peewee Boxing im neuen Einkaufszentrum erscheinen. Aber nicht mal zum Abendessen kam er nach Hause. Joey weinte. Sally begriff das nicht. Es sah Jed so gar nicht ähnlich, die Kinder zu enttäuschen. Gegen Mitternacht erhielt sie einen Anruf der Highway Patrol. Man teilte ihr mit, Jed sei bei einem Autounfall vor dem Lazy Daze Motel mit Betty Osborne zusammen umgekommen.

Die Limousine von Creech's Funeral Home hielt vor dem Haus ihrer Eltern am Bordstein. Der Vater mußte wieder mit ihnen in die Stadt runterfahren, um seinen eigenen Wagen zu holen, aber sie wurde hier abgesetzt, damit sie sich ein bißchen ausruhen konnte, bevor Nachbarn und Verwandte eintrafen, um ihr Trost zu spenden. Trotzdem – es hatte doch alles keinen Zweck. So was wie eine verwitwete Mrs. Tennessee gab es einfach nicht!

Sie stieg aus dem Wagen und drapierte ihren Schleier. Auf dem Bürgersteig sah sie die Kinder. Und Raymond in seinem Overall. Und Emily in ihrem Anzug. Und einen hochgewachsenen, gefährlich wirkenden Neger mit wildem Kraushaar und einer schwarzen Lederjacke, der an jeder Hand ein Kind hielt. Sally sah sich durch die Augen der anderen: Jed hatte ihr nichts hinterlassen als einen total beschädigten T-Bird und ein Boot, das er noch abbezahlen mußte. Hier stand sie nun und hatte seinetwegen ihre Karriere aufgegeben – und wo war er? Wo war der einzige Mann, den sie jemals geliebt hatte? Wo war ihr bester Freund seit der gemeinsamen Kinderzeit? Gestorben auf dem Highway, mit einer anderen Frau zusammen. Während sie, seine Ehefrau, liebevoll und geduldig darauf wartete, daß er zu ihr nach Hause kam. Von nun an würde sie jede Nacht ganz allein in dieses große kalte, leere Bett kriechen müssen.

Während sie auf die Gruppe zuging, begann sie zu schniefen und sich mit dem Taschentuch die Augen zu betupfen. Dabei tröstete sie sich mit dem Gedanken, daß sie in ein paar Wochen den Reporter der ›Newland News‹ anrufen konnte, der auch den Artikel›Sally Tatro in ihrem Heim‹ verfaßt hatte, um ihm ein Exklusiv-Interview anzubieten. Vielleicht unter der Überschrift ›Porträt einer trauernden Witwe‹.

Fünfter Teil
Der Schloßbaum

Emily und Raymond, Matt, Joey und Laura standen auf dem Bürgersteig vor der Villa der Princes, als ein Stück weiter ein Wagen am Bordstein hielt. Ein Schwarzer stieg aus, in einer kurzen Lederjacke mit einer Unmenge von Taschenklappen, Reißverschlüssen und Schnallen. Er hatte zwei Kinder bei sich.

»Entschuldigung«, murmelte er, als er sich näherte. »Ich wollte nur Grandmaws Baum abholen und so. Aber das ist jetzt vermutlich der falsche Zeitpunkt.«

»Hallo, Donny!« sagte Emily. »Wie geht's dir denn so?«

Emily und Raymond gaben Donny die Hand, die er aber nur flüchtig schüttelte.

»Hab' Sie kaum wiedererkannt«, wandte sich Donny an Emily. Und dann, zu Raymond: »Ich hab' das von Jed gehört. Tut mir wirklich leid.«

»Ja, es war ein großer Schock. Die beiden hier, das sind seine Kinder.«

»Ich hab' euren Daddy gekannt«, sagte er zu den Kindern. »Das war wirklich ein feiner Mann.« Joey und Laura starrten verblüfft seinen buschigen Krauskopf an.

»Wie geht's Ruby?« erkundigte sich Emily.

»Ach, der geht's gut.«

Eine weitere Limousine hielt am Bordstein. Sally stieg aus, betupfte sich die Augen mit einem Taschentuch und drapierte ihren Schleier. Als sie näher kam, sagte sie mit schwacher Stimme: »Ach wie nett, dich mal wiederzusehn, Donny. Ich hatte dich nicht gleich erkannt.«

»Tut mir wirklich leid, wegen Jed.«

»Danke.« Sie seufzte. »Mir auch, Donny. Mir auch.«

Sie sprachen über Weihnachten, das Wetter, die jeweiligen Familien – alles in der gelassenen, höflichen Art, die ihnen anerzogen worden war und die sie nie so recht hatten ablegen können – und musterten einander dabei verstohlen. Die Kinder klammerten sich an die Hände der Eltern und beäugten einander, halb hinter den Mantelärmeln der Erwachsenen verborgen, beinahe ebenso aufmerksam. Schließlich streckte Joey Matt die Zunge raus. Gleich darauf bot Nicole Laura einen Riegel Beech-Nut an.

Plötzlich schrie Joey: »Der letzte oben im alten Baum is' 'n faules Ei! Das gilt für alle!« Er schoß quer durch den Garten; die anderen jagten hinterher, Isaac als Schlußlicht.

Die Erwachsenen beobachteten die Gruppe der fünf stolpernden Kinder, die durch das froststarre Gras des Nachbargartens dem Schloßbaum zustrebten. Hinter dem zu dieser Zeit kahlen Baum lag dort, wo früher ein Teil von Mr. Fultons Garten gewesen war, ein neues Ranchhaus. Das fröhliche Geschrei der Kinder füllte den stillen Winternachmittag. Ihre frostigen Atemwolken stiegen auf wie die Rauchsignale der Indianer. Die kleinen Gestalten, dunkle Tupfer vor dem bewölkten Himmel, begannen den Aufstieg in die skelettierten Äste.

»Seid vorsichtig!« rief Emily warnend. »Nicht zu schnell klettern, sonst fallt ihr runter!«

»Nicole, paß auf Isaac auf!« schrie Donny.

Oben im Baum hörte niemand zu; sie alle zogen sich von einem Ast zum anderen empor.

Als sie schließlich wie eine Schar schwarzer Krähen im Geäst hockten, fingen die Kinder an, die Erwachsenen unten auszulachen. »Ha, ha, ha! Ihr seid alle vier faule Eier! Faule Eier! Faule Eier!«

Die Erwachsenen sahen einander mit mattem Lächeln an. Emily wandte sich an Donny: »Kommst du mit rein?«

»Nein, ich muß nach Hause. Grandmaw wartet. Aber danke.«

»Ich gehe Rubys Sachen holen.« Sie verschwand im Haus.

Sally erkundigte sich bei Raymond: »Findest du das richtig, daß sie an so einem Tag so rumspielen?«

Raymond zuckte die Achseln. »Es sind doch Kinder. Die wissen gar nicht, was eigentlich los ist. Laß sie sich nur amüsieren, solange sie's können.«

»Aber was werden die Nachbarn denken?«

»Scheiß auf die Nachbarn!«

Donny lachte verdutzt los.

Emily kam aus dem Haus, fast ganz verborgen hinter einer kleinen Zeder auf einem Ständer und einer Einkaufstüte voller Geschenke. Sie stellte den Baum ab, übergab Donny die Tüte und holte ein Kuvert aus ihrem Jackett. Als sie ihm den Umschlag überreichte, errötete sie und lachte verlegen. »Was soll ich sagen?«

Donny lächelte. »Es gibt nichts zu sagen.«

»Worüber?« erkundigte sich Sally.

Die Kinder verloren die Lust daran, ihre Eltern zu verspotten, und fingen an, durch die knorrigen Äste auf die Stadt hinunterzuspähen, die wie ein Spielzeugdorf tief unter ihnen ausgebreitet lag.

»Da drüben ist mein Haus«, sagte Joey.

»Und da ist das von meiner Grandmaw«, zwitscherte Nicole.

»Da hinten liegt wahrscheinlich New York«, behauptete Matt und deutete auf die Bergketten, die sich bis nach North Carolina hinzogen. »In New York ist es viel besser als hier.«

»Is' gar nich' wahr!« fauchte Joey.

»Is' doch wahr!«

»Nein!«

»Doch!«

»Was heißt A-b-s-z-e-s-s?« wollte Laura wissen, die das Wort studierte, das neben ihr in den dicken Ast geschnitzt war.

»Laß mal sehn!« verlangte Joey, der auf den Thron kletterte und die Fußbank der Couch betrachtete. Mit den Fingerspitzen fuhr er über die aufgequollenen Einschnitte in der Borke. »Das heißt ›abwesend‹«, verkündete er. »Wenn du zum Beispiel nicht in die Schule gehst.« Die anderen nickten weise dazu.

»Seht euch die an.« Matt nickte verächtlich zu den erdgebundenen Erwachsenen hinab. »Nie im Leben könnten die hier raufklettern!«

»Dicke, alte, ungeschickte Menschen«, stimmte Nicole ihm zu.

»Ja«, sagte Joey. »Die ganze Woche könnten wir hier oben sitzen, und die könnten überhaupt nichts dagegen machen.«

Sie schrien vor Lachen.

Die Erwachsenen blickten zu ihnen empor. »Was ist so komisch?« rief Raymond hinauf.

»Ihr seht alle aus wie Zinnsoldaten«, rief Joey zurück.

»Ihr kriegt uns nicht, Daddy!« neckte Isaac den Vater.

Unvermittelt brach die Sonne durch die dahinjagenden Wolken. Speere aus Sonnenlicht schossen durch den kahlen Baum. Aus den obersten Zweigen drang Geflüster und Gekicher.

Raymond fragte leise: »Ist das nicht eine beschissene Welt?«

»Wird sicher 'n bißchen anders werden, für die da«, behauptete Donny und nickte mit dem buschigen Kopf zum Schloßbaum hinüber.

»Da hast du verdammt noch mal recht«, knurrte Emily.

»Na, dann alles Gute«, murmelte Raymond.

»Was ist denn?« erkundigte sich Sally.

Ein Windstoß wirbelte durch den Garten. Die langen, knorrigen Äste des Schloßbaums wiegten sich und winkten wie die Finger an der ausgestreckten Hand einer alten, weisen Hexe.

Lisa Alther

Hautkontakte

Roman

Ullstein Buch 20049

ein Ullstein Buch

»Mit ihrem bösen Sarkasmus, ihrer entwaffnenden Ehrlichkeit, ihrer umwerfenden Komik und – vor allem – ihrer erzählerischen Brillanz stellen die ›Hautkontakte‹ alles in den Schatten, was seit Erica Jongs Roman ›Angst vorm Fliegen‹ an erotisch emanzipierter Frauenliteratur geschrieben worden ist.« (Der Stern)

Evan Hunter

Aber wehe dem einzelnen

Roman

Ullstein Buch 20581

ein Ullstein Buch

Ein beklemmend stimmiger Roman aus dem New York der vierziger Jahre und – in der genialen Übersetzung von Arno Schmidt – eine literarische Wiederentdeckung.

»Hunter ist ein psychologischer Epiker von Rang – es gelingt ihm das Porträt einer von ungewissen Sehnsüchten gefolterten, von den Ereignissen ihrer Zeit aufgeriebenen Generation.«
DIE WELT